北京外国语大学王佐良外国文学高等研究院
外国文学研究精选

主编

李铁

西方文论
关键词

第二卷

外语教学与研究出版社
北京

图书在版编目（CIP）数据

西方文论关键词. 第二卷 / 金莉，李铁主编. -- 北京：外语教学与研究出版社，
2017.11（2025.11 重印）
ISBN 978-7-5135-9609-1

Ⅰ. ①西… Ⅱ. ①金… ②李… Ⅲ. ①文艺理论－西方国家－文集 Ⅳ. ①I0-53

中国版本图书馆 CIP 数据核字（2017）第 282105 号

出 版 人　王　芳
责任编辑　李　鑫　李旭洁
封面设计　蔡　曼
版式设计　彭　山
出版发行　外语教学与研究出版社
社　　址　北京市西三环北路 19 号（100089）
网　　址　https://www.fltrp.com
印　　刷　保定市中画美凯印刷有限公司
开　　本　787×1092　1/16
印　　张　58
版　　次　2017 年 11 月第 1 版 2025 年 11 月第 5 次印刷
书　　号　ISBN 978-7-5135-9609-1
定　　价　99.00 元

如有图书采购需求，图书内容或印刷装订等问题，侵权、盗版书籍等线索，请拨打以下电话或关注官方服务号：
客服电话：400 898 7008
官方服务号：微信搜索并关注公众号"外研社官方服务号"
外研社购书网址：https://fltrp.tmall.com

物料号：296090001

记载人类文明
沟通世界文化
www.fltrp.com

编者序

《西方文论关键词》由外语教学与研究出版社于 2006 年出版，当时未标卷次。现在我们推出它的续集，为此重印前书为第一卷，新出续集为第二卷。两书所收文章都集自《外国文学》杂志的"西方文论关键词"专栏，这个专栏计划持续开办下去，因此可以期待再过若干年以后我们或许还会推出新的续集。卷数使用数字而非"上、下"，正表示这部续集还不是句号，实际上第一卷和第二卷都可视作这个专栏的未完成篇。

第二卷收录 2010—2016 年的专栏文章共 82 篇，收文数量、文章体制和编辑体例与第一卷基本相同。2016 年的 12 篇文章因杂志改版体例略有出入，为保持全书形式上的统一，重编时全部做了技术性调整。《解构》一文最初分上、下两篇见刊，现征得作者同意合为一篇。本书的末尾仿第一卷的做法添加了一篇索引，以便读者查阅。这次重编对原文文字、标点等也有若干订正；但最繁重的编辑工作，是根据原书对各篇文章所列参考文献逐一复按，又根据参考文献核对了全部引文。除此之外，编者对内容不做任何更动。关于出版这样一种专书的宗旨和意义，在赵一凡先生为第一卷撰写的序言中有详细阐发，这里不再重复。

《外国文学》编辑部、外语教学与研究出版社为出版此书提供了一切可能的便利，对此我们表示衷心的感谢。该项目负责人姚虹老师和责任编辑李鑫、李旭洁两位老师尽心尽力，上述各项艰辛的编辑工作主要归功于她们的努力。最后我们要向此书所有作者致谢：我们高兴地看到一批中青年学者正在成为我国西方文论研究的中坚力量，没有他们的探索和实践，就不会有此书的问世。

编者

2017 年 8 月

目 录

爱尔兰文艺复兴 陈 丽

略 说

爱尔兰文艺复兴（Irish Literary Renaissance/Revival）并非一个有着严密组织或统一纲领的文学运动，而是对 19 世纪末至 20 世纪初在爱尔兰爆发的一股文学潮流的统称。作家们在诗歌、戏剧、小说、非虚构文学等各个文学领域创作出大量作品。作家和作品的数量之多、质量之精，都堪称一时之盛。这些不同领域的成就具有一个共同的特点，那就是强烈的民族自觉意识，旨在寻求有别于欧洲其他国家（尤其是英国）的爱尔兰独特文化和民族特性，以期从文化上重新塑造爱尔兰的民族意识和身份认同。这一过程既涉及对爱尔兰古代文学经典（古代神话传说和盖尔语典籍）的挖掘与重新认识，也包括对英帝国话语中的爱尔兰性的重写，更折射出对未来爱尔兰的政治走向和文化定位的不同主张和要求。爱尔兰文艺复兴运动的巨大成就在很大程度上唤醒了爱尔兰人的民族自觉意识，明晰了主要的政治意识形态框架，为后来的民族独立铺垫了道路。

综 述

有些人对爱尔兰文艺复兴运动存在一种普遍的误解，认为它是弥漫着"凯尔特朦胧"的怀旧情绪，主张复兴以贵族品味为代表的古典高雅文化，反对现代工业文明的一种文化运动。这种误解在很大程度上源于将爱尔兰文艺复兴狭义地理解为叶芝（W. B. Yeats, 1865—1939）、格雷戈里夫人（Lady Isabella Augusta Gregory, 1852—1932）和辛格（John Millington Synge, 1871—1909）等少数英爱（Anglo-Irish）作家的文学努力，而忽略了同时期的其他竞争性的声音和文化表达。事实上，爱尔兰文艺复兴是一次真正的百家争鸣、百花齐放的文学繁荣，爱尔兰政治建国之前的各种政治主张和文化诉求都在这一时期得到了文学上的表达。虽然这一多元化自我表达的努力后来因为保守民族主义的最终得势而被迫中止，但它留给后世爱尔兰文坛的影响是巨大的，其文化遗产至今仍在被理解和接受中。

文学的繁荣

爱尔兰在 19 世纪与 20 世纪之交还是个政治不独立、经济上贫困的小岛。很难想象在这样一个人口不足 400 万的小岛上居然孕育并维持了长达数十年的文学繁荣。这股具有鲜明民族主义色彩的文学热情极具感染力，自 19 世纪的后 20 年起开始愈演愈烈，一直到 20 世纪 20 年代之后才渐渐平息。在这期间，爱尔兰崛起了叶芝、辛格、奥凯西（Sean O'Casey，1880—1964）、乔伊斯（James Joyce，1882—1941）等世界级的文学大家和拉塞尔（George Russell，笔名 AE，1867—1935）、格雷戈里夫人、海德（Douglas Hyde，1860—1949）、科勒姆（Padraic Colum，1881—1972）、马丁（Edward Martyn，1859—1923）、史蒂芬斯（James Stephens，1880—1950）、克拉克（Austin Clarke，1896—1974）、奥弗莱厄蒂（Liam O'Flaherty，1896—1984）等一大批优秀作家，文学创作的活跃程度令世人瞩目。在戏剧、诗歌、小说、传记、散文等各个文类上均出现了空前的繁荣景象，"过去 8 年出版的爱尔兰题材的书超过之前的 30 年"。（Yeats，2004：461）而且作家们往往并不满足于某一文类的创作，常常以多种文类来实践自己的文学热情。例如，叶芝既是爱尔兰诗歌的巨擘和杰出代表，又与格雷戈里夫人、马丁等人一起发起了爱尔兰的民族戏剧运动，成立各种文学社团和后来大名鼎鼎的阿贝剧院，并为之创作了大量戏剧；拉塞尔既是颇有名气的诗人，也积极为戏剧运动创作新剧；辛格既是优秀的剧作家，同时也创作诗歌、散文等。

　　文艺复兴运动时期的戏剧成就斐然。1923 年底，叶芝在接受诺贝尔文学奖之后在瑞典皇家学院发表题为《爱尔兰戏剧运动》的演讲。他在演讲中总结了爱尔兰戏剧运动的初衷，这与整个文艺复兴运动的源起一脉相承："都柏林的剧院没有任何可以称为我们自己的东西。那是英国旅游公司租赁的一幢幢空荡荡的建筑物。我们则需要爱尔兰的戏剧、爱尔兰的演员。"（叶芝：669）于是叶芝与朋友格雷戈里夫人、马丁等人一起于 1899 年建立起爱尔兰文学剧院（the Irish Literary Theatre），首场演出了叶芝的《女伯爵凯瑟琳》（*The Countess Cathleen*）和马丁的《石楠地》（*The Heather Field*）。随后，该剧院历经几次重组，最终于 1904 年在都柏林的阿贝剧院安营扎寨。随着阿贝剧院声誉日隆，爱尔兰民族戏剧运动也进入黄金发展时期。叶芝、格雷戈里夫人、辛格、科勒姆、奥凯西等人的新作纷纷上演，涌现出大批优秀的民族文学作品。辛格和奥凯西更是成长为世界闻名的戏剧大师。大门剧院（Gate Theatre, 1928— ）等其他剧院的陆续成立为戏剧创作的繁盛进一步提供了平台。都柏林逐渐成为欧洲最重要的戏剧原创和表演的中心城市之一。

　　除了戏剧上的繁荣之外，爱尔兰文艺复兴时期的诗歌成就也不容小觑。《青年爱尔兰的诗歌与民谣》（*Poems and Ballads of Young Ireland*，1888）算得上最早的一次集体努力，其中收录了多位年轻诗人的诗歌。当然，诗歌成就的最杰出代表非叶芝莫属。从他的第一本诗集《奥辛的漫游及其他》（*The Wanderings of Oisin and Other Poems*，1889）到去世后发表的《最后的诗和两个剧本》（*Last Poems and Two Plays*，1939），他一直是爱尔兰诗歌创作的中心人物。此外，拉塞尔、戈加蒂（Oliver St. John Gogarty，1878—1957）、克拉克、科勒姆等都是颇有名气的诗人。辛格和乔伊斯也都有诗作发表。[①] 这些人中，拉塞尔对爱尔兰诗坛的贡献功不可没。

叶芝戏称年轻一代的诗人是"AE 的金丝雀",意即拉塞尔像母鸟一样哺育他们。奥康纳(Frank O'Connor,1903—1966,真名 Michael O'Donovan)称拉塞尔是"三代爱尔兰诗人之父"。被他"发现"的作家有乔伊斯、科勒姆、史蒂芬斯、奥康纳、克拉克和卡瓦纳(Patrick Kavanagh,1904—1967)等。(Fallis:117)

相对于戏剧和诗歌的成就,文艺复兴时期的小说创作经常被轻视。博伊德(Ernest Boyd)在其《爱尔兰的文艺复兴》(*Ireland's Literary Renaissance*,1922)中提出爱尔兰文艺复兴的主要成就在于戏剧和诗歌,而小说则是"文艺复兴的弱项"。(374)事实上,在博伊德写作的当时,乔伊斯早已发表其前期的代表作品《都柏林人》(*Dubliners*,1914)和《一个青年艺术家的肖像》(*A Portrait of the Artist as a Young Man*,1916)。而他的划时代巨著《尤利西斯》(*Ulysses*)也先以连载的形式在《小评论》(*The Little Review*)上刊登,之后又突破重重困难于 1922 年成书出版。乔伊斯的创作理念和写作风格与稍长于他的叶芝存在很大差异,他的文学实践给爱尔兰的文学创作增加了多样性和活力。

爱尔兰短篇小说的鼻祖当属乔治·摩尔。摩尔曾长期旅居巴黎,是英语作家中最早汲取法国现实主义技巧的作家之一,尤其深受左拉(Émile Zola)的影响。他在 1901 年返回爱尔兰之前已经是成名的小说家,不过他前期的作品均与爱尔兰无关。摩尔对爱尔兰文艺复兴的一大贡献在于将法国的现实主义引入爱尔兰文坛。1903 年,摩尔出版短篇小说集《未开垦的土地》(*The Untilled Field*,1903),讨论教会对爱尔兰农民生活的干预以及移民问题。该书在风格上类似于屠格涅夫(Ivan Sergeevich Turgenev)的《猎人笔记》(*A Sportsman's Sketches*,1852),写作的目的是为了将之翻译成爱尔兰语,以便盖尔语联盟给用爱尔兰语写作的作家提供范文。后来爱尔兰年轻一代的短篇小说作家,如奥法兰(Sean O'Faolain,1900—1991)和奥康纳等,他们的作品中带有屠格涅夫、左拉和其他欧洲现实主义作家的影子,这应归功于摩尔的影响。乔伊斯也被认为受惠于摩尔,他的《都柏林人》被称为"摩尔影响下的第一个直接作品"。(Greene:423)

爱尔兰文艺复兴的一大特色是其传记作品的繁盛。几乎所有的重要作家都曾出版自传或传记,表现出作家们强烈的自我意识和历史书写意识。摩尔的三卷本自传《欢呼与再见》(*Hail and Farewell*,1911,1912,1914)、叶芝的《青少年时代梦幻曲》(*Reveries Over Childhood and Youth*,1916)、奥凯西的六卷本自传[②]、奥康纳为爱尔兰革命领导人柯林斯(Michael Collins,1890—1922)写的传记《大人物》(*The Big Fellow*,1937)、奥法兰为著名的民族主义运动家瓦拉那(Éamon de Valera,1882—1975)、奥康纳尔(Daniel O'Connell,1775—1847)和奥尼尔(Hugh O'Neill,约 1550—1616)分别写的传记等,仅是其中的一些典型代表。

此外值得一提的是爱尔兰语文学作品的译介和创作。爱尔兰语历经英国殖民者的"语言灭绝"政策和 19 世纪中叶的爱尔兰大饥荒,到 19 世纪末时已经是名存实亡的语言。③文艺复兴的热情首先在语言复兴上点燃。热心复兴盖尔语的学者致力于对盖尔语及其文化进行学术研究和传播推广。一些学术性的盖尔语研究机构陆续成立，如1853年建立的爱尔兰奥西安社团（the Ossianic Society）、1876年成立的保护爱尔兰语社团（the Society for the Preservation of the Irish Language）和1893年成立的盖尔语联盟（the Gaelic League），它们致力于爱尔兰语的抢救和保护工作，并鼓励研究和出版爱尔兰语手稿典籍。

　　而将爱尔兰语经典作品和民谣传说译介到英语中来的工作也蓬勃展开。早在文艺复兴运动之前，已经有曼根（James Clarence Mangan, 1803—1849）、弗古逊（Sir Samuel Ferguson, 1810—1886）和奥格雷迪（Standish James O'Grady, 1846—1928）等先驱尝试用英语重述爱尔兰语文学的精华。他们的工作对文艺复兴作家产生了深刻的影响。叶芝在《致未来岁月的爱尔兰》（*To Ireland in the Coming Times*, 1893）一诗中表示希望能与戴维斯（Thomas Davis, 1814—1845）、曼根和弗古逊相提并论。（Yeats, 1997: 46）拉塞尔声称："就是他（奥格雷迪）使我意识到自己的国家并引以为豪。"（Greene: 421）叶芝也尊称奥格雷迪为"爱尔兰文艺复兴之父"。（Goodby: 184）还有人建议以奥格雷迪的第二部《爱尔兰历史》（*History of Ireland: Cuculain and His Contemporaries*, 1880）的出版作为爱尔兰文艺复兴运动的起始点。（Fallis: 5）

　　文艺复兴运动初期，作家们带着极大的热忱投入到爱尔兰语典籍的译介工作中。叶芝虽然不懂爱尔兰语，但也整理出版了《爱尔兰农民的神话与民间故事集》（*Fairy and Folk Tales of the Irish Peasantry*, 1888）和《凯尔特朦胧》（*The Celtic Twilight*, 1893年初版, 1902年扩充），里面收录了他在斯莱戈地区（Sligo）听到的一些经典民间神话故事。后一部作品的名字甚至成为弥漫19世纪最后10年爱尔兰文坛的怀旧、浪漫情绪的代名词。格雷戈里夫人熟悉基尔塔顿地区（Kiltartan）的爱尔兰语方言。她翻译的《缪尔塞奈的库胡林》（*Cuchulain of Muirthemne*, 1902）和《神与战士》（*Gods and Fighting Men*, 1904）取材于爱尔兰语典籍《阿尔斯特故事集》（*Ulster Cycle*）和《芬尼亚故事集》（*Fenian Cycle*）。④席吉森（George Sigerson, 1836—1925）的《芒斯特的诗人与诗作》（*The Poets and Poetry of Munster: A Selection of Irish Songs*, 1860）及《盖尔诗人与外国诗人》（*Bards of the Gael and Gall: Examples of the Poetic Literature of Erinn*, 1897）⑤将爱尔兰语诗歌与英译文并列印刷出版，不仅保存了宝贵的诗歌遗产，而且极大地促进了这些诗歌的重新流传。道格拉斯·海德是盖尔语联盟的创立者和国立大学（National University）的爱尔兰语教授，精通爱尔兰语并热衷于它的复兴。他的《爱尔兰文学史》（*A Literary History of Ireland: From Earliest Times to the Present Day*, 1899）是文艺复兴运动期间唯一一部尝试全面介绍爱尔兰语文学历史的学术作品。他翻译的两本爱尔兰语诗集《康诺特情歌》（*Love Songs of Connacht*, 1893）和《康诺特宗教诗歌》(*The Religious Songs of Connacht*，1906) 也十分重要。

对爱尔兰语典籍的大量译介至少在三个方面产生了积极有益的影响。一是产生了一种独特的以爱尔兰语为基础的英爱方言 (Hiberno-English)。这种"富含爱尔兰语节奏和风格的英文"使文艺复兴人士的作品带有鲜明的爱尔兰特色，使叶芝提出的用英语来书写爱尔兰文学的理论假设成为可能：

> 难道我们不能建立……这样一个民族文学：以英语创作却同样蕴含爱尔兰精神？难道我们不能把古代文学中最优秀的部分翻译或重写为富含爱尔兰语节奏和风格的英文，从而延续民族的命脉？难道我们不能自己写，并劝说其他人写，有关古代伟大的盖尔人（从内莎之子到欧文·罗）的历史和传奇故事，一直写到在新旧文学之间架起一座金桥？(1970：255)[⑥]

二是这些译介使古代英雄人物与神话故事成为爱尔兰文艺复兴创作的一个持续主题，并且重新使库胡林 (Cuchulain)、迪德丽尔 (Deirdre)、胡里汉之女凯瑟琳 (Cathleen ni Houlihan) 等一批人物形象深入人心，为爱尔兰文学宝库增加了一笔永久的宝贵财富。

三是这些译介与盖尔语复兴人士的工作一起极大地提高了人们对爱尔兰语文学与文化的关注，促成了爱尔兰语的现代传播和现代爱尔兰语创作的萌芽。1901 年爱尔兰文学剧院上演了海德的爱尔兰语独幕剧《绳结》(*Casadh an tSúgáin*，或 *The Twisting of the Rope*)，这是第一部在专业舞台上演出的爱尔兰语戏剧。1904 年奥利里 (Peadar Ua Laoghaire 或 Peter O'Leary，1839—1920) 出版爱尔兰语小说《肖纳》(*Séadna*)，被语言复兴主义者奉为"圣经"，认为它提供了人民使用的活生生的语言，从而结束了"何种爱尔兰语应被复兴"的争论。(Hogan：61—62) 随后皮尔斯 (Patrick Pearse，1879—1916) 和奥康纳尔 (Pádraic Ó Conaire，1882—1928) 的创作实践真正开创了爱尔兰语的现代文学创作。此后的爱尔兰语创作虽然仍是涓涓细流，但已经从濒危的边缘挣扎回来了。

文艺复兴的政治性

爱尔兰文艺复兴运动经常被当作非政治性的文学运动来研究。这其中，叶芝对文艺复兴源起的总结多少有一定的误导作用。他说：

> 爱尔兰现代文学，事实上，为英爱战争（译注：Anglo-Irish War，1919—1921 年，也称爱尔兰独立战争）所作的所有思想准备，都起始于1891 年帕内尔的倒台。[⑦] 幻想破灭、满腔愤怒的爱尔兰人摈弃了议会政治，即将发生的重大事件已经酝酿成熟。……海德博士创立了盖尔语联盟。许多年来，盖尔语语法研究代替了政治上的争论，乡村聚会代替了政治集会。……与此同时，我开展了一场英语运动。(1955：559—560)

叶芝认为帕内尔倒台之后，爱尔兰人对靠议会政治斗争的手段来争取自治地位的渠道丧失了信心，于是将受阻的热情投入到文艺复兴之类的非政治渠道。叶芝的观点被大量转载，许多评论家因而认为爱尔兰文艺复兴是非政治性的文学繁荣。后来在修正主义思潮的影响下，著名的爱尔兰历史学家福斯特（R. F. Foster）质疑此类观点，认为议会政治在帕内尔去世之后仍在有效运转，只是因为第一次世界大战的突然爆发才使爱尔兰民族主义情绪转向暴力革命。（268）但是，无论是叶芝式的解读，还是福斯特的修正，它们都延续了将文学与政治简单对立的二元化思维，也将爱尔兰文艺复兴运动与政治民族主义对立起来。但是实际上，这种二元对立思维低估了爱尔兰文艺复兴运动的政治性。政治斗争并不局限于政治党派和政治集会，而是也体现在去除英国影响、重建民族身份的文化斗争中。

事实上，爱尔兰文艺复兴的政治性只有放在历史大环境中才能更好地理解。文学的繁荣仅是更广阔的民族自觉文化运动中的一个方面。除了文学之外，对凯尔特古文物的考古学，以 1884 年盖尔体育联盟（Gaelic Athletic Association）的创立为代表的盖尔体育运动的复兴，以及以音乐节（Feis Ceoil 或 Festival of Music）为代表的对竖琴、风笛、民歌等爱尔兰音乐的复兴等，都体现了一种深刻的民族自觉意识。这种身份政治的文化努力与政治党派的议会斗争至少具有同等的重要性。

爱尔兰文艺复兴作家们的政治诉求在一开始就有相当明确的表述。1892 年 5 月 12 日，叶芝等人在伦敦成立爱尔兰文学社（the Irish Literary Society）。3 个月后，这批志同道合之士又移师都柏林，成立了爱尔兰民族文学社（the Irish National Literary Society）。在后者的成立庆典上，作家布洛克（Stopford Brooke）发表了题为《用英语创作爱尔兰文学的必要性和意义》（"The Need and Use of Getting Irish Literature into the English Tongue"）的重要演讲。当年 11 月，海德在爱尔兰民族文学社发表了一篇演讲，题为《论爱尔兰去英国化的必要性》（"The Necessity of De-Anglicizing Ireland"）。随即在 12 月 17 日，叶芝在《联合爱尔兰》（United Ireland）上发表了一封公开信，提出了上文引述过的 "在新旧文学之间架起一座金桥" 的文学理想以及实现一个 "以英语创作却同样蕴含爱尔兰精神" 的民族文学的创作目标。"文艺复兴作家们达成共识，用对爱尔兰性的更为高贵的呈现来替代殖民主义的固定形象，并且普遍愿意为实现上述目标构建一个对立的文化基础。"（Mathews：11）

叶芝在为《北美评论》（North American Review）所写的《爱尔兰的文学运动》（"The Literary Movement in Ireland"）一文中，将各种文化活动的主旨总结为两点：一是 "保存或重新塑造有关民族生活的一些表达，而不用考虑时下的政治"，二是 "抵制来自英格兰的庸俗书籍和更为庸俗的歌曲"。（2004：461）叶芝的这篇文章发表于 1899 年，他所说的 "时下的政治" 应该指的就是帕内尔倒台之后徘徊不前的议会政治斗争。叶芝、海德等人对其运动的 "非政治" 性的强调其实是要摆脱当时议会政治斗争的困境，另辟蹊径来寻求民族主义的新的表达渠道。这股"自助"潮流决意不管英国批准与否而先行在爱尔兰境内实现一些改变。这与萨义德（Edward Said）的"抵抗文化"（culture of resistance）有异曲同工之妙。

萨义德在《叶芝与非殖民化》一文中指出："在世界范围内进行的将殖民地系统地纳入全球市场经济中的积累过程在欧洲得到了文化上的支持与赋权，文化给帝国颁发了意识形态的执照。与之相同的是，在其海外帝国存在大规模的政治、经济和军事的抵抗，这一抵抗本身也是由一个极具煽动性和挑战性的抵抗文化所支持和推动的。"（73）正如欧洲的殖民扩张有其文化支持一样，殖民地的各种大规模的政治、经济和军事的抵抗行动也有抵抗文化的支持。放在这个范畴内来看，就不难理解爱尔兰文艺复兴运动的政治性：它在爱尔兰起到了"抵抗文化"的作用。

不过，爱尔兰特殊的白人殖民地背景⑧使爱尔兰的"抵抗文化"更为特殊和复杂。在爱尔兰，政治与文化的对抗并不能轻易地归结为殖民者与被殖民者的简单两极对立。抵抗阵营本身并非一成不变的整体，而是呈现多重立场、多种诉求的"拼盘"效果。宗教、阶级、语言、党派等各种因素在爱尔兰不断相互叠加和组合，产生出英爱人士、天主教会、语言复兴主义者、议会政治支持者、激进军事分裂分子、社会主义者等各具主张和立场的抵抗阵营。虽然文艺复兴人士在英爱斗争的文化战场上相对达成一致，但具体到什么才是真正权威的爱尔兰性时，民族主义阵营内部却存在分歧。文艺复兴的政治性不仅体现在英国与爱尔兰为了各自的政治利益所进行的文化斗争，还体现在爱尔兰民族主义阵营内部为了争夺领导权和优势话语权而进行的内部斗争。什么是权威的爱尔兰性？谁是真正的爱尔兰人？谁是未来国家的理想主宰和政治代表？在议会政治和军事斗争的形势没有明朗之前，文艺复兴的文化论争使这些未来建国的关键问题明晰地呈现在国人的眼前。各种诉求之间的交流与撞击产生了文艺复兴的百花争鸣。

结语：多样化身份/政治诉求的文化表达

20世纪20年代之后，支撑爱尔兰文艺复兴的创作热情渐渐平息。1923年爱尔兰内战结束，接受《英爱条约》的民族主义者以武力取得胜利，爱尔兰何去何从的政治命运不再具有悬念。⑨与此同时，爱尔兰自由邦政府开始采取严格的审查制度来限制言论自由，《电影审查法》（Censorship of Films Act，1923）和《出版物审查法》（Censorship of Publications Act，1929）相继出台。革命清教主义、党派之间的猜忌以及政治和宗教上的极端保守主义使审查制度渐渐成为束缚自由创作的紧身衣。1932年，瓦拉纳选举获胜后又在经济上实施自给自足的孤立主义政策。一时之间，极端保守的民族主义话语成为主导话语，"天主教+爱尔兰语+男性"的模式成为爱尔兰民族身份的唯一权威表达。非天主教人士、英爱人士、女性等，不论其是否为爱尔兰的独立作出过贡献，都被排除在民族话语之外。大批作家移居国外，文艺复兴之花也渐渐凋零。

站在 21 世纪回顾，爱尔兰文艺复兴时期百花争鸣的多元主义是对多样化的身份／政治诉求的文化表达，其主旨是包容、开放的。但因为保守的民族主义势力最终获得政治上的胜利，在政治和文化上具体实现了以"天主教＋爱尔兰语＋男性"为主导的同质化爱尔兰身份，所以文艺复兴对爱尔兰民族身份的多元主义定义才被迫中断。只有到了 20 世纪后期，爱尔兰身份政治才逐渐摆脱独立以来的排他性定义，接纳了不同于传统的性别观和族裔观，更加具有包容性和开放性。非天主教人士、女性和英爱人士等被边缘化的少数群体纷纷发出了自己的声音，20 世纪末的爱尔兰文坛又出现了一片繁荣景象。

从这个角度来看，爱尔兰文艺复兴的遗产是什么？其中之一应该是它提供了多元化界定爱尔兰身份的可能，虽然它被政治上胜利的狭隘民族主义中断了，但它给 20 世纪后半期的新一代爱尔兰作家和艺术家提供了思考的空间和精神的食粮。在即将迈入 21 世纪门槛的时候，爱尔兰的作家和艺术家们又再次思考多元化民族身份的问题，用各种各样的形式来表达多元化界定身份的呼声。正是在这个意义上，我们今天在欣喜于现代爱尔兰戏剧"新复兴"⑩的同时，仍然不得不再次把目光投向 20 世纪初的爱尔兰文艺复兴运动，因为它"或许能够教会我们很多东西来理解 21 世纪的爱尔兰文化活力"。（Mathews：148）

参考文献

1. Boyd, Ernest. *Ireland's Literary Renaissance*. New York: A. A. Knopf, 1922.

2. Curtis, Edmund. *A History of Ireland: From the Earliest Times to 1922*. London: Routledge, 2002.

3. Fallis, Richard. *The Irish Renaissance: An Introduction to Anglo-Irish Literature*. Dublin: Gill and Macmillan, 1978.

4. Foster, R. F. *Paddy, and Mr. Punch: Connections in Irish and English History*. London: Penguin, 1993.

5. Goodby, John, ed. *Irish Studies: The Essential Glossary*. London: Arnold, 2003.

6. Greene, David H. "Ireland: 5. Literature." *The Encyclopedia Americana International Edition*. Vol. 15. Danbury: Americana Corporation, 1980.

7. Hogan, Robert, ed. *The Macmillan Dictionary of Irish Literature*. London: Macmillan, 1980.

8. Hyde, Douglas. *A Literary History of Ireland from Earliest Times to the Present Day*. London: T. Fisher Unwin, 1899.

9. Llewellyn-Jones, Margaret. *Contemporary Irish Drama & Cultural Identity*. Bristol: Intellect Books, 2002.

10. Mathews, P. J. *Revival: The Abbey Theatre, Sinn Fein, the Gaelic League and the Co-operative Movement*. Cork: Cork UP in association with Field Day, 2003.

11. Said, Edward. "Yeats and Decolonization." *Nationalism, Colonialism, and Literature*. By Terry Eagleton, et al. Minneapolis & London: U of Minnesota P, 1990.

12. Yeats, William B. *Autobiographies*. Dublin: Gill and Macmillan, 1955.

13. —. *Early Articles and Reviews: Uncollected Articles and Reviews Written Between 1886 and 1900*. Ed. John P. Frayne and Madeleine Marchaterre. New York: Scribner, 2004.

14. —. *The Poems* (2nd Ed.). Ed. Richard J. Finneran. New York: Scribner, 1997.

15. —. *Uncollected Prose by W. B. Yeats* (Vol. 1: *First Reviews and Articles, 1886—1896*). Ed. John P. Frayne. New York: Columbia UP, 1970.

16. 叶芝：《爱尔兰戏剧运动——在瑞典王家学院的讲话》，载傅浩编选《叶芝精选集》，傅浩等译，北京燕山出版社，2008。

① 参见辛格的《诗歌与译作》（*Poems and Translations*，1909）和《约翰·米林顿·辛格文集 卷 I：诗歌》（*Collected Works of John Millington Synge* Vol. I: *Poems*，1962）；乔伊斯的《圣职》（"The Holy Office"，1905）、《室内乐》（*Chamber Music*，1907）、《灯之煤气》（"Gas From a Burner"，1912）和《售价一便士的诗》（*Poems Penyeach*，1927）等。

② 奥凯西的六卷本自传从 1939 年开始陆续发表，最终以《我家的镜子》（*Mirror in My House*，1956）为书名结集出版。

③ 历史上，英国殖民者对爱尔兰语采取排挤和灭绝的措施。整个 18 世纪没有爱尔兰语的书籍面世，残存的少量爱尔兰语作品只能以手稿的形式流传。此外，在英国对爱尔兰的殖民统治牢固之后，出于经济和政治利益的考虑，爱尔兰中上阶层人士纷纷摒弃爱尔兰语，仅剩边远地区的农民还继续使用。而 19 世纪中叶惨绝人寰的爱尔兰大饥荒使下层贫困人口大量死亡或被迫移民，爱尔兰语赖以存在的社会基础几乎被摧毁殆尽。（Curtis：251，315—318）

④ 爱尔兰中古时期（Middle Irish Period，11—17 世纪中）的文学作品主要包含三个系列的英雄传奇故事：《神话故事集》（*Mythological Cycle*）、《阿尔斯特故事集》（也称《红发家族故事集》，*Red Branch Cycle*）和《芬尼亚故事集》（也称《奥西安故事集》，*Ossianic Cycle*），均讲述当时的英雄人物及其传奇故事。详见 Joseph Laffan Morse, William H. Hendelson, eds, "Irish Literature in Gaelic", in *Funk & Wagnalls New Encyclopedia*, Vol. 13 (New York: Funk & Wagnalls, 1972. p. 433)。

⑤ the Gall 一词在爱尔兰语里最初指"高卢人"（Gaul），后来被拓宽指称"外国人"。从 12 世纪的爱尔兰语史书《盖尔人与外国人的战争》（*Cogad Gáedel re Galla'b*，即 *The War of the Gaedhil with the Gaill*）中流传出词组 Gaul and Gall，使用至今。Gaul 和 Gall 两个词被对比使用，前者指盖尔人，后者指入侵爱尔兰的外国人（当时是维京海盗）。参见 http://en.wikipedia.org/wiki/Gaul. 此处的"Gael and Gall"应是这一词组的变形。

⑥ 引文中的内莎之子（son of Nessa）指的是阿尔斯特王康乔巴（Conchobar, King of Ulster），他是《阿尔斯特故事集》中的主要人物之一，库胡林是他的得力武士。欧文·罗（Owen Roe）指的是欧文·罗·奥尼尔（Owen Roe O'Neill，即 Eoghan Ruadh Ó Néill，约 1585—1649），是阿尔斯特最为著名的奥尼尔皇族中的一员，1641 年爱尔兰起义爆发后，他从西班牙回国成为义军的杰出将领，多次率军击败英军。19 世纪末的爱尔兰民族主义者将他视为民族英雄，托马斯·戴维斯曾在《民族报》（*Nation*）上作诗《哀悼欧文·罗》（*The Lament for Owen Roe*）。本引文为笔者自译，以下引文如无特殊说明均为笔者自译，不再另行作注。

⑦ 帕内尔（Charles Stewart Parnell，1846—1891）倒台前是爱尔兰议会派的党魁，号称"爱尔兰的无冕之王"，是爱尔兰争取政治自治的关键人物。他有效地取得了爱尔兰各派和英国首相格莱斯通（William E. Gladstone，1809—1898）的支持，后者于 1886 年首次推出《爱尔兰自治法案》（*Irish Home Rule Bill*）。虽然法案未获英国下院通过，但爱尔兰政治自治的梦想似乎触手可及。但是 1889 年帕内尔与有夫之妇欧夏（Katharine O'Shea）的私情曝光，很

快遭到以天主教会为代表的各派势力的抛弃，政治影响力一落千丈并于1891年去世。帕内尔倒台后，爱尔兰的政治自治前景也一片黯淡，并且随着1893年第二次自治法案的失败和1894年英国内阁的改组而陷入停顿局面。

⑧ 即殖民者与被殖民者双方都是白种人。人种上的一致性使爱尔兰的殖民地性质较为隐蔽，不能像在印度和非洲那样产生明显区分的两大阵营，因而使"抵抗文化"在塑造民族形象和归化民众心理认同上具有更大的复杂性。

⑨ 1921年签订的《英爱条约》结束了英国与爱尔兰之间的战争，却开启了爱尔兰内战的序幕。该条约主要有两个条款引起了新芬党和爱尔兰共和军内部的纷争：一是爱尔兰要对英国国王宣誓效忠；二是南北分治，爱尔兰北方6郡仍留在英国之内。新芬党和共和军分裂成支持条约派(treatyites)和反对条约派(anti-treatyites)，并最终爆发内战。1923年内战结束，以柯林斯为首的支持条约派获胜，不过柯林斯本人遭伏击身亡。

⑩ 20世纪末期以来，弗里尔（Brian Friel,1929—2015）、麦克基尼斯（Frank McGuinness, 1953— ）、墨菲（Tom Murphy, 1935— ）等已经成名的剧作家与许多新秀一起将爱尔兰戏剧再次推向繁荣，被评论界称为"爱尔兰戏剧的又一次文艺复兴"。

暗恐/非家幻觉 童 明

略 说

弗洛伊德（Sigmund Freud）心理分析学的一个重要概念名曰"压抑的复现"（return or recurrence of the repressed）或"重复的冲动"（repetition compulsion①）。1919 年，弗洛伊德在《暗恐》（"Das Unheimliche"）一文中阐述的"暗恐／非家幻觉"（The Uncanny / Unheimlich）是"压抑的复现"的另一种表述，亦即：有些突如其来的惊恐经验无以名状、突兀陌生，但无名并非无由，当下的惊恐可追溯到心理历程史上的某个源头；因此，不熟悉的其实是熟悉的，非家幻觉总有家的影子在徘徊、在暗中作用。熟悉的与不熟悉的并列、非家与家相关联的这种二律背反，就构成心理分析意义上的暗恐。在德语中，暗恐的相应词是 unheimlich，相当于英语的 un-home-ly，直译为"非家幻觉"。但在英语里，unheimlich 的相应词却是 uncanny，中文译为"暗恐心理"或"暗恐"，音义结合，恰好与英语相通。不过，这个概念既然源自德语，德语的原意不容忽略，"非家幻觉"的译法应该与"暗恐"并用或互换。由于心理分析和现代文学有千丝万缕的联系，暗恐／非家幻觉的概念广泛用于文学创作、文学评论、文化研究，更为当代理论所青睐。

综 述

暗恐／非家幻觉的语境

对暗恐／非家幻觉的概念的理解，首先涉及两个相互关联的语境：一、现代心理分析学的首要意义；二、"压抑的复现"或"重复的冲动"的概念。

现代心理分析学的首要意义是什么？弗洛伊德说，这个新学科是针对人类中心知识论（man-centered epistemology）的"第三次革命"。以人类为中心的知识论，即人类自视为"万物之本、万物之灵"，并由此将世间万事喻人化（to anthropomorphize the world），以此构成知识和文化体系。这种知识论渗透于西方文明，也渗透于包括中国在内的东方文明。中国文化里"天人合一"的语义复杂，有些语境下与人类中心相悖（如老子），而有些语境下人类中心知识论的影子却隐约其间。

人类在历史发展的进程中对此种知识论的缺陷逐渐有所觉悟。人类自以为是的思维，曾表现为认定这地球是平的，一直往前走即抵达深渊的边沿，而这种真理后来被航海的经验推翻，此为第一次革命。后来，以地球为宇宙中心的看法成为真理，在西方受到宗教神权的佑护，却被以哥白尼为代表的革命所颠覆，此为第二次革命。启蒙运动以来，以笛卡尔为象征的主体论，推崇一个先验自足、稳固不变的主体，亦即"我思故我在"（cogito ergo sum）。我思和存在等同，同样是过分相信人的思维能力，也是自以为是的真理。现代心理分析学挑战笛卡尔主体论，即为"第三次革命"。弗洛伊德之后的心理分析领军人物拉康，将弗洛伊德的世界（the Freudian universe）和哥白尼的世界（the Copernican universe）相提并论，正是此意。哥白尼的世界挑战的是西方宗教裁判所代表的地球中心论；弗洛伊德的世界挑战的是笛卡尔代表的先验自足的主体论。因此，心理分析学的首要意义是哲学思辨层次上的意义，亦即针对笛卡尔式主体论再次进行启蒙。弗洛伊德心理分析告诉我们，我们的"自我"（所谓"主体"）不是一个先验的、固定的思想实体，而是在各种力量——比如语言结构、社会象征秩序、历史发展、各种压抑——支配之下不断变化的；"我"之中存在着他者、陌生的因素。心理分析鼓励我们有勇气面对这样的事实："我"之中包含着"异域"或"异质"（foreignness）；我们对自己而言也是陌生人（We are strangers to ourselves），故而我们并非生来就是自由的。心理分析这样看待自己（主体）的思辨，其价值高于其治疗所带来的商业利益，只是现代商业社会往往将价值本末倒置。

心理分析对主体论的思辨，不仅针对个人主体，也是对国家、宗教、社会等力量的探究。在弗洛伊德的整体思维里，个人的冲突，最终指向文明的各种制度的问题。换言之，通过主体或个人的危机进入对文明和集体的思考，是弗洛伊德对文明各种问题思辨的方法和途径。

心理分析的再启蒙价值，在当代理论的视野之下显得更清楚。例如德里达（Jacques Derrida）曾指出，解构哲学有三位直接的先驱者：尼采、弗洛伊德、海德格尔。其中，弗洛伊德（以后还有拉康）的贡献是把"我思"从"在场"（在柏拉图的二元对立中，与 absence 相对的 presence，通译为"在场"）的中心位置上请下来，揭穿了"我之在场"（self-presence）的迷思（myth）。（916—917）

弗洛伊德提出"无意识"既是为揭穿"我之在场"的神话，也是与柏拉图理性传统相抗衡，因为笛卡尔主体论是这个传统的延续。柏拉图传统将人的理性思维功能夸大到排斥人性的其他功能和特质（如意愿、本能、情绪、想象等），将这些人性的功能视为非理性、"不在场"乃至"愉悦的杂音"（noises of pleasure）；理性传统其实是一个理性第一、理性唯一的传统（the reason-first and reason-only tradition）。弗洛伊德阐述无意识（the unconscious），偏偏要证明所谓的"不在场"是真实的存在，所谓"杂音"是不可否定的人性。无意识不仅存在，而且始终活跃，而"压抑的复现"正是"无意识"的证明。弗洛伊德在《自我与本我》中写道："这样，我们从压抑的理论中获得了无意识的概念。我们认为，压抑是无意识的原型。"（1960：5）

弗洛伊德认为，"压抑"（repression）是文明社会中人格发展的一部分，因为文明必然要在各个方面控制人性。我们生活在文明社会里所形成的自我，其实是三我一体，即本我（id）、自我（ego）、超我（superego）之间能量的综合和平衡。成年的人格，意味着对各式各样的早期、原始欲望（例如，包含性含义的幼年的"依恋物体"）的超逾（surpassing），而超逾其实是不同程度的压抑——对此类压抑的论述散见于弗洛伊德关于性的各种研究。成年的人格，也带有文明的禁忌（即超我）和本我之间冲突留下的各种压抑的痕迹——这方面的论述在《文明及其不满》里最为集中。弗洛伊德的论述绝不是像许多人想象的那般温情脉脉，请听这句话："文明控制个人反抗的欲望，方法是削弱这种欲望，使之解除武装，并且在他内心里设置一个看管他的机构，就像在沦陷的城市里驻扎一个警备部队。"（1961:84）对"警备部队"的恐惧持续下去就成为不自觉的恐惧。持续被压抑的一定是无意识，因为持续被压抑的元素不能进入意识。不过，无意识中的压抑在特定条件下还是会被唤醒，以我们不知觉的方式复现，一次又一次地复现。

"压抑的复现"这一概念又可以用"重复的冲动"（也有人译为"强迫重复"）解释。一个人已经忘记或压抑的事情，应该是"不记得"了，可是我们却会在无意识间把不记得的事"演"出来（acting it out）。茫然不知地重复上演，就是"重复的冲动"。人们不自觉"演"出的，多半是心灵中的痛苦、创伤和其他负面的情绪。在《超越唯乐原则》第二章中，弗洛伊德以一个幼童的游戏为例说明这一点。这个还在牙牙学语的一岁半的男孩非常依恋妈妈，而且很乖，不哭不闹。如果妈妈几个小时不在，他会把一个玩具扔出去，嘴里念念有词: fort, da（德语：走了，在那儿），显然是感伤妈妈的不在；孩子又用一根线把玩具拖回来，再把它扔出去，继续说 fort, da，继续重复他特定的游戏。这个幼童是弗洛伊德的孙子。fort/da 成为"重复的冲动"特有的一个喻说符号。

值得强调的是：被压抑的形形种种，不仅存在于所谓有精神问题的个人，也同样存在于所谓正常的个人。人的精神现实（psychic reality）通过人的身体而存在，借由语言而展现，表现于人的各种正常或不正常的行为之中。因此，精神的问题也可以通过医药复健和语言调整的双重方法治疗。分析师形成的职业本能，是他们对病人无意识的敏感；他们的工作是通过解读、对话，将被压抑的欲望带入意识，通过意识解消抗拒，使之逐渐得到精神的整合。心理分析的语言实践，成为心理分析和文化研究、文学实践之间便利的桥梁，也成为多学科之间对本体问题共同关心的领域。

《暗恐》的摘要

以上面两个问题作为背景和语境，也就不难理解弗洛伊德1919年的这篇论文的价值了。文章分为三部分：一、通过词源、词义的例子，为暗恐奠定心理分析学的解释；二、以霍夫曼的《沙魔》为例，阐述暗恐的表现特点及其与心理历史的关联，同时解说何为"复影"；三、将现实生活中的暗恐和文学中的暗恐作比较和区分，进而说明暗恐在社会和文化中的普遍存在。

一、弗洛伊德首先指出，传统的美学忽略了负面情绪在美学中的重要性，因此新的美学研究应该和心理分析结合为一体。对暗恐的研究就是这样的课题。

在通常的意义上，暗恐是一种惊恐心理，一种对不可解释、不知缘由的现象（比如某种超自然现象）产生的恐惧。弗洛伊德在保留暗恐通常语义的基础上，从心理分析学角度作了进一步的解释："暗恐是一种惊恐情绪，但又可以追溯到很久前就已相识并熟悉的事情。"（2007：515）这个定义已经把当下似乎不熟悉的情感（惊恐）和过去的熟悉联系起来，为下文的发展作了伏笔。

接下来，弗洛伊德着眼于许多词典中关于 unheimlich 和 heimlich 这一对德语词的若干特别语义，以文字学支持心理分析的暗恐内涵。unheimlich 的主要语义是：非家的、不熟悉的、不受控制的、令人不适的、令人惊悚的；此外它还有个不常见的用法：本来是私密、隐蔽的东西显露出来（the revelation of what is private, concealed, hidden）。所谓隐蔽，是指对"自己"而言，是自己似知非知的秘密在不经意、没有防备的情况下显露了。它的反义词是 heimlich，通常的语义是：家里的、熟悉的、友好的；但它的另一个语义是：隐蔽的、秘密的、看不见的、不被自己所知的。因为这后一种意思，heimlich 有时成为 unheimlich 的同义或近义词。这正是弗洛伊德的论点：unheimlich 也是 heimlich，非家的源自家里（"家"在此作宽泛的比喻）。换言之，被压抑的复现同时有"家"和"非家"的两面。由此可见，暗恐或非家幻觉毋宁说是心理分析中压抑的复现的另一种说法。

二、霍夫曼（E. T. A. Hoffman, 1776—1822）是个擅长写恐怖奇幻故事的德国小说家，芭蕾舞剧《胡桃夹子》就是以他的中篇小说《胡桃夹子和鼠王》为基础改编的。弗洛伊德以霍夫曼 1817 年的小说故事《沙魔》（"The Sandman"，通常译为"睡魔"，但"沙魔"更准确，因为"沙子"在故事中有具体的含义不可省略）注释暗恐／非家幻觉的规律，似在暗示心理分析和美学之间的紧密联系。不过，作为文学作品，《沙魔》的结构比较工整，逻辑清晰，应该和心理分析师通常面对的案例有所不同。

故事主角纳撒尼尔（Nathaniel）是一个大学生："虽然现在很快乐，但［幼年时］他所敬爱的父亲神秘和可怕的死亡的那些记忆使他无法忘怀。"故事的逻辑按时间顺序复述比较清楚。纳撒尼尔还是孩童的时候，母亲为了让孩子们早点睡觉，吓唬他们说"沙魔要来了"；接着，纳撒尼尔就会听到一个访客沉重的脚步声，访客和父亲一谈就是一夜。所谓"沙魔"只是母亲编出来吓吓孩子的，但是保姆添油加醋的说明听起来十分逼真："他可是个坏人，小孩子不睡觉他就来了，然后撒一把沙子在小孩眼睛里，那眼睛就冒着血从头上蹦出来。然后他就把眼睛放在袋子里，带到半月（half-moon）上去喂他的孩子。"如此等等。（Freud，2007：518—519）虽然纳撒尼尔对保姆的故事将信将疑，但对所谓"沙魔"的恐惧已经在心里播种。一天晚上，孩子们所畏惧的访客律师科毕柳斯（Coppelius）到父亲的书房和父亲在壁炉前见面，纳撒尼尔躲起来偷听，被科毕柳斯发现。科毕柳斯吓唬他，要把火里通红的煤渣丢进他眼睛里，父亲出来求情才得以作罢。这之后，纳撒尼尔大病一场，认定科毕柳斯就是沙魔。一年后，有一次父亲和科毕柳斯在书房里，不知为何发生了爆炸，父亲死亡，科毕柳斯从此失踪。弗洛伊德特别指出：保姆说的沙魔和科毕柳斯有一个共同点，就是他们都让孩子害怕失去眼睛。

纳撒尼尔上大学后和克拉拉（Clara）相爱并订婚。这时，在大学城里有个意大利籍的眼镜师叫科波拉（Coppola，名字和科毕柳斯相似），他叫卖太阳镜的样子让纳撒尼尔害怕。纳撒尼尔从他那儿买来一个袖珍望远镜，用来偷窥斯帕拉桑尼（Spalazani）教授家，发现教授有个漂亮的"女儿"奥林匹亚（Olympia），从此堕入爱河不能自拔。奥林匹亚其实是个机械人玩具，她的机械部分是斯帕拉桑尼教授做的，眼睛却是眼镜师科波拉的杰作。有一天，纳撒尼尔碰上教授和眼镜师为奥林匹亚的所属权争吵，科波拉把奥林匹亚的木质"眼睛"扯了出来，斯帕拉桑尼又把"眼睛"扔到纳撒尼尔的身上，纳撒尼尔顿时失控。过了好长时间，纳撒尼尔逐渐回复正常。有一天，他和未婚妻克拉拉登上市政厅的楼顶，用望远镜观览市容，不料看到了失踪已久的律师科毕柳斯。纳撒尼尔顿时疯狂，从楼顶坠落身亡。

这个故事里，"沙魔"代表的恐惧是无意识中的压抑。弗洛伊德说，儿童心灵深处对失去眼睛的恐惧常常是对被阉割阳具的恐惧。这种恐惧广泛反映在梦境、神话、民间故事以及心理分析的过程中。我们看到，沙魔（被压抑的恐惧的象征）在纳撒尼尔生活中多次复现，却并非以原有形式复现，而是以其他的、非家的方式复现"家"的某些痕迹。具体说，沙魔现象是以"复影"（double）的方式复现的。

double 的基本语义是镜中的影像，译为"复影"取再次出现的影像之意；通常译为"双重人格"有可取之处，但是在许多语境中行不通。弗洛伊德回顾了心理学家兰克（Otto Rank）1914 年对"复影"演变史的论述。兰克指出，"复影"是人的心理需要的投射，往往和镜中的影像、阴影、保护神以及人们对灵魂的相信和对死亡的恐惧联系在一起。古时，"复影"反映的是古人的自爱、自恋的心理，是防止自我被毁灭的一种保证；所谓"永生的灵魂"是肉体的第一个"复影"，所谓"保护神"也是产生于同样的心理。在这个阶段，"复影"是神灵的面孔。这个阶段过后，"复影"又以魔鬼的面孔——对死亡的恐惧的阴影——出现。因此，神灵和魔鬼同出于恐惧死亡的心理，是同一心理的不同表现。

在兰克论述的"复影"演变史的基础上，弗洛伊德强调了"复影"在压抑复现过程中的暗恐作用。在《沙魔》故事里，对沙魔的恐惧以复影方式出现了多次。律师科毕柳斯是沙魔的复影；眼镜师科波拉也是沙魔的复影；科波拉和斯帕拉桑尼之间的争吵又是科毕柳斯和纳撒尼尔父亲（坏父亲和好父亲）的复影；而机械人奥林匹亚则是纳撒尼尔自己心理的复影，确切说是纳撒尼尔对失去眼睛或被阉割的恐惧的复影。

三、弗洛伊德进而分析了暗恐／非家幻觉在现实生活中和在文学作品中的不同。在现实生活中，幼年时对一件事的恐惧，随着成长、随着对这件事的深入理解就会被克服，弗洛伊德称之为"现实的检验"（reality-testing）。然而，文学作品里面的人物以及读者（或观众）所经历的恐惧，往往不需要经过"现实的检验"，因为读者在经历文学的虚构事件时会调整自己的期待。比如，哈姆雷特父亲的鬼魂出现在舞台上、但丁描写的地狱情形，我们都会从虚构本身的特有逻辑去理解。用柯勒律治的话说，文学作品的读者会暂时"心甘情愿地搁置［自己的］不信"（willing suspension of disbelief）。当然，这种情形在阅读奇幻故事、童话故事时比较常见，而阅读有现实效果的故事时比较少。弗洛伊德说："［文学中的暗恐］与现实生活中的暗恐相比较是一个更加富饶的领域，前者囊括了后者的全部，而且包括了更多，包括了现实生活中没有的［暗恐］现象。"他据此将暗恐的现象扩大至文学乃至文化的广阔领域。与前面对"复影"演变史的论述相呼应，弗洛伊德指出："但丁《炼狱篇》的死魂灵或莎士比亚《哈姆雷特》、《麦克白》、《凯撒大帝》固然阴暗可怖，但这些未必就比荷马的神灵的欢乐世界更加暗恐。"（2007：530—531）

弗洛伊德对暗恐的神魔两面的见解可谓深刻。我们可以这样总结：暗恐理论直指人的不自由状态的根源。恐惧不安因素一旦出现过，就会形成心理历史；恐惧不安存在于个人，也存在于文化；它不仅以阴暗可怖的形式出现，也以光鲜明亮的形式示人。对魔鬼的惧怕、对神灵的崇拜，只是暗恐的两面。走向自由，首先要承认不自由的存在，认识不自由的根源和表现。所谓心理治疗，就是克服不自由。

负面美学：现代美学和心理分析的交织

弗洛伊德对心理分析的建构和他的文学知识密不可分，他常常以文学阅读的方法阐述心理分析的概念。从《暗恐》这篇文章的结构、方法和细节来看，弗洛伊德是以文学批评家和心理分析学家的双重身份在发言。他开宗明义，直指问题所在：传统美学历来关注美丽、漂亮、崇高，但忽略对情感的研究，更对厌恶、苦闷等负面情绪疏于论述；而美学应关注的不仅仅是美丑，还需有情感。他的潜台词不言自明：忽略了负面情绪的传统美学是不完整的美学。

弗洛伊德重视负面情绪在美学中的地位，这和现代文学的发展不谋而合。现代文学的进步意义，表现在对"光明进步"的价值体系的虚伪性的觉醒、对浪漫理论的质疑、对资本主义造成的各种异化现象的抵抗。现代文学越来越关注焦虑不安及其背后的种种真相。西方政客们满口"光荣、神圣"的词汇，让海明威这样的现代作家联想到芝加哥的屠宰场。因为漂亮光鲜的东西有时让人作呕，看重被扭曲的表面的表现主义（expressionism）艺术、荒诞戏剧、小说中的"怪异"人物（the grotesque）就成为新的美学模式。简而言之，现代文学日益看重和恐惧、扭曲、焦虑、异化相关的负面情绪而形成的美学，不妨称为负面美学（negative aesthetics）。卡夫卡就是负面美学的典范。

所谓负面美学，并非以前曾被简单斥为堕落、消极、反动的资产阶级美学倾向。恰恰相反，负面美学所强烈反对的是资本主义对人的异化，代表的是一种积极的反思能力。弗洛伊德以后，阿多诺的几部理论作品，尤其是他的未完成著作《美学理论》（*Aesthetische Theorie*，1970），也提出了负面美学问题。艾斯藤森（Astradur Eysteinsson）在《现代主义概念》中有一节专门论述阿多诺的负面美学，（39—44）其中指出现代主义采用不易交流的叙述方法，看似负面，却是资本主义逻辑话语的反面。他特别指出了阿多诺对卡夫卡的看法："卡夫卡作为作家的力量……正是'现实的负面感'的力量。"（42）负面美学引导我们看到不自由的原因，而追求的是自由。从历史哲学考量，负面美学旨在走向康德所希望的启蒙理想，即人类要走出被别人所监管的不成熟阶段，才能真正自主。

弗洛伊德在《暗恐》中提请我们注意负面情绪的美学价值，把心理分析这个现代学科和现代美学有机地结合在了一起。作为负面美学一部分的暗恐理论，其美学特征和价值是多面的。首先，欲望、焦虑等复杂的因素被引入传统的叙述理论。传统叙述学的鼻祖是亚里士多德的《诗学》。《诗学》对故事情节的逻辑和营造讲得十分详细，其中提到好的情节必须曲折复杂，而且应该出人意料，然而《诗学》恰恰略而不谈构成复杂和意外情节的心理因素。弗洛伊德使我们看到，叙述的稳定和和谐之外的不稳定性是欲望和焦虑，此种不稳定（叙述的暗恐性）更有美学的魅力。这样，如文学批评家林登博格（Robin Lyndenberg）所说，弗洛伊德使我们同时注意到"叙述的稳定结构和不稳定的文学性之间的交融，因此，惯例和创新、法则和非法、逻辑和谵语、意识效果和无意识效果成为［叙述］混合体"。（1072）林登博格还认为，暗恐性的叙述突出了叙述者为了表达内心的冲突从而和语言局限性展开的不断搏斗，造成了现实和想象界限的美学模糊。我们可以这样归纳："欲望"进入叙述理论，凸显了文学虚构的具体含义；而认识到"我"内心中的"非我"（或异域、异化）因素的存在，使人性的探索更动态、更立体。

暗恐的几个特征

暗恐的特征可归纳为如下几点。

非家和家并存 暗恐的主要特征，是非家和家的并存、不熟悉和熟悉的并存。unheimlich 也是 heimlich：这是暗恐的基本定义。从时间上说，暗恐也将现在和过去连接为一体。

记忆还是忘却 那么，作为压抑复现的暗恐，是记忆还是忘却？准确的回答是：在忘记状态下的"记忆"。所谓压抑，正是要忘却过去，因此，对被压抑的事情的"记忆"只能是不自觉的。自己似乎忘却的"秘密"在不经意的情形下显现，亦即暗恐式的泄露。你以为忘记了被压抑的情绪之时，它以偷偷摸摸的、无意识的、不被你马上辨认出来的方式复现。所以，称压抑为"复现"而不是"回忆"是有道理的。然而归根结底，暗恐还是可以归入"回忆"的一种——它是忘却式的回忆。法国作家杜拉斯的电影剧本《广岛之恋》依据暗恐构成情节，恰如其分地把忘却和记忆的并存作为主题映衬出来。

压抑的复现也是一种再创造　暗恐式的复现，不是压抑的全部，而是被压抑的某些痕迹（traces）的再现。复现的形式和过去的情形不同，却又相关联。比如在《沙魔》故事里，眼镜师科波拉和斯帕拉桑尼教授本来和纳撒尼尔的过去无关，但是由于"眼睛"这个母题的联系，他们之间的争吵就成了律师科毕柳斯和纳撒尼尔父亲之间会面的复现。再举几个现实的例子：有一个女子，家人在二战"屠犹"中丧生，但不知为什么，每一次看到希特勒的照片就会泪流满面。有一个中国的孩子在"文革"中目睹父亲在红墙前面被人殴打，多少年之后，在巴黎某个画展的一幅鲜红的油画前突然昏倒。此外，有些人对某种意识形态甚至某种音乐都会激动失控，也是一种暗恐现象。暗恐是一种大多数人都有的"病症"。用美学的术语表达就是：压抑好比是无意识中的一个不受控制的作家，"他"重复地用旧的素材撰写新的惊恐故事。这个"作家"在重复写作的时候，"我"真的是"我"，"你"真的是"你"吗？我们无意识间将过去和现在混同的那个片刻，在心理分析学里被称为"转移"（transference）现象。我们对现在的某个人、某件事、某种情景作出暗恐反应时，那个陌生的人、事、情景就是复影。掌握了心理分析的原则，我们在复影这面镜子里或许能看到自己过去的某种"家事"。

负面情绪的特征　过去的压抑，以焦虑不安等负面情绪为复现的方式。塞托（Michel de Certeau）说得好：这种过去会"再咬［你］一口"（it "re-bites"；il "re-mord"），而且是"秘密地、重复地咬"。（3）为了对付"过去"，"现在"采取遗忘策略；而"过去"呢，善用记忆的残余反攻。反攻的残余分子似乎是些外星人、异域分子、陌生人，其实"他们"并不陌生，你见过的。你在排斥这些"外人"的时候，排斥的却是自己内心的某些"异域"。此外，"过去"咬你的时候，还会以一种"他者法则"（law of the other）控制你，凌驾于你之上。比如，哈姆雷特父亲的鬼魂就把他儿子管得透不过气来。（3—5）

另一种时间策略　叙述的暗恐或暗恐的叙述，也是一种历史的方法。塞托指出，弗洛伊德对个人历史的分析和集体历史的分析（分别以《梦的解析》和《图腾与禁忌》为代表），是他心理分析的两根支柱；他的分析方法，最终为的是揭示文明社会的制度和机构的问题本源。为说明弗洛伊德的这种用意，塞托提出，历史学和心理分析学可以理解为两种时间的策略（two strategies of time）。历史学的方法，以现在和过去分成两块截然不同的空间为基础。换言之，过去是过去，现在是现在，历史学的叙述以此获得所谓客观性。然而，心理分析的方法，通过个人的负面情绪把过去和现在连在一起，牢不可分。（5—8）这种个人的、私密的经验，指向历史和文化的危机和冲突，因而具有历史价值，是另一种历史方法。在弗洛伊德看来，个人的病症，本源往往在于文明和个人的冲突所造成的压抑。补充一句，暗恐代表的历史方法或时间策略在文学叙述中更是常见。

现当代文学和当代理论中的暗恐

确实，暗恐已成为文学叙述原理和文学评论的概念。暗恐在现当代文学作品中的积极作用，在于它能从人物的负面经历中提炼出历史反思和文化批评的价值。先举几个美国现代作家为例。安德森（Sherwood Anderson）笔下的所谓怪异人物，其扭曲的行为，透过暗恐的规律可追溯到美国社会关于宗教、性别、性关系、职业的看法对个人造成的伤害，也可追溯到历史变迁中个人错位造成的焦虑。福克纳更是运用暗恐的高手，"复影"和"重复"成为他小说风格的标志。《喧哗与骚动》中的昆丁·康普森在哈佛大学自杀的心理描写，虽是他在北方的"非家"行为，透露的却是旧南方"家"中的深刻危机。威廉斯（Tennessee Williams）的戏剧《欲望号街车》里，布兰奇在新奥尔良妹妹家的种种"非家"焦虑，"演出"的是她在南方种植园家里的种种阴影。这些文学案例足以说明：将文化批评、新历史主义的原则引入文学评论是必然的。

暗恐这个负面美学概念的积极价值又见于它在族裔文学、飞散文学、后殖民文学中所发挥的作用。在后殖民的世界上，殖民历史、冷战历史的种种创痛回忆挥之不去，更像幽灵似的随着移民、飞散群体旅行。居住在美国的克什米尔飞散诗人阿里（Agha Shahid Ali）在一首诗中说，那些被压抑的历史记忆像"一卷巨大的胶卷负片，黑白两色，尚未冲洗"。（1）借阿里的比喻来表述，族裔文学、飞散文学、后殖民文学、后殖民批评等，通过冲洗这些记忆的负片，将被西方主流文化长期忽略的种种历史（或"时间"）纳入了当代文化生产的视野之内。

在美国族裔文学中，看似只是个人故事的暗恐式叙述，揭露的是种族主义、殖民主义的黑暗，是被忽略的那些历史。非裔作家鲍德温（James Baldwin）的许多短篇小说，如《去见那个人》、《走出荒野》等，用暗恐复影的方式揭示了种族主义暴力对黑人和白人的伤害，入木三分，荡气回肠。另一位非裔作家莫里森（Toni Morrison）的《宠儿》将美国奴隶制的暗恐再现为鬼魂，交织爱恨，震撼心灵。韩裔美国作家李昌来（Chang-rae Lee）的小说《本土语言使用者》，用层层复影将美国历史上被排斥为"外人"的亚裔的历史和心理予以重现。至于纳博科夫、拉什迪、库切等等的飞散作家，则是用负片、复影的方式，把这个地球上的东方和西方、南方和北方的政治地缘历史——述说出来。

在后殖民的话语中，暗恐汹涌之处，饱含家园、他者、另一时空、被压迫的历史的暗示和启迪，引发了诸多新概念的诞生。巴巴（Homi Bhabha）善用后殖民理论解说多元历史、多元文化的演示是怎样形成当代文化生产的。在这个语境下，巴巴认为，暗恐式叙述是产生新的空间和时间形式的重要途径之一。在谈到政治和文化飞散群体的经历时，他作了弗洛伊德式的描述："'非家幻觉'的片刻像你的影子似的偷偷袭来。"巴巴说，在这种情况下，所谓"非家幻觉"是"家和世界位置对调时的陌生感"，或者说是"在跨越地域、跨越文化开始时期的一种状态"。（1337）他还对"家"（home）一词认真地游戏了一番，说离家者（unhomed）正是因为有"非家幻觉"（the unhomely）的伴随，所以并非无家可归（homeless）。

无论是第三世界的作家还是西方国家的作家，用暗恐叙述解读新旧殖民历史的论述屡见不鲜。例如，杰勒德（K. D. Gelder）和雅各布斯（J. M. Jacobs）这两位学者，针对1992年澳大利亚高级法院将马博的土地归属权判给原住民的历史性判决，认为这其中的后殖民逻辑可以用弗洛伊德的暗恐解释。他们指出，许多澳大利亚人认为原住民对土地权利的主张是奇怪的，而忽略那里的土地本来就不是欧洲人的，这正是一种"不熟悉和熟悉并存"的暗恐心理在后殖民时代的反映。

对民族主义/国家主义的研究是当代理论的另一个焦点。启蒙运动使世界世俗化之后，宗教群体的概念日渐淡化，国家概念日益强化，民族情绪也随之高涨。国家/民族主义是一把双刃剑：它可以是反殖反帝的先锋，也可以是殖民主义、种族主义的帮凶。其狭隘的一面，表现为排外、恐外、仇外、族裔偏见和种族歧视，并且在国家/民族的疆界之内把这种种偏见转化为激情。这种情形表现在前殖民宗主国对不同移民群体（亦即族裔）的歧视和排斥上，也表现在大国兴起时产生的排外情绪和民族沙文主义方面。而全球化时代的趋势，是要克服这种狭隘，包容文化、信仰、历史的各种差异，才能逐渐实现跨民族主义、世界主义（cosmopolitanism）的新思维。

这方面最有建树的理论著作之一是克里斯蒂娃（Julia Kristeva）的《我们自己的陌生人》（*Etranger à nous memes*；*Strangers to Ourselves*）。这是一本以弗洛伊德暗恐理论探究各种排外思想尤其是现代民族主义排外倾向内在原因的专著。书名《我们自己的陌生人》是对心理分析的一个比喻式的概括，亦即我们的种种压抑、种种被文化环境所引入的"他者"因素，使得我们内心有许多"异域"尚待发掘和认识。我们对于"自己"其实是陌生的。

心理分析的这一灼见究竟是怎样和民族主义联系起来的？克里斯蒂娃首先概括了"我们"对"外人"（foreigner）的看法："外人"或与之相关的"异域"或"异质"（foreignness）既让"我们"好奇，又让"我们"产生排斥、厌恶甚至仇恨；"我们"对"外人"和"异域"有一种既好奇又拒绝的心理（a fascinated rejection）。西方历史从希腊至现代的种种例子（克里斯蒂娃一书的主要内容）说明，"我们"（即便是出自善意）从民族、国家、地域、宗教、种族、性别、性向、意识形态等所谓纯一的社会观（social homogeneity）出发，常常将"非我"的个人或群体视为他人（the other）、外人或陌生人（stranger）；"我们"把他人视为外部客观的同时，无意识中将自己的排外倾向视为理所当然。在现代，"随着民族国家的建立，我们有了唯一的现代、可接受的、清楚的'异域'定义：外［国］人是和我们不同属一个国家的人，是不同属一个民族的人。"（96）由此，现代世界的种种排外、恐外情绪，以及与此相关的针对移民、异族的歧视行动、话语、法律，都聚集在了国家主义或民族主义的大旗之下。针对这种现象，如果没有新的启蒙教育，单靠立法等强制方式是无济于事的。克里斯蒂娃认为，心理分析提供了这样的新启蒙教育。对"外人"或"异域"的好奇兼拒绝的情绪，实际上是"我们"自己心里种种暗恐的复现。个人或群体越是以为自己的文化优越和纯粹，越是受到强力的压抑和焦虑所控制而不自觉。"外人"或"异域""恰恰使'我们'成为一个问题，…… 外［国］人出现时，我的差异意识出现，当我们承认我们自己也是外［国］人、我们的关联方式和群体可以改善时，外［国］人就消失了"。（1）克里斯蒂娃无疑是在提倡多元的群体观，反对纯一的群体观。这种新的文化观，落实了弗洛伊德提出暗恐观念时重新思考"主体"的真正价值。

克里斯蒂娃的结语简单而深刻："外［国］人存在于我的内心，所以我们都是外［国］人。如果我是外［国］人，那么就没有什么外［国］人了。"（192）

结　语

弗洛伊德开启的现代心理分析学，毋宁说是针对人类中心的知识论、柏拉图以降的西方理性传统以及笛卡尔式主体论的一次再启蒙。用弗洛伊德的话说，这是人类思想史上的"第三次革命"。在这场革命中，作为"重复的冲动"或"压抑的复现"再表述的"暗恐"概念则直指"我"（乃至"我"生存的文化）之中的恐惧、焦虑、不安的生成根源和历史，揭示了理性唯一传统所掩盖的不稳定的真实存在。这样看，弗洛伊德的"无意识"理论就不仅仅是理论，而是人类现代文明迫切需要、不可或缺的诚实。现当代的西方文学、叙述学、历史研究、后殖民话语、批判理论在重新思考"现代性"的过程中，也在追寻一种再启蒙的思辨方式，同样看重负面情绪所包含的价值。因此，在负面美学及作为这个美学标志之一的"暗恐"这一点上，心理分析和现当代文学、文论十分自然地吻合交织，这已经成为一个历史现象。弗洛伊德并没有看到他的理论在他身后有如此多样的发展，但他对负面美学的历史和文化价值的重视，使他成为现代历史的预言家之一。

经由弗洛伊德的阐述，暗恐现象成为特殊的话语。弗洛伊德之后，这个话语进一步延伸。就叙述理论而言，看重叙述的稳定结构的经典理论必然被"解构"（注意，"解构"绝非摧毁，至少不是辩证法里的"否定"，而是创新式的转变），不稳定的暗恐渗透了稳定结构的叙述现象，具有更强的文学性和欲望的张力。重复林登博格的话：如此观察到的叙述，是"稳定结构和不稳定的文学性之间的交融"，是"惯例和创新、法则和非法、逻辑和谵语、意识效果和无意识效果"的混合体。因此，叙述理论更远离了浪漫美学。多次受到质疑的浪漫美学，其"有机整体说"（organic unity）再次在暗恐理论的挑战面前显得单薄无力。同样，暗恐所启迪的另一种时间策略和传统历史学的"客观"叙述也形成鲜明对照；善用暗恐叙述的文学作品所具有的历史价值，也自然被新历史主义理论所重视。由于暗恐理论的出现，后殖民话语在揭示殖民历史和话语所极力隐藏的"秘密"的努力中多了一个方便之门。借用暗恐理论，当代理论家得以说明为什么民族主义排外、仇外的情绪不仅仅是一种"自大"，而且更是一种对"自己"内在"异质"因素的可怕的无知。

暗恐的潜值远未穷尽，它对思考中国文化也颇有启迪。自从"述而不作"的孔夫子以仁礼之说登上高山庙堂，他的话就如钟声经久不息，中国人被圣贤君主们引导着，深信天命所归之论。然而亘古如斯的大一统之下，各类堂而皇之的话语背后，不知有多少焦虑不安的暗恐涌动。如弗洛伊德所说，对神灵的礼拜中，依然是暗恐的复影重重。因此，中国的文化反思、中国的现代化，也需要负面美学。通过这种负面美学，弗洛伊德深刻而精微地为我们提供了一种达于"诚实"的文化途径。没有诚实，无法再次启蒙。

参考文献

1. Ali, Agha Shahid. "Postcard from Kashmir." *The Half-Inch Himalayas*. Hanover: Wesleyan UP, 1987.

2. Aristotle. "From Poetics." *The Critical Tradition: Classic Texts and Contemporary Trends*. Ed. David H. Richter. Boston: Bedford/St. Martin's, 2007.

3. Bhabha, Homi K. "Locations of Culture." *The Critic Tradition: Classic Texts and Contemporary Trends*. Ed. David H. Richter. Boston: Bedford, 1998.

4. de Certeau, Michel. "I. Psychoanalysis and Its History." *Heterologies: Discourse on the Other*. Trans. Brian Massumi. *Theory and History of Literature*. Vol. 17. Minneapolis: U of Minnesota P, 1986.

5. Derrida, Jacques. "Structure, Sign, and Play in the Discourse of the Human Sciences." *The Critical Tradition: Classic Texts and Contemporary Trends*. Ed. David H. Richter. Boston: Bedford, 2007.

6. Eysteinsson, Astradur. *The Concept of Modernism*. Ithaca: Cornell UP, 1990.

7. Freud, Sigmund. *Civilization and Its Discontents*. Trans. James Strachery. New York: Norton, 1961.

8. —. *The Ego and the Id*. Trans. James Strachery. New York: Norton, 1960.

9. —. "The Uncanny." *The Critical Tradition: Classic Texts and Contemporary Trends*. Boston: Bedford, 2007.

10. Gelder, K. D., and J. M. Jacobs. "The Postcolonial Uncanny: On Reconciliation, (Dis)possession and Ghost Stories." *Uncanny Australia: Sacredness and Identity in a Postcolonial Nation*. Carlton: Melbourne UP, 1998.

11. Kristeva, Julia. *Strangers to Ourselves*. Trans. Leon S. Roudiez. New York: Columbia UP, 1991.

12. Lyndenberg, Robin. "Freud's Uncanny Narrative." *PMLA*. 112. 5 (1997): 1072-1086.

13. 弗洛伊德：《超越唯乐原则》，载林尘等译《弗洛伊德后期著作选》，上海译文出版社，2005。

① repetition compulsion 也被译为"强迫重复"。因心理分析术语的中文译法尚未统一，本文中术语的中文译法有些由作者所译，与其他译法相左之处，在文章中有简短说明。

悖论　廖昌胤

略　说

　　艾布拉姆斯（M. H. Abrams）的《文学术语汇编》把"悖论"（Paradox）解释成"表面看来是逻辑矛盾或者荒谬的陈述，结果却能从赋予其积极意义方面来解释"。（2004：201）这个解释似乎令人感到英汉词典中把悖论翻译成"佯谬"是对的。但事实并不这么简单。方克（Wiffred Funk）的《词源》对悖论的解释是"para, 'beyond', and doxa, 'belief'"，即"超出信念"。（396）亚里士多德（Aristotle）在《修辞学》中多次提到悖论：首先，悖论是与常识相矛盾的观点。在讨论格言（maxim）时，亚里士多德认为格言的陈述是悖论："任何事物的陈述都与一般观点形成悖论或者是争论的问题。"（1994：281）其次，悖论是一种方法。亚里士多德在讨论演讲绪言开头使用修辞技巧时说："如果处理的主题是悖论、困难或众所周知的问题，那么就能吸引听众。"（429）索伦森"把悖论看成是哲学的原子"，而且"悖论是一种谜"。（索伦森：III）在丹尼西（Marcel Danesi）看来，亚里士多德的定义实际上认为悖论是"与期望相冲突"的陈述。（142）纵观当今西方文学批评实践中对悖论的研究，悖论既不能解释为"佯谬"，也不能解释为"反论"，而应当解释为"挑战并超越现存观念"的"新论"。

综　述

悖论的本体意义

　　洛奇（David Lodge）指出，100 年来西方文学理论在现实主义和反现实主义之间摇摆，但他没有说明为什么总是在这二者之间摇摆，这可以称作洛奇之谜。解开洛奇之谜，也许从悖论的角度可以一试，因为文学既具有现实一面又具有反现实的一面，这种互相矛盾的等值因素并存于同一体内的范式，就是悖论。悖论所挑战的首先是现实的本体观念，从哲学本体角度看，悖论存在于人们关于现实的真理的观念中。最早最普遍的悖论，正如丹尼西所说，是母鸡与鸡蛋哪一个先生？（142）这就随之出现了一个无限回溯的悖论问题。无限回溯是因果链向前推论的无限性，最早的悖论事件是哪一个事件，现在难以考证。公元前 5 世纪，在希腊爆发了一场逻辑的本质及其在科学与数学上的作用的争论冲突，杰出的哲学家巴门尼德斯和他的门徒埃利亚学派的芝诺参与了这场大争论。芝诺因一系列似乎挑战常识的机智争论而著称，他的论点以"悖论"为人所知。一群从事漫游讲学的学者，站在芝诺一边，宣称悖论证明逻辑思维本质上具有欺骗性。芝诺用他的机灵的悖论证明，描述现实的纯逻辑方法会迫使人们得出运动不可能的结论。"尽管这些悖论有意打破现存观念，但是这些认识建立了悖论观念，从而逐渐导致了微积分的建立，促使人们重新考虑数学的逻辑基础。"（142）

当索伦森把悖论解释为"谜"时，他是从这样一个基本问题出发的：人们的思想交流就是一种争辩。但争辩会产生这样一个问题：如果人们的争辩导向了相互冲突，怎么办？对这个问题的反应分成了同一派、矛盾派、折中派。以巴门尼德斯为代表的同一派，把现实设想为一个单一的整体；芝诺为了巩固这个"同一"，通过从常识中找悖谬来为这个观点辩护。以赫拉克利特为代表的矛盾派，接受矛盾这一现实，而他的这个思想可以从黑格尔、马克思和当今澳大利亚的辩证逻辑学家们那里找到影子。以德谟克利特为代表的折中派则认为，变化的宇宙由混杂的万物构成，而万物则由"虚空中运动的、不变的且不可见的原子构成"。这就是说，折中派既承认变化矛盾，又承认内部有一个"同一"不变的原子。总体上来看，"悖论构成了唯理论者和经验主义者之间的经典争论轮廓。"（索伦森：III）换句话说，经验者发现"理性"在现实中走不通，而唯理论者又从经验常识中发现了矛盾。因此，唯理论者所说的矛盾是现实存在着不符合"同一性"的矛盾，而经验主义者攻击"理性"则是"以子之矛攻子之盾"，即用理性主义者的"同一性之理"来揭示其"理"的"非同一性"。说到底，悖论就产生在理性假设的"同一性"和感性中的非同一性之间的争论中。

从文学本体角度看，布鲁克斯的《悖论语言》一文批评了传统观念对悖论的偏见："我们的偏见强迫我们把悖论看作是智力性的，而不是情绪性的；清晰的，而不是深沉的；理性的，而不是神圣的非理性的。"（354）他强调悖论语言是诗歌语言的本质。关于悖论的考察，《悖论语言》一文对我们有两点启发：第一，布鲁克斯认为这种语言有两个特点，一是"惊诧"和奇异的特点，二是反讽的特点，这实际上说明悖论是具有惊诧奇异效果和反讽基调的陈述。第二，布鲁克斯强调悖论在文学文本中的突出地位，认为"科学家的真理要求其语言清除悖论的一切痕迹；很明显，诗人要表达的真理只能用悖论语言"。（354）他还将悖论与比喻修辞进行对比："诗人必须靠比喻生活。但是比喻并不存在于同一平面上，也并非边缘整齐地贴合。各种平面不断地倾倒，必然会有重叠、差异、矛盾。甚至风格最明显、简朴的诗人也比我们设想的更经常地被迫使用悖论。"（361）

从悖论的基本特征来看，悖论具有复合陈述结构的性质。丹尼西对悖论的解释很能说明问题："悖论，字面上的意思是'与期待冲突'。"（142）这就是说，悖论首先要有一个"期待"，还要有一个"结果"，这个结果还必须与期待相冲突。满足这样三个条件，显然是一个对事件的陈述。更确切地说，悖论是一个"与期待相冲突的事件",是一个关于特定情节的陈述。可见悖论语言不仅仅是布鲁克斯所说的诗歌语言的本质特征,而且是一种叙事结构的陈述模式:结局与期待相冲突的故事。

悖论的认知意义

悖论在帮助人们解释文学现象及其规律方面具有非常重要的认知意义,文学中的悖论研究渐渐形成了可以看作是悖论诗学的认识范式。帕斯考(Alan Paskow)在《艺术悖论》中,把英美近代和当代哲学传统的一个方面归纳为"把艺术表现称作'虚构悖论'":

> 一、大多数人(也许是所有人)有时对客观对象、人物或事件作出情感反应时,将它们看作只是虚构。二、另一方面,对对象、人物或事件的情感反应是相信它们真的存在并真的有人所能理解的特征。三、但是,把存在和事件看成虚构的人同时谁也不相信它们不是虚构。(41)

他从艺术的真实性悖论、物质悖论、身份悖论、艺术意义悖论、阐释悖论五个方面,对艺术的悖论进行了宏观的综合性的研究。相比于布鲁克斯在20世纪40年代著名的《悖论语言》仅仅在研究玄学派诗人《悖论与难题》的诗歌时提出"诗歌的语言是悖论语言"的论断,帕斯考则更细致、更全面地总结了艺术领域的悖论,这也许是对半个世纪以来艺术的悖论性研究的一个最新的总结。

20世纪40年代,当布鲁克斯宣称"诗人要表达的真理只有用悖论语言"表达时,他深深感受到了这样一个语境:19世纪末20世纪初,几千年的悖论由哲学研究突然席卷数学等自然科学领域。在一定意义上来说,现代科学从诞生之日起,就如哲学在古代诞生之日一样,一直陷在悖论中难以自拔。尽管我们可以说文学艺术研究中的悖论,早在柯勒律治的浪漫主义视野中就已出现,或者早在文艺复兴时代的理论家那里就得到过重视,但真正系统化地对悖论由贬到褒地予以革命性的认识当数布鲁克斯,他成了系统化、理论化的悖论诗学的奠基人。当然,这并不否定亚里士多德作为悖论诗学的创始人的地位。

可以说,布鲁克斯是当代悖论诗学研究大潮的潮头。从收集到的文献来看,从20世纪40年代到70年代的英美文学批评,诗歌悖论的研究无疑居于首位。70年代以后,悖论研究由诗歌领域发展到了戏剧领域。虽然直到近年诗歌悖论的研究依然没有停止,但比起上世纪的大潮来说,研究趣味的确有了转向。在戏剧悖论的研究比较兴旺的七八十年代,同时伴随着小说悖论研究的崛起。从80年代到90年代,小说悖论的理论化压过了诗歌悖论和戏剧悖论理论化的势头。随着后现代和女性主义研究的兴旺,小说悖论研究又转到理论研究特别是后现代悖论和女性主义悖论的研究上,与小说悖论研究形成三分天下的局面。到了帕斯考2006年的《艺术悖论》,可以说悖论诗学真正走向了系统化。

悖论的方法意义

洛奇把文学的基本悖论归结为"一切语言以外的经验却必须用语言来表述"。（18）这在一定程度上启发我们把悖论看作是文学研究的一种方法，发现文本中所蕴藏的悖论叙述模式是阐释文本的有效途径之一。例如，解构主义最明显的策略就是在现有的观念中发现悖论、揭示悖论，以达到解构的目的。在卡勒的《论解构》一书里，"悖论"一词出现频繁。而米勒在运用提出悖论以解构传统叙事中心的策略上可谓得心应手。

"亚里士多德的《诗学》就是我所说的逻各斯中心主义的例证。它也证实了我的观点：以逻各斯为中心的文本都包含其自我削弱的反面论点，包含其自身解构的因素。"米勒正是发现了"在剧的末尾出现的语言最缺乏逻辑，最为自相矛盾，也最让人困惑难解"，从而揭示了亚里士多德的理论与其理论引出的结论之间自相矛盾的悖论。米勒还揭示柏拉图《理想国》第三卷关于叙事的理论与其文本之间存在着悖论："《理想国》第 3 卷中，对摹仿进行谴责的那些段落自身就是极其复杂的摹仿形式，其复杂性可以和任何由多重叙述者叙述出来的现代小说相媲美"。（125）可见，米勒是通过分析柏拉图的叙述理论与其叙述实践之间存在着自相矛盾的悖论来质疑其理论的。

通过提出悖论陈述来挑战现存理论，是理论发展的基本方法，也是西方文学理论的传统方法论之一。亚里士多德正是发现了柏拉图的模仿说的悖论，才提出了模仿的"本能说"。（1970：20）浪漫主义的"表达说"试图跳出模仿说的悖论范式，认为诗人是"自然规律的制定者、文明社会的创立者、生活艺术的发明者，是把美与真，与被称作宗教的无形世界的媒介那残缺的理解结合起来的导师"。（Abrams，1971：128）"本能"与"表达"立即引起了争论，争论的焦点集中到莎士比亚的主观性和客观性问题上。席勒认为"无论何处都抓不到诗人莎士比亚"，而施莱格尔则认为"作者的精神最显眼"。柯勒律治则站在席勒的立场上，认为莎士比亚的诗歌"无个性，就是说，他的诗没有反映个体的莎士比亚"。然而他的表述本身就是一个典型的悖论表述："莎士比亚是一切，他永远保持着他的自我。"（Abrams，1971：244—245）在王尔德（Oscal Wilde）看来，浪漫主义表达的"自然"整个就是悖论：被浪漫主义捧得无以复加的"自然"变成了"缺乏设计、奇怪生硬、特别单调乏味、绝对的未完成的环境"。（921）随后，新批评理论家兰色姆（John Crowe Ransom）把理查兹的核心诗学观看成是偏见，是"悖论的、实证主义的偏见"。（5）他发现悖论是解构主义的制胜法宝，通过阐释、引申结构主义理论中存在的悖论，从而挑战现存的理论体系。

在文学作品的文本中挖掘悖论是文学批评的重要策略。"在悖论中发现真理是人最好的天赋。"（Schwartz：58）作为文艺复兴时代的最后一位诗哲，弥尔顿在他的诗里集中表现了文艺复兴时代的现实性悖论："在愈益现实的专制中建立人类自由。"（Reid：32）巴尔丹萨（F. Baldanza）认为，小说悖论的基本结构方法，是在亚寓言叙事框架内对立并置含混对立词语。他由此指出，波蒂（James Purdy）的小说《伊无宁先生》（*Mr. Evening*）有六种悖论：

> 悖论一，在奥温斯（Owens）夫人的眼中，伊无宁先生繁忙地游手好闲；悖论二，奥温斯夫人觉得伊无宁先生发广告没有说明任何针对的对象，实际上却是对她的嘲弄；悖论三，奥温斯夫人邀请伊无宁先生，但不给他看她的收藏；悖论四，伊无宁虽然反社会但希望有伙伴；悖论五，奥温斯夫人对妹妹说，她们没有给伊无宁任何礼物，但伊无宁会给她们礼物。悖论六，尽管上述各点似乎只是奥温斯夫人所知，但伊无宁似乎也全都清楚。（352）

近年来出现了以悖论为主题的文学断代史研究，例如詹金斯（Charles Jenkins）研究了中世纪英语文学神秘文本中的悖论："词语创造肉体或本体（Logos），既作神又作人，基督是一个悖论文本。"（18）路斯（Jennifer Ruth）指出维多利亚时代以职业为主题的小说"同时处在市场内外，纠结在一种悖论中。最有影响力的职业兴起叙事却以对市场无功利的口吻来解释现代职业如何超越市场"。（33）潘恩斯（Davida Pines）研究美国当代小说的核心主题"婚姻悖论"："当代小说无情地批判了婚姻关系和社会对结婚的操控，这些小说却悖论式地强化了婚姻范式。"（3）李（Sue-Im Lee）研究当代小说中的集体悖论："人称代词'我们'的悖论是'个人群体'（a body of individuals）悖论的转喻。"（5）这些研究试图用悖论来提喻一个时代的观念结构特征。

悖论诗学

进入 21 世纪，西方文学批评广泛使用悖论策略，使得悖论已远远突破了新批评理论家们所限定的范围，悖论的发掘和研究形成了一种独特的理论建构范式：在现有的概念和观念中创建与之相异的概念与观念，从而颠覆现有的理论。其基本方法是用新的定义来定义现有的定义，从而创造出新的概念。由于新的概念不断涌现，导致传统概念的分崩离析，直接挑战了人们的认知范式和认知策略，一股反概念、反理论的思潮借用陈旧的实证主义（他们自己或许标榜为批评实践或实用批评）来替代必要的理论思考。这种"理论之后"的理论，恰恰是悖论被发掘到了赫拉克利特早已指出过的"无所不在"的程度的结果。正是理论无处不在的悖论，才使得人们对理论建构丧失信心或兴趣。

正如许多理论家那样，帕斯考也仅仅研究了艺术悖论的现象，所以他的著作名称是 *The Paradoxes of Art*，译成"艺术悖论"或者"艺术的悖论"，其思维依然限定在艺术中的种种悖论问题和特点，没有干脆宣称"悖论诗学"，即使在他之前有普里斯伯格的《悖论历险》(*Adventures in Paradoxy*)研究了小说与哲学传统中的悖论之间的关系，他也没有能够在真正意义上使"悖论诗学"成为一门独立的学科，即完全从积极意义上来看待悖论，将悖论看成是文学的特质之一。

就"悖论诗学"学科名称来说，哈迪(Philip Hardie)在 2009 年编的论文集《奥古斯丁时代文学与文化中的悖论与奇迹》中提到："最近几十年，人们热衷于研究维吉尔悖论的一个方法可以称作'悖论诗学'(a poetics of paradox)。"(105)可见，西方文学中的悖论研究逐渐形成了一门"悖论诗学"，它不是重复帕斯考及其以前研究者那种仅仅满足于寻找诗歌、戏剧、小说、影视、散文以及各种文学理论观点中存在的悖论问题的视角，或仅仅把悖论当成分析文学艺术作品中的"缺点"的战无不胜的法门，又或仅仅把发现悖论（阐释出他人观点中隐含的悖论）当成攻击他人理论观点的武器。悖论不再被仅仅当成文学艺术中的问题甚至缺点，相反，我们或许可以提出：文学艺术的一个性质就是悖论性。

悖论诗学的研究目标是探索文学艺术的悖论属性。悖论性不仅是文学艺术的特质，不仅是文学艺术各种体裁的共同特征，还是文学艺术的创作方法，也即是文学艺术的方法论。尽管文学艺术要用不同的具体技巧来表现，但它们离开了悖论性方法论，就难以成为文学艺术。如果语言分成"文学语言"和"非文学语言"的话，那么"文学语言"是具有悖论性的语言，"非文学语言"则相反，不具有悖论性。悖论性是区分文学语言和非文学语言的重要标准。

悖论的概念区别

由于西方文学理论与批评实践将悖论的运用不断加以扩大，使得它与相关的概念产生了交叉，从而造成了理解与运用上的困难。但区别起来又众说纷纭，难以形成定论。大体上来看，悖论需要与以下几个概念加以区别。

悖论与矛盾　修辞悖论被认为是等价矛盾式，即一个悖论陈述必须或明或隐地包含等值对立的矛盾体。所谓等值，即矛盾的一个方面与矛盾的另一个方面在重要性、价值和所处的地位等方面处于"对等"地位，这与矛盾包含主要矛盾和次要矛盾的性质不同。悖论的核心在于颠覆人们习以为常的固定的思维范式，所以它是"大理"，而不是一般的矛盾。矛盾修辞与悖论的区别在于，矛盾修辞集中在词与词之间，是词的概念之间的对立异质性的反映；而悖论则表现为更宏观的复合句陈述。对此，有学者作了比较明确的区分："悖论依赖于句子，字面意义的矛盾不仅存在于句中词语的词汇意义中，也存在于句子结构的关联中。……矛盾修辞法存在于短语中，字面意义的矛盾是修饰语与被修饰语之间的矛盾。"(吴永强：380)

悖论与反讽　有人认为，悖论与反讽基本上是交叉的。布鲁克斯强调悖论语言是诗歌语言，并给这种语言赋予了两个特点：一是具有"惊诧"和奇异的特点，一是具有反讽的特点。科尔布鲁克(Claire Colebrook)认为："如果反讽意味着言此意彼，就会把语言从固定的、稳定的语境中解脱出来。另一方面，意彼的观点意味着回指某个说话者或原始意向，指向语言之外的意念和意义。"（20）这就是说，反讽语言表述的是说话者和听话者双方都明显知道"言此意彼"的"此"与"彼"的特指。因此，反讽的意义具有双向反讽的内涵。总体上来看，悖论与反讽具有表里之别。首先，二者的内涵有广狭之分：悖论既是哲学命题又是修辞手段，而反讽仅仅是修辞手段。其次，二者的前提不同：悖论的前提是针对某一观点，而反讽的前提是双方共知的现实语境。第三，二者的显隐不同：悖论，从普遍接受的常识来看是正确的前提和正确的推理过程，揭示现存观念中隐藏的矛盾；而反讽中的陈述与现实的矛盾不需要揭示，是提出者与接受者都明白领会的。第四，二者提出的过程不同：悖论的提出是一种质疑的过程；而反讽的提出是一种形成反差的过程。第五，二者导致的结果不同：悖论导致某种观点陷入困境，出现难题；而反讽则是嘲讽某种现象。第六，二者的基调不同：悖论是严肃地提出问题，而反讽含有嘲弄的意味。

悖论与隐喻　利科（Paul Ricoeur）认为悖论是隐喻的一个特性，他解释说，可预见的同化作用具有悖论性。预见的同化作用含有特别的张力，不是语义矛盾与语义统一之间那样的主观与预见之间的张力。相似性中的洞察力是对在先前的不可通约性与新的可通约性之间的冲突的感知，"疏远"被保留在"亲近性"的范围内。看到相似点，是在不同中看到相同，这种相同与相似之间的张力表明了相似的逻辑结构。相应地，"想象是一种通过同化产生新类的能力，不是在差异之上产生新事物的能力，而是通过差异产生新事物的能力。"（146）

从利科的上述分析我们不难看出，隐喻的内核是悖论。首先，想象的同化作用是使异质事物形成既"非"又"是"的关系。其次，想象的图式是与另一异质图式建立联系的过程，即一个推论过程，由原图式推出异图式。第三，想象的异质图式之间并不是"同一"相似性，而是一种"断裂指涉"。那么，隐喻与悖论又如何区分呢？隐喻形成的关系是悖论的表层方法论意义，即"表似内非"。表面上"女孩子是花"，是在女孩子与花之间寻找一种可解释的"相似性"，然而这种"相似性"是建立在二者本质上的异质基础上的，否则就成了"女孩子是女孩子"了。因此，隐喻是表层的异质"相似性"，而悖论则是内在的对立本质结构。

悖论与互文性　互文性，按照克里斯蒂娃的观点，指的是任何文本实际上都是"间性文本"（intertext），"是无数其他文本的交汇，只在与其他文本的关系中存在"。（Abrams，2004：317）从此，互文性便被简单理解为文本的翻版，寻找一个文本与另一个文本的相似性便成了互文性方法的突出特征。这种理论实际上严重抹杀了作者的创造性。米勒强调，互文性不重在强调两个文本之间的相似性，而重在强调其差异性，互文之间的影响只不过是幽灵效果（ghost effect），这在一定程度上深化了对互文性的认识。但是这一认识，按照有些学者的看法，忽略了互文之间的横向关系。那么究竟如何理解互文关系？答案也许是：一个文本与另一个文本之间的差异性表现为悖论关系。新的文本之所以被误解为旧文本的互文，原因在于，它需要在表象上形成旧文本的话语范式，而骨子里则指向对旧文本的挑战。或者说，只有富有挑战性的文本才具有文学性。互文性绝不能理解为文本之间的互相抄袭，仅仅理解一个文本与另一个文本之间的相似性，忽视文本间的悖论性，是不明智的文学批评。

悖论与两难选择 两难选择（dilemma）指的是面临两种选择，无论选择哪一个，都有不利后果。两难选择与悖论的区别在于，从"两难选择"看，两种选择之间的关系不一定是"等值矛盾式"，一种选择不是用来挑战另一种选择；从悖论来看，悖论的两种观点之间的关系是"等值矛盾式"，一种观点挑战另一种观点。两难选择表现为对不利的两种结果的预测，而悖论则表现为揭示现存的观念矛盾。在对待现存的观念方面，两难选择指向结果，而悖论指向观念本身。但悖论并不仅仅逆指，它也指向未来，"与期望相冲突"，即结果与现有的期望产生矛盾。在这个意义上，两难选择则表现为，它的已知期望的不利后果与现实的不利后果是同一的，悖论则表现为期望与后果的差异性。

结　语

悖论是并存等价式矛盾含义的陈述。悖论揭示出，文学的本体同时存在着现实主义和反现实主义的等值因素，它深化了认知文学的范式，越来越成为文学研究中阐述文本内外关系的一种解读方法。作为一种文学创作方法，悖论揭示了现实世界中互相并置的矛盾因素和对立关系，它充分尊重对立关系中的任何一方，给它们以同等重要的平等地位。作为一种文学理论范式，悖论通过提出新的定义、建构新的概念颠覆了现存的、固定的观念，是对常识的深刻而广泛的挑战。作为一种文学解读方法，悖论引导读者从文学文本中深入挖掘矛盾的内在含义，是解开文学文本内外关系的密码。

悖论也是一种文学的结构。它通过相互对立、差异、非同一、矛盾、冲突的词语并置，用以揭示现实世界的诸多矛盾关系，并在同一句式中并存矛盾等价式含义，从而使文学语言具有多维非线性的意指关系。同时，它将一个言语事件与另一个言语事件纳入矛盾等价式的构造，形成了事件的基本叙事范式，使事件沿着"与期望相冲突"的轨迹发展。在此基础上，它将若干差异、非同质的力量因素放在同等重要的位置上组成横向和纵向的关系，形成若干维度空间。这些不同的结构单元之间又存在着互相矛盾的关系，从而使文学结构具有更强的动态性。悖论重在创造新的世界，并用具有同等重要性的新世界挑战现存世界，以弥补、改造、升华、建构或颠覆现存世界。在这个过程中，悖论旨在突破传统价值观的范式，实现价值观的创新，推动人的思维不断发展。

参考文献

1. Abrams, M. H. *A Glossary of Literary Terms*. Beijing: FLTRP, 2004.

2. —. *The Mirror and the Lamp: Romantic Theory and the Critical Tradition*. Oxford: Oxford UP, 1971.

3. Aristotle. *The "Art" of Rhetoric*. Trans. John Henry Freese. Cambridge: Harvard UP, 1994.

4. —. *Poetics*. Trans. Gerald F. Else. Michigan: U of Michigan P, 1970.

5. Baldanza, Frank. "The Paradoxes of Patronage in Purdy." *American Literature*. 46. 3 (1974): 351-352.

6. Colebrook, Claire. *Irony*. New York: Routledge, 2004.

7. Danesi, Marcel. *The Liar Paradox and the Towers of Hanoi: The Ten Greatest Math Puzzles of All Time*. New Jersey: John Wiley, 2004.

8. Funk, Wilfred. *Word Origins: An Exploration and History of Words and Language*. New York: Wings, 1998.

9. Hardie, Philip. "Virgil: A paradoxical poet?" *Paradox and the Marvellous in Augustan Literature and Culture*. Ed. Philip Hardie. Oxford: Oxford UP, 2009.

10. Jenkins, Charles M. *The Paradox of the Mystical Text in Medieval English Literature*. Lewiston: Edwin Mellen, 2003.

11. Lee, Sue-Im. *A Body of Individuals: The Paradox of Community in Contemporary Fiction*. Columbus: Ohio State UP, 2009.

12. Lodge, David. *Language of Fiction*. London: Routledge, 1966.

13. Paskow, Alan. *The Paradoxes of Art: A Phenomenological Investigation*. Cambridge: Cambridge UP, 2006.

14. Pines, Davida. *The Marriage Paradox: Modernist Novels and the Cultural Imperative to Marry*. Florida: UP of Florida, 2006.

15. Presberge, Charles D. *Adventures in Paradox: Don Quixote and the Western Tradition*. Pennsylvania: Pennsylvania State UP, 2001.

16. Ransom, John Crowe. *The New Criticism*. Norfolk: New Directions, 1968.

17. Reid, D. "Milton's Royalism." *Milton Quarterly*. 37.1 (Mar. 2003): 31-40.

18. Ricoeur, Paul. "The Metaphorical Process as Cognition, Imagination and Feeling." *On Metaphor*. Ed. Sheldon Sacks. Chicago: U of Chicago P, 1981.

19. Ruth, Jennifer. *Novel Professions: Interested Disinterest and the Making of the Professional in the Victorian Novel*. Columbus: Ohio State UP, 2006.

20. Schwartz, Joseph. "The Theology of History in the Everlasting Man." *Renascence*. 49.1 (1996): 56-66.

21. Wilde, Oscar. *The Collected Works of Oscar Wilde*. Hertfordshire: Wordsworth Editions, 1997.

22. 布鲁克斯：《悖论语言》，载赵毅衡编选《"新批评"文集》，百花文艺出版社，2001。

23. 米勒：《解读叙事》，申丹译，北京大学出版社，2002。

24. 索伦森：《悖论简史：哲学和心灵的迷宫》，贾红雨译，北京大学出版社，2007。

25. 吴永强：《悖论与矛盾修饰法》，载《西南民族大学学报（人文社科版）》2004年第6期。

不可靠叙述 尚必武

略　说

　　"不可靠叙述"（Unreliable Narration），又称"不可靠性"（unreliability），是西方文学批评界尤其是叙事学界讨论最多的论题之一。作为一种常用的叙述技巧和普遍的叙事现象，不可靠叙述不仅存在于虚构类叙事作品中，而且也存在于非虚构类叙事作品中，如传记和回忆录等；同时它既存在于文字媒介的叙事作品中，又存在于非文字媒介的叙事作品中，如电影、绘画等。半个世纪以来，西方叙事学家主要围绕不可靠叙述的判断标准、文本表现及其主要类型等问题展开了热烈的讨论。纵观西方学界关于不可靠叙述的研究，修辞和认知（建构主义）无疑成为探讨这一论题的主流方法。

综　述

　　阿博特（H. P. Abbott）在《剑桥叙事学导论》一书中说："在阐释不一致的情况下，如果有叙述者，叙述者的可靠性始终成为争论的焦点。"（68）此论断绝非夸大其词，尤其是进入新世纪以来，不可靠叙述的研究迅速升温，成为"当下叙事学讨论最多的论题之一"。（Hansen，2007：227）欧洲知名期刊《文学理论杂志》2011 年第 1 期推出了不可靠叙述的研究专刊，专刊序言指出：不可靠叙述"已经由一个边缘话题变成了叙事学界热议的中心话题"。（Kindt：1）

　　长期以来，布思（Wayne C. Booth）开创的修辞方法被奉为不可靠叙述研究之圭臬，成为研究这一论题的主导范式。直至 20 世纪八九十年代之后，认知（建构主义）叙事学的崛起才打破了修辞方法一统天下的格局。一方面，以雅克比（Tamar Yacobi）、纽宁（Ansgar Nünning）、茨维克（Bruno Zerweck）、汉森（Per Krogh Hansen）等为代表的认知（建构主义）叙事学家大胆地挑战和整合不可靠叙述研究的修辞方法，掀起了不可靠叙述研究的认知热潮。另一方面，以费伦（James Phelan）为代表的叙事学家又进一步修正和拓展了研究的修辞方法，并促使部分认知学者反思过激的认知立场，使他们的态度发生了一定程度的逆转。此外，就这一论题所涉及的范畴而言，西方学界对不可靠叙述的研究已由单纯的"虚构类叙事"领域扩展至"非虚构类叙事"领域，由单纯的"文字叙事"媒介扩展至"非文字叙事"媒介。

　　本文拟从方法和范畴的双重层面展现西方学界不可靠叙述的研究谱系，试图由此把握该论题在叙事学界的嬗变与态势。在此基础上，对这一论题未来研究的方向和任务提出若干建议。

修辞方法：从经典到后经典

1961 年，布思在《小说修辞学》一书中首次提出了不可靠叙述这一概念。在题为《叙述类型》的第六章里布思说："当叙述者的言行与作品的范式（即隐含作者的范式）保持一致时，叙述者就是可靠的，否则就是不可靠的。"（158—159）需要注意的是，布思是在讨论叙述距离时对不可靠叙述作出上述界定的。他认为，就实用批评而言，在所有类型的叙述距离中，最重要的莫过于不可靠的叙述者与隐含作者之间的距离，产生这一距离的主要原因在于叙述者与作品的范式之间的错位或不一致。在布思看来，这种不一致常常见诸两条轴线："事实轴"与"价值轴"。布思接着对叙述者在这两条轴线上的"不可靠性"作了进一步解释，并由此论述了隐含作者与读者之间的三种特殊关系：秘密交流（secret communication）、共谋（collusion）、协作（collaboration）等，而这些活动又都在不可靠叙述者的背后进行。布思指出，当读者发现叙述者在"事实轴"上的报道或"价值轴"上的判断不可靠时，就会产生一定的反讽效果：隐含作者是反讽效果的发出者，读者是反讽效果的接受者，叙述者是反讽的对象。用奥尔森（Greta Olson）的话来说："反讽为不可靠叙述者与隐含作者在观点、行动、声音上产生距离提供了形式手段。"（94）

作为布思的高足，费伦无可非议地受到这位第二代"芝加哥学派"扛鼎人物的影响。但费伦并没有盲从布思的经典修辞方法，而是带着批判性的眼光对其加以继承和拓展，在不可靠叙述这一论题上亦是如此。费伦认为，布思对不可靠叙述的界定具有一定的狭隘性，需要拓宽，然而他采用的拓宽方法依旧是修辞方法。费伦不仅聚焦于隐含作者、叙述者和读者之间的关系，而且还聚焦于作为讲故事的叙述者和对讲述内容加以阐释的"作者的读者"（authorial audience）的活动，希图由此将布思对不可靠叙述的定义拓展至"事实轴"和"价值轴"之外。费伦说："如果某个人物叙述者是不可靠的，那么他关于事件、人、思想、事物和叙事世界里其他事情的讲述，就会偏离隐含作者所可能提供的讲述。"（2005：49）费伦用不可靠叙述来指代这些偏离。他认为，不可靠的叙述者通常会在叙述过程中作出三种相应的行为：报道、阐释和判断。这三种行为既可能同时发生，也可能先后发生。不可靠的叙述者对隐含作者的观点的偏离主要表现在："事实 / 事件轴"上的不可靠报道、"知识 / 感知轴"上的不可靠解读、"价值 / 判断轴"上的不可靠判断。在对此进一步细化的基础上，费伦归纳出了不可靠叙述的六种类型："错误的报道"、"错误的解读"、"错误的判断"、"不充分的报道"、"不充分的解读"、"不充分的判断"。（2005：51）

需要指出的是，费伦不仅以叙述者和隐含作者之间的叙述距离为基准来考量不可靠叙述，而且还将叙述者与"作者的读者"之间的叙述距离纳入研究视阈。在《疏远型不可靠性、契约型不可靠性及〈洛丽塔〉的伦理》一文中，费伦根据不可靠叙述的修辞效果，即不可靠叙述对叙述者和"作者的读者"之间的叙述距离所产生的影响，又把不可靠叙述厘定为两种形式："疏远型不可靠性"（estranging unreliability）、"契约型不可靠性"（bonding unreliability）。前者指的是不可靠叙述凸显或拉大了叙述者与"作者的读者"之间的距离，而后者指的是不可靠叙述缩短或拉近了叙述者与"作者的读者"之间的距离。在前者那里，"作者的读者"意识到，如果采用叙述者的视角就意味着远离隐含作者的视角，意味着作者-读者之间关系的缺失；在后者那里，叙述者的报道、阐释或判断与"作者的读者"对这些元素的推断之间的差异，会产生一定的悖论效果，即这些差异会减少叙述者与"作者的读者"在阐释、感情或伦理上的距离。也即是说，尽管"作者的读者"意识到叙述者的"不可靠性"，但是该"不可靠性"包含了隐含作者和"作者的读者"所认同的交际信息。（2007：223—225）例如，在小说《长日留痕》的结尾处，当史蒂文斯说"戏谑中见温情"时，他作出了不充分的判断，因为他根本没有看到任何形式的人类温情过多地依赖于戏谑与嘲讽。然而，这句话却表明史蒂文斯在叙述过程中逐渐明白了一些东西，同他第一次对法拉第公爵的戏谑所作出的缺乏感情的回答相比较，他已经开始向隐含作者石黑一雄的伦理观迈进了一大步。于是"作者的读者"不仅在伦理上走近了他，而且也在情感上走近了他。

费伦认为，叙事学界关于不可靠叙述的研究大都聚焦于"疏远型不可靠性"这一极，而忽略了对"契约型不可靠性"的研究，因此他着力探究了后者。在他看来，"契约型不可靠性"主要有六种亚类型，分别是："字面意义上的不可靠与隐喻意义上的可靠"、"隐含作者与叙述者之间的游戏性比较"、"天真的陌生化"、"真诚却被误导的自我贬低"、"对正常范式的部分接近"、"通过乐观比较的契约"。（2007：226—232）①

与布思相比较，费伦对不可靠叙述的研究具有三个鲜明特征。第一，费伦继承了经典修辞叙事学划分"不可靠叙述"的基准——"叙述者"与"隐含作者"之间的叙述距离，在此基础上把不可靠叙述从两条轴线拓展至三条轴线，阐述了不可靠叙述的六种类型。第二，费伦在继承经典修辞方法的同时又有所突破，依据"叙述者"和"作者的读者"之间的叙述距离这一基准，把不可靠叙述厘定为"疏远型不可靠性"和"契约型不可靠性"两种形式。第三，费伦把不可靠叙述与叙事伦理相联系，探究了不可靠叙述对叙述者、人物、隐含作者、真实作者的"伦理取位"产生的影响。鉴于上述三个特征，我们可以说，从布思到费伦，不可靠叙述研究的修辞方法完成了从经典阶段到后经典阶段的过渡。

对修辞方法的挑战与整合：认知方法

20世纪80年代，当布思开创的不可靠叙述研究的修辞方法在西方学界大行其道时，也不乏与其相"背离"的声音传出，雅克比即是一例。雅克比是以色列

"特拉维夫叙事学派"的核心人物，长期从事不可靠叙述研究。受斯滕伯格关于虚构话语是一种被激发或被整合的复杂性交际行为这一论点的影响，雅克比在不可靠叙述的判断和处理上引入了读者角色，把"不可靠性"看作是一种"阅读假设"。为了解决"文本问题"，如从无法解释的细节到自相矛盾，这一假设以牺牲某种与作者冲突的、中介的、感知的或交际的代理者为代价。在雅克比看来，"不可靠性"不是叙述者的"个性特征"，而是读者在语境范式下的"推测手段"。因此，"在包括阅读语境以及作者和文类框架在内的语境里视为'可靠'的东西，在另一个语境里有可能是不可靠的，甚至可以在叙述者的缺陷的范畴之外得到解释。"（110）

雅克比认为，与虚构现实的所有层面最为相关的框架是对"文本张力"的解释。但是，文本的不一致性与叙述者的"不可靠性"之间并不存在"自动的联系"，读者需要利用不同的原则和机制对感知到的"张力"、"困难"、"不相容性"、"自我矛盾"、"怪异的语言"等加以整合。自20世纪80年代以来，雅克比不断探索读者用以解决"文本问题"的"阅读假设"，最终归纳出五种类型的"整合机制"：存在机制、功能机制、文类原则、视角或不可靠性原则、生成机制。（108—123）实际上，在这五种整合机制中只有"视角或不可靠性原则"与不可靠叙述相关，因为只有这一机制涉及叙述者的"不可靠性"，以及读者对"不可靠性"的阅读假设。

在挑战修辞方法的阵营中，德国叙事学家纽宁最为引人瞩目。进入20世纪90年代以来，纽宁发表了一系列文章对不可靠叙述研究的修辞方法提出质疑，极力宣扬与修辞方法相对立的认知方法。在纽宁看来，不可靠叙述研究的中心问题在于"批评家使用什么样的标准来判断叙述者的不可靠性"，即叙述者"同什么比较才变得不可靠"（Unreliable, compared to what?）。（1997：86）对此，布思的回答是隐含作者的价值与范式，而纽宁认为，"不可靠，不是相对于隐含作者的范式和价值而言的，而是相对于读者或批评家之于世界的概念知识而言的。"（1999：70）

纽宁由此把对不可靠叙述的判断主体从隐含作者转移到真实读者，而读者对不可靠叙述的判别主要依赖于两个方面：标记不可靠叙述的"文本线索"，以及用来自然化这些文本线索的"参照框架"。具体说来，标记不可靠叙述的"文本线索"有：叙述者叙述话语的内在矛盾或叙述者言行的不一致；叙述者对同一事件的叙述与阐释之间的冲突或不一致；叙述者个人的言语习惯（不遵守语言规范，使用感叹句、省略句等）；对同一事件进行多重视角的叙述；超文本符号（标题、副标题、前言等）的使用。（1999：64—65）在此基础上，读者大致借助于如下十个"参照框架"来自然化"不可靠叙述"：1.一般的世界知识；2.历史世界模型与文化符码；3.显性的人格化理论与隐性的心理整合和人类行为模型；4.对特定时期的社会、道德、语言规范的了解；5.读者个人的知识、心理特征；6.一般的文学规约；7.文类规约与模型；8.文类与文体框架的范式；9.参照前文本的互文框架；10.具体文本所建立的结构与范式。（1999：67—68）在不可靠叙述这个论题上，纽宁最重要的贡献在于提升了读者的角色，强调读者之于判断不可靠叙述的重要作用。但在解构经典修辞方法的同时，纽宁似乎走向了极端，过于夸大了读者的角色。

然而，在修辞叙事学出现后经典转向之后，纽宁开始反思自己的激进立场，进而提出了不可靠叙述研究的综合方法——"认知-修辞"方法。需要指出的是，纽宁的转变主要受到了费伦的影响，尤其是费伦关于"隐含作者"的新定义，以及文本意义产生于"作者代理"、"文本现象"、"读者反应"之间的循环互动这一论点。在《重构"不可靠叙述"概念：认知方法与修辞方法的综合》一文中，纽宁说："一个叙述者是否可靠不但取决于叙述者的范式价值与整个文本（或隐含作者）之间的差距，而且取决于叙述者的世界观与读者或批评家的世界模式和范式标准之间的差距，当然，这些范式标准本身又是不断变化的。"（2005：95）通过以麦克尤恩的短篇小说《他们到了死了》为分析个案，纽宁得出结论："只有当我们认为不可靠性涉及读者代理、文本现象（包括个性化的叙述者及不可靠性的信号）以及读者反应等三重结构的时候，对不可靠叙述整体概念的讨论才有意义。"（2008：31）

在不可靠叙述这个论题上，"欧洲叙事学网"现任主席、南丹麦大学的汉森也是一位颇为活跃的学者。汉森认为，过去的不可靠叙述研究基本上问的都是"或此或彼"（either/or）的问题，而不是他所建议的"既是……也是……"（both/and）的问题。批评家关注的是由"什么"（what）和由"谁"（who）来判断"不可靠性"。对此，布思使用了隐含作者，查特曼使用了隐含读者，纽宁则使用了真实读者。汉森认为他们既对也错：在对不可靠叙述的辨别上，他们是正确的；但把判断"不可靠性"简单地归因于某个单一因素，他们又是错误的。（2007：244）

在对修辞方法、认知方法加以批判和整合的基础上，汉森归纳了四种类型的"不可靠性"：1. 叙述内不可靠性，是指由语言标记所揭示的"不可靠性"；2. 叙述间不可靠性，是指一个叙述者对事件讲述的版本与其他叙述者的版本相冲突的情形；3. 文本间不可靠性，是指人物的性格类型导致读者对其可靠性的怀疑；4. 文本外不可靠性，是指读者直接将自己的知识与价值带入故事世界。汉森进一步指出，在同一个文本中，不可靠叙述的四种基本类型同时起作用，即"不可靠性"借助叙述者的话语、其他叙述者的讲述、叙述者所模仿的人物类型以及读者带入文本的知识得到体现。（2008：334）

实质上，无论是修辞方法还是认知方法，都各有所长：认知方法尤其强调真实读者之于不可靠叙述的判断，而修辞方法则强调隐含作者和"作者的读者"的作用。作为不可靠叙述的两大主要范式，修辞方法和认知方法无论对于丰富不可靠叙述理论还是推进不可靠叙述的批评实践，都有十分重要的意义。然而，纽宁、汉森两位学者对这两种方法的整合却不尽如人意，对此申丹教授有过精辟的论述。她认为，鉴于它们两者之间不可调和的阅读位置，任何整合它们的努力都将归于失败。（申丹：74—75）例如，纽宁的综合性方法实际上使得修辞方法占据了主导地位，凸显了文本及其设计者（隐含作者）对读者在不可靠叙述者的认知处理方式上的多重约束，即不可靠叙述是隐含作者的修辞策略。换句话说，纽宁的综合性方法在本质上是修辞的。而汉森的四种基本类型都无一例外地以读者判断为主体，使得认知方法占据了主导地位，因此汉森的综合性方法在本质上是认知的。②

"语法人称"视角：以第一人称叙述为例

实际上，除了从修辞和认知方法的角度来研究不可靠叙述之外，还有为数众多的学者从语法人称的角度，尤其是从第一人称视角来考察不可靠叙述。众所周知，作为叙述情境的一种主要类型，第一人称叙述是小说家使用频率最高的手法之一。巴尔（Mieke Bal）宣称："所有的叙事都是第一人称叙述的变体。"（121—126）斯坦泽尔（F. K. Stanzel）认为："从定义上说来，第一人称叙述者就是不可靠的叙述者。"（89）在西方学者当中，威廉·里干（William Riggan）对第一人称叙述者"不可靠性"的研究最为充分。在《流浪汉、疯子、弃儿、小丑：第一人称不可靠叙述者》一书中里干说："第一人称叙述是各种故事最自然、最普及的样式之一。"（18）他认为："因为人类在感知、记忆和判断上的局限性，可能容易错过、忘记或错看了某些事件、词语或动机，因此第一人称叙述至少总是潜在地不可靠的。"（19—20）里干主要研究了四种类型的第一人称不可靠叙述者：流浪汉、疯子、弃儿和小丑。20世纪小说不仅见证了第一人称叙述的兴盛，同时也见证了不可靠叙述手法的兴盛。里干说："20世纪在很大程度上把第一人称不可靠叙述——一般意义上的不可靠叙述——作为自己特殊的产儿。"（31）不可靠叙述随处散见于康拉德、福克纳、艾米斯、贝娄、伯吉斯、石黑一雄、麦克尤恩、纳博科夫、贝克特等人的作品中。单就20世纪下半叶而言，茨维克曾评价说："20世纪下半叶文学中的不可靠叙述者，几乎不计其数。"（162）

纵观不可靠叙述的发展史，在14、15世纪的小说文本中这种手法就已经存在；在从维多利亚文学向现代主义文学的转型时期，不可靠叙述成为重要的文学现象；在20世纪的文学作品中，不可靠叙述被运用得淋漓尽致。茨维克认为，战后西方小说表现出三大特征：由不可靠叙述主导的战后小说牵制和削弱了现存的关于（不）可靠性的现实主义理念；一些后现代主义文本可以但不一定非要通过不可靠叙述来加以自然化；在某些激进的后现代主义文本中，不可靠叙述不再是自然化过程的一个可选项。（162）迄今为止，对20世纪小说的第一人称不可靠叙述作出最详尽的研究的著作，当属多尔凯（Elke D'hoker）和马腾斯（Gunther Martens）两人主编的文集《20世纪第一人称小说的叙事不可靠性》。该文集从叙事理论与叙事批评实践的双重层面，详细讨论了20世纪欧美小说第一人称叙述者的"不可靠性"，为不可靠叙述的断代史、国别史研究作出了积极的贡献。

非虚构类叙事作品中的 "不可靠叙述"

一般认为，虚构类叙事作品与非虚构类叙事作品之间的差别在于叙述者身份的不同。在虚构类叙事作品中，"叙述者"不是作者，而在非虚构类叙事作品中，叙述者是作者本人。按照布思式的判断方法，在非虚构类叙事作品中，叙述者不会偏离隐含作者的范式，他们之间不会产生叙述距离，因为他们都是同一个人。由此可知，在非虚构类叙事作品中不存在不可靠叙述。科恩（Dorrit Cohn）认为：

> 尽管我们通常会把"不可靠"这个术语用在那些我们认为头脑不正常的非虚构类作品中（历史的、新闻的、传记的或自传的），但这些作品的叙述者是作者，由于作者是叙述者，因此我们就不能把他们明显宣称的差异看作有任何意义。（307）

弗鲁德尼克（Monika Fludernik）说："只有在非虚构类叙事作品中，我们才有真正的不可靠叙述的例子。"（100）传记批评家戈尼克（Vivian Gornick）指出：

> 写回忆录和写小说存在一个相似的任务，就是把生活中的原材料写成一个塑造经历、改变事件、传递智慧的故事。在完成这个任务的方式上，写回忆录和写小说有所不同，区别主要在于虚构的"我"可以是而且通常都是不可靠的叙述者，但是非虚构的"我"永远都是可靠的叙述者。（vii—ix）

在费伦看来，上述批评家只看到了区别虚构类叙事作品与非虚构类叙事作品的形式特征，他们只注意到非虚构类叙事作品的正常形式，而忽略了非虚构类叙事作品也存有不可靠叙述的例外情况。他以迈考特（Frank McCourt）的传记《安琪拉的灰烬》中的一个叙述片段为例：

> 比利·坎贝尔说，我们回到圣·约瑟夫教堂，祈祷从现在起米基·斯佩拉西家的每个人都在暑假中死去，这样他就再也不能从学校请假了。
>
> 我们中某个人的祈祷肯定起了作用，因为第二年暑假，米基自己得了肺炎死掉了，他再也不能从学校请假了，这当然给了他一个大大的教训。
>
> （172）

在费伦看来，上面这个叙述片段是"不可靠叙述"的典型，其中包括弗兰克对他们祈祷力量以及对死亡的意义的错误解读、弗兰克对发生在米基身上事件的错误判断等。如果考虑到叙述者弗兰克与隐含作者迈考特之间的距离，以及叙述者弗兰克与"作者的读者"之间的距离，这个叙述片段中的"不可靠性"可以从三个方面来加以读解：第一，弗兰克认为他们的祈祷与米基的死之间有一定的因果关系，但隐含作者麦考特和"作者的读者"并不这么认为；第二，弗兰克认为米基的死既让他不能从学校请假，也给了他一个教训，但是隐含作者麦考特与"作者的读者"认为米基的死与请假和教训是无关的；第三，弗兰克认为，米基的死亡使得他不能从学校请假，这就给了他惩罚，但隐含作者麦考特和"作者的读者"从米基的死上看到了痛苦和失却。（2005：70—71）

既然虚构类叙事作品和非虚构类叙事作品中都存有不可靠叙述，那么两者之间有什么区别呢？在费伦看来，虚构类叙事作品中的不可靠叙述与非虚构类叙事作品中的不可靠叙述至少存有两个方面的区别：首先，在虚构类叙事作品中，错误的报道这一类型的不可靠叙述通常会伴随另外一种类型的不可靠叙述；在非虚构类叙事作品中，必须有其他类型的不可靠叙述伴随错误的报道。其次，在虚构类叙事作品中，无论不可靠叙述者在事实轴上是多么的不可靠，但是他的叙述总能让读者对叙事世界有基本的了解；在非虚构类叙事作品中，由于不可靠叙述者的讲述总是指涉一个实际存在的世界，他的"不可靠性"不能使读者对真实的叙事世界有基本的了解。例如在小说《长日留痕》中，无论叙述者史蒂芬斯如何不可靠，读者至少知道史蒂芬斯所处的叙事世界中的基本要件，如达令顿府、肯顿小姐、达令顿公爵等都是存在的，因此不会产生"史蒂芬斯到底发生了什么？"的疑问。但在传记《安琪拉的灰烬》中，读者基本上不了解米基所处的真实世界，因此会产生"米基到底发生了什么？"这样的疑问。（2005：73—75）

尽管都以传记为例来讨论非虚构类叙事作品中的不可靠叙述，但与费伦不同的是，我国学者申丹等认为虚构类叙事作品中的不可靠叙述与传记中的不可靠叙述的区别在于判断标准和阅读假设。（Shen：50）申丹等认为，传记中的不可靠叙述典型地涉及"作者式的叙述者"、"文本外的现实"、"文本间的不一致性"以及"认知读者"之间的关系。（Shen：57）他们通过借助雅克比的五种整合机制，对比了虚构类叙事作品中的不可靠叙述与传记作品中的不可靠叙述。如果说费伦是从修辞方法的角度研究了非虚构类叙事作品中的不可靠叙述，那么申丹等则是从建构主义的角度对非虚构类叙事作品中的不可靠叙述作出了颇有新意的探索。毫无疑问，对于非虚构类叙事作品中不可靠叙述的讨论扩大了该论题的研究范畴，具有积极的意义。

未来的方向与任务

在不可靠叙述研究极其兴盛的当下，西方也不乏有论者对其研究现状加以反思，对这一课题的未来研究提出建议，麦考密克（Paul McCormick）即是如此。在《稳定身份的要求与不一致叙述的（不）可靠性》一文中，他不仅提出了在修辞叙事学的框架下以"稳定身份的要求"（claims for stable identity）作为判断不可靠叙述的新途径，而且还对不可靠叙述的未来研究发表了看法。他认为：

　　如果单纯地把那些研究不可靠叙述的分析框架和阐释工具降低为寻

找不可靠性的记号，对不可靠叙述的未来研究毫无裨益。与之相反，若以推演的方式研究这个论题会比较富有成效，即考察作者和叙述者的双重目的，以及这些目的如何在叙述进程中进一步影响读者的判断。（347—348）

麦考密克是费伦的学生，深受费伦的影响，是"俄亥俄叙事学派"的一名积极分子。很显然，他所提出的不可靠叙述研究的方向是修辞性质的。所谓的"作者的目的"、"叙述者的目的"、"叙事进程"、"读者判断"充分体现了费伦的修辞叙事学理念。麦考密克强调考察"叙述者的目的"和"作者的目的"，更是直接呼应了费伦关于人物叙述是一门间接交流的艺术的论点：人物叙述既涉及作者对读者的交流（即作者的目的），又涉及叙述者对受述者的交流（即叙述者的目的）。（2005：1）

如果说麦考密克关于不可靠叙述未来研究的建议代表了修辞方法的立场，那么纽宁的观点则代表了认知方法的立场。在《建构整合性的认知方法与修辞方法》一文中，纽宁为研究不可靠叙述列出了六个方向：一、整合修辞方法与认知方法的洞见，发展深入彻底的不可靠叙述理论；二、对不可靠叙述的线索提供更精细、更系统的解释；三、当代小说家和过去小说家对不可靠叙述者的不同使用，以及他们对文化话语的折射和反应，都有待研究；四、不可靠叙述的历史有待书写；五、不同媒介、不同文类、不同学科中的不可靠叙述是一个丰厚的研究领域；六、具体不可靠叙述者的接受史有待重新审视。（2008：68—69）但是，仔细观察纽宁对不可靠叙述未来研究的建议的语境，不难发现他的认知方法"情结"。纽宁认为，不可靠叙述的认知分析框架开拓了下述四个新领域：一、搭建了叙事学和认知科学之间的桥梁；二、这一认知再概念化可以被有效地运用于不可靠叙述史的书写；三、不可靠叙述的认知理论有助于理解读者如何从整体上解读叙事；四、如果我们考虑到读者和批评家在自然化文本时所采用的认知策略或文化上被接受的模型，那么就可以评价历史变化的主体性概念和同样变化着的不可靠叙述用法之间的联系。（2008：68）比较之下可以发现：纽宁关于不可靠叙述未来研究的六条建议，几乎是认知方法在不可靠叙述研究上所取得贡献的"翻版"。笔者认为，为了进一步丰富后经典语境下的不可靠叙述研究，还有如下四个问题值得我们关注和思考。

第一，在发展不可靠叙述研究修辞方法和认知方法的同时，也可以不断开辟不可靠叙述研究的新方法、新路径。当下，修辞方法和认知方法无疑占据了研究的主流，在继续发展和完善这两种主流方法的同时，有必要发展其他类型的研究方法，开拓研究的新视角。

第二，对不可靠叙述这一概念的批评史加以梳理和总结。自1961年布思提出不可靠叙述这一概念以来，迄今已走过了将近半个世纪的历程。不可靠叙述理论在得到进一步发展的同时，也引发了一定的争议、混乱和误读。梳理这一概念的批评史、接受史，不仅有助于廓清不可靠叙述研究的脉络，也可以反思叙事学的发展历程。

第三，加强研究除第一人称叙述者之外的其他类型叙述者的"不可靠性"。无论是修辞方法、认知方法，还是语法人称视角，几乎都集中在第一人称叙述者"我"的"不可靠性"上。那么第一人称复数叙述者"我们"、第三人称叙述者"他/她/他们"、第二人称叙述者"你/你们"是否也存有"不可靠性"？该如何界定这些不可靠叙述者的类型与特征？这些都是值得研究的话题。

第四，对于中国学者而言，如何结合中国特有的文化语境，考察不同文类、不同时期、不同媒介中的不可靠叙述，是当下研究的一项重要任务。在接受访谈时，费伦语重心长地说：

> 中国叙事理论家非常了解西方的叙事传统和叙事理论，但是西方的叙事理论家却对中国的叙事传统知之甚少。如果我们能在中西方的叙事传统上有更多的交流，那么我们彼此之间就可以更好地相互学习，彼此之间的关系也会更加富有成果。（尚必武：159）

虽然费伦给出的是关于中国叙事学整体发展的建议，但对于不可靠叙述这个"叙事理论和叙事分析的一个核心概念"也同样适用。（Nünning，2008：29）

结　语

在文学创作上，不可靠叙述是一个重要的技巧和手法；在叙事理论上，不可靠叙述是一个重要的研究话题；在批评实践上，不可靠叙述是一个有益的分析工具。纵观半个世纪以来西方学界的不可靠叙述研究，修辞方法与认知（建构主义）方法无疑构成了研究这一论题的主流。需要指出的是，这两种方法不仅适用于分析虚构类叙事作品中的不可靠叙述，而且对于分析非虚构类叙事作品中的不可靠叙述也同样具有参照价值。就不可靠叙述的未来研究而言，我们在整合修辞方法与认知方法的洞见的同时，不仅需要开辟新的研究路径，同时也需要对这个概念的批评史加以梳理和总结。我们尤其应该结合中国的文化语境，考察不同文类、不同时期、不同媒介中的不可靠叙述，以早日实现中国叙事学研究成果的对外交流，为"世界叙事学"的建构作出贡献。

参考文献

1. Abbott, H. Porter. *The Cambridge Introduction to Narrative*. Cambridge: Cambridge UP, 2008.
2. Bal, Mieke. *Narratology: Introduction to the Theory of Narrative*. Trans. Christine van Boheemen. Toronto: U of Toronto P, 1985.
3. Booth, Wayne C. *The Rhetoric of Fiction*. Chicago: U of Chicago P, 1961.
4. Cohn, Dorrit. "Discordant Narration." *Style* 34. 2 (2000):307-316.

5. Fludernik, Monika. "Fiction vs. Non Fiction: Narratological Differentiation." *Erzähln und Erzähltheorie im 20. Jahrhundert: Festschrift für Wilhelm Füeger.* Ed. Joerg Helbig. Heidelberg: Universitätsvrlag C., 2001.

6. Gornick, Vivian. "Preface." *Living to Tell the Tale: A Guide to Writing Memoir.* Ed. Jane Taylor McDonnell. New York: Penguin, 1998.

7. Hansen, Per Krogh. "First Person, Present Tense, Authorial Presence and Unreliable Narration in Simultaneous Narration." *Narrative Unreliability in the Twentieth-Century First-Person Novel.* Ed. Elke D'hoker and Gunther Martens. Berlin: Walter de Gruyter, 2008.

8. —. "Reconsidering the Unreliable Narrator." *Semiotica* 165. 1.4 (2007): 227-246.

9. Kindt, Tom, and Tilmann Köppe, ed. "Unreliable Narration." *Journal of Literary Theory* 5.1 (2011):3-145.

10. McCormick, Paul. "Claims of Stable Identity and (Un)reliability in Dissonant Narration." *Poetics Today* 30. 2 (2009): 317-352.

11. McCourt, Frank. *Angela's Ashes.* New York: Scribner, 1996.

12. Nünning, Ansgar. "'But Why Will You Say that I am Mad?' On the Theory, History, and Signals of Unreliable Narration in British Fiction." *Arbeiten aus Anglistik und Amerikanistik* 22. 1 (1997): 83-105.

13. —. "Reconceptualizing the Theory, History and Generic Scope of Unreliable Narration: Towards a Synthesis of Cognitive and Rhetorical Approaches." *Narrative Unreliability in the Twentieth-Century First-Person Novel.* Ed. Elke D'hoker and Gunther Martens. Berlin: Walter de Gruyter, 2008.

14. —. "Reconceptualizing Unreliable Narration: Synthesizing Cognitive and Rhetorical Approaches." *A Companion to Narrative Theory.* Ed. James Phelan and Peter J. Rabinowitz. Oxford: Blackwell, 2005.

15. —. "Unreliable, Compared to What? Towards a Cognitive Theory of Unreliable Narration: Prolegomena and Hypotheses." *Grenzüberschreitungen: Narratologien im Kontext/Transcending Boundaries: Narratology in Context.* Ed. Walter Grünzweig and Andreas Solbach. Tübingen: Gunter Narr Verlag, 1999.

16. Olson, Greta. "Reconsidering Unreliability: Fallible and Untrustworthy Narrator." *Narrative* 11. 1 (2003): 93-109.

17. Phelan, James. "Estranging Unreliability, Bonding Unreliability, and the Ethics of *Lolita*." *Narrative* 15.2 (2007): 222-238.

18. —. *Living to Tell about It : A Rhetoric and Ethics of Character Narration.* Ithaca: Cornell UP, 2005.

19. Riggan, William. *Picaros, Madmen, Naifs, and Clowns: The Unreliable First Person Narrator.* Norman: U of Oklahoma P, 1981.

20. Shen, Dan, and Xu, Dejin. "Intratexaulity, Extratextuality, Intertextuality: Unreliability in Autobiography versus Fiction." *Poetics Today* 28. 1 (2007): 43-87.

21. Stanzel, F. K. *A Theory of Narrative.* Trans. Charlotte Goedsche. Cambridge: Cambridge UP, 1984.

22. Yacobi, Tamar. "Authorial Rhetoric, Narratorial (Un)Reliability, Divergent Readings: Tolstoy's *Kreutzer Sonata*." *A Companion to Narrative Theory.* Ed. James Phelan and Peter J. Rabinowitz. Oxford: Blackwell, 2005.

23. Zerweck, Bruno. "Historicizing Unreliable Narration: Unreliability and Cultural Discourse in Narrative Fiction." *Style* 35.1 (2001):151-178.

24. 尚必武:《修辞诗学及当代叙事理论——詹姆斯·费伦教授访谈录》,载《当代外国文学》2010 年第 2 期。
25. 申丹:《叙事、文体与潜文本——重读英美经典短篇小说》,北京大学出版社,2009。

① 关于费伦的"不可靠叙述"观,详见拙文《叙述谎言的修辞旨归:詹姆斯·费伦的"不可靠叙述"观论略》,载《解放军外国语学院学报》2008 年第 5 期。

② 关于认知(建构主义)学派对于不可靠叙述的研究,详见拙文《对修辞方法的挑战与整合——"不可靠叙述"研究的认知方法述评》,载《国外文学》2010 年第 1 期。

崇高 陈榕

略说

作为西方美学重要概念的"崇高"（the Sublime）拥有众多的同义词，在不同的语境中，它可以用来指代"伟大"、"恢弘"、"雄浑"、"壮阔"、"庄严"、"肃穆"、"华丽"、"铺张"、"奢靡"、"崇拜"、"震撼"、"诧异"、"惊惧"、"恐怖"、"虚幻"、"空无"、"无限"，等等。在这些隐含意义中，我们甚至可以发现数组含义是对立的。究竟什么是"崇高"？它是包容性的"无限"，还是寂灭的"空无"？它的情感机制是由"伟大"引发的快感，还是由"恐怖"引发的痛感？它是客体的属性，还是主观的感受？

"崇高"概念的含混性是有它的历史渊源的：17世纪由古罗马人朗吉努斯（Longinus）于公元1世纪写的《论崇高》（*On the Sublime*）手稿被法国新古典主义批评家布瓦洛翻译介绍给欧洲学界，几百年来这一概念被反复解读，它的阐释者中有一长列重量级的名字：英国保守主义思想家伯克（Edmund Burke）、德国启蒙哲学家康德（Immanuel Kant）、德国浪漫主义戏剧家席勒（Friedrich von Schiller）、法国后现代主义思想家利奥塔（Jean-Francois Lyotard）、活跃在当代理论界的左派思想家齐泽克（Slavoj Žižek）。他们都曾经发表著作来阐述对崇高的理解。如果要算上其他撰文关注过这一概念的学者，这个名单还可以大大延长。正是由于对于崇高理论的阐释如此丰富，而阐释者的背景各异，关注点不同，崇高成为了具有高度互文性、高度复意性的概念。

虽然对崇高的解读具有多样性，但是它的核心内涵相对稳定。从词源学的角度看，其拉丁文sublimis由两个部分组成，分别是sub，即"达到，及到"；和limen，即"门楣"。（Shaw：1）"及至门楣"是空间上高于一般人的高度，所以拉丁文意指空间意义上的"有高度"，并且转义为属性上的"出众"以及"崇高"。崇高的本源始于超越常人的高度，它的转义则指向超越性，由于超越的过程伴随着对阻碍的克服，所以崇高的审美情感既有面对挑战的痛感，也有实现超越之后的愉悦。对于崇高概念的诸多引申往往存在超越的内容、方式、目的的差异，其基点均来自崇高概念的超越性内核。

综述

缘起：朗吉努斯的《论崇高》

公元10世纪在巴黎发现了一份残缺的希腊文抄本，手稿的题目是《论崇高》。研究者曾经认为该作品完成于公元 3 世纪，现在的普遍观点是它完成于 1 世纪，也就是古罗马时代，然而作者身份依然无定论，只能归于书稿上的签名"朗吉努斯"名下。（Macksey：913—915）1554 年，法国人文学者弗朗西斯科·罗伯特利资助出了手抄本，1674 年法国新古典主义者布瓦洛将其翻译成法文，随后在欧洲各国都有了译本。

《论崇高》谈的是修辞术。希腊罗马的灿烂文化催生了柏拉图的《理想国》、荷马的《伊利亚特》和《奥德赛》，以及古希腊悲剧等伟大作品。朗吉努斯指出这些经典共享一个特点，那就是崇高。崇高是能够直抵灵魂引发心灵悸动的风格："真正崇高的文章自然能使我们扬举，襟怀磊落，慷慨激昂。"（82）它由五个要素组成：庄严伟大的思想、慷慨激昂的热情、辞格的藻饰、高雅的措词，以及尊严和高雅的结构。（83）在这五要素中，后三项是写作技巧；前两项，即伟大的心灵和丰沛的感情，却是对艺术家素质的要求，而不是修辞术的内容，然而，它们才是崇高修辞的灵魂。

朗吉努斯的崇高论突出了艺术创作中思想的力量："崇高的风格是一颗伟大心灵的回声。"（84）朗吉努斯指出，我们的肉身固然受限，人的生存目的却不是为了肉身的存续，而是为了精神升腾，这才是自然造人的应有之意："天之生人，不是要我们做卑鄙下流的动物；它带我们到生活中来，到森罗万象的宇宙中来，仿佛引我们去参加盛会，要我们做造化万物的观光者，做追求荣誉的竞争者。所以它一开始便在我们的心灵中植下一种不可抗拒的热情———一种对一切伟大的、比我们更神圣的事物的渴望。"（114）为此，崇高意味着伟大的思想对自身的存在进行定义，在生命的局限中寻找超越。在《论崇高》的结尾，朗吉努斯开辟专章讨论为什么在他身处的时代缺乏伟大的作家。除了政权的钳制禁锢人们的思想，更内在的原因是人们不再向往伟大，被世俗欲望宰制。崇高要求的是高洁灵魂保持持久而强劲的内驱力，写下的文字才有可传万世的恢弘气象。

然而，仅有思想的升腾，没有丰沛的情感，文字也会枯竭，所以朗吉努斯的崇高论强调情感的力量。这使他与古希腊罗马时代理论家在文学观上形成了鲜明对比。在古希腊时代，柏拉图重理性，反对在艺术作品中过度煽动情绪。亚里士多德虽然在"悲剧宣泄观"中认可人类的基本情感诉求，却从未视强烈的情感自身为德行。他提倡平和理性的中道观。在古罗马时代，贺拉斯提出合宜的美学标准，讲究圆融与得体。总体而言，理性、适度克制、和谐优美，这是古典时代所崇尚的文学品格。

朗吉努斯却旗帜鲜明地指出思想需要情感的热度。他所说的情，是超越一般强度的激情。在《论崇高》中，他用大量的自然现象为隐喻，暗示情感的自然合法性。他形容狄摩西尼的崇高"可以比拟疾雷闪电"；他形容西塞罗的崇高如"野火燎原，席卷一切，扫荡一切"。（91）值得注意的是朗吉努斯小心区别了激情与滥情，提出"激昂的情绪，若不以理性控制，任其盲目冲动，随波逐流，有若无舵之舟，必定更加危险。因为天才常常需要刺激，也常常需要羁縻"。（78）唯有在伟大的灵魂和激情的指引下，我们才能驾驭藻饰、措辞与和谐的有机结构等修辞术，让它们为文体的整体效果服务，写出震撼人心的激扬文字。

由此可见，朗吉努斯的修辞崇高核心是人的思想和感情，讨论文学崇高，实质是讨论人的崇高。在朗吉努斯看来，人类的崇高性所符合的是造化的初衷。他鼓励人们多亲近自然，尤其是壮阔雄伟的风景，用自然的崇高之力为人类的精神结构赋形。当人类从自然的壮美中领略神的意图，将自己的灵魂提升到宇宙的高度，这种超越感诉诸笔端就会形成崇高的修辞，修辞的崇高会唤起读者灵魂深处的崇高情怀，实现主体间的交流。

现在，朗吉努斯的修辞崇高早已成为我们欣赏文学作品的重要标准。我们欣赏和阅读他在《论崇高》中推荐的柏拉图、荷马、西塞罗，我们将莎士比亚的戏剧、弥尔顿的史诗、梅尔维尔的《白鲸》、惠特曼的《草叶集》归入崇高的行列来表达我们对这些作品的崇敬。其实，朗吉努斯本人就是崇高文体的绝佳驾驭者。他的文字奔放，充满了瑰丽的想象，诚如蒲柏在《论批评》中所赞："他［朗吉努斯］以自己为例证实了他的法则／他就是他推崇的崇高的范本。"（qtd. in Noggle：100）

崇高与现代性

朗吉努斯在《论崇高》中捕捉了人的超越性：更伟大的灵魂、更丰沛的感情、站在神的位置从宇宙俯视世界的认识视角、摆脱时代束缚的自由心灵。这种超越性正好迎合了它于 17 世纪被布瓦洛翻译为法文进而为欧洲大陆学界所关注时欧洲社会转型的需求。当时的欧洲摆脱了中世纪神权束缚，经历了文艺复兴洗礼，正在迎接着现代性的诞生。套用韦伯（Max Weber）的话，这是一个"祛魅的世界"，它意味着"原则上再也没有什么神秘莫测无法计算的力量在起作用"。（35）社会经历着从神权向世俗的过渡，人开始替代神成为世界的主人。为此，人们开始关注自身经验与情感，他们在朗吉努斯的情感论中找到了共鸣。人们开始更加关心自己作为世界主宰者的合法性，朗吉努斯的伟大灵魂说可做支持材料。而且，这一时期也是地理大发现和科学大发展的时代。自然突然在人类面前展开了前所未有的尺度，环球航海旅行发现不同大陆的风景；望远镜和显微镜等技术的发明可以让人类看到以前肉眼所看不到的无穷大以及无穷小。这令人心潮澎湃的新风景正呼应了朗吉努斯所说的崇高自然。因此不难理解为什么在这个时代伯克、康德、席勒等思想家都对《论崇高》这本薄薄的修辞教科书产生了浓厚的兴趣，对崇高的定义进行了一再改写，让这一概念"在现代思想史中起到了超乎寻常的作用"。（Doran：2）

伯克：崇高的情感维度

在《论崇高》中，朗吉努斯认为壮美的自然会激发我们的崇高感："我们绝不会赞叹小小的溪流，哪怕它们是多么清澈而且有用。我们要赞叹尼罗河、多瑙河、莱茵河，甚或海洋。"（114）为什么我们面对海洋和面对浅溪有不一样的审美体验？朗吉努斯则用受到"本能的指导"一笔带过。伯克在《关于我们崇高与美观念之根源的哲学探讨》中对这个问题展开了全面的论述，他发现海洋和浅溪在我们心灵所激发的情感不同："一个建立在痛苦之上，另一个却建立在愉悦之上。"（106）两种情感的强度大相径庭，前者激烈，后者平和。他认为前一种风景体现了崇高，而后一种体现了优美。

伯克对崇高的定义以痛感为核心，这一点却不是朗吉努斯的初衷。朗吉努斯崇高论中的激情以积极情感为主，是我们面对自然的兴奋感和升腾感。伯克崇高论却是唯强度论，心灵的激烈悸动是崇高的标示，为此"凡是能够以某种方式激发我们的痛苦和危险观念的东西，也就是说，那些以某种表现令人恐惧的，或者那些与恐怖的事物相关的，又或者以类似恐怖的方式发挥作用的事物，都是崇高的来源；换言之，崇高来源于心灵所能感知到的最强烈情感"。（36）为了更好地说明崇高，伯克用对比法对它和优美进行了定义：

> 崇高的事物在尺寸上是巨大的，而美的事物则是娇小的；美的事物应该是平滑、光亮的，而崇高的事物则是粗糙不平的；美的事物应当是避免直线，在偏离的时候，也令人难以觉察，而崇高的事物在很多情况下却以直线条的方式出现，即便存在偏离也是极为明显的；美不应当暧昧不明，而崇高则倾向于黑暗和晦涩；美应当柔和、精细，而崇高则坚固甚至厚重。（106）

朗吉努斯的崇高世界是由壮丽河山组成的，让人灵魂舒展，伯克的崇高世界则有浓重的阴影，它包括无法掌控的模糊含混、深邃的无限、看不到边界的巨大，以及难以撼动的强力。以上元素有清晰的辨识度，它们即将反复出现在哥特小说中，具象化为阴影重重的古堡、深不见底的地牢、浓密深林里的一盏时亮时灭的灯、船行海上遇到的巨大旋涡。甚至有批评家戏言我们不妨假设是伯克的理论催生了哥特小说，（Holmqvist and Płuciennik：723）在英国文学史上，第一部哥特小说《奥特朗托城堡》也的确晚伯克的崇高论 5 年出版。哥特小说的诞生有深刻复杂的历史文化背景，当然不能简单地仅和伯克的理论挂钩，但是伯克的崇高论为哥特小说提供了有力的支撑是不争的事实，欧洲历史上第一次有思想家对恐怖审美进行了详细的考察。

在伯克的崇高论中，因怖而生痛，从遭遇恐怖到情感的痛感转化是自然进程，可是如何从痛感中获得审美的快感？伯克认为我们需要一种契机：即我们需要和真正的恐怖保持距离。伯克指出人的情感可以分为两类，一类以自我保存为原则，另一类以社会交往为原则。前者关乎生存，后者关系到我们的社会性和群体性；前者是我们面临危险时灵魂的震颤，后者追求灵魂的安适。在优美审美中，我们体会到的是社会交往原则。在崇高审美中，被激发的是自我保存原则。当危险直接作用于我们时，它们只会带来真实的痛苦，可是如果我们是旁观者，目睹危险，却不用体验危险，恐惧引发的痛苦感就会转化为幸存的庆幸感，形成"某种令人欣喜的恐惧，某种带着害怕的平静"，（伯克：115）那就是崇高快感的由来。

崇高快感不是纯粹的，而是混合的。它发端于痛苦，又因为距离带来审美感，它既有吸引力，又令人抗拒。（Deckard：4）问题在于我们为什么需要这种混合着痛苦的快感？难道优美的审美还有缺憾，需要崇高来补充？要寻找这个问题的答案，我们需要考察伯克的思想渊源。亚里士多德曾经指出，人和动物的差别在于人是有理性的，欲望则属于人的动物性的本能。这种理性主义倾向到了笛卡尔的时代甚至发展到了"我思故我在"的独断论程度。崇高所涉及的自我保存原则是关乎生存的欲望，这是因为伯克是洛克、休谟等英国经验主义者的传承人。在经验主义者看来，理性是无法证明的，我们对世界的认识基于自身的感受，我们的伦理行为也是基于我们的情感。伯克的崇高论重视情感，也是属于经验主义的进路。他承认惊恐、畏怖等负面情绪，当他将痛感接纳到审美体验中的时候，是对人性的正视与认可，否定的是理性的独断，肯定的是情感的力量：

> 自然界中的伟大和崇高……所促发的激情，叫做惊惧；惊惧是灵魂的一种状态，在其中所有活动都已停滞，而只带有某种程度的恐怖。在这种状态下，人们心中只剩下他所面对的对象，而不能同时注意到其他的事物，也不能对占据其心神的那个对象进行理性分析。由此，崇高才有如此巨大的力量，它不但不是通过理性分析产生，恰相反，它通过某种不可抗拒的力量把我们席卷而去，根本来不及进行理性分析。（50）

伯克的崇高论不仅肯定了恐惧等负面情感在人类情感中的合法性，而且通过审美将痛感审美变成了力量审美，实现了对生命力的歌颂。崇高的客体对人的生命体验造成了威胁感，最终的结果却是激活了生命力。伯克的崇高论中充满了对人们五官感受的细致分析。什么样的视觉感受能够令人毛骨悚然，什么样的味道令人厌恶，在说明听觉时，他甚至用数个章节区别了人们听到群众山呼海啸般的叫喊声、夜半万籁俱寂时突然传来的一声钟响，以及动物危险的咆哮等不同声响时在神经感应上的细微差别。难怪伊格尔顿（Terry Eagleton）将伯克的崇高论称为"感官的敏感现象学"。（1989：54）因为恐怖和危险刺激着人的感官，我们前所未有的体会到自己是活着的，我们的主体感知到了机体神经系统的高度运转。与崇高相比，优美的审美感倒像是对人的主体性的一种消解：优美是没有难度的、平滑的，接受起来容易，也不需要反思，人们在慵懒的审美感中昏昏欲睡，失去了活力。为此，伯克的结论是和崇高的感性激活相比，"优美是弱小的，可有可无的，缺乏力量的"。（Scarry：85）

康德：崇高的理性维度

伯克的崇高论为朗吉努斯的崇高"激情说"添加了痛感审美和恐怖审美，自此崇高拥有了自己的暗影、秘密和焦虑。康德的崇高论则在早期深受伯克的影响，却在后期发生了巨大的转变。1764 年他曾经撰写了《论优美感和崇高感》，这是一部明显能够看出伯克的思维框架的作品。1790 年他出版《判断力批判》时则彻底放弃了伯克的心理情感论，转为理性超验论。

《论优美感和崇高感》是康德的早期作品。他对崇高和优美的划分沿用了伯克的观点。优美被理解为是温煦畅快的，崇高则是伴随着痛感的审美体验。他在这本小册中对伯克的改写在于他减低了负面情感在崇高中的比重。他指出崇高根据其在人心中激发的心理反应之间的差别，可以分为三种：第一种是恐怖的崇高，伴有惊异的畏惧，是无边的孤独感，广阔的沙漠、无底的深渊都会唤起这种感受。第二种是高尚的崇高，崇山峻岭的壮阔风景、埃及金字塔的朴素壮美以及军械库的简洁肃穆都会引发纯粹的惊异。第三类则是华丽的崇高，人工修建的圣彼得大教堂属于此类，这种人造物美轮美奂。（2011：17）很显然，这三种崇高中，只有第一种带有明显的伯克痛感美学的色彩。

即便如此，康德也还是很快抛弃了这种基于感官的崇高美学立场。感受是主观的，表象是杂多的。如何让主观的感受具有共通性？康德渐渐意识到用经验主义的办法是不够的。他不再关心对崇高的描述性表征，开始采用先验的方法"给审美快感找出具有普遍意义和必然性的先天原则"。（蒋孔阳：43）二十余年的思考带来了《判断力批判》中的崇高论。康德对能够引发崇高感的客体特征进行了总结：此类客体的共同特点是要么具有无形式性，要么具有无限性。所谓无形式性，不是真的无形式，而是说自然的形式没有一定之规。比如大海汹涌时，它的波涛是晦暗不明的。（95）所谓无限性，是无边无际感，站在海边，人们难免感叹不知道它的尽头在何方。

无论是无形式性还是无限性，都在挑战人类的认知边界。在康德看来，崇高之痛不是伯克所说的面对生存威胁的精神紧张之痛，而是我们的认知思维的无法把握之痛。康德认为在对优美的审美体验中，我们认知中的感性、知性、想象力和理解力和谐配合，能够完成对美的总体把握。在崇高审美中，我们却会面临内外交困的窘境：外界客体溢出了我们的理解能力，凭借感官无法形成有效认知；想象力失去了感性依托，无法运作；判断力受到挑战，找不到先天的合目的性。于是客体无法在我们的意识思维中形成表征，认识无从谈起。可是这种困顿恰好是孵化崇高的契机，为理性的介入留出了空间，理性会帮助我们实现向理念的飞跃："真正的崇高不能包含在任何感性的形式中，而只涉及理性的理念：这些理念虽然不可能有与之相适应的任何表现，却正是通过这种可以在感性上表现出来的不适合性而被激发起来，并召唤到内心中来。"（2004，《判断力》：83）

　　伯克和康德在崇高是客体属性还是主体属性这个问题上存在根本分歧。伯克将崇高严格限制在了客体的属性上，自然是崇高的，我们面对崇高客体获得生命的敬畏感。康德却将崇高牢牢定位在人的属性："真正的崇高必须只在判断者的内心中，而不是在自然客体中去寻求。"（2004，《判断力》：95）如果从伯克的角度看，暴风雨中翻腾的怒海是崇高的，康德则会认为在人们凝视怒海时，体会到的是更高的合目的性的理念，是人的内在性的崇高。

　　康德为什么把崇高定位为人的内在性？对于这个问题我们需要将它放回康德的哲学体系进行考察。康德在《纯粹理性批判》中提出了被他自己认可为"哥白尼的革命"的形而上学的范式转变：他放弃了"我们的知识必须符合它的认识对象"的传统观点，认为是我们的知识决定着我们的对象。（15）我们先天拥有认知的先验原则，它们构成认知框架，将世界一分为二，一边是物自体，一边是现象界。在认知框架之外的是物自体，它是事物的本体，在我们不可知的彼岸。框架之内，则是物自体在我们的感性作用下形成的显像，以及经由知性加工而形成的现象。显像是物自体的杂多表象，现象是我们对物自体的认识，它们不必和物自体保持一致，因为我们和物自体之间隔着现象界的帷幕，所以无法接近它的本真。应该说康德的自然也是物自体的一部分，我们无法彻底了解它，更无法用崇高来定义它。然而，我们却可以运用认知将自然纳入现象界，由此激发的就是人的内在属性的崇高感。

　　康德的崇高审美，审视的不是自然，而是人向自身呈现自然的方式。（Huhn：270）基于这种方式，康德将崇高分为数学的崇高和力学的崇高。在数学的崇高中，客体超越了数学意义上人类认知先天给定的尺度，表现为"绝对大"，（2004，《判断力》：86）比如壁立千仞的高山和庞大的宫殿群等。理性可以对这种无限进行总体性的把握："只要能把它思考为一个整体，这也就表明了内心有一种超出一切感官尺度的能力，因为这会要求一种统摄。"（93—94）在力学的崇高中，自然界拥有强大无比的力学特征，被表达为恐怖的对象。（99）然而，站在安全的距离，人类的心灵却会被这场景所感召和吸引，毫无恐惧地评判它，仿佛凌驾于它之上："我们作为自然的存在物看来在物理上是无能为力的，但却同时也揭示了一种能力，能把我们评价为独立于自然界的，并揭示了一种胜过自然界的优越性。"（101）自然中崇高客体的存在激励我们提升心灵的力量，使我们有勇气能与自然界的万能相较量，认识到"自己超越自然之上的使命本身的固有的崇高性"。（101）

　　康德在讨论数学的崇高和力学的崇高时，都提到了对经验世界的超越，它既是对人类认知极限的超越，也是对人类自身命运的超越。崇高的超验中，认知机制调用了一项重要的能力，即想象力。在崇高审美中，判断力把想象力和理性相联系，来理解无限，理解"超感性之物的理念"。（108）康德认为想象力以感性印象为材料，可是它有能动性。崇高审美中，当想象力感受感性束缚，暴露出它的局限，令我们体会到它的无力和匮乏时，我们会调动起理性，征用想象力作为"理性之工具"。（109）当我们从知性角度只能管中窥豹时，想象力和理性联手可使我们认识全貌。当我们感到软弱无力时，想象力和理性联手可帮我们建立起强大的自我。它成为"在自然影响面前坚持我们的独立性的一种强力……绝对的伟大只建立在他（主体）自己的使命中"。（109）

从这里可以看出造成伯克和康德的崇高论的根本差异的不是伯克重经验、康德重超验，而是他们对人的不同理解。伯克式的人，是康德最为反对的"肉、骨头、血和神经混合的物体"。（转引自伯林：79）人终其一生无法跳出沉重的肉身，理性、感性和情感无法实现剥离。康德式崇高中，我们"被扔出了自我感官的局限"并且抓住了"自己内心的理性的崇高性"，（qtd. in Eagleton, 1990：91）达到认知的自由，克服了自己的局限性，摆脱了对属于经验世界的那一部分自我的依赖，实现了精神的自治。

康德的崇高美学从承认人的认知局限出发，最终却实现了对人的理性和主体性的褒扬。人成为世界之王者，当经验世界在他面前展开，都是可把握、可审视和可掌控的客体。"当人性在他身上得到最大程度的张扬时，当他登峰造极时，他就能统治自然，也就是说，他能模塑自然，压倒自然，把自己的个性施于自然，我行我素。"（转引自伯林：80）崇高彰显出人作为自然的宰制者的地位和人的绝对自由。

康德的崇高论对英美浪漫主义文学的发展产生了相当大的影响。用威尔森（Eric Wilson）的话说，康德思想"是启蒙主义的果实，也是浪漫主义的种子"。（19）英国诗人柯勒律治曾经是康德哲学的信徒，他在《忽必烈汗》中对忽必烈汗雄伟壮观的宫殿的描绘充满了崇高的色彩。美国文学家兼思想家爱默生则是通过阅读柯勒律治的笔记了解了康德的思想。他承认他提出超验主义主张是受到了康德的启发，（qtd. in Wilson：19）他提倡直观对理念的把握以及想象力的运用，与康德的崇高观一脉相承。康德崇高论中的自由主体观还影响了诗人拜伦所创作的曼弗雷德等拜伦式的英雄。他们拒绝生活的平庸，热爱壮阔的自然，要求充分的自由，同时也非常以自我为中心。然而，如果康德读到拜伦式的英雄事迹应该会感到不安，因为康德的崇高主体的主要特征除了理性与自由之外，同时也是道德主体。

如何弥合认识论和实践论，让崇高的超验的主体自觉服从道德的宰制？对于超验和道德的关系，我们或许能够从康德《实践理性批判》那段著名的引文中找到线索："有两样东西，人们越是经常持久地对之凝神思索，它们就越是使内心充满常新而日增的惊奇和敬畏：我头上的星空和我心中的道德律。"（220）无论是头上的星空，还是心中的道德律，两者都会唤起"惊奇与敬畏"的崇高感。（220）康德指出，当我们仰望星空，会感到自己的位置被一直联结扩展到星际的恢弘无涯，乃至延续的无穷时间。然而，星空所赋予我们的崇高超验感是有限的，我们的意识将回落于我们不过是恒河沙数星星中一颗普通星球上一个受困于身体的动物性的普通人的事实。而当我们体会内心的道德律时，同样也会体会到超验感："我"会认识到这个世界有真实的无限性，认识到内心的自我与天空的星星处在普遍必然的联结中，认识到

"我"在这个世界的位置，也了解"我"对这个世界的道德责任，懂得生存的使命感。而且"这种使命不受此生的条件和界限的限制，而是进向无限的"。（221）

在康德看来，崇高将令我们看到星空时智性的升腾感与道德上寻求人类生存价值联系在一起，不仅用理性超越我们认知的局限，也在道德上超越我们的自然性。对康德来说，我们的肉身、我们在感性世界里所体会到的欲望都是我们自然性的部分。"道德律向我展示了一种不依赖动物性、甚至不依赖于整个感性世界的生活。"（2004，《实践理性批判》：221）我们摆脱了欲望的羁绊，获得了真正意义上的自由，自觉承担起我们生而为人的崇高使命，感应自然的伟大，塑造自我的道德尊严。

席勒：历史实践中的崇高人性

伯克与康德的崇高论起始于同样的轨道，终结在情感论和理性论南辕北辙的方向。席勒也谈崇高，他的崇高论和康德保持着相似的方向，但是采用了理性论和实践论的不同进路。席勒是从1791年开始阅读康德的。他所读的康德的第一本著作是《判断力批判》，用席勒本人的话说："新颖的振聋发聩的思想立刻迷住了我，让我热切地想要了解他［康德］的哲学。"（qtd. in Robertson：197）受到康德的感召，席勒于1793年撰写《论崇高——对康德某些思想的进一步发挥》（"Vom Erhabe-nen"），1796年又意犹未尽地继续对这一论题进行阐释，完成了另外一篇《论崇高》（"berdas Erhabene"）。

总体而言，席勒的崇高论理论原创少，以改写为主。其中相当重要的一个改写是他修改了康德对数学的崇高和力学的崇高的二分法。席勒认为康德对这两个概念切分不清，有重合之处，应该改为理论的崇高和实践的崇高。德曼（Paul de Man）在《审美意识形态》中指出席勒没有认识到康德的二分法之所以拒绝"对称性的对立"（137），是因为某种客体可能既能激发力学的崇高也能激发数学的崇高，席勒的方案其实减低了康德式崇高的复杂性，未免有画蛇添足之嫌。

席勒或许真的没有意识到康德的高明，然而他的重新分类却不是无聊闲笔，康德的崇高观超验色彩重，席勒则立足于"超验向实践的转化"，（qtd. in Baker：529）他要彰显被康德二分法所压制的崇高的实践维度。根据席勒的分类法，在理论的崇高中，自然作为认识客体而存在，对我们的理解力提出挑战，崇高是认知领域的智性。在实践的崇高中，外部世界作为感情的客体而存在，能够从我们自身激发出生命和人格的力量，从而"让我们参与到我们同胞们的生活与苦痛之中"，（Hinnant：130）它关心的是人与他人互动的社会属性。

在理论的崇高和实践的崇高中，席勒显然重视后者。人可以静观自然，却需要投身到社会生活中。席勒认为理论崇高是智性的，实践崇高是动态的，裹挟着生命的力量。人类生活在世上，被无数比他强大的力量所包围，意志遭遇的挑战越激烈，激发的崇高感才越强。我们的肉身越软弱，精神的赞歌就越高亢，所以他说：

"战胜可怕的东西的人是伟大的。即使自己失败也不害怕的人是崇高的。"（191）汉尼拔在开辟穿过阿尔卑斯到达意大利的道路时，是理论崇高，只有在失败时他才是实践的崇高。完成 12 项伟业的赫拉克勒斯是伟大的，"当普罗米修斯被锁在高加索悬崖上，不为他的行动而懊悔，不承认他犯下错误时，他是崇高的"。（191）

康德认为优美和崇高是审美属性，席勒认为人格也有美和崇高的差别。崇高审美需要痛感到快感的转化，崇高人格则需要逆境的磨炼。"人在幸福中可能表现为伟大的，仅仅在不幸中才表现为崇高的。"（191）人格美是和谐的，而人格崇高是艰难的。美的性格是正义的、中庸的、慈善的、忠诚的，他们行使义务时不会遇到阻碍，人人喜欢拥有人格美的人，感性世界可以看到他的全部美德。可是，当人陷入不幸、受人诋毁、穷困潦倒、疾病缠身、孑然一人时，贫困不减其仁慈，被背叛无碍他助人，逆境改变了他的物质世界的环境，行动依然不改初心，"对这种不受自然条件约束的绝对道德力量的这种发现，使在观察那样一个人时打动我们的悲痛感，具有那种独特的无法形容的魅力，任何快感，无论变得多么高尚，都不可能从崇高那儿争到这种魅力"。（207）

从席勒的崇高人格中，我们可以看到席勒对自由意志的强调。康德的超验性崇高是一种个人化的立场，聚焦在人对自然的认识，谈人对自身局限性的克服。在康德看来，真正的自由隶属于理性领域，理性世界与感性世界存在不可逾越之分野。（Barnouw：502）席勒则认为，我们的自由体现在实践领域，是自由意志的自觉运用。崇高是人的内在性与外在社会发生矛盾时可能激发的尊严。

人对环境的超越是席勒式的崇高的内核。崇高的超越意味着自由，是解放的力量，带有激进的浪漫主义色彩。所以在席勒论崇高时，也谈到了人与神的关系。全知全能的上帝主宰我们的命运，符合崇高客体的特征，他有无限性，而且他可以决定我们的命运。然而，我们的信仰之所以崇高，不是因为听从上帝的律令，惧怕上帝的惩罚，我们信仰是因为我们知道我们纯洁无罪，理性使我们面对上帝也毫不畏惧："作为理性的本质我们感到我们自身对于全能的威力也是独立的，因为甚至这种全能的威力也不可能让我们取消自律，不可能指定我们的意志去反对我们的原则。"（席勒：189）我们不需要绵羊的驯顺，也不是被上了发条的钟表齿轮，只能机械服从。

崇高的自由意志激励我们对抗贬低我们生命的暴力。席勒的崇高观影响了他的浪漫主义文学创作，他写下了悲剧《玛丽亚·斯图亚特》（1800），歌颂曾经的苏格兰玛丽亚女王在被囚禁 20 年后，即将面对断头台的死刑时依然不改天主教信仰，不肯向伊丽莎白女王的强权屈服。从歌颂崇高中越挫越勇的精神力量，到鼓励自由意志，主张对抗强权，席勒在崇高论中的层层递进引向了对公民责任与政治身份的关注。席勒将康德的崇高论中作为人的对立面的自然转化为人类社会，认为崇高的人格赋予我们超越环境的自由意志，自由意志则是政治行动的先决条件，使我们有资格以自治的主体身份投入到公民身份中去，自主参与公共事务的讨论，甚至成为统治者。

从《玛丽亚·斯图亚特》中玛丽亚死于断头台的结局，我们可以看到席勒用悲剧崇高提倡政治自由，可是他的历史观却是怀特（Hayden White）所说的"历史的崇高"。（69）在这种历史观中，历史等同于无情的自然，它将人类与蝼蚁齐观，漠然碾压人的生命，却怜惜一只蚂蚁，亦不觉得这是资源的浪费。席勒不曾持有进步史观的幻想，"谁仅仅对历史期待光明和知识，谁就会多么失望啊"。（210）他称"世界历史是崇高客体"，（210）它不是一幅有序展开的长卷，"只有内部各种自然势力的争斗和他们与人的争斗"。（qtd. in Braiterman：9）为此，历史的推动力是永恒的力量争夺，它的对象是"自然力量的彼此冲突和自然力量与人的自由的冲突"。（席勒：210）人类历史充满着动荡、暴动和不幸，我们在世上的责任就是投身历史，完成自己的精神使命，展现个人意志，而历史则终将记录我们的崇高实践，"给我们报告这种争斗的结果"。（210）我们也在这个过程中创造了属于我们的历史。

崇高与后现代性

从17世纪到19世纪，崇高论在启蒙时代与浪漫主义时代有了多重版本，然而，这诸多版本中都在彰显着人的主体性。它是伯克式张扬生命力的感性主体，是康德式为自己立法的理性主体，是席勒式自由意志的政治主体。通过崇高性的加持，人在神退场的世界里有了神的光晕。德国浪漫主义画家卡斯帕·大卫·弗里德里希是这一时期的代表性艺术家，他于1818年完成了画作《雾海上的旅人》（*Der Wanderer über dem Nebelmeer*）。在画中，孤独的旅人站在山巅，俯瞰脚下苍茫的云海。他是个人主义的，站姿骄傲，在画面上占据了最为醒目的位置，群山在他的脚下臣服，他则试图透过迷雾看清这个世界的真相。（Gorra：xixii）这幅画可谓为现代性崇高提供了颇有代表性的肖像画。

"现代人最深刻的本质，也是现代形而上学揭示出来的他灵魂的秘密，就是他想超越自我。"（Bell：49）这种对超越的渴望在崇高论中表露无遗。然而，就像贝尔（Daniel Bell）在《资本主义文化矛盾》中所指出的，这种"将自我无限化的狂妄症"造成了"拒绝接受限制的现代性的傲慢，对扩张的持续的坚持"。（50）狂妄与扩张的合力造就了第一次世界大战和第二次世界大战的巨大灾难。启蒙的理性和浪漫的革命精神没有抵达理想的彼岸，反而畸变出希特勒的纳粹政权这样的怪胎，广岛与长崎两地的蘑菇云和奥斯威辛集中营焚尸炉的浓烟构成了启蒙现代性的噩梦。哈桑（Ihab Hassan）指出现代性的权威来自理性崇高的精英秩序："这样的精英秩序也许是世上最后的神秘祭仪，在我们这些被末日灾难和极权主义吓得胆战心惊的人心中，它们不再有位置了。"（哈山：83）后现代社会便始于对现代性模式的反思。

后现代性不是对现代性的抛弃，而是对现代性的重写。我们依然处在现代性的世界框架之下，启蒙理性的思想、科学技术以及资本主义制度依然是后现代社会的动力系统。但是，在巨大的历史危机面前，人们不再像二战前那样笃信历史进步论，人类中心论、理性、启蒙等话语的合法性也受到了质疑。在这个背景下，人们开始重新关注崇高的概念，考察它如何在启蒙时代与理性主体、超验、自由等关键词建立关联，承担了何种审美意识形态功能，内部隐含着何种分裂与含混。在利奥塔、齐泽克和詹姆逊等思想家的再解读过程中，崇高概念显示出以僭越、歧义、幻觉甚至是虚无为关键词的后现代性。

利奥塔：崇高的先锋艺术性

利奥塔是二战后法国后结构主义重要的思想家之一，他一直致力于分析后现代性社会文化现象，拆解西方政治、美学以及哲学的宏大叙述。（Readings：47）他注意到当代文化领域的后现代性有着怀疑论的特征，即"对元叙述的怀疑"。（1984：xxiv）元叙述是具有知识合法性的叙述，获得普适性认可的元叙述则成为宏大叙述。元叙述以系统的高效性为原则，用确定性的逻辑对话语材料进行管理，排除异质，建构整体性。黑格尔的精神辩证法、启蒙叙事中的历史哲学、理性主体的解放等是现代性中几个比较有代表性的元叙述。康德的崇高论是理性主体的元叙述性的内容之一，因此引发了利奥塔对崇高概念的关注。而且康德的崇高概念存在着断裂和自我否定，它是现代性的，却孕育着崇高的后现代维度，这更激发了利奥塔对崇高这一概念的兴趣。利奥塔在《后现代状况》（1979）、《歧论》（1983）、《非人道》（1988）、《崇高分析论讲稿》（1991）等多部著作中对康德的崇高概念进行了重写，意在释放这一概念中的先锋性能量。

利奥塔重述康德的崇高论是从揭露康德崇高论的歧论性开始的。利奥塔用"歧论"（differend）这个概念来指代在同一个议题之下因风格差异、语境不同以及适用规范有别而造成的争执性立场。歧论是诸种观点的各执一词，它们不可调和，不具有可通约性。比如在生产体系中，无产者从劳动力原则出发，认为自己受到了剥削，资本家从资本原则出发，认为自己的所作所为符合市场原则。没有人能够调和劳资双方的矛盾，也没有法律诉讼能够解决他们的纷争。（Sim：52）利奥塔认为崇高审美也是歧论，（1994：123）想象力和理性不可通约。前文我们已经讨论过，康德认为崇高的审美认知始于挫折，终于超越。当客体溢出了感知的能力范围时，理性有权要求想象力依照理念对客体进行补白。然而，在康德哲学的认识论框架中，想象力以感性和知性提供的材料为认知对象，植根于经验世界。理性只负责对本体的认知，不与经验世界混杂。想象力和理性属性不同，两者之间横亘"不可通约之深渊"。（24）

利奥塔指出，康德的崇高论中理性非法动用想象力，是为了实现对客体的绝对认知，驱逐不确定性，以使真理系统闭合。这种现代性崇高的总体论野心是对人的认知能力有限性的漠视。崇高的本质其实是后现代性。想象力对客体的呈现需要依托可感知的框架，也就是说它是有边界的。理性却要求对客体进行绝对完整的呈现，即它是不受限的。两者的矛盾导致崇高审美只能表现为失败的呈现，即"对不

可呈现的呈现"（to present the unpresentable）。（141）

该如何应对"对不可呈现的呈现"的矛盾性？利奥塔认为存在两种不同的方式。一种是现代性的怀旧式崇高，代表性文本是普鲁斯特的《追忆似水年华》。在这部小说中，"主人公已经不再是人物，是时间的内在意识"，（1984：80）这种意识具有不可呈现性，只能依靠旧物不断唤起萦回的记忆碎片。然而，为了满足人们总体性的乡愁，普鲁斯特运用了传统的句法和词汇，破碎的意识被形式上的连贯叙述所黏合，读者的内心受到了抚慰，作品的统一性未受影响。与之相对应的是后现代的狂喜式崇高，代表性文本是乔伊斯的《尤利西斯》和《为菲尼根守灵》。乔伊斯在作品中放弃能指与所指的关联，意识的不可呈现性跃然纸上，结果是"所有已有的叙述功能甚至是文体功能都被用来进行游戏，不再顾虑整体的统一性"。与此同时，"新的功能也被实验所尝试"，（81）艺术在创造着新的规条，"对不可呈现的呈现"放弃了以理念为标准答案，具有革命的颠覆性。

后现代崇高的颠覆性是一种开放的未完成性，想象力无限延伸也达不到理念的构想。但它也表现出某种程度的完成性，即想象力呈现出了崇高客体的不可呈现性（Lyotard，1988：165—166）。崇高审美中始终伴随着不曾闭合的不可呈现性与呈现、未完成性与完成之间的张力，既令人痛苦，也令人愉悦，使人的感知受到了挑战，激发了有别于庸常的"非人"（the Inhuman）状态。

"非人"是利奥塔为了描绘人的现代性生存状态而创造的词汇。它是复意的，内部涵盖一组自相矛盾的含义。利奥塔有时用它来指代科学技术对人性进行异化所造成的"非人"状态，有时则用它来指代颠覆"理性人"模板化设计的解放性的"非人"状态。利奥塔认为现代性对人性的定义过于狭隘，以"理性人"作为人性模范样本，压抑了人的能动性、多样性和生命力。此外，这种"理性人"还会沦为社会管理术的对象，在当代兴起的计算机技术的推波助澜下，进一步被程序化为"非人"，成为社会系统中一个小齿轮、一颗螺丝钉、一个机器人，因此他提出要用非理性的"非人"对抗理性的"人"乃至技术性的"非人"，让生命勃发出创造力。

在利奥塔看来，崇高性先锋艺术具有"非人化"的功能。他尤其推崇抽象表现主义代表画家纽曼（Barnett Newman）的创作。纽曼作品的特点是巨幅画作上没有人物、物体乃至可辨认的图案，是"无形式的客体"，（1991：126）只有单纯的色块，有时色块会被纽曼称为"拉链"的细长线条分割开来。利奥塔认为这种绝对的抽象用纯粹否定的形式来拒绝传统的意义读解。当观看者遇到这样的画作时，唯有屏息凝神，将注意力集中在利奥塔所说的"此时此地"的当下性（now）中去体会它的意义。利奥塔认为面对抽象主义的极简性，我们的体验和伯克式崇高论中"如临深渊"的体验很相似。人们在认知受阻时，积极调动感官和智性，振奋了被庸生活磨得麻木的灵魂。比如纽曼曾经画过一幅《人，英雄的崇高》的画作，画面高度是 2.42 米，长度是 5.42 米，画面上只有浓重的猩红色和五条色差及宽窄均有差异的"拉链"。麦金太尔（Alasdair MacIntyre）曾经将观画体验形容得惊心动魄："[画作]巨大的平面无法被视为挂在墙上的客体（一幅画），它在行动，在赋予生命给我们所占据的空间，让这空间充满震颤，它收敛着，同时也向我们扩张着。"画面上的"拉链"则让这空间增加了更多的暴力性，它的细而有力的直线"从我们的头皮直接贯穿我们，仿佛一柄剑把我们一分为二"。（xviii）站在这样的巨幅画作面前，观看者体会到惊栗，体会到身体和认知上的无力感乃至"瘫痪感"，巨大的色块让人不知道如何言说、欣赏、判断，逼迫每一个站在画布前的观看者把精力都投注于此时此刻与审美对象的互动中，经历了个人性的、游戏性的、创造性的、充满激情的生命体验。

齐泽克：崇高的幻象机制

利奥塔反思康德式的现代性崇高，拆解理性总体性方案，释放出后现代崇高的创造性能量。齐泽克也致力于反思现代性崇高，但他的进路是拉康主义的精神分析理论与西方马克思主义的结合，通过对崇高机制的揭秘，暴露现代理性话语建构出的主体性和意识形态的空虚内核。

齐泽克是一位拉康主义者，《斜目而视：透过通俗文化看拉康》（1991）、《不敢问希区柯克的，就问拉康吧》（1992）、《怎么读拉康》（2006），从他这几部著作的名字就能够清晰地看出这一点。而他集中论述崇高性的几部著作，即《意识形态的崇高客体》（1989）、《脆弱的绝对》（2000）、《幻象的瘟疫》（1997）等也离不开对拉康观点的重新解读。齐泽克认为拉康的意义不在于心理分析的临床价值，不是为了帮助人实现"幸福、社会生活的成功以及个人满足"，而在于揭示"欲望的基本组合以及僵局状态"，（1989：4）进而揭示出"我们的社会困境与力比多式的欲望困境"。（6）

在齐泽克看来，我们的社会困境与力比多式的欲望困境都可以从拉康式的主体建构机制中找到根源。拉康提出人类意识三域说，即"真实域"、"想象域"、"象征域"。人类孕育于混沌的"真实域"，在胚胎阶段以及初生时与母亲有亲密无间的契合。随着自我意识的发展，在镜像阶段通过对镜中虚像的自恋，建立起自身完整性的"矫形的整体性形式的幻想"，（Lacan：4）确立理想自我，这个过程发生在想象域。经由"父亲之名"的介入，放弃俄狄浦斯情结，实现与母亲的分离，进入由语言和文化符号网络构成的象征域，至此主体性才算完整建立。

拉康式的主体诞生是一场充满分离、匮乏与误识的历程。婴儿被迫与母亲分离，再也回不到母亲的怀抱，实现真实域中主体间性式的圆满，匮乏感伴随终生。他的欲望起始于对母亲的欲望，却在阉割威胁的胁迫下被迫放弃，只能欲望着母亲的欲望，进而置换为欲望着他者的欲望。他在镜像阶段误认镜中的虚像为自己，将他者融入自身的主体建构，埋下了主体分裂的伏笔。误认还发生在象征域中与大他者形成认同，将象征社会秩序法则的大他者内化，使主体随时处在大他者的凝视中。

分离与匮乏造成对曾经的圆满性、对原初欲望对象的欲望的永不消失，误识却要求压制这些欲望，在匮乏上建立起主体。齐泽克注意到拉康式主体的成长以牺牲为代价，象征域要求社会文化合法性，违禁的心理能量被阻隔，没有进入语言和象征系统的资格。真实域因此被放逐，是"社会象征宇宙的边缘的不可知的存在"。（Homer：82）它无法进入表征体系，象征域对它的感知以空位的形式出现："在它之内它一无所是，只是虚空，一个标定某种关键性的不可能性的象征结构。"（Žižek，1989：173）无法进行象征域表征的还有至乐（jouissance），它包括在阉割情结中被禁止的欲望以及超越愉悦原则的直接与死亡冲动相伴随的驱力。（Evans：94）

这些被屏蔽的内容构成了人类意识中的"不可呈现的呈现"，是主体认知中的"崇高性深渊"，成为象征域的"冗余"，是无法被意识清晰感知的"超感性存在"。它们是不被允许的欲望，是混沌的心理能量，固执地停留在主体心理结构之中，以"彻底的否定的空虚的具象"否定着象征域对主体（自主、自足、理性、透明）的想象，（Žižek，1989：170）暴露出主体性自身的匮乏、分裂、非理性和含混，构成了主体心理的创伤。（172）

齐泽克指出这种创伤对于主体而言是可怕的，因为它会引发主体的分崩离析；是耗费性的，因为主体"绝望地想要拯救崇高"。（2000：32）那么主体如何能够实现对这种虚无感的超越？齐泽克指出这里所涉及的心理机制是"幻象"（fantasy）。康德式崇高用想象力当作跨越经验世界和理性世界的桥梁。齐泽克的崇高论中，幻象用来遮蔽真实域的黑洞，克服象征域的能指缺乏，填补被屏蔽的欲望造成的匮乏感，用建构欲望的方式掩盖主体的空虚内核："幻象不是用一种虚幻的方式实现欲望，它的功能更像康德所说的'先验图示'：幻象构成了我们的欲望，为欲望提供坐标系；实际上幻象'教给我们如何去欲望'。……幻象提供了一个'图示'，根据这个图示，现实中的某些实证物质能够发挥出欲望客体的功能，从形式上填补了象征结构的空白空间。"（2008：6—7）

幻象是弗洛伊德式的"梦的机制"，是经过象征域同意的合法性欲望的概念偷换。以"母亲"这一被禁止的欲望客体为例。齐泽克指出，它早已被乱伦禁忌放逐真实域，成为拉康所说的"无法进入象征秩序"的原质（Thing），我们只能从它的缺位感受它的存在："我们借崇高性来体验追求再现原质的永恒失败……从而对原质的真实维度有了预感。"（1989：229）在此基础上，幻象机制被启动，征用作为崇高客体的小客体a来填补原质在象征域中的缺席，将它作为"欲望的客体因由"对主体欲望机制进行调控。（Butler：202）小客体a的崇高属性来自它的内容的匮乏，它欲望着欲望，负责驱动主体寻找大他者认可的具体欲望客体，使主体寻得的欲望能够符合社会文化体系的要求。就是通过这个复杂的机制，乱伦欲望中的母亲被置换成了浪漫骑士小说中骑士们宣布效忠、愿意为之献出生命、毕生追求却高不可攀的恋人。

幻象机制不仅擅长偷换概念，更重要的是它在欲望建构过程中还能够赋予主体以能动感。"欲望是对全部的爱的欲望，它是一种完整，是一种从不存在的强度，只有当一个客体被回溯性地置于我们的欲望目标的位置，欲望才在具体的形式中得到实现。"（Sheehan：22）在幻象机制中，不是主体欲求客体，而是崇高客体告知主体它该欲望什么样的欲望，在主体去确立它的具体目标时，将已经过合法性筛选的欲望客体当作自己千辛万苦主动寻觅所得的对象。

齐泽克认为崇高客体的建立机制也是意识形态被整合到人的主体性中的机制。维斯克尔（Thomas Weiskel）在研究浪漫主义的崇高论时发现"崇高的基本要求是人们能够在情感和言语上超越人类。有什么能够超越人类——是上帝或者是诸神？是魔鬼还是自然？——这是个引发巨大争议的问题"。（Weiskel：3）要是问到齐泽克对争议的看法，他应该会说这种争议根本没有意义。意识形态的崇高客体没有本质属性，它所启动的是主体对具体欲望客体的认领机制，被认领的欲望客体没有特殊性，无所谓是上帝、诸神、魔鬼还是自然，只要它占据了神圣的位置，就会具有神圣性："一个对象变为神圣，仅仅是由于其位置的改变——由于它占据和填充了神圣的空位。"（1989：195）不是上帝创造了信徒，而是信徒欲望着信仰，创造了上帝，将他置于神坛。同样的道理，国王没有天然属性，他成为国王是因为其他人欲望着领导，是他的臣民。"当国王"是"国王"与其"臣民"结成的社会关系网络产生的效应。（20）

齐泽克认为主体的内在结构召唤意识形态的崇高客体。齐泽克的观点是对在意识形态理论领域影响力很大的阿尔都塞（Louis Althusser）的观点的重大修改。阿尔都塞的意识形态论也脱胎于拉康理论。他将意识形态对主体的建构理解为主体在镜像阶段的主动认同。意识形态"从个人中征召主体（它会对所有个人——完成征召），或者是把个人改造为主体（它会对他们——进行改造），我将这一行动称为'召唤'（interpellation）或'打招呼'（hailing），我们可以把场景设想成日常生活中警察（或者是其他人）在叫某个人：'嗨，那个你！'"。（173）阿尔都塞的"召唤"说将意识形态首先置于主体之外，再由意识形态国家机器施压，被主体认同内化。在意识形态"召唤"过程中，主体是被动的，他不是意识形态脚本的撰写者，镜像阶段的认同机制也令他看不穿意识形态的虚幻。

齐泽克将意识形态的根源追溯到了主体性内在的崇高性。主体需要通过幻象机制遮蔽真实域的欲望无法满足带来的匮乏和焦虑，保持主体的统一以及与社会的稳定联系，所以它对幻象之虚幻心知肚明。以种族歧视，尤其是对犹太人的种族歧视为例：它作为意识形态的感召力来自它对资本剥削的秘密的掩饰。真实域中工人阶级和资产阶级各有欲求。两者冲突无法调和，某个特定的群体就被象征域挑出来当了替罪羊。为了防止既有体制的分崩离析，维护社会主要成员的和谐共存，德国人有志一同把失败的原因归结于犹太人："是犹太人窃取了我们的财富。"同样的逻辑在当代依然大行其道，异性恋者可以指责同性恋败坏了道德，欧洲人可以指责难民侵犯了他们的利益。人们"对自己的作为一清二楚，但依旧坦然为之"，（1989：322）这就是意识形态崇高客体的秘密。

结　语

"崇高"这一概念诞生于 2000 年前，从启蒙时代到 21 世纪的今天始终保持高度的活力，成为了一代又一代思想家进行交流的语义场。在当代，有关崇高性的讨论依然不曾降温，这些讨论不再局限在哲学和美学的传统领域，而是被广泛地运用在对当代各种社会文化现象的解读中。

从日常生活的层面看，挑战我们认识极限的崇高随处可见。崇高审美的对象早已从启蒙时代以及浪漫时代的大自然转向了人造的环境，批评家克朗瑟（Paul Crowther）称其为"人造的崇高"（the artefactual sublime）。以城市体验为例，鳞次栉比的摩天大楼以天梯般的高度以及密集的楼群让人类体会到认知的承压感和生存的威胁感。进入大型购物商店，极目望去，是一排排装修精美的商铺，无数的商品在射灯下闪光。进入地铁站，铁与火时代的火车头已经让位给高铁动力澎湃的子弹头车头。来到飞机场，停机坪上密密排列的飞机随时带我们飞上 3 万英尺的高空。巨大的人造物以及它们的表征让人类体会到造物的尺度可以媲美大自然，到处充斥着"淹没我们的感知或想象力的直接而无从逃避的意象"，却也激发着我们的理性掌控力以及发明创造的渴望。（Crowther：164—165）

与此同时，理性带动的技术崇高（the technological sublime）正在改造着我们的自身以及我们的世界，逼迫着我们重新思考什么是人类，什么是真实。（Morley：20）我们重新在宇宙定位、在月球登陆、向火星发射探测器，口径达半公里的射电望远镜能够捕捉 137 亿光年以外的电磁信号。虚拟现实技术改变着我们体验现实的方式，甚至创造出了新的现实，人与环境的关系正在经历深刻变革。互联网时代的技术革命使海量信息的收集变得轻而易举，数字化崇高感（the digital sublime）带来技术冲浪时的眩晕感。

日常生活以及科学技术领域的崇高现象却引发了詹姆逊等批评家的焦虑。詹姆逊指出，这种歇斯底里的崇高（the hysterical sublime）带来的是"自然自身的快速陷落"。（34）科技与理性的驱动只是表层原因，深层原因是资本主义的生产逻辑。在电脑网络组成的技术性崇高的无限世界背后，隐藏着跨国资本主义所规定的世界体系。"高科技的妄想狂"的想象掩盖的是后现代性崇高的"庞大的充满危险的隐隐约约可见的经济体制和社会体制"。（37）

崇高性的危机同时也出现在伦理的领域。在二战期间，现代性崇高坠落为奥斯威辛集中营中约 110 万个生命的陨落和广岛、长崎的核爆废墟现场。桑塔格（Susan Sontag）曾经在《论摄影》中写下了自己观看犹太人大屠杀照片时所体验到的恐怖性崇高："我从来没有见过类似的场景——无论是在照片还是在现实生活中——如此尖锐、深刻、直接。……当我看着这些照片，有些东西破碎了。我体会到了极限感，不仅是恐怖的极限，还有无可抑制的悲伤感、创痛感，一部分情绪紧绷起来，一部分已经死去，一部分还在哭泣。"（19—20）瑞（Gene Ray）在《艺术和批评理论中的恐怖和崇高》中指出，我们曾经在面对自然的威力和尺度时体会产生想象力受挫造成的崇高的恐怖感和敬畏感，在奥斯威辛和广岛之后，我们却发现人类实施起系统性暴力时毫无顾忌，比自然威力更甚，"自此之后，人类制造的灾难会比任何自然灾难更具威胁性，更有崇高感"。（14）进入 21 世纪，暴力性案例依然层出不穷，其中以"9·11"事件最具可怖的崇高感。全世界的人们在电视屏幕前目睹了基地组织的恐怖分子对两座代表资本主义崇高的双子塔进行袭击，110 层的摩天大楼被自杀式袭击的飞机拦腰穿过，自上而下坍塌，约 3000 人无法生还。

然而，桑塔格也在《论摄影》中警告过："遭遇苦难是一回事，与受苦受难的摄影形象同呼吸共命运又是另外一回事。［观看摄影作品］不一定会加强同情心，有时同情心反而会被削弱。一个人看过这种照片，就会渴望看到更多的照片。形象犹如符咒。形象使人麻木。……反复曝光后事件也就失去了它的真实性。"（20）这恰恰是当代崇高性遭遇的困境。"9·11"事件后，恐怖事件层出不穷：《查理周刊》遇袭案、突尼斯博物馆遇袭案、巴黎暴恐案、布鲁塞尔恐怖袭击事件、海滨城市尼斯暴恐案。所有案件都得到了大幅度的媒体报道，甚至形成了某种视觉奇观性，恐怖感弥散在每个人的日常生活中，然而，这些事件却在失去崇高性，唤不起同情心，带不来行动力，人们看得太多，不再感到震惊，反之体会到无法疏解的焦虑感和普遍的麻木感。

这个时代正在经历崇高性的高度分裂化。一边是崇高性日新月异的演进：技术性崇高将我们送到更远的宇宙深处；人造物崇高创造的景象比自然更恢弘壮观；恐怖主义崇高令我们灵魂收缩，神经震颤。另外一边却是崇高性的迅速贬值和价值真空化：技术性崇高沦为理性主义狂妄症；人造物崇高被用来构筑出消费主义的奇观世界；恐怖主义崇高造成伦理行动的瘫痪。在当代，经过现代性以及后现代性的洗礼，我们已经不能再盲目相信崇高所推崇的理性、自由与意志，然而，这不等于沉溺于犬儒的消极性的庸常生活就是人类生活的最佳方案。警惕崇高的绝对真理性，保持崇高对彼岸世界的探索渴望；警惕崇高的膨胀野心，保留崇高对超越的梦想；警惕崇高的愿景幻象，保留崇高带给我们的对日常生活批评和反思的距离，这是我们在这个崇高正在沦为庸常的时代或该持有的立场。

参考文献

1. Althusser, Louis. *Lenin and Philosophy and Other Essays*. Trans. Ben Brewster. New York：Monthly Review, 1971.

2. Baker, Eric. "Fables of the Sublime: Kant, Schiller, Kleist." *MLN* 113.3 (1998): 524-536.

3. Barnouw, Jeffrey. "The Morality of the Sublime: Kant and Schiller." *Studies in Romanticism* 19.4 (1980): 497-514.

4. Bell, Daniel. *The Cultural Contradictions of Capitalism*. New York: Basic, 1976.

5. Braiterman, Zachary. "Against Holocaust-Sublime: Naive Reference and the Generation of Memory." *History and Memory* 12.2 (2000): 7-28.

6. Butler, Rex, ed. *The Žižek Dictionary*. New York: Routledge, 2014.

7. Crowther, Paul. *The Kantian Sublime: From Morality to Art*. Oxford: Clarendon, 1989.

8. de Man, Paul. *Aesthetic Ideology*. Ed. Andrzej Warminski. Minneapolis: U of Minnesota P，1996.

9. Deckard, Michael Funk. "Burkeand Kanton Fear of God and the Sublime." *Bijdragen: International Journal for Philosophy and Theology* 68.1 (2007): 3-25.

10. Doran, Robert. *The Theory of the Sublime from Longinus to Kant*. Cambridge: Cambridge UP, 2015.

11. Eagleton, Terry. "Aesthetics and Politics in Edmund Burke." *History Workshop* 28 (1989): 53-62.

12. —. *The Ideology of the Aesthetic*. Oxford: Blackwell, 1990.

13. Evans, Dylan. *An Introductory Dictionary of Lacanian Psychoanalysis*. London: Routledge，1996.

14. Gorra, Michael. *The Bells in Their Silence: Travels Through Germany*. Princeton: Princeton UP, 2004.

15. Hinnant, Charles H. "Schiller and the Political Sublime: Two Perspectives." *Criticism* 44.2 (2002): 121-138.

16. Holmqvist, Kenneth, and Jaroslaw Płuciennik. "A Short Guide to the Theory of the Sublime." *Style* 36.4 (2002): 718-736.

17. Homer, Sean. *Jacques Lacan*. London: Routledge, 2005.

18. Huhn, Thomas. "The Kantian Sublime and the Nostalgia for Violence." *Journal of Aesthetics and Art Criticism* 53.3 (1995): 269-275.

19. Jameson, Fredric. *Postmodernism, or, The Cultural Logic of Late Capitalism*. Durham: Duke UP，1991.

20. Kant, Immanuel. *Kant: Observations on the Feeling of the Beautiful and Sublime and Other Writings*. Ed. Patrick Frierson, Paul Guyer. Cambridge: Cambridge UP, 2011.

21. Lacan, Jacques. *Écrits: A Selection*. Trans. Alan Sheridan. New York: Norton, 1977.

22. Lyotard, Jean-Francois. *The Differend: Phrases in Dispute*. Trans. Georges Van Den Abbeele. Minneapolis: U of Minnesota P, 1988.

23. —. *The Inhuman: Reflections on Time*. Trans. Geoffrey Bennington and Rachel Bowlby. Cambridge: Polity, 1991.

24. —. *Lessons on the Analytic of the Sublime*. Trans .Elizabeth Rottenberg. Stanford: Stanford UP, 1994.

25. —. *The Postmodern Condition: A Report on Knowledge*. Trans. Geoff Bennington and Brian Massumi. Minneapolis: U of Minnesota P, 1984.

26. MacIntyre, Alasdair. "Foreword". *The Sublime: Groundwork Towards a Theory*. By Lap-Chuen Tsang. Rochester: U of Rochester P, 1998.

27. Macksey, Richard. "Longinus Reconsidered." *MLN* 108.5 (1993): 913-934.

28. Morley, Simon, ed. *The Sublime*. Cambridge: MIT P, 2010.

29. Noggle, James. *The Skeptical Sublime: Aesthetic Ideology in Pope and the Tory Satirists*. London: Oxford UP, 2001.

30. Ray, Gene. *Terror and the Sublime in Art and Critical Theory: From Auschwitz to Hiroshima to September 11*. Basingstoke: Palgrave Macmillan, 2005.

31. Readings, Bill. *Introducing Lyotard: Art and Politics*. London: Routledge, 1991.

32. Robertson, Ritchie. "On the Sublime and Schiller's Theory of Tragedy." *Philosophical Readings: Online Yearbook of Philosophy* 5 (2013): 194-212.

33. Scarry, Elaine. *On Beauty and Being Just*. Princeton: Princeton UP, 1999.

34. Shaw, Philip. *The Sublime*. London: Routledge, 2006.

35. Sheehan, Seán. *Žižek: A Guide for the Perplexed*. London: Continuum, 2012.

36. Sim, Stuart, ed. *The Lyotard Dictionary*. Edinburg: Edinburgh UP, 2011.

37. Sontag, Susan. *On Photography*. Harmondsworth: Penguin, 1979.

38. Weber, Max. *Max Weber's Complete Writings on Academic and Political Vocations*. Ed. John Dreijmanis. Trans. Gordon C. Wells. New York: Algora, 2008.

39. Weiskel, Thomas. *The Romantic Sublime: Studies in the Structure and Psychology of Transcendence*. Baltimore: Johns Hopkins UP, 1976.

40. White, Hayden. *The Content of the Form: Narrative Discourse and Historical Representation*. Baltimore: Johns Hopkins UP, 1987.

41. Wilson, Eric. *Emerson's Sublime Science*. London: Palgrave, 1999.

42. Žižek, Slavoj. *The Fragile Absolute: Or, Why Is the Christian Legacy Worth Fighting for?*. London: Verso, 2000.

43. —. *How to Read Lacan*. London: Norton, 2007

44. —. *The Plague of Fantasies*. London: Verso, 2008.

45. —. *The Sublime Object of Ideology*. London: Verso, 1989.

46. 伯克:《关于我们崇高与美观念之根源的哲学探讨》,郭飞译,大象出版社,2010。

47. 伯林:《浪漫主义的起源》,吕梁等译,译林出版社,2008。

48. 哈山:《后现代的转向:后现代理论与文化论文集》,刘象愚译,时报文化出版企业股份有限公司,1993。

49. 蒋孔阳:《德国古典美学》,商务印书馆,2007。

50. 康德:《纯粹理性批判》,邓晓芒译,人民出版社,2004。

51. 康德:《判断力批判》,邓晓芒译,人民出版社,2004。

52. 康德:《实践理性批判》,邓晓芒译,人民出版社,2004。

53. 朗吉努斯:《论崇高》,载章安祺编订《缪灵珠美学译文集》(1),中国人民大学出版社,1998。

54. 席勒:《席勒美学信简》,高燕、李金伟译,金城出版社,2010。

创伤 陶家俊

略 说

"创伤"（Trauma）源自希腊语 τρᾶυμα，本意是外力给人身体造成的物理性损伤。1980 年美国精神病学协会颁布的《精神障碍诊断与统计手册》首次正式收入"创伤后应激障碍"（post-traumatic stress disorder）词条，此后对心理、文化、历史、种族等创伤的文化书写、社会关注和学术研究蔚然成风，创伤一跃成为左右西方公共政治话语、人文批判关怀乃至历史文化认知的流行范式。其当代核心内涵是：它是人对自然灾难和战争、种族大屠杀、性侵犯等暴行的心理反应，影响受创主体的幻觉、梦境、思想和行为，产生遗忘、恐怖、麻木、抑郁、歇斯底里等非常态情感，使受创主体无力建构正常的个体和集体文化身份。

创伤源于现代性暴力，渗透了资产阶级家庭、工厂、战场、性 / 性别、种族 / 民族等个体和集体生活的多层面，是现代文明暴力本质的征兆。它具有入侵、后延和强制性重复三大本质特征，可分为以下类别：心理创伤与文化创伤；个体创伤与集体创伤；家庭创伤与政治恐怖创伤；工业事故创伤与战争创伤；儿童创伤与成人创伤；性暴力创伤、民族 / 种族创伤与代际间历史创伤；施暴者创伤与受害者创伤；直接创伤与间接创伤。

作为当代流行的知识话语和研究范式，它起源于 19 世纪英国维多利亚时期与工业事故创伤相关的临床医学和 19 世纪末的现代心理学，尤其是弗洛伊德（Sigmund Freud）心理分析，后渗透到文学、哲学、历史学、文化研究、人类学、社会学等领域。在方法论上受弗洛伊德及后弗洛伊德心理分析深刻影响，逐步掺杂女权、后结构、后殖民、人类学、社会学研究方法。文化创伤研究涉及创伤情感、创伤心理、文化想象、文化认同、文化生存、社会死亡、文化形式、再现、媒介、意识形态、美学、公共空间政治等理论命题。

作为公共政治话语，它历经六次转变：一、19 世纪末的 20 多年内，伴随着欧洲资产阶级反宗教的世俗民主共和浪潮，法国神经病学家夏科（Jean-Martin Charcot），以及简尼特（Pierre Janet）和弗洛伊德等首次对女性歇斯底里病症进行观察、分类、分析和治疗；二、第一次和第二次世界大战期间及战后，精神病学界在临床实践中开始集中关注参战士兵和退伍老兵的战争创伤，探索用科学治疗代替道德训诫和法律惩罚；三、20 世纪 70 年代，伴随着反越战浪潮，越战退伍老兵结成团体，促使美国政府和公众直面越战带来的道德崩溃、民族失败和战争创伤；四、

20世纪六七十年代美国民权运动中分离出蓬勃发展的女权运动，妇女和儿童遭受的家庭暴力、性虐待、强奸等创伤，以及妇女和儿童的权益保障，成为女权政治主旋律；五、20世纪80年代初，二战期间纳粹大屠杀对犹太人造成的创伤成为社会公共话语和大学人文研究的焦点，并扩展到对南非种族隔离、白人对美洲本土印第安人的殖民主义暴力之申讨；六、2001年"9·11"事件使恐怖主义暴力和创伤成为21世纪初创伤政治话语的新热点和新转折点。

综　述

19世纪末到21世纪初的100年间，顺应心理创伤理论向当代创伤文化理论的巨幅转向，创伤理论发展大致分四个阶段，形成四种思潮，即弗洛伊德心理创伤理论、后弗洛伊德心理创伤理论、种族/性别创伤理论和创伤文化理论。与前三个阶段不同，创伤文化理论又吸纳整合了它们的理论成果，高举民主、正义、公正和人道的旗帜，紧贴当代社会文化生活现实，正视人类现代历史苦难，与种族、民族、性别、社会边缘（如同性恋、艾滋病、儿童等）等身份认同紧密结合。其学科覆盖宽泛，理论整合与创新意识显著，现代性暴力批判诉求强烈。

弗洛伊德心理创伤理论

弗洛伊德思想是创伤理论的原创点和源头活水。20世纪的创伤理论，基本上与向弗洛伊德思想的回归和新阐释保持同步发生的态势。当代创伤研究中，弗洛伊德思想仍然是方法论基础和批判精神的原动力。无论是对创伤类型的关注、对创伤知识话语的建构、对创伤政治多重转向的批判，还是对创伤征兆的现代性暴力批判，弗洛伊德思想都是我们完整理解、阐释并运用创伤理论的前提和基础。毫不夸张地讲，创伤不仅是当代西方人文社会科学研究的热门话题和时髦方法，而且是重构弗洛伊德心理分析话语的关键词。

1885年左右，弗洛伊德前往法国巴黎的萨彼里埃医院向神经病学大师夏科求教。此后的10多年间他不懈探索和实践，将夏科有关歇斯底里创伤的研究向前推进。夏科主要运用分类学方法和催眠术来观察并记录歇斯底里创伤的心理症候。弗洛伊德在《论歇斯底里现象的心理机制》（1895）中进一步指出，创伤事件导致双重意识，即意识的扭曲变态。在1896年的病例研究报告《歇斯底里的病因》中，他明确提出以下论点："在所有歇斯底里病症背后都有一次或多次非成熟期的性经历事件，在儿童最早期发生的事件……"（1962：203）弗洛伊德对儿童和妇女心理创伤的家庭性暴力根源的探究诚为无畏之举，却有冒犯体面的中产阶级社会道德秩序之嫌。因此他很快就放弃了在这条道路上的探索，转向对性和欲望的分析研究。

从1915年到1939年去世，弗洛伊德目睹了第一次世界大战的惨烈残酷，遭受了纳粹反犹主义的迫害，震惊于现代工业技术文明的疯狂。在《悲悼与抑郁症》（1917）、《超越快感原则》（1920）、《文明及其不满》（1930）和《摩西与唯一神教》（1938）等一系列著述中，他超越了此前对个体无意识、性和欲望的分析研究，转向关注现代人和现代文明的创伤。

在《悲悼与抑郁症》中，弗洛伊德分别探讨了两种心理创伤——悲悼与抑郁症。受创的悲悼主体经过一段时间的悲伤，将爱从失去的客体转移到新的客体，顺利实现移情。受创的抑郁主体却拒绝承认爱的客体之丧失，拒绝恢复与外在现实正常的认同关系，长时间陷入自责、沮丧、冷漠等心理情感，排斥甚至拒绝心理移情。因此在抑郁主体分裂的心理空间中，自我之一部分对另一部分不断进行道德审判和惩罚，将对外在爱的客体的憎恨和惩罚以逆转的方式发泄到自我心理空间中被对象化的自我上。内在自我心理空间之分裂、对自我持续的心理惩罚，还有从爱畸变成的憎恨，都是抑郁创伤的典型特征。

弗洛伊德在《超越快感原则》中进一步追问现代工业和战争创伤的外在现实根源。现代工业和战争创伤揭示了人超越快乐原则、与生命本能对立的死亡本能，这实际上是他在质疑、批判自己前期思想中提出的基于个体心理内在的性和生命本能的快乐原则，将思考的重心移向现实原则和死亡本能左右的自我与外在现实的关系。基于现实原则，通过心理移情，失去外在认同客体的自我将心理能量转移到替代物或新客体上。基于死亡本能，自我与外在客体建立起进攻型虐待关系，或与想象客体——自我心理空间中被客体化的自我——建立起自虐型毁灭关系。

《文明及其不满》见证了弗洛伊德创伤理论的进一步发展——从个体心理创伤转向文化创伤（或对文化创伤的心理分析式诊断）。他提出的核心论点是：现代文明进程中充满了爱欲与死亡本能的对立冲突。现代人自诩有能力驾驭自然，也掌握了毁灭部分乃至整个人类的技术，这恰恰是我们倍感焦虑、不快乐的根源，也充分证明了文明固有的死亡本能和深度创伤。"……进攻倾向是人与生俱来、滋长泛滥的本能脾性……它对文明构成最大的障碍。……这种进攻本能是我们发现与爱欲共存并与之共同主宰世界的死亡本能的产物和主要代表。"（1961：69）他在《摩西与唯一神教》中从现代文明转向古代文明，转向古代文明土壤中孕育的犹太教历史。犹太教的孕育和诞生见证了古埃及宗教政治及其与犹太教的衔接和过渡，这种衔接和过渡却被犹太教历史否认掩盖。犹太教历史实为一部创伤史。一方面，犹太教否认、掩盖摩西的埃及人身份，将实为埃及人的犹太教创始人摩西之身份改换成犹太人摩西。另一方面，犹太教又沿袭遵守源于古埃及宗教的割礼、一神信仰和摩西戒律。这种肯定与否定矛盾并存的现象，印证了犹太教兴起过程中对宗教领袖埃及人摩西的暴力杀戮造成的历史创伤效果——遗忘与记忆、强制性重复与抑制和恐惧并存的效果。（1939：80—101）

弗洛伊德创伤理论集中在个体心理创伤、客体关系心理和文化创伤三个方面。

其研究重心经历了三次位移：从受压制的个体无意识转到自我心理空间，转到创伤自我与认同客体的扭曲关系，转到文明、宗教、历史中隐匿的暴力和创伤。他对创伤的类型、社会根源、心理症候和心理机制的研究分析，为此后的创伤研究奠定了坚实的理论基础。

后弗洛伊德心理创伤理论

立足心理创伤理论向文化创伤理论的转向这一视角，并结合当代世界范围内对历史暴力的讨伐、对文化创新力的重铸，以及对不同文化间对话交流的重视，我们有必要侧重关注 20 世纪六七十年代欧洲文化思想土壤中成长起来的两派后弗洛伊德心理创伤理论，即匈牙利哲学家和心理分析家亚伯拉罕（Nicolas Abraham）与托罗克（Maria Torok）的秘穴与代际间幽灵理论、英国心理学家维尼柯特（D. W. Winnicott）的过渡客体理论。前者从弗洛伊德的挚友兼学生费伦齐（Sandor Ferenczi）那里汲取了理论精粹，用之比较鉴别弗氏思想；后者从弗洛伊德传人、英国精神分析学派奠基人克莱恩（Melanie Klein）开创的儿童心理学和客体关系心理学出发，超越了病理学探究，提出了以创伤愈合和文化创新为目的的一派新论。

20 世纪 50 年代至 70 年代中期，亚伯拉罕与托罗克挪用改造了费伦齐的"心力投入"（introjection）概念，他们对"心力投入"的新定义是："通过与客体接触，将无意识包含在自我中的过程。心力投入扩展并丰富自我，竭力将无意识、无名的或被压抑的力比多导入自我的领地。……心力投入赋予客体在自我与无意识之间进行调停的作用。"（113）心力投入是理想的主体塑造过程，它横跨自我与无意识、自我和无意识建构的内在心理空间与爱的客体栖居的外界之间的边界，在自我、爱的客体与本能之间形成动态的心理体验空间。作为心理想象客体，爱的客体既承受自我的心理情感投入，又承受本能的欲望之流，推动无意识能量融入自我的领地，实现自我向完整同一主体的转化。心力投入过程完成后，爱的客体从心理体验的想象圣台跌入纯客体化的世界；自我将爱欲投射到新的客体上，踏上征服客体世界与本能欲望的新旅程。

但作为中介环节，爱的客体的缺失和外在世界的诡秘变异会产生内并（incorporation）心理创伤。在心力投入过程中，内并形成无法逾越的障碍，给自我造成无法承受的痛苦现实。它在自我心理空间中形成秘穴（crypt），将失去的、想象的客体隔离埋藏起来，使自我对创伤或损失处于茫然无知的状态。可怕的隐秘创伤使人无力悲悼，在心理空间中形成沉默笼罩下的秘密坟场。语言变得空洞无声，灾难场景徘徊在记忆的大门之外，无泪的双眼变得干涩呆滞。（130）内并排斥语言的隐喻和象征再现功能，拒绝思考和认知，撕裂开完美的心理空间图景，产生沉默、隐匿、无法破译的心理内核，剥夺了人直面自我、世界和历史的力量。因此它是受创主体对暴力无言无名的体验。

代际间幽灵（transgenerational phantom）是典型的内并创伤。家族隐秘的创伤在后代的心理空间中重复表演，形成作为创伤间接承受者的后代自我心理的分裂。它是"因为充足的理由而从来没有被意识到的无意识的产物。它以尚未被确认的方式从父母的无意识转入孩子的无意识。……在主体自己的心理空间中，它像腹语者、像陌生人那样活动"。（173）幽灵萦绕着下一代，使其自我分裂成两个截然不同的部分——生活在熟悉、真实世界中的自我；生活在完全隔离、隐秘、陌生世界中陌生的自我。创伤寄生在下一代的心理空间中，导致自我身份的紊乱或丧失。

维尼柯特在代表作《过渡客体与过渡现象》（1951）和《游戏与现实》（1971）中研究过渡客体在主体建构过程中积极的塑形作用，并借此探讨文化艺术客体与文化创造力之关系。幼儿游戏中的过渡客体包括毯子、衣服、玩偶、咿呀学语、不断重复的典型动作等，它在外在现实与内在心理之间形成潜能空间——连接心理想象客体与外在真实客体的经验领域。它形成幼儿无所不能的全能幻觉；继之成为幼儿克服焦虑和寂寞，与现实商榷融合的游戏空间；最后转为成人的艺术创造、宗教仪式、文化想象等文化活动的发源地。因此过渡体验从母婴关系延伸到成人的共同体生活，连接着过去、现在与未来。过渡客体、过渡现象与潜能空间是维尼柯特创伤愈合理论的构成要素。他将过渡客体从纯粹的心理影像或现实世界中分离出来，赋予它心理成长过程中和文化秩序中独特的创造功能。

博拉斯（Christopher Bollas）在《客体的影子》（1987）中提出了转换客体（transformational object）理论。前语言认知阶段的母婴关系以存在意义上的共生体验为基础。母亲发挥转换生命环境和身体的功能，塑造幼儿初始的主体体验。"母亲更重要、更显著地呈现为累积的内在和外在转化过程而不是客体。"（14）在接下来的过渡客体阶段，母婴关系以再现和移情为基础，幼儿对转换过程的体验变成了对体验的言说。幼儿的转换客体体验也是原初的审美体验——摆脱了空缺、痛苦、愤怒、无助之后的充实、满足、愉悦等感受。在成人的主体体验中，转换客体体验主要表现为对完美母爱体验的回忆和重复。它是与神圣、异常、完美、不可再现言说的事物融合共鸣的审美体验，是激活、重复记忆中早期心理生命的体验。这同样是将未来和希望逆反到过去和记忆之中："魔咒将自我与他者融入对称和孤绝。时光仿佛悬置凝固。审美时刻在主客体之间形成完美的和谐，令个体充满了物我两忘的幻觉。"（32）

代际间幽灵论有助于揭示战争、大灾难、大屠杀等给受害者的后代带来的沉默、遗忘、记忆丧失、失语症等心理创伤，有益于在个体、家族、共同体、种族、历史等多层面上审视文化创伤，有助于人们战胜沉默和遗忘，学会悲悼，恢复记忆。过渡客体理论和转换客体理论有助于研究性侵犯、家庭儿童施暴、创伤的代际间传播等儿童创伤，也为不同性别、种族、文化之间的暴力和创伤研究提供了跨文化转化创新意义上的独特视角。无论是转换客体还是过渡客体阶段的创伤，都影响着成年后的认同心理和情感，都发生在家庭、性别、种族、肤色、历史和文化构成的实在的政治生态环境中。因此愈合创伤，有必要将受创主体从母婴认同的具象和个体心理分析模式中剥离出来，探索、恢复乃至重构文化艺术审美形式昭示的起源、生成、体验意义上的文化生命根源。

后殖民种族创伤理论

后殖民种族创伤理论的开创者是法农（Frantz Fanon），他的《黑皮肤，白面具》（1952）是奠基作。法农超越弗洛伊德主导的欧洲白人心理创伤理论，从身体、社会、文化和历史起源角度论证了殖民主义、种族主义给白人施暴者和黑人受害者双方造成的种族创伤。他在多方面超越了弗洛伊德创伤理论：从白人个体和资产阶级家庭转向种族的集体存在；从本能和欲望转向人性需求；从个体心理创伤的移情和调节转向种族创伤心理的解放；从白人主导的心理分析范式转向种族比较心理范式；从个体创伤转向种族文化创伤。

殖民统治下，黑人之文化认同实为双重异化死局。黑人刻意模仿学习白人的语言和文化，形成受白人意识形态主宰的政治无意识。但是白人种族主义和殖民主义话语否定黑人与白人文化认同的欲望，将黑人建构成恐怖、性欲、性侵犯、邪恶、肮脏、野蛮、原始等暴力原型，这剥夺了黑人本体存在的价值。"本体论……无法使我们了解黑人的存在。因为黑人不仅必然是长着黑皮肤的黑人，而且必须是与白人关联的黑人。"（110）

法农提倡从身体与历史/种族双重维度认知种族创伤。白人种族主义话语建构的种族认同谱系以传说、故事、历史、人种肤色为基础，生命存在境遇中的黑人身体变成了种族和历史话语参照结构中的黑人。"我成了三位一体的存在……我同时对我的身体、我的种族、我的祖先负责。"（112）种族创伤之根源，是白人主导的文化强制（cultural imposition）及其逆向建构的白人的黑人恐惧症（Negrophobia）。法农持一种绝对的黑人/白人文化接触创伤论："每种神经症、每种不正常表现、每种情感过敏……都是文化境遇的产物。换言之，书籍、报纸、学校和教科书、广告、电影、收音机的推波助澜，一系列假设和主张慢慢地以微妙的方式渗透进意识，并塑造个体关于自己所属群体的观念。"（152）文化强制将黑人塑造成白人主体。而一旦进入白人社会，黑人就会激活白人的心理创伤——种族主义话语建构的黑人恐怖症。

当代肯尼亚裔黑人作家和学者塞昂哥（Ngugi wa Thiong'o）承继了法农对殖民主义文化强制的批判。他在《精神去殖民》（1986）中指出，语言殖民产生精神殖民现象。语言是文化的载体和民族历史的记忆库，语言的产生、发展、储存、代际间传播与民族文化水乳交融。语言殖民将黑人的灵魂禁锢在欧洲语言的牢笼中，给本土文化、艺术、宗教、历史、教育、文学造成毁灭性创伤。民族失去了自己的语言，失去了与文化传统之间的纽带。他提倡借文学复活本土语言，推动精神去殖民。"我的健康不再以其他人的病弱之躯为代价；我干净、纯洁的肉体不再以其他人长满蛆虫的身体为代价；我焕发出的人性不再以埋葬其他人的人性为代价。"（106）

后殖民种族创伤具有典型的结构性特征。印度学者南迪（Ashis Nandy）在《亲密的敌人》中认为，精神殖民有其内在的结构性逻辑"同构式压迫"（isomorphic oppression）。"政治经济殖民固然重要，但是殖民主义的粗粝和虚假主要表现在心理层面……根植于殖民者和被殖民者更早形式的社会意识的心理状态。"（2）文化心理殖民通过"惩恶扬善"达到心理征服和文化同化的目的。它不仅改变被殖民者的心理图景，而且深刻影响殖民者的精神世界，给被殖民者和殖民者都打上心理殖民的创伤烙印。从吉卜林到奥威尔，从布卢姆斯伯里小组到剑桥牛津才子，弥漫英国中产阶级文化精英群体的帝国感伤情绪、思想反叛、精神异化、女性气质和同性恋癖等，都是殖民文化的创伤症候。

当代美国亚裔学者安林·成（Anne Anlin Cheng）的《种族的抑郁》（2001）改造了弗洛伊德的抑郁论，研究美国集体文化和历史记忆中的种族创伤。美国的自由、民主和进步意识形态掩盖了白人/黑人/亚裔之间种族认同的抑郁创伤。主流的白人政治话语建构的美国民族认同，以对黑人、亚裔等种族他者的抑郁症式内并、憎恨和排斥为底色。作为种族他者的少数族裔之主体建构，也以对种族自我身份的抑郁症式憎恨和责难为基础。美国文化记忆中始终萦绕着两个难题：怎样记住那些僭越行为却又无损于进步精神？怎样忘记那些以进步和美国身份的名义产生的诋毁和厌恶？

对弗洛伊德创伤理论的修正同样见诸吉尔罗伊（Paul Gilroy）的《帝国之后》（2004）。吉尔罗伊揭示了笼罩着后帝国时代的英国、新帝国时代的美国乃至整个欧洲世界的种族创伤——后殖民抑郁症。以极端种族主义特别是亨廷顿的文明冲突论为意识形态征兆，后殖民抑郁症表现为集体的悲悼过程——整个帝国时代的集体情感、价值、信仰体系坍塌后产生的受压抑的病态反应。整个文化民族共同体、整个想象的欧洲白人共同体，都感染上了后殖民抑郁症——"一种与过去、与'一切牵扯到责任的事物'疏远，令人变得冷漠无情的文化。"（107）因此，当代西方世界无力正视帝国的历史暴力和罪恶，不愿面对帝国幻想破灭的现实，"无力回应被殖民民族解放的正当要求，也无力从理性或道德上验证帝国自我的正当合理性"。（154）

创伤文化批判与文化再现

20世纪80年代伊始，创伤从精神病临床实践，从围绕性别、种族和战争创伤的公共政治话语，转到大学的历史、文学、哲学、文化研究、批评理论等人文领域。人文学者和公共知识分子跨越学科边界，重构文化认知范式、文学艺术等文化形式的功能、现代性以降知识话语的结构性特征，乃至西方现代性的本质。甚至有学者将整个现代历史和文化阐释为创伤历史和文化。如耶鲁大学教授费尔曼（Shoshana Felman）认为，18世纪末以来的历史是精神病学霸权话语不断强化的时代，是以沉默的疯癫和创伤为症候的文化时期。（3）卡普兰（E. Ann Kaplan）指出："创伤常被视为与现代性有本质联系。……现代性与帝国主义、消费主义和法西斯主义深深交织……形成20世纪的基本体验，如灾难事件和全球跨文化冲突。"（24）

该转向的标志是1981年美国耶鲁大学的劳伯（Dori Laub）和哈特曼（G. Hartman）教授主持的纳粹大屠杀研究——大屠杀幸存者视频档案工程。此后数十年内，该工程与北美、南美、欧洲和以色列的37家机构合作，记录、收集、保存了4400份纳粹大屠杀证据。德曼、哈特曼、德里达等耶鲁学派主将和费尔曼、卡鲁思等积极参与者的共同努力，使创伤研究迅速成为人文研究新范式，且被打上了深刻的解构主义烙印。

创伤研究范式的理论经纬线是创伤与再现的关系。围绕创伤与再现，它逐层探讨了创伤文化的疑难（aporia）、对创伤的再现、创伤文学艺术的功能。

西方创伤文化的第一大疑难是创伤体验与历史记忆、象征性创伤事件与创伤认知的矛盾。阿多诺在《否定辩证法》中，通过分析奥斯威辛纳粹大屠杀来证明西方批判哲学之死，揭示了创伤文化的疑难。对阿多诺而言，奥斯威辛是对思想本身的挑战，因为我们的形而上思辨能力已麻木瘫痪，真实的大屠杀事件粉碎了反思批判的现实基础，割断了思想与体验的脐带。拉克赫斯特（Roger Luckhurst）感叹道："整个西方文化转瞬间被奥斯威辛污染，成了它的同谋。然而对文化的拒绝同样是野蛮的。如果沉默无济于事，那么阿多诺赋予艺术和文化批评的严肃却又自相矛盾的使命就是，竭力再现不可再现的事件。"（5）

创伤的沉默与文学的发声无疑是创伤文化的第二大疑难。费尔曼认为，创伤与疯癫孪生，受现代文化的排挤打压，被禁锢在沉默的身体和缄默的心灵之中。文学与创伤和疯癫实为构成性的亲缘关系，持续地与疯癫和创伤交流，让疯癫和创伤主体自我言说表述。"文学叙述疯癫的沉默，正如它讲述创伤的沉默……男权社会对妇女的排斥、对种族的排挤——美国对黑人、纳粹欧洲对犹太人的隔离迫害。"（6）以创伤为象征标志，当代文化和社会中我们的文化政治、公共空间建构和伦理取向都陷入了两难处境。我们面临着沉默与言说、顺从与反抗、文化根子上的暴力和制度上的魔性与个体的价值诉求、意识形态的蛊惑与责任之间的两难选择。汉娜·阿伦特从1961年的纳粹战犯艾克曼审判事件中，就发掘出现代公民面临的这种选择——纳粹暴徒、纳粹统治下的奉公守法的德国普通公民、纳粹暴力下丧失了反抗意志的犹太人委员会都必须面对却拒绝面对的选择。这种无力、不愿、否定选择的行为，造成了沉默与言说的疑难，其背后是恶的庸常性泛滥开来之后施暴民族和受害民族对纳粹暴力的沉默和顺从，是历史的钟摆后拨、正义的呼声迟来时为受害者、为文化劫难的代言。死者和幸存者却无力自我言说。

创伤文化的第三个疑难是再现危机。再现危机论拷问：真切的创伤体验和心理感受与关于创伤的真理言说和知识陈述的矛盾；知识和语言意义上不同学科之间及不同语言修辞和风格之间的偏离和差异；传统的体制化文学规范与创伤文化叙事（小说、回忆录、传记、证词、访谈、电影、照片）之间的分离裂变。再现危机是既有知识话语的危机，因为它不可能再现不可再现之事物；或者说它不可能接近、表现、言说创伤事件给予创伤文化主体造成的持久、不断重复的痛苦心理现实和精神磨难；同样它也不可能使我们重新认识文学艺术独特的言说创伤、见证创伤、愈合创伤、重构公共空间伦理和文化共同体纽带的作用。

为克服传统文化叙事的再现危机，创伤叙事突破传统叙事方法、技巧和类型，使用象征拟仿，打破时间线型结构，将多条情节重叠交缠。受创主体反复讲述灾难场景，打破现实与幻想、生命与死亡、记忆与遗忘、过去与现在的界限。它"青睐过剩、无法估量、极限僭越、自我粉碎、无拘束或联想式的游戏，等等"。（LaCapra：105）例如在《宠儿》这部创伤叙事代表作中，莫里森恣意突破时间、意识、记忆和历史的边界，神秘、恐怖的过去镶嵌在现在的"再记忆"中，形成围绕创伤性暴力事件的辐射和离散式网状结构。受创黑奴的过去以多种姿态反复重演，成为似乎永远占据意识和记忆的此在。过去的经历与现在的经历重叠交缠。死去宠儿的返世揭开了每个黑奴心灵的创口，揭开了黑人族群集体历史和文化记忆深处的创伤秘穴。

卡普兰的《创伤文化：媒体与文学中的恐怖与损失政治》分析大众传媒对"9·11"事件的再现，反思创伤叙事的文化价值。她认为，创伤主体不仅包括施暴者和直接遭受创伤的受害者，而且包括旁观者、救援人员、受害者的亲朋、媒体消费者、后代等在时空上与灾难分离却又承受其间接影响的人，这些受害者共同构成由时空分割的创伤主体异质场域。媒体宣扬的主流政治和意识形态，只是我们感知创伤的一个层面。如"9·11"创伤包括了街道和本土集体创伤、媒体对创伤的过滤和建构、国家和民族政治认同这三个层面。媒体和主流意识形态对文化创伤的扭曲再现，压制了街道和本土话语。只有文学、艺术等文化形式是愈合创伤的有效手段。这些形式借助叙事的力量复活并清除创伤，建构起创造生命、延续生命、更新生命的文化转化空间。

法国哲学家利科（P. Ricoeur）在《时间与叙事》中对创伤叙事的价值有精辟之语。利科用叙事的充盈圆满来烛照西方思辨哲学的偏狭残缺，来复活人类生活体验的本真样态。他认为，只有在叙事中我们才完整地感知时间，将多样、分散的事件组合，将前后断裂的历史体验参照融合。"虚构小说赋予惊恐的叙述者一双眼睛——一双见证、哭泣的眼睛……受难者痛苦的哭泣不是为了复仇，而是为了讲述。"（188—189）

结　语

从弗洛伊德到德里达，从心理分析到后结构主义，从文学叙事到大众传媒，经几代学者的阐释，创伤已变成横跨不同学科和研究领域的重要研究范式。尤其是对经历了工业革命、两次世界大战、纳粹大屠杀、殖民主义、恐怖主义的现当代人类而言，创伤范式使我们认识到我们的身体、心灵世界、文化乃至我们栖息的自然生命世界，都与暴力和灾难是如此难分难解。现代性以降的历史和文化布满了创伤裂痕，甚至现代性也露出了创伤的根茎。从妇女、儿童、种族、民族，到被主流文化规范施行了社会死亡手术的边缘群体，在微观的家庭场景中或是宏大的社会舞台上，在弱小卑微的生命旅程上或是动荡不定的民族迁徙中，个体和集体的文化心理中都充满了怨愤、责难、痛苦、焦虑、冷漠或麻木。甚至在心灵的荒漠中，在遗忘与记忆之间的厚墙前，创伤主宰了生命，幽灵扼死了想象。

对于当代西方人文社会学科研究领域新生的创伤研究范式，我们亦需注意，其生存繁衍的土壤是西方 200 多年来的历史文化。它立足并力图回应的，是西方现代性催发的全球化历程中无法祛除的暴力。因此它骨子里始终洗脱不净西方文化价值体系中以民族、自由、解放为政治理念，在批判暴力、悲悼创伤的同时将创伤泛化为绝对本质主义的认知模式和无孔不入的意识形态这种极端取向。它根本有别于强调"天人合一"的人文宇宙观、"知行合一"的人文价值观、"和而不同"的社会交往伦理观的中国儒家价值体系。

参考文献

1. Abraham, Nicolas, and Maria Torok. *The Shell and the Kernel: Renewals of Psychoanalysis*. Chicago: U of Chicago P, 1994.

2. Bollas, Christopher. *The Shadow of the Object: Psychoanalysis of the Uunthought Known*. New York: Columbia UP, 1987.

3. Caruth, Cathy. "Introduction to Psychoanalysis, Trauma and Culture I." *American Imago* 48.1 (1991): 1-12.

4. —. *Unclaimed Experience: Trauma, Narrative, and History*. Baltimore: Johns Hopkins UP, 1996.

5. Cheng, Anne Anlin. *The Melancholy of Race: Psychoanalysis, Assimilation, and Hidden Grief*. New York: Oxford UP, 2001.

6. Fanon, Frantz. *Black Skin, White Masks*. New York: Grove, 1967.

7. Felman, Shoshana. *Writing and Madness*. Palo Alto: Stanford UP, 2003.

8. Freud, Sigmund. "The Aetiology of Hysteria." Ed. and trans. J. Strachey. *Standard Edition of the Complete Psychological Works of Sigmund Freud*. Vol. 3. London: Hogarth, 1962.

9. —. *Beyond the Pleasure Principle*. New York: Norton, 1989.

10. —. *Civilization and Its Discontent*. New York: Norton, 1961.

11. —. *Moses and Monotheism*. New York: Vintage, 1939.

12. —. "Mourning and Melancholia." *Standard Edition of the Complete Psychological Works of Sigmund*

Freud. Vol. 14. London: Hogarth, 1968.

13. Gilroy, Paul. *After Empire: Melancholia or Convivial Culture?* London: Routledge, 2004.

14. Herman, Judith. *Trauma and Recovery*. New York: Basic, 1992.

15. Kaplan, E. Ann. *Trauma Culture: The Politics of Terror and Loss in Media and Literature*. Rutgers: Rutgers UP, 2005.

16. LaCapra, Dominick. *Writing History, Writing Trauma*. Baltimore: Johns Hopkins UP, 2001.

17. Luckhurst, Roger. *The Trauma Question*. London: Routledge, 2008.

18. Nandy, Ashis. *The Intimate Enemy: Loss and Recovery of Self Under Colonialism*. Delhi: Oxford UP, 1983.

19. Ricoeur, P. *Time and Narrative*. Vol. 3. Trans. K. McLaughlin and D. Pellauer. Chicago: U of Chicago P, 1988.

20. Thiong'o, Ngugi wa. *Decolonizing the Mind: the Politics of Language in African Literature*. London: James Currey, 1986.

21. Winnicott, D. W. *Playing and Reality*. London: Routeldge, 1971.

当代性 廖昌胤

略　说

　　"当代性"（Contemporaniety）和"现代性"（modernity）这两个词容易混用，甚至曾经在某些方面互相替代。2010 版《牛津批评理论词典》等文学术语词典没有讨论当代性这个词。但是近年来，在批评实践中，越来越多的人关注当代性的独特内涵，并有意无意地将它与现代性区别开来。当前，"现代性"或"后代现性"与"当代性"此消彼长，进而出现了"当代性诗学"（poetics of contemporaneity）的理论构想。（Finkelsteln：581）安德森（S. C. Anderson）等指出："当代性概念既指审视作者生活时代语境中作者的创作各方面特征，又指让读者意识到作品与当前知性关注的相关性。"（119）福里森（Max T. Friesen）则提示"两个社会的当代性"（contemporaneity of the two societies），（685）有意强调两个社会在概念上的"共存"时空。在他们这里，当代性含有以"共"的概念将两个以上的言说对象"并置"而建立联系的"存在"之意。

综　述

　　透过西方运用"当代性"的文本，可以追寻到这个词三个方面的含义。其一，当代性具有"我们时代性"，即作者出生以来的这一个时代的独特性质。其二，各个时代的文本在"当前"共同存在并进入读者视野的共存性。其三，指不同时代的作者、不同时代的作品"一直活着"的特性，即生命存在性。

一、我们时代性

　　从文学史流行的概念来看，"当代文学"相应地指 20 世纪 60 年代以来的文学。在这个意义上，当代性指的是我们这个时代所具有的特点，从而也就是指我们这个时代的文学所具有的与前一个时代的文学不同的特点。研究这个当代性，就是总结我们这个时代文学的区别性特征。目前的研究绝大部分集中探讨这个内涵。国内外都通行用 contemporary literature 含指"当代文学"。相应地，在这个意义上的"当代性"，英语有一个词 contemporariness，笔者仅仅找到了一首标题叫《当代性》（"contemporariness"）的诗：

　　　　《烹乐》不再有熊肉饼和熊肉煲

也没有豪猪毛 只有 94951

加州有个按摩疗

面包店取名叫牛佬……（Chase：739）

该诗尽力描绘"当代"与前一个时代生活不同的特征，把这种特征叫"当代性"。应该说，总结我们这个时代的特征，仁者见仁，智者见智。再如，鲍拉斯默（Juhani Pallasmaa）就认为我们这个时代"瞬时性（instantaneity）和时间界线的消失把我们的经验压缩到一系列的不相关的此在（presents）。商品生产强化了瞬时性和积累性（disposability）、新颖性和时尚性，而这种发展扩张到了价值观领域、生活方式、文化产品和建筑"。他引用詹姆逊的话说，"一切都在当代性和共时性的水平上变得扁平，从而产生出经验的去历史化（dehistorisation）"，他强调"暂时性（temporality）的丢失伴随着深度的丢失"。（75）。

在总结我们这个时代的特性的时候，一些批评家敏锐地发现了"我们时代性"免不了存在这样或那样的悖论。

第一，延续变异性悖论。即"当代性"在延续过程中，出现新的特征而与先前的当代性形成互相消解的矛盾。伊万诺娃（N. Ivanova）就提出了当代文学中这样的问题：

近年创作的作品，散发着油墨香的新著，究竟表现了什么样的"当代性"？这样的文学中，存在这种"当代性"的定义过滤之后的纯特性吗？这种特性可以把当代与其前代的文学特质区分开来吗？可以从"当代性的特性"中加以区别吗？（32）

每一个作者所处的时代都会有他那个时代的特点，如果他活着的时代称作"当代"，而那个时代所具有的特点叫"当代性"，那么，"当代"这个概念随着时间的推移会发生所指内涵的变迁，使"当代文学"内涵与其名称之间存在着悖论。如果二战后期到新世纪末这段时间属于"当代"的话，那么这个当代就成了一个无限延伸的东西。尽管也许学者们感到这个词笼统指 60 年代以来的文学有诸多缺陷，但是除了这个词差强人意以外，别无他法。国外文学史家常用 post 替代 contemporary，显然是已经意识到 contemporary 这个词的意义在不断地延异。postwar、postmodern 这类词，本义是想指"战后"、"现代后"的文学，笼统一点其实并没有坏处，姑且存疑，以备后来者解决问题。但是"后现代"作为一个理论原理，在被广泛接受的时候，却被发现存在着五大矛盾而宣布"现在作为一个理论概念已经死了"。（Altieri：764）在这个基础上阿特里认为要建构某些美国诗歌的"当代性"。这是目前笔者发现的较早抛弃"后现代"这个理论，从而试图从中建构出"当代性"的理论探索。

第二，相互背反性悖论。即当代文学所聚焦的对象，往往不全是当下的社会生活，而是与"当代"完全不同的"历史"：

> 此时此地创造的文学，直接与当代性（contemporaneity）连接起来，如我们活着的当代，由我们的社会生存，与作者和他活着的时代同行，这样的文学定义为"当代"（contemporary），各代人共处一个时空体（chronotope）下，这些作者，不论他们的作品是何时出版，却成为"历史"小说家。（Ivanova：32）

简言之，当代文学并非仅仅反映当代社会特质，当代文学研究所归纳出来的当代文学的特征和艺术成就，恰恰可能完全背反当代性本身。这就是当代文学概念的背反悖论。

第三，自我指涉悖论。当代文学的概念，有可能在被上述两种悖论性掏空以后，成为一个只能自我指涉的空洞的概念了，除了当代性这个术语以外，什么都不是，什么都无法指涉。翻开《当代文学》，我们能看到的当代文学，便是这个"当代文学"词语本身，除此以外，我们无法看到它的内涵：

> 这样的"当代性"可能从内容上、从主旨上、从其所宣称的"问题"上、从问题的设定上等方面，被过滤掉了。而这恰恰是讨论回到当代文学的焦点。或者也许从诗学中被过滤掉了，而诗学讨论的恰恰是既有当代又有主旨。（32）

这就意味着，当代性这个词最后可能只指涉它本身，而它所包含的当代性特点的内在性质游离于它本身应该指的内涵。

第四，自我消散性悖论。"当代性"是每一个时代的作者称他那个时代为"当代性"，所以，不同时代的"当代性"就社会特点来说，会有完全不同的地方，因此，不同时代的人称"当代性"，就有不同的时代特征概念。正如上述那首"当代性"诗所言，相似的对特定时间段的"当代性"研究也因人而异。史密斯（T. Smith）就说得很清楚，"我将以二元互换的两极性来说明这个时代的文学，两极的中心地区由主流所占，这个中心具有悖论消散性：当代行为的绵延多样性。"在这个意义上，史密斯也称"当代作为一个新现代"。（684）这就是说，无论是作家，还是批评家，在努力挣扎着说明"当代性"的同时，却在滑向非当代性的范式中去。

二、当前共存性

当代性除了上述提及的意义延续性之外，还有一个重要的特性，就是共存性，这种共存性有四个维度。

第一，经典的当代性。这种历时共存性说明，我们的前辈与我们共享某种同一性，这种同一性把不同的历史时代贯穿起来，使得历史、现在甚至未来并存于当下，并存于我们活着的当下。当代性这个"共存性"甚至被看作一种创作艺术。例如，加里特的代表作被认为是"把历史与当代性联系起来，同时包涵古希腊神话、葡萄牙历史和当前政治问题"。（Buescu：203）同样，文学批评，从本质上，它是无法批评纯粹当代性的。也就是说，虽然批评家和作家共处一个时空体内，但是在作家的创作共时那个时空体中，批评家是无能为力的。批评家所能做到的，恰恰都是历史性的当代性，当作品到了批评家的手里之后，它就已经成为完成时，一种纯粹的历史。批评家所能用的唯一办法，就是把历时的作品与自己的当下这两个悖论的异质体并置于一个时空体内，形成经典的当代性阐释。在这个意义上，文学批评就是一种经典共存的关系建构。例如，帕顿（R. L. Patten）研究丁尼生作品中的当代性结构是"事件的双重设定"。（259）这就是说，当代性作为文学艺术的一种结构范式，是在一个时空体里设定多个事件的结构策略。

第二，作家的时代性。作家与作家所处的那个时代语境共存一个时空体。这种共存性是当代性的最初意义。史密斯认为，当代这个词一直以来并不仅仅指称单纯的正在经过的当下。现在我们所能看到的它的词源，就与"现代"一样含义丰富。当代性这个术语标志大量的有区别又有关联的时间内与时间共存的存在，甚至标志同时存在于时间内和时间外的存在。在17世纪的英国，有段时间，似乎当代性突出表现为这种奇怪的当前（currency）。《当代牛津英语词典》给这个词下了四个定义：从某时开始，或在某个时间点，或在某段时间内全都具有相关性，或呈现前提，或并置，有强烈的"属于同时间、同年代、同阶段"的含义。这种共生性"已经存在或都从同一日期开始存在，或年代等同、共存"，以及偶然的"存在某时代的同一时刻，或都在同一阶段；拥有同一确定的时期，当代的、同时的（contemporaneous、simultaneous）"。（702）

第三，异质的并列性。这就是当代性具有把一切不平等、不相同、不合适、不般配、不同律的世界挤捏在一起的特性。史密斯认为，每一个词义项中都有区别性的当前（presentness）意义，存在于当前、互相出场的存在，在同一时间它们碰巧同时在场。当然，这些关系在历史过去所有时期都会发生，现在也同样发生，将来也一样。《当代牛津英语词典》的第四个定义将人、物、思想和时间并列在一起，同时置于一个方向的旗帜下："现代；或指当前时期的特点，时兴，即刻现代，特别是指突出的先锋派文学特性，或指装饰、建筑、家具等具有现代特点。"史密斯指出，在这个定义下，两个词最终互换了它们的核心意义：当代成了新现代，我们按照这个逻辑，走出了现代时代或时期，进入当代。跳进这样一个结论，就丢失了一个当代性（contemporaneousness）的基本特质：它的即刻性、当前性、连续性、跨越时间的某时刻的优先性，片刻优先于时代，优先于多元复杂的现代性的原始意义上的直接经验，却没有随即与未来相联系。如果归纳这个特性，当然是依着思路相对的方向，把这个特性看成打开世界的钥匙，我们就会看到其替代性的特征，从而虚拟排除其他的解释。这样，我们就会看到：

> 当代性准确包括感知激进的断裂性连续性经验，用差异匹配的方法来审视和度量世界的价值，实际上，偶然非共时的瞬时性（asynchronous temporalities）把各种文化和社会的多元性挤捏到一个同质体中（contingency），所有的一切都被扔到一起，以突出事物之间及其内在迅速生长的非平等性。（704）

在这个意义上，当代性具有一种统合功能，即把异质的一切都统合到一个"同"中来，统合到"共存"中来。

第四，瞬时的结构性。当代性具有瞬时结构上的意义。它具有时间序列的相应性：赫胥黎（T. H. Huxley）把时间序列的这种相应性（correspondence）解释成当代性，是时代的相应性，当代性的相关性。（99）从结构上看，"地理学上的当代性与历史共时性（chronological synchrony）是同样的东西"。（100）波伊劳（F. Pouillaude）则认为"当代性"并不指历史修辞，指时代，而是指瞬时性结构（structure of temporality），这种场合下，指的是中性共时性（neutral simultaneity）、一致性的共存性（contingent coexistence）。在更广泛的意义上，在不提到时代的意义上，"当代是一切共存"。（127）在场性和一致性（134）是当代性的首要结构特征。从结构上看，伊万诺娃也认为，"实际上情节里的当代性（恐怖的当代性）是在各种目的交汇点上（即使明显如此）与文学情节的经纬一起彰显"的。（34）她还指出，"持续当代性（persistent contemporaneity）才是真正的当代性"，而且是一种"朝前看"的当代性。（35）在当代文学里，当代性被当代人看成"系统陈列"，"从系统退却"，是一种"内质"。（36）

三、生命存在性

当代性含有生命由出生并延续到终点这一时间段内"活着"的意义，换言之，即与消亡相对应。当代性意味着"活着"，而与"我活"及"我存在"这个概念相反的则是"过去"和"未来"。这样，当代性意味着"我存性"。

史密斯指出，艺术升华某种"绵延性（instantaneity）走向一种触动性的超越"，即走向一种"纯粹的当代性"（pure contemporaneousness）。（685）可见，他把绵延性超越过程看成是纯粹当代性的内涵。他进一步引用海纳（Friedrich Heiner）的话说："艺术没有历史——只有连续性的当前……非中止性的艺术当前性！……如果艺术活着，它总是一种新存在。"（qtd. in Tomkins：167）史密斯还说，有人也许会把这种艺术当代性洗礼成"当代主义"（contemporism）……一种抽象，也许对当代现代主义（contemporary modernism）的抽象——或者说是"重现代主义"（remodernism），强调它的重创新性，再生特质。（689）

当代性是生命存在的此在性。海德格尔所勾画的两种"此在"的性质"一是它的存在（existentia）对本质（essentia）的优先地位，一是它的向来我属性质"。（51）他的此在论的生存论的一个核心原型是源于"操心"的此在。"操心"的"此在的向世之存在本质上是操劳"。（67）那么此在的世界是什么呢？海德格尔把此在的世界看成是"用具"：他"把这种在操劳活动照面的存在者称为用具"，（80）而"这种存在者的存在方式是上手"。（84）在他那里，整个"存在者"的原型是一个被称作"操心"的神话里塑造出来的一个"人"型：

> 从前有一次，女神 Cura［"操心"］在渡河之际看见一片胶土，她若有所思，从中取出一块胶泥，动手把它塑造。……农神的评判十分公正：你，朱庇特，既然你提供了精灵，你该在它死时得到它的精灵；既然你，土地，给了它身躯，你就理该得到它的身体。而"操心"最先造出了这个玩艺儿，那么，它活着，"操心"就可以占有它。至于大家所争的它的名称，就叫 homo［"人"］吧，因为它是由 humus［泥土］造的。（228）

海德格尔的这番对存在的表述，至少从本体论、认识论和方法论三个角度启发了当代性的生命存在意义。

当代性是一种本体存在性，一种生命的在场性。这个在场性是能动的，它可以通过在场来沟通历史和未来的非在场，因此，当代性的本体是一个立体的本体，历时向前和向后无限延伸的隐喻依附于生命在场而产生意义。

从认识论角度来看，当代性具有其他任何性质无可比拟的优先性。不是历史优先于当代，不是未来高于当代，恰恰相反，当代使历史成为真理，当代使未来成为现实。因此，当代性总是优先考虑为现实性、真理性。只有当代性才具有能动的知识描述，一切知识的描述都需要通过当代性得到重新描述，得到重新评估。

从方法论的角度来看，当代性可以看作一个独特的范式，即当代的价值结构与情感结构。这种结构使得同一代同一文化体内的当代思维范式具有能动沟通和建构的可能性。一切建构范式都是当代性范式，历史建构的范式、未来建构的范式，都依赖当代范式来建构。不在场的范式，只有通过当代性的在场才能得到实现。当代性在场就是一种范式的在场，一种形态的在场。一出场就在范式之内，而其隐喻才可能在范式之外。

四、超越现代性

当代性与现代性虽然在实际运用过程中常常有一些混用的情况，但是这并不等于这两个词就可以随意替代，或者可以看成重叠很多的共享含义。总体上来看，当代性与现代性的概念区别是明确的。2010 版《牛津批评理论词典》对"现代性"作了如下定义：

　　由现代化过程产生的文化社会世界并反抗现代化过程，即新思维方法的肇始（如世俗化思维）及新技术的出世（如蒸汽机）。在历史与社会上，现代性用在两个方面：第一，它可指任何急剧变革的历史时期，在这个意义上，回溯到古代，就会有好几个所谓的现代性；第二，它可指历史上非常具体的某一时刻——但是对究竟应该是哪一个时刻这个问题没有普遍的规则或一致的看法（而不是指它的第一个意义上的某个时刻）。……现代性的大多数用法倾向于指众所周知的维多利亚时代，特别是指维多利亚后期，即从1870年以后。詹姆逊还指出，现代性还是后现代主义的背景——它是一个神秘的时刻，在这个时刻"现在"开始。（Buchanan：325）

　　对照这个现代性的含义，在英美文学批评中，当代性表现为一种试图超越现代性的尝试。

　　其一，当代性用"在场存在性"超越现代性的"刚刚过去性"。詹姆逊"在这个时刻'现在'开始"的说法难免把现代性的特定历史性和当代性的特定现在性混为一谈。比较而言，还是威廉斯（R. Williams）说得更合理一些，他认为现代性就是"刚刚过去"（just now）。（208）现代性就是一个"刚刚过去"的中止性的未完成性，它既与传统断裂，也与当代存在断裂。这种断裂消解了共存的联系，它就只能在自我中建构客观。相反，当代性会将历史作为在场的对立面通过共存的机制保证历史的在场性。所以，一切历史都是当代性历史，而现代性却是历史的现代性。因此，近年批评家力图摆脱现代性的这种游离性，强调当代性作为活着的正在存在的意义。詹姆逊之所以承认"现代性"是一种"背景"，恰恰说明他意识到"现在"在当代性这个"时刻"之后"开始"。因此，当代性在时间上、在在场意义上超越了现代性。

　　其二，现代性让位于当代性。当代性与现代性在历史过程中有着此消彼长的发展趋势。据史密斯介绍，在20世纪大多数时间内，特别是20年代和60年代现代主义态度走红之际，当代这个词作为艺术话语只在"另处"起作用，主要是被当作"现代"的一种缺席。然而，在80年代，当现代主义日渐式微的时候，大量的当代艺术家们重新定义生存的价值，认识到当下在场的力量，他们倾向于把当代看成是"当前多元性的温柔能指"。（701）

　　其三，当代性用生存本体性超越现代性的机械性。"现代性作为一个解放和连续的技术变革的愿景在现代化过程中并没有兑现它的承诺。"（Khan：659）现代性越来越表现为这样一个悖论："由现代化过程产生的文化社会世界并反抗现代化过程。"（Buchanan：325）这就是说，承诺的解放过程是让人们不断失去自由的现代化过程，技术变革承诺给人类带来益处，但在现代化过程中机械反客为主，成为主宰和凌驾人本体之上的体制。现代性就是以个人主义的真善美的宏大叙事作为凌驾于个人之上的终极意义，人们获得的是宏大叙事的现实与个体的幻灭之间形成的巨大冲突，承诺给人带来真善美的解放幸福的思想和技术迫使人不断陷入不幸的痛苦。例如在 20 世纪 60 年代美国普遍弥漫着这样的情绪：经济社会日益发展，人们幸福感日益衰减。 因此，阿特里才强调现代性和后现代性的"理论概念""死了"，（764）而活着的是诗性当代性的在场。

其四，当代性用多元共存性超越现代性的单一等级性。恩维佐（O. Enwezor）发展出四种现代性："超级现代性（supermodernity）表征中心概念，是一个权力范畴"，表示高度地"高级"和"发达"，即"世界资本主义体系"；（610）阳性现代性（andromodernity）是指"发展中的现代性"，意味着"现代性的杂交形式"；（611）形似现代性（specious modernity）"意指从未被现代化的那些社会"，因为他们"缺乏民主"；（612）落后现代性（aftermodernity）意指"对超级现代性的劝说最难理解"的社会。（614）这个四分法似乎难逃这样的嫌疑：现代性是帝国殖民观念下的所谓"发展观"。而当代性并不用现代性的"单一的""机械主义"价值观来度量世界，它强调多元共存性。

其五，当代性用主客共存性超越现代性的主客悖论性。"现代性通过自我反思寻求真善美的标准，生发了结构原则，即主观性，在这个主观性中，主体为自己在自己身上创造客观对象。"（Freed：234）这就是说，现代性意味着"由自己"、"为自己"、"在自己"、"客观自己"。与现代性这个悖论不同，当代性强调主客观的共存的积极性，它强调主观世界和客观世界共存的联系，能够确保主观与客观的在场。

结　语

当代性是主体存在性，主体此在的存在产生意义是一个延续存在的过程。在这个过程中，当代性主体面对着实在的客观世界，主观的主体和客观的世界并置共存一个时空体内，不需要任何的隐喻和想象，活着的主体和此在共存的客观现实亲密的零距离接触使得一切经验都成为直接经验，一切经验都必须通过当代性，成为当代性的直接经验。当代性使得主体的个体与他者共存的整体成为一个活着的此在，在当代性的范式里，它不退场。

当代性是检验一切知识的唯一现实，一切现代性的概念都只是当代性的参考背景，离开刚刚过去的现代性，丝毫不影响当代性的存在。刚刚过去的现代性以及远古性和未来性，都只是在当代性的语境下主观的想象和隐喻，当代性可以创造出无数个可能世界。

当代性是理解作者、作品和语境的唯一时空，我们处在我们的当代性永远优于一切既成的作品所产生的那个当代性之中。这两个当代性并不是贯通的，而是我们的当代性对作者作品的那个当代性的一种阐释、一种想象、一种能动的指称过程。唯一的当代性便是我们活着的存在的主体能动性把文学的一切因素都并置到我们的眼前和思想中来。我们把作品置于作者所处的那个当代性中来考察，这意味着我们用我们的当代性对作品产生的当代性进行阐释。

当代性是共存性，是差异的共存性，是每一个个体优先于整体而存在的共存性。没有个体的存在，整体的想象就不存在。因此，当代性的主体是个体的主体，而不是集体的主体。集体的主体不是当代性，而只是当代性的阐释性。

总之，当代性意味着此在生存的连续性在场，是异质、多元、多维度的历史和未来统统聚集到现在的一种并列、交媾、矛盾、变异、升华的连续过程，是作者的当代性、作品的当代性、语境的当代性和读者的当代性共存一个时空体的文学本质与范式的统一。

参考文献

1. Altieri, Charles. "What Is Living and What Is Dead in American Postmodernism: Establishing the Contemporaneity of Some of American Poetry." *Critical Inquiry*. 22.4 (1996): 764-789.

2. Anderson, Susan C. Arthur Schnitzler. "Zeitgenossenschaften/Contemporaneities." *Modern Austrian Literature*. 35.3-4 (2002): 119-121.

3. Buchanan, Ian. *Oxford Dictionary of Critical Theory*. Oxford: Oxford UP, 2010.

4. Buescu, Helena. "The Polis, Romantic tragedy, and untimeliness in Frei Luis de Sousa." *European Romantic Review*. 20.5 (2009): 603-611.

5. Chase, Karen. "Contemporariness." *Southern Review*. 36.4 (2000): 739.

6. Enwezor, Okwui. "Modernity and Postcolonial Ambivalence." *South Atlantic Quarterly*. 109.3 (2010): 595-620.

7. Finkelstein, Norman. "The Poetics of Contemporaneity." *Contemporary Literature*. 52.3 (2011): 581-592.

8. Freed, Mark M. "Robert Musil's Other Postmodenrism, Essayismus, Textual Subjectivity, and the Philosophical Discourse of Modernity." *Comparative Literature Studies*. 44.3 (2007): 231-253.

9. Fried, Michael. "Art and Objecthood." *Art and Objecthood: Essays and Reviews*. Chicago: U of Chicago P, 1998.

10. Friesen, T. Max. "Contemporaneity of Dorset and Thule Cultures in the North American Arctic: New Radiocarbon Dates from Victoria Island, Nunavut." *Current Anthropology*. 45.5 (2004): 685-691.

11. Huxley, Thomas Henry. "Geological Contenmporaniety and Persistent Types of Life. " *Lay Sermons, Addresses and Reviews*. 2006: 97-109.

12. Ivanova, Natal'ia. "That Elusive Contemporaneity." *Russian Studies in Literature*. 45.3 (2009): 30-52.

13. Khan, Joel S. "Anthropology and Modernity." *Current Anthropology*. 42.5 (2001): 651-680.

14. Pallasmaa, Juhani. "Six Themes for the Next Millennium." *Architectural Review*. 196 (1994): 74-79.

15. Patten, Robert L. "The Contemporaneity of The Last Tournament." *Victorian Poetry*. 47.1 (2009): 259-283.

16. Pouillaude, Frédéric. "Scène and Contemporaneity." *Drama Review*. 51.2 (2007): 124-135.

17. Smith, Terry. "Contemporary Art and Contemporaneity." *Critical Inquiry*. 32.4 (2006): 681-707.

18. Tomkins, Calvin. "The Mission: How the Dia Art Foundation Survived Feuds, Legal Crises, and Its Own Ambitions." *New Yorker*. 19 May. 2003.

19. Williams, Raymond. *Keywords: A Vocabulary of Culture and Society*. London: Fontana, 1976.

20. 海德格尔：《存在与时间》，陈嘉映等译，生活·读书·新知三联书店，2006。

第二性 刘 岩

略 说

　　"第二性"（The Second Sex）这一术语源自法国哲学家、思想家西蒙娜·德·波伏娃（Simone de Beauvoir）于 1949 年出版的同名著作《第二性》（*Le Deuxième Sexe*），该著作的部分章节曾先期选载于波伏娃同萨特和梅洛-庞蒂等人合作创办的《现代》（*Le Temps Modernes*）杂志。这部著作对后世产生了持续而深刻的影响，人们纷纷用"女性解放运动的宣言书"、"女权主义的里程碑"、"当代女性主义的奠基之作"和"西方女性的圣经"等字眼描述这部著作对于女权主义进程以及女性个人生活所起的重要作用。1999 年，法国大型文化与电子产品零售企业 FNAC 和《世界报》（*Le Monde*）联合举办了一项民意调查，有 17,000 名读者参与评选 20 世纪印象最为深刻的 100 本图书，波伏娃的《第二性》名列第 11 位。许多女学者受到该书的启迪而走上探索女性存在和两性关系的学术道路，而更多女性在该书的启蒙下，增进了对于自身身为女性的认识。这部著作不仅引发后人反复思考有关性别角色和性别关系的相关议题，而且彻底"改变了人们看待世界的方式"。（Bauer：135）

　　在波伏娃的著作中，"第二性"即女性，是相对于男性而存在和定义的他者（the Other）。波伏娃通过描述两性的生理差异、回溯人类历史的演进以及神话传说对于两性关系的构想，有力揭示出女性被压迫这一普遍的社会现实。"第二性"首先是一个哲学概念，它昭示的是人类存在和社会结构的根本关系，尤其是女性存在的困顿及其文化和历史渊源；"第二性"还是一个批评术语，可以用来有效阐释和解读文学作品、文化产品中两性之间的权力对比。这一术语被后来的理论家广泛应用，其内涵也在不同语境中发生了变迁和挪用，用来泛指所有处于弱势地位的群体。《第二性》之后的很多女性主义理论著作均借鉴了该著作的论述逻辑和思维方式，或者由此著作的基本观点出发展开新的思考和探索，有学者甚至认为，它"影响了所有后续的女性主义哲学"。（Andrew：37）有鉴于此，"第二性"这一术语已成为了解女权运动历史、把握女性主义哲学发展脉络以及理解女性生存现实的重要标志和参照；成为性别研究，尤其是女性主义研究和文学文化批评中一个不可或缺的关键词。

综 述

　　"长时间以来我犹豫不定，是否写一本关于女人的书"。（波伏瓦：5）[①] 波伏娃著作的开篇一句就点明了该书的写作内容和写作对象：这部书是写给她自己的，是写给所有女人的，也是写给所有人的，因为对于性别的探索意味着对于生命意义的追问。在人类文明进程中，一些核心哲学命题持续受到关注和思考，其中人的身体与精神、人的权利与自由、人的品格与美德、人的价值与理想等关乎人的存在的基本概念和理念，在不同社会文化语境中均得以阐释和践行，并积淀而成西方人文主义的精髓。波伏娃的《第二性》正是这种人文探索的产物，该著作的标题及其核心概念"第二性"，是作者在同萨特及友人的谈话中获得的灵感，（Imbert：16）其意指对象从最初的女人到后来在使用中扩展指涉所有被边缘化的群体，并在后现代和后结构主义的症候中演化出多元和流动的特质。"第二性"已经演变成一个文化符号，体现了女性对自己存在样态的认识，承载着不同群体对社会正义的追求，揭示出性别歧视的根源，也搭建了建构女性主体身份的基石，因此是把握两性关系博弈线索的重要结点。

波伏娃图绘的"第二性"

《第二性》的创作时间一年有余，这部鸿篇巨制涉及生物学、史学、哲学、社会学、人类学、神话学、精神分析学、文学、文化等多个学科的思想资源，是一个跨学科研究的范例。该著作分为两卷：上卷题为《事实与神话》，下卷题为《实际体验》。著作上卷首先讨论了生物学、精神分析学和历史唯物主义这三个层面对于女性生存现状的描述所具有的局限性，作者认为，无论是从女性的生理特质入手，还是着眼于女性自身的精神世界以及女性同外部社会的关系，目前的理论都未能有效解释女性的他者地位；她继而回溯人类文明的主要发展线索，考察两性关系和性别的社会角色在此期间经历的变迁，全面记录在世界范围内女性为争取平等的政治权利所作的诸多努力；最后通过细读神话对于女性形象的塑造，探察文学文化作品对于女性的差异性呈现，以辨析女性的他者地位如何幻化成父权文化中的集体记忆。著作下卷则聚焦女性的成长经历，通过援引大量实例细致分析女性在人生的不同阶段所拥有的不同心理机制以及面临的社会问题，包括妓女、修女和同性恋女性等边缘群体面临的特殊问题，并在此基础上勾画性别平等的未来理想。波伏娃在这部著作中从多个层面阐发了"第二性"的理论主张，其主要观点可以归纳为以下五个方面：

第一，在父权社会，女性是相对于男性而存在的他者。在著作的导言中，波伏娃直截了当地提出了自己的主张："女人是由男人决定的……男人是主体，是绝对：女人是他者"。（I：9）这一论述成为"第二性"概念的核心内涵，也成为波伏娃逐渐展开的论述起点。虽然男女两性具有本质上的生理差异，但生物学上的差异"不足以确定性别的等级；它们不能解释为什么女人是他者；它们不能将女人判定为永远扮演从属的角色"；（I：55）波伏娃继而回溯人类文明史和人类历史的发展进程，分析了父权文化的所有法典如何"为了对付女人而设立"，（I：199）用来维护父权制的延续。

第二，女性拥有独特的性心理，而非从属于男性的性爱客体。波伏娃认为，以弗洛伊德为代表的精神分析学派在着力描述男性性心理过程的同时，缺乏对于女性性心理的描绘，他们仅仅突出了女性在性行为过程中所处的被动地位，把女性视为不健全的人。与此同时，女人面临的是两种异化的方式：要么成为男人，走向失败的一生；要么扮演女人，那就意味着成为客体和他者，（Ⅰ：74）因为"社会本身要求女人把自己看成一个肉欲对象"。（Ⅱ：360）波伏娃通过大胆描述女性的性启蒙和性体验，努力修正人们对于女性在性关系中所处的被动地位的认识。

第三，性别身份是社会和文化建构的，而非与生俱来的。波伏娃的著名论述——"女人不是天生的，而是后天形成的"——被公认为性别研究中具有划时代意义的论述，（Ⅱ：9）因为它区分了性别的生理特征及其社会/文化属性，从而为女性摆脱生理决定论的命运奠定了理论基础。波伏娃主张，女性的从属地位是长期以来诸多社会因素共同作用的结果，女性往往依照社会对其性别的期待来塑造自己，与此同时内化了父权文化的价值观念，"对命运逆来顺受"，（Ⅰ：187）因为"按照男人的梦想去塑造自身，才能获得价值"。（Ⅱ：87）这不仅使女性对于自己的他者身份熟视无睹，而且也迫使女性参与到父权文化价值的再生产之中。

第四，女性无法分享一致的历史文化传统，这使得女性难以形成性别意识共同体。波伏娃运用政治经济学原理对比分析了男女两性在社会中所处的不同经济地位，主张社会经济组织结构（尤其是私有制的出现和生产工具的变化）导致女性整体在历史上的挫败。但是，"女人从来没有构成一个独立的阶层：事实上，他们并没有力图作为女性在历史上起作用"。（Ⅰ：187）由于女性分散在各个行业，被阻断在不同家庭，因此他们很难形成对于性别身份的统一认识，也难以合力共同对抗父权文化。更可悲的是，女性往往受制于生育和家庭的角色而主动放弃了争取同男性平等的社会权利，故而无法享受平等的社会地位。（Ⅱ：200）

第五，在差异中寻求平等，这是实现性别平等和自由的理想。波伏娃在详尽分析了女性的他者地位之后，承认男女两性之间"始终会存在某些差异"，（Ⅱ：598）只有坚持"差异中的平等"，才能保持女性的健全个体，才能面对有性别特征的女性，才能真正认识作为生物个体、拥有社会属性的女性。在波伏娃看来，追求性别平等，并非要把女人变成男人，因为"放弃女性身份，就是放弃一部分人性"；（Ⅱ：546）而真正的解放，意味着"拒绝把她封闭在她和男人保持的关系中"，两性之间互为主体，只有这样，人类对于两性的划分才会"显示它的本真意义，人类的夫妻关系将找到它的真正形式"。（Ⅱ：598）

波伏娃从生理、心理、社会、文化等多重视角构建了上述"第二性"理论的核心内涵，总结了过去女权运动的成果，揭示出性别歧视的社会和文化根源，为女权运动的后续发展提供了理论依据。有学者认为，波伏娃及其著作标志着女权运动从第一次浪潮向第二次浪潮的过渡：该著作"对于两性之间差异的认可，对于男性在生理、精神和经济等层面针对女性的歧视所作的分析"，"清晰确立了现代女性主义的基本问题"，预示着女权运动第二次浪潮的来临。（Selden, et al.：126）虽然波伏娃本人对自己的著作是否直接引发了女权运动的第二次浪潮抱有谨慎的否定态度，（Tidd：79）但无可置疑，对于女性作为"第二性"存在的认识成为女性谋求主体地位的社会实践和理论建树的出发点和原动力。

从"第二性"到女性主体性

波伏娃在著作中把女性个人的问题置于宏大的社会、历史和文化背景之中，"在个人的规范和价值与广阔的社会结构之间建立了联系"，这一论述思路在女权运动第二次浪潮中提出的"个人的即政治的"理论纲领中得到进一步强化，（Groden, et al.：420—421）而她阐发的"第二性"理论的内涵在后来的女性主义理论著作中均得到不同程度的拓展和深化。

首先，波伏娃对于性别的生理属性和社会／文化属性的区分导致 gender（"性属"或"社会性别"）这一概念的出现，从而把原有的 sex（"性别"或"生理性别"）一词限定在生理意义层面。英国学者奥克利（Ann Oakley）在其著作《性别、性属与社会》（*Sex, Gender and Society*）中细致分析了性别与个性、智识、性行为以及社会角色之间的复杂关系，讨论了不同社会和文化对于男性气质和女性气质的差异性建构，从性别的生理特质开始，以性别的社会和文化属性作结，呈现出人们对于性别本质的认识历程。而美国学者鲁宾（Gayle Rubin）则运用政治经济学原理，把社会阶层的分化归结于她所谓的"性-别制度"（sex/gender system）的一整套机制："社会透过这套机制把生理特质转化为人类活动。"（534）从而在不同性别的人与其承担的社会角色之间简单地画了等号，并因此约定了性别的劳动分工。可以看出，在波伏娃区分不同性别属性二十余年之后，理论家用 gender 这一概念锁定了性别观念在文化发展史上的形成及其运作，把对于性别的认识从简单的生物学层面的区分转移到关注以下更为深刻的学术命题：性别的社会和文化特征、性别角色的区分及其与生理性别之间的关系、性别气质的固化及其文化隐喻、社会和文化对于性别的规约及其塑形等，从而推进了人们对于性别的认识。"性别"和"性属"这两个概念的区分，其意义不仅在于呈现了性别的多重维度，更重要的是揭示了性别权力关系的社会文化根源，唤醒女性认识到"生理差异是被父权体制夸大的，用以在女性中制造一种观念，误认为她们自己天生就更适合'家庭'角色"，（Pilcher and Whelehan：56）从而为彻底改变对于性别的固有认识及偏见开辟了道路。

其次，波伏娃对于女性他者地位的观察被第二次浪潮期间的女性主义理论家广泛接受，她们针对父权文化所作的集体批判一方面体现在继续对男作家塑造的女性形象进行归类和解读，另一方面体现在探索女性在承担家庭角色这一典型的他者社会身份时所遭遇的困惑。米利特（Kate Millett）认为，性别关系归根结底是一种政治，因为意识形态、生理学、社会学、阶级、经济或教育、武力、人类学、心理学等领域内的性别关系都呈现出"权力结构关系，一群人通过这些关系被另一群人所控制"。（23）她在《性政治》（*Sexual Politics*）一书中针对男作家拥有的男权意识作出了深刻的分析和批判，其中包括已经被波伏娃在著作中讨论过的英国作家劳伦斯（D. H. Lawrence）：波伏娃曾在著作中分析说"劳伦斯狂热地相信男性至高无上"，（I：296）他作品中的男性人物都是高傲的个人主义者，而他作品中的女人则应该俯首听命、从属于男人。（302）米利特继续细读劳伦斯的作品，观察到其前期作品中的人物关系（尤其是性关系）几乎完全按照弗洛伊德对于男女两性的性心理模式来安排，而贯穿其创作历程始终的是对于权力的渴望——先是针对女人的权力，后来是针对弱小男人的权力，（269）于是米利特感叹说："怪不得波伏娃机敏地指出，劳伦斯穷尽一生都在为女人撰写指南。"（239）如果说波伏娃的著作直接引发了米利特的《性政治》，促使她继续深入揭示男作家如何把女性人物客体化，那么波伏娃的"第二性"这一概念则转化成吉尔伯特（Sandra M. Gilbert）和古芭（Susan Gubar）笔下的"阁楼上的疯女人"的比喻，其原型来自勃朗特（Charlotte Brontë）小说《简·爱》中被丈夫罗切斯特锁在阁楼上的妻子——疯女人伯莎。这两位女性学者分析说："大多数西方的文学类型……从本质上说都是男性的：由男性创作，讲述关于世界的男性故事。"（67）而相比之下，女性却困窘于署名的焦虑，受制于先前文学传统中女性要么是天使、要么是魔鬼的刻板模式。（48—49）但是，那些天使般的女人、那些生活在郊区的美国中产阶级家庭的妻子，面对优越的物质条件，精神上和心理上却仍不约而同地遭受着"无名的问题"的困扰。（Friedan：7）这个由弗里丹（Betty Friedan）在《女性的奥秘》（*The Feminine Mystique*）一书中揭示的问题，在美国女权运动第二次浪潮期间，成为推动女性进一步了解自身存在与价值的动因，而该问题的实质恰恰要追溯到波伏娃论述的女性的他者地位，恰恰关系到传统的性别角色和社会分工给女性生活带来的局限和桎梏。

第三，波伏娃对于女性性心理和性经验的描述成为后来的女性主义理论家建构女性主体理论的生物学基础，她们一方面对以弗洛伊德为代表的精神分析学派针对女性性心理所作的定义进行了群体式抨击，另一方面也试图基于女性独特的生理特征来建构"女性书写"（lécriture féminine）和"女性批评学"（gynocritics）等学说，全方位确立女性的主体地位。旅居英国的澳大利亚理论家格里尔（Germaine Greer）在著作《女太监》（*The Female Eunuch*）中对弗洛伊德和精神分析学说作了"尖酸刻薄、不恭不敬"的批判，其灵感直接来源于波伏娃的《第二性》。（qtd. in Webster：22）格里尔主张，女性只有充分认识作为生物体的自己，才能实现自由和解放。她在著作中大胆描述女性的力比多以及女性在同男性的关系中所体验的不同感受，因此被称为"女权主义真正的麦当娜"。（3）几乎在同时，法国女性主义理论家伊里加蕾（Luce Irigaray）也在描述女性的力比多，她批评说"女性性征的理论化一直是基于男性参数进行的"：男性拥有阳具，因此以"一"为标志，这个"一"决定了欲望形式，规范了意义和秩序，而女性自然变为"非'一'之性"。（1985：23）伊里加蕾继而细致描述了女性性征的复数特征以及愉悦的多重方式，（28）并试图基于对于女性性生理的认可建构女性的主体身份。由于女性的性欲望和性行为不被父权文化接受和认可，因此格里尔的"女太监"和伊里加蕾的"非'一'之性"正是波伏娃的"第二性"概念在生物学、精神分析学和哲学意义上的现代变形，这中间的姻缘关系一目了然。而与此同时，在文学批评领域，美国理论家肖沃尔特（Elaine Showalter）倡导的"女性批评学"和法国理论家西克苏（Hélène Cixous）倡导的"女性书写"均同女性的性生理和身体相关：前者主张"文本不可磨灭地打上了肉体的印记"，（Showalter：187）但也提醒人们要充分认识到身体的表达还必须通过语言、社会以及文学的结构；（189）后者强调打破父权文化的书写禁忌，"用身体实现所思，并把思想铭刻在身体之中"。（Cixous：881）在文学创作与文学批评中突出女性身体的能动作用，直面女性存在的本真状态，用女性身体的在场取代先前父权文化中女性主体的缺席，这是女性主义理论发展进程中的重要转折，而波伏娃对于女性生物性的关注成为女性确立差异性主体、言说欲望和改变象征秩序的逻辑前提。

第四，波伏娃对于女性作为一个特殊社会阶层无法分享共同历史文化传统所作的分析，在后来的女性主义理论家那里发展成对于姐妹情谊和母女关系的格外关注，以期增强女性间的血缘和文化纽带，加强对抗父权文化的集体力量。在美国女权运动第二次浪潮期间，女权主义行动主义者为唤醒更多女性认识到自己的边缘社会地位，成立了"提高认识"小组，在女性间分享生活经验，描绘群体压迫的特征，从而建立友谊的纽带。（Groden, et al.：300—301）因此应运而生的是由摩根（Robin Morgan）编著的文集《姐妹情谊是强有力的》（*Sisterhood Is Powerful*），此文集汇集了各领域杰出的女性主义理论文章以及女性团体的行动纲领。摩根后来又编辑出版了《姐妹情谊是永恒的》（*Sisterhood Is Forever*），汇集了六十余篇各行各业女性书写自己境遇的文章，坚持认为在面向新世纪和新纪元时，女性仍需加强团结。如果说美国的这些政治行动和学术活动践行了波伏娃提出的女性文化，那么法国的女性主义理论家则在理论话语上进一步修复着女性文化的传承脉络。在西克苏那里，这体现在她提出的用"白色的墨水书写"的主张：白色墨水，即母亲的乳汁，给女性提供写作的灵感和滋养，可以有效延续女性的谱系；（881）在伊里加蕾那里，重续在父权文化中被割断的母女关系同样是建设女性文化的核心命题，她详细分析了西方文明如何在弑母基础上建构了其秩序，（"Women-Mothers"：47）并阐述了重新发现母亲的文化地位、恢复良好母女关系的必要性。（1993：47—48）可以看出，波伏娃之后的女性主义理论家继承了她对于女性群体历史和现状的分析方式，并力求在理论和行动两个维度弥补女性文化的缺陷，呼唤女性合力抗争被他者化的命运。虽然对于姐妹情谊和母女关系的畅想同某些特定文化传统相联系，未能覆盖所有文化中对于女性谱系的习俗与规约，但是，这些畅想却极大地拓展了人们对于女性这一特殊社会阶层的认知，有利于重新审视女性对于人类文明的作用和贡献，通过把女性的个体经验同群体记忆结合起来的方式，重续女性文化的传承轨迹。

第五，波伏娃在《第二性》结语中描绘的两性平等的理想在女权运动第二次浪潮中也得到了进一步发展，寻求"差异中的平等"成为后来女性主义理论的主旋律，由此，世界范围的女权主义在整体诉求上进入了一个崭新的阶段。众所周知，女权运动的最初目标是实现女性在政治、经济、教育和文化等方面的平等权利，因此"平等"是女权运动第一阶段的核心词；而到了 20 世纪六七十年代，女权运动的关注点发生了变化，人们更着重探究女性在生理、心理、社会和文化等方面的多维存在方式，"差异"因此取代"平等"而成为可以概括这一时期女性主义总体发展态势的核心词[2]，但女性主义内部也同时呈现复杂多元，甚至相互矛盾的政治和批评主张。在美国，米勒（Nancy K. Miller）在其编著的《性别的诗学》（*The Poetics of Gender*）一书中冷静而辩证地审视了性别差异在文学创作、文学阅读和文学批评过程中产生的影响，细致剖析了为什么文学批评家在解读女作家创作的作品时无法忽视"性别文化的粗暴痕迹"；（275）但菲特利（Judith Fetterley）却主张，女性主义批评家首先要做"抵御型读者"，清除男性意识的先在影响，这样才能激发新的批评视角。（568）在英国，米歇尔（Juliet Mitchell）终于在女性主义和精神分析之间达成了妥协，主张"精神分析的理论有助于在亲属关系及其原则上理解性别差异的建构过程"；（xxxiii）她甚至找到了波伏娃与弗洛伊德的理论之间具有的相似之处。（305—318）在法国，波伏娃"差异"学说的直接继承人就是伊里加蕾，后者在《性别差异的伦理学》（*Ethique de la différence sexuelle*）、《思考差异》（*Le Tempsdela différence*）和《我、你、我们：走向一种差异文化》（*Je, tu, nous, Pour une culture de la différence*）等著作中广泛而深入地讨论了性别的差异性存在，主张如果对性别差异问题进行彻底思考，人类就可以得到"思想上的拯救"。（"Sexual Difference"：165）尊重两性差异是波伏娃在著作结语中描绘的理想，也是激发后续女性主义理论展开深入论述的基点，它显示出女性主义的发展更加趋于尊重人的权利，更加细腻地勾勒自由的边界，从而使性别主体落实到人的本质，实现终极的人文关怀。

从上文的分析可以看出，波伏娃提出的"第二性"的核心概念在二十多年之后女权运动的第二次浪潮中得到了全面的发展和扩充；她对于女性作为他者的存在、对于性别的社会建构特质所作的分析，成为后续女性主义理论的论述起点；而她针对性心理、性行为、性别差异的认识以及对于女性缺乏共同的文化渊源所作的剖析，则触发了后续理论家对于女性心理、母女关系、女性谱系和女性文化的更为深入的探索，并最终指向性别的差异性存在，从而全面构建了关于女性主体的理论体系。在 20 世纪末和 21 世纪初，上述理论探索又得到进一步拓展，这集中体现在女性的主体身份逐渐向后现代主体的过渡方面。

走向后现代主体

在后结构主义和后现代主义思潮的影响下，在意义普遍受到消解、秩序遭遇解构的历史语境中，人们逐渐把主体性看作"人的社会性和文化性的综合过程，主体的意义、价值和自我形象都来自社会文化实践"，（马海良：174）对于女性主体身份的认识也因此出现了修正，其中最具代表性的发展趋势是以下两种：

其一，波伏娃关于性别的社会建构理论具体表现在性别的话语建构和行为建构两个维度，又因其建构的持续性而导致主体身份呈现流动特征。一些女性主义理论家受到福柯话语场域理论的影响，把话语同权力关系以及主体身份的概念加以融通考察，把女性话语和女性身体相互置换，伊里加蕾因此提出"女人腔"或"以女性身份言说"（parler-femme）的概念，强调女性作为言说主体的必要性，这一立场俨然就是福柯的话语主体概念的女性主义变体。同样关注语言的还有另一位法国哲学家克里斯蒂娃（Julia Kristeva），她认为主体是话语实践的产物，符号的（而非象征的）诗歌语言打碎了话语的完整性——"话语的破碎显示出语言的变化构成主体状态的变化……这些变化也揭示出正常化的语言仅仅是诉说意指过程的方式之一"。（15—16）她由此提出"过程中的主体"（le sujet en procès）概念，不仅表明语言意指过程的持续性和交互性，而且也对传统意义上作为整体概念的主体性提出了质疑。美国学者巴特勒（Judith Butler）从福柯那里汲取的学术滋养体现在她认同律法对于身体施加的训诫和惩罚，因此指出了性别的操演性（performativity）特质：性别身份是通过不断重复的一系列演绎实践来构建的，它是"一种永远无法完全内化的规范"，（《性别麻烦》：184）这意味着人类会自觉维系社会和文化对于性别的规约，在一个具有开放特征的"重新意指以及语境重置"的背景下，模仿"一个原初的、内在的性别化自我的假象"。（180—181）巴特勒不再把性别视为一个固定的身份，而主张"性别是一种制造，一种被不间断地开展的活动……它是处于限制性场景中的一种即兴实践"。（《消解性别》：1）既然性别的述行性特征决定了性别身份处于不断建构的过程，那么性别本身也会自然呈现动态、流动的特征，这构成后现代主体的显著特征之一，从中可以看到，波伏娃努力确立的女性主体出现了不稳定状况。

其二，波伏娃的性别差异学说演变为对于女性群体内部差异的关注，少数族裔、有色人种、第三世界女性、非异性恋群体等边缘人群的性别身份成为新的学术焦点。在后现代和后结构主义语境下，整体身份的概念遭遇消解，绝对的差异制衡着性别的本质属性。拥有意大利和澳大利亚双重国籍、常年旅居欧洲的学者布雷多蒂（Rosi Braidotti）提出了"游牧主体"（nomadic subject）的概念，主张应该在历时性共存的三个层次上理解性别差异：男女两性之间的差异、女性群体内部的差异以及每一个女人内在的差异。(158—167)她承认寻找女性之间的共同点是提升女性意识、提高集体力量的出发点,但是,她更强调属地政治的重要性,因为一个人的属地决定了他/她看待时间和历史的态度。(163—164)布雷多蒂阐发的女性主体的复数特征把女性主义对于差异的最初指向——不同性别之间——拓展到女性群体之间和女性个体本身,从而丰富了差异的异质性维度。由于女性群体内部的差异以及女性个体内在的差异可以具体表现在种族/民族、地缘、阶级、文化、宗教、语言、职业、性取向和性行为等方面,族裔女性主义理论家因此在这一潮流之下大量涌现,女性主义内部的多元政治诉求格外凸显。非洲裔美国女性主义理论家胡克斯(bell hooks)指责女权运动仍然是以有特权的白人女性为中心而展开的,她们"把劳工阶级的白人女性、贫穷的白人女性和所有有色人种女性放在跟从者的地位上……霸权式地夺走女权主义关于平等的辞令,帮助遮盖她们在白种至上的资本主义父权制里与统治阶级的同流合污"。(2008:47—48)胡克斯的激进观点促使美国的女权组织和教育机构在处理女性问题时逐渐把女性群体中处于弱势一方的境遇和诉求考虑进来,她因此进一步呼吁建立更广泛的姐妹情谊来加强女性之间的政治团结。(2001:78)与此同时,第三世界女性主义理论家批评西方女性主义"透过西方式凝视阅读第三世界的女性,使她们成为受害者,剥夺了其主观能动性,对其实施了'他者化'消音"。(Weedon:130)印度裔美国女性主义理论家莫汉蒂(C. T. Mohanty)是其中突出的代表,她批评西方女性主义理论把"第三世界女性"视为铁板一块的整体,(333)忽视了其内部的复杂性。她认为,作为历史主体的女性与作为霸权话语再现的女性之间的关系是被某些特殊文化强制性地规定的,(334)并不能呈现所有文化的特点。她因此详细分析了作为分析范畴的"第三世界女性"如何被西方女性主义理论塑造成某些政治-经济制度(如男性暴力、殖民活动、家庭制度、宗教意识形态等)的受害者,(338—344)并断言:"只要'女性'以及'东方'这样的概念被定义为他者,被定义为边缘人群,那么西方的男人或人本主义就可以把自己再现为中心:不是中心决定了边缘,而是边缘因其边界而决定了中心。"(353)

关于性别身份的上述主张是对"第二性"理论作出的新发展,在这些学说中,波伏娃提出的性别的社会建构维度被具体化为话语建构和实践建构,她主张坚持的性别差异被进一步阐述为女性群体以及女性个体内部的差异性存在,这样的理论拓展反映出后现代和后结构主义的认知方式在女性主义理论发展进程中的渗透与改变。上述理论主张并非简单地接受波伏娃的学说并据此作出衍生式阐释,而是借用新的思想资源和思考方式对先前以波伏娃为代表的女性主义理论提出反思、质疑、修正,甚至颠覆,其整体趋势是走向对于性别差异和多元性别身份的认知,从而完善对于性别乃至人的根本存在的认识。

结　语

　　波伏娃在《第二性》的开篇就提出了一个简单而尖锐的问题："女人是什么？"这个问题既是针对女性存在而提出的，也是针对两性关系以及性别建构和性别再现中出现的问题而提出的。在波伏娃的时代，大多数女性被动接受了他者的地位和身份，这是"因为女人没有成为主体的具体办法……还因为女人往往乐于担当他者的角色"；（I：15）在她之后的几十年间女性主义理论家一直在努力细化他者的历史动因和社会变迁，并逐渐建构拥有主观能动性的女性主体。无论是弗里丹揭示的"无名的问题"，还是吉尔伯特和古芭描述的"阁楼上的疯女人"，无论是格里尔的"女太监"，还是伊里加蕾的"非'一'之性"，无论是性属概念的提出，还是对性别政治的深入探索，无论是希冀通过姐妹情谊加强女性间的纽带，还是基于母女关系梳理女性谱系，女性主义理论的后续发展无一不打上了波伏娃思想的深刻烙印。及至后现代和后结构主义语境之下，女性的主体身份又在话语建构和社会实践的双重作用下、在差异和消解的整体潮流中，呈现出多元、流动的新特征。"女人是什么？"波伏娃提出的这个问题是引导所有女性主义理论家不断阐发和论证的核心命题，在对于女性性心理和性行为的关注中，在对于女性书写的倡导中，在对于女性在文学文化中边缘化再现的讨论中，在回避为"女人"提供本质化定义的努力中，我们看到女性认识自身的历程漫长而曲折。"女人是什么？"这个问题也是关乎人的本质存在的根本问题，对于该问题的持续探索构成西方人文学术和人文科学的主线之一。

　　由于波伏娃著作拥有的广泛而深刻的影响力，"第二性"概念经过数度发展和延伸，已成为后人阐发新的理论视野时可以有效借鉴的元术语：一些学者承继了波伏娃的立场，在自己的著作中直接运用"第二性"来指代女性，如《好莱坞的〈第二性〉：1900—1999 年间电影产业中的女性》（*Hollywood's Second Sex: The Treatment of Women in the Film Industry, 1900—1999*），该书讨论了在整个 20 世纪好莱坞银幕上以及幕后几乎所有重要的女演员、女编剧和女制作人所经历的性别歧视。作者研究发现"上个世纪初那些漂亮女性开展的斗争一直持续到世纪末，而且至今仍然在持续"，只要拍摄电影，女性也许就将继续扮演"好莱坞的'第二性'"的身份。（Malone, n.p.）还有一些学者拓展了波伏娃术语的意义旨归，用"第二性"指代同一性别群体中的边缘人群，如女性群体中的第三世界女性和相对于西方女性群体而言的东方女性。即使在东方学者看来一直隶属于西方的女性主义理论家，如莫伊（Toril Moi），也曾因长期处在美国之外的学术环境而颇为认同波伏娃定义的"第二性"的他者地位。（1994：32）

　　法国当代学者勒厄芙（Michèle Le Doeuff）曾说："一个哲学文本会在读者心中——每一位读者，无论男女——激发作者本人（乃至任何人）都无法预见的体验或震惊。"（16）波伏娃的《第二性》就是这样一个文本，它在出版之后引发的所有体验、震惊、争议、喧哗、继承和发展，充分说明了其在女性主义理论发展进程中发挥的无可替代的奠基作用。在该著作出版 60 年之后的 2009 年 11 月 15 日，《星期日泰晤士报》刊登了题为《男人：第二性？》（"Men: The Second Sex?"）的文章，讨论男性气质的新变化。作者注意到，随着女性在学校和工作场所的表现越来越优秀，有些男性不得不回归家庭承担起照顾孩子的责任，他们似乎已经变成了波伏娃笔下的"第二性"。波伏娃本人当初可能无法预见其著作对后世产生的如此巨大的影响，但我们能够预见的是，她创立的"第二性"的概念还会不断得到新的阐释和拓展，并生成新的学术命题和批评论域，而人们对于性别的探索也仍将继续。

参考文献

1. Andrew, Barbara S. "Beauvoir's Place in Philosophical Thought." *The Cambridge Companion to Simone de Beauvoir*. Ed. Claudia Card. Cambridge: Cambridge UP, 2003.

2. Bauer, Nancy. "Must We Read Simone de Beauvoir?" *The Legacy of Simone de Beauvoir*. Ed. Emily R. Grosholz. Oxford: Oxford UP, 2004.

3. Braidotti, Rosi. *Nomadic Subjects: Embodiment and Sexual Difference in Contemporary Feminist Theory*. New York: Columbia UP, 1994.

4. Cixous, Hélène, et al. "The Laugh of the Medusa." *Signs: Journal of Women in Culture and Society* 1.4 (1976): 875-893.

5. Fetterley, Judith. "On the Politics of Literature." *Literary Theory: An Anthology*. Ed. Julie Rivkin and Michael Ryan. Oxford: Blackwell, 1998.

6. Friedan, Betty. *The Feminine Mystique*. New York: Norton, 1963.

7. Gilbert, Sandra M., and Susan Gubar. *The Madwoman in the Attic: The Woman Writer and the Nineteenth-Century Literary Imagination*. New Haven: Yale UP, 1979.

8. Greer, Germaine. *The Female Eunuch*. New York: Harper Collins, 2008.

9. Groden, Michael, et al., eds. *The Johns Hopkins Guide to Literary Theory and Criticism*. Baltimore: Johns Hopkins UP, 2005.

10. Imbert, Claude. "Simone de Beauvoir: A Woman Philosopher in the Context of Her Generation." *The Legacy of Simone de Beauvoir*. Ed. Emily R. Grosholz. Oxford: Oxford UP, 2004.

11. Irigaray, Luce. *Je, Tu, Nous: Toward a Culture of Difference*. Trans. Alison Martin. New York: Routledge, 1993.

12. —. "Sexual Difference." *The Irigaray Reader*. Ed. Margaret Whitford. Cambridge: Blackwell, 1991.

13. —. *This Sex Which Is Not One*. Trans. Catherine Porter and Carolyn Burke. Ithaca: Cornell UP, 1985.

14. —. "Women-Mothers, the Silent Substratum of the Social Order." *The Irigaray Reader*. Ed. Margaret Whitford. Cambridge: Blackwell, 1991.

15. Kristeva, Julia. *Revolution in Poetic Language*. New York: Columbia UP, 1984.

16. Le Doeuff, Michèle. "Engaging with Simone de Beauvoir." *The Philosophy of Simone de Beauvoir: Critical Essays*. Ed. Margaret A. Simons. Indianapolis: Indiana UP, 2006.

17. Malone, Aubrey. *Hollywood's Second Sex: The Treatment of Women in the Film Industry, 1900—1999*. Jefferson: McFarland, 2015. Kindle.

18. Miller, Nancy K. "Arachnologies: The Woman, The Text, and the Critic." *The Poetics of Gender*. Ed. Nancy K. Miller. New York: Columbia UP, 1986.

19. Millett, Kate. *Sexual Politics*. Urbana: U of Illinois P, 2000.

20. Mitchell, Juliet. *Psychoanalysis and Feminism: A Radical Reassessment of Freudian Psychoanalysis*. New York: Basic, 2000.

21. Mohanty, C. T. "Under Western Eyes: Feminist Scholarship and Colonial Discourses." *Boundary 2* 12.3-13.1 (1984):333-358.

22. Moi, Toril. *Simone de Beauvoir: The Making of an Intellectual Woman*. Cambridge: Blackwell, 1994.

23. —. "While We Wait: Notes on the English Translation of The Second Sex." *The Legacy of Simone de Beauvoir*. Ed. Emily R. Grosholz. Oxford: Oxford UP, 2004.

24. Pilcher, Jane, and Imelda Whelehan. *50 Key Concepts in Gender Studies*. London: Sage, 2004.

25. Rubin, Gayle. "The Traffic in Women: Notes on the 'Political Economy' of Sex." *Literary Theory: An Anthology*. Ed. Julie Rivkin and Michael Ryan. Oxford: Blackwell, 1998.

26. Selden, Raman, et al. *A Reader's Guide to Contemporary Literary Theory*. London: Prentice Hall, 1997.

27. Showalter, Elaine. "Feminist Criticism in the Wilderness." *Critical Inquiry* 8.2 (1981): 179-205.

28. Tidd, Ursula. *Simone de Beauvoir*. New York: Routledge, 2004.

29. Webster, Richard. *Why Freud Was Wrong: Sin, Science, and Psychoanalysis*. New York: Basic, 1996.

30. Weedon, Chris. "Subjects." *A Concise Companion to Feminist Theory*. Ed. Mary Eagleton. Malden: Blackwell, 2003.

31. 巴特勒：《消解性别》，郭劼译，上海三联书店，2009。

32. 巴特勒：《性别麻烦：女性主义与身份的颠覆》，宋素凤译，上海三联书店，2009。

33. 波伏瓦：《第二性》(I, II)，郑克鲁译，上海译文出版社，2011。

34. 胡克斯：《激情的政治：人人都能读懂的女权主义》，沈睿译，金城出版社，2008。

35. 胡克斯：《女权主义理论：从边缘到中心》，晓征、平林译，江苏人民出版社，2001。

36. 马海良：《后结构主义》，载赵一凡等主编《西方文论关键词》，外语教学与研究出版社，2006。

37. 张京媛主编：《当代女性主义文学批评》，北京大学出版社，1992。

①　波伏娃的这部著作有数个中文译本：早年的中译本，如桑竹影等译的《第二性——女人》（长沙：湖南文艺出版社，1986）、陶铁柱翻译的《第二性》（北京：中国书籍出版社，1998）、李强选译的《第二性》（北京：西苑出版社，2004）等，依据的均为帕什利（H. M. Parshley）的英译本 *The Second Sex*（NewYork：Vintage，1953）。但该英译本存在大量删减及误译之处，"每一页都有错误和删节，"（Moi，2004：38）因此一直遭到学界诟病。在波伏娃著作出版 60 年之后，克诺夫（Alfred A. Knopf）出版公司邀请伯德（Constance Borde）和玛洛瓦尼-谢瓦里耶（Sheila Malovany-Chevallier）合作重译了此书，于 2011 年出版。本文援引波伏娃著作时所采用的是郑克鲁从法语原文翻译的中译本《第二性》（上海：上海译文出版社，2011）。

②　英文 feminism 在汉语中的译法有两种："女权主义"和"女性主义"，第二个译名的出现就是因为考虑到了女性主义思潮在不同历史阶段发生的内涵上的变化。《第二性》译者郑克鲁在"翻译后记"中特别对他采用"女性主义"这个译名的原因作出了说明。（602—603）张京媛在其主编的《当代女性主义文学批评》一书的"前言"中，也对上述两个译名作了辨析。（4）一般来讲，指称社会运动时，常用"女权运动"；而作为哲学思潮，使用"女性主义"则可以覆盖更多内涵。

多元文化主义 胡谱忠

略 说

从 1989 年《撒旦诗篇》（*The Satanic Verses*）因冒犯伊斯兰教信仰引起穆斯林对作者的全球"追杀"，到 2012 年美国好莱坞在电影中侮辱伊斯兰教先知，激起埃及与利比亚民众围攻美国大使馆；从 2005 年的法国骚乱，到 2011 年的挪威爆炸和枪击案……最近若干年，隔不多久西方发达国家就要发生类似的由族裔原因引发的社会动荡或恐怖事件。而此类频繁发生的社会混乱事端，近期在大众传媒界都有归咎于当代西方社会"多元文化主义"（Multiculturalism）文化政策的倾向。围绕着多元文化主义，近几年西方文化界聚讼纷纭。欧洲几位首脑已经纷纷表态，宣布"多元文化主义已经失败"，而学者对多元文化主义的理论排演也越来越复杂。

简言之，多元文化主义是欧美诸国在自由主义和后殖民主义的时代背景下，关于弱势群体在族群冲突和社会抗争中要求平等权利、获得承认并保障差异权利的理论和措施，而具体到各国实行的多元文化主义政策则不尽相同。多元文化主义可分为作为政治哲学的多元文化主义和作为少数族裔政策的多元文化政策两种。多元文化主义对西方社会的政治、经济、文化、教育等产生了重要的影响。而其中，多元文化主义观念对社会文化实践的影响尤其值得人们审视。

综 述

多元文化主义的缘起与争论

上世纪 60 年代西方社会在族裔事务方面经历了转型，主要表现在由传统的从体制与文化上歧视、隔离或灭绝少数族群的种族主义、同化主义，向多元文化主义过渡。多元文化主义作为一种有具体效力的文化政策和文化理论产生于 20 世纪的 60 年代。在欧洲，文化的多元性本已有寄托，那就是安德森（Benedict Anderson）所谓的随着印刷资本主义而来的欧洲大陆上多种民族意识的兴起，（38—46）不同的民族国家共同组成了一个多元文化的欧洲。但是目前在欧洲，多元文化主义作为一种文化观念，真正针对的是第二次世界大战之后随着欧洲经济复苏的需要而不断迁徙而来的移民群体。上世纪 50 至 70 年代，欧洲殖民主义体系崩溃，欧洲的战后重建和经济发展又产生了巨大的劳动力需求，导致原欧洲殖民地人口大量进入欧洲。进入法国的外来移民主要来自其非洲马格里布地区的前殖民地国家，特别是阿尔及利亚；进入英国的外来移民则来自其遍及全球的殖民地，包括加勒比海地区、亚洲（印巴裔居多）和非洲国家；德国则从土耳其招来大批打工者。移民经过几代繁衍生息，其人口在这些发达的资本主义国家内已经"蔚为大观"，其文化相对于主流文化的"异质性"也愈加显豁，于是，多元文化主义观念与政策应运而生，它致力于解决民主国家内部源于社会结构和历史遗产在族裔之间的不平等。而为解决这种不平等，欧洲各国政府纷纷通过调整资源分配和强调补偿性的正义理念进行纠正。

随着 20 世纪 60 年代黑人民权运动的兴起，美国的多元文化主义也与欧陆有了呼应。为了满足经济全球化的需要，也基于美国自身的立国经验，对多元文化主义进行解释并使其正当化的理论在美国也应运而生。这些理论强调对异族文化的尊重和欣赏，把包容异族文化定为开明进步的价值，任何违反这些价值的言行都被视为政治不正确。为此，1965 年美国设立了著名的"肯定性行动"（Affirmative Action），（Satris：250—259）试图对历史中处于文化劣势的族裔在教育、公务员招聘等方面给予倾斜性照顾，是最具代表性的多元文化主义少数族裔政策。

自多元文化主义的文化和公共服务政策实施以来，西方发达国家在少数族裔问题上一时深孚众望，诸如澳大利亚的土著、欧洲的移民、加拿大魁北克地区等族裔问题都得到了前所未有的关切。通过一系列保护少数群体权利的多元文化主义政策，这些国家呈现出一种非常明显的承认、包容、接纳族裔文化多样性的社会氛围。同时，多元文化主义观念也向着女权主义者、同性恋等弱势群体的权益开放，但族裔文化无疑仍旧是它最为关注的核心问题。

"多元文化主义"一词似乎并没有确切的定义，有时候它的含义显得有些模棱两可，它是与时俱进、不断得到重新阐释的概念。在许多时候，它会被推向对西方主流社会固有权力关系的激进批评。多元文化主义呼吁对民族国家内部文化共同体之间的固有权力关系进行重新定义和组织。在多元文化主义者看来，共同体、社会、民族，甚至整个大陆的存在都不是天然的，它们只存在于密集编织的关系网中。这种交互的、对话的、文化相对主义的视角，使得文化方面的社会政治安排具有了变革的必要性和可能性。

多元文化主义政策出台之后，在一段时期内颇具成效，较好地处理了少数族群在国内与主流社会的关系，同时在某些国家内一定程度上缓解了族群间的紧张关系，促进了少数族裔对主流社会的归属感和认同感，有效地实现了某种社会整合。然而，好景不长，就在人们都认为多元文化主义政策是一劳永逸的解决民族、族裔问题的良方妙策时，它负面的效应开始显现。

在多元文化主义的口号下，欧洲穆斯林移民聚族而居，渐渐形成一个个少数族裔的孤岛，并渐渐形成具有民族色彩的社区文化，语言、社区经济，甚至民族教育机构都迥异于"主流社会"。这些充分体现出多元文化主义宗旨的少数族裔政策安排，并没有解决少数群体在社会、经济、政治上所受到排斥的根源问题，反而梦游般地走向了另一种隔离，被指摘为"制度性的种族主义"。

多元文化主义近来面临的指控主要包括：第一，忽视了经济和政治不平等等问题。而在强调少数族裔的文化独特性方面，为避免价值判断，故意选择诸如美食、音乐、歌舞等安全的多元文化主义实践，导致文化差异的琐碎化和"迪士尼化"。其次，多元文化主义无形中倡导了一种封闭的、静态的少数族裔文化观。多元文化主义往往把文化差异绝对化，忽视了当代社会中任何一种文化所包括的调适、融合的过程和状态，忽略了文化的"共性"，从而强化了少数群体永恒的"他者"的刻板印象。最后，主流文化在描述少数族裔文化时，常常只尊重现有内部精英的意见，实质性地强化了少数群体内部的等级秩序，压制了少数族裔群体内部对其文化持改革态度的人。（金里卡：318—319）

总之，多元文化主义的文化观似乎是本质主义的，没能理解文化是如何不停地相互混杂与汲取营养的。以当代欧洲社会的"心结"——伊斯兰文化为例：在伊斯兰国家群里，并不存在单一的伊斯兰文化身份。生活在印度的穆斯林，其日常生活大部分与他们的印度教邻居相同，而可能与生活在另一遥远地区的其他穆斯林少有相近之处。超越性的"伊斯兰性"是人为建构的，为生活在欧洲的穆斯林强加一个这样的身份也显得无稽，而且在强加这一身份的同时还剥除了他们身上的其他身份认同，无形中既是在向宗教右翼势力和东方主义者所鼓吹的观念屈服，也最终使得这一人群报复性地自我选择并强化这一身份认同。（Parekh：199—200）

待到欧美国家看清多元文化主义之弊，才如梦方醒，欧洲国家元首纷纷反思，开始调整原有的多元文化主义在教育、公共服务等领域的政策，希望重振超越了多样性的统一文化和共同文化，对多元文化主义的批判也蔚然成风。最强大的质疑来自欧美社会中的自由主义思想传统。巴里（Brian Barry）在以自由主义为武器对多元文化主义进行批判时，曾对"自由主义"文化传统进行过辨析：这个词可以用不同的方式来理解，在美国，它所指称的是一种较弱形式社会民主；在欧洲大陆，它更多的是指比较偏爱市场的政治立场。巴里使用的"自由主义"在范围上包括前面这两种意义。自由主义是启蒙运动的基本价值在当代的发展，其核心是平等的公民身份观念。自由主义国家的成员享有一种共同的公民身份，它不承认任何意义上的差异，如种族和性别。每个人都享有同样的公民权利和政治权利，法律规定了平等自由权利的框架。（279—280）而多元文化主义的话语工具正是"差异政治"与"承认政治"，那些无视差异、表面上价值中立的做法，被视为合法化的不平等。因此，多元文化主义正好为自由主义树立了批判的靶子。

美国保守势力也抓住机会，开始表达对教育和学术界的多元文化主义实践的强烈反感，自上世纪80年代后期起，便开始对多元文化主义进行批判，导致了思想界和学术界的"文化冷战"，芝加哥大学教授布鲁姆（Allan Bloom）的著作《走向封闭的美国精神》(*The Closing of the American Mind*)便是这场冷战的一个重要标志。美国新保守主义教父级人物、著名历史学家小施莱辛格(Arthur Schlesinger Jr.)发出了关于"美国正在丧失统一"的警告。还有保守派资深政治学家亨廷顿(Samuel P. Huntington)在国际问题上关于"文明冲突论"的预言,以及对"美国国家认同"的忧虑的畅销著作,都汇入了这股攻击多元文化主义的潮流。文化和宗教学者施密特(Alvin Schmidt)把多元文化主义比作潜入西方文化的现代的"特洛伊木马",指出多元文化主义描绘了一幅错误的、欺骗性的图景,暗地摧毁了"美国文化"的核心价值,并发出了美国文化的毁灭在所难免的警世之音。(9—23)后来,亨廷顿又出版了《我们是谁?美国国家特性面临的挑战》(*Who Are We? The Challenges to America's National Identity*),进一步强调了其保守立场。从布鲁姆到亨廷顿,关于美国核心文化受到多元文化主义破坏的焦虑绵延许久,《我们是谁?美国国家特性面临的挑战》的论点与施密特的警世之言大体相仿,但在少数族裔对主流文化的影响方面着墨却比后者详尽,其中还着重谈到了墨西哥裔移民的特征,(183)以及美国西南部的拉美族裔化。(209)

在欧洲,荷兰鹿特丹等地的穆斯林移民社区被形容成一个个不断扩张的文化孤岛,宛如"国中之国";伦敦被忧心之士称为"伦敦斯坦"。(Phillips:1—18)更有人认为,如果穆斯林移民的高生育率与欧洲白种人的低生育率状况一直持续,未来的欧洲也有可能变成"欧拉伯"(Eurabia)。(李明欢:54)事实似乎又一次印证了亨廷顿的"文明冲突论":随着大量不同文化、宗教和语言的人群因移民而近距离杂居在同一国度内,若没有共同的目标来凝聚人心,缔造"共同文化",种族冲突将成为21世纪欧美国家的家常便饭。这样一来,"恐怖"仿佛成了多元文化主义的题中之意。(Levy:11—13)

多元文化主义无形中成了"播下龙种、收获跳蚤"的文化过程。一些曾大力倡导多元文化主义的代表性国家意识到问题的严重性,开始悬崖勒马。以法国为例,2004年,前总统希拉克推出政策,禁止学校和其他公共机构使用宗教象征符号,这在以前似乎要犯多元文化主义的大忌,因这些符号构成了多元文化主义的"象征性认识"。(Murphy:34)无独有偶,2010年,前法国总统萨科齐大张旗鼓地在法国禁止穆斯林面纱和罩袍,以保护妇女的尊严。显然,法国人本想让穆斯林适应法国,到头来却是法国要适应穆斯林。欧洲人不想稀里糊涂地走向种族隔离,2014年7月1日,欧洲人权法院宣布,支持法国禁止穆斯林妇女戴面纱的法令。

由此,人们似乎看到了多元文化主义的某种衰退。民族国家开始重新主张国家建构、共同价值和认同、单一的公民身份,甚至"同化的回归"等理念,开始强调"整合"、"社会凝聚力"、"共同的价值观"、"共享的公民身份"。多元文化主义进入了新的模式,"强调政治参与和经济机会优先于文化认同的象征性政治,强调人权和个人自由优先于文化传统的尊重,强调建构一种包容性的、共同的民族认同优先于对祖先的文化认同，强调文化变迁和文化混合优先于静态的文化差异"。（金里卡：317）西方社会似乎进入了"后多元文化主义"时代。

但英国左翼思想家詹金斯（Gareth Jenkins）却从马克思主义的阶级论角度表达了对这种"共同价值"的质疑：这种超越了多样性的文化是谁的文化？作为"一种共有的生活方式"的文化只能被严格限定在阶级尚未出现的社会，而在阶级社会中，文化从根本上来说总是带有统治阶级和从属阶级之间的价值冲突的痕迹。文化"被共享"的程度，就是统治阶级把自身霸权强加于从属阶级之上的程度。"我们的生活方式"这一说法并非是对一个人类学意义上的民族典型模式的描述，而是一个挑选文化属性的过程，这些属性被设计用来感受与那些可怕的"他者"的差异，同时强化在让人不快的阶级分裂之外的共同性的幻觉。正是在这层意义上，所谓共同价值和文化是意识形态性的。（58）

但当代西方最著名的多元文化主义思想家之一金里卡（Will Kymlicka）坚持认为，所谓"后多元文化主义"夸大了多元文化主义的失败。作为加拿大研究多元文化主义最有影响力的专家，2010年金里卡曾受加拿大联邦公民和移民部的委托，撰写过《加拿大多元文化主义的现状和2008—2010年加拿大多元文化主义的研究主题》的报告，他是较早地将多元文化主义与自由主义进行联姻的理论家，在论证多元文化主义与自由主义理论和宪政体制的可兼容性方面居功至伟。金里卡认为近期的多元文化主义主流话语错误地概括了过去四十多年间多元文化主义实践的性质，夸大了多元文化主义被抛弃的程度，没有真正把握它们所面临的真正困难和限度。实际上，多元文化主义已经渗入欧美民主社会的价值观，进入了西方社会的日常政治结构，并已成为西方当代文化的血肉。金里卡还通过对世界多元文化主义国家的实际情况进行详细的比较分析和定量分析，指出"多元文化主义失败"只是修辞上的，多元文化主义衰退一说更是错误的。多元文化主义政策也不一定和公民整合政策相矛盾，相反，通过对这两种政策的结合使用，不仅在道德规范上符合西方自由主义价值观，而且在实践上也是可行的，是西方民主国家民族政策的重要选择。金里卡曾把多元文化主义的"兴衰"变化过程形象地比喻成"奥德赛"，在他眼里，西方社会多元文化主义理论旅程上的曲折艰辛仍旧掩饰不住历史的进步，但目前他对"自由的多元文化主义"模式将在全球扩散并不表示乐观。（Kymlicka：315）

多元文化主义视野下的文化研究和文学批评

上世纪80年代，多元文化主义在文化与文学批评理论中成为一个具有争议性的词汇。新保守主义者们把多元文化主义漫画化，指责其粗暴地抛弃了欧洲经典和西方文明。其实，多元文化主义所冒犯的既非实指欧洲，也非指宽泛意义上的欧洲文明，而是"欧洲中心主义"。欧洲中心主义视欧洲为独有的意义本源和世界重心，也是世界其余部分的意义本体。与殖民主义、帝国主义和种族主义话语一样，作为意识形态的基础或仍有效力的话语，欧洲中心主义在殖民主义形式上终结之后，仍旧渗透并结构着当代文化实践和表述，也一直是诸多沆瀣一气的知识建构和文化倾向的基础。而且，该思维模式也不独为欧洲人所专用，它早就拥有覆盖全球的影响力。欧洲中心主义一直赋予西方一种"天命"一般的自我意识，将欧洲文明普遍化，把世界分为"西方和其余"，把日常语言组织成暗地逢迎西方的二元等级。如此，欧洲中心主义视野里的"中心"以外的文化都失去了自我表述的资格和能力。尽管这种话语在当代社会表层已渐次溃破，但其流毒深远，细节常换常新，而核心却稳固恒久。

文化领域中的多元文化主义作为"去中心"的文化理论和实践，其重要关键词之一是"多中心"。多中心的多元文化主义呼吁的不仅是形象的变革，更是权力关系的变革，显然同情边缘的和被表述的少数族裔一方。文化研究和文学批评相时而动，视所谓"少数文化"为分享的、充满矛盾的历史中积极的、具有生产力的参与者，而拒绝统一的、固定的、本质主义的身份认同或共同体概念。多元文化主义批评欧洲中心观的普遍化，批判主导性欧洲历史中对外部和内部"他者"的压迫性关系。在文学与文化理论方面，多元文化主义被视为后现代主义与女权主义的同侪，最终目的都是提倡不同文化之间的平等和相互影响，对西方文明的知识和话语霸权进行挑战。

多元文化主义带来了欧美大学人文和社会学科教学内容的改革。以美国为例，自 20 世纪 70 年代开始，强调少数族裔和妇女研究的学科开始蒸蒸日上。多元文化主义对美国历史的研究和教学的影响尤为显著。上世纪 60 年代民权运动打破了历史学界对美国历史的固有叙述，经过民权运动洗礼的种族、族裔以及女性群体力图重写历史，大学的学科改革与社会改革相互呼应，终于营造了新的话语体系。而在多元文化主义的文学研究与文化批评中，汇聚了众多的支流：少数民族表述分析、帝国主义和东方主义文学与媒介批评、殖民和后殖民话语研究、第三世界文学和第三电影研究、本土媒介研究、少数民族与移民的文学与电影研究、反种族主义和多元文化媒介教育研究等。其中，东方主义文学与媒介批评为少数民族、族裔提供了理论武库和表述榜样。萨义德（Edward W. Said）的《东方学》曾经是反西方中心主义的集大成之作，他的诸多理论都源于他对"种族"的敏感。他还曾经在《文化与帝国主义》（*Culture and Imperialism*）一书中对"小说"这种看似透明的文类进行过别出心裁的论述，是对东方主义知识传统所倚靠的欧洲中心主义行釜底抽薪之效的完美批评实例。（69—70）多元文化主义并不只是提倡对不同文化的"兼爱"，它的目光穿透历史的纵深，看到以族裔呈现的文化之间发生过的历史关系及其历史语境。多元文化主义的文化观提升了研究者对文学、大众传媒中种族和族裔问题的敏感。

在多元文化主义者看来，少数族裔文学是重要的文化实践，当代西方文学中少数族裔文学虽然地位边缘，但研究成果已经颇为可观。比如，研究者很快发现，在涉及少数族裔的形象描绘方面，"刻板印象"（stereotype）难以避免。分析附着于某个族群身上的刻板印象，以及对相关社会成见进行批判性解剖，目的是揭示压迫性的偏见模式。这种形象传播的负面效应，凸显了通过系统化负面描绘摧毁某族群精神的机制。研究者力图揭示刻板印象的社会功能，证明刻板印象不是什么偶发的观点错误，而是社会控制的一种常规形式，是一种"形象的囚牢"。因而通过刻板印象分析，呼唤积极的形象塑造，争取正常的社会形象生产所应有的公平份额，有时甚至不惮矫枉过正，为维护族裔文化的"本真"而不自觉重新陷入本质化的陷阱。这种对形象塑造的警觉甚至焦虑，是那些自我表述权占优的文化无心理解也无力理解的。

族裔文学和电影在西方学术界亦成为重要的研究对象，尤其是以少数族裔自居的学者们，对西方主流文化产品中的少数族裔形象倍加敏感，源源不断地为反西方中心主义的武库输送弹药。以美国文学中的华裔形象为例，历史中的傅满洲和陈查理等形象研究，已经呈现了重要的理论创见。（周宁：8—11）后世华裔文学早已步步为营，以挣脱"形象的囚牢"为己任，钩沉被屏蔽的华人在美历史，也展现华人生活的独特文化。一个显见的事实是，西方社会华裔文学作者以女性居多，大概因华裔女性作者作为族群与性别的双重边缘，一面能体认文化边缘之困，另一面以性别与种族的"双重他者"的身份和形象能更容易获取主流文化安排的文化生产份额，为此，创作者不自觉地迎合主流社会关于族裔文化的想象。几代华裔的文学或电影，如《喜福会》（*The Joy Luck Club*）、《雪花秘扇》（*Snow Flower and the Secret Fan*）等，虽以更新族群文化形象来标榜自己，但似乎最终总是陷入西方社会铢积寸累的东方主义传统而难以自拔，原因恰恰在于其文化生产最终仍旧要趋附主流社会中不同文化间的固有权力关系。

"流散文学"成为单独的研究对象，似乎也要归功于多元文化主义观念的养成。"流散"（diaspora）一词的跨文化内涵使得"流散文学"的创作和研究都充满了对族裔文化的纠结，"文化间性"和"身份认同"等成为解读的先在主题。又有"全球化"符号的裹挟，"流散文学"似乎拥有了更多的象征资本。（童明：52—59）

再没有比电影这种媒体更能传播"族裔形象"的了。在电影研究领域，欧洲和北美的电影理论在整个20世纪似乎都有一种"无种族"的幻觉。好莱坞的大部分电影史中，种族主义曾被铭刻进正式法规中，如《海斯法典》，电影中非洲裔美国人或土著美国人都不可能表述自己。尤其是美国土著印第安人，在好莱坞经典中不是嗜血的动物，就是高贵的野蛮人，恪尽文化"他者"之职。好莱坞电影对拉丁族裔少数群体的刻画也多遵循社会刻板印象，强盗、行贿者、革命者、斗牛者等是常见的拉丁族裔角色类型，墨西哥匪徒则是好莱坞电影最爱的恶棍形象，而拉丁女人总是无端让人联想起热辣和激情等。（Berg：40—41）巴巴（Homi Bhabha）曾批评好莱坞电影中有关性和种族差异的作品，指出这类作品把刻板印象看成是意义生产的安全支点，无非是试图使"殖民主体"地位稳固，维护"社会历史的视觉听觉想象"。(76)

自"9·11"事件以来，欧美电影中的穆斯林及伊斯兰教形象也成了"妖魔化"族裔形象的重灾区。"伊斯兰教的负面形象一直远比其他任何一种形象来得盛行，所对应的也不是伊斯兰教的'本来面目'（假定'伊斯兰教'并非自然存在的事实，而是一种组合的架构；在一定程度上，是由穆斯林与西方透过我先前尝试描述的方式所创造），而是对应特定社会重要部门所认定的伊斯兰教。"（萨义德：186）除了耳熟能详的塔利班式的"圣战"人员，穆斯林妇女与西方妇女之间的对立性也被建构起来。前者是受压迫的，后者是已经解放了的，头部有无遮挡成了差异的标志。即便是在奥斯卡获奖影片《纳德和西敏：一次别离》(A Separation)里，女性穆斯林的形象，也依据不同的受教育程度和思想观念，暗含着欧美社会对穆斯林妇女的刻板认知。欧美电影中并不乏族裔矛盾主题，但当代现实主义艺术家常常能够洞察族裔矛盾的存在，却无力揭示其根底，如在《隐藏摄像机》(Caché)中，阿尔及利亚族裔问题被表述成了难以索解的叙事黑洞，并已成为法国社会"黑暗的心"。

而多元文化主义批评除了在主流文化中揭示少数民族、族裔文化形象的扭曲，也开始关注少数族裔文学与电影等作为积极的文化生产的表述过程，既向历史追索债务，又建构少数民族、族裔文化的"主体性"。拜多元文化主义所赐，欧美在上世纪70年代就出现过"黑人电影"浪潮。(Hayward：41—51)而从英国文化研究的视野看来，黑人青年文化的创造者们不是牺牲品，而是行动者，能够在千差万别的历史情况下采用文化形式表达出他们的集体经验，其救赎美学为政治和归属的实现提供了可能。（麦克罗比：62）霍尔（Stuart Hall）从多元文化中看到了主流社会霸权性结构中可以喷涌出反抗和抵制力量的缝隙，这种力量可以更新主流社会的政治逻辑。(235—242)多元文化主义者对肤色的研究还从受害者推及欧美社会的主流人群，上世纪八九十年代甚至出现了所谓的"白种研究"(whiteness studies)。以往的文学中，"种族"一词被赋予"有色人种"，而白种人却被策略性地、不着痕迹地定义为无色的标准人种，黑与白分类无形中成为一种种姓制和宗教。"白种研究"宣告了天真的"白种人主体"的终结，法侬（Frantz Fanon）之后，将第三世界或少数族裔视为他者，将白种人奉为无种族意识的非"有色人种"的观念也难以为继了，如莫里森（Toni Morrison）等作家就把白人种族的标准观念充分"问题化"了。(Burrows：114—128)和萨义德对小说文类的批判有异曲同工之妙的是，电影摄像术以白种人皮肤为感光度标准，也被揭示出隐藏的文化政治。(Stam：280)在全球化的世界，"比较多元文化主义"似乎可以更凸显西方主流社会中根深蒂固的族裔文化问题。

作为学科的"比较文学"研究的兴起，大概也要归功于多元文化主义的时代氛围。西方的比较文学以"比较"的名义很容易为非欧美文学壮大声威，似乎在扩大文学研究版图的同时，也摧毁了固有的西方中心主义的文学等级。但比较文学专业植根于西方国家，往往一方面专挑"重要的"非西方国家的语言和文学为研究对象，另一方面所研究的非西方语言文学无形之中都成为地方的、文化例外的代表，研究的视角也难以跳脱"以他者的名义践履欧洲中心主义"的窠臼。(Chow：107—117)因此，"比较文学"首先须从根子上警惕学科建制的西方中心主义的陷阱。

结　语

　　多元文化主义曾经是历史的巨大进步，但多元文化主义的议程设置从一开始就是非历史的，它的良善动机不能改变少数族裔文化所处的社会结构以及民族国家外部的世界体系。少数族裔都是有历史记忆的文化共同体，所谓"我们在这里，因为你们曾在那里"，当代各种族裔问题无一不联系着殖民史，"我们"与"你们"的历史文化分野最终刺破了"天下大同"的幻觉。族裔问题不绝，是因为产生族裔问题的当代资本体系难以改变。多元文化主义无法消除主流社会的欧洲中心主义"原罪"，全球化现实政治可能使得资本主义民族国家的族裔问题更加无解。金里卡曾希望"自由的多元文化主义"大业扩展到"后共产主义"和"后殖民"世界，(295)其实有些国家曾经几欲萧规曹随，但"前车之鉴"让它们不免歧路彷徨。这也有待于金里卡们进一步修正相关的理论。

　　多元文化主义在文化上仍是有活力的。多元文化主义已开启了以承认差异、尊重差异、包容差异为核心的社会文化风气，弱势文化借此发声，在当代西方国家内部以及国际文化政治中，已成为一种可贵的批判性资源。多元文化主义的文化研究和文学批评仍有广阔的空间。

参考文献

1. Berg, Charles Ramírez. *Latino Images in Film: Stereotypes, Subversion, and Resistance.* Austin: U of Texas P, 2002.

2. Bhabha, Homi. *The Location of Culture.* London: Routledge, 1994.

3. Burrows, Victoria. *Whiteness and Trauma: The Mother-Daughter Knot in the Fiction of Jean Rhys, Jamaica Kincaid and Toni Morrison.* New York: Macmillan, 2004.

4. Chow, Ray. "In the Name of Comparative Literature." *Comparative Literature in the Age of Multiculturalism.* Ed. Charles Bernheimer. Baltimore: Johns Hopkins UP, 1995.

5. Hayward, Susan. *Cinema Studies: The Key Concepts.* Oxon: Routledge, 2006.

6. Kymlicka, Will. *Multicultural Odysseys: Navigating the New International Politics of Diversity.* Oxford: Oxford UP, 2007.

7. Levy, Jacob T. *The Multiculturalism of Fear.* New York: Oxford UP, 2000.

8. Murphy, Michael. *Multiculturalism: A Critical Introduction.* Oxon: Routledge, 2012

9. Parekh, Bhikhu. "Europe, Liberalism and the 'Muslim question.'" *Multiculturalism, Muslims and Citizenship: A European Approach*. Ed. Tariq Modood, et al. Oxon: Routledge, 2006.

10. Phillips, Melanie. *Londonistan: How Britain Is Creating a Terror State Within*. San Francisco: Encounter, 2006.

11. Said, Edward W. *Culture and Imperialism*. New York: Vintage, 1993

12. Satris, Stephen. *Clashing Views on Controversial Moral Issues*. Guilford: McGraw-Hill, 2004.

13. Schmidt, Alvin J. *The Menace of Multiculturalism: Trojan Horse in America*. Westport Connecticut: Praeger, 1997.

14. Stam, Robert. *Film Theory: An Introduction*. Oxford: Blackwell, 2000.

15. 安德森:《想象的共同体:民族主义的起源与散布》,吴叡人译,上海人民出版社,2008。

16. 巴里:《自由主义与多元文化主义》,李丽红译,载李丽红编《多元文化主义》,浙江大学出版社,2011。

17. 亨廷顿:《我们是谁?美国国家特性面临的挑战》,程克雄译,新华出版社,2005。

18. 霍尔:《多元文化问题的三个层面与内在张力》,李庆本译,载《江西社会科学》2007年第3期。

19. 金里卡:《多元文化主义的兴衰?——多元社会中有关包容和融纳的新辩论》,高景柱译,载李丽红编《多元文化主义》,浙江大学出版社,2011。

20. 李明欢:《欧拉伯:源起、现实与反思》,载《读书》2010年第2期。

21. 麦克罗比:《文化研究的用途》,李庆本译,北京大学出版社,2008。

22. 萨义德:《报道伊斯兰》,阎纪宇译,上海译文出版社,2009。

23. 童明:《飞散》,载《外国文学》2004年第6期。

24. 詹金斯:《文化与多元文化主义》,陈后亮译,载《国外理论动态》2012年第6期。

25. 周宁:《"义和团"与"傅满洲博士":二十世纪初西方的"黄祸"恐慌》,载《书屋》2003年第4期。

非自然叙事学 尚必武

略　说

　　尽管作为一种叙事现象，"非自然叙事"（Unnatural Narrative）早已存在，甚至可以追溯至古希腊的阿里斯托芬、古罗马的佩特罗尼乌斯以及中世纪和文艺复兴时期的作品，但是对非自然叙事的系统研究却是相对晚近的事情。尤为值得注意的是，进入新世纪之后，以理查森（Brian Richardson）、阿尔贝（Jan Alber）、尼尔森（Henrik Skov Nielsen）、伊韦尔森（Stefan Iversen）为首的西方学者对非自然叙事展开热切探讨，发表了大量富有洞见的研究成果，在引发学界广泛关注的同时，也催生了所谓的"非自然叙事学"（unnatural narratology）。非自然叙事学以"反摹仿叙事"为研究对象，以建构"非自然叙事诗学"为终极目标，显示出异常猛进的发展势头，迅速成长为一支与女性主义叙事学、修辞叙事学、认知叙事学等比肩齐名的后经典叙事学派。

综　述

　　2008 年以降，几乎每届"叙事学国际研讨会"都设置了"非自然叙事学"特别论坛；关于非自然叙事学的论文和专著更是呈现出"爆炸式"增长的态势。上述迹象表明，在当代西方后经典叙事学谱系中，"非自然叙事学"正迅速成为一支不容忽视的新贵。按照非自然叙事学家们的说法，"近年来，非自然叙事学已经发展成叙事理论中最激动人心的一个新范式，是继认知叙事学之后一个最重要的新方法"。（Alber, et al., 2013：1）抑或说，"'非自然'叙事研究和非自然叙事学已经成为叙事理论中一个激动人心的新课题"。（Alber and Heinze：1）著名后经典叙事学家赫尔曼（David Herman）把非自然叙事学视作"叙事理论中一个正在涌现的研究分支"；（Herman, 2013：ix）甚至连那些质疑非自然叙事学的学者们也都认为，非自然叙事学这一研究课题"及时而富有意义"；（Fludernik, 2012：364）"所谓的非自然叙事学研究方法（或研究框架）能富有成效地得出有趣的研究结果。"（Klauk and Köppe：78）

　　与此同时，我们还必须认识到"非自然叙事学至少在目前还是一个非常有争议性的话题"。（Bundgaard, et al.：15）一方面，非自然叙事学的学科地位还没有被完全确立起来，正如非自然叙事学研究的领军人物理查森所说："尽管非自然叙事实质上构成了另一个文学史，但它却遭到以摹仿概念为基础的诗学的忽视或边缘化。"（Richardson，2011：23—24）另一方面，非自然叙事学不是一元的理论流派，而是多种视角与方法的整合，带有"多元"、"混杂"的特征。用阿尔贝和海因策（Rüdiger Heinze）的话来说：

> 即便所有的非自然叙事学家都对奇特、陌生或非常规的文本感兴趣，非自然叙事学并不是同质一元的理论流派。尽管非自然叙事理论呈现出国际化的发展趋势，但它也是多元的、杂合的和多声的思潮，允许关于非自然叙事的多重研究视角与不同定义。（1）

本文在考辨非自然叙事多重定义的基础上，着力探究非自然叙事在"故事"层面和"话语"层面上的非自然性以及关于非自然叙事的阐释路径，并试图就非自然叙事的启发价值、研究意义、任务与前景等话题展开论述。

何为"非自然"？ 概念的定义与内涵

赫尔曼（Luc Herman）和凡瓦克（Bart Vervaeck）指出："如果叙事学是关于叙事文本的理论，那么首先要解决的就是叙事的定义。"（11）仿照这样的逻辑，如果非自然叙事学是关于"非自然叙事文本"的理论，那么首先要解决的是"非自然叙事"的定义。什么是非自然叙事？为什么研究非自然叙事？怎么研究非自然叙事？这些都是探讨非自然叙事学的首要命题。

顾名思义，"非自然"是与"自然"相对立的一个概念。从字面意义上来看，英文单词 unnatural 由前缀 un- 和单词 natural 构成。un- 带有否定的含义，即否定 natural 一词所指涉的意思；natural 是 nature 的形容词，与"人为的"（man-made）相对立。根据《牛津英语词典》（OED）的解释："非自然"（unnatural）至少是指"与自然的、常规的，或与期待的不一致；非常规的；奇特的"。正如汉森（Per Krogh Hansen）所指出的那样："对'非自然叙事'和'非自然叙事学'的讨论，预设了关于什么是'自然'的共同理解。"（162）确实，从范畴上来看，"非自然叙事"是"叙事"的一个亚类型，与其对应的是"自然叙事"（natural narrative）。因此，若要把握"非自然叙事"，必须得从"自然叙事"入手。弗鲁德尼克（Monika Fludernik）把自然叙事界定为"自然的口头故事讲述"。（1996：13）自然叙事的主要功能在于为"叙事性"（narrativity）的构成提供一个"原型"。虽然自然叙事只是叙事的一个亚类型，但是传统的叙事理论一般都"以对真实话语情景的摹仿为基础"，（Richardson，2006：5）即叙事是某种形式的"故事讲述"或"对事件的再现"，这实际上也是叙事的一般定义。例如，奥尼嘉（Susana Onega）和兰德（Jose Angel Garcia Landa）把叙事界定为"对一系列事件的再现，这些事件以某种时间方式或因果方式有意义地连接在一起"。（4）与此类似，阿博特（H. Porter Abbott）把叙事界定为"对一个事件或一系列事件的再现"。（13）

尽管所有的非自然叙事学家都统一使用"非自然叙事"这一概念，但是他们对其界定与理解却不尽相同。对此，阿尔贝和海因策解释道：非自然叙事学是"一门欣赏叙事多面性的叙事学"。（16）这里的"多面性"（multifariousness）不仅包括"非自然叙事"的不同类型，同时也包括非自然叙事学家们对此概念的不同界定。在《非自然的声音、心理和叙述》一文中，阿尔贝等人在解释什么是"非自然叙事"时，采用了"多重定义"（definitions）这个说法，而不是"一个定义"（a definition），意在说明"非自然叙事"定义的多元性，即非自然叙事学家们在该概念上还未形成统一的定义。（"Unnatural Voices"：351—353）《非自然叙事，非自然叙事学》一书列出了关于"非自然叙事"的三个定义：第一，在最基本层面上，非自然叙事学家们感兴趣的是那些具有陌生化效果的叙事，因为它们是实验的、极端的、越界的、非规约的、非一致的，甚至是非同寻常的。第二，非自然叙事是那些超越自然叙事规约的反摹仿文本。第三，物理上不可能的情节与事件，即相对于控制物理世界的已知规则和被普遍接受的逻辑规则而言是不可能的情节与事件。（Alber and Heinze：2—4）本文重点审视理查森、阿尔贝、尼尔森、伊韦尔森等主要非自然叙事学家对非自然叙事的界定与阐释，试图由此把握这一概念的内涵与本质。

理查森认为："非自然叙事是那些通过提供明显不可能的事件来违背摹仿规约的叙事，它们不纯粹是非现实的叙事，而是反现实的叙事。"（2012：95）不过，在他看来，非自然叙事学家们对于"非自然的"（unnatural）、"规约的"（conventional）以及"什么是不可能的"（what is impossible）尚存有争议。（96）什么样的文本才算是非自然文本？非自然叙事学家们的回答是"只能通过自然来辨识和感受非自然"。（Alber, et al.，"What Is Unnatural"：373）理查森再三强调：所谓的非自然叙事主要"对立于弗鲁德尼克所理论化的非虚构的、口头的自然叙事"。（2012：98）他认为："在正常情况下，只有当一部作品含有很多反摹仿场景的时候，我们才会把它看作是非自然作品。"（97）可见，理查森所理解的非自然叙事主要是相对于"自然"和"摹仿"而言的，而且非自然叙事学研究的重点就落在反摹仿叙事上。因此，若要确定什么是"非自然"和"反摹仿"，似乎除了要确定什么是"自然"之外，还要确定什么是"摹仿"（mimesis）。

"摹仿"一词本身也有两种不同的含义。在柏拉图的《理想国》中，苏格拉底把"摹仿艺术"（mimetic art）等同于"模仿的艺术"（the art of imitation）。在他看来，艺术仅仅再生产了经验现实，是虚幻的，不能将我们领入超验和理念的世界。有鉴于此，苏格拉底把艺术看作是"影子的误导影子"（misleading shadow of a shadow），要求把艺术从理想国中驱逐出去。在《诗学》中，亚里士多德把诗歌、绘画、雕塑、音乐、舞蹈统一看作是"摹仿的艺术"，将摹仿等同于再现、投射或模拟的过程。在阿尔贝等人看来，非自然于柏拉图而言是反摹仿的，因为非自然并未试图模仿或是再生产我们所认识的世界；相反，它超越了真实世界的范式。然而，值得注意的是，非自然于亚里士多德而言显然是摹仿的，因为它在虚构的世界中得以描述或再现。换言之，当我们论及叙事中的"反摹仿"和"反现实主义"成分时，我们指的是柏拉图所说的摹仿（而不是亚里士多德所说的摹仿）。（"What Is Unnatural"：378）

在所有的非自然叙事学家中，当属理查森对"摹仿"（mimetic）、"非摹仿"（non-mimetic）、"反摹仿"（anti-mimetic）的区分和论述最为详尽。难能可贵的是，他还以具体文学作品为例，对它们作出说明。理查森认为，《安娜·卡列尼娜》是摹仿作品，它试图从真实世界中再现虚构的人物与事件；童话故事是非摹仿的；而反摹仿则直接指向作品自身的"建构性"（constructedness）、作品多种技巧的"人为性"（artificiality）以及其内在的"虚构性"（fictionality）。（2011：31）故此，理查森得出结论，所谓的非自然叙事是指"那些违背摹仿期待、现实主义经典和自然叙事规约的叙事。对此，我们可以加上两个可能的标准：它们通常名目张胆地违背非虚构叙事实践；它们公然挑战现有文类的规约与期待"。（34）他进一步指出："非自然不是由非摹仿而是由反摹仿构成的。因为反摹仿叙事违背了摹仿规约，指出了这些规约的非现实主义本质。"（34）总之，在理查森那里，"反摹仿"几乎成了"非自然"的同义词。（Herman, et al.：21）

与理查森略有不同，阿尔贝等人认为非自然叙事是指那些"物理上、逻辑上和人力上不可能的场景与事件"，（"What Is Unnatural"：373）是那些"通过投射物理上和逻辑上的不可能性以超越我们真实世界知识的叙事"。（Bundgaard, et al.：20）不过，阿尔贝又对理查森的非自然叙事观表示出某种程度的认同。在一篇文章中，他说："因为非自然涉及对不可能的再现，那么它在本质上是叙事的一个反摹仿特征。"（2013：450）同时，阿尔贝试图将"非自然"与"自然"对立起来。他指出：所谓的自然就是那些来自我们真实生活经验的自然法则、逻辑原则以及其他（关于人类代理者、时间和空间的）认知参数。此外，阿尔贝等还区分了"后现代主义作品中那些依然具有陌生化效果的非自然与那些在其他文类中已经变成该文类重要特征的被规约化的非自然的情况"。（"What Is Unnatural"：373）

除理查森、阿尔贝之外，伊韦尔森、尼尔森也对非自然叙事作出了各自不同的界定。伊韦尔森聚焦于故事与情节之间那些难以解释的冲突，把非自然叙事界定为"向读者呈现控制故事世界的原则与在这个故事世界中发生的情节或事件之间的冲突；那些不能被轻易解释的冲突"。（373）尼尔森则把非自然叙事看作是非虚构类叙事的一个子集，认为与现实主义叙事和摹仿叙事不同的是，非自然叙事要求读者采用与在非虚构类、口头故事讲述情景中不同的阐释策略。更具体地说，"这些叙事可能包含在真实世界的故事讲述情景中不可能被重构出来时间、故事世界、心理再现或叙述行为，但是却通过暗示读者改变阐释策略的方式，将它们阐释为可靠的、可能的和／或权威的"。(373)

非自然叙事学家们不仅在非自然叙事的定义上没有达成完全一致的意见，甚至对非自然叙事的存在本质也有各不相同的见解。阿尔贝认为，非自然是我们在这个世界上"身体存在"(bodily existence)的功能；伊韦尔森和尼尔森认为，非自然超越了我们的"具身"(embodiment)范畴；理查森认为"物理具身"(physical embodiment)是非自然的相对特征而不是决定性特征。(376)关于非自然叙事的不同定义，弗鲁德尼克这样评价：非自然"等同于很多不同的意义，包括难以置信的、魔幻的、超自然的以及逻辑上或认知上的不可能"，(2012：362)而非自然叙事学的任务就是"较为详细地刻画奇特的叙事如何通过现实主义的肌理被再现出来，以及奇特的事件如何通过依赖现实主义的认知框架变得可以阐释"。(363)

非自然叙事学家们对非自然叙事多重定义的自我解释是："事实上，我们可以认为非自然叙事学不得不允许各种关于叙事的视角与定义，至少是因为任何一个对非自然的理解都必须考虑其文化语境，这样才能避免半球盲区(hemispheric blindness)。"(Alber and Heinze：9)除了必须考虑文化语境外，非自然叙事学家们还认为他们的研究存有三个共同点：

> 第一，迷恋高度不合情理的、不可能的、不真实的、非现实世界的、反常的、极端的、古怪的、坚定的虚构叙事与其结构；第二，有通过回答它们潜在的意思是什么的问题来阐释它们的冲动；第三，对审视这些具体的叙事与所有其他叙事之间的关系感兴趣。我们肯定从古代叙事到后现代主义叙事中非自然的重要性与范畴，我们深信需要在叙事范畴内注意这些叙事，即便这意味着我们必须极大地扩展或重构当下叙事理论的某些基本类型。("What Is Unnatural"：377—378)

非自然叙事学家们坦言，尽管"非自然"在"我们的分析中具有决定性的积极含义，会不可避免地在信息不足的读者中引起一定程度的混乱，但既然这个名称现在已经被很好地确立起来了，我们就作好了接受其自然的(以及非自然的)后果的准备"。(373)笔者认为，问题的关键不在于"非自然"这一术语是否确立或被广为使用，而在于对这一术语的定义不够统一是否会影响这一理论的长远发展。既然非自然叙事学的研究对象是非自然叙事，倘若不能统一界定什么是非自然叙事，势必会影响到这一理论流派的未来发展。在笔者看来，对非自然叙事的界定与判断至少涉及"程度"与"层面"两个问题。首先，自然叙事与非自然叙事之间存在程度不同的"非自然性"(unnaturalness)，自然叙事具有较低甚至是零度的"非自然性"，而非自然叙事则具有较高程度的"非自然性"。其次，在一个非自然叙事与另一个非自然叙事之间也存有不同程度的"非自然性"，即某些非自然叙事比另一些非自然叙事看起来要"更像非自然"（more unnatural like）。那么影响非自然叙事性程度高低的因素是什么？笔者认为，这些因素姑且可以被称作"非自然因子"（unnatural elements）。一个叙事文本所包含的非自然因子越多或非自然因子所占的比重越大，该文本的非自然性程度就越高，就越像非自然叙事。在叙事文本中，非自然因子的分布主要存在两个层面："局部层面"和"全局层面"。如果一个文本在局部层面上存在非自然因子，那么该文本就具有部分非自然性，属于部分非自然叙事文本；如果该文本在全局层面上存有非自然因子，那么该文本就具有较高程度的非自然性，在整体上都基本属于非自然叙事文本。需要注意的是，由于文学认知能力的不同，不同读者对同一个叙事文本的非自然性的判断可能会存在一定的差异，即有的文本在某些读者眼里可能是非自然的，而在另外一些读者眼里可能不是非自然的。无论是局部层面上的非自然性还是全局层面上的非自然性，其非自然因子的构成无外乎体现在"故事"与"话语"两个部分，即话语层面上的非自然性与故事层面上的非自然性。

反常的叙述行为："话语"的非自然

笔者曾经指出：

> 在自然叙事或摹仿叙事中，话语是为建构故事或表达故事服务的。但是在非自然叙事中，话语自身却成了被传达的内容。话语不再是为故事服务，而是为话语自身服务。也即是说，在非自然叙事中，话语颠覆或消解了故事。话语颠覆故事的手段就是一系列反常的叙述行为。（40）

迄今为止，在西方所有的非自然叙事学家中，理查森对反常的叙述行为的研究最值得称道。在《非自然的声音》一书中，理查森把这些反常的叙述行为称为"极端化叙述"，并且集中讨论了"第二人称叙述"、"第一人称复数叙述"、"多重人称叙述"、"极端化叙述者"、"不可靠的叙述者"等几种典型样式。为了透视反常的叙述行为的类别与特征，以及其对摹仿叙述行为的偏离，笔者在下文中简要论述理查森所列的五种"极端化叙述"。

首先是第二人称叙述。理查森认为第二人称叙述主要有三种形式：第一，标准形式。在这种形式中，讲述故事的时态是一般现在时。第二人称"你"是故事中唯一的主人公，"你"既指叙述者也指"受述者"。在一般情况下，受述者既不同于隐含读者，也有别于真实读者。但是，标准形式的第二人称叙述则颠覆了这一界限，使得"你"既可以指读者也可以指故事的主人公。第二，虚拟形式。这种形式的第二人称叙述具有这些特征，即不断地使用祈使语气、经常使用将来时态、模糊叙述者和受述者之间的界限，以及使用性别符码等。第三，自我目的形式。这种形式的第二人称叙述通常直接使用称谓"你"来指文本的真实读者，而真实读者的故事既可以与小说人物的故事相并置，也可以与小说人物的故事相融合。（Richardson，2006：18）

其次是第一人称复数叙述。（尚必武：194—203）理查森以对现实主义诗学的偏离程度为标准，把"第一人称"复数叙述划分为四种类型：第一，规约型，即一个单一的叙述者描述他／她自己或其他人所经历的事件。例如，福克纳的短篇小说《夕阳》从技术层面上来说并不是纯粹意义上的第一人称复数叙述，而是包括了其他称谓的第一人称单数叙述。第二，标准型。现实主义作品的叙述者大都具有一定的逼真性，尤其是当叙述者披露了一个特定群体的内心思想和感情时，例如蔡斯（Joan Chase）的作品。第三，非现实主义型。例如，在康拉德、赖特等人的作品中，叙述者对现实主义"再现"范式的"明显违反"。第四，反摹仿型。例如萨洛特（Nathalie Sarraute）等人的小说回避现实，叙述者实验性地建构了多重叙述话语。（Richardson，2006：56—60）

再次是多重人称叙述。在理查森看来，多重人称叙述具有不确定性，而且往往会产生二元对立的效果，即产生"向心文本"和"离心文本"两种形式。所谓的向心文本从一开始就生产出很多声音和立场，最后把这些声音和立场都减少到一个叙述位置；而离心文本不断地生产出很多不同的、异质的或对立的视角。离心文本产生了更多的叙述可能性，并置了故事讲述的第一人称、第三人称以及其他视角，把额外附加的视角和位置都包括在叙述行为之中，其形式可以表现为多重声音或多重视角。（62）

第四是极端化叙述者。理查森主要探讨了非自然叙事作品中三种形式的极端化叙述者：第一，"问话者"，即一种无实体的叙述声音，它提出问题，然后由文本作出回答。问话者是一个不稳定的、多样性的人物，通常在一个功能、地位与另一个功能、地位之间摆动，由此产生了与叙述者和受述者身份都相似的叙述声音，进而模糊或跨越了它们之间的界限。第二，"解叙述"的叙述者，这种类型的叙述者通常会否定其先前的叙述。例如，"解叙述"类型的叙述者会说："昨天下雨了。昨天没有下雨。""解叙述"无论对再现世界的稳定性，还是对读者处理文本，都带来了极大的挑战。第三，"渗透性叙述者"，即处在叙述者意识内部的一个神秘的叙述声音。（79—105）

最后是不可靠的叙述者。根据叙述者的反摹仿性特征，理查森提出了五种类型的不可靠叙述者：第一，"欺骗型叙述者"，这一类型的叙述者的欺骗行为可以具有多种不同的形式，如"非侵犯型"、"荒谬可笑型"等。第二，"矛盾型叙述者"，这是当下叙事学所没有讨论的一个种类。例如，在罗伯-格里耶的《嫉妒》、库弗的《保姆》、库切的《在国家的中心》等作品中，都出现了对相同事件前后矛盾的叙述。第三，"渗透型叙述者"，即多个叙述者相互融合、混为一体，而中间又没有明显的解释。第四，"不相称的叙述者"，即叙述者不是多种异质声音的唯一来源。第五，"分离型叙述者"，即叙述者从一个文本层走向了另一个文本层。例如，在贝克特《莫洛伊》的第二部分，叙述者莫兰说自己创造了贝克特其他小说中的人物。（103—105）

必须指出，在理查森的研究体系中，叙述者至少还保留"像人一样"（humanlike）的品质，而在一些较为极端的非自然叙事文本中还存在"非人类叙述者"（non-humanlike narrator）的情况。比如，在莱姆（Stanislaw Lem）的《机械人世界》中，叙述者是一台机器；在麦克尤恩（Ian McEwan）的《一头宠猿的遐思》中，叙述者是一只猴子；在西伯德（Alice Sebold）的《可爱的骨头》中，叙述者是一具尸体。对此，阿尔贝等人认为："极端的和非自然的事件似乎召唤了极端的和非自然的叙述模式。"（"Unnatural Voices"：356）从共时角度来看，一些非自然的叙述模式尚未被规约化，叙述者依旧会发出"陌生的声音"（strange voices）；从历时角度来看，一些非自然的叙述模式已经被规约化，演化为文学创作的一种常用技法。

笔者认为，在叙事学体系中，话语是表达故事的载体或手段。在非自然叙事文本中，由于话语呈现出反常的特征，这似乎使得建构一个稳定的故事世界成为不可能，甚至话语就是为了再现其自身，而不是为了建构一个故事世界。当然，从本体论角度出发，除了非自然的话语使得建构故事变得不可能之外，在非自然叙事文本中故事世界本身也表现出程度不等的不可能性或非自然性。

不可能的故事世界："故事"的非自然

按照大多数叙事学家的说法，叙事主要分为"故事"（表达的内容）和"话语"（表达的手段）两个层面。前者主要涉及事件、人物、时空等，也即故事世界，后者则主要涉及各种叙述行为。实际上，"无论是现实世界中发生的事，还是文学创作中的虚构，故事事件在叙事作品中总是以某种方式得到再现"。（申丹、王丽亚：13）尤其是在具有摹仿性质的叙事作品中，故事或故事世界能够被成功再现是毋庸置疑的。弗鲁德尼克说："叙事是通过语言和（或）视觉媒介再现一个可能世界，其核心是一个或几个具有人类本质的人物，这些人物处于一定的时空，实施带有一定目的的行动（行动或情节结构）。"（2009：6）在认知叙事学家看来，再现世界或者建构世界既是构成叙事的一个基本要件，也是叙事的一个重要功能。在《叙事的基本要件》一书中，赫尔曼把叙事界定为"人类用以评价时间、过程和变化的基本策略。虽然这一策略与科学解释模式相对立，但它绝不亚于科学解释模式"。（2009：2）基于这样的定义，赫尔曼提出了构成叙事的四个基本要件：

一、叙事是一种再现模式，该模式不仅存在于具体的话语语境或讲述情境，而且必须依据具体的话语语境或讲述情境来加以阐释。

二、该再现模式聚焦于具体事件的时间结构。

三、按照次序，这些事件在故事世界中引入某种破坏或不平衡，而故事世界涉及人类或类似于人类的行动者，无论这一被再现的世界是真实的、虚构的、现实的，或是幻想的、记忆的，或是梦见的，等等。

四、再现传递了生活在这一"变动中故事世界"（storyworld-in-flux）的经历，强调事件对于受到事件影响的真实意识或想象意识的压力。因此，一个重要的附带条件就是，叙事的中心论题是感受质（qualia），这是心智哲学家用来指某人或某事有某种具体经历的"像什么"（what it is like）的感觉。这个附带条件对于近期关于意识本质的争论的叙事研究十分重要。（2009：xvi）

如上所述，在赫尔曼的理论体系中，"建构世界"构成叙事的基本要件之一，而"建构世界"的核心则是"故事世界"。赫尔曼指出，故事世界是"由叙事或明或暗地激起的世界"，是"被重新讲述的事件和情景的心理模型，即什么人以什么方式在什么时间、地点，出于什么原因，同什么人或对什么人做了什么事情"。（106—107）也即是说，故事世界必须存有一定的人物、事件、时间和空间。但是，在非自然叙事中，这些构成故事世界的要素在逻辑上、物理上和人力上似乎成为不可能。

在《不可能的世界》一文中，瑞安（Marie-Laure Ryan）主要从矛盾性、本体论的不可能、不可能的空间、不可能的时间、不可能的文本等五个方面讨论了不可能的世界。（2012：369—376）笔者认为，在非自然叙事中，导致故事世界自身不可能性的原因大致有两个方面：第一，从微观层面来看，构成故事世界的要素如人物、时间、空间、事件等变得不可能；第二，从宏观层面来看，故事世界在物理上或逻辑上变得不可能。笔者拟从人物、时间、空间、事件、转叙五个方面来考察故事世界的不可能性。第一，人物的非自然。在叙事学的术语体系中，人物通常是指"任何一个被引入在叙事虚构作品中的实体、个人或集体——在正常情况下是人或类似于人"。（Margolin：66）在非自然叙事文本中，人物的摹仿性特征开始隐退，人物表现出"非人类"（non-humanlike）的特征，进而体现出较强的非自然性。例如，在卡夫卡的《变形记》中，主要人物变成了一只甲虫；在斯皮格曼的《鼠族》中，人物被描绘成老鼠。第二，时间的非自然。在一般叙事作品中，时间基本上是线型的，但是在非自然叙事作品中，时间却表现出非线型特征。例如，菲茨杰拉德的《本杰明·巴顿》中，时间全部是倒流的：主人公出生时是一位老人，然后变得日渐年轻，最后以婴儿的身份死去。第三，空间的非自然。在一般叙事作品中，故事世界中的人物必须存在于一定的空间，但这样的空间在非自然叙事文本中却变得不可能。瑞安以丹尼埃莱维斯奇（Mark Z. Danielewski）的《叶的房子》一书为例，对不可能的空间作出阐释。在该书中，故事发生在一个不可能的房子中。该房子的内部要大于其外部，而且房子内部结构不断向外扩展，呈无限放大的趋势。第四，事件的非自然。非自然叙事文本中普遍存在具有悖论性质的不可能事件，这些事件彼此之间相互冲突，相互否定。譬如，在福尔斯的《法国中尉的女人》中，作品提供了不同的结尾，一个结尾说查尔斯和萨拉生活在一起，另一个结尾却说萨拉没有和查尔斯在一起。在库弗的《保姆》中，108 个叙事碎片讲述了很多个相互冲突的事件，如保姆被杀了；保姆被其男朋友及其朋友一起强暴了；孩子在浴缸中被淹死了；塔克先生从酒会上溜回家，试图诱奸保姆等。第五，本体论转叙。在非自然叙事文本中，一方面故事世界的建构变得不可能，另一方面，那些已经建立起来的故事世界还出现了相互跨越边界的现象，即"转叙"（metalepsis）。瑞安指出："在叙事学体系中，本体论不可能性的表现被称为转叙。"（2012：371）在《本体论转叙与非自然叙事学》一文中，贝尔（Alice Bell）与阿尔贝把非自然的本体论转叙划分为三种类型：上升模式、下潜模式和平行模式。（166）理查森指出：几乎所有叙事都以某种特定的方式部分地再现我们所生活的世界，无论这种再现是规约的还是非规约的，是矫饰的还是直接的，是未标识的还是反常的，是笨拙的还是艺术的，世界都总是被建构的。摹仿叙事一般努力掩盖其建构性，看上去像是摹仿非虚构叙事；而反摹仿叙事炫耀其虚构性，打破摹仿叙事细心维护的本体论界线。（Herman, et al.：20）换言之，在理查森看来，所谓的本体论转叙只是相对于真实世界而言，是不可能的，但是在虚构作品中，它又是可能的，其目的在于凸显文学的虚构性本质。在真实世界中不可能的人物、事件、时间和空间在虚构世界中都是可能的。

瑞安认为，不可能的故事世界不仅挑战读者"为解读文本的意义而设计出新的策略"，（2012：369）而且还"让读者注意到故事世界的文本源头"。（378）既然非自然叙事是反摹仿的、别样的、另类的，那么它是否值得研究呢？非自然叙事对于叙事诗学建构、叙事批评实践，乃至对于整个文学研究的意义何在？这是下文将要回答的问题。

走向"非自然"：非自然叙事研究的启发价值与意义

非自然叙事学们一再声称，非自然叙事研究成为当下叙事学一个激动人心的新范式或新课题。（Alber, et al., 2010：113；Alber and Heinze：1）既然非自然叙事在"故事"和"话语"层面上都是反常的，为什么我们还要研究它？在经典叙事学以及认知叙事学、女性主义叙事学、修辞叙事学等后经典叙事学蓬勃发展的当下，为什么还要增加非自然叙事学？非自然叙事研究的激动人心之处在哪里？换言之，非自然叙事研究的意义与价值何在？在非自然叙事学们看来，非自然叙事研究至少有如下五个方面的重要作用。

第一，非自然叙事学可以丰富或充实当下的叙事理论，为诸多非自然叙事提供可资参照的阐释路径。阿尔贝认为："现存叙事学框架都带有摹仿偏见，过于宽泛地集中在这样一个观点，即叙事是以真实世界为模型，因此忽略了由故事创造出的世界的很多非自然和不可能的要素。"（"The Diachronic"：46）因此，非自然叙事学的首要意义在于"帮助我们审视叙事的基本要件"。（尚必武：286）或者更具体地说，非自然叙事的"基本价值在于让人注意到建构叙事的方式，并指向这些建构所服务的欲望"。（Richardson，2011：38）由此，则不难理解对非自然叙事的阐释会"对我们关于故事世界、体验性、故事与话语之间的关系、再现等的思考方式，以及对那些拒绝基于自然口头交际的语言学理解的描述性叙事产生深远影响"。（Nielsen，2011：87）

第二，非自然叙事强调文学的虚构性本质。阿尔贝认为：

> 非自然为研究小说的独特性提供了新视角。我建议，再现不可能的可能是小说世界与其他话语模式的重要区别。只有在小说世界中，我们才可以体验和思考各种非自然表现，如物理上或逻辑上不可能的叙述者、人物、时间性、场景和事件，我们才可以了解他人的思维与情感。（"The Diachronic"：62）

同时他还指出："非自然叙事为审视虚构文学的文学性和独特性，即文学与其他话语的差异性提供了新视角。"（"The Ethical Implications"：228）

第三，非自然叙事之于理解文学史的启发作用。在阿尔贝看来，非自然叙事是一股被忽略的、驱动新文类发展的动力。（Bundgaard, et al.：14）他说："对非自然的规约化是推动新文类塑形和文学史进程的一股被忽略的推动力。"（"What Is Unnatural"：373）非自然叙事之所以重要，原因在于其改变文学创作的现有技法，推陈出新。理查森也认为："传统的叙事理论在很大程度上甚至完全忽略了很多在文学史上非常重要的叙事。如果叙事理论要对叙事作出深入全面的阐释，而不是部分的、不完整的解释，那么将非自然叙事纳入考虑范围就非常重要。"（转引自尚必武：286）

第四，非自然叙事之于意识形态的关联。阿尔贝等人认为，非自然叙事"批判被滥用的叙事规约。这些叙事为再现，包括我们所看到的被边缘化或被殖民者的自我再现提供了原创性的工具。非自然的形式是表达非同寻常事件的一种独特方式并产生了一种不同的具有挑战性质的审美体验"。（"Unnatural Voices"：365）理查森特别指出，少数族裔文本和反抗文学可以从非自然叙事学中获得裨益，这对非裔美国文学叙事、女性主义文学叙事、同性恋文学叙事、后殖民文学叙事尤其适合。超小说也可以从这个视角来进行理论分析，非自然叙事学还可以被运用于民俗的、通俗的和非虚构类叙事的研究。（Bundgaard, et al.：15）更重要的是，非自然叙事通过其非常规的叙述形式，让我们变得更加开放和灵活，因为它们催促我们处理那些"他者或陌生的激进形式"（radical forms of otherness or strangeness），而对于"民主制"（democratic system）而言，"没有什么能比处理他者的激进形式和复杂形式的能力更重要了"。（Alber，"The Ethical Implications"：230）

第五，非自然叙事之于人类认知的作用与影响。阿尔贝认为："非自然情节和时间极大地扩展了人类意识的认知视阈；它们挑战了我们关于世界的有限视角，邀请我们去回答那些我们平常不会回答的问题。"（"The Diachronic"：61—62）在阿尔贝等非自然叙事学家们看来，

> 非自然叙事把我们带到想象的最遥远之境，极大地拓展了人类意识的认知视阈：代名词嬉戏的各种新形式，会说话的动物，死亡叙述者，诸如《格拉莫拉玛》中侵犯式第一人称叙述者挑战了我们关于世界的有限视角，邀请我们去回答那些我们可能会忽略的问题。（"Unnatural Voices"：365）

笔者认为，首先，就叙事学范畴自身而言，非自然叙事学至少在叙事理论与叙事批评实践的双重层面上起到重要作用，即非自然叙事学在丰富叙事学理论的同时，也为一些叙事现象和叙事文本，尤其为解读后现代实验性质的文本提供了一种新的阐释路径。其次，就叙事学范畴之外的文学研究和话语研究而言，非自然叙事学也具有重审文学史和服务意识形态的意义。总之，作为一种独特的且不可忽视的叙事现象，非自然叙事有其重要的研究价值与意义。既然非自然叙事的"话语"是反常的，"故事世界"几乎是不可能的，那么习惯阅读自然叙事文本或摹仿叙事文本的读者在面对非自然叙事文本时，所感受到的不仅是"陌生化"或"新奇"的效果，还要面对阐释这类文本的困惑。

"自然化"与"非自然化"：非自然叙事的阐释路径

汉森说："如果我们关于某个给定的非自然叙事的体验是基于确定叙事的所属模式或文类规约，那么'非自然叙事学'的任务就是去研究这些例外，即规约被打破或被重构的情况。"（162）换言之，非自然叙事学的目标在于"接近和概念化他者，而不是指责或具体化它；这种方法的兴趣点在于各种不同的叙事陌生性，尤其是那些偏离很多叙事学摹仿范式的文本"。（Alber and Heinze：2）那么对于由反常的叙述行为和不可能的故事世界所建构的非自然叙事，我们又该如何解读和阐释呢？

目前，在所有关于非自然叙事的阐释策略中，以认知方法最为突出。瑞安认为"理解不可能世界的心理策略必须通过读者建构标准的虚构世界的步骤来衡量，无论这个世界是真实的还是虚幻的"。（2012：376）她把这个原则称为"最小偏离原则"（principle of minimal departure）。在此基础上，瑞安把这类阐释称作是"自然

化"（naturalizing），其目标在于保存虚构世界的"逻辑整体性"（logical integrity）。瑞安的自然化阐释包括三种类型：第一，"心灵主义"（mentalism）。不一致性可以被解释为梦、幻觉或一个不可靠叙述者的痴呆状态，如果这个故事是梦或幻觉，它一定会回到正常世界；如果冲突是由叙述者大脑混乱所导致，那读者需重构话语未能正确再现的正常世界。第二，"比喻阐释"（figural interpretation）。不一致性不一定与事实一一对应，它们只是描述某些现象的方式。第三，"多个世界与虚拟化"（many-worlds and virtualization）。不可调和的要素不是同一个世界的组成部分，而是不同可能世界的组成部分。这一理念可以用来自然化有多个分支的故事。比如，在《法国中尉的女人》中，一个结尾中的世界对应于虚构的事实，而另外一个结尾是一种没有实现的可能性，只是一个虚拟的场景。（377）瑞安还认为，当自然化的阐释不成功时，读者就需要接受冲突是虚构世界的一个内在组成部分。这就又出现两种可能：第一，"梦一般的现实"（dream like reality）。心灵主义阐释方法把冲突限定在梦一般的世界的另一个现实。与之不同的是，"梦一般的现实"阐释方法给"文本宇宙"（textual universe）的"真实世界"（actual world）赋予了梦的特征，如流动的画面、不断变性的物体以及本体论上的不稳定性等。第二，"瑞士奶酪世界"（Swiss-cheese world）。在梦一般的现实中，整个虚构世界都充满了冲突，而在"瑞士奶酪世界"中，非理性被包含在多个分隔的区域，使得虚构世界就像瑞士奶酪的孔洞一样。读者一样可以使用最小偏离原则来推断虚构世界，只要这些推断是关于实心区域的。通过将一个正常世界对立于一个非理性的世界，瑞士奶酪结构使非理性的体验比梦一般的现实更富戏剧性，因为主人公的经验与其他人物的正常世界存在冲突。（378）

在《自然化非自然：一个整合理论视角》一文中，弗鲁德尼克用"整合理论"来自然化"不可能的故事讲述场景"，如"全知叙述"、第二人称叙述、书信体小说、死亡叙述者等。（2010：14—19）但弗鲁德尼克并不避讳这一方法的不足，她认为，尽管整合理论允许她投射自然化的可能机制，但它并不能给这一过程赋予任何科学权威。弗鲁德尼克所关心和强调的，是在《建构"自然叙事学"》一书中所勾勒的自然化框架内给新的非自然发生的故事讲述场景提供一个可能的阐释。（21）

同样从认知视角出发来解读非自然叙事的还有阿尔贝。或许是受到其老师、自然叙事学的开创者弗鲁德尼克的影响，阿尔贝试图参考自然叙事学的理论范式来解读非自然叙事。在借鉴并整合自然叙事学、认知叙事学的基础上，阿尔贝最初提出了五种阅读策略，以帮助读者解读或叙事化"不可能的故事世界"。第一，"把事件解读为心理状态"（reading events as internal states）。一些不可能的叙事场景可以被解释为梦、想象或幻觉，即把这些不可能的叙事归因于人物的心理。例如，艾米斯的《时间之箭》与邱吉尔的《心的欲望》都可以被解释为幻想或创伤经历的产物。第二，"前置化主题"（foregrounding the thematic）。当读者把其他非自然叙事文本同其文学知识联系起来，并且从主题的角度来分析它们的时候，这些非自然叙事文本就可以得到阐释。例如，在品特的戏剧《地下室》中，天气和家具陈设在物理上所产生的不可能的变化可以在主题上还原为对权力的毫无意义而又无可逃脱的争斗。第三，"寓言式阅读"（reading allegorically）。读者把不可能的元素看作是寓言的一部分，与其说该寓言是关于某个具体人物，倒不如说它在整体层面上是关于这个世界的某些东西。例如，在马丁·克伦普的戏剧《她生活的意图》中，同一个人物以不同名字和不同身份出现。人物的名字是安妮、安雅、安尼、艾妮、阿努什卡，她的身份是一名国际恐怖分子、一辆汽车、一个自杀的艺术家、一位已婚男人的情人、一名邻家女孩、一个色情电影演员等。阿尔贝建议把这部戏剧解读为一个批判主体或通过社会话语来客观化自我的寓言。第四，"整合认知草案"（blending scripts）。有些物理上不可能的场景无法通过其内在的心理状态和已有的文学知识来解释，对此读者需要整合现有的框架图式。这个策略对于我们评价那些叙述者是动物、尸体或不具有生命力的物体的场景非常有用。例如，在霍克斯的小说《甜蜜的威廉：一匹老马的回忆录》中，读者需要整合两种框架来解读马作为叙述者这个物理上不可能的场景，而使用动物叙述者的目的在于批判人类在对待动物的方式上的无知与傲慢。第五，"丰富框架"（frame enrichment）。当一些非自然场景不能通过人物内在的心理状态、读者的文类知识及其经过整合后的认知参数等得到解释时，逻辑上或物理上不可能的场景就要求读者扩展已有的框架图式，直至其认知参数包括那些他们所遇到的非自然叙事元素。例如，在邱吉尔的戏剧《蓝色水壶》中，人物像机器人一样失去了对语言的控制。一个名叫德里克的男子，愚弄一些老妇人说自己是她们曾经放弃领养的儿子。戏剧中的对话像是中了"蓝色"（blue）和"水壶"（kettle）这两个单词的病毒一样，这两个单词在对话中频频出现，人物似乎已经对它们，甚至对话语失去了控制，故事世界也逐渐被来犯的词素和语素所吞噬。对于这样的非自然叙事场景，阿尔贝建议不妨把它们看作是受压迫者的弗洛伊德式回归，不过这种回归是非自然的。词素和语素侵犯话语的非自然场景或许说明每个人物的内心都有一定的阴暗面，这个阴暗面是无法用语言表达的。（2009：82—93）

　　三年后，阿尔贝在此基础上将上述五种解读策略扩充为九种：第一、"整合／丰富框架"（blending/frame enrichment），即物理上、逻辑上、人力上的不可能促使我们通过整合、扩展或改变先前的认知参数来创造出新的框架（或可能的整合）。第二，"文学类型"（literary genres）与"文类归约"（generic conventions），即读者可以通过把不可能的情节和事件归属于具体"文学类型"与"文类归约"来加以解释。第三，"内心状态"（interiority），即部分不可能性可以通过归因于叙述者或某个人物的内心状态得到解释。第四，"主题"（themes），即非自然的情节与事件可能不是摹仿动因的行为，而是叙事所探讨的某个主题的例证。第五，"寓言"（allegories），即读者可以把非自然因素看作是揭露人类状况或世界总体状况的寓言或某些抽象观点的再现。第六，"讽刺"（satire），即叙事可能会使用不可能的情节或事件来嘲讽某些事态。第七，"超验王国"（transcendental realm），即可以假定不可能性是属于诸如天堂、炼狱或地狱等超验王国的一部分。第八，"自助法"（do it yourself），即瑞安所言的通过假定"文本中的冲突段落是提供给读者的素材，以便让他们创造出自己的故事"，（2006：671）来解释某些叙事中逻辑上相互矛盾的故事线条。第九，"禅宗式阅读"（the Zen way reading），即读者可以拒绝上述所有解释，在接受非自然情节的陌生性的同时，也接受他们心里可能会产生的不适、恐惧、担心和恐慌等情感。（Alber, et al., "What Is Unnatural"：376—377）

必须指出的是，并非所有学者都提倡用认知方法来阐释非自然叙事，与阿尔贝所提出的自然化阅读策略直接相对的是尼尔森的"非自然化阅读策略"（unnaturalizing reading strategies）。尼尔森认为，这是"一种比运用自然化和熟悉化原则更为合适的选择"。（2013：67）他解释说：作为一种阐释方法，"非自然阅读"不同于"自然化阅读"，因为在涉及逻辑、物理、时间、表达、框架等时候，我们不一定要把真实世界的条件与局限性运用到所有的虚构叙事中。（2014：241）尼尔森非但不诉诸真实世界的阐释框架，反而将目光转到虚构艺术本身。他以坡的短篇小说《椭圆形画像》为例，展示了非自然化阅读方法。尼尔森认为，这部短篇小说在很多方面讨论艺术与生活之间的关系，而且在很多层面上呈现了生活与艺术之间的冲突，主要表现在四个方面：第一，故事指的是生活与艺术之间关系的神话。第二，故事呈现了与坡的另一部作品《虽生犹死》之间的对话关系，即是关于艺术与现实、生命与图画的，它们不仅在各自的故事中呈现了这些关系，而且也在两部作品彼此之间的关系中呈现了这些关系。第三，故事为艺术和生活之间的关系提供了新的框架。第四，故事不仅在故事世界层面上突出了艺术与生活之间关系的重要性，而且在叙述和叙述者层面上也突出了这个重要性。（244—254）

"自然化阅读"与"非自然化阅读"之间差异的本质是什么？对此，尼尔森的回答是："自然化阅读可能会对那些喜欢解释或想最终解决文本的不一致性和含混性的读者有很大的吸引力，但与此同时，一些像我这样的读者可能会认为许多自然化的解读试图把文本中蕴含的含混意义都给消除掉了。"（256）在笔者看来，"自然化阅读"的本质是用真实世界的认知框架来消除非自然叙事的"非自然性"，进而提升非自然叙事的可读性，而"非自然化"阅读的本质是保留"非自然叙事"的"非自然性"，从其艺术性的角度来发掘"非自然性"的叙事内涵。

尽管非自然叙事学家们在非自然叙事诗学的理论建构和批评实践上都付出了难能可贵的努力，但非自然叙事学在勃兴的同时，也引发了部分学者的质疑。不过，无论其他叙事学家对非自然叙事学的态度是赞同也好，质疑或反对也罢，都至少说明非自然叙事学引起了学界的关注。笔者认为，我们在发展其他叙事学流派的同时，完全没有必要排斥新的叙事学研究范式与方法。相反，这些新方法可以促进和丰富其他叙事学理论的发展，有助于整个叙事学研究事业的繁荣与兴盛。正如理查森所指出的那样：

> 修辞叙事理论、结构主义叙事理论或认知叙事理论没有理由一定要把非自然事件和文本排除在外。为什么不建构一个关于非自然的修辞叙事理论来补充现有的理论构想？建构一套关于反-摹仿文本的结构主义理论应该不难——事实上，戴维·海曼和让·里卡杜已经开始了这方面的研究。应该有对此类反-叙事的方式、方法和功能的认知研究。考察这类叙事服务于什么目的，以及它们又因何产生迷人的效果。（2011：29）

应当指出，就未来发展而言，非自然叙事学挑战与机遇并存。

结　语

尽管同修辞叙事学、认知叙事学、女性主义叙事学等其他后经典叙事学流派相比，非自然叙事学的发展相对晚近，但是其势头异常猛进。非自然叙事学家们不仅有自己的研究团队与组织（"非自然叙事学小组"），在"叙事学国际研讨会"的年会上设置特别论坛，还曾专门召开非自然叙事学的专题研讨会，积极编纂工具书（《非自然叙事学词典》）。此外，阿尔贝等数位非自然叙事学家多次联手发表或出版非自然叙事学的论著，举办非自然叙事学的讲座，为扩大其影响不断努力。当下，非自然叙事学迎来了其研究的鼎盛时期，取得了一系列重要的研究成果，但这并不是说非自然叙事学这一流派已经被充分建构起来，或非自然叙事研究的相关问题已经被一劳永逸地解决了。

早在《非自然叙事，非自然叙事学：超越摹仿模式》一文中，阿尔贝等非自然叙事学家们就已经意识到，未来的非自然叙事研究需要处理好三个开放式问题：第一，叙事中的非自然元素对叙事与小说之间的关系所提出的问题；第二，鉴于文学史上的变化规约，审视非自然叙事与时间性之间的关系；第三，对非自然叙事的研究，需要结合它同语境、读者、作者和意图的关系。（2010：129—131；尚必武：43—44）在《当代西方后经典叙事学研究》一书中，笔者曾简略地提到未来的非自然叙事研究需要处理好如下四对关系：非自然叙事学与经典叙事学、非自然叙事与后现代叙事、非自然叙事学与跨媒介叙事学、非自然叙事学与其他后经典叙事学流派之间的关系。（44—46）目前看来，无论是阿尔贝等非自然叙事学家们所提出的问题，还是笔者所提出的问题都还没有得到彻底解决。那么除了继续为这些问题寻求解释之外，未来的非自然叙事研究还应该在哪些方面有所突破？我们不妨首先审视非自然叙事学家们自身对这一流派未来发展的思考。

随着思考的深入，理查森指出了非自然叙事学研究的若干方向：

第一个目标是要分析早期的非自然叙事。扬·阿尔贝目前正在朝这个方向努力，探寻中世纪至 19 世纪英语中的非自然叙事。在我的最新著作中，我聚焦于阿里斯托芬、莎士比亚和歌德的作品。其他的新研究领域还有非自然叙事理论与女性主义叙事、后殖民主义叙事和族裔叙事的交叉。非自然叙事理论的方法和诗学也有助于数字叙事和大众文化中的一些非常规作品的研究。（转引自尚必武：286）

理查森这一观点的重要意义在于指出了非自然叙事与后现代叙事的差异性。[①]后现代叙事只是非自然叙事的一个主要类型，但并不能在后现代叙事与非自然叙事之间画上等号。阿尔贝等人认为，非自然叙事是实验文学的一个"次类型"（subcategory）。（"Unnatural Voices"：352）不过他们所说的实验文学并不等同于后现代主义文学，而是比之有更大的范畴。正如阿尔贝所言："后现代主义的非自然情节与事件并不是崭新的现象。相反，它们在很多方面都被预示了。"（"The Diachronic"：42）换言之，非自然叙事应该比后现代叙事有着更大的范畴。当下，关于后现代叙事的非自然性研究较多，而对早期叙事的非自然性研究相对薄弱，这应该是未来非自然叙事学的一个重要努力方向。这也解释了为什么理查森提出要建构相对完备的非自然叙事史并重构非自然叙事在文学史上的地位。

在《非自然叙事学：基本概念与近期研究》一文中，理查森更为详细地列出了非自然叙事学需要发展的八个领域：第一，讨论关于这个领域的最充分的定义。第二，努力区分非自然叙事与具有相似形式的其他叙事。第三，持续建构完备的非自然叙事史。第四，分析除小说或超小说之外的其他文类的非自然叙事。第五，从非自然的视角，提炼和扩展非自然叙事学和叙事学的基本概念。第六，在其他领域中应用和发展非自然叙事理论。第七，创伤研究把非自然作为一套有用的叙事技巧来表达非自然的伤痛。第八，重构包括非自然叙事的文学史，使其得到应有的地位。（2012：102）笔者认为，在上述八个方向中，最为重要的应该是第一条"讨论关于这个领域的最充分的定义"。"非自然叙事"的定义不清或过于杂乱，不仅会引起其他学者的质疑，而且还影响到该流派的长远发展。作为非自然叙事学研究的扛鼎人物，理查森对未来非自然叙事学的期待与规划颇有代表性和前瞻性。

如果说上述发展方向只是非自然叙事学家们对自身研究课题所提出的要求，那么自然叙事学家弗鲁德尼克则从其对立面表达了她对这一新兴叙事学流派未来发展的期待，她说："'非自然'叙事学可以着手做的是，更细致地描绘幻想如何交织于现实主义文本，以及寓言是如何依赖于现实主义的认知框架而具有可阐释性。"（2012：363）在笔者看来，未来的非自然叙事学研究除了关注上述内容外，还应该讨论如下几个方面的问题：

第一，"非自然性"（unnaturalness）与"叙事性"（narrativity）之间的关系。

一个非自然叙事文本可能会同时具有"非自然性"与"叙事性"。理查森认为："正如作品中有不同程度的叙事性一样，作品中也有不同程度的非自然性。"（2011：36）就像"叙事性"不是一个绝对值一样，"非自然性"也不是一个绝对值。即便在同一个叙事文本中，"非自然性"也会呈现出程度不同的变化。在同一个叙事文本中，非自然性与叙事性之间的比重会出现怎样的变化或二者如何相互影响？在笔者看来，首先，同自然叙事文本或摹仿文本相比较而言，非自然叙事文本应该会呈现出"弱叙事性"（weak narrativity）；其次，在同一个非自然叙事文本中，叙事性与非自然性则呈现出相反走向，即一个叙事文本的"非自然性"程度越高，其"叙事性"可能就越低，而一个叙事文本的"叙事性"越高，其"非自然性"可能就越低。

第二，反思非自然叙事学的激进与缺失。与"叙事无处不在"的论调相似，非自然叙事学家们认为"非自然无处不在"（the unnatural is everywhere）。（Alber，2012：189）这种论调似乎有夸大非自然叙事之嫌。那么，非自然叙事中是否也有自然叙事的存在？在什么条件下，一个叙事文本可以称之为非自然叙事，或依然是自然叙事？怎样区分二者之间的界限？它们是部分的非自然叙事，还是完全的非自然叙事？这些都是有待探究的问题。

第三，研究文学叙事之外的非自然叙事。随着叙事学发展的"跨文类"态势，非自然叙事学家们或许应该研究除小说叙事之外其他文类的非自然性，如戏剧、诗歌、传记等。实际上，"超越文学叙事"的跨媒介态势在未来的非自然叙事研究中也同样值得关注，如研究电影、绘本、电子游戏、口头证词中的非自然等。目前这方面取得进展的研究有伊韦尔森对大屠杀幸存者传记叙事的考察。（Iversen：89—103）

不可否认，非自然叙事学有一定的缺失和激进之处，甚至有为"标新"而"立异"之嫌，但是作为一种新的研究范式与方法，它无疑极大地丰富和推动了当下的叙事学研究，更新了我们在考察和研究叙事文本时的固有观念，为叙事学的发展注入了新的活力，带来了勃勃生机。让我们期待非自然叙事学在未来能得到较为良性的发展，取得更为丰硕的成果。

参考文献

1. Abbott, H. Porter. *The Cambridge Introduction to Narrative*. Cambridge: Cambridge UP, 2008.

2. Alber, Jan. "The Diachronic Development of Unnaturalness: A New View on Genre." *Unnatural Narratives-Unnatural Narratology*. Ed. Jan Alber and Rüdiger Heinze. Berlin: De Gruyter, 2011.

3. —. "The Ethical Implications of Unnatural Scenarios." *Why Study Literature*. Ed. Jan Alber, et al. Aarhus: Aarhus UP, 2011.

4. —. "Impossible Storyworlds-and What to Do with Them." *Storyworlds: A Journal of Narrative Studies* 1.1 (2009): 79-96.

5. —, et al. "Introduction." *A Poetics of Unnatural Narrative*. Ed. Jan Alber, et al. Columbus: Ohio State UP, 2013.

6. —, and Rüdiger Heinze. "Introduction." *Unnatural Narratives-Unnatural Narratology*. Ed. Jan Alber and Rüdiger Heinze. Berlin: De Gruyter, 2011.

7. —, et al. "Unnatural Narratives, Unnatural Narratology: Beyond Mimetic Models." *Narrative* 18. 2 (2010): 113-136.

8. —. "Unnatural Narratology: The Systematic Study of Anti-Mimeticism." *Literature Compass* 10. 5 (2013): 449-460.

9. —. "Unnatural Temporalities: Interfaces between Postmodernism, Science Fiction, and the Fantastic." *Narrative Interrupted: The Plotless, the Disturbing and the Trivial in Literature*. Ed. Markku Lehtimäki, et al. Berlin: De Gruyter, 2012.

10. —, et al. "Unnatural Voices, Minds and Narration." *The Routledge Companion to Experimental Literature*. Ed. Joe Bray, et al. London: Routledge, 2012.

11. —, et al. "What Is Unnatural about Unnatural Narratology?: A Response to Monika Fludernik." *Narrative* 20. 3 (2012): 371-382.

12. Bell, Alice, and Jan Alber. "Ontological Metalepsis and Unnatural Narratology." *Journal of Narrative Theory* 42. 2 (2012): 166-192.

13. Bernaerts, L., et al. "The Storied Lives of Non-Human Narrators." *Narrative* 22. 1 (2014): 68-93.

14. Bundgaard, Peer F., et al., eds. *Narrative Theories and Poetics: 5 Questions*. Copenhagen: Automatic, 2012.

15. Fludernik, Monika. "How Natural Is 'Unnatural Narratology'; Or, What Is Unnatural about Unnatural Narratology? " *Narrative* 20. 3 (2012): 357-370.

16. —. *An Introduction to Narratology*. London: Routledge, 2009.

17. —. "Naturalizing the Unnatural: A View from Blending Theory." *Journal of Literary Semantics* 39.1 (2010): 1-27.

18. —. *Towards d' Natural" Narratology*. London: Routledge, 1996.

19. Hansen, Per Krogh. "Backmasked Messages: On the Fabula Construction in Episodically Reversed Narratives." *Unnatural Narratives-Unnatural Narratology*. Ed. Jan Alber and Rüdiger Heinze. Berlin: De Gruyter, 2011.

20. —, et al., eds. *Strange Voices in Narrative Fiction*. Berlin: De Gruyter, 2011.

21. Herman, David. *Basic Elements of Narrative*. Oxford: Blackwell, 2009.

22. —. "Editor's Column: Storyworlds—and Storyworlds—in Transition." *Storyworlds: A Journal of Narrative Studies* 5 (2013): vii-xi.

23. —, et al. *Narrative Theory: Core Concepts and Critical Debates*. Columbus: Ohio State UP, 2012.

24. Herman, Luc, and Bart Vervaeck. *Handbook of Narrative Analysis*. Lincoln: U of Nebraska P, 2005.

25. Iversen, Stefan. "'In Flaming Flames': Crises of Experientiality in Non-Fictional Narratives." *Unnatural Narratives-Unnatural Narratology*. Ed. Jan Alber and Rüdiger Heinze. Berlin: De Gruyter, 2011.

26. Klauk, Tobias, and Tilmann Köppe. "Reassessing Unnatural Narratology: Problems and Prospects." *Storyworlds: A Journal of Narrative Studies* 5.5 (2013): 77-100.

27. Margolin, Uri. "Character." *The Cambridge Companion to Narrative*. Ed. David Herman. Cambridge: Cambridge UP, 2007.

28. Nielsen, Henrik Skov. "Naturalizing and Unnaturalizing Reading Strategies: Focalization Revisited." *A Poetics of Unnatural Narrative*. Ed. Jan Alber, et al. Columbus: Ohio State UP, 2013.

29. —. "The Unnatural in E. A. Poe's 'The Oval Portrait'." *Beyond Classical Narration: Transmedial and Unnatural Challenges*. Ed. Jan Alber and Per Krogh Hansen. Berlin: De Gruyter, 2014.

30. —. "Unnatural Narratology, Impersonal Voices, Real Authors, and Non-Communicative Narration." *Unnatural Narratives-Unnatural Narratology*. Ed. Jan Alber and Rüdiger Heinze. Berlin: De Gruyter, 2011.

31. Onega, Susana, and Jose Angel Garcia Landa. *Narratology: An Introduction*. London: Longman, 1996.

32. Richardson, Brian. "Unnatural Narratology: Basic Concepts and Recent Work." *Diegesis* 1.1 (2012): 95-102.

33. —. *Unnatural Voices: Extreme Narration in Modern and Contemporary Fiction*. Columbus: Ohio State UP, 2006.

34. —. "What Is Unnatural Narrative Theory." *Unnatural Narratives-Unnatural Narratology*. Ed. Jan Alber and Rüdiger Heinze. Berlin: De Gruyter, 2011.

35. Ryan, Marie-Laure. "From Parallel Universes to Possible Worlds: Ontological Pluralism in Physics, Narratology, and Narrative." *Poetics Today* 27.4 (2006): 633-674.

36. —. "Impossible Worlds." *The Routledge Companion to Experimental Literature*. Ed. Joe Bray, et al. London: Routledge, 2012.

37. 尚必武：《当代西方后经典叙事学研究》，人民文学出版社，2013。

38. 申丹、王丽亚：《西方叙事学：经典与后经典》，北京大学出版社，2010。

① 这一点受到了笔者的启发。在同理查森的对话中，笔者曾经提到过这个问题，指出《后现代叙事理论》（"Postmodern Narrative Theory"）一文标题的误导性。

福柯 汪民安

略 说

米歇尔·福柯（Michel Foucault, 1926—1984），法国哲学家、法兰西学院教授，也是 20 世纪公认的最重要的思想家之一。德勒兹说，"我认为福柯的思想是现代最伟大的哲学之一"；哈贝马斯承认，"在我们这一辈人中，他的影响是最为深远的"。法兰西学院教授保罗·维尼说，"福柯著作的发表是我们世纪最重要的思想事件"。福柯的著作被翻译成 60 多种文字，在世界各地产生了广泛的影响。

福柯出生在法国的普瓦蒂埃，父亲和母亲都是外科医生。他在这里度过了童年和青年时代。福柯 1946 年以第四名的成绩考入巴黎高师，在那里度过了极其压抑的几年，并几次试图自杀。1950 年在巴黎高师教授阿尔都塞的影响下，福柯加入共产党，但三年后退出。在 50 年代，福柯先后在巴黎高师、里尔大学和瑞典教书。在瑞典的同时，他也写完了他的博士论文《古典时代的疯癫史》——这个博士论文 1961 年出版——并通过答辩，获得博士学位。此后，福柯在克莱蒙大学教书，此间，在 1963 年，福柯在同一天同时出版了两本书《雷蒙·鲁赛尔》和《临床医学的诞生》。1966 年福柯出版了重磅式的《词与物》，这本书引起了巨大的反响，围绕着此书的激烈争论将福柯推到了法国思想学术界的中心。为了回应这本书引起的争论，福柯于 1969 年出版了《知识考古学》，澄清了《词与物》所采取的独特的方法论。在《词与物》出版之后的两年，福柯在突尼斯教书。1968 年底回国后组建万森大学哲学系。1970 年当选为法兰西学院院士，在此工作一直到病逝。在法兰西学院期间，福柯先后出版了《规训与惩罚》（1975），《性史》第一卷《认知意志》（1976），《性史》第二、三卷《快感的运用》（1984）和《关注自我》（1984）等著作，并有大量的论文、演讲和访谈发表。此外，福柯在勤奋地著述和授课的同时，还参加、组织和介入了大量的政治和社会活动，成为批判知识分子的典范。1984 年因艾滋病去世。此后，他的遗著一直在整理出版，其中包括法兰西学院的系列讲演。

综 述

福柯广为人知的三部著作《古典时代的疯癫史》、《词与物》和《规训与惩罚》讲述的历史时段大致相同：基本上都是从文艺复兴到 18、19 世纪的现代时期。但是这些历史的主角不一样。《古典时代的疯癫史》讲述的是疯癫（疯人）的历史；《词与物》讲述的是人文科学的历史；《规训与惩罚》讲述的是惩罚和监狱的历史。

这三个不相关的主题在同一个历史维度内平行展开。为什么要讲述这些从未被人讲过的沉默的历史？就是为了探索一种"现代主体的谱系学"。因为，正是在疯癫史、惩罚史和人文科学的历史中，今天日渐清晰的人的形象和主体形象缓缓浮现。福柯以权力理论闻名于世，但是，他"研究的总的主题，不是权力，而是主体"，即主体是如何形成的？也就是说，历史上到底出现了多少种权力技术和知识来塑造主体？有多少种模式来塑造主体？欧洲2000多年的文化发明了哪些权力技术和权力／知识，从而塑造出今天的主体和主体经验？福柯的著作，就是对历史中各种塑造主体的权力／知识模式的考究。总的来说，这样的问题可以归之于尼采式的道德谱系学的范畴，即现代人是如何被塑造成形的。但是，福柯无疑比尼采探讨的领域更为宽广、具体和细致。

由于福柯探讨的是主体的塑形，因此，只有在和主体相关联，只有在锻造主体的意义上，我们才能理解福柯的权力和权力／知识。权力／知识是一个密不可分的对子：知识被权力生产出来，随即它又产生权力功能，从而进一步巩固了权力。知识和权力构成管理和控制的二位一体，对主体进行塑造成形。就权力／知识而言，福柯有时候将主体塑造的重心放在权力方面，有时候又放在知识方面。如果说，《词与物》主要考察知识如何塑造人，或者说，人是如何进入到知识的视野中，并成为知识的主体和客体，从而诞生了一门有关人的科学的，那么，《规训与惩罚》则主要讨论权力是怎样对人进行塑造和生产的：在此，人是如何被各种各样的权力规训机制所捕获、锻造和生产。而《古典时代的疯癫史》中，则是知识和权力合为一体从而对疯癫进行捕获：权力制造出关于疯癫的知识，这种知识进一步加剧和巩固了对疯人的禁闭。这是福柯的权力／知识对主体的塑造。

无论是权力对主体的塑造还是知识对主体的塑造，它们的历史经历都以一种巴什拉尔所倡导的断裂方式进行（这种断裂在阿尔都塞对马克思的阅读那里也能看到）。在《古典时代的疯癫史》中，理性（人）对疯癫的理解和处置不断地出现断裂：在文艺复兴时期，理性同疯癫进行愉快的嬉戏；在古典时期，理性对疯癫进行谴责和禁闭；在现代时期，理性对疯癫进行治疗和感化。同样，在《规训与惩罚》中，古典时期的惩罚是镇压和暴力，现代时期的惩罚是规训和矫正；古典时期的惩罚意象是断头台，现代时期的惩罚意象是环形监狱。在《词与物》中，文艺复兴时期的知识型是"相似"，古典时期的知识型是"再现"，而现代知识型的标志是"人的诞生"。尽管疯癫、惩罚和知识型这三个主题迥异，但是在18世纪末19世纪初，它们同时经历了一个历史性的变革，并且彼此之间遥相呼应：正是在这个时刻，在《词与物》中，人进入到科学的视野中，作为劳动的、活着的、说话的人被政治经济学、生物学和语文学所发现和捕捉——人既是知识的主体，也是知识的客体。一种现代的知识型出现了，一种关于人的新观念出现了，人道主义也就此出现了；那么，在此刻，惩罚就不得不变得更温和，欧洲野蛮的断头台就不得不退出舞台，更为人道的监狱就一定会诞生；在此刻，对疯人的严酷禁闭也遭到了谴责，更为"慈善"的精神病院出现了，疯癫不再被视作是需要惩罚的罪恶，而被看作是需要疗救的疾病；在此刻，无论是罪犯还是疯人，都重新被一种人道主义的目光所打量，同时也以一种人道主义的方式被处置。显然，《词与物》是《疯癫史》和《规训与惩罚》的认识论前提。

无论是对待疯癫还是对待罪犯，现在不再是压制和消灭，而是改造和矫正。权力不是在抹去一种主体，而是创造出一种主体。对主体的考察，存在着多种多样的方式：在经济学中，主体被置放在生产关系和经济关系中；在语言学中，主体被置放在表意关系中；而福柯的特殊之处在于，他将主体置放于权力关系中。主体不仅受到经济和符号的支配，它还受到权力的支配。对权力的考察当然不是从福柯开始，但是在福柯这里，一种新权力支配模式出现了，它针对的是人们熟悉的权力压抑模式。压抑模式几乎是大多数政治理论的出发点：在马克思及其庞大的左翼传统那里，是阶级之间的压制；在洛克开创的自由主义传统那里，是政府对民众的压制；在弗洛伊德，以及试图将弗洛伊德和马克思结合在一起的马尔库塞和赖希那里，是文明对性的压制；甚至在尼采的信徒德勒兹那里，也是社会编码对欲望机器的压制。事实上，统治-压抑模式是诸多的政治理论长期信奉的原理，它的主要表现就是司法模式：政治-法律就是一个统治和压制的主导机器。因此，20世纪以来各种反压制的口号就是解放，就是对统治、政权和法律的义无反顾的颠覆。而福柯的权力理论，就是同形形色色的压抑模式针锋相对，用他的说法，就是要在政治理论中砍掉法律的头颅。这种对政治-法律压抑模式的质疑，其根本信念就是，权力不是令人窒息的压制和抹杀，而是产出、矫正和造就。权力在制造。

在《性史》第一卷《认知意志》中，福柯直接将攻击的矛头指向压制模式。在性的领域，压制模式取得了广泛的共识，但福柯还是挑衅性地指出，性与其说是被压制，不如说是被权力所造就和生产：与其说权力在到处追逐和捕获性，不如说权力在到处滋生和产出性。一旦将权力同压制性的政治-法律进行剥离，或者说，一旦在政治法律之外谈论权力，那么，个体就不仅仅只是被政治和法律的目光紧紧地盯住，进而成为一个法律主体；相反，他还受制于各种各样的遍布于社会毛细血管中的权力的铸造。个体不仅仅被法律塑形，而且被权力塑形。因此，福柯的政治理论，绝对不会在国家和社会的二分法传统中出没。实际上，福柯认为政治理论长期以来高估了国家的功能。国家，尤其是现代国家，实际上是并不那么重要的一种神秘抽象。在他这里，只有充斥着各种权力配置的具体细微的社会机制——他的历史视野中，几乎没有统治性的国家和政府，只有无穷无尽的规训和治理；几乎没有中心化的自上而下的权力的巨大压迫，只有遍布在社会中的无所不在的权力矫正；几乎没有两个阶级你死我活抗争的宏大叙事，只有四处涌现的权力及如影随形的抵抗。无计其数的细微的权力关系，取代了国家和市民社会之间普遍性的抽象政治配方。对这些微末的而又无处不在的权力关系的耐心解剖，毫无疑问构成了福柯最引人注目的篇章。

这是福柯对 17、18 世纪以来的现代社会的分析。这些分析占据了他学术生涯的大部分时间。同时，这也是福柯整个谱系学构造中的两个部分。《词与物》和《临床医学的诞生》讨论的是知识对人的建构，《规训与惩罚》和《疯癫史》关注的是权力对人的建构。不过，对于福柯来说，他的谱系研究不只是这两个领域：

> 谱系研究有三个领域。第一，我们自身的历史本体论与真理相关，通过它，我们将自己建构为知识主体；第二，我们自身的历史本体论与权力相关，通过它，我们将自己建构为作用于他人的行动主体；第三，我们自身的历史本体论与伦理相关，通过它，我们将自己建构为道德代理人。
> （汪民安：305—306）

显然，到此为止，福柯还没有探讨道德主体。怎样建构为道德主体？什么是伦理？"你与自身应该保持的那种关系，即自我关系，我称之为伦理学，它决定了个人应该如何把自己构建成为自身行动的道德主体。"这种伦理学，正是福柯最后几年要探讨的主题。

在最后不到 10 年的时间里，福柯转向了伦理问题，转向了基督教和古代。为什么转向古代？福柯的一切研究只是为了探讨现在，这一点，他从康德关于启蒙的论述中找到了共鸣——他对过去的强烈兴趣，只是因为过去是现在的源头。他试图从现在一点点地往前逆推：现在的这些经验是怎样从过去转化而来？这就是他的谱系学方法论：从现在往前逆向回溯。在对 17 世纪以来的现代社会作了分析后，他发现，今天的历史、今天的主体经验，或许并不仅仅是现代社会的产物，而是一个更加久远的历史的产物。因此，他不能将自己限定在对 17、18 世纪以来的现代社会的探讨中。对现代社会的这些分析，毫无疑问只是今天经验的一部分解释，它并不能说明一切。这正是他和法兰克福学派的差异所在。17、18 世纪的现代社会，以及现代社会涌现出来的如此之多的权力机制，到底来自何方？他抱着巨大的好奇心以他所特有的谱系学方式一直往前逆推，事实上，越到后来，他越推到了历史的深处，直至晚年抵达了希腊和希伯来文化这两大源头。

这两大源头，已经被反复穷尽了。福柯在这里能够说出什么新意？不像尼采和海德格尔那样，他并不以语文学见长。但是，他有他明确的问题框架，将这个问题框架套到古代身上的时候，古代就以完全的不同的面貌出现——几乎同所有的既定的哲学面貌迥异。福柯要讨论的是主体的构型，因此，希腊罗马文化、基督教文化之所以受到关注，只是因为它们各自以自己的方式在塑造主体。只不过，这种主体塑形在现代和古代判然有别。我们看到了，17 世纪以来的现代主体，主要是受到权力的支配和塑造。但是在古代和基督教文化中，权力所寄生的机制并没有大量产生，只是从 17 世纪以来，福柯笔下的学校、医院、军营、工厂以及它们的集大成者监狱才会大规模地涌现，所有这些都是现代社会的发明和配置（这也是福柯在《规训与惩罚》中的探讨）。同样，也只是在文艺复兴之后的现代社会，语文学、生物学、政治经济学等关于人的科学，才在两个多世纪的漫长历程中逐渐形成。在古代，并不存在如此之繁多而精巧的权力机制的锻造，也不存在现代社会如此之烦琐的知识型和人文科学的建构，那么，主体的塑形应该从什么地方着手？正是在古代，福柯发现了道德主体的建构模式，这也是他的整个谱系学构造中的第三种主体建构模式。这种模式的基础是自我技术：在古代，既然没有过多的外在的权力机制来改变自己，那么，更加显而易见的是自我来改变自我。这就是福柯意义上的自我技术："个体能够通过自己的力量，或者他人的帮助，进行一系列对他们自身的身体及灵魂、思想、行为、存在方式的操控，以此达成自我的转变，以求获得某种幸福、纯洁、智慧、完美或不朽的状态。"通过这样的自我技术，一种道德主体也因此而成形。

这就是古代社会塑造主体的方式。在古代社会，人们是自己来改造自己，虽然这并不意味着不存在外在权力的支配技术（事实上，城邦有它的法律）；同样，现代社会充斥着权力支配技术，但并不意味不存在自我技术（波德莱尔笔下的浪荡子就保有一种狂热的自我崇拜）。这两种技术经常结合在一起，相互应用。有时候，权力的支配技术只有借助于自我技术才能发挥作用。不仅如此，这两种技术也同时贯穿于古代社会和现代社会并在不断地改变自己的面孔。古代的自我技术在现代社会有什么样的表现方式？反过来也可以问，现代的支配技术，是如何在古代酝酿的？重要的是，权力的支配技术和自我的支配技术是否有一个结合？这些问题非常复杂，但是，我们还是可以非常图式化地说，如果在 20 世纪 70 年代，福柯探讨的是现代社会怎样通过权力机制来塑造主体，那么在这之后，他着力探讨的是古代社会是通过怎样的自我技术来塑造主体，即人们是怎样自我改变自我的。自我改变自我的目的何在？技术何在？影响何在？也就是说，在古代存在一种怎样的自我文化？从希腊到基督教时期，这种自我技术和自我文化经历了怎样的变迁？这就是福柯晚年要探讨的问题。

事实上，福柯从两个方面讨论了古代的自我文化和自我技术。一个方面是，福柯将自我技术限定在性的领域，即古代人在性的领域是怎样自我支配的，这就是他的《性史》第二卷《快感的运用》和第三卷《关注自我》要讨论的问题。对于苏格拉底和柏拉图时代的希腊人而言，性并没有受到严厉的压制，并没有什么外在的律法和制度来强制性地控制人们的欲望，但是，人们正是在这里表现出一种对快感的主动控制，人们并没有放纵自己。为什么在一个性自由的环境中会主动控制自己的欲望和快感？对希腊人而言，这是为了获得一种美的名声，创造出个人的美学风格，赋予自己以一种特殊的生命之辉光：一种生存美学处在这种自我控制的目标核心。同时，这也是一种自由的践行：人们对自己欲望的控制是完全自主的，在这种自我控制中，人们获得了自由——对欲望和快感的自由，自我没有成为欲望和快感的奴隶，而是相反地成为它们的主人。因此，希腊人的自我控制恰好是一种自由实践。这种希腊人的生存美学，是在运用和控制快感的过程中来实现的，这种运用快感的技术，得益于希腊人勤勉的自我训练。我们看到，希腊人在性的领域所表现出来的自我技术，首先表现为一种生活艺术。或者也可以反过来说，希腊人的自我技术，是以生活艺术为目标的。但是在此后，这种自我技术的场域、目的、手段和强度都发生了变化，经过罗马时期的过渡之后，在基督教那里已经变得面目全非。在基督教文化中，性的控制变得越来越严厉了，但是这种控制不是自我的主动选择，而是受到圣律的胁迫；自我技术实施的性领域不再是快感，而是欲望；不是创造了自我，而是摒弃了自我；其目标不是现世的美学和光辉，而是来世的不朽和纯洁。虽然一种主动的禁欲变成了一种被迫的禁欲，但是，希腊人这种控制自我的禁欲实践却被基督教借用了；也就是说，虽然伦理学的实体和目标发生了变化，但是从希腊文化到基督教文化，一直存在着一种禁欲苦行的自我技术：并非是一个宽容的希腊文化和禁欲的基督教文化的断裂，相反，希腊的自我技术的苦行通过斯多亚派的中介，延伸到基督教的自我技术之中。基督教的禁欲律条，在希腊罗马文化中已经萌芽了。

在另外一个方面，自我技术表现为自我关注。它不只限定在性的领域。希腊人有强烈的关注自我的愿望，这种强烈的愿望导致的结果自然就是要认识自我——关注自我，所以要认识自我。希腊人的这种关注自我，其重心、目标和原则也在不断地发生变化：在苏格拉底那里，关注自我同关注政治、关注城邦相关；但是在希腊文明晚期和罗马帝政时代，关注自我从政治和城邦中抽身出来，仅仅因为自我而关注自我，与政治无关；在苏格拉底那里，关注自我是年轻人的责任，也是年轻人的自我教育；在罗马时期，它变成了一个普遍原则，所有的人都应当关注自我，并终其一生。最重要的是，在苏格拉底那里，关注自我是要发现自我的秘密，是要认识自我；但在后来的斯多亚派那里，各种各样的关注自我的技术（书写、自我审察和自我修炼，等等），都旨在通过对过去经验的回忆和辨识，让既定真理进入主体之中，被主体消化和吸收，使之为再次进入现实作好准备——这绝不是去发现和探讨主体的秘密，而是去改造和优化主体。而在基督教这里，关注自我的技术，通过对罪的忏悔、暴露、坦承和诉说，把自我倾空，从而放弃现世、婚姻和肉体，最终放弃自我。也就是说，基督教的关注自我却不无悖论地变成了弃绝自我，这种弃绝不是为了进入此世的现实，而是为了进入另一个来世现实。同"性"领域中的自我技术的历史一样，关注自我的历史，从苏格拉底到基督教时代，经过斯多亚派的过渡发生了一个巨大的变化：我们正是在这里看到了，西方文化经历了一个从认识自己到弃绝自己的漫长阶段。到了现代，基督教的忏悔所采纳的言辞诉说的形式保留了下来，不过，这不再是为了倾空自我和摒弃自我，而是为了建构一个新的自我。这就是福柯连续三年（1980、1981、1982）在法兰西学院的系列讲座《对活人的治理》、《主体性和真理》以及《主体的解释学》所讨论的问题。

不过，在西方文化中，除了关注自我外，还存在大量的关注他人的现象。福柯所谓的自我技术，不仅指的是个体改变自我，而且还指的是个体在他人的帮助下来改变自我——牧师就是这样一个帮助他人、关注他人的代表。他关心他人，并且还针对具体的个人。他确保、维持和改善每个个体的生活。这种针对个体并且关心他人的牧师权力又来自哪里？显然，它不是来自希腊世界，希腊发明了城邦-公民游戏，它衍生的是在法律统一框架中的政治权力，这种权力形成抽象的制度，针对普遍民众；而牧师权力是具体的、特定的，它针对个体和个体的灵魂。正是在此，福柯进入了希伯来文化中。他在希伯来文献中发现了大量的牧人和羊群的隐喻。牧人对羊群细心照料，无微不至，了如指掌。他为羊群献身，他所做的每一件事情都有益于羊群。这种与城邦-公民游戏相对的牧人-羊群游戏被基督教接纳了，并且也作了相当大的改变：牧人-羊群的关系变成了上帝-人民的关系。在责任、服从、认知和行为实践方面，基督教对希伯来文化中的牧师权力进行了大量的修改：现在，牧人对羊的一切都要负责；牧人和羊是一种彻底的个人服从关系；牧人对每只羊有彻底的了解；在牧人和羊的行为实践中贯穿着审察、忏悔、指引和顺从。这一切都是对希伯来文化中的牧人-羊群关系的修改，它是要让个体在世上以苦行的方式生存，这就构成了基督教的自我认同。不过，这种从希伯来文化发展而来、在基督教中得到延续和修正的牧师权力，同希腊文化中发展而成的政治-法律权力相互补充。前者针对个体，后者针对全体；前者是拯救性的，后者是压抑性的；前者是伦理和宗教性的，后者是法律和制度性的；前者针对灵魂，后者针对行为。但是在18世纪，它们巧妙地结为一体，形成了一个福柯称之为被权力控制得天衣无缝的恶魔国家。因此，要获得解放，就不仅仅是要对抗总体性的权力，还要对抗那种个体化的权力。

显然，这种牧师权力的功能既不同于法律权力的压制和震慑，也不同于规训权力的改造和生产，它的目标是救赎。不过，基督教发展出来的一套拯救式的神学体制，并没有随着基督教的式微而销声匿迹，而是在17、18世纪以来逐渐世俗化的现代社会中以慈善和救护机构的名义扩散开来：拯救不是在来世，而是在现世；救助者不是牧师，而变成了世俗世界的国家、警察、慈善家、家庭和医院等机构；救助的技术不再是布道和忏悔，而是福利和安全。最终，救赎式的牧师权力变成了现代社会的生命权力，政治也由此变成了福柯反复讲到的生命政治：政治将人口和生命作为对象，力图让整个人口、让生命和生活都获得幸福，力图提高人口的生活和生命质量，力图让社会变得安全。就此，救赎式的牧师权力成为对生命进行投资的生命权力的一个重要来源。

以人口-生命为对象，对人口进行积极的调节、干预和管理，以提高生命质量为目标的生命政治，是福柯在70年代中期的重要主题。在《性史》第一卷《认知意志》，在法兰西学院的讲座《必须保卫社会》（1976）、《安全、领土、人口》（1978）、《生命政治的诞生》（1979）中，他从各个方面探究生命政治的起源和特点。我们已经看到，它是久远的牧师权力技术在西方的现代回声；同时，它也是马基雅弗利以来治理术的逻辑变化：在马基雅弗利那里是对领土的治理，在16世纪末、17世纪初变成了对人的治理，对交织在一起的人和事的治理，也即是福柯所说的国家理性的治理，它将国家看成一个自然客体，看成一套力量的综合体，它以国家本身、国家力量强大作为治理目标。这种国家理性是一种既不同于基督教也不同于马基雅弗利的政治合理性，它要将国家内的一切纳入到其治理范围之内（并为此而发展出统计学），它无所不管。显然，要使国家强大，就势必要将个体整合进国家的力量中；要使国家强大，人口，它的规律，它的循环，它的寿命和质量，或许是最活跃最重大的因素。人口的质量，在某种意义上就是国家的质量。人口和国家相互强化。不仅如此，同这样的促进自己强大的国家理性相关，国家总是处在同另外国家的对抗中，正是在这种对抗和战争中，人口作为一个重要的要素而存在，国家为了战争的必要而将人口纳入到考量中。所有这些，都使得人口在18世纪逐渐成为国家理性的治理目标。国家理性的治理艺术是要优化人口，改善生活，促进幸福。最后，国家理性在18世纪中期出现了一个新的方向：自由主义的治理艺术开始了。自由主义倡导的简朴治理同包揽一切的国家理性是如此不同，以至于它看上去像是同国家理性的决裂。自由主义针对"管得太多"的国家理性，它的要求是尽可能少地管理。它的质疑是，为什么要治理？治理的必要性何在？因为自由主义的暗示是，"管得过多"虽然可能促进人们的福祉，但也可能剥夺人们的权利和安全，可能损害人们的利益，进而使人们置身于危险的生活中——在整个19世纪，一种关于危险的想象和文化爆发出来，而自由主义正是消除各种危险（疾病的危险、犯罪的危险、经济的危险、人性堕落的危险，等等）的方法，它是对人们安全的维护和保障。如果说，17世纪开始发展出来的国家理性是确保生活和人口的质量，那么18世纪发展起来的自由主义则是确保生活的安全：

> 自由与安全性的游戏，就位居新治理理性（即自由主义）的核心地位，而这种新治理理性的一般特征，正是我试图向大家描述的。自由主义所独有的东西，也就是我称为权力的经济的问题，实际上从内部维系着自由与安全性的互动关系……自由主义就是通过对安全性／自由之间互动关系的处理，来确保诸个体与群体遭遇危机的风险被控制在最低限度。（汪民安：198—199）

正是在这个意义上，福柯将自由主义同样置放在生命政治的范畴之内。就此，

17、18 世纪以来，政治的目标逐渐转向了投资生命：生命开始被各种各样的权力技术所包围、所保护。用福柯法兰西学院讲座的标题来说就是：社会必须保护！生命政治，是各种治理技术、政治技术和权力技术在 18 世纪的一个大汇聚。由此，社会实践、观念和学科知识重新得以组织，福柯用一种隐喻的方式说——以血为象征的社会进入到以性为象征的社会，置死的社会变成了放生的社会，寻求惩罚的社会变成了寻求安全的社会，排斥和区分的社会变成了人道和救赎的社会，全面管理的社会变成了自由放任的社会。与此相呼应，对国家要总体了解的统计学和政治经济学也开始出现。除此之外，福柯还围绕生命政治，从各个不同的角度来谈论 18 世纪发生的观念和机制的转变：他以令人炫目的历史目光谈到了医学和疾病的变化、城市和空间的变化、环境和自然的变化。他在《认知意志》中精彩绝伦的（或许是他所有著作中最精彩的）最后一章中，基于保护生命和保护社会的角度，提出了战争、屠杀和死亡的问题，也即是，以保护生命为宗旨的生命政治，为什么导致屠杀？这是生命政治和死亡政治的吊诡关系。正是在这里，他对历史上的各种杀人游戏作了独具一格的精辟分析。这些分析毫无疑问击中了今天的历史，使得生命政治成为福柯在今天最有启发性的话题。

在这里，我们看到了福柯的塑造主体的模式：一种是真理的塑造（人文科学将人同时建构为主体和客体）、一种是权力的塑造（排斥权力塑造出疯癫，规训权力塑造出犯人）、一种是伦理的塑造（也可以称为自我塑造，它既表现为古代社会的自我关注，也在古代的性快感的领域中得以实践）。后两种塑造都可以称为支配技术，一种是支配他人的技术，一种是支配自我的技术，"这种支配他人的技术与支配自我的技术之间的接触，我称之为治理术"。它的最早雏形无疑是牧师权力，经过基督教的过渡后转化为国家理性和自由主义，最终形成了现代社会的权力结构。这就是福柯对现代主体谱系的考究。

这种考究非常复杂。其起源既不稳定也不单一。它们的线索贯穿于整个西方历史，在不同的时期，相互分叉，也相互交织，相互冲突，也相互调配。这也是谱系学的一个核心原则：起源本身充满着竞争。正是这种来自开端的竞技，使得历史本身充满着盘旋、回复、争执和喧哗。历史，在谱系学的意义上，并不是一个一泻千里、酣畅淋漓的故事。

显然，在主体的谱系这一点上，福柯对任何的单一叙事都充满了警觉。马克思将主体置于经济关系中，韦伯和法兰克福学派将主体置于理性关系中，尼采将主体置入道德关系中。针对这三种最重要的叙事，福柯将主体置于权力关系中。这种权力关系，既同法兰克福学派的理性相关，也同尼采的道德相关。尽管他认为法兰克福学派从理性出发所探讨的主题跟他从权力出发探讨的主题非常接近，他的监狱群岛概念同韦伯的铁笼概念也非常接近，并因此对后者十分尊重，但他还是对法兰克福学派单一的理性批判持有保留态度。他探讨的历史更加久远，绝不限于启蒙理性之中；他的自我支配的观点同法兰克福学派的单纯的制度支配观点相抗衡；他并不将现代社会的个体看作单面之人和抽象之人（这恰恰是人们对他的误解），同样，尽管他的伦理视野接续的是尼采，他的惩罚思想也来自尼采，但是，他丰富和补充了尼采所欠缺的制度维度，这是个充满了细节和具体性的尼采；尽管他对权力的理解同尼采也脱不了干系，但是，权力最终被他运用到不同的领域。正如德勒兹所说，他把尼采射出来的箭捡起来，射向另一个孤独的方向。

事实上，福柯的独创性总是表现在对既定的观念的批判和质疑上面。针对希腊思想所发展的普遍性的政治-法律权力，福柯提出了缘自希伯来文明中针对个体的牧师权力；针对国家对民众的一般统治技术，福柯提出了个体内部的自我技术；针对权力技术对个体的压制，福柯提出了权力技术对个体的救助；针对对事的治理，福柯也提出了对人口的治理；针对否定性的权力，福柯提出了肯定性的权力；针对普遍理性，福柯提出了到处分叉的特定理性；针对总是要澄清思想本身的思想史，福柯提出了没有思想内容的完全是形式化的思想史；针对要去索取意义的解释学，福柯提出了摈弃意义的考古学；针对往后按照因果逻辑顺势推演的历史学，福柯提出了往前逆推的谱系学；针对自我和他人的交往关系，福柯提出了自我同自我的关系；针对认知自己，福柯提出了关注自己。他总是发现历史的另外一面，并且以其渊博、敏感和洞见将这一面和盘托出，划破了历史的长久而顽固的沉默。

福柯雄心勃勃地试图对整个西方文化作出一种全景式的勾勒：从希腊思想到20世纪的自由主义，从哲学到文学，从宗教到法律，从政治到历史，他无所不谈。这也是他在各个学科被广为推崇的原因。或许，在整个20世纪，没有一个人像福柯这样影响了如此之多的学科。关键是，福柯文化历史的勾勒绝非一般所谓的哲学史或思想史那样的泛泛而谈，不是围绕着几个伟大的哲学姓名作一番提纲挈领式的勾勒和回顾。这是福柯同黑格尔的不同之处。同大多数历史学家完全不一样，福柯也不是罗列一些围绕着帝王和政权而发生的重大历史事件，在这些历史事件之间编织穿梭，从而将它们贯穿成一部所谓的通史。在这个意义上，福柯既非传统意义上的哲学家，也非传统意义上的历史学家。他也不是历史和哲学的一个奇怪的杂交。他讨论的是哲学和思想，但这种哲学和思想是在历史和政治中出没；对于他来说，哲学就是历史和政治的诡异交织。不过，福柯出没其中的历史，是历史学无暇光顾的领域，是从未被人赋予意义的历史。福柯怎样描述他的历史？在他这里，性的历史，没有性；监狱的历史，没有监狱；疯癫的历史，没有疯子；知识的历史，没有知识内容。用他的说法，他的历史，是无源之水、无本之木的历史——这是他的考古学视角下的历史。他也不是像通常的历史学家那样试图通过历史的叙述来描写出一种理论模式。福柯的历史，用他自己的说法，是真理游戏的历史。这个真理游戏，是一种主体、知识、经验和权力之间的复杂游戏：主体正是借助真理游戏在这个历史中建构和塑造了自身。

他晚年进入的希腊同之前的海德格尔的希腊完全是两个世界，希腊不是以一种哲学起源的形象出现。在福柯这里，并没有一个所谓的柏拉图主义，而柏拉图主义无论如何是尼采、海德格尔、德里达和德勒兹都共同面对的问题。在希腊世界中，福柯并不关注一和多这样的形而上学问题，甚至也不关注城邦组织的政治问题；尽管在希腊世界，他也发现了尼采式的生存美学，但是这种美学同尼采的基于酒神游戏的美学并不相同，这是希腊人的自由实践——福柯闯入了古代，但绝不在前人穷尽的领域中斡旋，而是自己新挖了一块地盘。他的基督教研究的著述虽然还没有完全面世（他临终前叮嘱，他已经写完的关于基督教的《肉欲的告白》不能出版，现在看到他讨论基督教的只有几篇零星文章），但毫无疑问同任何的神学旨趣毫无关联。他不讨论上帝和信仰。基督教被讨论，只是在信徒的生活技术的层面上，在自我关注和自我认知的层面上被讨论。他谈到过文艺复兴，但几乎不涉及人的发现，而是涉及一个独特的名为"相似"的知识型，涉及大街上谈笑风生的疯子。他谈及他所谓的古典时期（17世纪到18世纪末），他谈论这个时期的理性，但几乎没有专门谈论笛卡尔（只是和德里达围绕着有关笛卡尔的一个细节展开过争论）和莱布尼茨，他津津乐道的是画家委拉斯贵兹。作为法兰西学院的思想系统史教授，他对法国的启蒙运动几乎是保持着令人惊讶的沉默，即便他有专门的论述启蒙和批判的专文，他极少提及卢梭、伏尔泰和狄德罗。而到了所谓的现代时期，他故意避免提及法国大革命（尽管法国大革命在他的内心深处无所不在，大革命是他最重要的历史分期）。他谈到了19世纪的现代性，但这个概念同主导性的韦伯的理性概念无关。他的19世纪似乎也不存在黑格尔和马克思。他几乎不专门谈论哲学和哲学家（除了谈论过尼采），他也不讨论通常意义上的思想家，不在那些被奉为经典的著述的字里行间反复地去爬梳。福柯偏爱的历史主角，是一些无名者，即便是被历史镌刻过名字，也往往是些声名狼藉者。不过，相对于传统上的伟大的欧洲姓名，福柯倒是对同时代人毫不吝惜地献出他的敬意：不管是布朗肖还是巴塔耶，不管是克罗索夫斯基还是德勒兹。

结　语

在某种意义上，福柯写出的是完美之书：每一本书都是一个全新的世界，无论是领域还是材料；无论是对象还是构造本身。他参阅了大量的文献，但是这些文献如此的陌生，似乎从来没有进入过学院的视野中。他将这些陌生的文献点燃，使之光彩夺目，从而成为思考的重锤。有一些书是如此的抽象，没有引文，犹如一个空中楼阁在无穷无尽地盘旋和缠绕（《知识考古学》）；有一些书是如此的具体，全是真实的布满尘土的档案，但是从这些垂死的档案的字里行间，一种充满激情的思想腾空而起（《规训与惩罚》）；有些书是如此的奇诡和迥异，仿佛在一个无人经过的荒漠中发出狄奥尼索斯式的被压抑的浪漫呐喊（《疯癫史》）；有一些书是如此的条分缕析，但又是如此的艰深晦涩，这两种对峙的绝不妥协的风格引诱出一种甜蜜的折磨（《词与物》）；有一些书是如此的平静和庄重，但又是如此的充满着内在紧张，犹如波澜在平静的大海底下涌动（《快感的运用》）。福柯溢出了学术机制的范畴。除了尼采之外，人们甚至在这里看不到什么来源。但是从形式上来说，他的书同尼采的书完全迥异。因此，他的书看起来好像是从天而降，似乎不活在任何的学术体制和学术传统中。他仿佛是自己生出了自己。在这方面，他如同一个创造性的艺术家一样写作。

确实，相较于传承，他更像是在创作和发明，无论是主题还是风格。我们只能说，他创造出一种独一无二的风格：几乎找不到什么历史类似物，找不到类似于他的同道（就这一点而言，他和尼采有着惊人的相似），尽管在写作之际，他的主题完全溢出了学院的范畴，但是在今天，他开拓的这些主题和思想几乎全面征服了学院，变成了学院内部的时尚。他的思想闪电劈开了一道深渊般的沟壑：在他之后，思想再也不能一成不变地像原先那样思想了。尽管他的主题征服了学院，并有如此之多的追随者，但是，他的风格则是学院无法效仿的——这是他的神秘印记，这也是玄妙和典雅、繁复和简洁、疾奔和舒缓、大声呐喊和喃喃低语的多重变奏，这既是批判的诗篇，也是布道的神曲。

参考文献

1. Foucault, Michel. *Aesthetics, Method, and Epistemology* (*Essential Works of Foucault, 1954—1984.* Vol. 2). Ed. Paul Rabinow and Robert Hurley. New York: New, 1999.

2. —. *The Archaeology of Knowledge.* Trans. Alan Sheridan. New York: Pantheon, 1972.

3. —. *The Birth of Biopolitics: Lectures at the Collège de France 1978—1979.* Trans. Graham Burchell. New York: Palgrave Macmillan, 2008.

4. —. *The Birth of the Clinic: An Archeology of Medical Perception.* Trans. A. M. Sheridan Smith. New York: Pantheon, 1973.

5. —. *The Care of the Self.* Trans. Robert Hurley. New York: Pantheon, 1986.

6. —. *Discipline and Punish: The Birth of the Prison.* Trans. Alan Sheridan. New York: Pantheon, 1977.

7. —. *Ethics: Subjectivity and Truth* (*Essential Works of Foucault, 1954—1984.* Vol. 1). Ed. Paul Rabinow. New York: New, 2006.

8. —. *The History of Sexuality.* Vol. 1. *An Introduction.* Trans. Robert Hurley. New York: Pantheon, 1978.

9. —. *Madness and Civilization: A History of Insanity in the Age of Reason.* Trans. Richard Howard. New York: Pantheon, 1965.

10. —. *The Order of Things: An Archaeology of the Human Sciences.* Trans. Alan Sheridan. New York: Vintage, 1970.

11. —. *Power* (*Essential Works of Foucault, 1954—1984.* Vol. 3). Ed. Robert Hurley, et al. New York: New, 2001.

12. ——. *Security, Territory, Population: Lectures at the Collège de France, 1977—1978*. Trans. Graham Burchell. New York: Picador, 2009.

13. ——. *The Use of Pleasure*. Trans. Robert Hurley. New York: Pantheon, 1985.

14. 杜小真编选:《福柯集》,上海远东出版社,1998。

15. 福柯:《必须保卫社会》,钱翰译,上海人民出版社,1999。

16. 汪民安编:《福柯读本》,北京大学出版社,2010。

17. 汪民安、陈永国、马海良编:《福柯的面孔》,文化艺术出版社,2001。

改写理论 陈红薇

略　说

　　"改写理论"（Adaptation Theory）是 20 世纪 70 年代后随着各种"后"理论思潮应运而生的文学批评理论。作为一种创作实践，改写有着悠久的历史，可以追溯到埃斯库罗斯、塞涅卡的时代。但传统上，改写与改编（performance adaptation）在界定上一直存在着混淆，数世纪以来，改写的概念一直被覆盖在改编之下。70 年代之后，随着改写实践日渐成为一种全球性的文学和文化现象，一批学者，如科恩（Ruby Cohn）、瑞奇（Adrienne Rich）、斯科特（Michael Scott）、费什林（Daniel Fischlin）、莱曼（Courtney Lehmann）、桑德斯（Julie Sanders）、基德尼（Margaret Jane Kidnie）、哈钦（Linda Hutcheon）等，先后开始关注这一文化现象，并对其进行理论研究。虽然这些学者们的研究视点不尽相同，但他们的共同之处在于均以后现代主义及其他"后"理论思潮为基石，从不同的角度，对改写的界定、改写作品的属性、改写创作的过程、改写的政治性及研究方法等问题展开研究，从而探讨当代改写文化的内涵、特征、存在形式及其文化观照，最终形成了一个复杂的理论体系。

综　述

改写时代

　　莎士比亚作为戏剧大师早已成为一种文学象征、一种人文价值的符号，但其戏剧并非绝对原创，而是吸纳了那个时代所能触及的各种起源文化的倒灌。比如，虽然在当代人的阅读意识中李尔王的故事几乎是莎士比亚悲剧的代名词，但事实上，其源头既非莎士比亚，也非悲剧。其故事的内核是多个围绕着一个父亲对三个女儿亲情测试的传说，这些故事多以皆大欢喜的和解和良缘结束。莎剧《李尔王》则是对多个起源文本、神话和传说的杂糅和超越。在此后的 400 多年里，莎剧后人又以同样的"拿来主义"的方式，以莎剧为前文本（pre-text）进行不懈的改写创作。最著名的莫过于 1681 年泰特（Nahum Tate）的《李尔王史记》（*The History of King Lear*），这部以李尔复位、情人团圆为结局的喜剧在英国舞台上上演了 150 多年之久。

　　20 世纪 60 年代之后，改写创作出现了前所未有的繁荣局面，并表现出一种强烈的"后"文化特征，成为一种全球性的文化现象。此现象以莎剧改写最为突出，大量欧美戏剧大家成为当代莎剧改写的先锋：在欧洲大陆有德国剧作家布莱希特（Bertolt Brecht）、米勒（Heiner Mülle），法国剧作家尤涅斯库（Eugene Ionesco）等；在英国有奥斯本（John Osborne）、威斯克（Arnold Wesker）、邦德（Edward Bond）、布伦顿（Howard Brenton）、埃德伽（David Edgar）、斯托帕特（Tom Stoppard）等；而在北美，主要代表者包括美国剧作家马洛维奇（Charles Marowitz）、沃加尔（Paula Vogel），加拿大剧作家麦克唐纳（Ann-Marie MacDonald）、西尔斯（Djanet Sears）等。这种强大的莎剧改写势头一直延续到了 21 世纪的今日。《纽约时报》评论家布兰特利（Ben Brantley）曾在 2007 年的一篇文章中指出，在这个"异花授粉"的文化时代中，对经典的再构正在考验并延伸着传统戏剧的最大极限。(B9)

与舞台莎剧改写繁荣相伴的还有影视改写文化，其代表作包括 1991 年英国导演彼得·格林纳威（Peter Greenaway）的《魔法师的宝典》(*Prospero's Books*)，1996 年澳大利亚导演鲁尔曼（Baz Luhrmann）的《现代罗密欧与朱丽叶》(*William Shakespeare's Romeo+Juliet*)，1999 年美国导演约格尔（Gil Junger）由《驯悍记》改写而成的喜剧片《对面的恶女看过来》(*Ten Things I Hate About You*)，以及包含有《罗密欧与朱丽叶》、《第十二夜》和《暴风雨》剧情元素的世纪末巨片《沙翁情史》(*Shakespeare in Love*, 1999)等。

除了戏剧和影视，经典改写在当代小说领域也呈现出强大的趋势。如法国作家图尼埃（Michel Tournier）和南非作家库切（J. M. Coetzee）以《鲁滨逊漂流记》为起源文本，从精神分析和女性主义的角度创作的《礼拜五或太平洋上的灵薄狱》(*Friday, or The Other Island*, 1967)和《福》(*Foe*, 1986)，英籍女作家里斯（Jean Rhys）以《简·爱》为源头创作的《藻海无边》(*Wide Sargasso Sea*, 1966)，澳大利亚小说家凯里（Peter Carey）以《远大前程》为前文本创作的《杰克·迈格斯》(*Jack Maggs*, 1997)等。

至 20 世纪末，改写已成为一种全球性的文化/文学现象。用批评家哈钦的话说，当代改写作品的数量之多、种类之杂，都说明了一个事实：人类已进入了一个改写的时代，改写文化以势不可当之势闯入了我们的文化视野。(Hutcheon 2)

命名问题

虽然改写文化在过去半个世纪中繁盛异常，但作为一种创作实践和文化存在却一直备受垢议。不论在学界还是理论界，改写一词仍背负着衍生、边缘、劣等等负面印记。如批评家费什林所说，即便如黑泽明的《乱》(*Ran*)这样的影视大作，若以改写作品而论之，则价值锐减。(Fischlin and Fortier 4)的确，尽管在过去的半个世纪中随着学界对"作者"、"原创"等概念的质疑，世人对原创的理解发生了巨变，但针对改写的认知研究却很滞后。(Bradley 1)对此现象，批评家马赛（Sonia

Massai）不无感慨，称它是当代文化史上一个被忽略的篇章。（247）

"改写"一词来自英文 adaptation，但如何界定和翻译 adaptation 却成为横在研究者面前的一道理论难题。到底该如何定义 adaptation？是"改编"，"修正"，"再写"，还是"挪用"和"寄生"？① 对此，费什林在《莎士比亚改写作品集》（*Adaptations of Shakespeare*）一书的引言中用"命名的难题"来描述批评界面对此界定时所遭遇的尴尬，他说，他在书中将 adaptation 理解为"改写"是不得已而为之，是为了避免概念混乱的权宜之计。比起其他术语，adaptation 在概念上缺少共识性定义的事实使不少批评家在研究中陷入解释字语的境地。（Bradley 2）

另一方面，"命名的难题"反映出的不仅仅是界定的问题，也是改写创作在后现代和互文时代中的存在性问题，它反映了改写在性质及形式上的多维性及复杂性。作为一种再写性创作研究，改写研究不仅涉及对再写创作本身的研究，还涉及文类研究、作者研究、媒体研究、跨文学/文化研究等诸多领域。仅就改写本身，就有着诸多值得探究的问题，比如在"后"文化时代人们该从哪些角度来研究它？其研究方法是什么？研究焦点又是什么？是改写作品本身，即作为改写对象的客体？还是改写的主体，即相对于原作者的改写者？或是改写过程，即起源文本与后文本的交互关系？或是改写的受众，即读者或观众？抑或催发当代改写文化出现的文化生态和理论背景？基于这些问题，当代改写理论家们从不同的角度，对这一现象进行研究，挖掘其内涵、特征、存在形式及其折射出的文化观照。

改写理论的兴起与沉淀

相对于 20 世纪 60 年代已呈繁荣之势的改写实践，改写理论的出现滞后了近 10 年。纵观其发展轨迹，理论研究的进程经历了两个阶段：如果 70 年代至 90 年代是改写理论的兴起与沉淀阶段，那么 21 世纪则是其理论体系的成形阶段。在第一阶段中，对改写的研究大多依附于经典作家，尤其是莎士比亚的研究之上，在很大程度上是莎剧研究的一部分。直到进入 21 世纪后，改写理论才真正蓬勃发展起来，研究也日渐深入。批评家们不仅发现了当代改写与各种"后"文化思潮的内在关联，也意识到了正是这种关联最终使当代改写成为不同于传统改写的创作，从文化内涵、主题驱动、叙述特征等方面均表现出独立的文类特征。

评论家科恩可谓最早从理论角度总结改写文化的研究者之一。像所有早期研究者一样，她是在莎学研究的过程中开始关注改写现象的。她在《现代莎士比亚衍生作品》（*Modern Shakespeare Offshoots*）一书中首次从当代研究者的角度界定"改写"的概念，提出改写是一个宽泛的概念，涵盖一切从莎剧祖脉中繁衍而生的支族，包括演出、改编、改写，是一种族谱的"衍生"（offshoot）。在该书中，科恩以英国、法国和德国等多个国家剧作家的莎剧改写作品为研究对象，在分析现代改写创作多样性的同时，强调其衍生性创作的共性，并指出这些创作均是由莎士比亚这一祖脉衍生而出的，共同构成了复杂的莎士比亚族谱。尤其重要的是，科恩不仅提出了改写即为"衍生"的概念，还在界定"改写"时提到，改写作品作为衍生在其存在上具有部分独立性。（Kidnie 2）但作为 70 年代的研究者，科恩毕竟更加强调改写为衍生文学的本质，这使改写创作终究成为莎士比亚族谱中的一个支族。（Fischlin and Fortier 3）

另一位早期改写研究者是女性主义批评家瑞奇。在《当亡者醒来——论麦琪·哈姆作品中的修正性写作》（1971）一文中，瑞奇从女性作家的角度提出，改写是对经典的"修正"（revision），是以新的视角走进古老的文本，这一观点被后来的批评家无数次引用。她强调，我们之所以以一种全新的眼光走近历史和经典，不是为了延承，而是为了断裂：挑战过去的最终目的是为了超越其藩篱，走进属于"她者"的被解放的创作空间。（qtd. in Sanders 369）

除了科恩和瑞奇，布鲁姆（Harold Bloom）在这一时期对过去与现在文学关系的研究也不容忽视。这位以"误读"和"修正"诗论而著称的理论家在其经典著述《影响的焦虑》（*The Anxiety of Influence*）和《误读图示》（*A Map of Misreading*）中，用"焦虑"一词形象地描述了作家与文学遗存的复杂关系。他指出，所有后弥尔顿时代中的诗人每当面对威名显赫的前代巨擘和由其代表的宏大传统时，都会感到一种父与子式的影响的焦虑。为了廓清自己的创作领域，后辈诗人不得不走上一条俄狄浦斯式的"弑父"之路，即通过"误读"和"修正"，将自己植入前辈的躯体之中，以在传统中争得一席之地。在布鲁姆的理论系统中，不存在任何原创的文本，因为一切文本均存在于一种家庭罗曼史似的互相影响、交叉、重叠和转换之中，因而没有文本性，只有互文性（intertextuality）。

如果说改写理论起步于 70 年代，那么八九十年代则是一个沉淀的时期。这一阶段具有代表性的理论家主要有三位——斯科特、泰勒（Gary Taylor）和德斯梅特（Christy Desmet）。与早期改写理论家相似，他们的研究也同样基于莎剧研究。作为 80 年代颇具影响力的评论家，斯科特在《莎士比亚与现代剧作家》一书中提出，剧场与舞台从不惧怕对改写和再写的时代化处理，因为剧场本身就是一种鲜活的合谋性创作所在。他在书中首次系统地以斯托帕德、马洛维奇、邦德、尤涅斯库等当代剧作家的经典改写作品为研究对象，探究改写与起源文本的关系。此外，受后现代思潮的影响，斯科特强烈地意识到了互文性理论对改写概念的影响。他在书中多次提到克里斯蒂娃（Julia Kristeva）对互文性的解释：互文性是"一种（或多种）符号系统在另一种符号中的根植——这是一个意义实践的过程，也是多个意义系统移植的过程"。（7）基于此理论，他进而指出，改写是当代作者与经典作家之间的一种交互性游戏。但斯科特观点的局限性在于，他没有对传统改编和具有当代再写性质的改写创作进行有效的区分，而是将改写与戏剧演出的普遍互文性混为一谈，这也是为什么他在本质上视改写为寄生性创作的原因。与斯科特的观点相似，泰勒和德斯梅特在《再现莎士比亚》(*Reinventing Shakespeare*)及《莎士比亚与挪用》(*Shakespeare and Appropriation*)两部著述中，分别将改写界定为对经典作家、作品及存在的"再评价"(reevaluation)和对源头作品的"挪用"(appropriation)，认为改写是经典传承的一部分。

总之，不论是 70 年代还是八九十年代，这一时段对改写的研究虽已引入了互文性等后现代文化概念的视角范畴，但整体上讲，尚未意识到当代改写是一种有别于传统改写和改编创作的具有"后"文化特征的创作形式，更没有意识到当代改写是一种独立的创作实践。

理论体系的形成

进入 21 世纪，随着费什林、福杰(Mark Fortier)、桑德斯、基德尼、哈钦、莱曼等改写理论家的出现，改写研究最终呈现出质的飞跃，成为一种成熟的理论形态。

费什林和福杰是两位以戏剧改写为主要研究对象的批评家，虽然他们在《莎士比亚改写作品集》一书中对改写的理论性阐述篇幅不长，但却开启了当代改写研究的新思路。这部出版于 2001 年的著述对接下来的改写研究产生了巨大的影响。他们在书中不仅阐述了改写研究的必要性，还首次将 adaptation 界定的难题置于改写研究的核心区域。他们从 adaptation 的拉丁文原意("对新语境的切入")入手，在书中提出了改写即是"再语境化"(recontextualization)的理论观点，认为改写在一定意义上是将原文本再语境化的一个过程：从广义上讲，改写可以包括一切对过去作品的演出性更改；从狭义上讲，改写作品则是指该书中所收录的再写性作品，即通过改变一部起源文本的语言和剧场策略，以达到对起源文本在形式和意义上的极端性再写，是在效果上能唤起读者对原作的记忆但又不同于原作的新作品。(4)

费什林和福杰对改写研究的突破是研究视角的拓展。他们提出，20 世纪后半期复杂的文化思潮对改写实践和创作的性质产生了巨大的影响，这种影响使当代改写最终有别于传统改写，呈现出"再写"的特征。他们在书中写道，各种"后"文化概念——互文性、多重语境、引用理论、作者理论、叙事理论、翻译理论、读者反应理论、修正理论等——均为重新界定"改写"的意义和存在空间提供了新的理论视野。因此，他们指出，对当代改写现象的研究离不开当代文化再创作的整体理论体系。他们在书中也特别涉及了克里斯蒂娃的互文性理论：依此理论，所有创作无不是文本间的穿行，是文本生成时所承受的全部文化语境挤压的结果。除了互文性，他们还提到了多重语境理论。根据德里达等批评家的观点，多重语境是一切文本存在的前提，任何形式的写作既不可能有传统意义上的原始语境，也不可能拥有终结性的闭合性语境；写作的意义就在于通过一次次写作上的叠加和无穷尽的新语境，一次次地演绎和扩展作品的意义。此外，他们还提到了贡巴尼翁(Antoine Compagnon)的引用理论，即一切写作活动无不是对先前文化资源的借用和再写；

提到了列斐伏尔（Henri Lefebvre）的文化政治理论，即任何形式的再写都是不同意识形态和政治诗学之间的较量；也提到了福柯（Michael Foucault）的作者理论，即作者不是一个大写的人，而是一个功能性存在。通过对文化思潮对当代改写创作影响的系统梳理，费什林和福杰提出，当代改写文化理论不仅改变了改写创作的基本内涵，也改变了其存在形式和地位。（4—5）

就理论研究而言，费什林和福杰的研究虽有突破——从"改写与当代文化理论"、"改写的政治性"等多个角度分析了当代改写不同于传统改写的独特性——但其研究最终还是回到了作为源头的经典之上。他们在本书的小结中写道，不论当代剧作家在改写策略上表现出多么强烈的后现代性，说到底，改写终究是对经典的一种接受和回归，因为改写是一个过程，是经典在多重语境下的无限再现，是一个永恒的无始无终进行时。至此，费什林和福杰的改写理论在积极拓展了研究视野之后，似乎又回到了改写的起点。

与费什林和福杰不同，桑德斯则是从文学性这一宏观角度展开对改写的研究。她在《改写与挪用》开篇中写道：对改写的研究即是对文学性的研究。没有哪个时代像过去半个世纪那样对创作的文学性及原创性提出如此的质疑："任何对互文性以及互文性在改写和挪用中存在性的研究，终究绕不开一个宏大的问题，即艺术如何创造艺术，文学如何源于文学？"（1）为此，她先是引述德里达和萨义德的观点，即所有创作无不是一种再写的冲动，"作家创作时考虑得更多的是再写，而非原创"；（qtd. in Sanders 135）后又引用到了巴特的表述，即所有本文无不是对其他本文的吸收和转化，是过去和周边文化在当下文学中的存在。当然，桑德斯也提到了互文理论的意义，她在书中总结道：在克里斯蒂娃看来，任何文本都是多个文本的置换地，是一种互文的结果；所有文本都会以一种复杂而不断演绎的马赛克形式，唤起和改变着其他作品。这种互文性的冲动，以及由此而产生的叙述和构建被不少人视为后现代的核心。（Sanders 17）鉴于此，桑德斯指出，这些"后"文化思潮使创作的文学性发生了根本的位移，从而改变了改写概念的本质内涵：既然一切写作皆为互文和再写，"原创"又何为原创？在此文化语境中，改写便不再是传统意义上的改编或次度创作，而是一种再写性创作，甚至是再写文类。既然是"再写"，它就不可避免地超越了模仿和复制，具备了增量性、补充性、即兴创作性和创新性的文学特质。（12）

当然，如其他研究者一样，桑德斯的改写研究最终无法逃避对 adaptation 的理论界定。但桑德斯与他人的不同之处在于，她在强调互文理论对改写再认知的重要性的同时，特别引入了热奈特（Gérard Genette）的叙事学理论和巴巴（Homi Bhabha）的"文化杂交性"理论。桑德斯在对改写概念的阐释中，多次提到了热奈特的超文本（hypertextuality）概念。她在书中如此引述热奈特的话："一切文本均是将自身刻于先文本之上的超文本，它与先文本之间既有模仿，又有超越。"（12）

以此理论为基础，桑德斯提出，有必要用更加多样化的话语来厘定文本与超文本、起源与挪用的关系，这种关系通常被描述为线形的、贬低性的，与其相关的讨论在一定程度上多是围绕着差异、缺失和流失，事实上，它们之间的关系是一种互交的旅行。除了叙事学理论，桑德斯在其书中还借用了巴巴的"文化杂交性"理论内核，用以研究文本与文本传统之间的交互关系。她在文中如此总结巴巴的观点：所谓"文化杂交性"，即是指事物及观点"在传统名义之下所经历的'复制'、'移植'和'释疑'，以及这一移植过程所激起的新的话语和创造力。对于巴巴而言，只有那种尊重差异性的杂交才能激发起新的思想。"（12—17）

桑德斯的贡献还在于，她以热奈特和巴巴的理论为基础，对改写和挪用进行了比较性界定。她提出，改写研究不应关注两极化价值的评判，而应该关注改写的过程、文化政治性及创作方法。从宏观上讲，改写是一个或多个层次上的文本置移；但从细微处观之，改写更加侧重作为承文本（hypotext）的改写作品与起源文本的关联，是对起源文本的修正和添加，或让原有的沉默和边缘者发声。相比之下，挪用性创作则更侧重从起源文本向承文本或新文化作品的游离过程或"遗传漂移"（generic shift；26）。

2009年，基德尼的《莎士比亚与改写的问题》成为改写研究的又一部力作。该书既有对科恩、费什林和桑德斯等前人研究的继承，也有基德尼本人观点的拓展。首先，她和费什林等人一样也认为 adaptation 是一个宽泛的概念，既包括一切影视和舞台莎剧改编和莎剧翻译，也包括与莎士比亚正典有着直接血脉渊源的新剧，即再写作品。她明确指出，其研究对象为后者，即具有再写性质的当代改写作品，如马洛维奇的《马洛维奇·莎士比亚》（*The Marowitz Shakespeare*）、邦德的《李尔》（*Lear*）、西尔斯的《哈莱姆二重奏》（*Harlem Duet*）等。正是基于对这些作品的分析，基德尼将改写研究的视点锁定在改写的过程上，即改写作品与起源文本的关联上。她认为，改写是一个演绎的范畴，是改写者跳出传统主流，在新的文化、政治和语言背景下对原作的再创作，是作品穿越时空从一种接受到另一种接受的变迁。同时，她强调，对经典的改写是改写作品与起源文本之间的双向旅行：改写者在游离经典源头的同时，也在与经典进行着"一种双向的互惠式对流"。但正如其书名《莎士比亚与改写的问题》所示，基德尼在陈述自己观点的同时，也不断提出关于改写理论的困惑，如在充分肯定了《马洛维奇·莎士比亚》这样的改写作品的价值的同时，也指出了改写创作的属性问题：这样的作品在其属性上应该姓莎还是姓马？（2—5）

但如前面提到的几位改写批评家一样，基德尼对改写的研究最终还是回到了源头之上。她指出，在没有"大写作者"的21世纪，虽然极端式的改写创作使起源作者的存在成为一种永恒的商榷，但也正是在这种商榷中，经典获得了一种新的存在性和生命力。（113）事实上，基德尼的理论观点在一定程度上反映了大多数改写批评家的共同观点：不论上述理论家们在界定改写时的视角有何不同，他们对"改写"的界定几乎无一例外地是在改写与起源文本这一对立项的范畴下进行。这就意味着，他们对改写的界定最终仍是落在起源文本之上，视改写为起源文本的衍生。相比之下，在迄今问世的改写著述中，哈钦的《一种改写的理论》是一部集众家所长的大乘之作。在书中，哈钦不仅对改写的诸多问题作了澄清，同时也对改写作出了明确的界定，形成了理论体系，因而也产生了广泛的影响力。

首先，哈钦指出，数字化时代也是一个改写的时代，电视、电影、戏剧、小说、网络到处可见改写的身影。她认为，改写作品的魅力就在于它不仅带给我们某种当代的共鸣，还能唤起我们对经典的记忆，从而使我们在心理上获得一种重复记忆时的快乐和愉悦。（2）其次，哈钦和费什林一样强烈地意识到了当代"后"理论思潮对改写性质及其存在性的巨大冲击："过去几十年来各种理论的出现无疑改变了世人对改写的负面观念。"（xii）受"后"理论生态的影响，当代改写表现出强烈的再写性，成为一种"后"时代被大众接受的独特的文学/文化类别：改写是衍生，却非寄生；它虽属于二次创作，却非二手创作。因为在"后"文化生态中，首创已非原创，一切创作无不是一种叠刻（palimpsest）和重写。

面对当代改写实践的复杂性，哈钦力图对其进行全方位的研究，提出了"将改写当作改写来研究"的观点。根据其理论，改写一词包含三层含义：一、作为实体存在（formal entity）的改写作品本身；二、针对某个或多个起源文本进行的（再）释译和（再）创作行为和过程；三、发生在作品接受层面上的对读者文化记忆的消费和记忆叠刻。（6—7）在此，哈钦特别强调改写的第三层意义，即发生于读者/观众记忆层面上的叠刻性互文现象。她在书中写道："对观众而言，改写显然是多维度的，它们与某些文本有着明显的关联，而这些关联既是它们形式身份（formal identity）的一部分，也是诠释性身份（hermeneutic identity）的一部分。"（21）正是这种互文性使改写研究的视角和学理发生了变化。

哈钦对改写理论的最大贡献是她对改写内在双重性的认知和阐释。在这一点上，她和桑德斯一样借用了热奈特的叙事学理论及"重写本"概念，却不像桑德斯那样停留在改写作品与起源文本的交互关系上，而是更加强调改写创作的内在双重性。她指出，一方面，就本质而言改写是一种"羊皮纸稿本式的"写作，"一个自我的重写本，即一个先前书写虽已被拭去却仍隐约可见的多重文本的叠刻式书写"；（7）但另一方面，当代改写又是一种独立的美学存在，是一种"后"理论文化语境下的再写性文学。（6—8）

结　语

事实上，除了以上提到的改写理论大家，在过去 10 年中，还涌现了大量其他视角下的改写研究：如卡德韦尔（Sarah Cardwell）从影视文化角度进行的改写研究；弗里德曼（Sharon Friedman）针对女性剧场的改写研究；波弗特（March Maufort）从文化身份和文化记忆的角度进行的改写研究；马赛从大众文化的角度对改写存在形式的研究；以及莱曼从电影作者理论的角度进行的改写研究等。

时至今日，改写的概念已从 20 世纪 70 年代的寄生性的"衍生"文学，发展为具有独立美学意义的后现代文学 / 文化存在。改写研究的视点也随着文学 / 文化理论视野的拓展，由最初关注改写作品本身，进而发展为对改写过程、改写性、改写的文化外延及内涵，甚至改写与诸多"后"理论——如改写与翻译理论、改写与作者理论、改写与文化理论——等跨文化理论的研究。总之，当代改写理论已成为当下文化理论中不可分割的一部分，随着理论界研究视点的明晰，改写研究日渐表现出复杂的多维考量，形成了一个新的理论领域。

参考文献

1. Bradley, Lynne. *Adapting King Lear for the Stage*. Farnham: Ashgate, 2010.

2. Brantley, Ben. "When Adaptation Is Bold Innovation." *New York Times*. 18 Feb. 2000.

3. Fischlin, Daniel, and Mark Fortier, eds. *Adaptations of Shakespeare: An Anthology of Plays from the 17th Century to the Present*. London: Routledge, 2000.

4. Friedman, Sharon, ed. *Feminist Theatrical Revisions of Classic Works: Critical Essays*. North Carolina: McFarland, 2009.

5. Hutcheon, Linda. *A Theory of Adaptation*. New York: Routledge, 2006.

6. Kidnie, Margaret Jane. *Shakespeare and the Problem of Adaptation*. London: Routledge, 2009.

7. Massai, Sonia. "Stage over Study: Charles Marowitz, Edward Bond, and Recent Materialist Approaches to Shakespeare." *New Theatre Quarterly* 15.3 (1999): 247-255.

8. Sanders, Julie. *Adaptations and Appropriation*. London: Routledge, 2006.

9. Scott, Michael. *Shakespeare and the Modern Dramatist*. New York: St. Martin's, 1989.

① 鉴于本文谈到 adaptation 时指的是以经典为起源文本的再写性作品，因此本文采用了"改写"这一译法。

哥特小说 陈 榕

略 说

哥特小说（Gothic Fiction）是诞生于英国 18 世纪后半叶的一种小说文类。它的故事情节跌宕起伏、惊险刺激，带有暴力或者悬疑的成分，有时甚至会牵涉到超自然的灵力。追逃、凶杀、邪灵附体等是哥特小说常见的元素，小说的场景大多设置在中世纪的古堡、荒郊野外的废宅以及都市中的穷街陋巷等远离光明的场所，借以营造恐怖而神秘的气氛。小说留给读者的审美体验是痛感与快感并在。

哥特小说的叙述大多数以二元对立为主线：邪恶挑战美德；非法颠覆合法；欲望对抗文明；疯癫对抗理性。主题涉及对社会规范的僭越、对传统价值的质疑等。在这里秩序被颠倒，禁忌被打破，欲望被释放，主体的稳定性受到怀疑。但此类小说往往安排含有道德寓意的结尾，以邪不胜正的终局，重申和维护既定的社会秩序，所以哥特小说在偏激中又带有保守性。

英国小说家沃尔普尔（Horace Walpole）的《奥特兰托城堡》（*The Castle of Otranto*）是哥特小说的开山之作，讲述了一则令人毛骨悚然的灵异复仇故事，1764年出版后立即引起读者的热烈追捧。在它的带动下，半个多世纪内出现了一系列哥特小说经典文本：贝克福德（William Beckford）的《瓦塞克》（*Vathek*，1786）、拉德克里夫（Ann Radcliffe）的《尤道弗的神秘》（*The Mysteries of Udolpho*，1794）、刘易斯（Matthew Gregory Lewis）的《修道士》（*The Monk*，1796）、玛丽·雪莱（Mary Shelley）的《弗兰肯斯坦》（*Frankenstein*，1818）、马特林（Charles Robert Maturin）的《漂泊者梅尔莫斯》（*Melmoth the Wanderer*，1820）等。哥特小说一度成为英国最为畅销的小说文类。据统计，1796 到 1806 年 10 年时间内，英国出版的小说 1/3 属于哥特风格。（Mayo：349）然而，热销也带来了负面作用。大批作家盲目追随潮流，小说情节雷同，暴力血腥色彩加重，语言却较为粗糙，读者为此逐渐失去阅读热情。与此同时，由沃尔特·司各特所开创的历史小说等成为市场新赢家，哥特小说的创作和销量都出现了大规模滑坡。这也就是为什么，有些批评家认为应该将哥特小说定义在 1764—1820 年这一段全盛期的历史区间。

不过，目前学界更倾向于从广义的角度看待哥特小说：它诞生于特定的历史土壤，但也随着时代不停地演进，有着旺盛的生命力。它"是一个杂糅的形式，吸纳并改造了其他文学形式，同时也根据新的写作形式发展和变化它的传统。"（Botting：14）虽然在 19 世纪初哥特小说曾经遭遇过创作低潮，但它很快就找到了与维多利亚小说相结合的新方式，《呼啸山庄》、《白衣女人》、《化身博士》、《德拉库拉》等都是这一时期的名篇。与此同时，哥特小说也在美国这片新大陆扎根，在19世纪影响了爱伦·坡、霍桑、麦尔维尔等一大批美国作家的创作。进入20世纪，哥特小说的发展势头依然强劲，在继承了早期哥特小说、维多利亚哥特小说的特点后，又变化出美国南方哥特小说、都市哥特小说、酷儿哥特小说、赛博朋克哥特小说等亚文类。2005年版的《哥特文学百科全书》中，"哥特文学主要作家及作品"名录下收录有加拿大的阿特伍德、澳大利亚的凯西（Peter J. Casey）、美国的莫里森等当代文坛大家的作品。（Snodgrass，391—414）正如《劳特里奇哥特文学指南》指出："大部分批评家达成了共识，哥特小说传统通过不断进化，一直延续到了今天，并且在当代获得了蓬勃发展。"（Spooner and McEvoy：1）

综　述

　　哥特小说是历史的产物。无论是在它诞生之初的18世纪，还是在它不断演进变化的当代，哥特小说都植根在具体时代的社会、政治以及文化语境之中。然而，哥特小说也曲折反映人性的永恒主题，再现文明与原始欲望、理性与非理性、意识与无意识之间的复杂冲突。哥特小说是黑暗的艺术，它的表现形式是显性的、张扬的，甚至被诟病为满足了人类的暴力冲动和嗜血爱好。在哥特小说里，危机四伏，鬼影憧憧。这里的危机，既可以是人类精神世界的危机，也可以是国家政治以及文化意识形态等层面的危机。这里的鬼影，是形形色色的"异者"，他们中有些是社会既定秩序的破坏者或挑战者，有些是被主流意识形态刻意压制与忽视的对象。他们可能是贵族眼中的平民、资产阶级眼中的无产者、白人叙述中的黑人、父权叙述中的女性、无法在民族-国家概念下寻求庇护的异乡人，以及异性恋社会里的同性恋者，等等。深入了解哥特小说，有助于我们了解人类无意识领域，以及洞察社会文化的建构功能。

哥特小说的历史文化源流

　　哥特小说兴起时，小说这一文类形式诞生不足半个世纪。此前主要遵循的是笛福、理查逊、菲尔丁的现实主义传统。"除非时代条件有利，否则这些小说家即使有天才也不能创造出这种新形式来。"（瓦特：1—2）这是文学上的传奇文学源流、哲学上的现实主义和人文主义影响，以及中产阶级读者群的审美趣味等多方合力的结果。哥特小说对小说现实主义传统的改写，也是多重成因交织的结果，其中比较主要的是浪漫主义的兴起，以及英国社会在18世纪后半叶的历史文化转型。

　　哥特小说中的"哥特"（Gothic）一词，指的是作为日耳曼人分支的哥特人。哥特人在5世纪曾攻陷罗马城，权力一度达到巅峰。但随着部族的王权纷争及东罗马帝国的连续追击，哥特民族迅速衰落，并被周围的民族所同化，湮灭于历史之中。因为哥特人彪悍善战，击溃过罗马帝国，他们在欧洲的文化想象中被定格为古典文明的颠覆者，是"原始"、"野蛮"、"血腥"、"粗鄙"的。

从 12 世纪开始，"哥特"这一词语重回人们的文化视野，开始与建筑联系在一起。欧洲教堂出现了新的建筑风格：肋拱、飞扶壁等托起高耸的尖顶，光线从高处投射而下，透过大幅彩色玻璃花窗制造出神秘、奇幻、瑰丽的效果。在传统捍卫者看来，这些建筑浮夸轻佻，制造感官刺激，是对庄重简约的罗马建筑范式的挑战。如同哥特人颠覆了罗马帝国，这些建筑颠覆了古典传统，因此它们被命名为"哥特建筑"。

哥特建筑具有双面性：一方面，它的"基督教气息浓重，弥漫着一片宗教的迷狂"；另一方面，它寄托了"处于初生状态的市民阶层的世俗激情"，他们要通过这些高耸入云的建筑"歌颂自己的力量，显示城市的骄傲"。（萧默：216）因此尽管受到了部分保守主义者的批评，它依然成为欧洲的主要建筑模式之一，不仅运用于修建教堂，也运用于修建贵族庄园等世俗建筑，留下了一批哥特风格的别墅和古堡。"哥特"这一概念，也随着哥特建筑的普及进入了英国文化词汇。早期哥特小说家习惯将小说背景设置在幽深的修道院、宫殿以及古堡中，这和他们对哥特建筑的空间表征十分熟悉不无关系。哥特小说的鼻祖沃尔普尔所居住的草莓山庄，就是一幢经过精心设计的哥特建筑。另一位哥特小说家贝克福德的家宅方特希尔有着迷宫般的走廊，穹顶的高度甚至超过了罗马的圣保罗大教堂。

从 17 世纪末开始，哥特这一概念经由建筑领域渗入文学领域。英国新古典主义文学运动推崇理性标准，讲究秩序和平衡，不肯遵守这一法则的诗人们便被诟病为"诗歌创作中的哥特人"。约瑟夫·艾迪生评论道："他们就像那些哥特建筑，没有办法营造出古希腊人、古罗马人的简单之美，只能努力地挥霍不合法度的想象力来加以弥补。"（qtd. in Montgomery：71）创作《仙后》的埃德蒙·斯宾塞就曾经被划归为此类诗人。

不过同时代也有批评家对这类新风尚持拥护态度，主张从文化上恢复中世纪骑士浪漫精神。以撰写《骑士精神与传奇信札》（1762）的赫德为首，一批知识精英将英格兰人的血统追溯到同属日耳曼民族的"哥特人"。他们要求肃清诺曼征服之后的法国影响，重振先民传统，开启哥特式的自由勇敢之风。1764 年沃尔普尔发表《奥特兰托城堡》，将小说副标题定为"一则哥特小说"，颇有藐视前辈的野心。小说中超自然因素的运用、神秘气氛的营造和离奇的情节等，与此前以笛福、菲尔丁为代表的现实主义传统形成了有意识的割裂。在小说第二版的序言中，作者坦承反对小说创作"严格忠实于日常生活"，主张"在创新的无限领域中自由地发挥想象力"，所呼应的是浪漫主义的到来。（Walpole：10）

哥特小说强调感性，描写痛苦和恐怖，是与新古典主义相对立的黑色浪漫主义。它的出现不仅标志着文化潮流的转向，更是社会历史发展的结果。18世纪的英国，尤其是18世纪后半叶的英国，表面平静，实则不安定因素众多。在政体方面，英国虽然已经由"光荣革命"建立了君主立宪制，然而王权与议会之间纷争不断。在宗教方面，英国新教占统领地位，然而对天主教势力复辟的恐惧依然存在。在外交方面，英国与法国为了争夺在欧洲事务中的领导权，数次兵戎相见，其中最为著名的是从1756年到1763年的"英法七年战争"。更为重要的是，在这一时期，英国虽然没有法国大革命式的变革，社会结构上所发生的变化却是革命性的。18世纪，英国军事政治实力增强，海外扩张的脚步加快，帝国雏形逐渐形成。与此同时，自1760年开始，英国率欧洲之先开始了工业革命。纺织业、运输业、制造业飞速发展，城市化进程加快，社会经历农业社会向工业社会的转型。在这一过程中，不仅王权没落，连贵族也不复昔日荣光，资产阶级的力量进一步壮大，工人阶级这一新兴阶级诞生了。

变革带来了焦虑。"这个时代充满迅速的变化或对变化的期待。远在巴黎的街头发生暴力冲突以前，文学和其他艺术就已表达了这个时代的骚动不安。"（巴特勒：17）哥特小说诞生时虽然被归于通俗文学的行列，读者群以及创作主体却均为中产阶级，小说反映的始终是有产者的价值标准。他们的共同特点是能够接受在既有体制内的改革，但惧怕天翻地覆的巨变。在18世纪末法国大革命时代，英国却保守主义当道，以柏克（Edmund Burke）为代表的思想家、政治家对革命的暴力忧心忡忡。刘易斯的《修道士》反映的就是这种恐惧，小说中，女修道院院长被愤怒的人群撕成了碎片。小说"充满了革命的能量"，但这种能量却走向了失控，变成了没有目标的血腥破坏。（Paulson：532）

在哥特小说中，不仅存在着对彻底颠覆现有秩序的平民暴动的恐惧，还有统治阶层内部势力消长所带来的焦虑。作为哥特小说创作主体的中产阶级，一方面羡慕英国漫长的贵族传统所宣扬的骑士精神和与之相关的正直、勇敢、仁慈的美德，一方面也推崇资产阶级个人奋斗。他们既厌恶资产阶级的不择手段，也厌恶封建制的僵化、蒙昧、残酷。这种矛盾的心情，使哥特小说中的恶棍身上兼具贵族与中产阶级的负面特征。无论是《奥特兰托城堡》中的曼弗雷、《英国老男爵》中的瓦尔特，还是《尤道弗的神秘》中的蒙蒂尼，他们都体现出了贵族统治者的专横、傲慢与刚愎自用。然而，他们并不是真正的贵族，身份是非法窃取得来的，剥下贵族外衣，他们实质是一心向上爬的中产阶级。小说的结尾，非法占有者无一例外罪行败露，受到惩罚。故事警告人们不要轻易僭越阶级身份。

在早期哥特小说中，正面人物则兼具贵族与中产阶级两个阶级的优点。他们都有合法的贵族身份，血统赋予了他们高贵的人格，即便身着布衣，依然卓尔不群。同时，他们的人生很可能因为种种曲折而嫁接了一段平民经历。无论是《奥特兰托城堡》中的西奥多还是《英国老男爵》中的埃德蒙，两个人出场时均是父母双亡、身世不详。在他们身上，体现的不是贵族式的骄傲，而是中产阶级的温和、谦逊、勤勉。（Reeve：21）这些人最终由平民恢复贵族身份，既肯定了贵族的血统论，也符合中产阶级式的行善事必有善报的奖励体系。

简而言之，哥特小说的诞生有它的历史文化成因。它一方面揭示出对旧秩序的颠覆，一方面忧虑新时代对旧时代的弃绝；一边颂扬传统的延续，一边翘首企盼新变革的到来。在它的文本中，历史不断向前演进，也在频频向后回顾。

哥特小说与欲望言说

哥特小说毋庸置疑有着深刻的历史维度，另一方面，它似乎又有不受时间限制的永恒魅力，这是因为它呼应了人类内在的心理需求。罗马修辞家朗杰努斯（Longinus）曾经提出过"崇高"（the Sublime）这一美学范畴，指的是人们面对壮美的自然，如高山峻岭、辽阔海洋，所体会到的灵魂的升腾感：人类"所真正欣赏的，永远是惊心动魄的事物"。（2）到了 18 世纪，英国哲学家柏克却改写了这一概念。在发表于 1757 年的《论崇高与美的观念的哲学根源》中，他提出崇高源于恐惧：所有可以激起痛苦和危险的感觉的事物，都是崇高的源泉，"它能够产生心灵所能够感受到的最强烈的感情。……痛苦比之愉悦，是种激烈得多的感情。"（36）在无垠的黑暗面前，个体是如此渺小；在生命受到威胁的时候，身体的每一个毛孔都在战栗。不过柏克指出，崇高要求我们与危险之间保持审美的距离："当危险或痛苦逼迫太近的时候，它们是不可能给予乐趣的，只会显得可怕；但相隔一定距离，有了一定的改变，它们可以让人产生愉悦。"（36—37）

柏克提出的"崇高"概念，为哥特小说的诞生提供了美学支持，它"绘制出惊栗与恐怖美学的蓝图，为如何刺激读者的情感创造了条件"。（Mulvey-Roberts：82）柏克的"崇高说"也有助于理解哥特小说读者的心理机制：人们通过阅读小说，感同身受地体会到命运的无常和无助，同时又庆幸自己的好运。哥特小说不仅如柏克所言以逆向的方式肯定了生命力，而且也打开了无意识的潘多拉盒子，释放出了被文明所压抑的欲望。哥特小说家常常反映暴力、仇杀、淫欲、乱伦等社会禁忌，比如布朗（Charles B. Brown）的《维兰德》（*Wieland*，1798）中维兰德杀妻灭子，爱伦·坡的《厄舍古屋的坍塌》中弗雷德里克和妹妹乱伦，艾米莉·勃朗特的《呼啸山庄》中希斯克利夫采取了撒旦式的复仇，福克纳的《献给爱米丽的一朵玫瑰花》中艾米丽与情人的干尸同眠，等等。哥特小说穿越了社会文明的界限，进入了一个异想的领域。

弗洛伊德（Sigmund Freud）曾经说过，文学是作家的白日梦。人类为了进入文明社会，不得不将一部分欲望封存进无意识。然而这些欲望会以改头换面的形式重新回到人们的视野中来，写作就是其中的渠道之一，它借助"满纸荒唐言"，诉说人类心灵的秘密。哥特小说尤其如此，它是作家编造的"白日噩梦"，噩梦的根源来自人类的意识结构本身。弗洛伊德指出，人类的意识结构分为本我、自我、超我三个部分。本我服从"唯乐原则"，寻求生命欲望的满足。超我掌握着行为准则，是自我理想。自我在这三者中则最具妥协性，它要"服侍三位严厉的主人"：它需要想尽办法满足本我的欲望；它需要接受"超我"的道德审判；它需要协调个体与外部世界的关系。人类意识的形成，其实是一则哥特故事，我们每个人的内心，都有"超我"这样一位严厉的法官在监视着我们的一举一动。同时也有一个角落，神秘如哥特城堡里的地牢和迷宫，那里暗藏着的怪物是"本我"：它是"一种混沌状态、一锅沸腾的激情……完全不懂得什么有价值、什么是善什么是恶、什么叫道德。"（1990：91）

文明的建立，按照弗洛伊德的理论，更是一则哥特故事。从个人层面上看，人类的第一个欲望对象，无论是对于男孩还是女孩来说，都是母亲。不独精神病患者，所有的人都有"变态的、乱伦的、谋杀性的梦"。（1963：290）而压抑这种欲望，需要暴君式的父亲的强行介入，以及"阉割情节"的暴力胁迫。从社会层面上看，人类文明起源于为了满足乱伦欲望而实施的杀父行为。杀父的梦想实现，却带来了反噬性的罪恶感，促使所有杀父的参与者以契约的形式建立了文明，用文明压制人类的性本能和进攻本能，确立群体道德规范。

文明的基础是压抑，但压抑会造成精神的焦虑和不满。哥特小说中的鬼魂、噩梦、幽灵，其实都是这种焦虑和不满的外化。有批评家认为弗洛伊德的精神分析说和哥特小说同出一脉："两者是近亲，都是对 19 世纪以及 20 世纪初的个人与身份、欲望与快感、恐惧与焦虑等问题的回应。"（Day：6）弗洛伊德对哥特小说很感兴趣，他在研读德国哥特小说家霍夫曼小说的基础上所提出的"暗恐"（the Uncanny）概念，已成为哥特小说的经典概念之一。

"暗恐"在德文中的拼写是 unheimlich，词根是 heimlich。heimlich 一词具有双重含义：一指"家的"、"熟悉的"，一指"隐藏的"、"秘密不为人知的"。英文中有一句俗谚："每一家的衣柜里都藏着一具骷髅。"家是安全的、温馨的，但家也可能在一霎间变成了"非家"，陌生而神秘。"暗恐"最早源于儿童时期的想象和欲望：黑暗给每一件家具涂上了阴影，变了形状；父母卧室紧闭的门后藏着什么秘密？这种恐惧延伸进了成年心理，"我们所暗恐的，并不是新奇或陌生之物，它们是我们所熟悉的，早就存在于脑海里，不过由于受到了压抑而被间离了。"（Freud，2003：148）

"熟悉的与不熟悉的并列、非家与家相关联的这种二律背反，就构成心理分析意义上的暗恐。"（童明：106）哥特小说中有大量的"暗恐"情境：白天看起来巍峨堂皇的城堡，夜晚投下阴森的轮廓；一个普通的村屋，地窖深处可能放着交叠的尸骨；神圣的教士可能是邪恶的渎神者；威严的贵族可能是侵占他人财产的罪犯。弗洛伊德式的"暗恐"与柏克式的"崇高"不同：崇高是对极限的挑战，是令人震撼的新奇的心理体验；暗恐是熟悉情景中的陌生性，以及陌生情境中诡异的熟悉感。有时我们甚至会发现自己是自己的陌生人，这呼应了哥特小说中一个反复出现的主题，即"双重人格"（Doppelgänger）主题。

斯蒂文森的《化身博士》是一则典型的双重人格的故事。小说中杰基尔医生发明了一种药水，喝下去就可以变身为行为举止像返祖的类人猿一样的海德先生。杰基尔医生德高望重，是维多利亚上流社会成员，从他身上却催生出杀人犯海德，暴露出维多利亚道德话语下的人格裂变。类似的哥特小说还有很多：爱伦·坡的《威廉·威尔森》中，放荡的主人公反复与一位同名同姓的人相遇，最终杀死了代表他的理性自我的后者；王尔德的《道雷·格林的画像》中，格林把罪孽转交给了画像，自己顶着青春的容貌无恶不作。此类小说质疑了现代性话语所推崇的人的主体性。自启蒙话语以降，人类一直被视为"我思故我在"的理性主体，是道德伦理的执行者、自我命运的主人、世界万物的尺度。可是哥特小说中，人却是非理性的，主体是一张画皮、一个虚像，似曾相识，却也似是而非。在哥特小说的世界里，灵魂中的暗影随时等待突破文明与主流话语的枷锁，分身而出。

哥特小说与性别政治

哥特小说诉诸情感，书写欲望、非理性，违背了新古典主义的理性标准。尽管它的初创者是男性作家，不少小说出自男性之手，却依然在诞生之初被主流文学所排斥，划入俗文学行列，并被称为"女性化"的小说形式。（Fleenor：1983）虽然哥特小说作为文类被整体"女性化"了，批评家提出还是应该区别男性小说家与女性小说家在创作上的不同特征。他们指出，男性哥特作家享受更大自由，描写对象主要是对社会禁忌加以逾越的男性主人公，涉及"某个独立的僭越者，与各种社会体制如法律、教会、家庭的对抗"。（Punter and Byron：278）他们不回避暴力描写，小说中常出现凶杀、刑求等对感官强烈冲击的恐怖场景。女性哥特小说作家更多受到了性别身份的束缚，小说内容以女性的经历为主，聚焦于女性的恐惧与焦虑，并不追求感官刺激，而是靠悬念取胜。

无论是男性哥特小说，还是女性哥特小说，共性在于它们都会描写哥特式的暴君形象。这些暴君是父权制家长的写照，他们对女性实施迫害，采用精神威胁或身体暴力，使女性臣服于他们的欲望与意志。在《奥特兰托城堡》中，曼弗雷为了延续血统，胁迫准儿媳伊莎贝尔嫁给自己。在《尤道弗的神秘》中，蒙蒂尼为了占有艾米丽的财产，把她囚禁在城堡里。在《修道士》中，安东尼娅的美貌引起了安布罗西奥的欲望，她被关在修道院的地牢里，成为他的禁脔。在《呼啸山庄》里，希斯克利夫囚禁凯西以报复她父亲的夺妻之恨。

在哥特小说中，与哥特暴君相对立的，是哥特式的男性英雄。他们往往英俊、勇敢、善良、浪漫、痴情，是他们将柔弱的女性拯救出暴君之手，并且与她们结成夫妻。在《奥特兰托城堡》中，西奥多和伊莎贝拉终成眷属。在《尤道弗的神秘》中，艾米丽和威罗康特续写浪漫。在《呼啸山庄》中，哈瑞顿与凯西相亲相爱。这样的喜剧结尾，目的在于冲淡哥特小说对父权制的批判。人们将女性的不幸遭遇归结于少数恶人，忽略了哥特恶棍与哥特英雄同为男性，女性既没有能力摆脱前者的压迫，也没有能力不依赖后者的支持而自救。通过小说的描述，父权制的污渍被漂白，父权制框架下的家庭结构获得了进一步肯定。

哥特小说在人物塑造上除了拥有暴君／英雄的二元对立，还有纯洁少女／邪恶妖妇的二元对立。纯真的少女往往扮演道德承载者的角色，是黑暗的背景中的人性辉光。不过这一切的前提是她们必须是守贞的，可以向往爱情，但是不能有欲望。在哥特小说的话语体系中，尤其是在早期哥特小说中，男性才有资格成为欲望主体，女性只是他们的欲望对象。一旦女性敢于表达欲望，她们便被划入荡妇与妖妇的行列。在《修道士》中，引诱修道士的玛蒂尔达被塑造成了一名女妖，是撒旦的仆人。《尤道弗的神秘》里的劳伦蒂妮唆使情人杀害发妻，最终被情人遗弃，成了疯子。

由此看来，多数哥特小说在性别政治上是保守的。它从一诞生就受到了女性读者的喜爱，是由于当时作为阅读主体的中产阶级女性人生阅历有限，哥特小说为她们提供了想象的空间，她们可以与女主人公一起体会历险的刺激。哥特小说也获得了她们的父亲和丈夫的首肯，因为它传达了男性意识形态的律令：要摒除欲望，成为和哥特小说女主人公一样善良坚贞的女性；要相信父权制有校正自己的能力，会派英雄来拯救弱女子，并承诺给她们幸福。

不过，即便是最保守的哥特小说，在性别政治上也还是具有一定程度的颠覆性，暴露出女性生活空间的狭窄。父权制提倡男女分治：男性活跃于公共场所，是家庭的供养者和主人；女性的领地则在家的四壁之内，要扮演好女儿、妻子、母亲的角色。可是哥特小说的暴力发生地也往往是在作为家宅的古堡之内，家成为一座监狱，禁锢了女性的身心。因此，哥特小说实际上也提供了一种"反话语"，使女性作家能够对父权制提出质疑，里斯（Jean Rhys）的《藻海无边》（*Wide Sargasso Sea*，1966）便是如此。里斯运用哥特小说框架，讲述了《简·爱》中的疯女人伯莎的前传。伯莎原名安托瓦内特，是牙买加种植园主的女儿。罗切斯特为了她丰厚的陪嫁迎娶了她，却不肯尊重她的自由意志和文化身份。他将她带回英国，任由她精神失常，把她锁进阁楼。疯癫后的安托瓦内特一把大火烧了罗切斯特的桑菲尔德庄园，以同归于尽的形式对哥特式古堡所象征的父权进行了抗争。

女性作家所创作的哥特小说中，疯女人是常见形象，除了《简·爱》里的伯莎，还有吉尔曼（Charlotte P. Gilman）《黄色壁纸》（*The Yellow Wallpaper*，1892）中被关在安了铁窗的婴儿房里的无名女主人公、普拉斯《钟形罩》中困在神经病院里的伊斯瑟尔等。"女性是异者，不同于男性。她与男性的差异有多大，她就有多疯癫。"（Felman：128）沃尔夫笔下的"家中天使"，变成了必须被父权主义囚禁的疯妇。疯癫置身于理性话语之外，逃逸出父权社会的逻各斯中心。

哪里有权力，哪里就有反作用的抵抗力。父权社会以压抑为机制，反而在它的结构之内埋藏了徘徊不去的幽灵，"疯癫"便是其中之一，还有一些则可以归类于"卑贱"（the Abject）。"卑贱"与"崇高"、"暗恐"一样，都是哥特小说的核心范畴，它的提出者是法国女性主义批评家克里斯蒂娃（Julia Kristeva）。克里斯蒂娃在《恐怖的权力：论卑贱》中，借鉴拉康主体性"真实域"、"想象域"、"象征域"的三元结构，指出在父权社会中，主体性的建立依赖于象征域中"以父之名"的律令，依赖于对肉体以及女性价值的否定，这些不能相容的内容都被摒弃到了"卑贱"之中，划归于"不洁"、"污秽"、"丑陋"的行列。比如提醒人类认识肉身局限的尸体、排泄物、生育的血污、母体的子宫，等等，都成了不能言说的恐怖。

"卑贱"是"崇高"的反面，缺乏审美的距离；也和"暗恐"存在差异，是彻底的陌生。然而，"卑贱"虽然不能进入象征域，却也无法从根本上被弃绝。（Kristeva：3—4）它受到了主体的拒斥，并非主体；不能被主体所掌控，亦非客体——成了父权制无法捕获的怪物。"卑贱"是女性哥特小说的重要内容之一，典型作品是玛丽·雪莱的《弗兰肯斯坦》。玛丽·雪莱用隐喻的方式，详细描写了"造人"的物质性，传达了生育恐惧。怪物是人类社会拒绝接受的"卑贱"，在他的身上，生与死并存，其肉身由墓地里的腐尸拼接而成，却有流动的血管和跳动的心。以他的创造者弗兰肯斯坦为首的人类社会拒绝承认他的主体性，试图剥夺他的生存权，他却有不受人类控制的自由意志，徘徊在社会的边缘，随时可能对人类进行报复性的反噬。

哥特小说与殖民话语

玛丽·雪莱的《弗兰肯斯坦》中，怪物有着黄色的皮肤、"油亮的长长的黑发"、黄里泛白的眼睛和黑色的嘴唇。（Shelley：34）他的肤色、发色等都和白皮肤的欧洲人不同，是黑人与黄种人的混合，这也是他在小说中被妖魔化的原因之一。后殖民批评家斯皮瓦克（G. C. Spivak）在赞赏《弗兰肯斯坦》的女性主义立场的同时，批评了雪莱的种族意识："在谈及殖民主体前历史的时候，缺乏政治想象力……"（269）她提醒读者在阅读19世纪英国小说的时候，必须注意小说中的帝国意识。实际上，诞生于18世纪后半叶的哥特小说，从一开始就和帝国以及殖民话语交织在了一起。

哥特小说的诞生与繁荣，与大英帝国的殖民扩张同步。英国向海外殖民开始于1600年左右，但在1750年以前，主要是以贸易站的形式散落在北美洲、西印度群岛以及北非。18世纪中叶，随着葡萄牙、西班牙等旧殖民势力的衰落和英国国力的上升，英国加快了殖民步伐，在北美洲、澳大利亚、亚洲、非洲等地区驻扎军队以及建立官方机构。到了19世纪末，英国已经成为"世界性的帝国，统治人口超过世界人口的四分之一"。（Lloyd：1）而哥特小说的发展，一路伴随着英国的殖民历史。哥特小说中作为家宅的古堡，可以看作是民族-国家意象的隐喻："家和国合成一体，用于对抗'非家'、异国、遥远的距离。"（George：4）殖民地隶属于大英帝国，又与英国本土形成了区别。它们是家的一部分，又不真正隶属于这个家，倒像是闯入者。它们一方面具有神秘而新奇的吸引力，一方面又代表令人不安的差异性。在哥特小说中，差异被解读成了邪恶。诚如詹姆逊（Fredric Jameson）所言，"邪恶与异者这组概念是一体的：与我截然不同，这是邪恶的特征，并且恰恰由于与我不同，对我的存在似乎造成了真正而直接的威胁……他之所以邪恶是因为他是异者，是异乡人，和我不一样，看起来奇怪、肮脏、陌生。"（140）

与异质文化的接触，带来了被污染的可能。创作于19世纪末的哥特小说《德拉库拉》（*Dracula*），讲述的便是异质文明对大英帝国的入侵。小说中的德拉库拉居住在特兰西维尼亚地区，隶属东欧，位于要道，是基督教世界与东方之间的屏障。德拉库拉宣称自己混杂了斯拉夫以及匈奴血统，相对于英国而言，他代表东方的蒙昧与野蛮。哥特小说历来参与塑造英国这一民族-国家的想象共同体，"叙述从日常生活的片段、拼贴和残篇中不断构筑着连贯统一的民族-国家文化标志，叙述行为本身也召唤出不断扩大的民族-国家主体。"（Bhabha：145）早期哥特小说往往选择异国他乡为背景，《奥特兰托城堡》、《尤道弗的神秘》、《修道士》等故事都发生在意大利。这些小说帮助英国将作为异教的天主教以及落后的封建制度都清理进了异域，从而在叙述中强化了英国作为民主进步的现代民族-国家的形象。

《德拉库拉》创作于1897年，正是大英帝国的全盛期，它与早期哥特小说的差别在于，异域对帝国的威胁这一次并没有被隔离在安全的距离以外。男主人公乔纳森在德拉库拉东欧古堡的书架上看到了各类书籍："历史、地理、政治、政治经济学、植物学、地质学、法律，而且都和英格兰、英格兰人的生活和风俗习惯有关。"（Stoker：50）其中还包括《陆海军军人要目》。萨义德（Edward Said）在《东方学》中指出，将其他文化形态作为"研究对象"的学术审视可以为殖民服务，体现着"控制、操纵、吞并的愿望和意图"。（12）英国作为殖民者往往是其他文化形态的审视者，这一次则处在被审视的地位。知识的准备是德拉库拉逆向殖民的第一步，很快他便向大英帝国的中心伦敦进发，买房置产，吸血污染英国血统，想要将英国人都变成他的子民。

在哥特小说中，恶魔不仅来自古老的东方文明，也来自黑非洲。在达科尔（Charlotte Dacre）的《佐夫洛亚》（*Zofloya*，1806）中，女主人公维多利亚受摩尔仆人佐夫洛亚的唆使，毒杀了丈夫及丈夫哥哥的情人，用药迷奸了丈夫的哥哥。佐夫洛亚甚至还占有了她，使这位白人女主人成了他欲望的俘虏。小说的结尾解密佐夫洛亚是撒旦的化身，反映了英国对奴隶制的焦虑。16世纪黑人奴隶开始从欧洲大陆流入英国，黑皮肤标志了他们异者的身份。在当时的文化语境中，欧洲人的白皮肤被认定为既纯洁又高贵，根据 16 世纪出版的《牛津英语词典》，"黑色"则与一系列负面词语相连："污染的、污秽的、腐烂的……具有阴暗或致命目的的、恶意的；与死亡、致命相关的；有毒的、灾害的、罪恶的……"（Jordan：42）而黑／白对立、邪恶／美德对立这样的种族主义比喻，也反复出现在哥特小说中。爱伦·坡的《黑猫》里，那只黑颜色的猫一再诱惑主人公犯罪。詹姆斯的《欢乐的角落》里，主人公在欧洲生活了 33 年后回到纽约，在旧居邂逅自我分身的幽灵，幽灵长着邪恶的黑色皮肤。康拉德的《黑暗之心》中，沿着刚果河顺流而下，黑色非洲拖拽着白人的灵魂坠入地狱。

关于奴隶制，美国哥特小说有最为深刻的思考与表达。美国有漫长的奴隶制历史，即便南北战争也没有能够赋予黑人以其渴望的平等。民权运动后，美国黑人的境况有所改善，但直到现在，种族歧视依然存在。正如费德勒（Leslie A. Fiedler）在《美国小说中的爱与死》中所说，"美国哥特小说恰当的主题是奴隶制。"（378）英国哥特小说中，暴君欺凌弱女；美国哥特小说中，奴隶主凌虐奴隶，他们对黑奴任意鞭打，实施囚禁，随意转卖。女奴处于奴隶主的性暴力之下，没有办法自我保护。如果说在白人哥特话语中女性还可以寄希望于男性英雄的拯救的话，在与奴隶叙述有关的哥特小说中，黑奴只能依靠暴力反抗，同时也要准备面对奴隶主更为血腥的镇压，对抗双方都表现出了人性中最黑暗的一面。麦尔维尔的《本尼托·萨莱诺》（"Benito Cereno"，1855）讲述的就是这样一则以暴易暴的哥特故事。西班牙一艘奴隶船上的奴隶哗变，获得了领导权，他们杀死部分西班牙船员，把西班牙船员白森森的头盖骨挂在船头。哗变被识破后，相邻的美国船占领了奴隶船。带头反抗的奴隶被处决，身体被烧成了灰，人头插在尖桩之上，死者的目光"毫无惭愧地面对着白人的凝视"。（Melville：102）

黑人的目光还望向了美国历史最深的梦魇。在《宠儿》中，莫里森利用哥特小说传统，写出了清算这段历史的必要性，也写出了走出这段历史的重要意义。主人公塞斯亲手杀死了不足 2 岁的女儿"宠儿"，她要女儿逃脱和她一样身为女奴的悲惨命运。18 年过去了，"宠儿"以幽灵的形式不断追逐着塞斯，令她家宅不宁。辛辛那提蓝石路 124 号相当于早期哥特小说的古堡，只是这里的冤魂是苦难深重的黑人。小说结尾，塞斯的另外一个女儿丹芙赶走了"宠儿"，解救了母亲。正视历史，既不忘却，也不执迷不前——只有这样，哥特式的种族主义幽灵才能够得到有效的驱赶。

结 语

从 1764 年至今，经过近两个半世纪的发展，哥特小说已经拥有了一套完整的叙述范式。即便改头换面，脱离了哥特式的古堡，人们依然能够从摩天大楼背后迷宫般的小巷辨别出散发着哥特气息的场景，从不知道德为何物的主人公身上看到哥特式恶棍的印记，从种种突发的暴力看到哥特式的对文明规范的挑衅。恐惧有多少种形式，哥特小说就有多少种面目。哥特小说不仅是历史文化的产物，体现着性别身份与种族身份的困惑，而且也随着时代的变化不断添加新的内容，传达着 21 世纪"人-机"时代的焦虑，展现出人类反启示录式的黑暗想象。从浪漫主义到维多利亚时代，到两次世界大战，再到 21 世纪的当代，作家们一再借用哥特小说范式来表达人类的创伤、惊恐、焦虑以及隐秘的渴望。只要文明与欲望的对立仍然存在，只要主流意识形态依然在命名着它的"异者"，只要社会冲突的危机没有得到化解，哥特小说就会一直存在下去。

参考文献

1. Bhabha, Homi. *The Location of Culture*. New York: Routledge, 1994.

2. Botting, Fred. *Gothic*. London: Routledge, 1996.

3. Burke, Edmund. *A Philosophical Inquiry into the Origin of Our Ideas of the Sublime and Beautiful*. Ed. Adam Phillips. Oxford: Oxford UP, 1990.

4. Day, William Patrick. *In the Circles of Fear and Desire: A Study of Gothic Fantasy*. Chicago: Chicago UP, 1985.

5. Felman, Shoshana. "Women and Madness: the Critical Phallacy." *The Feminist Reader: Essays in Gender and the Politics of Literary Criticism*. Ed. Catherine Belsey and Jane Moore. Basingstoke: Macmillan, 1997.

6. Fiedler, Leslie A. *Love and Death in the American Novel*. New York: Criterion, 1960.

7. Fleenor, Juliann. *The Female Gothic*. Montreal: Eden, 1983.

8. Freud, Sigmund. *A General Introduction to Psychoanalysis*. Trans. Joan Riviere. New York: Liveright, 1963.

9. —. *New Introductory Lectures on Psychoanalysis*. Trans. James Strachey. New York: Norton, 1990.

10. —. *The Uncanny*. Trans. David Mclintock. New York: Penguin, 2003.

11. George, Rosemary M. *The Politics of Home: Postcolonial Relocations and Twentieth-Century Fiction*. Cambridge: Cambridge UP, 1996.

12. Jameson, Fredric. "Magical Narratives: Romance as Genre." *New Literary History* 7.1 (1975): 135-163.

13. Jordan, Winthrop D. *The White Man's Burden*. London: Oxford UP, 1974.

14. Kristeva, Julia. *Powers of Horror: An Essay on Abjection*. Trans. Leon Roudiez. New York: Columbia UP, 1982.

15. Lloyd, Trevor. *Empire: The History of the British Empire*. New York: Hambledon, 2001.

16. Longinus. *On Sublimity*. Trans. D. A. Russell. Oxford: Clarendon, 1965.

17. Mayo, Robert D. *The English Novel in the Magazines 1740—1815*. Evanston: U of Illinois P, 1962.

18. Melville, Herman. *Melville's Short Novels*. Ed. Dan McCall. New York: Norton, 2002.

19. Montgomery, Robert L. *Terms of Response: Language and the Audience in 17th and 18th Century Theory*. Philadelphia: Pennsylvania State UP, 1991.

20. Mulvey-Roberts, Marie, ed. *The Handbook to Gothic Literature*. London: Macmillan, 1998.

21. Paulson, Ronald. "Gothic Fiction and the French Revolution." *ELH*. 48.3 (1981): 532-554.

22. Punter, David, and Glennis Byron. *The Gothic*. Malden: Blackwell, 2004.

23. Reeve, Clara. *The Old English Baron*. New York: Oxford UP, 2003.

24. Said, Edward. *Orientalism*. London: Penguin, 1977.

25. Shelley, Mary. *Frankenstein: A Norton Critical Edition*. Ed. J. Paul Hunter. New York: Norton, 1996.

26. Snodgrass, Mary Ellen, ed. *Encyclopedia of Gothic Literature*. New York: Facts on File, 2005.

27. Spivak, Gayatri Chakravorty. "Frankenstein and a Critique of Imperialism." *Frankenstein: A Norton Critical Edition*. Ed. Paul Hunter. New York: Norton, 1996.

28. Spooner, Catherine, and Emma McEvoy, eds. *The Routledge Companion to Gothic*. New York: Routledge, 2007.

29. Stoker, Bram. *Dracula*. Ontario: Broadview, 1998.

30. Walpole, Horace. *The Castle of Otranto*. New York: Holt, 1963.

31. 巴特勒:《浪漫派、叛逆者及反动派:1760—1830 年间的英国文学及其背景》,黄梅等译,辽宁教育出版社,1998。

32. 童明:《暗恐／非家幻觉》,载《外国文学》2011 年第 4 期。

33. 瓦特:《小说的兴起:笛福、理查逊、菲尔丁研究》,高原等译,读书·生活·新知三联书店,1992。

34. 萧默:《世界建筑艺术》,华中科技大学出版社,2009。

公民社会　时锦瑞

略　说

"公民社会"（Civil Society）是一个非常重要的理论概念，涉及人文科学和社会科学的诸多方面，也从基础上对文学、文学批评和文学理论产生了重大影响。公民社会也是千百年来人们追求的一种理想社会。对公民社会的了解和认识，是人文学科工作者不可或缺的一种素质，或者说是一种必须具备的知识。

综　述

公民社会的概念具有漫长的历史，在不同时期具有不同的意义。例如，19 世纪罗马天主教会认为公民社会指的是国家，与教会相对；但马克思谈到公民社会时，他或多或少指社会经济基础，与国家相对。实际上，公民社会的意义经历了多次变化。下面主要从理论方面非常概略地介绍一下公民社会的历史发展。

古代公民社会的概念

公民社会是古希腊的思想遗产，主要是亚里士多德的思想遗产。亚里士多德曾使用希腊文 koinonia politiké 表示当时的社会状况，其英文含义是"政治组合"（political association）或"公民社会"，与城市或国家同义，因此以前翻译成"市民社会"。亚里士多德还把这个术语与希腊文的 polis（城邦）一词交叉使用，互相置换，后来又从 polis 衍生出 politics（政治）、political（政治的）、politician（政治家），等等。（Colas，1995：1011）

亚里士多德把公民社会与其他各种组合进行了区分，如家庭、氏族、军队和行会等。这些其他组合，每一种都有特殊的功能，如生育、生产消费品、打击敌人、组织拜神，等等；但公民社会具有更广泛的功能，因此它包括所有其他地方或局部的特殊的组合。公民社会的目的不是为任何一个特殊群体的利益服务，而是为整个社会服务。由于公民社会为共同利益工作，寻求共同享有美好的东西，所以亚里士多德认为它是最理想的政体。作为由多种组合构成的组合、由多种群体组成的群体，城邦本来就存在，即使并非所有人都生活在这种组合之中。按照亚里士多德的看法，人本质上也是一种动物，但他们想生活在城邦里，结果就成了一种政治的动物。

所以，公民社会还体现了一种特殊类型的权力构成：它由公民限定，而公民是同类人之间的一种联系。按照亚里士多德的观点，在城邦里，每一个公民都有权成为统治者，因此公民社会与家庭的权力构成完全不同。譬如在古希腊，家庭包括奴隶，奴隶永远依附于主人，主人对奴隶拥有绝对权威。但如果一个政治组合是"平等和类似的"成员的组合，或者说是公民的组合，那么这种政治组合就要由一些相同的规范和法律限定。在公民社会里，公民的平等权利是文明化的人民的特征。希腊人称之为野蛮人的人，没有这种能够住在城市里的心理素质和品德，他们只能生活在 ethne 里，ethne 的意思是一个"民族"（people）或"国家"（nation）。作为一种社会，ethne 类似人类学家所说的分级社会（segmentary society），其中主要的社会联系是亲属关系。（Colas，1995：1012）

虽然亚里士多德认为公民社会是最佳的组合，希腊人（不包括他们所说的野蛮人）可以作为公民生活在一起，但后来又出现了另一种二元论的公民社会概念，即大约 8 个世纪之后由圣奥古斯丁提出的公民社会理论。在《上帝之城》里，他从神学的、末世学的观点出发指出，上帝的城市和世俗的或邪恶的城市是对立的，应该以此来划分公民社会。按照这种二元论，奥古斯丁把上帝之城与邪恶之城、天堂与人间、耶路撒冷与巴比伦互相对立起来。上帝之城的公民像是朝圣者走在人间通向天堂的路上，他们将永远生活在上帝的爱里，而邪恶之城的公民将忍受永恒的惩罚。这有些像是上帝之城和凯撒之城之间的二元对立，但奥古斯丁的对立是一种神秘的对立，两种城市之间的区分并不是那么简单。

首先，两种公民——上帝之城的公民和邪恶之城的公民——是混杂在一起的。其次，按照奥古斯丁的观点，人间有一种上帝之城的原型或预想，因为并非一切政治制度都是坏的。尽管罗马皇帝尼禄非常残暴，明显受邪恶的权力欲驱使，但奥古斯丁对耶稣基督的预想也是一种粗暴的预想。奥古斯丁认为，好政体与坏政体的区分标准是"和平"与否。在上帝之城里，永恒的和平处于统治地位，于是追求和平生活的公民社会模仿上帝之城的生活，这种公民社会优于国家或帝国的公民社会，因为国家或帝国的目的是通过战争统治他人。不过奥古斯丁也认为权力欲是可以遏制的，在他看来，完美的人类社会永远不可能实现，但一个可接受的社会则可能实现并在人世间行之有效。所以，尽管两种城市尖锐对立，可奥古斯丁并没有排除某种交叉或相关的联系。马丁·路德在解读《上帝之城》时，政治态度明显涉及这种思想。

马丁·路德开始反抗罗马天主教会时，把罗马比作巴比伦，认为罗马天主教像《启示录》里所说的巴比伦的邪教，因此必须把它除掉。路德否认教皇和国王、天堂和人世王国之间有任何对应的一致性，他说教会绝不能像国家那样统治，教皇不得插手世俗事物。显然，路德相信上帝的城市和公民社会完全是两回事。一方面，路德反对罗马天主教会；另一方面，他又不得不面对"反对圣像崇拜者"和"宗教狂"的激进的政治抗议。

"反对圣像崇拜者"是反叛的极端主义者，他们不仅要摧毁教堂里的绘画和雕塑，而且要破除公民社会里的政治权威。他们否认任何类型的再现，不论是宗教的还是政治的。"宗教狂"试图在世界上的此时此地建立上帝的王国，他们只承认上帝不承认国王，只承认教义不承认法律和任何世俗的权威，并主张废除私有财产。路德认为，这等于取消了天堂和人间的距离，而耶稣说的却是"我的王国不属于这个世界"。路德相信，由于原罪，人受到邪恶力量的支配，若无政治权威的统治，整个人类就会被战争毁灭。因此他为德国王公的"合法暴力"辩护，反对农民起义，也反对好的基督徒兼具多种身份的权利——不能既是地主又是商人，既是神父又是士兵或政治家。人们可以合法地追求世俗的欲望，为个人的利益也为公民社会的共同利益工作。就此而言，路德的政治思想预示了马克斯·韦伯的社会学思想。在韦伯的社会学里，国家被视为一个机构，垄断着合法的暴力。

在新教改革之后，出现了另一种重要的二元对立的思想，即生活在公民社会的人和生活在自然状态的人。其中需要注意两点：第一，按照托马斯·霍布斯的观点，在自然状态下，每一个人都受到其他人的威胁。因此他必须与其他人订立契约，在某种政治权威的控制下与其他人生活在一起，而这种政治权威为个人寻求更好的生活提供保障。霍布斯把这种组合称为"共和政体"（commonwealth），亦即旨在促进共同福利的国家。在他的名著《利维坦》里，他也用"公民社会"作为"共和政体"的同义词。第二，在人类社会里，人能够以理性的方式增加自己的福利和财富，同时又为共同的利益服务，这种观念成为"新科学"，即18世纪在英国出现的政治经济学的基本原则。虽然在亚里士多德的理论里经济只是家庭管理的艺术，但对亚当·斯密、亚当·弗格森和大卫·理卡多等人来说，经济变成了公民社会的科学，因为公民社会的目的就是要增加个人财富和扩展整个社会财富。也就是说，文明的进步不再与宗教信仰、公民义务和政治品德有本质的联系，它只与经济活动相关。这种意识在18世纪的思想家当中占据了统治地位，唯独卢梭是个例外。卢梭认为，人在自然里比在公民社会里更愉快、更幸福。

现代公民社会的概念

黑格尔（G.W.F Hegel）不同意卢梭的观点。他把现代全球社会的总体性特征称为"国家"。按照他的看法，公民社会只是构成国家的三个复杂的因素之一。这三个因素是家庭、公民社会和国家，国家属政治管理机构。

黑格尔认为，公民社会是现代世界的一种创造，它的出现与工业发展相关。可以说公民社会是作为一个社会领域出现的，在这个领域，个人通过劳动能够满足他们的需要。关于公民社会的经济方面，黑格尔的解释实际上非常接近英国的政治经济理论，对他来说，公民社会通过系统的劳动分工生产商品并积累可能的财富。他认为，在现代社会里，个人的意志不再与整个社会的利益发生冲突。然而个人之间并不会有自发的和谐，因为经济竞争的过程迫使他们互相冲突和争斗。因此公民社会因为个人之间的福利性质而受到威胁，在某种意义上每个人都反对其他的人——

霍布斯认为这种情况只出现在自然状态的社会层面。

由于个人趋向于只考虑个人的私利，由于个人行为存在自私自利的可能，所以一个社会必须有法律和制度，必须有政治权威，否则它很可能被自身内部的矛盾毁灭。以此黑格尔提出，公民社会应该是经济和政治的融合，它包括三个密切相关的部分：一种能够使人们需要得到满足的制度、公正的管理，以及治安和职业性的协会或机构。这里治安主要指与公共秩序相关的各种机构，特别是与自由市场的法律规定相关的机构。如果不实施某些规则和规定，自由市场经济就会混乱不堪，就不可能存在。职业性的协会或机构指现代时期的行会组织。黑格尔认为，公民法庭类似治安和职业性协会，它们在公民社会内部运作，在公民社会之外由国家管理。国家拥有立法权和执行权，国家制定法律并决定如何处理全球社会问题。这就是说，国家组织对公民社会进行管理，国家是公民社会存在的先决条件。辩证地看，没有公民社会就没有国家，没有国家也就没有公民社会。（220）

在黑格尔的公民社会概念里，"公民"是个复义词。它指的是居住在城市里的人，这些人享有公民的权利；同时，它也指具有较高社会地位的人。按照黑格尔的看法，公民社会的典型成员是"资产阶级"。（190）但在公民社会生成资产阶级的同时，它也在另一极生成所谓的"贱民"（rabble），而且两极之间的鸿沟会不断扩大。于是黑格尔提出，为了规范公民社会，多余的贱民应该离开，到其他地方建立殖民地。非常清楚，并非公民社会所有成员都是资产阶级，但黑格尔认为，正是在这种社会等级的基础上才建立了公民社会。

黑格尔所说的国家不是民主国家，其政治统治权不在人民手里，而是在国王手里。不过黑格尔所说的公民仍然拥有大量权利，因此黑格尔的现代社会体现了一种主体自由与社会组织的综合。国家保障个体公民的权利，但在一些特定的条件下，个体公民必须回报国家。国家或国家间的冲突有时只能通过战争解决，因为国家之间除了自然法再无其他有效的法律。在自然状态下，个体之间的关系与国家间的关系一样。有时候，公民社会的贱民和资产阶级都必须为国家当兵服役，其实这是一种交换：国家维护和平，为工商业和公共福利创造可能的条件；而作为回报，有时它要求公民进行战争，必要时献出自己的生命。

总起来看，黑格尔对公民社会的概念有两个创新之处。第一，他确定了一种更复杂的经济定义。许多评论家都曾指出，黑格尔根据当时英国经济学家的著作发展了公民社会的概念。英文中的"公民社会"是 civil society，黑格尔所用的标准德文翻译却是 bürgerliche Gesellschaft，意思是"资产阶级社会"。这一差异表明，黑格尔的公民社会概念与当时的文明进程有紧密的关系，涉及市场交换和资本主义的生产关系。按照黑格尔的观点，通过需求、工作、交换和追求特殊的个人利益，通过资本主义生产和销售的竞争机制，"无组织的公民社会的原子"必定走向普遍的秩序。（Colas, 1995: 1014—1015）

第二，黑格尔突出了公民社会中的教育方面。他不只以一种新的二元论（公民社会对政治社会）代替了早期的二元论（自然社会对公民社会），而且提出了一种三元论的概念：自然社会-公民社会-政治社会。自然社会在变成政治社会之前，必须经过公民社会的调和。公民社会和自然社会虽然都是生活需要和个人利益的领域，但公民社会还是一个"相关的领域——一个教育作用的领域"。（209）换句话说，公民社会对个人需要和个人利益采取自然人类的制度，通过资本主义生产和交换的社会机制使它们彼此联系起来，然后在对特殊进行调和归纳的基础上，提出国家"根据实际伦理观念"能够实现普遍社会利益的范围。（257）黑格尔所说的公民社会里的教育是一种形式的融合过程，通过这个过程，特殊的差别在统一体里既被否定又被保留。

黑格尔把经济和教育方面结合起来，提出公民社会是一个劳动的社会。劳动生产产品，劳动进行教育。黑格尔认为，劳动的抽象过程是推动文明化社会机制的动力。"具体劳动是基本的、实质的交流"，是一切事物的基础，但它也是"蒙昧的和野蛮的"，就是说，没有受到关于普遍利益的教育。（255）早期阶段的具体劳动是农民的劳动，是最接近自然的人类行为。对具体劳动不能简单地否定，因为它是一切社会的基础；但它也不能简单地联合起来，因为它是野蛮的、未开化的。"它像一只野兽，"黑格尔写道，"必须不断地规训它、教育它。"（240）从具体劳动到抽象劳动的抽象过程就是教育过程，单个的具体劳动通过否定转变成普遍性的劳动，因此公民社会不只是劳动的社会，而且是特殊的抽象劳动的社会。这种具有教育意义的抽象过程，也是黑格尔公民社会概念的核心：通过劳动，将满足人们特殊需要的追求与他人的追求相联系，从而"主体的自我追求变成了满足其他每个人需要的贡献"。（199）

马克思对公民社会的看法完全不同。马克思相信，现代公民社会，意即现代资产阶级社会，并不是为了人类的福利与和平，而是为了经济剥削，进而产生使现代社会分裂的阶级斗争的社会。马克思宣称，他要从根本上改变黑格尔的哲学，使黑格尔的唯心主义回归实际。虽然马克思同意18世纪经济学家的观点，也认为公民社会等同于社会的经济领域，但他不同意黑格尔把国家作为整个社会基础的观点。在马克思看来，公民社会是社会的基础，历史是公民社会进化的过程。只有在某些历史阶段，公民社会才能与政治融合。在黑格尔的政治理论里，虽然政治和经济的融合也被当作公民社会的现实，但马克思认为，在一定条件下，政治和国家寄生于公民社会。

按照马克思的观点，国家和公民社会最初是两个分开的领域，在历史的第一个阶段，即德意志的部落时期，才融合起来。在那个时期之后，国家和公民社会不再重合一致，而是经历了一个逐渐分裂和区分的过程。在历史的第一个阶段，即一般称作"原始共产主义"的阶段，国家或政治领域与公民社会或经济领域构成一个单一的、独特的领域，其中没有私有制，国家是一个集体性的地主，拥有土地和所有的财富。个体的人没有财产权，他们耕作社群共有的土地。个人的财产所有权后来才出现，个人先是作为动产（例如家具、工具、武器、动物）的拥有者，后来才作为不动产——房地产——的拥有者。随着个人财产的出现，国家和公民社会出现了差别，但并非完全不同，它们体现了部分交叉的两个领域。

资本主义的出现使公民社会的历史发生了重大变化。工业和私有制大大降低了国家的经济作用，而且一旦资本主义取得胜利，国家的经济作用便可能完全消失。确切地说，资本主义国家实现两种功能：一方面像一个组织那样运作，为资产阶级的共同利益服务；另一方面像一个权力机构，利用警察和军队保护资产阶级，对抗工人阶级，于是官僚统治和暴力就成了高度政治化的国家的两种功能。这里有一个悖论：国家完全自治、不再发挥经济作用时，它就变成了资产阶级的工具，变成了资本家进行阶级统治的工具。因此对于从历史的第一阶段到现代社会的巨大变化，似乎可以这样概括：在原始社会里，国家拥有一切；在资本主义社会里，资本家拥有国家。事实上，在现代社会里，资本家可以购买国家，例如在股票市场上购买国债，等等。

在马克思看来，国家及其法律没有真正的历史，而是思想统治的组成部分，是幻想和幻觉世界的组成部分。在前资本主义历史阶段，国家能够发生作用，但这并不是它对人类的价值。所以马克思认为，法国革命主要是政治革命，虽然它重新说明了公民的特点，根据政治权力对公民进行限定，但它与作为公民社会成员的人并无关系，与实际的人也不相关。

在马克思的体系里，国家在真正的无产阶级革命胜利之后将最终消亡，取代它的是无产阶级专政。当然，按照马克思的看法，无产阶级专政是对资产阶级专政的反应和对抗。在现代社会里，虽然国家变成资本家的资产，但这并不是政治发展的最后阶段。马克思认为，法国社会里的阶级斗争是一种范式，法国是一般历史发展的模式。路易-波拿巴·拿破仑1851年12月的政变结束了第二共和国，导致产生了一种新的国家。他需要政治支持，于是开创了官僚政治。这些官僚和小官员构成一种职务阶层，但不是一个阶级，因为他们在公民社会里除了在政治上支持路易-波拿巴·拿破仑的国家之外，并没有什么功能。由于这种官僚政治在经济领域里没有作用，所以马克思认为他们是寄生虫或吸血鬼，并把1871年的巴黎公社看作是公民社会反对这种寄生政权的革命。

如果把马克思的政治理论与奥古斯丁、路德和黑格尔的理论加以对照，也许可以说，他的理论是对前面几人的综合和发展——他的著作中确实也提到了这几位理论家。但是，马克思不同于黑格尔，他认为公民社会（不是国家）既是历史发展的基础，也是历史发展的目的。他也不同于路德，马克思相信最终必须破除政治权威；他反对偶像崇拜，因为他认为国家是一个虚假的现实，偶像代表的国家只是一种手段、一种幻觉，因此人类必须从这种异化中解放出来，尤其要从政治的异化中解放出来。然而，马克思也有些像奥古斯丁，他也区分"天堂"和"人间"，但不同的是，马克思的"天堂"是完美的社会，是人类的城市而不是上帝的城市，是通过无产阶级革命而实现的人类社会——共产主义或乌托邦。

20 世纪公民社会的概念

20 世纪，关于公民社会概念的论述大致可分为两类：一类倾向于民主，另一类倾向于专制，其代表人物分别是葛兰西（Antonio Gramsci）和福柯（Michel Foucault）。

葛兰西在《狱中札记》里一再强调，黑格尔关于公民社会和政治社会的区分对自由或进步的政治理论非常重要，但他并不是照搬这种区分，而是把两个概念的关系颠倒了过来。葛兰西把历史运动置于相反的方向，提出"国家的目标是自己的终结、自己的消失，换言之，重新把政治社会融合到公民社会内部"。（253）"重新融合"表示社会走向的颠倒：黑格尔的概念是从社会走向国家，现在是从国家走向公民社会。葛兰西认为国家消亡的过程是重新被公民社会融合的过程，因为他认为国家的存在是第二位的，就像一个占位符号，在公民社会尚未充分发展的空白处起结构上的补充作用。当公民社会充分发展并实现了它的作用时，国家本身将不复存在；如果国家的成分继续存在，也只能作为公民社会统治的辅助力量。实际上，葛兰西汲取并突出了黑格尔概念中的民主因素。对葛兰西来说，重要的是扩大并强化公民社会各个部分和机构的权力，最终以社会公认的民主力量填充现在被国家占据的专制空间。公民社会统治的基础也是黑格尔所说的教育形式，通过那种形式的教育，革命的阶级或政党才能以普遍的利益同化整个社会。当政府被有效地同化到公民社会之内时，公民社会的统治或自治将会出现。

与葛兰西相似，其他一些人也突出公民社会的民主方面，但他们一般集中于公民社会机构的多样性，集中于纳入政治社会或国家规定的各种渠道。例如，制度化的工会提供表达工人利益的渠道，司法改革可以利用法律体制和权利规定平衡不同的利益群体，还有大量政治实践的策略和分析集中于利益群体的政治、政党的相互作用、各种媒体的影响、教会运动、民众改革运动，等等。所有这些都强调一点：通过公民社会开放的意识形态、文化和经济体制等渠道，可以形成种种可能的民主表达。按照这种观点，国家通过机构会开放多种表达民主的渠道。但公民社会多种力量的活跃可能使国家出现漏洞，造成统治权力的不稳，甚至把它"重新融合"到公民社会日益扩展的统治权力之内。

但是，在另外一些论述里，尤其是在福柯的著作里，限定公民社会和国家之间关系的协调机制并不导向民主，而是导向专制。通过各种机构渠道的利益表达，不是表明多种社会力量对国家的影响，反而突出了国家组织、恢复和生产社会力量的能力。福柯清楚地表明，公民社会的机构或樊篱——教会、学校、监狱、家庭、工会、政党，等等——为现代社会运用权力构成了典型的领域，产生出规范的主体，从而以人们赞同的方式行使权力。这种方式更微妙，但并不比高压专政更少专制性。这种规训的观点承认规训需要通过公民社会的某些渠道，但认为它们导致相反的方向。例如，工会不是被看作表达工人利益的渠道，而是作为调和资本主义生产和资本主义社会关系对立的一种方法，从而创造出一种工人的主体性；这种主体性不仅可以从内部恢复，而且实际上还支持资本主义的国家秩序。福柯分析公民社会机制的方式与黑格尔相同：公民社会的工会和其他机构是为了"教育"公民，在他们内部制造与国家一致的普遍愿望，最终把敌对的社会力量纳入国家体制。

黑格尔对公民社会的理解以及对它的教育作用的概括，在许多方面对应于福柯所说的国家政府化的过程。按照福柯的观点，从中世纪到 18 世纪，主权国家在欧洲是主要的统治形式，它把自身置于超越它的臣民的地位之上，这种超越使它可以摆脱社会上利益冲突的压力。但是，在走向现代国家的进程中，这种超越由于政府管理形式的出现而被颠覆。政府统治的特征，是它通过多种形式对居民形成一种内在性。福柯（Michel Foucault）说："政府的艺术……必须从本质上回答这样一个问题，即它如何引领经济，也就是说，它如何充分地管理个体的人、商品和财富，就像在一个家庭里那样，一个好的父亲知道如何指示他的妻子、孩子和佣人……"（qtd. in Hardt：32）政府这种对人和事的管理，包含着积极的介入和交换，或者说包含着社会力量和国家之间的辩证关系。黑格尔所说的教育过程，福柯换作了规训的过程，而其作用是限制和约束。从这种观点出发，公民社会是现代经济的生产场所，或者说它是生产商品、欲望、个体和集体身份的所在。正是这个通过机构调整社会力量的所在，强化了国家的地位，也强化了专制的权力。

福柯不仅反对葛兰西对公民社会和政治社会（国家）的颠倒，而且认为不可能把这两者分开。当他论述权力无处不在时，实际上他就否定了这种区分。他说："权力关系不是外在于其他类型的关系（经济过程、知识关系、性关系），而是后者内在的东西。……不论它们在什么地方开始运作，它们都有一种直接的生产作用。"（1978：94）在有戒律和政府管理的社会里，权力通过公民社会机构创造的渠道可以延伸到整个社会空间。权力的实施通过调配加以组织，这种做法既是意识形态的也是机制的和物质的。在福柯的理论框架里，现代国家不是权力关系超验的源泉，而是作为社会权力关系固有的"国家化"力量的结果。因此福柯喜欢用"政府"代替国家，以此表示国家化的种种力量是社会领域固有的东西。福柯从生产方面重新阐述了公民社会的教育过程，认为权力不仅规训社会领域的诸多因素，而且还生产它们——生产欲望、需要、个体的人、身份，等等。因此，从权力关系的微观角度考虑，规训的社会是公民社会的主要特征。换句话说，公民社会是建立在规训基础上的社会。

随着全球化的发展，全球经济也开始重构，出现了灵活的资本积累，例如国际股票、证券和期货市场，对机构的结构和部署也开始重新安排。在这种情况下，传统的关于社会组织的看法，甚至关于民族-国家的观念，也似乎变成了过时的东西。也就是说，公民社会正在衰微。"事实上，最近几年，在北美、欧洲和其他一些地方，公民社会存在的条件越来越遭到破坏。即使我们认为公民社会在政治上是适宜的，在当前条件下援用这个概念也仍然只能是徒劳无益。"（Chatterjee: 119）"我们今天生活其中的社会更应该被理解为一个'后公民社会'（post-civil society）。"（Hardt: 27）

在晚期资本主义或后工业社会里，公民社会被纳入了"控制的社会"，这与福柯的理论相似。但对当前北美和欧洲社会而言，甚至福柯的理论也显得过时，因为它不能说明居支配地位的社会生产和社会秩序的机制。换言之，以前公民社会的概念不再适用，因为社会正在构成一种新的社会关系和新的统治条件。当然，这并不是说以前的公民社会概念已经完全失效，而是说它们失去了曾经有过的统治地位，一种新的社会机制和结构已经出现。甚至福柯也曾认为：

> 这些年来社会已经发生了变化，个体的人也发生了变化；他们的分歧、差别越来越大，越来越独立。各种类型的人越来越不为规训所约束，因此我们必须想象无规训的社会的发展。……非常明显的是，将来我们必须使自己与今天的规训社会分道扬镳。（qtd. in Hardt: 41）

如果把福柯的观点加以延伸，我们可以说，在晚期资本主义的生产方式里，生产力或整个生产似乎不再是限定和维持资本主义社会组织的支柱；生产获得了一种客观的性质，仿佛资本主义是一架机器，自动地向前运动。在这种情况下，公民不再被当作一个固定的社会同一体。但新的统治力图将公民作为任何一种同一体来进行控制，或者无限灵活地保持一种公民的地位。它倾向于建立一个自治的统治阶段，脱离对抗的社会力量领域。于是，活动性、快捷性和灵活性便成了这种统治特有的性质，或者说，它就像一个可以无限编制程序的机器。

概略地讲，在晚期资本主义社会里，资本不再必然与劳动结合，或者说不再在生产的核心体现劳动。社会资本好像在独立地自行再生产，其过程仿佛成了社会制度本身的产物。既然劳动和资本分离开来，公民社会和国家统治的二元论也不复存在。因此，作为劳动者的公民便失去了原来的身份，所谓公民社会也便走向终结，或者说进入了"后公民社会"。也许可以说，这正是今天电子网络时代的特征，全世界的网民正在形成一种无国界的网络公民。他们对社会结构的影响，是我们需要关注的问题。

结　语

公民社会是个动态的概念，不同时代对它有不同的看法。无论在哪个时代，公民社会的核心都是人民当家做主，社会由人民管理。但如何实现、能否实现，不同时期、不同的人却会有不同见解，因此，应该历史地、辩证地看待公民社会。

前文关于公民社会的论述，只是非常简要地勾画了不同时期的一些有代表性的观点，或者说粗线条地勾勒了公民社会这一概念的发展脉络。即使如此简略，通过对公民社会概念的历史考察我们也会发现，从总体上看，公民社会与国家处于一种张力和平衡的关系之中，它产生出各种形式的社会联系，引发出一系列的规训和戒律，从而形成使社会适应生产发展的教育机制（学校只是其中一部分）。因此，对公民社会的思考可以联系当前的社会现实，为我们提供有益的启示。

今天，随着全球资本主义的扩展，生产的跨国化既是前所未有的全球一致的根源，同时也是历史上前所未有的分裂的根源。全球经济、社会和文化的一致化，有些像马克思预言的那样出现了，然而与此同时也出现了一个与之平行的分裂化的过程：在全球范围内，资本主义的中心正在消失，生产过程分裂到许多国家和地区。资本主义这种在空间上的分裂及其后果表明，人们可以构想一种不以欧美政治和社会模式为基础的不同的未来。但这个未来究竟是什么样的社会，却是知识界和思想界必须面对和思考的问题。

参考文献

1. Agamben, Giorgio. *The Coming Community*. Trans. Michael Hardt. Minneapolis: U of Minnesota P, 1993.

2. Bobbio, Norberto. "Gramsci and the Conception of Civil Society." *Which Socialism?* Ed. Richard Bellamy. Trans. Rogor Griffin. Minneapolis: U of Minnesota P, 1987.

3. Chatterjee, Partha. "A Response to Taylor's 'Modes of Civil Society'." *Public Culture*. 3 (1990): 119-132.

4. Colas, Dominque. *Civil Society and Fanaticism: Conjoined Histories*. Trans. Amy Jacobs. Stanford: Stanford UP, 1997.

5. —. "Civil Society: From Utopia to Management, From Marxism to Anti-Marxism." *SAQ*. (1995): 1009-1023.

6. Foucault, Michel. *Discipline and Punish:The Birth of the Prison*. Trans. Alan Sheridan. New York: Vintage, 1977.

7. —. *The History of Sexuality*. Vol. 1. *An Introduction*. Trans. Robert Hurley. New York: Vintage, 1978.

8. Gramsci, Antonio. *Selections from Prison Notebooks*. Trans. Quintin Hoare, et al. New York: International, 1971.

9. Hardt, Michael. "The Withering of Civil Society." *Social Text* 45.14 (1995): 27-44.

10. Hegel, G. W. F. *Elements of the Philosophy of Right*. Trans. H. B. Nisbet. Cambridge: Cambridge UP, 1991.

11. 奥古斯丁：《上帝之城》（上），王晓朝译，人民出版社，2006。

12. 霍布斯：《利维坦》，黎思复等译，商务印书馆，1997。

13. 马克思：《德意志意识形态》，载《马克思恩格斯选集》（1），人民出版社，1972。

共同体 殷企平

略 说

"共同体"（Community）一词源于拉丁文 communis，原意为"共同的"（common）。自柏拉图发表《理想国》以来，在西方思想界一直存在着思考共同体的传统，但是共同体观念的空前生发则始于 18 世纪前后。这是由于在工业革命和资本主义全球化之际，人们突然发现周围的世界 / 社区变得陌生了：传统价值分崩离析，人际关系不再稳定，社会向心力逐渐消失，贫富差别日益扩大。换言之，就是人类社会对共同体的需求已迫在眉睫。作为对这一需求的回应，欧洲各国相继涌现出一批探索并宣扬共同体观念的仁人志士。他们或在哲学、社会学等领域里著书立说，或用文学形式推出关于共同体的想象，在两者形成的互动中，共同体观念随之嬗变演进。其中从黑格尔到马克思，从滕尼斯（Ferdinand Tönnies）到威廉斯（Raymond Williams），把有机 / 内在属性看作共同体主要内涵的观点一直占据共同体思想史的主流地位。在威廉斯之后，由于布朗肖（Maurice Blanchot）、南希（Jean-Luc Nancy）和米勒（J. H. Miller）等人的影响，文学批评理论界对共同体有机 / 内在属性的质疑甚嚣尘上，共同体观念的多义性以此日益彰显。为了厘清概念，对这些质疑进行梳理已然成为学界当务之急。

综 述

根据威廉斯在《关键词：文化与社会的词汇》中的考证，英语 community 一词在不同时期分别衍生出以下四个基本含义：一、平民百姓（14—17 世纪）；二、国家或组织有序的社会（14 世纪起）；三、某个区域的人民（18 世纪起）；四、共同拥有某些东西的性质（16 世纪起）。跟本文关系最密切的考证见于威廉斯如下的表述："从 18 世纪起，共同体比社会有了更多的亲近感……这种亲近感或贴切感是针对巨大而庞杂的工业社会语境而蓬勃生发的。人们在寻求另类的共同生活方式时，通常选择共同体一词来表示这方面的实验。"（75）威廉斯还认为，作为术语的共同体有一个更重要的特征："不像其他所有指涉社会组织（国家、民族和社会等）的术语，它［共同体］似乎总是被用来激发美好的联想……"（76）这一立论与德国社会学家、哲学家滕尼斯的共同体学说形成了呼应，后者曾经在与"社会"相对的意义上，给共同体下了一个经典性定义："共同体意味着人类真正的、持久的共同生活，而社会不过是一种暂时的、表面的东西。因此，共同体本身必须被理解为一种生机勃勃的有机体，而社会则是一种机械的聚合和人工制品。"（19）滕尼斯是共同体思想的集大成者，他对于共同体的研究适逢文化观念内涵（共同体观念是文化观念的主要内涵之一）演变的最重要时期。或者说，在他那个时期，现代意义上的"文化"概念经历了最重要的内涵演变，在过去的 400 多年中，文化概念的最重要内涵是"转型焦虑"和"愿景描述"。①

在形成上述共同体观念的过程中，滕尼斯受到了洛克、卢梭、黑格尔和马克思等许多思想家的启发，其中黑格尔和马克思对他的影响最大。西班牙科尔多瓦大学教授赫弗南（Julián Jiménez Heffernan）曾经指出，滕尼斯用以描述自己思想的关键术语都是从黑格尔那里借来的，如"社会"（Gesellschaft）和"共同体"（Gemeinschaft），以及"有机的"和"机械的"，等等。（8—16）如上文所示，滕尼斯在界定共同体时，强调它是一种有机体，其对立面则是作为机械聚合体的社会，而黑格尔在其著作中"常常把有机组带和聚合看作对立面，前者把一切融入活生生的整体，而后者仅仅用机械的方式把一切拼凑在一起"。（Heffernan 8）相对于黑格尔，马克思对滕尼斯的影响更深刻、更具体。如赫弗南所说，马克思"渴望有一个由众多相互团结的、不弃不离的个人所组成的同质共同体"。（11）确实，马克思对理想的共同体——共产主义社会——的憧憬尤其强调个人与共同体之间的辩证关系：他既重视个人对共同体的责任，又主张共同体是个人全面发展的保障。在《德意志意识形态》一书中，他提出了"全人共同体"（the community of complete individuals）这一概念，（173—174）并强调"只有在共同体中，每个人才有全面发展自己能力的手段；因此，只有在共同体中，人的自由才有可能……在真正的共同体中，个人在联合的状态下通过联合获得自由"。（171）类似的观点在《共产党宣言》里也曾出现："代替那存在着阶级和阶级对立的资产阶级旧社会的，将是这样一个联合体，在那里，每个人的自由发展是一切人的自由发展的条件。"（马克思、恩格斯 273）这里说的"联合体"就是共同体，"每个人的自由发展是一切人的自由发展的条件"就是滕尼斯所说的有机联系，而"阶级和阶级对立"则是机械聚合的重要表现形式之一。

在滕尼斯之后，一直有人继承他的共同体思想，并努力将其发扬光大。除上文所说的威廉斯以外，在这方面有较大影响的是安德森（Benedict Anderson），后者在其《想象的共同体》一书中把共同体的有机／内在属性寄托于想象，这是"因为即便在最小的民族里，每个成员都永远无法认识大多数同胞，无法与他们相遇，甚至无法听说他们的故事，不过在每个人的脑海里，存活着自己所在共同体的影像。"（6）所有这些思想跟文学家们对于共同体的想象形成了互动。②不过，由于后现代主义尤其是解构主义思潮的兴起，文学创作和文学批评领域风向骤变，对共同体有机／内在属性的质疑和解构成了一种时髦。这股风在我国学界也吹得十分强劲，有学者最近撰文论证美国作家品钦的《秘密融合》如何"表现了虚构共同体的自毁性"，其前提是默认"文学呈现的是一种共同体的不可能性"。(但汉松 10)这股思潮的最大推手是法国哲学家南希,下文就从"南希之辩"说起。

南希之辩

1983 年,南希发表长文《不运作的共同体》("La communauté désoeuvrée"),其宗旨是解构共同体这一概念,其核心观点是共同体只有在不运作——该文题目中的 désoeuvrée 意指"不运作"、"不操作"、"不运转"或"被闲置",英语通译为 inoperative——的时候才是真正的共同体。"南希的哲学揭示了一个悖论:真正的共同体是不可能存在的,但人类却生活在对它的虚构中。"(但汉松 9)除了这个总悖论之外,南希这篇长文中还有许多小悖论,或者说惊人之语,如"共同体还没有发生过",(11)"共同体仍然没有被思考过",(26)"共同体不可能产生于工作领域",(31)"共同体在他人的死亡中得以显现",(15)"[共同体的]内在属性、集体融合含有的逻辑就是自杀逻辑;除此之外,共同体不受任何逻辑的支配",(12)等等。此文一出,响应者众,批评声也不少,学界称之为"南希之辩"(the Nancy debate)。

南希此论的直接思想来源是巴塔耶(George Bataille),后者"在形而上的层面上重燃关乎共同体的辩论",并引导南希围绕七个范畴来探讨共同体的属性,这些范畴分别为"死亡"(death)、"他异性"(alterity)、"超越"(transcendence)、"独体 / 单体"(singularity)、"外在性"(exteriority)、"交流 / 传递"(communication)和"有限性"(finitude)。(Heffernan 19—20)。所有这些范畴都是为解构所谓共同体的"内在性"(immanence)——在南希看来,滕尼斯以及许多文学家(如乔治·爱略特)所提倡的共同体都基于它的内在性,即内在的有机属性——而设立的。南希认为,共同体的内在性是不存在的,因此以内在性为基础的共同体是不真实的。

换言之,南希把滕尼斯、威廉斯和安德森看重的有机 / 内在属性视为共同体思想的障碍,进而提出要沿着"非内在性"(non-immanent)的思路重新思考共同体:"从某种意义上说,共同体就是抵制本身,即对内在性的抵制。因此,共同体就是超越,不过这'超越'不再具有任何'神圣的'意义,而只是精确地表示对内在性的抵制。"(35)除了 immanence,南希的笔下还有一个关键(动)词 expose,与其对应的名词同时为 exposition 和 exposure,分别表示"揭示 / 展露"和"暴露 / 易受伤(性)/ 脆弱性"的意思。这一关键词的使用也旨在解构上述"共同体的内在性",或者说共同体内在的纽带和交融。对此,有学者作过精辟的解释:

> 在南希的理论中,共同体的成员不是个体(individuality),而是单体(singularity);单体之间的最重要关系是"你和我",但其中的连接词"和"并不表示"并列关系"(juxtaposition),而是"揭示关系"(exposition)——

你向我揭示你（expose），也就是对自我进行阐述（exposition）。这样，所谓交流也无法形成内在的纽带和交融，而只是向外进行表述。这种共同体实质上是分崩离析的堆砌。（程朝翔 8）

如果说上述诠释偏重于 expose 中 exposition 的含义，那么赫弗南的以下解释则侧重其 exposure 的含义：

按照巴塔耶的观点，他异性成了……共同体生发的原因本身。当不同的自我共同暴露于相互间的他异性时，真正的共同体就产生了。这种暴露在死亡周围达到了高潮。这是因为只有他者的死亡，而非我们自己的死亡（因为它不可能被体验回味），才能最好地传递我们因自身属性无效而产生的狂喜。因此，狂喜、交流和牺牲（作为共享的死亡体验）是超越内在性并培育共同体的三种对等方式。（19—20）

此处对"狂喜"（ecstasy）和"牺牲／死亡"的强调，令人想起尼采在其《悲剧的诞生》中所描述的"个体原则"被酒神精神粉碎／遭"翻船"的那一刻："尼采说，'个人原则'被粉碎，先是惊骇，接下来是喜悦。"（童明 166）然而在这狂喜之后，共同体如何建构呢？南希于此则语焉不详。确切地说，南希认为狂喜／死亡后余下的只是不再运作的共同体。

以上两个段落的引文已经涉及南希想要揭示的他心目中"真正共同体"的七个范畴中的五个，即死亡、他异性、超越、独体／单体和交流／传递。至于另外两个，即外在性和有限性，我们不妨参照一下《不运作的共同体》的前言，因为在那里可以找到较为简明的解释。先来看一下外在性："'被揭示／暴露'意味着'被放置于'外在性之中。说一个事物有外在性，是因为在它的内部也有一个外部，而且这外部就处于那内部的私密之处。……现实是'我的'脸总是暴露给他人，总是朝向某个他者，总是被他或她面对，而从不面对我自己。"（xxxvii—xxxviii）再来看有限性："有限性，或者说无限同一性的无限缺失，是构成共同体的要素……发生在'交流'中的是揭示——有限的存在暴露于另一种有限的存在，两者互相面对，同时揭示自己。"（xxxii—xl）也就是说，这种"揭示"和"交流"仅仅作为"自身之外"而发生，并不触及人的"内部"，即内心深处；即便进入了"内部"，也只是进入了那"处于内部私密之处"的"外部"，因而相关的交流都是有限的。

南希的理论在学界引起了极大反响。作为响应者，布朗肖在《不运作的共同体》问世的当年就发表《不可言说的共同体》（*La communauté inavouble*）一书，继续在"他异性"和"死亡"这两个母题上大做文章，以证明世上只存在"负面共同体"（the negative community）。该书第一章的小标题就是《负面共同体》，此处的"负面"有否定的意思。布朗肖在书中强调"孤立的存在"（the isolated being），亦即前文所说的"独体"，须由"狂喜"，即死亡，而被否定。言下之意是人只有通过死亡才能摧毁他异性、单一性和有限性，才谈得上跟他人的真正融合，才谈得上共同体，不过这时的共同体已经是 the unworked community，即前文提到的南希所说的 the inoperative community。（Blanchot 18）该书还试图证明世上只有"没有共同体的人所拥有的共同体"（the community of those who have no community），并将巴塔耶的这句话作为书的开篇。用布朗肖的原话说，"没有共同体的人所拥有的共同体"是"共同体经验的终极形式"。（25）尽管布朗肖这部书的影响很大，许多学者在解读文学作品时都套用了他的一些词汇，但是如赫弗南所说，该书"与其说以分析见长，不如说只是提供了一些证据……它对那场辩论③的唯一显著贡献是强调在集体交流的根基处存在着秘密，一种深藏而无法言说的秘密，因此是不可能被揭示的。"（28）我们知道，共同体的一个根本前提就是人与人之间的深度沟通/交流。威廉斯曾经在《漫长的革命》一书中指出，只有在"深度共同体"（the deep community）中，"沟通才成为可能"。（65）不妨反过来说：没有深度沟通，就没有深度共同体。布朗肖和南希等人咬定人类"秘密"的"不可言说"性，把沟通/交流锁定在外在层面，其实就是否定了深度沟通，也就否定了深度共同体。

　　若作深究，南希的思想还应追溯到海德格尔，后者在《存在与时间》中把"此在"（Dasein）——人类特有的存在体验——区分成"真实的此在"和"不真实的此在"：前者是一种独体，始终保留自己的独特性和有限性；后者则丢失了自我，迷失/湮没于"他们"（das Man），即日常性的存在，其显著表征是人们关于日常共享经验的话语，海德格尔称之为闲话（Gerede）。对此米勒曾经有过简洁的解释："对于海德格尔来说，处于共同体就是迷失于'他们'，而挣脱共同体就是为了变成真实的此在，而我们本来就具备成为此在的潜在性。"（13）在《不运作的共同体》中，南希多次借用海德格尔的观点来强调共同体的"独体性"，以及它和"死亡"、"他者"的相互依存关系，认为"独体是激情式的存在"，并主张"在跨越共同体的门槛时就要通过死亡来辨认他者……只有在他者的死亡里，共同体才让我触及它的本真。"（33）鉴于南希和海德格尔的有关表述都十分晦涩，我们不妨参照米勒的再阐述来加以理解：

　　　　海德格尔在《存在与时间》、《形而上学的基本概念》中断言 Mitsein，即"共在"，是 Dasein——他给人类"存在"取的名字——的原始特征。然而，他把人类日常共享经验的话语谴责为 Gerede，即"闲话"，这给他招来了恶名。他认为，Dasein 在某些瞬间会意识到自己的独特性和有限性，会意识到自己的 Sein zum Tode（"向着死亡而存在"），而这些正是他最珍视的瞬间。这样的 Dasein 于是会"想要有良心"，进而决定负起自己的责任。在威廉斯看来，像哈代的《无名的裘德》中的裘德·福利或《还乡》中的克林·姚伯这样的人物所经历的异化是件坏事，而在海德格尔看

来正是真实的基本状况。真实意味着在孤独中把握住自己的 Dasein，而不
是屈从于 das Man，即"他们"。海德格尔的评价刚好与威廉斯的截然相反。
（7）

此处唯一让人心头一热的是"良心"和"责任"，这似乎跟马克思、滕尼斯和威廉
斯等人所提倡的有机共同体——没有阶级等差别的共同体——相当契合。然而，就
像米勒所指出的那样，海格德尔、南希等人所谓"良心的召唤是无法向任何另外一
个人证明的"，（15）因而这种"良心"和"责任"的最终指向只能是独体，而非共
同体。

南希等人的"共同体"实为独体，他们的理论影响了当今一大批学者和文人。
例如，米勒虽然声称自己"分享威廉斯对乌托邦的憧憬"，（4）但是他表示无法相
信后者所说共同体的真实性："我全心希望我能够相信威廉斯笔下那种没有阶级的
共同体，但是真正的共同体恐怕更像德里达（Jacques Derrida）描述的那样，是一
种自我毁灭性的自动免疫体④。"（17）米勒还在2015年发表专著《小说中的共同
体》（*Communities in Fiction*），其中对特罗洛普（Anthony Trollope）、哈代、康拉
德、伍尔夫、品钦和塞万提斯等人作品的解读在很大程度上借力于南希。例如，其
中对特罗洛普的《巴塞特的最后纪事》（*The Last Chronicle of Barset*）的解读无非
是印证了南希的"独体理论"，"我的结论是：《巴塞特的最后纪事》出人意料地提
供了——尽管是以一种间接的、模棱两可的方式——南希所说的第二种共同体⑤的
范例，即由独体构成的共同体；就这些独体最深的层次而言，它们毫无共同之处。"
（91）

总之，沿着米勒和南希等人的思路，我们永远走不出独体这一怪圈，或者说只
能在共同体和独体之间画上等号。难道我们只能在这样的怪圈里就范吗？本文下一
小节将试作回答。

走出"独体"怪圈

应该承认，独体理论并非一无是处，它至少有两个积极作用。其一，它指出了
现代性语境下的"此在"，或者说"真正的共同体"容易湮没于"他们"，湮没于所
谓的"日常习俗"、"共享经验"和"日常话语"，而这些都已经被工具理性、大众
文化和全球性扩张的资本所操纵。它企图通过良心把"此在"从湮没于"他们"的
状态中解救出来，这本身无可厚非。其二，它起到了解构形形色色的伪共同体的作
用。例如，米勒在《小说中的共同体》中就曾有力地批评美国，指出它不是一个真
正的共同体："当然，如果你把当今的美国看作一个巨大的共同体，那么与其说它
是威廉斯所说的那种由亲密无间的善良人们组成的共同体，不如说它是德里达所说
的自我毁坏的自身免疫性共同体。"（17）显然，具有自我毁灭倾向的共同体不是理

想的共同体。然而，独体理论有三大要害：混淆／偷换概念；以偏概全；解构有余，建构不足。下文将逐一分析。

首先，从巴塔耶到南希，从海德格尔到米勒，都是在混淆或偷换概念。用来遮掩这一手段的，是他们在逻辑推理方面高超的隐秘性。乍看上去，推演十分严谨，丝丝入扣，可是其前提往往值得商榷。就共同体这一概念而言，他们以"形而上层面"的思考为前提，开始了从概念到概念的推理，其中不乏解构主义者惯用的"能指置换"游戏，其逻辑不可谓不严密。如上文所示，推理的结果是"奇迹"般地把共同体换成了独体。然而，共同体本来就不是也不应该是纯粹的形而上概念。马克思当年对先前哲学家们的批判也适用于那些只在形而上层面推演／解释共同体的学者和文人："哲学家们只是用不同的方式解释世界，问题在于改变世界。"（《提纲》19）无论是马克思主义哲学家，还是无数优秀的文学家，他们在倡导／想象共同体时并不仅仅把它看作一个形而上的概念，而是更多地把它看作一种文化实践。这种实践作为一种社会活动乃至运动，在19世纪已经蔚为壮观。参与这种实践的除马克思和恩格斯之外，还有英国的华兹华斯、卡莱尔、狄更斯、乔治·爱略特、哈代、丁尼生、罗斯金和莫里斯等，以及法国的涂尔干、德国的韦伯和滕尼斯等。以滕尼斯为例，他认为一切有利于共同体的人类活动"都是一个有机的过程"，而且"都跟艺术有着亲缘关系"。（80）此处对"活动"和"有机过程"的强调表明共同体并未定型，而是动态的、不断生长的、具有开放性的，因而不可能是南希等人所说的那种封闭型独体。美国学者格雷弗（Suzanne Graver）曾经细致研究过19世纪的共同体思想尤其是滕尼斯的思想对乔治·爱略特的影响。她强调后者的写作"不是提供解决［文化失序等问题］的方案，而是培育有关手段的意识——通过这些手段我们可以实现无穷无尽的解决方案"。（9）也就是说，乔治·爱略特想象共同体的出发点跟马克思的一样，是为了改造整个世界。她致力于构建"情感共同体"（community of feelings）⑥，并"坚信艺术有力量扩展读者的胸怀，使之更有同情心和反应能力；她的美学旨在全面改变人的感受力，进而最终改变社会"。（11）可见共同体概念最重要的属性是文化实践，意在改造世界。它怎能允许被形而上的推演轻易地加以置换呢？

其次，独体理论往往以偏概全。最明显的要数南希和布朗肖的"秘密说"，即所谓"揭示"和"交流"只能在"自身之外"发生，并不触及人的"内部"，或者说"集体交流的根基处存在着秘密"，而且这种秘密"是不可能被揭示的"。诚然，每个人的心底都可能有一些秘密，但是这些秘密往往只占每人心思的很小一部分；在绝大多数情况下，这些小秘密不会影响人们在"共同体的第三支柱"⑦方面——信念、理想、志趣、情感和观念等——达成一致。换言之，共同的事业需要人们志同道合，甚至肝胆相照，但是这并不要求也没有必要要求人们和盘托出内心的秘密；对于公共事业来说，许多私人的秘密无关大局。诡辩者们以人们有一些小秘密

（哪怕只占全部心思的一个角落）为由，就说人与人之间无法沟通、交流，并据此推导出共同体为独体的结论，这明摆着是以偏概全，混淆视听。令人遗憾的是，就连米勒这样的饱学之士也深陷独体论泥淖。且看他对《巴塞特的最后纪事》的如下解读："特罗洛普对亨利·格兰特利和格蕾丝·克劳利之间的恋情巧妙地作了戏剧化处理，微妙地揭示了他俩互相暴露于对方的独体性和他异性，同时也把各自的秘密和他异性暴露给了自己。"（76）这样的解读也是以偏概全的产物。从小说的情节来看，亨利和格蕾丝之间的恋情虽然经历了种种曲折，但是他俩终成眷属，这是不争的主旋律，米勒所说的"独体性"和"他异性"并未妨碍他俩真诚相爱。小说中有一段叙述可以用作对米勒的回应："要是说爱情产生争吵，那可是错误的，但是爱情确实产生亲密的关系，而争吵经常是这种关系的后果之一……一位兄弟可能会指责另一位兄弟，但是相互间从未发生龃龉的兄弟恐怕不存在吧？"（531）同理，在大多数情况下，恋人之间或兄弟之间，即便有这样或那样的私密，也不会在总体上影响恋情或兄弟情，这其实是常识。独体理论的推崇者置常识于不顾，自然会制造出种种奇谈怪论。以偏概全的错误还常常跟偷换概念的错误相重合。例如，南希和米勒都推崇的德里达很不喜欢"共同体"一词，其理由是它带有"融合"（fusion）的含义，而"融合"意味着"责任的消除"。（Salas 160）这一观点跟海德格尔的"此在说"和"他们说"如出一辙。如前文所述，在海德格尔看来，处于共同体就是迷失于"他们"，湮没于受工具理性、大众文化和全球化资本支配的"日常习俗"、"共享经验"和"日常话语"，也就是迷失于德里达所说的"融合"。事实上，人类的普通经验已经告诉我们，处于共同体的"他们"中虽然鱼龙混杂，但是绝非每个人都不负责任，否则这个世界早就灭亡了。因此，海德格尔所说的"他们"本应既包括负责任的共同体成员，也包括不负责任的"混混"们，前者应该看作融合，而后者则是混合。在德里达和海德格尔的词典里，把"混合"无限扩大，变成/取代了"融合"，这既是以偏概全，又是偷梁换柱。

再次，独体理论解构有余，建构不足。这一点在那些运用独体理论解读文学作品的批评活动中表现得非常明显。限于篇幅，我们仅以维勒-阿盖兹（Pilar Villar-Argáiz）对乔伊斯（James Joyce）短篇小说《死者》（"The dead"）的解读为例。维勒-阿盖兹声称自己的

> 主要目的是审视乔伊斯如何呈现南希和布朗肖这两位法国思想家所讨论的两种共同体模式：一种是"有着被所有成员都接受并遵循的固定法律、机构和习俗的可运作的共同体"（米勒语）；另一种是让前一种停顿、使之不可运作的共同体，南希称之为"不运作的共同体"，而布朗肖则称之为"不可言说的共同体"或"没有共同体的人所拥有的共同体"。（48）

维勒-阿盖兹进而断言"乔伊斯在许多方面瓦解了有机共同体中固定的习俗"，（59）

或者说"聚焦于那些据称有凝聚力的共同体内部的许多缝隙，这些缝隙的口子越开越大"。（49）在维勒-阿盖兹引为论据的诸多例子中，最典型的要数加布里埃尔和格蕾塔的婚姻（婚姻也是一种共同体）。在格蕾塔逝世之前，他俩其实没有深度交流，而加布里埃尔一直以为"她是他的"，（Joyce 216）自己能够"征服她"。（218）直到故事结尾，加布里埃尔才意识到妻子另有所爱。维勒-阿盖兹由此得出的结论是："只有当他［加布里埃尔］认识到格蕾塔是一个他者，一个独立于他、与他分离的自我时，'真爱'才可能出现在他俩之间。这种暴露于他异性和有限性的状况会培育透明交际的可能性。"（59）维勒-阿盖兹还指出加布里埃尔经历了一次"精神上的觉醒"，而这觉醒"发生在死亡瞬间"。（61）确实，通过迈克尔之死以及对他悲惨人生的了解，加布里埃尔意识到迈克尔比自己更爱格蕾塔，并意识到自己私心过重（他对格蕾塔的爱其实是一种占有欲），因而经历了一次成长。维勒-阿盖兹看到了这一点，所以他说上述经历帮助加布里埃尔"摆脱了自我万能的感觉"。（61）然而令人遗憾的是，维勒-阿盖兹未能在解构那个虚假共同体——加布里埃尔和格蕾塔的婚姻共同体有许多虚假成分——的基础上，进一步阐发《死者》中隐含的、积极的建构意义，即加布里埃尔经由"死亡"走出了自我，今后有可能融入一个具有真爱的共同体，甚至会积极投身于这类共同体的建设；相反，维勒-阿盖兹笔锋一转，强调这一故事"描写了一个由死亡的迫近所界定的不运作的共同体"。（61）事实上，维勒-阿盖兹在引言部分就强调了一个贯穿全文的观点，即加布里埃尔只是在死亡瞬间"才瞥见了一种更真实的交流，即不同独体之间的交流"。（49）跟乔伊斯同时代的艾略特（T. S. Eliot）曾经谈到"对死者的虔敬"对于文化、家庭和共同体（家庭概念跟共同体概念有关）建设的重要性："当我说到家庭时，心中想到的是一种历时较久的纽带——一种对死者的虔敬，即便他们默默无闻；一种对未出生者的关切，即便他们出生在遥远的将来。这种对过去与未来的崇敬必须在家庭里就得到培育，否则将永远不可能存在于共同体中，最多只不过是一纸空文。"（44）言下之意，死者虽逝，活力尚存——只要虔敬还在，共同体的纽带就在；这种虔敬会化作历史悠久的、具有建构意义的无形力量。在南希等人的理论里，正因为这种虔敬严重缺席，所以才有"不运作的共同体"之说。

　　一言以蔽之，只要我们澄清概念，不以偏概全，并在解构的同时积极建构，就能走出"独体"怪圈。独体消亡之时，才是共同体振兴之日。

结　语

　　作为一个术语，"共同体"的含义还会不断增殖，关于这些含义的大辩论还会持续。就文学领域而论，讨论共同体的理由首先来自普遍存在的"共同体冲动"。大凡优秀的文学家和批评家，都有一种"共同体冲动"，即憧憬未来的美好社会，憧憬一种超越亲缘和地域的、有机生成的、具有活力和凝聚力的共同体形式。自 18 世纪以降，在许多国家的文学中，这种冲动烙上了一种特殊的时代印记，即群起为遭遇工业化 / 现代化浪潮冲击而濒于瓦解的传统共同体寻求出路，并描绘出理想的共同体愿景，而在其背后，不乏社会转型所引起的焦虑，为化解焦虑而谋求对策。由于解构主义思潮的兴起，声讨共同体的有机 / 内在属性突然成了一种时髦。共同体，还是独体？这居然成了问题。不解决这个问题，文学中的共同体想象就很难想象。也就是说，对共同体观念的内涵和外延进行梳理实在是燃眉之急，而解决问题的关键，在于走出"独体"怪圈。要走出这一怪圈，则关键在于抓住本文所分析的"三大要害"。

参考文献

1. Anderson, Benedict. *Imagined Communities: Reflections on the Origin and Spread of Nationalism.* London: Verso, 1991.

2. Blanchot, Maurice. *The Unavowable Community.* Trans. Pierre Joris. New York: Station Hill, 1988.

3. Childers, J., and G. Hentzi. *The Columbia Dictionary of Modern Literary and Cultural Criticism.* New York: Columbia UP, 1995.

4. Derrida, Jacques. "Faith and Knowledge: The Two Sources of 'Religion' at the Limits of Reason Alone." *Acts of Religion.* Trans. Samuel Weber. New York: Routledge, 2002.

5. Eliot, T. S. *Notes towards the Definition of Culture.* London: Faber, 1948.

6. Graver, Suzanne. *George Eliot and Community: A Study in Social Theory and Fictional Form.* Berkeley: U of California P, 1984.

7. Heffernan, Julián Jiménez. "Introduction: Togetherness and its Discontents." *Community in Twentieth-Century Fiction.* Ed. P. M. Salván, et al. London: Palgrave, 2013.

8. Joyce, James. "The Dead." *Dubliners.* London: Penguine, 2000.

9. Marx, Karl. *The German Ideology.* Cambridge: Cambridge UP, 1996.

10. Miller, J. Hillis. *Communities in Fiction.* New York: Fordham UP, 2015.

11. Nancy, Jean-Luc. *The Inoperative Community.* Trans. Peter Connor, et al. Minneapolis: U of Minnesota P, 1991.

12. Salas, Gerardo Rodríguez. "When Strangers Are Never at Home: A Communitarian Study of Janet Frame's The Carpathians." *Community in Twentieth-Century Fiction.* Ed. P. M. Salván, et al. London: Palgrave, 2013.

13. Tönnies, Ferdinand. *Community and Civil Society.* Trans. Jose Harris and Margaret Hollis. Cambridge: Cambridge UP, 2001.

14. Trollope, Anthony. *The Last Chronicle of Barset.* London: Penguin, 2012.

15. Villar-Argáiz, Pilar. "Organic and Unworked Communities in James Joyce's 'The Dead.'" *Community in Twentieth-Century Fiction.* Ed. P. M. Salván, et al. London: Palgrave, 2013.

16. Williams, Raymond. *Keywords: A Vocabulary of Culture and Society.* London: Fontana, 1988.

17. —. *The Long Revolution.* Harmondsworth: Penguin, 1961.

18. **程朝翔：《无语与言说、个体与社区：西方大屠杀研究的辩证——兼论大屠杀研究对亚洲共同**

体建设的意义》，载《社会科学研究》2015 年第 6 期。

19. 但汉松：《"卡尔"的鬼魂问题——论品钦〈秘密融合〉中的共同体和他者》，载《当代外国文学》2015 年第 4 期。
20. 马克思、恩格斯：《共产党宣言》，载《马克思恩格斯选集》（1），人民出版社，1972。
21. 马克思：《关于费尔巴哈的提纲》，载《马克思恩格斯选集》（1），人民出版社，1972。
22. 童明：《现代性赋格：19 世纪欧洲文学名著启示录》，广西师范大学出版社，2008。

① 关于这一观点的论证，请参考拙著《"文化辩护书"：19 世纪英国文化批评》（上海外语教育出版社，2013）。而这一演变根植于"现代性焦虑"，即农业文明向工业文明转型而引起的焦虑。

② 分别参见拙文《"朋友"意象与共同体形塑——〈我们共同的朋友〉的文化蕴涵》（《外国文学研究》2013 年第 4 期）；《想象共同体：〈卡斯特桥镇长〉的中心意义》（《外国文学》2014 年第 3 期），《"多重英格兰"和共同体：〈荒凉山庄〉的启示》（《外国文学评论》2014 年第 3 期）；《华兹华斯笔下的深度共同体》（《杭州师范大学学报》2015 年第 4 期）；《丁尼生的诗歌和共同体形塑》（《外国文学》2015 年第 5 期）。

③ 指南希之辩。

④ 德里达假定在每个共同体中都有一种自杀倾向，并称之为"自动免疫"（autoimmunity）："不在自身中培育自动免疫的社群／共同体是不可能存在的。这种自动免疫自我牺牲，自我破坏，是一种毁灭自我保护原则的原则。"（Derrida 87）

⑤ 根据南希的分类，在"第一种共同体"中，人们拥有共同的信念、理想和价值观，不过南希否定了这种共同体的真实性。

⑥ 据格雷弗的研究，这一概念出自华兹华斯。

⑦ 滕尼斯界定了共同体的"三大支柱"（three pillars），即"血缘"（blood）、"地缘"（place）和"心缘"（mind），其中作为第三支柱的"心缘"包括共同的信念、理想、志趣、情感和观念等。

黑人美学 程锡麟

略　说

　　黑人美学（Black Aesthetics[①]）出现在 20 世纪 60 年代中期的美国，它是伴随着黑人民权运动的高潮和黑人权利运动（Black Power Movement）的兴起而产生的，与当时蓬勃发展的黑人文艺运动（Black Arts Movement）有着非常紧密的关系。它主张单独的黑人文化传统和黑人民族主义，颂扬黑人性，反对白人的美学标准，代以源于黑人传统艺术和文化的价值观念。它是当代美国文艺批评理论的重要分支，与黑人女性主义和后殖民理论有着较密切的联系。它的思想渊源可以追溯到 20 世纪初期黑人领袖杜波依斯（W. E. B. Du Bois）等人的著作和 20 世纪二三十年代的哈莱姆文艺复兴。

综　述

黑人美学的历史文化语境

　　黑人美学的崛起有着深刻的历史根源和社会文化背景。300 年来的美国黑人斗争，源于非洲的美国黑人文化传统。20 世纪二三十年代的哈莱姆文艺复兴、六七十年代爆发的各种政治运动和文化思潮、战后西欧种种新的文学批评理论和美学思想等，都对黑人美学的诞生和发展有影响，其中最直接、最大的影响来自第二次世界大战后的黑人解放运动和黑人文艺运动。下面择要从三个方面进行介绍。

一、杜波依斯与哈莱姆文艺复兴

　　杜波依斯是著名的美国黑人领袖，他在社会学、历史学和文学领域均有重要贡献，在哈莱姆文艺复兴中发挥了重大影响。杜波依斯在其文集《黑人的灵魂》中提出了关于美国黑人的"双重意识"（double consciousness）的著名论述，在《黑人艺术的标准》（"Criteria of Negro Art"，1926）一文中提出了引起广泛争议的"所有艺术都是宣传"的观点。[②]他主张艺术与正义、与真善美是不可分割的。他的论著阐述了关于美国黑人民族身份和民族主义、艺术与政治的关系等问题，歌颂了黑人民间文化和艺术，批判了美国社会的种族主义。在某种程度上，他的论著为建构黑人文学批评和理论起到了奠基作用。

　　哈莱姆文艺复兴的另一领袖是洛克（Alain Locke），他编辑的文集《新黑人》被称为哈莱姆文艺复兴的"定义文本"和"圣经"。（Rampersad：ix）此文集的撰稿人几乎囊括了杜波依斯在内的哈莱姆文艺复兴时期所有著名的黑人艺术家、批评家和学者，汇集了哈莱姆文艺复兴的第一批成果，展现了黑人的才智、种族自豪感和黑人艺术的多样性，表达了对当时一批宣扬白人至上的种族歧视论著的抗议和批判。（Rampersad：ix—xxii）洛克在该文集的第一篇文章《新黑人》中明确地提出了"新黑人"要自尊、自立，要有种族自豪感，要批判美国社会价值判断的双重标准，呼吁探索和表现黑人民众的生活和民俗文化，重新评价黑人的艺术天赋和在文化上的贡献。（3—16）此书影响深远，为后来的黑人文学艺术的发展奠定了基础。

在这一时期，另一种不可忽视的思潮是加维（Marcus Garvey）主张的泛非主义（Pan-Africanism）和黑人民族主义，以及他领导的返回非洲运动。他的思想对后来的黑人权利运动和黑人文艺运动都有一定的影响。此外，休斯（Langston Hughes）的《黑人艺术家与种族大山》（"The Negro Artist and the Racial Mountain"，1926）和赫斯顿（Zora Neale Hurston）的《黑人表述的特征》（"Characteristics of Negro Expression"，1934）等文章也推动了黑人批评理论的发展。哈莱姆文艺复兴时期的黑人批评理论成了黑人美学批评的思想源头。

二、黑人解放运动

黑人解放运动可分为两个重要阶段：1954 至 1964 年的民权运动和 1964 至 1973 年的黑人权利运动。在民权运动阶段，影响最大的是 1963 年著名民权运动领袖马丁·路德·金领导的"向华盛顿进军"。8 月 28 日在华盛顿的 20 万人集会上，金发表《我有一个梦想》的著名演讲，他在演讲中指出：在林肯签署解放黑奴宣言"一百年后的今天，在种族隔离的镣铐和种族歧视的枷锁下，黑人的生活备受压榨。一百年后的今天，黑人仍生活在物质充裕的海洋中一个穷困的孤岛上。……一九六三年并不意味着斗争的结束，而是开始。……黑人得不到公民的权利，美国就不可能有安宁或平静"。（赵一凡：315—316）此后的美国历史，诸如洛杉矶、底特律等城市爆发的种族冲突都充分证实了金的预言。

1964 年美国国会通过了历史性的《民权法》，虽然黑人赢得了同白人一起进餐馆、乘公共汽车的权利，但是他们在经济和政治上的处境并未有明显的改善。1965 年洛杉矶瓦茨区爆发的种族冲突表明了黑人强烈的不满与愤怒。主张取消种族隔离主义的民权组织已无法表达这种不满和愤怒，也无力领导黑人解放的新斗争。在这一阶段，出现了主张黑人权利的新领袖人物艾克斯（Malcolm X）、小鲍威尔（Adam Clayton Powell Jr.）、卡迈克尔（Stokely Carmichael）等人。对于黑人权利运动的方向和目标，卡迈克尔指出，黑人权利运动"号召这个国家的黑人团结起来，认识自己的传统，建立一种社会意识（sense of community）。它号召黑人开始界定自己的目标，领导并支持那些自己的组织。它还号召抛弃社会的种族主义体制和价值观念"。（qtd. in Mitchell：286）

黑人权利运动与前一阶段的民权运动相比，在政治目标上，从取消种族隔离主义转向分离主义和民族主义；在斗争方式上，从非暴力和消极抵抗转向暴力、武装抵抗；在运动积极分子的构成上，从白人和黑人中产阶级变为黑人下层阶级和穷苦民众；在价值观念上，从欧美白人的传统规范和标准转为为种族而自豪、为黑人文化传统而自豪，主张泛非主义。（Leitch：334）

三、黑人文艺运动

黑人文艺运动发生在 1965—1976 年间，在美学上和精神上是黑人权利运动的孪生姊妹，它力求直接表达非裔美国人的需求和理想。为了完成这一任务，黑人文艺运动提出要对西方文化美学进行激进的重建，力图创造出一种能表现美国黑人的需求和理想的艺术，主张要有非裔美国人③自己单独的象征、神话和批评。（Neal：184）这一运动反对 20 世纪 50 年代以赖特（Richard Wright）和戴维斯（Arthur P. Davis）为代表的"融合的诗学"（integrationist poetics）的主张。黑人权利运动和黑人文艺运动响亮地提出了"黑就是美"的口号，这个口号蕴含的意义是：非裔美国人对自己的种族、自己的先辈、自己的历史感到自豪，并提倡一种以平等和没有个人贪婪或剥削他人的欲望为基础的世界观。黑人文艺运动主要是用诗歌和戏剧来反映美国黑人的生活体验，表达他们的理想和主张。黑人文艺家认为，诗歌和戏剧比其他艺术形式更能让他们与黑人民众进行直接的互动交流，更具有战斗性，更能表现他们的思想。黑人民众成为黑人文艺运动的题材和受众，黑人文艺从以文本为基础的模式转变为以表演为基础的模式。

当时，非裔作家琼斯（LeRoi Jones）④反映尖锐种族冲突的剧本《荷兰人》轰动了美国戏剧界，他和其他非裔艺术家一起在哈莱姆区创立了"黑人艺术宝库戏剧学校"，并把他们的剧本、诗歌和音乐会带到黑人社区的街头。接着非裔文艺团体在全美各城市和大学校园如雨后春笋般出现，一大批非裔音乐家、演员在电视和电影上频频出现，在国内和国际上都产生了较大影响。多种通俗的和学术性的黑人刊物纷纷诞生，如《本质》（*Essence*）、《重演》（*Encore*）、《黑人世界》（*Black World*）、《阴影》（*Umbra*）、《黑人对话》（*Black Dialogue*）、《解放者》（*Liberator*）、《黑人诗歌》（*Journal of Black Poetry*）、《黑人学者》（*Black Scholar*）等。黑人文艺，包括诗歌、戏剧、小说和文学批评，出现了空前的繁荣。这一切在非裔美国人历史上形成了一次"新的文艺复兴"。在黑人文艺运动中，非裔批评家重新审视和评价西方美学、作家的作用和艺术的社会功能。尼尔（Larry Neal）指出：

> 西方美学已经走到了尽头：在其腐朽的结构之中它不可能建构任何有意义的东西。我们倡导在艺术和思想上的一种文化革命。对内在于西方历史中的文化价值观念要么必须加以激进的改造，要么予以摧毁。我们可能会发现激进的改造也是不可能的。事实上，所需要的是一整套新的思想体系。（185）

在这样的背景下黑人美学出现了。

黑人美学的发展

根据里奇（Vincent B. Leitch）的观点，黑人美学的发展和影响可以划分为第一代黑人美学家（出生于 20 世纪 20 年代中期至 20 世纪 30 年代中期）、第二代黑人美学家（出生于第二次世界大战至朝鲜战争期间）、与之关系紧密的黑人女性主义批评以及黑人研究的体制化。（342；334）第二代黑人美学家盖茨（Henry Louis Gates Jr.）在其《松散的经典》中对那个时期的非裔美国批评也作了大致相似的划分：一、黑人文艺运动时期，以巴拉卡和尼尔为代表的"一种扎根于社会现实主义的诗学"；二、20 世纪 70 年代中期出现的、注重黑人文本"文学性"和"语言行为"（acts of language）的形式主义和结构主义理论和模式；三、把后结构主义和黑人本土表意文化结合起来的"重构主义者"（reconstructionists）；四、黑人女性主义批评和非裔美国研究。（1992：101—103）本文将侧重阐释第一代和第二代黑人美学家，对黑人女性主义批评仅略加评介。

一、第一代黑人美学家

除了巴拉卡（即勒鲁瓦·琼斯）和尼尔外，第一代黑人美学家还包括富勒（Hoyt W. Fuller）、盖尔（Addison Gayle Jr.）、卡迈克尔、李（Don L. Lee）、卡伦格（Ron Karenga）和亨德森（Stephen E. Henderson）等人。应该注意的是，他们中的多数人本身也是黑人文艺运动的重要成员。他们在黑人美学的基本问题上的观点是相近或者一致的，但是在有些问题上和具体提法上或多或少有着差异。不过总的来讲，这一代的黑人美学家受到了马克思主义的影响，注重黑人文艺的社会性和政治性，反对主流的、欧洲中心模式的白人文艺思想和美学观念，反对"融合的诗学"，倡导和宣扬非裔美国人的民族主义。他们拒绝为艺术而艺术的思想，把美学与伦理学紧密结合，把艺术形式视为传播政治和道德观念的媒介，认为艺术的功能是要提高黑人社会的文化觉悟。卡伦格提出："所有黑人艺术无论有任何技术上的要求，都必须有使它具有革命性的三个基本特征，即它必须是功能性的、集体性的和有担当的。"（Gayle，1971：33）他们主张从传统非洲美学中追溯黑人艺术的思想，建立以非裔美国大众的体验和黑人民俗文化传统为基础的、单独的象征、神话和批评，在黑人性的基础上彰显黑人艺术和批评的独立性。

黑人性是黑人美学的一个重要术语。杜波依斯、克鲁斯（Harold Cruse）、盖茨等人对它都有过论述。一般来讲，黑人性指身份被识别为黑人和自我识别为黑人的那些人在身体上和文化上的状况、品质和条件。从哲学和文化的角度看，黑人性是非洲文化传统的标记，它与西方文化的标准是背道而驰的。它的表现涉及许多方面，诸如"偏好口头性语言和言语的节奏和音乐性，甚至在写作时也是如此；强调集体的身份、社区的重要性大于个人；理性与非理性、自然与超自然的无缝融合，一种把发展视为是圆周的或者循环的而不是线性的普遍观点"。（Ervin，2004：37）

尼尔的《黑人文艺运动》一文被视为黑人文艺运动的宣言，它评论了黑人艺术家脱离白人主流艺术模式和开拓以非洲文化传统为基础的创作模式的种种尝试。他把美国黑人社会视为殖民地的第三世界的一部分，这个第三世界正在寻求失去的本土传统——这些传统不仅存在于社会、经济和政治组织方面，而且存在于神话、历史、文化和民族精神方面。他号召抛弃主流文化的标准，重新发展过去遭到抹黑的种族艺术模式和传统。（Leitch：336）尼尔和琼斯合编了《黑色的火焰：非裔美国人作品选集》，此书如同反映了哈莱姆文艺复兴时期精神的洛克的《新黑人》那样，反映了黑人文艺运动的精神。（Davis and Harris：227）他在该书后记中把黑人音乐作为黑人表达方式的基本原始形式。他要求黑人诗歌避开文本主义（textualism），回到仪式般的口头表演上去："诗人必须成为表演家，……诗人必须学唱歌、跳舞并吟诵他们的作品，大口汲取他们个人和集体经验的物质营养。"（Jones and Neal：655）他认为，真正黑人艺术的源泉是社区音乐（communal music）和口头民间故事，新的艺术必须转向这些源泉，以成为当代黑人生活不可分割的一部分。同巴拉卡等人一样，他把黑人音乐置于他的美学观念的中心。

巴拉卡在题为《黑人文学的神话》的文章中批评那种希望融入美国主流文化的"融合诗学"的主张是"资产阶级的"，模仿白人中产阶级的黑人文学根本就不会具有"黑人性"。他指出，非洲的文化记忆构成了美国黑人的生活，但是不可能把这种记忆与其在美国的变化分割开来。黑人作家要从作为美国黑人情感史（emotional history）的牺牲品和记录者的角度，利用全部的美国体验，去开发他的合法的文化传统。巴拉卡指出，美国黑人音乐从一开始就是非洲音乐传统与黑人在美国的生活体验相融合的产物，是黑人从非洲奴隶到美国奴隶、从自由人到公民的变迁的记录。他提出要把黑人音乐融入黑人文学之中，以展示黑人音乐在白人美国中的"力量和活力"。他认为黑人音乐的非洲视角最能表达非洲裔美国人及其文化的"基本特征"，未来的黑人作家要极力仿效黑人爵士乐和布鲁斯音乐家才会有所成就。（165—171）巴拉卡对黑人音乐的强调是极有见地的，因为黑人音乐是黑人文化传统中最基本、最有活力的因素之一，对黑人文学作品的形式、内容和风格都产生了巨大的影响。在20世纪70年代巴拉卡受到马列主义和毛泽东思想的影响，同一批文艺工作者组织了"反帝文化联盟"（Anti-Imperialist Cultural Union），并创建了"延安戏剧工作坊"（Yenan Theatre Workshop）。他曾说："我把艺术视为一种武器、一种革命的武器……我发展到具有马克思主义观点是作为民族主义者斗争并发现民族主义在理论上和思想上走进了某种死胡同的结果。"他主张全世界所有被压迫的民族团结起来，推翻各种形式的压迫。（Davis and Harris：36—37）

富勒是《黑人世界》的主编，他被贝克（Houston A. Baker Jr.）称为黑人美学的"精神之父"。他在1968年发表的《走向黑人美学》是一篇重要的文章，此文对黑人美学所作的界定是："把反映了黑人体验的独特特征和必有性质的黑人文艺作品区分出来并进行评价的一种美学体系。"（204）他还指出，"黑人作家和白人批评家之间不可调和冲突的中心问题在于未能认识到美国生活中一个基本而明显的真理，即两个种族居住在两个分开并且自然对立的世界之中"。（202）他认为不能期望白人读者和批评家能认识和同情黑人风格和技巧的意义和细微之处。黑人批评家有责任去探讨黑人作家的作品，他们有责任去驳斥白人批评家的观点，并从恰当的角度去看待和处理事物。

1971年，盖尔编辑了一部里程碑式的文集《黑人美学》，这是黑人权利运动时期最重要的文集之一。盖尔在此文集的首篇和尾篇阐述了他自己对黑人美学的观点。他提出黑人美学是一门深深扎根于美国黑人传统的理论，是对非美国化（de-Americanizing）的黑人意识和文学在政治上和艺术上的矫正。他对美国学院派，尤其是形式主义者和自由派的"愚昧、枯燥的批评"进行了猛烈攻击。他号召所有黑人艺术家不仅要恢复和领先他们特殊的传统和文化，而且要抵制种族融合主义的诱惑。盖尔要求一种专注于黑人生活的政治、社会和历史尺度的道德批评和道德文学，他在《文化扼杀：黑人文学与白人美学》一文中以邓巴（Paul L. Dunbar）为例，指出许多黑人作家都落入了白人美学的"陷阱"中，黑人文学遭到白人批评家的"文化扼杀"。他呼吁建立起黑人文化的一套准则，依照这套准则来判断和评价黑人文学艺术，而接受"黑就是美"的观念是摧毁旧准则体系、建立新准则体系的"第一步"。（212）

亨德森在《未知事物的形式》一文中提出可从三个方面去描述和讨论黑人诗歌：一、主题，指黑人诗歌的典型题材，这类题材反映了美国黑人的生活体验，是美国黑人对这类题材的感情反映，或者说是对这类题材的理性表述。二、结构，指构成诗歌整体的某些方面，如措辞、节奏、比喻性的语言等。这涉及作品产生的来源，对于亨德森来说，两个最基本的来源是"黑人语言和黑人音乐"。三、"浸润"（saturation），主要指在一定的环境中"黑人性"的交流和对观察到、直觉体会到黑人体验的真理的一种忠实感（sense of fidelity）。对于后者，亨德森的意思是指作品所表达黑人体验的"真实性"（authenticity）。（141—152）

巴拉卡、尼尔和盖尔等第一代黑人美学家高度颂扬黑人民俗文化传统，尤其是黑人音乐，对过去黑人作家的成就和黑人文学传统则持批评和否定的态度。（Smith：96—101）不过，这种否定的看法是不客观的、有违历史事实的，他们中的一些人后来进行了反思。例如，尼尔就承认他们把艺术与政治混淆了，他们的民族主义思想扭曲了马克思主义的文学理论，用种族的观念取代了阶级观念。（Baker，1984：84—85）

第一代黑人美学批评的一个显著特点在于批评方法和理论的多样化："从早期

巴拉卡的现象学理论到尼尔的神话批评，从富勒的社会批评到亨德森的历史美学实践，从盖尔的道德批评到晚期巴拉卡的文化批评。"不过，这一代批评家中没有任何人对当时欧美批评理论界流行的阐释学、读者反应批评、结构主义、解构主义或女性主义表示出"严肃的兴趣"。（Leitch：342）

二、第二代黑人美学家

随着黑人权利运动的消退，以及黑人文艺运动的结束，出现了新的一代黑人美学家，代表人物是贝克和盖茨。他们在理论上和批评实践上都有重大建树，他们的影响已超过了第一代黑人美学家。

贝克的黑人文学文化研究的核心，是要建立以非裔文化传统为基础的黑人美学。在研究方法上，他经历了从具有黑人民族主义色彩的社会历史角度到后结构主义、文化研究等范式的转变。不过，他一直注重黑人文学和文化中的民间文化成分：故事、歌谣、演讲词、布道词、布鲁斯和爵士乐等，正是这些成分使非裔美国文化成为一种独特的文化。贝克认为黑人的整个生活方式与白人的整个生活方式有着显著的差异。他认为美国黑人文化具有一种集体主义的而不是（白人文化传统的）个人主义的民族精神、一种批判的而不是调和的心理学、一种口头-音乐的而不是文本的交流传统。（1972：16—17）

贝克最重要的论著是《布鲁斯、意识形态与非裔美国文学》。他在该书中从跨学科的角度，综合运用了语言学、史学、后结构主义、符号学、西方马克思主义、文化人类学等学科和理论的观点，建立了一种阐释非裔美国文学和文化的新理论模式——布鲁斯本土理论（blues-vernacular theory）。贝克认为，植根于非裔美国民众的布鲁斯是被压迫文化的产物，它象征着一种范例的"话语"。它是一种综合体，综合了劳动歌曲、群体世俗音乐、田间号子、宗教和声、谚语格言、民间哲学、政治批判、粗俗的幽默、忧伤的挽歌等多种成分，表达了非裔美国人的特殊体验。（1984：2—5）布鲁斯是非裔美国人独特文化身份的证据和表达，也是非裔美国表意文化的集中体现和象征，标志着语言与经济制度、政治等级制度、神学、性行为以及美国黑人生活其他各个方面的交叉。对于压抑其受害者声音的主流文化的语言，布鲁斯形成了一种在语言上作出反应的源泉。（Jay：15—16）贝克运用布鲁斯本土理论对非裔美国文学的经典作品进行了深刻精当的分析，提供了理论运用于批评实践的范例。

贝克在《现代主义与哈莱姆文艺复兴》（*Modernism and the Harlem Renaissance*，1987）和《非裔美国黑人诗学》中借用了结构主义、符号学、解构主义和福柯的批评范式和方法，对非裔美国文学文化和黑人美学的历史发展和现状进行了深入的探讨。他接受了黑人女性主义学者的批评，扩大了研究视野，对非裔美国妇女文学进行了系统的研究，写出了《精神的作用：非裔美国黑人妇女作品的诗学》（*Workings of the Spirit: The Poetics of Afro-American Women's Writing*，1990）。他还发表了《黑人研究、说唱、与学术》（*Black Studies, Rap, and the Academy*，1993）、《再次转向南方：反思现代主义／重读布克·T.》（*Turning South Again: Re-thinking Modernism/Re-reading Booker T.*，2001）及《背叛：黑人知识分子如何放弃了民权时代的理想》（*Betrayal: How Black Intellectuals Have Abandoned the Ideals of the Civil Rights Era*，2008）等论著，最后一部获得了美国图书奖。

与贝克从带有鲜明黑人民族主义色彩的社会历史角度向语言和后结构主义理论为导向的学术发展方向相比，盖茨的学术发展方向则是相反的。盖茨在从事学术研究工作一开始就注重理论，特别是以语言为中心的结构主义和后结构主义理论，主张运用西方"极其丰富多样的当代文学理论"去细读和分析非裔美国文学和非洲文学作品。他的目标是要"界定对于黑人文学传统是独特的文学批评原理"，"在应用（当代理论）的进程中，通过修正、重造（re-create）批评理论"，发展出一种独特的非裔美国文学的阐释理论。他批评传统的黑人文学，批评大多数都只是关注"在艺术与生活之间社会和政治的直接关系"，把黑人批评视为"在本质上只是反对种族主义的种族战争的一个战线"，忽视了文学文本"语言的复杂机理"，忽视了形式、风格和结构方面的问题。（1987：xv—xxiii）

盖茨的《表意的猴子：一个非裔美国文学批评理论》就是一部把后结构主义理论与非洲口头文学传统及非裔美国方言土语传统相结合，建构非裔美国文学批评理论的重要论著。他在此书中考察了西非约鲁巴神话里的恶作剧精灵埃苏（Esu），以及埃苏在非洲其他地区、加勒比地区和美国的黑人文化中的种种变体，罗列了埃苏具有的部分特性，共达 19 种。（1988：6）他指出埃苏"对于文学批评家是土生土长的黑色隐喻"，"是文本的阐释者"，"是阐释的不确定性的隐喻，是每一个文学文本的开放性的隐喻"。（9，21）非裔美国文化中的表意的猴子，就是埃苏的"泛非亲戚"（Pan-African kinsman）。对于黑人方言土语的灵活多变机理，表意的猴子是关键因素。"表意的猴子代表了每一个文学文本包含的修辞性策略。因为表意的猴子是作为非裔话语的非凡的转义、是作为转义之转义而存在的，他的表意语言是他在非裔美国传统中的语言符号。"（21）盖茨认为"黑人传统是双声的（double-voiced）"，"表意"［Signifyin(g)］是"双声性的象征"，其本质是"带有符号性差异的重复"。表意是"对黑人修辞性象征之象征"，其阐释性行为的一个重要特征是：它是无限的。无论达到什么样的所指，都不会满足能指，表意和阐释都不会结束。正如在爵士乐，尤其在布鲁斯中，有着即兴反复片断、即席演唱、迭句、连续重现的变奏，表意也是一种不断变化的表演；它不是一种确定的语言变为另一种语言的翻译，而是在同一语言中一种反应性的超越。盖茨写道：表意对于过去构成了一种阐释、一种变化、一种修正、一种扩展，它是"我对文学史的隐喻"。（qtd. in Jay：132）盖茨归纳了四类"双声的文本关系"："转义修正"（tropological revision）、"言说者文本"（the speakerly text）、"述说文本"（talking texts）和"重写言说者文本"（rewriting the speakerly）。他依据这些文本关系和表意理论，对道格拉斯、赫斯顿、赖特、埃里森、伊斯梅尔·里德、爱丽丝·沃克等黑人作品及互文关系进行了精彩的分析。

谈到表意理论体系的创建时，盖茨曾说："表意是一种产生于非裔美国文化的阅读理论；……我不得不走出我的文化，通过把它转换为一种新的话语模式来使这个概念陌生化，我才能看到它在批评理论中的潜能。"（1987：235—236）有学者对他的表意理论评价道："盖茨的方言土语表意理论为进入特定的文本提供了一种途径、一种反思非裔美国文本与其他话语的关系的方法，以及一种表明与作家运用方言土语紧密相关的政治可能的方式。"（Lubiano：572）《表意的猴子》在学术界得到了包括德里达、米歇尔（W. J. T. Mitchell）在内的许多人的赞扬。凯恩（William E. Cain）称此书"显然是一部重要的研究成果，为非裔美国文学的批评家和教师指明了追求的新方向"。（657）

盖茨关于黑人美学的其他论著还有：《黑人文学与文学理论》（*Black Literarure and Liteary Theory*，1984）、《"种族"、写作及差异》（"*Race," Writing, and Difference*，1986）、《黑色的修辞：词语、符号与种族的自我》（1987）、《阅读黑人，阅读女权：批评文选》（*Reading Black, Reading Feminists: A Critical Anthology*，1990）及《松散的经典》（1992）等。另外，盖茨还把他的批评理论观念运用到非裔美国文学经典建构中，他作为第一主编，编选了《诺顿非裔美国文学选集》（*The Norton Anthology of African American Literature*，1997），此书被视为非裔美国文学进入美国主流文学的重要标志。

虽然贝克和盖茨两人的学术发展方向是相反的，但是殊途同归，他们都在依靠黑人方言土语传统的基础上，致力于建构分析和理解非裔美国表意文化的新方式，建构独特的以非裔文化传统为基础的批评理论，建构非裔美国文学经典和传统。他们的理论建树和文学批评实践的丰硕成果对黑人美学的发展、对黑人研究（black studies）作为学科进入美国大学并在美国学术界的体制化、为非裔美国文学和文化进入美国文学和文化的主流作出了卓越的贡献。

另外需要提及的是，有人对贝克和盖茨的美学理论提出了颇为严厉的批评，具有代表性的是黑人女批评家乔伊斯（Joyce A. Joyce）同盖茨和贝克之间的一场著名论战，这场论战的文章刊登在 1987 年冬季号的《新文学史》（*New Literary History*）上。乔伊斯在《黑色典律：重构美国黑人文学批评》中指责盖茨和贝克为代表的采用后结构主义的黑人批评家背离了传统的黑人文学批评，试图把"黑人表述方式"（black expression）融入主流的"欧美表述方式"（Euro-American expression）中去，使黑人文学批评脱离了黑人生活和现实，她主张坚持 20 世纪 60 年代和 70 年代黑人文艺运动时期的黑人文学批评理念。（335—344）盖茨和贝克在各自回应的文章中，对乔伊斯的批评逐一进行了批驳，同时也表达了他们自己的美学观念。有学者认为，由于双方在谈论关于批评方法和目标问题上的差异时都是过高估计和过分夸大，因此两方的冲突不在于方法或者目标，而在于"代际"冲突、在于性属和权利问题。盖茨和贝克代表了地位确立了的、老一代男性批评家，而乔伊斯则属于后一代富有才华的女性学者。（Mason：606—615）应该说这种看法是比较客观合理的。

三、黑人美学与黑人女性主义批评

由于黑人美学批评家，尤其是第一代批评家注重种族问题而忽视了性属问题，并且第一代和第二代黑人美学家大多都是男性，所以他们受到黑人女性主义批评家的尖锐批评。正如梅森（Theodore O. Mason Jr.）指出："黑人文艺运动的性别歧视和它诉诸男性力量话语（性和非性的）表现的政治权力倾向引发了 20 世纪 80 年代以来常见的女性主义对美国黑人批评话语的修正。"（转引自格洛登等：22）

史密斯（Barbara Smith）的论文《走向黑人女性主义批评》（"Toward a Black Feminist Criticism", 1977）是黑人女性主义批评的宣言。此文指出了黑人妇女因遭受到种族歧视和性别歧视的双重压迫而感受到的特殊异化感和压迫，而黑人妇女的这种特殊的生活体验和感受是"不为人所知"、"看不见的"。文章既批判了白人，包括白人女性主义者的种族歧视，更批判了男性，包括男性黑人美学家的性别歧视。史密斯倡导以一种黑人女性主义批评去对待文学作品，这种批评认为"性别的和种族的政治学以及黑人和女性的身份在黑人妇女作品中是紧密不可分的因素，……黑人妇女作家构成了一种可以辨认的文学传统"。（qtd. in Napier：8，132，137）同时，史密斯还提出了黑人女同性恋问题，这一问题后来成为黑人女性主义批评关注的一个重要话题。

史密斯的这一论文引发了黑人女性主义批评的蓬勃发展。麦克道威尔（Deborah E. McDowell）的《黑人女性主义批评的新方向》（"New Directions for Black Feminist Criticism", 1980）对史密斯的观点进行了修正。麦克道威尔在赞同对黑人妇女文学采用历史文化的语境分析方法的同时，主张在主题、文学技巧、文体和语言诸方面进行严格准确的文本分析，并主张建构专门的黑人女性美学。（qtd. in Napier：167—178）沃克（Alice Walker）在《寻找我们母亲的花园》（*In Search of Our Mothers' Gardens:Womanist Prose*, 1983）中提出了"妇女主义"（womanism）的主张。胡克斯（bell hooks）在《女权主义理论：从边缘到中心》（*Feminist Theory: From Margin to Center*, 1984）和《渴望：种族、性别与文化政治》（*Yearning: Race, Gender, and Cultural Politics*, 1990）等论著里"不仅试图致力于诠释美国黑人女性主义者话语的实践，而且意在使其与阶级问题和后现代批评实践更加合拍"。（转引自格洛登等：28—29）另外，克里斯琴（Barbara Christian）、斯皮勒斯（Hortense Spillers）、卡比（Hazel Carby）、赫尔（Gloria Hull）、史密斯

（Valerie Smith）、哈蒙兹（Evelyn Hammonds）等许多黑人女性主义批评家也纷纷发表论著，各抒己见。黑人女性主义批评呈现出一派争鸣繁荣的景象。

不过尽管黑人女性主义批评家有着种种不同的观点，但是在总体上她们"或多或少都关注黑人妇女的具体社会环境、黑人妇女文学史、女性主义者团结一致的作用、罪恶的种族和阶级压迫、黑人和白人父权制的祸害、其他第三世界妇女的困境，以及未来社会变化的可能性"。她们批判对黑人妇女的恶意扭曲和排斥，探讨并建构黑人女性美学和文学传统。（Leitch：352）黑人女性主义思想对黑人男性批评家产生了较大的影响，他们后来纷纷转变了忽视黑人妇女文学及批评的态度，其中不少人撰写或编撰了关于黑人妇女文学及批评的论著或者文集，如赫恩通（Calvin Hernton）的《性别的大山和黑人女作家》（*The Sexual Mountain and Black Women Writers: Adventures in Sex, Literature, and Real Life*，1987）、盖茨的《阅读黑人，阅读女权》（1990）、贝克的《精神的机理：非裔美国妇女文学的诗学》（1991）以及沃克尔德（Michael Awkard）的《在黑人女性主义批评中黑人男子的地位》（"A Black Man's Place in Black Feminist Criticism"，1995）等。

结　语

黑人美学批评在目标、观念和方法上与女性主义批评和后殖民理论相似，都反对主流文化和文学传统对黑人、妇女和被殖民民族的歧视和压迫，都对欧美主流传统的文化和文学经典进行解构和修正，都力图建构自己的传统和经典。黑人美学批评采用的理论模式和方法为女性主义批评的探讨提供了借鉴和参照，著名女性主义批评家肖沃尔特就曾直接把黑人美学批评与女性主义批评进行了比较。她明确指出："在美国黑人批评与理论范围内的论战和女权主义批评界的论战有许多相似之处，并且黑人（批评）和女权主义批评的家谱确实在许多方面惊人地相似。"（258）而一些黑人美学家和黑人女性主义批评家，如盖茨和胡克斯，本身也被视为后殖民理论家。

黑人美学对传统的美国文学经典提出了质疑并进行了修正，为建构非裔美国文学传统和经典在理论和实践上都发挥了重要作用。同时，它为美国其他族裔，如亚裔、墨西哥裔、本土裔等的文学传统和经典的建构开辟了道路、提供了范例。经过两代黑人美学家（尤其是盖茨和贝克）和黑人女性主义批评家的不懈努力，黑人研究在美国学术界已经成为一门体制化的学科。

参考文献

1. Baker, Houston A. Jr. *Afro-American Poetics: Revisions of Harlem and the Black Aesthetic*. Madison: U of Wisconsin P, 1988.

2. —. *Blues, Ideology, and Afro-American Literature: A Vernacular Theory*. Chicago: U of Chicago P, 1984.

3. —. *Long Black Song: Essays in Black American Literature and Culture*. Charlottesville: U of Virginia P, 1972.

4. Baraka, Amiri. "The Myth of a 'Negro Literature'." *Within the Circle: An Anthology of African American Literary Criticism from the Harlem Renaissance to the Present*. Ed. Angelyn Mitchel. Durham: Duke UP, 1994.

5. Cain, William E. "New Directions in Afro-American Literary Crticism." *American Quarterly* 42.4 (1990): 657-663.

6. Davis, Thadious M., and Trudier Harris, eds. *Dictionary of Literary Biography: Afro-American Fiction Writers After 1955*. Detroit: Gale, 1985.

7. Du Bois, W. E. B. *The Souls of Black Folk*. New York: Bantam, 1989.

8. Ervin, Hazel Arnett, ed. *African American Literary Criticism, 1773—2000*. New York: Twayne, 1999.

9. —. *The Handbook of African American Literature*. Gainesville: UP of Florida, 2004.

10. Fuller, Hoyt W. "Towards a Black Aesthetic." *Within the Circle: An Anthology of African American Literary Criticism from the Harlem Renaissance to the Present*. Ed. Angelyn Mitchel. Durham: Duke UP, 1994.

11. Gates, Henry Louis Jr. *Figures in Black: Words, Signs, and the" Racial" Self*. New York: Oxford UP, 1987.

12. —. *Loose Canons: Notes on the Culture Wars*. New York: Oxford UP, 1992.

13. —. *The Signifying Monkey: A Theory of African-American Literary Criticism*. New York: Oxford UP, 1988.

14. Gayle, Addison Jr., ed. *The Black Aesthetic*. New York: Doubleday, 1971.

15. Gayle, Addison Jr. "Cultural Strangulation: Black Literature and White Aesthetics." *Within the Circle: An Anthology of African American Literary Criticism from the Harlem Renaissance to the Present*. Ed. Angelyn Mitchel. Durham: Duke UP, 1994.

16. Henderson, Stephen E. "The Forms of Things Unknown." *African American Literary Criticism, 1773—2000*. Ed. Hazel Arnett Ervin. New York: Twayne, 1999.

17. Jay, Gregory S., ed. *Dictionary of Literary Biography: Modern American Critics Since 1955*. Detroit: Gale, 1988.

18. Jones, Leroi, and Larry Neal, eds. *Black Fire: An Anthology of Afro-American Writing*. New York: William Morrow, 1968.

19. Joyce, Joyce A. "The Black Canon: Reconstructing Black American Literary Criticism." *New Literary History* 18 (1987): 335-344.

20. Leitch, Vincent B. *American Literary Criticism from the Thirties to the Eighties*. New York: Columbia UP, 1988.

21. Locke, Alain, ed. *The New Negro*. New York: Simon, 1992.

22. Lubiano, Wahneema. "Henry Louis Gates, Jr., and African-American Literary Discourse." *New England Quarterly* 62.4 (1989): 561-572.

23. Mason, Theodore O. Jr. "Between the Populist and the Scientist: Ideology and Power in Recent Afro-American Literary Criticism or, 'The Dozens' as Scholarship." *Callaloo* 11.3 (1988): 606-615.

24. Mitchell, Angelyn, ed. *Within the Circle: An Anthology of African American Literary Criticism from*

the Harlem Renaissance to the Present. Durham: Duke UP, 1994.

25. Napier, Winston, ed. *African American Literary Theory: A Reader*. New York: New York UP, 2000.

26. Neal, Larry. "The Black Arts Movement." *Within the Circle: An Anthology of African American Literary Criticism from the Harlem Renaissance to the Present*. Ed. Angelyn Mitchel. Durham: Duke UP, 1994.

27. Posnock, Ross. "The Distinction of Du Bois: Aesthetics, Pragmatism, Politics." *American Literary History* 7.3 (1995): 500-524.

28. Rampersad, Arnold. "Introduction." *The New Negro*. Ed. Alain Locke. New York: Simon, 1992.

29. Smith, David Lionel. "The Black Arts Movement and Its Critics. " *American Literary History* 3.1 (1991): 93-110.

30. 格洛登等主编:《霍普金斯文学理论和批评指南》，王逢振等译，外语教学与研究出版社，2011。

31. 肖沃尔特:《我们自己的批评: 美国黑人和女权主义文学理论的自治与同化》，载科恩主编《文学理论的未来》，程锡麟等译，中国社会科学出版社，1993。

32. 赵一凡编:《美国的历史文献》，生活·读书·新知三联书店，1989。

① 黑人美学的两个英文术语 the Black Aesthetic 和 Black Aesthetics 在黑人文学批评理论论著中都存在，但是两者在拼写形式上和含义上有着差异。史密斯（David Lionel Smith）认为:"前者指单一的原则，而后者具有多种可能性。前者是封闭的和规定性的，而后者是开放的和描述性的。"（96）本文采用后者。

② 波斯若克（Ross Posnock）认为杜波依斯这一观点长期遭到许多人的误解，指出杜波依斯受到了威廉·詹姆斯的实用主义哲学的影响，采用了比喻的手段，把"宣传"（propaganda）陌生化，力图调和黑人艺术的美学与政治的诉求。

③ "美国黑人"（black American）的总称在学术界（包括美国黑人学术界）曾长期使用，自黑人文艺运动以来，"非裔美国人"（Afro-American/African American）越来越普遍地得到使用。相应地"非裔美国文学/文化"（Afro-American/African American literature/culture）也广泛地得到使用。不过，至今两种术语并存的现象依然存在，本文则依据当时的语境或者原文的术语采用相应的译法。

④ 后来琼斯把自己的姓名改为非洲斯瓦希里语"埃米里·巴拉卡"（Amiri Baraka），意为"受祝福的王子"。

后殖民生态批评 何 畅

略 说

"后殖民生态批评"（Post-Colonial Eco-Criticism）的出现迎合了布伊尔（Lawrence Buell）对生态批评发展趋势的预测，他认为西方生态批评已然经历了两次"生态风波"：第一波可大体归为生态中心主义型生态批评（eco-centric eco-criticism），而第二波则是环境公正（environmental justice）生态批评的转向。（2005：138）显然，第二波的"转向"意味着种族视野的介入。只有通过上述批评角度的介入，少数族群、有色人种和第三世界人民才能进入生态批评学者的学术视野，我们才能意识到环境问题不单是一个哲学、伦理和美学问题，也不只是一个经济和政治再分配问题，更是一个延续至今的殖民主义问题。因此，从这个意义上讲，后殖民批评视角的融入是生态批评发展的大势所趋。正如德洛格利（Elizabeth DeLoughrey）和汉德利（George B. Handley）在《后殖民生态批评：环境文学》一书中所言："既然关于自然和帝国的研究有那么多，我们忍不住要问，为什么关于环境的关注就不能与后殖民理论相关呢？为什么要把它们看作是平行而不是息息相关的领域呢？"（14）

上述疑问道出了众多学者的心声。然而，对于这样一个新出现的研究热点，国外研究尚处在理论建构阶段，即反复论证两者结合的可能性与必要性阶段。即使关于命名，众人也议论纷纷，莫衷一是，"绿色帝国主义"（green imperialism）、"绿色后殖民主义"（green post-colonialism）、"后殖民绿色"（post-colonial green）等标签层出不穷。但是，近两年出版的《后殖民生态批评：环境文学》、《后殖民绿色：环境政治与世界》（*Postcolonial Green: Environmental Politics and World Narratives*，2010），以及《后殖民生态批评：文学、动物与环境》等书逐渐将"后殖民生态批评"这一术语固定下来，并推入公众视野。但是，人们仍倾向于将两者视为毫无关联的异己。有鉴于此，我们有必要在此梳理建构后殖民生态批评空间的可能性与必要性，并讨论该关键词在中国的"本土化"前景。因为，缺乏对前者的了解，任何理论传播都只是"知其然而不知其所以然"的被动接受，而缺乏对后者的思索，任何研究热点在中国都只能是纸上谈兵。

综 述

事实上，全球化语境的介入是后殖民生态批评理论出现的大背景。因此，任何有关上述关键词的探讨都基于我们对全球化的洞悉。奥−罗德汉博士（**Nayef R. F.**

Al-Rodhan）在详细阐释了各类有关"全球化"的定义之后，对全球化过程作出了如下解释："全球化是一个过程。这个过程涉及一切跨民族和跨文化融合的起因、经过与结果。上述融合不仅包含人类行为，也囊括非人类行为。"①显然，在这个定义中民族融合和生态融合被认为是全球化过程必不可少的两大要义。换句话说，在全球化语境中，"民族"与"环境"唇齿相依。对此，穆克杰（Pablo Mukherjee）更是直言不讳：

> 在全球化语境下，任何声称理论化殖民主义和帝国主义（姑且让我们称它为后殖民研究）的尝试都不能忽视环境因素与政治、文化因素之间的复杂影响。前者包括水、土地、能源、（动植物的）栖息地／迁徙，而后者则涉及国家（或者政府、领土）、社会、斗争、文学、戏剧和视觉艺术。同样，任何声称赋予环境阐释重要性的尝试（姑且让我们称它为生态／环境研究）在探索森林、河流、生物区和生物种类等因素时，都不应忽视社会、历史和物质等坐标值。（144）

可见，全球化如同一块巨大的磁铁，加速了后殖民批评与生态批评的融合，构成了两者结合的种种可能性与必要性。从某种角度讲，全球化如同一张摊开的世界地图，纵横交错的各种理论构成了经线与纬线，而后殖民生态批评则是这张经纬图上的空间之一。

建构后殖民生态批评的可能性

确实，当我们梳理后殖民批评与生态批评的理论建构时，我们不难发现，两者有着众多共同点。其中，最引人注意的是两者对"空间"（place）的共同关注。我们不能否认，"对殖民主义的暴力过程而言，环境就是一个'非人类'的证人，而置身于变化之中的环境本身就是'后殖民性'（post-colonialty）的必要构成部分"。（DeLoughrey and Handley：6）换句话说，殖民史是关于空间的征服史。因此，任何后殖民创作都无法回避对空间的关注和想象性再现。这个空间可以是具体的风景、地理、疆域，也可泛指环境、自然、土地和故乡。正因为此，将空间建构视为第一要义的流散写作（diasporic writings）越来越引起当下生态批评家和后殖民批评家的注意。在探讨"全球流散"的特点时，科恩（Robin Cohen）指出，"流散"人口往往保持着一种集体回忆，时时念想着故土的种种，包括它的位置、历史和成就。（26）可以说，对故乡的向往决定了流散作家重构故土环境的热情。而正是在诸如此类的空间想象中，生态乌托邦、生态灭绝、环境控诉、环境正义和殖民破坏等种种元素杂糅在一起，共同构成了后殖民生态叙事和批评的可能性。

除去对空间的共同关注外，从时间上来看，生态史与殖民史之间有着盘根错节的关系。确切地说，任何一部殖民扩张史都是一部自然史，而自然史本身也无法回避殖民扩张带来的种种人为影响。例如，殖民输出对第三世界国家的生态系统造成了巨大的困扰：

> 殖民者带来了庄稼和成群的牛羊，除此之外，他们清理土地，不断地将当地的生态系统破坏殆尽。与此相反的是，欧洲殖民者从"新世界"带去的却只是为数不多的人、动物和了无生气的植物标本。（很有意思的是，被带往欧洲的动植物，无论是野生的还是家养的，基本对欧洲的生态系统不构成威胁。）由于没有任何权威的规范和标准强行本地化这些动植物，它们到达欧洲后并不会成为当地传统农业和田园习俗的一部分。反之，它们只是具有异国情调的舶来品。……迥然不同的是，由欧洲带入新殖民地的人或动植物却无一例外地被认为是当地所必须适应的"麻烦"，或者是当地灌木丛和荒野不容置疑的取代物。尽管这些动植物种类起初都水土不服，难以定植，然而不久之后，它们就由于天敌的缺乏，迅速繁殖起来。（Huggan and Tiffin：7—8）

细读之下，上述引文至少从三个层面说明了自然史与殖民史的关系：第一，殖民扩张虽然以经济和政治为目的，但其对土地的关注和征服必然导致对当地生态系统的破坏和改变。从这个层面讲，帝国殖民史无法忽略生态学的维度。第二，宗主国与被殖民国之间的生态影响往往是不对等的，这必然造成环境的不平等与环境正义的缺失，因此，帝国殖民史也是一部生态殖民（ecological imperialism）史和环境种族（environmental racism）史。第三，虽然被殖民国的生态输出微小，但是这些被输出的动植物种类毕竟对宗主国的生态系统起到了补充和多元化的作用。因此，从生物学的角度讲，生态殖民不一定是贬义词。有鉴于此，通过详细分析生物种类和自然环境在欧洲殖民扩张中的变迁，环境历史学家克罗斯比（Alfred W. Crosby）和格罗夫（Richard Huge Grove）都在各自的著作《生态扩张主义：欧洲900—1900年的生态扩张》和《绿色帝国主义：殖民地扩张、热带岛屿伊甸园和环境保护主义的起源》中重申了上述观点，并明确指出："欧洲殖民史的成功是生物性的，或者说，是生态性的。"（Crosby：7）可见，殖民史与生态史之间的关系不彰自显，离开了任何一方，历史都不能成为完整的历史。

抛开上述时、空的原因，后殖民批评与生态批评在各自领域都强调"他者"，这无疑为两者的结合增加了理论的砝码。有学者指出：

> 按照后殖民主义的观点，西方的思想和文化以及其文学的价值和传统，甚至包括各种后现代主义的形式，都贯穿着一种强烈的民族优越感，因而西方的思想文化总是被认为居于世界文化的主导地位。与之相对照的是，非西方的第三世界或东方的传统则被排挤到了边缘地带，或不时地扮演一种相对于西方的"他者"（other）的角色。（王宁：56）

　　无独有偶，在生态批评对人类中心主义的解构中，很多学者都曾指出，人类对自然的过度开发与剥削恰恰来自人类的优越感和对自然的边缘化。因此，在人类中心主义者的眼中，"自然"与后殖民批评中的"第三世界或东方的传统"一样，扮演着被边缘化的"他者"角色。从这个角度看，两者惺惺相惜，也不难理解。正如布伊尔所说，将自然环境纳入帝国事实的有益之处之一在于，自然的弱者身份进一步促进人们意识到了其他弱势的群体：非白人、女性和孩子。（1996：21）换句话说，"自然"不仅是人类中心主义的受害者，也是殖民扩张的受害者；而被殖民国家人民不仅是帝国殖民的被压迫者，也是环境破坏的承受者。

　　以上分析告诉我们，后殖民批评与生态批评的"相遇"并非无稽之谈。两者有理论的契合点，也有时、空的连接点。更重要的是，在全球化背景下，两者的结合对双方都有积极的理论指导意义。因此，两者不仅必然"相遇"，而且必须"相遇"。

建构后殖民生态批评的必要性

　　关于后殖民批评与生态批评两者结合的必要性，我们首先应看到，后殖民视角对主流生态批评起到了必要的补充作用。近十年来，国内学者对西方生态批评的译介基本以英、美两国为主。上述现象与国外生态批评的发生、嬗变不无关系，也适度反映了国外生态批评的理论局限。如果我们以颇具权威性的《霍普金斯文学理论和批评指南》（*The Johns Hopkins Guide to Literary Theory and Criticism*）为例，我们可以看到，"生态批评"一栏涉及的作家基本以美国为主，如利奥波德（Aldo Leopold）、格罗费尔蒂（Cheryll Glotfelty）等，此外只涉及了个别英国作家。对此，尼克森（Rob Nixon）如此评价道："尽管生态批评的谱系包括了各种不同的形式，与年代学、主题学、认识论和教育学都不无关系。但是，我们发现，它们中的大部分仍然以美国作家（极小范围内的英国作家）为主。"（234）换句话说，目前的生态批评研究基本上还只是一场以英美为主（或者说以欧洲为主）的"白色运动"，这自然就将亚洲、非洲和南美洲等被殖民国家的声音排除在外，也直接导致了对"环境非正义"现象的忽略。此处，我们仅以被殖民国家的"生态保护区"为例来说明上述观点。

　　根据格罗夫的研究，很多宗主国于18世纪中后期在热带岛屿建立了"自然保护区"。（226—230）通过规划带有欺骗性的自然保护区，他们意图在殖民岛屿上建立新的带有原始风情却符合宗主国审美的"风景"，并使之成为旅游消费和集体怀旧的对象。（280）对此，克力布（Robert Cribb）指出："所谓的国家公园以及濒危动物保护措施往往将当地人民从他们世代占据、谋生的土地上逐走。"（qtd. in Huggan and Tiffin: 3）确实，对当地人来说，原本的"故土"，反而变成了让他们流离失所的"他者"。当人与自然疏离之时，环境保护又从何谈起呢？即使是当下，虽然政治殖民早已成为历史，各类跨国公司以及发达国家与发展中国家签订的离岸外包（offshore outsourcing）服务合同仍然延续了自殖民时代开始的环境非正义行为。对此，许多族裔环境运动家挺身而出，尼日利亚作家、环境运动家沙罗-维瓦（Ken Saro-Wiwa）就是一个显著的例子。②可见，主流生态批评往往过度浪漫化，并掩盖了大量环境非正义行为，而后殖民批评视角的介入则无情地揭开了其脉脉温情的面纱。

与上述观点相对应的是，主流后殖民批评也需要一个"被绿色"的过程，而且这个过程势不可挡、无法拒绝。我们知道，在这个"后帝国时代"，单纯的领土侵略和疆土扩张已被文化殖民取代。萨义德（Edward W. Said）在《文化与帝国主义》中这样说道："无论是帝国主义还是殖民主义，它们都绝不是简单的积累和获取。反之，它们都有意识形态的依托，并受意识形态的驱动。"（9）对于上述意识形态领域的殖民扩张，简单的反殖民武装斗争已回天乏术，以其人之道还治其人之身才是上上之策。因此，环境想象成为不少作家解构和抵抗文化殖民政策的首选策略。事实上，萨义德早已注意到了上述倾向，他说：

> 对地理元素的首肯让反帝国主义想象独树一帜。帝国主义说到底是一种地理暴力。通过上述暴力，世界的每一寸空间被标识、被探索，并最终被控制。对当地人来说，正是入侵者对土地的占有宣告了殖民劳役史的开始。因此，对被殖民国来说，地理身份的重新界定与建构势在必行。但是由于殖民者的存在，最初的土地收复只能通过想象来完成。（225）

出于如此这番考虑，很多作家都自觉或不自觉地参与到了对土地的"收复"中去，并创作了许多关于地理的作品，例如叶芝的诗集《玫瑰》中关于爱尔兰的描写、聂鲁达笔下的智利景色、达沃什（Mahmoud Darwich）作品中关于巴勒斯坦的描写等。显然，在后殖民书写中，环境想象不再只是阿卡迪亚式的乌托邦想象，而是一种意识形态的"反抗"，代表了一种对民族身份的指称（signification）过程。也正因此，萨义德把后殖民书写中的环境想象称为"收复疆土"（territory reclaimed）的反抗行为，（212）和一场矢志不渝的"反殖民"（decolonization）运动。（219）可见，任何关于后殖民批评理论的研究都无法拒绝对环境文本的挖掘与分析，即无法排斥生态批评的融合与渗透。换句话说，主流后殖民批评的"被绿色"过程也是其理论扩展和深化的过程。

总而言之，"后殖民生态批评"的出现并非横空出世。一方面，生态批评和后殖民批评两者各自的特点、发展需求决定了它们兼容的前景；另一方面，它的出现顺应了全球化的语境。可惜，在这个空间里，中国学者的参与仍然微乎其微，中国生态批评运用的理论"缺乏西方生态批评所具有的跨学科、跨文化，甚至跨文明的广阔视野"，并对种族、阶级等问题缺乏应有的敏感度。（胡志红：15）也就是说，在国内研究中，生态批评与后殖民批评依然停留在各自领地，徘徊不前，缺乏诗意的相逢。因此，上述现象决定了该理论在中国的接受缺乏本土视角。有鉴于此，在讨论各研究热点的同时，以下部分也试图探讨它们在中国的"本土化"前景。

研究热点及本土化前景

从近两年的理论建构来看，后殖民生态批评的关键词大致如下：空间想象与建构、动物批评（zoocriticism）、旅游与可持续发展、种族与环境非正义等。其中，关于空间的讨论前文业已涉及，此处不再详述，而其他各点在中国都有"本土化"的研究空间。

旅游与可持续发展　后殖民生态批评视野中的大众旅游（mass tourism）与"种族"问题密切相关。凯里根（Anthony Carrigan）在《后殖民旅游：文学、文化与环境》一书中指出，由于财富的不均等，大量富裕国家的国民前往贫穷国家旅游，因此，大众旅游有效重构了殖民旅游的模式，并直接导致了旅游输入国的环境变迁与文化流失。（Preface）可见，旅游已成为后殖民建构的手段之一。然而，随之而来的问题是，我们该如何使这些旅游输入国获得生态可持续性？并使它们在铺天盖地的旅游输入中保持文化独立性？在尝试解决上述问题的同时，后殖民生态批评家旨在唤起第三世界国家的生态保护意识和文化独立意识，从而有效解构旅游者的文化殖民倾向。事实上，尼泊尔珠穆朗玛峰山口成堆的垃圾、柬埔寨吴哥窟面临的破坏、中国西藏的生态恶化等问题，都有力证明了大众旅游对第三世界国家造成的环境困扰。尤其对中国来说，大量涉外旅游景点的建立，以及旅游输入与输出的不对等，都预示着大众旅游成为环境破坏与文化殖民载体的可能性。

种族与环境非正义　从某种程度上讲，后殖民生态批评所说的"环境非正义"试图解构的，是西方的"可持续发展观"。德国社会学家萨荷斯（Wolfang Sachs）指出，关于全球化发展的讨论受以美国为首的北半球富裕国家支配。换句话说，西方的"可持续发展观"依赖于富裕国家的需求与感受。（Huggan and Tiffin：28）正是在这样的发展观引导下，发达国家以经济和技术援助等形式为掩盖，以牺牲第三世界国家的环境为代价，来实现所谓的全球经济增长。而实际上，在第三世界国家，"发展观"早已失去了其原有的积极意义，成为掠夺、贫穷与环境恶化的代名词。越"发展"越"后退"，成为许多族裔环境运动家的共识。在中国，环境非正义还没有进入大多数生态批评研究者的视野。与此形成强烈反差的是，到 2015 年，中国将赶上印度成为离岸外包业务的最大地接商。无可否认，中国经济的迅猛发展很大程度上是由制造业离岸外包引起的，但是，这些活动造成的空气、水、噪音和垃圾污染不可估量。而美国一方面以离岸外包业务的形式来充分利用发展中国家发展经济的迫切需求，一方面又不断发表环境报告来指责发展中国家的环境污染问题，其政治干预目的昭然若揭。可见，环境非正义问题在本质上是政治非正义问题。有鉴于此，我们更需用"本地化"后的殖民批评视角来形成中国式的"发展观"。

动物批评　作为"后殖民生态批评"的核心观点之一，动物批评的概念与"种族主义"和"物种主义"（speciesism）密切相关。种族主义认为，人种有优劣之分，而物种主义则认为物种有贵贱之分。正是在上述两种世界观的指导下，殖民者对于他者（动物和原住民等被视作动物的劣等人）的剥削才显得合情合理。对此，后殖民生态批评试图重新探索人与动物之间的伦理关系，从而解构物种主义和种族主义建立的二元对立。因此，在《后殖民生态批评：文学、动物与环境》一书中，哈根（Graham Huggan）和蒂芬（Helen Tiffin）证实了动物的情感能力，打破了以语言能力划分人与动物界线的陈旧观念，并通过肯定动物的地位来动摇殖民主义关于人类、野蛮人与动物的粗暴划分。笔者认为，"动物批评"的精彩之处在于它将动物与原住民及第三世界国家等弱势群体相提并论，从而实现了生态批评与后殖民批评的完美结合。从国内研究来看，"动物研究"尚未得到应有的重视，事实上它对于我们如何使用后殖民生态批评的视角来研究华裔流散文学和华裔女性文学颇有启示。无可否认，华裔海外流散者，尤其是女性，始终处在"种族主义"、"物种主义"和"性别主义"（sexism）的三重束缚之中，因此在很多华裔女作家的笔下不约而同地出现了大量动物意象或将人类动物化的倾向。

结　语

尽管到目前为止"后殖民生态批评"仍处在建构阶段，但它所体现出的理论姿态已让人刮目相看。其一，它体现了强烈的行动主义者（activist）姿态。这无疑秉承了生态批评的本质，因为任何"在支持环境主义实践的精神下所进行的关于文学与环境关系的研究"，都应被视为生态批评研究。（Buell，1996：430）唯一不同的是，在全球化语境中，"环境主义实践"不再单纯地指涉环境保护运动，反之它囊括一切环境非正义运动，并始终尝试获得"行动主义"与"美学复杂性"的平衡。换句话说，尽管后殖民生态批评的政治倾向受到颇多诟病，但它始终坚持自己不仅是环境的行动主义者，也是美学的行动主义者。其二，它体现了前所未有的理论混杂性（hybridity）。可以说，文学、政治、经济、生物学、地理、种族、历史等各学科的混杂，使其避免了僵化死板的理论前景。其三，后殖民生态批评体现了不容置疑的解构性。可以说，后殖民生态批评试图通过解构西方世界的发展观、种族主义和物种主义来获得并延续人类与环境的最终和谐。帕斯（Octavio Paz）认为，上述"解构主义"姿态使其当之无愧地成为现代性传统（modern tradition）的一部分，因为"'现代性传统'是断裂的传统，它往往通过否定自身来延续自身"，而解构无疑是一种鲜明的否定姿态。③

不可否认，后殖民生态批评力图回应的是整个西方文明所催发的偏见、暴力与不公平。通过上述回应，它试图有效地参与到整个现代性传统的建构中去。可以说，对该理论的了解有助于我们在全球化的语境中了解整个现代性传统的发展与演变，并以本土视角参与到上述传统的建构中去。

参考文献

1. Buell, Lawrence. *The Environmental Imagination: Thoreau, Nature Writing, and the Formation of American Culture*. Cambridge: Harvard UP, 1996.

2. —. *The Future of Environmental Criticism: Environment Crisis and Literary Imagination*. MA: Wiley-Blackwell, 2005.

3. Carrigan, Anthony. *Postcolonial Tourism: Literature, Culture, and Environment*. New York: Routledge, 2011.

4. Cohen, Robin. *Global Diasporas: An Introduction*. London: UCL, 1997.

5. Crosby, Alfred W. *Ecological Imperialism: The Biological Expansion of Europe, 900—1900*. New York: Cambridge UP, 1986.

6. DeLoughrey, Elizabeth, and George B. Handley. *Postcolonial Ecologies: Literatures of the Environment*. New York: Oxford UP, 2011.

7. Grove, Richard H. *Green Imperialism: Colonial Expansion, Tropical Island Edens and the Origins of Environmentalism, 1600—1860*. London: Cambrige UP, 1996.

8. Huggan, Graham, and Helen Tiffin. *Postcolonial Ecocriticism: Literature, Animals, Environment*. New York: Routledge, 2010.

9. Mukherjee, Pablo. "Surfing the Second Waves: Amitav Ghosh's Tide Country." *New Formations*. No. 59 (2006): 144-157.

10. Nixon, Rob. "Environmentalism and Postcolonialism." *Postcolonial Studies and Beyond*. Ed. Ania Loomba, et al. Durham: Duke UP, 2005.

11. Said, Edward W. *Culture and Imperialism*. New York: Alfred A. Knopf, 1993.

12. 胡志红：《中国生态批评十五年：危机与转机——比较文学视野》，载《当代文坛》2009 年第 4 期。

13. 王宁：《东方主义、后殖民主义和文化霸权主义批判——爱德华·赛义德的后殖民主义理论剖析》，载《北京大学学报（哲学社会科学版）》1995 年第 2 期。

① See Nayef R. F. Al-Rodhan, "Definition of Globalization: A Comprehensive Overview and a Proposed Definition." Web.

② 沙罗-维瓦（1941—1995）：尼日利亚作家、电视制片人、环境运动家，"正确生活方式奖"（Right Livelihood Award）得主和"戈尔德曼环境奖"（Goldman Environmental Prize）得主。由于对政府各种环境政策直言不讳地进行批评，他于 1995 年被军事法庭逮捕并处决。

③ See Octavio Paz, "Poetry and Modernity." Web.

环境启示录小说 何　畅

略　说

　　"环境启示录小说"（Environmental Apocalyptic Novels）与启示录小说有着很深的渊源，至今前者仍被归为启示录小说的一类，可见该类型小说的发展、蜕变与"启示录"一词的发展密切相关。启示录一词的希腊语词根是 apokalupsis，指的是"显现"，或者是"对先前不知道的和隐藏的事物的揭示"。随后，这个词在《圣经·新约》中出现，使它带有了"神谕"的含义。因此，原本"天机不可泄露"的神谕通过"启示"而为信徒所知，而启示录小说也因之成为带有强烈宗教色彩的类型小说。

　　启示录小说与环境叙事的最初结合，首先出现在见证工业革命的英国维多利亚时期。这个时期的环境启示录小说希望以宗教启示录的形式解决伴随工业革命而来的种种环境焦虑，并以此唤起同时代人对文明与发展的重新审视。其次，自 18 世纪开始的世俗化过程，使启示录一词的意义发生了变化，"天机"不再难求；与此同时，达尔文的进化论使失去了信仰的人类对自身和社会的前景都产生了质疑与不安。于是"启示录"变成了"末日预言"，而环境启示录小说则演变成了对环境灾难的预测和末日情绪的宣泄。正因为这样，现代环境启示录小说更多地被称为"环境灾难小说"，更多地体现为一种无助感和失去家园的惶恐。尤其是在第二次世界大战和冷战以后，核武器的发展和核装备竞赛进一步加剧了这种末世情绪。

　　与早期环境启示录小说相比，现代环境启示录小说还呈现出以下区别：第一，它拥有更为大众化的读者；第二，它所传达的启示是缓慢的、渐进的；第三，它与当下的生态批评和环境运动有着紧密的联系，并颇受深层生态学的青睐，因此它又被称为"生态预警小说"、"千禧生态叙事"、"生态反乌托邦小说"，等等。但是，与早期的环境启示录小说一样，现代环境启示录小说仍然对文化和进步以一种"外者"的身份加以审视。可以说，自始至终，任何一部环境启示录小说都是一部文化启示录。

综　述

　　"环境启示录小说"这一提法，最早见于美国生态批评家布伊尔（Lawrence Buell）所撰写的生态批评著作《环境的想象：梭罗，自然书写和美国文化的构成》（*The Environmental Imagination: Thoreau, Nature Writing, and the Formation of American Culture*）一书。在书中作者指出："启示录是当代环境想象的一个最有力的核心隐喻。"（285）根据布伊尔的观点，我们大致可以将环境启示录小说作如下定义：作为环境文学和启示录文学的结合体，环境启示录小说通过展示和预见环境灾难，试图唤起人类对环境的忧患意识。事实上，它并不仅仅是"当代"环境想象的核心隐喻，在最早开始工业革命的英国，该类型小说就已经出现。随着自然的"去神化"和环境灾难的全球化，该类型小说在经历一系列蜕变后，发展成为西方环境批评传统的有机组成部分。那么，该类型小说出现的历史语境究竟如何？它经历了哪些发展与蜕变？它出现的时代意义又是什么？本文试图从这三个问题出发，尝试重构环境启示录小说的"前世今生"。

历史语境

环境启示录小说在 19 世纪的英国出现是水到渠成的结果。布莱博尔科姆（Peter Brimblecombe）教授曾如此评价该类型小说："当今的启示录想象往往是全球性的，但是，维多利亚时期的例子却是地方性的，或者是城市性的。"（127）不难理解，工业化及随之而来的城市化进程，是环境启示录书写出现的主要原因。虽然卓有成效的城市化进程曾让伦敦这个工业城市成为众多英国人心中的圣土，然而即使在当时，人们也并非普遍持乐观态度，因为他们感到"工业化不仅搅乱了人的关系，而且势必导致物质环境的恶化"。（勃里格斯：233）因此，当环境恶化造成多种传染病和瘟疫横行时，人们关于环境的焦虑与不安也不请自来，"环境"一词的演变首先体现了这种环境意识的深入。

我们知道，"环境"一词的现代意义出现在 19 世纪。根据生态批评家贝特（Jonathan Bate）的研究，《牛津英语词典》中"环境"一词最早的例子，来自卡莱尔（Thomas Carlyle）的文章，他于 1830 年第一次使用 picturesque environment（如画的环境）这一表述方法来形容拜罗伊特（Bayreuth）周边的物质环境和地理环境。贝特指出，正是因为城市生活的异化，维多利亚人开始用"环境"一词来表示社会环境（social contexts）。换句话说，"在 19 世纪之前，人们不需要用一个特别的词来描述外在环境对人或社会团体的影响，因为环境与人、社会团体的身份建构紧密相连。这一点不言自明。"然而，"自 18 世纪后期以来，人们越来越意识到工业的急速发展会改变我们的环境质量，甚至影响我们呼吸的空气。"（Bate：13—14）于是"环境"一词的当代意义就这样适时出现了，用以描述维多利亚人对工业化与城市化进程的感受。

此外，日趋加强的环境意识也在维多利亚时期的文学作品中得以淋漓尽致的体现。例如狄更斯笔下的"焦煤镇"、柯南·道尔小说中伦敦上空挥之不去的浓雾、罗斯金演讲中反复提及的烟雾云，都是很好的例子。值得注意的是，到 19 世纪中期，这种环境意识逐渐上升为一种无以复加的忧虑，无论在艺术创作还是文学创作中，都出现了"最后一个人"（The Last Man）的想象。马丁（John Martin）的画作干脆题为《最后一个人》。画面中，空旷的海边小镇前，一个老人驻足而立，前方是逐渐消逝的黑暗的太阳，身后是一具焚化中的女尸。天地之大，却只剩下这个白发老人独自徘徊在混沌之中。而拜伦创作于 1816 年的诗歌《黑暗》("Darkness")①也涉及"最后一个人"的想象。诗歌一开始,诗人就说到他有个"似梦非梦的梦境",在梦中,"明亮的太阳熄灭,而星星 / 在黯淡的永恒虚空中失所流离";当冰封的地球"盲目转动"之时,人们在"孤绝的恐惧里将热情忘记"。最后,在诗歌末尾,地球上的一切都"沉眠于死寂的深渊"和"黑暗"之中,只剩下诗人还留在这个世上讲述这个"似梦非梦的梦境"。(Greenblatt:614—615)

正是在这样的意识形态下,大量环境启示录小说在维多利亚时期应运而生,并将这种末日情绪发挥到了极致。玛丽·雪莱(Mary Shelly)创作于 1826 年的小说《最后一个人》,被称为第一部环境启示录小说,该书率先成功地延续了上述末日情绪。作者在小说中声称,她在意大利那不勒斯附近的一个洞穴里发现了一批写在树叶上的预言,里面记载,一位生活在 21 世纪末的英国人亲眼见证了伦敦如何湮没在一场席卷整个半岛的瘟疫之中,唯一的幸存者只有记载者本人。在玛丽·雪莱的描述中,未来世界绝望、孤独、让人望而却步。在环境灾害面前,宗教、科技和一切人为的力量与激情都只能俯首称臣。

巴尔(Robert Barr)发表于 1892 年的预言小说《伦敦末日》(*The Doom of London*)进一步深化了这种末日情绪。只不过在他的笔下,不可一世的瘟疫被"毒雾"所取代:从工厂中排放出来的有毒气体日渐耗尽伦敦上空的氧气,并使伦敦上空的大雾持续多日不散。最后,逃出上述环境灾难的只有包括叙述者在内的三个人。虽然"最后一个人"变成了"最后三个人",但惶悚之心毫无二致。而杰弗里斯(Richard Jefferies)发表于 1885 年的灾难小说《伦敦之后》(*After London*)同样描写了神秘的环境灾难以及伦敦的毁灭。在他的笔下,伦敦几乎变成了灌木丛生、毒气弥漫的沼泽:

> 城市中的大部分建筑已经倒塌。……废墟几乎将溪流堵住,日子久了以后,这些溪流差不多都变成了黑色。显然,这些溪流无法通往海洋。退一步说,即使有水从溪流渗出,人们也无法察觉。因此,这些废墟逐渐变成了一个巨大的沼泽。人们不敢接近,因为一旦接近,死亡是他必然的命运。(36)

无可否认,对众多艺术家尤其是作家而言,日益恶化的环境在他们敏感的内心激起了千层涟漪。正是这种无以复加的关注,令他们对人类的命运满怀忧虑,也激发了他们关于环境灾难的想象。总的说来,这一时期的环境启示录小说并没有完全摆脱《圣经》的影响,它更接近启示录书写的本质特征。

大体说来,广义的启示录书写应该包括两个部分:对末日的预言和新天新地的出现。在《圣经》的《启示录》的最后,耶稣的门徒约翰在接二连三的自然灾祸之后又重新看到了光、生命之水和新耶路撒冷,因此他说:"……不再有死亡,也不再有悲哀、哭号、疼痛,因为以前的事都过去了。"(《启示录》,21:4)正因为新天新地的出现,《启示录》与《创世记》首尾呼应,在悲观之中不乏积极意义。因此,环境启示录书写的重要内容之一,就是要通过"制造"灾难来摆脱灾难。"灾难"只是神的启示和考验,而"希望"才是终极彼岸。

这样的悖论在上文提及的环境启示录小说中得到了充分的体现。例如,《伦敦之后》一书就侧重于展示环境灾难之后的新伦敦:一个自然王国,有森林、湖泊、动物,甚至还有散发着沼气的原始沼泽。可以说,杰弗里斯笔下的新伦敦充满着希望和自然情趣,颇具当代生态批评学家所推崇的荒野之美。同样,玛丽·雪莱笔下的伦敦虽看似穷途末路,却仍然不乏希望。她在小说中这样讲道:

> 人类——万物的主人,拥有者,发现者和记载者——灭亡了,就像从来不曾存在一样。这时,地球还将保持它在恒星中的位置吗?它仍将默默地、有规律地围绕太阳运行吗?没有人类为伴,四季会变化、树木会长出树叶、花儿会散发芬芳吗?山脉会岿然不倒、河流会顺势流向广阔的深渊吗?潮水还会涨落、风儿还会吹拂广袤的自然界吗?野兽会吃草、鸟儿会飞翔、鱼儿会游泳吗?哦,这太荒唐可笑了!肉体的死亡当然不是真正的死亡,人类并没有灭绝,而只是存在于另一些不为我们所了解的形态中。死亡是一个巨大的入口,是通往生命的高速公路,因为它让我们快速地通过,让我们不再行尸走肉般地活着,而是通过死亡使我们得以存活。(329)

确实,死亡的目的是为了重生,而绝望的背后则是对希望的渴求。因此,从这个意义上来说,19世纪的环境启示录小说并不等同于当下流行的"生态预警小说"和"生态反乌托邦小说"。反之,通过对未来的想象,它呈现了一种光影交融、悲喜交集的复杂心态。正因为此,这一时期的环境启示录小说仍被归类为"启示录"小说的一种,因为它代表了"对下述一系列现象的回应:无效、渐进的社会变化,科技社会潜在的种种恐怖,以及那些试图以神话来转移对即将到来的全球灾难的关注的尝试"。(Patrick:17)即使这些启示录式的神话无异于自欺欺人,却仍能让人聊以慰藉。然而,步步逼近的世俗化过程却立刻无情地打破了上述希望,环境启示录小说也由此逐渐走向"后启示录时代"。

发展与蜕变

要说明环境启示录小说的发展与流变,我们不得不重新回到"启示录"这个词。根据《牛津英语词典》的解释,

> 由于"末日教"(或称为"启示教",也就是现在的大卫教)教义形式的发展,人们从19世纪末期开始将"启示录"一词与世界末日相联系。"末日教"期待一场灾难性的巨变,并在其预言、教义信仰和宗教语篇中不断涉及这一思想。(Lutz:20)

那么，为什么这一转变独独发生在 19 世纪后期？可以说，19 世纪的英国乃至欧洲见证了两大巨变：其一，科学启蒙对世俗化过程的推波助澜；其二，达尔文"进化论"的发生与传播。前者瓦解了以神为中心的世界，而后者则瓦解了以人为中心的世界。

我们先来看一下世俗化过程与"启示录"词义之间的关系。从 19 世纪的社会现实来看，英国，包括整个欧洲，都处在启蒙现代性的"祛魅"叙事中。由于近代科技的发展，人们不再相信世界上存在着"任何神秘、不可测的东西"，相反，任何东西都是可以通过技术性的方法来计算和控制的。这导致了人类世界观包括自然观的巨大变化。换句话说，人们开始意识到，世界（包括自然）在人们眼中不再具有神秘的魅力了，同时人们开始怀疑神的起源，并质疑自然界是否真的有神灵存在。这样的怀疑论从根本上解构了基督教启示录的基础：既然上帝的启示是通过一系列自然灾难来实现的，那么当神走下圣坛之时，神谕又将如何取信于人呢？因此，在整个世俗化的过程中，启示录的宗教意蕴逐渐淡化和消逝了。

另一方面，达尔文的"进化论"把人类拉到了与普通生物同样的层面，彻底打破了人类一神之下、众生之上的愚昧式自尊，使人类第一次对自身的存在倍感迷惘。比如，迪斯雷利（Benjamin Disraeli）就在他的小说《坦克雷德》（*Tancred*）中提到一本叫《进化的喧闹》（*The Revelations of Chaos*）的畅销书，小说人物对该书的评价不由人不想到达尔文的"进化论"："最让人感兴趣的是人如何发展。你知道，一切都可以被归结为发展……我们都处在同一条发展链上，就好像我们前面的低等动物一样，我们也最终成为低等动物。我们遗留下来的一切终将成为红色沙石中的遗骸。"（Altick：27）换句话说，像所有的生命有机体一样，人逃脱不了永恒的进化过程，因此从盛到衰并被新的物种取代，是必然的规律。所以，人类不再有优势，而进步也无法成为永恒。

不难理解，当人类失去神的启示，又缺乏对自身发展和社会进步的肯定时，无助感就一定会油然而生。尤其在进入 20 世纪以后，这种无助感更"以一种前所未有的方式发展成对任何导致物种灭绝……人类灭绝的威胁的关注"。（Miles：296）而当无助感变成"焦虑"之时，启示录也就走向了末日论。对此，德国文化批评家恩岑斯贝格尔（Hansmagnus Enzensberger）这样说道：启示录一词的"宗教成分已几近残余，世界末日不再像人们过去想象的那样［会带来新的世界］"；就该词的传统构词而言，"启示录本是一个可敬的、确实神圣的理念。然而，在我们的脑海中，灾难日夜萦绕，对末日灾难的关注最终发展成为一种世俗化的现象。"（Lutz：7）简言之，人们对当下的无助和对末日的焦虑已取代了对新天新地的期待，"启示录"已演化成为人类普遍存在的末日焦虑。

在这样的语境中，环境启示录小说在进入 20 世纪后也随之发生了巨大的改变。如果说，该类型小说在 19 世纪还带有建构新世界的期待，那么自 20 世纪开始，这样的期待就被对末日世界的展现所替代，正如挪威哲学家纳斯（Arne Naess）所说，

20世纪后半期的资本主义社会从这种末日焦虑中获得了显著的修辞力量。(Lutz: 54）其中，我们所熟知的作品有俄罗斯作家布尔加科夫（Mikhail Afanasyevich Bulgakov）的《不祥的蛋》（*The Fatal Eggs*, 1925）、英国作家赫胥黎的《猿与本质》（*Ape and Essence*）、德国作家德布林（Alfred Döblin）的《山、海与巨人》（*Berge, Meere und Giganten*, 1924）、澳大利亚作家休特（Nevil Shute）的《海滩上》（*On the Beach*, 1957）, 等等。时间较近的则有英国女作家莱辛的《玛拉和丹恩》（*Mara and Dann: An Adventure*, 1999）、美国小说家博伊尔（Coraghessan T. Boyle）的《地球之友》（*A Friend of the Earth*, 2000）、俄罗斯作家托尔斯泰娅（Tatyana Tolstaya）的《斯莱尼克斯》（*The Slynx*, 2000）、加拿大小说家阿特伍德的《羚羊与秧鸡》（*Oryx and Crake*, 2003）, 等等。在这些小说里，"新世界"都无一例外地"不在场"，以此来烘托"末日"的在场。

　　自20世纪中后期之后，环境启示录小说与日益成熟的生态批评发生了紧密的结合，并且相得益彰。基于该类型小说对生态灾难的成功想象，它们中的大多数被称为"生态预警小说"、"生态灾难小说"，或者"生态反乌托邦小说"等。事实上，从生态批评的角度来看，任何一本生态小说在本质上都是启示录式的。对此，生态批评家格罗费尔蒂（Cheryll Glotfelty）这样评价道：

> 　　任何一部生态作品都有一个共同的动机，那就是，促使我们意识到我们的时代已经进入了环境极限的时代。即使我们对此抱有困惑，我们仍需知道，人类的行为正在破坏星球上的基本生命维持系统。……我们要么改变生活方式，要么面对即将到来的全球灾难。在我们奔向末日灾难（Apocalypse）的不归路上，一切美好将被破坏，无数物种将消失殆尽。（qtd. in Lutz: 21）

显然，在上述评述中，人类所应获得的"启示"即为对"末日"的了解与洞察。正因为如此，在生态批评的视野中，环境启示录小说是预警末日灾难的有效载体。

　　此外，由于二战及冷战所导致的核装备竞赛，大量描写核能污染和生化危机的作品进一步丰富了该类型小说。人们普遍认为，二战后的时代"是一个科技富足但神话缺失的时代。从上世纪50年代开始，这种末日感就日趋增强，并激发了新一轮的启示录回应。"（May: 206）在这些回应中，除去上文提及的《海滩上》和《斯莱尼克斯》，还有以下这些耳熟能详的作品：小沃尔特·M. 米勒（Walter M. Miller Jr.）的《莱伯维茨的赞歌》（*A Canticle for Leibowitz*, 1959），拉塞尔·霍本（Russell Hoban）的《瑞德里·沃克》（*Riddley Walker*, 1980），爱德华·艾比（Edward Abbey）的《好消息》（*Good News*, 1980），保罗·奥斯特（Paul Auster）的《末世之城》（*In the Country of Last Things*, 1987）等。可以说，在这些核灾难小说中，核恐慌及这种恐慌带来的经济混乱与社会无序，几乎穷尽了人类的末日想象。

　　行文至此，我们仍需注意到，虽然现代环境启示录小说致力于描述一个无序、悲凉的末日世界，但它所隐含的叙事力量却是积极而富有批判力量的。确切地说，当它日渐成为环境批评传统的有机组成部分之时，它更希望以"毁灭"和"灾难"的负面形式告诉读者：环境问题只是文化问题的表征，任何一种环境灾难背后都是一场文化的灾难。

时代意义

　　关于环境启示录小说的时代意义，还需从这样一个问题谈起，即它是单纯的环境启示录小说还是文化启示录小说？杜威（Joseph Dewey）教授在其专著中如此评价启示录书写："启示录书写实际上是对文化痉挛的一种反应，后者由文化史的剧烈断层造成。启示录书写也是一种文化的尝试。由于失去了对自我和所处时代的清醒认识，文化本身已陷入深切的迷惘和不安之中。"（10）我们知道，"痉挛"是"不适"的一种反应，如不及时予以救治，就会造成众多个体的灾难。确实，就环境启示录小说而言，它的出现、发展与两次文明飞跃所导致的文化不适有关。18世纪后期开始的工业文明与20世纪的现代科技文明，将整个西方社会乃至全球推上了"进步"与"发展"的高速列车，然而它风驰电掣的速度却是以千疮百孔的环境为代价的。从阿卡迪亚式的田园牧歌，到世界末日般的环境灾难，作为文化史有机组成部分的环境传统经历了从天堂到地狱的剧烈断层，而环境启示录小说即试图以虚构和想象的方式来激发读者对上述断层的注意，从而有效遏制"文化痉挛"所带来的不适与不安。因此从这个层面讲，环境启示录小说不啻为一种文化修补的尝试。

　　虽然现代环境启示录小说更着重于展示种种让人瞠目结舌的环境灾难，然而它对"文化断层"的"显现"或"揭示"，与19世纪前期的环境启示录小说并无二致。虽然前者没有致力于构建"新天新地"，然而却比后者有着更为广泛的接受群体和更重大的社会效应。正如布伊尔所说："我们已不能再仰仗传统的启示录母题。在上述母题中，受到威胁的是一小撮受到上帝青睐的精英团体，他们在放弃自己的错误行为之后，又重新获得上帝的恩惠。"（296）这样的母题对业已遭受了种种文化不适的全球读者来说，显然是不合时宜的。换句话说，当下全球化的环境危机早已"不再允许读者以如此狭隘的、地方化的观点来看待启示录及启示录书写，而持有上述狭隘观点的读者也必将一无所获"。（Patrick：31）因此，现代环境启示录小说希望将对生存环境的关注扩展到每一位感受到上述"文化不适"的人。虽然它所给出的启示要比神所给予的启示来得缓慢、痛苦，也缺乏如何获得新天地的结论，但是它将"启示录小说"从冥冥之中的"神谕"推向了文化反思之后的"人为"。也就是说，"触发这种新的启示录的迫切因素是人类而不是神——是人类自己设计、建构和执行着自己的末日。"（Dewey：7）这种从被动到主动的过程让人类的危机意识更为紧迫，也激发了人们对自身行为的反省。因此，现代环境启示录小说的最终写作目的并不在于"提供答案或解决方法",获得"光明与胜利",反之,它旨在提出问题,激发人们的感受,并尝试以此来刺激我们对所处困境的反思。简单地说,"反思"与"行动力"是该类型小说的核心关键词。也正因此,现代环境启示录小说被成功地纳入到当下生态批评的研究领域之中,因为生态批评通常"是在一种环境运动实践精神下开展的"。(韦清琦:65)如果没有了"行动力",生态批评就只是"纸上谈兵"。上述理念恰好与现代启示录小说创作的时代意义不谋而合,即通过末日想象这一负面美学尝试,来激发一场全球范围的环境运动。因为人只有在失去了家园后,才知道家园的重要性;而人也只有经过了"文化痉挛"的痛苦之后,才会反思自己所处的文化境地。

结　语

　　纵观从 19 世纪初到当下的环境启示录小说,它经历了从宗教到世俗、从期待到绝望、从新天新地到末日灾难的发展过程,唯一不变的是它对人类所处场所(location)的关注。确切地说,从发展初期开始,城市环境就与自然环境一起成为该类型小说的书写对象,从这一点上看,我们完全可以把该类型小说看作对西方乃至全球工业化及城市化进程的回应。只要这样的进程仍在持续,这样的关注就永不消退,而该类型小说也将拥有可持续发展的未来。唯其如此,对环境启示录书写的前景,布伊尔有这样的展望:

> 西方乃至全球正逐渐将环境启示录书写等同于无孔不入的[末日]噩梦。这样的趋势告诉我们:环境启示录书写并不是什么一成不变的小说情节,不存在也不可能因为过时而随时消失。唯一需要考虑的是,我们如何让上述创作适应新的灾难形式。当灾难具有越来越大的可能性之时,环境启示录小说表达的可能性也应随之增多,并前所未有的以更有力的夺人心魄的方式,融入到各种短文、小说、电影、绘画、戏剧和歌舞中去。(308)

　　环境启示录小说的多元化发展趋势已经证明了布伊尔教授的上述判断。如今,该类型小说正以戏剧、电影等大众文化的形式融入到西方的流行文化中去,并日渐成为西方"生活的一部分"。[②]虽然也有评论家认为生态灾难小说、生态反乌托邦小说等启示录书写太过危言耸听,并给它们的作者冠以"生态歇斯底里症"等罪名,但不能否认的是,当启示录小说从高高在上的"神启"走向大众文化之时,人类日趋增强的环境意识也将逐渐成为西方主流思潮的重要组成部分。

　　然而令人费解的是,该类型小说似乎并没有在中国出现,或几乎不存在。诚然,中国并没有基督教传统,因此启示录书写在中国的缺失不难理解。但面对西方文化中不断涌现的"生态反乌托邦小说"和"生态预警小说",中国作家也集体失声,似乎多少有些反常,仿佛我们没有进入工业化时代,没有开始城市化进程,也没有环境问题，因此也谈不上任何关于环境灾难与末日的想象。事实是，中国近年来已然遭受的种种"绿殇"，已然处在了急速进步所造成的"文化痉挛"之中。虽然一批生态小说的出现证实了我们日趋增强的环境意识，然而"末日"意识的缺乏又从另一方面暗示，我们对现代化进程仍处于盲目自信阶段，仍缺乏必要的反思。因为从未有过末日幻想的民族，很难想象她如何面对环境"末日"。用布伊尔的话来说，我们不应该放过任何一丝想象的可能性，因为"只有通过在想象中堕入地狱"，我们才能希望"在未来逃脱堕入地狱的现实厄运"。（295）

参考文献

1. Altick, Richard D. *Victorian People and Ideas*. New York: Norton, 1973.

2. Barr, Robert. "The Doom of London" *Idler* 2 (1892): 397-409.

3. Bate, Jonathan. *The Song of the Earth*. London: Picador, 2000.

4. Brimblecombe, Peter. *The Big Smoke: A History of Air Pollution in London since Medieval Times*. London: Methuen, 1987.

5. Buell, Lawrence. *The Environmental Imagination: Thoreau, Nature Writing, and the Formation of American Culture*. Cambridge: Harvard UP, 1995.

6. Dewey, Joseph. *In a Dark Time: The Apocalyptic Temper in the American Novel of the Nuclear Age*. West Lafayette: Purdue UP, 1990.

7. Greenblatt, Stephen, ed. *The Norton Anthology of English Literature*. Vol. 2. New York: Norton, 2000.

8. Jefferies, Richard. *After London*. Project Gutenberg. Web. 28 Nov. 2011.

9. Lutz, Michael Dieter. "Apocalypse Then and Now: Contemporary Narratives of Environmental Extinction." Diss. Mcmaster University, 2001.

10. May, John R. *Toward a New Earth: Apocalypse in the American Novel*. Notre Dame: U of Notre Dame P, 1972.

11. Miles, Jack. "Global Requiem: The Apocalyptic Moment in Religion, Science and Art." *Cross Currents* 50 (2000): 294-309.

12. Patrick A. M. "Apocalyptic or Precautionary? Revisioning Texts in Environmental Literature." Diss. University of Minnesota at Mininesota, 2006.

13. Shelley, Mary. *The Last Man*. Hertfordshire: Wordsworth, 2004.

14. 勃里格斯：《英国社会史》，陈叔平等译，中国人民大学出版社，1991。

15. 劳伦斯·布依尔、韦清琦：《打开中美生态批评的对话窗口》，载《文艺研究》2004年第1期。

16. 《圣经》（简化字现代标点和合本），中国基督教两会，2000。

① 该诗写于1816年7月。根据历史资料记载，荷属东印度（Dutch East Indies）地区的坦博拉火山（Mount Tambora）于1815年喷发过一次。由于大量火山灰遮住了太阳，美洲东北部和欧洲东部气候异常，曾一度不见天日。因此，随后的1816年被称为没有夏日的一年。正是这样的气候现象激发了拜伦创作《黑暗》一诗。

② 参见 Frederick Buell, *From Apocalypse to Way of Life: Environmental Crisis in the American Century*（New York: Routledge, 2003）。

极简主义 虞建华

略　说

　　极简主义（Minimalism）始于 20 世纪 60 年代的美国艺术界，是绘画、雕塑、音乐、舞蹈和建筑造型各艺术领域中出现的一种崇尚简约的流派。它源于抽象表现主义，又是对抽象表现主义的反拨。这种美学思潮于 80 年代初蔓延到小说界，尤其影响了短篇小说的创作。在表现风格上，极简主义作家主张摒除繁琐的陈述和修饰渲染，追求遣词造句上的简洁和内容上的浓缩。在素材选择和处理上，往往聚焦式地关注几个说明问题的细节，以小见大。极简主义派代表作家包括卡弗（Raymond Carver）、巴塞尔姆（Frederick Barthelme）、贝蒂（Ann Beattie）、梅森（Bobbie Ann Mason）、沃尔夫（Tobias Wolff）、汉佩尔（Amy Hempel）和罗宾逊（Mary Robinson）等。尽管这一小说新流派初始时被贬称为"大超市现实主义"（K-Mart realism）或"电视小说"（TV fiction），但极简主义作家们不为所动，我行我素，使这种小说风格逐渐流行，并成为一派，受到追捧，在后现代主义虚化和文字游戏盛行的当代美国文坛独树一帜，促成了 80 年代以来美国短篇小说创作的繁荣。

综　述

美学原则与诗学理念

　　20 世纪 60 年代的美国艺术界，在一系列代表性的画展中，如纽约犹太博物馆的《走向新抽象》（1963）、纽约现代艺术博物馆的《响应的眼睛》（1965）、纽约芬奇学院的《过程中的艺术》（1965）、纽约古根海姆博物馆的《系列绘画》（1966）和洛杉矶艺术博物馆的《后绘画抽象》（1967），出现了一种崇尚简约的艺术新趋势。这些作品排除一切干扰主题的东西，将绘画语言简化至最基本的色和形。画家们让观众直面绘画本身，而不试图阐释绘画背后的隐含意义。（金薇：93）这种趋势后又从绘画界蔓延到其他艺术门类：在雕塑中，艺术家倾向于以最简约的几何线条和造型获得视觉效果；在音乐和舞蹈上，则以最基本的旋律或动作进行表现。这种艺术表现的新风格被称作"极简主义"或"简约主义"。汉堡王（Burger King）公司的著名广告画是一个很能说明问题的实例：没有背景的画面远看只是一根红头火柴，别无他物，而细看则是一根蘸了西红柿酱的炸薯条。背后的广告词是什么？"为您提供能量"或"点燃您的激情"？或其他？一切尽在不言之中。

在动态、快速的今日社会，巴洛克时代的浮华铺张、哥特风格的精细繁复已经不再适合当代审美，因此极简主义艺术的深层动机，是反对欧洲传统中根深蒂固的审美机制和艺术表现中的情感渲染。（Meyer：197—200）艺术家们逆流而上，强调艺术的最高境界是简约，主张用最少的色彩、符号或语言表达最丰富的情感，传递最深邃的思想。极简主义艺术家的具体表现手法往往是寓情于物，将观念融化在所要表现的客观事物之中，再通过观众的直觉进入心灵，去感受体验。同理，极简主义作家们排除铺陈，杜绝说教，反对浓墨重彩的描述和错综复杂的故事情节，追求平淡简朴、接近自然本质的文学精神，以一种全面限制表达手段的方式来放大、强化预期的艺术效果。极简主义作家汉佩尔在谈及她的创作时说："很多时候，作品中没有提到的比实际出现在书页上的东西更为重要。小说的情感焦点常常是故事中未被描述、未被言及的潜在部分。"（Hempel and Sapp：82—83）作家充分利用空白、无声、缺省来传递思想，其原理如同贝克特《等待戈多》中由于戈多的缺场反而使剧作充满张力一样。

极简主义的"简"是全面的，包括了小说素材之简、叙事结构之简、故事内容之简、人物行为之简和语言文字之简。梅（Charles May）将此类小说的特征归纳为"一种以省却获取意义的修辞手法；一种通过转喻创造隐喻的语言风格；一种借助描写外部现实表达心理现实的途径"。（369）极简主义作家一般喜好基本词汇，尤其是动词、名词和代词等实意词；叙述直截了当，不带感情色彩；描述往往停留在表面的琐碎细节上，由细节间的互相作用产生意义；作品的主要特征包括大量的叙述省略、反线性情节、开放式结尾等。作家一般不把故事和盘托出，但善于营造某种能够凸显情感的小氛围，把读者的注意力引向某个貌似无足轻重的行为或不起眼的小事，让读者通过一隅所见、通过对单一或简化的描述对象的聚焦式关注，去想象推测。

小说创作诗学可以分为"表现说"和"再现说"两大类：前者以作者为中心，以浪漫主义为代表；后者以读者为中心，以现实主义为代表。极简主义对表现实施全面压制，完全由再现统领文本叙述，让作者闭嘴，把读者请上高座。从小说表现手法来看，又可分为"叙述"（telling）和"展示"（showing）两个主要途径。"叙述"类小说采用"内视角"（internal focalization），由作家通过叙述者将故事及意义告诉读者；而"展示"类小说则采用"外视角"（external focalization），让读者对某种生活场景扫过一瞥之后，由他们自己去发现这一瞥所见的含义；读者需要通过阅读体验和批评介入，"获得"对小说的解读。极简主义作家们大大压缩了叙述功能，使之成为"录像机"，让读者直接从被选择记录的言语和行为中获得隐含其中的信息。这种表现原则完全颠覆了"讲故事/听故事"的传统模式，向读者提出了积极参与的要求。读者必须"进入"作品，设身处地，以想象填补空白，从人物下意识的言谈举止中去推测潜藏在文本背后的人的情感、动机等，捕捉寓于言外的主题思想，而不是靠作者的意识形态倾向、叙述者的反省和评论，或小说人物的代表价值及其行为的道德内涵，来把握主题。

极简主义彻底扬弃"作者中心"的内视角"叙述"，将"读者中心"的外视角"展示"理念推向极致，奉为圣训。作家们奉行的，

> 不是从人物内省或心理分析着手而只是呈现精心选择的具有揭示性的表面细节。这种不带情感色彩的细节描述起到了一种象征作用，因此，一根燃着的香烟、一只空空的啤酒瓶或者后院里挖的一个大坑都变成了一种具有感情色彩而又能引起读者共鸣的表征。（埃利奥特：978）

这种不加修饰的文体、不加评论的叙述，强调读者与作品的互动性，要求读者在自己的经验领域寻找线索，根据作品中已知的有限信息作出判断，产生联想，通过参与故事的创造、通过对作品的心理体验获得情感的呼应。

历史渊源与文化语境

谈到极简主义，人们自然会想到海明威的小说风格，但海明威本人受到的是"意象派"诗学理念的影响。庞德（Ezra Pound）于 20 世纪初推出了概念全新的意象派诗歌，主张排除诗人的主观感情介入，要求诗人返回本原，观察处于自然状态、未经加工提炼和理性化的事物，用洗练的语言和清新的意象进行表现，改变传统诗歌感伤主义和说教的倾向，将联想和阐释的空间留给读者。从意象派我们又可以追踪到对庞德等诗人产生影响的中国文化，即以古典诗歌为代表的崇尚简约的文化传统。再朝前便是道家思想，老子的"大音希声，大象无形"以及"无为而无不为"的经典论述，为理解极简主义提供了审美基础。极简主义就是文学创作中以"无为"的方式产生"无不为"的效果，达到"有为"的目的，以恰当的"不言"来产生意义、放大意义。

意象派的基本理念在海明威小说的文体革新中得到了呼应，他形象地用冰山进行比喻：露出水面、一目了然的只是小部分，而冰山的大部分则隐藏在水下。由此他推出了著名的"冰山理论"，其要义即是伟大的文学家不在于能写出多少，而在于含而不露，能把多少不写出来。他本人在作品中一般不直接描写人物的心理和行为动机，对事件不作解释，不表态，而只反映在某个大前提之下，或某种感情支配诱发之下，又或某种总体意识倾向左右之下的人的平常言谈举动之中。海明威的认识基点是，作家的洞察能力和创作能力应该体现在截取具体的事物、捕捉具体的动作、选择具体的环境和创造具体的对话上面，让读者在事物、动作、环境和对话中体验人物心态，在不言之中听到愤怒的吼叫、绝望的呻吟和声嘶力竭的呼唤。他的一些优秀的短篇小说，如《白象似的群山》、《弗朗西斯·麦康柏的短暂快乐生活》，以及长篇小说《太阳照常升起》，都是这种新文体标签式的代表作。

但海明威的文体主要是一种个人风格。与海明威风格非常接近的极简主义，在20世纪80年代初形成了作家群体，成为流派。这些作家不允许对人物心理进行主观臆测，不让读者通过内心活动推测人物行为，坚持"以行为说明一切"的创作原则，努力通过描写激发情感的行为，让读者自己去揣摩人物的心态，而不是直接把这种感情反应强加于人。像海明威一样，他们借鉴新闻报道的手法，直面叙述对象，摒弃冗长深沉的表达，回归到知觉的根基。他们多用简洁明快的短句和不带修辞的文字，创造出一种具有局促感的断音节奏，强化语言的叙述效果，传递人物内心的张力，以求达到凝练蕴藉、深入浅出的效果，忠实地再现混乱的、矛盾的、难以把握的生活。

不管极简主义作家如何表达他们的意图，无非是要强调"简"是通向丰富性和深刻性的途径，是一种诗意境界，而绝不等于简单、贫乏、浅显。但他们的作品毕竟有悖于一般读者的阅读心理和审美习惯。乍一看，极简主义小说的故事情节残缺，没有传统概念上的开头和结尾，叙述跳跃突兀，人物缺乏立体感，读来往往索然无味。作家的"隐身"又带来了意义的不确定性，让人感到不知所云。极简主义的出现，从一开始就招来了激烈的批评之声。第一个有影响的批评者是埃特勒斯（James Atlas），他以《少就是少》一文单刀直入，对极简主义的核心理念"少即为多"（less is more）提出质疑。（96）他的理性基点十分明确：文学作品必须产生"意义"。也就是说，作家必须通过某些艺术策略，让素材在组合中产生意义，表达某种清晰的情感、态度、观点或认识。而极简主义作家似乎放弃了艺术家的功能，作品像无风格、照相式的生活"切片"，因此不是"少即为多"，而是一种干巴巴的消瘦，这种表现手段将导致文学的苍白。

另一个提出质疑的是阿尔德里奇（John Aldridge），他在题为《少就是大缺失》的文章中对埃特勒斯的观点进行呼应，同样认为低调陈述背后必须体现意义。他对海明威和后来的极简主义作家们作了区分，认为海明威成功地将要说的主体部分隐藏在了水面之下，而当代的极简主义作家们呈现在水面之上的，似乎是"冰山"的全部，缺少水下的部分。材料的单一、陈述的平直，说明"想象力的缺失"。（56）他认为艺术家必须通过细节的描述或反讽等其他手法创造深度，因为这是艺术的根本所在。这篇批判文章收入他的著作《天才与技师：文学新潮与新流水线小说》（*Talent and Technicians: Literary Chic and the New Assembly-Line Fiction*）中，此书名旗帜鲜明，称"新潮"作家为工匠，缺少天分，他们的作品像流水线生产的产品。

上述两位批评者都认为，极简主义缺乏可阐释的意义，但这一批评基点值得商榷。结构主义理论认为，文本并不是可供读者进行解码的装满意义的容器。自结构主义产生以来，人们更把文本看成是"空"容器，等待着被"装入"内容、被建构或解构，而填空者也不是传统意义上的理性、有逻辑、稳定、一致的"读者"。显然，极简主义作家并非不作为或不负责任地随意剪取一段日常生活扔在读者的面前。他们对生活的观察非常敏锐，尤其善于捕捉小人物在某种心态驱动下作出的小举动。但他们刻意选择停留在表面，让读者去揣摩其背后的心理。因此，即使作家两手一摊，作出了"无可奉告"的姿态，也是有意为之，是作家对小说内在力量的自信，是成熟的体现。加德纳（John Gardner）认为，这类压制艺术家个性的小说，是作家的一种"美学选择"："[极简主义小说]对个人风格的克制如此之全面，我们甚至难以区分不同作家笔下的作品；但是对风格的压制本身也是一种风格——一种美学选择、一种情感的表达。"（136）极简主义作家们为何作出这种选择？他们想表达的是何种情感？如果我们将这一作家群置入产生极简主义的后现代语境中，就不难找到合理的解释。

极简主义与后现代主义

极简主义很难归类，很难置入已建立的某类文学模式，令批评界犯难。这派作家客观描述，再现现实，常使人联想到现实主义；但他们的极端文风造成了大量跳跃、空白和叙事的碎片化，又让人想到后现代小说。人们怀疑，这种叙事风格能否承担现实主义再现人生经历的基本职责。

批评界有时也很难划定哪些是极简主义作家。在论述极简主义时，好些后现代作家常被提及，但极简主义一般又被认为是对后现代主义文学的反叛。即使是被称为"美国头号极简主义作家"的卡弗，在创作初始阶段和后期，也并不那么"极简"；中间阶段的"极简"作品，则常被他重写，成为普通意义的现实主义作品。比如他较典型的极简主义短篇小说《洗澡》（"The Bath"），后经重写，发表为《一件小小的好事》（"A Small, Good Thing"）。故事相同，但长度为前者的三倍，增添了许多"被简去"的内容。梅厄（Adam Meyer）说："在回答'雷蒙德·卡弗是极简主义作家吗？'这个问题时，我们必须同时考虑另一个问题：'我们指的是哪个雷蒙德·卡弗？'"（239）

20世纪80年代是后现代主义盛行的时期，也出现了现实主义回归的动向，但当时的现实主义受到了后现代实验风格的影响。希望反映现实的作家，也都试图与时俱进，寻找表达后期资本主义世界本质的新方式。极简主义就产生于这样的时代，而它的出现又引起了分界的混乱。除了赫尔辛格（Kim Herzinger）直接将这种"无深度、无悬念"的小说归入后现代主义文学之外，（73）批评界另给它贴上了各种带有修饰词的标签，如"反讽现实主义"（ironic realism）、"实验现实主义"（experimental realism）、"雅痞版后现代主义"（yuppie postmodenism）或"后现代超现实小说"（postmodern hyperfiction）。所有上述命名和归类，都指向现实主义和后现代主义的交界处，说明极简主义小说兼具这两类小说的部分特征。

从表现形式上看，它主要是现实主义的，用当前国内一个时髦的修饰词，是一种"裸"现实主义。它抛弃了后现代派迷宫般的叙述手法，使用尽可能简单的情节线条和叙述语言，直接明了地向读者呈现现实生活的片段。但这种对现实的"极简"铺陈打碎了小说构图的整体性，切断了事情的前因后果，造成空缺和断裂，因此其客观效果接近后现代小说。在对当代世界的认识方面，极简主义与后现代主义的理念十分接近：现实世界本质上是无目的的、随机的、混乱的，文本的意义是多元的、流动的、不确定的。哈勒特（Cynthia Hallett）强调了两者的共同点，"作为新现实主义者，极简主义作家与后现代作家都认为，世界是无序和难以预测的，而不是由某些稳定的规律体系、真理和客观法则所限定和主宰的；他们对语言的认识也基本相同。"（490）

韦伯（Myles Weber）认为，极简主义和后现代主义作家都意在反映疯狂的后现代世界，只是选择了不同的途径：

> 极简主义作家……十分清楚所处时代更大层面的理性关注，并参与这种认识观的建构。如果说对于后现代作家而言，当代生存的不可预测性和战后人们的情感破碎使得传统的文学表达手段无能为力的话，此情形也同时吹响了非写实小说的号角，用进一步的无序对付无序，那么对于极简主义作家而言，他们继承的混乱世界就为他们指出了一条与众不同的蹊径。极简主义者将注意力集中在人们生活中的"小"事件和不受关注的片刻，希望对令人烦躁的事件的记载，能够通过累积效果反映出上帝疯狂行为的某些条理。（124）

正是这样，在极简主义作品中，少数有意选择或随机出现的事物，为读者提供了窥视混乱的非理性世界的洞孔。

极简主义与后现代主义小说的差异是显性的，共同点则是隐性的。这种形式上的极端现实主义，表达的是对抽象的、实验性的、拼贴的、游戏式的后现代主义创作的对抗。但它也传递了现实中意义的缺失，表现了当代人无法摆脱的困境，以及人与人之间有效沟通的困难等典型的后现代主题。极简主义小说中的人物，大多都是当代版的乔伊斯笔下默默无语、几近理智瘫痪的都柏林人，或贝克特作品中无能、无为、无助的失败者。这方面，极简主义又似乎与后现代主义殊途同归。奈吉（Zoltán Abády-Nagy）为极简主义作了恰当的归纳，认为它"既是当代美国小说后现代主义的延伸，又是对它的反叛"。（129）如果传统价值观念不再有效，那么作家们能做的，只有选择对平庸、琐碎的日常生活进行现实描述，以对小人物的片段式的记录取代宏大叙事、取代道德内涵。

极简主义的实践者们

极简主义小说家都试图用最少的素材，通过聚焦式的表现，借助读者的想象参与，达到以小见大、以无声胜有声的艺术效果，用一滴水反射太阳的存在。由于极简主义依赖的省略和排除方法本身也是短篇小说艺术的重要部分，因此极简主义主要体现在短篇小说创作方面。如同更早期以简约为创作理念的意象派一样，这种美学理想的极致表达，都是短小的作品，如庞德的《在地铁车站》（"In a Station of the Metro"）和威廉斯（Carlos Williams）的《红色手推车》（"The Red Wheelbarrow"）。但极简主义并不排斥长篇小说，事实上多数极简主义代表作家都发表过长篇小说，但短篇小说最能够有效地体现他们的创作原则。极简主义因此推动了美国短篇小说的振兴和繁荣。

极简主义的非官方领导人和最有影响力的代表是卡弗，他发表于 1981 年的短篇小说集《当我们谈论爱情时我们在谈论什么》（*What We Talk About When We Talk About Love*）是极简主义的标志性成果。当时的美国文坛上，铺天盖地的后现代创作实验几乎淹没了传统的写实小说。卡弗以"蓝领小说"反其道而行之，用克制、写实的风格，摒弃任何感伤和渲染，表现美国下层工人黯淡乏味的日常生活和无望的挣扎："我写那些不受关注的人群的故事……我不把自己视为他们的代言人，我是他们那种生活的见证人。"（Grimal：78）卡弗的话表达了极简主义的一个关键认识：他们承担的责任是"见证"而不是"言说"。他选择再现凡人琐事，让读者透过他们的言行，窥见一颗颗被日常生活囚禁的心灵，凸显后现代社会的"异化"主题，揭示出当代美国人的生存状态和精神世界。

贝蒂于 20 世纪 70 年代末开始在《纽约人》和《大西洋月刊》等一些著名杂志上发表短篇小说，用淡去历史背景和行为动机的客观平直的叙述，表现中产阶级青年男女生活中的失落与烦恼，表现他们对爱强烈渴望但又求之不得的苦恼。她的长篇小说《各得其所》（*Falling in Place*，1980）以类似的文风揭示了现代人的内心困扰，其小说人物常常是得不到关爱的富家青年男女。作家避免戏剧性处理，力求展示一成不变、死板无聊的生活和工作的某些侧面，通过细节让读者体验压抑在人物心中的强烈反感、苦闷和幻灭。这种情绪由于叙述故意平静而产生张力，给读者一种强烈的预期：小说高潮将产生于文本之外，事情发展将导致悲剧性后果——或窒息于平庸，或灾难性地爆发。

极简主义作家中必须提及的另一位是梅森。她的代表作短篇小说集《夏伊洛》（*Shiloh and Other Stories*，1982）聚焦于肯塔基乡村的人们，记录现代化给这个地方带来的变化，描述下层人生活细琐的各个侧面：不得已而作出的决定、模棱两可的行为、压在心头的不满，等等。作家抛却不必要的分析，没有感情宣泄，看似避重就轻，但通过准确捕捉日常生活中一些不起眼的片段，让读者感受到一种无奈的凄凉、孤独和忧郁感，折射出现代社会重压和隔阂之下普通民众的心理。

沃尔夫是 20 世纪 80 年代蜚声文坛的短篇小说作家，早期集子主要包括《在北美烈士公园》（*In the Garden of North American Martyrs*，1981）和《回到世上》（*Back in the World*，1985）。他的作品以切身经历为素材，主要采用现实主义叙事模式，但叙事视角的不断切换又突破了现实主义传统。他的小说主人公不断面对选择，但常常陷入进退维谷的道德困境，徒劳地用一个谎言去遮掩另一个谎言，弥补的企图反而加重了过去的错误，最后蒙受屈辱，难逃惩罚。作家关注日常生活中的道德选择，但杜绝道德说教，时常把故事模棱两可的道德意蕴埋藏在不动声色的细节陈述之下，让读者自己去发掘。

上述几名代表作家，以及其他如巴塞尔姆、汉佩尔和罗宾逊等，他们的作品都因一些鲜明的共同特征而被贴上极简主义的标签。作家们通过描写被快餐店和折扣连锁店包围、被电视和广告主宰的市井生活，选取看似无足轻重的琐事和细节来揭示人物的处境，体现作品思想。他们的手法一般是现实主义的，努力表现现实题材和真实世界中的普通人。但他们都受到后现代主义不同程度的影响，对情节和故事无甚兴趣，而是通过碎片式的描述，把作品的真正含义隐藏在沉默和空白里，表现诸如情感失落、孤独异化等后现代主题。他们从不涉及心理描写，只用细节激发读者的共鸣，并引向重大的心理揭示。他们试图如实记录支离破碎、杂乱无序的当代生活，捕捉在当代生活重压下美国人混乱、扭曲的精神状态。

结　语

布莱德伯里（Malcolm Bradbury）论述了极简主义产生的历史语境："越南战争、太空时代的机器崇拜、传统价值的瓦解和集体经验的消弭、都市化造成的人际关系的疏隔，以及对当代美国社会的不屑态度，共同组成了产生极简主义小说的历史背景。"（22）而沃尔夫则强调了另一个侧面，即文化语境："极简派的崛起，是作家们对学究式故弄玄虚的后现代文学的反拨，重新将现实生活中身边普通人的悲欢离合作为关注对象，是创作类型的转变。"（xi）政治、科技和商业对生活的主宰、都市化带来的高强度和快节奏、稳定的传统价值观的快速流失，这些社会特征共同造成了当代人内心的局促感、压迫感和紧张感，导致回归自然、简朴、单纯和本真的渴望。而对于开始厌烦"故弄玄虚"的后现代小说的读者群体，极简主义这种褪去浮华、回归艺术本原的新类型小说，也迎合了他们的心理期待。从这个意义上来说，伴随后现代主义文学产生和发展起来的极简主义，又标志着一种终结后现代主义的努力。它与魔幻现实主义等一起，共同促成了新现实主义的崛起。

参考文献

1. Abády-Nagy, Zoltán. "Mininalism vs. Postmodernism in Contemporary American Fiction." *Neohclicon* 28.1 (2001): 129-143.

2. Aldridge, John. "Less Is a Lot Less." *Talent and Technicians: Literary Chic and the New Assembly-Line Fiction*. New York: Scribner's, 1992.

3. Atlas, James. "Less Is less." *Atlantic* 6 (1981): 96-98.

4.　Bradbury, Malcolm. "Writing Fiction in the 90s." *Neo-realism in Contemporary American Fiction*. Ed. Kristiaan Versluys. Amsterdam: Rodopi, 1992.

5.　Gardner, John. *The Art of Fiction*. New York: Knopf, 1984.

6.　Grimal, Claude. "Two Interviews with Raymond Carver." *Europe* 733 (1990): 72-79.

7.　Hallett, Cynthia J. "Minimalism and the Short Story." *Studies in Short Fiction* 33.4 (1996): 487-493.

8.　Herzinger, Kim. "Minimalism as a Postmodernism: Some Introductory Notes." *New Orleans Review* 16.3 (1989): 73-81.

9.　May, Charles. "Reality in the Modern Short Story." *Style* 27.3 (1993): 369-379.

10.　Meyer, Adam. "Now You See Him, Now You Don't, Now You Do Again: The Evolution of Raymond Carver's Minimalism." *Critique* 30.4 (1989): 239-251.

11.　Meyer, James, ed. *Minimalism*. London: Phaidon, 2000.

12.　Hempel, Amy, and Jo Sapp. "An Interview with Amy Hempel." *Missouri Review* 16.1 (1993): 75-95.

13.　Weber, Myles. "Revisiting Minimalism." *Northwest Review* 37.3 (1999): 117-125.

14.　Wolff, Tobias. "Introduction." *The Vintage Book of Contemporary American Short Stories*. New York: Vintage, 1994.

15.　埃利奥特主编:《哥伦比亚美国文学史》, 朱通伯等译, 四川辞书出版社, 1994。

16.　金薇:《美国极少主义艺术简评》, 载《美苑》2009 年第 3 期。

解构 童 明

略 说

    1966 年秋德里达（Jacques Derrida）发表《人文科学话语中的结构、符号和游戏》（"Structure, Sign and Play in the Discourse of Human Sciences"；以下简称《话语》）之后，"解构"（Deconstruction）这个词面世。从广角看，解构有来龙去脉、前因后果，并不始于德里达。前因暂且不提，但观近 50 年来解构在西方人文各学科、文学和文化生产中激发出的思辨和创新能量，已然气势如虹。解构必然鼓励解读的自由化（the liberalization of interpretation），但解读自由化的成果和结果却良莠不齐。结果之一是出现了通俗意义上的解构，即认为任何文本都没有确定的语义，可随意解读。我们看到的是：解读自由化一旦失去严肃性，就会融入市场文化，以轻浮和冷漠为其傲世的商标。正是在这样充满矛盾的全球化时代，西方的解构话语缓缓渗入东方，为东西方比较提出了新课题。

    鉴于解构现象的复杂和丰富，欲观解构之脉络及其种种而又不失细察，评判的焦点应该集中在解构的首要意义上。解构的首要意义，在于它针对经典思想（classical thought），亦即柏拉图传统形成的"真理"和"知识"的本体论（ontology）所作的特殊思辨。解构揭示了经典思想的各种结构（体系）为了稳定其"真理"所依赖的"逻各斯中心"（logocentrism）的症结所在，主张为走出其禁锢而"自由游戏"（freeplay），亦即释放"能指"（signifier）的活力而自由解读，使得这种逻各斯中心的封闭结构／体系转化为语义开放的表意过程（open-ended signifying process）。

    德里达和解构的先驱认为，西方各种"真理"体系的编码方式隐藏在经典哲学形成结构的那种逻辑里。西方历史是由一系列相互替换并关联的中心词构成的各种"真理"或"知识"，这些"真理"万变不离其宗，都有一个以二元对立（binary opposition）的辩证法为逻辑的中心。这个中心代表着"完全在场"（full presence）、"超验所指"（transcendental signified）、神的言语（divine word），以其不可变更的绝对"真理"实施着排斥、否定和压迫。这种结构在现实中常常是"暴力的等级秩序"（a violent hierarchy）。所谓解构，是看到中心只是为某种利益和欲望形成的（语法）功能，因而中心并非中心。解构认为，中心的"真理"或曰超验所指并非不可改变、不可游戏。解构和当代的符号理论、喻说理论、文本理论获得共识：没有任何一个词具有所谓纯粹的语义，表意的过程是语义不断变化的过程。所谓"纯粹"是本体论变成神学的表征之一，因此批评本体论的人又把它称作"本体神学"（onto-theology）。

德里达的解构，是接续尼采（Friedrich Nietzsche）对经典思想的思辨（critique）的又一次演变。要说明的是，这种思辨不等于否定（negation），因为它反对以"否定"为特征的辩证法。柏拉图是"否定"式辩证法的鼻祖，并以此将文学和哲学割裂，形成西方的经典思想。尼采的特殊价值，在于他主张将文学和哲学结合，重新将美学（含修辞）思维和逻辑思维合为一体，重新思考西方乃至人类思想史的走向。这就是思想史上的"尼采式转折"（the Nietzschean turn）。海德格尔（Martin Heidegger）、弗洛伊德、德里达，等等，都是这个历史转折的后劲。

尼采的文体和他的哲学一样重要。他不再是传统意义上的哲学家，而是兼容了美学思维、修辞思维、逻辑思维、灵肉一体的思维，以新的方式阅读和重写哲学。传统哲学出于自身结构的限制而轻视或排斥修辞思维，而修辞思维正是尼采的用武之地。诺里斯（Christopher Norris）的说法很准确："尼采是文体家，是'文学性'作者，恰恰在于他承认了思维和修辞之间最终是共谋关系，在于他坦承自己对哲学的批判是以修辞建构的这一事实。"（104）

德里达的思辨和尼采的一样，仍属西方哲学传统内的思辨。尼采没有摒弃理性和逻辑，而是以修辞思维补充理性和逻辑。德里达在《话语》的结尾承认，解构继承了尼采肯定大生命观的美学智慧。但是，审视德里达的实践，他对于美学智慧本身很少直接论述，这一点和尼采不同，他也未必像尼采那样更善于将修辞思维和理性思维融为一体。

德里达的文体公认地艰涩难懂。他大量使用术语，行文的路径颇有海德格尔的风格，以类似词源学或语文学（philology）的游戏方式替代通常的直线逻辑，将词语的多重语义吸纳进来，却不肯归结到一个语义上。对这种特殊的风格，有些人认为是多余的复杂，另一些人则视为时尚而加以模仿。随着德里达影响的扩大，他这种标志性风格被不少人误认为是唯一的"解构"风格。而作广角观，解构并非就是德里达，也不等于德里达的文体，所以理解解构需以德里达为重要索引，却不必将他的个人风格和解构等同。

这里不妨化繁为简，先试用一句话概括：解构，一种富有创意的解读和写作方式，它针对压迫性的、逻各斯中心的结构，视其中心为非中心，由此展开能指的自由游戏，揭示逻各斯秩序的自相矛盾，以此将封闭的结构转化为开放性的话语。

这样一句话包含了解构的几个术语和概念，下文将逐一阐述。但有两点需要立即说明。其一，说解构是一种解读和写作方式，是指它囊括了各种自由游戏的策略，而并非某一种方法。解构又是读和写一体的活动：解构者是阅读的作者，又是写作的读者。解构者的解读目的常常是重写他所思辨的文本，在纠正逻各斯中心结构的排他性（the exclusive logic）的同时，也将不事体系的"他者"欲望书写在新的文本上。这就是德里达所说的解构姿态（the deconstructive gesture）。其二，解构认为以二元对立为特征的辩证法是问题所在，不再延用辩证逻辑中的否定法，因此解构并非摧毁，而是巧用体系语言的词法、句法"戏读"之，将所谓稳定统一的结构转化为开放的话语。用更容易理解的话来说，是通过认真的游戏，把一言堂的结构（体系）转化为民主式的话语。

理解解构这样的西学类似于翻译，先要在西方文化的语境（包括德里达的语境）中体味，方能找到解构和中国文化在意向上异和同的关联。归根结底，我们在解构中发现的是一种并非陌生的智慧。在中西文化共存于资本主义全球化的世界，解构更是一种不受"光明进步"宏大叙述讹诈的内省力。我们的体系里，一半是未被消化的西方现代价值，一半是未经整理的中国传统价值；这样两种表达不尽相同的体系之所以能够混杂在一起，是因为中国传统中的"真理"体系和西方的"真理"体系相似，亦即用"超验所指"来统一和稳定结构，都是以"在场"之名，行压迫之实。然而中国文化的另一部分，是自古到今都有反抗"真理"体系的天然解构家，而且他们深谙其中之艺术。

综　述

历史语境

解构的价值　早在德里达之前，在没有"解构"这个词之前，就有许多人作过解构式的思辨。哈比布（M. A. R. Habib）说：

> 有一种倾向是高估德里达的独创性（虽然他自己很清楚他承继了其他的思想家）……许多概念，诸如"现实"是建构的、"真理"产生于解释、人的主体在本质上并非是固定的、我们的思想和实践并没有什么最终的超验基础，等等，都可追溯到公元前5世纪的雅典。（111—112）

德里达在《话语》中告白，尼采、弗洛伊德、海德格尔是解构的三位先驱。更具体地说，德里达的解构是他借"尼采式转折"的动力所作的阐述。解构也好，后现代也好，都不是20世纪末某某人的顿悟，而是建立在前人智慧之上的历史渐悟。此外，我们还可列举陀思妥耶夫斯基、卡夫卡等，他们都是德里达之前天然的解构思想家。

与诗意盎然的尼采相比，德里达的文体显得晦涩难懂。尽管如此，他艰涩的语言还是为先驱者和后来人的解构实践之价值提供了一个重要的表述。由于德里达，解构的智慧得以渗透到当代所有人文学科，诸如法理学、伦理学、社会学、心理分析、语言学、翻译学、历史学、文学文化研究，乃至建筑、音乐，等等。后殖民话语、女性主义、抵抗资本主义现代价值的各种理论和实践，都广泛地借鉴了解构的智慧，解构成为这些当代理论的元理论。随着德里达影响的扩大，还有一些以解构为名义的活动，表现为轻浮的文字游戏，不分青红皂白的摧毁，借修辞否定逻辑、语境和语义的所谓自由解读。如此种种，并不是真正的解构实践。在商品影响价值观的现代社会，"玩到死也不负责"的异化并不罕见。

那么，解构的价值何在？或问：解构的先驱者和后来人究竟获得了什么真知灼见？

解构有一个基本认识：对人类健康生存的奴役和践踏，往往来自某些威风凛凛的"真理"和"知识"体系。"真理"、"知识"和"体系"是何等冠冕堂皇的字眼，而历史上坚持绝对真理及其体系者，或始于利益而伪装为正义，或起自精算却归于谬误，或发生于善而转化为恶。更有甚者，某些"真理"体系在奴役他人的时候，反而把奴役的对象描绘为无知、愚昧，在野蛮施暴的同时，又大书特书所谓光明和进步。解构的必要，首先在于解构者出自生存的本能而厌恶大一统的体系，拒绝"真理"的讹诈，以勇气、智慧和艺术质疑"真理"体系的所谓牢固的逻辑基础。解构者如童话中的孩子，敢于说穿新衣的皇帝其实一丝不挂。

与柏拉图传统不同，尼采认为，人类文明的目标并不是"真理"，而是对生命的肯定（affirmation of life）。所谓生命，首先意味着一种酒神生命观，或言大生命观，也就是肯定那超出个体生命甚至人类局限而贯彻宇宙之间的那一股生而灭、灭又生、源源不绝、千变万化、无穷无尽的生机。肯定大生命观，也意味着肯定变化是常态，肯定生命意志的原创，肯定多元思维、变换视角的思维（pluralism and perspectivism），肯定生命的本质是艺术。这就是尼采的广义的美学智慧，人类用美学智慧完成生命中的各种任务，因此尼采的哲学可用一词概括：肯定（affirmation）。肯定即为"力"（power）。古希腊悲剧精神之"力"，被误译误解为"权力意志"，应该译为"强力意志"（will to power）。强力意志是"生命意志"（will to life）。

哪一种"真理"？ 骤然听到解构针对的是"真理"体系，不免有人会感到惊愕。不妨问：解构指向什么意义上的"真理"？英语 truth 就有"真相"、"真实"、"真理"等不同含义，可由此展开更仔细的分辨。

其一，truth，指人类社会中发生的事情，所谓"真相"。比如某某做了好事，某某贪污公款，某某剽窃，都可以核实。真相的原因有时简单，有时复杂，有时美好，有时丑恶。好莱坞电影《好人寥寥》（*A Few Good Men*）中一个腐败的军官在法庭上挑战控方律师说："You can't handle the truth."这里的 truth，其实是丑恶的真相，是猫腻。

其二，truth，生物的生老病死，生命的循环往复；温带的四季，南极无昼夜的"夏天"，太阳的东升西落，等等，都是"真实"的。不过，人类的认知力即使不断改善也还是有限，所以人类常常把自然拟人化（anthropomorphized）。当把人类对自然的愿望拟人化而归为"知识"时，这样的 truth 已经不是单纯的"真实"。

其三，truth，我们从人类中心的认知出发形成的知识和价值，长期沿用，习惯而成自然，约束或统领我们的思想和行为，谓之"真理"。"真理"看似自然，其实是被人"自然化"了的知识和价值。如上所说，我们把自然拟人化才形成"知识"。又如，人类社会为了限制一部分人的欲望和稳固另一部分人的利益，或人类为了自己的福利和安全感，造出一些价值，然后通过某种权力机制将之固定。"真理"是成为"真理"级别的那些价值和知识。应该说，有些知识和价值在一定情况下是有用或有益的，不遵守任何规则的生存是不可思议的，但即便如此也不应该把所有知识和价值视为天经地义、绝对不变。有些"真理"被证明是压迫性的，如曾经在有些地方实行的奴隶制、种族隔离制、男尊女卑的父权体制、人类中心的知识论的人本主义、为资本主义扩张所设定的殖民主义意识形态，等等。这些"真理"常常被用来掩盖真相：明明杀了人说没有，或者说杀人是为了进步；明明不该做的工程偏要做，而且以"科学"或"进步"为由振振有词。无视自然而被自然惩罚，那是人的 truth 被自然的 truth 所嘲笑。

逻各斯：本体论的两个假设　解构针对的主要是第三种意义上的 truth（有时也针对第二种意义的 truth），亦即那些被认为不可置疑的知识和价值的"真理"。德里达称柏拉图以降的哲学传统为"经典思想"，经典思想是个寻求"知识"（episteme）和"真理"的传统。在以柏拉图为标志的经典思想里，"知识"和"真理"是同义的，因此这既是一个"知识"传统，又是"真理"传统。经典思想为证明"知识"和"真理"而形成的本体论和神学相似，批评者称之为"本体神学"。

本体论形成"真理"有两个基本假设。第一个假设：词等同于事物本身（The word is equal to the thing-in-itself），词也等同于思想（尤其是超验的概念），于是那些指谓"真理"或"事物本身"的关键词就成了具有超验语义的词。比如，God 就被宗教认定是"事实"存在。在现代，science 也常被人认为是绝对正确、不可挑战的。被冠以"科学"之名的思想，即便是不对的，也成了对的。

柏拉图和他的老师苏格拉底最早把先于经验的概念世界视为最高世界，把这个超验的世界称为"真实世界"（the real world）。柏拉图把"真实世界"里的概念和所谓纯粹的形式称为"原件"（original copies），统御"真实世界"的"上帝"是这些"原件"的缔造者，所以奠定"真理"的柏拉图传统从开始就是神学。

在柏拉图传统里，上帝的"原件"即为"真理"，知道这些"真理"被称为"知识"。"真理"、"理性"、"知识"、"哲学"这些词具有相同的特权语义，问题的要害是：柏拉图以这些具有特权语义的同义词来排斥和否定"模仿"、"解读"、"情感"、"文学"等另一些所谓具有贬义的同义词。他的体系实际上是自说自话，自圆其说。在《理想国》第 10 章里，柏拉图以他的"真实世界"（即超验的概念世界）为中心，认为"桌子的概念"是"真理"，而任何具体的桌子只是劣等的"模仿"。他因此认定：诗人和工匠一样都是"模仿者"，都远离了"真理"，必须被逐出理想国。这样，文学也被逐出了柏拉图的乌托邦。

第二个假设和第一个假设相互关联，即以二元对立为基础的辩证法是抵达"真理"的途径，上面我们已经看到对它的运用。所谓"二元对立"是一对相互对立的词构成的概念，其中一方被视为尊贵，另一方被排斥、否定；被尊崇的一方称为"在场"（presence），被否定的一方称为"不在场"（absence）。"在场"和"不在场"都是汉语直译的结果，用汉语里的"尊"、"卑"二字来表达，则一清二楚。中国文化里的"男尊女卑"是明言的二元对立，"君君臣臣父父子子"是暗指"尊卑"的等级秩序，也是二元对立。许多二元对立都是柏拉图这样的圣贤的立法所为。一旦某些尊卑关系被固定下来，只需要引用代表"在场"的词，也就暗示了所要否定的"不在场"。在二元对立的基础上，操作所谓三段逻辑（syllogism）甚为方便。例如，所有男人都是勇敢的（暗示所有女人都不勇敢），张三是男人，因此张三是勇敢的。在这个三段逻辑里，"男尊女卑"的二元对立是前提。"张三是勇敢的"听起来也许顺理成章，但其前提未必不荒谬。

以他的所谓"真实世界"为"真理"之领地，柏拉图成为一系列二元对立的鼻祖：他尊"理性"而贬"情绪"，尊"知识"而贬"解读"，尊"哲学"而贬"文学"，尊"概念"而贬"物质"，等等。二元对立的魔法，把本不该分割的分割了。交替或并列使用代表"在场"的同义词，字字是"真理"，很有正义感却未必有正义；而交替或并列使用"不在场"的同义词，句句是否定，居高而斥下，似乎言之凿凿。这样的体系里没有对话，没有互补，当代理论用 tautology（可译为"同义词的重复"）戳穿了二元对立的伎俩。我们经常听到的官话和套话，便是以二元对立为基础的同义词重复。

从中国文化取一例："天地君亲师"，是几个"在场"同义词的并列重复，并驾齐驱的几个词都是尊贵的。与此相反，"小人"和"女子"也是并列的贬义词的 tautology；居高而斥之"唯女子与小人为难养也"，讲话者的尊贵已经在讲话的前提里了。而前提由何处来？前提是柏拉图这样的"圣人"所确立的二元对立。

认识到上述两个假设有问题时，解构已经开始。

逻各斯　逻各斯（Logos）其实就是本体论两个假设的象征符号，也是"真理"体系的代号。作为二元对立思想源头的柏拉图，将哲学和文学对立，也将实质和现象、知识和解读、理性和情绪、逻辑和修辞等对立。在柏拉图那里，二元对立最原始也是最基本的例子是：言说（speech）和书写（writing）的对立。按照苏格拉底和柏拉图的说法，言说之词（the word of speech）出自理性的灵魂，离真理最近，而书写之词（the word of writing）则远离理性和真理。柏拉图认为"书写"将"真理"打了折扣，斥之为"卑"，为"不在场"。这在我们中国人听起来很奇怪，因为华夏文化并不尊"言语"贬"书写"。但是，在柏拉图那里就是如此。柏拉图将"言说"视为"理性"、"知识"、"真实"（reality）的同义词；"言说"因此是"理性之言说"（the speech of reason），这就是以后为经典思想所尊崇的"逻各斯"。

古希腊语里的 Logos 本来包含了许多语义。一方面有语言、演说、交谈、故事等意涵，另一方面又有理性、思考、因果等意思。柏拉图之前，希腊哲人赫拉克利特（Heraclitus）最早在《残篇》（*Fragments*）中便使用"逻各斯"，指人的话语和变化无穷无尽的宇宙之间的关系；赫拉克利特的"逻各斯"很有老子常恒之道的意思。但是，这和柏拉图以后解释的"逻各斯"意思非常不一样，因为希腊语里"逻各斯"通常兼有 speech 和 reason 的双重意思，柏拉图对这个词作了符合他二元对立思想的解释。因为柏拉图的解释奠定了后来"逻各斯"在西方思想中的地位，所以柏拉图被称为"逻各斯之父"。

柏拉图写过苏格拉底和菲德卢斯的对话录《菲德卢斯》（*Phaedrus*）。正是这个对话录将"逻各斯"解释为 speech of reason（knowledge），明确表述了尊言说而贬书写的二元对立。苏格拉底说："[所谓言说之词] 我指的是镶嵌在学习者灵魂里的智慧之词，它可以自卫，也知道什么时候该说话，什么时候该沉默。"菲德卢斯明白了苏格拉底的意思，附和说："你的意思[言说之词]是有灵魂的知识之鲜活的词，而书写的词确切说不过是个影像。"（Richter：47）尊言说贬书写十分清楚。

对于身处西方文明之外的我们，这里有一个很重要的潜台词容易被忽略。柏拉图（通过苏格拉底和菲德卢斯的对话）在说："逻各斯"不是平常的"言语"，而是语言和真实、语言和理性合为一体的"言语"，柏拉图在此赋予了"逻各斯"绝对权威（absolute authority）、绝对起源（arche）、终极目标（teleology）等含义。将"逻各斯"放在体系的中心，那么作为中心的"在场"词不仅有固定的所指，不仅和语言之外的现实相对应，体系内的相应的词也和固定的所指联系起来，这样体系就有了。哈比布说，"'逻各斯'的功能之一是保持整个体系的稳定和封闭"，（101）"逻各斯"因此是体系的缩写。

柏拉图的"逻各斯"和基督教里的"神之言"（the divine word）或"上帝之言"（the Word of God）是一致的。上帝的话不是一般意义上的话，而是创造了世界的话。按此逻辑，这个世界的一切都是上帝的语言，按上帝的意思形成秩序。柏拉图思想和经典思想是哲学意义上的神学：上帝是至高无上的创造者，他的语言是真理，是真实，是这个宇宙。用哲学语言说，神和这个宇宙的理性秩序是一体的，和人的存在也是一体的，这就是"逻各斯"。这样的思想，并没有因为科学时代的来临而结束。相反，西方意义上的现代科学观始终没有离开过这样的宗教框架。作为启蒙现代性一部分的"自然神学"（Deism）认为，这个宇宙是类似于超级工程师的上帝造的一部机器，自然界因此循着固定的规律运转，这就是基督教"逻各斯"的另一种延续。

在库切（J. M. Coetzee）为解构殖民意识形态而作的小说《福》里，福（即18世纪英国小说家"笛福"的别称）和苏珊·巴顿（一个英国女性）分享了一个秘密：

"上帝不断地书写着这个世界，书写这个世界及其包括在内的所有一切，难道不是吗？"福说这个上帝是我们欧洲人的作者，而星期五他们（被殖民者）"是被另一个相对黑暗的作者所书写的"。（143）这一语泄露了天机："上帝之言"原来也是殖民主义秩序的"逻各斯"。

柏拉图在《菲德卢斯》中将 Logos 解释为 speech of reason，同时做了两件事：一、强调了词就是思想，词就是事物本身，词就是真实；二、Logos，the speech of reason，是二元对立的最基本的例子。这样，"逻各斯"一个词就包含了本体论的两个基本假设。认识到这一点对我们非常重要，因为解构的对象就是逻各斯，解构的是逻各斯试图稳定的体系。偏离了这个对象的解构并不是解构。

德里达之前的解构两例　德里达之前，已经有人对标志着本体论两个假设的"逻各斯"进行过解构。仅举尼采和海德格尔为例。

尼采是解构的先驱，因为他一直对西方"真理"传统刨根问底，以此重新思考西方乃至人类思想史的走向。尼采在《超越道德意义上的真理和谎言》里剖析了本体论的第一个假设。他从一个俯视人类的视角出发，坦言以人类为中心的知识论十分有限，这个"知识"传统没有什么好骄傲的。尼采进而聚焦在"词等于事物本身"这个经典思想的神话上，认为我们用的每个词从起源上就是喻说（metaphor），语言使用时更是喻说不断的变化。既然词字（word）是比喻，比喻就不等于事物本身，这就从根本上质疑了"真理"传统。

最初，某些经验刺激人的神经，人发出某种声音，这是"第一个喻说"；以后，声音加上文字形体成为某词某字，即为"第二个喻说"。使用语言的过程中，人又造出第三个、第四个喻说，等等。人类根据自己的愿望用喻说来描绘自然现象，形成"知识"。人类社会还根据某些人群的欲望和利益，造出价值概念来规范社会关系；人类社会像使用货币那样使用这些知识和价值概念，用久了用旧了的货币，成为惯例、传统，就成了"真理"。尼采说，"编造出对事物有普遍价值和有约束力的规定"即为"真理"。"真理"是根据利益和欲望的需要而虚构的，因此在超越道德的意义上说，"真理"（truths）的起源是谎言（lies）。这里的 lies 指的是虚构。人们效忠"真理"时，通常并没有意识到这是向某种 lies 效忠。尼采说："何为真理？真理是一支由隐喻、暗喻和拟人类化的喻说组成的机动部队。"（1986：455）

尼采对本体论第二个假设的批评，见于他的许多作品。他时常回到"真理"传统产生的源头——苏格拉底和柏拉图那里，刨根问底。尼采立场鲜明地认为，以酒神祭奠为基石、以悲剧精神为标志的古希腊是一种以广义艺术观肯定大生命的文明，活力充沛；而以辩证法为标志的苏格拉底和柏拉图"哲学"传统，背逆了这种精神。尼采说："我意识到，苏格拉底和柏拉图是衰败（decay）的表征，是希腊解体的媒介，是伪希腊人，反希腊的人。"（1968：29）所谓"衰败"指古希腊精神丧失和被遗忘，这种丧失和遗忘是现代文明种种问题的源头之一。苏格拉底和柏拉图哲学的出现，意味着古希腊的高尚风范被他们的辩证法侵蚀破坏。尼采说，苏格拉底之前的希腊文化是不屑于把"理性"挂在嘴上的，认为这样是庸俗。辩证法听起来有道理，但是"辩证者贬低了对手的智力"。(32)

悲剧之死，为苏格拉底倾向所致。苏格拉底用辩证推理回避生存的悲观主义而获取乐观。苏格拉底的"快乐"(cheerfulness)不是由酒神生命涌出的"快乐"，因而是没有生命底蕴的"快乐"。苏格拉底惧怕酒神精神，经不起悲观，他用逻辑制造的特殊"乐观"谋杀了悲剧。尼采说："乐观的辩证法以逻辑三段法施虐，将音乐从悲剧中驱除。"(1967：92)辩证的二分法造成了后世脱离美学思维的知识观、真理观、主体观、世界观。即便是在现代的东方，人们也常认为，实质和现象、唯物和唯心、主观和客观、主体和客体等二元对立是"自然而然"的，也"自然而然"认为"知识"要比"解释"可信。冠以理性、科学、真理之名的理论让人放心，而对理性、科学、真理的任何质疑却让人心生恐惧。

尼采说，苏格拉底和柏拉图的危害，在于他们造出"永恒的'日光'——理性的日光"。这"日光"有何错？答：它专横，专横到不承认有影子的存在。尼采这样反讽，"你不得不付出一切代价来保持谨慎、清楚、光明：任何向本能和无意识的让步都成了堕落……"(1968：33)我们想想，是不是有不承认"影子"的"日光"？"日光"所到之处，是不是令人压抑的寂静？"理性"是不是可以成为暴虐和专制的形式？苏格拉底和柏拉图的幽灵是不是还在全世界徘徊？

尼采在《悲剧的诞生》中令人啧啧称奇之处，是他指出苏格拉底倾向的问题之后，并不否定理性的用途，因此也不抹去"苏格拉底"这个象征符号；他对这个符号作了修辞改造，将代表"理性唯一"的苏格拉底改为"实践音乐的苏格拉底"(music-practicing Socrates)，并且以这个新符号代表他所期待的历史性转折。"实践音乐的苏格拉底"意味着美学思维和逻辑思维应该再次统一，不失为解构最好的实例。

尼采主张美学和理性合二而一，海德格尔也主张我们应该诗意地寓居在世界上，不过海德格尔的文体里文学味略嫌不足。柏拉图传统通过辩证法达到"真理"之途径（本体论的第二个假设），海德格尔视之为迷途。为什么是迷途？因为这条路恰恰背离了真理(aletheia)。从词源上看，希腊语 aletheia 在苏格拉底之前的语义是"所隐藏的被揭示"(unconcealment)。海德格尔一直说，每个具体的"存在"(seine, being)都是"大存在"(Daseine, Being)的显现，这才是 aletheia 的真意。换言之，"大存在"是不断变化的宇宙之道，是不可道之道，却是显现在每一个具体的事物之中，这与老子和禅宗有异曲同工之妙。在《哲学的目的和思维的任务》("The End of Philosophy and the Task of Thinking")一文中，海德格尔提出德语 Lichtung 最接近 aletheia 在希腊词源的语义。Lichtung 包括前缀 licht- 和后缀 -tung：licht 是开阔、自由和光亮的意思，后缀来自德语古词 Waldung（森林）

和 Feldung（原野）。Lichtung 的意思是：除去浓密的枝叶，森林里出现一片开阔地，光线才可以进来，这就是 aletheia。有趣的是，海德格尔这样重新认识"真理"，也很像中国禅宗里的"开悟"，先有"开"才有"悟"。"开悟"也好，Lichtung 也好，都反对通过二元对立获取"真理"的途径。佛教主张不二法门，在这一点上也是反对二元对立的。所以，Lichtung 和"开悟"的巧合，可说是天作之合。对 Lichtung 和 aletheia 并列作这样的解读，海德格尔也纠正了苏格拉底和柏拉图的"真理"传统。海德格尔说："一切或明或暗地追寻'事物本身'的哲学思考（偏偏）对开悟（opening）一无所知。"（66）海德格尔这样"游戏"文字：柏拉图的传统嘛，那是 the lethe of aletheia（对真理的遗忘）。

海德格尔是在认真"玩"哲学：他把细心选定的喻说渗透在类似于语文学的方法里，从一个关键词的源头和演变对柏拉图的"真理"传统进行思辨。仔细比较，不难看出德里达在文体上更多地得益于海德格尔。Lichtung 是在德里达之前解构的另一个例子。

德里达和当代解构理论的要点

命名 德里达曾说，他曾经被用不用 deconstruction 这个词困扰过，因为它常被人误解为"用以摧毁体系的一套技术手段"；他接着说："被称之为解构的姿态……所指谓的，或者说可以指谓的（总之是我希望指谓的）是肯定（尼采哲学的高度概括）。它（deconstruction）不是否定的，不是破坏的。"（1985：85）德里达还思考过用 de-sedimentation（可译为"积淀之解"）这个词，指思想史上的概念或"真理"都是历史"积淀"的语义所致，因此对"真理"可从源头来分析进而思辨。哈恩（Stephen Hahn）这样解释："德里达并非要抵制所有的语义'积淀'，而是有策略有选择地针对积淀来作分析。…… 德里达试图指出话语、语言和概念的历史性。"（11）最后，德里达还是用了 deconstruction，这个词源自海德格尔，德语的 Dekonstuktion 或 Abbau，指对书写语言构成文本的分析。

《话语》：解构宣言 1962 年，法国哲学家德勒兹（Gilles Deleuze）出版了《尼采和哲学》一书，阐释尼采对于西方思想史的特殊意义。"新尼采"成为法国和欧洲反思结构主义的新思潮的铺路之举，这个思潮后来被泛称为"后结构主义"。20世纪 60 年代的西方新思潮和西方各国的社会动荡分不开。1968 年，对保守思潮的抵抗在法国和德国酿成大规模的学生运动。在美国，60 年代是反越战和民权运动的年代。在这样的历史背景下，解构应运而生，悄然而至。

1966 年那一年，美国在南越的兵力增加到 40 万。当年的秋天，约翰·霍普金斯大学召开人文科学理论的国际会议，法国新思潮的代表人物如拉康（Jacques Lacan）、巴特（Roland Barthes）、德里达等人参加了会议，德里达作了《人文科学话语中的结构、符号和游戏》的发言，这就是解构的宣言。与当时的越战和民权运动相比，一群学者的话语似乎没有那样轰轰烈烈。但以后见之明，可断言《话语》宣告的解构意义深远，并非纸上谈兵。

《话语》开宗明义："在结构这个概念的历史上"或许已经出现了一个"事件"（event）。所谓"结构这个概念的历史"，指西方经典思想的历史，亦即柏拉图以降的思想史。所谓"事件"，指思想史上偶尔才会出现的重大理论表述。《话语》说得很明白：解构的首要意义，针对的是经典思想形成"真理"的本体论传统，或称为"知识论"传统。德里达在不算长的篇幅里，对经典思想形成的"换名不换药"的各种体系的问题所在作了概括性表述。

从《话语》中可看出尼采、海德格尔、弗洛伊德等解构先驱的思路的许多痕迹。德里达在第二段的开始点明，他要分析的 structure（结构）和 episteme（知识）这个词一样古老，也和西方科学和哲学一样古老，这些词根深蒂固，渗透到日常语言里；如果说主根茎是 episteme，其他的根茎就是其喻说的变化。比照尼采在《超越道德意义上的真理和谎言》的开始将经典思想传统称为"知识论"的传统，这一段文字何其相似。而在《话语》的结尾，德里达又将他所提出的解构和尼采的"肯定"传统明确地联系起来。这一前一后的吻合，等于宣示解构是尼采式转折的又一个发展。当然，德里达用了一套和尼采非常不同的语汇。其中，结构（structure）、符号（sign）和游戏（play 或 freeplay）是相互联系的三个关键词，也是解构宣言的基本要素。

结构及其中心　德里达仔细分析的结构是解构的对象，特指以二元对立为特征的中心的结构，不是泛指任何结构。用结构这个词，又暗示解构的直接对象是欧洲盛行多年的结构主义。结构主义的基本看法是：结构是以二元对立的中心构成的。"结构"就是"体系"（system），即在哲学、科学、意识形态、伦理、法学、文化、宗教等领域里那些被奉为真理的体系。尼采是不事体系的，认为体系是"真理"传统的产物，脱离了变化无穷的大生命。德里达揭开"结构"之谜，呼应的正是不事体系的尼采。

结构因其中心而立。中心，即中心原则，遵循逻各斯的逻辑。前面讲了，逻各斯是本体论两个假设的符号。以逻各斯构建中心的各种结构，也都是本体论的产物。中心由二元对立构成，其中一方享有尊贵的"在场"地位，是"超验所指"。通俗而言，代表"在场"的关键词具有绝对的、超验的、不容置疑的语义，就是"真理"。例如，父权结构是一个有许多规则并且等级分明的象征秩序，其中心则是那个象征意义（而非生理意义）上的"父"。拉康准确地称之为"父之名"（the Name of Father）。这个"父"是"完全的在场"（full presence），也是"超验所指"。我们中国人说"大家长秩序"，是同样的意思。

以二元对立为特点的辩证法究竟有什么问题？在《多重立场》（*Positions*）一书里，德里达一语中的："在经典哲学的［二元］对立中，我们遇到的不是［两者］

彼此和平共处的关系，而是一个暴力的等级秩序。"（41）在中国历史上，作为父权象征的"父"可以把"不守妇道"的女子沉塘处死，或者强制女孩子将正常的脚裹成"三寸金莲"。这个"父"也凌驾于"子"之上：父叫子亡，子不得不亡。卡夫卡的小说《判决》里，就有一个已经年老体衰的父亲仍可以"父之名"勒令准备结婚的儿子投河，那儿子非常听话，乖乖自杀。

"父之名"、"上帝之名"、"科学之名"，名称不同却都是"在场"。在现代世界，某些以"科学"或"理性"为中心的话语，同样按逻各斯的逻辑设立"真理"，排斥人性、情感、艺术、解读，一切都显得光明而且进步。"中心"的目的，要使结构内的语义稳定，使整个结构显得和谐。"中心"只允许你适当地游戏，绝不允许你碰触中心，不允许指出"中心"的自相矛盾。"中心"禁止任何人设法使"中心"发生变化，因为那样会造成不稳定。中心必须维稳，而支持中心维稳的游戏不是解构。

当逻各斯的结构成为"暴力的等级秩序"而实施压迫时，不愿意做奴隶的人们自然要抵抗。抵抗有好几种方法，捣毁是一种，但捣毁不是解构。解构认为，看似被捣毁的体系，很可能借尸还魂，在新体系里重蹈二元对立的覆辙。解构虽不是捣毁，却是革命性的改革，主张在结构（体系）之内通过"自由游戏"的艺术，使结构发生深刻的变化，使一言堂变成开放的话语（discourse）。解构坚持用思辨的方法走向民主，而思辨又必须在言论自由的条件下才能做到。

中心并非中心　认识到"中心并非中心"之后，解构的自由游戏才能开始。为什么中心并非中心？因为中心是为稳定结构所设的功能（function），并非天经地义的"真理"。这也就是说，中心的超验所指并非绝对真理，并非不可改变。德里达说，中心看似严谨的逻辑是"自相矛盾的严谨"（contradictorily coherent）。（2007：915）发现逻各斯中心的自相矛盾，说明中心的设定是人为而非天作，最初来自某种"欲望之力"（the force of a desire）。德里达还指出经典思想这样的矛盾：你说中心是结构之内的中心，你又说中心是结构之外的超验真理，如此自相矛盾，你自己的逻辑说明中心并非中心。

德里达的先驱们用了许多鲜活的说法揭示"中心"的自相矛盾。尼采曾用"影子"的拟人比喻，将独尊"光明"的理性传统釜底抽薪。（1986：301—395）陀思妥耶夫斯基曾借地下人种种生动的比喻，揭露车尔尼雪夫斯基等人所崇尚的"理性"及其远离人性的乌托邦社会。①弗洛伊德的话语，则是把"自我"的宇宙比作"哥白尼的宇宙"，解构笛卡尔式的"我思"主体论。卡夫卡以被奴役之"子"的痛苦，讽喻由"父之名"支撑的专制体系之种种不自由。他在《在流放地》中写过一个由死而不僵的"统帅"支撑的杀人机器，解构某些现代体系的寓意深长。

诚然，德里达选择的是用更接近哲学家的抽象语言来概括解构，形成了在哲学语境里阅读和书写的个人风格，也不失为对前人话语的发挥、对后人的启迪。德里达的解构，直指逻各斯中心是一个排斥他者的逻辑（a logic of exclusion）。而误解或误用德里达话语的人们，常常忽略了他关于中心的这些话，忘记了这是解构之所以为解构的基本前提。

什么是"结构的结构性"（the structuality of structure）？纵观西方历史（即"结构这个概念的历史"），有一系列结构都是由逻各斯构成的。"结构的结构性"这个短语概括了西方哲学和科学的历史，也概括了这个历史的问题所在。德里达说："中心不断地以特定的方式获得不同的形式和名称。形而上学的历史，正如西方的历史，是这些暗喻和换喻的历史。"德里达提供了一个清单，写着代表"中心"的种种暗喻和换喻：eidos, arche, telos, energeia, ousia (essence, existence, substance, subject), alethesia, transcendentality, consciousness, or conscience, God, man, and so forth。（2007：916）其中，eidos 指柏拉图的"形式"或抽象概念，arche 指所谓纯粹的起源，telos 指所谓终极目标，等等。这个清单是西方思想史的高度浓缩版，当上面的每一个词看作是隐喻或换喻时，其所谓纯粹或绝对的语义也同时被解构。

那么，解构的分析和思辨为什么要不断进行呢？因为"二元对立的等级秩序总是会重新建立自己的"，因为"每一个言说总是将这种对立戏剧化"。（1981：42）

符号的概念　《话语》题目中的第二个关键词是 sign，这是"符号的概念"（又名"符号学"，semiotics）的方便说法。sign 是 signifying 或 signification（表意）的词根，因此，符号的概念是关于语言符号如何表意的理论。通常将瑞士语言学家索绪尔（Ferdinand de Saussure）的语言理论作为符号的概念的重要索引，不过，索绪尔也只是符号学的一小部分。

符号的概念和喻说的理论，如前面提到的尼采理论，都指出语言不可能是透明媒体，也就不可能有像阳光一样穿过透明媒体的"真理"，这就颠覆了本体论的第一个假设——词等同于事物本身、等同于思想。按照索绪尔的描述，词，亦即符号，由"能指"（signifier）和"所指"（signified）两部分组成。能指是"声音＋形体"的词，所指是词所代表的"概念"或"语义"。解构从符号的概念中得到启示：在表意过程中，能指不是只有一个固定的所指，更何况表意和表意相接，绵延不断，变化无穷。德里达了一个词，differance（延异），兼有 differ 和 defer 的含义，是说表意不断绵延的过程中，能指和相应的所指关系呈现时间和空间上的各种差异。

同样一个词在不同语境中有不同的意思，有些能指可有两个相反的所指，如英语的 drug，既是"毒药"又是"良药"。中国人说"是药三分毒"，不把"药"和"毒"对立，这是智慧。利用能指的这种相反的所指，用在对逻各斯的质疑上，是解构自由游戏的主要方法。所谓语境，根据表意时能指的排列产生。虽然能指的排列要循一定规则，但也有循规蹈矩的排列和充满新意的排列之分，修辞思维者（如诗人）懂得后者的妙处。

对表意过程的几种表述殊途同归。前面提到德里达自造的词 differance，拉康又有说法："任何一种表意必然指向另一种表意，否则无法延续。"（1131）换言之，能指的所指是又一个能指，能指连能指，符号套符号，成为环，环环相扣，组成表意链（the signifying chain），像一只环环相扣的项链。（1133）但项链和项链也不同。前面还提到尼采的说法：人类在某些经验刺激神经时最初发出声音是"第一个喻说"，声音加上文字形体成为词字，即"第二个喻说"，人在使用语言时造出第三个、第四个喻说，等等。尼采对表意的描述也可称为"喻说链"。

符号和喻说的理论都属于研究修辞思维的理论。解构看重修辞的各种特点，认为如果释放能指的能量，可以松动体系中的所谓超验所指。当代跨学科的理论中，符号概念的运用和尼采、德里达、拉康等人的索引混合起来，修正了索绪尔最初对"能指-所指"上下顺序的提议，而倾向于拉康的顺序，（"Agency of the Letter"）具体如下：

索绪尔的顺序	拉康的顺序
signified 所指	signifier 能指
signifier 能指	signified 所指

当代理论关于能指和所指关系的趋势，可以用拉康的话诠释："所指不断地在能指之下滑动。"（1134）意思是：在能指之下滑动的所指是变化的、若即若离的所指。能指在特定的语境中一定和某种所指联系在一起，语境变化所指也变化，同一语境中某个能指也可能有几种所指。此外，还有文学性语言中的"模糊"，"模糊"并不是没有语义。任何脱离语义的语言，不再是语言。

解构的自由游戏　"自由游戏"是自由的、游戏式的表意。并非任何自由游戏都是解构，正如并非任何自由的解读都是解构。在《话语》中，德里达特别强调了非解构的自由游戏和解构的自由游戏之间的区别。非解构的游戏仍然视中心为中心，为超验所指、完全在场。对于体系及其"真理"，非解构的游戏者心负罪疚，德里达以卢梭为这种解读的象征。面对"中心"代表的结构，解构的自由游戏绝无负疚感，因为解构在意的不是"真理"，而是对生命的肯定。德里达有一句简练的话：解构的自由游戏是"中断在场"（the disruption of presence）。（2007：925）使逻各斯的矛盾显露，使中心的神话失灵，即为"中断在场"。

揭示"在场"自相矛盾的方法很多，德里达在《话语》中举结构主义人类学家列维-斯特劳斯为例。斯特劳斯将二元对立奉为分析人类学结构的圭臬，"文化和自然"就是这样的二元对立。但是斯特劳斯遇见"乱伦的禁忌"（incest prohibition）时，感到这禁忌既是"文化"又是"自然"而叹息"大惑不解"（"scandal"）。"乱伦的禁忌"使斯特劳斯的二元对立失灵。作二元对立推理者，难免会碰到这种不可解的矛盾。针对逻各斯的解构，要让二元对立双方的关系"翻转"（overturning）。所谓"翻转"是将"在场"的概念从尊贵的地位上请下来，消除其尊贵，同时也将

"不在场"化卑为尊，改变等级秩序。德里达说："解构［二元］对立，首先要在某一刻将等级秩序予以翻转。"（1981：41）

试举其中几种方法。善于解构者，会让那些使 A 比 B 尊贵的理由用于 B，而那些使 B 附属于 A 的理由也可以用于 A。此外，还可以思考处于尊位的 A 是如何依赖于 B 的。还有，解构者常常思考体系中关键词的多种语义、文字符号的词源关系、语义的双关，等等，而且特别针对"在场"关键词的不同语义、自相矛盾、不确定性来颠覆其所谓纯粹、超验、绝对。所以，解构的自由游戏有赖于修辞，也不能抛弃逻辑。有一种解构策略名为增补（supplement）。在柏拉图和卢梭那里，书写被视为对逻各斯的"增补"，可有可无。但德里达认为，所"增补"者看似无关紧要，却可戳穿二元对立之间的所谓"自然"关系。（Hahn：86）也有人试图用"颠倒"（reverse）之策，亦即颠倒"在场"与"不在场"的尊卑秩序，如将男性中心（androcentrism）的秩序颠倒，变为女性中心（gynocentrism）的秩序。这样的做法似乎很痛快，但再次陷入了二元对立，二元对立又借新体还旧魂。德里达的一篇《马刺：尼采的风格》（*Spurs: Nietzsche's Style*），隐隐地讽刺"颠倒"之策。他以海德格尔式的文体，戏说尼采"永恒的女性"（the eternal feminine）喻说，同时批评某些女性主义者在反对以男性风格为特征的西方哲学传统时，反而在文体上变得和男性哲学家没有两样。哈比布以德里达的解读方法作为实践解构的一个范例，他说，德里达对文本的解读常是一个"多面的工作"（a multifaceted project）：

> 总体来说，［这样的解读］试图揭示文本中逻各斯中心的那些机关，方法是细读文本的语言，注意它如何使用一些前提或者超验的所指，注意它怎样依赖二元对立，注意它的自相矛盾，它的那些"两难之处"（aporiai）或者概念上的窘境，注意它如何封闭［结构］，如何抵制自由游戏。（106）

尽管德里达的解构思辨多在哲学范畴内，但他的解构方法和一些文学家的创作方法也有许多相同和重叠之处。

解构式的游戏、游戏式的解构，使体系强行维持的稳定显出其矛盾和不稳定性。有人认为，解构是对西方哲学传统的彻底破坏，但解构并不摧毁西方思想而自起炉灶，解构是西方思想史里的解构。解构者反对体系，同时也不事体系。德里达说："无论是在句法还是词法上，我们都没有与这个［西方经典思想］历史不同的语言；我们提出的任何一个破坏性的表述，早已渗入我们所要反驳之物的形式、逻辑和暗示的概念之中了，仅此而已，岂有他哉。"（2007：917）鉴于解构不是西方哲学的否定，而是身处西方哲学之中以作思辨和求改变，因而解构是双重的科学（double science）。

文学中的解构之力

在尼采、海德格尔、弗洛伊德等先驱基础上生成的德里达解构，激发了人文各学科的思辨和解读的自由化。然而，并不是任何主张解读自由化的人都去思考解构的首要意义；淡忘了解构首要意义的所谓解构，至少是力度大减。有一种观点借"解构"而行：任何文本都没有稳定的语义，尽可抛弃一切概念，自由阅读文学文本。这种观点偷换了概念，抛却了解构的根本，风行一时，却已荆棘载途。本文虽不可能涉及当代解构的所有方面，但尚可通过某些点和面的交错思考，观察到其中的关联和矛盾，进而了解当代解构的问题，并思考东西方比较前提下的解构。

文学创作中的解构　曾经有一段时间，解构成了解构任何文学文本，随意质疑文学结构和任何语义，下面我们会详析这种"伪解构"。先指出一点：文学的结构多半是修辞结构（rhetoric-structure），并非德里达所关注的逻各斯中心结构，仅此一点，伪解构已经犯了张冠李戴的通病。如果将解构的首要意义寄怀在心，不难看到这种现象：许多生命力和思辨力强盛的作者，在自己的作品中已经包含或预示了解构的姿态。诸如陀思妥耶夫斯基、卡夫卡、福楼拜、伍尔夫、福克纳这些作家，虽不用"解构"这个词，却都是解构的高手。他们的文本，常在解构某种逻各斯秩序或"暴力的等级秩序"的同时展现生命力。

相反的情形也不容忽略：又有一些文学文本，非但没有解构的姿态，反而充当了某种"真理"体系的卫道士。以英国作家笛福的小说《鲁滨逊漂流记》为例。这本产生于 18 世纪英国开始殖民扩张时期的小说，看似单纯无邪，却是从经济、政治、文化全方位替英国的资本和殖民意识形态体系辩护的文本。这个体系的逻各斯中心，以孤岛上的鲁滨逊和星期五的主奴关系为基本符号，代表着殖民主义的"暴力的等级秩序"。另一方面，也不乏解构这类作品代表的秩序的作品，这其中不仅仅有论文或散文，也有诗歌、小说和戏剧。可见，文学中的解构现象丰富而多样。

对《鲁滨逊漂流记》的各种重写中，有许多对其殖民体系作解构式游戏的后殖民文学作品，如库切的《福》。这部元小说重新思考《鲁滨逊漂流记》代表的殖民秩序，将一个既是殖民秩序的受害者又是其受益者的女性巴顿（Susan Barton）引入荒岛的情节，又由她领着被割除舌头的星期五离开荒岛抵达英国，最后在巴顿和作家"福"之间展开如何写荒岛故事的争辩，再以两人之间的合谋而结束。小说重新设计了笛福原作的情节和人物关系，直击原作和殖民权力秩序的要害。

另一位后殖民作家沃尔科特（Derek Walcott）戏说《鲁滨逊漂流记》，所作以荒岛余生为主题的诗（"The Castaway"）和题为《哑剧》（*Pantomime*）的戏剧，也是后殖民文学中的解构范本。在《哑剧》里，沃尔科特让一家旅馆里的黑人服务员杰克逊扮演鲁滨逊的角色，而让他的白人老板扮演星期五，翻转笛福原作的殖民主奴关系，解构的游戏笑料不断，意味深长。

同样的道理，从女性主义视角观察，也会发现解构"父权秩序"的大量作品。在研究 19 世纪英美女性作家的基础上，吉尔伯特（Sandra Gilbert）和古巴（Susan Gubar）两位文学批评家指出：因为当时的社会秩序造成政治、经济、地位、心理多方面的男女不平等，想创造文学而又不能明写的女性，在"能否成为作家的焦虑"（anxiety of authority）之中备受煎熬。当时的女性为了创造出自己的作品，极善于进入男性中心话语，利用父权体系歧视女性的那些喻说、故事和语言要素，明写男性中心文化接受的故事，暗书"另一种"反抗情节，以子之矛攻子之盾，创造出解构父权秩序的各种文学形式。吉尔伯特和古巴通过她们看到的另一部文学史——女性的文学史——反驳并补充了布鲁姆（Harold Bloom）所说的以男性作家"受［前辈作家］影响的焦虑"为特征的文学史观。（Glibert and Gubar：1533—1534）

吉尔伯特和古巴描述的 19 世纪女性文学的现象，在逻辑和策略上也适用于历史上被压迫群体的作家及其作品，适用于阐述后殖民文学、流散文学（diasporic literature）、族裔文学（ethnic literature）的创造力的理论。莫里森的《在黑暗中游戏》（"Playing in the Dark"）是一篇用德里达的理论解释文学创作中解构现象的力作。作为非裔女性作家，莫里森将美国文化中"白"和"黑"的等级秩序同美国文学中的"白"和"黑"相联系，将社会史和文学史结合起来，同时描述了她自己如何从被动读者转变为主动读者进而成为作家，令人信服地说明了解构式阅读和形成文学文本之间的关系。莫里森与德里达的解构呼应之处甚多，比如她说："我不愿意改变一个等级秩序却去建立另一个等级秩序……［不愿意］用非裔中心统领的学术取代欧洲中心统领的学术。"（8）这就是说：如果简单地"颠倒"等级秩序的两方，则不能脱离二元对立的"否定"逻辑。莫里森和德里达一样，认为重复二元对立的做法并不可取。

解构和现代主义文学　解构理论一旦被理解，就不仅适用于当代文学，也可有助于我们理解 19 世纪以来的现代主义文学。试以极简的方式描述几位现代文学巨人：陀思妥耶夫斯基的《地下室手记》解构的是车尔尼雪夫斯基代表的乌托邦及其机械理性的基础；卡夫卡解构的是某种以"父"为符号的暴力秩序；福楼拜解构的是布尔乔亚的话语；伍尔夫解构的是父权中心的秩序；福克纳解构的是美国南方以蓄奴为意识形态的文化体制。

艾斯藤森（Astradur Eysteinsson）在《现代主义的概念》一书中分析了各种描述现代主义的理论，他感到新批评理论未能解释现代文学前锋文体的内涵所在，进而在阿多诺的"负面美学"和德里达的解构里找到了对现代主义更恰当的阐述。他说："不妨将雅克·德里达看作是现代主义的理论家和实践家，将现代主义的整体看作德里达意义上的解构实践。"（48）这样说未必全对。现代主义也有许多面，其中包括倾向于保守甚至法西斯的现代主义作家和作品。

我该怎样解构这个文学文本？如果这样问，显然已经盲目，甚至有不理解解构为何物之嫌。最明显的一点是：以作者和读者、作品和批评这样的二元对立来理解文学批评有违解构的前提。解构的作者不仅仅是作者，也是读者，是读者和作者一体，是作者、读者、观察者、批评者一体。此外，进入文学，看到的是文本和文本相接形成的"延异"表意链，有些表意链指向对逻各斯体系的维护，另一些则是对这种体系的解构。

拉康心理分析、文本理论和解构

德里达之外，和文学文化相关的当代解构理论还包括文本（text）的理论、拉康的理论等。此外，通常也将耶鲁派（the Yale school）收列在内；耶鲁派指凭借解构的声势而登场的耶鲁的几位教授。文本理论是解构的一部分，因为它借力于符号概念，将阅读和写作的关系相对化，是解构的基本条件。拉康的理论承接解构先驱弗洛伊德，是心理分析意义上的解构。德里达、拉康、文本理论、修辞思维、喻说理论等，和后殖民、女性主义、新历史主义、族裔文学、流散文学的各种话语交织，成燎原之势。

拉康 拉康的文体艰涩，理论也就使人感觉高深莫测。而拉康绝非言之无物之人，他的理论虽难懂，仍可概述：同弗洛伊德一样，拉康认为笛卡尔所说"我思之我"是现代性的迷思，实际上并没有所谓一成不变的天赋主体。拉康认为，"我"的话语和思想首先是由"他人"（Other）所构成的；在不自由的常态之下，"我"所说多是"他人"的话，"我"之所思多是"他人"之思。

拉康所指的"他人"，主要是构成无意识的整个文化语言体系。拉康将"他人"分为大小写的"他人"（Other、other），分别代表无意识里的象征秩序（symbolic order）和想象秩序（imaginary order）。"象征秩序"是"我"在成长过程中吸纳的文化体系的语言，类似弗洛伊德的"超我"（superego）；"想象秩序"是"我"未吸纳文化语言体系之前就具有的那些原始本能。两者相互关联，相互冲突，是人的存在的复杂之所在。

拉康重新解释了弗洛伊德的"无意识"，认为"心理分析的经验在无意识中所发现的是语言的整个结构"。（1130）"我"被大写的"他人"（即无意识的文化体系及其语言结构）完全禁锢时，"我"说的是"他人"的话，想的是"他人"的想法；只有当"我"学会和这种结构做自由游戏时，"我"才获得某种自由，才真正开始思想，才有所谓"主体"（subject）可言。这就是拉康和德里达的共同点。有人把拉康称作"结构主义者"，也有人说他是"后结构主义者"，各执一词。准确地说，拉康对"结构"的分析是为了把解构和心理分析结合起来。拉康对"结构"的关心，和德里达十分相似，这是因为两人的理论都属于欧洲的后结构主义理论，都着眼于解构。关于拉康理论，需另文阐述，这里点到为止。

文本理论 text译为"文本"，实在无法传递原意的精髓，又是"不可译"的一个实例。text 有好几层意思。从词源看，text 源于 textus（tissue 之意）和 textere（weave 之意）。纺织的艺术在古时是女性的专长。纺织是艺术产品，又是生产过程和生产力。巴特言出有据，说"文本是纤维，编织的纤维"（text is a tissue, a woven fabric）。（879）fabric 又和 fabrication 同源，指向文学文本的虚构性。

和 text 相关的语义还有 textum（编织的网）。本雅明（Walter Benjamin）曾经将普鲁斯特的《追忆逝水年华》比作 textum，比作荷马《奥德赛》中奥德赛夫人佩内洛普织了再拆、拆了再织那样的纺织活动。（202）最早将语言比作 textum 者，有人追溯到罗马帝国时代的修辞家昆体良（Quintilian）的著作。

当代的文本理论和符号概念相互关联。文本之说，随解构激发的解读自由化而兴起。在当代的文学批评中，text 这个词已经取代了 work，凸显文学所代表的修辞思维和美学思维。说文学作品是 text 显然有比喻之意，是说它和 fabrics、tissues 一样是一种编织，丝丝相扣，层层相连，显现 intertext、subtext、context、hypertext 等各种喻说或符号的编织变化。文本的编织特质是语义多样复杂的物质基础。德里达阐述解构时提到，重复性（iterability）的意思是：符号和文本都可以在新的语境里重复，而重复时原来的符号和文本就产生了新的语义。"重复即改变"（iterability alters）是德里达的另一句名言，可以产生新语义的"重复性"也是解构自由游戏的策略之一。

巴特在《从作品到文本》里说：文本理论的兴起是文学理论的一个突破。如同爱因斯坦的相对论，文本理论将作者、读者和观察者（或批评者）的关系相对化了。（878）巴特的话进一步细分有两种阅读情形、两种读者。一种情形，许多人阅读作品仅仅是为了阅读而已，这是视阅读为消费的读者。另一种读者，有创造性，有批评的眼光，是阅读-写作-观察（批评）集于一身的读者。解构式的阅读只能是这第二种，因为没有任何重写欲望和结果的阅读不可能是真正意义上的解构。前面说过，莫里森曾叙述了自己是如何从第一种读者变成第二种读者的；*Playing in the Dark*，英语书名语义双关，既指莫里森对阅读和写作关系的探索，又指黑人作家在美国白和黑的秩序中的解构游戏。

巴特这样说明：如果把"作品"当"文本"来读，也就是作第二种读者的阅读，文本就是可以实践各种方法的领域（a methodological field）；（878）文本的语义是灵活的，既是这个意思又是那个意思（paradoxical）；文本是阅读时根据符号概念所做的"游戏"（playing）；文本是"符号编织之网形成的立体的多元体"；（878—879）阅读"文本"的游戏带来快感（pleasure），甚至是类似于身体接触那样的 jouissance。（881—882）巴特的话语有其独特的个性，不必字字认真。不过他的文本理论显然是解构的另一个版本，阐述了解构和文本理论之间的联系。

意涵"编织"的文本理论对于当代文本分析（textual analysis）的实践，意味着一个文本包含了许多文本的片段，而现代和后现代文学这种文体片段性又意味着"读者"必须一次又一次对这些片段作综合分析和重组。因此，文本分析的实践已不再是以往（如新批评的做法）单纯的文字和形式的分析，而已成为综合文字分析、文化分析、历史分析、心理分析以及各种其他分析的多面和多学科的分析（multifaceted and interdisciplinary analysis）。这是解构和解读自由化在当代文学研究中的有机关联。

"野路子"的耶鲁派

20 世纪 60 年代末以来，美国文学研究界对德里达解构的理解和解释的活动中，耶鲁派影响甚广，又被称作"美式解构"（American deconstruction）。

美式解构和德里达解构之间有若干的重要区别。首先，美式解构没有像欧洲学界那样经历过结构主义这个阶段，而德里达的解构基于欧洲学界对结构主义的直接思辨。历史的原因是：欧洲的结构主义和解构在 20 世纪 60 年代末同时抵达美国，一部分美国文学理论家接受了结构主义，如康奈尔大学的卡勒（Jonathan Culler），另一部分人接受了解构。当时，耶鲁派各家对德里达所着重批评的"结构"并没有足够的认识或兴趣，他们所要反思或反叛的是自己长期从事的传统文学研究（如浪漫主义、新批评），于是借"解构"这个新壳改造自己先前的这些成果，同时凸显文学修辞思维的喻说等特征，甚至模仿德里达的文体，似乎也在呼应解构，呼应"尼采式转折"，但细查之下并没有尼采和德里达的那种关切以及思辨深度。

耶鲁派包括耶鲁大学的几位明星级的文学教授：德曼（Paul de Man）、哈特曼（Geoffrey Hartman）、米勒（J. Hillis Miller）和布鲁姆等。耶鲁四人各自从不同的文学研究背景和目的出发，形成各不相同的"解构"理论。四人共同的主张是：文学文本的解读要自由化。他们和德里达解构的一个重要区别是：德里达说的是对逻各斯中心结构的解构，耶鲁派说的是对文学文本的解构。耶鲁派甚至说，所有文学作品已经自行解构，可随意解读。因为德里达和耶鲁派的私交，他在初期并没有强调他和耶鲁派的那些不同。

根据耶鲁四人在 80 年代以前的理论著作，诺里斯（Christopher Norris）曾比较欣赏德曼，认为他是比较有力度的解构学者，这一点也有待商榷；而哈特曼和米勒虽有德里达的文体和方法，却缺少解构应有的力度，诺里斯甚至说这两人是"有点野路子"（on the wild side）的解构。至于布鲁姆，他从开始就和解构若即若离，其后就渐行渐远，我们可以略去不提。

米勒和哈特曼　从两人的"前解构"时期的文章可以看出，他们"才情的故土是浪漫主义诗歌"。（Norris: 94）浪漫诗学之梦，唯"纯"是求，追求不经媒介的纯粹意境（pure or unmediated vision）。因此，所谓纯粹的起源（pure origins）、主体在场的神话（the myth of self-presence）、没有媒介的语言（unmediated language），等等，都是浪漫主义的基本观点。解构与此相反，指出这些看似自然的观点并不自然。曾梦系浪漫乡土的人，例如米勒和哈特曼，开始怀疑这些，他们被解构唤醒，并不难理解。

解构抵达之前，曾是布莱特（George Poulet）学生的米勒，一度崇尚日内瓦学派关于诗的形式是"意识形式"（forms of consciousness）的说法，相信批评家阅读诗歌时，完全可领悟并进入诗人的整体意识，因此相信批评家和诗人的意识可以完全相通。（Norris：93—94）日内瓦学派的这种看法和浪漫诗学的主张很相近。诚然，读者（或批评家）解读文学文本时势必要描述文本的整体（the totality），但是不同读者对文本的整体是什么会有不尽相同的看法，这也是解构为什么要阐述符号概念、文本理论以说明表意和解读的"延异性"的原因。

还要一提的是："新批评"作为现代主义文学的理论，批评了浪漫主义的许多主张，但也延续了浪漫主义的"有机整体"的观点。新批评的这个观点也是和解构相悖的。米勒接触解构之后，毅然走出浪漫诗学、新批评和日内瓦学派的那些观点。但是，他似乎对文本具有编织的特质情有独钟。他最善于从词源入手编织出一个令人眩晕的文本之网，并以这样的文体来证明文学解读的多样和灵活，说明解读者和作者一样有创意。然而，如诺里斯所说："米勒将这些花样用于文体，模仿德里达［的文体］，却不能完全达到德里达论证的那种力度。"（93）我们可以把诺里斯的话说得更具体：成为"解构派"的米勒采纳了文本理论的术语来取代他以前的术语，但他忽略了文本理论仅是解构的一维，而解构后面那种批判的严肃性才是它的力度所在。

成为"解构派"之后的哈特曼也着眼于文本理论。他认为解读是一种编织符号、游戏语义的舞蹈，善此舞蹈的批评家和诗人都是会编织的艺术家。不过，哈特曼似乎只是在解构中为证明自己作为批评家的尊严找到了新的证据，他毫不掩饰他的自我陶醉："面对其他批评家我有优越感，面对艺术我有谦卑感。"（3）哈特曼的理论似乎和解构存在某种关联，但他的陶醉不是对解构的认同，而是要借解构的时尚满足不便明说的某种愿望。诺里斯认为，哈特曼和米勒的问题相似："哈特曼说得好轻松，似乎'理解'德里达和海德格尔没有那么重要，要紧的是学他们的修辞范儿并在其中沐浴春风，可是他的这番信心满满的话，让人对他还是疑窦丛生。"（99）

德曼 德曼是耶鲁派的灵魂人物，他和解构的关系十分复杂，复杂到我们必须快刀斩乱麻，先指出问题的要害：德曼代表的解构和德里达代表的解构，名同而实不同，在出发点和结论上都迥然相异。

从表面看，德曼更注重论证的严谨，与米勒、哈特曼狂想曲式的解构确实不一样。此外，他又貌似在呼应尼采对修辞思维的重视，但他走的不是尼采的思路。尼采主张纠正柏拉图的错误，将文学和哲学合为一体。前文说过，尼采注意到传统哲学过分重视逻辑思维，以致不能够从修辞角度看出构成哲学原则的那些问题。所以，尼采着眼"理性"和"修辞"之间的关系，为的是用"修辞思维"对"理性"

作思辨和补充。比如，经典思想是把文本中的修辞要素仅仅当作是论证逻辑的补充；而尼采的实践指出，修辞和喻说的要素对逻辑论证绝不是什么边缘的关系，因为修辞和喻说怎样使用既可以支持也可以摧毁逻辑论证。在尼采看来，概念都是"喻说-概念"（metaphor-concept），这正是尼采和德里达之间关联的牢固的一环。

德曼重视修辞思维的出发点和结论与尼采都不同：德曼着眼的是文学文本中的"修辞"和"语义"的关系，而不是尼采思考的"修辞"和"理性"的关系。德曼的说法有些莫名其妙：文学的语义不能在文学的形式、内容、所指（reference）、语法、逻辑中寻找，而只能在"修辞"中寻找。他认为，由于修辞（含喻说）只能导致语义的不确定，所以文学文本的语义最终是自相矛盾的、不确定的。这样，德曼用貌似深奥的学问把水给搅浑了。

另外，德曼在《讽喻式阅读》里阐述道：讽喻（allegory）是喻说的基本形式，包含了几层意思的冲突。因此，如果把文学的阅读看作讽喻式的阅读，后产生的意思不同于先前要表达的意思，甚至可否定先前的意思。（1979：73—77）这样，所谓讽喻式阅读，就是将通常认可的解读结论用另一种解读来推翻。在相当一段时间里，美国文学研究界会把德曼的这些理论（文学语义的不可能性；两种相反读法的讽喻阅读）当作时髦且正统的解构方法。

德里达是对结构主义的反叛；德里达更是通过这种反叛与尼采、海德格尔的哲学思辨接通。德曼以及耶鲁派没有对结构主义的反叛，也没有和尼采的呼应。德曼所反对的，是新批评的观点，即文学文本是一个语义自足的有机整体。新批评的这个观点并非不可商榷，而且已经被从别的角度批评过，问题是，德曼的解构把德里达解构的真正意义抛到九天之外了。

美式解构和德里达解构确有某种交叉，即文本和符号理论的出现意味着解读的自由化。除此而外，两者大相径庭。德里达解构的基本概念是：一个有眼光、有智慧的读者可以通过自由游戏来解构压迫性的结构。德曼的观点却是：因为文学具有的修辞特征，文学里的能指和一切的所指割裂，文学文本因此自我解构。德曼到底在说什么？他在说：文学没有任何意义。

诚然，德曼在解构的氛围之中，重新提出了文学的那些美学特点，如：模糊、反讽、神秘、不确定性，英国浪漫主义诗人济慈曾将这些特点概括为"延疑力"（negative capability）[②]。但是，德曼没有把这些美学特点归于文学特有的审美判断，而是导向了解读的彻底虚无。德曼对修辞思考的致命弱点是：他认为文学的语义只能在修辞中寻找。那么试问：文学的语义为什么不是在文学的形式、内容、所指、语法、逻辑中寻找呢？还有，文学的形式和结构难道不是修辞性的？难道阅读可以不顾语境吗？

德曼在《抵抗理论》一文中这样说：语法-修辞-逻辑的三位一体的传统做法用在文学批评里，是为了让文学的逻辑和语法和谐，但代价是抹去了文本中的修辞因素，而修辞因素才是对文学解读提出的最大要求。德曼的说法看似在批评传统，目的却是要把修辞从逻辑和语法中抽离出来。就这样，德曼又搞出一个"解构"，一个割断能指和所指的任何关系的时髦理论。

德曼去世后，他理论中的问题和他人生中的一个污点被人联系起来。人们发现，1940—1942 年，在被德国法西斯占领的比利时，德曼曾经在纳粹控制的《晚讯报》（*Le Soir*）工作，写过 200 多篇文章，其中有美化侵略者的词句（如"文明的侵略者"）和反犹言论。此事之后，又有人似乎要证明他有保护犹太人的一面，披露了德曼 1942—1943 年期间的其他言行，如他和他的妻子曾在自己的公寓里保护过犹太裔钢琴家斯拉兹尼（Esther Sluszny）和她的丈夫；他还多次和比利时抵抗运动成员格里利（Georges Goriely）见面；据格里利的证明，他和德曼在一起，从没有怕会被他出卖。这在证明什么呢？证明德曼在为纳粹发声的同时良心未泯？

发现德曼战时言论，一石激起千层浪，有人借此否定解构的一切。波士顿大学的麦勒曼教授（Jeffrey Mehlman）撰文说，任何赞成解构观点的人都是在替纳粹合作者辩解和开脱，应该将主张解构的人统统"追认为纳粹合作者"，言词不可谓不激烈。德里达是阿尔及利亚的犹太人，在德国法西斯占领法国期间曾因此失去法国公民身份。他显然受到震撼。他谴责德曼在德国占领时期的言论，同时认为，不应该因此否定德曼的全部作品，更不能否定解构的全部（1988）。对德里达的反应，有些人认为他根本不该为德曼的战时言行作任何辩护，还有人展开了关于维护历史事实的辩论。

这些争论虽然情形复杂，但是有两点应该注意：一、德曼的历史污点和他奇怪的解构理论必有某种心理上的联系；二、德曼是德里达解构之后复杂现象的一部分，但不是德里达的解构，甚至不是"规范"的解构。借德曼的污点否定整个解构没有道理。

德曼事件的警示　德里达到达美国之后的初期，使用着艰涩的语言，却坚持着对西方哲学传统进行解构思辨。在这个意义并没有被深刻理解的时候，德里达又不愿意以通常意义的观念和立场来解释这个理论，似乎怕落入圈套。这样，解构就在各种似乎高深的话语包围中陷入迷雾，变成了"皇帝的新衣"。这就是艾里斯（John Ellis）在《反对解构》一书中的基本观点："[此种趋势] 所获得的并不是成熟的逻辑，而是**装成成熟和复杂的样子**。"（7）作为解构者的德里达自然不愿意做任何意义上的"皇帝"，可是在学术时尚的迷雾里，解构被当作新衣，德里达也就"被"当作了"皇帝"。赞赏德里达者，赞赏他所代表的解构的严肃性。批评他的，也有许多人出自对他和解构的爱护。

哈佛大学法学教授巴尔金（Jack Balkin）说："不知是德曼事件的直接或间接后果，德里达 [在此之后] 开始探讨规范使用解构的问题。"德曼事件之后，德里达在《法律之力：权威之神秘基础》中以罕见的直率说："解构是正义。"（"**Force**"：

919）

有人把德里达在德曼事件之后的文字称作"伦理式转向"，德里达不赞同这样的说法。他的不赞同是有道理的。正因为解构的出发点是正义，所以对现存的伦理秩序和观点持有怀疑，也就不需要作所谓"伦理式转向"。早期的德里达着重解构理论的基础，后期的德里达关心大家更熟悉的具体问题，如殖民主义的后果、全球恐怖主义、马克思的遗产如何变成了某些僵硬的体制，等等。同时，他从解构的角度分析主体、自由、正义、友谊、好客、气度、死刑，等等。这样看，"解构是正义"就更加清晰，德里达解构和美式解构的区分也更加明显了。

当代解构提出的问题

解构理论显现的种种问题，首先归于德里达的解构和耶鲁派之间的重要区别尚未完全廓清。此外，如本文概论中所问：德里达对于尼采美学智慧的坚持是否不足？他个人的文体是否过多强调修辞思维而遗忘了逻辑思维？我们可以循序思考这些问题。

此结构非彼结构　有两种结构，都叫"结构"，内容却不同。一方面，德里达针对的结构，不是泛指任何结构，而是逻各斯中心的结构、压迫性的结构。解构的对象是这种结构，尤其是这种结构的逻各斯的逻辑。因为西方的各种"真理"体系都是以同样的逻辑形成结构的，所以德里达解构的真正目的是对各种"真理"或"知识"体系进行重新思辨。

与此种结构相对照，文学文本采用的结构多数不是逻各斯中心的结构，而是作家为了把各种文学元素联系起来形成的修辞性结构（rhetoric-structure），亦即文学形式的一维。美国学者布鲁克斯（Cleanth Brooks）曾分析过一种"反讽的结构原则"（irony as a principle of structure），亦即将两个相冲突的意象主题在语境中结合起来，形成结构上的张力和反讽效果。布鲁克斯在说明这种结构原则时，用莎士比亚和华兹华斯各一首诗为其佐证。（802—803）在小说中也有这种结构。

文学的结构原则还有很多。不同的小说情节安排意味着不同的小说结构。陀思妥耶夫斯基善用"告白"作为小说结构；契诃夫短篇小说不以事件的解决为结尾；福克纳的《我弥留之际》的结构类似毕加索的立体派绘画；海明威的《在我们的时代里》采用片断式的结构——有人称之为"断续的原则"（the principle of discontinuity）。长篇小说之所以叫 novel，正是因为其结构原则不断创新，各种结构原则和形式本身就有内容。现代文学的明显特征是：对现代社会的种种价值进行解构而创新，形成新的文学形式。

耶鲁派，尤其是德曼，将文学文本中的修辞特点和文学的结构以及相关的逻辑、语法、所指等对立起来，给人的印象是：注重修辞的他们，将文学中的结构和逻辑给"解构"了。德里达解构的是逻各斯中心的结构，耶鲁派解构的是文学作品的修辞结构。这好比将张公之帽戴在了李公头上。

《钱伯斯词典》（*Chambers Dictionary*）这样给"解构"下定义：

> 一种用于批评分析文学文本的方法，基于对语言能否充分再现现实的质疑，主张任何［文学］文本都不可能有一个固定和稳定的意义，［因而］读者在分析一个文本时必须彻底抛弃一切哲学或其他的假设概念。

这样的"解构"定义可以从德曼的论述中找到轨迹，但它恰恰不是德里达的解构，也与尼采、海德格尔、弗洛伊德、陀思妥耶夫斯基、卡夫卡、库切等许多人的解构精神背道而驰。

罗依勒（Nicholas Royle）注意到以上定义的荒谬，他这样挖苦："如果你们允许我表示意见，那么在我看来，这个定义之恶劣，令人难以言表。它如此糟糕，让我不知从何说起，不知如何遣词造句，方可宣泄我的悲伤和忧郁。"（1）注意，罗依勒是一个解构者，德里达意义上的解构者。

《钱伯斯词典》的定义错在何处？首先，它把解构对象描述为"文学文本"乃至延伸到任何文本，这就偷换了解构的对象是"逻各斯中心结构"这一概念。同样的道理，针对"暴力的等级秩序"的解构必然要以更灵活的能指来挑战并松动"中心"的那个"超验所指"，但《钱伯斯词典》说解构是认为语义无法确定，所以解读文本要抛去一切思辨的概念，这又是偷梁换柱，将能指与任何所指割断了。此种解读自由化，丧失了思辨的根本责任，纵使号称解构，已经和解构没有关系了。

文学的修辞思维指向何方　解构源自尼采，应再回顾"尼采式转折"的内涵。尼采思辨的主要目标，是纠正柏拉图割裂文学和哲学、理性和情绪、现象和实质、肉体和灵魂等形成二元对立辩证法的思维，将美学思维（含修辞思维）和理性思维重新合为一体，恢复更有生命力的思维。尼采批评辩证法，却并不否定理性和逻辑（二元对立也只是逻辑形式之一种）的作用。尼采思辨的独特，是他摆脱了二元对立的束缚，进而还原事物中的各种含义、价值和潜在之力（force）。

陀思妥耶夫斯基在《地下室手记》中批评启蒙运动的理性传统时，也看出这个传统实际上主张"理性唯一"（reason only），而理性只是人性诸多功能中的一种。理性本身是有用的，人可以理性思维，但不可能不间断地进行理性思维。人性不等于理性。人性的复杂应该用"意志力"来概括。陀思妥耶夫斯基的深思熟虑也和尼采心心相印，和"尼采式转折"彼此呼应。我们理解解构时，想到德里达，也要想到尼采和陀思妥耶夫斯基。

解构是西方新学（后结构、后现代等）的一部分。新学之新，难免鱼龙混杂。我们看到，德曼所谓的解构把修辞和逻辑对立，把修辞和所指对立，得出把修辞思维的研究引入文学文本没有任何语义这样荒谬的结论。

文学的修辞和美学特征，是构成审美判断（或言审美力）的基础。善于文学阅读的人必有体会：修辞特征和逻辑、语法等一起形成的审美力，并非要阻止读者的判断，而是使我们习惯性的判断复杂化之后再作判断，因而是作更积极的判断。美学判断不同于道德判断和理性判断之处，在于它兼理性、修辞、情智于一身，表现为反讽、模糊、不确定等特征，被济慈称为"延疑力"；这如同善修辞和逆反思维的老子的策略，在"大道不可道"的前提下再来论道。审美力的重要也可以反证：没有审美力的人缺失灵性，没有审美力的社会患有情和智的重症。

新学涌现的时代，也是全球资本主义时代。在这样的时代，伪思辨也常冒充为思辨。除了德曼那样的理论之外，在历史学研究中，还有人将历史叙述中的修辞现象和保护历史事实对立，以"新学"为伪装宣扬不顾历史事实的历史修正主义。如此种种，是新学中的绝境。

解构的立足之地　有生命力的理论都有立足之地（grounding）。中文里"终极关怀"的说法没有"立足之地"准确。尼采那个精神血统的思想家，不认为这宇宙间的事物有什么纯粹的起源或终极目的，而认为超出个体生命甚至人类界限而贯彻宇宙之间的，是一股生而灭、灭又生、源源不绝、千变万化、无穷无尽的生命力。老子称之为"道"，尼采称之为酒神生命。尼采正是立足于对这个大生命的肯定，认为人类的活动应该理解为美学智慧。美学智慧是生命意志的展现，是希腊悲剧那样的力的展现。这就是肯定，对生命的肯定。质疑西方真理和知识传统的尼采哲学，立足于这样的肯定。

德里达之所以解构终极目的、纯粹起源、超验所指、逻各斯等，和尼采的这个立足之地密不可分。他《话语》的结尾有一个复杂长句，提到尼采的肯定（Nietzschean affirmation），这个结束语未必被所有阅读德里达的人注意到。但是，如果抹去这个立足之地，解构就变成了没有严肃关照的游戏。德曼事件出现之后，观察者说德里达开始探索"规范使用解构的问题"。德里达后期作品确实让我们更清楚地看到了德里达的解构与德曼式解构游戏之间的区别。不过，这个区别并非德曼事件以后才有，而是从一开始就有。德里达和德曼的根本区别就在于有和没有这个"立足之地"。如果德里达属于尼采式转折的一部分，那么，他和尼采又有一点不同：尼采是不断阐述"肯定"这个立足之地的，而德曼只是偶然提到这个前提。正因为有这个前提，和解构相关的符号概念、文本理论以及解读自由化，不仅是有的放矢，而且有责任所在（accountability）。与此相对照，伪解构根本不顾这样的前提，甚至要抹杀它。

德曼对尼采在《悲剧的诞生》中阐述的这个立足之地似乎感到惶恐不安，他在《讽喻式阅读》里这样写："《悲剧的诞生》中许多篇章使人可以肯定［尼采］这个文本属于逻各斯中心的传统。尼采著作以后的发展，应该理解为对《悲剧的诞生》中得到充分表述的逻各斯中心的逐渐'解构'。"（1979：88）《悲剧的诞生》属于逻各斯中心传统？以后的尼采解构了自己在《悲剧的诞生》中的观点？德曼的这番话起初只是一个学者的呓语，后来传播开就成了一个谣言的源头。

我们只需要举一个例子。1886年，《悲剧的诞生》发表16年之后，尼采发表了《自我批评的尝试》一文。他在《尝试》中虽然说以前的自己还不够成熟，但对16年前阐述的原则没有任何否定。他只是进一步阐明了自己在《悲剧的诞生》中的原则立场，"这部大胆的书敢于第一次提出：要以艺术家的视角看科学，但是要以生命的视角看艺术。"（1967：19）生命的视角正是尼采的立足之地。

德曼怕什么？他很可能惧怕《悲剧的诞生》中的以下论述。一、尼采对酒神生命观的大量论述。二、尼采不否定苏格拉底代表的逻辑和理性，而是将传统的苏格拉底符号改造为"实践音乐的苏格拉底"。这两点，正好击中德曼自己的痛处。德曼既没有酒神生命观，又有意扭曲尼采重提修辞思维不是否定理性本身而是为了纠正理性唯一的立场。把修辞思维和逻辑思维对立起来的是耶鲁派的领军人物德曼，不是尼采。德曼是伪解构的代表人物。

看似复杂的现象往往有简单的原因：从尼采那里衍传而来的解构所主张的自由游戏，是严肃的游戏，是恭恭敬敬地玩，可称之为玩世"有"恭。相反，其他的那些时髦的游戏，只能称之为玩世不恭。

中西比较中的解构

同中有异，异中有同　在全球化时代里，西学和汉学已不能各行其是。我们不能视西学为不相干，或者视解构为不相干的西学。从愿望上讲，中西比较是为了寻找文明之间相通相融之道。在研究方法和细节上，中西比较与翻译的道理相通：不能只见相同而无视差异。

华夏文明与西方文明之间源和流都不同，而且在古代历史上没有过像伊斯兰文明和基督教文明之间那样深度的碰撞或交叉。因此，在中西比较中发现"同"的时候，有时指向的却是"异"；而我们在两个文明的表述相"异"之处，又时常领悟到不同文明的相通。中西文明之间的相通，更多的是意向上的相通。同中有异，异中有同，这是中西比较面临的实际，也是中西比较的迷人之处。

逻各斯和道：似同而不同　就解构问题作中西比较，可以从这一点开始，即并非任何有两方相关的概念就是二元对立。中国的阴阳学说不是二元对立。阴和阳不是否定的逻辑，而是互补的逻辑。将阴阳说和西方的辩证法相提并论不准确，也不妥当。老子继承阴阳之说形成的道家之说不是西方意义上的辩证法，而和二律背反（paradox）相似。

《道德经》的第一句："道可道，非常道"。其中的"道"是"言说"和"宇宙间生命之道"的双关，初看之下很像柏拉图说到的逻各斯是话语和理性的双关。钱锺书先生似曾暗指两者的相似，也有学者循此论述"道"和"逻各斯"是中西文化的相通之处。③"道"和"逻各斯"虽然都是双关，却是貌合而神离。老子的意思是：

常恒之道岂可说死，你想一两句话说明白，恰恰是不明白"道"为何物。于是，老子自己在《道德经》81章中用了各种比喻来言说本不可言说的"道"："道"可比作"用之或不盈"的"冲"（第4章），比作不死的"谷神"（第6章），还有"上善若水"（第8章），"大道无名朴，虽小天下莫臣"（第32章），"大道泛兮，其可左右"（第34章），"道常无为而无不为"（第37章），"反者道之动，弱者道之用。天下万物生于有，有生于无"（第40章），如此等等。可见，老子在《道德经》首句的"道"字的双关，与柏拉图的Logos的双关并不一样。老子和柏拉图是根本不同的思想家。老子是以修辞思维、逆向思维为主，这种智慧成为华夏文化的一脉，后来的禅宗就颇得其精髓。而柏拉图则是以二元对立的辩证逻辑为主，而且他在苏格拉底的影响之下摒弃了美学思维。老子的思想和尼采比较近，和"逻各斯之父"柏拉图则比较远。精神上和柏拉图有些相近的是孔子，因为两人都相信等级秩序。不过，孔子和柏拉图在文体和体系的构成上又大相径庭。

将老子和尼采相比较。老子所说的"道"和尼采所说的"酒神精神"都是指贯彻宇宙之间那一股生而灭、灭又生、源源不绝、千变万化、无穷无尽的生机。然而，老子在他的那个历史时空里向往"小国寡民"的政治理想，从"道"中得出"自然本位"的结论，主张人类仿效自然的和谐，提倡"柔弱胜刚强"的策略。

> 中国人因自然本位哲学形成一些民族性格，例如为求和谐而形成罕见的耐性，又如将山川草木人格化以至萌生无所不在的乡愁，等等，通常称为"天人合一"……当人们把和谐的愿望过多地倾注于自然界，也就把人内心矛盾中迸发的生命力淡化了。但人与天、人与人的矛盾又是拂之不去的，于是产生了［并非悲剧气质的］东方式的哀苦。（童明，2006：11—12）

处于西方文明之中，尼采主张以希腊悲剧为象征的生命意志和西方文明"人本位"思想一脉相承。"人本位：以人的生命意志为本，以人的生命创造力的强弱判断人生的价值，它源于古希腊，尤其是希腊悲剧。"（童明，2006：12）木心这样描述"人本位"：

> 生命是宇宙意志的忤逆，去其忤逆性，生命就不成其为生命。因为要生命殉从于宇宙意志，附丽于宇宙意志，那是绝望的。人的意志的忤逆性还表现在要干预宇宙意志，人显得伟大起来，但在宇宙是什么意义这一命题上，人碰了一鼻子宇宙灰。（童明，2006：12）

直到今天，"自然本位"还是中国人的集体无意识，而"人本位"则是西方的集体无意识。就这一点而言，老子和尼采又很不相同。"人本位"和"自然本位"各有所长，东西方可以相互学习，但是，对中国文化而言，"人"的觉醒仍然是重要的一课。没有"人"的觉醒，无法实现民族复兴。

中国的逻各斯体系及其解构　中国为什么需要解构？因为华夏文明博大精深，只有用颠覆的方法才能继承。而颠覆的继承，正是解构。所以，解构对西方文明和华夏文明同样重要。

那么，中国文化有没有"逻各斯中心"？准确的回答应该是：有，也没有。

先说"没有"。技术层面上讲，我们没有逻各斯，没有柏拉图那样对逻各斯的表述，也就没有西方那样的表述形成的逻各斯中心。前面说过，如果将"逻各斯"和"道"相提并论，并认为这是中西相通的证据，那是走进了误区。"道"和"逻各斯"的意向正好相反。

再说"有"。华夏文明里有实质上的"逻各斯"及其相应的"真理"体系。中国文化里有暴力的等级秩序几乎不需要论证。中国文化虽然没有西方意义上的宗教，没有"上帝"，但是有"天"或"天命"、"天地"这样的"超验的所指"作为体系秩序的中心，构成事实上的逻各斯。因此，便有"君君臣臣父父子子"、"天地君亲师"以及"男尊女卑"、"官本位"（相对于"平民百姓"）这样的二元对立，也就有了为维持体系稳定而实施的各种形式的暴力。吾国建立起的现代体系，尽管不提"天命"而以现代的某些词句（如"科学"）为中心，但高度统一的传统体系特征被保留了下来。历来的君主无不认为稳定压倒一切，而历来的造反又无不是推翻一个这样的秩序再按照相同的逻辑重新复制这样的秩序。因为"自然本位"思想的种种特质，以稳定之名来掩盖矛盾、压制批评就成为中国特色的虚伪。

中国人自古善于修辞思维。佛教"不二法门"的立场，禅宗"指月不二"的语言观，如果和解构对二元对立的批评以及对所指和能指的看法相照，不难看出两者的异曲同工。然而禅宗或人间佛教，并非真正意义的入世。生长在中国的智慧一直比较隐晦。

民间社会历来有解构的智慧。中国人天然就懂得能指的自由游戏。君主以"奉天承运"执行皇权时，百姓会说民以食为天。同样是个"天"字，却切断了体系中"天"这个能指和"皇权"之间的逻各斯关系。同一个"天"字，一个表达圣意，一个代表民意。然而，这些天然的解构，并非就能解构体系。真正的解构需要基本条件：思想的自由需要尊重和保护，进而使得严肃的思辨成为整个民族的常态文化。习惯"自然本位"的中华民族，需要唤醒人的生命意志，需要向"人本位"学习。

西学的解构给我们的启示，还有一点很重要：解构不是摧毁体系，而是利用体系的语言作思辨和游戏，以改变体系。解构毕竟是运用智慧的艺术，它反对二元对立，也认为其中的"否定"法应该避免。

如果我们以解构的方式继承博大精深的中华文明遗产，不能用否定法，否则打倒一个压迫性的体制，被压迫者又成为新的压迫者。不能像"五四"和"文革"时期那样否定孔子的学说，也不能不加思辨地继承。如果丧失了思辨力和思辨的自由，我们就只剩下无助。

结　语

解构是"在场的中断"。（Derrida，2007：925）

解构是酒神的生命力，它引起的不稳定的力量其实是引发变化的活力：它揭示逻各斯的自相矛盾，由此在体系内展开能指的自由游戏，创造开放的话语。

解构：玩世"有"恭，为了严肃目的而主张解读的自由化。

解构者是真正的先锋派；现代的许多作者和作品，已经具有或预示着解构的姿态。

解构反对神学，也反对现代神学。因为不迷信最高指示、圣人之言，解构者欣赏反讽、模糊、幽默、修辞思维。解构者主张平等和民主。

解构者是写作的读者，阅读的作者，也是观察者和批判者。

解构是双重科学；解构者对于他所思辨的文本，既是同谋，又是批判者。解构者质疑知识论传统，为的是从生存的需要出发改造知识论。解构并不舍弃理性、逻辑、知识论，它只是将生存的问题引入知识论，它介于知识和生存之间。

解构是思想发展历史中的内省力。

德里达说："［解构］是发生的事，是今天在所谓社会、政治、外交、经济、历史现实等领域中正在发生的事。"（"Some Statements"：85）

参考文献

1. Balkin, Jack. "Deconstruction." 1996. Web. Jan. 1 2012.

2. Barthes, Roland. "From Work to Text." *The Critical Tradition: Classic Texts and Contemporary Trends.* Ed. David Richter. Boston: Bedford, 2007.

3. Benjamin, Walter. "The Image iof Proust." *Illuminations.* Trans. Harry Zohn. New York: Schocken, 1969.

4. Brooks, Cleanth. "Irony as a Principle of Structure." *The Critical Tradition: Classic Texts and Contemporary Trends.* Ed. David Richter. Boston: Bedford, 2007.

5. Coetzee, J. M. *Foe.* London: Penguin, 1987.

6. de Man, Paul. *Allegories of Reading: Figural Language in Rousseau, Nietzsche, Rilke, and Proust.* New Haven: Yale UP, 1979.

7. —. "The Resistance to Theory." *Modern Criticism and Theory: A Reader.* Ed. David Lodge and Nigel Wood. New Delhi: Pearson, 2005.

8. Derrida, Jacques. "Differance." Trans. David B. Allison. *The Critical Tradition: Classic Texts and Contemporary Trends.* Ed. David Richter. Boston: Bedford, 2007.

9. —. *The Ear of the Other: Otobiography, Transference, Translation.* Ed. Christie McDonald. Licoln: U of Nebraska P, 1985.

10. —. "Force of Law: 'The Mystical Foundation of Authority.'" Trans. Mary Quintance. *Cardozo Law Review* 11 (1990): 919-1045.

11. —. "Like the Sound of the Sea Deep within a Shell: Paul de Man's War." *Critical Inquiry* 14.3 (1988): 590-652.

12. —. "Limited Inc. abc ... " *Glyph* 2 (1977): 162-254.

13. —. *Monolingualism of the Other; or, The Prosthesis of Origin*. Trans. Patrick Mensah. Stanford: Stanford UP, 1998.

14. —. *Positions*. Trans. Alan Bass. Chicago: U of Chicago P, 1981.

15. —. "Some Statementsand Truisms about Neo-Logisms, Logisms, Newisms, Postisms, Parasitisms, and Other Small Seismisms." Trans. Anne Tomiche. *The States of "Theory": History, Art and Critical Discourse*. Ed. David Carroll. New York: Columbia UP, 1990.

16. —. *Specters of Marx: The State of the Debt, the Work of Mourning and the New International*. Trans. Peggy Kamuf. New York: Routledge, 1993.

17. —. *Spurs: Nietzsche's Style; Eperons, Les Styles de Nietzsche*. Trans. Barbara Harlow. Chicago: U of Chicago P, 1978.

18. —. "Structure, Sign and Play in the Discourse of Human Sciences." *The Critical Tradition: Classic Texts and Contemporary Trends*. Ed. David Richter. Boston: Bedford, 2007.

19. Ellis, John M. *Against Deconstruction*. New Jersey: Princeton UP, 1989.

20. Eysteinsson, Astradur. *The Concept of Modernism*. Ithaca: Cornell UP, 1990.

21. Felman, Shoshana. "Paul de Man's Silence." *Critical Inquiry* 15.4 (1989): 704-744.

22. Gasché, Rodolphe. "Deconstruction and Hermeneutics." *Deconstructions: A User's Guide*. Ed. Nicholas Royle. New York: Palgrave, 2000.

23. Gilbert, Sandra M. and Gubar, Susan. "From Infection in the Sentence: The Woman Writer and the Anxiety of Authorship." *The Critical Tradition: Classic Texts and Contemporary Trends*. Ed. David Richter. Boston: Bedford, 2007.

24. Habib, M. A. R. *Modern Literary Criticism and Theory: A History*. Malden: Blackwell, 2008.

25. Hahn, Stephen. *On Derrida*. Belmont: Wadsworth, 2002.

26. Hartman, Geoffrey. "The Interpreter: A Self-Analysis." *The Fate of Reading and Other Essays*. Chicago: U of Chicago P, 1975.

27. Heidegger, Martin. "The End of Philosophy and the Task of Thinking." *On Time and Being*. Trans. Joan Stambaugh. New York: Harper, 1972.

28. Lacan, Jacques. "The Agency of the Letter in the Unconscious or Reason since Freud." Trans. Alan Sheridan. *The Critical Tradition: Classic Texts and Contemporary Trends*. Ed. David Richter. Boston: Bedford, 2007.

29. Lehman, David. "Deconstructing de Man's Life." *Newsweek* 15 (1988): 63-65.

30. Morrison, Toni. *Playing in the Dark: Whiteness and the Literary Imagination*. New York: Vintage, 1993.

31. Nietzsche, Friedrich. "Attempt at a Self-criticism." *The Birth of Tragedy and The Case of Wagner*. Trans. Walter Kaufmann. New York: Vintage, 1967.

32. —. *The Birth of Tragedy and The Case of Wagner*. Trans. Walter Kaufmann. New York: Vintage, 1967.

33. —. *Human, All Too Human: A Book For Free Spirits*. Trans. R. J. Hollingdale. Cambridge: Cambridge UP, 1986.

34. —. "Twilight of the Idols." *Twilight of the Idols and The Anti-Christ*. Trans. R. J. Hollingdale. Harmondsworth: Penguin, 1968.

35. Norris, Christopher. *Deconstruction: Theory and Practice*. London: Methuen, 1982.

36. Plato. "From *Phaedrus*." *The Critical Tradition: Classic Texts and Contemporary Trends*. Ed. David Richter. Boston: Bedford, 2007.

37. —. "From *Republic, Book X*." *The Critical Tradition: Classic Texts and Contemporary Trends*. Ed. David Richter. Boston: Bedford, 2007.

38. Richter, David, ed. *The Critical Tradition: Classic Texts and Contemporary Trends*. Boston: Bedford, 2007.

39. Royle, Nicholas. "What Is Deconstruction?" *Deconstructions: A User's Guide*. New York: Palgrave, 2000.

40. Zhang, Longxi. *The Tao and the Logos: Literary Hermeneutics, East and West*. Durham: Duke UP, 1992.

41. 老子:《道德经》,载黄瑞玄校注《老子本原》,人民文学出版社,1995。

42. 钱锺书:《管锥编》(2),中华书局,1979。

43. 童明:《世界性美学思维振复汉语文学——木心风格的意义》,载《中国图书评论》2006 年第 8 期。

44. 童明:《自然机器·人性·乌托邦:再论陀思妥耶夫斯基和车尔尼雪夫斯基之争》,载《外国文学》2009 年第 1 期。

① 关于陀思妥耶夫斯基对现代乌托邦的解构,见童明《自然机器·人性·乌托邦:再论陀思妥耶夫斯基和车尔尼雪夫斯基之争》。

② 济慈 negative capability 的概念,概括了文学特有的美学判断能力,即伟大的文学作品和文学家有一种包容不确定、怀疑、神秘的能力。香港中文大学的李鸥将 negative capability 译为"延疑力",可谓恰如其分。

③ 钱锺书先生写道:"'道可道,非常道';第一、三两'道'字为道理之'道',第二'道'字为道白之'道',如《诗·墙有茨》'不可道也'之'道',即文字语言。古希腊文'道'(Logos)兼'理'与'言'两义,可以相参。"(408)钱先生如果是把老子的宇宙生命之"道"和赫拉克利特的逻各斯相并列,可能还有些道理,但是他似乎把老子的"道"和柏拉图的"理"(reason)混为一谈了。两者根本不同。以后,张隆溪先生认为"逻各斯"和"道"是中西文化的相通之例,我认为是循钱先生的思路的演变而未细察。我在本文里的观点是:"逻各斯"和"道",虽有某种相似而实质相悖。

距离 杨向荣

略　说

　　作为一个审美范畴，"距离"（Distance）这一概念源于康德的"审美无利害性"命题。康德在《判断力批判》中认为，一个关于美的判断，只要夹杂着极少的利害在里面，就会有偏爱而不是纯粹的审美判断。康德命题为现代美学审美心理距离观念的提出提供了理论支撑，正是在康德命题的基础上，布洛提出了"审美心理距离"范畴：心理距离使对象与主体的日常利害关系得以分离，在这种分离中，被审美主体平时所忽视的日常事物的隐性侧面会引起主体的关注，并成为一种"艺术的启示"。本文不可能对康德命题进行全面评述，只希图揭示距离在当下语境中的命意转换及其命意增殖。立足于当下的文化社会学语境，我们将审视距离在当下语境中的诸种话语表意，并观照距离是如何体现并表征当下的社会形态及其文化逻辑的。

综　述

距离与个体救赎

　　德国文化社会学大师齐美尔率先意识到距离的个体救赎命意，他认为现代文化在货币经济的冲击下已陷入深刻的悲剧境地。面对这一困境，齐美尔提出距离范畴，以此来抗拒现代物化文明对个体内在本真的压制。对齐美尔来说，距离是现代个体在现代性背景下对异化文明的抵御，是现代人对资本主义文明扩张所造成的个体本真体验被剥夺后所寻到的审美救赎之途。

　　齐美尔认为，现代文化不再像传统文化那样保持着一种和谐发展的状态，而是出现了危机。在前现代社会，文化的内在精神内容与外在物化形式处于水乳交融的和谐状态，但随着现代社会的出现，这种和谐状态逐渐被打破，外在的物质文化日益强化，并对主体内在的精神构成极大威胁。

> 　　近百年来，在生产设备和生产技术服务方面，在各种知识和艺术方面，在不断改善的生活方式和生活情趣方面，社会分工日趋繁多复杂。作为个性开发原材料的个人能力很难适应这一发展速度，已远远落在后面。（1991：95）

主观文化与客观文化的冲突结果，人所创造出来的文化反而成为现代人异化的他者，这就是现代文化的深刻悲剧。这种悲剧使内在心灵与物化文化之间出现了一种前所未有的紧张关系：一方面，客观文化的增长使个体的内在精神生命受到威胁和压制；另一方面，个体的内在心灵世界又在不断地成长，要力争保持自身的自由与自在。在这种紧张状态中，主体不得不远离不断发展壮大的客观文化以求自保，"每一天，在任何方面，物质文化的财富正日益增长，而个体思想只能通过进一步疏远此种文化，以缓慢得多的步伐才能丰富自身受教育的形式和内容。"（西美尔，2002：363—364）个体心灵在物质文化的巨大压力下，会通过远离物化世界来获得生机，这必然导致自我及主体文化与外在客观文化的距离。只有在对距离的体认与创造中，个体才能从外在物化的客观文化中抽身出来，重建个体的内在精神。

　　文化的悲剧与社会的转型密切相关。随着前现代的家园式社会转变为现代的功能式社会，现代人不再牢固地被定位在社会的单一系统中，相反，现代人失去了家园。现代性的发展使货币经济与物质文化日益膨胀，其后果是"各种手段甚至那些不惜损害他者利益以满足一己之私的手段都会被不加选择和不计道义地变成牟取暴利的工具，以金钱为核心目的的物质利益诉求成为这种人性形象的欲望法则与生活价值座架。"（李胜清：62）在这种情况之下，齐美尔所指出的个体救赎策略，即回归个体内在世界，就变得相当重要。对此弗里斯比（David Frisby）分析说：

　　　　西美尔实际上是有意要表现与现实保持距离的某种情感格局（constellation of feelings）。这种情感格局的病理形式就会发展成为环境恐惧症（agoraphobia）或"过度感觉主义"（hyper-aestheticism）。生命的形式使我们与事物的实在总有一定的距离，实在"似乎从老远的地方"向我们说话；人不可能直接触摸到现实，人一触摸，现实立即就退缩回去。（西美尔，2000：236）

现代主体主义的根本含义乃是"我与对象分离，返回我自身，或者有意识地接受我与对象之间不可避免的距离，从而使得我与对象的关系更密切、更真实"。弗里斯比认为，现代主体主义即是个体从现实返回内心，同时又将现实理智化。在这个意义上，现代主体主义的实质就是与现实保持距离。基于此，文化的悲剧也许可以从乐观的层面加以理解：文化悲剧之所以是主观文化与客观文化之间无法调和的冲突，原因在于不论外在的客观文化多么强大，个体的内在精神生命总是要设法抗拒客观世界对它的压制和封杀。因此，引导个体去抗拒外在世界、实现自我的力量，就存在于那富有创造性的、与外在现实保持距离的个体内在的生命精神之中。

　　对齐美尔来说，距离不仅是现代个体对自我的不可重复性的强调，它也是现代生活的一种救赎维度。弗里斯比指出，在齐美尔眼中，"'现代人们对碎片、单一印象、警句、象征和粗糙的艺术风格的生动体验和欣赏'，所有这些都是与客体保持一定距离的结果。"（1992：138）

> 这意味着我们可以通过与客体保持距离来欣赏它们。在其中，我们所
> 欣赏的客体"变成了一种沉思的客体，通过保留的或远离的——而不是接
> 触——姿态面对客体，我们从中获得了愉悦"。……它创造了对真实存在
> 的客体及其实用性的"审美冷漠"，我们对客体的欣赏"仅仅作为一种距离、
> 抽象和纯化的不断增加的结果，才得以实现"。（1981：88）

可见，个体与现实保持距离，不仅仅是个体面对客观文化的压力所采取的必然姿态，同时也是个体面对现代生活所持的一种审美立场。通过这样一种审美立场来审视生活，可以使个体超越现实生活的平庸与陈旧，获得对生活的诗意发现，并实现个体的自我救赎和对日常生活的批判与审美超越。因此，距离是一种基于现实又超越现实的"内在超越精神"，其合理性在于能克服个体对现实世界的消极默认，并将现存的物化文化置于一定的距离之外来进行反思和审视，提醒人们批判和超越日常生活世界的非合理性。

也许，强调与现实的距离只是对现实的一种审美逃避，这种审美的逃避主义使齐美尔的距离策略笼罩着一层乌托邦的光芒。因为它没有上升到对现实的否定和改变，而是消融在一种审美印象主义的解读和阐释中。虽然如此，我们应当看到，齐美尔毕竟为现代个体的精神沦落提出了一个审美的应对方案，这个方案也许不是一个最终的解决方案，但却是在特定的现代性条件下，个体所能采取的某种积极应对策略。

距离与艺术自律

齐美尔生活的时代正是资本主义快速发展的时代，也是现代艺术的"黄金时期"或强盛期。在这个时候齐美尔提出艺术与生活保持距离的思想，就不仅仅是对当时资本主义物化文明的一种拒弃，而且也是对后来西方现代艺术强调自主性、强调艺术对生活的反叛或否定策略的一个天才预见。现代主义艺术主张"为艺术而艺术"，主张"艺术的自律"，强调"艺术否定生活"，希冀通过艺术来承担对现代个体救赎之大任，这其实延续的是康德的"审美无利害性"命题以及齐美尔的距离范畴。

哈斯金（Casey Haskin）认为，作为美学概念的艺术自律有两个鲜明特征：一是注重将艺术从人文学科中独立出来，使艺术获得"自我证明自身"的独立性；二是艺术需关注其内在审美特性，即关注属于艺术自身所特有的审美经验。艺术的自律经常是被用作一个强调艺术品没有任何实际功能和功利价值的口号。（43）哈斯金的描述指出了现代艺术发展的新路径：艺术对其自身独特性的追求，这种自身独特性就是现代艺术对自身与现实保持距离的审美诉求。

韦伯认为现代性的特征是：原先在宗教和形而上学世界观中所表现的本质理性，被分离成三个自主的领域，它们是科学、道德和艺术。由于统一的宗教和形而上学世界观的瓦解，这些领域逐渐被区分开来。（Kim：261）在韦伯看来，西方社会从

前现代向现代的转型中，文化的发展呈现出不断分化和自律的趋势。不同的文化领域获得了"自身合法化"，具有了自身的游戏规则，其合法性无需在其他领域寻找，它自己可以证明自身存在的合理性。在这个意义上，我们可以说艺术自律是现代社会分化的产物。对此哈贝马斯也提供了有力的佐证："文化合理性包括认知、审美表现以及宗教传统的道德评价三个部分。有了科学和技术、自律的艺术和自我表现的价值以及普遍主义的法律观念和道德观念，三种价值领域就出现了分化，而且各自遵守的是自己特有的逻辑。"（哈贝马斯：159）可见，现代社会的分化使艺术从社会科学中独立出来，成为一门自足的学科，艺术的独立也就意味着艺术获得了自我言说的权力，意味着艺术自律的实现。

进一步深入下去，艺术自律命题可以追溯到康德的"审美无利害性"命题。美国美学家斯托尔尼兹认为，无利害性观念是古典美学与现代美学的分水岭。

> 除非我们能理解"无利害性"这个概念，否则我们就无法理解现代美学理论。假如有一种信念是现代思想的共同特质，它也就是：某种注意方式对美的事物特殊知觉方式来说是不可缺少的。在康德、叔本华、克罗齐、柏格森那里都可以遇到这种情况。（17）

哈斯金认为，现代美学中的自律概念经常被用作一个强调艺术品没有任何实际功能指向的口号，而这一概念可以追溯到康德。基于此，康德经常被认为是一个"自律主义者"。（43）卡林内斯库也指出：

> 艺术自律的观念在十九世纪三十年代绝非新颖之见，当时"为艺术而艺术"的战斗口号在法国流行于青年波希米亚诗人和画家的圈子中。康德在一个世纪前维护了艺术作为一种自律活动的观点，他在《判断力批判》（1790）中提出了艺术"无目的的目的"这个二律背反的概念，并由此肯定了艺术根本的无功利性。（51—52）

卡林内斯库认为，"为艺术而艺术"的思潮，甚至包括后来出现的颓废主义以及象征主义，都是在与当时正在扩散的中产阶级现代性及其庸俗世界观展开激烈对抗的过程中产生的。

伯曼曾讨论过现代主义的几种类型，在他看来，第一种即是强调与生活拉开距离的现代主义。

> 现代主义中的第一种，即竭力避开现代生活的现代主义，由巴尔特在文学领域并由格林伯格在视觉艺术领域最有力地表现出来。格林伯格坚持认为，现代主义艺术惟一应当关注的是艺术自身；……现代主义就是对纯粹的、自指的艺术对象的追求。总而言之，现代艺术与现代社会生活的正当关系就是根本没有关系。（35—36）

伯曼认为，"避开现代生活的现代主义"其实质是一种强调艺术自律和距离的现代主义。基于伯曼的分析，我们可以认为现代主义艺术对纯粹性的追求，主要体现在"为艺术而艺术"的理论诉求中。主张"为艺术而艺术"，其核心是强调艺术的自我合法性以及艺术与生活的区分界限。在艺术实践中，艺术家要防止所有的道德说教对他们的指责，要防止让自己受到外在生活形式的打击。艺术家不仅要无视于外界的存在，甚至要与外部世界毫不接触。基于此，我们不难理解王尔德在《谎言的衰落》中的宣言：

> 艺术除了自己以外从不表达任何东西。它过着一种独立的生活，正如思想那样，纯正地沿着自己的谱系延续。它在一个现实主义的时代里并无必要现实主义化，在一个宗教信仰的时代里也没必要精神至上化。它非但不该成为它的时代的产物，而且通常与时代直接对峙，它为我们所保存的惟一历史是它自己的进化史。（50—51）

在王尔德看来，艺术的自在性使其不受相似性的外在标准的评判，艺术在其自身之中而不是之外发现其自身的合法性，每门艺术都不得不通过自己特有的东西来确定非它莫属的效果。艺术不反映现实，现实应该受到贬斥，艺术家不值得去谈论它。相反，艺术或审美化的生活则具有无比的真实性，它完全有理由取代现实存在。

在康德的理论范畴内，"审美无利害性"的目的在于丰富人性，而在席勒那里，艺术的自律又可以恢复人的完整性。由此可见，艺术自律并非是想使艺术成为与现实无涉的真空之物，其实质在于强调艺术与外在现实的距离，这种距离内蕴着对个体的审美救赎。换句话说，艺术的自律突显了艺术的边缘化和自足性，从而导致了艺术与现实的距离，而这种距离并不是要使艺术远离现实，也不是要使艺术对日常现实妥协，而是希望借助于与现实保持距离，进而从一个独特的角度来对现代人性进行救赎。现代艺术尤其是先锋派艺术就反映了这一观点的主要方面，它激进地否定生活，强调艺术与生活的距离，希冀在对日益平庸无聊的中产阶级生活方式的偏激反叛中，追求一种超然的审美化诗意生存。

距离与社会批判

在距离的当下诸种论题中，与审美救赎命意相关的是社会批判命意，这主要体现在布莱希特、马尔库塞和阿多诺等人的理论表述中。

布莱希特从戏剧理论角度探讨了距离的社会批判意义，这主要体现在其戏剧理论的核心观念"间离化"（也译为"陌生化"）中。什么是"间离化"？布莱希特这样描述道："日常生活中的和周围的事件、人物，在我们看来是自然的，因为那是司空见惯了的。这种改变家喻户晓的、'理所当然的'和从来不受怀疑的事件的常态的技巧，已经得到了科学的严密论证，艺术没有理由不接受这种永远有益的态度。"（213）由于日常生活的事物和人物在主体眼中已习以为常，所以要对它们"间离化"，要把它们放在一定的距离之外。在戏剧中，这种"间离化"的距离体现在两个层面：一是演员和角色之间的距离；二是观众与舞台之间的距离。就前者而言，演员不能让自己的感情与剧中人物的感情达到同一，演员必须清醒地意识到他是在表演而不是在现实中生活。就后者而言，观众与表演之间要保持一种距离，观众不能完全被戏剧情节及角色所迷惑，应当清醒地意识到自己是在看戏。通过戏剧表演中的距离，布莱希特希望观众对戏剧表演持一种清醒的批判态度，从而最大可能地实现戏剧的社会批判功能。

在布莱希特看来，传统戏剧通过各种舞台手段把观众带入一个虚假的生活幻觉当中，观众在这种幻觉体验中会情不自禁地产生催眠意识，这种意识瓦解了观众的独立思考能力，消解了观众的理性意识与批判精神。在布莱希特看来，大众处于这样一种语境之下：其感觉已经钝化，无法真正了解现实背后的真实。"间离化"就是要打破这种"催眠意识"，实现对现存社会的批判，因此戏剧艺术的任务在于引导观众不仅对所表演的事件而且对表演本身，采取一种批判性的甚至反对的态度。

通过"间离化"创造距离，这是布莱希特实现其社会批判的现代性策略，间离化"是一种使所有要表现的人与人之间的事物带有令人触目惊心的、引人寻求解释、不是想当然的和不简单自然的特点。这种效果的目的是使观众能够从社会角度做出正确的判断"。（83—84）只有当演员批判地注意他自身的种种表演、批判地注意到戏里所有别的人物表演的时候，才能掌握他的人物，才能抵御现代异化文明对个体的侵蚀。基于此，布莱希特把"间离化"与戏剧改造世界的目的直接联系起来，认为"间离化"戏剧是一种直接服务于个体人性解放的戏剧。他坚信戏剧的"间离化"是与一个新阶级的利益和需要联系在一起的，是这个阶级认识世界和改造世界所必需的"特殊镜子"。只有通过这面"特殊镜子"改变人们的思维定势，引导他们以一种新的眼光看待外在异化世界，才能打破思想上的异化，获得真理性认识。

如果说布莱希特距离思想的社会批判意义还略显隐晦的话，那么在阿多诺艺术与美学理论中，社会批判性则体现得相当鲜明和尖锐，这主要集中于他的"艺术是对生活世界的否定"的著名命题。在《美学理论》中阿多诺写道：

> 确切地说，艺术的社会性主要因为它站在社会的对立面。但是，这种具有对立性的艺术只有在它成为自律性东西时才会出现。通过凝结成一个自为的实体，而不是服从现存的社会规范并由此显示其"社会效用"，艺术凭藉其存在本身对社会展开批判。……艺术的这种社会性偏离是对特定社会的特定否定。（386）

如果艺术想要再现社会，或者说复制社会现实，它所得到的肯定只会是"仿佛如此"的东西。"只有在撤回自身的过程中，只有迂回地展示自身，资产阶级文化才能从渗透到所有存在领域的极权主义病症之正在衰败的踪迹中想到某个纯粹之物。"
（沃林：15）对此哈贝马斯（Jürgen Habermas）也分析说，现代倾向使得艺术的自
律性变得相当极端化。这一发展产生出一种反文化，它从资产阶级社会的核心产生
出来，并对占有性的、个体性的、由成就和利益所支配的资产阶级生活方式持敌对
的态度。在艺术当中，资产阶级曾经体验到它自身的理想，并履行在日常生活中被
悬置的一种尽管是想象出来的对幸福的承诺。而极端化的艺术则很快就不得不承
认，自己对社会实践起着否定而不是补充的作用。（85）因此，艺术的社会性并不
在于艺术的政治或社会姿态，而在于它与社会相对立和对社会进行否定时所爆发的
批判力量。

在阿多诺的理论视阈中，现代艺术之所以被视为一种"否定艺术"，主要是因
为它表现出一种"反世界"倾向，它有意地不再美化人生与社会，而是直接地呈
现人的生存状态和揭露社会的种种弊端。阿多诺认为，资本主义的现代发展已成
为一个控制现代人的无所不在的铁笼，而艺术想要对这种现实展开批判，就不能
服从于现实生活的逻辑："艺术只有具备抵抗社会的力量时才会得以生存。"（387）
艺术为了避免自己成为商品、为了避免受到物化意识形态的侵蚀，就只有通过否
定物化意识形态、通过与物化意识形态拉开距离，才能保持自身的丰富性，并实
践对物化意识形态的远距离的审视和批判，这正如舒尔特-扎塞所分析的那样：

> 对阿多诺来说，艺术并不反思社会，也不与社会交流，而是反抗社
> 会。他不再将艺术与现实的关系看成是一种富有洞察力的批评，而是看成
> 绝对的否定。"纯"艺术是一种清除所有实用目的的媒介，在其中个体（除
> 了实现其他目的外）否定由于工具理性的原因而僵化了的语言上和精神上
> 的陈规陋习。（转引自比格尔：15）

沃林曾深入探讨了阿多诺的否定美学，认为对阿多诺而言艺术有一种类似于拯救的
功能。

> 在阿多诺的美学中，艺术在某种更加强烈的意义上变成了救赎的工
> 具。作为和谐生活的某种预示，它起着强制性的乌托邦作用。如果阿多诺
> 把黑格尔的主张颠倒过来，即声明"全体是虚假的"，那么只有艺术能够
> 提供改变这种状况的前景，只有艺术能够提供把令人苦恼的社会整体性重
> 新引导到和谐（Versöhnung）的道路上去的前景。（116）

在沃林看来，阿多诺明确地把审美形式推荐为社会工具理性主导原则的积极替代
者，这显然与自浪漫主义以来的"为艺术而艺术"的传统相一致。借助这一传统，
审美王国的非有效性逻辑成为对日益理性化和无诗意的资产阶级社会秩序进行抵抗
的唯一选择。因此，对阿多诺来说，艺术遵循的是为其所特有的非同一性原则，艺

术不再与社会保持同一性，而是持否定态度。

与布莱希特和阿多诺相类似，马尔库塞距离观的社会批判指向也是资本主义的物化文明。马尔库塞指出，当代工业社会是一个高度技术化的单向度社会，是一个工具理性横行无忌的社会，其突出表现是艺术否定功能的丧失。艺术被整合于社会结构中，与物化现实和平相处。文化被全面异化，沦为片面单一的文化，而个体在异化文明中成了一个个碎片，成了"单面人"。由于个体被单一化，个体的感性也随之枯萎，个体过去的鲜活感受在千篇一律的文化工业生产中变得单一而贫乏，往昔所具备的丰富的感性体验丧失了丰富多彩的个性，成为凝固的"社会水泥"。在这种物化的生存环境中，要实现人的解放，就必须通过否定性的艺术去唤醒个体沉睡的无意识，尤其是要培养个体的感受力，创造个体面对物化社会时的新感性，摆脱"社会水泥"的控制，把感性从理性的束缚之下解放出来，实现个体最终的解放。马尔库塞认为，文学艺术具有真正巨大的解放潜能，但这并不是要求文学艺术直接效忠于革命，恰恰相反，而是要与社会现实拉开距离，创造一个与现实异在的存在新维度——"审美之维"，从而令个体彻底摆脱现实的钳制和压抑，培植起"新感性"，获得全新的存在方式。在《审美之维》中马尔库塞写道：

> 形式，是艺术感受的结果。该艺术感受打破了无意识、"虚假的"、"自发的"、无人过问的习以为常性。这种习以为常性作用于每一实践领域，包括政治实践，它表现为一种直接意识的自发性，但却是一种反对感性解放的社会操纵的经验。艺术感受，正是要打碎这种直接性。（111）

马尔库塞于此表现出对"形式"的明显好感，"形式适应于艺术在社会中的新功用：在生活的可怕的琐碎繁杂中提供'假日'、提供超脱、提供小憩——也就是展示另外更'高贵'、更'深沉'，也许还更'真实'、更'美好'的东西，以满足在日常劳作和嬉戏中没有满足的需求。"（180）马尔库塞因此毫不留情地对当代艺术所谓内容的"现实性"展开批判，指出在当代艺术中，"这种新的空间提供给什么东西呢？艺术的新对象尚未'给定'；而那些熟知的对象又已经是不可能的东西，已经是虚假的东西了。现代艺术从幻象、模仿、和谐到现实，可是这个现实尚未给定；作为'现实主义'对象的那个'现实'实际上并不存在。"（110）因此，要创造否定性艺术，就必须与现存体制彻底决裂，通过距离打破艺术感受上的习以为常性，打碎各种企图左右我们感性的恶劣的机能主义。马尔库塞在这里所强调的是要构建一个非真实的艺术世界，从而使艺术与现实世界之间保持着一种批判的距离空间。在马尔库塞看来，艺术的批判功能存在于审美的形式中，而审美的形式世界是一个"异在"的世界，它保持着艺术与现实的距离，通过这一距离又显露出现实的荒谬，从而打破了人们感觉意识的单向度性，起到批判现实的功效。艺术的真理就在于，它能揭开现存社会不合理意识形态的虚假外衣。

结　语

作为古典社会学的奠基人之一，齐美尔其实一直是一个现代生活的审美印象主义者，他认为对生活断片的社会追问不仅仅只是一种伦理的追问，还是一种美学的追问。（Etzkorn：74）弗瑞恩德（J. Freund）也认为，审美主义一直弥漫于齐美尔的社会学研究之中。（158）基于社会生活的审美主义诉求，齐美尔冀望通过"距离"实现对现代人生存困境和诗性匮乏的救赎，并因此构建了以"距离"为核心的现代性审美救赎策略。他认为个体及其艺术只有远离被物化文明所控制的现代生活，与工具理性笼罩的物化现实保持距离，才能抵御现代文明对个体本真性的不断侵蚀。

通过这种"距离"，艺术在一定程度上拒绝了物化现实对人性的蚕食，同时这种拒绝姿态可以使现代人感受到日常生活的中断并实现对现代文明的批判。艺术的自律强调艺术对生活的决裂、反对和否定，"距离"是实现这一目的的有效途径：通过与现实生活保持距离，使艺术承担起对现实社会的批判和对个体的拯救之大任，而这也正是"距离"在当代语境下的意义所在。

参考文献

1. Etzkorn, K. P., ed. *The Conflict in Modern Culture and Other Essays*. New York: Teachers College, 1968.

2. Freund, J. "German Sociology in the Time of Max Weber." *A History of Sociological Analysis*. Ed. T. Bottomore and R. Nisbet. London: Heinemann, 1979.

3. Frisby, D. *Simmel and Since: Essays on Georg Simmel's Social Theory*. London: Routledge, 1992.

4. —. *Sociological Impressionism: A Reassessment of Georg Simmel's Social Theory*. London: Biddles, 1981.

5. Habermas, J. *Legitimation Crisis*. Boston: Beacon, 1975.

6. Haskins, C. "Kant and the Autonomy of Art." *Journal of Aesthetics and Art Criticism*. 47.1 (1989): 43-54.

7. Kim, W. D., ed. *Postmodernism: An International Anthology*. Seoul: Hanshin, 1991.

8. 阿多诺：《美学理论》，王柯平译，四川人民出版社，1998。

9. 比格尔：《先锋派理论》，高建平译，商务印书馆，2002。

10. 伯曼：《一切坚固的东西都烟消云散了——现代性体验》，徐大建等译，商务印书馆，2003。

11. 布莱希特：《布莱希特论戏剧》，丁扬忠等译，中国戏剧出版社，1990。

12. 范方俊：《"陌生化"的旅程：从什克洛夫斯基到布莱希特》，载《中国比较文学》1998年第4期。

13. 哈贝马斯：《交往行为理论》（1），曹卫东译，上海人民出版社，2004。

14. 卡林内斯库：《现代性的五副面孔：现代主义、先锋派、颓废、媚俗艺术、后现代主义》，顾爱彬等译，商务印书馆，2002。

15. 康德：《判断力批判》（上），宗白华译，商务印书馆，1964。

16. 李胜清：《消费文化的"形象异化"问题批判》，载《湖南科技大学学报》2008年第6期。

17. 马尔库塞：《审美之维》，李小兵译，广西师范大学出版社，2001。

18. 齐美尔:《桥与门》,涯鸿等译,上海三联书店,1991。
19. 斯托尔尼兹:《"审美无利害性" 的起源》,载中国社会科学院哲学研究所美学研究室编《美学译文》(3),社会科学出版社,1984。
20. 王尔德:《谎言的衰落:王尔德艺术批评文选》,萧易译,江苏教育出版社,2004。
21. 沃林:《文化批评的观念》,张国清译,商务印书馆,2000。
22. 西美尔:《货币哲学》,陈戎女等译,华夏出版社,2002。
23. 西美尔:《金钱、性别、现代生活风格》,顾仁明译,学林出版社,2000。

考德威尔 赵国新

略 说

　　20世纪30年代是西方现代史上的红色10年，左派政治运动勃兴，知识青年向左转蔚然成风，激进的文学运动应运而生，代表人物有奥登（W. H. Auden）、麦克德米德（Hugh MacDiarmid）、斯彭德（Stephen Spender）等人。20年代盛行的艾略特式古奥玄妙的诗风黯然隐退，一种清新刚健、带有强烈社会批判意味的文风开始出现。随着文学左倾化渐成气候，马克思主义文学理论和批评也首次在英国出现，考德威尔（Christopher Caudwell）、福克斯（Ralph Fox）和韦斯特（Alick West）为其中的佼佼者。考德威尔的《幻象与现实：诗歌起源研究》（*Illusion and Reality: A Study of the Sources of Poetry*）、福克斯的《小说与人民》（*The Novel and the People*）、韦斯特的《危机与批评》（*Crisis and Criticism*）是这一时期英国马克思主义文学理论和批评的典范之作。在这三人当中，考德威尔成就最为卓著，对后世的影响也最大，被誉为"英国马克思主义文论的开山"。

综 述

背景解说

　　20世纪20年代末、30年代初，西方主要资本主义国家在安享战后十余年的繁荣之后，骤然跌入灾难深重的经济危机之中。这场危机的后果既体现在物质层面，又体现在精神层面。一方面，它给下层阶级带来了极端的物质贫困，一贯养尊处优的中产阶级也深受其害，民生困顿的凄凉景象在时人作品中多有反映；（Page：18—48）另一方面，它导致了一场严重的精神危机，在很多英国人看来，眼前发生的一切不是暂时的经济厄运，而是社会价值体系的危机。（Hynes：66）残酷的现实与统治阶级的许诺差距太大，难以弥合，资本主义文明的合理性遭到了强烈的质疑：自由竞争的资本主义经济发展模式是否还有存在价值？作为精神后盾的思想价值观——经典的政治自由主义——是否还有存在的合法性？人类社会的发展是否还有一条比较光明的道路？启蒙运动以来，人文主义主导的知识界总是以睥睨一切的神态宣扬：人类和社会可以不断地进步，臻于完美。如果人类确有这种潜质，这一理想的实现是否还有其他方案？

　　在一系列政治、经济和社会问题的重创之下，素来处变不惊的英国统治阶级竟也不知所措，末日之感油然而生，当时的保守党议员、后来成为首相的麦克米伦（Harold Macmillan）回忆说："显然，资本主义社会结构的旧有形式已被打破，不但英国如此，整个欧洲也是如此，就连美国也不例外……它可能也无法维持下去……类似于革命的形势已经出现，国内如此，国外亦然。"（Klugmann：16）在内政方面，为了应对经济危机，执政的保守党政府频出下策，仅削减公务员工资一项，就造就了一个反叛的中产阶级；在野的工党也没有救世良方，立场忽左忽右，摇摆不定。在外交方面，德意日法西斯主义甚嚣尘上，保守党一味地妥协退让，对国内的法西斯势力也是听之任之，时或暗通款曲，借以制衡左派势力：每当法西斯党徒与左派工人发生冲突，警察往往偏袒前者。青年诗人斯彭德后来回忆说，对于未来可能发生的战争，英国政府懵然无知，有时甚至故意否认，而共产党人对资本主义危机的分析，却深得知识分子的人心，他们痛切地感受到，只有共产主义才能遏制住法西斯主义，制止即将到来的战争，挽救濒于毁灭的人类文明。（Spender：23）

生平行谊

克里斯多弗·考德威尔原名克里斯多弗·圣约翰·斯皮格（Christopher St. John Sprigg），1907 年出生在伦敦附近的一个报人世家，祖父、两位叔父、父亲、兄长及他本人均有从事新闻出版业的经历。（Moberg：8）他的母亲是一位很有天分的插画家，考德威尔这个笔名就取自母家的姓氏。他父亲小有文名，当过多家报纸的文学编辑，写过传记作品，出过好几本历史小说。

考德威尔 6 岁时，母亲去世，父亲另娶，姐姐当了修女，长兄随船出海，他去了一家天主教寄宿学校。在校期间成绩优异，但因家境困难，中学毕业后，他没有像大多数中产阶级子弟那样升入大学，而是进入了他父亲供职的《约克郡观察家报》（*Yorkshire Observer*），开始了记者生涯，时年 15 岁。在二三十年代的英国，报人的社会地位还是很高的，这一行当通常是中产阶级子弟大学毕业后的主要去向。考德威尔居然以中学的学历闯入其中，这固然有他父亲的因素，但主要还是凭借他本人早慧的才气。除了从事新闻报道之外，他还为报纸写点文学评论。这家报社位于外省的一个小城，经济落后，信息封闭，流放之感油然而生；他后来写的一本小说，就是以这里为背景的，描述了小城居民对生活的绝望。（Sullivan：35）

3 年后，也就是 1925 年，他又转到伦敦的一家报社当编辑。他的长兄从海外归来，手里有了一些积蓄，正值航空业方兴未艾，这方面的书刊很受欢迎，他协助长兄创办了一家航空工业出版社，生意异常红火，业务不断壮大，到了 1930 年，他已经成为一名成功的出版商了。他素有打通文理、成就一家之言的壮志，工作之余，常到大英图书馆博览群籍，除文史哲之外，还涉足物理学、人类学、心理学、神经学等领域。考德威尔下笔迅疾，产出惊人，从 24 岁到 29 岁，短短 5 年之内，出版了 7 部侦探小说、5 本航空领域的科普读物、1 部长篇小说，还有大量的未刊手稿。这些手稿大部分保存在美国得克萨斯大学哈里·兰瑟姆人文研究中心（Harry Ransom Center），在他去世后陆续出版。

从 1926 年到 1934 年，他对左派政治并无兴趣，然而，在 1926 年英国工人大罢工期间，市政瘫痪，他还志愿充当社工，这对罢工是有破坏作用的。1933 年，正当出版业务蒸蒸日上之际，一位合伙人背信弃义，突然撤资，出版社资金周转不灵，登时破产。有人说，正是这次变故导致考德威尔的思想开始发生转变。（Sullivan：36）1934 年末，在英国共产党知识分子的影响下，他开始倾心于马克思主义，潜心研读马克思主义著作。当时，西方马克思主义已在欧洲大陆崭露头角，但尚未进入一向抵制欧陆理论的英伦三岛，卢卡奇（Georg Lukács）、科尔施（Karl Korsch）等人的著作还没有被译成英文，考德威尔读到的，还是经典马克思主义著作，特别是俄苏马克思主义思想家的著作。当时英国知识界对马克思主义的认识，主要依靠苏联阐释者的引导。（Macintyre：69）到了 1935 年夏天，他已经读完马克思、恩格斯、列宁、布哈林和斯大林等人的代表作，对马克思主义有了深入的理解。就在这一年，他加入英国共产党，在伦敦工人居住地白杨树区担任支部书记。由于他为人低调，入党时间也不长，所以没有机会展示过人的才华。他在党内籍籍无名，从事的是普通党员知识分子的例行工作：贴标语、写口号、卖党报、开展街头演说。

1935 年夏，他完成了《幻象与现实：诗歌起源研究》一书的初稿，寄给著名的 Allen & Unwin 出版公司，遭到退稿，转投麦克米伦公司，旋被接受，于 1937 年春付梓，此时他已战死西班牙，不及亲见了。1936 年，他出版了严肃小说《我的手》（*This My Hand*），首次使用考德威尔这个笔名，以示告别侦探作家的生涯。就在这一年，西班牙的反动将军佛朗哥（Francisco Franco）在德意法西斯的支持下，发动武装叛乱，进攻革命的共和国政府。对法西斯主义绥靖成性的英国政府，又祭起不干涉政策，禁止国民参加西班牙内战。英国共产党在全社会发起动员，号召民众以各种方式支援共和国政府。左派知识分子群情激昂，纷纷请缨参战。1936 年 12 月，考德威尔开着英共募捐买来的救护车，奔赴西班牙战场。战事惨烈，伤亡率奇高，在 2000 多名英国志愿者当中，有 1762 人受伤，543 人阵亡，死者当中有一半是英共党员和共青团员。（Wood：56）据说，当他哥哥得知他参战的消息后，急忙拿着《幻象与现实：诗歌起源研究》的手稿，面见英共领导人，请求召回这一不谙军旅生涯的文人；看过这份手稿，英共领导人深为他的才华所感佩，而当时党内奇缺高级文化人才，遂急电国际旅，命他即刻回国，另有重用，但为时已晚。（Sypher：14）1937 年 2 月，考德威尔在马德里保卫战中因掩护战友撤退而牺牲。斯彭德后来写道，真正的 30 年代属于考德威尔等知行合一的典范人物，（Spender：26）这一盖棺论定之言，可谓一语中的。

核心著作

在他的遗著当中，最重要的是两部文学理论和批评著作《幻象与现实：诗歌起源研究》和《传奇与现实主义：英国资产阶级文学研究》（*Romance and Realism: A Study in English Bourgeois Literature*，1970），另外两部文学散论《一种垂死的文化的研究》（*Studies in a Dying Culture*，1938）和《再论垂死的文化》（*Further Studies in a Dying Culture*，1949），政论色彩过于浓厚，价值有限，只有个别篇章，如论劳伦斯（D. H. Lawrence）和萧伯纳（George Bernard Shaw）的那两篇，还为后人不断提及。

《幻象与现实：诗歌起源研究》为英国首部马克思主义文论专著，1937 年首发，1946 年出了新版，后来多次重印。由于时代政治氛围以及作者个人阅历的局限，此书带有经济决定论的痕迹，个别论断简单机械，有生搬硬套之嫌，后来成为威廉斯（Raymond Williams）和伊格尔顿（Terry Eagleton）等马克思主义批评家指责的对象。（Williams：268—270；Eagleton：21）倘若天假以人年，以考德威尔的过人才智和勤奋博览，他定能与时俱进，旁采众家之长，克服教条主义的羁绊束缚，为英国的马克思主义文论创造崭新的格局。

《幻象与现实：诗歌起源研究》共 12 章，大致分为两部分。前 6 章旨在探研诗（即文学）的历史起源及其演变，后 6 章重在阐述诗学的基本原理。考德威尔在诗的起源、演变与人类社会的历史变迁之间进行了平行比较，认为二者之间存在着明显的对应关系：诗的性质与社会经济活动相关，诗的发展与社会劳动分工同步进行；诗不仅在内容上反映了社会各个发展阶段的状况，而且在思想风貌和形式技巧上也与社会发展阶段遥相呼应。

无论是先前的还是同时代的马克思主义批评，重在探讨作品内容与社会历史之间的联系（反映与被反映关系），（Pawling：20）而考德威尔能自出机杼正在于，他着力去论证作品的外在形式、内在气韵与社会发展阶段有着一种结构上的对应关系，这就为马克思主义批评提供了一条新的途径。

作者在"导论"部分开宗明义，反对当时通行的两种艺术研究倾向：一种是形式主义理论，它避谈艺术家的主观情感和见解，只考察作品的手法技巧和"抽象"特性，它忽略了作者和读者的主观（精神）因素，显现出机械唯物论特征；另一种是"唯情论"，认为文艺作品是主观的，是鉴赏者或艺术家内心感受的结果，与形式主义正相反，它完全从主观角度去建立自己的理论，就此而言，它有唯心论色彩。而在考德威尔看来，文艺既是主观的，又是客观的；文艺研究，应当秉持历史唯物主义立场，也就是说，从历史和社会的具体关系入手，不仅如此，还要突破学科界限，打通文理，借鉴物理学、人类学、史学、生物学、哲学和心理学的成就。

总的说来，考德威尔倡导的是文学社会学的研究方法，注重考察文学的社会起源和功用。他认为早期的诗与原始部落的经济生活密切相关，但他不像有的马克思主义者那样，认为诗歌起源于劳动号子，是对现实经济活动的模仿。实际上，他的诗歌起源说带有功能论色彩。在他看来，诗产生于部落生活的节庆仪式，是严酷的生存现实造就的幻象。对来年五谷丰登的憧憬，成为激发人们辛勤劳动的精神动力，"在剧烈的舞蹈动作、刺耳的音乐和韵文催眠性节奏的震撼下，人脱离了不播种就没有收获的现实；他被投入了一个幻想的世界，谷物和果实在幻想中应有尽有。幻想的世界变得更为真切，音乐逐渐消失后，那没有耕耘的收获如同就在眼前，促使他为获得成功继续努力"。（考德威尔：21—22）换句话说，诗具有一种乌托邦式的幻想功能，它把人带入一个五谷丰登的理想世界，去补偿现实生活的困苦和乏味，"要是没有异想天开地描绘充盈的粮仓和收获的欢愉的仪式，人就难以正视从事收获所必需的艰苦劳动。有一首丰收歌助兴，工作就进展顺利"。（考德威尔：25）

本书的核心观点是：近代诗是资本主义的诗，这是全书立论的基础。所谓近代，他指的是从15世纪资本主义兴起直至20世纪30年代资本主义危机这一时段。下文简要地述评书中两个核心章节的主要内容，以展示作者是如何在资本主义发展与英国文学的演变之间建立起对应关系的。

按照考德威尔的看法，在原始积累时期，资产阶级渴望摆脱一切封建羁绊，让自己的经济活动不受任何约束。这种大胆放纵、不受任何节制的态度，造就了这一时期的资本主义精神：崇尚绝对自由的意识形态。与此相对应，这一时期的文学作品创造了大量个性鲜明、力求自我实现的人物，例如，马洛（Christopher Marlowe）笔下的浮士德和帖木儿，莎士比亚笔下的李尔王、麦克白和哈姆雷特，他们都带着豪迈不羁之情义无反顾地去完成自我实现。虽然他们身处古代世界，但具体言行却表现出现代个体主义的精神。时移世异，文学风尚亦为之丕变。光荣革命之后，资产阶级与土地贵族联手共治，这种政治上的妥协，幻化为文学中的新古典主义精神："秩序"和"规范"。在土地贵族面前甘于人后的工业资产阶级，普遍抱有一种极端务实的心态：人的要求必须适度，人的行为必须有所节制，生活在向上发展，但步伐不能太快，外在的约束是必要的，也是可以接受的，考德威尔说，这就是新古典主义的精神。蒲柏（Alexander Pope）的诗歌就是这种精神的典型体现。蒲柏推崇理性，文字精美、格律严谨、对仗工整，反映了当时资产阶级对自由的诉求受到一定限制这一历史事实。工业革命之后，社会经济力量的对比发生变化，工业资产阶级由附庸蔚然为大国，文学亦为之一变。英国政府为了捍卫土地贵族的利益推行《谷物法案》（Corn Laws），限制谷物的进口，遭到工业资产阶级的激烈反对。工业资产阶级号召社会各阶级站在自己的麾下，它以全社会的代言人自居，要求社会改革，提出人性本善、人生而自由但又处处受到禁锢的观念，号召人们起来反抗现存的法律、成规、形式和传统。在文学领域，与这种激烈的资产阶级意识形态相对应的是拜伦（George Gordon Byron）、雪莱（Percy Bysshe Shelley）、济慈（John Keats）和华兹华斯（William Wordsworth）等人掀起的浪漫主义革命。在这里，考德威尔分析了这几位诗人的阶级立场与文学思想之间隐蔽的关联。拜伦意识到自己出身的贵族阶级必然会没落，转而投靠资产阶级阵营。用考德威尔的话说，这类人物之所以背叛自己的阶级投靠另一个阶级，并不是出于对历史发展必然性的认识，而是为了反抗于己不利的社会环境，他们在一种利己主义的无政府心态的驱使下，迎合资产阶级的愿望，充当他们的战斗武器。拜伦笔下的唐璜就是他本人思想的写照，他既嘲笑世间的种种荒唐可笑，又多愁善感，顾影自怜，埋怨社会虐待伟大的天才。雪莱自认为是一切受苦人的代言人，在这一时期的资产阶级诗人当中，他的革命性最强，他写《解放了的普罗米修斯》（*Prometheus Unbound*），大作翻案文章，逆写"历史"，服务于当下，为当前的革命制定纲领。按照考德威尔的解释，被缚的普罗米修斯是重商主义时期受到严重束缚的工业资产阶级的象征，他的自由，意味着整个世界的自由，折射出当时工业资产阶级的普遍心声和政治诉求。华兹华斯受卢梭（Jean-Jacques Rousseau）的影响至深，喜欢从所谓的"自然人"中寻找自由和美，因为这些东西在现实生活中的人物那里是找不到的。他颂扬自然的那些诗篇反映了法国革命时期资产阶级的普遍心态。法国革命中的激进政策和社会动荡吓坏了英国资产阶级，影响到他们对自由的追求：他们再也不想借助反抗而获得自由，而是想回到自然中去寻找自由。济慈出身于小资产阶级家庭，经常为现实生活中的经济难题所困扰，他对现实的认识比较清楚，他为资产阶级文学定下了一个基调："革命"就是逃避现实。他在诗中回避真实而残酷的日常世界，营造了一个曼妙可人的理想世界，这个新世界与生活反差巨大，考德威尔总结说，这是对冷酷的现实世界的无言谴责。

《传奇与现实主义：英国资产阶级文学研究》是考德威尔的另一部文学研究代表论著。考德威尔去世之后，该书手稿由他长兄保存，迟至 1970 年，经马克思主义学者海因斯（Samuel Hynes）编辑整理，由普林斯顿大学出版社出版。按照编者的说法，为了保持考德威尔思想的原貌，他只是订正了一些拼写和语法错误，添加了几条解释性注释。

该书基本上承袭了《幻象与现实：诗歌起源研究》的研究思路，主要探讨了莎士比亚以来直到 20 世纪初英国文学的形式、内容与社会历史变迁之间的对应关系。这本书很薄，算上 26 页的编者导言，才有 144 页。在诗歌部分，本书内容与《幻象与现实：诗歌起源研究》多有重复。但作者在探讨英国长篇小说形式变迁时，却是创见频出，犹如星珠串天，处处闪眼。兹举数例为证。

作者强烈反对文学史和文学批评的惯常做法：资产阶级文学自兴起以来，贯穿着两个思想流派的斗争，在 18 世纪末、19 世纪初，是古典主义和浪漫主义相争，后来是浪漫主义和现实主义相争，到了 20 世纪初，又出现了未来主义与现实主义之争。在这三个对子当中，前后两项似乎截然对立，互不相容，但是，在作者看来，文学的发展是一个正-反-合的辩证过程，它们并非永远对立、孤立存在，例如，现实主义就融汇了古典主义和浪漫主义之间的对立因素，"它以古典主义式的冷静和客观态度来描绘浪漫主义的狂热激情"，（考德威尔：309）就此而言，它是对两者的辩证统一，而后起的未来主义又是对浪漫主义和现实主义的辩证综合，"未来主义者不但具有浪漫主义者的特征，而且还具有现实主义者的特性"。（考德威尔：310）考德威尔的这一论断符合文学史发展的事实，很有预见性，在目前常见的文学史著作当中，无论是多卷本的还是单卷本的，都很难看到二者截然对立的情形。

此外，考德威尔还发现，从18世纪的笛福到19世纪末的哈代和吉卜林，英国传统长篇小说的认识论模式与牛顿经典物理学的认识论模式有着惊人的相似。从17世纪以来，一直到20世纪初，牛顿的经典力学在物理学界始终被定于一尊，其认识论暗含着一种主、客体相互分离的思维方式：自然界是一种绝对客观的、独立于主体之外的封闭世界，其运行规律有待于人们（主体）去发现。而传统长篇小说的认识论就属于这种模式：作者基于社会现实，在小说中创造出一个模拟世界，然后，他与读者一道，以貌似超然的客观态度去审视这个世界，"作者总是以艺术家的眼光瞄准着一个独立于观察者的、物理学的封闭世界，他可以从外部对它进行观察，并且象一部机器似地以冷静、客观的态度对它进行了解"；（考德威尔：334）"这个世界象一个自成系统的、四壁封闭的西洋景，只有一面墙壁留有一个可供读者窥视的小孔，它被抛进语言的社会天地中去，作为一个单独的客观存在物躺在那里，供任何读者观看"。（考德威尔：333—334）

然而，到了19世纪末，新的科学实验证明，观察对象并非绝对客观，它的性质随着观察者所处时空的变化而改变，经典物理学的认识论陷入危机，相对论应运而生，迅速扩展到其他社会领域。用考德威尔的话说，资产阶级在艺术、社会和物理学领域确定的种种规范，原本认为是绝对的，现在被发现是相对的：资产阶级观察者的思维本身，是由周围环境所决定的，这些规范是在资产阶级观察者的思维中确立的，资产阶级又把这些规范强加给了环境。（考德威尔：374）

有趣的是，这种相对性的认识论，又与现代主义小说的认识论遥相呼应。在詹姆斯（Henry James）、康拉德（Joseph Conrad）和乔伊斯（James Joyce）的现代主义小说里，全知全能的叙述者不复存在。在詹姆斯的小说中，"排除了牛顿物理学和早期资产阶级小说（例如：福楼拜的现实主义）中的一位具有绝对权威的观察者"，（考德威尔：378）叙事视角不再一成不变，而是不断切换，从一个观察者转向另一个观察者，康拉德、乔伊斯的小说亦可如是观之。

由于时代的局限、撰写的仓促、现实的需要，这两部著作的政治色彩浓厚，有的论断机械粗糙、生搬硬套，不过，他的失误并不在于他在经济因素与文学之间建立起对应关系，这种对应关系在某些文类和作品中确实存在，他的问题在于过度强调了社会经济因素对文学的决定作用，认为资本主义生产方式决定了文学的方方面面，结果导致了一个过于笼统的结论：近代文学都是资产阶级的文学。例如，他根据 15 世纪之后英国社会的资本主义性质而把这一时期以来的诗歌定性为"资本主义诗歌"，这显然违背了文学史的事实。这里举一个反例，在此期间出现的大量田园诗，就附带封建主阶级的意识形态。这种笼统的宏论忽视了历史传统、社会习俗、作者个人状况、读者接受度以及文学演变的内在理路等其他决定性因素。此外，社会文化的成分异常复杂，不一而足，绝不是哪一个阶级的意识形态和价值观能全部垄断的。在它的内部，既有传统遗留和积淀下来的观念，也有时下通行的理念，还有社会形势催生的新思想。

西马先声

考德威尔行文论说之际，受到的是俄苏正统马克思主义思想家的影响，他对欧洲大陆方兴未艾的西方马克思主义理论，不甚了了，在当时的英国学界，卢卡奇、葛兰西和法兰克福学派的早期著作还没有英译本，而他本人又不谙外文，就总体而言，他的理论和批评遵循的还是传统马克思主义的路数，着眼于文学与社会生产方式、阶级斗争之间的内在关系。即便如此，他的诸多论断与西马理论家还是有很多暗合之处，显示出他惊人的预见性和洞察力。他的艺术幻想功能与布洛赫（Ernest Bloch）的艺术乌托邦功能、马尔库塞（Herbert Marcuse）的文学解放功能有异曲同工之处，他在文学形式与社会发展阶段之间建立起对应关系，这与戈德曼（Lucien Goldmann）的发生学结构主义多有交集，他对流行文化的批评立场与法兰克福学派的看法如出一辙。

《幻象与现实：诗歌起源研究》这本书的标题暗示，文学亦幻亦真，但并非二者的简单累加，如果通观全书，不难看出其中的潜台词：作家总是以幻想的方式去解决现实世界中难以解决的问题，这种超越现实的乌托邦功能，无论在早期的节庆仪式中，还是在后来的神话、诗歌和小说当中，或明或暗，均有体现。而以艺术为手段来逃避丑恶的现实，憧憬美好的未来，正是德国的西马哲学大家布洛赫的一个重要观点。按照布洛赫的说法，伟大的艺术作品含有高度复杂的乌托邦内容，它可以预先展现自己所在时代尚未显现的社会内容。（Bloch：141—155；Pawling：118—119）在《爱欲与文明》（*Eros and Civilization*）中，马尔库塞对弗洛伊德的精神分析学进行了马克思主义改造，突出了社会因素对个人心理形成的作用，揭示出性心理压抑与经济压迫之间的隐秘联系，使之由个体心理学变成了社会心理学。他在书中着重强调，幻想在快乐原则的驱动下，对未来产生美好的期盼，而伟大的艺术作品借助于幻想，创造出生活幸福、无忧无虑的形象，这对于压抑性的现实生活无疑会产生颠覆作用。（140—158）

戈德曼倡导的发生学结构主义（genetic structuralism）属于文学社会学，重在研究文学和意识形态的社会起源。戈德曼的独特之处在于，他既不像传统的社会历史批评家，也不像以往的马克思主义批评家，从作品内容入手去探讨文学与社会的关系，他主要从"形式"入手去发掘和解释二者之间的关系。这里的形式不是指诸如情节设置、修辞手法、视角转换、人物刻画等要素，而是指作品背后的精神结构，也就是作者所属社会集团的世界观。戈德曼的做法与考德威尔对小说认识论的考察，路数非常相近，二者集中关注的都是形式问题，而且都是处于特定历史时空中的某种思维模式，只不过戈德曼的分析更为具体，更加严密细致。

在20世纪二三十年代，大众文化在英国刚出现兴旺的势头，即遭到以利维斯（F. R. Leavis）为首的细绎派批评家的贬斥：以盈利为要旨的大众文化侵蚀了人类的生活体验和文化格调，刺激了大众物质欲求，降低了社会的精神和道德水准。（Leavis：13—15）如果说细绎派对大众文化的批判主要着眼于社会道德层面，而考德威尔对大众文化的批判又增加了反资本主义的社会政治内容，他在《幻象与现实：诗歌起源研究》一书中写道：

> 大生产的艺术结果造成一种停滞的平庸的水平。好的艺术很难售出。因为艺术的作用现在是让大众适应资本主义生产的死气沉沉而机械的生活，在那里工作耗尽了他们的生命力，泯没了他们的本能，闲暇时就用电影中不值一钱的幻想，用单纯满足愿望的作品或用纯粹麻痹感情的音乐来麻醉心灵……这种艺术，流行各地，千篇一律，荒唐无稽，充满了被现代资本主义弄贫乏了的本能的轻易满足，塞满了热情的爱人、豪侠的牛仔和惊人的侦探，这就是今天的宗教，正如天主教是封建剥削的典型表现一样，这是资产阶级剥削的典型表现。这是人民的鸦片烟；它描画出一个颠倒了的世界，因为现实社会是颠倒了的。（110—111）

考德威尔对大众文化的批判视角，发出了阿多诺（Theodor W. Adorno）和霍克海默（Max Horkheimer）大众文化批判的先声。他们在1947年出版的《启蒙辩证法》（Dialectic of Enlightenment）中，也在社会政治层面上针砭大众文化的有害影响。在他们看来，大众媒体是资本主义文化工业的组成部分，它向大众灌输意识形态，对整个社会起了相当严重的麻醉作用，普罗大众耳濡目染之下，沉迷于它们所创造的幻象之中而不能自拔，结果，偏安于资本主义现状，消磨光了反抗的意志；文化工业的最大危害在于，它遮蔽了美好生活的理想，让人误以为眼前的幻象便是美好的生活。（179—193）

结 语

考德威尔对于英国马克思主义文学理论的发展，有首创之功。他是最早系统地运用马克思主义视角考察文学和文化现象的英国批评家，享有"英国的卢卡奇"之美誉；（Pawling：2）正是经过考德威尔及同时代人的努力，马克思主义文论才成为英国文学研究中一种重要的分析和评价方法。像卢卡奇本人一样，他的理论和批评瑕瑜互见，既有机械教条的一面，又有发人深省的洞见。由于时代政治斗争的需要，他的文学批评意识形态视角狭隘，行文比较抽象，套用历史唯物主义的痕迹非常明显。假如当年的政治形势没有那么急迫，他的文学分析肯定会更加严谨和从容。由于英年早逝，思想生涯被过早打断，他没有机会重新审视和反思自己的理论和批评。后人对他的评价也是一波三折，跌宕起伏，（Moberg：20—62）直到60年代末，由于激进运动的兴起，他在学界才得到极大的关注。（Klaus：1—23）在如何对待考德威尔思想遗产这一问题上，当代英国左派学者马尔赫恩（Francis Mulhern）的看法最为中肯："我们最好不要把考德威尔的著作当作一个完整的体系，全部接受利用，而是要把它当作一个充满洞见和争议的源泉，进行批评反思。"（Mulhern：58）是为公允之论，值得借鉴。

参考文献

1. Adorno, Theodor, and Max Weber. "The Culture Industry: Enlightenment as Mass Deception." *An Anthology of Western Marxism: From Lukacs and Gramsci to Socialist Feminism*. Ed. Roger S. Gottlieb. New York : Oxford UP, 1989.

2. Bloch, Ernst. *The Utopian Function of Art and Literature: Selected Essays*. Cambridge: MIT, 1988.

3. Caudwell, Christopher. *Romance and Realism: A Study in English Bourgeois Literature*. Princeton: Princeton UP, 1970.

4. Eagleton, Terry. *Criticism and Ideology: A Study in Marxist Literary Theory*. London: New Left Books, 1976.

5. Elkins, Charles. "The Development of British Marxist Literary Theory: Toward a Genetic Functional Approach to Literary Criticism." Diss. UC Berkeley, 1964.

6. Hynes, Samuel. *The Auden Generation: Literature and Politics in England in the 1930s*. London: Faber, 1976.

7. Klaus, H. Gustave. "Changing Attitude to Caudwell: A Review of Critical Comments on the Author, 1937—87." *Christopher Caudwell: Marxism and Culture*. Ed. David Margolies and Linden Peach. London: Goldsmith's College, 1989.

8. Klugmann, James. "The Crisis of the Thirties: A View from the Left." *Culture and Crisis in Britain in the Thirties*. Ed. Jon Clark, et al. London: Lawrence and Wishart, 1979.

9. Leavis, F. R. *Mass Civilization and Minority Culture*. Cambridge: Minority, 1930.

10. Macintyre, Stuart. *A Proletarian Science: Marxism in Britain 1917—1933*. Cambridge: Cambridge UP, 1980.

11. Marcuse, Herbert. *Eros and Civilization: A Philosophical Inquiry into Freud*. Boston: Beacon, 1955.

12. Moberg, George. "Christopher Caudwell: An Introduction to His Life and Work." Diss. Columbia U, 1968.

13. Mulhern, Francis. "The Marxist Aesthetics of Christopher Caudwell." *New Left Review* 85 (1974): 37-58.

14. Page, Norman. *The Thirties in Britain*. London: Macmillan, 1990.

15. Pawling, Christopher. *Christopher Caudwell: Towards a Dialectical Theory of Literature*. London: Macmillan, 1989.

16. Spender, Stephen. *The Thirties and After: Poetry, Politics, People (1933—75)*. London: Macmillan, 1978.

17. Sullivan, Robert. "Christopher Caudwell." *British Writers, Supplement IX*. Ed. Jay Parini. New York: Charles Scribner's Sons, 2004.

18. Sypher, Eileen Brower. "Christopher Caudwell: The Genesis and Function of Literary Form." Diss. U of Conneticut, 1976.

19. Williams, Raymond. *Culture and Society 1780—1950*. London: Penguin, 1961.

20. Wood, Neal. *Communism and British Intellectuals*. London: Victor Gollancz, 1959.

21. 考德威尔：《幻象与现实：诗歌起源研究》,《传奇与现实主义：英国资产阶级文学研究》, 载陆建德等译《考德威尔文学论文集》, 百花洲文艺出版社, 1995。

空间 郑佰青

略　说

　　"空间"（Space）这一词条在《简明大英百科全书》中仅被简单地概括为两句话："空间，指无限的三度范围。在空间内，物体存在，事件发生，且均有相对的位置和方向。"（60）这种把空间视为空洞的、均质的容器（container）的观点，贯穿于整个西方现代性历史中。20世纪90年代围绕"空间"问题的跨学科研究的崛起质疑了先前时代主导的时空观，空间成为一种被赋予了深刻文化意义的文本，不再是时间的附庸或纯粹的地理景观，这显示了时空观念在全球化和后现代性语境下完成了新的转向。在"空间转向"（spatial turn）的大背景下，空间理论的发展促进了与时间话语相抗衡的空间地理话语的兴起。虽然多元化的空间理论研究形式多样、角度不一，但无论是列斐伏尔（Henri Lefebvre）的"空间生产"（production of space）、福柯（Michel Foucault）的"权力空间"（power space）、詹姆逊（Fredric Jameson）的"超空间"（hyperspace）、哈维（David Harvey）的"时空压缩"（time-space compression），还是苏贾（Edward Soja）的"第三空间"（third space）等，都致力于重新发掘空间本身的价值与内涵，也更加关注人类在空间维度中的生存与发展。空间理论为现代主义和后现代主义文学的研究提供了新的理论平台，文学的空间批评也在空间理论家和文学批评家的不断探索中呈现出多元化的发展态势。

综　述

　　从唯物主义的视野出发，空间和时间都是物质的客观存在形式，是描述人类社会经验的两个基本视角。然而在西方现代性历史中，空间和时间观念在人文、社会科学中的发展是极不平衡的。19世纪以来，以历史决定论为代表的时间观念在西方马克思主义和批判社会科学的实践意识和理论意识中占据了主导地位，空间沦为时间的附庸，被看作一个静止的、无限的理想化结构，这诱使我们把空间想成一个物化的东西而不是一个开放性的、斗争的、矛盾的过程。当代学者韦格纳（Phillip Wegner）在其著名的论文《空间批评：批评的地理、空间、场所与文本性》的开篇引用了莎士比亚戏剧《皆大欢喜》中"全世界是一个舞台"的著名诗句，有力地说明了在西方现代性历史中盛行的关于空间与空间性的设想："空间被看成是一个空空荡荡的容器，其本身和内部都了无趣味，里面上演着历史与人类情欲的真实戏剧。"（179）福柯在《地理学问题》的访谈中提出了"空间的贬值"（devaluation of space）的观点："空间长期以来被看成是僵死的、刻板的、非辩证的和静止的。相反，时间代表了丰裕、富饶、生命、辩证。"（1980：70）福柯指出，19世纪沉湎于历史，一直被与时间相关的主题所纠缠，人们对事物及社会发展的考察与认识主要是沿着时间的线索展开，主题都是悬念、危机和周期等与时间因素有关的概念。这种时间与历史相对于空间的优越性在文学批评传统中也时有体现。自19世纪后半叶开始，作家常把人物复杂心理的刻画作为叙事艺术的最高成就，因此人物从根本上是一种时间的建构，空间或场景使其得以展开，而空间或场景一旦确立就是不变的。现代主义小说更强调内在化，即在意识之外别无他物，场景和空间不复存在。这一情形直到19世纪末还未终结，一种在本质上是历史的认识论继续蔓延于现代社会理论的批判意识中。这种社会理论与文学批评"去空间化"（despatializing）的结果，使空间性批判销声匿迹了将近一个世纪。

20世纪是空间的纪元。我们身处一个同时性（simultaneity）和并置性（juxtaposition）的时代，我们对世界的体验，与其说是在时间过程中成长起来的漫长生命的经验，不如说是同时联系着各个点并与自身交叉在一起的网络的经验。（Foucault，1986：22）随着列斐伏尔、福柯、詹姆逊、哈维、苏贾等思想家对"空间时代"富有前瞻性、预见性的阐释，当代西方学术中出现了一种前所未有的对空间的皈依和转向。如苏贾注意到在社会理论中空间问题的从属性以及空间在批判社会理论中长期缺失的状况，并对历史决定论、现代性时间霸权以及传统地理学固守学科界限展开批判。他试图解构和重构现代性和现代地理学空间，从时间的牢笼里解脱出来建构一种后现代空间化阐释学。"这些不同思想家们的著作以令人惊讶的多种方式表明：空间本身既是一种产物（production），是由不同范围的社会进程与人类干预形成的，又是一种力量（force），反过来影响、指引和限定人类在世界上的行为与方式的各种可能性。"（Wegner 181）这种新型的空间观是对先前社会历史理论中时间特权的反拨，显示了一种对启蒙运动和笛卡尔式的空间概念的共同挑战。

空间理论从后现代美学、当代政治、全球化、消费与经济等角度阐述了空间的多维属性以及文学作品中的多维空间，这些理论倡导重新思考空间、时间和社会存在的辩证关系。韦格纳勾勒了一种以"空间"为中心的批评形态，提出了"空间批评"（spatial criticism）这一术语。在阐述列斐伏尔、福柯、詹姆逊等人的空间理论的同时，他提出了对空间关系的关注对文学各层面产生的影响。威廉斯（Raymond Williams）的《乡村与城市》（*The Country and the City*）、萨义德（Edward Said）的《文化与帝国主义》（*Culture and Imperialism*）、莫雷蒂（Franco Moretti）的《欧洲小说地图集，1800—1900》（*Atlas of the European Novel, 1800—1900*）、克朗（Mike Crang）的《文化地理学》（*Cultural Geography*）等著作，皆从各自的空间视角出发对文学和文化作出了解读。威廉斯在《乡村与城市》中关注文学和文化文本如何反映由现代化进程引发的具体空间实践中的变化，进而审视乡村与城市关系中变化的情感结构。萨义德在《文化与帝国主义》中批判了威廉斯狭隘的民族视阈，认为脱离英国庞大的帝国网络和影响的空间，就不能很好地理解英国民族文化，他称此为一种"对位阅读"（contrapuntal reading）：任何对现代民族文学的探讨必须置于全球空间语境之中，进而发现它们与海外的帝国主义扩张以及资本原始积累背景有着千丝万缕的关联。可见，空间具有生产性，文学作品中的空间应该被看作蕴含丰富文化意义的场域，而不是文化和历史叙事借以发生的僵滞、虚空的背景。

列斐伏尔的"空间生产"

在西方现代性探讨中，对空间的复兴主要归功于两位法国社会理论家：列斐伏尔和福柯。作为空间理论的奠基人之一，列斐伏尔将马克思的社会分析批判转化为空间的分析批判，对马克思主义进行了空间化阐释并系统阐述了空间概念，开创了当代西方新马克思主义空间地理学派。当代西方理论中"空间转向"的形成，在一定程度上是现代地理学与西方马克思主义理论相结合的产物。西方新马克思主义空间理论的发展赋予了当代西方文化研究和文学批评以新的方向，并为后现代地理学的发展奠定了坚实的理论基础。

列斐伏尔 1974 年出版《空间的生产》一书，这是第一部关于社会空间的系统理论著作，首次提出了"空间转向"的概念，批判了将空间仅仅视为社会关系演变的静止"容器"或"平台"的传统社会政治理论。对于列斐伏尔来说，空间不仅是传统地理学意义上的物质概念，也是资本主义条件下社会关系的重要环节，指向社会关系的重组与社会秩序的建构过程，成为浓缩和表征当代社会重大问题的符码。他提出了"空间生产"的著名概念，即空间在根本上是依靠并通过人类的行为生产出来的，其目的是为了完成从"空间中的生产"（production in space）到"空间的生产"（production of space）的转型。空间是在历史发展中产生的，并随着历史的演变而重新建构和转化，"空间的生产……主要是表现在具有一定历史性的城市的急速扩张、社会的普遍都市化，以及空间性组织的问题等各方面。"（2003：47）他进一步提出了超越两元论的"空间三元辩证法"（tripartite model of space），即任何由社会生产出来的空间都是由"空间实践"（spatial practices）、"空间表征"（representation of space）和"表征空间"（representational space）辩证地组合而成的，它们各自与"感知的"（perceived）、"构想的"（conceived）、"实际的"（lived）认知方式相对应。这三个层面中的第一层属于社会生产、再生产和构建等最为抽象的过程，第三层主要是具体化了的个体文化体验空间以及构成它的各种符号、意象、形式和象征，第二层则涉及我们对空间的界定，它调节着其他两个层面并把所有这三个层面凝聚成一个连贯的整体。列斐伏尔指出，空间研究必须横跨三个领域，即物质的（自然、宇宙）、精神的（包括逻辑抽象与形式抽象）以及社会的。

物质空间存在于空间实践中，是直接可感的，这是传统空间学科关注的焦点；精神空间是被概念化的空间，是关于空间的知识建构，是在物质空间的基础上构想的空间，是对物质空间的再现；而社会空间异于前两类空间又包含前两类空间，是彻底开放、充满想象的空间。这三个领域的现代研究往往相互割裂，互不关联，而列斐伏尔则认为这三类空间相互交织，缺一不可。他追求这三个领域的理论统一性，"把各种不同的空间及其生成样式全都统一到一种理论之中，从而揭示出了实际的空间生产过程"。（1991：7）

> 在20世纪的马克思主义所有伟大的人物中，勒菲弗也许是最不为人所了解，也是最被人误解的人物。他卓尔不群，是后现代批判人文地理学的滥觞，是攻击历史决定论和重申批判社会理论空间的主要源泉。他这种坚定不移的精神引发了一大群人开展其他形式的空间化，如萨特、阿尔都塞、福柯、普兰扎斯（1978）、吉登斯（1979，1981，1984）、哈维（1973，1985a，1985b）和杰姆逊（1984）等人。即便在今天，他依然是富有原创性和最杰出的历史地理唯物主义者。（苏贾，2004：65）

福柯的"权力空间"

空间是列斐伏尔和福柯所共同关注的中心问题，他们都挑战传统的空间思维：列斐伏尔强调空间作为社会关系的再生产以及社会秩序建构过程的产物，福柯则认为空间是各种权力关系交锋的场域。福柯将时代症候的关注点从时间性焦虑转向空间性焦虑，致力于空间的审视与解构，力图拆穿空间背后隐匿的知识与权力的共谋关系，揭示知识、权力与空间之间的内在隐秘关联。

福柯提出了"权力空间"这一批判思想，认为空间是知识话语与权力运作的具体场所，权力空间作为一种强力意志和指令性话语，存在和作用于人类社会的一切领域。"一部完全的历史既是一部空间的历史，也是一部权力的历史，它既包括从地缘政治（geo-politics）的大战略到居所的小策略，也包括从制度化的教室建筑到医院的设计。"（1997：205）权力的空间化是现代社会规训、操控的基本策略和方式，即现代社会的权力操控是借助空间的物理性质来发挥作用，并通过空间的组织安排来实施完成的。福柯借助于对权力发生作用的各种空间圈限（enclosure）如监狱、医院、精神病院、学校、工厂、街区等场域来研究权力的运作方式和形态特征，对现代性发生的历史进行了空间化考察。他在《规训与惩罚》（*Discipline and Punish*）中对现代社会所作的空间化处理，就是将现代社会监狱化。他在考察英国功利主义哲学家边沁（Jeremy Bentham）于1787年设计的圆形监狱（panopticon）时提出，这种监狱就是空间自动地、持久地、匿名地发挥监控作用的范例，是现代权力统治技术空间化的典范型构，是新型权力机制模式最完美的空间形象。在这种结构中，犯人置身于一种恒久的可见性（permanent visibility）状态中。因不知他们何时被注视，犯人因而内化了这种加诸他们身上的自律。权力因此无孔不入，无处不在，现代权力对身体的规训技术在监视的空间中得以实施和实现。福柯的权力空间理论对于文学批评的影响尤其体现在"新历史主义"著作中，如他的圆形监狱模型启发了格林布拉特（Stephen Greenblatt）在《文艺复兴时期的自我塑造：从莫尔到莎士比亚》（*Renaissance Self-Fashioning: From More to Shakespeare*）一书中对莫尔的《乌托邦》的重读。又如塔内尔（James A. Tyner）在《自我与空间、抵制和规训》（"Self and Space, Resistance and Discipline: A Foucauldian reading of George Orwell's *1984*"）一文中对奥威尔的《1984》进行了福柯式的权力空间解读，认为小说中的空间隐藏着规训与惩罚的权力机制。在大洋洲国这个社会空间中，最高领袖是老大哥，小说中充当监视职能的是荧光屏，它被安置在社会的各个角落，无论办公室、住所，还是公共场所，全体人民的生活和思想都处于其监视之下，显示了权力运行机制在空间上的应用。

福柯的著作是与韦伯（Max Weber）和阿多诺（Theodor Adorno）等人建构的早期现代性批评史的精髓一脉相承的，但福柯的伟大成就在于赋予了这个现代性叙事一种清晰的空间转向。（Wegner 183）。福柯在整个空间批评的形成与发展中扮演了一个承上启下的角色，他前承海德格尔、列斐伏尔诸人对空间的关注，后启詹姆逊、哈维、苏贾等学者的人文地理学研究，一方面对"空间转向"进行了系统阐释，使其更加深入到社会理论研究者的视野，另一方面基于全球化和后现代性的语境而影响了文学、艺术、地理学等各个门类。

詹姆逊的"超空间"

由于后现代时期的到来导致了空间的扩张、分裂与变动，詹姆逊、哈维、苏贾等后现代理论家们在面对这种转变时提出了各自相应的理论以回应后现代时期的空间转型，提倡空间意识和地理学想象，并对现代性赋予时间和历史的优越性进行批判。詹姆逊认为，特定的空间转换是正确区分现代主义与后现代主义的途径之一："后现代主义是关于空间的，现代主义是关于时间的"；（杰姆逊：243）"后现代就是空间化的文化"。（1998：16）詹姆逊的后现代空间理论以空间作为分析问题的本体，进而透过后现代主义文化去深入分析后现代空间结构。

詹姆逊以建筑、绘画和电影为例进行空间分析，提出了"超空间"这一后现代理念，洛杉矶的鸿运大饭店（Bonaventure Hotel）是其解读此一理念的范例。该饭店作为超空间的最独特之处，就是站在大厅里人们无法进行空间定位。饭店大厅被四个完全对称的圆柱形塔楼包围，每个塔楼包含一些房间，游客时常产生错位感，无法辨识方向。玻璃幕墙、透明的电梯和旋转餐厅将人带入了一个光影交错、彼此复制的空间之中。置身其中"就完全失去了距离感，使你不再能有透视景物、感受体积的能力，整个人便融进这样一个'超空间'之中"。（1998：227）在这个超空间中，我们的感官丧失了空间定位能力、自我定位能力和认知图式的形成能力，究其根源在于后现代超空间与我们习惯的形式和功能统一的现代空间不同。在这个意义上，所谓超空间就是无法利用现代空间的概念帮助我们进行空间定位的区域。超空间颠覆了传统的时空观，摒弃方位、距离、界限、时间等约束，人们无法辨识其中的差异，从而陷入迷茫和混乱之中。超空间强调的不是一个实在的空间，而是"一个充斥幻影和模拟的空间，一个纯粹直接和表面的空间"。（霍默 172）很多后现代的文学和影视作品细致地体现出了超空间的异质性和碎片化特征。克朗通过列举影片《柏林——城市交响曲》（*Berlin: Symphony of a City*）的画面技巧指出，该影片运用了大量的空间横切处理，主要是为了表现空间的流动和分裂，"表现占据城市这个大空间的各个小空间的相互连接，使得对一个地方的体验变成碎片化的感受"。（78）在此，詹姆逊的超空间理论为文学艺术作品的空间解读提供了新的视角。

詹姆逊进一步提出并建构了以空间概念为基础的"认知图绘"（cognitive mapping）理念，作为晚期资本主义社会解决主体超空间认知困境的政治策略。"认知图绘"概念最初由地理学家林奇（Kevin Lynch）提出，詹姆逊将林奇的空间分析外推到社会结构领域，并曾引述林奇在《城市意象》（*The Image of the City*）这本经典著作中的一个观点，"异化了的城市首先是这样一个空间：人们在其中既不能够（在他们的头脑中）绘出自己的位置，也不能绘出他们所处城市的整体。"（1998：200—201）因此，认知图绘借助于美学的构想，其目的是为寻求对空间和个体自我更清醒的认识，同时也是为了实现更具现实意义的政治变革。认知图绘关涉的不仅是个体的空间境遇和认知模式，更关涉与其紧密联系的特定生产方式和政治模式的建构。詹姆逊把认知图绘视为在全球化语境下从整体上系统地把握资本主义社会从而走出后现代主体危机的一种有效方法，它为不同的文化实践的生产和阐释提供了一种策略。

哈维的"时空压缩"

哈维在建构其空间分析理论体系时注重对唯物辩证法的运用，他以人文地理学的学术背景对马克思历史唯物主义加以继承和发扬，对空间的分析始终与时间-历史维度结合在一起，并努力构建两种维度的平衡。不同于詹姆逊，哈维并不认可那种简单地将"现代性等同于时间性，后现代性等同于空间性"的流行观点。在以"空间"作为后现代主义分析的突破口时，哈维并没有把"时间"排除在外。相反，他从时空体验变化的角度分析了现代主义与后现代主义之间的关系，认为现代主义以时间的扩张、空间的固定为标志，而后现代主义以"时空压缩"为标志。

在《后现代的状况》一书中，哈维揭示了晚期资本主义从福特主义积累体制转向灵活积累体制这一经济趋势，从而建构起独特的"时空压缩"理论。从哈维的表述中，我们可以清晰地把握从"后现代的文化变迁"到"积累体制转变"再到"时空体验方式变化"的逻辑思路。时空压缩是一种在后现代状况下不可阻挡的时空维度的变化趋势，"标志着那些把空间和时间的客观品质革命化了的，以致我们被迫有时是用相当激进的方式来改变我们将世界呈现给自己的方式的各种过程。"（240）这种新的空间定位和时空变换完全改变了人们以往的时空体验，包括"朝向周转时间的加速（生产、交换和消费的世界，都倾向于变得更快）和空间范围的缩减"，（包亚明 389）并以特有方式掩盖生产过程中所包含的社会关系。后现代时空压缩的实质在于使时间空间化，替代传统的"通过时间消灭空间"的趋势，从而使得空间成为被普遍关注的中心。我们可以用空间位移来形象地说明这个问题：在 18 世纪从美国的东海岸到西海岸徒步旅行，需要花 2 年时间；19 世纪坐马车需花 4 个月；20 世纪初乘火车耗时 4 天；20 世纪末乘飞机不到 4 小时。一方面是我们花费在跨越空间上的时间急剧缩短，以至于我们感到现实存在就是全部的存在；另一方面是空间收缩成了一个"地球村"（global village），使我们在经济上和生态上相互依赖。哈维认为，这两方面时空压缩的体验尽管令人兴奋，但我们在感受和表达时空方面面临着各种新的挑战和焦虑。它不仅仅是时空上的变化，同时还包含着情感结构的转型，会引起社会、政治和文化上的各种反应。时空压缩带来巨大的影响，网络、电视、广播等媒体已经实现信息的同步传递，人和事都经历着去距离化（undistancing）的过程。

苏贾的"第三空间"

在"空间转向"的脉络下，后现代地理学家苏贾致力于探讨空间性、时间性、社会性三个维度并存的"空间本体论"，围绕空间、时间和社会存在三者不断演进的辩证关系重构批判社会理论的思想史，形成一种更富弹性和普遍意义的后现代地理学。苏贾力图开辟一种批判性的空间视角，认为强调空间性既不会减损历史性与社会性的意义，也不会遮蔽其自身在理论和实践过程中发展起来的创造性和批判性。相反，空间性将会在历史性和社会性的传统联姻中注入新的思考和解释模式，有助于人们更好地理解社会、历史和空间的共时性、复杂性与相互依赖性。

苏贾在列斐伏尔社会空间理论的启发下提出了"第三空间"概念，指出空间是由物质化的第一空间、概念性的第二空间和实践性与想象性相结合的第三空间构成的。第三空间是一种创造性的重新组合和拓展，它的基础依然是"真实"物质世界的"第一空间"视野和根据空间性的"想象"表征来阐释这一现实的"第二空间"视野。苏贾对列斐伏尔思想的发展体现在对第三空间本身的辩证性揭示中：他认为第三空间是一个极具活力、极具开放性、极具包容性的新的批判视角，是一种"真正鲜活的空间"，一种"处于变动中的另一个的第三"。（2005：6—9）。这个"第三"

近似于列斐伏尔的"他者"，但比"他者"更具有开放性和批判性，是可以包容所有可能性的"他者"。苏贾指出，第三空间"源于对第一空间-第二空间二元论的肯定性解构和启发性重构，是我所说的他者化——第三化的又一个例子。这样的第三化不仅是为了批判第一空间和第二空间的思维方式，还是为了通过注入新的可能性来使它们掌握空间知识的手段恢复活力。这些可能性是传统的空间科学未能认识到的"。（102）通过对第三空间的阐述，苏贾希望改变社会不平等的空间结构，改变人们的认知方式，改变第三空间边缘的位置，建立一个空间正义，这是列斐伏尔阐述"他者"概念时没有涉及的。因此，从批判社会的理论视野看，苏贾的第三空间理论比列斐伏尔的社会空间理论更具有广阔性和包容性。

结　语

西方当代的"空间转向"从不同的角度影响并进入了文学批评研究，列斐伏尔、福柯以及其他思想家的空间理论以不同方式使文学和文化批评发生了转向，他们的著作逐渐开始关注文学和其他文化文本中的空间再现。空间理论对空间概念的新的阐释，为发掘文学和文化文本空间的社会性和政治性提供了新的角度和研究方法。空间理论作为一个跨学科的视角对文学批评起到了巨大的推动作用，为其带来了多元化的发展与活力。如西方新马克思主义空间批评理论将空间问题作为理解当今资本主义社会的重要方面，并尝试将空间纳入到历史唯物主义的分析和阐述框架之中；后殖民主义理论关注全球空间语境下欧洲主导世界空间产生的影响，以及不同地域、文化和民族之间的交互作用；女性主义和性别研究的空间转向则探讨空间地理中的身体、性别和主体性问题，等等。空间批评在融合空间理论和文化地理学的基础上，吸收了马克思主义、文化研究、后殖民主义、女权主义、后现代主义等众多文学批评理论，成为跨越人文、地理、历史、政治、社会学、建筑学等多学科的研究领域。在空间理论的启发和影响下，文学与文化中的空间被视为一个连贯性、指涉性的象征景观和隐喻系统，人们由此开始更加重视空间的社会、文化和意识形态属性。

参考文献

1. Foucault, Michel. "Questions on Geography." *Power/Knowledge: Selected Interviews and Other Writings, 1972—1977*. Ed. Colin Gordon. New York: Pantheon, 1980.

2. —. "Texts/Contexts of Other Space." *Diacritics* 16.1 (1986): 22-27.

3. Harvey, David. *The Condition of Postmodernity: An Enquiry into the Origins of Cultural Change*. Oxford: Blackwell, 1989.

4. Jameson, Fredric. *Postmodernism, or, The Cultural Logic of Late Capitalism*. Durham: Duke UP, 1991.

5. Lefebvre, Henri. *The Production of Space*. Trans. Donald Nicholson-Smith. Cambridge: Blackwell, 1991.

6. Wegner, Phillip E. "Spatial Criticism: Critical Geography, Space, Place and Textuality." *Introducing Criticism at the 21st Century*. Ed. Julian Wolfreys. Edinburgh: Edinburgh UP, 2002.

7. 包亚明主编：《现代性与空间的生产》，上海教育出版社，2003。

8. 福柯：《权力的地理学》，载严锋译《权力的眼睛——福柯访谈录》，上海人民出版社，1997。

9. 霍默：《弗雷德里克·詹姆森》，孙斌等译，上海人民出版社，2004。

10. 《简明大英百科全书》编译部：《简明大英百科全书》（17），台湾中华书局，1989。

11. 杰姆逊：《后现代主义与文化理论》，唐小兵译，北京大学出版社，1997。

12. 克朗：《文化地理学》，杨淑华、宋慧敏译，南京大学出版社，2005。

13. 列斐伏尔：《空间：社会产物与使用价值》，载包亚明主编《现代性与空间的生产》，上海教育出版社，2003。

14. 苏贾：《第三空间——去往洛杉矶和其他真实和想象地方的旅程》，陆扬等译，上海教育出版社，2005。

15. 苏贾：《后现代地理学——重申批判社会理论中的空间》，王文斌译，商务印书馆，2004。

16. 詹姆逊：《快感：文化与政治》，王逢振等译，中国社会科学出版社，1998。

雷蒙·威廉斯 赵国新

略　说

1988 年 1 月 27 日，英国广播公司播发了一条讣闻，令英美左派知识分子为之震悼不已：著名英国马克思主义文化理论家、文学批评家雷蒙·威廉斯（Raymond Williams，1921—1988）因身患绝症，医治无效，于 1 月 26 日不幸辞世，享年 67岁。英国广播公司很少发布知识分子的讣闻，享受这份哀荣绝对是异数。终其一生，威廉斯以深厚的学养、严谨的生活方式、谦冲自抑的行事做派，一直为人所称许。自 20 世纪五六十年代以来，威廉斯一直被英国新左派奉为精神导师。他的早逝，让新左派痛失精神支柱。

综　述

自 20 世纪 50 年代中期新左派崛起以来，学界人才辈出，诸如霍布斯鲍姆（Eric Hobsbawm）、希尔顿（Rodney Hilton）、希尔（Christopher Hill）、汤普森（Edward Palmer Thompson）、米利班德（Ralph Miliband）、奈恩（Tom Nairn）、萨维尔（John Saville）、安德森（Perry Anderson）等人，都是享有国际声誉的大学者，但他们只是某个领域内部的权威，而非纵横各门学科的通才，与威廉斯相比，他们的研究著作在广度和深度方面未免相形见绌。在 40 年左右的学术和创作生涯中，威廉斯出版了 30 多部书，发表了几百篇文章，其中有 5 部长篇小说和 4 个剧本。其论著内容汪洋恣肆，涉及文化研究、文学批评、文化人类学、社会学和传播学等学科，并在每一个领域都不乏独到之见。无论是 20 世纪 50 年代就蜚声学界的老一代新左派学人，还是 60 年代之后声名鹊起的新一代新左派人士，都难与之匹敌。

思想源流

1921 年，威廉斯出生在威尔士的一个小村庄。他的祖父和父亲都是工人运动的活跃分子、工党的积极支持者。在家庭氛围的感染下，威廉斯自少年时代开始，就积极参与工党的政治选举活动。乡间纯朴的民风、底层工人阶级的团结与互助精神，这些亲身体验，为他日后接受有机社会观念、倡导共同文化的民主精神奠定了生活基础。

1939 年秋，他中学毕业后，拿到了国家奖学金，进入剑桥大学英文系。从社会底层跃入"贵胄学堂"，这一人生突变给威廉斯带来了巨大心理冲击。他深切感受到，自己与中产阶级家庭出身的同学在生活方式上格格不入，这种差别不仅源于经济不平等，而且源于文化不平等。从威尔士乡村到剑桥大学，其间的心理距离大于地理距离。即使几十年后，他已是剑桥教师，可以享受"高桌"（high table）就餐的礼遇，这种文化心理障碍还是挥之不去，底层工人阶级文化与中产阶级文化之间的隔阂，竟然如此深厚。

30 年代中期之前，在剑桥大学的教师当中，左派学人凤毛麟角。但 1936 年之后，由于社会氛围日趋激进，一些科学家开始倾心社会主义，引领整个校园向左转。到了 30 年代末，剑桥大学已是英国左翼势力的大本营。在这种政治氛围的熏陶下，左派学生团体纷纷涌现，信奉共产主义蔚然成风，威廉斯就在此时加入了英国共产党。（Wood，1959；Woodham，2001）

就学期间，威廉斯受到两种思想的影响：以考德威尔（Christopher Caudwell）和韦斯特（Alick West）为代表的马克思主义文化理论和文学批评；以利维斯为代表的细绎派文学批评。他后来的所有论著都与之有关，对于它们，他既有接受，又有怀疑，既有反驳辩难，也有引申发挥。在 30 年代，英国马克思主义文化理论深受苏式正统理论的影响，信奉经济决定论，其内容简单粗糙，理论武断教条，动辄以文学为宣传工具，以政治立场为判断作品高下的标准。不过，在当时激愤的政治气候之下，这种文化理论还是不乏拥护者。在这一时期，他是把马克思主义等同于经济决定论的。威廉斯对马克思主义的接受，在很大程度上是出于阶级情感，而不是折服于经济决定论的学理；他在情感上倾心马克思主义，但是在理智上，他钟情于 30 年代以来植根于剑桥大学的细绎派文学批评，细绎派缜密细致的专业批评手法、对保守的学院派文化所持的批判态度，最令他心仪。

威廉斯的大学生活刚开始，二战即爆发。1941 年 7 月，他应征入伍，开始了长达 4 年之久的军旅生涯。战争结束后，他返回剑桥完成学业。二战之后，左翼激进思潮在英国社会迅速退潮。1945 年上台的工党政府，大刀阔斧地进行改革，创建福利社会，30 年代左派的一些社会主张得到实现。在大学里，战前生气勃勃的激进思想氛围已经无迹可寻。被战争折磨得精疲力竭的英国人正在百业萧条、经济困顿中开始重建工作，无暇提出新的政治诉求。1945 年，美国著名批评家威尔逊（Edmond Wilson）造访伦敦，在他眼里，伦敦的文化界一片肃杀之气，近乎幽闭恐怖。（Hewison：1）威廉斯就是在这种寂寥与平庸的环境下读完了大学。

成人教育与文化政治

1946 年 10 月，威廉斯婉拒了剑桥大学的正式教职，就任牛津大学校外成人教育的指导教师。在同时代的左派学人当中，作出这种选择的，不在少数，例如历史学家汤普森和希尔，思想接近左翼的自由派知识分子霍伽特（Richard Hoggart）也当过成人教育导师。

英国成人教育的发端可以上溯到 19 世纪，其初衷在于为那些未能接受正规大学教育的工人阶级子弟提供人文学科的训练，帮助他们理解社会，认识到社会变革的重要性。这个立场既得到改良派的首肯，也得到激进派的认同。在左派知识分子当中，思想越激进，就越认同成人教育，他们之所以从事成教工作，有明确的文化政治目的：以人文教育塑造激进的社会意识，促动社会变革，为此他们中的许多人放弃了大学里的正式教职。当然，成人教育的经历也给他们带来了不菲的学术思想回报。成人学生是流行文化的消费主力，报纸、收音机和流行音乐为他们喜闻乐见，教师可就地取材，因势利导，采取社会学、史学以及文学评论中的视角和方法，帮助他们分析这些流行文化现象，进而从总体上透视社会，感受战后英国的历史变迁。这段成人教育经历促成了英国文化研究的几部奠基之作：威廉斯的《文化与社会》和《漫长的革命》、汤普森的史学名著《英国工人阶级的形成》。（Steel：9—30）

从 1946 至 1961 年，威廉斯一直从事成人教育工作，讲授文学和国际时事方面的课程。他始终认为，文化教育是唤起民主意识、争取民主权利的有效手段。为了很好地达到这一目的，他总是把传统的人文主义教育思想与左派政治思想结合起来。在授课过程中，他很推重理查兹（I. A. Richards）、燕卜荪（William Empson）和利维斯所倡导的实用批评（practical criticism），同时，他又打破实用批评和细绎派专重经典的倾向，极大关注当代诸种流行文化，利用细绎式文学批评去分析电影、广告和其他大众媒体。在他看来，这些流行文化形式之所以具有研究价值，就在于它们也承载了社会意义和价值观念。以此观之，他对流行文化的审视，是从历史和社会文献的视角出发的，而不是从美学角度出发的，这与当时学院派学者对待流行文化的态度形成了鲜明对照。在当时的英国学界，这种为流行文化正名的做法绝对是惊世骇俗之举，需要一定的见识和勇气。这种胆识只有在学术成见不深、正统思想薄弱的成人教育中才能产生。假如当时威廉斯在牛津大学校内任教，身处传统文化势力盘踞之地，这些"惊世骇俗"的想法必会受到强烈压制，无从付诸笔墨。

在从事成人教育的同时，威廉斯还与友人合办了两份水准很高的刊物：《批评家》（The Critic）和《政治与文学》（Politics and Letters）。战后初期，经济凋敝，民生困顿，物资短缺，这两份刊物因纸张缺乏而倒闭。他办刊的初衷是把利维斯的文学批评与马克思主义政治结合在一起，后来的事实证明，此种想法未免天真，他在晚年的访谈中对此坦然承认。他的第一部著作是一本教材，名为《阅读与批评》，这是他为成教学生编写的，被收入了《人与社会》丛书。这套丛书的作者都是执教成人的教师，读者对象锁定为成人学生和一般自学的学生。这本书篇幅很短，只有144 页，它以细读式批评方法分析了各式文本：报纸、犯罪小说、畅销书、诗歌、散文，还有康拉德的小说《黑暗之心》。这是威廉斯思想学徒时期的作品，殊少创见，一版而绝，未见重印。

在 20 世纪 50 年代，他还出版了两部戏剧研究著作《从易卜生到艾略特的戏剧》和《戏剧表演》。前者是在大学毕业论文的基础上扩充而成的，后来被改写和扩充为《从易卜生到布莱希特的戏剧》。正如他在初版前言中说，此书不是对 1850 至 1950 年这 100 年西方戏剧史的归纳总结，而是运用实用批评的手法分析具体的现代戏剧作品。《戏剧表演》是一本篇幅不长的小书，也是成人教育的教材，它主要考查了古希腊以来直到 20 世纪贝克特（Samuel Beckett）时代的戏剧文学创作和戏剧演出。此外，值得一提的是，他还利用相当的篇幅探讨了伯格曼（Ingmar Bergman）的电影表演；他把电影这种流行文化形式也纳入了广义的戏剧传统之中，此举意在证明，戏剧的传统因时代变化而变化，因观众情感结构的改变而发生改变。这书在 60 年代曾由几家知名出版社印行，到了 90 年代，在威廉斯去世之后，它又由开放大学出版社再版。1954 年，他又与友人奥罗姆（Michael Oromo）合著出版了《电影导论》一书，他在书中发出呼吁，让电影制作摆脱自然主义。由这本书可以看出，威廉斯开始以严肃的眼光来看待流行文化。

两部成名作

到了 50 年代中期，凭借以上著作，威廉斯已在英国文化界小有名气，不过，真正让他声名鹊起并奠定他在新左派中领军地位的，还是 1958 年出版的《文化与社会》。此书已被视为英国文化研究的奠基之作，任何追溯文化研究发展历程的学术性探讨，都要由它入手。当然，它也是一部思想史名著，其影响和意义远逾文化研究和文学批评领域。

该书发掘和整理了 18 世纪以来直到 20 世纪中叶英国社会思想史中"文化与社会"的传统，属于这一传统的人物，包括这 100 多年间的大部分思想家、作家和社会改良者。从英国现代保守派的始祖、以《法国革命论》一书而驰名的伯克（Edmund Burke）开始，直到 20 世纪的左翼作家奥威尔（George Orwell），这本书汇总了他们对工业资本主义的反思。其中相当一部分人认为，自从工业文明兴起以来，英国的传统文化不断遭到资本主义工业文明的蚕食，整个社会乃至人心都在机械文明的拖累和愚弄之下，变得机械化、庸俗化，而传统的精神和气度却日渐式微，唯存于杰出的文学与艺术当中；判断一个社会的好坏，就应以文化水准为准绳，大力宣扬文化，有纠偏时弊、挽救颓风、匡正人心的功效。威廉斯在书中反驳了他们对工业化的片面诋毁，肯定了工业革命的正面成就，指责他们制造了一个田野牧歌式的神话，过度美化了贫困流行、疾病丛生的前工业时代。

在整个五六十年代，威廉斯受利维斯的影响至深，他本人对此并不讳言。（特里·伊格尔顿称他是左翼利维斯主义者，这一论断虽说有讽刺之意，但并非无稽之谈。）《从易卜生到艾略特的戏剧》一书就显露出利维斯批判资本主义机械文明的思想痕迹。例如，威廉斯在书中认为，在伊丽莎白时代，戏剧作家与观众有着共同的感受性，可是随着工业文明的勃兴，这种共同的感受性日渐式微，因为"机械环境的压力产生了机械性的思考、感觉和联系方式，对于这些东西，艺术家和志同道合者所能做到的，只是有意识的抵制和下大力气去排斥"。（Stevenson：16）在《文化与社会》的末尾，他构想了一种超越阶级界限的共同文化，其思想理路与传统人文主义知识分子"有机社会"（organic community）观念有暗合之处。（Easthope：4）

《文化与社会》的行文以经验式描述为主，缺乏系统的理论分析和社会背景的细致描述，读起来令人感到枝蔓丛生，难以把握其主导脉络。与其相比，它的姊妹篇——1961年出版的《漫长的革命》就显得系统整饬多了。《漫长的革命》这一标题中的"革命"，不是经典马克思主义者所构想的阶级暴力革命，而是指社会整体的历史变迁。之所以说革命是"漫长"的，乃是因为，它仍然处于初级阶段。与社会的政治变革和经济变革相比，威廉斯更重视文化变革，即思想意识和价值观念的变化对社会的冲击和影响，这一着眼点与欧陆西方马克思主义的总体倾向相当一致。

该书最有创意的地方在于，它提出了一种具体的文化分析模式。在他看来，高头讲章式的文化史有一大缺陷，编撰者的选材落笔，难免受到意识形态的制约，致使行文立论、材料取舍具有高度选择性，有维护现存社会阶级结构的嫌疑。而且，后人分析先前的文化，如果仅仅依赖文化史记录，这种做法也有失偏颇，为了比较完整地认识过去的文化，就必须把握住时人的社会体验和真实感受；后人万般文字描述，往往只有形似之效，而无神似之功，而"在研究过去的文化之时，最困难的事情莫过于了解时人对生活的真实感受，以便领悟到当时人们所特有的各种活动是怎样组合成为一种思考方式和生活方式的"。（1961：63）他提出，分析一个时期的文化，一定要分析当时人们的情感结构。

"情感结构"这一术语是威廉斯个人的发明，用来描述某一特定时代人们对现实生活的普遍感受。这是一种矛盾的思想状态，它产生于主流价值观念与现实发生冲突之际，持有某种情感结构的阶级有意无意地维护社会现状；而与此同时，方生方成的社会现实又让他对主流价值观和意识形态产生怀疑；用他本人的话说，情感结构是官方意识形态与新出现的社会体验之间相互矛盾的场域。在《漫长的革命》一书中，他从情感结构入手，分析了19世纪40年代以及20世纪60年代英国社会的心理，这一部分是全书的精华所在。

主要论著

到了20世纪60年代初，由于高等院校规模扩大，新的工科院校大量增多，上大学已非难事，成人教育的对象发生了结构性改变，工人阶级子弟的数量迅速减少，中产阶级家庭妇女大量进入成教的课堂，成人教育的性质随之改变，而成教管理阶层的种种举措也不尽如人意，于是威廉斯就萌生了退意。就在此时，剑桥大学英文系延请他担任高级讲师。于是，他接受了剑桥的聘书，结束了15年的成教生涯。此后，直到 1983 年退休为止，他一直任教于剑桥英文系。

自 20 世纪 30 年代以来，剑桥英文系一直是利维斯麾下细绎派的大本营和试验场，这一传统于今已根深蒂固。细绎派素以英国文学研究道统的维护者自命，注重形式分析，反对文学批评过多掺杂历史和社会的考量，视经典文学为文化正统，以其为改变世道人心的利器，对于战后兴起的流行文化，则视为文化水准堕落的表征、腐蚀心灵的渊薮，一概予以否认和抹杀。在左翼学者眼里，这种文化观乡曲狭隘，不唯体现人文主义的狂妄自大，更有意识形态共谋的嫌疑。撇开作品的历史语境、偏离作品背后的观念结构，去揣摩具体语句的语气和感受，再去微言大义，这种批评方式有其纠偏对象，它就是一战之前英国大学所盛行的一种印象式批评。印象式批评喜欢大讲作家的生活逸事，很少谈作品风格与结构，显得散漫松弛，不够谨严。细绎派与此针锋相对，力主回到作品本身，让文学批评摆脱散漫的业余作风，成为一门严谨的、准科学的学科。在当时的背景下，细绎派的主张当然算是有见识和道理的，否则，它也不会大受追捧，迅速跻身于文学批评的正统。可是，过于强调文本，就不免矫枉过正，走入另一个极端。

在剑桥英文系，威廉斯一直让人感到是一个特立独行的编外人士，用伊格尔顿的话说，在英文系人的眼里，他本应是社会学系或历史系的人，因走错了门而跑到英文系来了。对于威廉斯的著作，利维斯也很不以为然，认为利维斯夫人早在 30 年代就搞过他那套东西。威廉斯本人则说，他在六七十年代的著作，始终是在同剑桥官方英文传统进行斗争，包括《现代悲剧》、《从狄更斯到劳伦斯的英国小说》和《乡村与城市》。

在传统的悲剧批评家笔下，悲剧主要讲名人要员、帝王将相的多舛命运，以此来激发观众的怜悯同情，达到心理净化，至于普通人物的苦难不幸，则不属悲剧的范围。在威廉斯看来，这样给悲剧下定义显然是意识形态作祟的结果，事实上，悲剧的概念和内涵在历史上曾有多次变化。他最有意义的一个发现是，重要的悲剧作品往往出现在重大社会历史变革的前夜。至于现代悲剧，往往与 20 世纪的战争、革命和社会危机相关。就此而言，悲剧与历史的关系就是悲剧与革命的关系。

《从狄更斯到劳伦斯的英国小说》是他在剑桥大学开设的英国小说课程的讲稿，其论述范围为 19 世纪 40 年代末至 20 世纪中期。书中着力探讨了这一时期英国社会的变迁与长篇小说创作之间的关系。其中很重要的一个观点是，英国的工业化最早，城市化速度也很快，但是，在整个 19 世纪和 20 世纪初，英国小说中的名篇还是以农村题材为主，例如，乔治·艾略特和托马斯·哈代的小说，即为显著例子。

《乡村与城市》堪称威廉斯文学批评的代表作。自从中世纪以来，直到 20 世纪，英国文学中一直存在着田园忆旧文学的传统，这个传统中的诗人、作家都极力美化乡村生活，在他们笔下，安闲静谧的田园风光与丑陋粗俗的城市面目形成了有力的对比，乡村生活被美化。在 19 世纪，文人学者一直以乡村生活为理想境地，去批判唯利是图、道德堕落的资本主义工业社会。然而，威廉斯却指出这是一种现代神话。因为，英国的资本主义本身即始于农村，它萌芽于 16 世纪，17 世纪和 18 世纪农业的高度发展为工业生产提供了基础。事实上，那种田野牧歌似的乡村生活景象，不过是反资本主义的贵族人士、中世纪情结严重的浪漫文人一厢情愿的幻想产物。在此书的后几章，他利用城市与乡村的对立模式去解释宗主国与前殖民地国家，这一视角颇有新意，也有很强的预见性，与后来兴起的后殖民主义批评有殊途同归之处。

在 60 年代末以前，威廉斯所接触到的马克思主义还是苏联的正统马克思主义，对于战后欧洲大陆西方马克思主义的发展，他了解甚少。在他眼中，马克思主义文学理论与经济决定论和政治宣传联系在一起，这都是 30 年代遗留的思想印记。英国与欧陆之间的思想交流竟然如此不顺畅，非地理隔阂所能解释。其主要原因在于，英伦三岛与欧洲大陆文化传统的不同。按照安德森的说法，英国本土的经验主义和功利主义势力庞大，排斥一切总体性社会理论，这就造成整个知识界漠视理论，西马新思潮在二战之后未能如期抢滩登陆，自然也是此种缘由作祟之结果。（Anderson：1992）

1970 年，西方马克思主义的鼻祖卢卡奇（Georg Lukács）的私淑弟子罗马尼亚裔的法国马克思主义批评家戈德曼（Lucien Goldmann）访问剑桥大学，作了两次学术演讲。戈德曼的到来让威廉斯认识到卢卡奇以来西方马克思主义的最新进展，打破了他以前对于马克思主义的成见：马克思主义以经济决定论为主。他在《文学与社会学：回忆戈德曼》一文中评价说：戈德曼的造访让剑桥认识了理论，而且像受过欧陆传统训练的思想家那样理解和使用理论。就在同一时期，英国新左派的喉舌《新左派评论》（*New Left Review*）在安德森的积极倡导下，开始系统地译介西方马克思主义的著述，这一系统的文化工程一直持续到 70 年代末，它对英国左翼文化产生了巨大影响。年轻一代的左翼学者由此开始接受欧陆理论，威廉斯的大弟子伊格尔顿即是其中之一。在这股西马浪潮的冲击之下，威廉斯也重新思考和梳理马克思主义文化理论。在随后渡海西来的葛兰西的理论的启发和推动下，他写出了一生中最为出色的理论文章《马克思主义文化理论中的基础和上层建筑》和晚期代表作《马克思主义与文学》。在这两部重要著述以及其他相关著作中，威廉斯提出了著名的文化唯物论思想。文化唯物论一方面是对利维斯派专注文本轻视社会历史背景的批评方式的反动，另一方面也是对正统马克思主义文化理论的扬弃。其唯物之处在于，它强调社会生产、历史语境对于文化生产的重要性。用他本人的话说，文化唯物论是"研究文化（社会和物质）生产过程的理论，它研究特定的实践和'各门艺术'，把它们视为社会所利用的物质生产手段（从作为物质性'实践意识'的语言，到特定的写作技术和写作形式，直到电子传播系统）"。（1983：243）

有学者曾经这样评说，威廉斯死后留给英国思想文化界三笔丰厚的思想遗产：

一是他对利维斯的高雅文化传统提出了另类解读方式，二是马克思主义的或后马克思主义的文化唯物论，三是他创建了一门新学科——文化研究。（Jackson：211）综合起威廉斯30多年思想生涯的全部成果，我们不妨得出如下结论：这三笔不菲的遗产构成了威廉斯的马克思主义文化理论的基本内容。

结　语

　　威廉斯的忘年之交萨义德曾多次呼吁，人文知识分子应以社会批评为使命，不要画地为牢，将思想视野局限于本专业之内，而应将思想的触角、批评的笔锋延伸到学术圈子之外，针对社会时局发表见解，体现知识分子的道德勇气和社会良知。如果用这个标准去衡量，威廉斯无愧于知识分子这一名称。他以文化左派的身份，毕生坚持对当代资本主义社会的批判立场，始终不懈地关注社会底层争取民主权利的斗争。从40年代末到50年代初，他致力于工人阶级教育协会的成人教育工作；50年代末发起新左派运动，积极参与核裁军运动；1967年他与汤普森、霍尔（Stuart Hall）联名发表《五一宣言》（*May Day Manifesto*），赞同学生的造反行动；在七八十年代，他又投身于英国的反越战运动、女权主义和民主社会主义运动。学术与事功两不误，可为威廉斯盖棺论定之语。

参考文献

1. Anderson, Perry. *English Questions*. London: Verso, 1992.
2. Cunningham, Valentine. *British Writers of the Thirties*. Oxford: Oxford UP, 1988.
3. Easthope, Anthony. *British Post-Structuralism since 1968*. London: Routledge, 1991.
4. Hewison, Robert. *In Anger: British Culture in the Cold War 1945—60*. New York: Oxford UP, 1981.
5. Hynes, Samuel. *The Auden Generation: Literature and Politics in England in the 1930s*. London: Faber, 1976.
6. Jackson, Leonard. *The Dematerialization of Karl Marx: Literature and Marxist Theory*. London: Longman, 1994.
7. Spender, Stephen. *The Thirties and After: Poetry, Politics, People (1933—75)*. London: Macmillan, 1978.
8. Steel, Tom. *The Emergence of Cultural Studies , 1945—65: Adult Education, Cultural Politics and the English Question*. London: Lawrence, 1997.
9. Stevenson, Nick. *Culture, Ideology and Socialism: Raymond Williams and E. P. Thompson*. Aldershot: Avebury, 1995.
10. Williams, Raymond. "The Base and Superstructure in Marxist Cultural Theory." *Problems in Materialism and Culture: Selected Essays*. London: Verso, 1983.
11. —. *The Country and the City*. London: Chatto, 1973.
12. —. *Drama from Ibsen to Brecht*. New York: Oxford UP,1969.
13. —. *Drama from Ibsen to Eliot*. London: Chatto, 1952.

14. —. *Drama in Performance*. London: Frederic Muller, 1954.

15. —. *The English Novel from Dickens to Lawrence*. London: Chatto, 1970.

16. —. "Literature and Sociology: In Memory of Lucien Goldmann." *Problems in Materialism and Culture: Selected Essays*. London: Verso, 1983.

17. —. *The Long Revolution*. London: Chatto, 1961.

18. —. *Marxism and Literature*. London: Oxford UP, 1977.

19. —. *Modern Tragedy*. London: Chatto, 1966.

20. —. and Michael Orrom. *Preface to Film*. London: Film Drama, 1954.

21. —. *Reading and Criticism*. London: Frederic Muller, 1952.

22. Wood, Neal. *Communism and British Intellectuals*. London: Victor Gollancz, 1959.

23. Woodham, Stephen. *History in the Making: Raymond Williams, Edward Thompson and Radical Intellectuals 1936—1956*. London: Merlin, 2001.

24. 考德威尔：《考德威尔文学论文集》，陆建德等译，百花洲文艺出版社，1995。

25. 萨义德：《人文主义与民主批评》，朱生坚译，新星出版社，2006。

26. 萨义德：《知识分子论》，单德兴译，生活·读书·新知三联书店，2004。

类文本 许德金 蒋竹怡

略 说

　　类文本（Paratext），也译副文本、准文本①，其理论的先行者及倡导者为 20 世纪法国著名的叙事学家热奈特（Gérard Genette）。他在 1982 年出版的《复写文本》（*Palimpsests: Literature in the Second Degree*）一书中提出的包含五个要素的"跨文本性"诗学体系里，明确将"类文本（性）"作为其"跨文本性"理论的重要维度和支撑点，而其对类文本概念的系统梳理研究及其理论建构则集中体现在 1987 年出版的法文专著 *Seuils*（英文版 1997 年出版，题名为 *Paratexts: Thresholds of Interpretation*）中②。简言之，类文本，在热奈特看来，就是指一本书除了（主）文本之外的其他要素，包括：出版商的信息、署名、书名、献辞、前言、后记、插图、目录页、版权页、封面及其介绍、附录、注释、索引、访谈、作品评介等所有能让"文本成为一本书，并以书的形式呈现给读者"的那些要素。而"类文本"一词的前缀"类"（para-）是用来表达一种不确定性，热奈特借用米勒的话进一步解释"类文本"之"类"之奥秘："'类'是一个具有对照性质的前缀，同时表明近与远，相似与差异，内与外……；'类'是这么一种东西，同跨一个疆界的这边和那边，是一道门槛和一处空白，（与文本）具有相同的地位，但同时是次要的，辅助的，附属的。"（*Paratexts*：1）

综 述

跨文本性理论视阈下的类文本

　　类文本在热奈特的理论体系中经历了一个长期的发展过程。作为法国乃至西方 20 世纪后半叶最重要的批评家之一，热奈特在 20 世纪 80 年代前的理论建树主要体现在文本叙事理论研究，其基于文本形式研究的专著《叙事话语》（*Narrative Discourse*）与《新叙事话语》（*Narrative Discourse Revisited*）至今依然是西方叙事学研究的经典读本。而从 20 世纪 70 年代末开始，热奈特的兴趣就从文本的"文本性"（textuality）本身开始转向了他所谓的"跨文本性"（transtextuality），并于此后出版了 4 部著作，对"跨文本性"展开了持续深入的研究，"类文本"正是作为热奈特"跨文本性"理论体系的一个最重要的维度而受到热奈特的重视。对读者来说，要想深入了解热奈特所谓的"类文本"概念，"跨文本性"的理论框架就一道首先必须跨过去的"门槛"。

概言之，热奈特的"跨文本性"理论体系成形于其1979年所作的题目为《原文本》("Architexte")的演讲中，后得以正式出版。在此报告中，他第一次系统地提出了"跨文本性"的四维度研究体系，标志着其叙事研究开始出现了巨大转向：研究对象已由此前所关注的"文本（性）"转为"跨文本（性）"。随后在1982年出版的《复写文本》中，热奈特将其早期提出的"跨文本性"诗学体系修正扩充为一个包含五个要素（五维度）的跨文本性研究体系。在该诗学体系中，"类文本性"成为热奈特后来研究的重点。热奈特所设定的"跨文本性"的五维度诗学体系主要包括如下要素：（1）文本间性（intertextuality，亦译"互文性"），指的是"两个或多个文本间共同存在的关系"；（2）类文本性（paratextuality），指的是在印刷书本中不属于文本正文，但却环绕在文本周围的那些仍然可以影响阅读的语言学及印刷图案等要素；（3）元文本性（metatextuality），即评论与"其所评论的文本"之间形成的那种跨文本的关系；（4）超文本性（hypertextuality），即所谓的"第二层次的文学"，如后来的文本强加（叠加）于先前的一个文本之上，包括各种类型的模仿、戏仿、歪曲等；（5）原文本（architexture），此为最高级，也是最抽象的一类跨文本关系，指的是一个文本作为某一类文本或话语的典型代表而与该类文本所形成的涵盖关系。

在热奈特建立的上述跨文本性的五维度研究体系中，第二个维度"类文本性"成为其20世纪80年代后期研究的重点，研究的成果集中体现在其专著《类文本：阐释的门槛》里。在该书中，热奈特将"类文本"从其建立的"跨文本性"的五维度体系中单独抽出进行了专题研究，并对"类文本"概念的内涵和外延作了较大的补充与调整。

类文本：定义、分类与功能

对于"类文本"这个概念，热奈特从其1979年的"原文本性"开始，就一直在其所谓的"跨文本性"的理论体系中有所提及，（1992：81；*Palimpsests*：2—4；*Paratexts*：1—2）但他从来不曾对"类文本"下一个明确的定义。总结热奈特有关类文本的相关论述，我们可以这样去理解和定义类文本这个看似模糊的概念：

一、类文本是相对于文本而言的；所有环绕在（主）文本四周、为了呈现文本的那些要素；它们充当的是某种门槛，并使文本成为书本。（Stanitzek：30）

二、类文本同时也是"语言或其他产品"，比如作者姓名、书名、前言、献辞、后记、插图、装帧设计、作者访谈、书评等这些将文本框起来，让文本具有"外在"书本印迹（external contours）的东西。（Genette，*Paratexts*：1）

三、类文本与文本同处于一个名为"书本"（print book）的时空构型中，它们的关系十分微妙：既是"焦不离孟、孟不离焦"，地位相等，相依共生，但同时就重要性而言，类文本当然是为（主）文本服务的，居于从属、附加的位置，是"一处尚未界定、（同时）介于门外和门内的领域"。（*Paratexts*：2）

四、类文本，在热奈特看来，虽然应当注意它与文本同在"印刷书本"这样的时空构型（temporal-spatial configuration）之内，但他同时指出，有些类文本的要素无论是否包含在其所谓的"书本"之内，均应视为类文本，比如报刊上刊登的有关"书本"的评论、作者访谈等。

不但如此，热奈特还对类文本进行了简单分类。具体而言，他区分了两大类型的类文本：内类文本（peritext）；外类文本（epitext）。前者包括诸如作者姓名、书名（标题）、次标题、出版信息（如出版社、版次、出版时间等）、前言、后记、致谢甚至扉页上的献词等。

> 一个类文本要素，至少如果它带有呈现出物质形态的信息，必然有一个与文本本身相对应的、能够容纳它的"地方"：围绕着文本，要么与文本同在一卷（书本）之内，或与文本保持一定的更为礼貌（或更加谨慎）的距离。处在同一卷（书本）之内的包括这样的一些要素：比如书名或前言，以及有时像插入文本间隙的诸如章节题目或一些注释之类的要素。对于这第一类的空间类型，我将它命名为"内类文本"。（*Paratexts*：4—5）

对于"外类文本"，热奈特则是如此表述的："那些有一定距离的要素包含所有那些至少一开始是位于书本之外的信息，通常是借助媒介（访谈、谈话）或以私人沟通为掩护（书信、日记及其他）。这第二类，由于没找到更合适的词，我姑且称之为'外类文本'。"（5）由此可见，热奈特的"外类文本"其实是突破了其一再强调的单一"印刷文本（卷）"的时空构型限制，而包含了所有与该"书本"相关的信息：由作者与出版者为读者提供的关于该书的所有不在书本之内的相关信息，如作者访谈，或由作者本人提供的日记等均是热奈特所谓的"外类文本"。

针对类文本的这两种次类型并非处于同一时空之内而可能遭受质疑的问题，热奈特还特意为其并不严谨的二分法预先作了辩护："毋庸讳言，内类文本与外类文本完完全全分享了类文本的整个空间场地。换句话说，对于那些热衷于使用公式的人来说，类文本 = 内类文本 + 外类文本（paratext = peritext + epitext）。"（5）

对于类文本（要素）的作用，热奈特也给予了特殊的关注，并在《类文本：阐释的门槛》一书中结合具体的类文本要素实例进行了较为详细的描述和分析。简言之，热奈特认为，研究类文本要素其实就是去探究这些类文本要素所传达的信息内容的特征；而这些类文本所传达的信息特征其实就基本上描绘出了类文本所具有的"空间的、时间的、实际的、实用的以及功能性的特征"，（4）这些特征均会对读者产生深刻的影响。马勒内（Edward J. Maloney）总结了热奈特所研究的类文本的作用，认为热奈特的内类文本和外类文本自身带有巨大的言外之力（illocutionary force），可以传递一条信息，告诉读者作者的意图或阐释，传达一个决定，说明文本的文类属性，提供建议，等等。（3；*Paratexts*：2—11）热奈特随后在不同的章节中针对不同的类文本要素的作用结合具体的实例进行了分析，尤其是标题（第4章）、开篇献辞或题词（第6章）、后记（第7章）、前言（第8、9、10章）以及注释（第12章）等专门章节中，热奈特均对不同类文本要素的不同作用进行了较为详细的归纳分析。比如，他在研究标题作为一种类文本要素的作用时，具体列举和分析了作为类文本的标题所具有的四种作用："规定性或确定性（designating or identifying）；对作品/文本（内容及文类）的描写（description of the work）；内涵的价值（connotative value）；以及诱惑力（temptation）。"（*Paratexts*：93）虽然热奈特对其他的类文本要素，尤其是外类文本要素的功用语焉不详，但他对类文本要素的诸多功用或功能的分析在结构主义，尤其是后结构主义及解构主义盛行的20世纪80年代还是难能可贵的。

类文本理论批评之流变

热奈特的类文本理论法文版出版后开始只引起了少部分学者的关注：其德文版于1989年出版后，引起了欧洲大陆德语地区批评家的关注，类文本理论作为一种文学批评方法开始进入批评家的视野。但类文本理论真正引起西方学界的大量关注及重视，当归功于该书英文版于1997年的出版发行。随后，英美许多学者开始对热奈特的类文本理论展开研究，并将其理论的视阈进行了必要的拓展，应用于当代的多媒体文本及媒体研究，代表人物如斯坦尼泽科（Georg Stanitzek）、马勒内、格雷（Jonathan Gray）、波克（Dorothee Birke）与克瑞斯特（Birte Christ）、黑勒斯（N. Katherine Hayles）与普鲁斯曼（Jessica Pressman）、韦迪斯（Peter Waites）、皮格乃格瓦里（Virginia Pignagnoli）等。总体而言，西方学界对热奈特类文本理论之批评主要呈现出如下特点：

其一，对其理论赞扬并直接应用于批评实践的多，真正对其理论体系进行批评的少。正如波克与克瑞斯特在其主持的《叙事》杂志的"类文本"专栏的开篇语所言："我们（这一组文章）的主要兴趣并不在于解决其（类文本）分类问题，也不关注提升其（分类）差异的准确性问题，而在于如何把它作为'问题的宝库'（treasure trove of questions）来使用该概念。"（65）综观西方过去近四十年的有关类文本的批评流变便不难发现，直接采用热奈特的类文本理论作为批评实践的一种视角是主流，但就其理论践行者的人数而言并不多。

其二，对热奈特类文本理论体系本身进行批评和发展的少，批评的焦点主要集中在：（1）类文本的定义及其含混性；（2）类文本概念的应用范畴（语域）；（3）类文本（要素）的分类及其功能。针对热奈特类文本定义的含混性，斯坦尼泽科早在2005年就在西方理论"重镇"《批评探索》（*Critical Inquiry*）上撰长文对热奈特的类文本定义进行了具体的剖析。他开篇就指出："要想确定类文本这一概念对文学、文化及媒体研究的意义及其潜力，有必要从一个更基本的层次即类文本作为其附属存在的'文本'的概念出发。"（27）斯坦尼泽科通过历时性的对比梳理"文本"的概念，将热奈特的类文本概念置于文本研究的特定历史语境中，试图对其加以还原理解，尤其是通过对比阿多诺与热奈特对"文本"概念的理解，深入剖析了热奈特类文本定义的含混性，并得出两点结论："首先，把类文本看作是一种'外在'的形式，这个比喻有些问题。……事实上没有任何文本真正存在一个没有类文本的时刻。其次，热奈特发明的术语'类文本'意味着'文本'既是'类文本'概念所隐含存在的东西，同时它也是一个上位（高一级）的概念。"（30）

　　关于类文本的应用范畴（语域）问题，西方学界21世纪初对此的讨论更为集中、热烈和激烈。20世纪80到90年代，西方学者，主要是法国和德国学者，他们重点关注的是文学领域中的类文本研究，对热奈特的类文本理论基本上采取拿来主义，研究尤其聚焦其所谓的"内类文本"，即将文学语域中的类文本现象局限于"书本"之内，很少关注"外类文本"现象。而进入21世纪以来，对热奈特类文本理论的批评风向突变，类文本研究的语域范畴已从上个世纪末的"书本"开始转向"媒体"，尤其是"新媒体"。西方学者的研究范式和重点也跟着出现了重大转向，开始聚焦"外类文本"，尤其是现当代媒体的"外类文本"，而非传统的"内类文本"。西方类文本研究范畴的拓展及其范式的转移是热奈特类文本理论在21世纪适应当代新媒体和新数字技术条件下新叙事形式研究的需要。虽然热奈特无论是在其类文本理论建构还是其批评实践上均将其研究的范畴实际局限于"书本"之内，并力图避免将类文本的功能性分析超出印刷书本，但电影、电视、网络等媒体研究的蓬勃发展在21世纪初已经势不可挡，上述诸领域的学者为了推陈出新，纷纷将研究的视角转向了热奈特的类文本理论，最终导致了类文本批评的研究范式从"内类文本"转向"外类文本"。（Stanitzek，2005；Maloney，2005；Gray，2010；Birke and Christ，2013；Pignagnoli，2015；Waites，2015）诚如韦迪斯所言："随着类文本逐渐演变为一种探求不同于印刷小说（创作）范式实践的方法，该概念（类文本）应当允许成长和发展。如果它（类文本）能让传统的印刷出版业与新涌现的跨媒体和跨平台的构建文本的模式形成对比，更应该如此。"（17）

　　21世纪西方类文本研究范式的转向及其研究领域的拓展自然而然带来类文本类型学研究的转变。热奈特在其理论体系中将类文本分为两类：内类文本和外类文本。针对这种类型学上的二分法，随着研究领域的拓展和范式的转移，许多学者对此纷纷提出批评。（Maloney：2005；Pignagnoli：2015；Waites：2015）在研究虚构文本中的注释作为一种类文本时，马勒内指出："热奈特的分类并不能很好适用于注释这种现象，因为注释既是文本主体的内部成分，同时也不是文本主体的一部分。由于缺乏更好的术语，我把这样的注释称作'虚构的类文本'（artificial/fictional paratexts），以此区别于热奈特的类文本概念。"（4）马勒内的"虚构类文本"表面上是对热奈特的分类法进行补充修订，其实是对热奈特类文本概念的一种质疑和挑战。针对虚构作品中所谓的作为注释的"虚构类文本"，马勒内也列举了三种功能：（1）传递事实信息；（2）提供解释或分析性词汇；（3）作为叙事话语本身而存在，即下文所谓的"类文本叙事"。（4—6）

皮格乃格瓦里也指出，当代那些印刷书本内的一些非常规的视觉因素（比如美国电影《古惑仔》里的幻灯片），以及那些与叙述交流情景交互作用的一些诸如幻灯片、作者个人自述等没有包含在书本之内的要素都对热奈特的二分法提出了挑战。（112）由此，基于当代虚构作品的新颖的类文本实例及热奈特的内/外类文本的类型学区分，他提出了新的改良型的类文本二分法：（1）物质性内类文本（material peritexts），并引用热奈特的话将其定义为"图片式的实现，与文学意图不可分割"；（*Paratexts*：34）（2）电子化外类文本（digital epitexts），意指那些由作者正式制作或发行、为支持其叙事而制作的那些电子化的类文本要素，包括独立于书本之外、散见于作者的网页、博客、录像及社交网站上的那些要素。（Pignagnoli：113）不仅如此，皮格乃格瓦里还不无幽默地将其类文本分类的改良版游戏称为"类文本2.0版本"（paratexts 2.0），并通过表格的形式，将其类文本的二分法的内容、对象及其对应的功能形象地展示了出来。具体而言，皮格乃格瓦里认为，物质性内类文本的功能主要有二：叙事（在故事层实现）；合成（突出/前景化叙述的合成成分）。而电子化外类文本的功能有三种：（1）互为参照（电子化平台上的东西与印刷书本上的叙述呼应）；（2）增强性（增强视觉）；（3）社交性（共享选择或模式）。（117）

相比西方批评界明显的流变，国内的类文本研究在20世纪末期和21世纪前几年基本上处于介绍和翻译期，这一阶段的主要特点和任务是对热奈特类文本理论的引介、解读和直接运用。从2008年起，国内越来越多的学者开始关注热奈特的类文本理论，出现了系统推荐热奈特类文本理论的文章及直接"拿来"热奈特类文本理论运用于中外文学作品解读的论著（朱桃香，2009；许德金，2010；许德金、周雪松，2010；王雪明、杨子，2012；蔡志全，2013），但鲜见真正对热奈特类文本理论进行深入批判并推陈出新的文章。为此，笔者在2010年就曾撰文指出，热奈特类文本理论体系的不足之处主要体现在：（1）定义失之于宽泛。（2）类型学研究不够严谨，其二分法没有遵循单一的分类标准："内+外"的二分法看似包含了所有可能的类文本要素，但由于没有使用统一的分类标准，"内类文本"与"外类文本"完全不处于同一时空构型内，因而存在明显的失衡及不严谨等问题。（3）热奈特构建的类文本体系受到后结构主义及解构主义理论的影响，其理论意义大于批评实践的意义，用于批评实践时显得零散，呈现碎片化，也缺乏具体可操作性。（许德金：31—32）

鉴于此，笔者认为有必要对热奈特的类文本理论作如下的修正：一、定义上明确类文本的研究范畴（语域），确定其内涵与外延。二、类文本的类型学研究应打破热奈特的二分法，重点在于确立科学分类的标准，以便为后续的类型学研究提供便利。三、对类文本诸多要素的研究，不能也没有必要面面俱到，应针对不同印刷书本所包含的不同的类文本进行具体的分析探究。四、关注类文本要素，不能仅仅关注其类文本性，更应关注类文本中存在的叙事现象，通过构建与文本叙事相互对照的类文本叙事批评框架（如图 1 所示，许德金：32—35）及类文本叙事交流情景（图 2），更好地为阐释文本及其叙事服务。

图 1　类文本叙事批评框架

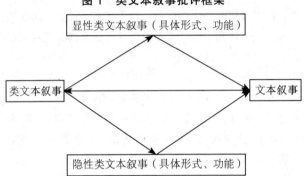

此四维度的类文本叙事批评框架不但强调类文本叙事与文本叙事之间的直接互动和相互转换的可能性，也强调了显性类文本与隐性类文本叙事之于文本叙事的独特作用，文本叙事与类文本叙事的交互作用、交相辉映及互补性由此得到了彰显。对于读者而言，类文本叙事无疑提供了能够了解作者、出版者及文本叙事意图的另一扇窗口。

图 2　类文本（叙事）交流情景

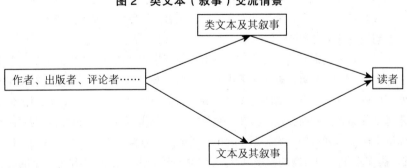

建构上述类文本叙事交流情景的意义在于，从传播学的角度，初次系统地将研究的目标"印刷书本"中的出版者、评论者及其他可能的参与者均纳入一向被忽略

的叙事交流情景。这些类文本要素的加入，就为我们阐释文本及其叙事本身提供了一个新的窗口和未被开垦的处女地（缓冲区）。

值得注意的是，对于读者和批评家而言，把类文本理论应用于批评实践，主要难点有二：其一，研究类文本首先要直面类文本概念的内涵与外延这个难题，正如上述类文本批评流变简史中所披露的那样，类文本理论如何使用必须要确定其"边界"或曰"门槛"所在，先回答如下这些问题：是将类文本关在"印刷书本"的笼子里，还是将笼子撤掉，让其末端开放，将包括新媒体、新技术等有关的东西也纳入类文本的研究和讨论范畴？在此基础上其分类的标准又该如何统一？难点之二在于：研究类文本，我们最终的关注点在于其对于文本（叙事）的功能，是提供补充信息，还是过滤或加强或补充不在场文本的信息？答案的关键其实取决于如下几个方面：（1）类文本出现的地点（焦点问题：何地？）；（2）出现，或有必要时，消失的时间（焦点问题：何时？）；（3）类文本存在的方式，文字还是其他形式（焦点问题：什么样的形式？）；（4）类文本叙事交流情景的特点——信息发送者与接受者（来自谁？送给谁？）；（5）类文本所传达的信息其功能／目的是什么？（要干啥？）。（*Paratexts*：4）所有这些问题的终极目的是想通过对类文本诸要素的剖析，最终解开作者、出版者乃至评论者笼罩在读者头上的那层神秘面纱，为读者更好地理解和阐释文本及其叙事的意图服务。

结 语

热奈特的类文本理论源自并发展于其所谓的"跨文本性"五维度研究体系的"类文本性"，其理论的集大成者为其 1987 年发表的法文版的 *Seuils*。而从传播学的角度来看，其理论的广为传播和接受更多的是得益于其 1997 年出版的英文版《类文本：阐释的门槛》。热奈特构建类文本体系的目的在于：通过研究在场的类文本要素的形式及其功能，更好地解读作者乃至出版者的意图以及文本（叙事）本身的意义。要想把握其类文本理论的精髓，需要注意如下几点：

一、所有类文本及其（可能的）叙事最终都是为文本及其叙事服务的。类文本之于文本就如水之于鱼，躯体之于头脑。虽然热奈特的论点"不存在没有类文本的文本，但确实存在没有文本的类文本"颇有商榷的余地，[③]（*Paratexts*：3）但类文本永远是伴随着文本而存在，为文本服务的这条金律不会变，虽然两者的关系在极端情况下出于作者的巧妙构思而在解读时可能地位互换，出现"类文本文本化"及"文本类文本化"的有趣的叙事修辞，比如杨绛的《我们仨》中作为附录的类文本叙事。（Xu and Liang，2016）

二、类文本对于读者和作者而言既是热奈特所谓的连接文本及其叙事的"门槛"和"廊桥"，同时更是一扇窗、一道缝，通过它读者才能发现一个更加不一样的"文本"。究其根本，热奈特的类文本体系与其说是一种有别于传统的理论建构，倒不如说它根本就是一种研究文本的新方法和新视野；透过它，我们可以窥见（主）文本（叙事）不一样的颜色和特征。

三、类文本作为研究文本的一种新方法、新视角，其关键在于将传统的形式主义的文本叙事交流情景扩大到一个更为广阔的时空构型中；叙事交流情景已不拘泥于"文本叙事"本身，而是将作者、出版者、读者通过类文本对文本的概念纳入新的虚构与现实交互的叙事交流情景之中，这不得不说是热奈特类文本学说的一大贡献。理解和把握上述要点，类文本理论无疑就会为我们打开一扇新的文本（叙事）批评之窗。

参考文献

1. Birke, Dorothee, and Birte Christ. "Paratext and Digitized Narrative: Mapping the Field." *Narrative* 21.1 (2013): 65-87.

2. Genette, Gérard. *The Architext: An Introduction*. Trans. Jane E. Lewin. Berkeley: U of California P, 1992.

3. —. *Palimpsests: Literature in the Second Degree*. Trans. Channa Newman and Claude Doubinsky. Lincoln: U of Nebraska P, 1997.

4. —. *Paratexts: Thresholds of Interpretation*. Trans. Jane E. Lewin. Cambridge: Cambridge UP, 1997.

5. Gray, Jonathan. *Shows Sold Separately; Promos, Spoilers, and Other Media Paratexts*. New York: New York UP, 2010.

6. Maloney, Edward J. "Footnotes In Fiction: A Rhetorical Approach." Diss. Ohio State U, 2005.

7. Pignagnoli, Virginia. "Paratextual Interferences: Patterns and Reconfigurations for Literary Narrative in the Digital Age." *Narratology* 7 (2015): 102-119.

8. Stanitzek, Georg. "Texts and Paratexts in Media." *Critical Inquiry* 32 (2005): 27-42.

9. Waites, Peter. "On the Boundaries of Watchmen: Paratextual Narratives across Media." Diss. Uppsala U, 2015.

10. Xu, Dejin and Liang Dandan. "Paratextual Narrative and Its Functions in *We Three*." *Neohelicon* 43.1 (2016): 89-104.

11. 蔡志全：《副文本视角下戴维·洛奇的〈作者，作者〉研究》，载《国外文学》2013 年第 3 期。

12. 王雪明、杨子：《典籍英译中深度翻译的类型与功能：以〈中国翻译话语英译选集〉（上）为例》，载《中国翻译》2012 年第 3 期。

13. 许德金：《类文本叙事：范畴、类型与批评框架》，载《江西社会科学》2010 年第 2 期。

14. 许德金、周雪松：《作为类文本的括号——从括号的使用看〈女勇士〉的文化叙事政治》，载《外国文学》2010 年第 2 期。

15. 朱桃香：《副文本对阐释复杂文本的叙事诗学价值》，载《江西社会科学》2009 年第 4 期。

① paratext 一词目前在国内常见的中文翻译有三种："类文本"、"副文本"和"准文本"。笔者倾向于使用"类文本"，因为"副文本"意味着与"正文本"相对应，明显含有主从之分；而"准文本"虽与"类文本"相似，但学界很少采用这种翻译；加之笔者之前对 paratext 的研

究一直采用"类文本"的译法，为保持研究的连贯性和一致性，本文继续采用"类文本"而舍弃其他的译法。

② 热奈特 1987 年出版的有关类文本的法文专著起名 *Seuils*。seuil 法文单数是"门槛"（threshold）之意，而用其复数作为书名则一语双关：既指"门槛"，同时也巧妙地指向其出版商，因为出版商名称就是 Seuils。该书于 1989 年翻译成德文出版，1997 年由热奈特的"御用"翻译莱文（Jane E. Lewin）译成英文出版，命名为《类文本：阐释的门槛》。以下所有该书引文除特殊说明外，均出自 1997 年英文版。

③ 后半句"存在没有文本的类文本"是值得商榷的：热奈特举例说明"历史上存在只留下标题而文本不在"的情况，或"只见标题而没见完成的作品"的情况，（*Paratexts*：3）这其实是一种误读。前者不是文本不存在，而是文本曾经存在，现在丢失了，因而"不在场"。后者是文本没有完成，标题存在；既然文本都不存在，标题作为类文本就无从谈起了；即使认为其存在，对读者或作者或评论家而言也是没有任何解读意义和价值的，正所谓"皮之不存，毛将焉附"。

伦理学转向 陈后亮

略 说

　　自从唯美主义率先把道德视角从文学实践中剔除出去之后，形式主义之风在西方文学界盛行了近一个多世纪，在上世纪六七十年代更是达到极致。受后现代主义影响，文学创作在很多作家那里成了精神分裂式的文字表演，而阅读和批评也仅仅是为了在语言的欢乐宫中寻求快感。越来越走向精英化、专业化和私人化的文学批评，逐渐被驱逐至公共生活的边缘，成为可有可无的东西，这一点从文学院在当今大学院系设置中的尴尬处境上可以看出。文学研究早已从"最富于教化作用的事业"演变成最不能吸引学生的冷门专业。（伊格尔顿：30）

　　正是在这种背景下，伦理批评才要重标文学活动中的伦理之维。自 20 世纪 80 年代以来，所谓"后现代主义的终结"以及"伦理学转向"（The Turn to Ethics/Ethical Turn）成为北美文学批评界最引人瞩目的现象。以权威期刊《新文学史》于 1983 年发表《文学与道德哲学专刊》为起点，此后《文学与哲学》、《文体》、《今日诗学》以及《现代语言学会会刊》等名刊也相继发表大量伦理批评方面的专题讨论文章，包括布斯（Wayne Booth）、米勒（J. Hillis Miller）、努斯鲍姆（Martha Nussbaum）和布伊尔（Lawrence Buell）等在内的重量级批评家也陆续出版著述，加入到伦理批评的行列。可以看出，很多批评家不再继续膜拜宣称"文本之外，无物存在"的解构主义精神，他们关注的焦点不再是语言、文本和符号，而是把目光重新投向现实世界。人们再次认识到，文学活动不可能与现实断绝联系。各种环境问题、生态问题、社会矛盾以及恐怖主义等现实问题迫切需要作家、批评家和读者共同面对，因为它们关系到全人类在未来社会的切身福祉，而单纯依靠破坏一切价值的后现代虚无主义精神显然不能让我们解答这些问题。于是继"语言学转向"和"后结构转向"之后，伦理学转向成为北美批评界又一次显著的重心位移。可以说，经过近 30 多年的发展，伦理批评已经重回文学批评的话语中心，成为新世纪以来最重要的研究热点之一。

综 述

伦理学转向与自由人文主义的伦理批评传统

　　虽然我们现在已说不清楚谁是最先使用"伦理学转向"这一说法的人，但它毫无疑问已成为近 30 多年来文学批评领域的关键词之一。①与此前的"语言学转向"和"后结构转向"这些说法有所不同，伦理学转向一词容易让人产生误解：人们会误认为以前的文学批评从未或很少关注伦理问题，就像在"语言学转向"之前人们很少关注语言一样，实则不然。早在 19 世纪末 20 世纪初，由阿诺德（Matthew Arnold）、理查兹（I. A. Richards）、燕卜荪（W. Empson）和艾略特（T. S. Eliot）等英国批评家以牛津和剑桥大学为根据地发起的自由人文主义批评（liberal humanism），实质上就是一种伦理批评；他们的基本信念，是所有人都共享某种共同的本质，而好的文学具有普遍和永恒的价值，可以对读者产生积极影响；我们选择读哪些作品、怎样读以及如何评价，这些都关乎个人以及整个社会的健康未来；批评家负有重要的道德使命，他们是传递文明圣火的使者，通过筛选、审查和细读那些构成"伟大的传统"的文学经典，便可以"传播温文尔雅的社会行为举止、正确的趣味习惯和共同的文化标准"。正是在这些人的推动下，现代文学批评才得以确立，并且从"一门适合于妇女、工人和那些希望向殖民地人民炫耀自己的人的学科"逐渐变成大学教育中最重要的学问，"不仅是一门值得研究的学科，而且是最富于教化作用的事业，是社会形成的精神本质"。（伊格尔顿：16—30）可以说，现代文学批评从诞生之日起就与伦理问题密切相关，它被视为解决社会问题的一剂良药，从伦理道德角度出发来研究和评价文学作品也就成为最具合法性的批评路径。

客观来说，虽然自由人文主义批评有着强烈的道德使命感，但它却坚决反对把道德标准简单运用到文学批评上，更反对把文学化简成道德理念的宣传品，而是强调文学批评的科学性和超验性，用阿诺德的话来说，就是"超然无执地喜欢让思想在任何主题上自由游戏、不为他图"。（17）它相信文学研究可以而且必须摆脱道德意识形态的影响，"如其所是地对待客体对象"，（17）用具体、可感、丰富和细腻的语言来默默展示那些对民族和社会至关重要的纯粹品质，而不是要把它们用于任何现实功利性目的。所有这些信念在英美新批评学派那里得到最大程度的贯彻发挥，表现为他们对"意图谬误"和"感受谬误"的厌弃，以及对文学"内部研究"和"外部研究"之别的谨慎维持。

然而，新批评从一开始就潜伏着危机，它从未像自己宣称的那样能够真正在"内部研究"与"外部研究"之间划出边界，更不能真正切断文学与伦理之间的关系。事实上，几乎每一位新批评者对社会都抱有强烈的现实关切。例如，理查兹在其《实用批评》的开头即明确了这种批评的三个目的：

> 首先，向那些对当前文化状况感兴趣的人介绍一种新的文献材料，不管他是批评家、哲学家、心理学家抑或仅仅是心存好奇的普通人；其次，向那些希望能够自己弄清楚他们关于诗歌（以及其他相关体裁）的想法和感受，以及为何会对它们产生好恶的人们提供一种新的工具；第三，准备

一种更有效的教学方法，以更好拓展我们对读到和听到的作品进行理解和
鉴别的能力。(3)

正如伊格斯顿 (R. Eaglestone) 所说，我们在这段话中可以清晰地察觉出理查
兹在文化、伦理、价值评判以及教学方法等多方面的考虑，这些显然都不属于文学
"内部研究"。(18) 这些关切也绝不仅限于理查兹一人，而是普遍见于其他新批评
者当中。也就是说，伦理批评并未被新批评驱逐出文学研究的王国，反倒是经过改
头换面混入新批评内部，以一种更不易被发现的身份延续了下来。也正是由于这一
原因，很多人并不认同当前所谓伦理学转向一说，而是更倾向于使用"伦理批评的
复兴"这种说法，因为伦理批评并非新生之物，它只是在一段时间内被暂时压制，
并时刻准备卷土重来。

后现代主义对传统伦理批评的挑战

从 20 世纪 60 年代开始到 80 年代，这 20 多年时间堪称后现代主义的黄金时
代，各种"后学"如雨后春笋般层出不穷，强烈冲击了整个西方世界的社会文化
结构，深刻改变了人们的思维方式和生活方式，迫使人们以全新视角去检验和质疑
一切习以为常的文化、经验和制度等，这其中自然包括自由人文主义的伦理批评传
统。由此，伦理批评开始进入布斯所感慨的一段"艰难时世"。(25) 在这段时间，
恐怕没有什么比"伦理"和"道德"这样的词汇更易引起批评家的厌恶，因为这些
东西早被人们揭穿为虚伪的文化建构产物，它们不过是处于主导地位的阶级、性别
或种族的"权力意志"的意识形态伪装，用詹姆逊 (Fredric Jameson) 的话来说："我
们当今时代的任何伦理问题，不管它以何种面目出现，都可以被看作是一种标志，
它表明了人们意图用 [好和坏这样的] 二元主义的神话来化简、神秘化，甚至是替
换那些本该更加复杂、矛盾和辩证的政治判断。"(56)

后现代主义用以挑战自由人文主义的一大利器便是其反基础主义 (anti-
foundationalism) 的策略。按照罗蒂 (R. Rorty) 的理解，所谓基础主义，就是自古
希腊以来的思想家们一直努力寻找，却又不断更换的一套观念："这套观念可被用
于证明或批评个人行为和生活以及社会习俗和制度，还可为人们提供一个进行个人
道德思考和社会政治思考的框架。"(1987：11) 基础主义者试图为知识找到一个不
容置疑的坚实基础：柏拉图找到理念，神学家找到上帝，人文主义者找到人，理性
主义者找到理性，黑格尔找到绝对精神，语言论者找到语言，如此等等，它们都分
别构成各自知识体系的"阿基米德点"。本质主义、客观主义、绝对主义以及逻各
斯中心主义都不过是基础主义的不同表现和称谓，而自由人文主义的伦理批评所信
奉的"普遍人性"和"永恒价值"不过是基础主义制造出来的衍生物。

基础主义者相信，道德只有一种绝对正确的标准，伦理之争就是围绕它来进行

的。而反基础主义者则认为"一切认知与伦理系统都是历史的、文化的和偶然的"，（Clark：19）任何道德体系都不过是对各自生活经验的不同描述、规约或建构，没有任何一种道德理论更符合生活的本来面目或者是天经地义的，所谓更好的道德不过是更符合解释主体的当下语境的、更合适的重新描述。事实上，

> 实在界（reality）的大部分根本无关乎我们对它的描述，人类的自我是由语汇的使用所创造出来的，而不是被语汇适切或不适切地表现出来……任何事物都可以用重新描述，使其变得看起来是好的或坏的、重要的或不重要的、有用的或无用的。（罗蒂，2005：16）

反基础主义者并不认为自己比他人更接近道德真理，也否认自己可以有这样的特权。对他而言，没有任何价值中立的基准可以用来衡量一种道德，回应一种道德立场的唯一途径就是提出另一种道德立场。我们没有一个终极标准可以对各种道德作出孰优孰劣的评价，正好比我们不能用统一标准来比较不同文明的优劣一样。

从古希腊的智者派到近代的尼采，再到20世纪的维特根斯坦、福柯、库恩和德里达等，我们可以在他们当中发现一条贯穿至今的反基础主义思想脉络，而女权主义、解构主义、新历史主义和后殖民主义等都是对反基础主义批评方法的具体运用。它们的共同策略是："去证明基础主义理论用以对抗历史、惯例和局部实践的那些标准、规范和原则在任何情况下都不过是历史、惯例和局部实践的一种功能或延伸。"（Fish，1985：19）也就是说，基础主义者认为道德是有客观评价标准的，他们对作品的评价也是客观公正的，至少是更合理的，反基础主义者则根本否认这种可能。后者相信，伦理批评者解读作品的方式和角度取决于他所处的社会历史语境，该语境由各种被他和其他社会成员共享的信仰、观念、利益关切、主观假设和工具范畴等因素汇编而成，它近似于罗蒂所谓的"终极语汇"，是"每个人都随身携带着的一组语词，来为他们的行动、他们的信仰和他们的生命提供理据"。（2005：105）由于思想本身亦不过是对语言的运用，所以真理、意义和价值都不可能超越特定的解释语境而存在，也就根本不存在未经解释的道德经验或本来面目。不管批评家如何努力探寻作品中的道德内涵，所获得的答案也不能告诉我们有关道德本质的任何知识，因为这种本质根本就不存在。

而传统伦理批评者往往看不到这一点，他们坚信只有一种衡量作品好坏的道德标准，并且自信已经掌握了这一标准，他们忽视，或者完全拒绝接受后现代主义者对主体的批判，也就看不到人性、主体以及道德等观念的社会历史建构性。他们看似用最普遍公正的态度对待文学中的道德事件，但实际上不过是从自己的视角作出主观判断，这些道德事件中原有的特殊性和差异性也往往被所谓的普遍性和绝对性所遮蔽，于是主观片面性便成为传统伦理批评的一大缺陷。他们总是试图"在小说中发掘出道德规范和普遍价值的稳定基础"，（Kotte：62），事实上他们"所发掘出

的不过是他们预先置入的东西"。（伽达默尔：451）被某些人视为道德的东西，很可能在另一些人看来就是不道德的，时间、空间和具体情境都是影响判断的因素，因此真正的伦理批评必须认识到："不同历史时期的文学有其固定的属于特定历史的伦理环境和伦理语境，对文学的理解必须让文学回归属于它的伦理环境和伦理语境，这是理解文学的一个前提。"（聂珍钊：19）

后现代主义的终结与伦理学转向

如果说来自后现代主义的冲击让传统伦理批评陷入沉寂的话，那么从 20 世纪80 年代开始的所谓"后现代主义的终结"又为伦理批评的复兴提供了机遇。② 虽然说伦理学转向的发生有着十分复杂的社会因素，比如近 30 年来日渐加深的社会矛盾、保守势力在西方社会的再度崛起、民族主义复兴、传统价值观念重新得到重视等，但后现代主义的终结无疑是其中一个非常重要的直接因素。

德曼（Paul de Man）去世 4 年后爆出的政治丑闻被很多人视为后现代主义走向终结的关键转折点。（Gregory，2010）哈普海姆（G. Harpham）略带嘲讽地说："自从大约 1987 年 9 月 1 日起，文学理论的性质发生了变化。"（389）这一事件引发了人们对包括解构主义在内的整个后现代理论的伦理问题的激烈争论。后现代主义一向主张文学批评与现实世界之间没有直接关联，甚至宣称"文本之外，别无他物"，其不容置疑的语气往往让人无以应对。而现在人们终于明白了，不管是文学创作还是批评，都不可能真正与现实无关，我们甚至有理由把德曼的整个解构批评活动解读成为其亲纳粹言论的辩护。或许正是要为自己不为人知的道德污点辩解，他才那么迫切地推行其解构修辞策略，不厌其烦地劝诫人们放弃对正确文本意义的探寻。难道他的意思是说，他当年为纳粹撰写的文章都是没有任何实际意义的吗？

不可否认，后现代主义对传统伦理批评的否定具有一定积极意义，其独特的解魅化和问题化策略让人们注意到了后者的虚妄之处。就像帕克（David Parker）所承认的，后现代主义的最大功劳，就是让我们明白了传统伦理批评"把那些具有历史偶然性和文化相对性的价值观念错误地再现为普遍永恒之物"。（29）这也算得上是一种巨大的知识进步，最起码我们很难再像以往那样在完全处于一种政治和理论的双重无意识状态下从事文学批评活动。不过别忘了，后现代主义也只不过是一种假设，如果对其建构主义和反基础主义的主张太过教条，则又等于回到了基础主义和本质主义的老路。事实上，虽然后现代主义者在理论上都是价值相对论者，但在生活实践中却极少有人会真的善恶不分，他们对正义和非正义之间的界限也从来都持毫不含混的态度。虽然后现代主义可以帮助伦理批评摆脱基础主义的困扰，认识到"我"的评判标准的或然性，但也有可能让我们走向基础主义的另一个极端，即道德相对主义。费什（Stanley Fish）曾说："一切问题都不过是修辞问题。"（1995：13）这就等于说，包括道德在内的一切问题都可以被还原为语言问题。"你"之所以更正确，只是因为"你"比"我"更善于措辞而已，而不是因为你把握了更多的道德真理。这的确是十分危险的道德相对主义的表现，沿着这一逻辑，它有可能让我们丧失在事物之间进行价值判断的能力，"没有对错、什么都行"这样的价值虚无主义便会弥漫开来。

虽然伦理和道德的观念已被后现代主义批判得体无完肤，但人们终究还是发现它们对生活具有不可或缺性。亚里士多德把人的本质界定为"理性的动物"和"政治的动物"，但其实人更是"伦理的动物"。在自然界中，恐怕只有人类才有道德观念，并且所有的文化群体都用伦理道德来规范、指引和评价成员之间的交往，以便形成一种更好的公众生活。我们都渴望得到认可、接纳、尊重以及公正的评价和对待等，我们不能因为具体道德规范的文化建构性而否认它对群体生活的基础性作用。路德恩（Robert Louden）说：

> 道德的绝对重要性源自其无处不在性。……只要是我们能够有一定自主权的人类生活的所有方面，无不与道德间接相关。道德的这种基础性的重要地位并非因为它"高于"其他事物之上，而是因为它几乎位于任何其他事物的周围、下方或内部。（80）

在这种情形下，要求文学批评重新回归其伦理位置的声音便越来越响亮：吉布森（Andrew Gibson）号召"现在该是回到利维斯的时候了"；（1）麦克金（Colin McGinn）则声称要"保护那些跃然纸上的鲜活的道德思想，抵御相对主义和形式主义对当今文学研究的伤害"。（173—174）类似的言论还有很多，以至于费伦（James Phelan）认为当前的伦理学转向"完全是对解构主义-形式主义的反抗"。（101）在很多人看来，伦理学转向就是文学批评的自我救赎，它要求批评家重新衡量文学批评在维护和促进社会伦理秩序方面的积极作用，"……日益回归实践层面的考量——回归那些伦理的和社会的问题，……和伦理学一起共同探究与'人应该如何生活'相关的问题"。（Nussbaum，1990：168）有太多的现实问题迫切需要作家和读者共同面对，它们关系到全人类在 21 世纪乃至更遥远未来的切身福祉，而仅仅用后现代主义破坏一切价值的虚无主义精神显然不能解答这些问题。

伦理学转向的两种路径

伦理批评要想实现真正回归，它就不得不面临一个问题，即应该如何对待后现代主义的遗产。而恰恰在这个问题上，伦理学转向在不同的批评家那里表现出了两种路径。

第一种路径以努斯鲍姆、布斯和格雷戈里（Marshall Gregory）等为代表，他们更侧重对文学作品的伦理内容的阅读和批评，并且更尊重传统伦理批评的基本观念和假定：比如把文学当作道德教科书，"可以通过任何哲学论文所不具备的方式让我们看到和感受善恶";（McGinn：176）把作家和批评家假想成公众的道德导师，"当我们作为读者认真跟随他们，我们自身也就参与到伦理行为中，而我们的阅读也就成为有价值的伦理行为";（Nussbaum，1998：343）把文学虚构世界看作现实世界的平行对应物，可以"为读者提供一种替代经验"（surrogate experience）以弥补现实生活经验的不足，（Schwarz：5）因为"我们的生活从来都不够丰富。如果没有小说，我们的经历便太局限、太狭隘，而文学则可以延伸它，让我们可以反思和感受到或许原本距离我们的感觉太过遥远的事物"。（Nussbaum，1990：81）格雷夫里把这种伦理批评的目的概括为三个：第一，协助读者理解潜在的文学效果，帮他们更好地接受文学在思想力、感受力和判断力等方面对他们的塑造。第二，帮助读者理解文学再现的内部世界和外部世界的道德标准。第三，对作品进行价值判断，并作出批评性的推介。（1998：206—207）这种伦理批评方法的优点是容易被普通读者接受，更符合公众期待的文学批评的功能定位，有助于恢复文学批评在公共生活中曾有的地位和影响。但其缺点在于忽略语言在文学再现过程中的中介作用，对文学作品的文本特征重视不够，时常有道德还原主义（moral reductivism）和教条主义的嫌疑。

第二种路径则以曾经的解构批评家米勒为代表，他更好地继承了后现代主义的遗产，认为解构主义绝非是在宣扬道德相对主义，它只是对传统伦理批评对待文本的方式感到不满，"只有我们的大学依然对解构主义提出的质疑保持开放姿态，传统人文批评的职责和使命才能得到更好履行"。（"Presidential"：290）与一般伦理批评只对文学所再现的伦理内容感兴趣不同，米勒把批评的重心放到了莫瑞西（Lee Morrissey）所谓的"阅读的伦理"上，（330）即文本和读者在阅读活动中相遇时发生的各种伦理可能。他相信："在阅读活动本身之中即存在一个必要的伦理时刻，这个时刻既非认知的，也非政治的、社会的或人际之间的，而恰恰唯独属于伦理的。"（Ethics：1）他遵循着解构传统，依然把文学作品首先视为一个语言制品，而语言又绝非一个中立的透明中介。经过语言的折射，文本中的"伦理内容"与它意欲再现的现实之间必然存在"含混"和"差异"，它们顽固地拒绝被读者和批评家同化。米勒把阅读视为一种伦理责任，这不是说读者必须虚心聆听教诲，而是说读者必须"耐心、谨慎、一丝不苟地阅读，同时带着一个基本假定，即正在被阅读的文本可能会说出与读者的期待或现有常规认识完全不同的东西"。（"Presidential"：284）努斯鲍姆和布斯等人复活了维多利亚时期的批评隐喻，即把文学比作读者的老师或朋友，两者之间要么是老师对学生的伦理引导，要么是朋友之间的"共导"（coduction）。（Booth：72）布伊尔甚至把这一隐喻的复兴称为当前伦理学转向"最显著的创新"。（13）而米勒更愿意采用后现代主义的他者概念，即作品和读者之间是他者关系，它拒绝被读者的伦理期待所同化，而总是在质疑和挑战他的伦理预测，进而去反思这种预测得以形成的各种历史的、个人的、文化的以及意识形态的土壤。米勒看重的不是"求同"，而是"存异"。对他来说，伦理不能被理解成某种具体化了的行为规范，而是一种尊重彼此差异的对话过程，能否达成共识并不重要，因为共识往往意味着压制对话和取消差异。

伦理批评与道德批评

柏拉图作为西方文学批评的奠基人，其实也是道德批评的坚定倡导者，并且为此后数千年的文学批评定下了基调，即文学批评的最根本目的是服务于现实道德秩序；批评家要对文学作出价值评判和必要的道德审查，让文学更好地有益于人生和社会。正是出于此种原因，批评家也经常扮演既有秩序的维护者形象，道德批评被涂上一层浓厚的保守主义色彩。难怪自 19 世纪唯美主义运动兴起之后，它开始遭到人们延续近一个半世纪的猛烈抨击。人们所讨厌的并非仅仅是其单调乏味的道德说教以及感性肤浅的印象式批评方法，更讨厌其潜在的保守政治倾向。直至今天的伦理批评再度崛起，很多人仍然本能地把它与那种简单粗暴的传统道德批评联系到一起，事实也的确经常如此。伦理批评在很多人那里并没有展示出灵活生动的一面，而是变得"臃肿、拖沓、啰唆、浅薄、教条、自以为是"，（Gregory，2010：273）不但在解决现实道德困惑方面未见成效，反倒经常重蹈传统道德批评的覆辙：批评家很少对自己的道德立场、批评视角、范畴和方法进行反思，而是使用相当朴素的"前理论"时代的批评方法，用非常情绪化的语言对作品中的道德内容大加褒贬，或从中整理出某些道德公式，或对作品进行价值分级。总体来看，他们对"伦理"的理解比较狭隘，只是把它等同于对人的行为进行约束和判断的一系列标准，是众多由好／坏、善／恶、对／错等二元对立项构成的价值结构。他们往往更关注道德在私人层面上的表现，比如某个人的行为如何能够影响他人的道德情操等，却很少把关注的话题延伸到自由、平等和正义这些具有更广阔伦理内涵的话题上。于是正如有人所批评的："名义上是以文学伦理学批评分析作家和作品，实际上得出的却是道德批评的结论。"（修树新等：167）因此，伦理批评要想在今天真正成为一种充满活力的批评方法，就需要超越这种对"伦理"的狭隘认识。

事实上，要想完全厘清"伦理"和"道德"的异同关系的确十分困难。虽然我们都知道它们不尽相同，但不管是在日常生活还是在一般性的学术研究中，我们都是凭一种语言直觉而随手拈来或互换使用。数千年的混用早已让两者之间的差异变得极难辨别。用谷歌搜索英文单词"伦理"和"道德"，可以查阅到数十种对之进行区分的方法，但都各执一端，莫衷一是。不过相比之下，布斯的相关见解对我们颇有启发。他指出，英语 ethics 一词源自古希腊语 ethos（精神气质），本意为"某个群体或个人的全部德性之和"。德性必须是稳定的和连续的，它们通过行为主体在生活中的各种习惯性行为选择表现出来。在古希腊人的哲学观念中，德性（virtue）并不仅指"诚实"、"善良"或"正直"等品质，也涵盖一切与人的力量、素质、能力和行为习惯等相关的方面。我们把这一伦理的内涵扩展到伦理批评方面，可以得到的启示是：只要是文学能够对人的所有这些方面产生影响和改变，那么我们都可以称之为伦理效果。布斯由此提出："任何旨在揭示叙事性故事的德性与个人和社会德性之间的关系的行为，或任何旨在揭示它们如何相互影响各自的'精神气质'——全部德性之和——的行为，都称得上是伦理批评。"（11）这即是说，伦理批评绝不应仅仅关注文学可以带给读者哪些直接或间接的道德启示，它还应关注共同存在于世界之中的作者、文本和读者之间的一切互动关系，包括知识的、道德的、经济的、审美的，甚至政治的关系等。

如此一来，伦理批评的边界便可以得到极大拓展。它不仅包括狭义上的道德批评，也可以把女性批评、解构批评、生态批评、后殖民批评、读者批评、马克思主义批评，甚至是宣称与道德批评势不两立的唯美主义批评等都包含进来，因为所有这些批评在最终目的上都与伦理批评存在同一性，即它们都是为了以某种方式影响读者的"德性"，让他在能力、素质和行为等各方面发生改变。任何一种批评其实都是在或明或暗地向读者推荐某一类型的作家、作品或阅读方式，它们的潜台词都是"以某种阅读方式阅读某些作品对读者是好的"，只不过它们对"好"的具体内涵理解不同：是保守的还是激进的？是个人主义的还是集体主义的？是禁欲的还是享乐的？是宗教的还是无神论的？是极权的还是自由的？如此等等。如果我们不再把伦理批评化简为狭隘的道德批评，而是让它扩展到生态、正义、性别、阶级和种族这些更广阔的议题上，伦理批评一定可以成为一个更具建设性的批评事业。

伦理批评与政治批评

伦理批评与政治批评的关系同样值得反思。英语中的 politics 源自古希腊语 politikos，其词根是 polis，本意为"城邦"，是古希腊时期最基本的公共组织机构。从 polis 引申出 polites 一词，意为"公民"；继而再衍生出 politikos，意为"一切适合于城邦、公民以及公民权责的事物"，这正是"政治"最早的含义。（Heywood：10—15）伊格尔顿把它恰当地概括为"我们把自己的社会生活组织在一起的方式，及其所涉及的种种权力关系"。（196）它几乎涵盖我们生活的所有方面，因为作为社会中的一员，我们根本不可能生活在没有政治的环境里。一切社会关系都涉及权力关系，而这也正是亚里士多德认为"人是政治的动物"的本意。

从古希腊一直到 17 世纪的启蒙运动，大部分的哲学家都认为伦理与政治从来都是不可分割的，它们都是人作为社会性生物的必然内涵，是为了规范公共生活中的人伦关系所必需的制度设计。任何群体要实现和谐秩序，仅仅讲道德是不够的，更要讲自由、公平与正义。同样，伦理批评要想实现服务于社会人生的最终目的，也必须关注这些狭义道德之外的重要公共话题。事实上，伦理批评的复兴恰恰与女权主义、后殖民主义、新历史主义和新马克思主义等批评方法的影响分不开，正是由于它们对隐藏于性别、种族、阶级和历史之中的不平等关系的揭示才让人们认识到，如何有益于构建和谐的伦理关系才是文学批评的真正使命，但这种和谐显然不能仅仅构筑于道德规范之上，它还需要自由、公平与正义等政治因素作为基石。它们对这些政治议题的关切其实也都是伦理关切，只不过它们用权力、话语、差异、结构、边缘和中心等文化政治范畴取代了简单的善、恶、好、坏等道德范畴。有些东西之所以要受到批判，比如性别歧视和种族迫害等，不仅仅因为它们在政治上是错误的，更因为它们在伦理上也是错误的。

伊格尔顿在对近 200 余年来的文学批评作系统考察后得出的结论是：一切批评活动都是具有政治性的，像新批评这样宣称只关注字面东西的纯粹批评其实不过是一种学术神话；任何批评都或明或暗地与政治和意识形态密切相关，"有意或无意地帮助和加强了它的种种假定"。（197）不过，我们不应因此而谴责批评活动的不纯洁，因为我们根本不可能超越于政治和权力之上，真正应受谴责的是那些对自己的政治属性浑然不觉或刻意掩饰的文学批评活动，以及那种"在将自己的学说作为据说是'技术的'、'自明的'、'科学的'或'普遍的'真理而提供出来之时的那种盲目性"。（197）

伦理批评要想彻底超越道德批评的狭隘性，就需要摆脱后者往往只谈论道德、不谈政治的弊端，否则它还有可能像后者一样在不知不觉中沦为现实的保守同谋。当然，我们在此所说的政治是广义上的。我们也不是要求伦理批评像某些后现代批评一样只谈政治，不谈道德，以免丧失对现实问题的实际关照和行动能力。我们只是想提醒伦理批评者，伦理和政治从来都是密切交织在一起的，它们甚至可以说是一个问题的两个表现方面。任何一种批评都是伦理的，因为它们都是为了让读者在各自理解的层面上变得"更好"；任何一种批评也都是政治的，因为它们都想按照各自理解的维度塑造读者，进而塑造社会。

结　语

众所周知，文学批评在今天的公共生活中扮演的角色已非常微不足道。造成这一后果的因素有很多，其中既有社会方面的问题，也有文学研究本身的问题。不过，文学批评的日益学院化、精英化和私人化却也是不可否认的重要原因。批评家在痴迷于一个个晦涩抽象的专业话题的同时，却忘记了文学研究应有的现实伦理关切。公众很少能够参与到文学讨论中去，文学也很少再像往常那样能够成为公共话题。在这种情况下，伦理批评的复兴也是应了时代之需。伦理批评要求文学研究必须关注读者的现实伦理需求，能够帮助解决他们的现实困境，这对恢复文学的公共职能具有一定的积极作用。不过，如果伦理批评仍不能摆脱传统道德批评固有的理论缺陷以及说教性的话语方式，那么文学批评就依然难以真正成为对公众有益的交流活动。

伦理批评者还需要认识到，文学的真正价值并不在于它可以神奇地让普通人在道德上变得更完美，文学批评的作用也不仅在于给公众带来道德启示。如果批评家能够弱化自己的精英姿态，尊重读者的现实需求和知识立场，热情邀请读者一起参与对文学的公共伦理价值的探讨，让文学批评再次成为代表多元价值的多种声音进入公平对话协商的开放公共领域，那么文学批评一定能更好地发挥其有益于公众的全部潜能，"成为一座同时通向正义的图景和实践这幅图景的桥梁"。（努斯鲍姆：26）

参考文献

1. Arnold, Matthew. "The Function of Criticism at the Present Time." *Essays in Criticism*. London: Macmillan, 1865.
2. Booth, Wayne C. *The Company We Keep: An Ethics of Fiction*. Berkeley: U of California P, 1988.
3. Buell, Lawrence. "Introduction: In Pursuit of Ethics." *PMLA* 1 (1999): 7-19.
4. Clark, Thomas W. "Humanism and Postmodernism: A Reconciliation." *Humanist* 1 (1993): 18-23.
5. Eaglestone, Robert. *Ethical Criticism: Reading After Levinas*. Edinburgh: Edinburgh UP, 1997.
6. Fish, Stanley. "Consequences." *Against Theory: Literary Studies and the New Pragmatism*. Ed. W. J. T. Mitchell. Chicago: U of Chicago P, 1985.
7. —. "Rhetoric." *Critical Terms for Literary Study*. Ed. F. Lentricchia and T. McLaughlin. Chicago: U of Chicago P, 1995.
8. Gibson, Andrew. *Postmodernity, Ethics and the Novel: From Leavis to Levinas*. London: Routledge, 1999.
9. Gregory, Marshall. "Ethical Criticism: What It Is and Why It Matters." *Style* 2 (1998): 194-220.
10. —. "Redefining Ethical Criticism. The Old vs. the New." *Journal of Literary Theory* 2 (2010): 273-301.
11. Harpham, Geoffrey. "Ethics." *Critical Terms for Literary Study*. Ed. F. Lentricchia and T. McLaughlin. Chicago: U of Chicago P, 1995.
12. Heywood, Andrew. *Politics*. New York: Palgrave, 2002.
13. Jameson, Fredric. *Fables of Aggression: Wyndham Lewis, the Modernist as Fascist*. London: Verso, 2008.
14. Kotte, Christina. *Ethical Dimensions in British Historiographic Metafiction: Julian Barnes, Graham Swift, Penelope Lively*. Trier: Wissenschaftlicher Verlag Trier, 2001.
15. Louden, Robert B. *Morality and Moral Theory: A Reappraisal and Reaffirmation*. New York: Oxford UP, 1992.
16. McGinn, Colin. *Ethics, Evil and Fiction*. Oxford: Clarendon, 1997.
17. Miller, J. Hillis. *The Ethics of Reading*. New York: Columbia UP, 1987.
18. —. "Presidential Address 1986: The Triumph of Theory, the Resistance to Reading, and the Question of the Material Base." *PMLA* 3 (1987): 281-291.
19. Morrissey, Lee. "Eve's Otherness and the New Ethical Criticism." *New Literary History* 2 (2001):

327-345.

20. Nussbaum, Martha. "Exactly and Responsibly: A Defense of Ethical Criticism." *Philosophy and Literature* 2 (1998): 343-365.

21. —. *Love's Knowledge: Essays on Philosophy and Literature*. Oxford: Oxford UP, 1990.

22. Parker, David. *Ethics, Theory and the Novel*. Cambridge: Cambridge UP, 1994.

23. Phelan, James. "Sethe's Choice: Beloved and the Ethics of Reading." *Mapping the Ethical Turn: A Reader in Ethics, Culture, and Literary Theory*. Ed. T. F. Davis and K. Womack. Charlottesville: UP of Virginia, 2001.

24. Richards, I. A. *Practical Criticism: A Study of Literary Judgment*. London: Kegan Paul, 1929.

25. Schwarz, Daniel. "A Humanistic Ethics of Reading." *Mapping the Ethical Turn: A Reader in Ethics, Culture, and Literary Theory*. Ed. T. F. Davis and K. Womack. Charlottesville: UP of Virginia, 2001.

26. 伽达默尔:《诠释学 I：真理与方法》,洪汉鼎译,商务印书馆,2007。

27. 罗蒂:《偶然、反讽与团结》,徐文瑞译,商务印书馆,2005。

28. 罗蒂:《哲学与自然之境》,李幼蒸译,生活·读书·新知三联书店,1987。

29. 聂珍钊:《文学伦理学批评：基本理论与术语》,载《外国文学研究》2010 年第 1 期。

30. 努斯鲍姆:《诗性正义：文学想象与公共生活》,丁晓东译,北京大学出版社,2010。

31. 修树新等:《文学伦理学批评的现状和走向》,载《外国文学研究》2008 年第 4 期。

32. 伊格尔顿:《二十世纪西方文学理论》,伍晓明译,北京大学出版社,2007。

① 在近 30 年来出版的著作中,仅在标题中使用"伦理学转向"或"道德转向"等类似说法的著作就有很多,例如:*The Turn to Ethics*(M. Garber, et al., eds.)、*Mapping the Ethical Turn: A Reader in Ethics, Culture, and Literary Theory*(Todd F. Davis and K. Womack)、*Ethics and Aesthetics: The Moral Turn of Postmodernism*(G. Hoffman and A. Hornung),等等。而期刊文章则更多,在此不一一列举。

② 有关后现代主义终结的原因,目前仍众说纷纭,有人甚至把伦理批评的复兴视为导致后现代终结的因素之一,本文对此持保留意见,但不展开讨论,而重在探究后现代主义的终结为伦理批评的复兴所准备的条件。

媒介生态学^①　周　敏

略　说

如今，铺天盖地的媒介汇聚成的信息洪流正在重组着我们的精神生活和情感生活，我们的各种感觉几乎被无限地延伸。媒介已经不仅仅是信息，比历史上以往任何时候都更甚，它确乎就是我们的日常生活！"媒介生态学"^②（Media Ecology）就是在这样一个背景下首先在北美兴起的理论思潮，它将媒介作为环境进行研究，旨在考察"文化、科技与人类传播之间的互动共生关系"。（林文刚：1）按照波兹曼（Neil Postman）的说法：

> 把"媒介"放在"生态"的前面是为了说明我们感兴趣的不仅仅是媒介，还有媒介和人类之间的互动所给予文化以特性的方式，或者说帮助文化保持象征意义的平衡。如果把生态一词的古代和现代含义结合起来，它说明了我们需要保持整个地球大家庭的井然有序。（2004：10）

20世纪70年代以来，媒介生态学不仅成为传播学界与经验主义和批判学派比肩而立的重要学派，更为关键的是，由于媒介在当代政治、经济、文化生活中的核心作用，媒介何以"生态"也成为了极具现实意义的重大命题。

综　述

北美是媒介生态学研究的发源地，但早在波兹曼把媒介生态学学科化之前，其基本思想已经开始萌芽发展。这个学派的思想可以追溯到20世纪初的相对论原理，甚至19世纪的德国动物学家海克尔（Ernst Haeckel）。海克尔是首先在现代意义上使用"生态"一词的德国动物学家，他用"生态"表示自然环境中各种因素的相互作用，特别强调这种互动如何产生一种平衡和健康的环境。格迪斯是芒福德（Lewis Mumford）的老师，芒福德为20世纪初著名的城市研究专家，最早研究了自然环境、人造环境以及人类文化之间的关系，通过生物学类推的方法考察城市有机体的发展和衰退，提出了人类生态的理念。媒介生态学发展的过程中有两个重要的阵地，一是加拿大的多伦多，以伊尼斯（Harold Innis）和麦克卢汉（Marshall McLuhan）为主要代表人物，尤其是麦克卢汉，被誉为媒介"先知"；另一个是美国的纽约，以芒福德和波兹曼为代表。"媒介生态学"的概念首先是由美国当代著名教育家、媒介理论家波兹曼在1968年提出的。从20世纪70年代开始，波兹曼开始在纽约大学创办"媒介生态学研究"（Media Ecology Program）的博士和硕士学位课程。1998 年，"媒介生态学会"在纽约成立。媒介生态学研究主要探讨媒介环境的结构、内容及其对人的影响，目的在于建立媒介环境和人之间的整体的"生态"（和谐）关系，具有强烈的人文关怀，特别强调"人在媒介研究中的重要作用，重点关怀如何研究人与传播媒介的关系"。（林文刚：3）波兹曼把自己在媒介生态学会成立大会上的主题报告旗帜鲜明地命名为"媒介生态学的人文关怀"，他明确指出，我们对媒介的思考应该从这几个方面来进行：第一，媒介在多大程度上能推动理性思维的应用和发展；第二，媒介在多大程度上有助于民主的进程；第三，媒介在多大程度上能够使人获得更多有意义的信息；第四，媒介在多大程度上提升或削弱了我们的道德感和向善的能力。（2004：14）综其四点，无不从"人"的角度出发去考量媒介如何影响人的感知、观点、情感以及价值观。

媒介生态学所谓之媒介对象并非仅指以书籍、报纸为代表的印刷媒介，或是以电话、电视、互联网等为代表的电子媒介，而是一个大媒介的概念，凡是能够负载信息的都是媒介，口语、货币、法律、数字，甚至高楼大厦都可被视为媒介。这些媒介大大延伸了人类的感觉能力和范围：文字与印刷媒介是视觉器官眼睛的延伸，广播是听觉器官耳朵的延伸，电视则是全身感觉器官的延伸，等等。媒介生态学非常注重对媒介自身的研究，麦克卢汉曾批评以往的传播研究只关注内容而忽视媒介，媒介的"内容"好比是一片滋味鲜美的肉，破门而入的窃贼用它来涣散和转移看门狗的注意力，这是因为任何媒介都有力量将其假设强加在没有警觉的人的身上。因此麦克卢汉倡议一种整体论的研究方法，反对媒介-内容的两相对立，并提出了他那著名的论断"媒介即信息"。（155—162）本文将从媒介与技术、媒介与文化，以及媒介与符号三个方面来考察媒介生态学的概念历史和理论目标。

媒介生态学

作为人类心灵和外界事物交互作用的场所，媒介为观念的生活世界提供给养和资源，这一切乃是在技术的推动下实现的。正如伊尼斯所言："任何一种传播媒介都对知识的扩散发挥着某一方面的重要作用……只有深入考察媒介的技术特性，方能对媒介的文化功能作出准确的评估。"（33）研究媒介倘若忽视了其背后的技术因素，就难以抓住媒介的复杂内涵。因为技术并非外在于我们的中立存在，并非仅是我们和世界之间的中介，而是构成了我们的存在的重要组成部分。我们所使用的技术就是我们看待世界的方式，在庄子这是"有机事者必有机心"，在麦克卢汉就是"媒介是人的延伸"。技术与人之间绝非简单的主客对立的二元关系。我们不仅创造技术，也被技术所构造，因为技术以人们无法预测的方式重新定义了我们行为的方式。每一种技术都在一定程度上重组了人类的感性空间和结构，从而改变了主体与客体、主体与主体之间的关系。特别是 20 世纪以来，技术的影响愈发广泛和深刻，作为"一种革命动因"的技术已经渗透到社会的一切制度之中，唯有改变社会、解构自身才能适应技术的新形式。然而，在媒介生态学诞生之前，传统的传播研究鲜有对媒介自身的技术特性而开展的研究。媒介生态学从创立之初就十分关注技术在传播活动中的压倒性作用，麦克卢汉、波兹曼、伊尼斯、芒福德等都曾对技术主题进行过研究。

伊尼斯是多伦多媒介学派的开创者，也是北美 20 世纪传播和媒介研究领域最富有原创性、最深刻的思想家之一。他从政治经济学领域进入传播研究，早期曾关注加拿大铁路史、大宗商品的贸易等。20 世纪 40 年代，他开始关注木材这一大宗物品，在对造纸工业的研究中，他看到自己家乡的森林被转变成为纽约地铁上的瞬间阅读，由此意识到与经济力量相比，传播方式的改变对文化的变迁，特别是公众思想观念的改变有着更加根本的影响。此后，他转向了传播技术与社会变迁的研究。在《帝国与传播》（1950）与《传播的偏向》（1951）中，伊尼斯明确指出，媒介的改变导致了社会变革，技术形式的变化也改变着人类的意识结构。受他的经济史研究模式的影响，伊尼斯把传播的研究也放置在历史发展的语境中，通过考察古埃及、巴比伦、希腊、罗马及英、法的兴衰史，提出了"媒介-行动者-社会制度"的发展模式。伊尼斯发现，文化的变迁来自技术的变迁，因为技术通过改变物质条件，通过改变个人生活和思想的方法、模式和习惯而产生制度后果。在为《传播的偏向》所写的序言中，麦克卢汉指出，伊尼斯把历史环境当作试验场去检验技术在塑造文化中的作用，"他把注意力指向技术的偏向和扭曲力，借以显示如何去理解文化"。（4）通过这些研究，伊尼斯发现传播媒介具有偏向性，提出了媒介的"时空偏向"说，将媒介根据技术特征区分为有利于空间上延伸的媒介和有利于时间上延续的媒介。在伊尼斯看来，媒介是人类思维的延伸，传播是社会关系的反映，任何一个历史时期的媒介和传播偏向都体现了当时的社会思潮和文化特征，媒介的形态对社会形态、心理和结构都有着深远的影响："一种新媒介的长处将导致一种新文明的产生"。（63）

麦克卢汉本是文学教授，剑桥大学的博士，他借用了伊尼斯的"偏向性"来发展自己的媒介理论，只不过他的重点不在传播与社会组织之间的关系上，而主要集中在传播媒介通过"通感"③（synesthesia）对人的感觉的影响之上，这与他在剑桥所受的"新批评"的浸染不无关系。正是"新批评"所主张的"形式即内容"的观念直接启迪了他对媒介与信息关系的理解：媒介即信息。在《理解媒介：论人的延伸》中，他指出媒介是人的延伸，每一个延伸都会使人的感官均衡发生变化，从而产生一个新的环境。与伊尼斯对技术民主前景的悲观相比，麦克卢汉相信技术将带来非集中化的民主社会与万物和谐的文明理想。除了伊尼斯以外，麦克卢汉还从芒福德的技术与社会理论中受到很大的启发。

芒福德 1895 年出生在纽约，亲眼目睹、经历了建筑、运输和传播形式的发展如何改变了这个城市的面貌和文化结构。芒福德于 1934 年发表的《技术与文明》（*Technics and Civilization*）被誉为媒介生态学的奠基之作。在《技术与文明》中，芒福德提出文明的不同阶段实际上是机器产生的结果，其中技术的形态是产生结果的原因。芒福德把人类历史视为"一整套技术复合体"，并按照技术的发展阶段将人类历史划分为"前技术阶段"（约公元 1000 年到 1750 年）、"旧技术阶段"（1750 年之后）和"新技术阶段"（20 世纪至今）。这三个阶段的划分标准是他们特有的能量、原材料和生产方式在多大程度上改变了自然环境和人类生态，其中，"前技术阶段"为水木复合体阶段，"旧技术阶段"为煤铁复合体阶段，"新技术阶段"为电力与合金复合体阶段。这个时期的芒福德对机器表现出一种乐观的态度，也因此人们把他与"技术决定论"联系在一起。事实上，芒福德的技术观点经历了一个变化过程。在《技术与文明》中，芒福德认为到了新技术阶段，新的技术可以造福于人类，特别是电能，但第二次世界大战的爆发粉碎了他的乐观态度。在其随后的著作《机器的神话（上）：技术与人类进化》（*The Myth of the Machine* Vol.1: *Technics and Human Development*，1967）中，芒福德明确指出技术是有机现象的一部分，（5）并且，艺术与技术之间的对立也并非自然而是人为制造的：

> 我们这个时代之前，技术从来就不曾脱离整体的文化构架，人总是在整个的文化体系中活动。古希腊词语"tekhne"的特点就是不把工业生产和"高雅"艺术或象征性艺术区别开来；在人类历史的大部分时间里，人类文化里的这些不同侧面都是不可分割的……在最初的阶段，技术总体上是以生活为中心，而不是以工作为中心，也不是以权力为中心。正如在其他的生态复合体里一样，不同的人的兴趣和目的、不同的有机体需求，使人类文化的任何构成部分都不可能单兵突进地片面发展。（9）

可见，芒福德并不主张技术决定论，而是倡导一种技术与文化的和谐生态。技术与审美和文化之间的关系并非是势不两立，他所描述的正是"有机力量、审美力量和技术力量之间的平衡"。（林文刚：61）媒介的发展和传播离不开技术的支持，但技术绝不仅仅是媒介发展的催化剂，那样，我们就会陷入技术决定论的圈套，事实上，在媒介生态学的研究传统中，芒福德、伊尼斯和麦克卢汉都经历了一个对技术之于媒介本质的认识变化过程，即从乐观到悲观和批判的过程。对于技术与媒介的关系，波兹曼有一个经典的比喻："技术之于媒介，就像头脑之于思维。"（"A technology is to a medium what the brain is to the mind."）就像思维一样，媒介乃是技术的应用，而如何应用，则是媒介生态学深切关注的话题。

媒介与文化

媒介对日常生活的全面入侵和渗透的一个直接后果就是文化的媒介化，我们几乎很难想象今天有哪一种文化能够与媒介无关。其实，从口传文化开始，特别是从历史进入印刷时代开始，文化与文化的传播就再也不是孤立于媒介而能够实现的了，特别是在电子传媒无所不在的今天，媒介的文化化更直接导致了文化对媒介的直接依赖。虽然对电子媒介的全部后果我们还不能完全清楚，但毋庸置疑的是，自15世纪古登堡发明印刷机以来，印刷术广泛影响了欧洲的文化发展，促进了文化的普及。^④印刷技术所带来的最重要的影响包括诸如学校教育的普及、民族主义的出现、宗教改革的兴起、现代科学的发展、个人主义哲学的诞生、个人主义和资本主义的壮大，以及童年观念的形成，等等。这些变化首先发生在欧洲，随后在北美得到充分发展。（林文刚：281—296）

然而，电子媒介的迅猛发展正在威胁着印刷文化所带来的这些变革，对此，媒介生态学家表现出了深刻的关切和忧虑。波兹曼的媒介生态学研究的重点就是捍卫印刷文化的成就。波兹曼创立了媒介生态学，但他首先是一位教育家（他的职业生涯始于小学教师），是献身语言、文学和印刷文化素养的教育家。他认为"印刷文化是现代教育制度的试金石，而且是文明世界和现代世界许多最光辉成就的试金石"。（金卡雷利，转引自林文刚：188）波兹曼早期的教育学著作《教学：一种颠覆性的活动》（*Teaching as a Subversive Activity*，1969）、《软性的革命：以学生为主动力的教育改革提案》（*The Soft Revolution: A Student Handbook for Turning Schools Around*，1971）和《教材：抱怨解读》（*The School Book: for People Who Want to Know What All the Hollering Is About*，1973）表面上看与媒介生态学无甚关系，但在这些著作中，波兹曼清晰地提出了面对电子革命的挑战时，读写文化所遭遇的挑战："即使没有马歇尔·麦克卢汉这个人，电器插头还是存在的。你未必是媒介决定论者、传道的使徒或者诸如此类的人，但你能够指出一个明显的事实：印刷品在我们今天生活中的重要性远不如过去了。"（Postman and Weingartner：83）因此，他要捍卫印刷文化给人类经验所带来的一切有价值的东西，还要捍卫印刷文化容许我们所做的一切。（林文刚：161—166）

从《教学：一种保存性的活动》（*Teaching as a Conserving Activity*，1979）开始，波兹曼接连发表了媒介生态学发展过程中的重要著作《童年的消逝》（*The Disappearance of Childhood*，1982）、《娱乐至死：娱乐时代的公共话语》（*Amusing Ourselves to Death: Public Discourse in the Age of Show Business*，1985）以及《技术垄断：文化向技术投降》（*Technopoly: The Surrender of Culture to Technology*，1992）等。在这一系列著作中，波兹曼旗帜鲜明地表达了对电子媒介大规模扩张所造成的印刷文化以及印刷文化所带给人们的所有美好愿景的忧虑。在《教学：一种保存性的活动》中，波兹曼提出了教育的"恒温器观点"，认为教育在它所服务的社会和文化中要保持平衡，要拯救并维持在主导潮流影响之下失去的东西。他警示人们说："一种文明、文化里的媒介偏向失去平衡时，平衡不可挽回地被扰乱之后，文明毁灭的种子就要发芽了。"（转引自林文刚：170）在《童年的消逝》中，波兹曼指出现有的童年阶段并非一个生理范畴（biological category），而是社会的构建物（social artifact），确切地说，童年阶段是读写能力的产物（outgrowth of literacy），是由印刷文化实现的，因为"在十六、十七世纪，童年的定义是通过进学校上学来实现的"。（1985：203）而电子媒介尤其是电视造成了童年阶段的消失，同时消失的还有童年的现代观念和经验。波兹曼非常忧虑当代电子媒介文化对童年的影响，因为童年作为必不可少的阶段继承了代代相传的文化模式，即每一代人都要成长起来进入成人的世界去发扬文明的遗产和印刷文化的文明成果。"我们的文化会忘记它需要儿童的存在，这是不可想象的。但是，它已经快要忘记儿童需要童年了。那些坚持记住童年的人将完成一个崇高的使命。"（1985：301）

电子媒介的发展不仅导致了童年的消失，其传播方式也改变了公共领域的内容呈现：

> 这种转换从根本上不可逆转地改变了公众话语的内容和意义，因为这样两种截然不同的媒介不可能传达同样的思想。随着印刷术影响的减退，政治、宗教、教育和任何其他构成公共实物的领域都要改变其内容，并且用最适用于电视的表达方式去重新定义。（1985：9）

其后果就是所有的内容都以娱乐的方式表现出来，娱乐成为了"电视上所有话语的超意识形态"，（1985：77）不论是政治、教育还是宗教的严肃问题都可以在电视上以"娱乐"的形式表现出来，波兹曼对此极感痛心，"不是一切都可以**用电视表达**（加粗为原文所有）的，或者更准确地说，电视把某种实物转换成了另一种东西，原来的本质可能丢失，也可能被保留下来"。（1985：77）如果说《童年的消逝》和《娱乐至死：娱乐时代的公共话语》是对印刷时代的衰败和电子媒介的入侵的现象描述的话，《技术垄断：文化向技术投降》则是对这些现象所产生的本质原因的思考。在《技术垄断：文化向技术投降》中，波兹曼通过分析人类文明的演进历程提出我们所经历的三个文化阶段：第一个阶段是制造工具的文化阶段，在这个阶段，工具是服务于人的物质和精神需求的，它们不会侵害它们即将进入的文化的尊严和完整性；第二个阶段是技术统治（technocracy）的文化阶段，机械钟表、活字印刷和望远镜的发明是造成技术统治的主要原因，其中最主要的变革动因是望远镜，因为它摧毁了地球是宇宙的中心的观点。在这个阶段"工具没有整合进文化……它们企图变成文化"；（1992：28）第三个阶段是技术垄断（technopoly）阶段，是我们正在经历的阶段。技术垄断是技术统治失控的产物，是"极权主义的技术统治"。（48）这是一个生命的世界，它把"宏大的还原主义作为自己的目的，在这个还原的过程中，人的生命必然要到机器和技术里寻找意义"，其结果就是"一切形式的文化生活都屈从于技术的王权"。（52）

与波兹曼的批判情绪不一样，凯瑞（James W. Carey）的媒介研究因其寻求文化平衡的主旨而成为媒介生态学中另外一支重要的力量。凯瑞坚持主张传播学界应该把传播当作文化来研究。长期以来，在以经验研究为取向的美国传播学界，"意义"并非传播研究的主导性问题，是凯瑞把传播的"意义"问题放到了传播研究的核心地位，甚至是本体的地位。他认为，传播的本质是"意义"的传输，这是凯瑞对美国经验学派的行为主义和功能主义研究取向的片面性和机械性方法的批判。通过分析美国传播学研究的发展历程，凯瑞概括指出了美国传播学发展的两大主导倾向，这就是传播研究的"传递观"（a transmission view of communication）和"仪式观"（a ritual view of communication）。凯瑞主张传播不仅是传递信息的行为，也是共享信仰的表征，因而传播的仪式功能具有核心地位。他从宏观的角度来研究媒介，认为，传播的最高境界应该是"建构并维系一个有秩序、有意义能够用来支配和容纳人类行为的文化世界"。（凯瑞：7）凯瑞在对伊尼斯的研究中认识到媒介的偏向所造成的伤害。印刷术和电子媒介的发展造成了空间的偏向，使得少数群体能够公开操作媒介，这就会产生知识垄断。但凯瑞坚决反对把传播简化为意识形态的传输，相反他把媒介问题放在美国民主仪式的大背景下来进行研究。凯瑞明确将传播重新定位成文化，这与传播的经济学定位截然不同，在凯瑞看来："经济和传播构成矛盾的框架……经济是分配稀缺资源的实践。信息传播是生产意义的过程，是绝对不会短缺的资源，实际上它是极端丰富而免费的商品。"（Carey：63—64）但是，凯瑞也认识到，传播的日益技术化使得它成为能够拥有最新技术的阶层获得私利的资源，而不是共享的公共领域，这就背离了意义的公共性质。而且，全球化加剧了媒体不平衡的问题，摧毁了长远的历史观，因为全球运作的公司可以在任何地方运营，这种潮流把民族文化撕裂为地方文化和跨国实体。

毋庸置疑，媒介是文化发展的环境。媒介深刻地影响着我们所生活的世界，媒介就是我们的生活世界，影响着我们个人和集体的生活方式。它或许"未必改变我们文化中的一切，但它们必定改变有关我们文化的一切"。（金卡雷利，转引自林文刚：193）媒介生态学警示我们必须理解媒介传播中的偏向，并找到与之抗衡并达到文化平衡的方法。

媒介与符号

媒介生态学的创始人波兹曼喜欢对学生说媒介生态学学位点的使命之一是探索麦克卢汉的名言"媒介即信息"，"研究传播媒介如何影响人的感知、感情、认识和价值。它试图说明我们对媒介的预设，试图发现各种媒介迫使我们扮演的角色，并解释媒介如何给我们所见所为的东西提供结构"。（Postman，1976：114）媒介能够成为信息并影响我们的认识和判断是因为媒介在技术的推动、文化的包装之下以表征符号的形式对我们的感知经验和情感结构产生影响。符号与媒介的关系是媒介生态学的重要研究对象，林文刚就把媒介划分为"作为感知环境的媒介"和"作为符号环境的媒介"。（林文刚：27—28）我们对媒介环境的感知是通过媒介符号而实现的，因此，符号之于媒介可谓其根本所在，没有符号，就没有媒介，因为不借助于符号，媒介不可能成为信息，也不可能成为我们感觉的延伸，从而改变我们的经验和情感结构。媒介生态学一个重要的理论命题就是传播不是中性的和价值中立的，媒介的符号形式塑造着信息的编码和传输，因此每一种媒介都会在思想情感、时间空间及认识论上等产生偏向。造成这一切的根本原因就是媒介符号的复杂性。

相较技术与文化一维，媒介生态学对于符号之于媒介似乎并没有直接的研究成果。在目前关于媒介生态学最为全面的介绍和总结一书《媒介环境学：思想沿革与多维视野》中，有两章分别论到萨丕尔（Edward Sapir）和沃尔夫（Benjamin Lee Whorf）的语言相对论及朗格（Susanne Katherina Langer）的心灵哲学对媒介生态学的理论贡献。沃尔夫指出，语言以及一切表征经验的符号系统都影响着我们对现实的构建：

> 每一种语言背景中的语言系统（语法）不仅是表达思想的再生工具，而且它本身还塑造我们的思想，规划和引导个人的心理活动，对头脑中的印象进行分析，对头脑中储存的信息进行综合。思想的形成不是一个独立的、像过去了解的那种严格的理性过程，而是特定语法的一部分；思想的形成过程在不同的语言里或多或少有所不同。我们用本族语所划定的路子切分自然。……这一事实非常重要……因为它意味着没有人能够对自然进行绝对没有偏颇的描述，人人都受到一些阐释方式的限制，即使他自认为能够自由地表达自己想说的东西。（转引自林文刚：212—214）

正是由于沃尔夫所持的语言决定我们对现实的认识的看法，他被视为媒介环境学的先驱。但我们不能将沃尔夫误认为是"语言决定论者"——尽管很多人对他有此误解，倘若真是"语言决定论"者，沃尔夫就不能成为媒介生态学的理论来源之一，因为媒介生态学在其理论预设里是相信了一个"生态的"理想媒介环境的可能性的。正如沃尔夫所言：

> 语言的极端重要性未必就是说，在传统所谓"心灵"的背后，就没有其它的东西。我的研究说明，语言虽然有帝王一样的重要作用，然而在一定程度上，语言是浅表的刺绣，底下是深层的意识过程；在这个基础上，表层的交流、信号和象征等等才可能发生。（转引自林文刚：239）

语言塑造我们对现实的认识，并非中性的容器或传送带，但是，人们不仅生活在语言建构的现实之中，思想和文化的象征环境也构成了人们的客观世界，这些因素会再反过来改变语言。沃尔夫虽然没有直接论及媒介符号（在他的有生之年，广播都还相当新鲜）对现实的重组和塑造是否与语言的机制一样，但他的语言观为媒介生态学的发展奠定了基础，因为媒介符号，如同语言一样，可以塑造我们的现实，而我们也并非没有抵抗这种塑造的可能性。

朗格最早意识到了沃尔夫著作背后的宏观问题的重要意义，在沃尔夫的语言观及其深层意识过程的启迪下，朗格着手研究符号表征的本质，以及符号表征在各种变化形式里、在人的思想和回应的构建过程中起何作用的问题，这些研究的成果集中体现在她的《哲学新解》（*Philosophy in a New Key: A Study in the Symbolism of Reason, Rite, and Art*，1942）及其续篇《感受与形式》（*Feeling and Form: A Theory of Art*，1953）中。沃尔夫虽然提出了在浅表的语言刺绣之下还有深层的意识过程，但他并没有给出更加深入的论证。在他的基础之上，朗格提出了无论是语言还是仪式或者舞蹈等形式都不是人类心灵的区别性特征，真正把人类与动物区别开来的是表征性符号（symbol），这些符号抽象经验、表征经验能够唤起头脑中的观念，从而把经验转化为表征性符号。动物只是使用一般性符号（sign），一般性符号是功能性的，用来表示某种状况的存在，动物只有使用一般性符号的能力，而没有使用表征性符号的能力。比如，黑猩猩高叫的信号在黑猩猩看来就是提醒同伴入侵者的来临，而人类听到黑猩猩的高叫则还可以联想到人类的祖先以及野生动物所面临的恶化了的自然环境等，这叫声对于黑猩猩而言就是一般性符号，而对于人类就是表征性符号，人类可以用表征性符号对一般性符号作出回应。朗格认为："语言起源时并不是使用信号的产物，语言是人类心灵把经验转换为表征符号的体现。"（转引自林文刚：226）在朗格看来，语言并非人类构建现实的唯一途径，符号转化的不同系统对人类经验的不同方面进行编码。符号意义总是指向某事物、事件或状况的存在，因此，符号是"可以感知到的表示另一事物、事件、过程或状况的人造物或行为"。（246）

沃尔夫的语言相对论以及朗格的符号学理论让我们看到了语言和符号的复杂性，而语言和符号正是媒介发生作用的关键所在，正是在这个意义上，二者的理论被视为媒介生态学的理论基础之一。

除此以外，由柯日布斯基（Alfred Korzybski）所创办的普通语义学（general semantics）也是媒介生态学的重要理论资源，波兹曼生前一直担任《等等：普通语义学杂志》（*ETC: The Journal of General Semantics*）的编辑，这个杂志也是早期媒介生态学者的重要发表阵地。现在媒介生态学界最为重要的学者斯缀特（Lance Strate）教授也在致力于发掘柯日布斯基对媒介生态学的理论贡献。柯日布斯基认为人类是"时间联系者"（time-binders），使得我们能够把时间联系在一起的就是符号。符号化的能力依赖于抽象化的能力。在抽象化的过程中我们对现实的细节进行选择、筛除和组织，这样我们对世界的经验就是模式化和连贯的。比如我们对事物的命名就是一种高级的抽象活动，通过对事件或事物的命名，我们创造出一个生动的，甚至是永恒的世界的图景。然而，我们用来勾勒时间的语言，比如"杯子"、"爱情"等，常常是远离世界自身的。因此，我们绝不能把它们视为理所当然之物，就像柯日布斯基所说："无论我们所谓何物，事实并非如此。"（Postman，1992：141）由此可见，普通语义学所研究的语词世界与非语词世界之间的关系对媒介生态学的理论启迪是毋庸置疑的。

结　语

在我们试图为媒介生态学绘制的理论谱系中，我们清楚地看到，媒介生态学仍然缺乏一个相对统一的理论框架，因此也没有系统的方法论。林文刚在《媒介环境学：思想沿革与多维视野》中试图把媒介生态学所研究的媒介环境分为符号环境、感知环境和社会环境，他的这种分法也被不少国内学者借鉴引用，但我们并没有看到对环境之符号、感知和社会维度的有效分析，而且符号、感知和社会本身也并不能成为同级的逻辑项目。不过，波兹曼在一篇他自己最为看重的文章《作为道德神学的社会科学》中曾经指出，社会科学家与小说家一样都是讲故事的人，只有在没有故事可讲的时候人们才会拘泥于方法。而且，社会科学研究的目的并非只是为了某一领域的贡献，而是要为人类的理解和尊严作出贡献。就像小说家的写作不是为了丰富小说写作一样，社会学家，包括媒介生态学家所关切的也不是提升学术自身，而是为了改良社会生活。因而，媒介生态学家工作主要是出于"教育和道德"的目标。波兹曼特别指出："媒介生态学的目标就是讲述技术后果的故事；讲述媒介环境如何改变了我们的思考和社会生活组织的方式。"（1992：18）波兹曼可能没有意识到，"讲故事"本身也是一种方法，是本雅明眼中前现代一种重要的经验传达方式，只不过是一种正在消亡的方式，在这一点上，媒介生态学家们与本雅明是心有灵犀的。

参考文献

1. Carey, J. W. "Communications and Economics." *James Carey: A Critical Reader*. Ed. E. S. Munson and C. A. Warren. Minneapolis: U of Minnesota P, 1997.
2. Innis, H. A. *The Bias of Communication*. Toronto: U of Toronto P, 1951.
3. McLuhan, Marshall. *Understanding Media: The Extension of Man*. New York: McGraw-Hill, 1964.
4. Mumford, Lewis. *The Myth of the Machine* Vol.1: *Technics and Human Development*. New York: Harcourt, 1967.
5. Postman, N. *Amusing Ourselves to Death: Public Discourse in the Age of Show Business*. New York: Viking, 1985.
6. —. *Conscientious Objections*. New York: Vintage, 1988.
7. —. *The Disappearance of Childhood*. New York: Vintage, 1994.
8. —. "The Humanism of Media Ecology." *Proceedings of the Media Ecology Association* Vol. 1. Web.

27 Apr. 2004.

9. —. *New York University Bulletin: School of Education, 1976—1977*. New York: New York U, 1976.

10. —. "The Reformed English Curriculum." *High school 1980: The Shape of the Future in American Secondary Education*. Ed. A. C. Eurich. New York: Pitman, 1970.

11. —, and C. Weingartner. *The School Book: For People Who Want to Know What all the Hollering Is About*. New York: Delacorte, 1973.

12. —. *Technopoly: The Surrender of Culture to Technology*. New York: Vintage, 1992.

13. 凯瑞:《作为文化的传播:"媒介与社会"论文集》,丁未译,华夏出版社,2005。

14. 林文刚编:《媒介环境学:思想沿革与多维视野》,何道宽译,北京大学出版社,2007。

① 国际媒介生态学会奠基人之一林文刚（Casey Lum）教授通读了本文并给出重要建议,特此致谢。

② 关于 media ecology 的译法,国内早些时候多据字面将其译为"媒介生态学",后来多按何道宽教授的解释译为"媒介环境学",旨在表明 media ecology 是把媒介当作环境来研究。本文以为,何先生的看法是有道理的,但"媒介生态学"可能仍是更加贴切的译法。抛开"媒介环境学"译法中对"生态"一词所包含的整体性、动态性及互动性等维度的遮蔽,从它的英文定义来看,media ecology is the study of media as environments,(Postman, 1970: 161)"媒介环境学"之译也有语意重复之嫌,因为按照中文的解释就成为"媒介环境学就是把媒介作为环境进行研究",毕竟一个概念的界定是要依赖另一个概念来完成的,或许只有上帝才能说"I am I am"。因此,本文采用"媒介生态学"译法。此外,中国传播学界在 1996 年首次提出"媒介生态学"之说,本文主要以北美媒介生态学为中心进行讨论。

③ 所谓"通感"指感官之间的自由互动,"大脑把一种感知转换成另一种感知的正常机制就是通感的机制"。(林文刚: 133)

④ 虽然在欧洲印刷机发明前 600 多年中国就有了活字印刷,但却并没有像古登堡的印刷机在欧洲一样得到推广进而产生巨大的文化影响。大部分史学家认为这是因为汉字的数量太过庞大,另外的原因可能也包括儒家思想的影响使人缺乏商业动机,以及来自雕版印刷术的竞争等。林文刚先生则曾告诉笔者,汉语的复杂性以及政治力量在知识传播中的影响等都是可能的因素。

媒介文化 刘 晓

略 说

严格说来，"媒介文化"（Media Culture）并非一个具有固定内涵与外延的科学语汇，但它在人类不同历史时期的社会生活中，却实实在在地以"口头文化"、"文字文化"、"影音文化"、"互联网文化"等形式存在着，并发挥着能动性的作用。"媒介"早已成为当下学术界频频见诸著述论说的热词，而对媒介的定义与划分，却仍始终是那个悬而未决且实难解决的终极课题。它始终与在对媒介作出理解与判断时的物质、技术、文化、社会乃至政治、经济、人口等要素的发展水平息息相关。因此可以说，围绕着媒介的话语系统，始终需要服从特定的历史与文化条件才能展开。用历史的眼光去看待各种诞生自人类社会、作用于人类社会，并向人类社会发起挑战的媒介文化，将为解答"什么是媒介"提供一种归宿式辨析的可能，并且能够以它的开放、多元与动态性质，为文学批评与反思打开一扇新的大门。

综 述

为何要理解媒介文化

伯梅（Hartmut Böhme）在《文学与文化学：观点、理论、模型》一书的导言中介绍到，人文科学的阐释学及语文学导向在过去 30 年（该书出版于 1996 年，故可推算此处约指上世纪 60 年代以降）中经受了数度的重新审视与批判，在无意为之的情况下出现了显著的理论与方法多元发展，话语空间中传统的知识储备被巩固、新的视角导向被纳入，这对于学科发展来说无疑极具创造力与生产力。（Böhme and Scherpe：8）尤其是到了上世纪末，人类在所生活的世界中面临着发生在文化与政治等领域的各种变动，多元化、高度网络化、知识全球化等趋势迫使人文科学的研究理念与操作方法作出相应的调整，传统的单一可能性因彼此间的相对独立而不再能够担负解决复杂现实问题的重任。（Benthien and Velten：17）在激烈的相关讨论中，众多学者提出，需要一种更加开放与包容的思路，将各个话语范畴内的问题相互关联起来加以对待和处理，这样才能维持并增强人文科学作为文化与科学行为主体的活力与动力。但这种综合性的方法论并非旨在消除学科间的界线，而是希望能够通过跨越这些界线以达到相互澄清的目的。（16）

在这样的文化学视域中，一切曾经存在于历史中的对象，例如艺术作品，都不是自治而独立的客体，而是特定历史与文化条件的产物。正是这些条件构成了艺术家作为的语境。如果说在传统的理念与方法中语境只是作为解释文本的一种工具，那么在文化学的视角下，语境则跃升为关注的焦点。这样理解文本与语境之间的关系会发现，文本同时对语境也有一定的建构作用。布伦纳（Peter Brenner）就认为，可将文学视作文化行为的一个分支领域，它因此同样受社会历史发展的影响，并共同参与对社会历史发展的建构。从这个角度看来，文学及艺术是思想与现实进行交锋的一种特殊形式。（36）并且，文学的批判功能在文化时代前后更迭、社会基础发生转折以及社会自我认知与思维导向发生危机的人类历史阶段中体现得尤为明显。（Röcke：41）

　　作为时代文化图景中的基本元素，媒介与媒介性既是文化学研究的重点考察对象，同时也成为了文学文本创作与接受语境的核心组成部分。在对文学与媒介之间互动关系的关注中，突出的着眼点有"文学特殊的媒介性，文学与受媒介改变的感知方式之间的关系，媒介作为文学作品的内容或对象、主题或动机，某个作家的作品的多重媒介性"等。（Schütz und Wegmann：52）除此之外，整个文学作为一个门类，其自身概念与样式的发展都受媒介历史水平的影响。例如对"文本"一词的理解在手抄文化中尚与具体而原初的书籍实体相关，而后随着机械复制的可能性成为被普遍推广的技术应用，量多而质同的文本逐渐远离了"书的身体"（Textkörper或 Text-Corpus）。（Schütz und Wegmann：58）这个喻体当初曾是言语的持久性、作者与意义的在场性之保证，却在印刷术发明之后经历了内涵上的转折，虽然在印刷文化中书籍并没有被剥夺自身的物质性，但其持久度却不再使文字具有纪念碑式的意义。（Müller：215）伴随着这种具有革命性意义的媒介技术即复制手段不断被采纳并实践，在整个人类生活范围内自发地展开了一场全面的文字化运动，其历史性后果为从中世纪进入近代史的人类社会带来了至关重要的语言与文化革新。（Giesecke：73）文学作为一种基础性的文化活动从中受益匪浅，通过感伤主义与小说的繁荣确立了自身的价值与地位。而文学与媒介之间的关系是相互的，媒介影响了文学，文学同样影响了媒介。例如"电影语言"这一表达就是对"文学语言"的借用，"电影叙事"等类似的概念其内涵与文学的根基有着密切关联。（Kanzog：156）

　　特别值得关注的，是那些以媒介转折为基础结构，并且同时能对其作出实验性修正或展望的文学文本。这类文本大多吸纳不同的媒介形式进入文字之中，不但反映相应的媒介现实，而且能够显现出一定的媒介问题或危机，并为此贡献反思性的尝试。将此类的文学文本置于其媒介语境之中，可重构出当时的媒介认识与发展水平，更重要的是透过对语境中交往及信息系统的环境考察与判断，能够从中结晶出当时人类社会对世界和对自我的认知情况。（Giesecke：43）而对历史情况的澄清，更加有助于对现状的把握。因此研析文学与媒介之间的历史互动关系，既能实现寻根探源的再发现，又同时具有对现实、对未来的指导意义。因此可以断定，对媒介史与文化史的跨学科互动性研究，即对媒介文化这一关键词的历时及共时性考察，将为对文学史的把握提供新的进入角度与操作可能。

如何理解媒介

在如何理解媒介这个问题上，学界在历史上曾给出的解决方案及思考方向浩如烟海，争论各方至今没有达成统一的意见，未来也同样无此必要。因为，对一种事物或现象的理解，始终与作出认识和判断的主体所站的立场、所持的视角、背后的出发点及前行的方向息息相关。

霍夫曼（Stefan Hoffmann）在《媒介概念史》一书中详细梳理了媒介这一概念在西方文化史，尤其是科学话语中的发展脉络，他在汇总时将各种对媒介概念的内涵的把握归结为三个要点。一是媒介的功能性（Funktionalität），他认为这是媒介一词最原始的使用形式，并列举了若干哲学及美学文献实例作为论证支撑。早在亚里士多德的感知理论中，媒介就被认定是处在感知器官与被感知对象之间的中转物，它是感知成形的绝对必要条件。亚氏在《论灵魂》一书中称，如果没有媒介以及与被感知对象之间的直接接触，人们将干脆看不到任何东西。（Aristoteles：37）而这种与感官感知相联的媒介理解，在帕拉塞尔苏斯（Paracelsus）处被进一步发展至超越感官性即超自然的层面，他说将媒介视作魔力施法过程的核心要素。他如果要对他人传递出内心的敌对，那么这种敌对就要通过一种媒介、一种物体来完成。帕氏口中的"媒介体"可以是蜡像等客观的物质对象，但它们的存在意义是服从于他的精神意志，在其作用下发挥魔力，即成为他心灵力量的媒介。（qtd. in Benzenhöfer：18）不仅在哲学领域，霍夫曼从美学历史文献中也读出了相应地从功能上对媒介进行把握的思想倾向。例如他在席勒的《论使用美形式时的必要界线》中发现，艺术家的表现手段此时就扮演了一种媒介的角色。艺术的表现作为媒介，可通往真理的分享，但其本质却仍是物质性、材料性的。（Schiller：422）霍夫曼认为在这一点上作出历史性突破的是莱辛，因为他在《拉奥孔》中引入了文学这种弱化物质性、强化精神性的艺术创作形式，并同样赋予了它媒介的功能地位。他给出的例证是，如果一位画家按照诗人的模仿，即文学描写来绘制自然景色，要比他单纯地复刻、仿制自然要具有更高的艺术价值，是更大的贡献。（Lessing：555）媒介概念的内涵在莱辛这里从感官感知扩展延伸至想象领域，但始终为某事某物——如上例中画家的绘画工作——服务，因此表现出的仍是其功能性、工具性。

霍夫曼摘引以上历史文献的主要目的在于，他揭示出了自古对媒介概念的运用就与它所能达成的任务相关联，即在谈论"媒介是什么"的时候，通常同时暗含的问题是"媒介能够做什么"。而这样一种发生、发展于人文思考内部的思维导向，被自然科学史上的如暗室（camera obscura）等技术突破一再丰富与扩充，在理解媒介概念时，另外一个层面——生产性（Produktivität）也由此被增补进来。产生自光学、声学、物理、数学等学科的进步与革新，极大程度上改变了媒介的本质：被媒介化的事物与媒介化产物之间的关系告别了原始的自然相似性，即"以同换同"（Gleiches durch Gleiches）原则，穿越过媒介后获得的不再是与原物（Bild）完全如实、对等的副本（Abbild），而是"按比例原则"的缩放，这也就是技术媒介的萌芽与原型。鉴于其概念内涵中生产性的层面，即媒介具有使形变发生的潜能，那些以一定科学技术成果为基本生存条件的媒介形式被定位为"制造世界的机器"或"生产现实的手段"。（Krämer，1998：76）伴随着媒介理解中这一维度的加入，关注的重心也发生了相应的偏移：从它起初作为中转工具的职能，转至它作为塑造及解释现实的特殊可能性上。

媒介的前两种内涵——信息本质和生产本质，在媒介的技术化本质（Technifiziertheit）中被糅合在一起，但在不同的研究阶段，不同的视角对这二者的立场有着鲜明的不同。拥护技术的派别，例如普罗斯（Harry Pross），在1972年就明确提出了一种媒介的等级划分——初级媒介、次级媒介和三级媒介，其操作依据就是以人身体所具有的交往能力为导向，判断和检验媒介能在多大程度上对这些物理的交往可能性进行补充尤其是扩展。（140；128；224）本雅明（Walter Benjamin）同样在他的著作《机械复制时代的艺术作品》中着重强调了技术（书中主要涉及的是电影技术）对人感知时空的影响。他提到，电影中特写镜头不但是对空间的拉伸，即帮助人们看清了在没有特写镜头时无法看清的，而且更重要的是，使事物呈现出一种全新的结构组建方式。同样，慢镜头在他看来也不仅是对时间的拉伸——将快速运动在形式上放缓，还带来了一种前所未有的体验，制造出了一种独特的滑动感、漂浮感和尘世之外的氛围。（162）

新闻传播学者萨克斯尔（Ulrich Saxer）认为，除了以上各种媒介的本质特性——功能性、生产性、技术性——之外，其定义中还应纳入对空间的一体化、时间的结构化、社会化以及在集体与个人日常生活中的其他功能等问题的考虑。因此，他提出了一个相对综合的定义方式，试图在功能上对媒介进行细分：媒介交往在现代社会中是一个社会性的整体现象，它出现在三个不同的社会层面上：首先是全社会意义上的，即机制层面（宏观层）；其次是各种组织层面（中间层）；最后才是具体的个人与集体中转过程（微观层）。（53—57）在此基础之上，萨克斯尔提出了自己对媒介的定义，他从各种相异的科学语言使用情况和相关多学科的研究实践现状出发，将媒介视作"由具有专门潜力的交往渠道组织而成的复杂且机构化的系统"。（54）同样具有包容与综合性的，还有施密特（Siegfried Schmidt）对媒介的定义：

媒介是在各自具体社会历史条件下四种元素共同发挥的组织型系统作

用，这四种元素分别是——符号学意义上的交流工具；在生产者与接受者层面各自的媒介技术；对媒介技术状况进行的社会系统机构化；以及例如书籍、期刊或电视节目等各自的媒介产品。（354—355）

功能性、生产性、技术性，这是霍夫曼在对媒介概念发展历史进行梳理时提取的若干要点，而关于媒介的理论研究，其丰富多样程度远在这若干原则之上，其中不乏在某一时期内占据上风的潮流与思想，和与之相对的反思与批判。例如在媒介的技术内涵这一点上，德国著名的媒介哲学研究者克雷默（Sybille Krämer）提出了独到的重要观点：

> 如果我们需要使用工具，那么我们就是要用这个工具来做些什么；工具使用完毕后就被放回原位，它保持完全停留在要加工的东西外部。而相反，当我们接收一个消息，这个消息则始终处在媒介之"中"。处于媒介之中的事物完全被媒介浸泡与渗透，以至于它在媒介之外根本无法生存。举例来说，若脱离了说话、文字或其他媒介形式，语言就不可能存在。所有将媒介视作外部的信息载体的媒介理论，都缺乏对这层非工具性维度的思考：他们对待媒介，就如同对待工具。……媒介虽然接受了技术设备作为其外化形式，但仍应从本质上区分"技术作为工具"（Werkzeug）和"技术作为装置"（Apparat）的差别。……技术作为工具，其目的是为了节省劳动，而技术作为装置却可以创造出人工的世界。在作为装置的技术中，人们经验到并实现的操作，不是弃用装置就会被削弱的，而是离开装置根本无法成形的。因此，媒介技术的建设性意义并不在于提高生产效能，而是在于，它具有生产出世界的潜力。（1998：83—85）

在这种基本立场中，克雷默逐步发展出独特的媒介哲学对媒介的理解方式。她在纲领性文章《媒介、使者、痕迹：文献综述及其他》①中总结出了三种不同的研究倾向：在英美文化圈，以英尼斯（Harold Innis）、麦克卢汉（Marshall McLuhan）、亥乌络克（Eric Havelock）、古迪（Jack Goody）、翁（Walter Ong）等为代表的多伦多学派，将他们的视线主要投向历史文化研究，旨在挖掘媒介对人类文化在历史、政治、社会、思想等层面发挥的根源性影响；在法语文化圈中，德里达（Jacques Derrida）、鲍德里亚（Jean Baudrillard）、维利里奥（Paul Virilio）等人则以后结构主义哲学思想为导向，主要针对虚拟与现实之间界线的消解等问题进行批判与解构；而在德语文化圈，学者基特勒（Friedrich Kittler）树立了以技术为核心的观点，侧重强调媒介交流的物质面而非精神面。

> 这三种学说合力构成了一个三维的协作系统。叠盖在这个思想体系上的，是纷繁庞杂的媒介话语场。场中涵盖了所有与媒介相关的话题，甚至

根据部分媒介学者的观点，根本不存在任何与媒介完全无关的话题。克雷默试图在这种"泛媒介化"的趋向中把握"媒介"的本质，从哲学角度解答这样一个问题：什么（为什么）才是媒介（性的）。她首先总结了上述三派媒介学说中表露出的几大特点，以及其中反映出的这几个理论派别的思维导向。通过对这些学说进行批判式的考察，她指出了这些思维导向中的偏颇之处，明确了自己的立场，提出了自己对媒介概念的理解与解释。这些特点及导向分别是：一、媒介的先验性（Apriorismus）；二、媒介的再生性（Generativismus）；三、去人格化倾向（Depersonalisierung）；四、交往中心主义（Kommunikationszentrismus）；五、反形而上倾向（Metaphysikkritik）。（"Medien"，2008：66—68）

站在这几种以媒介的自主自治为中心、将媒介绝对化及独立化的浪潮之外，另外一派以克雷默、默施（Dieter Mersch）为代表的媒介哲学研究学者提出：媒介是他治的、中立的、隐匿的。在技术派着眼媒介的物质结构、感知派考察媒介使用者的感官承受力时，这一学派为围绕媒介的讨论引入了哲思与辩证的维度。他们的核心论点之一是：媒介既是无形的，同时也是有形的。克雷默将媒介形象地比作玻璃窗：媒介在"传达"这个任务顺利完成时是无形的，而在任务遭遇阻碍被中断时才有可能显现出来。简言之，媒介发挥作用的过程，就是一个自隐的过程。

如何理解媒介文化

以上论述的媒介理解方式简言之是一种从媒介性入手把握媒介的操作角度，因此媒介（das Medium）、媒介性（die Medialität）以及"媒介的"（das Mediale）被简化为一种结构，在由这些结构搭建的框架中人类展开了丰富多样的社会文化活动。而正如媒介是这些行为的存在前提一样，对媒介的使用（Mediengebrauch）也是媒介的存在前提。（Münker：335）只有在使用中，媒介才得以发挥作用——使呈现（erscheinen lassen），也就才能够成为媒介。对媒介的使用并不只发生在媒介话语内部，它同时需要其他人类活动范畴与主题的共同参与——客观物质与技术条件的进步与创新；对"我"和对世界的认识途径与水平；个体与集体记忆的建构、运载及传承；对身体的感知与改造，等等。这些作用力量交织在一起，赋予单纯的媒介结构以文化意义、价值与功能，也就是将媒介性转化为媒介文化，在人类社会活动中作为特殊的系统虽独立却开放地运转与发展。

对人类媒介文化进行考察，需要将视角从媒介理论层面调整到媒介历史层面，观看并发掘出其沿革的脉络与发生转变的时代动机。虽然在纷杂的媒介研究实践中，对媒介的历史断代及其划定标准与对媒介概念的理解一样尚无定论，但综观话语体系中的大体潮流，多派声音在这样的一个认知上达成了相对一致，即认同媒介历史上曾发生过三次较为重大的转折，分别是由口头文化转向文字文化、由手写文化转向印刷文化以及由书本文化转向屏幕文化。以下将从不同的参照系出发，简要回顾在这三次转折中凸显出的媒介问题、文化问题及历史问题。

这三次转折中接受面最广的，当数以媒介的记忆承载功能为坐标的历史分析方式。在这样的媒介史观中，上述三次重要的转折便可转译为：从大脑记忆（brain memory）到手稿记忆（script memory）、从手稿记忆到印刷记忆（print memory），以及从印刷记忆到电子记忆（electronic memory）。（Wenzel，"Medien"，2002：125—126）学者希普勒尔（Heinz Hiebler）就尝试进行了一次这样的历史回顾与重点标记：在口头文化（Oralität）时期，文化记忆最突出的特征是它们由牧师、萨满、漫游艺人及歌手等人体媒介（Menschenmedien）通过口口相传来完成。口头流传的神话故事就是当时的人们进行回忆的素材库，一个这种传统下的社会在其中随时可以找到生动而直接的关联以建立对自身的文化理解。因此可以说，无文字文化的社会，其对待历史的立场是始终以当下为基准点，并且在处理外来或突发的干涉与变动时，采取的策略是以稳固集体身份为重：不必要的即被忘记。（手写）文字时期从发展史上来看则可被划定为从象形文字的诞生（约公元前 5000 年），到对整个西方文化圈来说至关重要的拼音文字（alphabet）的发明（由希腊的腓尼基人创造于约公元前 13 世纪），直至其将自身调整为与中世纪欧洲民族语言文字化要求相符的形式，这一文化潮流持续到中世纪晚期方告一段落。而在这期间，始终伴随着一种特殊且关键的现象，即对文字的口头转达，也就是说，口头文化与文字文化及身体与文字始终密不可分。尽管如此，文字的重要历史意义在于，它将文化记忆从人体中移出并固化到文字符号之中，这与上一文化阶段中的知识扩散方式形成了鲜明的对比。在口头文化社会中，献祭仪式与循环往复是在同辈以及代际之间传播知识的主要组织特征；而在文字文化社会中，文字作为被普遍应用的媒介技术，为一种历史批判型意识的形成和对现有知识水平的革新性扩展都奠定了根本性的物质基础。而印刷文字的推行从媒介角度拓宽了写作者与阅读者之间不可逾越的距离，在"作品"（Werk）这一概念的理解与运用上也愈发呈现出文字化的倾向——它们如今即使脱离了人体的转达机构也一样可以被阅读和被理解。同样被文字化的还有这期间的写作形式，因文字与口头指导之间的联系相较之前日趋淡薄直至彻底瓦解，印刷的书籍逐渐成为独立自治的知识存储机构。阅读和写作双向的文字化对文学生产来说意味着一次质与量上的优化过程，而同时代的启蒙话语对读写能力的推进也为印刷文字时代的文学样式发展作出了基础性的贡献。（Hiebler：195—199）

以上对媒介文化历史演进的简要回溯是为了揭示出，不同文化对自身与他者的理解始终建立在不同的记忆模式之上，而这些记忆模式又受到同时代语境中可用媒介技术之效能的决定性影响。需要说明的是，媒介技术发展中的各个历史阶段之间并非存在清晰且严格的界限，这种做法只是以一定的物质条件框架为准则粗略划分出具有突出特点的文化时期，而在细观具体的文化问题时仍需参考具体的历史与主题语境才能得出科学的结论。

学者吉塞克（Michael Giesecke）则从媒介转折对感知与交往模式的影响着眼，在《感官变迁、语言变迁、文化变迁：信息社会前史研究》一书中集中分析了文字文化诞生前后的人类感知与交往模式，并在对比中发掘出身体及身体性在不同媒介文化时期所经历的地位波动。在文字的交往方式被引入之前，口头文化中占主导地位的是面对面的交流模式，它极大程度地要求所有对话参与者的身体在场。而在手写文字文化中，虽然时间和空间的距离被跨越，但书写最先还是被当作一种手工活动来对待。与近代的情形不同，中世纪的人们在进行写作与阅读时尚需调动负责接收与产出的感官。写字被当成用羽毛笔来作画，强调一种行为上的韵律感。而相应的阅读则意味着用眼睛去追随自己或想象中的他者在书写时留在纸上的手部活动。同时，写与读的过程还伴随着声音的发出，这种行为与手部动作一道，共同加强了文字交往中的身体感。只有到了印刷文字的发明与推广，文字符号才真正实现了抽象化，取身体运动而代之的是一种新型的结构主义观察方式——将字母视作被"放置"（gesetzt）的形式。（Giesecke：124）而在从手写到印刷的文化变迁过程中，现实也被改写为一种新型的符号世界，人类身体与感官的参与及运行方式被一同重新打磨。手写文字条件下，在文字形式的信息里尚可拣选出书写者留在其中的身体运动轨迹，通过这种方式重构起的手部与文字之间的联系能够帮助回填出一个写作者的形象，甚至将在文字营造的虚拟空间中已逝的身体性重新引入交往情景之中。但这种身体性及其彰显出的个体性在印刷文字文化的改写过程中被快速抹平，为了实现无碍的沟通，印刷文字以身体性的丧失为代价在大范围内迎来了统一化与标准化的符号交往原则。（Wenzel，"Medien"，2002：141）

介绍以上两种对媒介历史演变进行解释的模型，一方面可以重点式地揭露新旧媒介文化之间的本质差异；另一方面，无论哪种历史观都为变动前后的媒介文化类型之间的交叉保留了细探的空间。因为既然是演变，就同时意味着转折与过渡。发展史的概念及其以旧代新的模式不适用于对媒介文化历史走向的描绘，因为恰是在这转折与过渡的时期中，新旧媒介文化形态之间突出表现出了一种相互对照的态势——彼此干涉且彼此改动。（Wenzel，"Vom Anfang"，2002：340）在媒介文化变迁史中经常会观察到这样的现象：一种媒介借鉴、吸收了由另一种媒介发展出的手段与程序，或试图仿造、模拟由另一种独特的媒介结构所揭示出的可能性。各种媒介的可能形式之间相互交流，并因此被捆绑在一起，差异性之外的共通性使它们并存于同一时代环境之中。（Fischer-Lichte：17）

媒介研究学者福尔施蒂希（Werner Faulstich）秉承同步关注各种媒介文化之间共性与差异的研究原则，撰写了五卷本系列丛书《媒介的历史》。他在其中将从人类社会成形到20世纪的媒介发展分为五个不同的历史阶段，并为每个阶段确定了标志性的核心特征，这也是他每单册的题目来源：《媒介作为祭礼：从起源到古希腊晚期（8世纪）》、《中世纪的媒介与公共领域（800—1400）》、《统治者与起义者之间的媒介——早期近代媒介文化（1400—1700）》、《市民媒介社会（1700—1830）》以及《工业与大众时代的媒介变迁（1830—1900）》。他通过此书为媒介文化历史考察所作的突出贡献在于以下几点：

首先，在操作方法上，他既为每个历史阶段标记了主流的媒介交往模式，又在此中极其详细地将这些模式细分至具体的媒介产品，为考察媒介使用的历史提供了相当详实的史料素材，极大地扩展了媒介史学研究的幅面，从中不但可以体察到某一时代中媒介文化的发展趋向，同时还可以获得对任意一种微观层面的媒介表现形式在历史地位升降方面的实证性认识。例如在印刷媒介范畴中，他就将其进一步细化为报纸、杂志、海报、日历等不同体裁，并就每种体裁的特性进行深入的历史考据，其细致程度可见一斑。

其次，他将媒介发展的历史线索前推至人类社会的初始阶段，发掘出其中除口头对话这种人际交往媒介之外，重要的人神，即人天交往媒介——女性与牲礼，并且断定，所有的媒介手段在最初都具有一定的，甚至是首要的祭礼功能。通过这些媒介形式，人类得到宇宙观和宗教上的启示，获得其与世间生活的意义关联。这些具有祭礼功能的媒介包括女性、祭司、萨满等人体媒介，金字塔、方尖石碑、浮雕等造型媒介（Gestaltungsmedien），洞穴壁画、墓碑、莎草纸文卷等书写媒介（Schreibmedien）。（Faulstich，1997：295）需要注意的是，他在全书中对媒介概念的运用，是基于前文中已提及的萨克斯尔意义上的综合性理解。因此他采取的是一种文化学而非哲学的研究视角。在使用媒介这一概念时，他也通常以复合词的形式，来概括表明媒介的具体类型与特征，将重心放在每种具体媒介形式的社会与文化起源上，而没有再另辟篇幅细究"媒介"这个词形而上的本质内涵。

另外一点是，他在考察媒介文化变迁时，引入了社会学的维度。他认为每次发生历史性媒介转折时，尤其是在其前期阶段，人口数量增长带来的社会结构复杂化、交往群体扩大化等问题使现行交往媒介手段暴露出能力与运力上的不足，都是变革最为关键的根源动机之一。并且他面对每一个单独的阶段，都将社会形式变革与媒介历史发展相结合，在考察二者互动关系时，提出了富有建设性的观点：并非因为社会形式或公共领域发生了改革，由此才生成了新的媒介形式，恰恰相反，正是由于媒介文化发生了革命性转折，才因此带动了社会形式及公共领域的结构性转型，例如印刷媒介的崛起便被他视作是市民阶层崛起的基础条件。（255）

最后一点：他认为可以用一条历史线索将五个历史阶段串联在一起，从中明晰它们的异同——即世界图景（Weltbild）这一概念。在第一阶段即史前社会中，人类对世界的理解是整体性的，所有的生命体包括人类这一种群自身都是宇宙或曰"自然"的一个组成部分。这种理念在第二阶段即早期高度文明社会中便被二元论的观点所取代，宇宙被一分为二，自我与他者，即"我"和"你"的意识由此诞生。到了第三阶段的中世纪，这种划分依旧通行，但两极被替换成了基督教意义上的"此岸"与"彼岸"，世界的历史是耶稣救世的历史，耶路撒冷是世界的中心。第四阶段即早期近代文化中，这种宗教性的意识形态被去神圣化，即世俗化，目光被集中到眼前的现世。这个生存环境被精确地测量，并通过越来越细致的街道地图加以划分和定位。在最后一个阶段即 19 世纪里，世界的神圣性、世俗性或地理学意义上的精细程度都不再是人类认识世界的导向指标，人类社会此时观察世界时使用的是符号、程式与理论。新的世界图景变成了抽象的、数学式的以及被科学化的。从这种世界观及宇宙观的历史变迁中，可反推出每个历史阶段里主导的媒介手段，并借此获得对"媒介文化"这一文化学概念更加清晰与全面的认识。(19)

结 语

综上所述，媒介在当下除了可以行使文化符号的功能以供人们生产、理解和接收世界外，还能够因其内在的结构特征及其不可磨灭的历史与文化烙印，成为文学阐释与文学批评新的路径。尤其是将媒介文化的发展史与影响史作为一条追踪文学历史语境的线索时，可以为对文本内部话语与外部话语的挖掘提供新的视角与收获。特别是在既显现出断裂与变换，同时又形成了独特的过渡地带的历史剖面中，"相伴的"与"相对的"共存成为时代概貌的基本特征。崭露头角的文化现象与其植根于传统之中的原型或理念之间不可避免地要在这一时空内发生对峙与相互抗衡，这为文学提供了丰富的主题及形式来源。同时，文学又仰仗其虚构所赋予的无限可能，对这些媒介文化相互碰撞时所渗透出的张力进行反思与重构。媒介文化因而也就自证了它不仅在文化研究层面，而且在文学研究层面的作用与价值。

参考文献

1. Aristoteles: Über die Seele. In: Ders.: *Werke in deutscher Übersetzung*. Bd. 13: Über die Seele. Hrsg. von Ernst Grumach. Darmstadt 1966.

2. Benjamin, Walter: Das Kunstwerk im Zeitalter seiner technischen Reproduzierbarkeit. In: Ders. (Hrsg.): *Illuminationen: Ausgewählte Schriften*. Frankfurt am Main 1977. S. 136-169.

3. Benthien, Claudia und Hans Rudolf Velten: Einleitung. In: Dies. (Hrsg.): *Germanistik als Kulturwissenschaft: Eine Einführung in neue Theoriekonzepte*. Reinbek bei Hamburg 2002. S. 7-34.

4. Benzenhöfer, Udo (Hrsg.): *Paracelsus*. Darmstadt 1993.

5. Böhme, Hartmut und Klaus R. Scherpe (Hrsg.): *Literatur und Kulturwissenschaften. Positionen, Theorien, Modelle*. Reinbek bei Hamburg 1996.

6. Brenner, Peter J.: Was ist Literatur? In: Renate Glasner und Matthias Luserke (Hrsg.): *Literaturwissenschaft-Kulturwissenschaft. Positionen, Themen, Perspektiven*. Opladen 1996. S. 11-47.

7. Faulstich, Werner: *Das Medium als Kultur*. Von den Anfängen bis zur Spätaatike (8. Jahrhundert).

Göttingen 1997.

8. —: *Die bürgerliche Mediengesellschaft (1700—1830)*. Göttingen 2002.

9. —: *Medienwandel im Industrie- und Massenzeitalter (1830—1900)*. Göttingen 2004.

10. Fischer-Lichte, Erika: Wahrnehmung und Medialität. In: Dies. u. a. (Hrsg.): *Wahrnehmung und Medialität*. Tübingen Basel 2001. S. 12-28.

11. Giesecke, Michael: *Sinnenwandel, Sprachwandel, Kulturwandel: Studien zur Vorgeschichte der Informationsgesellschaft*. 1. Auflage. Frankfurt am Main 1992.

12. Hiebler, Heinz: Mediengeschichte-Medientheorie im Kontext der Medienkulturwissenschaften. In: Elisatbeth List und Erwin Fiala (Hrsg.): *Grundlagen der Kulturwissenschaften. Interdisziplinäre Kulturstudien*. Tübingen und Basel 2004. S. 185-205.

13. Kanzog, Klaus: Film (und Literatur). In: Dieter Borchmeyer und Viktor žemgač (Hrsg.): *Moderne Literatur in Grundbegriffen*. Tübingen 1994. S. 153-156.

14. Krämer, Sybille: Das Medium als Spur und Apparat. In: Dies. (Hrsg.): *Medien-Computer-Realität. Wirklichkeitsvorstellungen und neue Medien*. Frankfurt am Main 1998. S. 73-94.

15. —: Medien, Boten, Spuren. Wenig mehr als ein Literaturbericht. In: Stefan Münker und Alexander Roesler (Hrsg.): *Was ist ein Medium?* Frankfurt am Main 2008. S. 65-90.

16. —: *Medium, Bote, Übertragung. Kleine Metaphysik der Medialität*. Frankfurt am Main 2008.

17. Lessing, Gotthold Ephraim: Werke. Bd. 6: *Kunsttheoretische und kunsthistorische Schriften*. Bearbeitet von Albert von Schirnding. München 1974.

18. Müller, Jan-Dirk: Der Körper des Buchs. Zum Medienwechsel zwischen Handschrift und Druck. In: Hans Ulrich Gumbrecht und K. Ludwig Pfeiffer (Hrsg.): *Materialität der Kommunikation*. Frankfurt am Main 1988. S. 203-236

19. Münker, Stefan: Was ist ein Medium? Ein philosophischer Beitrag zu einer medientheoretischen Debatte. In: Stefan Münker und Alexander Roesler (Hrsg.): *Was ist ein Medium?* Frankfurt am Main 2008. S. 332-337.

20. Pross, Harry: *Medienforschung*. Darmstadt 1972.

21. Röcke, Werner: Historische Anthropologie: a) Ältere deutsche Literatur In: Dies. (Hrsg.): *Germanistik als Kulturwissenschaft: Eine Einführung in neue Theoriekonzepte*. Reinbek bei Hamburg 2002. S. 35-55.

22. Saxer, Ulrich: Mediengesellschaft: Verständnisse und Mißverständnisse. In: Ulrich Sarcinelli (Hrsg.): *Politikvermittlung und Demokratie in der Mediengesellschaft*. Opladen 1998. S. 52-73.

23. Schiller, Friedrich: Sämtliche Werke. Bd. 5: *Philosophische Schriften. Vermischte Schriften*. Hrsg. von Jost Perfahl. München 1968.

24. Schmidt, Siegfried J.: Medienkulturwissenschaft. In: Ansgar Nünning und Vera Nünning (Hrsg.): *Konzepte der Kutlurwissenschaften: theoretische Grundlagen, Ansätze, Perspektiven*. Stuttgart 2003. S. 351-370.

25. Schütz, Erhard und Thomas Wegmann: Literatur und Medien. In: Heinz Ludwig Arnold und Heinrich Detering (Hrsg.): *Grundzüge der Literaturwissenschaft*. München 1997. S. 52-78.

26. Wenzel, Horst: Boten und Briefe. Zum Verhältnis körperlicher und nichtkörperlicher Nachrichtenträger. In: Ders. (Hrsg.): *Gespräche-Boten-Briefe: Körpergedächtnis und Schriftgedächtnis im Mittelalter*. Berlin 1997. S. 86-105.

27. —: Medien- und Kommunikationstheorie: a) Ältere deutsche Literatur. In: Dies. (Hrsg.): *Germanistik*

als Kulturwissenschaft: Eine Einführung in neue Theoriekonzepte. Reinbek bei Hamburg 2002. S. 125-151.

28.　—: Vom Anfang und vom Ende der Gutenberg-Galaxis. Medienhistorische Umbrüche im Für und Wider der Diskussion. In: *Lutz Musner und Gotthart Wunberg (Hrsg.): Kulturwissenschaften. Forschung-Praxis-Positionen.* Wien 2002. S. 339-355

①　克雷默的著作《媒介、使者、传输：媒介性的微型形而上学》(*Medium, Bote, Übertragung. Kleine Metaphysik der Medialität*)于同年出版，详细阐述了这一研究方法的思想脉络。以下引用的段落节选自她发表于《什么是媒介？》(*Was ist ein Medium?*)一书中的一篇汇总性论文，文中几乎涵盖了前书中全部的重要观点与论证，因此在引介这一思想模型时以此小结性文本为主要索引文献。

媚俗 李明明

略　说

　　媚俗（Kitsch）编织了一张庞大的关系网："若要谈论媚俗，必要谈到大众工业与我们精神生活赖以运转的机器，谈到艺术与金钱，政治、道德和宗教，审查与警察，人类的愿望和梦想，他们的低级愚蠢和伟大崇高。"（Bry：399）可以说，当法国人津津乐道于"品味"、"时尚"的高尚话题，英美人跃入"大众文化"的喧嚣潮流时，德国人在默默积累关于媚俗的理论话语。从 19 世纪末直至今日，媚俗可能是仅次于"奥斯威辛"，对德意志民族的神经构成最大刺激的字眼。

　　国内对媚俗的研究经历了 20 世纪 80 年代末至 90 年代初由昆德拉小说引发的一个小高潮之后，就淡出了理论界的视野。零星出现的论文大都从昆德拉的小说世界与评论的只言片语、卡林内斯库的《现代性的五副面孔：现代主义、先锋派、颓废、媚俗艺术、后现代主义》、格林伯格的《先锋派与庸俗艺术》中寻找理论支撑，也有极少数研究者注意到了奥地利作家布洛赫（Hermann Broch）的"反媚俗观"。

　　然而，在对后结构主义的接受以及对后现代的讨论中，媚俗这一概念作为现代艺术发展的附带产物，本应受到重视与研究。在现代艺术发展特别是市俗化的进程中，现代艺术被推上神坛，成为宗教的替身。原创性、独一无二、高雅等一系列对艺术的评判要求，都出自于现代性的加速度自我强迫症。而现代艺术的发展又不得不面临市场与技术发展的挑战。随着有修养的市民阶层的兴起，艺术欣赏与接受构成了普遍修养的重要组成部分，而艺术的占有又与经济条件紧密相关，因此大众的艺术修养要求不得不依赖于复制品。复制技术对于这种要求的满足无疑起了推波助澜的作用，正是在大众需求与复制技术的关联中，本雅明（Walter Benjamin）看到了动员大众、进行审美政治化的可能。之后，无论是要求打破高雅与通俗界限的英国的文化研究，还是喊出"填补鸿沟"口号的后现代潮流，所关注的都是大众的这一基本文化需求。因此，在与之相伴的对经典化的颠覆与解构过程中，我们不得不重新审视媚俗在流行文化、大众媒介和消费社会主导的文化体系中的位置与功能。

综　述

　　19 世纪 80 年代，在德国慕尼黑艺术品市场，媚俗一词首次出现，随之便在都市艺术家圈子里不胫而走。1922 年德国作家艾文南留斯（Ferdinand Avenarius）在《媚俗》（"Kitsch"）一文中，首次对媚俗的词源加以大胆推测。他认为，媚俗艺术产生于 19 世纪末慕尼黑艺术品商人与英美游客的交易过程，与英语的 sketch 和德语的 Skizze 联系紧密，即指速写、素描、草图、粗样等。为了与认真创作、价格不菲的正宗艺术品相区分，他们把那些草草完成、价格低廉、"迎合大众口味"因而"易于出售的商品"称为媚俗艺术品。（222）由此看来，媚俗艺术是工业化生产和商品经济联姻诞下的早产儿，因为艺术天分的先天不足和外界强加的利益动机，从诞生之初，便生活在鄙视与耻笑之中。德国画家兼作家科维尔（Eduard Koelwel）对此说法提出了异议。他在与一位来自德国西南部的老画家的对话中获得灵感，认为"媚俗"可能源于西南方言中 die Kitsche 一词，即"一种在建筑工地、街道维护与清洁时使用的工具，用于清除街面泥污或是填平碎石路的坑洼"。他还在一本编于 1899 年的普法尔茨地区方言词典里另有发现："Kitsch，阳性，一种清扫烤炉灰尘的工具。"（59）两种工具的共同之处是都指向了一种涂抹的动作，与画家手中的画笔具有某些类似的结构与功能，而被清扫抹除的街面泥浆和烤炉炭尘，最后混合成一种酱褐色，有如那些"色调晦暗、涂抹不匀的酱油画"。（59）这一词源解释令人联想起媚俗画作的主要特征：废弃之物、污秽肮脏、不洁不雅、乌七八糟。奥地利作家穆齐尔（Robert Musil）也被这个溯源游戏所吸引。他在当时人们对艺术水准不高的小说、戏剧和艺术品的牢骚言辞中捕捉到了一个关键动词 verkitschen，即"低价促销"。穆齐尔认为，"媚俗"就是指"过于廉价的促销打折品"，是"毫无用处、一文不值的商品"。（928）

19 世纪是工业技术高歌猛进、商品经济羽翼日丰的时代。技术上的可能性促使艺术品和一般消费品的生产与销售更趋专业化，另一方面，对美化日常生活和提供消遣娱乐的普遍要求也与日俱增。待到 19 世纪末，媚俗一词在艺术圈子里广为流行，它开始公然与艺术分庭抗礼，媚俗成为"非艺术"和"伪艺术"的代名词。艺术与媚俗之间形成了无可消解、彼此支撑的二元对立，一如善与恶、真与假、高雅与低俗。

步入 20 世纪初，媚俗的魅影可谓无所不在。在当时的有识之士看来，媚俗的节节胜利不仅揭示了艺术的蜕变和文化之乱象，更为可怕的是，它意味着道德伦理的式微与滑坡。德国艺术史学家帕曹雷克（Gustav E. Pazaurek）发起了一场针对媚俗的抵抗之战："要对公众施以教育熏陶，培养其品味文化，开启其审美意识。"（11）他所采取的行动之一便是在他任职的斯图加特手工艺博物馆中特辟一个名为"品味退化"的展区，搜集展示了来自日常起居各个细节的可疑物品。他对所陈列的媚俗物品的定义是："它们对所有伦理、逻辑或是美学上的要求充耳不闻，对质料、技巧以及创作目的和艺术形式所遭受的恶行视而不见，它们的诉求独有一个：务求便宜，同时最好能够让人感觉它似乎蕴含某种更高的价值。"（349）20 世纪 20 年代伊始，对媚俗的同仇敌忾情绪在时光的打磨中，逐渐沉淀为智性的思索，关于媚俗的理论雏形渐次显现。此时，对媚俗的讨论不再局限于艺术和文学圈子，而是延伸至文化批评与政治批判的宏观视阈。

"每一个文化衰落的时代就是媚俗大行其道的时代。"（Broch：316）奥地利小说家布洛赫对媚俗的阐发影响最为深远。1933 年《艺术价值体系之中的恶》（"Das Böse im Wertsystem der Kunst"）一文在《新评论》（*Die Neue Rundschau*）上发表，布洛赫将媚俗定义为"极端的恶"。在他的眼中，媚俗绝不仅仅意味着糟糕的艺术，而是已经发展出一整套足以与艺术抗衡的独立价值体系。1951 年布洛赫在耶鲁大学作了题为《关于媚俗的几点看法》（"Einige Bemerkungen zum Problem des Kitsches"）的报告。他认为，媚俗的产生根源是将伦理范畴与美学范畴置换倒错，它的口号是"求美"（Arbeite schön），而艺术的至高境地则是伦理学意义上的"求善"（Arbeite gut）。（307）从这一宗旨出发，媚俗之物只为追求眼下"美"的效果，无视"真"与"善"的道德要求，最后沦为美丽的谎言和诱人的假象。布洛赫试图从 19 世纪步入历史视野的市民阶层身上寻找媚俗的发端。这是一个视宗教与伦理为生存基础的社会群体，他们讲求理性，自我克制，摒弃欲望，对具有感官诱惑的艺术与装饰抱有敌意。而他们所要继承的另一个文化传统则来自完全陌生的封建宫廷贵族世界，这里的一切与市民阶层的自身传统针锋相对，他们追求一种极尽奢华、唯美主义的生活装饰术，以及借助视觉手段彰显地位的权力展示术和精神与感官上的享乐主义生活。马丁·路德的新教改革加速了两个门户的融合，个人与上帝之间建立起直接的联系——在布洛赫看来，这也正是浪漫派诞生的重要契机。与上帝的直接精神交流使人变得极度自信，甚至"自负"（Übermut）起来，在这股"膨胀的激情"（Überschwenglichkeit）的驱使下，浪漫派诗人们穷尽一切力量，要将尘世间贫瘠的世俗生活升华到绝对世界中，汇入永恒之流。（298—299）由此，一种"俗世的审美宗教"（irdische Schönheitsreligion）确立起来，（302）这是一种植根于世俗生活、奉"美"为教义的狭隘封闭体系，企图把柏拉图关于美的理念变成艺术作品中直接可感的形象，在布洛赫看来，这也正是浪漫派为媚俗提供的精神养料，也是他称其为"媚俗之母"的原因。笔者认为，与浪漫派对世俗生活加以升华的主旨不同，媚俗是在将绝对永恒的美强行下拉，是一种急功近利思想的后果，它企图通过对"美"进行直接而又浅表的模仿，直达绝对与永恒，而实则是将对美的无尽追求具象化了，为美设立标准、划定边界，将无限开放的美的体系封闭起来。在另一篇题为《恶的代表》（"Repräsentanz des Bösen"）的文论中，布洛赫对媚俗作出如下总结："正是这种利用有限和理性的手段满足欲望的方式，正是这种有限被吹嘘抬升为无限以及对'美'的径直追求，使得媚俗被蒙上了不诚实的面纱，而躲藏其后的就是为人所诟病的伦理道德之'恶'。"至此布洛赫更是直接对媚俗的制造者们施以不留情面的痛斥，称他们为"道德败坏者"和"作恶的罪人"。（316）布洛赫批判的另一群人则是"媚俗之人"（Kitsch-Mensch），即那些媚俗的忠实门徒，他们依靠媚俗的"谎言和美化之镜"为生，"他们从镜中认出自己，并且不无欣喜地爱上了镜中的虚像"。（295）布洛赫将媚俗从艺术的对立面挪至伦理道德的刑讯室。

本雅明，这个时代的最佳思考者，对他所处的时代抱有毫无保留的认同，包括媚俗。《媚俗之梦》（"Traumkitsch"）是本雅明唯一一篇对媚俗加以专门阐述的小品文，其余则更多穿插于对"复制技术"、"感知变化"、"电影"、"居室"、"收藏者"等时代现象的散见之中。在《媚俗之梦》一文里，本雅明敏锐地洞察到，代表当时艺术发展新倾向的超现实主义展开了一部有待书写的新的梦乡史。浪漫派的蓝花之梦逝去不可追，现代人踏上了灰暗的媚俗之梦这条"直通平庸的快捷之道"，（1991：620）而媚俗就是"平庸的最后一张面具，我们喜欢在做梦或者交谈的时候戴上它，以期从物质世界这具干尸身上吸取些许力量"。（621）现代人身陷死寂的物质世界，无力突围，只有在"米老鼠"这类充满奇迹的媚俗之梦中，"弥补着白日的悲痛和胆怯，表现着清醒状态无力可及、非常简单却十分伟大的生存实现"。（1999：257）复制技术的提高正好为现代人预备了沉睡梦乡的温床，大量出现的复制品不再是"一定距离外的独一无二的显现"，失去了艺术的灵晕（Aura）。（267）这种深刻的变化使它们脱离了传统的权威和仪式，进入一个新的展示空间，在它们身上，"展览价值"超越了"膜拜价值"。（268）出于对事物在空间上和人性上全面贴近的需求，作为装饰物的复制品占领了私人居室的窗台、壁炉、铺垫和一切目力所及之处。"失去真实意义的吸引中心在私人家庭中找到了栖息所。"（2007：190）装饰物摆脱了实用性单调乏味的苦役，为它的收藏者盖上个性的印章，而退隐居室的收藏者则借此在自己的生存空间"留下痕迹"（191），保持住个体的经验内容和记忆碎片，用以对抗外部世界的挤压与侵占。有趣的是，帕曹雷克眼中的"家居恶饰"（Hausgreuel）实现华丽转身，成为本雅明笔下的个体印迹与生存慰藉。对于作为商品的复制品中所隐含的趣味博弈，本雅明也了然于心。在《论趣味》一文中，他精辟独到地阐述了趣味的意义：顾客对商品材质、质量等专门知识的衰退导致趣味变得愈发重要。对于顾客而言，趣味以一种繁复的方式掩盖了缺乏行家眼光的事实，而对于厂家来说，趣味给消费者带来新鲜的刺激，从而消除了他的其他要求，而满足那些要求则要昂贵得多。（124—125）

此时关于媚俗的热烈争论也引起了心理分析学派的注意，其代表人物之一萨科斯（Hanns Sachs）于1932年撰文《媚俗》（"Kitsch"），探索其作为个体与社会行为的内在动因。他认为，媚俗之作正好契合了受众内在的"移情动力"（Einfühlungsstreben），（190）即寻找情绪体验的替代对象，为力比多寻求代偿性满足。媚俗作品为此扫清了障碍，它使用简洁易懂的指示符号，不给受众制造复杂的心理情境以免使其面临艰难的心理抉择，也不给怀疑和犹豫制造机会，而是在设置适度的迷惑之后，迅速清晰地用安慰的语调公布答案。从心理分析的角度来看，媚俗与"白日梦"有着相似的形态与功能："媚俗就是不做白日梦的人对白日梦的借用。"（187）本雅明也曾说过："媚俗就是事物转向梦境的那一面。"（1991：620）媚俗与梦的关系也是媚俗研究中一再涉及、值得进一步关注的重要主题。

阿多诺（Theodor W. Adorno），法兰克福学派的另一员重将，对音乐中的媚俗现象始终保持着高度警觉。在他关于音乐的大量文论中，"媚俗"是一个频繁出没的关键词。1932年他索性撰文《媚俗》（"Kitsch"），从他擅长的音乐分析入手，剖析媚俗的特征与社会功能。阿多诺在充满媚俗味道的音乐中听出了一种创作上的惰性，它们"把不再具有任何价值、已经从原生背景中隐退出来的形式和套路重新加以利用"。（791）这应该就是他之后在《论流行音乐》（"Über populäre Musik"）中谈到的"标准化"和"被预先消化过的"音乐的源头所在。这类音乐的任务与悖论之处就在于，"要将风格特征与平淡无奇融为一体"，（793）它要通过模仿、吸取风格特征，使自己脱颖而出、免遭淘汰，而如此又会使自身变得平淡无奇、毫无特点。阿多诺所称的"中间艺术"和"中庸之道的继承人"就是这些媚俗之作，即在两者夹缝之间找到了生存空间的中间值。（794）在他与霍克海默合著的代表作《文化工业：作为大众欺骗的启蒙》（"Kulturindustrie: Aufklärung als Massenbetrug"）中，也论及相似的观点："所有伟大的艺术作品都会在风格上实现一种自我否定，而拙劣的作品则常常要依赖于与其他作品的相似性，依赖于一种具有替代性特征的一致性。"（霍克海默、阿道尔诺：117）这就是以媚俗为代表的文化工业产品具有"同质性"与"可预见性"的原因之一。对于此类音乐，"听众根本无需集中精力，而是在心理分析所说的'无意识'状态中就能完成欣赏"。（Adorno：793）这就是阿多诺总结的"听觉退化"，而听众所欣赏到的决非某种想象的愉悦，而只是获得了贫瘠的心灵慰藉与宣泄式的情感净化。因为媚俗之作总是竭力把过去的描绘成现时的，把潜心设计的细节当作自然流露并借此实施其社会功能，即"用谎言来遮蔽人们的真实处境，用神话来美化他们的存在境遇，让权力心仪的目标焕发出童话般的诱人光芒"。这种意识形态工具也正是阿多诺论及流行音乐时谈到的"社会黏合剂"功能。媚俗善于将类型化、标准化、已经过时的既往模式改头换面，用修饰美化的手段制造出虚假的安全和愚蠢的安慰，为逃避现实的心理退缩提供庇护之所，也就是说，"用周密的手法来满足饱受折磨的人们的每一个具体愿望"。（792）阿多诺在《媚俗》中谈到的媚俗音乐与《文化工业：作为大众欺骗的启蒙》中论述的由经济机器生产、暗中植入精心规划的意识形态以及在娱乐放松中使大众缴械投降的文化工业产品可以直接画上等号。而这种浸染浓重媚俗色彩的文化工业最虚伪之处就是："它从外部祛除了真理"——借助技术理性，"同时又在内部用谎言把真理重建起来"。而这无疑就有媚俗的一份功劳。（霍克海默、阿道尔诺：121）

1939年第一篇来自非德语国家参与媚俗讨论的文章问世了，美国艺术评论家格林伯格（Clement Greenberg）试图通过《先锋派与庸俗艺术》（"Avantgarde und Kitsch"）一文，厘清二者之间的含混关系。在他看来，先锋派属于真正的艺术，其创作宗旨是为了表现绝对价值，它的先锋性体现在对表现媒介的不断探索创新，而庸俗艺术是工业革命的产物，"一种代用文化"，它把"真正文化所贬斥和程式化了的形象作为原材料，助长和培养了这种迟钝感觉"，它是"虚假的快乐体验和感官愉悦"，是"我们这个时代生活中一切虚假事物的缩影。它宣称除了金钱以外，对消费者无所要求，甚至不费时间"。（194—195）他以毕加索与列宾的作品为例，阐释其中差别。毕加索的作品热衷于对绘画媒介（空间、色彩、形状等）的大胆创新，形式抽象，隔离移情，隐藏其中的造型特质需要观者的静观玄思方能彰显。而列宾的油画擅长讲故事，形象直观可辨，观赏者无需努力便能获得艺术快感。这也正是先锋派或者真正的艺术显得曲高和寡的原因之一，用格林伯格的话来说，就是无法深入大众的内心，无法达到一种宣传的效果。而当时以德国、意大利和苏联为代表的极权政府深谙庸俗艺术之道，利用它来向广大民众谄媚示好、煽风点火。至此格林伯格发现了媚俗的第二个本质："庸俗艺术使得独裁者与民众'心心相印'。"（201）它正在沦为政治意识形态的宣传工具和某种官方文化政策，成为独裁者贴近民众、巩固统治的手段，这与本雅明在《机械复制时代的艺术作品》末尾处提出的关于"法西斯主义所鼓吹的政治审美化"和"共产主义"的"艺术政治化"的观点不谋而合。（292）

　　与格林伯格对艺术先锋派的赞许不同，德国艺术史学家格拉瑟（Curt Glaser）将新印象派、未来主义、达达主义、立体主义等统称为危险的"酸媚俗"，认为它们的共同之处就是理论先行，艺术沦为理论的佐证。（173）而与之相对的是众人熟知的"甜媚俗"。他借助味觉感受，概括出两种风格迥异的媚俗形式："甜媚俗"，即甜美无邪、柔弱无骨、浸泡着感伤泪水的取悦型媚俗；"酸媚俗"，即怪异暴突、狂野刺激、令人蹙眉努嘴的不悦型媚俗。视先锋派为洪水猛兽、将其归入媚俗之伍，这是20世纪初保守派艺评家的典型论调。先锋派与媚俗艺术之争持续至今，二者的首要区别在于：艺术先锋派动机纯粹，"为艺术而艺术"是其唯美主张，反叛过去是其一贯态度，追求形式创新是其表达方式；而媚俗艺术，不论酸甜，只存在形式和效用上的差异，却没有偏离诉诸纯粹感官效果、以受众反应为指导、借用已有模式的媚俗制造纲要。

　　第二次世界大战结束之后，德国纳粹一手打造的政治审美化的媚俗帝国走向毁灭。格林伯格所揭示的媚俗与权力机制的交好勾结引发了德国知识界的反思共鸣。许多研究者把法西斯主义与媚俗捆在了一起，其中经典之作有布雷纳（Hildegard Brenner）的《纳粹艺术政策》（*Die Kunstpolitik des Nationalsozialismus*，1963），书中运用详实的史料揭露了艺术沦为政治宣传工具的不争事实，探讨媚俗所参与的意识形态建构和隐藏的政治意涵。斯坦伯格（Rolf Steinberg）编撰的《纳粹媚俗》（*Nazi-Kitsch*，1975）是一部关于1933—1945年间第三帝国的媚俗编年史。二战后，媚俗不仅在德国成为文学、艺术、音乐、神学、哲学人类学与社会学等众多学科的正式研究对象，而且对媚俗主题的兴趣也从德国蔓延到英美等国，延伸到大众文化、通俗文化、媒介研究的诸多领域。

对晚近的媚俗理论与思考方向影响最巨者，当推德国哲学家吉斯（Ludwig Giesz）于 1960 年出版的《媚俗现象学》一书。吉斯对以媚俗之物作为客观对象的研究传统发出质疑，主张从人本美学（anthropologische Ästhetik）的角度出发，将着眼点从媚俗的物体实在移至充满媚俗意味的主观体验。吉斯所撰写的实质上是一部关于媚俗之人的现象学，他们作为媚俗存在之可能的前提条件、作为媚俗的体验主体，当时还处在研究的边缘。吉斯用"过度伤感"（Rührseligkeit）一词来概括他们的体验方式和意识状态。（38）"过度伤感"是一种随时迎接感动和感伤来袭的心理准备和能力，为了进入此种状态，媚俗之人甚至会臆想出一些空穴来风的感动瞬间，进而还要为感受到这份感动而感动，陶醉于自我感动的情绪体验之中。这种充满媚俗意味的体验状态的虚伪之处在于，它最终要将这份自我感动强说成是来自外部的，是被客观物体或环境所打动。"媚俗的眼光在某些方面天分十足，它不放过每个令人动容的片段，同时又能屏蔽掉与之相对的不利因素。"（39）此外，媚俗之人的接受方式抛弃了传统美学中主客体之间的审美距离，以及以"严肃"、"冷静"、"崇高"为特征的审美态度。它追求绝对的"一体感"（Einsfühlung），主客体构成一个由"渗透"与"黏着"作用生发出的"聚合体"，一种新的"组织肌体"，主体沉浸于一种"切肤的享受"。（40）正是此种附体式的欣赏方式，纵使艺术真品也可能落入媚俗之人的眼眶，沦为媚俗感受的传递媒介。把主体的接受和体验方式作为切入点，这一角度对之后的媚俗研究具有很大的启发性。

"伊甸园里没有媚俗。"罗马天主教神学家艾根特（Richard Egenter）一语道破了基督教伦理捍卫者眼中媚俗的产生根源——原罪。媚俗是"原罪的后果。原罪使人们失去了生命等级与欲望冲力原有的天赐和谐，在精神与肉体的对立中，人们感受到私欲和毫无章法地追求享乐所带来的痛苦"。（9）从宗教的角度来看，媚俗就是原罪滋生出来的损害个人灵性的一切恶行和各种失控的欲望：对金钱与权力的贪欲，逃避现实的惰性，纵情声色犬马，沉溺感官刺激，过分贪图逸乐，过度迷恋自我等。这是每个带着原罪的烙印降生俗世的人都面临的威胁和诱惑。此外，因为"禀赋不足"和"缺乏教育"所造成的"灵性扁平"（metaphysische Untiefe）使虔敬的教徒也难逃媚俗的侵袭。（69）更值得警惕的是，艾根特观察到，现代社会中的"灵性扁平"并非个案，而是整个虔敬体系正在经历的深邃变化："随着现代人个体化进程的加速，宗教变得日益肤浅，它的重点从富含深度的宗教秘仪转移到个人感知的边缘区域，最后在简单的祷告中匆匆收场。"（77）随着宗教连接形式上的日趋松散，宗教仪式及其象征物的价值与意义也日渐衰落，现在它们已经神性殆尽，沦为纪念品商店里售卖的廉价小玩意，或是百姓居室中装饰功能远胜于宗教光晕的摆设品。在艾根特看来，它们就是媚俗的直观形象，虽然披着宗教的神圣外衣，实质却是为了传播纯粹的感官享乐。《媚俗与基督教生活》（*Kitsch und Christenleben*）是首部从宗教视角对媚俗现象的立著思考。

　　来自奥地利天主教文化的代表帕维克（Karl Pawek）把艾根特所描述的变化视作时代使然："将世间万物变为媚俗是这个时代的合法风格。"（144）宗教当然也被裹挟其中。在帕维克眼中，宗教媚俗不过是众多以商品消费为基础的媚俗现象之一，并无特殊性可言。其始作俑者也并非普通民众，他们早已化身消费者，货币等价物赋予其平等意义。在"事件"（Geschehen）变为"物件"（Gegenstand）的世俗化趋势的启示下，（147）帕维克看到了"神学的本质陨落"（theologischer Substanzverlust），（146）即"一种无处不有的滑坡景观，从凝结存在意义、崇高超然的制高点……滑向肉身与道德的地面"。（148）

　　在文学领域，对媚俗文学的理论思考也愈发成熟。早在媚俗一词在艺术界出现以前，18世纪末的德国文学界就已经嗅到了它的存在。处于启蒙运动向古典文学过渡时期的德国文坛的边缘，出现了一股文学潮流：消遣文学（Unterhaltungsliteratur），以及戏剧、音乐繁荣带来的消遣文化（Unterhaltungskultur）。概括地说，这与当时印刷出版业的日臻发达，市民阶层教育文化水平的提高所导致的审美感官的细腻化，以及自由闲暇时光的出现所带来的有利可图的文化市场联系紧密。这一时期的美学探讨虽然没有直接指向媚俗，但其中对情感与冲动的定义、对艺术与非艺术的界定尝试、对接受者审美活动的探讨、对商业文化苗头的观察等，都为之后的媚俗研究确立了方阵。随着19世纪商业化出版制度的建立，消遣文学又或通俗文学（Trivialliteratur）挤占了更为广阔的地盘。克劳伦（H. Clauren）是德国19世纪初最高产、拥有最多读者的消遣文学作家之一，被戏称为"媚俗的文学之父"。他的爱情童话《咪咪莉》（*Mimili*，1819）一经杂志连载登出，便受到极大追捧。同时代的文学评论家豪夫（Wilhelm Hauff）从中总结出一种所谓的"咪咪莉风格"："浅显易懂，讨巧献媚，模式僵化，趣味低俗，精心布局的情感操控，僭越道德，隐含色情。"（107）这些也成为之后鉴赏一部文学作品是否为媚俗之作的首要标准。20世纪以来，艺术和文学对市场法则的屈从与日俱增，消遣文学和通俗文学被许多评论家直接冠以"垃圾文学"（Schundliteratur）和"媚俗"的名头。媚俗之作即大量"以经济利益为导向，道德败坏，艺术价值低下的文学作品"。（Dettmar and Küpper：112）二战以后，通俗文学更是"被视为法西斯思想的精神扫路人"。（Bannasch：43）

　　1961年媚俗文学的研究经典《德式媚俗》问世了，文学研究者柯利（Walther Killy）用该书总结了德语小说的媚俗特征。他在此书开篇将7个风格相似的小说片段连成一体，形成一个粗看好似天衣无缝的新文本。柯利借此发挥，对拼接文本中的媚俗特征逐一梳理。首先这几个节选文本最大的特点就是毫无特点，从选词造句到修辞手法，再到人物塑造，就连令人昏昏欲睡的叙述节奏都如出一辙。其次，"气氛的渲染远比内容陈述重要"。（10）文本的情节内容乏善可陈，只有依靠形式上的炫目多彩来获得填充和支撑。它们惯用"堆砌"（Kumulation）和"重复"（Repetition）的手法直扑效果，营造氛围。（11）文中对叙述对象的描写没有突破既定的符号框架，大量形容词和副词的堆积只为唤起某种诗情画意的美好感觉；动词缺乏急剧的动感，而是富有流动性，制造出一幅缓缓流动的画面，缺乏凝神的视角，也没有画面质感的沉淀。这种叙事抒情化的模式是对诗歌的模仿，也正是柯利总结出的媚俗文学的第三宗罪："媚俗之作完全没有边界感。"（18）它在叙事中掺入诗歌元素，作为情感填充料。不仅如此，它连道德的边界也敢于僭越，为了制造感官刺激，媚俗之作一边使出情色诱惑，一边又通过平衡术、障眼法或者其他冠冕堂皇的理由，将情欲压制下来，要么将其提升为非肉体的灵魂之爱、上帝之爱。爱的倾诉与情感的宣泄满篇皆是，但是"它们不知纯粹情感为何物"，而是将彼此无染的感情——例如对风景的赞叹，对上帝的虔敬，对国家的热爱，对异性的渴望，对生死的喟叹等——糅混码放，共时呈现。（17）此外，媚俗作品青睐比喻和象征的修辞手法，但是它们与内容之间缺乏必要的逻辑关联，而且总是按捺不住，急于自我揭示，唯恐读者领会不到。如果说上述只是媚俗作品的外在特征的话，那么柯利认为，媚俗的内在本质就是一种"诗化现实主义（poetischer Realismus），因为它要掩盖其与童话同源的反现实主义基色"。（30）这在通俗文学作品身上得以充分展现，因此柯利在通俗文学与媚俗之间毫不犹豫地画上了等号。他认为，通俗文学"采用童话的模式来满足人们的原始要求，同时又不忘给自己换上'时髦'的外衣，以期通过时时更迭的时代感为自己赢取可信度"。（30）

可以说，通俗文学是经历了世俗化易容之后的童话，鬼怪巫神以及一切与原始恐惧相关的记忆载体被道德上的恶人所取代，"灰姑娘"式的命运逆转、"白雪公主"式的九死一生、"小红帽"式的越轨与回归——无伤大碍的成人童话频频上演。而这些无疑与现实生活的复杂嬗变和难以预料是格格不入的。如果说童话在体裁框架内的无视现实和浪漫遐想出自其审美特质，非善即恶、非美即丑的黑白区隔泄露了人类意识深层孩童般的原始认知，那么通俗文学以及我们生活中四处潜藏的"现代童话"是否可以被视作某种审美与认知方面的双重退行呢？

柯利使用阐释学的方法对媚俗所作的文本分析给当时的文学研究领域带来了不小的震荡。数年之隔，另一位著名的文学研究者克洛伊泽（Helmut Kreuzer）便发出质疑的声音。他认为，柯利总结的所谓媚俗的风格特征，例如堆砌、重复、统感和诗化，在19世纪和20世纪的高雅文学中普遍存在，而在诸如侦探小说和西部小说这些通俗文学里倒是踪影难觅，这是因为"柯利完全忽视了小说的类型差别"。（175）克洛伊泽意识到，把媚俗看作孤立的审美对象，对其加以封闭的阐释学研究，并不能得出有信服力的结论。他提出"要将美学概念转化为历史概念"，（184）即从文学社会学的角度出发，考查媚俗的社会效用，及其所折射出的品味历史的流转，考察具体历史条件下，它的归类、划分与定义的运行机制。一篇关于媚俗的简微史，正是本文的写作初衷，而克洛伊泽所期待的为媚俗树立一座社会学历史纪念碑的宏伟目标想必也是饶有趣味。

80 年代以来，越来越多的研究者开始从文化和媒介理论出发，论述媚俗在社会和文化场域所扮演的角色。德国媒介研究者普罗斯（Harry Pross）依据职业敏感，捕捉到媚俗与媒介的密切关联："媚俗是一种交流手段，媒介，它试图掩盖观念与想象、愿望与实现、图像与物体之间的差别，从而达到快速传递情感效果的目的。"（27）作为媒介的媚俗，其目的并非实现如实直接地传达，而是要对信息进行加工后再传递：黏合裂隙，调和矛盾，整合意义，使异质与环境相适应。如此煞费苦心只为快、准、狠地击中人们的感觉中枢，快速开启情感的阀门，达到输入某种既定意识形态的目的。所以媚俗"表面上是一个美学问题"，实际上"不论主题、符号和强制手段如何变幻，它操控大众的本质丝毫未变"。（30）环顾我们身处的时代，媚俗已经成为社会控制的全能手段，从印刷媒介到影视媒体，从新闻到娱乐，从商业宣传到道德宣扬，媚俗媒介一再证明了自身的卓越有效。

意大利政治学家蒙加蒂尼（Carlo Mongardini）试图从现代人的生存处境出发，摘掉布洛赫以来媚俗头顶的"恶态"帽子："媚俗处于善恶之彼岸：它是一种自欺，用以维持平衡的幻象。人们借此安然度过伦理与审美价值缺失所引发的不安。"（88）他认同法国哲学先锋德波（Guy Debord）所描绘的"景观社会"，即一个被影像剥夺了深度、秘密与内在性的社会，表现为全然的外观呈现，并且乐于生产自我表现的影像。"这种景观社会无力维持持续的价值观，又面临迅疾的变化，因此它轻而易举就成了一个媚俗味十足的社会。"（Mongardini：93）蒙加蒂尼在媚俗的生活态度中，读出了现代人的"冷淡症"和"非政治化"倾向："冷淡症"即基于对文化堕落与时代空乏的清晰认识，选择冷漠随意和轻浮肤浅的应对态度，仿佛出于正当防卫的需要，是"对社会价值体系的漠然淡视"；而"非政治化"则是一种与世无争、随遇而安的生存策略，不再投身你死我活的斗争，不再纠结你对我错的争辩，不再追求个性化的表达，而是选择"集体潜水"，在媚俗氛围的包裹中韬光养晦。（85）在蒙加蒂尼的笔下，媚俗已然成为现代人的生活政治："媚俗是某个群体内部的约定习俗，在被文化淘汰的次品材料的帮助下，在传统与日常的体系之内，这些习俗对某些道德和审美原则加以戏仿：它就是那些因为自己的软弱无能而倍感煎熬的弱者的道德观与审美观。"（88）

与普罗斯相似的是，蒙加蒂尼也发现了媚俗的媒介性。它是一种"能够使时间缩短或者停滞的媒介"。它通过对时间的强行中断，屏蔽掉时光与生命终将逝去这一无可挽回的局面；通过缩短或者加速时间的当下进程，帮助人们逃离眼前的困局，遁入未来的辉煌；而通过时针的回拨，又可以将人们带回往昔的黄金时代。借此媚俗悄悄地篡改现实感受，影响历史意识的形成："在媚俗的作用下，历史发展被缩

减为当下；历史意识慢慢减弱，对未来进行思考与建构的能力也在一并削弱。"（90）

将媚俗与时间和历史联系起来，展开更为丰富的想象思考的理论家是传播学学者傅拉瑟（Vilém Flusser），他在后工业时代"讯息社会"的情境启示下，提出了有关媚俗的"垃圾循环论"。关于"文化"的理解最为普遍的认识是，物体被从自然状态中剥离出来，人们把它当作膜层，将信息铭刻其上。借此"赋形"过程，自然物体便成为文化客体，被当作记忆与信息保留起来，被纳入"文化"这一存储器中代代相传。这种"线性文化模式"遵循着单向的线性法则："自然——膜层/半成品——文化"。此种文化认识产生的基础是，人类一直在竭力对抗信息的瓦解，对抗遗忘与死亡，但同时又无法摆脱被遗忘与走向死亡的宿命。在这场徒劳的战斗中，他们学会了把信息刻入自然物体，试图凭借这种存储形式来躲避遗忘的侵扰。傅拉瑟指出，这一模式是不完整的，因其忽略了文化形成之后的发展动向。按照自然规律，没有长存不朽的事物，宇宙中的万事万物都难逃"熵的法则"，文化也不例外。"文化客体在彻底解形（返回自然界）之前，形成一个由半解形物体组成的介于文化与自然之间的过渡领域，即垃圾。"（51）也就是说，从文化形成的那一刻起，便进入熵化的过程，先从文化客体退变为垃圾，即半分解的文化客体，然后继续退变，直到完全分解变形，重返自然界。按照傅拉瑟的阐释，这是一个周而复始的圆周循环："自然——半成品——文化——垃圾——自然"。当中的每个环节都是"可以人为控制的"，可以"加速"、"减速"、"刹车"，甚至"逆转"。而媚俗就是产生在"由垃圾向文化的循环"逆转过程中。借助媚俗，人们实现了对时间直线流逝的有力扭转，推迟了信息与记忆的解体，也就是推延了遗忘与死亡，"把逝去固定在当下"。这种崭新的时间掌控体验被傅拉瑟称作"后历史的"（post-historisch）。（53）现代社会中媚俗现象的长盛不衰被他诊断为"循环障碍"。照其论述，工业革命加速了半成品到文化成品的赋形过程。但是文化这一存储器并没有作好相应的扩容准备，无法容纳汹涌而至的文化产品。许多产品几未被消耗就直接成了废物垃圾，"这种文化与垃圾大量并存的局面被称为'大众文化'，它是一种循环障碍"。（54）而所谓的"进步"就是"由半成品到文化产品，然后又由文化到垃圾的加速度过程"。（53）加速的文化生产，加速的文化消耗，加速的垃圾制造形成了严重的拥塞。此外，使用更为耐用的人造材料也加剧延缓了垃圾的自然回解过程，造成了堆积，即环境污染。更为有趣的是，傅拉瑟观察到，这些垃圾试图以媚俗的形式杀回文化的阵营，实现由垃圾到文化的逆循环。傅拉瑟关于媚俗的"垃圾循环论"与莫勒斯（Abraham A. Moles）和瓦特（Peter Ward）的"剩余社会论"相似，认为媚俗是后工业时代商品过剩导致的文化过剩现象。

随着电子技术和机器媒介狂潮般的更新推进，一个为媚俗打造的安乐窝在后现代工业社会的怀抱里日渐有型，它是尼尔·波兹曼描绘的娱乐帝国，也是马歇尔·麦克卢汉笔下以视像、声音与狂热为特征的媒介杂交的电子环境。媚俗从之前渗透文化和社会的隐蔽力量走向公开，它在大众文化、通俗文化、媒介和（视觉）感知研究以及后现代主义的理论支撑下，找到了庇护之所。以雷蒙·威廉斯、罗兰·巴特、皮埃尔·布迪厄和斯图尔特·霍尔为代表的当代文化批评家，用审视高雅文化的态度，为媒俗的小玩意创造出令人耳目一新的理论话语。与此同时，媒俗与艺术之间的等次与边界也开始变得模糊。艺术家如安迪·沃霍尔、昆斯（Jeff Koons）甚至直接用媒俗元素成就作品，似乎以此来回应"杜尚之后，艺术何为"的世纪难题。那么他们确是媒俗的拥趸吗？

至少从 20 世纪下半叶开始，艺术领域出现了一支"伪媒俗"的队伍。而在桑塔格（Susan Sontag）看来，这个情况还要早得多。她在发端于 17 世纪末和 18 世纪初并在 20 世纪上半叶以王尔德为代表而得以复兴的"坎普"艺术和文学中，观察到了一种创造性的感受力和态度，夸张、奇异、琐碎、狂热、天真、玩笑、游戏、纨绔是其关键词。它超越了对复制品的厌恶，欣赏粗俗，体现了一种万物等量齐观的民主精神。在媒俗研究中，《关于"坎普"的札记》（"Notes on 'Camp'"）是引用率最高的文章之一，不少研究者把桑塔格对坎普的描述误读成为媒俗画像，其实两者的趣味差别就在"纯粹"和"蓄意"之分。总结桑塔格的描述，"纯粹的坎普"态度上绝对严肃朴实，（309）有赖于天真，不是图好玩，不为取悦他人，内部蕴含着某种宏大不凡，不仅见之于作品本身的铺张风格，也见之于志向的宏伟高尚。而"蓄意的坎普"志向平庸，不出奇，也不离谱，仅仅是装饰性的、四平八稳的花哨东西，以一种不连贯或者不狂热的方式展现铺张，也并非来自一种不可遏制的感受力，因此显得拘泥做作，缺乏想象与激情。可以看出，媒俗即是桑塔格笔下"知道自己是坎普的坎普"，是"做坎普"，（308）是对坎普的不到位模仿。如果说媒俗是一种劣等品味的话，那么坎普则是一种"对劣等趣味的良好趣味"，或曰精致的糟糕艺术。（320）

20 世纪 60 年代的波普艺术消解了艺术的高雅和低俗之分，是艺术对商业和消费文化的释然拥抱，一度被看成是平庸恶俗之作。20 年后，直接售卖自己身体与私隐的昆斯名利双收，他祛除媒俗的羞辱心，在与资本的艳遇中助其登入艺术的殿堂，使其成为争议不休的"媒俗艺术"（Kitsch-Art）。德国媒介学者博尔茨（Norbert Bolz）把昆斯定义为"朝媒俗张开双臂"的"后现代艺术家"。（132）"降格"（Unterbietung）和"平庸"（Banalität）是其创作态度，以此"戒除追求先锋性的强迫症，克服大师情结，祛除美学的神秘感，摆脱意义的主宰"。（134）

桑塔格文中的"坎普"和昆斯身体力行的"媒俗艺术"来自"伪媒俗"的队伍。桑塔格指出"坎普在引号中看待一切事物"。（306）也就是说，坎普是对生活的引用演绎，"滑稽模仿、仿拟、戏剧性"是其青睐的表演手段，（306）而且带着"自我嘲弄"的豁然通达。（309）真正的媒俗不惜一切代价追求诉诸视觉、听觉和触觉的感官刺激，而带有反讽意义的自觉媒俗则依借感官通道，意在对观念施以刺激。

昆斯在一次访谈中提到，"观众才是真正的主题，……我认为，他们是能够被某些观念所影响的"。（25）昆斯之辈的自觉媚俗者们把媚俗作为反讽的策略，制造感官刺激，在间离震惊之余，期待质疑，唤起讨论，将人们带离道德伦理、主流价值、既定观念构筑的安乐窝。

结　语

20世纪初至今，"媚俗"概念被一群风格各异的思考者推动着，从"垃圾艺术"、"极端之恶"的唾弃声中爬起，搭乘商品与消费文化的顺风车，朝着享乐主义的世俗化奔驰，有如一场脱冕、降格、戏拟式的狂欢，沿着身体与物质的方向径直下坠。

"媚俗"是理解现代性的关键词之一，当情感、欲望和趣味在现代理性的高堂庙宇中无处容身，就会被媚俗的江湖所吸引。而在"媚俗"的转换进程中，反映出的是双重的"启蒙辩证法"：奉历史哲学的进步观念为指引的现代派在追求不断自我超越的进程中远离了既定目标，它的曲高和寡将启蒙对象拱手让给了通俗艺术；而后现代艺术则在消解一统梦幻与宏大叙事的同时，通过对"高雅"的戏仿，承接了现代派设想的任务，在强调多元化、承认差异的"穿越理性"方案中，（Welsch：7）"媚俗"再度成为文化体系中重新思考的对象。

参考文献

1. Adorno, Theodor W.: Kitsch. In: Ders.: *Musikalische Schriften V* (Gesammelte Schriften, Bd. 18), Frankfurt a. M. 1984, S. 791-794.

2. Avenarius, Ferdinand: Kitsch. In: *Kunstwart und Kulturwart* 33 (1920) H. 2. S. 222.

3. Bannasch, Bettina: Unsägliches oder Unsagbares? Zur Rede über Kitsch und Kunst. In: *Sprache und Literatur* 28 (1997) H. 79. S. 40-53.

4. Benjamin, Walter: Traumkitsch. In: Ders.: *Gesammelte Schriften*. Hrsg. von Rolf Tiedemann und Hermann Schweppenhäuser. Bd. 2. Frankfurt a. M. 1991. S. 620-622.

5. Bolz, Norbert: Marketing als Kunst oder: Was man von Jeff Koons lernen kann. In: Ders./Cordula Meier/Birgit Richard/Susanne Holschbach (Hrsg.): *Riskante Bilder. Kunst, Literatur, Medien*. München 1996. S. 129-136.

6. Broch, Hermann: *Essays*. Bd. 1. Hrsg. von Hannah Arendt. Zürich 1955.

7. Bry, Carl Christian: Der Kitsch. In: *Hochland*. Monatsschrift für alle Gebiete des Wissens, der Literatur und Kunst 22. 2, 1925.

8. Dettmar, Ute/Küpper, Thomas (Hrsg.): *Kitsch. Texte und Theorien*. Stuttgart 2007.

9. Egenter, Richard: *Kitsch und Christenleben*. Würzburg 1962.

10. Flusser, Vilém: Gespräch, Gerede, Kitsch. Zum Problem des unvollkommenen Informationskonsums. In: *Kitsch. Soziale und politische Aspekte einer Geschmacksfrage*. Hrsg. von Harry Pross. München 1985. S. 47-62.

11. Giesz, Ludwig: *Phänomenologie des Kitsches*. Zweite, vermehrte und verbesserte Auflage. München 1971.

12. Glaser, Curt: Vom süßen und vom sauren Kitsch. In: *Kitsch. Texte und Theorien*. Hrsg. von Ute Dettmar/Thomas Küpper. Stuttgart 2007, S. 167-173.

13. Hauff, Wilhelm: Kontrovers-Predigt über H. Clauren und den Mann im Monde. In: H. Clauren: *Mimili. Eine Erzählung*. Hrsg. von Joachim Schöberl. Stuttgart 1984. S. 79-114.

14. Killy, Walther: *Deutscher Kitsch*. Göttingen 1962.

15. Koelwel, Eduard: Kitsch und Schäbs. In: *Muttersprache*. Zeitschrift des Deutschen Sprachvereins 52 (1937) H. 2. S. 58-60.

16. Koons, Jeff: Interview mit Anthony Haden-Guest. Aus dem Engl. übers. von Uta Goridis. In: Angelika Muthesius (Hrsg.): *Jeff Koons*. Köln, 1992, S. 12-36.

17. Kreuzer, Helmut: Trivialliteratur als Forschungsproblem. Zur Kritik des deutschen Trivialromans seit der Aufklärung. In: *Der Deutschunterricht*. Beiträge zu seiner Praxis und wissenschaftlichen Grundlegung 19 (1967) H. 2. S. 173-191.

18. Mongardini, Carlo: Kultur, Subjekt, Kitsch. Auf dem Weg in die Kitschgesellschaft. In: *Kitsch. Soziale und politische Aspekte einer Geschmacksfrage*. Hrsg. von Harry Pross. München 1985. S. 83-94.

19. Musil, Robert: Über die Dummheit. In: Ders.: *Tagebücher, Aphorismen, Essays und Reden*. Hrsg. von Adolf Frisé. Hamburg 1955. S. 918-938.

20. Pawek, Karl: Christlicher Kitsch. In: *Der Kitsch*. Hrsg. von Gillo Dorfles. Übers. von Birgid Mayr. Gütersloch 1977. S. 143-150.

21. Pazaurek, Gustav Edmund: *Guter und schlechter Geschmack im Kunstgewerbe*. Stuttgart/Berlin 1912.

22. Pross, Harry: Kitsch oder nicht Kitsch? In: *Kitsch. Soziale und politische Aspekte einer Geschmacksfrage*. Hrsg. von Ders. München 1985. S. 19-30.

23. Sachs, Hanns: Kitsch. In: *Kitsch. Texte und Theorien*. Hrsg. von Ute Dettmar/Thomas Küpper. Stuttgart 2007. S. 184-192.

24. Welsch, Wolfgang: *Unsere postmoderne Moderne*. Berlin 1987. S. 7.

25. 本雅明:《发达资本主义时代的抒情诗人：论波德莱尔》，张旭东、魏文生译，生活·读书·新知三联书店，2007。

26. 本雅明:《经验与贫乏》，王炳钧、杨劲译，百花文艺出版社，1999。

27. 格林伯格:《先锋派与庸俗艺术》，载福柯等《激进的美学锋芒》，周宪译，中国人民大学出版社，2003。

28. 霍克海默、阿道尔诺:《启蒙辩证法——哲学断片》，渠敬东、曹卫东译，上海人民出版社，2006。

29. 桑塔格:《反对阐释》，程巍译，上海译文出版社，2011。

民族-国家 　王逢振

略　说

　　最近二三十年，人们在文学批评中经常看到这样四个术语：民族-国家（Nation-State）、种族、性别和阶级。何以如此？因为它们涉及多种研究和批评，如后殖民研究、女性主义、少数话语研究、身份研究、华裔文学研究、地区研究以及广义的文化研究，等等。

　　今天，尽管全球化进程不断发展，但民族-国家仍然是构成世界秩序的基础，国家主权和国家利益仍然是国际关系的基本出发点，各国的发展道路也仍然要依据各国的具体情况决定。因此，如何界定国家和民族，民族主义与文化如何联系，在全球化进程中民族身份如何发生变化，这些在文化研究和文学批评中便颇受重视。

综　述

什么是民族-国家

　　民族-国家是什么意思？为什么两个词要连写？也许我们应该先从民族和国家这两个概念谈起。国家的概念不难理解。国家是建立和构成的，比如我们经常说"建立了中华人民共和国"。国家的概念主要以版图和领土为基础，国家一般有固定的边界，超越边界就是扩张或侵略。国家可以有不同的性质，如社会主义国家、资本主义国家、封建主义国家。国家也可能因扩张、侵略或分裂而改变其领土范围，这在世界历史上不乏实例。

　　民族也是构成的，但民族概念的构成要比国家概念的构成复杂。在某些情况下，民族可以和国家画等号，但在许多情况下，民族并不等于国家，因为许多国家有多个民族存在；另外有的民族还没有国家。我们中国有 56 个民族。中国可以涵盖所有这 56 个民族，但其中任何一个民族都不能涵盖中国，于是我们以中华民族表示生活在中国大地上的所有民族。但这同样也有问题：海外华人、海外侨胞是否属于中华民族？新近移民到国外的中国人是否属于中华民族？因此民族构成是一个更复杂的问题。

　　从字面上讲，民族-国家既包含民族也包含国家，但更重要的是表示民族构成和国家构成之间的关系。在现代世界，限定身份的主要方式之一是民族的观念。在 16 至 19 世纪之间，历史上与欧洲殖民主义相联系的民族或民族主义，今天仍然具有重要的意义，它既是身份的象征和安全的保证，也是对更多的全球联系的障碍。你是某个国家的公民，持有该国的护照，你就会受到这个国家的保护；但与此同时，如果你得不到某个国家的签证，你就不能自由地前往那个国家。另外，由于民族与一些积极的理想相关，如爱国主义、忠诚和集体力量等，民族或民族主义都坚持以种族、性别和性为基础的排他的原则。

民族身份的一个关键因素是它与某个特定政治实体的联系，这种政治实体一般指民族-国家，它首先由统治管理的结构限定，表明民族身份的部分基础是有意识地承认自己是属于一个特定政体的国民。承认这种国民地位，就是在总体上承认选举的政府的合法性，并在总体上遵守公民的义务，如纳税、守法，等等。但民族身份又不只意味着一个特定国家的公民，它还是一种可以强烈感觉到的个人对成为一个特殊社群成员的投入。属于某个特定的民族，并不只是被动地服从于外部的、预先决定的国家机构，而且还是一种信念和行为的方式，它本身就是构成性的，是对那个民族进行限定的一个部分。这并不是说民族身份完全是有意识地选择的结果。由于民族身份通过人们所说的语言以及人们说该语言的方式来表示，所以民族身份部分地决定着我们是谁、我们如何说话和如何行动。它是我们生来就有的东西，就此而言它是前意识的、不容协商的。民族身份中事先给定的或自然的因素，通过它与领土的联系而非常明显，成为某个国家的人就是要成为它的国土的一个组成部分。

就民族的限定而言，它只是表示一种特殊的关系，对这种关系的限定依赖于与他国人的联系，而且同样重要的是，依赖于与他国人的某种差异。某一民族的身份，是通过对它在世界其他民族中的地位的自觉意识来表现的。一个民族对其他民族采取一种特殊的政治姿态，如坚持和平、反对控制等，而其他民族的"他者性"对这个民族本身的限定也至关重要。因此，民族可以根据它与特定的国家机器及其控制的领土的关系来限定。在限定民族中，边界的关键作用可以从政治方面理解，把国家的构成看作是为了争夺或保护领土和资源。它也可以从心理方面来理解，类似于我们围绕"自我"和"他者"的两极来限定自己。

事实上，民族作为一个概念的历史意义，主要不是因为它基于一个具体的、实在的国家组织或地方，而是因为它具有空前的力量支配着分布广阔的人们之间的联系。民族不像传统上由村庄或城邦限定的公民群体，它需要在数量巨大但大部分从未谋面的人们之间建立一种想象的关系。

从历史上看，西方的民族主义和民族-国家是工业革命的产物。工业革命本身依赖世界遥远地区的资源，它们为它提供原料以及金银形式的资本。这些地区自己并没有工业化，因此长期以来不能享受工业化带来的好处，即使后来它们作为工业产品的市场具有重要的作用。换言之，世界不发达部分支持了欧洲民族-国家的发展。亚洲、非洲和美洲的殖民地的资源和劳动力遭到掠夺和剥削，但同时通过军事力量支持的贸易规定，又阻止它们真正成为财富生产的伙伴。

因此，欧洲民族身份的构成同样依赖于非欧洲世界。促使打破旧的宗教王朝的世俗化和科学启蒙过程，与15、16世纪西班牙、葡萄牙、英国、法国和荷兰的航海探险有着密切的联系。尽管这些旅行是为了寻求财富，但同样也是为了追求知识，而最终有助于改变他们对物质世界及其居民的理解：他们了解到这个世界远比以前想象的更加庞大和复杂。随着欧洲人开始与以前他们不知道的人接触，发生了两件事情：一方面，其他的地方和文化被翻译和扭曲，以肯定然而更多的是否定的方式使之适合已知的范畴，从而加强了欧洲价值观念的普遍性；另一方面，在数不胜数的地方条件下或在更一般的情况下，与他者的接触导致了对多种根本不同的世界的认识，而这些世界不可能，实际上也不应该归纳为相同的模式。民族身份的形成受到了这两种对差异反应的影响："承认文化相对主义"，它与单一普遍真理的宗教观形成对立，因而信念和实践的差异被认为不可避免，甚至是必需的；"加强单一的主权国家的身份"，其特征是必须保卫甚至扩展他们的统治权，必要时可以使用武力。

总之，民族-国家是历史地构成的。今天，随着经济全球化的发展，全球资本主义正在扩展到世界各个地方，民族-国家之间的关系也在发生变化，出现了所谓的去领土化和跨国资本家阶级。西方资本主义强国正在建构一个世界范围的资本帝国，通过经济剥削和传播消费意识形态，重新使不发达国家甚至发展中国家殖民化。于是帝国和民族-国家之间的矛盾日益突出，如现在的美国和第三世界国家，引起了人们对民族-国家的思考：面对跨越国界的全球化趋势，民族-国家处于什么境遇？它如何应对这种趋势？是顺从还是抵制？如果抵制，以什么方式抵制？民族-国家的前景如何？这些问题在文化中如何再现？在生活实践中如何表现？正是为了对这些问题进行回答，导致了文化研究对民族-国家问题的重视。

民族-国家是想象的构成

今天的世界仍然是一个充满民族自豪感的世界、一个民族和国家利益高于一切的世界。民族的争端或国家的利益可能引发战争，而在民族和国家的旗帜下，意见不同的政党或群体可以联合起来。在文化制品里，不论多么含蓄，也总是体现着某种民族的观念。在欧洲和美国，早期对民族的文化体现大部分是浪漫主义的。当时，国家的形成是它们最关心的问题，人们还没有殖民主义、世界大战和法西斯的痛苦经验，还不曾对民族主义的"英雄叙事"感到失望。但在今天的世界，不论在社会学还是在美学方面，人们越来越强烈地感受到民族主义的情绪。于是出现了所谓的"民族的神话"，这个术语具有多重含义。

"神话"可以说是传统或口头叙事的传统，可以说是文学，可以说是习俗，也可以说是歪曲或谎言。所有这些含义，在现代政治和文化中都会于不同时刻体现出来。如果给它下个定义，或许可以援用马林诺夫斯基（Bronislaw Malinowski）的说法：

> 神话可以说是现今社会的凭照；它提供一种关于道德价值、社会秩
> 序和神秘信仰的追溯性的模式。其作用是通过追溯一种更高、更好、更
> 神奇的原始事件的现实，强化传统并使传统获得一种更大的价值和更高
> 的声望。（qtd. in Worsley：5）

至于"民族"（nation），它既通过历史限定，同时也是一般意义上的一个词。作为一个术语，它既指国家，也指一些古老而模糊的含义，如地域、社区、住地、家族关系等。民族主义者常常掩盖这种区分，他们极力把自己的国家确定为遥接太古而"无法追忆的过去"，从而使它的任意性不可能受到怀疑。威廉斯（Raymond Williams）在论述区分这些含义的必要性时指出：

> 根本上说，"民族"作为一个术语与出生地相关。我们出生在一些关
> 系之中，这些关系非常独特地固定于一个地方。这种最初的、"可确定位
> 置"的关系形式，在人和自然方面都非常重要。然而从那种形式到现代国
> 家，则完全是人为的现象。（17）

这种对民族-国家的渴望，战后时期在欧洲非常普遍，但更突出的体现还是在第三世界国家。

18世纪晚期和19世纪初期，民族-国家在欧洲形成，与之相伴的是想象的文学形式和主题。一方面，现代民族主义的政治任务引导着文学的进程，它通过"民间人物"和"民族语言"的浪漫主义概念，把文学导向独特的民族文学。另一方面，通过创造"民族的印刷媒介"——报纸和小说，文学也参与民族-国家的建构。随着19世纪对民族性的崇拜，文学变成了把民族限定为"想象的社群"的关键因素。

在追溯文学与民族的关系时，有些理解引起了关于政治概念本身的虚构性质的讨论。例如，20世纪20年代秘鲁民族主义作家马里亚特吉（José Carlos Mariátegui）在谈及文学对民族思想的诉求时写道："民族……是一种抽象、一种寓言、一种神话，它与能够科学地加以限定的现实并不一致。"（187—188）在他看来，种族、地理、传统、语言以及它们的某种结合，最终都不足以决定民族的本质。然而，人们为民族而战斗，为民族而牺牲，并按照民族的信念写出文学作品。因此，有些人会强调民族形成过程中"创造性"的一面："民族主义不是民族自我意识的觉醒；民族主义在民族缺场的地方创造出来。"（Anderson：15）这种"民族是创造出来的"的看法，在西方文化研究中得到了广泛的认可。例如霍布斯鲍姆（Eric Hobsbawm）在《传统的创造》里就间接地采用了这种看法：

> 十分明显，大量的政治机构、意识形态运动和团体——在民族主义
> 中非常重要——都是史无前例的，因此甚至历史的连续性也不得不创造出

来，例如通过以半虚构……或半伪造的方式……创造一个古老的过去，超越实际的历史连续性。同样明显的是，全新的象征和方法已经出现，例如国歌……国旗，……或者以象征或图像体现"民族"……（7）

由于民族是想象的构成，它的存在必然依赖于某种文化虚构的方式。在这种虚构过程中，想象的文学具有重要的作用。实际上，欧洲民族主义的兴起与文学是一致的，尤其与小说这种文学形式是一致的。历史地看，小说几乎与民族的兴起是同步的，正是小说把一种或多种民族生活客观化了，它模仿民族的结构，模仿界限清晰的语言和风格或它们的混合。社会地看，小说加入报纸的行列，成为民族媒介的主要工具，它帮助使语言标准化，促进阅读和写作能力，从而促进相互了解并消除误解。小说还有更多的作用，它的表现方式可以使人们想象民族-国家这个特殊的"社区"，用安德森（Benedict Anderson）的话说，小说描写"一个孤独的英雄通过一种固定的社会景象的运动，把小说内部的世界与外部的世界融合起来。传奇小说的范围——收容院、监狱、偏僻的农村、寺院、印第安人、黑人——仍然不是世界的范围。范围受到明确的限定。"（35）正是在小说里，先前陌生的语言在同一领域里互相接触，形成一种思想和风格的融合；它们本身表现一些与先前截然不同的人，而这些人现在被迫为一种共同的生活创造理论基础。在小说里，传统变成一种"可以运用的过去"，而对深层的、神圣的始源的召唤，则变成当代实用的创造民族的方法。

在西方国家，对民族主义的文化研究表明，民族主义也依赖于宗教的思想模式。例如德布雷（Regis Debray）指出：

像语言一样，民族是永恒不变的，它直接穿越生产方式……我们不应被民族-国家明确的历史形式所迷惑，而应努力了解那种形式如何构成。它从人类特有的某种自然组织中创造出来，通过它生命本身被变得无法触及，或变成神圣的东西。这种神圣的特点构成真正的民族问题。（26）

德布雷试图说明，民族不仅是最近过渡的政治形式，而且是对一切社会都存在的"混乱和灭亡的双重威胁"的反应。于是他确定了民族的两种"对抗灭亡"的过程。

首先，"这是从时间上的界定，或者是在'方舟'意义上对原始的确定。"（Debray：27）也就是说，社会并非产生于一种无限的因果复归，其原初的始点是固定的，如城邦的诞生、文明的出现或者基督纪元的开始、穆罕默德的逃亡，等等。这种原初的始点，是允许仪式重复的地方，是使记忆、庆祝、纪念等仪式化的地方，简言之，"是表示时间不可逆转的、失败的神秘行为的一切形式"。

其次，这是"在一个封闭的空间里的界定"。这种空间界定也是人类社会的特征之一。在这种界定里，同样会遇到"神圣"的问题，即"寺院"意义上的神圣。"寺院"是古代牧师、僧侣或预言家描绘出来的东西，是他们把"魔杖"指向天堂的地方，是人们接受预言的神圣之地的外貌。通过在封闭的空间里的界定，可以追溯到社会的诞生之初，至少会在它们的神话里表现出来。因此，神话的存在标志着与之相关的某些真实的存在。

总之，民族和民族性都是一种意识形态，它们不断发展变化。民族性与文学关系非常密切，不仅与小说的内容相关，而且与小说的形式相关。小说本身体现着民族的形成过程，因此第一世界与第三世界的小说从内容到形式都会不同。历史地看，第一世界的民族性以经济征服为基础，第三世界的民族性以争取独立为基础；现时地看，第一世界文学的民族性日渐模糊，第三世界文学的民族性日渐明显。因此民族性和民族主义正在引起广泛的注意，深层次的文化交流愈来愈显得重要。

民族-国家和文化的联系

虽然民族-国家可以根据它与特定的国家机器及其控制的领土的关系来限定，但这并不是一种必然的关系，因为当今世界上就存在着无国家的民族，如库尔德人。事实上，我们前面已经谈到，民族-国家作为一个概念的历史意义，主要不是因为它基于一个具体的、实在的国家组织或地方，而是因为它具有空前的力量支配着分布广阔的人们之间的联系。

流行文化是民族主义的一个重要的载体。现代民族-国家之所以可能形成，部分原因是新形式的媒介的出现，例如日报，它们促使产生了大量的读者，通过媒介的联系，他们可以想象自己是一个由不认识的其他人组成的整体系统的一个部分。这些读者形成一个社群的基础，并以一系列的故事表现出来。这些故事通过以单一文本的形式聚合在一起，创造出一种连贯一致的关于世界的叙事——一种民族的观点。语言和读书识字在这里也发挥着重要的作用：促进报纸发展的印刷资本主义的兴起，导致了拉丁文作为神圣书写语言的特权地位的衰落，使本地语言或口头语言对拉丁文而言不再是第二位的。在整个欧洲，以人们的日常语言来书写的文本的出现，加速了宗教帝国的破产，同时使以不同的本地语言限定的社群获得了真正的和象征的意义。当然，由印刷促成的"社群"与读书识字有着密切的联系，因此它的特征受到文化精英的社会和经济兴趣的影响。显然，以这种方式理解的民族主义是一种自上而下的等级现象。

像其他现代身份认同的构成一样，民族既可以理解为授权，也可以理解为限制。在反对极权的革命运动精神的鼓舞下，例如1789—1799年的法国革命，民族主义部分地以"人民"自己管理自己的民权观念为基础，这种理想后来在法国和美国的宪法中变成了明确表示的原则。它的民主号召力掩盖了民族作为国家合法意识形态的作用，而国家的领土边界不论内部还是外部都通过权力工具来规定，包括警察和军事力量、法律和教育机构以及政治组织。民族的两种意义——表达公民平等的理想、国家权力的借口——同时发生作用，永远不会充分实现的大众民主的期望，使国家的惩戒力量显得有理，同时又掩盖了把"人民"大众与统治的精英分子分开的社会和经济权力的鸿沟。

民族作为一个集体的活动能力，在很大程度上依赖于它聚合其公民成员的能力，包括使他们主动地、自愿地服从于更大的社群。为此目的，民族的观念必须以一种把现在置于过去基础之上的强有力的叙事来体现。这种以过去为基础的主要途径就是历史学家霍布斯鲍姆所说的"创造的传统"："由公开接受或默认的仪式规则或象征性质正常地支配的一套实践，它们极力以重复的方式不断灌输某些价值和行为标准，而这些价值和标准自动地包含着与过去的连续性。"（2）民族冲突常常通过对创造传统的争论来调解，不论"传统"由宗教限定，还是由更松散的文化"概念"限定。不论"文化"指马修·阿诺德所说的高雅文化（"思想和言论的精华"），还是指更根本的民间文化（常常是两者的结合），"文化"都在民族主义的话语之内作为一种有力的归属标志。不论高雅文化还是民间文化的民族神话，都通过排除的原则运作，前者强调趣味的质量和区别以及语言的能力或修养，后者强调出生地或对出生地的依附。

在传递民族的基本功能方面，文化发挥着重要的作用，也就是它具有明确区分谁属于和谁不属于该民族的能力。民族的决定性特征之一是它的统一性具有明确划分的具体的边界或界限："民族被想象为是有限定的，因为甚至最大的民族，也许包括 10 亿活着的人，也有限定的（即使是弹性的）边界，在这个边界之外就是其他的民族。没有任何民族想象它自己与全人类有共同的边界。"（Anderson：7）从这种想象的民族范围的界限可以推断，人类的某些部分会被从该民族排除；实际上，排除他们是该民族限定自己的基本的方式。

若要理解在确立民族意义方面差异和排除的关键作用，可以通过结构主义的方式来考虑民族。"'民族'是一个关系词；一个民族的存在在于它不同于其他的民族。……民族没有本质的或内在的特征；每个民族都是一种话语构成，它的身份在于它与他者的不同。"（O'Sullivan，1994）这一定义有助于提醒我们民族的能指功能。但若要理解它如何会有这样一种有力的作为身份和差异的能指功能，我们需要考虑更多的物质问题。首先，在民族限定中，边界的关键作用可以从政治方面理解，把国家的构成看作是为了争夺领土和资源。它也可以从心理方面来理解，类似于我们围绕"自我"和"他者"的两极来限定自己。

但是，非常重要的是了解民族和民族主义的原动力量，这不仅因为民族是最具有全球意义的集体身份的形式，而且还因为现代身份的概念本身，包括个人和集体的形式，在一些重要的方面与 18 世纪欧洲民族的历史形成密切相关。颇像当代的经济、技术和政治变化使旧的身份出现混乱那样，与工业革命、技术和通信的发展以及政治冲突相联系的 18 世纪欧洲的变化，同样对传统的身份也产生了巨大影响。

简单说，与现代性相联系的变化构成了"纵向的"中世纪帝国，通过王朝和宗教的秩序原则形成了"横向的"国家联合，而其特征是它们的世俗的、更具流动性的政治和经济组织。作为一种把居民变成一个"民族"的神话式的团结形式，民族与现代国家有着重要的关联，它由国家的力量形成，同时赋予国家以意义，使国家获得一种目的感和自然的正确性。正如社会学家齐格蒙·鲍曼所说："国家提供民族大厦的资源，而假定的民族统一和共同的民族命运则为国家当局要求服从的目的提供了合法性。"（Bauman：683）正是在这种意义上，民族-国家这一术语体现了民族构成和国家构成之间的关系。

结　语

　　民族-国家不是固定的自然存在，而是构成的，它们是特定历史和社会条件的产物。构成民族-国家的各种因素不是独立地发生作用，而是以综合的相互影响的方式发生作用。就最初限定民族的本土文化而言，与地方或国家的联系仍是重要的、决定的因素。作为全球化力量的社会表现形式，民族-国家所体现的政治主权和文化自治仍然是一种理想，而且这种观念似乎不可能采取其他任何形式，因此民族地位的构架仍然是保证基本自决权的有力的文化和法律手段。虽然随着全球化的发展出现了更多的人口流动和迁移，在后现代的网络时代出现了所谓无国界的"网民"，由地方和意识形态所固定的民族身份似乎正在向着更灵活的、由矛盾和运动所限定的身份转移，但这种去领土化的潮流也遇到了重构固定的民族身份的抵制，并在某种程度上促进了民族-国家的强化。

　　由于文学在民族-国家的构成中发挥过重要作用，而民族-国家一直影响着文学研究所采取的立场，因此民族-国家的问题也构成文学研究的一个重要方面。

参考文献

1. Anderson, Benedict. *Imagined Communities: Reflections on the Origin and Spread of Nationalism*. London: Verso, 1983.
2. Bauman, Zygmunt. "Soil, Blood and Identity." *Sociological Review*. 40.4 (1992): 675-701.
3. Debray, Regis. "Marxism and the National Question." *New Left Review*. 105 (1977).
4. Hobsbawm, Eric. *The Age of Extremes: A History of the World, 1914—1991*. New York: Vintage, 1996.
5. —. *The Invention of Tradition*. Cambridge: Cambridge UP, 1992.
6. Mariátegui, José Carlos. *The Contemporary Scene*. Miverva Publishers, 1925.
7. O'Sullivan, Tim. "Nation." *Key Concepts in Communication and Cultural Studies*. London: Routledge, 1994.
8. Williams, Raymond. *The Year of 2000*. New York: Pantheon, 1983.
9. Worsley, Peter. *The Third World*. Chicago: U of Chicago P, 1964.

民族志传记 刘 珩

略 说

民族志是以人类学田野调查为基础，对异文化"他者"的语言、行为实践、社会组织、文化制度等方面进行描述、阐释，并试图发掘人类社会和文化一般性原则的文本。"民族志传记"（Ethnographic Biography），简而言之就是通过人类学的田野调查和研究方法对某一位主体（通常也是文化他者）的生活和经历进行描述的文本，目的是认识他者的社会和文化。这一体裁旨在对传统民族志的实践方式和表述策略进行改造和拓展，使其更符合现代社会科学对个体意识和主体性加以审视的需要。民族志传记因采用细腻生动和颇具文学色彩的笔触对主体的心理性情、社会交往、思想意识及感受欲望等方面进行描写和刻画，因此多少又具有文学传记的特点。这一全新的民族志研究和"书写"的方式与传统的科学和实证的民族志有很大差别，因此对其性质、作用、意义以及适用范围加以厘清，不但属于人类学学科内部认识论和方法论的范畴，而且它所揭示出来的跨学科研究的普遍意义和知识范式也得到了文学界的广泛关注和借鉴。

民族志传记是人类学的文学转向所产生的一种研究范式。这一范式集中体现了人类学后现代派对于文化、书写（表述）、事实与虚构以及社会和个体的全新阐释，展示了另一种社会和文化事实的理论预设：从宏大的历史叙事和有关各种思想的现实评论，转向对个体生命史的兴趣；从结构-功能主义的整体论观点，转向生活于结构中的个体和群体的主观意识；从实证、经验和科学的民族志阐释，转向修辞性和虚构性的描述，从而辩证地理解"事实的虚构"和"虚构的事实"之间的关系。文学不仅为这些转向提供了契机，也提供了现成的文本和理论资源。人类学的这一文学转向起源于当下社会科学对自身的反思和批判，抽象的、脱离知识主体及其语境的客观科学研究受到质疑，经验的社会科学被阐释的社会科学替代。小说和传记文学一类的文学作品，因其对个体心理、行为的描写，成为社会科学"真实性"的重要方面。

综 述

民族志传记这一概念，在人类学学科内部也经历了一系列的知识和表述范式的演变过程。20 世纪早期的人类学家——比如克拉克洪（Clyde Kluckhohn）和拉丁（Paul Radin）——开始对"个人文献"（personal documents）和"生命史"（life history）等人类学田野调查材料表现出极大的兴趣。生命史这一有关个人生活、经验、意识以及行为的文本，因其地位、作用和价值的特殊性，逐渐受到人类学家的重视。到了格尔兹（Clifford Geertz）领军的阐释人类学时期，个人的能动性进一步得到确认，相关的讨论逐渐深入到人类学学科的认识论和方法论层面。随着人类学后现代"反思"的转向，田野调查不再是观察与被观察、研究与被研究的关系，而是人类学家与资讯人（或者潜在的"民族志传主"）两个主体之间社会交往（social encounter）的过程和事件，这种交往已经成为民族志传记真实性的重要来源。正是在这样的学科历史背景之下，哈佛大学人类学系教授赫茨菲尔德（Michael Herzfeld）进一步厘清了人类学与文学的学理关系，辨析了相关的重要概念，而后在其《一幅希腊想象的肖像：安德雷亚斯·尼内达克斯的民族志传记》（以下简称《希腊》）这一著作中提出了"民族志传记"的概念，并加以全面的阐释。其意图，在于考察将文学和人类学两门学科并置之后对双方所产生的全新洞见。

生命史与他者的主体性

"科学"的民族志研究一贯忽视他者的主体性。在传统的人类学家眼中，作为个体的他者只不过是社会按照某种模具打造出来的产品，而社会制度和文化体系本身是一个自给自足的实体，可以完全独立于个体而存在。这样的判断符合实证的人类学将他者的社会和文化具体化、类型化，并进而把握其实质的认识论立场。随着人类学界对能动性和实践等概念的关注，传统的"社会中心主义"和结构功能主义的整体论观点受到了质疑和批判，人类学家在田野调查和民族志撰述中对他者的主体性表现出浓厚的兴趣。克拉克洪在《历史、人类学及社会学中个人文献的使用》一书中认为，民族志撰述如果忽略"原始生活"的主观性因素，将会显得平淡无奇并且没有任何实质内容。同时，对他者或者原始生活的主观性分析，必须建立在科学的基础之上，必须以科学的手段对主观性的知识加以搜集、分析和甄别，从而为更普遍的文化和心理理论提供标准化的、非常可靠的信息。（162—163）克拉克洪力图将原始生活的主观性知识打磨成规范的科学形式，从而方便进行科学研究时引用。同时期另外一位人类学家拉丁则期望获得一种更加直接的原始生活的主观性知识，他认为应该让他者从自身文化的内在角度亲口加以描述，这才是原初的、真实的资料。他甚至极端地认为，真正可以接受的民族志研究，就是由土著社会的成员亲口讲述的个人生命史。（1）

生命史作为描述他者主体性的重要文本，已经成为民族志撰述的一种体裁，这集中体现在两个方面：第一，个体的生活、情感以及在现实社会中的实践经验，成为考察社会和文化机制的重要维度；第二，人类学家和他者两个主体之间的社会交往，成为民族志或传记一类文本真实性的主要来源。生命史的研究和撰述，成为上述两个方面的人类学理论实践的一般形式。从 20 世纪 50 年代以来，这一领域比较有代表性并且产生了广泛影响的人类学家及其作品，主要有肖斯塔克（Marjorie Shostak）的《妮莎：一个昆族妇女的生命和言辞》（以下简称《妮莎》）、贝哈（Ruth Behar）的《被转述的妇女：与埃斯波兰莎的故事一起跨越边界》（以下简称《转述》）、克莱潘扎诺（Vincent Crapanzano）的《图哈米：一个摩洛哥人的肖像》等。

上述这些作品都试图通过对某一特定个体的生活和经验的描述，来达到了解这一社会或群体的目的。肖斯塔克通过妮莎对自己个人生活的讲述来验证昆族社会的一些基本准则，比如礼物的赠予和食物的交换关系造成了一个均富的社会，以及妇女在部落中的地位相对较高，等等。（9—16）克莱潘扎诺认为，有关社会文化现象的"事实"是从个体的生活、行为以及讲述中折射出来的，是自然流露出来的。他因此并不否认图哈米这一个体所讲述的故事中蕴藏的种种信息，比如摩洛哥社会的价值观念、团体的模式、本体论意义的预设、时空观念的导向、传统摩洛哥社会的等级、权威的种种模式，以及对待母系和父系亲属、男人和女人、性关系、兄弟姐妹、主人和仆人的态度，等等。（7）总之，展示文化他者的主体性并不妨碍我们对客观事实的认识，他者的自我意识、个性、情感、欲望应该是社会科学真实性的重要维度。

此外，人类学家和文化他者这两个主体之间的社会交往，已经成为这一类文本所探索的重大命题。生命史作者和被描述的主体的关系不再是传统人类学中的观察与被观察、研究与被研究的关系，二者的社会交往被很多人类学家认为是事实产生的基础和生命史叙述的重要语境。肖斯塔克在《妮莎》一书的前言中就对自己在进行这一研究时的身份、角色、性别意识加以阐述，着重强调了自己与他者之间的关系，这显然是在对明显介入田野观察并对诸多问题进行界定的人类学家的自我进行反思，以此说明自己作为观察和研究一方的合法性，以及取得这一合法性的过程。她不是以一个学者，而是以一个普通女人的身份进入到了昆族妇女的生活中，她说：

> 我向她们展示的是那一段时期真实的自我：一个年轻的女人，刚结婚不久，同样面对着爱情、婚姻、性、工作以及身份等诸多问题和困惑——作为一个女人所面临的问题都在我身上体现出来。带着这些问题和困惑，我要向昆族的妇女请教，一个女人对于她们而言意味着什么，她们的生命中都经历了哪些重要的事件。（7）

贝哈在《转述》一书中更是大胆地进行了自传式的陈述，以期在转述者（亦即作者）及其主体之间形成双重的声音，因为这一体现两个主体相互间情感移入和意识融通的过程，是生命史真实性的重要来源。克莱潘扎诺则认为文化真实，或者说事实，是从人类学家在撰写民族志的时候不再刻意隐藏自我和自我意识的那一刻开始的，是在民族志田野调查过程中与他者相遇的时候开始的。他认为，"民族志调查过程中与他者的相遇，如同日常生活中的任何相遇和交往一样，或者如同自己片

刻反思自己的时候一样，总是一次复杂的妥协过程，相遇的双方都要默许一定程度的事实的存在。"（ix）

显然，正是人类学家这种在田野调查中的去中心化意识，才使得他者的主体性得以展现出来。人类学家在民族志中巧妙地安排自己的角色、身份，让自己也成为故事中的一个"人物"，而不必是严肃冷静、保持距离的参与观察者。这样的叙述策略，使得民族志作品在表现他者主体性的同时，读起来也颇具文学色彩。人类学家拉比诺（Paul Rabinow）的代表作《摩洛哥田野作业反思》读起来更像是一部小说，作者对摩洛哥自然景观、风土人情、各色人物——比如旅店老板、皮条客、乡绅、宗教领袖等，加以细腻的描写和刻画，巧妙地将自己融入到了这一幅生活的场景中，成为其中的一个角色，与各种人物周旋，甚至接受女人的性款待，时而神情愉快，时而沮丧抑郁。这一部民族志作品因为描写了与他者平等交往的事件和体会，所以又具有自传的风格。文本看似在断断续续、松散拖沓地描述自己的感受，但其实是在反思一个严肃的主题，即我们表述他者的合法性和权威性从何而来。这不仅仅是人类学民族志撰述的问题，同样也是文学传记必须反思的问题。

由此可见，人类学家的阐释从观察（witness）开始，而这种观察则建立在自我经验以及自我意识基础之上。传统的人类学将自我经验顺从于一门有着严格理论、方法论范式和比较传统的学科，这或许是无奈之举；但是，如果人类学家任由这门学科中实证和科学的传统遮蔽自我和他者主体性的重要地位，则很有可能颠覆他们自己苦心孤诣缔造起来的学术帝国。正是在这一意义上，传记、生命史以及小说等体裁的叙述方式，帮助人类学家找到了久违的自我，并且在与他者这一主体的交往过程中感受到了自我的存在。以自我为叙述主体的小说，其主人公的观察视角就是人类学家的观察视角，反映的是自己生活的真实情境。田野调查中人类学家的观察同样也是以自我为主体、以自我经验为基础，他们在描述客观事实的同时，如果能考虑到这些因素的存在，相应的表述就能更加"客观"和"真实"一些。格尔兹认识到了传统的民族志在表述自我时的种种困境，因此才号召人类学家应该谦虚一些，将自己称为作家，将自己的研究称作"我们正在写作"。

自我意识与人类学的文学转向

格尔兹是经验的人类学的终结者，由他所领军的阐释人类学认为，个体能动性表现在其对文化规则的阐释上。在《文化的阐释》一书中格尔兹指出，文化是意义之网，这张网是人编织的，他们自己也悬挂在这张网中的某个位置上，因此应该承认个体对诸如符号、仪式、宗教、法律、语言以及意义等文化材料的运用和支配能力。（1973：5）对他者能动性的确认，使格尔兹很谦虚地认识到了进行文化分析的人类学家的角色："一群人的文化就是文本的总和……人类学家要做的就是尽力从当地人身后去观察并理解这些原本属于他们的文本。"（1973：452）他要求人类学家以作家的身份对文化加以阐释，显然是因为注意到了当下人类学正在发生的认识论和方法论的转变。1983 年他在斯坦福大学演讲时，系统地阐释了这些看法，后来集结成《作品与人生：作为作家的人类学家》一书，于 1988 年出版。他在此书中强调，20 世纪 80 年代以来，人类学出现了重要的文学维度的转向；尽管将民族志视作文学或心理学的形式比较危险，却将人类学家从由来已久的自我 / 他者，也就是"在这儿"（being here）/"在那儿"（being there）的认识论二分法的焦虑中解脱出来，转而关注自我 / 文本、作者 / 作家、个体 / 职业的关系。（1988：1—24）人类学这一知识范式的转变，使得他们开始关注文学与人类学的关系，并且辨析了一些重要的概念。

英国人类学家拉勃特（Nigel Rapport）在《散文与激情：人类学、文学以及福斯特的书写》一书中认为，"文学和人类学在对社会写实主义（social realism）的探索中有紧密的历史关系，此外，两者都通过对个人的观察来进行文本的书写，这一文本的生产过程是完全相似的。"（18—22）尽管他没有否认文学和人类学在进行研究或创作时的环境和条件各有不同，并且两门学科的目的也各不相同，但他仍然相信二者之间的对应关系，包括关联性、一致性以及可比性。美国人类学家汉德勒（Richard Handler）与西格尔（Daniel Segal）则通过阅读奥斯汀的小说发现了社会生活和事实的虚构性原则（fictive rules），由此确认奥斯汀作品中的民族志因素以及对现实的超凡洞察力和高超的表述能力；这种表述能力在后现代人类学家看来，就是对文化的"书写"或转述能力。他们在《简·奥斯汀以及文化的虚构》一书中指出：在奥斯汀看来，文本的世界和现实的世界不是截然分开的。文学并不能让事件发生，但可以巧妙地利用社会生活的虚构性原则，从而揭示这些规则的偶然性以及社会行为的多重意义。（165）拉勃特对此也有同感，他认为奥斯汀用文学的形式进行民族志式的撰述和实践，用文学形式来应对社会生活的各种规则，暗含着"社会事实和规则的虚构性"这样一个反思人类学的主题。（*Prose*：217）

综合上述两位人类学家就叙事、文本以及现实主义等方面对人类学和文学加以比较的观点，我们发现，从人类学的角度分析小说一类的文学文本必须将其看作一种社会行为方式，并分析事实的虚构性——文本如何表述事实或社会生活的虚构性原则，以及虚构的事实性——叙事的、修辞的、复调以及对话式多种观点的对立和呈现如何体现社会事实。由此可见，将文学和人类学并置在一起，破解了人类学家根深蒂固的事实与虚构的分类模式，从而使他们认识到事实与虚构如同理论和实践一样，是西方经验中的二分法给我们设置的一个未经证明的假设。（刘珩：2008）

传统的民族志的真实性一旦消解，带有太多人类学家主观性因素甚至个人好恶的自我意识，就成为人类学批判和反思的重要方面。过去只能算作人类学家田野脚注（fieldnote）的日记、随笔、散文、素描式的人物刻画甚至自身愉悦或苦闷的感受，也就成了民族志研究的重要范畴，并逐渐发展成民族志的一种体裁。一贯晦涩难懂的列维-斯特劳斯，却以一部自传式的《忧郁的热带》被桑塔格（Susan Sontag）称为"知识分子的英雄"，（69）主要是因为他用一种在传统人类学家看来非常古怪的方法对一些古怪的现象和社会事实加以展示。此处古怪的方法其实就是以自我为主体、以自我经验为基础对事物进行认知和描述的手法，因为没有去说明这些事物是什么，所以也就没有桑塔格所深恶痛绝的一定要去探究事物本质的"科学"态度。所谓古怪的现象，其实是指在西方人看来充满异趣的他者的生活和文化。对他者特别是原始的他者进行民族志的研究和描述本来是司空见惯的事情，完全不必大惊小怪。但列维-斯特劳斯的古怪或神奇之处，首先就在于将自己安排在了他所描述的社会现象和事件之中；他只是其中的一员，搭乘各种交通工具随波逐流，彷徨无助地卷入到充满异趣的世界各地的生活和文化场景中。在旅行／田野调查开始之前以及进行之中，都会有一种可悲的记忆伴随着他们，那是返回到巴黎的人类学家在"成年仪式"上所遭遇的尴尬情景：

> 那时候巴黎只有一个黯淡、冰冷、年久失修的小戏院，供人做这类活动。……有一架放映机装着亮度不足的灯泡，把不太清楚的影像投射到过大的银幕上，演讲者再怎么努力，都很难看清影像的外观，观众则简直无法分辨是画面上的影像，还是墙上的污迹。……每次演讲会都会有几个固定的听众，散坐在座位上。每次在演讲者几乎绝望的时候，演讲厅内就会跑进一大堆小孩子、小孩子的妈妈或保姆，把半个厅坐满。……演讲者便向这群被虫蛀的鬼魂和无法安静的小孩所组成的听众宣布他宝贵的记忆。这些记忆是他经过多少努力、细心、辛勤工作而得到的结果。他的记忆受到当时当地的阴冷所影响，就在半黑暗中说话的时候，他可以感觉到，那些记忆一件一件离他而去，一件一件掉落，好像圆石跌进古井的底部一般。（列维-斯特劳斯：5—6）

这样的人类学家形象如同幽灵一般伴随着人类学家的记忆和成长，人类学这一职业及其所具有的科学态度可以说都是同这一形象斗争的结果。在这一此消彼长的斗争中，人类学家从事的是一种保持自我身份、不至于完全迷失的事业。《忧郁的热带》将现代／原始、西方／非西方的世界巧妙地融入到一个文本之中，同时也是不同体裁、不同风格的文本的集合形式。读者的经验和阐释，则是去发掘累积在一起的多种文本的关键。此时，这一书写的形式究竟是一部旅行志、小说、民族志或哲学的思索和断言，都不重要，重要的是作者从自己的主体经验出发，跨越了学科的界限，跨越了熟悉／陌生、自我／他者的界限，从而象征性地探索了人类心智最为根本的一致性。

同样，现代人类学的奠基人马林诺夫斯基的《一本严格意义上的日记》出版之后，随即在人类学界引起极大的震荡。人们在《日记》中发现的是一个忧郁的、对土著极端憎恶的白人学者，这与撰述《西太平洋的航海者》时的那位充满同情心并富有道义感的人类学家形象相去甚远。然而克利福德（James Clifford）却认为，这恰好是民族志得以保持真实性的一个重要方面。他在《文化的困境：20世纪的民族志、文学和艺术》一书中认为，作为人类学家的马林诺夫斯基和作为小说家的康拉德，在经历和描述异文化的过程中并没有什么不同，甚至从他们所使用的语言便能看出两人在抵制异国情趣并维持身份和人格的完整统一时所面临的困惑。他说：

> 马林诺夫斯基和康拉德对不同语言的使用意味着不同的人格倾向和分裂。波兰语是熟悉的、本土的，是自己心爱的母语，与童年的模糊回忆和母亲联系在一起；英语则意味着自己将来的前途和婚姻，而当地土著的语言则往往和异国情趣、暴力、诱惑和性欲联系在一起。（102）

语言的交替使用，暗示了两人在异文化环境中复杂、苦闷和矛盾的心态，但同时也是自我的流露和宣泄。所不同的是，人类学家刻意遮蔽自我，小说家却袒露自我；人类学家通过综合、对比、归纳等理论阐释和塑造的是一个学术的自我，用民族志来建构和维系的是一个作为社会实体的我被社会赋予的定义，即"人观的我"（personhood），而小说家则竭力维持一个有意识的我，即"自观的我"（selfhood）的存在，并以此作为观察和表述的基础。

科恩（Anthony Cohen）正是认识到了维持一个有意识的我的重要性，因此大力倡导人类学应该采取另一种视角，从知识论这一层面考察自我和自我意识在民族志撰述中的作用、意义和地位。他在《自我意识：有关身份认同的另一种人类学》一书中指出，个体总是相对于社会而言的个体，个体对自我行为的反思就是自我意识。个人同时能维持不同身份的原因，就在于他始终如一地忠于一种自我的意识，而这正是我们的个性所在。（9）科恩强调人类学应该凸显自我意识，是为了反对社会历史学的观点。社会历史学家们似乎对"集体的自我"这一概念更感兴趣，他们更加关注一个社会或者族群内部的社会性和个体意识之间的冲突，并且都认为国家或其他社会机构总是强迫个体在与其交往的过程中妥协并被强制分类。马克思、涂尔干及韦伯等社会学家都持有这一观点，特别是涂尔干有关个体与社会之关系的理论对人类学影响巨大。无论是结构-功能主义，还是英国结构主义，都将个体视作构成一个社会的结构性要素，而这些要素只不过折射出了社会的特点而已。传统的人类学将意义和符号教条化和标准化，主要是为了方便自己在民族志中的表述和分析，因为分析意义和符号如何被具有自我意识的个体理解、接受或者改造这一过程会困难得多。但一个不争的事实是，小说家却勇于面对这些困难，以高超的表述策略来呈现个体在保持自我意识时斑驳芜杂（bricolage）的"瞬间"感受，以及困惑和焦虑等多种情感。

根据福柯的观点，

> 个体的自我知识既是主观的又是客观的，他不再是古典时期的人，不是在表述世界的过程中形成的一个实体，也不是在话语这一专横的统一体中被完全忽视的安详宁静的东西，他现在既是组织者又是创造他自我形象的中心，在零散杂乱的语言间隙中创造这一形象。（Kemp：89）

按照这种自我形象的创造标准，我们找不出还有哪种文本能比小说或文学传记一类的体裁能更好地表述这一自我。所以科恩才倡导人类学应该像小说家一样，让自我成为叙述的主体。他认为：

> 与其演绎式地从社会和文化出发去认识个体，为什么不归纳式地或至少是经验式地通过个体去认识社会呢？与其将个体看作被各种制度或体系剥离了自我的社会成员，为什么不将社会制度看作内并（incorporation）入个体世界的一种形式呢？（99）

格尔兹的阐释人类学确认了文化他者的主体性和能动性，人类学家的自我意识和情感展现也逐渐变得合法化，以书写他者主体性和社会实践为目的的生命史成为民族志的一种重要体裁。人类学向阐释的转向为人类学的文学转向打下了基础，客观上也确认了小说家和文学批评家一类学者进入到社会学、人类学和历史学等社会科学领域发挥影响并展开评论的合法性。科恩则从认识论的层面，论述了自我意识在生命史研究这一新的知识范式中的作用和地位。以拉比诺、克莱潘扎诺以及杜伊尔（Kevin Dwyer）为代表的反思人类学进一步确认人类学家和文化他者在文化阐释过程中相互依存的关系，田野调查和社会交往成为生命史撰述的基础和前提。民族志传记这一概念，正是在这样的跨学科的学理关系和人类学学科历史背景之下发展形成的。

民族志传记与文学和人类学的并置

人类学家尽管已经开始探讨文学和人类学之间的历史联系和学理关系，但他们大都还是持谨慎的态度；尽管很多学者已经开始用文学的方式来扩展民族志的书写风格、形式和表述策略，但他们并不认为自己的作品属于文学作品。比如人类学家更倾向于将传记表述为生命史，以区别于带有太多西方社会和文化烙印的传记。处于这一文学转向的人类学家们的目的不是要以人类学的方式去阐释文学，而是以文学作品的地方性事件、历史叙述和人物描写去印证自己所经历的事件、历史记忆和访谈的对象，从二者的"并置"（juxtaposition）中去对比和反思。并置因此成为人类学处理自身与文学之关系的关键概念。从事文学和人类学交叉研究的西方学者主张文学和人类学的并置研究，一方面是因为"文学人类学"这一主张具有学科设定和规范的嫌疑，另一方面是因为并置更能够表达两种学科的不同观点和视角，以及在对话和互动过程中彼此带来的全新洞察力，展现的是交叉研究领域的张力和不确定性。

赫茨菲尔德多次提到民族志和小说的并置这一观点，主要是因为《希腊》一书的传主是一个小说家，而作者本人是一个人类学家。传主安德雷亚斯出生于克里特山区一个具有反叛精神的牧羊人家庭，一生坎坷多变。他做过小商贩，二战期间因为领导驻扎在中东的希腊部队的哗变而被长期监禁，甚至一度被判处死刑。1952年他获得自由之后，又因为共产主义者的身份遭到社会的长期隔离。复杂的人生体验和曲折的个人经历，促使他最终从事小说的创作，并在希腊文学界产生了一定影响。而作为人类学家的传记作者本人也长期在希腊克里特从事田野调查，在一段时间之内两人都在克里特这一区域活动，彼此的时空经验部分是重合的，有一些感受也应该是相通的。所以将两人的经历、情感、活动的轨迹以及写作的动机放在一起加以对比，彰显了不同学科在书写文化和表述事实上的异同，从而形成了一种互补的关系。赫茨菲尔德认为：

> 安德雷亚斯的作品从一个陌生的视角阐述了我所熟知的诸多民族志问题，比如嫁妆和女性问题，民族主义以及有关血缘和亲属关系的诸多观念，我们在这些问题上的共同经验和体会产生出一种互补性，而非共同性。一个小说家有关个人感受的描述对人类学家而言是一种慰藉，因为后者在田野调查中与其他主体心灵相通、情感交融的体会往往受到抑制而无法表述。同时，民族志能引导小说家关注个体行为所受到的种种社会约束，主要是那些界定了什么是不证自明的或者自诩为普遍真理的特定文化观念对个体行为无形中的影响和操纵。（*Portrait*：25）

然而不可否认的是，小说家和人类学家、小说和民族志是有一个根本的共同性的，这就是自我以及自我的行为实践和社会展演（social performance）的过程和策略。赫茨菲尔德在《自我/民族志：重写自我和社会》一书中认为，自传式的民族志（autoethnography）以表述一个为矛盾所困的自我为主旨，并且还要反映这一自我被驯服的过程，这同时也是"自观的我"的社会实现的过程。（"Taming"：180）因此在《希腊》一书中，小说家、人类学家和他们所观察、描述的主要群体——克里特牧羊人——自我的社会实现过程交融在一起，既是叙事的线索，又体现了社会和文化书写参与、互动的特点。传统的学科分类模式的界限因此变得模糊了，这样的文本既是历史的、叙事的，也是虚构的，或许也是真实的，因为它展示了主体经验中复杂而真实的重重关系。民族志传记这一文本的真实性，取决于它在多大程度上体现了事实被建构的过程，而自我和实践的多重矛盾和困惑应该是这种真实性的主要方面。

民族志传记因此为冲突的自我寻找到了释放、表述和展示的空间，人类学家可以像小说家一样侵入伊瑟尔（Wolfgang Iser）所谓的"事实"的领地，一改此前如履薄冰的谨慎和矜持，进而考察自我表现的张力和空间，暂时摈弃传统的学术和科学态度，以探索民族志书写的多种可能性。由于自我如何在社会化过程中被表述、投射、驯服和实现的过程，对于我们了解自我与民族志、传记的关系至关重要，因此赫茨菲尔德认为，自我在社会中诗学的实现方式（poetic realization）其实就是一个民族志式的自我展示过程。正是在这一意义上，民族志传记将一个固定的和类型化的自我体认（self-regard）转变成了一个充满诗意的过程。（"Taming"：193）

剑桥大学的人类学家斯特森（Marilyn Strathern）在《语境之外：人类学的虚构性叙述策略》一文中探讨了后现代人类学的书写特点。她认为：

> 人类学写作必须弥合读者的经验与作者试图传递的他者经验之间的距离，因此人类学家总是忙着运用各种各样的表现手法，以便影响其读者的观点和信念。要进行描述就必须借助各种文学的策略（literary strategies），也就是必须创作出具有说服力的故事（persuasive fiction），这就包括故事内部的构造、分析的组织、向读者介绍概念的顺序、不同类型被并置在一起的方式，等等。故事要有说服力就必须契合读者所处的社会和文化语境，因为作者不必再去建构一种语境来呈现自己的观点。弗雷泽的人类学作品就是因为契合了当时的社会和文化语境而变得有说服力和格外流行的，因为他找到了残存于现实生活中的过去的种种痕迹，将《旧约》作为一种文献，分析当代生活与过去的实践之间的相似性，这些都不需要提出新的概念，而是当时通行的做法。（256—258）。

斯特森显然是要提醒我们，民族志作为一种文本，同样也必须建构一个有说服力的故事语境，只不过不同时期的民族志建构这一语境的策略有所不同而已。所以，民族志传记并置的意义，还在于它揭示了人类学和文学、人类学家和小说家之间互为语境的关系。也就是说，观察者必须与被观察的一方、作者必须与描述对象保持一种互动和参照的主体间性的关系，从而形成一种巧妙的叙述策略。然而不可否认的是，传统的民族志书写长期以来刻意在人类学家与其研究对象之间保持一定距离，并且创造出一种超验的或不证自明的语境，从而将后者排除在知识生产的机制之外，使得知识的生产成为某种特定的职业。与此不同的是，文学一类的作品在描述社会和文化现象时，从来不刻意隐藏虚构时所凭借的语境以及所借助的种种书写策略，因此作者与其描述主体、与读者就能够共同创造一种相互叙述和阐释的语境。

结　语

1986年克利福德和马库斯（George Marcus）合编的《写文化——民族志的诗学与政治学》（以下简称《写文化》）一书出版，民族志的科学性、经验性和实证性遭到批判，表述、书写、寓言等概念成为民族志向现实社会进行隐喻投射的途径。

而这些都是带有虚构性特点的写作策略，民族志的事实因此可以认为是象征性地建构起来的。有鉴于此，通常被人类学家引以为豪的田野经验和田野工作必须重新加以辨析和界定。在实证的民族志中，一个不争的事实是，田野工作经验往往被重构为一种叙述的策略，并使民族志成为有说服力的故事（fiction）。此处的故事与想象并没有区别，它们是人类学家和公众对异邦进行想象的必要语境和催化剂。所以过分强调田野经验，是想证实民族志的真实性和权威性；但如果同时否定田野经验中"语境化"和"想象"的因素，就难免有损这一良好的初衷。

《写文化》一书深刻辨析了文化与书写的关系，指出任何民族志的书写都必然是一种基于事实的建构，是各种权力和话语关系妥协的结果，是文学修辞策略的运用，也都是事先预设了一个所要反思的道德层面乃至当下社会的隐喻（"我"和"他者"的相似性层面）。民族志传记，则是对文化书写诸多观念的具体实践形式和最好的注释。首先，它认识到传统民族志中的事实是一方文化对另一方文化经过对抗、修改、限定、分类以及重新文本化的结果，因此通过两个主体之间的社会交往经验性地获取材料，之后在文本的书写过程中让这一交往的语境和事件显现出来，从而彰显事实得以产生的过程。这一过程同时是向读者开放的，读者通过主体间交往的诸多文化假设和经过"妥协"的文化事实来加以阐释。此时的文本不必是需要某种话语、权力、身份或者职业来建构和维系的事实，它是由作者、被描述的主体以及读者共同形成的一种人类学所谓的对话式的或复调式（polyphonic）的事实呈现的策略。其次，民族志传记将自传、传记、民族志等多种文本融合在一起，在体裁上甚至学科上互为语境和参照系，这就形成了多重的解读和阐释的层面。透过这一形式，我们可以从个体、其所从事的职业，以及所经历的更为宏大的历史和社会事件的不同层面来获得不同的文化景观（cultural landscapes），从而象征性地跨越学科、身份、我/他者、西方/非西方等诸多的界限。由此可见，文学与人类学的跨学科研究并非一定要去厘清学科的制度、传统、界限，然后再试图去打破这些界限；它可以采取一种另类的形式，即表述一个主体性的我如何在不同的制度、结构和规范中穿越，从而诗意地呈现自我在面对这些规范时所体现的困惑、妥协以及整合的仪式过程（rite of passage）和能动性（agency）。

民族志传记这种从主体的个体意识、身份、职业、感受等"细枝末节"处去洞悉历史和文化的书写形式，对于久已习惯宏大叙事的中国人类学界而言是很有裨益的。当我们还在对田野工作和田野经验的真实性满怀虔诚、充满想象的时候，以实证主义和经验主义为标志的社会科学现代性在西方已经受到了广泛的批判和质疑。其实，对真理和事实的探究并非一定要去除"人"这一极其不稳定的因素，因为社会科学归根到底还是有关"人"的科学。正是在这一意义上，我们应该表现出格尔兹所谓的"我们在写作"的谦虚品德，像小说家一样去面对和呈现生产知识的主体以及现实语境。

参考文献

1. Behar, Ruth. *Translated Woman: Crossing the Border with Esperanza's Story*. Boston: Beacon, 2003.

2. Clifford, James. *The Predicament of Culture: Twentieth-Century Ethnography, Literature and Art*. Cambridge: Harvard UP, 1988.

3. Cohen, Anthony. *Self Consciousness: An Alternative Anthropology of Identity*. London: Routledge, 1994.

4. Crapanzano, Vincent. *Tuhami: The Portrait of a Moroccan*. Chicago: U of Chicago P, 1980.

5. Geertz, Clifford. *The Interpretation of Cultures : Selected Essays*. New York: Basic, 1973.

6. —. *Works and Lives: The Anthropologist as Author*. Stanford: Stanford UP, 1988.

7. Handler, Richard, and Daniel Segal. *Jane Austen and the Fiction of Culture: An Essay on the Narration of Social Realities*. Lanham: Rowan, 1999.

8. Herzfeld, Michael. *The Portrait of a Greek Imagination: An Ethnographic Biography of Andreas Nededakis*. Chicago: U of Chicago P, 1997.

9. —. "The Taming of Revolution: Intense Paradoxes of the Self." *Auto/Ethnography: Rewriting the Self and the Social*. Ed. Deborah E. Reed-Danahay. Oxford: Oxford International Publishers, 1997.

10. Kemp, Peter. "Reviewed Works: *Michel Foucault: Beyond Structuralism and Hermeneutics*." *History and Theory*. 23. 1 (1984): 84.

11. Kluckhohn, Clyde, and R. Angell, eds. *The Use of Personal Documents in History, Anthropology, and Sociology*. New York: Social Science Research Council, 1945.

12. Radin, Paul. *Autobiography of a Winnebago Indian*. New York: Dover, 1963.

13. Rapport, Nigel. *The Prose and the Passion: Anthropology, Literature and the Writing of E. M. Forster*. Manchester: Manchester UP, 1994.

14. —. "Reviews Works: *Jane Austen and the Fiction of Culture*." *American Ethnologist*. 21. 1 (1994): 216-217.

15. Shostak, Marjorie. *The Life and Words of a! Kung Woman*. Cambridge: Harvard UP, 1981.

16. Sontag, Susan. *Against Interpretation and Other Essays*. New York: Picador, 2001.

17. Strathern, Marilyn. "Out of Context: The Persuasive Fictions of Anthropology." *Current Anthropology*. 28. 3 (1987): 251-281.

18. 克利福德等编:《写文化——民族志的诗学与政治学》,高丙中等译,商务印书馆,2006。

19. 拉比诺:《摩洛哥田野作业反思》,高丙中等译,商务印书馆,2008。

20. 列维-斯特劳斯:《忧郁的热带》,王志明译,中国人民大学出版社,2009。

21. 刘珩:《民族志认识论的三个维度——兼评〈什么是人类常识〉》,载《中国社会科学》2008年第2期。

摹仿 于 雷

略 说

"摹仿"（Mimesis），又称模仿①，肇始于西方原始社会的祭祀活动，在历经前苏格拉底哲学家们的朴素"包装"之后进入到柏拉图与亚里士多德的哲学美学视野，自此凭借其不同形态"雄霸"西方文艺理论思想 20 多个世纪。摹仿在柏拉图那里大抵指的是对现实的"临摹"，与代表真理的"理念"世界相去甚远；而亚里士多德则将摹仿视为创造性"再现"，从而赋予艺术创作以应有的主体性，同时也使艺术（家）获得了存在的合法性。亚里士多德通过对柏拉图的机械摹仿加以改造和扬弃，使得作为"再现"的动态摹仿观渗透到自荷马史诗以来的整个西方现实主义传统当中，并在以福楼拜为代表的现实主义"巅峰时刻"之后，通过各种变形融入了现代主义文学进程之中。现代西方的文学摹仿批评，在其嬗变过程中经历了奥尔巴赫（Erich Auerbach）的《摹仿论》和托多罗夫的《象征理论》这两个核心节点，它们注重对历代摹仿实践进行"田野调查"，对既有的摹仿理论加以梳理整合，大致因循了从"符号外"向"符号内"的转向；最初的"自然摹仿说"逐渐演变成形式主义的"内摹仿说"，为文学的现代性找到了"摹仿"的根据。同时，伴随新历史主义、认知科学以及叙事学的不断发展，文学摹仿论在虚构性研究、认知肌理以及语义逻辑等几个层面上均获得了新的拓展空间。

综 述

摹仿的理论内涵

关于柏拉图的《理想国》，一个著名的片段是他在第十卷中提出将诗人驱逐出境，原因当然与艺术的摹仿性有关：首先，诗歌是对真理的背离，它仅仅是"摹仿的摹仿"、"影子的影子"，并且"与真理隔着两层"（"理念"的床与画布上的床即是这种关系）。其次，诗歌因其对神和英雄的不敬描绘而逢迎"人性中的卑劣部分"，可谓伤风败俗。（杨周翰等：49）柏拉图之所以拒斥艺术，倒不仅仅在于艺术无法完全复制其所摹仿的对象，而更在于它使人们的注意力偏离了事物的本质——理念。在此意义上，艺术家落入了柏拉图形而上学为其设置的陷阱之中：一位画家越是画得逼真，则愈发无力向观众展示美的本质。（Hagberg：366）如果说柏拉图的摹仿内涵是一种照相式的、物理性的相似性，那么亚里士多德的摹仿则是追求事物之间的"抽象联系"以及某种"精神的运动"。（Hagberg：367）因此，艺术不仅不会使观赏者的视线转向具体事物而忘却作为本质的理念，相反，它可以通过创造性的摹仿活动反映现实世界当中的必然性、可然性及普遍性，也即本质和规律。（罗念生：113）亚里士多德在《诗学》中说："既然悲剧是对于比一般人好的人的摹仿，诗人就应该向优秀的肖像画家学习；他们画出一个人的特殊面貌，求其相似而又比原来的人更美。"（50）巴尔（Mieke Bal）将这种"再现"理解为"被再现物的缺席化"，换言之，即是指"原物被替换了"。（172）

由于柏拉图的摹仿重在原型与摹本之间的"相似度"，因此作为摹仿的艺术注定无法摆脱"与真理隔着两层"的命运。亚里士多德所要做的，正是将艺术从其无法效仿的原型中解救出来。（Givens：132）但问题是，这将使艺术失去其美学品性赖以存在的依托：倘若艺术家并未见到过原型，那么其创作过程中的愉悦何以产生呢？答案只能是"技巧、着色或类似的原因"。（亚里斯多德：11—12）换言之，亚里士多德必须为艺术找到另一种能够承载其美学品性的基础，也即其诗学得以立足的根本。这个立足之本，就悲剧而论乃在于"情节"——对行动的摹仿、对现实素材的"再现和创造"；而就整个文艺来说，则意味着将西方批评理论的导向从再现的相似性调整为"艺术的转化性"（artistic transformation），也即如何对我们的现实经验加以重构。（罗念生：113；Givens：132）亚里士多德在讨论"情节"时说：

> 恐惧与怜悯之情可借"形象"来引起，也可借情节的安排来引起，以后一办法为佳，也显出诗人的才能更高明。情节的安排，务求人们只听从事件的发展，不必看表演，也能因那事件的结果而惊心动魄，发生怜悯之情；任何人听见《俄狄浦斯王》的情节，都会这样受感动。（42—43）

应该说，情节之于悲剧的重要性类似于绘画作品中物件的布局。哈格伯（Garry Hagberg）以18世纪法国画家夏尔丹的静物画《鳐鱼》为例指出，这样一幅以"忠于原型"为特征的作品，乍一看似乎类似于柏拉图心目中的摹仿观，然而如果仔细观察画家所采用的对照性结构——动物世界（画面左侧的猫和鱼）与人类世界（画面右侧的劳动工具）、动物躯体的饱满与日常器皿的中空，以及画面中心处于生命意象与无生命意象之间的鳐鱼，我们就会发现这幅作品绝非照相式的摹仿，而是突出了事物之间的"抽象联系"，它使作品获得了生命。这不仅是亚里士多德摹仿论的精髓所在，也是他与柏拉图产生根本分歧的地方。（370）

亚里士多德认为，评判艺术的标准既非伦理，亦非对原型的忠实。"美学距离"（aesthetic distance）的存在意味着柏拉图的理念范式是不恰当的，因为它根本无法被实现。鉴于此，吉温斯（Terryl L. Givens）指出，对于柏拉图而言，艺术遭受责难的原因在于它只是摹仿得很好，却不完美；而对于亚里士多德来说，艺术得到了救赎恰恰是由于它既然无法摹仿得那般尽善，于是便走向了艺术化的摹仿。（131）

哈里维尔（Stephen Halliwell）对此亦有中肯的见解，他认为，无论是柏拉图还是亚里士多德，他们对于摹仿的最初定义其实都与现代的"再现"概念相关：它既包含对现实世界的复制，亦意味着构建一个"独立的异宇宙"。（5）区别在于，亚里士多德认为这个"空间"具有其存在的价值，因为它能够给予我们一种获取感知和认知的独特渠道。

在《诗学》第四章的开篇处亚里士多德说，摹仿是"人的天性"，"人从孩提的时候起就有摹仿的本能（人和禽兽的分别之一，就在于人最善于摹仿，他们最初的知识就是从摹仿得来的），人对于摹仿的作品总是感到快感。"（11）这个提法一旦与亚里士多德的悲剧理论相联系，往往会让我们面对一个悖论：既然"恐惧、愤怒和怜悯"属于通常意义上的"痛苦情感"，那么观众又为什么会热衷于对它们加以体验呢？（Worth：333）即便亚里士多德那一著名的"净化说"——"借引起怜悯与恐惧来使这种情感得到陶冶"（19）——似乎早已成为定论，但多少还是令人心生疑窦：如果艺术是对现实的摹仿，那么接受者在艺术世界中所获取的情感反应是否能够达至其在现实世界中所可能实现的程度？换言之，人类的现实情感为何能够在艺术鉴赏的过程中被摹仿？再进一步说，观众围绕摹仿所产生的情感反应果真如亚里士多德认为的那样，能够"有助于应对现实事件所引发的情感"吗？显然这关系到一个根本性的问题：上述两类情感的"质量"会是一样的吗？抑或说，如果我们并不"相信"某一情景的现实性，那么我们何以获得相应的现实情感反应？（Worth：334—335）在沃斯（Sarah E. Worth）看来，柯勒律治提出的"自愿中止怀疑"（willing suspension of disbelief）并不令人信服，因为我们在阅读／观看虚构作品时，根本无法积极地意识到或人为控制何所信以及何所不信。相比而言，美国当代哲学家卡洛（Noël Carroll）提出的所谓"思想理论"（thought theory）似乎可以更有效地解释亚里士多德的情感摹仿机制：信念（belief）意味着对命题加以肯定，而思想（thought）则秉持一种非肯定姿态；信念要求介入命题之真，而思想则不必如此。（Worth：334）沃斯借此推断，亚里士多德的"诗学"与"修辞学"在应对情感层面时存在显著差异：前者无需"信念"即可使摹仿引发情感反应，而后者则重在"说服"，视"信念"为己任。因此，诗歌的情感净化功能并不需要受众改变自己的"信念"而得以实现。沃斯认为，所谓观看悲剧或阅读诗歌，即是指"理解诗人精心编织于具体故事当中的一则普适化信息"，而不是对再现之物信以为真。（335）哈里维尔在《摹仿美学：古代文本与现代问题》一书中也表达了相似的观点：《诗学》中的摹仿要求艺术家摆脱历史性与科学性话语对真值的恪守。（167）从这个意义上看，亚里士多德对柏拉图的批判即是用"摹仿再创说"替代了"摹仿复制说"，进而为文学艺术领域的摹仿实践确立了理论风向标。当然，这并非说柏拉图的摹仿观从此便彻底销声匿迹了，事实上，从艾布拉姆斯在《镜与灯》里的提醒来看，我们依然可以从贺拉斯与锡德尼的诗歌功用说当中发现柏拉图的身影。

奥尔巴赫：对摹仿实践的调查

论摹仿的现代典籍并不少，但在西方学界产生深远影响的系统阐释却要归属于奥尔巴赫的《摹仿论》。这是一部堪称"浩瀚"的现实主义文学史书，不管它引起过怎样的争议或是留下多少遗憾，有一点却是不可否认的：许多在当代西方文艺思想史中占据一席之地的学者均绕不开它，韦勒克、海登·怀特和萨义德仅仅是其中的几位杰出代表而已。《摹仿论》的标题很有意思，正标题叫"摹仿"，副标题的字面意思为"西方文学中的现实再现"（the representation of reality in western literature）。自然，这部著作主要探讨了现实主义表征方法（也即摹仿策略）在西方文学中的发展脉络和不同取向，但我们也可以将这个副标题理解成围绕西方文学发展的"真实历史"所进行的"再现"。换句话说，奥尔巴赫的创作雄心固然不可小视，但他依然不乏含蓄的清醒认识，即他所描绘的现实主义文学发展史仅仅是一次学术"摹仿"罢了。就这样的猜测来说，我们似乎可以从沃斯的分析中找到根据。如她所指出，奥尔巴赫的摹仿观在很大程度上乃是《圣经》阐释学在文学批评中的"世俗化"变形；然而就文学发展的进程而言，基督教目的论并不发生作用，因此每一种文学现象便仅仅成为前一现象所"预表"的产物，同时也在"预表"着后一现象的发生；这样一来，奥尔巴赫的文学史不可避免地演绎成了文学世界内部永不停息的自我指涉活动，换句话说，在奥尔巴赫那里，"虚构与历史在其本质上成了同义词"。（118）

《摹仿论》从"奥德修斯的伤疤"写起，力图通过这样一个看似细琐的片段事例，折射出荷马史诗的基本风格，那就是"以充分外化的形式对现象加以再现，使其所有部分均清晰可触，并完全定格于它们的时空关系中"。（4）这种"前景式"的摹仿策略与《圣经》文本的"背景化"风格相去甚远。不仅如此，奥尔巴赫还在这里提到一个极为重要的古典创作理念，即文体分用（separation of styles）原则：对日常生活的摹仿不适合于崇高的文体（sublimitas），相反，它只能在喜剧或田园诗那样的"低等文体"（humilitas）中找到立足之地。在描写日常现实生活时，荷马史诗更多地展现的是统治阶级的故事，而《圣经·旧约》则不同，它成功地将悲剧性、崇高性及问题性元素融入到普通人的寻常生活之中，使崇高与平凡不可分离。（132）文体分用原则的界定，是奥尔巴赫对整个欧洲文学的现实再现模式进行调查的"起点"。在讨论古罗马讽刺家裴特洛纽斯（Petronius）笔下的"特里马尔奇奥的宴席"②时，奥尔巴赫指出，其最不同凡响之处在于展现了一种前所未有的现实主义摹仿观——"对社会环境加以准确的、完全非图式化的关注"。以往的喜剧尽管也会涉及社会环境，但大多只是游离于时空之外的抽象事物。裴特洛纽斯的成就在奥尔巴赫看来，几乎突破了古代现实主义发展的极限，并因此而更加接近现代欧洲的现实主义风范。（25—26）

奥尔巴赫不仅是一位著名的语文学家，更是一位杰出的文学文献学家和比较文学专家，他对欧洲各个时期的民族文学几乎均有涉猎，这使他能够在不同文本之间触类旁通，穿梭自如。他在讨论4世纪古罗马历史学家阿米亚努斯（Ammianus）之际，不忘将塔西佗纳入视野，对比分析两者的再现方式。如果说塔西佗遵照的是古罗马历史书写传统的严肃格调，那么阿米亚努斯则更加突出"魔幻"与"感性"的生动效果，为此甚至可以"牺牲人性与客观理性"。（46）实际上，2世纪的罗马传奇作家阿普列尤斯（Apuleius）在其《变形记》（更有名的标题是《金驴记》）中也早已展现出此类卡夫卡式的再现技艺。这种高度修辞化的摹仿策略常常会对现实加以"扭曲"和变形，并在此过程中进一步打破"文体分用"的古典格局。此外，基督教文学的兴盛也悄然参与到这一进程之中，如奥尔巴赫所说，"耶稣降临，不是以王侯将相的身份，而是作为社会最底层的人。"（63）这种"文体混用"（mixture of styles）的趋向，到了但丁的《神曲》中达到一个空前的高度。值得注意的是，奥尔巴赫并不打算在文体的变迁与不同历史时期之间进行简单的对等关联；从他的分析中，我们发现欧洲文学的摹仿路径并非绝对的线性发展，而更多的是"你中有我，我中有你"、不断扬弃的螺旋形上升态势。正因为如此，荷马史诗中被奥尔巴赫视为"外化现象"的文体特征，到了6世纪罗马历史学家圣格列高利（St. Gregory）的《法兰克人史》中依然可以找到。奥尔巴赫的研究表明，文学艺术在其发展过程中往往会遭遇不同甚至对抗的势力，而摹仿作为现实主义创作的"天性"，则会在诸多矛盾中寻找到最为恰当的表现方式。

到了伊丽莎白时代，文体混用的势头进一步加强，莎士比亚的悲剧人物尽管表现出明显的贵族化倾向，但抛开阶级的局限，我们会发现三种与人物刻画相关的文体混用方式：一、悲剧当中悲喜场景的更替；二、由喜剧性评判者相伴的悲剧人物；三、悲剧人物自身的悲喜转换。（277）当然，奥尔巴赫的兴趣似乎更多地集中在欧陆现实主义文学作品上。作为一名二战期间被迫流亡的犹太知识分子，他对摹仿的研究不只是对欧洲文学现实主义的美学关注，更在其隐喻层面上表达了对政治现实的反思和批判。当他讨论拉伯雷的《巨人传》时，其钦羡之词溢于言表。在他看来，拉伯雷能够带着强烈的自省意识将"神性的智慧和尽善的美德"潜藏于"插科打诨"的文体之中，这种"丰富的复调性"在先前的创作者身上是难得一见的。更重要的是，拉伯雷能够通过这样的"文体混用"，去"触及那些让时下反动权威震怒的事情，在说笑与正经之间的灰色地带去展示它们，在必要之时，能够让他更易于逃避责任"。（246—247）由此可见，奥尔巴赫所崇尚的摹仿不仅注重对平凡的人性尤其是悲剧的平凡人性加以再现，更暗示了文学性摹仿在应对社会压迫时的策略优势。这不禁让我们联想起阿多诺的艺术摹仿观。在阿多诺那里，摹仿使艺术获得了某种进化论式的自我保护机制，面对资本主义社会的"理性官僚世界"，艺术借助摹仿对"同一性"主宰下的物化生存状态进行了有效批判。阿多诺在《美学理论》中指出，艺术对"真理"的摹仿包含着双重意义：一方面保存了为理性所完全压制的图景，另一方面暴露了现实状态的"非理性"和"荒诞性"。正是在这个层面上，阿多诺精辟地断言"艺术是摹仿行为的避难所"。（79）不难看出，摹仿在此处已不再是简单服务于现实表征的纯粹工具，相反，它作为一种批判潜力在不断向同一性主导下的权威世界发出挑战，以艺术之名进行非/反理性的渗透。

总体来说，奥尔巴赫的"摹仿论"不乏强烈的社会意识，也展示了他作为一名现代知识分子所具有的责任感，这一点在他论及歌德时尤为显著。他抱怨说：

> 歌德从不力图再现当代社会生活的现实……即便他涉及 19 世纪的风尚，也往往是流于笼统的价值评判……既不可信，亦不可取。……而且，就我们所知，他对［时下］的政治爱国主义也是避而远之。……尽管他不满德国的政治局面，但态度冷漠，并且将其当作事实予以接受。（398）

同样，关于菲尔丁、司汤达以及巴尔扎克，奥尔巴赫也在肯定其成就的同时进行了一定程度的批评：菲尔丁执着于喜剧性创作，始终离不开带有讽刺性的伦理说教；司汤达的现实主义依然保留了不少 18 世纪的艺术"本能"，表现出疏离现实的贵族气息；而巴尔扎克尽管更加注重人物生活的时代语境，但过于渲染悲情，有"情节剧"（melodrama）创作的遗风。这样的局面直到福楼拜的小说问世方得以改观：在那里"现实主义变得中立、冷静和客观"了。（425）也是从那里，现代现实主义获得了其发展的最初基础：以严肃的态度描绘日常现实，让社会下层人群成为"问题性-存在性"摹仿的对象，将非图式化的人物与事件嵌入动态的当代历史语境之中。然而具有反讽意味的是，当奥尔巴赫将现代现实主义的发展基础确立之后，他接下来的讨论恰恰使自己成了这一新型现实主义的严厉批判者。也正是在这个地方，他的摹仿论招致了西方不少学者的诟病。在此笔者不能不提及另一部经典的文论作品，其原因自然在于它指出了奥尔巴赫在探讨现代现实主义时存在的问题，但同时也因为它算得上是另一部探讨"摹仿"的"鸿篇巨制"，而且在批评的深度和广度上与前者颇为近似；当然还有一个令人困惑的原因——它在中国的影响力同样微弱得让人"大跌眼镜"。最重要的是，当西方学者开始反思奥尔巴赫的现实主义观念时，它在客观上有效地对《摹仿论》进行了修正和拓展，这部作品就是斯格尔斯（Robert Scholes）等于 1966 年合作发表的《叙事的本质》（*The Nature of Narrative*）。

斯格尔斯等在书的正文中总共有五处直接涉及奥尔巴赫的现代现实主义摹仿观，基本以批判为主。虽然他们在第四章当中也曾"吝啬"地表示奥尔巴赫的《摹仿》"令人叹为观止和最富影响力"，但仅仅是指"从现实主义发展的纯粹视角对整个西方叙事文学加以考察"这一层面。（85）仔细揣摩，不难发现这"褒扬"之中其实是含着很多"水分"的。在他们看来，奥尔巴赫对"当代叙事艺术中许多最优秀的成果"采取的是一种"敌对姿态",尽管这位伟大的学者批评家就现代文学所作的研究不乏影响、学识和敏锐度,"却与那种最为世俗的每周评论有着惊人的相似"。尽管《摹仿论》是一部伟大的作品,但作者对现实主义原理的热心专注使他不愿或无法接受 20 世纪小说,尤其是像伍尔夫、普鲁斯特和乔伊斯这样的作家。

> 在他看来,《尤利西斯》就是一个"大杂烩",充斥着"露骨而又伤怀的愤世之情以及令人费解的象征主义",并且他还断言,与该小说一样,大部分其他采用多重意识反映手法的小说也给读者留下了令人绝望的印象。它们常常令人困惑,雾霭重重,对其所描绘的现实透露出几分敌意。

(5—6)

与奥尔巴赫相比,斯格尔斯等在涉及摹仿时对古典主义与现代主义采取了一种科学公允的姿态,这一点通过第三章的标题——现代叙事的古典传统——即可窥见一斑。实际上,《叙事的本质》从头至尾一直是将西方叙事作为一个有机整体来看待的,各个发展阶段之间并无伯仲之分。所以,他们在讨论书面叙事之际不忘考察口头传统,在讨论希腊史诗之际不忘考察古冰岛语"诗体埃达",在讨论利奥波德·布卢姆之际不忘考察阿喀琉斯。斯格尔斯等的研究,在其时间跨度和内容广度上均超越了奥尔巴赫的《摹仿论》,是对西方文学摹仿实践的一次全面的理论修正与建构。

托多罗夫:摹仿的"偏离"

托多罗夫在《象征理论》中围绕"摹仿"所进行的诠释可谓是"摹仿历程"上的一次"否定之否定"。他的讨论主要集中在三个层面:一是"摹仿说的厄运"。在这里,托多罗夫指出摹仿说无法"解释艺术作品的所有性质",进而"不能满足对艺术理论的思考"。倘若艺术完全与被摹仿的自然对象保持完美的相似,那么艺术也就失去了其存在的价值。因此,托多罗夫认为,"艺术要存在,就不应当摹仿得十全十美。"(149)

但随之而来的问题是如何为"摹仿的偏离"找到"一点正面的理由"。为此,托多罗夫建议对摹仿原则的赞同程度进行等级划分:首先树立一个标准,即"零等级"偏离,指的是完全肯定艺术是摹仿的产物。显然,这属于柏拉图式的传统摹仿观。接下来,"第一等级"——作为与"零等级"最接近的偏离状态——尽管依然肯定艺术的自然摹仿原则,却同时承认摹仿的"不完美性"(也即摹仿自然不会做到尽善尽美)。值得注意的是,这种"不完美性"绝非不该犯的"错误",而恰恰是莱辛所说的"必须有的错误",抑或施莱格尔眼中的"了不起的成功"。(托多罗夫:151)这不由让我们联想起亚里士多德对"错误"摹仿的看法。他将诗的错误分为两种:一是艺术本身的错误,如诗人无力展现其心目中想象的事物;二是偶然的错误，如"不知母鹿无角而画出角来"。（93）在吉温斯看来，正是出于对"偶然性错误"的辩护，亚里士多德进一步表明了自己与柏拉图的决裂，因为这样的错误并不触犯艺术的本质。（131）就像亚里士多德本人在《诗学》里所阐释的那样，"如果诗人写的是不可能发生的事，他固然犯了错误；但是，如果他这样写，达到了艺术的目的，能使这一部分或另一部分诗更为惊人，那么这个错误是有理由可辩护的。"（93）吉温斯在总结亚里士多德有关"情节"的重要标准时提到一个概念，即所谓"符合可然律的不可能之事"（the probable impossible）。这个概念的重要性在于它表明亚里士多德的摹仿说并不绝对排斥"不可能"的事物，如上文提及的"母鹿长角"；相反，它隐现了摹仿的主体性和创造性，并因此为欧洲浪漫主义诗学的兴起埋下了伏笔。

如果说"零等级"和"第一等级"的摹仿偏离原则尚以"自然"为标准对象，那么托多罗夫的"第二等级"偏离则改变了摹仿对象："不再简单地摹仿自然，而是摹仿'美的自然'，即按照某种看不见的理想'选择过'、'修正过'的自然。"这种观念在狄德罗追寻"理念模式"的呼声中走向了极致，并因此陷入到柏拉图主义的圈囿之中。托多罗夫对此有着清醒的认识，他认为摹仿与美这两个原则之间的含混不清，使摹仿沦为某种代表工具理性的事物；而来自"美"的"偏祖"与"照顾"，更是成了摹仿所无法承受的负担。于是，美学理论终因无法把握艺术的本质而"走进了死胡同"。（168）

托多罗夫讨论的另一个层面是"摹仿和理据性"，这实际上涉及了另一种"调整摹仿原则"的方法，即从符号学的视角将摹仿当作能指与所指之间的理据性关联。托多罗夫首先考察了狄德罗等人围绕诗歌与绘画（甚至音乐）所作的区分，并在此基础上分析了两种符号：自然符号与任意符号。前者指绘画、音乐作品，它们可以与被摹仿的对象保持一种"自然"的对等关系；而后者则是人工符号（少数象声词的存在不足以改变其总体的"任意"性），缺乏与原型之间的"自然"对等关系（显然，索绪尔的理论已经对此有所说明）。于是，绘画与诗的差异在狄德罗那里变成了"是"与"可能是"之间的区别。（托多罗夫：177）但是，由于狄德罗没有真正触及艺术符号的理据性问题，因此托多罗夫并不满足于其得出的结论，而是将莱辛的相关研究纳入考察视野，以突出其所作出的贡献。在托多罗夫看来，莱辛破天荒地将"艺术是摹仿"与"诗歌符号具有任意性"这两个观念综合起来加以逻辑思考，从而证实了诗的符号与绘画的自然符号一样，"也是有理据的"。（181）莱辛的论证思路主要涉及诗歌符号的四个特点。一、时间性：语言符号在时间上的"前后承续性"就其理据而论适合摹仿亚里士多德所谓的"行动"，因为"行动"同样表现出时间上的继起；二、音乐性：诗歌里的象声词、感叹词和节奏感；三、图解性：非自然符号的序列组合能够产生自然符号所具有的力量；四、隐喻性：比喻物与被比喻物之间的"自然"关联，可以弥补语词与事物之间的任意关联。

莱辛的研究无疑是开创性的，自此符号与外部世界之间的关系变成了"符号内部的关系"，但同时亦产生了一个有趣的悖论，如托多罗夫所指出："当〔莱辛〕设法维护摹仿说时，……他从反面证明了摹仿说在美学思想里所占的统治地位行将结束。"（188）这也正是托多罗夫接下来所讨论的最后一个层面，即"摹仿论的终结"。显然，这个问题与浪漫主义的诞生有着紧密的联系。为此，托多罗夫着重从 18 世纪狂飙突进运动的代表人物、德国学者莫里茨（Karl P. Moritz）那里寻求回应。以往的学者为了探索摹仿原则的合理性，无非只是增加一个约束性的副词——"不完美地（摹仿自然）"，或是更换一个宾语——"（从摹仿自然变成摹仿）美的自然"，而莫里茨却革命性地换了一个主语——"（从作品摹仿自然转向）艺术家（摹仿自然）"。（托多罗夫：196）亚里士多德常说悲剧摹仿行动，可是真正摹仿行动的并非悲剧本身，而是悲剧的创作者。这就是说，浪漫主义美学不仅仅关注"诗学"（亚里士多德的 poesis），更关注"创作"（瓦莱里的 poiesis），于是"作品不再是世界的图像，而是对世界的图解"。（托多罗夫：198）此外莫里茨还倡导一种"不及物美学"，换言之，即认为"凡美者，概无用"。一旦有用，便意味着其目的尚存留于自身之外，进而损害艺术的自足之态。为此，他还以舞蹈与步行之间的差异为例加以说明：步行具有一个"自身之外的目的"，即抵达某一目的地；而舞蹈则不同，它的每一步都不是为了接近目的地，而是"为了自身而进行的"。（托多罗夫：203）事实上，这一结论早在黑格尔的摹仿观当中即有明确体现：艺术的意义不应在于其工具性，而在于其自在自为的"内在目的"。（黑格尔：69）这里需要补充一点：托多罗夫所讨论的"摹仿论的终结"，绝非指"摹仿的终结"，而是指传统摹仿论的终结。换言之，它对亚里士多德以来的古典摹仿说进行了一次辩证的否定。它实则要肯定的是符号内部的摹仿，显然这样的结论已经为现代艺术的发展所证实。20 世纪初，尤其是第一次世界大战之后，西方艺术家面临着现代社会的异化处境，在此背景下，文学价值与文化价值之间产生了断裂，用哈维（W. J. Harvey）在《人物与小说》中的话说，即是将艺术"从经验世界的喧嚣中剥离开来"。艺术家的职责不再是摹仿经验世界，而是呈现一个与经验世界"相对照的"有序世界，并最终实现从摹仿向形式主义的转向。（Martin：29）

"后摹仿"时代的"摹仿论"

自亚里士多德以来，摹仿以其不同的变体演绎了 20 多个世纪的辉煌。即便到了当下，西方学界围绕摹仿的探讨也始终没有停止过。出于篇幅和主题考虑，笔者仅打算简要举例论证如下几个问题：一是摹仿与虚构，二是摹仿与认知，三是摹仿与逻辑。这几个问题在不同程度上代表了当下叙事摹仿艺术的核心领域。

第一，在《虚构性与摹仿》一文中沃尔什（Richard Walsh）指出，海登·怀特的历史学观念模糊了叙事性与虚构性之间的差异。叙事的意义在很大程度上产生于

"叙事化"（narrativization）的技法层面。也就是说，叙事的意义并非人类经验性或想象性"数据"所固有的潜在衍生物，而是源自叙事修辞形式本身对那些数据进行"编织"的过程之中。（111）如此一来，后结构主义诗学大有用"叙事性"（不仅指涉虚构作品，也适用于非虚构作品）取代"虚构性"的强烈冲动，进而试图在学理层面上取缔"虚构性"概念存在的合法性。与此相对，当代叙事学界兴起的"虚构世界理论"（fictional worlds theory）则力求与"非虚构话语"彻底划清界限，进而赋予虚构（文本）世界某种本体身份。

针对这两种极端，沃尔什首先对科恩（Dorrit Cohn）的虚构文类理论加以扬弃，突出"作为修辞资源"的虚构性概念。其次，他对卢卡奇摹仿观念中的内在矛盾加以剖析，并指出摹仿在卢卡奇那里意味着"典型性"与"总体性"之间的辩证关系，某种程度上类似于亚里士多德关于摹仿本质的界定——从特殊到普遍，从个别到一般；但问题在于，几乎所有的摹仿论"对应模式"（即从艺术到现实）都会将这种"总体性"世界的获取视为当然之物，而并不考虑社会历史因素对接受者的制约作用。为此，卢卡奇不得不刻意将自己的"总体性"概念纳入到一个"政治化的黑格尔历史哲学体系中"。但是，这样的一种"自省意识"恰恰使整个"摹仿"过程变成了形式上的同义反复：虚构性的"例示"（instantiation）进程与哲学性的"抽象"进程仅仅沦为一种镜像关系。其结果是，亚里士多德摹仿论中的现实对象失去了立足的场所。

值得注意的是，沃尔什着重推介了保罗·利科提出的"摹仿三阶段论"：一是"预构"（prefiguration），即我们带入叙事中的实践知识及社会技能；二是"组构"（configuration），即以系统综合的方式对情节进行创造性生产；三是"化构"（transfiguration），即伴随"组构"进程而产生的读者活动，它代表了"组构"的"交际维度"。相对于"预构"、"化构"这两种保守势力而言，"组构"显得更具创新性和创造性。利科将亚里士多德"对行动的摹仿"转变成"对行动的组构"，从而使虚构呈现出独特的修辞目的。如果说非虚构创作旨在"应用"叙事性思维去"诉求"普遍真理，那么虚构性创作则试图通过"练习"叙事性思维以"思考"普遍真理。

第二，如果说沃尔什的研究意在廓清虚构性摹仿的修辞意旨，那么巴克尔（Egbert J. Bakker）在《作为表演的摹仿》一文中则将视线转向文学摹仿的认知肌理。他以荷马史诗的口头传统为例，将其当作"被表演的话语"（performed discourse）。在他看来，口头诗歌作为被反复表演的对象，对每一位"摹仿者"的记忆力提出了巨大挑战；也正是在这一层面上，荷马史诗中那些在奥尔巴赫看来属于"外化现象"的文本特征，不可避免地与现代认知科学产生了联系。巴克尔在研究中指出，尽管"洛里-帕德"口头文学研究模式在业界可谓久负盛名，但它过于突出口头诗歌的"程式结构"，而忽略了其重要的"视觉诗学"（optical poetics）特质——形象化的视觉描绘和具有"见证"意味的画面感。荷马史诗这种对视觉效果的强烈关注，实际上符合现代认知科学的实验结论：就人脑的记忆效率而言，意象的作用胜过语言；类似地，事物之间的空间关系也要比"线性"信息更适于记忆。不仅如此，人类的视觉运作规律与语言行为的流程之间也存在着显著的认知共性，也即我们在看一幅画面或是用语言进行画面描述时，通常均会以"单元块"的方式进行聚焦，如此一来，即便是背景中的事物，在每一次聚焦的过程中都会呈现出"前景化"特征。可以说，记忆与视觉之间的这种紧密关联构成了古代口头文学传统赖以存在的认知基础，同时也在客观上使众多的表演性摹仿呈现出共有的"外化"现象。（Bakker：19）毋庸置疑，"摹仿"的口头传统作为一种"自然语言"，对于理解整个文学摹仿的认知机制有着重要的启发作用。

第三，近40年来，一些西方叙事学家开始注意到文学摹仿的逻辑问题。他们的做法主要是从模态逻辑的"可能世界"理论中汲取灵感，试图构建一个具有本体论意义的文学"异宇宙"，并在这一相对独立的摹仿性空间中重新审视文学语义的真值问题。"可能世界"理论由莱布尼茨首先提出，后又经过若干逻辑哲学家的延展和改造演变至今，它主要试图解决逻辑命题在不同"世界"中的真与假、必然性与可能性，以及不同"世界"之间的关联。这其中尤为突出的是刘易斯（D. K. Lewis）的"实在论"（作为现实实体存在的可能世界）和克里普克（Kripke）的"概念论"（作为抽象／想象实体存在的可能世界）。（哈克：235；陈波：330—333）显然，可能世界理论与文学摹仿之间的关联非常"自然"，也为文学语义批评找到了一个"求真"的独特平台。捷克人多莱夏尔（Lubomír Doležel）便是目前在该领域比较活跃的几位学者之一，他的论文《摹仿与可能世界》具有重要的代表性。

多莱夏尔首先对以往的摹仿批评观进行了颠覆，指出它们实际上采用的是一种"伪摹仿函数"（pseudomimetic function）：它要么如奥尔巴赫那样，以文学作品里的虚构个体（fictional particulars）代表现实中的普遍类型（而不是现实中的对应个体，因为这种个体对应关系根本无法确立），要么就是像伊恩·瓦特那样以某个再现源（如作者）去再现虚构个体，抑或按照科恩的做法，用某个文本理论术语（如"叙述者"）去接替"作者"，以承担起再现虚构个体的任务。鉴于此，多莱夏尔建议引入可能世界理论以构建一种完全不同的"虚构语义学"。（1988：480）传统的摹仿语义学采用的是"单一世界模型"，即亚里士多德-奥尔巴赫传统，而可能世界的摹仿语义学则采用"多重世界模型"。如此一来，虚构个体获得了其合法的本体地位，而不再寄生于现实原型的躯壳之中；同时，诸多虚构个体之间的"共可能性"（compossibility）也使可能世界中的人物具有了交际互动的条件。此外多莱夏尔还指出，文学可能世界与现实世界之间存在符号学意义上的"准入"（accessibility）关系：一是指文本发生学意义上的准入，即现实素材如何进入虚构框架；二是指读者对于虚构世界的接受，即现实读者如何通过文学文本进入虚构世界。这两个方面均突出反映了文学文本在虚构语义学中的桥梁作用。（1988：485）值得注意的是，多莱夏尔还利用奥斯汀的言语行为理论去解释某些（现代）文学形式（如元小说）中的"不可能虚构世界"（impossible fictional worlds）。施事性言语行为的言外语力必须在一定的适切条件下方能得以实现，同样，文学作品作为一种言语行为也会在特殊条件下（比如违反了莱布尼茨的"无矛盾律"）失去其施事语力，进而沦为所谓的"自我失效文本"（self-voiding texts）。然而，正是这种对于虚构创作来说充满破坏力的进程却又使文学获得了新的发展。（1988：493）

必须补充的是，尽管多莱夏尔对传统摹仿论表现出强烈的拒斥，但他绝非要彻底抛弃它；事实上，在《异宇宙：虚构与可能世界》一书中，他更为含蓄地说："即便可能世界虚构语义学仅仅是摹仿论之外的一个补充方案，它也应该引起人们的关注。"（1998：x）可以说，多莱夏尔等西方学者所提倡的文学可能世界理论就其实质而言，乃是借助逻辑哲学的理论范式去建构一种革新化的摹仿论体系。

结　语

经历了 2000 多年的漫长历史，"摹仿"始终作为亚里士多德所谓的"人的天性"存留在艺术家的群体（无）意识之中。如果我们遵循伽达默尔在《真理与方法》中所提出的观念，将摹仿视为艺术家从事的"游戏"，那么，这游戏自身便拥有了"预先规定"的"规则和秩序"；同时，艺术家们作为"游戏者"会因为游戏本身而受到吸引，从而"被卷入到游戏当中"，"被束缚于游戏当中"。当荷马史诗的表演者们乐此不疲地反复再现那些充满"程式"的故事话语时，也许，这"游戏"的真正主体正如伽达默尔所认为的那样，"并不是游戏者，而是游戏本身"。（150）作为哲学家和美学家的鲍桑葵曾在《美学史》中对希腊人将自己富于"理想性"的艺术当作摹仿的做法大感不解，或许恰恰是由于忽略了"摹仿-游戏"本身的主体性之缘故。那么，我们是否可以说，摹仿之所以在艺术史的沉浮之中立于不败之地，乃是因为它"具有一种特殊的本质"，"独立于那些从事游戏活动的人的意识"，（伽达默尔：145）而艺术家仅仅是在进行"摹仿-游戏"的过程中激活自身的主体性？艺术家希冀走入镜像的自然而不打碎那面镜子，他在镜里与镜外之间的边缘地带体会着卡洛尔在《爱丽丝漫游奇境记》里所描绘的那番奇幻的感受。或许，正是这一不可实现的使命，造就了艺术的摹仿。

参考文献

1. Abrams, M. H. *The Mirror and the Lamp: Romantic Theory and the Critical Tradition*. New York: Oxford UP, 1953.

2. Adorno, Theodor W. *Aesthetic Theory*. Trans. C. Lenhardt. London: Routledge, 1984.

3. Auerbach, Erich. *Mimesis: The Representation of Reality in Western Literature*. Garden City: Doubleday Anchor, 1957.

4. Bakker, Egbert J. "Mimesisas Performance: Rereading Auerbach's First Chapter".*Poetics Today*. 20. 1 (1999): 11-26.

5. Bal, Mieke. "Mimesis and Genre Theory in Aristotle's Poetics." *Poetics Today*. 3. 1 (1982): 171-180.

6. Doležel, Lubomír. *Heterocosmica: Fiction and Possible Worlds*. Baltimore: Johns Hopkins UP, 1998.

7. —. "Mimesis and Possible Worlds." *Poetics Today*. 9. 3 (1988): 475-496.

8. Givens, Terryl L. "Aristotle's Critique of Mimesis: The Romantic Prelude." *Comparative Literature Studies*. 28. 2 (1991): 121-136.

9. Hagberg, Garry. "Aristotle's 'Mimesis' and Abstract Art." *Philosophy*. 59. 229 (1984): 365-371.

10. Halliwell, Stephen. *The Aesthetics of Mimesis: Ancient Texts and Modern Problems*. Princeton: Princeton UP, 2002.

11. Martin, Timothy P. "Henry James and Percy Lubbock: From Mimesis to Formalism." *NoveL: A Forum on Fiction*. 14. 1 (1980): 20-29.

12. Scholes, Robert, et al. *The Nature of Narrative*. New York: Oxford UP, 2006.

13. Walsh, Richard. "Fictionality and Mimesis: Between Narrativity and Fictional Worlds." *Narrative*. 11. 1 (2003): 110-121.

14. Worth, Sarah E. "Aristotle, Thought, and Mimesis: Our Responses to Fiction." *Journal of Aesthetics and Art Criticism*. 58. 4 (2000): 333-339.

15. 鲍桑葵：《美学史》，张今译，广西师范大学出版社，2001。

16. 陈波：《逻辑哲学》，北京大学出版社，2005。

17. 哈克：《逻辑哲学》，罗毅译，商务印书馆，2003。

18. 黑格尔：《美学》(1)，朱光潜译，商务印书馆，1997。

19. 伽达默尔：《诠释学I：真理与方法》，洪汉鼎译，商务印书馆，2007。

20. 罗念生：《译后记》，载亚里斯多德《诗学》，人民文学出版社，1984。

21. 托多罗夫：《象征理论》，王国卿译，商务印书馆，2004。

22. 亚里斯多德：《诗学》，罗念生译，人民文学出版社，1984。

23. 杨周翰等：《欧洲文学史》，人民文学出版社，1985。

① 例如朱光潜先生在著述中论及《诗学》里的 mimesis 时，常常对"摹仿"和"模仿"加以混用，并不作区分。参见《朱光潜全集》(安徽教育出版社，1996)，第 3 卷第 12 页和第 5 卷第 317 页。

② 《塞坦瑞肯》(*Satyricon*)当中第 26—78 章的部分，讲述自由民暴发户特里马尔奇奥以奢华的宴席款待宾客的故事。

男性气概 隋红升

略　说

　　"男性气概"（Manliness），俗称"男子气概"、"男子汉气概"或"丈夫气概"，是一个有着悠久历史的文化概念。经过一代代的历史传承与文化建构，男性气概已经成为一种根深蒂固的文化心理，是男性人格尊严与身份确证的标志，影响和左右着人们的思想和行为。即便在当今所谓的"中性社会"（gender-neutral society）里，男性气概也是人们日常生活、大众传媒和文学作品等众多领域里出现频率极高的一个关键词。

　　无论中国还是西方，早期的男性气概更多地被看作是一种内在的人格与意志品质，一种抵制恐惧的德性。但随着西方资本主义的兴起、现代性的侵入以及文化价值观的蜕变，人们在男性气概的评判标准方面发生了从内在导向到外在导向的转变。从 19 世纪末 20 世纪初开始，masculinity 取代了 manliness，成为表征男性特质的流行词。在中国学界，masculinity 被相应地翻译成"男性气质"。由于对权力、财富、体貌、性能力等外在因素的看重以及对内在精神品质与道德意识的忽略和淡化，男性气质在很多情况下已经不再是抵制恐惧的一种德性以及直面压力的勇气，而是一种压力与焦虑的源泉，一种异化人性的力量。随着生产型社会向消费型社会的转变以及男性在社会各个领域性别优势地位的丧失，男性气质愈发难以得到证明，因而陷入重重危机。在这种危机意识的激发下，男性气质研究自上个世纪 70 年代以来获得了长足的发展，成为男性研究（men's studies）的核心概念。其中，社会学领域所取得的成就最为突出，也最具影响力。

　　不可否认，以社会学为主导的男性气质研究在整体上大大推动了男性研究和性别研究视野，改变了之前性别研究为女性研究代名词的现状，其强调的"权力关系"研究范式让人们看到了权力在男性与男性以及男性与女性之间的关系中扮演的重要角色。对于文学批评实践而言，这一研究范式为我们审视作品中人物之间的矛盾与冲突、揭示人物内心的困惑和焦虑提供了一条有效的分析途径。然而，随着男性研究的发展，以社会学为主导的男性气质研究也暴露出相当的缺陷和盲点。首先，过度强调男性气质的权力政治必然会抹杀性别问题在现实生活与文学作品中的丰富性和复杂性。其次，社会学者在男性气质研究过程中缺乏对这一概念的历时性思考，没有把男性气质放在男性文化发展史中去考察，忽略了男性气质对传统男性气概的传承与变异，而是把它看作是与"女性气质"（femininity）相联系而存在的共时性概念，这也无形中抽掉了它背后几千年的文化积淀。再次，康奈尔（Raewyn Connell）等社会学者忽略了男性研究的道德与审美维度，从而丧失了一条超越和解决男性气质诸多弊病的重要途径。这些不足也在一定程度上阻碍了男性研究视野的丰富和拓展，以至于在康奈尔之后的十几年中，男性研究没再出现重大的理论突破。

在这期间，一直比较沉默的人文学科开始发出自己的声音，并显示出相当的学科优势，男性研究出现了从社会学到人文学科的转向。伴随着这种转向，"男性气概"这一更具文学文化特性的学术概念开始得到重视，成为男性研究领域的另一关键词。

综　述

从上个世纪 90 年代开始，一些有着历史眼光、文化视野与人文立场的学者开始对"男性气概"进行语义考察和文化定位。贝德曼（Gail Bederman）的《男性气概与人类文明》（*Manliness and Civilization: A Cultural History of Gender and Race in the United States,1880—1917*，1995）从词源学的角度细致地考察了 manliness 的语义以及与 masculinity 的区别；吉尔默（David D. Gilmore）的《建构中的男子气概》（*Manhood in the Making: Cultural Concepts of Masculinity*，1990）以大量的人类学资料雄辩地确证了男性气概在全球范围内广泛存在的文化基础、历史价值和现实意义；萨默斯（Martin Summers）的《男性气概及其反对者》（*Manliness and Its Discontents: The Black Middle Class and the Transformation of Masculinity, 1900—1930*，2004）则让我们看到了造成男性气概向男性气质蜕变的社会与经济动因。这些著作在概念辨析和文化与经济基础层面为男性气概研究的深入发展扫清了障碍。

在这些著作的铺垫之下，男性气概研究在 21 世纪初进入了鼎盛阶段。其中，2006 年在男性气概研究史上具有里程碑的意义。在这一年，哈佛大学的政治哲学家曼斯菲尔德（Harvey C. Mansfield）出版了男性气概的命名之作《男性气概》（*Manliness*，2006），确立了这一关键词的学术地位，使之成为男性研究的另一核心概念。这本著作纵横捭阖，梳理和考察了自古希腊以降男性气概在西方思想史中的文化内涵，在男性气概的概念属性、定义和评判标准等方面为男性气概研究作出了卓越的贡献。这本专著的出版也标志着男性研究人文视角的正式确立，人文学科在男性研究领域拥有了一席之地。该作也于 2009 年以《男性气概》为书名在中国正式出版。另外，著名男性研究学者基默尔（Michael Kimmel）的《美国男子气概文化史》（*Manhood in America: A Cultural History*）的第二版也在 2006 年出版。这是一本集历史、文化与文学为一体的学术专著，体现了基默尔作为男性研究专家极为开阔的学术视野和理论高度，进一步丰富和拓展了男性气概研究视野，尤其在超越现代男性气质的种种弊端、重构当代男性气概理想等方面作出了卓越的贡献。

男性气概相关英文概念的语义辨析

作为一个学术概念，"男性气概"主要由 manliness、masculinity 和 manhood 译介而来。但由于这三个英文概念在词源、语义、语体等方面存在一定的差异，除了"男性气概"之外，它们在很多语境中还可以分别译成"男性气质"和"男子气概"。因此，对这些英文概念进行适当的语义辨析，不仅有利于促进这些概念译介和使用的规范化，而且有利于我们在比较中更为准确地把握男性气概的思想内涵。

在三个英文概念中，与"男性气概"最为对等的是 manliness。要想弄清楚这一概念的含义，首先需要对其形容词形式 manly 有所了解。现代英语词典的鼻祖约翰逊（Samuel Johnson）把 manly 解释为"坚定的；勇敢的；坚强的；无畏的；不气馁的"（firm; brave; stout; undaunted; undismayed）。（qtd. in Williams：73）较为权威的《新牛津英汉双解大词典》（*The New Oxford English-Chinese Dictionary*，2007）对 manly 的英文解释是"having or denoting those good qualities traditionally associated with men, such as courage, strength, and frankness"。（Pearsall, et al.：1291）我们不妨将之译为"拥有或指代传统上与男性相关的勇敢、坚强和坦率等优良品质"，即"有男子汉品质的，有男子汉气概的"。作为 manly 的名词形式，manliness 显然是指"勇敢、坚强和坦率等优良品质"。

在西方学界，男性气概所强调的这种内在品质也引起部分学者的重视。结合《世纪大词典》（《牛津英语词典》的美国版）1890 年对 manliness 的解释，贝德曼对 manliness 的语义展开了深入剖析：

> 根据该词典的定义，"有男性气概的"（"manly"）一词具有我们现在所说的道德维度："有男性气概的"一词集合了男人的高尚并且使其名副其实地拥有男子气概（manhood）的最高理念。"有男性气概的"被定义为"具有男人特有的品质；思想和行为具有独立性；坚强、勇敢、宽宏大量等"。该词与"受人尊敬的"和"高尚的"两词同义。"男性气概"（"manliness"）指的是"让一个男人配当男人的品格和行为"。换句话说，"男性气概"汇集了一个男人具有的备受维多利亚中产阶级称颂的所有值得尊敬和富有道德的品性。实际上，历史学家们也恰当地使用了"男性气概"这一术语来表示"维多利亚时期的男性气概理想"——比如性行为的自我克制、强大的意志力以及坚强的性格。（18）

可见，manliness 在英文世界中的语义与中文中的"男性气概"内涵是比较一致的，所强调的都是勇敢、坚强、自我克制等内在人格与意志品质，都含有一定的道德诉求，而且基本上都是褒义词，是男性获得他人尊重的美德。这一语义与曼斯菲尔德的著作《男性气概》对 manliness 的定义不谋而合。学者刘玮也很好地把握了这一界定，比较准确地把该作译成《男性气概》，并在"译后记"中这样解释道："英文里的 manliness 大概可以与中文里的'阳刚之气'、'大丈夫气魄'、'男子汉气概'对应，或者像这里译成的'男性气概'（选择这个译法是因为它更能表现与性别的关系，而且在某种意义上也更中性一点——可好可坏）。"（366）这一译法已经被许多学者接受，成为国内男性研究领域继"男性气质"之后的另一重要概念。可以说，把 manliness 翻译成"男性气概"还是比较确当的，不仅接通了中国文化中"男子气概"和"男子汉气概"等深入人心的话语形式，而且能够比较自然顺畅地融入到男性和性别研究领域。

从词源学上看，masculinity 是 19 世纪末期以来用来描述男性气概的概念，正如贝德曼所说的那样，"1890 年之后，masculine 和 masculinity 开始更为频繁地被使用"。（18）从某种意义上讲，masculinity 是 manliness 的现代版本，是现代人们心目中的男性气概，体现的是现代人对男性性别气质、性别角色和性别价值的理解和表征。

但由于 masculinity 的定义与评判标准比较宽泛，包含了很多诸如权力、财富、体貌和性能力等外在因素，甚至从根本上背离了传统男性气概的本质，因此国内学界很多时候用"男性气质"来与之对等，以显示其与传统男性气概的区别。

与"男性气概"比较对等的另一英文概念是 manhood。从字面意义上看，manhood 在权威词典中的一个英文解释是 "qualities traditionally associated with men, such as courage, strength, and sexual potency",（Pearsall, et al.: 1290）即"传统上与男人相关的诸如勇敢、坚强等品质和性能力"，也就是人们常说的"男子气概"或"男子汉气概"。从这一简短的释义中可以看出，与 manliness 一样，manhood 同样非常关注男性的内在素养，同样把勇敢与坚强等人格品质当作其思想内涵和判定标准，这一点与学术界对 manhood 的定义是基本一致的。因此，作为学术概念，manhood 同样可以翻译成"男性气概"。但从语体上看，由于 manhood 更为通俗化和口语化，是日常生活、文学作品和大众传媒中的惯用概念，因此在很多非学术语境中还可翻译成"男子气概"或更为通俗的"男子汉气概"。

另外，manhood 还可以看作是一种贯通历史、跨越时空的文化概念，有时可以看作是男性气概的总体称谓，是对男性的人格品质，甚至灵魂进行的整体想象和价值判断，关涉的是男性尊严、男性价值和男性身份。通俗来讲，有无男性气概意味着一个男人是否是真正的男人。虽然它的具体定义和评价标准要根据具体时代和社会而定，要么依照 19 世纪末之前的"男性气概"（manliness）标准，要么依照 19 世纪末以来的"男性气质"（masculinity）标准；但无论采用的是哪种定义和标准，manhood 最终指向的是男性有没有男性气概这一事实，这一点从基默尔对其专著《美国男子气概文化史》的命名中就可看出。实际上，他这本专著的主题词

manhood 就是这样的一个概念，在时间跨度上既包含了传统男性气概（manliness），又包含了 19 世纪末以来的现代男性气质（masculinity）。显然，他已经把男性气质也看作是传统男性气概的变体，是 19 世纪末以来人们心目中的男性气概。这也说明男性气概在男性特质表征方面是一个贯通古今的概念，具有深远的文化内涵。事实也的确如此。虽然"男性气质"这一时髦概念在学界流行了近一个世纪，但男性气概的文化之脉却从来没有中断过，而且依然是现实生活、大众传媒和文学作品中的主导话语形式，是男性品格、男性尊严和男性身份确证的关键。

男性气概在全球范围内存在的文化基础

随着现代男性气质问题的日益凸显，各种危机论、虚无论和终结论大行其道，传统男性气概也屡屡遭受冷遇，其所崇尚的诸多优良品质也逐渐被忽略或遗忘。对于这些悲观主义论调，一些有着相当历史、文化视野和人文立场的学者没有随声附和，而是以一种历史唯物主义的态度，对男性气概在全球范围内得以存在的文化基础进行了广泛、详实的考察，雄辩有力地证明了男性气概在人类生存和发展史中所起到的重要作用，展示了男性气概在人类社会中的顽强生命力。在这方面，文化人类学家吉尔默的《建构中的男子气概》作出了不可磨灭的贡献。

在对世界各地有关男性气概的人类学资料进行整理与分析之后，吉尔默发现世界各族人民，无论发达地区民族还是落后地区民族，无论白种人还是有色人种，除了塔希提岛（Tahiti）和马来西亚赛麦（Semai）等地的少数部落和民族对男性气概没有表现出多少痴迷外，绝大多数的民族无不"热衷于表现和展示他们的男性气概"。（123）在西太平洋特鲁克群岛（Truk Islands），为了拥有男子汉形象，那里的男人们不惜以生命的代价去冒险和迎接各种挑战：

> 如果他们一旦在这种挑战面前畏缩不前，他们就会被其他男性和女性耻笑，被认为是娘娘腔、孩子气。年轻男子在周末打架、吵闹、大量饮酒和追求性征服是常有的事。为了证明他们宝贵的男性气概，他们要对死亡表现出不屑一顾的神态。男孩子们在青少年阶段要接受割礼，在其过程中不能表现出任何的恐惧和痛苦。他们的男性气概观念包括英勇进取、坚毅、在危险面前大胆勇敢的行为以及在威胁面前永不退缩。（12—13）

另外，即便在一个把温和与合作看得高于一切的文化中，"男孩子们也必须通过技能和忍耐力的考核才能获得被称作男人的资格"。（15）在当代美国文学界，"男子气概是人们日常交谈中的神秘话题、一个圣杯，一种需要通过漫长而艰苦的考验才能获得的东西"。（19）在地中海地区，

> 多数男性都对男性气概形象表现出无比的忠诚，因为它是他们个人荣

誉和名望的一部分。这种形象不仅给其拥有者带来尊敬，而且还给他的家庭、家族或村落带来安全，因为这些有着同一集体身份的群体，会受益于该男子的声望并得到它的保护。(31)

在美国，虽然男性气概备受女权主义者质疑和诟病，但在通俗文化和现实生活中，男性气概从来就没有被忽略和轻视：

> 在美国，一种通过努力赢取的男子气概（manhood）所秉承的英雄形象一直被女权主义者和所谓的被解放了的男人自己所质疑。但几十年以来，男性气概的这种英雄形象在各种美国文化背景中得到广泛认可，从意大利裔美国黑帮文化到好莱坞的西部片、私家侦探故事、最近流行的兰博形象，再到孩子们玩耍的颇显男性气概的玩偶和游戏，可以说，男性气概的英雄形象已经在美国男性心中根深蒂固。正如人类学家罗伯特·莱文所说的那样，男性气概是一种文化组织原则，这些组织原则合在一起成为"我们的各种文化限定中的引导性神话"。(20)

看来，男性气概在美国通俗文化和现实生活中受重视的程度与其在学术界所受到的评价是有所不同的。这也提醒那些对男性气概持危机论或终结论观点的学者们，缺乏历史和现实观照的判断是有失偏颇的。从起源上看，男性气概是人类在迎接挑战、克服困难的过程中积累和沉淀下来的一种人格意志品质，一种直面危险甚至死亡的勇气和胆魄。由于男性在生理上的优势，很多时候，维护家庭、部族乃至社会存续的重任往往落在男性身上。面对种种危难与挑战，男人们就必须拿出点男性气概来，因为"战争需要它，狩猎需要它，女人渴望它。这就是桑比亚（Sambia）人的观点：拥有男性气概就是男性成年仪式最强劲的动力"。(150)

除了作为人类在艰难困苦的条件下生存下去所需要的一种胆魄和意志品质外，男性气概还是男性的一种内在道德约束。吉尔默认为，虽然女性在很多方面与男性没什么差别，她们也要作出一些自我牺牲，而且她们也需要学会自我控制和自律，但不同之处在于：

> 女性一般情况下总是要受到男性的控制。因为男人通常行使着政治或法律上的权威，因为他们更加高大和强壮，在传统道德不起作用的情况下，他们通常能够用武力或武力上的威胁强迫女性就范。然而男人，尤其在一个自由散漫的社会环境中，不总是生活在他人的统治之下，因而很难对其进行社会控制。也许正是由于这一差别的存在，社会才需要一种特殊的道德体系——真正的男性气概——来确保男性自愿地接受某些恰当的行为规范。也同样由于这个原因，男性气概意识形态在平等竞争的社会中更为显著。(221)

换句话说，"当正式的外在约束不在的时候，内化的道德规范就必须发挥作用，确保其职责的'履行'"，（222）这也是男性气概作为一种内在道德规范的价值所在。能够看出，吉尔默所作的这项跨文化、跨地域的人类学研究是有一定针对性的，是对当时学界对男性气概各种误解与诟病的回应，正如他本人所说的那样：

> 我在此发现的一个实际情况则是，男性气概意识形态总是把无私的慷慨——甚至到了一种自我牺牲的程度——作为一个评判标准。而且我们一再发现，"真正的"男子汉是那些给予多于索取的人，是那些为他人服务的人。真正的男子汉是慷慨的，即便错置了对象。（229）

总之，吉尔默以大量的事实雄辩地向我们证明了男性气概在全球范围内存在的文化与现实基础，明白无误地指出了男性气概的历史价值与现实意义："只要有仗要打，有战争要赢取，有高度需要跨越，有艰苦工作需要完成，我们中的一些人就必须'像男子汉那样行动'。"（231）可以说，即便在当今的市民社会，男性气概所秉承的精神品质在我们的日常生活中依然有着重要的现实意义，正如吉尔默所说的那样："我们这个复杂的、竞争性的世界需要我们具有男性气概道德规范固有的坚强自制力。"（230）这也是对诸种危机论、虚无论和终结论的有力回应，揭露了这些悲观主义论调的非历史性和非现实性，同时也侧面证明了男性气概研究的现实意义与学术价值。

男性气概的定义与文化内涵

在上述分析中，我们已经多少触及到了男性气概的一些基本思想内涵。在这一部分中，我们将以政治哲学家曼斯菲尔德的《男性气概》为蓝本，结合其他学者的观点以及中国文化对男性气概的经典论述，进一步对传统男性气概定义中的六项重要品质进行分析，深入探究这一关键词在概念属性、评判标准和价值取向等方面的学术定位。

首先，男性气概最突出的品质是勇气或勇敢，是一种控制恐惧的德性（virtue）。在《男性气概》中，曼斯菲尔德通过对男性气概的词源学考察，发现"在希腊文里，男性气概（andreia）这个词被用来指勇气或勇敢（courage），是与控制恐惧有关的一种德性"。（29）耐人寻味的是，德性这一概念在拉丁文词源中的核心内涵也恰恰是男性气概或勇敢。根据江畅的考察，在西方，德性（virtue）这个词的一个源头"来自拉丁文的 virtus。从词源的意义看，表示男子气或勇敢"。（23）可见"男性气概"、"勇敢"和"德性"在早期人类社会中几乎是三位一体的概念，相互之间有着密切关联。在亚里士多德那里，男性气概直接等同于勇敢，而勇敢则是"他在《伦理学》中讨论的第一种道德德性"。（曼斯菲尔德：283）麦金太尔（Alasdair MacIntyre）认为在古希腊英雄时代，"勇敢是主要美德之一，也许是最主要的美德"。（154）布劳迪（Leo Braudy）则发现罗马人同样重视勇气，非常看重战士们在"战场上的英勇表现，把它视作所有美德的象征，尽管它只不过是人类德行中的一种而已"。（18）

由于"德性是行为主体的一种内在品质，标识的是个体的道德人格和某种精神境界"，（李佑新：10）把男性气概定位为一种"德性"就等于从范畴学的角度向人们彰显了男性气概定义和评判标准的内在导向性（inner-directed），提醒我们要"更多地关注男性气概的内在人格与精神品质，关注人性的多元诉求，使男性气概成为一种解放的力量"。（隋红升，2014：83）同时，把男性气概与勇敢相提并论，也侧面揭示了人类之所以如此重视男性气概的主要原因。男性气概之所以在人类社会中如此备受重视，主要在于其对勇敢这一德性的强调。正如上文论及的那样，勇敢在古今中外任何民族和文化中都被看作是一种极为重要的人格品质。这是因为，"一个人要想有所作为，则不论是做学问还是干事业抑或求美德，其一生便注定充满艰难困苦伤害危险，如果没有勇敢精神，是绝不会成功的"。（王海明：1421）这也是为什么勇敢在古希腊被列入"四主德"、在中国被视为"三达德"之一的原因。

其次，男性气概也是一种坚定的意志力（willpower），即我们所说的刚毅或坚强。坚强这一德性也包含着一定的勇敢因素，要想做到坚强，往往也首先需要勇敢，比如"刚勇"一词实际上就已经把刚毅与勇敢两种品质结合起来了。但两者的差别也是比较明显的。勇敢强调的是胆魄，而刚毅或坚强则强调的是一种意志品质。曼斯菲尔德用"坚定主张"（assertiveness）表达了这种德性，明确地指出："男性气概是坚定不移的，它有坚定的立场、绝不屈服、绝不允许一个人被他所处的情境决定、绝不推崇适应性或灵活性。"（72）吉尔默甚至认为男性气概所蕴含的坚忍不拔的意志品质是男性气概之所以重要的原因，是男性承担其角色之所必需："男性气概狂热显然与男性角色所要求的坚忍不拔和自律的程度有关。"（220—221）强调男性气概的意志要素的还有斯宾诺莎，后者认为"坚毅这种德性是最接近男性气概的"。（转引自曼斯菲尔德：242）

在中国，孟子把男性气概定义为"富贵不能淫，贫贱不能移，威武不能屈"。（陈成国：90）在这一定义中，除了包含一定的勇敢因素外，也在很大程度上强调了坚强的意志力对男性气概的重要性。中国当代作家张炜认为"硬汉的力量不仅表现为外在的阳刚，还表现为内在的意志力，在内在自我完善欲念的主宰下，凭借强大的意志力战胜生命旅途中的一切障碍，这才是最值得钦佩的硬汉子性格"。（转引自张伯存：94）学者王澄霞用"刚毅雄强"来描述男性气概的这种意志品质，并把它看作是男性气概的首要特征："男性气概的特征首先是'刚毅雄强'，这主要着眼于其能力或力量。小到一个家庭的衣食温饱，大到一个民族的生死存亡，都需要男性挺身而出，坚毅不拔，万难不屈。"（113）刘翠湘则认为，"百折不挠、不言失败、不放弃、不抛弃是硬汉精神的重要内涵"。（111）

再次，男性气概还体现为一种自我控制（self-control）。这一点与男性气概的意志品质有一定的关联，因为要实现自我控制，就需要有强大的意志力。自我控制之所以在男性气概定义中占据重要位置，是因为这种品质是男性个体通过种种考验的保障，正如曼斯菲尔德所说的那样，"当自我控制很困难时（比如在危险情况下），具有男性气概的人依然保持着自我控制。他明白自己的职责，且绝不后退"。(27) 在维多利亚时期，"男性气概的口号是：'沉着冷静'和'自我控制"。(Summers：83)

第四，男性气概是一种自信。曼斯菲尔德把自信看作男性气概的重要魅力所在，认为"我们被具有男性气概的人吸引是因为他将自己的自信传染给每个人"。(29) 他认为我们之所以喜欢男性气概，是因为"具有男性气概的人拥有自信和指挥的能力。一个具有男性气概者的自信使他独立于他人。他不会总向别人寻求帮助、指导或建议"。(27) 为了确证自信是男性气概的典型特征，曼斯菲尔德还区分了男性自信与女性自信的差别：

> 男性气概就是在有风险情况下的自信。问题可能是实际的危险，也可能是你的权威受到了挑战。将这两者加到一起，你就有了某种可观的风险，比如一场战斗。具有男性气概的自信或者男性气概就意味着在那种情况下有能力负起责任或具有权威。女人也有自信，但是她们不会像有男性气概的男人那样寻求有风险的情况。(370)

基默尔则把男性个体内在的道德属性与自信联系了起来，认为"男性气概的内在体验是由道德高尚的自我向外散发出来的一种男性自信"。(82)

第五，男性气概是一种强烈的责任心。这一点从男性气概对应的一个英文词manhood本身就可看出。从年龄的角度看，manhood 与 boyhood 相对。一个有男性气概的男人，首要特点是不再有孩子气，其主要标志就是对责任的担当，正如曼斯菲尔德所说的那样："说一个男孩不能胜任男人的工作似乎主要因为他缺乏责任感。男孩只顾自己和其他男孩，很难将注意力集中在那些成人的、有男性气概的工作上"。(132—133) 更为重要的是，"具有男性气概或勇敢的人在危险情况下勇于承担责任"。(306) 基默尔也毫不含糊地指出："男性气概被人们用来界定一种内在的品质，一种独立自主的能力，一种责任感。"(81) 基默尔还通过对男人与男孩的比较，进一步强调了责任感对男性气概的重要性："一个男性在其成为男人的同时也就意味着他不再是个男孩。在过去人们的心目中，男人能够独立自主、自我控制和承担责任，而男孩则具有依赖性、缺乏责任感和自控能力。这种观念也曾经一度体现在语言中。'manhood'这一术语曾经与'adulthood'同义。"(14) 责任感之于男性气概的重要性从早期人们对英雄主义这一相关概念的界定中也能看得出。在美国早期的期刊中，"英雄主义被界定为一个男性的社会有用性、他为他人提供的服务以及他对各种责任的认识"。(15) 王澄霞也极为重视男性气概中的责任感，认为男性气概的第二个特征就是"高度的责任感",即"能够自觉地担当起维持个人、家庭、家族、民族、国家的生存和发展"。(113)毋庸置疑,男性气概品质中的责任感是男性气概的道德基石,也是让男性气概备受重视的一个重要原因。

第六,男性气概也是一种荣誉感以及对荣誉的捍卫。自古以来,男性气概与人格尊严和荣誉(honor)一直密不可分。根据骑士传统,"荣誉是与个体的声望、立场与人格尊严联系在一起的。但荣誉的概念也包含了男性气概(manliness)理想——被人称为懦夫是最不能忍受的侮辱。伯克(Edmund Burke)是唯一一个把骑士精神与男性气概、意味深长的英雄主义与博大的情怀联系在一起的作者"。(Mosse:18)荣誉需要捍卫,需要主张和宣扬,因而需要男性气概,用曼斯菲尔德的话说:"荣誉必须要被主张和宣称出来,因为自然不会给予每个人应得的荣誉。"在他看来,"具有男性气概的人真正想要保卫的乃是他们的荣誉"。另外,荣誉感也是男性气概的一个动力源:"荣誉是保护你个人、家庭和财产的声明,而信念体现在它们之中。男性气概特有的保护性就来源于这种荣誉感。"(95)荣誉也不仅仅是个人的问题,而是涉及全人类:"男性气概为个人寻求荣誉,同时也就是为全人类寻求荣誉。"(157)然而,如果缺乏正义、道德与良知的正确引导,追求荣誉的行为也容易沦落为一种赤裸裸的暴力,正如布劳迪所说的那样:"追求荣誉以及荣誉和家族、部落、国家之间的关系为一切赤裸裸的暴力行为提供了永远正当的理由。"(61)

作为文化建构的产物,男性气概的定义和评判标准还会因时代、民族和文化的不同而有所变化,但勇敢、坚定的意志力、自我控制、自信、责任心和荣誉感等六项人格与精神品质在整个男性气概思想体系中具有相当的代表性和典型性,并且在古今中外各种文化形态中也具有某种恒定性。另外,任何一种德性都应该有区别于其他德性的标志性特征,这些特性就是它的独特价值所在,对某项德性内涵或外延的任意延伸或对之添加过多的功能或要求,只能导致其主体价值的丧失,甚至蜕变或异化。从某种意义上讲,20世纪以来的男性气质危机就是因为其定义而过度泛化。可以说,作为一种德性或美德,男性气概的主要特征就是以勇敢与坚强为核心的人格与意志品质,是行为主体在充满艰难险阻的条件下实现其良知良能和善行善举的精神力量。我们弘扬这些人格与意志品质的同时,还要注意对之进行必要的约束和引导,否则"独立、勇敢、理性、力量等积极、健康的品德也容易变成孤独、鲁莽、冷漠、武力等负面缺陷"。(刘岩:111)

男性气概的文学书写传统与诗学特性

纵观古今中外的诸多文学作品,"男性气概"是一个重要的文学主题,有着悠久的书写传统,其定义与社会学中的"男性气质"概念有着很大差别。同时,这一主题在书写过程中也在一定程度上推动了情节发展,给作品带来叙事张力,有着重要的审美价值。

　　一方面，"男性气概"是作家们在谈及与男性相关话题时的惯用概念。小说家米勒（Norman Mailer）在探究男性气概的建构性时这样说道："没人生来就是男子汉，你要想赢得男性气概（manhood），你就得足够优秀，足够勇敢。"（qtd. in Gilmore：19）可见，米勒不仅选用了"男性气概"这一概念，更是把"勇敢"定位为其心目中男性气概的基调，这一点也与男性气概的传统定义不谋而合。诗人克里格尔（Leonard Kriegel）则认为："在每个时代，不只在我们时代，男性气概（manhood）都只能赢取"。（qtd. in Gilmore：19）散文家爱默生（Ralph Waldo Emerson）非常关注男性气概的灵魂特质，"把心灵上的自主权看作是最本质的男性气概美德（manly virtue）"。（qtd. in Kimmel：20）可以看出，在男性气概的定义和价值取向方面，作家们秉承的是传统男性气概的评判标准，看重男性气概的内在品质。

　　另一方面，"男性气概"也经常直接出现在文学作品之中，是对作品中男性人物形象人格品质进行描述和评价的主要概念。学者们在对现当代中国文学的研究中发现，"在有关男女关系的通俗读物中，'男子汉气概'和它的关联词'男子汉'被反复提及"。（Gilmore：172）在英文小说中，manly、manliness和manhood同样是出现频率很高的概念。在赖特（Richard Wright）的《土生子》（*Native Son*，1940）中，别格的母亲就曾对他有过这样的呵斥："哪怕你骨子里有一丁点儿男子气概（manhood），我们也不必住在这样的鬼地方。"（8）显然，这里的"manhood"一方面包含着志气、上进心、责任感等人格与道德品质，另一方面还关涉男性的尊严、价值与身份。别格的母亲痛斥别格没有男子气概，实际上等于说他不是真正的男人。在基伦斯（John Oliver Killens）的长篇巨著《随后我们听到了雷声》（*And Then We Heard the Thunder*，1962）中，男主人公桑德斯（Solomon Sanders）的女友布兰顿（Fannie Mae Branton）更看重他身上具有的男性气概，这也是她深爱桑德斯的原因："我爱你不是因为你外表长得英俊，而是因为你很看重自己的人格尊严与男性气概。男性气概比金钱和职位的晋升更重要。请一定记住，永远不要牺牲你的男性气概。"（180）这也是对男性气概定义和内涵的经典文学阐释，同时也间接地区分了男性气概与男性气质。英俊的外表、金钱和职位显然属于现代男性气质范畴，而人格尊严才属于男性气概范畴。在该作中，这种男性气概显然是主人公桑德斯勇气、胆魄和力量的一大源泉，让他在优柔寡断和顾虑重重时变得勇敢、决断和坚定。相比之下，他的妻子所看重的则是他的男性气质：他的英俊的外表、在军营中高出其他黑人的地位、将来升迁的可能性、强大的性能力等。这些显然都是现代男性气质的定义和评判标准。这不但没有给他带来抵抗军队中种族歧视的勇气，反而让他在白人面前唯唯诺诺、委曲求全，并且经常处于进退两难的境地。

　　可见，无论在作家心目中，还是在文学作品中，"男性气概"都是用来描述男性特质的一个重要概念，其概念属性、定义、价值取向和评判标准与"男性气质"

也有着相当的差别。因此在批评实践过程中，我们要根据具体语境选择适当的概念。一般而言，如果作品中的人物把权力、财富、体貌、性能力，甚至施暴能力等因素看作其男性价值和身份的评判标准，我们有理由认定他们遵从的是男性气质规范，并非真正的男性气概，充其量只能是男性气概的流俗或刻板印象（stereotype）。这些男性气概流俗或男性气质规范往往对作品中人物形象有着巨大的影响力，左右着他们的思想和行为，给他们带来无尽的困惑、压力和焦虑，甚至让他们的人性产生异化，做出种种道德失范之事。在这种情况下，对现代男性气质种种错误导向的反思以及对新时代男性气概理想的追寻，已经成为很多现当代文学作品的一大叙事特色。然而遗憾的是，由于受先入为主的社会学男性研究范式的影响，很多学者在对现代男性气质的反思过程中，没有充分参照和借鉴漫长人类历史在男性气概方面积淀下来的丰厚思想资源，因而在超越男性气质危机、重构当下男性气概理想方面没有太多的建树。从某种意义上讲，康奈尔等社会学家在男性气质研究方面秉承的是一种"性别相对论"的思维模式，认为"男性气质这个概念也是与其他概念存在天然关联的。如果没有'女性气质'相对照，它也就不会存在"。（康奈尔：92）而且他过于看重权力关系研究范式，注重考量男性气质与权力之间的互动关系，认为"男性气质政治的中心议题就是权力——男人通过性别关系控制社会资源的能力——以及权力造就的社会存在"。（287）不可否认，这种研究范式有利于我们洞悉文学作品中权力在性别问题中扮演的角色，有利于我们反思现代男性气质的种种弊端，但也存在僵化与片面等缺陷。康奈尔本人的"文学批评实践"也多少印证了这一点。

根据康奈尔的分析，美国早期作家库珀（James Fenimore Cooper）的小说"表现了对沉默寡言的男性英雄主义的自觉崇拜"，（272）《红色英勇勋章》（*The Red Badge of Courage*，1895）表达了"对勇敢者的称颂"，《西线无战事》（*All Quiet on the Western Front*，1929）表达了"对懦夫的痛斥"，而且认为这两部战争小说"都在宣扬支配性男性气质"。（297）这些论断可以看作是康奈尔本人对其男性气质理论进行"文学批评实践"的结果，有着明显的简单化和模式化倾向。单就《红色英勇勋章》这部小说而言，主人公弗莱明（Henry Fleming）所形构的男性气概主要是一种勇气，或者是本文前面所说的那种"控制恐惧的德性"，与康奈尔所说的那种"支配性男性气质"有着本质的区别。正如该作结尾处描述的那样："他拥有了一种沉静的、不事声张的男子气概（manhood），坚定而自信。他知道自己不会再临阵逃脱。指挥员指向哪里，他就会冲向哪里。他已经与死亡擦肩而过，而且发现死亡也不过如此；而他，现在已经是真正的男子汉了。"（Crane：117—118）可见，这种男性气概更多的是一种内在的人格与意志品质，是一种控制恐惧的德性，并非为了实现对他者的支配和统治，因而与所谓的"支配性男性气质"是大相异趣的。

实际上，文学作品在男性书写过程中表现出来的丰富性和复杂性，是以"科学"自诩的诸多学科难以比拟的。正如曼斯菲尔德所说的那样："科学的成果有益于肉体，而文学滋养灵魂。文学承担起那些被科学抛开和忽视的大问题，因此在男性气概的问题上，文学比科学有更多的话要说。"（76）曼斯菲尔德这里所说的"科学"除了自然科学外，还影射了社会学等学科。对于男性气概而言，文学所承担的"被科学抛开和忽视的大问题"其实主要是指这一概念作为一种德性所蕴含的人格、意志品质、道德与审美等方面的因素，而这些因素恰恰是社会学等领域忽略或难以涉足的。这也要求我们在文学批评实践过程中，要有一定的学科意识，明晓文学在"男性气概"书写和研究方面具有的学科优势和肩负的学科使命。

另外，作为一个诗学概念，男性气概还承载着相当的叙事功能，具有相当的美学价值。这也要求我们在具体文学批评实践中，除了关注文学作品在男性气概的定义、价值取向和评判标准等方面表现出来的态度和立场外，还要关注男性气概在文学作品中的审美特性。一方面，在很多文学作品中，人物形象对男性气概的认知、建构与实践过程本身就构成一条叙事线索；另一方面，作品中人物形象与其所处社会中的男性气概规范的互动往往也让作品充满矛盾与冲突，给作品带来叙事张力。在《孤独的征战》（*Lonely Crusade*，1947）中，由于缺乏对男性气概的正确认知以及对美国现代男性气质规范的盲目认同与遵从，主人公戈登（Lee Gordon）"不能与妻子平等、和谐地相处，无法和她齐心协力、共同经营他们的婚姻生活，而是把妻子当成自己竞争、征服和统治的对象。这不仅给他的婚姻带来危机，也让他的事业与人生陷入困境，让他始终生活在恐惧、空虚和孤独之中"。（隋红升，2013：133）在这部男性气概书写的典型之作中，从对美国男性气质的盲目认同与遵从到对它的反思，再到对真正男性气概的认知、建构与实践，贯穿了该作的整个叙事过程，推动了作品故事情节的发展，有效地增强了作品的思想性与艺术性。而在耶比（Frank Yerby）的小说《达荷美人》（*The Danomean*，1971）中，主人公纳瑟努（Nyasanu）则"在认知、建构与实践其男性气概过程中秉承了一种'真实性'原则，坚持了对自我、良知与真情实感的恪守与对性别流俗观念的抗拒"。（隋红升，2014：83）这也让他成为一个勇敢坚强、敢作敢当但同时又不乏悲悯之心与人道主义精神的理想男性形象。在他践行这种"真实的"（authentic）男性气概过程中，他的思想和行为经常与那些对男性气概流俗或刻板印象盲目认同与遵从的人发生矛盾和冲突，这也让小说故事情节起伏跌宕，充满艺术感染力。

结　语

经过以上论述，我们大体上弄清楚了男性气概作为一个学术概念的由来、它在全球范围内得以广泛存在的文化基础、它作为一种德性或美德的六项重要品质以及它的文学书写传统和诗学特性。可以看出，传统男性气概的定义和评判标准是内在导向性的，更多地强调勇敢、坚强、自我控制、自信心、责任性和荣誉感等内在人格意志品质。但同时我们也必须清楚，从伦理学的角度上讲，男性气概这种德性是一种道德规则，因而要"从属于、支配于和决定于善恶原则、仁爱原则、公平原则等一切道德原则"。（王海明：1389）也就是说，男性气概本身也要接受"善恶"、"仁爱"、"公平"等更高层次道德原则的约束，当它与其他德性或道德规则发生冲突时，要服从善恶、人道、仁爱与公正等更高道德原则的指导。否则，男性气概在很多情况下有可能会蜕变为一种"恶德"，成为横行霸道、强取豪夺、仗势欺人等行为的驱动力。在这方面，中国先哲们早有警示。周敦颐用"刚"字来指代男性气概，并把男性气概分为"刚善"和"刚恶"。其中，"刚善为义，为直，为断，为严毅，为干固；恶为猛，为隘，为强梁"。（34）刚直、果断、严毅、干练、坚持等男性气概品质之所以被看作是正面积极的，是因为这些品质本身包含着相当的道德意蕴，有利于善行善举的实现；而凶暴、狭隘、强横等品质之所以是负面消极的，是因为这些品质放逐了道德诉求，成为恶行恶举的帮凶。可见，男性气概本身不应当被看作是最终目的，男性气概的价值也不完全取决于其自身，而是要看其所推动和促成的主体行为的性质。在这方面，西方人在极力称颂勇敢与坚强等人格与意志品质，甚至把它们当作最重要的德性或美德的同时，对这些品质可能出现的扭曲和蜕变则缺乏足够的防范意识，这一点是需要我们引以为戒的。作为一个诗学概念，男性气概不仅是很多文学作品中的一个重要主题，有着悠久的书写传统，而且还承载着相当的叙事功能，具有相当的美学价值，是一个我们洞悉诸多文学现象背后的社会与文化动因、破解人物心理困境和思想误区的有效批评视角或方法。

参考文献

1. Bederman, Gail. *Manliness and Civilization: A Cultural History of Gender and Race in the United States, 1880—1917*. Chicago: U of Chicago P, 1995.

2. Crane, Stephen. *The Red Badge of Courage*. Ware: Wordsworth Editions, 1994.

3. Gilmore, David D. *Manhood in the Making: Cultural Concepts of Masculinity*. New Haven: Yale UP, 1990.

4. Killens, John Oliver. *And Then We Heard the Thunder*. New York: Knopf, 1963.

5. Kimmel, Michael. *Manhood in America: A Cultural History*. New York: Oxford UP, 2006.

6. Mosse, George L. *The Image of Man: The Creation of Modern Masculinity*. New York: Oxford UP, 1996.

7. Pearsall, Judy, et al., eds. *The New Oxford English-Chinese Dictionary*. Shanghai: SFLEP, 2007.

8. Summers, Martin. *Manliness and Its Discontents: The Black Middle Class and the Transformation of Masculinity, 1900—1930*. Chapel Hill: U of North Carolina P, 2004.

9. Williams, Andrew P., ed. *The Image of Manhood in Early Modern Literature: Viewing the Male*. Westport: Greenwood, 1999.

10. Wright, Richard. *Native Son*. New York: Harper, 2005.

11. **布劳迪：《从骑士精神到恐怖主义——战争和男性气质的变迁》，杨述伊等译，东方出版社，2007。**

12. 陈戍国点校：《四书五经》，岳麓书社，2002。

13. 江畅：《德性论》，人民出版社，2011。

14. 康奈尔：《男性气质》，柳莉等译，社会科学文献出版社，2003。

15. 李佑新：《走出现代性道德困境》，人民出版社，2006。

16. 刘翠湘：《惠特曼诗歌中的男性气质》，载《吉首大学学报（社会科学版）》2009年第2期。

17. 刘岩：《男性气质》，载《外国文学》2014年第4期。

18. 陆谷孙主编：《英汉大词典》第2版，上海译文出版社，2007。

19. 麦金太尔：《追寻美德：道德理论研究》，宋继杰译，译林出版社，2003。

20. 曼斯菲尔德：《男性气概》，刘玮译，译林出版社，2009。

21. 隋红升：《认同与危机：海姆斯〈孤独的征战〉中的男性气概探究》，载《外国文学》2013年第6期。

22. 隋红升：《自我的恪守与流俗的抗拒——论〈达荷美人〉中男性气概的真实性原则》，载《山东外语教学》2014年第4期。

23. 王澄霞：《女性主义与"男性气概"》，载《读书》2012年第12期。

24. 王海明：《新伦理学》，商务印书馆，2008。

25. 张伯存：《1980年代"男子汉"文学及其话语的文化分析》，载《上海师范大学学报（哲学社会科学版）》2009年第1期。

26. 周敦颐：《周子通书》，上海古籍出版社，2000。

男性气质 刘 岩

略 说

"男性气质"（Masculinity），亦称"男性特质"、"男性气概"、"男人味"，其研究可以追溯到 20 世纪初期出现的性别角色理论（sex role theory），在 20 世纪中叶女性主义第二次浪潮的冲击下形成"男性女性主义"（male feminism）的致思方式，并在消费主义背景之下发展成为具有示范效应的关于男人之所以为男人的一系列特质的描述。"男性气质"的概念主要可以从生理学、心理学、政治学和人类学 / 社会学等四个方面加以阐发，但也渗透到教育学、历史学、哲学、传播学和文学文化研究等领域。

这一概念同男性研究的其他术语一起，被学者用来解释、描述和研究男性的自然 / 社会属性、男性的生活经历、男性的行为方式、男性面临的问题、社会 / 文化对于男性的表征、男性与女性的关系以及男性与父权体制的关系等，其学理意义主要在于：其一，在社会实践上，它较为有效地解释了男性的生存境遇和两性关系的现实，致力于构筑性别平等和社会正义的理想。其二，在分析范畴上，它改变了先前大量中性的或具有普遍适用性的理论话语模式，参与了后结构主义知识谱系对于传统认知方式的修正。其三，在批评视角上，它增加了文学和文化批评的性别维度，有助于人们理解文学作品和文化产品对于男性、女性和两性关系的再现方式，从而洞悉人的本质存在。"男性气质"这一术语拥有的上述意义使之成为性别研究领域的核心关键词之一。

综 述

人们对于性别的探索源于对自身存在本质的终极追问。从柏拉图和苏格拉底对于身体的肉体性存在的关注，到笛卡尔崇尚的"我思故我在"的理性之光，从尼采推崇的生命意志价值，到福柯观察到的身体接受的各种规训和惩戒，人类对于自身存在的认识不断改变、修正和发展。性别，人类的最本质属性，也持续被研究和阐释，其中最为重要的成果是"社会性别"（gender，亦称"性属"）概念的提出以及"生理性别"（sex）和"社会性别"这两个概念的分离。虽然人们普遍认同生理性别仅指人在生理上的性别分类，社会性别呈现的是社会和文化意义上的性别身份属性，但这二者之间的关系极为复杂。

巴特勒（Judith Butler）曾指出："我们不应该把社会性别只看作是文化在一个先在的生理性别上所铭刻的意义……社会性别也必定指向使生理性别本身能够建立的那个生产机制。"（10）鲁宾（Gayle Rubin）则把生理的性别转化为人类行为产物的一整套约定的机制，称作性/性别制度（sex/gender system），主张必须采取政治行动才能改变性别不平等的模式。（533；551）由此看来，生理性别和社会性别之间并非简单的对应关系，社会性别并不是附着在生理性别之上的一整套价值和观念，而是拥有生理性别的个体"在具体的历史时段中，在某种社会文化支配性观念的作用下，在社会和文学两类文本中被建构而成的"。（王晓路等：253）性别概念的内涵，包括描述男性和女性生理、心理、行为等的所有术语的内涵，都是在某一特定的历史条件下出现的，也因此必须回到历史情境加以还原，才能明晰其概念的核心要素和理论指向。不仅如此，男性气质和女性气质本身也并不是仅仅同生理性别相关的同质化特征，而是呈现出人类在同自然、社会、文化的多方位互动中不断形成、不断被塑造的动态流变。

男性气质内涵的历史沿革

前文已经谈到，性别身份具有文化建构的特质，性别的社会属性依时间和空间的不同而有所差异，人们对于性别的自然和社会属性的认识也随着时间和空间的不同而发生变化。戈夫曼（Erving Goffman）认为："在美国只有一种完全的、不必脸红的男性：他年轻、已婚，是白人、城里人、北方人，有一个受过大学教育的、异性恋的新教徒父亲，满负荷地工作，有好肤色，标准体重和身高，并在体育运动中保持着最近的良好记录。"（128）但是，这样一个理想美国男性的形象却未非一直存在于历史的其他阶段或世界的其他地区。实际上，男性气质的内涵"既不能跨越历史永恒不变，也不具有文化普遍性；相反，男性气质随文化的不同而变化，在某一文化内部也会随时间的流动而演变"。（Kimmel and Messner：xv）

在社会学家康奈尔（Raewyn Connell）看来，男性气质的形成同西方资本主义的现代性秩序紧密相关，在 15 至 18 世纪，尤其深刻地受到以下四种发展进程的影响：其一是文化的变迁，其二是跨洋帝国的建立，其三是作为商业资本主义中心的城市的发展，其四是大规模的欧洲内战。（1995：186—191）康奈尔分析说，文艺复兴和新教改革提倡个性的表达和自我的主体张扬，男性气质由此同理性、启蒙、行动、文明联系在一起，并确立了男权体制的合法性；资本主义在跨洋领域建立殖民帝国的过程中，从军、冒险、征服、暴力、贸易等同力量和权力相联系的活动自然增加，并凸显了男性气质的内涵；工业革命和城市化的进程明确了性别化的劳动分工，强化了理性、勤奋、独立等精神，从而将男性气质制度化；大规模的内战之后建立的中央政权更进一步巩固了男性气质的制度化成果，树立了以权威、荣誉、约束、控制等为主要特征的世袭式、贵族化的男性气质内涵。康奈尔在逐一分析上述发展进程对于男性气质施加的影响之后，阐述了19世纪之后男性气质发生演变的动因，主要在于：其一，女性对性别秩序的挑战；其二，工业资本主义中不断积聚的性别分化；其三，帝国权力关系的变化。（191—199）女性对于传统性别秩序的挑战有目共睹，女权运动在全球的发展不仅使大多数女性赢得了政治、经济上的独立，更在制度层面向男权体制发起了冲击，促使男性反思自己的生存现实；工业资本主义的发展改变了传统的性别劳动分工，知识经济更瓦解了固有的劳动力分工方式，女性进入男性的工作领域，先前同社会角色紧密相关的男性气质出现分化；帝国模式造成劳动力的全球迁徙，西方的性别意识同本土文化不断碰撞，促使男性气质呈现多元化发展。

　　文化批评学者巴克（Chris Barker）也认同男性气质的动态变化，认为传统的男性气质所推崇的诸如力量、权力、坚韧、行动、控制、独立、自足、男性情谊、工作等价值在第二次世界大战后的美国遭到失业、越南战争、朝鲜战争、女权主义等的冲击，美国男性的安全感和自信心受到严重挫败。随后盛行的消费主义崇尚"装饰文化"（ornamental culture），在此文化影响之下，男性气质逐渐趋向于展示个人的魅力，颂扬个人名誉、公众形象和大众娱乐精神。（301—305）但不管怎样变化，当代男性气质的核心隐喻仍然是理性、控制和距离，因为这些品质同社会进步和人类发展相联系。康奈尔也注意到商业文化对于男性气质的影响，她把公共媒体塑造的男性特质称作"示范性男性气质"（exemplary masculinities），着重分析美国好莱坞电影如何借助暴力、武器、战争等场面呈现英雄形象，并主张影视业和色情杂志使凸显暴力和性行为的男性气质演变为集体行为。（1995：212—216）

　　上述学者对男性气质在历史中的变迁所作的分析观照了人的个体生存同社会、经济和文化之间的互动关系，把经济模式和社会形态的变化归因于人类的活动，又反过来影响和改变了人类的生存样态。用这样的动态历史观审视男性气质，可以厘清男性气质的核心内涵在不同历史时期呈现出的相似或迥异的特质，不再把人仅仅视为生物意义上的存在，而从整体上分析了生理性别的人如何拥有了不同的社会属性、其复杂的外部条件及其同个体／群体之间的相互作用，这使得男性气质的概念变成同某一具体的历史情境相联系的命名方式，用来描述性别的差异性存在，并赋予人类活动以合理的价值判断。

多学科视界下的男性气质研究

　　同男性气质的动态变化相似，人们对于男性气质的认识和研究也经历了不同阶段的变化，并随着新兴学科的出现而不断拓宽研究的视角。男性研究目前已经发展成为一个多学科、跨学科的研究领域，以与男人、男性气质、社会性别以及同男性经验密切相关的政治、权利／权力、力量、暴力、体育、权威、父权体制等为研究内容，关注父权体制内男性的生存体验、特权与特权的丧失、性别权利、性别角色和性别关系，尤其是社会、历史、文化对于男性身份的塑造作用。对于男性气质的研究主要见于以下几个领域：

第一，生理学研究。生理学对男性气质的研究较早，但一直持续至今，其学理依据主要是认定人的生理差别和生理特质是影响性别差异和人类行为的根本原因。该领域的学者主张男人和女人的生理差异（激素水平、卵子和精子的特性、生理周期、生育能力、肌肉和骨骼的特征、大脑功能的区分等）导致他们在行为上的差异，也因此决定了劳动分工，"如果男人不工作，其对于社区的贡献非常之小，甚至有可能瓦解社会结构；但是，如果女人不工作，其贡献往往大于外出工作。女人不工作将会激发男人的工作激情，从而让女人更好地当个母亲，母亲这一角色更为重要"。（Gilder：40）

第二，心理学研究。心理学对男性气质的研究影响深远，其学理依据是性别心理决定人类行为。早期的心理学家通过测量实验衡量不同性别的人拥有的智力水平和心理模式；（Terman and Miles：1—2）弗洛伊德的精神分析学说则考察不同性别的孩子在成长过程中同双亲的关系，反思他们如何压抑潜在的另一性别气质，对父母亲的情感认同如何影响后来性爱对象的选择。（96—103）尤为重要的是，男孩成长过程中超越俄狄浦斯阶段转而认同父亲，这被理解为男性气质中理性、独立、自治等特质的来源。荣格发展了弗洛伊德的双性潜质学说，提出了阿尼玛（anima）和阿尼姆斯（animus）的概念，用来分别描述男人拥有的潜在女性气质和女人拥有的潜在男性气质，他对于集体无意识的关注生发出人格面具（persona）、阴影（shadow）、个性化过程（individuation）等一系列相关概念，用以阐释性别气质的发展原型。（58—82）当代心理学家对于男性气质的研究也卓有成效：普莱克（Joseph Pleck）曾批评早期的心理测试方法对于男性气质和女性气质的量化测量，提出以"性别角色焦虑"（sex-role strain）的范式来解释无法实现社会性别的规范而产生的不良心理后果；（133—154）乔德罗（Nancy Chodorow）发展了弗洛伊德的相关论述，指出男孩面临的来自女性气质的威胁更为严峻，他们需要不断刻意遵守社会和文化对于男性行为的规范，把力量和尊严视为男性气质的核心特质。（35—37）

第三，政治学研究。对于男性气质所作的政治学研究集中出现在20世纪七八十年代的男性解放运动和男性权利运动期间，这是在女性主义第二次浪潮的影响下兴起的一系列政治运动，旨在反思父权体制下男性的生存境遇以及两性关系。隶属于全国男性反对性别歧视组织（NOMAS）下的男性研究任务小组（MSTG）是男性运动的主要组织者，一些男性组织了同女性相类似的提高觉悟小组（consciousness-raising group），通过分享生活经历寻求从父权价值和社会角色中的解脱。（Farrell：19—28；Lichterman：185—208；Pease：40—55）男性组织的各种活动与同时期女性主义的政治活动密切相关，男性研究学者对于男性气质的研究成果可以依据他们对待女权运动和女性主义主张的态度而划分为以下三种：其一，亲女性主义（profeminist）。大多数亲女性主义的男性同情女性主义的根本主张，认为男性受到父权文化对于表达情感的禁忌，受到对于男性社会角色的规范限制，困窘于男性气质中的暴力和摧毁元素，为维护父权体制不得不违背自己的天性过着不健康的生活。其二，反女性主义（antifeminist）。反女性主义的男性学者指责女权运动增加了男性的生活压力，认为男性是性别压迫的受害者，在离婚、子女监护和流产等涉及两性关系的法律规定中居弱势地位。其三，男权主义（masculinist）。男权主义者强调两性的根本差异，提倡恢复男性气质的传统理想和加强男性纽带来避免走向女性化的文化。他们注意到女权运动带来的负面影响，因此反对女性过多参与公共事务，同时他们也观察到由于父亲长期在外工作而导致男孩男性气质的培养缺乏足够的男性榜样作引导。（Kimmel：57—68）

第四，人类学／社会学研究。人类学和社会学对于男性气质的研究把人置于社会环境中，着力考察劳动分工、人际关系、社会结构、居住方式、组织行为等对性别身份和性别气质的影响，其中最为突出的是澳大利亚社会学家康奈尔的研究成果。康奈尔主张："性别是规定社会实践秩序的方式。"（1995：71）只有在一定的性别关系之中，才可能确定男性气质的内涵，她因此描述了西方性别秩序中四种主要的男性气质：支配性——拥有政治权力、商业财富、军事力量的男性，维护男权体制的合法存在和正常运作；从属性——包括男同性恋在内的处于性别等级结构底层的男性；共谋性——包括从父权体制中获利但又规避了体制风险的大多数男性；边缘性——包括大多数少数族裔男性在内的处于权力边缘的男性。（76—81）康奈尔并不认为这四种男性气质是固定不变的类型，而主张在不同的性别关系和性别实践中，男性气质会呈现不同的类型。她继而把性别身份置于不同的社会结构——权力关系、生产关系、情感关系和象征关系——中加以考察，凸显性别属性的社会性、实践性和关系性特征。（2002：55—68）

在我国，男性研究和男性气质研究主要在社会学和教育学领域展开。在社会学研究领域，方刚关注到男性气质的多元构成，在其著作《第三性男人——男人处境及其解放》中充分讨论了阴柔的男人、爱美的男人等非典型性的男性气质，并对男权文化对于男性的约束多有洞察。他甚至提出了"男性解放主义者宣言"，呼吁人们"抛弃固有的所有关于男人的教条，特别是那些男人必须是强者的信条"，（2004：43）以实现真正意义上的两性解放。在教育学领域，孙云晓等的著作《拯救男孩》透过大量数据呈现出中国男孩面临的学业危机、体质危机、心理危机和社会危机，分析了这些危机的成因，并提出了造就新时代男子汉的具体方法和路径。这一研究虽然落脚点是男孩的教育问题，但融合了社会学、心理学、传媒学等多个学科的研究方法。雷金庆所著的《男性特质论：中国的社会与性别》则追溯了中国男性气质的"文"、"武"两个类型渊源，试图在知识分子和劳动英雄等当代现实人物类型中探寻这两种主要男性气质的流变，并在当代电影中审视了中国男性气质传统呈现出的杂糅特征。

对于男性气质所作的多学科、跨学科研究增进了人们对于男性气质的认识，在这方面，还应该把握以下几点：第一，无论如何定义和描述男性气质，总是要相对于女性气质来进行，二者相对存在，并在社会实践中体现在两性的活动、充当的角色以及相互关系之中。这并非意味着男性气质和女性气质是相对立的两组特质，也不意味着二者是不同生理性别的人拥有的本质属性，相反，性别特质是在相互关系中确立的，是在社会和文化的共同作用之下形成的，并在社会实践中加以表征化。第二，男性气质不是男性拥有的同质化特质，在父权体制中占据核心领导地位的仅仅是一小部分具有支配性男性气质的男性，他们"通过宣称体现了理性的力量并因此代表了整个社会的利益而建立起自己的霸权"，（Connell，1995：164）并获得了与荣誉、威望和权力有关的东西，甚至还获得了物质性的好处。（82）了解男性气质的多元化组成有助于人们清楚认识男性拥有的不同社会属性，修正女性主义对男性和父权体制所作的以偏概全的盲目批判。第三，男性气质的内涵势必同男性的生理特征相关，同男性身体的某些特性相联系，简言之，身体对于男性气质的构建不可或缺，但这并非意味着身为男性必然会拥有某些普遍的男性气质，也不意味着男性气质在男性身体出现残疾或创伤时会发生突然改变，甚至彻底消失。第四，附加在男性气质上的文化特性有赖于价值阐释，独立、勇敢、理性、力量等积极、健康的品德也容易变成孤独、鲁莽、冷漠、武力等负面缺陷；此外，由于男性努力实现社会对于男性气质的规范化期待，在面对激烈竞争、职场压力和生活挫折时更容易酗酒、吸毒、赌博、焦虑、抑郁、自杀，也容易借助暴力实施犯罪，这是男性气质的复杂性和脆弱性所在。

男同性恋气质研究

虽然男性气质的内涵在不同历史时期呈现的特质有所差异，但自始至终处于男性气质核心的一个特征就是异性情欲。人们对于男性气质和女性气质的认识在相当长的时间里一直是二元对立的：

> 性与性别的混同，使得男性和女性等同于男性气概与女性气质，这进而"自然化"了社会里既定性别差异的标准特质（男人身体较强壮，因此与劳动、运动和肉搏战斗的世界有关，在公共领域里较为活跃；女人身体较虚弱，所以比较消极，她们的领域是家，她们的身体决定了身为母亲和

男性欲望对象的角色）。这种双元论不仅巩固了男人对女人的权威，还延续了男性异性恋规范作为自然性欲认同的模型。（布鲁克：167）

在这样一个二元对立的认知模式中，没有男同性恋的位置。应该说，男性气质在很大程度上是排斥同性恋的，因为男同性恋的行为否定异性关系中男人相对于女人拥有的强势特质，从而对父权文化和父权体制构成根本性的威胁。同性恋男性被康奈尔归为从属性男性气质类型，其受压迫程度甚至超过女性所受的偏见，他们处于性别等级的最底层，其气质类型常常被等同于女性。（1995：78—79）

男同性恋运动是男性解放运动的组成部分，源于 1969 年 6 月发生在纽约格林威治村石墙酒馆的同性恋人群和支持同性恋的人士与警察之间爆发的系列冲突，在70 年代和 80 年代表现为"行动起来"（ACT UP，艾滋病释放权力联合行动）运动，90 年代男同性恋研究发展为酷儿理论（queer theory）。（Groden, et al.：409—410）同其他解放运动一样，男同性恋运动也旨在通过政治运动维护自己性别身份的合法性，呼吁全社会对于同性恋者的承认，并最终实现性别上的社会正义。但运动的实际效果非常有限，这主要是因为大多数男同性恋者选择生活在"壁橱"（closet）里，对自己的性别身份保持缄默，有的甚至违背自己的性取向而正常结婚、生子，以避免在父权社会遭受他人的歧视，赢得暂时的心理安全感和公共交往的稳定性。但是，"同性恋身份并不是由同性恋活动本身创造出来的……，而是通过个人对被贴上这种标签所作的反应，通过对被迫分类的内化……创造出来的"。（Epstein：192）这就是说，同性恋身份是一种态度：既是异性恋人群对待同性恋人群的态度，也是同性恋人群自己对待这一身份的态度；它也是一种心理，是人们面对异性恋／同性恋这种关于性身份的区分而产生的心理反应，其本质就是如何面对父权文化对于性别身份的规范问题。

塞吉维克（Eve Kosofsky Sedgwick）在《壁橱认识论》一书中对西方文化对于异性恋／同性恋的划分多有批判，并主张彻底改变这个认识论模式，对非异性恋人群给予足够的尊重和认可。由于该著作的学术影响力，"壁橱"从此不仅成为同性恋人群对于自己性身份的指涉，而且也是对于性身份所持的二元划分认识的隐喻。塞吉维克还曾重新解读莎士比亚、狄更斯、萨克雷、丁尼生、惠特曼等创作的经典文学作品，分析父权文化中的恐同（homophobia）、厌女（misogyny）等价值观念，重新确立了男性欲望结构中男同性恋与男性纽带相联系的连续体（continuum）模式，挖掘出了父权文化中憎恶同性恋人群的心理机制。（2011：1—2）男同性恋研究的代表性成果还包括：回顾美国诗歌中的男同性恋传统，讨论惠特曼诗歌中的同性恋自我意识；（Martin）英国早期现代性阶段出现的以"莫丽屋"（Molly House）为代表的同性亚文化现象；（Bray）英国维多利亚时期男性气质的文化建构；（Dellamora）从文艺复兴到现代时期的英国文学史中表现男性之间情谊的作品研究；（Hammond）与男同性恋气质相关的虐恋、色情、滥交、艾滋病等问题的研究；（Edwards）福柯的理论学说与同性恋以及同性恋研究的关系问题等。（Halperin）

学界普遍认为，男同性恋研究和酷儿研究的理论基础是巴特勒关于性别身份的施为性（performativity，亦译"操演性"）学说和福柯有关性的知识学谱系说。前者认为性别身份是人们按照社会规范和文化虚构而不断重复实施的一系列行为，否定了先在的、恒久不变的男性气质和女性气质，把性别身份理解为某种社会意义的暂时性存在；（巴特勒：183—185）后者则通过追溯人类的性经验史归纳出西方文明对于性、性身份和性行为持有的禁忌和规范，并论述否定和压制的机制如何确立了性别在历史、政治、法律上的权力等级。（福柯：50—86）这些观点改变了人们对于性别气质的二元思维，强化了性别身份的社会建构特质，从而彻底颠覆了传统性别秩序中以异性恋身份为唯一合法身份的价值规范，把男同性恋气质视为男性气质的一种特殊类型，认可了性别气质的多元存在。这样的认识是后结构主义哲学立场在性别身份问题上的体现，增进了人们对于性别的社会属性同性别的生理特质之间复杂关系的了解，促进了在性别气质的认识上走向对于差异的尊重。

文学和文化批评中的男性研究视角

文学艺术作品中男性气质的呈现不仅是性别身份的重要表征，而且也参与建构了新一轮的男性气质，形成男性气质再生产环节中的一部分：

> 在西方文明中，由支配性社会阶层所控制的社会表征系统通过每一历史时段中人们所认同的表现形式，尤其是以公共领域中的媒体和文学艺术的形式，对性别特征加以"再现"时，文本中附加在男女身上的固有的特性……就会形成某种自然而然的观念形态。（王晓路等：254）

因此，对男性气质所作的文学文化批评不仅承载了人们对于某一特定时空的男性气质内涵的理解，呈现出社会语境加之于生理性别的观念和价值，而且也在社会性别的建构过程中发挥作用。从某种意义上讲，文学的经典化过程与性别身份的社会建构过程同步。

除了前文讨论的关于男同性恋气质研究的论著之外，对于男性气质所作的文学研究以施温格尔（Peter Schwenger）的研究为代表。这部题为《阳具批判：男性气质和20世纪文学》的著作通过研究梅勒、海明威、罗斯、三岛由纪夫等创作的文学作品，考察男性作家如何在作品中呈现男性气质。作者对于这些作家及其作品的分析展现了男作家对于男性角色、男性身体和文学创作的复杂态度，进而提出了

"男性书写"（écriture masculine）的概念并以此为男性的文学实践辩护。此外，神话诗学运动（mythopoetic movement）的代表人物勃莱（Robert Bly）则在著作《钢铁约翰》中回溯了西方男性气质的形成过程。作者认为，男孩长期受到强势母亲的压迫，成长过程中缺乏父亲样板的引导，无法获得女权主义者声称男性普遍拥有的权力和控制力。作者对格林童话进行了细致分析，以寻找隐藏在西方文化深处的男性气质原型，解决男性气质匮乏的当代问题。

在文化批评领域，研究者运用精神分析学说阐释男性观众的心理，分析视觉愉悦的模式，其中最有代表性的成果是穆尔维（Laura Mulvey）于 1975 年发表的《视觉快感与叙事电影》一文。穆尔维在文章中运用弗洛伊德的偷窥理论和拉康的镜像学说提出了叙事电影中存在的积极 / 男性和被动 / 女性的观影关系模式，有效解释了男性观众如何透过三种不同形式的观看行为——摄影机的镜头、男性人物的眼睛、男性观众的眼睛——获得视觉愉悦，从而在男主人公与女主人公的浪漫故事中实现了欲望投射。（17—18）鲍尔多（Susan Bordo）在其著作《男性身体：重新审视公共空间和私人领域的男人》中以大量文化产品（广告、电影、绘画等）中的男性身体作例，分析了男性气质如何在视觉艺术中得以呈现并强化。视觉文化中的男性研究更以好莱坞电影中的男性气质研究最为突出。（Cohan and Hark; Tasker; Bingham; Lehman; Gates; Bruzzi）研究者把电影理论同性别研究的视角相结合，全面分析了电影生产者、生产过程、产品与受众等诸多环节的意识形态作用，探索男性气质的视觉呈现机制以及这些产品对于受众性别身份的影响。

随着男性研究以及男同性恋研究的出现，人们对于性别身份的关注很快发展为酷儿研究和性别理论，因此，文学文化研究除继续关注某一作家作品中的男性气质之外，一些学者转而研究性别与种族、性别与阶级交集下的文化身份认同，以呈现某一具体情境下男性气质的形成过程，增加对于男性气质的多元认知。应该看到，男性研究的兴起对于女性主义研究是一次重要修正和拓展，避免把社会生活中的性别歧视现象盲目归咎于某一性别群体，反而更加看重两个性别群体之间的相互制约、相互依存，甚至着眼于无法用异性恋文化规范来描述的边缘性别身份人群及其活动。男性同女性一样，均非同质化的群体，男性气质本身的多元化特征以及男性研究的思路也可以促进女性气质研究和对于女性主义理论的反思。对于某一性别的社会属性所作的文学文化研究反映出文学文化文本同社会文本之间的互动关系，有利于明辨何种思维和观念导致了文学文化文本的生产，并审视文学文化文本同其他公共符号一起在消费过程中对于性别属性的建构和改造。考察性别属性如何通过文学艺术的各种手段加以表征，才能了解人的差异性存在，洞察性别主体（gendered subject）的形成机制，透视人性的本质和社会存在，这正是文学研究和文化批评中运用性别视角的意义所在。

结　语

　　康奈尔认为，男性气质"既是性别关系中的一个位置，又是男人和女人为确立这一位置所从事的性别实践，同时也是这些实践活动对于身体经验、个性和文化施加的影响"。（1995：71）消除性别歧视的政治运动和文化思潮致力于剥夺男性的特权，而一些男性特权的产生来自男性气质，所以也有学者认为男性气质终将终结，至少人们已经生活在这个终结阶段的起点。（麦克因斯：67）

　　但是，只要人类的身体具有性别特征，男性气质就永远也不会消亡。男性气质相对于女性气质而定义，这一范畴的规定性来自男人和女人在两性关系中的相互关系和权力对比；男性气质描述男人所拥有的性格特质，其重点在于社会和文化对于生理性别的建构作用，着力于历史在男性身上留下的印迹；男性气质反映了男性的生存形态在不同历史语境中的动态变化，对男性气质内涵所做的历史还原呈现出人与社会之间的互动关系；男性气质的复数形式涵盖了男人的多种生存样态，增进了对于男性异质性和差异性存在的认识；男性气质同意识形态相联系，它是人们对于男性拥有的特质所作的价值阐释，也用来解释人类的性别活动与社会的组织结构；男性气质也同心理相联系，它是一系列社会和文化规范，男人需要不断依据这些规范检视自己的行为，从而在心理上实现同一性别的身份认同；男性气质体现为文学作品和文化产品中的不同男性类型，增强了文学文化批评中的性别维度，并把这一维度拓宽为性别研究的视角；男性气质消解了知识谱系中性别模糊的话语模式，构筑了理论话语中的性别主体；男性气质有效定义了性别主体的实践，其理论指向是具有社会属性的男人，突显了人的社会性存在，有助于实现尊重差异基础上的性别平等理想。男性气质这一范畴经由不同学科的研究阐发，已经发展成为同人的生存现实密切相关的理论术语，其学理意义和实践意义均不容忽视。

参考文献

1. Barker, Chris. *Cultural Studies: Theory and Practice*. London: Sage, 2003.
2. Bingham, Dennis. *Acting Male: Masculinities in the Films of James Stewart, Jack Nicholson, and Clint Eastwood*. New Brunswick: Rutgers UP, 1994.
3. Bly, Robert. *Iron John: A Book about Men*. Reading: Addison-Wesley, 1990.
4. Bordo, Susan. *The Male Body: A New Look at Men in Public and in Private*. New York: Farrar, 2000.
5. Bray, Alan. *Homosexuality in Renaissance England*. New York: Columbia UP, 1982.
6. Bruzzi, Stella. *Bringing Up Daddy: Fatherhood and Masculinity in Postwar Hollywood*. London: British Film Institute, 2008.
7. Chodorow, Nancy J. *Feminism and Psychoanalytic Theory*. New Haven: Yale UP, 1989.
8. Cohan, Steven, and Ina Rae Hark, eds. *Screening the Male: Exploring Masculinities in the Hollywood Cinema*. New York: Routledge, 1993.

9. Connell, R. W. *Gender*. Cambridge: Polity, 2002.

10. —. *Masculinities*. Berkeley: U of California P, 1995.

11. Dellamora, Richard. *Masculine Desire: The Sexual Politics of Victorian Aestheticism*. Chapel Hill: U of North Carolina P, 1990

12. Edwards, Tim. *Erotics and Politics: Gay Male Sexuality, Masculinity, and Feminism*. New York: Routledge, 1994.

13. Epstein, Steven. "A Queer Encounter: Sociology and the Study of Sexuality." *Sociological Theory* 12.2 (1994): 188-202.

14. Farrell, Warren. "Male Consciousness-Raising from a Sociological and Political Perspective." *Sociological Focus* 5.2 (1971): 19-28.

15. Gates, Philippa. *Detecting Men: Masculinity and the Hollywood Detective Film*. Albany: State U of New York P, 2006.

16. Gilder, George. *Men and Marriage*. Gretna: Pelican, 1986.

17. Goffman, Erving. *Stigma: Notes on the Management of Spoiled Identity*. Hemel Hempstead: Prentice-Hall, 1963.

18. Groden, Michael, et al., eds. *The Johns Hopkins Guide to Literary Theory and Criticism*. Baltimore: Johns Hopkins UP, 2005.

19. Halperin, David. *Saint Foucault: Towards a Gay Hagiography*. New York: Oxford UP, 1995.

20. Hammond, Paul. *Love Between Men in English Literature*. New York: Palgrave, 1996.

21. Kimmel, Michael S., and Michael A. Messner, eds. *Men's Lives*. Boston: Allyn, 2003.

22. Kimmel, Michael S. "Who's Afraid of Men Doing Feminism?" *Men Doing Feminism*. Ed. Tom Digby. New York: Routledge, 1998.

23. Lehman, Peter, ed. *Masculinity: Bodies, Movies, Culture*. New York: Routledge, 2001.

24. Lichterman, Paul. "Making a Politics of Masculinity." *Comparative Social Research* 11 (1989): 185-208.

25. Martin, Robert K. *The Homosexual Tradition in American Poetry*. Austin: U of Texas P, 1979.

26. Mulvey, Laura. "Visual Pleasure and Narrative Cinema." *Screen* 16.3 (1975): 6-18.

27. Pease, Bob. *Recreating Men: Postmodern Masculinity Politics*. London: Sage, 2000.

28. Pleck, Joseph. *The Myth of Masculinity*. Cambridge: MIT P, 1981.

29. Rubin, Gayle. "The Traffic in Women: Notes on the 'Political Economy' of Sex." *Literary Theory: An Anthology*. Ed. Julie Rivkin and Michael Ryan. London: Blackwell, 1998.

30. Schwenger, Peter. *Phallic Critiques: Masculinity and Twentieth-Century Literature*. London: Kegan Paul, 1984.

31. Sedgwick, Eve Kosofsky. *Epistemology of the Closet*. Berkeley: U of California P, 1990.

32. Tasker, Yvonne. *Spectacular Bodies: Gender, Genre and the Action Cinema*. New York: Routledge, 1993.

33. Terman, Lewis Madison, and Catharine Cox Miles. *Sex and Personality: Studies in Masculinity and Femininity*. New York: McGraw-Hill, 1936.

34. 巴特勒：《性别麻烦：女性主义与身份的颠覆》，宋素凤译，上海三联书店，2009。

35. 布鲁克：《文化理论词汇》，王志弘等译，巨流图书公司，2004。

36. 方刚：《第三性男人——男人处境及其解放》，中国书籍出版社，2006。

37. 方刚：《男性解放主义者宣言》，载荒林主编《男性批判》，广西师范大学出版社，2004。

38. 福柯:《性经验史》,佘碧平译,上海人民出版社,2005。

39. 弗洛伊德:《性学三论:爱情心理学》,林克明译,太白文艺出版社,2004。

40. 雷金庆:《男性特质论:中国的社会与性别》,刘婷译,江苏人民出版社,2012。

41. 麦克因斯:《男性的终结》,黄菡等译,江苏人民出版社,2002。

42. 荣格:《荣格文集》,冯川等译,改革出版社,1997。

43. 塞吉维克:《男人之间:英国文学与男性同性社会性欲望》,郭劼译,上海三联书店,2011。

44. 孙云晓等:《拯救男孩》,作家出版社,2010。

45. 王晓路等:《文化批评关键词研究》,北京大学出版社,2007。

纽约知识分子 曾艳钰

略 说

"纽约知识分子"（New York Intellectuals）是一批于 20 世纪 30 年代至 80 年代在美国最具影响力的文化批评家集群。作为评论家和批评家，他们一直致力于评价和审视发展中的美国文化和政治生产；而作为知识分子，他们积极参与到美国社会的争议与纷争之中。他们通晓美国社会文化，将文化和社会作为一个整体纳入其批评视野，批评领域涉及文学、艺术、历史和政治等各方面。

该群体大多数都是东欧犹太移民的后代，在 20 世纪 30 年代美国的经济危机、社会动乱和左翼文化运动以及"欧洲文化中心衰败"的大背景之下，这批犹太移民摆脱了其边缘身份走向中心，牢牢占据了新兴文化中心。这一巨变得益于当时"美国世纪"的政治与经济背景，也体现出美国知识分子在立场、地位和学术思想诸方面的"重新定位"和"向心移动"，即所谓"从反叛到顺应"，"从边缘到中心"，"从街垒意识或象牙塔偏见转向对社会和文化的综合思考"。(赵一凡：126）

"纽约知识分子"这一术语源于该群体最重要的代表人物豪（Irving Howe）的一篇同名论文，在该论文中他对该群体的主要成员进行了界定。(1990：251）隆斯塔夫（Stephen Longstaff）、鲍德豪瑞茨（Norman Podhoretz）、贝尔（Daniel Bell）及布鲁姆（Alexander Bloom）都把该群体分为三代。根据该群体成员出现的先后及其与学术体制的关联，布鲁姆认为第一代知识分子于 20 世纪 30 年代后期聚集在"新"《党派评论》（*Partisan Review*）的周围。《党派评论》曾是共产主义左派的阵地，而此时它已脱离了与共产主义左派的直接联系，关注政治及文学问题，关注知识分子在社会中的作用，进而吸引了一批文学及政治评论家，包括拉夫（Philip Rahv）、菲利普斯（William Phillips）、莱昂内尔·特里林（Lionel Trilling）、戴安娜·特里林（Diana Trilling）、沙普若（Meyer Schapiro）、格林伯格（Clement Greenberg）、罗森伯格（Harold Rosenberg）、麦克唐纳（Dwight Macdonald）、科恩（Elliot Cohen）、胡克（Sidney Hook）等。而当时"新"《党派评论》的一批激进的青年读者最终成为第二代知识分子，包括豪、克里斯托尔（Irving Kristol）、贝尔、施瓦茨（Delmore Schwartz）、费德勒（Leslie Fiedler）、格莱泽（Nathan Glazer）、卡津（Alfred Kazin）、华萧（Robert Warshow）、拉斯科（Melvin Lasky）、罗森菲尔德（Isaac Rosenfeld）、贝娄（Saul Bellow）等。他们不仅与第一代知识分子一起实现了由 30 年代的激进主义向战后自由主义的转向，在战后还创办了《评论》（*Contemporaries*）、《异议》

（*Dissent*）等著名杂志，使其自身的学术研究和社会声誉达到了鼎盛。第三代在二战后加入到该群体之中，此时该群体已成为美国学术生活的中心，他们包括鲍德豪瑞茨、迪克特（Midge Decter）、马科斯（Steven Marcus）、桑塔格（Susan Sontag）等。朱门维勒（Neil Jumonville）认为 1950 年之前该群体有 25 个主要成员，1950 年之后有 75 名学者与该群体有关联。（9）由此可见该群体在美国巨大的影响力。

综 述

作为一个知识分子权势集团，纽约知识分子在美国文化舞台上叱咤风云前后有 50 多年的历史，他们的职业和身份各不相同，作家、艺术家、学者、教授、记者、编辑等无所不有，不少人甚至具有多重身份。虽然他们在政治观点与思想流派上五花八门，但在文化批评上依然显示出其共性的一面。他们中一直关注、涉及文学及文化批评的有：拉夫、菲利普斯、莱昂内尔·特里林、费德勒、豪、卡津、桑塔格等。犹太文化背景赋予了他们善于思考、论辩的特质，早期马克思主义的影响让他们摆脱了狭隘的批评方法，对现代主义文学的关注使他们开始远离左翼意识形态，从激进主义到自由主义再到保守主义，在经历美国社会文化的变化历程中，他们不断地抗争、反思，从边缘走向中心，最终与美国主流文化批评思想融为一体，并对美国当代的文化批评思想产生了重要的影响。特里林被誉为"美国知识分子的良知"，而十几年前桑塔格的过世也被不少批评家看作是一代知识分子的终结。用豪的话说，他们应是美国文化史上第一批真正的知识分子，是一群执异见且与社会疏离的作家和批评家。（1990：240）通过社会文化述评或书评的方式及易懂的语言，他们对政治思想、历史文化和伦理道德进行批判和反思，反对小团体宗派的、狭隘的、学院派批评，强烈排斥和反对后现代主义和新左派，批评攻击大众文化。（Leitch：82）因其批评方法和社会影响，纽约知识分子集群也被今人看作是美国最早的、真正意义上的"公共知识分子"。

"纽约知识分子"与犹太文化传统

以宗教为核心的犹太文化传统对纽约知识分子的根源性影响是不可否认的。纽约知识分子大多是贫穷犹太移民的后代，如《党派评论》的创办者菲利普斯出生于纽约东哈莱姆区一个犹太家庭，另一创办者拉夫自身就是出生于乌克兰的移民。他们住在纽约下东区的贫民窟或其他一些大城市的边缘地带，于 20 世纪 20 年代末进入到几乎学费全免的纽约城市大学各学院。他们并没有接受犹太教的正统思想，又逐渐与犹太文化疏离，对宗教和宗教机构持怀疑态度，但他们在成长过程中零星地或者经常性地参加过犹太教堂举行的宗教活动，对民族宗教和文化传统有较多直接的接触和了解。犹太价值观及他们对其民族身份的反思对他们政治观念的形成和发展有着重要影响，这一影响最终在其批评思想的形成上留下了深深的印痕。

犹太教义所隐含的正义与民主的精神早已融入犹太民族的日常生活和血脉之中，纽约知识分子被称作是"真正意义上的公共知识分子"。公共知识分子指的是以公众为对象，就政治和意识形态性质的公共问题发表意见的知识分子。在美国，爱默生、惠特曼、梭罗等都是历史上著名的公共知识分子，进入 20 世纪后美国众多有影响力的公共知识分子都是犹太人，这与犹太教义所隐含的正义与民主精神是分不开的。纽约知识分子的政治热情，尤其是其早期对社会主义的追求也与此有关，豪投身社会主义运动时年仅 14 岁，对于自己因何在少年时代便燃起强烈的政治热情，豪在自传中这样说道：

> 我们随波逐流，我们需要名分、意义、平台和支柱……我们强烈地憧憬着秩序，是的，哪怕我们才十来岁，这是一个清楚的信号，说明社会正处于无序中。我们既需要生活中的秩序，也需要观念上的秩序，于是我们寄希望于意识形态的改变来追求生活中的秩序。（1982：10）

这种力图追求改变的理想模式伴随着纽约知识分子，也给他们带去了与众不同的激情、悟性和判断力。

纽约知识分子从开始接受教育起，就意识到犹太文化的软弱，不平衡感由此而生。一种想要逃离这种文化的反叛心理慢慢形成，如对于意第绪语，施瓦茨、鲍德豪瑞茨、拉夫、菲利普斯等表现出本能的排斥，贝尔甚至说他感到这是一种"令人尴尬的耻辱"。（qtd. in Bloom：20）特里林也极力反对自己被贴上"犹太作家"的标签。另一方面，他们又清楚地知道自己的犹太传统这一文化根基，卡津在自传体小说《城市的漫步者》中说道："我们必须要在一起：无论是信教者，还是非信教者，我都是这个民族中的一员。无法怀疑或逃避自己是一个犹太人这一事实。"（1979：160）罗森伯格也说过："犹太人有着他自己的根和故事，从而具有独特的身份属性。他可能成为人类中的任何一员——理性主义者、非理性主义者；英雄或懦夫；犹太复国主义者或欧洲好公民——但他终究是犹太人。"（18）对犹太文化的这种复杂态度，使纽约知识分子无论是对待犹太传统还是主流文化，都采取了自我疏离的态度，这是一种对主流文化及其自身传统文化进行审视的策略。

犹太民族长达 2000 多年离散历史的经历，使犹太人在异国他乡不仅学会了作为一个少数民族如何面对占统治地位民族的排斥，而且在文化上学会了从容不迫地应对主流文化的压迫。大屠杀和反犹主义孕育了犹太民族的集体悲情意识，犹太人对制度和文化的批判精神也由此而生。他们对社会的一种极度敏感的疏离感和不信任心理，最终发展为批判态度，并逐渐演化为一种远离主流社会的文化态度，这种文化态度是纽约知识分子的共同特点。在卡津重要的评论文章中，"孤独"、"分离"、"隔阂"这样的词语随处可见，他发出了一个具有代表性的犹太裔美国思想家的声音。在他的《扎根本土——美国现代散文研究》一书中，卡津揭示了美国人认识世界的独特方式——对熟悉事物的"隔阂感"（to feel alien）。这种认识方式反映了一种矛盾的心态和无奈的情绪：既想了解自己的文化，但在看清之后更希望自己不了解它；明知现实不可爱却要爱之。卡津把"隔阂感"视为美国现代作家的重要标志。

佩尔斯认为，"纽约知识分子"致力于鼓励人们要以"持续叛变"的精神起来反对一直困扰着美国人思想的"褊狭的、功利主义的和强求一致的政体"，这表明他们其实是把自己的疏远感变成了一种有积极意义的优点，把个人的超然独立看作是履行政治艺术和道德义务的一种卓越形式。（410）作为两种文化的中介者，他们跨越了欧洲、美国两种文化，这一独特的文化视角，使他们可以充当桥梁并调解两种文化的矛盾冲突。正如菲利普斯所说：

> 与其他非犹太作家相比，犹太作家与众不同之处在于他不仅是一位犹太作家，他还是西方社会的文化人。作为一名犹太人，他身上刻有异乡他客和西方人两种印记，他是西方文化思想的一部分，分享它的价值、促进它的进步。（150）

可见，纽约知识分子的犹太身份虽然使他们意识到与美国主流文化之间的隔阂，但这种隔阂并没有导致他们与主流文化的冲突，而是在一定程度上促进了他们全面考察问题的习惯，让他们能够对本土文化保持清醒而独立的思考。

纽约知识分子与马克思主义

纽约知识分子集群之所以能够成为一个文化群体，源于他们自 20 世纪 30 年代起在政治上的共同诉求：受马克思主义的影响，相继加入社会主义阵营，投身社会主义的激进政治。

在 20 世纪 30 年代美国经济大萧条的背景下，工人运动风起云涌，这些大多出身于纽约移民身份的知识分子从纽约的工人运动中看到了工人阶级巨大的力量，仅 1934 年在美国就爆发了 1856 次罢工，而导致并引导这些工人运动的是当时社会主义思想的影响。1912 年，美国社会党（American Socialist Party）党员数量达到 118,000 人，在当年的大选中得到了 879,000 张选票，约占总选票的 6%。（Howe，1985：3）此外，还有 300 多种传播社会主义思想的出版物，向人们传播马克思主义经济学知识，呼吁人们对枯燥乏味的基督教说教采取直接的革命行动。（祖国霞：43）另一方面，这些移民的后代意识到自己的犹太性限制了各种机遇，而犹太社区又无法给他们提供创作动力，因此他们需要重新界定自己的世界观，便开始在犹太社区之外寻找能摆脱狭隘民族主义的出路。

投身马克思主义及激进政治运动恰好可以平息他们身份上的孤独感，使他们找到精神的避难所，也使他们最终超越了其犹太性。高曼（Paul R. Gorman）认为："在移民背景的影响和主流文化之间，马克思主义提供了某种他们所需的中间立场。"（141）马克思主义让他们认识到其理想被经济体制毁掉的根源，还成为解决他们犹太移民身份的"无家可归"及"隔离"感的方式。贝尔曾回忆说，社会主义运动使他看到了外面的世界，使他突然意识到除了自己狭小的犹太社区外，还存在着一个思想的、经验的、想象力的世界，年轻人对这个世界充满了渴望，他们贪婪地去触摸它。（qtd. in Dorman：33）豪也曾回忆道："当时有一种动力驱使这些犹太青年离开犹太居住区，完全摆脱犹太性的束缚。"他们要"宣称自己是世界公民，如果那样能被接受的话，自然就成了美国的作家"。（1982：137）费德勒曾说："如果你进入到这场运动中，它可以为你或你的杂志敲开出版商的大门。"（qtd. in Bloom：54）因此，马克思共产主义的乌托邦幻景成为当时获得话语权利和彰显力量的双重途径。

这些犹太青年的自我诉求与发展，与福柯所说的知识分子的"普遍"性是一致的。作为大都会中的个体，他们视自己为"大众的"发言人，力图成为大同价值观的承载者。（Foucault：126）接受马克思主义让他们寻找到了能替代犹太社区的新组织，一个在他们眼中没有偏狭和歧视的新社区。马克思主义给他们提供了一种"归属感"，在平等主义的慰藉下他们感受到了公正。致力于各种平等主义实验的 20 世纪 30 年代的苏联，无疑成为这些饱受反犹主义和歧视的犹太青年的理想社会。根据库尼（Terry Cooney）的观点，马克思主义为他们作出了"被主流社会接受、有归属感、有机会、有家、有前途"的承诺。（43）因此，这些青年犹太知识分子把自己塑造成福柯所说的"普遍"知识分子、一种看重自我独立性的知识分子。（Foucault：126）

很多纽约知识分子加入了共产党，还有一些则紧密围绕在共产党周围。如胡克及沙普若便公开宣称自己为共产主义分子，拉夫、菲利普斯及罗森伯格则紧密围绕在共产主义组织周围。特里林也曾于 1932 至 1933 年间信奉共产主义。（Bloom：48）以《党派评论》为理论阵地，这些青年知识分子开始了他们的激进之旅和向主流社会靠拢的尝试。创刊于 1934 年 2 月的《党派评论》在创刊时强调，它既反对持机械唯物主义文学观的左翼倾向，也反对自由派资产阶级作家的右翼倾向，其创刊人之一的拉夫曾说，该刊物要为"无产阶级的文学和一个社会主义的美国"呐喊，要向社会推介左翼作家创作的最优秀的作品。（1978：328）该刊物的发刊词写道：

> 我们建议关注文学的创造性与批评性，但是我们必须毫不动摇地坚持这样一种观点，即文学是属于革命的工人阶级的。通过文学这一特殊媒介，我们加入到工人、知识分子反对帝国主义战争、法西斯主义、民族与种族压迫的斗争中去，并且摧毁滋生这些罪恶的社会体系。（Rahv and

Phillips：1）

可见，创刊之初的《党派评论》走的是激进的精英主义色彩的美共的路线。

法西斯主义的盛行以及一些地位显赫的作家的加入，使得该刊物彻底转向马克思主义和反斯大林主义。作为主编的拉夫和菲利普斯坚持认为，无产阶级文学和批评应该把 20 世纪 20 年代的某些文学成就包括进去，他们反对分裂主义、宗派主义以及对马克思主义错误的诠释，并注重发展一种完整的马克思主义审美观，扭转了左翼中存在的把文学看作是一种政治寓言、过于强调意识形态的状况。因此，要在文学与批评中采取包容、灵活、独立自主的方向成为《党派评论》的指导原则。《党派评论》的编辑们认为，马克思主义在文化方面"首先是一种分析与评价的工具；其次，通过民主论辩这一媒介，马克思主义能够在其信徒中广泛传播。《党派评论》将为民主论辩搭建一个平台，将为符合我们时代趋向的文学开放"。（Phillips：13）但很快拉夫和菲利普斯就发现，在无产阶级文学的政治背景下，批评的作用被最小化了。马克思主义批评的作用被作家附庸化了，批评沦为一种为新的无产阶级小说和戏剧而宣传的写作。如何在激进与文学、政治与文化间寻求平衡？纽约知识分子们将关注点转向了带有精英主义色彩的现代主义文学。

纽约知识分子与现代主义文学

20 世纪 40 年代，纽约知识分子继续以《党派评论》为阵地，继续以疏离、独立的方式构建其自身的知识分子身份。与以往不同的是，此时他们的目光转向了现代主义文学，开始对现代主义文学进行捍卫，这一转向的发生主要源于他们对政治及文化的失望。他们曾经相信阶级斗争的动力，而此时他们眼中的美国是一个缺乏活力的大众社会，已不可能发生恰当的社会变革，共产主义在美国已彻底失败。典型的资产阶级和无产阶级已经消失，取而代之的是"中等文化"（middlebrow）和"低等文化"（lowbrow）这两种文化形式。这两种文化形式都是文化形式大众化生产的被动消费者，都对政治作出其相应的回应，"中等文化"回应的是斯大林主义，"低等文化"回应的是蛊惑人心的各种操纵。

纽约知识分子在《党派评论》上展开了对"中等文化"和"低等文化"两种文化形式的攻击。在对《中等文化》的批判中，他们的矛头首先直指体制化的代表——大学，《党派评论》甚至开辟了"来自学院的报道"的专栏，对美国学院体制的不宜之处进行批判，如蔡斯（Richard Chase）就曾对研究生院体制的愚民政策及庸俗化进行了无情的批判。（206—210）他们还将矛头指向了商业期刊，如《纽约客》，认为这些期刊的目的是为了吸引"快速发展中世故的、行尸走肉的中产生活方式的"读者，尤其是领导美国共产主义运动的斯大林主义。（Barrett，1946）他们把"中等文化"与斯大林主义相提并论，拉夫曾指责美国的斯大林主义者，认为他们具有自由中产阶级的文雅及沙文主义特征。（1939：6—10）特里林指出斯大林主义的冲动源于中产阶级自由文化，"一旦美国中产阶级开始思考，斯大林主义便开始盛行；这是一种文化斯大林主义，不受政治的支配"。（1948：889）可见，斯大林主义与"中等文化"同属易被谴责的文化现象，一如学院主义和商业主义。如果说对这种"中等文化"纽约知识分子们满是讥讽与不屑，那么对美国大众文化他们则充满了带有恐惧感的厌恶，在他们看来这种"低等文化"无知、混乱并颇具蛊惑性。新兴的大众化生产企业，如好莱坞的电影公司，为低等文化者提供了需求，科技发展及市场扩张使文化产业家能在集装线上组织劳动力，生产率几倍于以往。这种需求下的"低等文化"者们"沉湎于粗制滥造的杂志、通俗小报和电影院中，为其自身的毁灭作足了准备"。（Aaron：105）

在对这两种文化范式的批判中，纽约知识分子们意识到，知识分子作为被孤立、被围困的少数文化群体，应该担负起自己的职责，去改变美国文化凌乱、平庸的局面，因此发展成熟稳定的知识分子阶层、发展现代艺术理论及构建现代主义经典便成为其努力的目标。他们相信现代主义文学是属于知识分子的，且他们这种超然独立的知识分子被赋有一种对现代主义文化进行阐释的优势。费德勒认为，在所有的美国人中，只有他这样的作家——"典型的第二代城市犹太人、前斯大林主义者、摇摆不定的知识分子"——才是伟大的现代主义的继承人，因为他们成功融合了欧美两种文学传统，并能调和理智与想象、智性思考与想象性创作之间的矛盾。（872—874）他们的身上也确实体现了现代主义的某些特征，如焦虑、孤独、疏离感等。他们从现代主义先锋中看到了一种对"资产阶级精神"进行激进批判的文学，在现代主义作品中发现了一种激进的话语方式，"相信现代主义既能满足知识分子的要求，又不会牺牲他们的激进主义；既能产生出最优的文学成就，又能取得知识分子与激进政治之间的平衡"。（浦惠红等：177）他们很清楚自己的职责：只有与社会"疏离"、"脱离"，才能守护、培育现代主义文学传统，成为高雅文化的守护者。现代主义文学的异化主题及情感表达上的失落与绝望，与纽约知识分子当时的心境是相契合的。

在建构现代主义经典中，艾略特成为他们眼中的"文化英雄"。20世纪30年代至40年代间，艾略特对纽约知识分子文学批评的发展产生了非常重要的影响，尤其是艾略特定义的"传统"主导了纽约知识分子的思维。直至20世纪80年代，巴瑞特（William Barrett）依然认为："在所有的艺术之作中，现代大师们的杰作是指那些汲取传统的养分，又进入到传统之中，并使之深刻和丰富的作品。"（1983：158）显然，能置身于这一传统的只有少数人，而艾略特是其中之一。在纽约知识分子的眼中，艾略特具有一种真正的超越时空的大同意识，其作品体现出典型的现代主义特征。只有像艾略特这样一个"疏离于欧洲之外的都市美国人"，才能写出他眼中欧洲的《荒原》。（Schwartz：201）在纽约知识分子看来，艾略特所具有的这些独特品性恰恰也是对他们自己的描述，通过这种方式，纽约知识分子们将自己与现代主义文学紧密地联系在一起，并强化了捍卫现代主义文学的决心。

在对现代主义文学的捍卫中，纽约知识分子借助其他理论资源将现代主义作家的个人写作境况加以理论化，首先是借助马克思主义的"疏离"理论。马克思主义用于描绘作家与作品、社会关系的"异化"概念构成了他们"疏离"理论的核心，与过去不同的是，他们此时更多关注的是个体而非社会。其次是存在主义哲学思想，萨特对现代生存的荒谬性及偶然性的痛苦认识与纽约知识分子的文化政治悲观主义极为相似，他们也认同萨特运用海德格尔的现象学考察人类境况的方法。不过，纽约知识分子并不是将存在主义的思想全盘接受，也并未成为萨特的代言人。他们还借助心理分析理论，当时《党派评论》上刊载了大量纽约知识分子运用心理分析方法对现代艺术家们的作品及生平进行阐释的文章。在他们看来，艺术主体性的秘密在于艺术家的自我意识，只有当艺术家冒着"他存在的最大风险"，敢于达到疯癫的边缘状态，他的艺术之作才是最为本真的。（Barrett，1946）整个现代时期的文学创作是由无意识控制的，现代生存的极度恐慌导致了作家难以忍受的焦虑，为了维护他们的现实原则，作家们将这种焦虑投射到文学之中。不过他们对精神分析持一种保留态度，即一方面承认它对理解某些文本的作用，另一方面也认为它有许多不足，如忽视了社会经济因素、逃避道德问题、把文本单一地还原为精神分析的范畴等。

可见，纽约知识分子终究还是对文学艺术抱有一种道德主义的理想，他们认为文学艺术在给人提供一种美学的东西的同时，也能给人以道德上的教益。

纽约知识分子的辩证文化批评观

纽约知识分子并不热衷于建构文学批评的理论体系，但他们却"创建了一种成熟而深邃的美国文化的目标，能够像欧洲文化那样既保留文化传统的丰富性，又具有艺术变革的清新气息"，即树立美国文学自身的现代传统。（Cooney：25）库尼曾经给美国的文化批评传统梳理了一条近代脉络，即20世纪10年代的布鲁克斯（Van Wyck Brooks）和伯纳（Randolph S. Bourne），20世纪20年代的威尔逊（Edmund Wilson），20世纪30年代的纽约知识分子。纽约知识分子眼中的文学批评是批评家与作家、作品一起进行的精神创造活动，充满了论辩的色彩，并承载了相关的文学理论、政治诉求、伦理规范和宗教哲学等思想，尤其是承载了重大的文化使命，其批评方法，用今天的术语，就是一种文化批评。他们的犹太文化背景，早年对马克思主义的追求，对现代主义文学的捍卫，使得他们的文化批评呈现出辩证性的特征。在纽约知识分子看来，文学是对立势力的表述，尤其是作家与其自身文化间疏远的，有时甚至是敌对关系的一种再现。文学与生活、文学与历史、文学与政治、文学与道德之间的辩证关系始终是纽约知识分子们关注的焦点。

对文学与生活关系的关注贯穿于纽约知识分子文化批评的始终，他们认为，文学一直与环境交织在一起。卡津曾写道："文学源于与世界丰富关系的感觉。"（1962：392）特里林也特别强调了阿诺德"文学是一种人生批评"的观点。（1955：xii）拉夫、卡津及豪也都认同阿诺德的观点。拉夫极力向读者强调"阿诺德经典的""批评"的概念，这一概念的核心是"批评家首先要在文学事件中发现参与者的作用"。（1970：254—255）针对某些批评家存在的空洞抽象观念，拉夫认为"文学与生活间关系的确立首先是通过经验，其次才是通过思想"。（1978：309）在纽约知识分子看来，文学既要关注现实生活，又要与之保持一定的距离，而文学批评不仅要在艺术和人生之间进行调和，还要为文化服务。

文学的历史维度是纽约知识分子批评思想的核心。这一观点虽然源于马克思主义，不过，他们不再把想象性写作仅仅看作是社会文化现状的再现，他们更多关注的是创造性思维与历史动力之间复杂的相互作用。对于纽约知识分子来说，文学批评的功能在于衡量文学再现与历史真实之间的距离。基于此，他们对新批评进行了批判。新批评强调脱离于社会文化传统之外的文学传统，把文学批评的中心界定为阐释文学作品，并且置作家于不顾，转而强调批评家阐释文学的权威性。特里林在论及新批评的缺陷时说："他们忘记了文学作品不可避免的是历史事实，更重要的是，它的历史性还是我们美学经验中的一个事实。"（1951：184）拉夫在评价新批评时说："在文本与语境之间有一种辩证关系，如果忽略了这个原则，批评家的话语会变得贫瘠，文学艺术会有一种衰落感。"要对文学有充分理解，就要有一种"历史感"，它是"一种分析工具，也是现代情感养分的来源"。（1970：360）

纽约知识分子关注文学的价值含义，关注文学的道德教育意义。他们认同利维斯的观点，认为文学批评能帮助公众提高社会历史意识和审美品味，发展强调美国思想统一性的高雅文学和文化。拉夫在强调文学批评的价值时说批评家不能仅凭先入为主的价值去审视文学，因为文学艺术的价值不能"由批评家的意识形态或世界观的偏见而定，而应当由他的感悟、他对所存在责任的再现力度，以及由他实施过程中不容置疑的力量来评判"。（1970：300）拉夫强调文学的道德意义，认为"利维斯的方法或许过于注重道德，过于排斥；但目前时髦地认为道德与文学无关的思想纯粹是种堕落"。（1970：305）他们认为，批评家是"为文学伟大传统中的道德主体而写作；他们必然拥有充满活力的价值体系，拥有激昂而持久的时代追求，拥有对具体观念和美学差异的敏锐深入的分析"。（冯巍：42）对文学道德及文化影响的关注，使纽约知识分子对现代主义文学提出了质疑。现代主义文学对文学与生活相对立的鼓动，使得这些现代主义文学曾经的捍卫者们从 20 世纪 50 年代后期起开始出现分歧，豪对象征主义诗歌的评述是最好的例证，他认为："象征主义的主张不仅使诗歌变得自主，还变得深奥，不仅深奥，还变得费解。"（1958：28）卡津也对象征主义对现代诗人的影响进行了批判，认为现代诗人常常把"现代诗歌的语言

当作是最深奥复杂、最重要的真实"。卡津认为，置外部世界于不顾的意识本身是无法产生意义的。（1962：3）

对于纽约知识分子来说，文学参与政治，又不能丧失其审美功能。1939年《党派评论》复刊时，纽约知识分子曾声明他们的现代主义运动将不再依附任何政党，但这并不表示他们完全退出政治走向文学。事实上，知识分子要参与政治，文学要参与政治，这种理念始终贯穿于纽约知识分子的批评实践中，并一直努力结合文化先锋与政治先锋的概念，寻求一种在政治与审美之间的平衡。在捍卫现代主义文学的过程中，纽约知识分子也始终保持着其激进政治运动参与者的身份。尽管他们力图使现代主义文学免受意识形态的影响，而实际上他们自己对待现代主义文学的方式却一直没有摆脱政治因素的影响。另一方面，很多现代主义的领军人物自身就是政治上的保守主义者。1949年，曾在罗马电台为法西斯进行宣传的庞德被授予了博林根诗歌奖，该事件迫使他们正视"由此带来的审美与意识形态之间的固有矛盾"。（浦惠红等：179）此外，到了20世纪中叶，他们自称的"文化先锋"的地位已经站不住脚，作为独立的知识分子，他们不可避免地面临体制化的进程，而在这一进程中，他们不得不承认自己审美主义中的局限性，重新考虑现代主义的政治主张。拉夫以特里林的《另一个玛格丽特》（*The Other Margaret*）和《旅程中途》（*The Middle of the Journey*）为例，说明其文学批评的审美与政治标准，认为这两部作品并没有明显的政治指涉，却基本上都是政治小说，是没有被意识形态操控的政治小说。拉夫认为特里林已超越了意识形态。（Wilford：70—72）因此，关注政治生活中文学的存在、倡导文学过程的自律性、摈弃绝对审美主义的批评，成为纽约知识分子文学批评的重要特征。

结　语

从20世纪30年代对文学政治性的过于强调，到20世纪40年代转向对现代主义文学的捍卫，纽约知识分子的文学批评逐渐发展成为一种"兼收并蓄"的文化、历史及道德的文化批评，呈现出辩证批评的特征。犹太文化传统为这种辩证批评奠定了基础，马克思主义和现代主义文学为其提供了不同的批评方法。可以说，纽约知识分子的文化批评本质上是历史人文主义的批评，他们关注文学的重要作用，关注社会语境下文学与道德价值的相互作用，关注文学对文化价值的影响。纽约知识分子在文学批评上的贡献，在于他们对文学批评在理念和方向上的探索，引导当代文学批评走出形式和内容二元对立的误区，发挥文学批评最大、最本真的价值。他们的文化批评所包蕴的对社会、人生、历史及其与文学的辩证关系的思考，对美国文化批评的产生起到了非常重要的影响。

参考文献

1. Aaron, Daniel. "The Truly Monstrous." *Partisan Review* 14 (1947): 98-106.

2. Barrett, William. "The Resistance." *Partisan Review* 13 (1946): 313-323.

3. —. *The Truants: Adventures Among the Intellectuals*. New York: Doubleday, 1983.

4. Bell, Daniel. *The Winding Passage: Essays and Sociological Journeys, 1960—1980*. New York: Basic, 1981.

5. Bloom, Alexander. *Prodigal Sons: The New York Intellectuals and Their World*. New York: Oxford UP, 1986.

6. Chase, Richard. "Report from the Academy." *Partisan Review* 14 (1947): 206-210.

7. Cooney, Terry. *The Rise of the New York Intellectuals: Partisan Review and Its Circle, 1934—1945*. Madison: U of Wisconsin P, 1986.

8. Dorman, Joseph. *Arguing the World: The New York Intellectuals in Their Own Words*. Chicago: U of Chicago P, 2001.

9. Fiedler, Leslie. "The State of American Writing, 1948: A Symposium." *Partisan Review* 15 (1948): 872-878.

10. Foucault, Michel. *Power/Knowledge: Selected Interviews and Other Writings, 1972—1977*. Ed. Colin Gordon. New York: Pantheon, 1980.

11. Gorman, Paul R. *Left Intellectuals and Popular Culture in Twentieth-Century America*. Chapel Hill: U of North Carolina P, 1966.

12. Howe, Irving. *A Margin of Hope: An Intellectual Autobiography*. London: Secker, 1982.

13. —. "Modern Criticism: Privileges and Perils." *Modern Literary Criticism: An Anthology*. Ed. Irving Howe. Boston: Beacon, 1958.

14. —. "The New York Intellectuals." *Selected Writings 1950—1990*. New York: Harcourt, 1990.

15. —. *Socialism and America*. New York: Harcourt, 1985.

16. Jumonville, Neil. *Critical Crossings: The New York Intellectuals in Postwar America*. Berkeley: U of California P, 1991.

17. Kazin, Alfred. "The Function of Criticism Today." *Contemporaries*. Boston: Little, Brown, 1962.

18. —. *On Native Grounds: An Interpretation of Modern American Prose Literature*. New York: Harcourt, 1995.

19. —. *A Walker in the City*. New York: Harcourt, 1979.

20. Leitch, Vincent. *American Literary Criticism from the Thirties to the Eighties*. New York: Columbia UP, 1988.

21. Longstaff, Stephen. "The New York Family." *Queen's Quarterly* 83 (1976): 556-573.

22. Phillips, William. *Partisan Review: The 50th Anniversary Edition*. New York: Stein, 1985.

23. Rahv, Philip. "Criticism and the Imagination of Alternatives." *Literature and the Sixth Sense*. Boston: Houghton Mifflin, 1970.

24. —, and William Phillips. "Editorial Statement." *Partisan Review* 1 (1934).

25. —. *Essays on Literature and Politics: 1932—1972*. Boston: Houghton Mifflin, 1978.

26. —. "Twilight of the Thirties." *Partisan Review* 6 (1939): 6-10.

27. Rosenberg, Harold. "Does the Jew Exist." *Commentary* (1949): 8-18.

28. Schwartz, Delmore. "T. S. Eliot as the International Hero." *Partisan Review* 12 (1945):199-206.

29. Trilling, Lionel. *The Opposing Self: Nine Essays in Criticism*. New York: Viking, 1955.

30. —. "The Sense of the Past." *The Liberal Imagination: Essays on Literature and Society*. New York: Viking, 1951.

31. —. "The State of American Writing, 1948: A Symposium. " *Partisan Review* 15 (1948): 876-889.

32. Wilford, Hugh. *The New York Intellectuals: From Vanguard to Institution*. Manchester: Manchester UP, 1995.

33. 冯巍:《论文学批评的职责——在纽约学派文化批评视野下的审视》,载《文艺理论与批评》2012 年第 3 期。

34. 佩尔斯:《激进的理想与美国之梦——大萧条岁月中的文化与社会思想》,卢允中等译,上海外语教育出版社,1992。

35. 浦惠红等:《纽约知识分子及其对现代主义文学的捍卫》,载《学术论坛》2011 年第 6 期。

36. 赵一凡:《屈瑞林与纽约文人的时代》,载《读书》1987 年第 8 期。

37. 祖国霞:《从激进到保守:20 世纪美国纽约知识分子的思想历程》,载《山东社会科学》2011 年第 1 期。

女性书写 刘 岩

略 说

　　"女性书写"（Écriture Féminine）的概念由法国女性主义理论家、作家埃莱娜·西克苏（Hélène Cixous，亦译西苏）于 20 世纪 70 年代中期提出，其理论指向针对可以定义为"女性的"独特书写方式，并对其进行命名式描述和实践性倡导。在英语中，这一术语通常被译成 feminine writing 或 women's writing，另外两种译法——writing in（the）feminine 以及 a feminine mode of writing——均未能广泛使用。女性书写的概念是在女性主义运动第二次浪潮的整体背景下提出的，该术语适应了女性主义发展进程中对于新的文学批评话语的需要，与同一时期的众多理论术语和批评实践一起推进了女性主义文学批评的理论建设，促使女性研究全面进入学科体制。西克苏的女性书写理论从根本上认清了女性在父权文化中所处的被压抑、被消音的地位，它批判阳具逻辑中心主义（phallogocentrism）的认知方式和再现方式，呼吁女性言说身体和欲望。女性书写这一概念的学理意义主要在于：其一，在致思方式上，它批判父权文化的线性逻辑，挑战现有的知识秩序，提倡认知模式的革新；其二，在批评话语上，它为女性的书写正名，确立了女性创作的合法地位，丰富了文学批评的理论话语；其三，在书写实践上，它倡导女性运用感性、诗性的语言言说身体的欲望，划定了可以描述为"女性的"独特写作风格；其四，在理论命题上，它把性别同文本结合起来，聚焦书写背后的性别观念，匡正了文学研究的性别维度；其五，在性别政治上，它反对传统的性别对立，主张开发双性潜质，期待建立新型的两性关系。虽然西克苏的女性书写学说具有无法回避的性别本质主义弊端，但这一术语为建构女性主义文学批评理论、发展女性文学传统提供了具有开创意义的命名方式，凸显了女性研究的学理价值，强化了女性文化的特质。西克苏的命名方式搭建了女性主义研究的理论化策略，这一术语的理论建构意义使之成为女性主义文学批评的核心关键词之一。

综 述

　　20 世纪六七十年代，世界范围的女性解放运动进入新的发展阶段，其发展规模、斗争姿态和批判力度都远远超过先前的女权运动。女性除继续要求在政治、经济、教育、文化等领域同男性享有法律意义的平等权利之外，还把"政治"、"经济"等术语应用于解释家庭、两性关系和私人生活，（Humm：251）着力讨论生育、女性经验以及性（行为）为女性带来的差异性存在，（Selden, et al：128）由此引发了学界从理论和话语层面对该问题的全面探讨。越来越多的女性主义理论家致力于批评术语的改革，在批判父权文化针对女性的政治偏见和错误再现的同时，也开发属于女性自己的批评话语，力求在理论思辨层面有所建树，此间的学术创新尤以美国和法国学界为代表。在美国，女性主义理论家或从现有学科中借鉴或自己发明了诸如"厌女"、"父权制"、"男性霸权"、"性别歧视"、"疏离"、"压迫"等批评术语，（Groden, et al：301）有效揭示出性别角色、性别身份和性别关系在文学文化中的再现机制及其背后蕴藏的权力关系，展现以男性为中心确立的有关文学经典的标准和规范如何把女作家排斥在外。在法国，女性主义理论家对于性别与语言之间关系所作的后结构主义阐释生发出有关女性书写、女性话语、女性主体、女性的性（female sexuality）等一系列范畴，拓展了性别的本体论思考。

女性书写的理论内涵

根据美国学者莫依（Toril Moi）的记载，西克苏女性书写的理论体系包括一系列著作和文章：《美杜莎的笑声》（"Le Rire de la Méduse", 1975）、《新生女性》（*La Jeune Née*，1975，合著）、《阉割抑或砍头？》（"Le Sexe ou la tête?", 1976）以及《谈谈写作》（*La Venue à l'écriture*, 1977）。（102）其中最集中讨论女性书写的文章是《美杜莎的笑声》，法语原文发表在 1975 年《弓》（*L'Arc*）杂志上；次年，这篇文章由基斯·科恩（Keith Cohen）和保拉·科恩（Paula Cohen）译成英文，发表于《符号：文化与社会中的女性》（*Signs: Journal of Women in Culture and Society*）杂志 1976 年第 4 期。这篇文章发表后被广泛引用，迅速在学界产生了重要影响，堪称女性书写的宣言书。

西克苏开宗明义地指出，要在文章中谈谈女性书写及其作用。

> 女性必须书写自己：她必须书写女性，也必须引导女性书写。女性已经被粗暴地驱赶出了书写，就像被驱赶远离了身体一样——出于同样的原因，依据同样的律法，怀着同样的目的。女性一定要通过自己的活动把女性写进文本，写进世界与历史。（1976：875）

西克苏在文章中主要提出了以下观点。

第一，父权文化创造了单一的理性逻辑。西克苏认为，整个人类的书写历史都是理性的历史，早已形成具自恋性质的阳具中心传统，（879）女性从小被男性文化所规约，她们被强迫忘记，不去思考，身体也变得僵硬麻木。不仅如此，女性的身体在父权文化中没有得到真实的再现，成为"黑暗的大陆"，这是"男性针对女性所犯的滔天大罪"。（877—878）西克苏批判父权文化对女性身体的漠视性建构，由于黑暗常常被等同于危险，女性自己于是也内化了这种恐惧。西克苏提倡的女性书写从根本上反对理性，反抗阳具中心传统对女性身体的压抑。

第二，写作是改变女性命运的唯一途径。西克苏观察到，由于长期受到父权文化的教育，大部分女作家仍然依据男性的标准创作。书写是由力比多经济决定的，因此女性一直处于被压抑的状态。要想改变这一状态，书写是唯一的可能，因为书写"可以激发颠覆性思想，也能预示社会和文化结构的变革"，（879）这是女性回归身体、进入历史的途径。（880）西克苏呼吁打破父权体制对女性写作施加的所有禁忌，不断重申"只有通过写作，通过女性作者针对女性读者的创作，通过挑战遭受阳具统治的话语，女性才能确立自己的地位，这一地位不是被原有象征符号体系确立的，并不处于该体系之中，而是处于沉默之外"。（881）

第三，女性必须用身体表达经验和思想。西克苏认识到，女性内部具多元特征，"无法讨论某一种女性性征，很难讨论某种统一的、同质的、可以用不同编码分类的特征"，（876）因为女性的想象是永不枯竭的。在男性看来，女性的性征总是同死亡联系在一起，（885）但女性身体的双性（bisexual）气质以及性（行为）的流动复杂性特质都没有被充分认识和书写。（885）实际上，女性的身体支撑着其话语的逻辑，"她用身体实现所思，并把思想铭刻在身体之中"。（881）西克苏言简意赅地指出："女性必须通过身体来写作，她们必须创造出蕴意丰富的语言，摧毁性别隔阂、社会等级、修辞话语、法规条文……"（886）

第四，女性用母亲的白色乳汁书写。在创作传统上，西克苏提倡女性从母亲的馈赠中汲取灵感，"用白色墨水书写"。（881）她认为，女性身上总是存在某种母性的品质：滋养生命、抗拒分离，维系女性纽带，把个体的女性同整个女性的历史结合起来。（881—882）这些品质对于女性获得独立身份至关重要：女性体内总留有来自母亲的滋养，她能够把这些再赋予另外的生命，使爱得以延续。（881）母亲因此成为一个"隐喻"，（881）她身体具备的馈赠和养育能力在新一代女性身上得到继承。

第五，女性应该先借用男性的话语，然后才能飞翔。西克苏认为，"女性一直在男性话语'内部'发挥作用"，现在必须从这一"内部"走出来，摧毁它，反转它，抓住它，把它变成自己的。（887）她借用法语词"窃取；飞翔"（voler）的双重含义，主张女性必须先"偷"（借用）男性话语和逻辑符号，然后才能实现"飞"（超越）。（887）同男性相比，女性更善于搅乱空间秩序，迷失方向，颠倒价值，并从中获得愉悦，因此，"飞翔"是女性的举动，"在语言中飞翔，也促使语言飞翔"。（887）同男性话语相反，女性的语言不应该有局限和边界，而应该展开无限的可能。（889）

值得注意的是，这篇被公认为女性书写宣言书的文章，却自始至终没有为"女性书写"这一术语作出准确定义。西克苏说：

> 我们无法给女性的书写实践下定义，这种不可能性还将持续，因为这

一实践无法被理论化，无法被封闭起来，更无法被符码化。但这并不意味着女性书写的实践就不存在。实际上，它将永远超越阳具中心体系所规范的话语，它将发生在不受哲学-理论统辖的地带，由那些颠覆无意识行为的人所创造，被那些权威永远无法推翻的边缘人所孕育。（883）

西克苏辨别说：大多数读者和批评家，抑或不同性别的作者，都会出于无知而拒绝直接承认女性书写与男性书写之间存在差异。（883）但在她看来，写作带有鲜明的性别符号：

> 我明确主张，写作是有符号印记的。写作以迄今为止最为广泛、最具压倒性的方式被力比多和文化经济所操控，也因此被政治的、典型男性的经济所掌控，这一点远比人们怀疑或承认的范围广、程度深，而写作也正是女性压迫得以不断延续的核心所在。女性压迫不断反复出现，或多或少有意识地以一种具有危险性的方式被隐藏起来，被虚构的神秘魅力所修饰。写作这一核心所在已经极大加剧了性别对立（而不是性别差异）的所有符号，女性因此从来没有机会说话……（879）

西克苏虽然没有在论著中准确定义"女性书写"，但却描述了其开放、变化的特质。女性应该解放身体，女性身体具有的流动复杂性自然成为女性书写的要素。（878）此外，女性要从母亲身体里汲取滋养，加强同母亲的文化联系，要颠覆并利用男性秩序和理性逻辑，发展出没有边界的语言模式。因此，女性书写应该以"给予"为特征，以"倾诉"为方式。（1981：53—54）西克苏借用古希腊掌管女性智慧的美杜莎神话，树立女性在话语世界被放逐的典范。美杜莎被剥夺美貌之后，其身体所具有的威胁、恐惧等负面价值成为女性身体具有的普遍危险特质的极端体现，其头发的狂乱是追求自由过程中身体的释放所带来的狂喜，她的笑也因此象征着女性话语的宣泄："我们是狂风暴雨式的，属于我们的一切从身体里奔泻而出，不必害怕从此虚弱不堪。我们的目光和微笑都消耗殆尽，笑声从众多的口中宣泄而出，血液恣意流淌；我们伸展身体，不必考虑是否触到尽头……"（1976：878）

《美杜莎的笑声》自始至终充满西方哲学和文学隐喻，西克苏鞭辟入里地批判父权文化，更热情洋溢地呼唤女性借助写作表达自己："书写吧，不要让任何人阻止你，也不要让任何事妨碍你：包括男人，包括那些低能的资本主义机器……更不要让自己阻止自己写作。"（877）西克苏在文章中刻意选用诗性语言，违背西方哲学传统中惯常的理性思维，这一写作风格似与她本人提倡的"女性书写"的特质相吻合，因此被后来学者普遍视为女性书写的范例。

书写的性别政治

莫依认为，西克苏的立场是对德里达（Jacques Derrida）的理论进行了女性主义的挪用。(110)德里达主张,存在与思想、思想与逻各斯之间的意义转换和传递过程不同,书面文字也因此区别于口语表达。他说:所有能指都是"衍生的",其背后是意义之间无休止的置换,衍生是"能指"这一概念的来源。(11)文字不断推迟意义的出场,因为一连串的意指过程造成意义的延宕与差异,这就是德里达所说的"延异"(la différance)。他主张,"'理性'……控制写作的理性……不再由逻各斯发出。不仅如此,理性还不断破坏所有源于逻各斯的意指过程……尤其是破坏真理的意指过程。"(10)西克苏提出的以差异为主要特征的女性文本重视意指过程的多重性,开拓了意义阐释的空间,提倡在开放式的文本中找到愉悦,摧毁父权语言的牢笼和同一性原则,因此可以视为在德里达的思维和认知方式上增加了性别的维度,性别的差异以及由此引发的权力关系和政治关系在书写中得以凸显。应该看到,西克苏的女性书写学说面临三种内在张力。

其一,西克苏描述的女性书写并非等同于女作家所作的书写,但她却同时主张女性书写应该从女性力比多汲取营养,那么,男性作家如何能够获得女性身体的体验,这成为女性书写本身的性别困惑。西克苏曾试图区分作者的性别与作品的性别特征,她说:

> 署上女性的名字并不一定保证这部作品就是具有女性特征的,这部作品完全有可能是男性写作。相反,一部署名男性的作品也并不一定排除女性特征。这种可能性很小,但有时确实会在男性作品中发现女性特征,这种情况确实会发生。(1981:52)

这就是说,西克苏提倡的女性书写描述的是文本的特质,而非作者的性别,作者的性别与文本的性别特质之间并非简单的对应关系。实际上,许多女作家并没有强烈的性别意识,她们宣称仅以作家身份创作,不自觉地运用父权文化的语言复制阳具中心主义,继续维护男性秩序。在西克苏看来,男性的创作也有可能具有女性书写的特质。她在文章的一个脚注中指出,法语文学中女性书写的典范是"科莱特(Colette)、杜拉斯(Marguerite Duras)……以及让·热奈(Jean Genet)",(1976:878—879)其中的热奈就是一位男作家。西克苏在列举时使用的省略号意味深长,不仅彰显出她思索的过程,更突出了后者的男性身份。但是,作者的性别与文本的性别特质之间究竟是何关系,西克苏在文章中并未厘清。由于男性无法获得女性的身体经验,无法体会女性的愉悦,也因此很难创作出具有西克苏描述的女性特质的文本。有学者认为,男性作家创作出女性书写,这种情形似乎只有在女性主义的目标已经实现的前提下才能出现,亦即消除了性别不平等之后。(Chanter:29)此外,这一术语背后的性别困惑还在于,"女人"本身就是无法定义的。西克苏在文章中对"女人"作了限定:"当我说'女人'的时候,我是指那些必须对传统男人进行不懈斗争的女人,也指唤醒女性意识、建立历史意义的具普遍性的女性主体。"

（1976：875—876）但这一定义并未涵盖所有女性，也并不完全同生理意义上的女性相一致。由此，一切关于"女人"、"女性"的范畴都变得模糊而脆弱了。

其二，西克苏的理论致力于反对父权文化对女性的压制，但她对于女性书写内涵的描述却似乎在支持父权文化的二元对立，也似乎又重新堕入了她致力反对的父权意识形态，因此有性别本质主义之嫌。（Moi：123）西克苏曾在著作中明确列举了父权文化的二元对立逻辑：主动／被动；太阳／月亮；文化／自然；白昼／黑夜；父亲／母亲；逻各斯／帕索斯（Pathos）等。（1977：64）她认为父权文化根本上的二元对立思维导致女性和情感处于被动的一方，同女性相联系的一切也因此呈现负面、被动的文化意义。但她在倡导女性书写时又主张女性的书写应同女性的力比多冲动相联系，应表达女性的无意识，这种对女性身体表达欲望的重视似乎依然在延续父权文化关于性别的生理决定论，延续父权文化对女性的刻板再现模式。女性书写的写作风格同女性气质相联系，松散而反逻辑，这似乎也在再生父权话语对女性气质的规约。（Bentley：13）这其中的内在张力在于：西克苏一方面要维护和张扬女性的特殊性，另一方面却无法逃离性别差异的思维模式。她越是强调女性相对于男性的差异，就越是在强化父权文化关于性别的二元对立逻辑。因此有学者指出，"当书写的欲望被等同于女性力比多，尤其是母性冲动时，我们仿佛听到弗洛伊德关于缺失的话语在回响……这样的回响当然会让'女性书写'的颠覆性大打折扣。"（张玫玫：82）

其三，西克苏的文章充满对西方文化的指涉，但是并没有把女性的经验同社会、历史、文化现实结合起来，这样，女性书写理论在政治性与文本的文学性之间、理论的指导性与创作的实践性之间构成了张力。许多评论家注意到西克苏本人的文体风格："西克苏的风格具有高度隐喻性，富有诗意，明确地反理论，其中心意象构成一张由能指组成的浓密的网，任何思辨性批评家都无法简单拆解。"（Moi：102）西克苏通过自己的写作展现女性书写可能呈现的状态，她游戏于单词的多重意义，避免使用父权逻辑，打开了认知世界的可能性，这显然是有意为之的修辞策略。但是，更多的学者质疑这样的策略是否能够有效指导女性主义的书写实践。虽然把当今世界女性主义划分为英美女性主义和法国女性主义两个主要流派的做法引发了学界质疑，（Selden, et al：130）但它们之间迥异的哲学背景和思辨模式却清晰可见。实际上，法国女性主义理论的形而上视阈一直遭到英美学者的诟病，美国女性主义理论家尤其批评西克苏脱离社会空谈理论，"从不具体分析阻止女性写作的物质因素。她的神话故事没有讨论社会的不平等以及女性如何被剥夺了书写的权利，没有观照女性作为非神话原型的社会存在。"（Moi：123）这些指责显示出英美女性主义与法国女性主义学界之间的差异，这一差异不仅体现在思维方式和学术话语上，更体现在学术组带和哲学传统上，英美学界无法理解法国女性主义的哲学诉求。（Penrod：51）但应该看到的是，父权文化已经建立起一整套话语系统，神话是其中具支撑性质的结构，也与文学作品中的母题密切相关，从这个意义上讲，对神话起源的质疑、戏拟、改写，都将是针对父权文化所作的最彻底摧毁，西克苏和其他法国女性主义理论家的书写策略之用意就在于此。

虽然西克苏关于女性书写的学说存在上述内在张力，但是，"其文本中那些充满矛盾之处可以理解为是由父权意识形态中业已存在的矛盾同挣脱父权禁锢谋求自由的努力之间构成的冲突。"（Moi：122）如果这一冲突是所有内在张力背后的根源，那么，这些张力实在是女性主义理论家在建构女性主义理论时无法回避的，她们在构思新的理论术语、创建新的认知模式时，无法彻底摆脱现有文化的逻辑秩序。运用已经具有固定表征系统的语言符号提出相反的政治主张，同时进行反表征实践，这一内在矛盾伴随女性主义理论发展的每一段历程。

女性书写理论在中国的译介与创作实践

西克苏的女性书写理论旅行到中国之后，经历了术语的翻译、理论内容的介绍到书写实践的借鉴过程。由于文化语境和哲学传统的差异，女性书写理论在中国的译介发生了内涵上的错位。据笔者查证，écriture féminine 这一术语在中国学界先后出现以下主要译法。

1. "女性写作"。这一译法最早见于韩敏中翻译、肖沃尔特所作《荒原中的女权主义批评》，载王逢振等编《最新西方文论选》和由林建法、赵拓翻译，莫依所著《性与文本的政治——女权主义文学理论》，其中后者在行文中也曾把这一术语另译为"女性作品"。（142）

2. "妇女写作"。这一译法最早见于黄晓红翻译、西克苏所作《美杜莎的笑声》，载张京媛主编《当代女性主义文学批评》。由于这是西克苏女性书写学说的代表作，因此，这篇文章在国内学界的影响很大，许多中国女作家正是从这篇文章知悉并借鉴了身体书写的方式。译名中的"妇女"一词带有鲜明的中国特色，中国读者熟稔其蕴含的政治意义，容易对这一学说引发认同，但也会产生全世界女性背负同样历史命运的错觉，更会把这一术语的内涵简化成纯粹的政治目的，也因此把关注的重心由书写形式和文本风格转移到书写者的性别身份以及政治诉求上。

3. "阴性书写"。这一译法的代表是宋素凤所著《法国女性主义对书写理论的探讨》。有学者认为，"西克苏本人强调写作行为的流动性和差异性，这在某种程度上暗合了中国传统哲学的阴阳相生观念"，（王迪：59）因此"阴性"一词更恰当地传达了西克苏的理念。虽然这一译名较为忠实地传达出西克苏学说旨在描述文本的特质而非写作者的生理性别，但是，译名中"阴性"这一构成要素也同时具备"阴柔"、"柔弱"等含义，这同女性利用书写谋求政治改革和文化变革的愿望以及女性日益加强的主体身份认同相冲突，因此这一译名在使用中也受到一定局限。至于西克苏的理论是否同中国哲学的阴阳相生观念相契合，则需要另行深入研究。

4."女性书写"。这一译法中的"书写"一词借鉴了 20 世纪 90 年代国内学界对以德里达为代表的后结构主义理论家提出的书写理论的汉译，也似从"对于女性的书写"简化演变而来，多见于同时期国内学界对于"五四"之后女作家以及当代女作家对女性经验的书写所作的研究。

经过 20 余年的译介，国内学界目前常用"女性写作"和"女性书写"两种译法来对应西克苏提出的 écriture féminine。同原来的法语术语相比，这两种译法限定了书写者的生理性别，凸显了书写者的性别身份。萨义德（Edward W. Said）认为，理论术语在文化旅行途中会发生意义的迁移，其间常常包含如下要素：其一，思想或理论生发的背景；其二，理论或思想必须跨越一段距离在另一个时空得到复兴；其三，必须有理论或思想被接受或拒绝的环境；其四，理论或思想在新的语境中被重新解读。经过旅行之后的理论必然发生内涵和外延上的变化，遭遇移植、迁移、循环和交易。（226—227）从上文的分析可以看出，西克苏的女性书写理论移植到中国，在汉语译名中发生意义的迁移，突出了书写者的生理性别和主体地位，把原来理论指涉的具有女性特质的书写风格转变为身为女性从事的书写活动，排除了原有理论中包含的男性创作出 écriture féminine 的可能性，因此，这两种译法实际上创建了新的术语范畴，同西克苏的原意发生了错位。但是，这种错位以及同时期译介的许多西方女性主义理论却积极适应了 20 世纪 90 年代中国女性独立思想的普遍觉醒，有效促进了中国女性主义理论和实践的发展，一些女作家对女性身体和性经验的大胆描写还曾引发群体围观和学术争议。

1995 年，联合国第四次世界妇女大会在北京召开，大会的主题是"以行动谋求平等、发展与和平"，来自近 200 个国家的 17,000 余人参加了大会的活动和学术研讨，极大地激发了中国女性的独立意识和创作实践，90 年代之后的 20 年间出现了一大批女作家文集。值得注意的是，西克苏提倡的女性书写理论经过翻译错位和过度阐释之后突出了书写者的作用，原有理论中对身体欲望的书写常被简单地等同于身体书写，以至于再进一步阐释为书写身体，一些女作家开始在作品中大胆描写女性的身体和性觉醒、性体验。有学者仔细研究了中国女作家林白的《一个人的战争》（1994）、《致命的飞翔》（1996）等作品同西克苏的女性书写理论之间呈现的"暗合之处"，其中不仅包括身体叙事策略，还包括不断重复出现的"飞翔"的意象。研究发现，林白作品展现的女主人公探索自我实现的心灵轨迹，与西克苏的身体叙事逻辑几乎是同步的。（杨莉馨：62）在 90 年代，身体叙事甚至发展成为"当代女性文学的一面旗帜"，女性"以血代墨，让身体说话，用血肉之躯充当写作依据的逻辑，通过写作放纵自己的躯体生命，已成为女性占有文学领地的手段之一"。（63—64）

但是，把西克苏的女性书写理论简单阐释为书写身体，这样的移植会产生两个误区。

其一，西克苏的女性书写学说所针对的是西方父权文化的逻辑，是以弗洛伊德（Sigmund Freud）为代表的精神分析学说对女性的性和女性身体的漠视。弗洛伊德主张，力比多发展的早期必然经过口欲、肛欲、性器欲的阶段，（64）因此，当西克苏提出"口欲、肛欲、声音欲，所有这些欲望都是我们的力量"的时候，（1976：891）她显然是在延续并发展着弗氏的学说，在弗氏理论原有的口欲、肛欲之上增加了声音欲，下文又补充了孕育欲，指出孕育欲"就如同写作的欲望：一种从内部生长的欲望，一种鼓胀肚皮的欲望，以及对于语言和血的欲望"。（891）女性的身体在父权文化中一直是一个禁忌，尤其是怀孕的身体，因此，对于身体欲望的书写实际上是要打破施加在女性身体之上的父权禁忌，释放长期以来被压抑的欲望。虽然性在中国文化中也是禁忌，但其源头和发展逻辑同西方文化有很大差异。西克苏理论中的口腔、肛门、声音、怀孕等概念已经超越了文字原本的意义而携带了复杂的文化指涉，这些是中国学者和作家在借鉴西克苏的女性书写理论时所很难准确还原的。

其二，一味针对女性身体和性经验的描写有可能再次把女性置于男性的目光审视之下，这样的书写有可能再次取悦于男性，造成"身体消费"的现象。（王晓路等：268）在女性书写的过程中，在女性大胆书写性经验、突出女性主体的时候，很难讲她们是否再次强化了身体具有的符号价值，也因此使女性再次沦为男性的性爱客体和凝视对象。毕竟，被书写的身体也是被文化塑造的，（Rabine：32）已经铭刻了文化的符号和印迹。对于女性身体的书写，是张扬了女性主体意识还是迎合了父权文化的审美情趣，这其中的界限是非常模糊的。所以有学者认为，女性身体似乎不是用来攻击父权文化的最好场所。（Jones：255）

西克苏的女性书写理论在中国的译介经历了术语范畴的错位，虽然理论借鉴过程中仍然存在需要留意的误区，但女性书写理论极大地激励了中国女性的独立意识，促进了女作家通过写作的途径彰显主体意识，表达欲望和诉求，其积极意义仍是不容忽视的。

结　语

西克苏倡导女性书写理论的初衷是建构一种富有性别意识的文学批评话语。她通过揭示父权体制的基础，展现父权体制的运作机制，提倡重新发现女性身体，鼓励新的思考和生活方式。哲学话语传统一直被认为是具普遍性和理性的话语，西克苏作为女性参与哲学话语的建构，并运用了父权文化所排斥的诗性语言，这本身就是一种挑战的姿态，其参与文化建设的积极作用非常引人注目。该术语在不同文化中的译介和借鉴都曾经历意义的迁移，因此，对该术语进行历史还原和梳理，有利于厘清术语的来源和演变，并在学理层面推进该领域的研究和实践。

莫依认为，西克苏的女性书写理论是针对一个没有压迫、没有性别歧视的社会所作出的关于女性创造力的乌托邦式想象。（Moi：121）乌托邦的存在本身所表达的是人们对现阶段的社会现实所怀有的不满。詹姆逊主张，"乌托邦的目的不在于帮助我们想象一个更美好的未来，而在于揭示我们在想象一个更加美好的未来时候的无力，或者说，它揭示我们生活在一个非乌托邦的现在，既没有历史性也没有将来性，揭示我们被困在一个意识形态终结的制度中。"（380—381）从这个意义上说，西克苏为人们展现的不仅仅是一个女性独立思考、独立写作的理想，更重要的是引发人们清楚认识女性被压迫的现实，认识父权文化对女性身体和女性生活的压抑。应该看到，在人类文明史上，对于乌托邦的构想曾无数次地推进了观念的革命，这也是众多思想家谋求社会正义的原动力。因此，尽管西克苏的女性书写学说存在内在张力，也曾遭遇各种批评，但是，它却持续唤起女性的想象力和创造力，这一乌托邦理想是如此的"令人振奋和鼓舞"。（126）

参考文献

1. Bentley, Nick. *Contemporary British Fiction*. Edinburgh: Edinburgh UP, 2008.
2. Chanter, Tina. *Ethics of Eros: Irigaray's Rewriting of the Philosophers*. New York: Routledge, 1995.
3. Cixous, Hélène. "Castration or Decapitation?" Trans. Annette Kuhn. *Signs: Journal of Women in Culture and Society* 7.1 (1981): 41-55.
4. —. "Le Jeune Née: An Excerpt." Trans. Meg Bortin. *Diacritics* 7.2 (1977): 64-69.
5. —. "The Laugh of the Medusa." Trans. Keith Cohen and Paula Cohen. *Signs: Journal of Women in Culture and Society* 1.4 (1976): 875-893.
6. Derrida, Jacques. *Of Grammatology*. Trans. Gayatri Chakravorty Spivak. Baltimore: Johns Hopkins UP, 1976.
7. Freud, Sigmund. *Three Essays on the Theory of Sexuality* (1905). Ed. and trans. James Strachey. New York: Basic, 1975.
8. Groden, Michael, et al., eds. *The Johns Hopkins Guide to Literary Theory and Criticism*. Baltimore: Johns Hopkins UP, 2005.
9. Humm, Maggie. *The Dictionary of Feminist Theory*. London: Prentice Hall, 1995.
10. Jones, Ann Rosalind. "Writing the Body: Toward an Understanding of *L'Écriture Féminine*." *Feminist Studies* 7.2 (1981): 247-263.
11. Moi, Toril. *Sexual/Textual Politics: Feminist Literary Theory*. London: Methuen, 1985.
12. Penrod, Lynn K. "Translating Hélène Cixous: French Feminism(s) and Anglo-American Feminist Theory." *TTR: traduction, terminologie, rédaction*. 6.2 (1993): 39-54.
13. Rabine, Leslie W. "*Écriture Féminine* as Metaphor." *Cultural Critique* 8 (1987—1988): 19-44.
14. Said, Edward W. *The World, the Text, and the Critic*. Cambridge: Harvard UP, 1983.
15. Selden, Raman, et al. *A Reader's Guide to Contemporary Literary Theory*. London: Prentice Hall, 1997.
16. 莫依：《性与文本的政治——女权主义文学理论》，林建法、赵拓译，时代文艺出版社，1992。
17. 宋素凤：《法国女性主义对书写理论的探讨》，载《文史哲》1999 年第 5 期。

18. 王迪:《女性话语的突围之路——论埃莱娜·西克苏"阴性书写"进行时》,载《外语与外语教学》2010 年第 1 期。

19. 王晓路等:《文化批评关键词研究》,北京大学出版社,2007。

20. 西苏:《美杜莎的笑声》,黄晓红译,载张京媛主编《当代女性主义文学批评》,北京大学出版社,1992。

21. 肖沃尔特:《荒原中的女权主义批评》,韩敏中译,载王逢振等编《最新西方文论选》,漓江出版社,1991。

22. 杨莉馨:《"身体叙事"的历史文化语境与美学特征——林白、埃莱娜·西苏的对读及其它》,载《中国比较文学》2002 年第 1 期。

23. 詹姆逊:《乌托邦和实际存在》,王丽亚译,载王逢振主编《詹姆逊文集:文化研究和政治意识》,中国人民大学出版社,2004。

24. 张玫玫:《身体/语言:西苏与威蒂格的女性话语重建》,载《外国文学》2008 年第 3 期。

女性主义类型小说 梅 丽

略 说

　　女性主义类型小说（Feminist Genre Fiction）是当代英美文学界最具革新精神也最为有趣的领域之一：它是大众通俗文学作品的女性主义版本，包括女性主义科幻小说、侦探小说、爱情小说和童话故事等，是女性主义思潮与后现代主义文化相结合的产物，于 20 世纪七八十年代得到大规模的发展。当时女性主义小说出现了探索通俗类型小说的分支，通过对传统类型小说进行挪用和戏仿，引发了具有自我觉醒风格和反叛意识的女性主义类型小说的创作和阅读浪潮。

　　女性主义类型小说家有意识地从女性的角度进行写作，不再遵循传统类型小说保守的意识形态和老套的故事情节，着重塑造与占西方社会主导地位的父权意识直接冲突的意识形态。她们借用类型小说所具有的大众性躯壳，采用创新性的写作手法传播女性主义思想，为传统类型小说注入了反叛性的活力，成为"非常适合女性主义的一种政治策略"。（Cranny-Francis：3）

综 述

　　女性主义类型小说最早兴起于 20 世纪六七十年代，当时英美等国家掀起了轰轰烈烈的第二次妇女解放浪潮。在妇女解放运动蓬勃发展的时期，英美的女性主义文学最初套用现实主义的"苏醒"（coming to consciousness）小说模式，属女性主义倡导者呼吁女性觉醒的女性成长小说。琼（Erica Jong）的《怕飞》（*Fear of Flying*，1973）和弗伦奇（Marilyn French）的《女人的房间》（*The Women's Room*，1977）是这类小说的代表作品。到了 20 世纪七八十年代，女性主义思潮大规模向各类文学形式渗透，女性主义爱情小说、侦探小说、科幻小说和童话故事等对传统的通俗类型小说进行颠覆性和创新性的改写，吸引了大量的读者，也引发了广泛的关注和讨论。此时许多出版社相继创立了自己的女性主义类型小说系列，如西蒙与舒斯特出版社（Simon and Schuster Press）在 80 年代出版了女性主义爱情小说"剪影"（Silhouette）系列，水中仙女出版社（Naiad Press）、潘多拉出版社（Pandora Press）、西芭出版社（Sheba Press）推出了众多女性侦探小说系列。女性主义科幻小说更是如雨后春笋般涌现出来，达到了前所未有的兴盛期，勒瑰恩（Ursula Le Guin）、拉斯（Joanna Russ）、皮尔西（Marge Piercy）、莱辛（Doris Lessing）、阿特伍德（Margaret Atwood）等著名作家都创作了脍炙人口的女性主义科幻小说作品。而女性主义童话作家们既重写经典童话，又创作新的童话故事，以此来挑战父权意识。1991 年，由卡特（Angela Carter）主编的《悍妇精怪故事集》（*Virago Book of Fairy Tales*）的合订本由悍妇出版社（Virago Press）出版。

对于女性主义类型小说的性质，文学评论界一直存在着争议。尽管许多学者认为这类小说具有反叛意识和创新的写作技法，是女性主义宣扬其政治思想和文化策略的有效手段，但还是有一些评论家认为它们借用的是通俗小说模式，目的是吸引大众流行文化市场的读者，其所宣扬与迎合的仍然是主流意识形态，因此也就无法避免其大众性、模式性、保守性的写作规则。克莱因（Katherine Gregory Klein）指出，因为所有通俗类型小说都具有保守性，女性主义者试图挪用它们的努力必将失败，"近期女性主义小说中出现的变化只是表面的风格、布局以及惯例的变化"。（223）马戈利斯（David Margolies）在研究了女性爱情小说后也得出结论，认为类型小说具有内在的父权模式。他从文化层面上分析了女性读者阅读爱情类型小说的原因，指出这一保守的模式将在很长时间内保持稳固地位。（5）

那么，到底应该如何理解女性主义类型小说家挪用传统类型小说的动机？如何看待女性主义类型小说与传统类型小说的关系？如何考察女性主义类型小说的实际效果？本文试图从女性主义类型小说兴起的政治文化背景、类型小说潜在的可变性以及女性主义类型小说的阅读立场这三个方面，探讨女性主义类型小说的性质，论证女性主义类型小说所具有的创新性、颠覆性和政治实践性。

女性主义类型小说兴起的政治文化背景

女性主义作家选择挪用类型小说这一形式具有特定的时代背景。20 世纪七八十年代，随着女性运动的深入开展和后现代主义文化的影响日益广范，类型小说这种被传统文学批评所排斥特别是被左翼文学贬低为大众化、保守化的文学形式，开始受到女性主义者的重视和运用。

在文学批评传统中，大众文化批评所采用的理论资源，基本上来自法兰克福学派。学派中人主张，大众是完全没有个体自由意识与反抗能动性的被动群众，他们对通俗文化的冲击没有自己的选择性和批判性，因而这种文化在政治上取得进步的可能性是微乎其微的。阿多诺和霍克海默（Max Horkheimer）坚持认为，大众文化是资本运作的结果，出于机械复制的目的，一切都必须是固定不变的，且始终呈现出一致性："这种经济需要阻止了对每件艺术作品的内在逻辑的追求。"（288）阿多诺更是在文化自律与大众文化之间划上了泾渭分明的界限。在这些理论的主导下，类型小说长期以来被界定在"经典"及"严肃"文学之外。

但随着 20 世纪 60 年代以来社会环境和学术兴趣的转变，在以多元、流动、去"中心"为要旨的后现代文化的背景下，大众更适合于被理解成一个不断变化的并以多种方式适应或抵制主导价值的不同社会群体的集合，他们既不是没有分辨能力的被动者，也不能被想当然地视为在文化上的反抗力量。大众文化存在于其生产与再生产的过程中，存在于日常生活的实践中，而不是存在于静止的文本之中。正因为大众文化所具有的新的时代含义，到了七八十年代，"左翼"开始接纳通俗文化。威廉森（Judith Williamson）在 80 年代的左翼期刊《新社会党人》（*New Socialist*）上撰文指出："过去对左派来说，宣称对迪斯科舞或其他任何通俗文化的喜爱是一种大胆冒险的行为。现在似乎要求同样大胆的行为来表明，这样使人尽兴的活动并不是激进的。"（15）在 1986 年《今日马克思主义》（*Marxism Today*）举办的"活力左翼"（Left Alive）会议上，发言者不乏顶级设计师、潮流作家和电视广告商等。

女性主义思想家在这一变化中占据着重要地位。在 1980 年的一个访谈中，马克思主义者和女性主义者巴雷特（Michèle Barrett）认为，"女性主义者试图影响大众传媒，以获得更广泛的拥护。"（37）她反对精英主义把大众媒体看作保守的逃避主义的看法，并提出了两方面的进展。一是女性主义先锋作家努力创造女性语言；二是女性主义者正朝通俗文化进军："……相对而言，一个大范围内的小变化，与一个小范围内的大变化有同样重大的意义。电视肥皂剧带来变化的可能性至少和政治教育剧带来变化的可能性一样大。"（55）

由此可以看出，进入通俗文化和小说领域是 20 世纪 80 年代左翼女性主义者的日程之一。在某种程度上，这一举动也是为了扭转通俗文化一直为右翼所控制的局面，著名的例子就是"雅皮士"等形象即为右翼所创造。女性主义者认为她们有发表通俗观点、改变文化观念的需要，而尝试挪用通俗文化和通俗作品类型就是计划的一个部分。正如克莱尼-弗兰西斯（Anne Cranny-Francis）在《女性主义小说：女性主义者对通俗小说的应用》中所总结的那样，"女性主义选择类型小说为操作对象的原因，和人们形容这类小说的词汇有关——大众化。"（2）人们爱读通俗小说，其销量也极为可观。对一名女权主义宣传者来说，运用一种已占有巨大市场的小说形式是明智而有效的行为。美国女性出版社（Women's Press）出版的科幻小说系列的首页上印出了该出版社的宣言，间接地承认了这一目的："我们希望本系列能鼓励更多的女性阅读和写作科幻小说，使科幻小说的传统读者群拥有刺激的全新阅读视角。"（Cranny-Francis：2）这正是女性主义类型小说家的共同目标，即给类型小说的传统读者群提供一个全新的阅读视角，而这个视角的"新意"恰来源于女性主义的主张本身。这一宣言的重要之处还在于，它承认了一个值得开发和挖掘的既有读者群的存在，该读者群不仅人数巨大，而且背景多元。因此，从政治实践的角度来看，以女性主义的方式运用通俗小说就显得十分恰当了，因为这种方法潜在地使得女性主义作者能够进入原本向她们关闭的大门。女性主义可能在许多读者眼里非常陌生，但通过类型小说这样一种人们熟知的和受人喜爱的形式表现出来，就会引来更多的关注，产生的结果就如同女性出版社希望的那样：无论是在阅读内容还是阅读习惯方面，女性主义都为传统的读者群提供了一种刺激且全新的阅读视角。

类型小说潜在的可变性

从女性主义类型小说的反抗性和革新性来看，它已经远远脱离了类型小说的传统定义，但是它依然沿用了类型小说的外壳，在此基础上进行挪用或戏仿。对此有评论家认为，女性主义类型小说作家虽然在作品中加入了一些新的内容，但在本质上无法脱离传统类型小说的写作模式和主导意识，因此难以越过传统类型小说的藩篱。那么，如何看待和理解类型小说的性质，就是探讨这一争论的关键所在。

根据理论界的惯常定义，"类型"一词简单说来是指那些有一套固定模式、公式或传统风格的作品，例如科幻、乌托邦、侦探或爱情小说等。"类型"一词的使用在文学评论界和出版界是十分普遍的，书商也往往会在书的封面上标明作品的分类。然而，在探讨女性主义类型小说这一特定文化现象时，"类型"的使用超越了这种简单分类。研究女性主义者对通俗文学形式的运用，意在表明类型不仅是一种文学或语言学分类，还是一种社会实践。詹姆逊（Fredric Jameson）在《政治无意识》中探讨了小说类型这一概念的有用性，试图以此来理解社会符号学："对马克思主义来说，类型这一概念的战略价值显然为其斡旋功能，它从形式的演变以及社会生活的发展这两个历史角度，调整着对作品固有的形式分析。"（105）这段话对女性主义来说也同样适用，女性主义作家和评论家一直都在尝试这一复杂的步骤：将个体的小说放置于那一类型的历史长河中，找出传统写作手法中所包含的重要的意识形态，并将它们融合在一起，再分别根据主流和被边缘化的声音对这些意识形态进行研究。

功能语言学家韩礼德（M. A. K. Halliday）等人将社会环境和小说类型之间的关系作了概念化的界定，为研究文学（子）类型提供了新的视角。他们认为，小说类型是对特定社会情况的回应，而作家能力的高低取决于他们是否能针对不同的情况选取相应的小说类型。这种能力取决于作者的主体地位，同时也取决于他们能获得多少父权社会的强势信息，并将其植入类型小说之中。（1）

女性主义类型小说正是通过选择不同的小说类型，从多个层面揭示小说类型何以成为一种社会策略的。女权主义者对类型小说的借用，表明类型小说中含有意识形态信息。类型小说不仅履行特定的社会职能，即传递保守的意识形态，同时也发出反对的声音。这些反对的声音有时以隐匿和克制的状态出现在保守的作品中，还有时出现在具有政治敏感性的作者——如社会主义者或女权主义者——有意识创作的对抗性作品中。必须肯定的是，类型小说的写作无法脱离传统。传统是社会概念，是社会意愿，而非个人选择，但同时，传统本身也处于各种社会压力之下和各种力量的斡旋之中。社会的发展变化会使从前广为接受的传统变得让人难以接受，从而产生修正性写作。例如，当代侦探小说中出现了越来越多的职业女侦探，这种情况只有在西方社会中职业女性的地位得到提高后才能被人接受。正如托多罗夫（Tzvetan Todorov）在对巴赫金作品的研究中所阐述的那样："小说类型是形式上的概念，同时也是社会历史学概念。因此，在考虑小说类型的变化时必须考虑社会转型的因素。"（80）而社会转型的原因是主流意识形态的变化，以及特定时期社会意识形态的重组。女性主义类型小说正是对这一重组过程的干预，它试图通过挑战父权意识形态控制的一种符号学系统，以达到推翻父权统治地位的目的。

对于类型小说的可变性和流动性，詹姆逊也有过精辟的阐述。他认为类型具有可变性，具体的例子体现为中世纪爱情小说中的"魔力因素"，它在18世纪得到再创造，被替换为"神学和心理学因素"。尽管小说的基本形式保持不变，但在新的历史背景下，小说的本质和精神发生了重大的变化。詹姆逊指出，在不同的历史时期类型是可变的，但类型的形式就像是沉积物一样，不断地承载着一些早期的意识形态：

> 现在让我们更仔细地来看这种构建，我们把它叫做形式的沉积……在现有的强大的形式下，一种类型本质上是一种象征社会的信息，或者说，那种形式本身就是一种内在的本质的意识形态。当这样的形式在不同的社会和文化背景中被重新挪用时，这一信息继续存在并一定会在功能上被纳入这种新的形式……就这样形式本身的意识形态沉积下来，并作为通用的信息与以后的元素在一个更复杂的结构中共存。这是一种或矛盾或中立的机制。（141）

这种关于共时文本的模式，允许女性主义者试图挪用各种类型小说形式时，让处于矛盾和争执状态中的不同话语同时存在。如果我们在理解女性主义类型小说的时候，能看到传统形式与新的内容两者之间的斡旋机制，并能把类型小说当作形式与社会历史两者合一的概念，我们就可以看到类型小说具有潜在可变的性质，也就能更清楚地看到女性主义类型小说所具有的颠覆性和创新性。

从实践上来看，在对女性作者的书写历史进行再次挖掘的过程中，女性主义评论家发现，其实女性作者的作品类型极为多变。这一发现进一步证明，许多评论家在考虑某种类型的规则、模式或内在结构时，关注的并不是类型本身，而是这一类型中所产生的经典。经典是保守的，作品类型中经典的选取倾向于守旧的和以男性为中心的价值观。但经典不能代表整个类型，因此我们更应该关注类型的复杂而变化的历史。类型小说不是固定的，而是流动的、发展的，它们一直在适应所遭遇的历史语境；这一语境自然包含了性别观念发生巨大变化的时代，例如在20世纪的转折处出现了"新女性"，70年代前后出现了第二次女性主义潮流。女性主义类型小说吸收这些新的历史语境中各种相互冲突的话语，并成为探索女性问题的有效方式。

女性主义类型小说的阅读立场

巴赫金在《文艺学中的形式方法》一书中写道：

> 任何种类的艺术实体都是按照某种双重模式与现实相关联的；这种模式的具体情况决定了该实体的种类，即它的类型。作品首先考虑的是其读者、接收者，以及一些表达和感知的前提。再次，可以说是从内部角度，也就是通过其主题内容来思考和反映生活。每种类型都会用自己的方式，使自己的主题涉及生活、生活中的事件和问题，等等。（Todorov: 82）

当我们把这段话应用在对女性主义类型小说的考察上时，就能发现作品的内部角度，也就是作品的主题和表现策略等，很容易得到批评家的关注和讨论，而作品的外部因素，即"接收者"的反应，却是过去常常被忽略的。但近年来这一点逐渐成为女性主义理论和实践关注的焦点，因为读者的阅读过程和阅读立场在很大程度上影响了小说的性质和接受程度。

从读者的接受反应这个角度来看，类型小说通常被定义为单纯为读者提供娱乐的小说形式，是逃避主义的表现形式之一。严肃的文学研究往往贬低类型小说中的逃避主义功能，认为类型小说为阅读者提供了一个虚幻的、替代性的世界，以及可以预期的阅读快感，来满足读者对现实的逃避态度。但在当代文化研究中，逃避主义不再具有贬低的含义；而且，如果从女性主义的角度去看待这种所谓的逃避主义，就会发现它具有的积极意义。拉德威（Janice Radway）的著作《阅读爱情小说》将目光放到了爱情小说的文本之外，考察了读者的阅读习惯、过程和心理，具有开创性的社会学研究意义。她在研究女性为什么读爱情小说这一问题后得出了如下结论：

> ……人们喜欢爱情小说，因为其中的经历与日常生活不同。爱情小说不仅使人从日常问题和责任所产生的紧张情绪中解脱出来，还创造了女性完全属于自我的时间或空间，在那里她可以全身心地投入到自己的个人需要、欲望和乐趣中。（61）

昂（Ien Ang）也认为我们可以更积极地看待幻想的功能，人们喜欢阅读幻想作品并不意味着就会将幻想带到现实生活中去。幻想具有游戏性、试用性，因此它具有产生虚构的自我的潜能。"制造和消费幻想要求与现实做游戏，人们可以感觉到幻想是'自由的'，因为它是虚幻的，而不是真的。在幻想的游戏中，我们可以装扮各种角色而不用担心它们的'现实价值'。"（132）

逃避主义这种更自由和更具创意的活动，连同它潜在的积极因素，对于讨论女性主义类型小说十分重要。女性主义类型小说的文本本身是对传统社会结构的挑战，要求在特定的类型规则中建造女性自己的结构。除了获得阅读的乐趣，读者不再仅仅满足于幻想和自我迷失，而是会要求更活跃的东西。霍尔（Stuart Hall）在《电视话语中的编码和解码》一文中提出了三种阅读："编码"阅读是指读者接受文本中的意识形态；"对立"阅读是指读者不接受文本的内容；"协商"阅读是指读者接受一部分内容而反对其他的内容。（1）葛兰希尔（Christine Gledhill）认为，处于中立的"协商"阅读，对于女性读者来说，是能够更准确描述读者、媒体产品和意识形态之间关系的方法。（2）

在看待女性阅读的问题上，弗林（Elizabeth A. Flynn）在《性别和阅读》中指出了三种读者和文本之间的相互作用模式。在读者主导的相互作用中，读者抵制文本，厌倦并可能放弃阅读。在文本主导的相互作用中，读者失去了自我，文本征服了读者，读者失去了洞察力。这暗示着抱有逃避主义态度的通俗小说读者，采用的是文本主导模式。第三种是相互对话模式："在读者和文本的互动中，读者在体验中学习，而且没有失去批判的能力。"（267）这种更活跃的模式，允许读者以批判的眼光看待一本书。过去，读者阅读大量某种类型小说的行为，通常被认为是他们完全缺乏判断力的表现，这在某些评论家眼里也成了文本主导阅读的证据。值得注意的是，阅读大量同一类型的作品会使普通的读者对类型小说非常熟识，因此他们能够对与传统类型小说不同的任何特殊文本作出自己的判断。穆特（Sally Munt）站在女性主义文本的阅读立场上进一步阐述了这一观点，她认为"女性主义读者会很活跃地质问她们所看到的文本，就好像这些文本是'她们自己所作'，以此来证明她们对亚文化的信念以及对理想的探索和传播"。（199）

尽管类型小说具有一定程式化和逃避主义的特征，但类型小说读者通常会将自己的批评介入和阅读愉悦结合起来，而非被文本主导的盲从者。事实上，在运用自己对类型的判断力的时候，他们可能更活跃。女性主义作家采取复杂的策略来参与通俗小说的转型，这也是与读者共同经历的转型过程。对试图在自己的作品中构建女权主义阅读视角的作家来说，女性主义类型小说是一项激动人心的创举。而对在阅读过程中积极建立女性主义阅读视角的读者来说，女性主义类型小说是他们激发自省、重塑自我的有效途径。

结　语

正如皮尔斯（Lynne Pearce）在《女性主义与阅读的政治》中所总结的那样："不管我们的文本实践是多么的不同，重要的是记住所有的'女性主义读物'都是一种特别的政治承诺，并存在着一段与之相联系的历史。"（280）女性主义类型小说是与女性主义解放思潮和后现代文化紧密相连的文学创作，是对女性主义政治、经济、文化等观念的回应，同时也顺应了以多元和流动为特征的后现代文化摒弃高雅和通俗的对立的呼声，其目的是调动大众阅读兴趣、调整读者阅读视角、激发文本政治潜能。

女性主义类型小说是一种承载着传统形式与新型思维的文化斡旋机制，是形式与社会历史两者合而为一的体现。如果以历史的眼光来看待女性主义类型小说的发展和意义，探究这个类型中的诸多变化和差异，并全方位地关注它的内部与外部因素，我们就能看到，女性主义类型小说对于女性文学本身的建构和女性主义政治实践来说都有巨大的贡献，是对当代西方社会的表意实践所采取的一种高度自觉的干预。这是一个具有创造意义的新方法，一种再次协调构成当代社会主导意识形态框架的各种复杂思想的手段，一条重塑当代西方社会男女性别意识形态的途径。

参考文献

1. Ang, Ien.*Watching Dallas: Soap Opera and the Melodramatic Imagination*. London: Methuen, 1985.

2. Barrett, Michèle. "Feminism and the Definition of Cultural Politics." *Feminism, Culture, and Politics*. Ed. Rosalind Brunt and Caroline Rowan. London: Lawrence, 1982.

3. Cranny-Francis, Anne. *Feminist Fiction: Feminist Uses of Generic Fiction*. New York: St. Martin's, 1990.

4. Flynn, Elizabeth. "Gender and Reading." *Gender and Readings: Essays on Readers, Texts and Contexts*. Ed. Elizabeth Flynn and Patrocinio Schweickart. Baltimore: Johns Hopkins UP, 1986.

5. Gledhill, Christine. "Pleasurable Negotiations." *Female Spectators: Looking at Films and Television*. Ed. Deidre Pribram. London: Verso, 1988.

6. Hall, Stuart. "Encoding and Decoding in the Television Discourse." Paper 7. Birmingham Centre for Contemporary Cultural Studies, 1973.

7. Halliday, M. A. K., and Ruqaiya Hasan. *Language, Context and Text: Aspects of Language in a Social-semiotic Perspective*. Geelong: Deakin UP, 1985.

8. Horkheimer, Max. *Critical Theory: Selected Essays*. New York: Continuum, 1982.

9. Jameson, Fredric. *The Political Unconscious*. London: Methuen, 1981.

10. Margolies, David. "Mills and Boon: Guilt without Sex." *Red Letters* 14. (1982): 5-13.

11. Munt, Sally. *Murder by the Book? Feminism and the Crime Novel*. London: Routledge, 1994.

12. Nichols, Victoria and Susan Thompson eds. *Silk Stalkings: When Women Write of Murder*. Berkeley: Black Lizard, 1988.

13. Pearce, Lynne. *Feminism and the Politics of Reading*. London: Hodder Arnold, 1997.

14. Radway, Janice. *Reading the Romance: Women, Patriarchy, and Popular Literature*. Chapel Hill: U of North Carolina P, 1991.

15. Todorov, Tzvetan. *Mikhail Bakhtin: The Dialogical Principle*. Trans. Wlad Godzich. Manchester: Manchester UP, 1984.

16. Williamson, Judith. "The Problems of Being Popular." *New Socialist* 41. (1986): 14-15.

萨义德 陶家俊

略 说

爱德华·瓦迪·萨义德（Edward Wadie Said，1935—2003）是当代杰出的巴勒斯坦裔美国人文学者，西方后殖民研究范式的奠基人之一。他的生命之旅横跨阿拉伯世界与西方世界。他的批判关怀连接着大学与社会、东方与西方，融合了西方人文主义传统和当代民主精神。他的学术研究涉及英语文学、比较文学、文化研究、艺术、哲学、政治学、地理学、人类学等领域。

萨义德 1935 年出生在巴勒斯坦。1947 年随父母移居开罗，接受英式教育。1951 年入美国新英格兰地区的寄宿中学赫门山中学。1957 年获普林斯顿大学文学学士学位。1964 年以题为《约瑟夫·康拉德与自传小说》的博士论文获哈佛大学英语文学博士学位。1970 年返回巴勒斯坦的贝鲁特，加入巴勒斯坦民族解放组织。1977 年入选巴勒斯坦国民议会，成为战斗在西方阵营中的巴勒斯坦思想战士，1997 年因不同政见而退出巴勒斯坦国民议会。萨义德于 1963 年开始了在哥伦比亚大学英语与比较文学系的终生教学与研究工作；1977 年晋升为英语与比较文学教授和人文学科的"老自治领基金"教授；1992 年成为哥大教授金字塔尖的校级教授。萨义德担任过现代语言学会主席，是美国人文与科学院院士，也是皇家文学学会、外事委员会、美国哲学学会等组织的会员。

从 1966 年博士论文出版到他辞世后 2006 年出版的《论晚期风格：反本质的音乐与文学》，萨义德写下了多部传世之作。文学批评著作包括：《约瑟夫·康拉德与自传小说》（1966）、《开端：意图与方法》（1975）、《世界、文本与批评家》（1983）、《民族主义、殖民主义与文学：叶芝与去殖民化》（1988）、《文化与帝国主义》（1993）、《知识分子论》（1994）、《人文主义与民主批评》（2004）、《论晚期风格》。《论晚期风格》也涉及萨义德著述的另一个主题，即他在《音乐建构》、《在音乐与社会中探寻：巴伦博依姆、萨义德谈话录》中探讨的音乐艺术及其僭越精神。他批判中东政治暴力、美国外交政策和全球媒体霸权的著作包括：《巴勒斯坦问题》（1979）、《报道伊斯兰：媒体与专家如何决定我们观看世界其他地方的方式》（1981）、《剥夺政治》（1994）、《和平进程的终结：奥斯陆之后》（2000）。此外他著有自传《格格不入——萨义德回忆录》（1999）。萨义德的划时代巨著《东方学》（1978）奠定了后殖民研究范式，开创了一个崭新的知识领域，提炼出一种极具文化穿透力和颠覆爆炸力的研究方法，推动了一场西方乃至全球范围内人文社会科学的哥白尼式革命。《东方学》主要探讨四类现代性问题：西方现代权力／知识话语对东方的建构隐含的权力与知识的共谋；作为西方权力／知识对东方之建构过程的东方学话语的谱系；东方学话语建构涉及的权力向知识的转换过程——文本化或再现；去殖民话语对东方学征兆的殖民话语的解构和颠覆。

作为典型的失去故土、流浪迁徙的族裔散居知识分子，萨义德的心灵世界始终承受着文化身份离散分裂带来的苦弱、无根、漂泊之痛，始终处于对生命和世界的守望挚爱与超越性的批评关怀这两极之间。巴勒斯坦诗人达维西（Mahmoud Darwish）的诗句"最后的边疆之后我们应走向何方，最后的天空之后鸟儿应飞到哪里？"是萨义德文化苦痛体验的真实写照。12世纪法国巴黎圣·维克多修道院的雨果修士放言："发现家园之甜蜜的人仍是幼嫩的雏儿；视每块土地为故乡的人已变得坚强；但把整个世界都看成异邦的人才完美无缺。"这无疑是萨义德追求超越性的批评精神最好的注解。

综　述

萨义德深受20世纪60年代以来北美乃至西方思想学术环境的影响，是全球文化政治新秩序尤其是东西方文明新格局的首创者。他不仅是当代西方后殖民理论的奠基人，而且是西方人文主义传统的布道者。其思想具有渊源庞杂、变革吁求激烈、学术定位新异等特征。新旧人文主义、人文主义与反人文主义、历史意识与空间感知、古典学术与先锋反叛精神之间的对立或对话交融，是他思想深层的律动。纵览萨义德的思想探索之路，我们发现西方语文学传统、马克思主义和后结构主义是他反复汲取的思想源泉；他隐而不显的世界性思想则是一个逐步衍生、不断拓展的体系。

萨义德与西方语文学传统

萨义德同时承受了意大利现代历史学家维柯（G. B. Vico，1668—1744）和20世纪德籍犹太学者奥尔巴赫（Erich Auerbach，1892—1957）的语文学人文主义滋养。从维柯、施莱尔马赫、尼采、狄尔泰到奥尔巴赫，语文学人文主义相继影响了历史学、《圣经》诠释、哲学和罗曼司文学批评。这构成了萨义德最深沉的思想血脉。

维柯受意大利文艺复兴人文主义余风之惠。在笛卡尔提倡的证伪研究方法被欧洲一代学者奉为治学金科玉律的时候，他穷数十年之力完成历史研究巨著《新科学》。他将人类文明史阐释为以人为中心，以神圣时代、英雄时代和人的时代三期交替循环发展为脉络，以对应于三期的隐喻、换喻和转喻为语言修辞风格的大化流行进程。创造历史并融入历史的人畅饮语言甘露，用语言塑造人性自我，发掘智性之光。从神圣时代的初民赤子到人的时代之芸芸众生，从原始思维的直觉感悟到现代思想的抽象反思，每个时代的知识体系都是诗性的。"不同分枝间的肌腱将这些分离的枝蔓捆绑在一起，尽管它们表面上散离分落。因此诗性的这个概念指与逻辑的、按顺序的延续对立的邻近关系……"（1975：351）在以形象知识为主的神圣时代，诗性知识充满了幼稚的同时又是创造的、人性的、恢宏的意象。在以反思知识为主的人的时代，这种对人的诗性认识就是维柯提倡的新科学——语文学。维柯《新科学》的矛头直指滥觞于笛卡尔理性主义的哲学贫乏和抽象概念思维之苍白，代之以洋溢着情感、创造性和想象力的人文主义知识，将人的历史之路重新引入语言的怀抱。维柯在《维柯自传》结尾处写道："因此维柯证明，美德、知识和雄辩一定会愈合我们堕落的痛苦，只有借助于这三者，人才能分担同类的苦弱……他表明，既然语言是构建人类社会的最强有力手段，那么应该从语言着手开始研究……"（144）

奥尔巴赫的《摹仿论》与维柯思想一脉相承。卡林（W. Calin）明确指出奥尔巴赫语文学批评的历史意识："受维柯和德国历史主义奠基人的影响，奥尔巴赫不遗余力地推崇所谓的历史透视法。历史透视法承认每个历史时期和文明都具备自为的审美创造力。普遍的人性蕴藏在每个时期最精美的作品中，显现为独特的形式或风格。"（45）这在《摹仿论》中体现为奥尔巴赫的语文学人文主义实践——语文学循环阐释。首先细读文本的局部或片段，对语法、句法和用词进行文体分析；接着深入到与文本辩证关联的历史语境，关注文化和社会问题；然后关照文学大众及其对文本的反应，将文本片段、语言风格、社会历史以及社会历史中真实的人及其精神和情感纳入阐释视野。其目的是激活语言内在的生命，捕捉独特历史时期内在的精神。

历史透视法加循环阐释，使奥尔巴赫成功建构了从古希腊诗人荷马到现代主义才女弗吉尼亚·伍尔夫的 3000 年西方文学史宏大叙事。源于柏拉图和亚里士多德的古典摹仿论建构起与人物和主题对应的文艺风格等级秩序——史诗、悲剧、喜剧。《新约》中的基督形象，但丁的《神曲》，法国 19 世纪司汤达、巴尔扎克和福楼拜开创的现实主义一再颠覆古典文艺风格的秩序，同时将神性与人性、永恒与瞬时、高贵与卑微、天堂与俗世、英雄与凡夫俗子纳入文学虚构的现实场景，形成西方文学史的三次大裂变，产生与不同时期的历史对应的文学类型和风格。这意味着古典摹仿诗学的风格论不能圆满解释西方文学史内在的普遍规则，因此他提出了历史的形象阐释方法。在两个不同历史事件或人物之间，前者指称后者，后者回应并完善前者。两者都在奔涌的历史生命之流中存在；同时两者的相互依存又超越时间之流，显露出同质的、雄睨理性和时间的神圣精神取向。

在萨义德的人文主义思想中，维柯和奥尔巴赫构成了看似矛盾甚至对立的两极——人的自我认识与人的自我批判。在《人文主义与民主批评》中，萨义德试图通过向语文学的回归来调和这对应的两极。他认为："真正的语文学解读是积极的。

它促使我们沉入语词相互激荡形成的语言过程……语词并不是被动的标记或能指，谦卑地侍候高高在上的现实。相反它们是现实本身内在的构成部分。"（2004：59）因此语文学通过对历史中存在的人使用的语言（尤其是最丰富复杂的文学语言）之解读，能最有效地验证人文主义的核心价值，为人文主义实践提供坚实的基础。

阅读行为促使我们细读文学文本，建构文本与复杂多样的历史网络的关系，从个别人物和事件推及普遍价值和精神，实现人的自我认识意义上的解放和启蒙。同时阅读行为必然过渡到对当下社会现实状况的反思和批判。因此阅读将文本与历史、显在的民族文化空间与他者、被讲述的历史与沉默的历史相互参照，是自我批判意义上的抵抗行为。它开启新的人文主义视阈，使我们获得在直观的事实与被掩盖的真相之间鉴别真伪的能力。"人文主义关系到阅读，它涉及视角。在我们人文主义者的工作中，它意味着从人类经验的一个领域、一个范围过渡到另一个领域或范围。它也牵扯到那些旗帜或短暂的民族战争强加的身份之外的身份实践。"（2004：80）

萨义德与西方马克思主义

豪（Stephen Howe）在《爱德华·萨义德与马克思主义：影响的焦虑》一文中历数马克思主义对萨义德的三重影响：马克思的《路易·波拿巴的雾月十八日》对萨义德再现观的影响；西方马克思主义代表人物卢卡奇、葛兰西、阿多诺和雷蒙·威廉斯在萨义德思想中的交汇；第三世界激进知识分子和反殖民职业革命者对萨义德的后殖民文化抵抗和解放理论的启迪。（50—87）但是从萨义德思想偏重空间和地理认知这一角度看，他特别受惠于葛兰西和威廉斯，从他们的原创思想中重新阐发出他们对于空间和地理的理论思考。

通过比较葛兰西与卢卡奇，萨义德揭示了葛兰西思想中被忽视的一面。"卢卡奇属于马克思主义的黑格尔传统，葛兰西属于马克思主义与维柯思想和克罗齐思想综合的产物。贯穿卢卡奇的主要著作《历史与阶级意识》的中心问题是时间性。哪怕粗略地审视其概念术语也会立即发现葛兰西用地理模式来捕捉社会历史和真相。"（1993：49）在《历史、文学与地理》一文中，萨义德更明确指出，卢卡奇依附的黑格尔传统与葛兰西新的批评意识和方法之间有本质区别。（2002：453—473）卢卡奇将黑格尔式的时间批判推到极致，同时也走进了一条死胡同，即将历史绝对地裁定为化解资本主义异化和人性分裂的唯一救赎之路。相反葛兰西在《南方问题的一些情况》（1926）和《狱中札记》中论述文化霸权的部分，渗透了对历史和社会的空间地理认识方法论。《南方问题的一些情况》是"《狱中札记》的序曲……极其关注社会生活的领土、空间、地理基础"。（1993：49）贫穷、落后、农民聚集的意大利南方与富裕、发达、工业化的北方之对立形象地展示了意大利政治、经济、文化和宗教复杂的空间地理分布。从传统向现代、从封建体制向资本主义制度的历史进程被描绘成空间地理纬度中依赖、交错、纠缠的复杂态势。

萨义德从葛兰西的霸权理论中解读出同样崭新的内容和主题。他在《东方学》中借用葛兰西的霸权概念来揭示东方学话语与西方政治经济体制和文化生活分别结成的交织关系及文化领导关系。这是我们理解的通常意义上的葛兰西霸权概念，即公民社会中文化主导与文化认可的构成性关系。在《历史、文学与地理》中萨义德认为所有的观念、文本、书写都扎根于真实的地理环境，葛氏的霸权事实上是"对人栖居和劳作的，本质上异质的、不连续的、不易辨认的、不平等的地理的控制"。（2002：467）因此帝国对空间地理的管理和控制是北方对南方、宗主国中心对殖民地边缘、白人对黑人的霸权统治。这相应地需要我们将西方的文化形式从自足、唯美的圣台上搬下来，将之重置于被帝国文化霸权分割的全球地理空间中。

无论是民族国家内霸权的空间地理表征还是帝国版图内中心对边缘的控制，最终都涉及从崭新的空间地理视角对西方文化档案的重新解读和清算。这需要我们认清西方的东方学知识话语，小说、诗歌等文化形式，比较文学、人类学、英文研究等学科领域都与帝国难分难解。这在文学和文化文本中沉淀为地理意义上的"态度和参照结构"。

"态度和参照结构"源于雷蒙·威廉斯在《马克思主义与文学》中提出的"情感结构"概念。萨义德将该概念从威廉斯强调的思想与鲜活的情感生活之间的融合关系延伸到其地形学意义上的"文学、历史或种族志构成的文化语言中呈现的位置和地理参照结构"。（1993：52）对英国或欧洲中心与异域边缘的地理空间的感知，凝固在英国或欧洲文化主体建构的文化语言中，经过再现过程的话语修辞处理和意识形态加工，在历史中传播重复。

萨义德给威廉斯极高评价。他在1989年纪念威廉斯的讲座中深情地说："20世纪的所有杰出批评家中，我认为雷蒙·威廉斯最温良、最质朴地扎根于人类生活深沉、持久的律动之中。"（1990：82）萨义德从威廉斯的《乡村与城市》中发掘出空间地理转变的理论依据。《乡村与城市》以乡村与城市空间的互动为主旋律，勾勒从中古时期到20世纪的英国文学史以及英国文化深层的情感结构变化和土地情结。现当代英美批评家中，唯有威廉斯与葛兰西一脉相承，将空间地理感知融入批评，从批评入手揭示语言和文化实践中鲜活本真的地理环境。他用批评的眼光凝望着土地："占有土地，言说土地，在土地上并以其名义来建造或殖民，剥夺土地，毁灭土地，使许多生命伤残扭曲，所有这些争斗都源于土地。"（82）威廉斯实践的空间地理批评使英格兰的土地和生活在土地上的人获得了身体的、政治的、历史的、社会的和意识形态的质感。

在《文化与帝国主义》中，萨义德将威廉斯思想中残留的盎格鲁中心主义情结摒弃后，重新用帝国和全球地理空间对位阅读的方法来解读从简·奥斯汀到约瑟夫·康拉德的英国小说，来厘清帝国的空间地理轮廓，揭示帝国中心与殖民地边缘交互影响的动态关系。

萨义德与后结构主义

当代美国学术语境中，源于法国的后结构主义对后殖民理论产生了深刻影响，其典型个案包括德里达的解构理论和福柯的权力／知识话语理论之影响。如果说德里达的解构理论通过斯皮瓦克与后殖民理论结缘，那么福柯的权力／知识话语理论则通过萨义德的批判和接受，成为后殖民理论的方法论基础。萨义德对福柯思想的批判和接受并不限于《东方学》，在《开端：意图与方法》、收入《世界、文本与批评家》的《文化与制度之间的批评》，以及《旅行理论》、《福柯与权力的想象》、《文化与帝国主义》、《解构制度》等专著和论文中，萨义德持续地对福柯进行批判和反思。

萨义德批判福柯，有两个思想参照点。一是源于维柯、奥尔巴赫的语文学人文主义；二是受葛兰西、威廉斯之惠的全球空间地理分析模式。艾哈迈德（A. Ahmad）敏锐地指出了萨义德的《东方学》中奥尔巴赫式人文主义与福柯式反人文主义的矛盾并置。"在任何情况下将奥尔巴赫与福柯调和的努力暗示了方法论、概念乃至政治等诸多方面同时交织的难题。"（168）细考福柯在萨义德思想中留下的时间痕迹，我们发现萨义德对福柯的批判反思大致经历了三个阶段：《开端》中对福柯的方法论阐释；《东方学》中对福柯的方法论借鉴；《世界、文本与批评家》中对福柯的方法论批判。

萨义德在《开端》的第五章对福柯的知识考古学理论进行了系统的方法论阐释。现代知识秩序中，语言构成了人类活动的限制性视阈和能动性环境，它无止境地试图征服那些未被彻底把握或再现的领域。因此现代知识的困厄状况实为再现危机。事物之间由连续性和内在性制约的线性关系让位于邻近性、增补性和关联性主宰的异位关系。知识脱离了与对象间的模仿再现关系，话语超然凌驾于物质现实之上。"话语不再现观念，也不体现形象。它仅仅是重复，以不同模式、在其话语中重复。今天话语的多样繁杂是再现秩序没落的结果。"（1975：302）福柯实践的考古学研究方法恰好是与现代知识的状况对应的两大方法（语文学和考古学）之一。萨义德指出，尼采的语文学方法与福柯的考古学方法之间有相互通约之处。两者都源于历史学科，都试图通过历史研究探索哲学疑难。福柯的考古学方法提供了超越单个学科的视角。它从研究对象的底层入手，破解知识档案的密码，揭示知识秩序的核心构成性形态。像尼采那样，他绕过哲学的艰涩和孤单，通过想象孕育的激情，把其他学科知识的灵气引入哲学天地，为我们提供了一种崭新的基于考古学的思想的诗学。

> 福柯用诗、科学史、叙事虚构、语言和精神分析来滋养其思想。所有这些构成了情景氛围，照亮给定的概念。……福柯对文献和历史证据的实

> 质性重现和新解是如此卓越且富有想象，开创了一个崭新的精神领域——
> 非史非哲，而是"考古学"和"话语"——和新的思想习惯及征服真理的
> 知识规则……（290—291）

萨义德在《东方学》中借鉴福柯的权力／知识话语理论，这已是学界共识。他在该著开篇指出：

> 我发现福柯在《知识考古学》和《规训与惩罚》中描述的话语概念有
> 益于验证东方学。我的观点是，只有考察作为话语的东方学，才能理解这
> 一巨大、系统的学科。欧洲文化在后启蒙时期借此驾驭甚至生产政治、社
> 会、军事、意识形态、科学和想象的西方。（1979：3）

但是福柯的话语理论否定个体的能动性，萨义德却相信个体作家对构成东方学的文本集合体有决定性影响。每个文本与其他文本、读者、体制乃至东方形成连接谱系关系，形成东方学领域的经典传统。其次，福柯的话语理论本质上是反人文主义的，否定个体独立、自足、自由的主体性。萨义德则秉承人文主义精神和政治关怀来建构欧洲的东方学谱系，揭示文学、文化与政治、社会和历史的关系及其隐匿的再现政治。因此仅就《东方学》而论，萨义德在方法论和价值取向上并非完全追随福柯。他似乎将自己放置在两种矛盾对立的思想之间，即奥尔巴赫的语文学人文主义与福柯反人文主义的话语理论之间。

从《东方学》之后尤其是《世界、文本与批评家》中萨义德对福柯的批判来思考，我们可以验证他对福柯批判的思想立场和态度。他主要批判福柯权力／话语理论的三个方面：（一）福柯将个体完全置于规训权力之中，忽视了个体主体的意图，否定了"仍制约着现代社会中对立力量之间的"核心辩证关系，（1983：221）即卢卡奇在《历史与阶级意识》中强调的批判意识对权力的辩证历史的否定和超越；（二）福柯的话语观局限于欧洲本位思考，忽视了欧洲以外的整个世界，回避了话语对其他世界的管理、研究、重构以及随之而来的占领、统治和剥削这一事实；（三）福柯试图用他擅长的微观权力分析方法来分析整个社会，"方法论突破变成了理论陷阱"，（244）其过度的理论总体化趋向使"历史最终成了文本或被文本化"，（246）新兴的运动、革命、反霸权或历史集团被排斥在历史之外。

综上所述，他对福柯的方法论借鉴是有条件的，这服务于他思想取向上的语文学人文主义和世界性关怀。这是他在《文化与制度之间的批评》和《旅行理论》这两篇文章中对福柯的方法论批判之目的。在《文化与制度之间的批评》中，萨义德指出：

> 批评不能假定其领地仅仅是文本，更不能仅仅是伟大的文学文本。它
> 必须看清自己与其他话语一起栖身于一个充满冲突的文化空间。在此空间

中，曾制约着知识的延续和传播的是能指——在人的主体中留下恒久印迹的事件。（225）

在《旅行理论》中，他以卢卡奇的反异化主体理论为开端，考察不同历史、空间、学科、学术机构共同构成的不同思想生态环境中该理论的演变谱系，借以论证他提出的旅行理论。他对卢卡奇的主体理论有以下解读：

> 不管如何，他确信，如果不能将被动、沉思的意识改造成主动、批判的意识，那么未来是不可企及的。在开辟异化困境之外的人的能动的世界过程中，批判意识……真正明白了其"不懈的推翻束缚人的生命的客观形式"。（232）

无论是他倡导的文化与制度之间的批评还是高度肯定的卢卡奇式的批判意识，萨义德否定了福柯的后结构主义虚无观，赋予文学和文化研究鲜明的政治意图，呼吁思想从制度性的镣铐、从异化的困境中实现自我解放，进而将人类引向自由超越，将历史引向变革后的未来。

萨义德的世界性思想体系

《东方学》问世后，西方学界将之奉为后殖民研究的《圣经》。15 年后艾哈迈德断言，萨义德更显著的贡献是有关巴勒斯坦问题的政治著述而非《东方学》。21 世纪初，侯赛因（A. A. Hussein）进一步指出，萨义德的思想交织着人本主义的世界性关怀与人文精神的沦落引发的幻灭感之间持久、戏剧性的对立。萨义德对分析哲学、结构主义等的理论化趋势之否定，对批评的世界性的反复强调，是"对实践和理论理性的持久批判，因为实践和理论理性令人目眩的成功和灾难性的失败都深深地嵌入了所谓的现代性的结构和肌理"。（303）

总体上讲，萨义德的世界性思想呈累积式发展变化的特征。其萌芽、提出、发展和成熟历时近 40 载，逐渐形成一个连续、稳健、严密的体系。从博士学位论文《约瑟夫·康拉德与自传小说》到他去世后出版的《论晚期风格》，他在不同层面、从不同视角持续地揭示了文本、批评家与世界的关系。

20 世纪 60 年代以来，解构主义文本论割裂文学与社会现实的联系，误读论独占鳌头，历史虚无观招摇过市。萨义德认为应重新认识文本、批评家与世界的连接关系（affiliation）。"文本是世界的……是社会世界、人类生活，是它们所处的并从中获得意义的历史时刻的一部分。"（4）批评家受历史文化境遇影响，既是真实世界的一部分，又与世界保持距离。他们必须抵制两种扼杀批判意识的权力，即批评家生存于其中的文化和体制。因此批评总是情景性的，但又充满了对俗世的怀疑和反思。

萨义德思考的第二类世界性问题是音乐的越界现象。他在《音乐建构》中探讨的这一主题前承《世界、文本与批评家》，后接《平行与矛盾》和《论晚期风格》等音乐艺术论著，同时这又与《文化与帝国主义》中的对位阅读论有着内在联系。现代性以降，西方音乐逐渐挣脱古典音乐的神意镣铐，与日常生活连接，日趋世俗化。从古典主义、浪漫主义到现代主义，音乐艺术逐渐成为资产阶级媚俗文化的表征。现代资产阶级音乐表演刻意雕琢的优雅、专业、经典风格实际上掩盖了极端的音乐厅异化体验，"与日常生活异化，与以个体愉悦和满足为目的的演奏活动分离。"（Said，2006：118—119）萨义德精心刻画了将生活体验与艺术表现融合，借此抵制现代资产阶级音乐厅异化空间的知识分子原型——加拿大音乐演奏家格伦·古尔德。古尔德将纯粹的表演和资产阶级表演美学改造成批判政治，不断与古典音乐的代表人物巴赫对话，从巴赫的音乐中捕捉理性的音符，寻求抵制消费文化媚俗化潮流的思想启迪。

萨义德思考的第三类世界性问题是英国小说与帝国殖民的联系。如前所述，他在《文化与帝国主义》中提出空间地理视角中的态度和参照结构论。从 18 世纪到 20 世纪，英国小说中有关帝国地理的暗示、隐喻和意象俯拾皆是。作为现代资产阶级独有的文化形式，小说与帝国殖民难分难解。"小说非常重要地灌输了这些感觉、态度和参照点，成了巩固全球视野和文化观的主要因素。"（1993:74）从笛福的《鲁滨逊漂流记》到康拉德的《黑暗之心》，一幅以英格兰为中心、殖民地为边缘的图画逐渐显露其轮廓；一套以人种学、殖民管理、历史书写、群体心理学、东方学等为主的殖民话语逐渐沉淀下来。

早期的英国小说很少直接涉及帝国，后期小说中帝国凸现出鲜明轮廓。小说参与并构成漫长时间里不断巩固的微型政治。它澄清、强化甚至促进有关宗主国与世界关系的认知态度。因此小说再现的时空是宗主国与殖民地本土结成的异质共存的混合时空——"重叠的疆土，缠结的历史"。小说文本的上述特征决定了阅读行为的对位特征。阅读主体同时意识到宗主国历史叙事与被压制的殖民地本土历史叙事，同时考虑到帝国主义对殖民地的压制与被殖民者对帝国主义的抵制这两个过程。对位阅读的目的是通过研究西方文化帝国主义和受压制的文化他者，揭露文化间的不平等对话和不平等关系。其着眼点是揭示西方帝国主义文化实践的独特形式，以及这些文化形式运用的再现策略、隐匿的意识形态及其与帝国主义的共谋关系。

知识分子的立场是什么？人类的启蒙和解放是否遥遥无期？这是萨义德晚年思考的沉重思想命题。他在《人本主义与民主批评》中回到他在《开端》中提出的、在《东方学》中暗藏的论题，即语文学人文主义和人文学科的精神取向。人文主义的出路在世界性的、有机的语文学阐释之中。与 100 年前兴起的现代人文研究方法相比，语文学阐释的思想基础更久远、广泛。作为人文实践的根基，语文学涉及两个关键阅读过程——接受和抵制。接受就是自愿贴近文本，将文本视为个别的对象。抵制就是澄清文本赖以存在却又隐而不现的框架——历史语境、态度结构、情感和修辞等。文学文本细读逐渐将文本定格在产生文本的时代，将其视为更大的关系结构的一部分。"精湛的阅读寻求意义，而不仅仅是澄清隐含的结构和文本实践。但这并非说隐含的结构和文本实践不重要。正是在不懈地寻求意义的阅读行为与意义阐述（积极地促进启蒙和解放）的必要条件之间，存在着一个发挥人文主义能量的巨大空间。"（2003：69—70）

当代全球化、新自由主义价值观和市场经济形成强大的反人文力量。人文主义者是抵制流弊时潮的自觉实践者。通过对语词空间（文本）与语词起源空间（社会空间）进行对位分析，从文本到接受或抵制的真实场景，从文本到传播、阅读和解释，从个体空间到公共空间，从沉默到言说，由此循环往复。"所有一切都在世界中发生，都建立在日常生活、历史和希望、对知识和正义的追求也许还有解放的基础之上。"（83）

结　语

萨义德卓越的理论建树、横跨东西方的文化苦旅、向权力言说真理的公共知识分子担当意识，衍生了当代全球人文学术和文化政治场域中典型的萨义德现象。从学术和思想谱系研究角度看，我们应特别关注萨义德现象的三个主题，即萨义德的思想现代性谱系、世界性思想体系以及全球范围内（而不是局限于欧美学界）的东方学批判。对萨义德思想现代性谱系的建构促使我们从外部视角来考察萨义德与思想现代性本源和当代西方批评理论思潮的复杂关系。对萨义德世界性思想体系的梳理有益于我们从内部视角打通他不同时期的思想，发现他思想整体的脉络、律动及其恒定的人文主义精神化取向。对东方学在全球范围内的批判之反思，有利于我们从文化地理意义上的东西方对位视角反思全球化语境中东西方人文学术研究和文化思想交流、对话甚至交锋的现状和格局。萨义德推动了一项严肃的事业，即作为西方全球化霸权压制下的本土文化共同体代言人的本土知识分子自觉地颠覆西方霸权话语。萨义德也向我们警示，在西方学术体制内颠覆西方霸权话语，弘扬东方文化精神，是一项未完成的思想工程。因此对萨义德思想的超越与阐释同等重要。

参考文献

1. Ahmad, Aijaz. *In Theory: Classes, Nations, Literatures*. London: Verso, 1992.

2. Calin, William. *The Twentieth-Century Humanist Critics: From Spitzer to Frye*. Toronto: Toronto UP, 2007.

3. Howe, Stephen. "Edward Said and Marxism: Anxieties of Influence." *Cultural Critique* 67 (2007): 50-87.

4. Hussein, Abdirahman. *Edward Said: Criticism and Society*. London: Verso, 2002.

5. Kennedy, Valerie. *Edward Said: A Critical Introduction*. Oxford: Polity, 2000.

6. Lowe, Lisa. *Critical Terrains: French and British Orientalisms*. Ithaca: Cornell UP, 1991.

7. Said, Edward. *After the Last Sky: Palestinian lives*. New York: Columbia UP, 1999.

8. —. *Beginning: Intention and Method*. New York: Columbia UP, 1975.

9. —. *Culture and Imperialism*. New York: Vintage, 1993.

10. —. "Deconstructing the System." *New York Times*. 150 (2000):16.

11. —. "History, Literature, and Geography." *Reflections on Exile and Other Essays*. Cambridge: Harvard UP, 2002.

12. —. *Humanism and Democratic Criticism*. New York: Columbia UP, 2004.

13. —. "Media, Margins, and Modernity: Raymond Williams and Edward Said." *The Politics of Modernism: Against the New Conformist*. Ed. T. Pinkney. London: Verso, 1989.

14. —. *Musical Elaborations*. New York: Columbia UP, 1991.

15. —. "Narrative, Geography and Interpretation." *New Left Review* 180 (1990): 81-97.

16. —. *On Late Style: Music and Literature against the Grain*. New York: Pantheon, 2006.

17. —. *Orientalism*. New York: Vintage, 1979.

18. —. *Out of Place: A Memoir*. New York: Vintage, 1999.

19. —. *Representations of the Intellectual*. New York: Vintage, 1994.

20. —. *The World, the Text and the Critic*. Cambridge: Harvard UP, 1983.

21. Vico, G. B. *The Autobiography of Giambattista Vico*. New York: Cornell UP, 1944.

22. Williams, Patrick, ed. *Edward Said* (I-IV). London: Sage, 2001.

23. Williams, Raymond. *The Country and the City*. London: Chatto, 1973.

24. —. *Marxism and Literature*. Oxford: Oxford UP, 1978.

25. Young, Robert J. C. *White Mythologies: Writing History and the West*. London: Routledge, 1990.

商品化[*]　余　莉

略　说

詹姆逊（Fredric Jameson）明确指出："现代主义的基本特征是乌托邦式的设想，而后现代主义却是和商品化紧紧联系在一起的。"（1986：149）而且，后现代理论确已假定，文化和经济层面的融合是当前资本主义的建构性特征之一，因此，近年来，在文化和文学研究里，商品化（Commodification）一词频频出现。简单说，商品化即一切均成为商品，但商品化又不同于日常的商品买卖，商品化是一个过程，也是一种生活方式，其中隐含着社会、文化、意识形态和政治问题。今天，在资本主义全球化的境遇里，商品化体现在社会生活的各个方面，包括知识和情感，对商品化的了解，有助于我们洞悉种种社会表象背后的本质，自然也有助于文化和文学研究。

综　述

在后现代社会里，随着消费主义变成了人们的生活方式，商品化已经渗透到社会的各个角落，甚至知识也在被商品化，出现了文化商业化的局面。商品化不同于传统的商品和交换，它指一种社会生活方式和社会结构，其背后隐含着一系列与之相关的社会、文化、意识形态和政治问题。正因为如此，商品化已成为今天文学研究和文化研究无法回避的一个术语。商品化是一个过程，也是资本主义社会结构的一种趋势，其基本含义是指有价值的事物（包括物质的和精神的）全都转变为可以在市场上销售的有价格的物品或客体。在各种语言里，商品化有不同的意义和表达方式。在英文里，这个术语并未被普遍接受，因此有人用 commoditization 而非 commodification；法文里的"商品"一词以前是 merchandise，因此用 marchandisation 表示商品化的过程；德文用外来词的词干替换了本土用语 Ware，创造了 Kommodifizierung 这个术语。

商品化的概念包含着两种相互交叉的现象：一是物体必须转变成一种物品，二是这种物品必须被赋予某种特殊的价值，或者说它必须获得一个价格。但这些现象不一定是明显可见的，例如，某些商品并不以明确的物质形式出现（如法律咨询服务），有些看上去是自然的东西而非人造的东西（如人情世故）。也就是说，对商品化的考察可以沿两条路线进行，一是价值和价格，一是催生了商品化的物化反过来在商品化趋势的诱导和鼓励下开始在所有的领域占据主导地位。

商品和价格

商品和价格，或者说物品的商品烙印，实际上是商品化不可分割的一个特征，但问题在于如何对价值和价格进行区分。价值由量化的劳动时间决定，而价格除了价值之外，还增加了市场的力量和市场波动等因素，因此关于交换价值的双重性质一直存在争论，而这些争论的历史表明，任何对商品化的说明都不可能不出现某种偏差。

当代关于商品化的讨论基本上分为两个方面：一方面是抽象的哲学运用，把商品化作为某种普遍的文化和经济进程；另一方面是在各个领域对市场运作的具体的、经验的研究，特别包括在全球化时期它们的扩展和复杂化的情况。就艺术而言，在第一种情况里，人们认为艺术作品的商品化是艺术境遇的本质或结构特征，是资本主义内在的文化逻辑，只有在这种特定境遇里才可能出现艺术；在第二种情况里，人们仍然采用旧的社会学的方式，研究艺术的市场、出版、发行以及受众的数量与经济演变的关系，在许多方面似乎与哲学概括毫不相同。这种分野的根源在于劳动价值理论和经济市场研究之间的不一致性。在当前这个全球化时期，为了获取最大利润和资本增值，资本主义谋求取消控制、追求所谓全世界的自由市场条件，因此市场研究的修辞带有霸权性质。例如富士康科技集团这个"工业帝国"虽然每天都在创造庞大财富，但这些财富只代表企业和市场之间的联系，正如国内有学者在其发表于《第一财经日报》的文章《工业化冷漠下的富士康"帝国"》中所指出的，它们与"柳江、姜明、江山和任何一个富士康的普工没有任何关系。柳江他们的价值，就是那每个月不到 2000 元的薪水"。（李娟）在此，我们又一次看到货币作为交换价值的外在化形式，即从"最初作为促进生产的手段出现的东西，成为一种对生产者来说是异己的关系"。（马克思、恩格斯，第 30 卷：95）

但是，我们应当如何运用劳动价值理论来考察所谓的文化价值呢？劳动时间的基本概念似乎无法用于电脑和信息技术的运作。诚然，在分析文化领域的问题时，试图把劳动时间理论运用于分析一首诗，只能是故意为之，即使一首诗中包含了大量的工作。但是，如果说文化构成了意识形态的概念和范畴，反过来又依赖于它们构成了一个商品领域，那么集体劳动的概念（例如知识分子的地位）就显得与时间相关。这种情况也许与哈特（Michael Hardt）和内格里（Antonio Negri）所说的非物质劳动有某些相似之处，他们认为，非物质劳动是：

> 创造非物质产品的劳动，如知识、信息、交际、关系，或某种感情的反应……如服务工作、智力劳动和认知劳动等……第一种形式主要指智力或语言的劳动，如解决问题、象征和分析工作以及语言的表达。这种非物质劳动产生观念、符号、代码、文本、语言形象、图像，以及其他类似产物。另一主要形式为"情感劳动"，它不像那种只是心理现象的感情，而

是同等地指身体和精神两者的情感。事实上，像喜与悲这样的情感，揭示了整个肌体当前的生命状态，表现出伴随某种思维模式的某种身体状态。因此，情感劳动是生产或操纵诸如安心、幸福、满足、兴奋或热情等情感的劳动。举例说，在法律助理、乘务员、快餐工人（微笑服务）的工作里，人可以辨识出情感劳动。（108）

在当下，文化的价值特征似乎也在重复经济市场上的供需力量；换句话说，就是要意识到时尚及其变化和创新在市场发展当中变得日益重要，因此也就要承认在经济市场本身的力量里文化的作用问题（包括广告的作用）。这也验证了全球化背景下文化和经济层面的高度融合，实际上，当前资本主义全球化阶段一个十分重要的结构性特征便是文化的商业化和商业的文化化。

然而整个全球化概念的前提是资本主义本身扩展的力量，尤其是它对非资本主义地区的渗透。这就是说，全球化理论全都是对马克思所说的世界市场或工资劳动的普遍扩展的分析：工资劳动打破了旧的生产方式，把农民转变成农场工人，同时减少了以往在特定传统社会里的农业生产的比重。但是回到工资劳动就回到了商品化的问题，因为在生产领域里，"工资劳动"被定义为劳动的商品化，而工资则被看作是可以在市场上买卖的劳动力——商品的价格。因此，在文化和哲学范畴方面已经变得复杂的问题，在社会基础的那端变成了一种无法回避的具体的现实，也就是说，在全球化过程中，由于全球劳动力商品市场的确立，工业生产从资本主义的第一世界转向了第三世界或发展中国家，并引发了第一世界民族国家深层的政治和社会危机。马克思在《政治经济学批判（1857—1858 年手稿）》里认为，直到世界市场确立、资本主义扩展达到某种最终的极限之前，社会主义不会被真正提上议事日程，换种方式说，在全球化和劳动力普遍商品化的情况下，是否意味着世界市场的确立？倘若如此，是否可能出现历史新境遇的动荡，引发巨大的变化，从而给第一世界的民族国家带来危机？

众所周知，在《资本论》里，马克思对商品进行了深刻分析，他的分析不仅提供了劳动力商品化这一概念的基础，而且也证明了资本生产本身在结构上存在不可避免的剥削和异化。詹姆逊认为，对商品的分析，也就是对交换价值的产物的分析，应该采取一种能量交换的颠倒对应（chiasmus）形式。长期以来，颠倒对应被理解为对马克思的风格和想象的基本转义之一，实际上，颠倒对应假定存在两个方面，这两个方面在仍然不平等或不平衡的情况下转换它们的性质，但表面上却像是对称的，即价值看似相等。这种表面上的对等包含着单方面的时间性，它不可逆转，然而奇怪的是其中一个方面可以转变成商品而它其实并不是商品，这就是说，劳动的时间价值虽然并不由劳动者决定，但交换价值的产物或"价值形式"最终注定要变成金钱。如果说商品变成了劳动力本身，那么这种价值对等中的不对称就变成了其主要特征并最终得到认同。因此，在这一点上，提出等值的形式具有意识形态的作用，例如，对劳动力要有"公正的价格"，对资本主义社会可以进行改进，公平地支付工人的工资等，但是，劳动力这种特殊商品的价格以及工人生存方式的价格，原本应包含剩余价值，因此劳动力的价格永远不可能真正与工人劳动时间的价值完全等同。

这种对商品形式分析的另一种结果，是出现了隐含在价值对等中的宗教神秘化这一副作用。马克思通过对 18 世纪德布罗斯的首领进行人类学思考而形成了其"拜物教"概念，并用这个术语表示非生物的物品被赋予了令人不安的、多余的人类学意义。这种情形不仅发生在神圣的部落祭献里，而且也出现在资本主义商品本身之中，马克思对此的著名论断是商品"只不过是人和人之间确定的社会关系，但在这里对他们呈现出幻想的物与物之间的一种关系形式"。（Marx：165）正是在这里，马克思的分析导向了两个不同的方面，但两者对后来商品化概念的发展都产生了影响：一方面表明了隐含在价值本身和对资本主义至关重要的货币形式里的剥削的实际运作；另一方面打开了一个象征的领域，在这个领域里，潜在的宗教的、神秘的或理想的文化附加意义可以得到理解和认同，但同时也投射出一种有力的乌托邦想象，想象一个"透明社会"的概念，商品在这个社会里不复存在——"一种自由人的联合，以共同的生产方式工作，完全自觉地扩展他们多种不同的劳动力形式，作为单一的一种社会劳动力"。（171）马克思在这里对无政府主义术语"联合"的运用，有助于回应后来自无政府主义传统对国家主义的指责。"透明社会"这个概念也是解构主义批判的目标，其根据是它包含当前和最近不正当的、怀旧的哲学许诺。

物化

物化促成了商品化本身的出现；反过来，商品化的趋势也是促成物化的动因，并推进它在如精神和文化等各个领域里的影响。物化和商品化最神秘的所在是劳动力，在资本主义社会里，通过时间衡量的劳动力转化成物，然后被赋予某种价格和交换价值。与此同时，价值和价格的方式会使我们回到市场机制，因为"交换"隐含着某种空间，在这个空间里，不同的物品被变成等同物，然后通过某种价值体系进行调剂。在这种意义上，商品化作为一个过程依赖于适当的、制度化的市场的确立，例如，艺术品的商品化依靠画廊和有组织地销售绘画的市场体系，这种体系反过来又需要通过鉴定家和博物馆确定价值，然后，即使以间接或中介的方式，市场也会逐渐使这种价值得以确定形成，许多拍卖公司在拍卖艺术品之前请专家鉴定并定价，实际上就是对这种价值的确定，而专家鉴定的报酬和艺术品的价值都通过价格来体现。

商品的出现决定并说明了生产和生产过程如何形成了一个物的世界。正是在这种语境里，马克思以物的形式来谈论人类关系的客观化。詹姆逊指出：

从一种观点看，客观化的概念出现在马克思早期与黑格尔本人的争论里，对黑格尔来说，客观化和外在化是人类历史和进步的积极的、必不可少的（假如是辩证的）阶段。实际上，在黑格尔这里，个体和集体或者历史的发展都被假定是人类把内在形式不断地外在化，无情地扩展社会和文化的客体世界（当前最广泛意义上的客体，包括比喻的运用）。（2009：259）

马克思早期的异化概念源于他对具有破坏性的客观化形式的认识。在对工人及其劳动力的剥削里，价值和剩余价值以商品形式变得客观化，而工人及其劳动力也成为具有客观价值的商品。黑格尔所说的它在历史中发生的作用，大概就是这种客观化。但是，在马克思早期论异化的著作于 1929 年发表之前，物化作为哲学术语首先出现在卢卡奇（Georg Lukács）的《历史和阶级意识》当中。在这本著作里，劳动力的商品化以哲学概念的形式等同于物化，变成了区分两个对立阶级观念或文化世界的方式。但是，从社会特定术语"商品化"到更一般的哲学术语"物化"的转换，却意味着卢卡奇的著作在某些方面存在着局限。实际上，卢卡奇的物化概念可以说是他对马克思和韦伯观点的综合，也可以说是对马克思解释的一种发展，因为它不仅是关于商品拜物教和交换的解释，而且是关于商品形式本身的解释，并且扩展到韦伯关于理性化过程的解释；它不仅说明了劳动过程，而且还说明了精神过程，说明了科学教育和心理教育的过程。然而，这种对资本主义的解释也有矛盾之处，主要是它坚持把极端的分化作为社会的标准，力图设想一个分割、划分、专门化和散播的过程，但这个过程同时对一切事物发生同样的作用，使异质性成为一种同质的、标准化的力量。不过，正是在这种意义上，卢卡奇提出的完全不同的阶级逻辑的看法——产业工人阶级的实践和新的认识能力——体现了一种对抗的力量。这使人们可以想象某种集体的计划不仅能够打破多种物化的体制网络，而且为了打破物化的网络必须实行集体计划。换句话说，卢卡奇试图以工人阶级的集体力量颠覆物化，因此他提出"历史是不断颠覆那种影响人类生活的客观形式的历史"。（372）卢卡奇的物化概念表面上离原始的商品概念更远，甚至脱离了马克思所谴责的那种神秘地代替了人类生产和人类关系的物化概念，然而重要的是，我们必须理解它在哲学理论阐述里的双重用途，因为它从理论上阐述了在"反映"概念中无产阶级认识论的特殊性。实际上，对卢卡奇来说，物化如采取完全不同的形式，就会产生完全不同的实际后果，作为资本主义不可避免的社会趋势，这取决于物化被看作是资产阶级思想结构的局限，还是被理解为无产阶级生活世界的特征，因为无产阶级赋予后一种理解以把握社会整体结构的可能性。无产阶级物化（它的劳动力变成商品）的结果是，工人变成了物品，他们完全没有任何可能产生意识形态的其他兴趣，因此他们能够最直接地抓住资本主义对立的结构（"他们"和"我们"）——

阶级理论表明，从下层阶级的观点看，社会有机论是敌对性的，但从上层阶级的观点看，通过分析区分和静止的并置，它是地位的等级或层次——对于这种"工人主义"（workerist）的认识论，卢卡奇最终的依据是马克思的《黑格尔法哲学批判》的导言，以及它的基本链条理论，这一理论在 20 世纪 60 年代的少数反抗运动中一度非常流行。

同时，物化对资产阶级的影响恰恰是这种扩展的思想可能性的对立面，其表现是社会观念和社会经验的收缩，这一点在各种专业化的学科中都可以观察到。物化妨碍资产阶级理解社会整体或总体性，因而也妨碍他们体验复杂的阶级斗争现实，这也可以被当作一种方法，用于批判哲学家们为了避免思考阶级斗争的现实而强加给自己的意识形态方面的限制。（Jameson，2009：263）显然，卢卡奇在这里重新融合了马克思在《路易·波拿巴的雾月十八日》里不同的意识形态概念——意识形态是限制和隐蔽，而不是错误的意识。

对资产阶级思想的这种分析表明，在卢卡奇的作品里，物化和总体性之间有一种对立观念在发生作用。也就是说，资产阶级绝不能面对作为一种总体性的社会，它思想的物化使它有可能仍然处于这种或那种学科的半自治的范围之内、这种或那种有限的主题阐述之内。但是，物化仿佛使无产阶级变成了某种独特的东西，并因此可以被作为一种总体性来体验。对那些只从社会生产中获利的人、依靠社会生产生存但并不参与其中的人，物化的力量是一种限制，但对被剥削的生产者，它却成为真理的源泉。在这种情况下，卢卡奇融合了黑格尔的主人／奴隶辩证法，在黑格尔看来，主人最终沉迷于贫乏的享乐，而奴隶的实践本身也富于真理。

商品化和文化

显然，这种后果的双重性成为后来文化哲学的特征，在法兰克福学派和 20 世纪五六十年代的法国，文化哲学围绕着商品化的概念而形成。法兰克福学派的阿多诺（Theodor Adorno）和法国的"泰凯尔"小组（Tel quel Group）都赞成对商品化在现代主义文学中的形式作用进行评价。

阿多诺认为，在资本主义整个社会趋于商品化的过程当中，现代主义文学，例如波德莱尔的作品，始于艺术作品的商品化。现代作品只有通过从内部使自己商品化，使自身成为一种奇怪的同时是反商品的镜像商品（mirror-commodity），才可能抵制这种外部的商品化。"波德莱尔是正确的：有力的现代艺术不会在商品之外的幸福之地繁荣，相反，它通过对商品的体验而得到加强。"（298）"艺术因模仿冷酷和异化才是现代的。……绝对的艺术与绝对的商品相结合。"（21）

"泰凯尔"小组从同样的角度汲取相反的美学教训，这可以被认为是后现代主义而非现代主义；虽然他们同意物化从物品上消除了生产的痕迹，但他们认为，唯一可以得出的形式结论是建议强调作品的生产过程，而不是强调某种已完成的艺术客体的美学效果。后来这个小组的不同成员，如索勒斯（Philippe Sollers）、罗彻（Dennis Roche）等作品中的"文本化"实际是把这种美学付诸实践的努力。

然而在这一时期也出现了一种非常有力的论述，虽然它不太会产生这种或那种未来的美学，但却为社会和文化分析打开了新的领域。例如，德波（Guy Debord）在《景象社会》中提出，形象是商品物化的最终形式。这种观点打开了分析整个新的幻象（鲍德里亚）世界和形象或景象社会的新途径，而幻象世界和景象社会构成了资本主义后现代阶段的特征。推进电影研究和文化研究的各种动力，其实是以语言为中心的现代主义转向对美学体系所产生的不可避免的后果，在这种美学体系里，空间和视觉居于统治地位。德波的观点还表明，转向形象生产很可能包括承认在资本主义整个生产里，复制技术是新的主导因素。

这种关于晚期资本主义文化是一个普遍商品化领域的新看法，会对当前构建某种新的政治产生什么影响仍然有待于观察，但我们应该看到，今天，文化已经不再是一个纯粹的、独立的领域，它与政治、经济、日常生活的边界日益模糊。一方面，文化与经济的融合使得艺术作品甚至理论都成为商品，而文化商品也在后现代社会的市场和整个日常生活中被消费。另一方面，文化与意识形态的交融也使得意识形态的渗透与表现均采取了比以往更隐蔽、更令人愉悦的方式，好莱坞大片在全球市场大获全胜的同时，也使几乎所有国家的电影生产濒临崩溃的边缘。国人对奢侈品的趋之若鹜不仅为高仿行业提供了商机，也在不知不觉间瓦解了人们的道德价值观念。同时，应该指出的是，在现代主义时期的马克思主义那里，商品化或商品物化发挥着一种相对而言是第二位的作用，因为一方面，在刚刚建立的社会主义国家苏联，由于常常受制于商品的匮乏和生产不足，其中心目的是实现不发达社会的工业化以及因冷战而强化的国防技术，而另一方面，在形势转向紧迫的革命变化的境遇里，列宁主义对阶级斗争的强调——除了在卢卡奇微妙的哲学阐述里——排除了对商品化的社会和政治后果的分析。直到20世纪20年代世界革命的失败、20世纪30年代德国工人阶级与纳粹主义的共谋，左派思想家才开始从文化上探索这些预想不到的意识形态发展的成因，而他们的理论依据仍然是列宁关于西方工人阶级受贿和腐败的理论。另外，列宁主义对基础/上层建筑这一区分的强调，似乎将上层建筑和文化问题变成了对基础中发生的变化没有任何重要或决定意义的单纯的"副现象"。实际上，直到第二次世界大战之后和冷战时期，西方马克思主义者才真正转向文化分析来解释左派的失败。

20世纪20年代成长起来的一代左翼知识分子——萨特、法兰克福学派——要求恢复马克思主义对意识问题和各种文化现象的注意，这些文化现象曾被作为纯粹的意识形态（包括意识形态理论本身）而被搁置一旁。但是，各种共产主义政党作为唯一严肃的、有组织的左派政治行动形式而存在，意味着这种离经叛道的思想家会受到党组织的猛烈抨击，而他们自己也会被排除在任何积极的政治参与之外。

当前，新的社会经济形势，即全球化的形势，表明有可能产生某种新的政治，这种政治会以新的方式理解全球化的资本主义及其缺陷和矛盾，但对这些新的方式还有待于进行探索。首先，明显可见的是，在资本主义的全球扩展和蔓延中，商品化和物化已经变成了最重要的现象，并形成了消费主义社会形式，这一形式常被认为是"美国化"，因为最纯粹的消费主义形式在这个超级大国中得到了极大发展。实际上，一向对新的可能性有先见之明的阿多诺曾经提出，在这些发达社会里，消费的实践和习惯将逐渐代替必要的意识形态控制和信念，从而使意识形态分析对当下的作用显得不是那么重要。

同时，并非偶然的是，20世纪60年代的美国左派"争取民主社会学生组织"获得了一种非常重要的洞察力，用于观察以任何实践政治的方式都无法理解的资本主义。这种观念是：商品消费本身体现着制度中的主要矛盾。正如马克思和恩格斯在《共产党宣言》里所看到的，资本主义不仅在一浪接一浪的技术革新中生产着新的产品，而且它还生产着几乎是永无止境的新欲望。因此"争取民主社会学生组织"的理论认为，这种过多的新欲望与社会制度满足它们能力之间的鸿沟，将是这种生产方式真正致命的弱点。显然，这种看法在很大程度上脱离了旧左派，因为旧左派从道德上强调商品化的罪恶，怀念前资本主义和前商品生产的社会。但仍然有待观察的是，关于商品化的这些评价，究竟哪一种在政治上对未来反对资本主义的运动更有力量。

结　语

商品化是资本主义发展的产物。今天，商品化正在渗透到社会生活的各个角落，不仅身体和知识变成了商品，而且商品化已经变成人们的生活方式，甚至变成了某些人追求的时尚。随着商品化的发展而出现的消费主义，正在侵蚀着人们的灵魂和信念。而所有这些都产生于资本的内在逻辑。在全球化的今天，资本谋求最大的增值，于是，生产和消费变成了今天社会的主要特征：只有生产才能产生剩余价值，而要实现剩余价值就必须消费已被生产出的产品，只有通过不断消费产品才能进行再生产、再产生剩余价值。同时，只有生产才能提供就业，产生消费者。这种资本的逻辑正在形成一个世界范围的资本帝国。但是，在这个过程中，必然要浪费大量不可再生的自然资源，产生大量难以消除的垃圾，进而加速人类物种的毁灭。然而，这种发展趋势似乎无人能够制止。因此，加强对商品化的研究和认识，调动乌托邦的想象，也许会对改变当前的状况产生积极作用。

参考文献:

1. Adorno, Theodor. *Aesthetic Theory*. Trans. Robert Hullot-Kentor. Minneapolis: U of Minnesota P,

1998.

2. Debord, Guy. *The Society of the Spectacle*. New York: Zone, 1995.

3. Hardt, Michael, and Antonio Negri. *Multitude: War and Democracy in the Age of Empire*. New York: Penguin, 2004.

4. Jameson, Fredric. *The Political Unconscious: Narrative as a Socially Symbolic Act*. New York: Cornell UP, 1981.

5. —. *Valences of the Dialectic*. London: Verso, 2009.

6. Lukács, Georg. *History and Class Consciousness: Studies in Marxist Dialectics*. Cambridge: MIT P, 1972.

7. Marx, Karl. *Capital*. Vol. 1. Trans. Ben Fowkes. London: Penguin, 1976.

8. 杰姆逊：《后现代主义与文化理论——杰姆逊教授讲演录》，唐小兵译，陕西师范大学出版社，1986。

9. 李娟：《工业化冷漠下的富士康"帝国"》，载《第一财经日报》，2010 年 5 月 27 日。

10. 马克思、恩格斯：《马克思恩格斯选集》（1、30），人民出版社，1995。

＊本文的撰写得到了王逢振先生的悉心指导，特此感谢。

社会诗学 刘 珩

略 说

　　社会诗学（Social Poetics）是人类学用以检讨民族志的研究方法和撰述风格（genre）的一个关键概念。社会诗学的实践者遵循格尔兹（Clifford Geertz）"一群人的文化就是文本的总和"的观点，同样将社会生活视作文本，从而阐释其所具有的显著的审美意义及行为所表达的文化含义。社会诗学同时也是一个跨学科的概念，它一方面揭示了人类学的"文化书写"和事实建构过程中所凭借的文学策略和修辞手段，一方面也扩展了文艺理论中有关诗学的认知和论述。被雅各布森（Roman Jakobson）称为"诗学功能"（poetic function）的转喻和隐喻等修辞方式，正成为包括文学在内的人文和社会科学追本溯源的重要手段。同样，个体在日常生活中借助言辞和比喻等诗学手段所进行的社会展演，也是我们认识他者和阐释社会与文化的最重要途径。从某种程度而言，诗学使得社会科学重新回归到"人"这一生产知识的主体的维度，从而也使得文学和人类学的并置（juxtaposition）和研究成为可能。社会诗学这一概念有如下几个来源：首先是亚里士多德在《诗学》一书中的诗论；其次是意大利哲学家、修辞学家维柯（Giambattista Vico）在《新科学》一书中借助词与物对"诗性智慧"进行的知识考古；第三是语言学家雅各布森有关"诗学功能"的论述；第四则是以格尔兹和特纳（Victor Turner）为代表的美国符号人类学和象征人类学领域修辞分析的传统。哈佛大学人类学教授赫茨菲尔德（Michael Herzfeld）综合提出了社会诗学这一概念，并在《成人诗学》以及《文化亲密性：民族-国家中的社会诗学》两部书中作了详细的阐述。

综 述

诗学的社会和行为语境

　　传统诗学一直被认为与诗歌理论、诗歌创作和批评相关，雅各布森的诗学功能也被局限在语言学层面，诗学的社会交往和实践这一根源往往被忽略。人类学家在相关的研究中借助诗学这一概念，主要是因为诗学意味着社会行为，赫茨菲尔德认为：

　　　　"诗学"（poetics）并不能简单地等同于"诗歌"（poetry）。"诗学"是一个用于分析传统与创造之关系的专用术语，这一术语来自希腊语中表示行为的一个动词，主要用来分析修辞形式的用法，因此它的作用并不局限于语言。诗学意味着行为，我们不能忘记这一术语的希腊词源，惟其如此，我们才能更为有效地将语言的研究融入到对修辞作用的理解中，从而发现修辞在构造甚至创造社会关系中的作用。（刘珩：74—75）

诗学意味着即兴和具有创造性的社会行为，这是其希腊词源的本义。亚里士多德在《诗学》中也谈到过诗的这一特性，他认为，与诗艺最接近的喜剧和悲剧都是从即兴表演发展而来的，悲剧起源于狄苏朗博斯歌队领队的即兴口诵，喜剧则来自生殖崇拜活动中歌队领队的即兴口占。（48）可见，诗最初应该是一种极具创造性的社会展演行为。在《诗学》第19章，亚里士多德讨论过言语、思想和情感的关系，主要想说明包括诗歌在内的话语是一种社会交往行为。他认为："思想包括一切必须通过话语产生的效果，其种类包括求证和反驳、情感的激发（如怜悯、恐惧、愤怒等），以及说明事物的重要或不重要。……若是不通过话语亦能取得意想中的效果，还要说话者干什么？"（140）我们可以用今天的术语来阐发亚里士多德的这一思想：话语就是一次事件、一次行为的过程，在其传递的情感中就包含着思想，并且也饱含着事物的重要性和可然性，也就是事物的一般性和规律性，而这也正是人类学的民族志所力图把握的人类常识。这些常识显然是通过日常表达和其所引起的怜悯、恐惧等情感话语和行为来传递的，表达这些情感的方式通常就是诗学的方式。

在维柯的经典论述中，诗学首先是要让一切科学和理性回到其村俗和神话的源头。诗学接近一种人的自然本性，未经雕琢修饰，但又不乏智慧和逻辑，因此暗示着真实和本源。维柯说，因为能凭想象来创造，所以就叫作"诗人"，"诗人"在希腊文里就是"创造者"。探究诗学，就是要在原始初民中发现他们类似于诗人的创造性。（159）维柯将原始初民这些粗浅的玄学观点全都加以诗学的限定，并作为《新科学》一书中论述的主要部分，显然是要表明诗学是一切创造性的来源。

雅各布森在《诗学科学的探索》一文中，指出诗歌最初在古希腊语中是"创造"的意思，而在中国过去的文学传统中，诗（词语的艺术）和志（目的、意图、目标）这两个字及其概念是紧密联系在一起的。他本人非常遗憾形式主义将诗歌封闭在历来独立于生活的艺术领域中的一时心血来潮的想法，并认为"逐步探索诗学的内部规律，并没有把诗学与文化和社会实践其他领域的关系等复杂问题排除在调查研究的计划之外"。（1989：1—2）在《语言学与诗学》一文中，他认为指向信息本身和仅仅是为了获得信息的倾向，乃是语言的诗的功能；任何把诗的功能归结为诗或者把诗归结为诗的功能的企图，都是虚幻的和过于简单化的。（2004：180）从雅各布森有关的论述中我们不难看出诗学功能的社会性，他用以分析诗学功能的基础和原则都是社会的，对暗喻以及其他比喻的功能的分类也是从人类学意义的社会参与者（social actor）这一维度来进行的。

以上这些有关诗学的经典论述表明，诗学是有关我们认知的经验来源的智慧，同时也是知识借助想象的各种手段（策略）加以创造性（也就是亚里士多德所谓的即兴）表述和组织的种种途径。诗学不仅仅存在于诗歌的创作中，它更多的是存在于人的社会行为、实践以及社会展演的过程中。将诗学加以社会的限定，目的是要说明诗学并非只出现在诗歌、文学作品、雄辩的演说或者某一英雄人物波澜壮阔、跌宕起伏的戏剧性的人生之中，它往往取决于普通人依照现实的情境进行展演的"时刻"或"瞬间"所迸发出的智慧之光。人类学角度的社会诗学的研究，在某种程度上确认了熟练运用修辞手段的文化他者"诗人"、"作家"或"雄辩家"的身份。社会诗学的这种创造性行为正如赫茨菲尔德所言，"是人们认识自我、参与社会和历史进程的技艺形式，是日常经验的有效行为，是性格和人品的表现手段，同时也是自身优越性的展示"。（1985：18）

还原诗学的社会行为和实践的本来面目，进一步拓展了亚里士多德的纯粹审美维度的"诗学"观念。我们不仅可以在悲剧中对情节、人物性格的形成、演变和行为加以分析，还可以分析这些人物的原型，亦即现实的社会参与者，他们本身置身于社会历史的进程之中，以自己的行动展演着一幕幕鲜活生动的社会戏剧（social drama）。[①]正如维柯所言，这些社会参与者正是那些凭借自身的社会经验、在社会实践中发挥自己创造性的"诗人们"。这些人在现实生活中的审美观念当然也是诗学的一个重要的审查维度，因为它决定了个体在展演时使用的语言以及诸多的表述策略，这是一种社会关系方面的审美观念。

社会诗学的普遍性、文本性和情境化

概括而言，社会诗学主要包括普遍性、文本性和情境化三个特征。所谓普遍性，是指诗学是我们知识的本源，是一种普遍的情感体验，并具有社会真实性。亚里士多德在为诗人和诗歌正名的时候谈到过诗学的这种普遍性，他说：

> 诗人的职责不在于描述已经发生的事，而在于描述可能发生的事，即根据可然或必然的原则可能发生的事。所以，诗是一种比历史更富哲学性、更严肃的艺术，因为诗倾向于表现带普遍性的事，而历史却倾向于记载具体的事件。所谓"带普遍性的事"，指根据可然或必然的原则某一类人可能会说的话或会做的事——诗要表现的就是这种普遍性。（81）

亚里士多德有关诗学的普遍性观点，推动了弗莱（Northrop Frye）从一种另类的视角去诠释文学作品的普遍和真实性——一种不同于社会科学所限定的"实证"和"经验"的真实性。他在《想象力的修养》一书中指出：

你不可能通过《麦克白》去获知苏格兰的历史——你只能通过它去理解一个男人在得到王位却失去了灵魂之后的感觉是怎样的。我们关于人类生活的印象是一点一点地获得的，而且对我们中的大多数来说，这些印象还不断地丢失和散乱。然而我们不断地在文学作品中发现突然使大量这类印象协调聚集起来的事物，这就是亚里士多德所指的典型的或普遍的人类事件的部分。（63—64）

弗莱要证明的这种文学文本的真实性和普遍性，其实就是本文所要论述的"社会诗学"，一种不同于西方理性的原初智慧和知识。所不同的是，人类学家要将文学文本延伸到社会生活这个更大的文本中，去洞悉文化他者在日常生活中通过行为、仪式等诗学的手段所建构起来的一套象征性的规则和社会结构。这套象征性的社会规则在建构过程中给人的印象同样是碎片式的、斑驳芜杂的（bricolage），但是聚集在一起，却反映出了普遍的人类事件。另一方面，人类学将社会生活的文本当作文学文本来解读，在看似杂乱的情感体验中建立起了事物的普遍性和真实性，我们完全可以将其视作有别于传统社会科学的一种知识和表述（写作或书写）的范式。受到弗莱诗学的普遍性观点的影响，格尔兹坚定了在人类学研究中去描述他者情感体验的正当性和合法性，人类学家完全可以像诗人一样去体会文化他者的情感，在"我们"和他者之间建立一种共通性。他说："如果我们看过《马可白》，可以领会到一个获取了王位却丧失了灵魂的男人的情感，那么参加斗鸡的巴厘人则能够发现平时镇静、冷漠、几乎是自我陶醉的、自成一个道德小世界的男人在受到攻击、烦扰、挑战、侮辱时，在被迫接受令人极端愤怒的结果时，在他大获全胜或一败涂地时的感觉。"（508）

格尔兹认为巴厘人的斗鸡行为体现了一种象征性的规则的观点，与我们把诗学放大到社会和行为（实践）语境中去的认识别无二致，其目的都是要在现实生活和日常情景中创建一个有意义的、可供阐释的文本。在格尔兹看来，人类学的文化模式的分析面临一种转变，即从一般说来类似于解剖生物体、诊断症状、译解符码或排列系统这类当代人类学中占优势的类比方法，转换到一种一般说来类似于洞识一个文学文本的方法。（507）然而，这种文本与文学文本多少有些不同，格尔兹认为它是由社会材料建构而成的想象的产物，并认为这一思想仍有待于系统地进行开掘。其实，如果我们不把文本看作是一种书写文献、一种确定性的记录，我们对文本的理解如同对诗学的理解一样，那便能深入到社会生活中，像格尔兹一样去开掘建构这种文本的社会材料，及其加以表述的想象、比喻等策略和途径。巴特（Roland Barthes）在《从作品到文本》一文中为我们分析了两种类型的文本：

一种是类似于所指意义的文本，这种文本仅仅具有少量的象征意义，文本为具体、即刻的当下提供了阅读和理解的愉悦感和安全感，这是一个单数、持续、合法和权威的当下。另一种作为方法论领域的文本，则是一个能指意义的领域，这是一个开放、多元、象征性的领域——此时的乐趣和对文本的阐释联系在一起，和资产阶级对无政府主义、破偶像主义、无意义以及混乱的情趣有关。介于完美解读（a best reading）的可能和不可能之间的是一种有关"深度"（depth）的概念，这是一种探究所谓"原型文本"（archetext）、"深层结构"、"无意识的重要性"或"真实的意义"的态度。（158—162）

巴特所谓的"能指意义"或者"方法论意义"的文本，因其开放、多元和具有象征性而多少有点类似格尔兹的"社会生活的文本"，但还是有根本的不同，主要在于建构这种文本的社会材料和想象的方式不同。巴特的文本更多的还是一个纯粹的审美意义上的文本，多少和资产阶级的情趣有关。这种文本虽然有多元阐释的可能性，但却和读者的情趣、解读的深度以及探究的态度有关。解读者理性的思考和敏锐的观察目光，是理解"深层结构"以及"真实的意义"的必要前提。人类学意义上的文本，则完全由他者的社会和文化材料所构成；更为重要的是，文本中想象和表述的主体也是文化的他者，是在社会场景中诗学地表述自我并折射出文化模式和象征性规则的他者。当然，文本从来不拒斥意义的分析和阐释，但是从社会诗学这一视角所形成的文本的意义与巴特所谓的"完美解读"和"真实的意义"还是有区别的。社会诗学的意义并不仅仅出现在歌曲、谚语等一类言辞文本（verbal texts）或者书写文献之中，而更多的是出现在那些通常发生的事件和个体的日常生活经验之中，并且他者才是生产知识和阐释意义的主体。

意义的解读对于文本的界定固然重要，但是社会交往和实践同样是意义得以产生的重要情境。文本和情境似乎是相悖的，前者意味着规则、结构、意义，后者则意味着即刻、瞬间和随意。然而社会诗学就是这样一个文本和社会语境的矛盾统一体，多少有些类似于德里达对语言所作的界定，即"统一中的变体"（alterity within unity）、"认同中的差异"（difference within identity）、"在场中的空缺"（absence within presence）。（18）

弗洛伊德（Sigmund Freud）在其《诗人与白日梦之关系》一文中区分了两种（文学）创作的模式，其中一种是诗人的模式，他说：

> 诗人如同过去的史诗和悲剧的创造者一样，他们已经掌握了现成的材料，而另一些人似乎是即兴地创造自己的材料。后者更多地受到记忆中的早期经历的影响，他们总是期待在某种创造性工作中实现某一意愿，而前者的"创造性"则被局限在对材料的选择上。（39—41）

弗洛伊德所区分的两种文学创作模式，人为地将文本与社会实践这一语境割裂开来。在亚里士多德看来，诗人同样需要借助社会情境（比如生殖崇拜活动等仪式场合）来进行即兴的口占或口诵，他们并不是将自己封闭在已有的现成材料中的创造者，而是人类学意义上的参与者和行为者，从来没有脱离过社会生活这一现实的语境。弗洛伊德此处的诗人，更像是亚里士多德在《诗学》中所谈到的历史学家。即便是最即兴地创造自己的材料的人，同样受到语言、表述形式、传统以及现实交往情境的限制，一种被布迪厄（Pierre Bourdieu）称作"规范性的即兴而作"（regulated improvisations）的社会展演方式，较为完整地表达了社会诗学所关切的文本和情境的关系。

布迪厄的这一观点来源于对人类学的批判。他在《实践理论大纲》一书中指出，人类学家一心要对行为进行阐释，总是倾向于将自己与客体的关系的主要原则传达给客体，从而使后者的展演在缺乏实践的情境下颇不真实。他认为，作为社会参与者的个体（human actor），本质上而言有着自己的生活艺术（the art of living）。（1—2）布迪厄将这种艺术称作"规范性的即兴而作"。从这一概念中，我们可以看出布迪厄在调和社会规范与个体能动性这一矛盾统一体时所作的努力，即实践具有社会规范性，但又不排除个体在具体实践中的即兴创作和发挥。也许由于实践或者"规范性的即兴而作"还不足以表达某种更深层次的能动性和规范的相互作用的关系，布迪厄更精炼地提出了"惯习"（habitus）这一概念，他认为，"惯习"是一种处置的能力，这种"处置"产生并规范着实践和表述，但是处置自身也是一种建构的产物，比如会受到以突出阶级特点的物质条件的影响。（72）

人类学家对这种"规范的即兴"的社会展演再熟悉不过了。在人类学家与资讯人的交往过程中，文化他者的诗性智慧或诗学的表述策略，让传统中高高在上的"观察的一方"体会到了"被观察一方"的主体性和能动性。在后现代人类学家眼中，这些通过言语、行为来叙述和创作（文化书写）的他者都是极具创造性的诗人。人类学家克莱潘扎诺（Vincent Crapanzano）在《后现代危机：话语、模仿、记忆》一文中对后现代语境下的"模仿"（parody）加以考察后指出，尽管在后现代主义中上帝已死，但仍然还有一种权威存在，他将其称作"第三方"（the Third），它只有在对话这一社会交往的情境中才能发挥作用。克莱潘扎诺进一步解释道：

> 在任何交谈、对话和交往中，总会有一种对复杂、稳定的权威的期望，这种权威性主导了一种特定的语言模式（linguistic code）、一种语法、一套交际的传统以及交谈双方的权力分配，这是一种和文本相关的文本内、文本间以及文本外的准则以及正确的阐释策略。（433—434）

在社会交往情境中，社会参与者对一套规则、传统的正确阐释的能动意识和社会展演（行为或实践）策略，正是社会诗学的核心，它多少类似于布迪厄的"惯习"概念，也接近福柯有关人的实践性（社会实践和话语实践）的论述，《疯癫与文明》一书主要论述了这种实践性。人类社会的象征性行为和隐喻的表述方式，再清楚不过地表明了个体如何在社会规范和主体性这一矛盾统一体中自由转换，从而体现了一种诗学的能动性。赫茨菲尔德认为：

社会诗学不但强调个体的能动性，而且还注意个体与潜在的听众在交流过程中的策略性互动。个体的成功展演取决于其如何将自身的身份同更大范畴的身份认同起来的能力。具体而言，老练的展演者会间接地提及（影射）观念层面的命题（ideological propositions）以及历史的逸闻趣事，他们显然已经非常熟练地借助任何隐喻或者运用转喻的手段将自身隐藏在无所不包的实体中进行表述和投射（self projection）。因此有关个人身份认同的成功展演，十分关注听众或观众对展演本身的兴趣和注意力，暗示的身份从而得以确认，正是在这样一种自我暗示的社会展演中，以及在随后日常思索的情境中，我们发现了交往的社会诗学——个体的展演并不仅仅表现在日常生活中，而往往是以日常生活作背景。（1985：10—11）

雅各布森和列维-斯特劳斯合作的文章《评夏尔·波德莱尔的〈猫〉》，也反映了诗学的社会交往实践性以及文本性之间的转换关系。他们总结了这首十四行诗的各个不同层次是怎样交叉、互补、结合，从而使全诗成为一个严密的整体的。（雅各布森等：232）诗歌各个部分比喻手段的变化、诗段的交错和呼应，将确切与朦胧、时间与空间、男性与女性、内与外、学者和情人、激情和严肃、倔强和温柔等看似对立的关系——也可看作是现实的社会关系的诸多对立和矛盾的方面——加以互补，从而形成了一个整体的存在。他们认为，这种对立和统一还显示了神话描述／经验描述、超现实描述／写实描述之间的转换关系。（235）这其间的转换或者变调，就是要解决始终存在于这首诗的隐喻和转喻倾向之间的矛盾，而诗学的功能使得这种转换成为可能，如同社会诗学使得社会生活诸多的矛盾和对立关系的转换成为可能一样。

事实上，从社会关系和社会交往中显现出的诗学功能的特点，往往比有时颇为"模糊"的语义和诗歌分析要多得多。正是意识到了这一问题，雅各布森更关心比如对称、交错（chiasmus）、排比以及对立等概念的诗学功能，因为这些概念更适合阐释社会生活，它们也总是来源于社会生活，并且也体现了社会生活诸多对立和矛盾的方面，强烈地传递了这种生活状态的意象。《评夏尔·波德莱尔的〈猫〉》可能也反映了这样一种关切。与人类学家的合作，使雅各布森更加深刻地体会到社会生活相互对立同时又包容互补的诸多观念。总之，人类学家和语言学家合作的文章，探讨了社会生活中充满断裂、偶然、矛盾、瞬时的行为和实践如何通过对称、交错、排比等修辞手段，以及隐喻和转喻的诗学功能，转换成为一个优美、统一、永恒的诗歌文本，从而也体现了日常生活中社会参与者在"规范"和"即兴"这一矛盾统一体之间自由转换的智慧和策略，这多少也是诗人在创作诗歌这一过程中的处境和写照。

诗学／科学：文学／人类学

人类学和人文科学的密切关系，折射出这门学科在20世纪思想史和社会科学研究中的模糊地位，人类学比"科学"更"文学"（literary），但又比"文学"更"科学"。人类学一直在试图调和田野经验的亲密性与人类学分析和民族志表述的客观性之间的紧张关系，正是在这种主观性和客观性的紧张关系的调和及转换过程中，人类学丰富了自身跨学科研究的能力，也相应地产生了人类学的文学转向的趋势。尽管这一转向在人类学学科内部还不是普遍的，并且也没有产生显著的影响，但它毕竟从知识论的层面反思了诗学与科学、文学与人类学的关系。社会诗学无疑是这种反思的体现。赫茨菲尔德非常清醒地意识到社会诗学在重构人类学分析话语和民族志撰述风格中的重要作用，他认为：

> 社会诗学反映了人们如何看待社会关系的审美观念，事实上，社会诗学相对于传统民族志研究中的所谓实证性和物质分析而存在，从而重新审视叙事、手势、音乐、资讯人的阐释等长期被忽略的方面，重构"道德"的而非"科技"的民族志撰述方式，所以社会诗学这一概念的意图就在于阐释文化他者的表述是如何发挥作用的。（2005：28）

维柯对诗性智慧的论述目的，也在于反对一种"科技"、"理性"的知识认知和研究范式。存在于文学文本以及日常生活情境中的"诗学"的表述、言语和行为策略，被维柯称为"诗性智慧"（poetic wisdom），他引用荷马《奥德赛》里的一段名言，认为智慧就是关于善与恶的知识。柏拉图的"将人引向最高的善者就是智慧"的观点，使得维柯相信智慧是一种根据神圣事物和善的知识对人的心灵加以认识的方法。由此，诗性的智慧在维柯看来首先就是异教世界的最初的智慧，原始人的"最初"的玄学就不是现在学者们所说的理性的抽象玄学，而是一种感觉到的想象玄学。（150—158）显然，维柯对诗学和智慧的知识谱系的梳理和考证旨在说明，知识和智慧的发生是为了引人向善，而这也是人脱离动物性之后所表现出来的自然本性（人性）。所以，知识最初就是人这一向善的本性，即这种最初的智慧，而非启蒙运动所宣扬的理性。

自维柯这一反启蒙思想被浪漫主义者发现以来，已经成为系统反思和批判现代社会科学"经验"和"实证"主义的有力武器，现代社会科学的"诗学"特征从而得以彰显。维柯认为，诗性的智慧是一种感觉到的和想象出的玄学，因此单凭经验的手段和理性的思考即可对知识加以实质性把握的想法简直就是一种虚妄，这也正是维柯试图抵制的现代理性支配下的学者们的"虚骄讹见"，他们认为他们所知道的一切与世界一样古老。当然，维柯并没有彻底否认现代理性，只是反对现代理性的认知方式。智慧主宰着人类获得知识和认识心灵的途径，自然也就主宰着经验理性的认知方式和过程。因此，认识的过程应该是"凭凡俗智慧感觉到的有多少，后来哲学家们凭玄奥智慧来理解的也就有多少"，（150）理智不能超越或取代感官，它只能是第二位的。

维柯在《新科学》一书中强调了人的感官、感觉、想象，甚至情感在获得善和知识这一过程中的重要地位，这对当下人类学的理论实践有重大启示。首先，它改变了经验和实证的民族志对文化和社会理性观察、客观分析并进而加以实质性把握的知识范式。"文化他者的凡俗智慧能发现多少，观察者的玄奥智慧才能发现多少"的思路，不但拓展了民族志"诗学"的认识论维度，而且也是人类学反思他者与自我的重要理据。民族志"科学／诗学"的认知和反思的维度及其张力，取代了传统的"自观（selfhood）／人观（personhood）"、"客观／主观"等取决于观察者智力水平和理性深度的研究范式。人类学家通过社会交往直接进入"诗学"所要彰显的他者的智慧，平等并且直观地对待他者这种"想象出的玄学"，因为这是知识得以建构的基础。

其次，维柯在诗性智慧的论述中所提出的"诗学"的认知本体论观点，可以看作是文学得以发生的根源。维柯强调了情感、感官在获取知识中的重要地位，从而为文学的社会真实性、人的社会实践性（福柯语）作了有力的辩解，这多少类似于亚里士多德为诗人和诗歌的正名和辩护。社会诗学在彰显社会科学的文学性和修辞性的同时，也揭示了文学文本的社会交往和社会实践这一语境和本源，从而确立了文学理论深入到社会、历史、政治、身份等领域并展开评论的合法性地位。文学的"诗学"特点，使得人类学重新发掘出一种久已隔绝的知识考古意识，从而在自我与他者两种类型的经验之间真正建立起一种共通的关系。

人类学的诗学或者文学转向，同时也来自西方学界对"科学"这一概念的批判和质疑，其中解释学的理论起到了重要的作用。著名的传记研究学者弗兰克（Gelya Frank）在《生命史研究方法的现象学批判》一文中谈到生命史研究的方法和意义时，批判了当下社会科学界对脱离人及其社会实践这一语境的所谓"客观的社会科学"，进而使传统的"社会"这一概念也受到了质疑。（86）人类学对"科学"这一概念的批判，是因为人们认识到在社会科学领域，恰恰是一个人试图去理解其他人这一获得知识的重要方面和过程被刻意地省略了。所以以反思人类学为代表的人类学后现代学者们开始谈论对文化模式的直觉性理解的重要性，开始关注田野调查者所持的观念，探究调查者与资讯人的关系，以及调查者这一个体在民族志撰述以及作出结论这一过程中的作用和地位等。因为诗学的人类学要求我们认识到文化他者的凡俗智慧，考察他者在社会实践中自我实现和知识的象征性展演所借助的策略，从而确认其知识生产和表述的主体性地位。这一诗学的认知过程，为我们平等并直观地进入他者的"凡俗智慧"提供了有效的途径和方法，伽达默尔将其称作"解释循环"（hermeneutical circle）。伽达默尔在《历史意识的问题》一文中写道：

> 问题的存在是解释语境的开始，阐释者此时身处困境，备受煎熬，一
> 边是他所归属的一种传统，而另一边则是他同其调查主体的客观存在的距

离。人类学家受到一种信念的指引，期待两种经验和观念能够完美地统一和融合在一起，他们辩证地在自身的世界和客体的世界之间往来穿梭，进行意义的组合，改变自己的视野，最终使得客体和自身的经验形成一个统一的整体。阐释者的世界与客体的意义辩证地融通在一起——将其中的一个分割出去便不能理解另一个。(131)

无论是伽达默尔所谓的"解释循环"，还是格尔兹所谓的对"社会生活这一文本的洞悉"，都是力图以一种反启蒙的诗学的方法论和认识论重新考察知识得以产生的过程，他们如同福柯一样都在进行一种知识考古学的尝试，目的是要引导我们重新认识被理性主义遮蔽已久的感觉、感官、情感在认知过程中的本体性，重新理解人类认识自身所借助的种种隐喻的方式，也就是雅各布森所谓的诗学功能。另外，维柯对真理和本源"知识考古学"式的探究，启发了赫茨菲尔德去探寻人类学之"原罪"的根源：他认为人类学部分源自对人类愚昧无知这一"本源"的确认，正是试图消除他者"邪恶"一面的冲动才使得这门学科得到发展。(1987：188—190) 显然，人类学学科的知识考古，同样旨在消除学者们认为文化他者愚昧无知并试图对其加以拯救的虚骄讹见，力求重新认识他者的诗性智慧，并将其作为自身的经验、知识和理论的一个重要的源泉。

显然，社会诗学不但是我们认识和理解他者的途径，同时也使得社会生活成为可供阐释的文学文本，此时的文本也因为反映了社会生活诸多对立、转换和妥协的关系，具有了真实性和普遍性。社会诗学正是文学和人类学共通的地带，二者都在人的实践性这一维度上来思考主体性存在的意义，并进行最具普遍性的文化的阐释。

结 语

古希腊哲学家柏拉图为了捍卫哲学的"阵地"，抵制诗的堕落，将诗歌和诗人赶出了真理和理性的殿堂。西方启蒙运动之后的现代社会科学在经历了"经验"、"实证"、"理性"和"客观"的"科学"发展之后，重新认识到了我们原初的"诗性智慧"是自身经验、知识和理论的重要源泉，"诗学"的知识论和方法论重新回到了社会科学这一长期被理性主义占据的阵地，诗人们看来也是时候重新返回这一久已失去的乐园了。社会诗学作为认识论和方法论的统一体，为我们提供了认识这一"诗性智慧"的重要理据，而雅各布森所谓的诗学功能和维柯论述的人类"推己及物"认识自身的种种比喻手段，成为社会研究和文学研究的有效方法。社会诗学是社会展演的方式和途径，它既在文本之中，又在文本之外，为我们提供了具有普遍性的人类事件的真实性和共通的情感体验，同时也是隐喻性地阐释或解读某种文化模式的途径。诗学使某些文本成为作品，文本因此而具有文学性。或许人类学也应该仿照文学领域对"诗学"的追溯，探究"诗学"使民族志研究成为可能，以及使民族志成为作品的"功能"的途径。

包括人类学在内的西方社会科学的"诗学"转向，对于中国的文学人类学研究有着普遍的借鉴意义。为了说明某些文本（诗歌或小说）具有人类学的意义和民族志的印记，国内的某些研究往往会挪用成套的理论体系，用信息、数据、图表等技术性手段来分析和量化文本所具有的社会、文化和历史的"真实性"。这样的"事实"其实是建立在一个未经证明的"真实"与"虚构"的分类体系之上。[②] 只有回到这些文本和研究的"社会诗学"之源头并掌握其方法，才能在人的实践性和主体性这一维度获得最具普遍意义的社会真实性，文学和人类学的并置和研究才具有切实的操作性和比较性。

参考文献

1. Barthes, Roland. "From Work to Text." *Image-Music-Text*. New York: Hill and Wang, 1977.

2. Bourdieu, Pierre. *Outline of a Theory of Practice*. Cambridge: Cambridge UP, 1977.

3. Crapanzano, Vincent. "The Postmodern Crisis: Discourse, Parody, Memory." *Cultural Anthropology*. 6.4 (1991): 431-446.

4. Derrida, Jacques. *Of Grammatology*. Baltimore: Johns Hopkins UP, 1976.

5. Frank, Gelya. "Finding the Common Denominator: A Phenomenological Critique of Life History Method." *Ethos*. 7.1 (1979): 68-94.

6. Freud, Sigmund. "The Relationship of the Poet to Day-Dreaming." *Character and Culture*. New York: Collier, 1963.

7. Frye, Northrop. *The Educated Imagination*. Bloomington: Indiana UP, 1964.

8. Gadamer, Hans-Georg. "The Problem of Historical Consciousness." *Interpretive Social Science: A Reader*. Ed. Paul Rabinow and William Sullivan. Berkeley: U of California P, 1979.

9. Herzfeld, Michael. *Anthropology through the Looking-Glass: Critical Ethnography in the Margins of Europe*. Cambridge: Cambridge UP, 1987.

10. —. *Cultural Intimacy: Social Poetics in the Nation-State*. New York: Routledge, 2005.

11. —. *The Poetics of Manhood: Contest and Identity in a Cretan Mountain Village*. Princeton: Princeton UP, 1985.

12. 格尔兹：《文化的解释》，纳日碧力戈等译，上海人民出版社，1999。

13. 刘珩：《民族志·小说·社会诗学——哈佛大学人类学教授迈克尔·赫茨菲尔德访谈录》，载《文艺研究》2008 年第 2 期。

14. 维柯：《新科学》，朱光潜译，人民文学出版社，2008。

15. 雅各布森等：《评夏尔·波德莱尔的〈猫〉》，载波利亚科夫编《结构—符号学文艺学——方法论体系和论争》，佟景韩译，文化艺术出版社，1994。

16. 雅各布森：《诗学科学的探索》，载托多罗夫编选《俄苏形式主义文论选》，蔡鸿滨译，中国社会科学出版社，1989。

17. 雅各布森：《语言学与诗学》，载赵毅衡编选《符号学文论集》，百花文艺出版社，2004。

18. 亚里士多德：《诗学》，陈中梅译注，商务印书馆，1996。

① 人类学家特纳的社会戏剧理论，主张在现实的生活情境中安排个体的社会展演，因此更具有社会诗性的特点。个体在与自身文化所施加的束缚的对抗中必须经历四个阶段，即违犯、危机、矫正和再次融合，这一过程性单位（processual unit）较为完整地揭示了个体与社会结构之间既对立又妥协的互动关系。

② 关于"事实"与"虚构"的分类体系的论述，详见拙文《民族志认识论的三个维度——兼评〈什么是人类常识〉》，载《中国社会科学》2008 年第 2 期。

身体 朱语丞

略 说

作为主体的场所和容器，身体（Body）可能是人类所面对的最原初的客体，是人类认识世界的途径、坐标和终极动力。无论是作为一个客体或是一种观念，无论是在本体论上还是在认识论上，身体都是那个无法回避的原点。然而，早在 17 世纪初，笛卡尔（René Descartes）一句"我思故我在"就开启了心物二元论的先河。在现代性话语对理性自由主体的盲目追逐中，身体被抛弃和压抑，沦为了思维和语言的对立面。传统的哲学、心理学和社会学理论往往在身体和主体之间虚设一条不可逾越的鸿沟，似乎在唯心和唯物之间没有斡旋交流的空间。这种现代性话语随之催生了一批文学作品中的"现代病"典型，无论是屠格涅夫笔下重思维而轻行动的罗亭，或是波德莱尔诗歌中堕落丑恶的肉体，都体现了这种由于心物二元分裂而导致的张力。自 19 世纪晚期以来，好几派现代学说的出现从某种程度上起到了弥合这种心物二元论的作用。特别是精神分析学的诞生使人们认识了无意识这个基于身体本能驱动却对语言和意识产生莫大影响的因素。本文将讨论精神分析学对整合身体与意识的独特贡献，并且把这种整合的理论和实践放在后结构主义、后现代主义的宏大理论框架里加以诠释和批判。

综 述

精神分析学又被称为"身体的诗学"。（Hoffman：395）从一开始，精神分析就把身体看作是精神活动的中转站，强调身体体验对精神生活的重要性。比如弗洛伊德（Sigmund Freud）就一直坚信人类的心理世界可以用生理现象来解释。在弗洛伊德的理论里，无意识的身体被压抑而和现实的自我分离，自我总是试图去征服和控制基于身体的驱力。"法国的弗洛伊德"拉康（Jacques Lacan）则用想象这个概念来重新诠释无意识驱动，并用语言学的方式来捕捉无意识的轨迹。想象也是身体的延伸，最初的想象都来自生理冲动，交织着肉体感觉和情绪。然而，弗洛伊德和拉康都是以男性身体作为他们理论的默认模型，忽略了女性欲望和女性身体。克里斯蒂娃（Julia Kristeva）的母体理论将传统精神分析中的心物二元对立挪换成了性别对立，将女性的身体和欲望描绘成了一种男权话语的本源性的驱力和异质性的颠覆因素。在后现代的喧嚣里，精神分析的力比多身体进一步被解构和重构，变得更加灵动、可塑和开放。

弗洛伊德：力比多身体

弗洛伊德很早就注意到了身体和心理的联系。在 1899 年，他观察到一些生理症候，比如说呕吐和脸红，可以被理解为心理幻想导致的结果。在一封 1899 年 2 月给其好友弗里斯（Wilhelm Fliess）的信中，弗洛伊德写道："你知道为什么 XY 歇斯底里地呕吐吗？因为她幻想她自己怀孕了，因为她的欲望只有通过幻想自己怀上了她梦中情人的小孩才能得到满足。"（qtd. in Mason：345）但是，在同一封信中弗洛伊德也指出，上述生理症状恰恰体现了对性欲的压抑，比方说，病患者的呕吐行为正是为了使自己变得消瘦而失去性吸引力。

正因为对这种心理压抑的认知，在随后的 10 多年里，弗洛伊德系统地发展了关于无意识的理论。在弗洛伊德更晚一些的《无意识笔记》（"A Note on the Unconscious in Psychoanalysis"，1912）中，他明确提到任何心理行为都发源于无意识。感觉、想象、幻想、梦境和记忆等心理活动都可以在无意识中找到源头。根据压抑程度的不同，有些无意识内容可以渗透进入人的意识之中成为可以被感知到的心理活动。因此在人的感觉、想象、梦境和记忆之下都存在着不同程度的对无意识的压抑。这种原初的压抑表现为无意识对进入意识层的一种拒绝，而这种拒绝本身就发生在无意识的层面。

为了给人类纷繁复杂的精神活动作出一个科学的解释，弗洛伊德在无意识的基础上又发展了自我-本我-超我理论和驱力（drive）理论。本我是生物本能的储蓄库，超我是在无意识中对本我的压抑机制，自我则是这种压抑的结果。驱力这一概念更像是晚期弗洛伊德赋予本我的一个别名，它们代表着人类最原初的生命冲动，是介于生理和心理之间的一种存在。驱力的存在为各种心理行为提供了原初的生理动机，尽管这种原初和本能的东西往往因为深埋在无意识之中而不得而知。因此，无意识的压抑其实是对身体的一种压抑和拒绝，身体因此几乎无法进入意识、语言和文化。从某种程度上说，人类可以被意识到的心理活动其实是反驱动、反身体的结果。

弗洛伊德理论化地分析和解释了身体对心理的决定性影响，在《自我和本我》（*The Ego and the Id*）中，他说："自我首先是身体的自我。"（26）自我是无意识的本我由于和外界接触而变异出的一层"表皮"，而生物学上的身体是内外分界的关键，因此自我首先是身体的自我，来自身体表面产生的生理反应。（Ayouch：347）在这里必须指出的是，弗洛伊德精神分析术语中的身体概念和解剖学概念里的身体大相径庭，弗洛伊德所谓的身体是从内而外的身体，是力比多（libido）经济学视野中的身体。简而言之，精神分析学理论中的身体是一个根据情感和快乐／疼痛原则而建构起来的身体，这个身体是主体原初体验快乐和疼痛的场所。在本我的最早的世界里，个体能体验到匮乏和满足引起的痛苦和快乐，但是无法辨认主体和客体的差别。婴儿的身体既包括身体内部的生命节奏冲突，也包括作为内外界面的身体表面，还包括各种相互作用的身体部件——所有这些的合集组成了身体体验。（Hoffman：398）无意识就是在这些体验里生成的。这种对"身体"的重构无疑为重新评价身体和意识的关系铺垫了基础。本能驱动作为一种身体现象总是试图影响意识，而精神总是试图收服前者。对弗洛伊德来说，身体器官或身体局部的生理过程不仅是本能驱动的源泉，而且也是自我意识的发源地。可是，在弗洛伊德的精神分析理论里，身体和意识的二元分立仍然没有消除：心物两分的观念的前提是对身体的压抑，而无意识的理论是关于压抑的理论，是关于身心对立的理论；自我总是试图去控制和同化基于身体冲动的内在驱动，从而使人类心理活动的源头变得遥远而模糊，甚至完全无法辨认。对于弗洛伊德来说，对无意识的原初压抑在人类进入语言之前就已经完成，因此语言文化和生理驱动是截然分离和对立的。

拉康：镜像身体

自 20 世纪初瑞士语言学家索绪尔（Ferdinand de Saussure）开创了语言学以来，学术界得以通过语言这一媒介来探讨身体和意识的关系。就像托多罗夫（Tzvetan Todorov）指出的那样："弗洛伊德主义……把无意识看作是存在于语言之前或之外的。然而，我们唯有通过语言才能接近无意识。"（31）列维－斯特劳斯（Claude Lévi-Strauss）的《结构人类学》（*Structural Anthropology*）于 1958 年问世，使得用语言学来解释社会现象一时成为主流。列维－斯特劳斯用结构主义语言学来寻找神话中的共同叙述元素中的无意识原型。而拉康则借研究神话中的象征符号来发掘个体的有意识或无意识思维。

弗洛伊德的生理驱动和本我在拉康的学说体系里化身成了想象（imaginary）。想象从镜像阶段（mirror stage）开始。在这个阶段，儿童经由同他者的语言对话进入社会性的象征域（the symbolic）。1949 年拉康修改《镜像阶段》（"The Mirror Stage as Formative of the Function of the I as Revealed in Psychoanalytic Experience"）的时候就强调了语言在主体建构初级阶段的作用。在镜像阶段，婴儿在镜子中看见自己的影子，从而开始期待一个完整连续的身体。"镜像阶段是身份认同……也就是说，主体因为设定了自己的形象而发生了变化。"（1949：2）因而，镜像阶段是一个统一的身体-自我的形成期。这个身体-自我其实是一个主体预设的理想自我，主体必须通过语言和社会交往来实现这个理想。

这里的语言是泛指的语言，可以是有声的，也可以是无声的，可以是理性的，也可以包括幻想和无意识成分。无意识既是先于语言的，又存在于语言之中。拉康认为无意识的语言和有意识的语言存在于不同的层面上。无意识的语言是欲望和本我的语言，是非理性的语言。而普通的有意识的语言则是社会文化的语言。（Kurzweil：429）无意识的语言存在于想象域；而普通语言存在于象征域，两者之间是黑格尔式的逻辑辩证的关系。理性语言和本我语言虽然彼此冲突，却必须彼此共存。

语言学之父索绪尔把符号看作是能指（signifier）和所指（signified）的统一体，而拉康把能指看作是浸染了无意识欲望的符号。在内在的身体欲望和外在的公共解读之间存在着一个间隙，而主体为了进入社会，必须首先接受公共解读的普通语言，而无意识就是主体接受语言的产物。（Wright：619）因此，拉康认为无意识和语言是同构的。他把语言看作是精神分析的重要因素，看作一切人类活动和思维的终极解释。

在拉康的理论里，身体和语言一样具有两种形态：身体既是碎片，又是整体。这两种身体形态之间的关系同样是辩证的。在前镜像阶段，身体在婴儿的感官里是一堆破碎和散乱的需求、感觉和情绪。在这种凌乱的心理状态中，婴儿却感受到了"鼓动着主体的汹涌澎湃的驱动力"。（1949：2）而在镜像阶段及其后，婴儿的自我镜像和他的真实心理状态截然相反，这时候身体在自我的想象和期待里成为一个连贯和完整的形象。这个连贯完整的身体其实只是一种想象的虚构，是呈现在原初的无意识身体碎片面前的一个镜像。镜像是身体的表皮在镜子中的外在投影，是身体和现实之间的桥梁。镜像阶段是婴儿心理发展的转折点，镜像是自我的"他者"，对镜像的认同代表着自我的异化。受到镜像的诱惑的主体总是重复着从想象域到象征域的移动。但拉康同时也强调了蕴含在身体镜像之中的力比多经济。（1953：14）无意识的欲望总是通过对语言的渗透寻找新的出口。

传统的精神分析将意识和无意识截然分离，两者之间互相排斥，水火不容。在拉康的体系里，意识和无意识是无法分离的。无意识承载了能指的印记，文本参与了欲望的表达。拉康的理论将语言和肉体联结起来，把身体的物质性和符号的构造联结了起来。（Ferrell：177）拉康主义者往往通过找寻语言中的间隙、变异和失误来追踪和发掘无意识的轨迹。这种行为客观上将力比多的身体重新带回社会文化的场域。拉康的学生费尔曼（Shoshana Felman）所著的《言说身体的丑闻》（*The Scandal of the Speaking Body*）就忠实地通过语言分析的方法来解读莫里哀的剧本《唐璜》，审视了爱欲和言说之间互相纠结的关系。

拉康的学说对法国文学批评家巴特（Roland Barthes）的影响很大。后者致力于发掘文本中的欲望，换言之，"用符号化的身体来匹配身体化的故事"。（Brooks：xii）巴特曾经写道："文本是否具有人形，是否是一个关于身体的意象和谜语？是的，文本是我们的欲望的身体的意象和谜语。"（17）如果我们能够理解文学想象和最初的肉体欲望及感觉之间的因缘，也就能够理解文本的"身体性"特征。巴特的后期文论均致力于发掘语言中的无意识欲望，从而彰显隐藏在文本中的身体性。

克里斯蒂娃：母体

拉康试图用语言来给无意识的身体编码，解释了文化对身体的再造功能。而法国心理分析学家和语言学教授克里斯蒂娃的理论在后结构主义语境下重新建构了身体和语言的关系，再度用身体来拷问语言文化的局限性。

克里斯蒂娃以弗洛伊德和拉康精神分析学为理论基础，对言说主体和意指过程进行了重新探讨。首先，克里斯蒂娃把拉康的想象域和象征域改造成了符号域（semiotic）和象征域（symbolic），这两者之间的互动就构成了意义生成的过程。符号域和前俄狄浦斯阶段的元初过程（primary processes）相对应，在这个阶段，源源不断的生命冲动被收拢在穷若（chora）之中。穷若一词来源于古希腊语，原意为封闭的空间或子宫。（1986：12）然而，涌动着的符号之流必须被割裂才能产生意义。和拉康一样，克里斯蒂娃把镜像阶段当作割裂的第一步，在这个阶段，从穷若中分离出了一个自我。 接下来的俄狄浦斯阶段则是割裂或分离完成的象征，自此，主体从符号域进入了象征域。

在《恐惧的力量》（*Powers of Horror*）中，克里斯蒂娃指出主体的第一个任务就是从内在非理性的他者中分离出一个自我，以便在语言发生之前获得一个"干净的正常的身体"。（73）异质的他者的身体就是穷若的身体，而穷若是母体的代名词，它是先于语言的，亦是无法被命名和理论化的。克里斯蒂娃把穷若／母体描绘成一个"分裂中的场所"。（1980：238）分裂是母体内在的运作方式，只有通过分裂，人类才能生儿育女，繁衍种族。然而，在主体进入象征域以后，母体就会受到压抑，在主体感官意识中变得卑贱而污秽："污秽显示了扼杀母系权力的意图，把意识和身体分离……对生育母体的恐惧把我推离身体……推向他者的身体，即我的同胞，我的兄弟……"（Fisher：92）可以说，克里斯蒂娃所说的象征域对应的是男权社会，主体进入象征域以后，母体就会被多多少少地压抑，从而表现为象征语言中的矛盾、无意义、瓦解、沉默和缺席。

克里斯蒂娃写作的基本动因就是要开启一种全然不同的母体的话语来突破父权的逻辑象征话语的界限以及打破一个自由独立的主体的神话。（Ziarek：99）克里斯蒂娃的母体其实也是一个虚构的身体，存在于"自然和文化的边界"。（Fisher：99）它既是唯物的，又是隐形的。盖洛普（Jane Gallop）认为没有人能够站在母体的立场上说话；母体本身就是永动的、异质的、裂变的，母体的立场就是无立场。（Ziarek：99）前语言的（prediscursive）母体作为主体肉身的隐喻存在于符号象征域之中，但是其存在的方式却是无迹可循的，因为母体不是作为一个积极的因素参与象征域的建构，而是无时无刻地颠覆着建构中的象征体系。

通过重新阐述主体在异质母体中的源起，克里斯蒂娃的理论指出了经典现代性理论的一个误区，即对一个独立自主的主体的假设。因为主体其实是由母体分裂而来的，主体不可避免地继承了母体的异质性（heterogeneity）。从这个意义上说，任何对道德和自由的讨论都必须首先对母体这个卑贱而污秽的源头装聋作哑。

在克里斯蒂娃看来，象征域是先天不足的，话语的异质性貌似颠覆话语的因素，却也是话语生成的源头。她把这种基于母体的话语的异质性看作是最重要的话语生成力量。在《诗歌语言的革命》（*Revolution in Poetic Language*）和《语言中的欲望》（*Desire in Language*）两本著作中，克里斯蒂娃探讨了这一意义生成过程中的内在颠覆性因素，而这本是传统语言学讳莫如深的一个话题。克里斯蒂娃热情地呼唤一种新的语言学和新的精神分析学来容纳意义生成过程中的非意义因素。（Ziarek：94）她说："只有在最近几年或者在革命时期意指过程才在现象文本（phenotext）上铭刻多元的、异质的和矛盾的表意过程，其涵盖了驱动力的流淌、物质的断续性、政治的角力和语言的土崩瓦解。"（1984：88）

同拉康一样，克里斯蒂娃也将自己的理论运用于文学批评。她认为文本是一种语言的革命。文本把身体展示给符号，身体的物质性在一瞬间侵入能指，旋即产生了文本。（Watkin：91）克里斯蒂娃把诗的语言看作是前符号态的语言，因为诗歌既是一种语言实践，也是一种瓦解话语的实践。在诗的语言里，社会性话语的表现力显得捉襟见肘，而生命节奏的冲动却在彼时"超越了主体及其交际结构"。（1984：16）在克里斯蒂娃看来，只有马拉美（Stéphane Mallarmé）、乔伊斯（James Joyce）和阿尔托（Antonin Artaud）等少数现代主义先锋派文学家的作品能够达到穷若的广度和深度。

后现代的身体

克里斯蒂娃的母体理论不仅在后结构主义的语境下揭示了语言的局限性和意指过程的异质性，而且挑战了以往精神分析学以男性身体和欲望作为默认理论模型的实践。她关于语言起源的讨论将驱动和欲望这些以往被认为是富有侵略性的男性化的身体表达收拢到了女性的"穷若"之中，从而为很多女权主义的文学批评提供了理论指导。但许多女权主义理论家都不约而同地质疑克里斯蒂娃的母体概念是否意味着将女性放逐到文化之外。（Ziarek：92）女权主义哲学家巴特勒（Judith Butler）就认为把女性和身体捆绑的做法是一种生物本质主义，其实最后还是稳固了符号象征态的父权权威。（"Body Politics"：104）在巴特勒自己的著作《性别麻烦》（*Gender Trouble*）和《身体之重》（*Bodies that Matter*）中，她展示了一种更为激进的后结构主义的解构精神，彻底质疑任何先验的社会性或生物性身体的存在。巴特勒赞许克里斯蒂娃学说中身体的颠覆性，但是她反对任何把身体解释成前话语之前的单纯的物质存在的模型。比如福柯（Michel Foucault）声称身体永远被日常生活中的权力关系所渗透。而且"身体完全被历史及历史对身体的破坏所铭刻"。（83）在巴特勒看来，这个模型仍然理想化地假设了一个貌似中性的身体表皮来接受社会话语实践的镌刻，而她认为身体的表皮其实就是借由话语生成的。（Lindenmeyer：49）巴特勒认为身体的建构是在文化这个离散而活跃的社会场域中完成的。（"Foucault"：607）不仅是社会性别，而且连生理性别都是在文化社会场域生成的，因而充满着不确定性和被颠覆的可能。

巴特勒的理论赋予了文化至高无上的决定性力量，事实上是以文化消解了身体。在文化之前没有先在的身体，身体的复杂性、可塑性和能动力都是文化赋予的。其他女权主义理论家，比如格罗斯（Elizabeth Grosz），则在承认文化镌刻的同时提倡一种更为唯物主义的身体观念，将身体看作一种由血、肉、神经、骨骼等组成的实在的物质结构，经由心理和文化的双重聚合才成为一个连续的整体。

法国哲学家德勒兹（Gilles Deleuze）和心理学家伽塔利（Félix Guattari）于1972年合著的《反俄狄浦斯》（*Anti-Oedipus*）一书也从唯物主义的维度解释了身体的不确定性。德勒兹和伽塔利赞许拉康解构俄狄浦斯的努力，因为拉康理论表明了弗洛伊德的俄狄浦斯阶段不过是文化创造的一个虚构和想象。但是德勒兹和伽塔利批判了精神分析理论，认为它是资本主义的同谋，两者都试图压抑欲望的生产。在精神分析视野里，无意识被发现、被降级，随后被摧毁，变成口误、冲突和妥协。德勒兹和伽塔利认为欲望来源于物质的流动和节奏，好比生命力，欲望不是匮乏，而是创造。欲望的产生不是因为匮乏，只要有主体，就会有欲望。自然的身体感觉就是这种欲望生产的基础。（Wright：623）身体是一种永动的物质结构，总是在寻找着和别的身体发生联系。身体是一种"欲望机器"（desiring machine），通过和别的身体合作，创造出新的物，并且为公共欲望开辟出口。（Wright：622）德勒兹发明了"没有器官的身体"（body without organs）这一概念，他说，抛空内脏并不意味着自杀，而是把身体打开，以便进行可能的联结、组合和再生。（158—160）

今天，在资本主义全球化的语境下，对身体的思考似乎成为了一种历史的必然，不仅是因为身体是资本积累的主要策略，还因为身体不确定性本身就是一种生产力。（Burlein：21）后现代林林总总的身体理论似乎都致力于解构身体。但是，后现代并不是身体的坟墓，而是身体理论的"百花齐放"期。后现代主义理论的一个特点就是"反乌托邦可能性"："间断的、异质的经验、感觉、欲望和身份认同从体内流过，我们感到'身体'变得混乱，因为以往那些用来构筑我们身体体验的身份范畴被解构了。"（Moore：104）

结　语

从社会历史的角度来看，在前现代和工业时代，身体的概念都和财产、所有权和控制这些概念密不可分。在后工业时代，身体似乎开始逐渐和社会的经济政治结构分离。而在后现代，身体似乎成了一种自我认识和自我实现的手段，变得私密而神秘。随着所有确定的身份立场被一一解构，后现代主义的确在某种意义上宣告了主体的死亡，以研究主体建构为己任的精神分析学科因而在后现代正经历着某种"危机"。但是，作为一种"身体的诗学"，（Hoffman，395）精神分析学似乎在100

多年以前就预告了后现代的来临。比方说，当代的消费主义理论把身体看作是享乐、欲望和玩耍的场所，这个后现代的享乐的自我的身体和精神分析学理论中根据情感和快乐-疼痛原则而建构起来的身体不谋而合。可以预知的是，精神分析学科在经历了二元论、结构主义和后结构主义之后，将继续在后现代语境下为研究身体的创造力和生产力提供理论源泉。

参考文献

1. Ayouch, Thamy. "Lived Body and Fantasmatic Body: the Debate between Phenomenology and Psychoanalysis." *Journal of Theoretical and Philosophical Psy.* 28.2 (2008): 336-355.

2. Barthes, Roland. *The Pleasure of the Text*. Trans. Richard Miller. New York: Hill, 1975.

3. Brooks, Peter. *Body Work: Objects of Desire in Modern Narrative*. Cambridge: Harvard UP, 1993.

4. Burlein, Ann. "The Productive Power of Ambiguity: Rethinking Homosexuality through the Virtual and Developmental Systems Theory." *Hypatia* 20.1 (2005): 21-53.

5. Butler, Judith. "The Body Politics of Julia Kristeva." *Hypatia* 3.3 (1989): 104-118.

6. —. "Foucault and the Paradox of Bodily Inscriptions." *Journal of Philosophy* 86.11 (1989): 601-607.

7. Deleuze, Gilles, and Félix Guattari. *Anti-Oedipus: Capitalism and Schizophrenia*. Trans. Robert Hurley, et al. Minneapolis: U of Minnesota P, 1983.

8. Deleuze, Gilles. *A Thousand Plateaus: Capitalism and Schizophrenia*. Vol. 2. Trans. Brian Massumi. Minneapolis: U of Minnesota P, 1987.

9. Felman, Shoshana. *The Scandal of the Speaking Body: Don Juan with J. L. Austin, or Seduction in Two Languages*. Stanford: Stanford UP, 2002.

10. Ferrell, Robyn. "The Passion of the Signifier and the Body in Theory." *Hypatia* 6.3 (1991): 172-184.

11. Fisher, David. "Kristeva's Chora and the Subject of Postmodern Ethics." *Body/text in Julia Kristeva: Religion, Women, and Psychoanalysis*. Ed. David R. Crownfield. Albany: State U of New York P, 1992.

12. Foucault, Michel. "Nietzsche, Genealogy, History." *The Foucault Reader*. Ed. Paul Rabinow. New York: Pantheon, 1984.

13. Freud, Sigmund. "A Note on the Unconscious in Psycho-Analysis." *The Standard Edition of the Complete Psychological Works of Sigmund Freud*. Vol. 12. Trans. J. Strachey. London: Hogarth.

14. —. *The Standard Edition of the Collected Works*. Vol. 19. Trans. J. Strachey. London: Hogarth, 1957.

15. Hoffman, Anne Golomb. "Is Psychoanalysis a Poetics of the Body?" *American Imago* 63.4 (2006): 395-422.

16. Kristeva, Julia. *Desire in Language: A Semiotic Approach to Literature and Art*. Ed. Leon S. Roudiez. New York: Columbia UP, 1980.

17. —. *The Kristeva Reader*. Ed. Toril Moi. New York: Columbia UP, 1986.

18. —. *Powers of Horror: An Essay on Abjection*. Trans. Leon S. Roudiez. New York: Columbia UP, 1982.

19. —. *Revolution in Poetic Language*. Trans. Margaret Waller. New York: Columbia UP, 1984.

20. Kurzweil, Edith. "Jacques Lacan: French Freud." *Theory and Society* 10.3 (1981): 419-438.

21. Lacan, Jacques. "The Mirror Stage as Formative of the Function of the I as Revealed in Psychoanalytic Experience." *Ecritis: A Selection*. Trans. A. Sheidan. New York: Norton, 1949.

22. —. "Some Reflections on the Ego." *International Journal of Psychoanalysis* 34 (1953): 11-17.

23. Lévi-Strauss, Claude. *Structural Anthropology*. Trans. Claire Jacobson and Brooke Grundfest Schoepf. New York: Basic, 1963.

24. Lindenmeyer, Antje. "Postmodern Concepts of the Body in Jeanette Winterson's Written on the Body." *Feminist Review* 63 (1999): 48-63.

25. Masson, J. M. *The Complete Letters of Sigmund Freud to Wilhelm Fliess, 1887—1904*. Cambridge: Harvard UP, 1985.

26. Moore, Lisa. "Teledildonics: Virtual Lesbians in the Fiction of Jeanette Winterson." *Sexy Bodies: The Strange Carnalities of Feminism*. Ed. Elizabeth Grosz and Elspeth Probyn. London: Routledge, 1995.

27. Todorov, Tzvetan. *Mikhail Bakhtin: The Dialogical Principle*. Minneapolis: U of Minnesota P, 1984.

28. Watkin, William. "Melancholia, Revolution and Materiality in the Works of Julia Kristeva." *Paragraph* 26.3 (2003): 86-107.

29. Wright, Elizabeth. "Another Look at Lacan and Literary Criticism." *New Literary History* 19.3 (1988): 617-627.

30. Ziarek, Ewa. "At the Limits of Discourse: Heterogeneity, Alterity, and the Maternal Body in Kristeva's Thought." *Hypatia* 7.2 (1992): 91-108.

神话 梁 工

略 说

神话（Myth）是人类最古的文化遗产，是世界文学的最初源头，对后世文化和文学产生了极为深远的影响。2000多年来，尤其是18世纪以降，一系列学术流派相继提出以神话为研究对象的神话学（mythology）理论，不断加深了人们对神话的认知。神话学的研究对象既包括狭义的具体神话，也包括广义的一般神话。考察一般神话离不开比较方法，故神话学又兼为"比较神话学"（comparative mythology）。中国神话与希腊神话、希伯来神话既有诸多共性，也有不少个性，其个性在神话的系统性程度、神话表象的形态特征、主神的特点、神话凝聚的民族精神、神话影响后世文化的程度和范围等方面表现出来。

综 述

关于神话

神话是先民描述和解释世界起源、自然现象、社会生活和人生奥秘的故事或传说。与神话关系最密切的文化形态是宗教，相对于宗教的象征性行为是仪式，象征性场所是庙宇，象征性膜拜对象是偶像，宗教对其神祇事迹及神人关系的象征性讲述即神话。宗教的仪式、庙宇、偶像一类外部形态可能随着岁月的流逝而消亡，这时它的神迹讲述却会因其内在的生命力而流传下来，成为传世的文学遗产。

神话的内容是以神或超人为中心的各种叙述，时常伴以非凡、神奇或超自然的事件和环境。神话的基本表现手法是幻想和神化：先民受生产力水平低下的限制，无法科学地解释外物和自身，便借助于想象和幻想，把自然力和社会现象拟人化或拟神化。然而透过荒诞不经的情节，神话在本质上往往与创作主体的历史性和民族性相联系，传达出特定时空中的特定民族对自然、社会和人生的特定理解。

神话是人类思维水平和语言能力发展到一定阶段的产物，这时人们已经初步形成有关自然、社会和人类自身的种种神秘观念，并能以语言表达这些观念。神话的出现与人类征服自然的实践活动密切相关，人们为了获取必备的生产和生活资料、满足温饱需求、支配自己的命运，不得不对自身和外部的世界加以解释，以求在一个想象的天地中寻得出路，与种种异己力量达成和谐统一，乃至战而胜之。

神话的体裁是远古诗歌或散文，属民间文学创作，笔录成文前多在民间长期口耳相传。神话与传说、史诗、传奇小说、民间故事、童话、寓言均有所不同：传说、史诗、传奇小说常以历史上真实存在过的人物和确曾发生过的事件为基础，再增入某些想象性因素而编成；民间故事和童话有时也讲述非同寻常的人物和事件，甚至表现深邃的寓意，但往往带有娱乐性质，缺乏厚重的历史文化积淀；寓言重在阐发某种道理或哲理，通常缺乏神话的宽广视野。

就文本的内容分类，常见的神话包括解释宇宙、自然和人类成因的起源神话，表现上帝、天神行迹及其与世人交往的神话，述说为人类创造或带来文明的非凡人物即文化英雄的神话，颂扬救世主开创理想国的神话，思考天意与命运、再生与复活、记忆与忘却、暂时与永恒的哲理神话，有关国王、宗教创始人、圣徒、隐修士的神话，以及各种类型的变形神话。

神话不同程度地兼有阐释、审美和教育等多重功能，既是说明事理的哲学，也是诉诸情理的艺术和规范伦理的道德。就其性质或功能考察，芬兰民俗学家杭柯（Laurey Hunker）归纳出 12 种类型：1. 作为认识范畴来源的神话；2. 作为象征性表述形式的神话；3. 作为潜意识投射的神话；4. 作为世界观、人生观整合要素的神话；5. 作为行为特许状的神话；6. 作为社会制度合法化证明的神话；7. 作为社会契合标记的神话；8. 作为文化镜子和社会映像的神话；9. 作为历史状况之结果的神话；10. 作为宗教传播手段的神话；11. 作为宗教形式的神话；12. 作为自我结构媒介的神话。

神话不但是一种文学样式，还是一种构思模式和修辞手段。就构思模式而言，后世表现异常情节和神奇人物的作品有可能借鉴了神话思维；就修辞手段而论，那些异常情节和神奇人物得以呈现的文学技巧则可能被追踪到神话创作。基于这样的理解，卡夫卡描写人变甲虫的《变形记》、乔伊斯借鉴奥德修斯归乡情节创作的《尤利西斯》、马尔克斯运用超现实神秘寓言方式写成的《百年孤独》，都有"现代神话"的称谓。

近代以来，每每被诉诸神话学解读的古代典籍之一是《圣经》。《圣经》的根本特质，在于它兼为神圣文本和世俗文本的二元性。作为神圣文本，它被信徒尊奉为"上帝圣言"的载体，由此导致一种"信仰的诠释"（hermeneutics of faith），即从信仰出发，出于印证和捍卫信仰的目的进行诠释，认定其中类似于神话情节的超自然描写本是确曾发生过的事实。但同时《圣经》又是一部呈现为白纸黑字的实体性世俗文本，是与荷马史诗、莎士比亚戏剧等凡俗经典有着充分可比性的普通书籍，完全可以运用相同的方式进行解读。这导致一类"怀疑的诠释"（hermeneutics of suspicion），特点是以理智质疑任何超出直观经验的知识，首先是那些非理性或神话式的神迹奇事。

18—19 世纪学者赫尔德、施莱尔马赫、哈斯（R. Haas）、施特劳斯（David F. Strauss）、勒南（Ernest Renan）等对《圣经》神话批评均有重要贡献，其中施特劳斯的成就最高。（梁工：180—201）施特劳斯在《耶稣传》（1835）中称"神话的观念"是打开"福音书中神迹故事和某些反历史观念"的钥匙。（210）20世纪神学家布尔特曼（R. Bultmann）创立了"神话破译"（demythologization）释经法，尝试运用存在主义哲学，对耶稣的神奇降生和死后复活等神话情节作合乎现代科学的解读。（168—196）

关于神话学

早在古希腊文明的黄金时代，哲学家就时常对神话作出解释。克赛诺芬尼（Xenophanes）提出，提坦诸神、巨人或半人半兽的怪物均来自古人以自身为原型的联想："埃塞俄比亚人说他们的神皮肤是黑的，鼻子是扁的；色雷斯人说他们的神眼睛是蓝的，头发是红的。"（张尚仁：21—22）恩培多克勒（Empedocles）主张"寓意说"，称古人在神话中寄寓了某些自然概念和伦理观念，如以宙斯喻火、赫拉喻空气、哈得斯喻土、波塞冬喻海，以及神灵之间的对立冲突喻不同伦理尺度（如善与恶）的斗争，等等。欧伊迈罗斯（Euhemerus）在《神圣史》中创立了为神话人物和事件寻找真实历史依据的传统，主张神本是曾经造福于人类的伟人、英雄或征服者，理应受到敬重和崇拜。柏拉图被尊为古典神话学的奠基者，（Edmunds：1）他将改编后的神话写进自己的哲学对话录，对神话的性质和功能发表了不少真知灼见，如称神话由于带有施咒般的魔力（incantational force）而具备危险性，但只要出于善的目的加以利用，仍能对人有所助益。（Schuhl：36）在漫长的中世纪，基督教神学一统天下，即使有人关注神话，也多为取材于异教传说来论证基督教原理，但丁的《神曲》中充斥着希腊罗马神话情节，即为典型一例。

论及现代神话学的诞生，由费尔德曼（B. Feldman）和理查逊（R. Richardson）合编的《现代神话学的崛起：1680—1860年》不可不提。据该书提供的资料，现代神话学的创始者是法国人冯特耐尔（B. Fontenelle），他在《寓言的起源》（1724）一书中对"野蛮人的心智"作了初步探讨。其次是意大利哲学家维柯（G. B. Vico），他在《新科学》（1725）中依据思维方式的差异，将一部人类文化史分成"神的时代"、"英雄时代"和"人的时代"，并多处论及神话的本质、神话与历史的关系及神话的创作主体、创作过程、流传变异的特征等。正是得力于冯特耐尔和维柯的诠释，一种新的理论才为世人所知，那便是"神话不再是文明的'他者'或理性的对立面，而成了文明之根和理性之源"。（叶舒宪：224）

其后，德国狂飙突进运动的理论家赫尔德"首次对浪漫主义的神话概念作出明确表述，称之为'创造性的原初智慧'、'崇高的灵性力量'和'活生生的真实'"。（Feldman and Richardson：224）另一位神话学者海恩纳（C. Heyne）也认同神话与人类童年时代相联系的观点：最初以口传形式代代相承，具有天真、质朴的风格；内容并非虚构，而是业已变形了的真实历史。他对历史神话、哲学神话和诗意神话作了区分，认为荷马和赫西俄德是诗意神话的创作者，因为他们仅仅为搜集到的神话片断赋予了诗意的外形，而并非那些故事的原创者。(Feldman and Richardson：215—223)

19世纪中期以降，科学的神话学形成了一系列流派，此起彼伏，蔚为壮观。神话的中心角色固然是神，神话学研究却无涉神学，而自觉地置身于人类学范畴中。1871年"人类学派"的创始人泰勒(E. Tyler)在《原始文化》中首次将神话宣布为人类学的研究素材，声称神是按照人的形象创造的，神话乃是人"把自己生活中的事件带进神圣王国"的结果。(拉法格：53)泰勒提出"万物有灵论"(Animism)，认为神话是古代思想的遗留物。该派另一位代表人物兰(Andrew Lang)以"心理作用共同说"诠释各民族神话的普遍相似现象，还认为早期宗教带有很强的伦理学意味，且表现出某种一神论(monotheism)倾向。与人类学派相对立的是"语言学派"，以缪勒(F. M. Müller)为代表。缪勒首倡"语言疾病说"，声称神话源于对语词初始意义的误解：比如对于"日出"、"日落"这两个词，古人倾向于理解为"太阳追逐着黎明"、"太阳因衰老而死"，进而演绎出生动形象的故事。

20世纪初期"巫术和仪式学派"异军突起，热衷于把神话理解为原始巫术及仪式内容的话语表述，代表人物是英国学者弗雷泽(J. G. Frazer)。另一批得名为"现象学派"的研究者卡西尔(Ernst Cassirer)、莱乌(Gerardus van der Leeuw)、伊利亚德(M. Eliade)、保罗·利科等也强调神话是人类文明的早期成果，负载了原始宗教的真理，故研究者应当"回归"事实本身，对神话的"一般意识"或"纯粹意识"作出探索。卡西尔在《人论》中把人描述为"符号的动物"，本质在于无限的创造力，据此对神话、宗教等人类的"符号化活动"作出系统论述。现代学者还注重从形式角度剖析神话，形成一个"形式批评学派"，以袞克尔(Hermann Gunkel)为代表。袞克尔早在1895年就发现，巴比伦人关于创造之神与混沌之神交战的神话提供了一种文学模式，被《创世记》的作者用来描述上帝征服混沌势力的战争。后来他又从形式角度对《圣经》文本与乌加里特文献(Ugarit Text)进行比较研究，取得了公认的学术成就。

在此前后活动踊跃的还有"历史学派"、"结构主义学派"、"心理分析学派"、"女性主义学派"等。"历史学派"主张拨开神话世界的迷雾而寻索被其包裹着的真实历史人物和事件，著名学者可举出威尔豪森(J. Wellhausen)，经他论证后的"五经底本假说"从根本上颠覆了有关"摩西受神谕著五经"的传统神话说教。"结构主义学派"以列维-斯特劳斯(C. Levi-Strauss)和利齐(Edmund Leach)为首，他们提出神话的奥秘存在于其深层结构中，研究者应透过各种具体情节寻找其共同的结构原理，进而发现人类神话思维的普遍性规律。"女性主义学派"运用女性主义理论批评男权中心的宗教神话，试图"透过性别歧视的盲点重新发掘被遗忘、被遮蔽和被扭曲的远古女神宗教的神话真相"，名著可举出拉灵顿(C. Larrinton)主

编的《女性主义神话学指南》（1992）。（叶舒宪：227—228）

"心理分析学派"的奠基者是弗洛伊德，他认为以性欲望和本能冲动为核心的"个人无意识"在人的精神生活中占有首要位置，并潜在地支配着神话的生成。人类早期文明无不与"俄狄浦斯情结"相联系：由于乱伦和弑亲遭到禁止，道德规范随之产生；由于对弑亲罪行有了悔悟之心，宗教和神话得以出现。该学派的另一代表人物荣格在弗洛伊德"个人无意识"基础上提出"集体无意识"，认为这种群体性梦幻或超个人想象能揭示出人类共同的深层心理结构：集体无意识是借助于"原型"（archetype）体现的，原型则在神话或宗教故事中得到了最明显的表现。（52，94）因此，从集体无意识的深渊中把浸透了远古人类深沉情感的原型发掘出来，就成为文学艺术的根本使命和重要功能。

20世纪中后期，加拿大文学理论家弗莱（Northrop Frye）将"神话–原型批评"推向了一个新的峰巅。他认为文学起源于神话，后世各类文学——他谓之传奇、高模仿、低模仿和讽刺——都是神话历经"移位"（displacement）后的变体。纵向考察，上述五种文类依次嬗递，当代作品每每诉诸讽刺，且呈现出回归源头即神话的趋势："讽刺文学从现实主义开始，并向神话回归，其神话模式通常表现为更具魔怪性而不是神祇性。"他认为形成年代较早、富于原创性和权威性、对后世影响特别深远的神话为"未移位神话"，而《圣经》是西方文学传统中"未移位神话的主要来源"。（198—199）弗莱对原型的基本见解是，它与神话犹如一个硬币的两面，亦即对同一对象从不同侧面作出的两种解说：着眼于那种远古文学本身，可称之为神话；着眼于它与后世文学的关系，则谓之原型。

中国现当代学者茅盾、郑振铎、鲁迅、周作人、闻一多、赵景深、钟敬文、袁珂、萧兵、叶舒宪等在神话研究尤其是中国神话研究领域取得了令人瞩目的成就。例如，闻一多的《伏羲考》用人类学、考古学、历史学、宗教学和比较语言学方法研究伏羲和女娲，得出一些原创性结论，为学术界所称道。

关于神话比较研究

神话比较研究是运用某种神话学理论对跨民族、跨语言的多种神话文本所作的综合性研究，旨在揭示出某种涉及神话形成、发展或特征的内在规律性。前述各种神话学派的理论，无一例外地建立在神话比较研究的基础上。例如，德国浪漫主义学者戈莱斯（Joseph Gelles）对荷马史诗、印度史诗、我相史诗、《尼伯龙根之歌》、德国圣杯传说《堤图莱尔》等作了比较考察后提出，它们反映了欧洲乃至世界一些民族的共同观念和愿望。格林（Jacob Green）对希腊主神宙斯（Zeus）、罗马主神朱庇特（Jupiter）、日耳曼斯堪的纳维亚战神提尔（Tyr）、梵语中的天神狄奥斯（Dyaus）进行综合考辨后指出，它们乃同出一源，是同一个词的不同变体，最初并不指神祇，而指一种具体的天象"天空"。这项研究表明南欧、北欧、印度的某些古老神话可能是雅利安人共有的原始神话。在中国，朱维之对"'二希'文学的世界性影响"加以比较，认为希腊代表"西方重理性和现实的文化模式"，希伯来代表"东方重感情、信仰和心灵的文化模式"，"二希"是"东西方文化、文学最初冲破壁垒，互相交流融合的典型"。(180)

中国汉民族神话、希腊神话和希伯来神话三者共享一些基本特征，但由于神话赖以生成的地理、历史、社会和民族文化条件互有差异，它们又表现出相去甚远的面貌与风格。

首先，就神话的系统性程度而言，中国神话比较零碎、片断，虽有一些小系统，却缺乏整体的系统性。希腊神话内容集中，结构较完整，系统化程度相当高。希伯来神话也有很高的系统性。所谓系统性，是指在经历了众多单篇神话独立存在的阶段后，较为完整的神界故事系列大致形成，一个既复杂又明晰的神际关系网络开始出现，处于网络中心的主神已确立其独尊地位；串联神话系统的纽带或者是神界家族的通婚和生殖行为，或者是某种抽象观念。据茅盾、鲁迅等人考证，中国祖先也许创作过丰富的神话，但大都散佚了，仅有只鳞片爪保留在《山海经》、《庄子》、《楚辞》、《淮南子》等典籍中，它们缺乏整体上的条理性和系统性。希腊神话的主体讲述新老两代神祇的故事，以"卡奥斯-乌拉诺斯-克洛诺斯-宙斯"的神界家族为主线，将众多神、人、英雄的故事编为一体，构成世界上迄今最庞大的神话系统。希伯来人奉拜独一之神，这使其神话表现出更高的统一性或系统性，不过其内容是神与某个人类群体之间的故事，准确地说应属"神人之话"。

其次，从神话表象的形态特征分析，中国神话大多是形成于野蛮社会末期的"原生态神话"，以及从野蛮社会向文明社会过渡时期的"过渡态神话"。希腊神话大体是流传于文明社会初期的"次生态神话"，而希伯来神话则是汇编于文明较发达阶段的"再生态神话"。原生态神话出现得最早，多表达人类理解自然、征服自然的愿望；孤立的神话篇幅短小，以自然神故事为主。至过渡态时，经过组合后的小型神话系统已普遍存在，神的社会性功能得到强化。次生态神话是历史进一步发展后的产物，其集约化和系统化程度较高，社会神取代自然神而居于主导地位。再生态神话则是某些团体或个人出于特定意志对已有资料的重新筛选和编订，文明色彩最浓重。

第三，从主神的特点考察，中国神话具有浓郁的伦理意味，希腊神话表现出较高的认知品格，希伯来神话富于鲜明的宗教色彩。主神是神际关系网络的枢纽或中心，是某神系的"首席代表"及其精神特质的首要体现者，它的形成是该神系已具备可观规模和较稳定结构的标志，这使得透视主神成为解析神话体系的一个重要维度。严格地说，中国没有统摄众神，使神际关系明确化、条理化的主神，与主神地位约略相当的是《史记》所载远古帝系中的黄帝。黄帝"养性爱民，不好战伐"，是善良和正义的象征，具有明晰可感的伦理示范性。希腊神话的主神宙斯却毫无美德可言，他的妻子和情妇不胜枚举，俨然一个为非作歹的浪荡公子。其实希腊人无意用伦理准则去规范神祇行为，而是要借助于错综复杂的两性关系，把各种神话片断纳入一个以宙斯为中心的神界网络，进而编织起一个庞大的知识系统，使读者阅读神话之际能尽悉希腊人对各种自然现象和社会奥秘的感悟和认知。至于希伯来神话，读者从独一之神亚卫身上首先感受到的是浓郁的宗教色彩。这位上帝被塑造成全能的造物主、历史的支配者和人类的救赎者，所示信仰成分无疑超过伦理价值和认知意义。

第四，神话作为一个民族最初的"百科大全"，势必寓有民族精神的早期形态。就此而言，中国神话体现出中国人对"德"的尊崇，希腊神话表现出希腊人对"力"的追求，希伯来神话显示出希伯来人对"信"的推重。在中国古代意识中，应受崇拜的首先不是以知识为转换形态的自然之力和社会之力，而是品行和道德。"行"比"知"更重要，合乎社会规范的行为比知识本身更需要得到尊重，因为人生的最终目的在于知天命、守人伦，达到"天人合一"的至善之境。在这种民族精神的规约下，上古诸神大都由于不合乎正统伦理尺度而逐渐湮没无闻，同时以黄帝为首的帝系神话则脱颖而出，被改造成中国历史的源头，纳入汉民族文化的主流。希腊神话具有较高的认知品格，这与希腊精神的基本特征，即对"力"的崇尚和追求相一致。希腊神祇所象征的强大力量（兼指自然力和社会力）与道德分属于不同观念范畴，既非善亦非恶，而是超善恶、超道德的。力量寓于知识之中，知识是力量的凝聚，人的使命在于探索知识，求得力量，成为能与神祇相匹配的美妙生灵。希伯来神话中蕴含了更多的宗教因素，它对应了希伯来精神的基本特点：以信立族，因信而生，即依靠信仰求得民族的生存、延续和发展。希伯来人亦不失对德和力的追求，但二者都统摄于信的旗帜下，表现为"以信为德，因信得力"。

第五，从神话与后世文化的关联性看，中国神话的影响程度较浅，范围是地区性的。希腊和希伯来神话影响程度较深，范围是世界性的。在中国，汉武帝"罢黜百家，独尊儒术"后，孔子学说始终居于主导位置。孔子明言其"不语怪、力、乱、神"，这致使已成为古史英雄的黄帝、颛顼、尧、舜、禹等得以在正统文化体系中发挥伦理教化功能。而那些为正史所不齿的鬼神仙怪们则相继亡佚，即便能够幸存，也孤寂地沉睡于古书一隅而无人问津。诚如鲁迅所论："孔子出，以修身齐家治国平天下等实用为教，不欲言鬼神。太古荒唐之说，俱为儒者所不道，故其后不特无所光大，而又有散亡。"（22）由此而生的史实便是，除其浪漫主义精神有所传承外，中国神话的元素和题材很少为后代诗人作家所采纳。在域外，中国神话的影响一般说来仅限于"汉文化圈"内的日本、朝鲜、越南等亚洲国家。希腊神话在古希腊罗马及后世欧洲文化和文学史上均占有奠基性地位。近代以来，随着欧洲殖民主义的扩张和全球性资本主义市场的拓展，它得以传遍世界的每个角落。希伯来神话的传播主体是犹太人和基督徒。时至20世纪，由于犹太人流散的足迹遍及世界各地，基督徒传教的身影也无处不在，不加夸张地说，希伯来神话的影响亦遍及世界的所有地区。希腊神话的人本主义精神和希伯来神话的神本主义精神联袂构成所谓的"二希"传统，成为纵贯西方文化史的潜流，近代以来对世界其他地区也产生了日益显著的影响。

结 语

古老的神话何以能迄今给人以艺术享受，且在某些方面依然是一种经典和高不可及的范本？马克思认为：

> 一个成人不能再变成儿童，否则就变得稚气了。但是，儿童的天真不使他感到愉快吗？他自己不该努力在一个更高的阶梯上把自己的真实再现出来吗？在每一个时代，它的固有的性格不是在儿童的天性中纯真地复活着吗？为什么历史上的人类童年时代，在它发展得最完美的地方，不该作为永不复返的阶段而显示出永久的魅力呢？（114）

运用这种唯物史观的神话理论，以及人类学派、语言学派、巫术和仪式学派、心理分析学派等的理论，人们已多方面认识了神话，并将更加全面而透彻地认识神话。

参考文献

1. Bremmer, J. N. *Interpretations of Greek Mythology*. Cambridge: Cambridge UP, 1987.
2. Bultmann, R. *Kerygma and Mythos*. Herbert Reich: Rvanelischer, 1957.
3. Edmunds, L., ed. *Approaches to Greek Myth*. Baltimore: Johns Hopkins UP, 1990.
4. Feldman, B., and R. Richardson. *The Rise of Modern Mythology: 1680—1860*. Bloomington: Indiana UP, 1972.
5. Scarboroug, M. *Myth and Modernity: Postcritical Reflections*. New York: State U of New York P, 1994.
6. Schuhl, P. M. "Myth in Antiquity." *Dictionary of the History of Ideas*. Vol. 3. Ed. M. Q. Sibley. New Jersey: Princeton UP, 1987.
7. 弗莱：《批评的解剖》，陈慧等译，百花文艺出版社，2006。
8. 杭柯：《神话界定问题》，朝戈金等译，载邓迪斯编《西方神话学论文选》，上海文艺出版社，1994。
9. 卡西尔：《人论》，甘阳译，上海译文出版社，1985。
10. 拉法格：《关于普罗米修士的神话》，王子野译，载《宗教和资本》，生活·读书·新知三联书店，1963。
11. 梁工：《从神学到人类学：神话学视阈中的圣经文本》，载王邦维主编《东方文学研究：动态与趋势》，北岳文艺出版社，2009。
12. 鲁迅：《中国小说史略》，载《鲁迅全集》（9），人民文学出版社，1981。
13. 马克思：《〈政治经济学批判〉导言》，载《马克思恩格斯选集》（2），人民出版社，1972。
14. 荣格：《心理学与文学》，冯川等译，生活·读书·新知三联书店，1987。

15. 施特劳斯:《耶稣传》(1),吴永泉译,商务印书馆,1981。

16. 叶舒宪:《神话的意蕴与神话学的方法》,载《淮阴师范学院学报》2002 年第 2 期。

17. 张尚仁等:《西方无神论史话》,福建人民出版社,1987。

18. 朱维之主编:《中外比较文学》,南开大学出版社,1992。

审美共通感 胡友峰

略　说

　　康德认为，审美鉴赏作为个体的一种单称判断，不是感官的快适；它要求一种普遍必然性，也就是说我认为美的事物别人也认为其美；但是这种判断的依据不能像认识判断那样依据一个概念，因为如果根据概念进行判断就是一个认识判断或道德判断，从而与审美判断无缘。那么，这种单称的审美判断如何保证它的普遍必然性呢？康德通过纯粹审美判断的演绎，将这种审美判断的普遍必然性放置在一个主观设定的观念的基础上，这个主观的观念就是"审美共通感"（Aesthetic Common Sense）。正是审美共通感的提出，才确保了康德审美判断的进行，也确保了审美自由的可传达性。这样，审美共通感作为审美判断的先验基础，保证了审美的普遍必然性。如果没有这种先验审美共通感的设定，个体的审美自由感就只能是私人的快感和私密的趣味，无法获得普遍传达，因而也就无法引起共鸣。没有审美共通感的先验设定，审美自由就不能获得一种理想的范式，审美判断的纯粹性和普遍性就无法形成。

综　述

审美共通感的理论渊源

　　审美共通感的提法并非从康德开始。当柏拉图提出"美是什么"这个问题时，西方美学就开始了探讨审美的普遍性问题的历程。柏拉图认定美在理念，但理念存在于超验的彼岸世界。作为现实世界生活的普通人，如何能够认识到这种美的理念呢？柏拉图通过狂迷说与回忆说来解决经验与超验的沟通问题。他认为，人在陷入狂迷状态时就能够回忆起灵魂在理念世界中体验过的美本身，这种具有神秘色彩的回忆说就是不朽的灵魂对普遍的理念的共同反映，可以看成是审美共通感的雏形。柏拉图以后，新柏拉图主义者普罗提诺（Plotinus）继承了柏拉图的观点并作了发展，认为感性世界物体的美源自"太一"所释放出来的神性，自然事物之所以美，是因为它显示了"太一"的光辉，人们能认识到事物的美还是源自人灵魂的神秘的回忆。这是从神学方面解释共通感的尝试。

　　从主体的心理方面来阐释共通感可以溯源到亚里士多德。亚里士多德说："我们具有一种共同的能力，它能感觉共同的事物，并且并非偶然的感觉。"（66）这是西方哲学史上第一次明确提出了人类的共通感思想。亚里士多德以后，中世纪的托马斯·阿奎那进一步发挥了亚里士多德的共通感思想，把感觉分为外部感觉和内部感觉。外部感觉是指视、听、嗅、味、触等五种感觉，而内部感觉则包括综合感、想象、辨别和记忆等。这种内部感觉的进一步划分，对英国经验主义美学的"内感官说"影响尤其明显。（朱志荣：87—88）

早期的共通感思想主要应用在神学以及人的心灵领域，其与审美和艺术的关联鲜有论及。到了18世纪，情况开始转变，法国理性派和英国经验派都提倡对共通感问题的研究，共通感由之也进入了审美和艺术领域。法国理性派将共通感理解为理性的"常识"和"健全理智"，英国经验主义则将共通感理解为人的一种"内在感官"。但无论如何，在经验派和理性派的美学研究中，共通感开始进入美学领域，这对康德共通感思想的形成具有重要的影响。

法国理性主义者将共通感理解为人类理性的一种"普通知性"，在审美和艺术活动中将它当作理性的一种逻辑形式。这样，审美的普遍必然性问题就演化为认识的普遍必然性问题，从而也就将审美如何可能这一美学基本问题"偷换"为知识如何可能这一科学基本问题，从根基上抛弃了审美的本根。英国经验派主要从主体的心理和生理方面来说明共通感问题，洛克首先区分了事物的客观属性和主观属性，将广延、形状、大小、运动、数量等称为"事物的第一属性"，而将色彩、声音、气味、滋味等称之为"事物的第二属性"。"事物的第一属性"其实就是事物的客观属性，而"事物的第二属性"其实就是事物的主观属性，这种区分为美学向主观方面迈进奠定了基础。将无利害的概念第一次引入审美讨论的是夏夫兹博里（Anthony Ashley Cooper Shaftesbury），他的"内感官说"是英国经验主义美学中"共通感"的第一个版本，之后哈奇生（Francis Hutcheson）进一步发展了夏夫兹博里的"内感官说"，丰富了共通感思想。（xv—xvi）

休谟从其经验主义立场出发明确地提出了鉴赏标准的重要性，为解决审美的普遍必然性问题提供了依据。休谟认为，人们在审美的标准问题上是趋向一致的，但由于鉴赏问题的复杂性，要为鉴赏寻求一个普遍标准是非常困难的。但人们在鉴赏方面还是有一定标准的，无论时间如何变化，优秀的作品还是能够让人们窥视到其中的美。但鉴赏的标准究竟是什么呢？休谟认为，真正的鉴赏家是

> 健全的理智力很强，能同精致的感受相结合，又因实际锻炼而得到增进，又通过进行比较而完善，还能清除一切偏见；把这些品质结合起来所作的评判，就是鉴赏力和美的真正标准，不管在什么地方我们都可以找到它。（160）

这一标准主要是从经验出发的，结果还是把审美问题还原成了认识问题。但休谟为鉴赏寻求标准的做法，毕竟为康德的工作奠定了基础。因而鲍桑葵在总结休谟

的共通感思想时说道：

> 　　美给予人的快感大部分是从便利或效用的观念中产生的。因此，这个似乎值得注意的论点正是把效用观念和美感精确联系起来的方式。因为休谟极其明确地断定，美一般来说总是由于效用而起。这种效用同产生美感的观赏者根本无关，只牵涉所有人或直接关心对象的实际特性的人。因此，只有通过共鸣，观赏者才能感受美。（235）

审美之所以具有普遍必然性，在于审美对象对直接关心对象的实际特性的人是有效用的；效用作为一个基点激起了人们的共鸣，审美的普遍性就是依靠共鸣来实现的，这种共鸣实际上就是共通感。

伯克（Edmund Burke）在《论崇高与美两种观念的根源》一书的导言中强调了审美趣味的普遍性问题。他认为人的审美鉴赏力涉及想象力、感性能力和知性能力，由于这三个方面在人性中大体上是一致的，因而审美趣味有着它的标准和原则，这是基于共同人性的标准。这种共同人性是人的想象力、感性能力和知性能力的结合，但它同时具有经验的特征。康德后来在《判断力批判》中对伯克的观点进行了批评，认为伯克的审美判断是建立在经验观察的基础上，而不是建构在先验的基础上，不能获得普遍的赞同。因而，严格说来，伯克的审美判断还没有建立起共通感思想。

康德提出审美共通感，是对他以前的共通感思想的一次提升和总结。他将经验主义的共通感思想纳入他先验哲学的熔炉中加以提炼，使之理论化、系统化，更深刻地反思了当时美学思想的困境，并将审美共通感作为一条先验原则提了出来。

康德提出审美共通感的理论语境

康德审美共通感理论的提出，也有着理论语境方面的原因。我们知道，康德主要是从主体的心理角度来论证审美问题的，而心理学作为一门独立的学科是近代自然科学发展的产物。近代美学对审美心理问题的探讨就得益于心理学的兴起，它挖掘了人类的审美情感和审美想象，情感和想象作为心理学的核心因素受到了近代心理主义美学家的青睐。

近代以来，理性主义创始人笛卡尔虽在一定程度上认可了情感和想象，但最终不过是把美学变成了他理性主义哲学的一个"插曲"，美学被安置于数学和逻辑学之中。在理性派看来，心理情感应该用理性的法则去度量，经验性的情感应该被克服掉。在理性派的思维空间中，必然没有心理事实经验活动的余地，因而审美问题在理性派的视野中与认识问题没有质的区别。

英国经验主义美学注意到了审美现象中的心理事实。培根认为，美是人的一种内心感觉，美感则是通过想象或观念的联想律将各种感觉元素进行加减乘除后获得的。洛克将心理学美学引向认识论，结果混淆了审美判断和认识判断。夏夫兹博里、哈奇生坚信美具有感性基础，但他们对美感的探讨是与道德感联系在一起的，因此力图把美学心理学引向道德哲学。休谟从心理学立场出发，认为美只存在于观赏者心里或读者的审美趣味中，美即美感，美感是一些各自独立的感觉经验元素通过同情和联想而获得的。伯克从主客体两方面去探求美学之谜，并运用社会心理学的方法去求解美及崇高的心理根源，认为"自我保存"是崇高感的心理基础、"社会生活"是美感产生的心理基础；崇高感在心理内容上表现为恐怖或惊惧，它是一切情感中最强烈的情欲；美感在心理内容上表现为安全感和爱，因而是一种爱的情感。

　　总的来说，从培根到伯克的英国经验主义美学对美学的心理学分析并不是非理性的，恰恰相反，他们用知性思维方式去解决作为精神现象存在的美学问题。他们都认定审美心理学属于自然科学，对审美心理的研究必须遵循科学主义的方法。可以说，近代美学中的心理主义原则和客观主义原则一样，都是科学主义方法论的表征。这样一来，人的完整的精神世界就被自然科学的机械因果规律抽象掉了，审美的联想成了身体各种器官单纯的机械运动。近代心理主义把人的内在精神想象成另一个按力学定律运转的机器，心理成了一个可以测量的"实体"，人是一部机器，灵魂也成了一种自然的实存体。可以说，心理学（心理主义）成了另外一种物理学（物理主义、实体主义、客观主义）。

　　康德对美学中的心理主义原则进行了批判。他说，从心理方面来解释鉴赏的起源，并不能表明审美判断的共通性基础，因为共通性、普遍性是建筑在先验的基础上的，如果想从个体的经验去推导审美鉴赏的必然性，这显然是不可能的。因而"各种反思判断需要认真加以研究，否则，它们就会完全局限于关于它们起源的各种经验主义原理中，并因此会扑灭它们对普遍意义的追求"。（库恩：430）

　　西方古代美学摇摆于理智与情感两极之间，一极从纯粹理智出发去研究审美现象，发展为客观主义美学，一极从自然情感出发去研究审美现象，发展为心理主义美学。从纯粹理智出发，前康德美学发展成理性主义的独断论，混淆了审美判断和认识判断；从纯粹情感出发，前康德美学在休谟这里最终走向怀疑论，审美情感沦为快感。前康德美学的目标就是要建立一个纯粹科学主义的美学体系，它们有意拆开物质世界和精神世界的关联，最终不得不面对认识论及心理学方面的两大难题，即独断论与怀疑论的困境。这种困境是由美学研究科学主义方法论所造成的，因而摆脱这种困境必须超越这种科学主义的研究方法，这就意味着不能从纯理智的层面去解决美学问题，不能把美学问题还原成科学问题。如果人的理性仅仅停留在科学知性上，面对复杂的审美体验只能用科学的方法去分析，那么真正意义上的美学就难以产生。这直接启发了康德去寻求一种新的方法论来超越前康德美学中影响深远的科学主义，这就是康德的先验方法论，而对先验审美共通感的探究正是这一方法论的一个基础性问题。

其实，美学关注的核心问题是人的自由问题，前康德美学应用科学主义方法在感性与理性之间左冲右突，丧失了美学对人的自由本质的观照。在知、情、意三者中，西方人发展了科学主义和道德主义，而唯独不能把握研究情感问题的审美体验。在近代，知识论美学和心理学美学暴露出来的困境，使有责任感的美学家不得不考虑这样一个问题：美学如何成为可能？审美判断的必然性何在？这些问题不解决，美学研究将无从谈起。康德就处于这样一种美学的尴尬时代，因为以客观主义或心理主义为方法论原则，根本就不可能跨入美学的殿堂。正如鲍桑葵所指出的那样，传统美学的这一"悖论式处境"，都被康德"纳入一个焦点"："愉快的感觉如何才能分享理性的性质？"（430）康德正是在对传统美学中客观主义原则和心理主义原则的双重扬弃下，为传统美学向现当代美学转换提供了契机。审美共通感即是在这一理论语境下产生的。

审美共通感所要解决的基本问题

康德转换了美学的提问方式，即从"美是什么"转换为"审美判断如何可能"。但是对这一先验美学根本问题的解答，只有通过对审美共通感的探讨才最终得以完成。因为审美判断必须具有普遍必然性，但鉴赏主体凭什么来要求别人普遍赞同呢？这就要求在鉴赏判断的背后有一种东西来保障这种普遍必然性的展开，否则不依赖概念的鉴赏判断就是不可能的，因为它一方面在经验中不被支持，另一方面又没有先验的来源。如果没有这种主观的普遍必然性的观念，康德所建构的依附于其先验哲学体系的美学大厦就会轰然坍塌。由于康德先验哲学的性质，他不可能在经验中去寻求这种普遍必然性，而只能在先验哲学范围内为美的普遍必然性探求根基。有了这个先验的根基，即我认为美的东西别人也应当认为其美，"审美判断中的这个应当本身是根据这评判所要求的一切材料而说出来的，但却只是有条件地说出来的。"（74）这个"应当"的条件就是审美的先验根基：共通感。就"美的分析"这一部分来说，第二契机和第四契机主要解决审美的普遍性和必然性问题，在实质上都是对审美共通感这一问题的解答。所以美国学者迈克罗斯基（Mary A. McCloskey）在《康德美学》一书中将这两个契机合并，称为"可传达的愉快"，并从普遍性和必然性两方面对共通感问题进行了阐释。（朱志荣：86）这是很有见地的，可以说康德对审美共通感的探讨，解决了审美如何可能的问题和审美普遍必然性问题的先验根基，审美自由之所以可以普遍传达，源自审美共通感的先验设定。

经验派美学和理性派美学在理论上的困境，迫使康德思考审美判断的普遍必然性问题，他通过审美四契机的分析，试图经由审美判断的演绎为审美寻找到一个先验基础，这就是"审美共通感"。审美共通感问题不仅构成了审美四个契机的枢纽，成为审美如何可能问题的最后屏障，而且还是康德先验美学得以贯通的关键所在。在《判断力批判》中，康德一直在寻求先验美学的特质。在"美的分析"的第一个契机中，他对美学加以提纯，极力强调美感与快感、道德感的区分；而在快感的区分中，美感的普遍必然性的探讨是非常重要的，因为美感是一种不依赖概念而普遍令人愉悦的感觉，其普遍必然性就存在于主体先天所具有的某项原则之中，因为只有从这条主观原则出发，才能够保证审美的普遍必然性。

> 所以鉴赏判断必定具有一条主观原则，这条原则只通过情感而不通过概念，却可能普遍有效地规定什么是令人喜欢的、什么是令人讨厌的。但一条这样的原则只能被看作共通感，它是与人们有时称之为共通感（sensus communis）的普通知性有本质不同的：后者并不是按照情感，而总是按照概念、尽管通常只有作为依模糊表象出来的原则的那些概念来作判断的。（74）

审美共通感所依据的是情感逻辑，而普遍知性所依据的则是概念，所以康德认为："只有在这样一个共通感的前提下，才能做鉴赏判断。"也就是说，审美如何可能的先决条件就是这种具有情感属性的审美共通感的设定。

然而康德对审美共通感的论证却是困难重重。他首先通过知识的普遍可传达性来论证认识能力的心意状态的普遍可传达性：

> 知识与判断，连同伴随着它们的那种确信，都必须能够普遍传达；……但如果知识应当是可以传达的，那么内心状态、即诸认识能力与一般知识的相称，也就是适合于一个表象（通过这表象一个对象被给予我们）以从中产生出知识来的那个诸认识能力的比例，也应当是可以普遍传达的：因为没有这个作为认识的主观条件的比例，也就不会产生出作为结果的知识来。（75）

康德在这里要说明的一个问题是如果知识能够普遍传达，那么作为认识能力的心意状态就可以普遍传达，但为什么呢？认识能力的心意状态与结果的知识之间有什么样的必然联系而能够确保两者都能够普遍传达呢？

知识可以普遍传达是因为有概念的保障，而作为主观的心意状态怎么能够普遍传达呢？解决这一问题就必须回到康德的《纯粹理性批判》。在康德知识论中，知识是认识能力活动的结果，也就是人为自然立法，经验给知识提供感性的材料。但这些经验材料是杂乱无章的，因而主体应用先验的范畴去整理这些杂乱无章的经验材料，从而形成具有普遍必然性的知识。换句话说，知识的普遍必然性是主体认识能力赋予的，因而知识与认识能力在本质上是一致的。知识的一致性也就表明了认识能力的一致性，因而知识的普遍传达也就保障了认识能力的普遍传达。那么认识能力又是由什么组成的呢？康德认为，它是"一个给予的对象借助五官而推动想象力去把杂多东西复合起来，而想象力又推动知性把杂多东西在概念中统一起来"。

可以看出，认识活动即是想象力提供杂多的经验表象，在知性概念的统摄下，杂多被包容到共同的概念之中从而形成知识。由于知性与想象力的"这种相称只能够通过情感（而不是概念）来规定"，那么通过情感的中介，这两种认识能力之间的关系便由认识领域过渡到了审美领域。"既然这种相称本身必须能够普遍传达，因而对这种（在一个给予的表象上的）相称的情感也必须能够普遍传达；而这种情感的这种普遍可传达性却是以一个共通感为前提的：那么这种共通感就能够有理由被假定下来"。（75）这样康德通过知性的普遍可传达性，推导出认识能力的普遍可传达性，再到情感的普遍可传达性，最后推论出先验共通感的存在。当然，这种共通感的存在是被设定的，而不能在经验中得到证明。

康德接着论述作为鉴赏判断的普遍必然性只是一种主观的必然性，它是在先验共通感被设定的前提下才被表象为客观的；但同时他又质疑"事实上是否有这样一个作为经验可能性之构成性原则的共通感，还是有一个更高的理性原则使它对我们而言只是一个调节性原理，即为了一个更高的目的才在我们心中产生出一个共通感来"。（76）在这里，康德提出了一个对共通感来说具有重大理论意义的问题，这就是共通感的合法性问题：共通感究竟是经验构成性原则，还是理性的调节性原则？对于这个问题的回答，直接关系到审美中共通感是否成立。如果它是一个构成性原则，这种共通感就是一种知性的原则，是以概念为前提来确保其普遍可传达性，因而它就不可能是一种审美判断，而只能是一种认识判断。因而康德认为共通感是一个理性的调节性原则，是为了自然形式的合目的性这样一个更高的目的才在我们心中先验设定的：

> 但人们必须把 sensus communis［共通感］理解为一种共同的感觉的理念，也就是一种评判能力的理念，这种评判能力在自己的反思中（先天地）考虑到每个别人在思维中的表象方式，以便把自己的判断仿佛依凭着全部人类理性，并由此避开那将会从主观私人条件中对判断产生不利影响的幻觉，这些私人条件有可能会被轻易看作是客观的。做到这一点所凭借的是，我们把自己的判断依凭着别人的虽不是现实的、却毋宁只是可能的判断，并通过我们只是从那些偶然与我们自己的评判相联系的局限中摆脱出来，而置身于每个别人的地位；而这一点又是这样导致的，即我们把在表象状态中作为质料、也就是作为感觉的东西尽可能地去掉，而只注意自己的表象或自己表象状态的形式的特性。（136）

康德认为，共通感是一种"共同感觉的理念"，也是"一种评判能力的理念"。当人们在进行鉴赏判断时，这种"共同感觉的理念"要求每一位鉴赏者置身于每一个别人的地位来作判断。而要做到这一点，就必须把我们经验中感觉部分的东西去掉，因为这些东西是属于私人的。在剔除这些感觉的东西后，共通感作为一种评判能力本身就考虑到每个别人在思维中的表象方式，因而和自己的表象方式就具有同等作用，所以，他在作出一个鉴赏判断时就有权利要求别人赞同，别人也应当赞同。这种共通感理念作为一种先天条件，使得个人的鉴赏判断具有了一种普遍性，它把自己的情感从个人偏见中解脱出来，使人类的情感得以相互贯通。

但审美共通感并不是人类唯一拥有的共通感形式，在认识判断和道德判断中也存在着共通感形式。在反思判断中，审美共通感要求普遍必然性，在认识活动和道德活动中，共通感也要求普遍必然性。康德进一步揭示了这三种不同的共通感背后所隐藏着的先天原则，即普通人类知性思维的三个准则。"它们是：1. 自己思维；2. 在每个别人的地位上思维；3. 任何时候都与自己一致的思维。"第一种是知性的思维准则，第二种是判断力的思维准则，第三种是理性的思维准则。作为普通人类知性的思维准则，它们可以先验地说明认识、审美和道德的准则。但只有第二种也就是审美共通感，才能被称为共通感中的共通感："比起健全的知性来，鉴赏有更多的权利可以被称为共通感；而审美［感性］判断力比智性的判断力更能冠以共同感觉之名"。因为它的思维准则是站在别人的位置上思维，因而思维的结果是可以普遍传达的。在纯粹审美判断演绎的最后，康德提出了审美共通感的理念来确保审美的普遍必然性："所以鉴赏力就是对于（不借助于概念而）给予表象结合在一起的那些情感的可传达性作先天评判的能力。"（136—138）鉴赏力能够普遍传达情感，其普遍必然性源于先验审美共通感的设定，因而在审美共通感与鉴赏判断的互证关系中确保了其合法性依据：它不是认识的共通感，也不是道德的共通感，但它却是确保"审美判断作为先天综合判断如何可能"的最终依据。

对审美共通感的现当代挑战

审美共通感的先验设定确保了康德鉴赏判断的普遍必然性，使得鉴赏判断有了自己的先验根基，解决了康德美学主观普遍必然性的难题。但我们最终看到的共通感，不过是建立在一种主观假设的基础上，而这种以主观论证主观的方式显然是站不住脚的，因而审美共通感在康德美学自身中都存在着一种危机。但我们也应该看到，这种存在危机的合法性不过是康德的一种论证方式而已。在《纯粹理性批判》中，人为自然立法，就是从对象符合主体的角度来论证的。知识的普遍性源于人的主体认识形式的主观性，这种主观性并不是个体的主观性，而是人类认知形式的主观性；正是这种先验的人类认知形式的主观性，保证了知识的普遍必然性。落实到审美领域，审美共通感也是人类的一种先验的审美心理能力，在鉴赏判断中，这种先验设定的审美能力保障了鉴赏判断的普遍必然性；审美共通感的主观性，事实上是先验主体的主观性，在经验方面就表现为客观性。

但审美共通感在现代遭遇到挑战却是一个不争的事实，这种挑战表现在审美的方方面面。在这里我们选择日常生活审美化理论，看看它给审美共通感所带来的表意危机。

日常生活审美化理论是目前学界谈论较多的一个话题。日常生活的审美化不仅对传统意义上的文艺学和美学是一个挑战，而且对审美共通感所确保的审美的普遍性也是一个挑战。日常生活审美化本来应该是我们美学所要追求的终极目标，让我们的生活带有自由和诗意，但由于消费主义的刺激，日常生活审美化理论成为审美泛化和庸俗化的一个表征。这一表征所突显的，是人的感性欲望进入了审美领域，审美与日常生活的距离消失，与追求即时性的消费文化结下不解之缘，因而必然对审美的普遍性构成挑战。

很多国内学者是从批判康德入手为日常生活审美化理论辩护的，他们认为康德提出的审美无利害思想在今天已经失去了得以存在的理论语境，审美已经不再是精英化的高雅的文学艺术行为，而是渗入生活方方面面的欲望感性化行为。生活正在成为审美活动的对象。譬如日常生活审美化理论所标榜的快感，与康德所说的美感并不是一回事，它建立在人们对于日常生活的视觉性表达和享乐的满足上。由于每个人的欲望不同，所以从中获得的欲望快感也是各不相同的。日常生活审美化理论虽然将审美搬到了日常生活领域，扩展了"审美"的范围，但由于审美是与快感结合在一起，因而也就不具备普遍必然性了，这与康德的论述是没有冲突的。康德在"美的分析"的第一契机中，就已将审美情感与欲望快感区分开来：

> 现在，关于一个对象，我借以将它宣布为快适的那个判断会表达出对该对象的某种兴趣，这由以下事实已可明白，即通过感觉激起了对这样一个对象的欲望，因而愉悦不只是对这个对象的判断的前提，而且是它的实存对于由这样一个客体所刺激起来的我的状态的关系的前提。（41）

在这里康德所要说明的是，快感是与主体对对象的欲望相互关联的，因而日常生活审美化理论说到底只是康德所谈到的快感问题，根本就不能进入审美领域。由于快感即使对于"无理性的动物也适用；美只适用于人类"，（44）所以快感是没有普遍必然性的。日常生活审美化理论只不过是打着"审美"的幌子做着快感的事业，它对审美共通感所要求的普遍必然性事实上并不构成挑战。审美共通感所要求的是美感，因而有普遍必然性；日常生活审美化理论提出的是快感，当然也就没有普遍必然性。因而审美共通感在当代所遭遇到的诸多挑战，根本上并没有动摇审美共通感的理论基础。

结　语

"审美共通感"是康德美学的一个核心因素，没有审美共通感的设定，就不能保证审美判断的普遍传达。康德的审美共通感，是在经验派和理性派所提出的共通感的基础上，对两者加以融合和提炼而形成的，从而超越了前康德美学对共通感问题的探究。康德的审美共通感在现当代也遭遇到了诸多挑战，但是这种挑战并没有动摇康德审美共通感的理论基础。

参考文献

1. Guyer, Paul. *Kant and the Experience of Freedom*. Cambridge: Cambridge UP, 1993.

2. Hutcheson, Francis. *An Inquiry into the Original of Our Ideas of Beauty and Virtue*. Hague: Martinus Nijhoff, 1973.

3. Kant, Immanuel. *Critique of the Power of Judgment*. Trans. Paul Guyer and Eric Matthews. Cambridge: Cambridge UP, 2000.

4. Shaftesbury, Anthony Ashley Cooper. *Characteristics of Man, Manners, Opinions, Times*. Ed. Lawrence F. Klein. Cambridge: Cambridge UP, 1999.

5. 鲍桑葵：《美学史》，张今译，商务印书馆，1985。

6. 康德：《判断力批判》，邓晓芒译，人民出版社，2002。

7. 库恩：《美学史》（下），夏乾丰译，上海译文出版社，1989。

8. 休谟：《人性的高贵与卑劣——休谟散文集》，杨适等译，上海三联书店，1988。

9. 亚里士多德：《亚里士多德全集》（3），秦典华译，中国人民大学出版社，1992。

10. 朱志荣：《康德美学思想研究》，安徽人民出版社，1997。

生成　尹　晶

略　说

　　"生成"（Becoming）和"差异"一样，是德勒兹著作中的一个重要主题，它们构成了德勒兹所支持的那种"特殊本体论的基石"。西方哲学传统一直注重存在与同一，而德勒兹却推崇差异，强调生成。他认为存在总是再现理念或本质，因此存在的世界总是再现的世界、同一的世界。生成则摒弃理念和本质，不断地生产出不同的世界，因此生成的世界总是差异的世界。（Parr：21）生成不是模仿、认同某一克分子实体①，而是要看到穿越某一克分子实体的力，并让此力在自己身上发挥作用，产生出具有同样动静、快慢关系的微粒，产生出同样的感受，即生产出相同的分子组装。生成是要将要生成之物实际具有的或假定具有的力量据为己用，从而形成新的组装。这样，生成之物和要生成之物就进入了临近区域、不可辨别区域、无法再根据外在形式对其进行区分，从而消解了西方哲学传统和文化中的二元对立，比如男人和女人、人和动物、动物和植物等。因此，在生成中，进行生成的和被生成的两个实体都被解域化了，都成了与传统范畴所指的东西完全不同的东西，都成了"此"性。②

综　述

生成

　　作为哲学范畴的"生成"和"存在"（being）在古希腊时期就已经存在：赫拉克利特认为万物都在变化着，他的世界是生生不息的、变动不居的"生成"世界；巴门尼德认为没有事物是变化的，他的世界是确定性的"存在"世界。（苗力田等：16；25—26）柏拉图用神话构建了原型，即理念，并以之为标准和基础来区分本质与现象、智性与感性、理念与形象、原本与摹本、原型（model）与拟象（simulacrum）。在柏拉图那里，本质（理念、原本）具有超验地位，而表象（摹本）是具体可变的事物，它们"分有"和"模仿"不变的理念，因此它们与理念相似，是"间接的持有者"、"有根据的伪装者"。而拟象不是对理念的分有和模仿，因此是建立在差异之上的，是"虚假的伪装者"、虚假的表象，意味着"一种根本的歪曲或偏差"。柏拉图认为在拟象中存在着一种纯粹的、"无限的生成"，它永不停止，时时刻刻在进行。因此，拟象总是逃避同一（the same），逃避相似（the similar），

逃避界限。（Deleuze，1990：256）

柏拉图提出"理念论"是为了让摹本战胜拟象，从而将拟象及其生成运动完全排除在哲学思考之外。这也是柏拉图将诗人赶出"理想国"的原因，因为他们的作品是拟象，体现了生成的运动。柏拉图主义就这样创立了西方哲学的整个领域——再现的领域，这是存在的领域，生成被排除在外。在亚里士多德那里，再现是有根据的、有限的再现，他使用的划界方法更迷恋于对整个领域内的一切进行规定。在基督教的影响下，莱布尼茨和黑格尔试图使再现成为无限，让它征服极大和极小的东西。（Deleuze，1990：259—260）在这个再现的世界里，存在和同一是根本的，这里没有生成，只有变化，即现象、摹本所经历的模仿过程，但它们的本质是不变的，因此是万变不离其宗。

德勒兹（和瓜塔里）的世界实际上更接近于赫拉克利特的"生成"世界，一切都在生成差异。生成差异是绝对内在性的运动，它不以任何超验的理念或本质为基础或目的。世界由生命的生成之流构成，无意识的欲望生产时时刻刻都在进行，因此所有的事物和状态都是纯粹的生成流中相对稳定的时刻，都是亚稳定的欲望产品。在这个生成的世界里，差异是第一位的，生成差异是永恒的内在性运动，而"同一"是由"差异"运动促成的，所谓的理念只不过是被强加于生成运动之上的不变观念。因此，德勒兹（和瓜塔里）不仅颠覆了柏拉图主义，将理念/表象、原本/摹本、原型/拟象这些二元对立解域化，而且将他们的"生成"观与哲学史上人文主义（humanism）和主观主义（subjectivism）的"生成"观都区分开来，因为前者假定认识这个世界的人为生成的基础，后者则假定主体为生成的基础。（Colebrook，2002：125—126）存在不再以超验的理念为其本质，而是生成之存在，是欲望机器生产出来的相对稳定的产品，因为欲望机器时时刻刻都在进行新的连接和生产，因此欲望产品时时刻刻都在生成。

生成不同于变化，因为变化以具有固定本质的存在为基础，是一实体从一种状态到另一种状态的改变，但其本质并没有变，而纯粹的生成完全摆脱了"物质基础"。（Žižek：9）生成是在完全的无器官身体上发生的潜在事件，是感受的变化，是消费不同的强度点，它不涉及任何具体的事物和状态。生成是"变化的动力"，是纯粹差异的力量，正是它推动质料-能量流不断地创造和生产出新的生命和非生命形式；生成无始也无终，没有起源，也没有特定的目标或最终状态，它始终处于中间。生成是潜在的运动，它逃避现在，并不现实化于具体的事物和状态之中，因此它可以同时在两个相反的方向上运动，肯定两种相反的意义。（Parr：21；Deleuze，1993：39）就像《阿丽思漫游奇境记》中的小阿丽思小心翼翼地在这块蘑菇上咬一点，在那一块蘑菇上咬一点，"一会儿长高些，一会儿长矮些"。（加乐尔：43）

生成是潜在的，因此它不是获得一个具体的形式，不是类似、模仿或认同某个具体的人或物。生成是非再现的、测绘的，是在完全的无器官身体上找到任何两个多样性之间的临近区域、不可辨别区域或无差别区域，该区域先在于它们各自的自然分化，而这个处于之间的区域就是强度点，是"界限"，是临界。（Smith：xxx）欲望机器将不同的多样性连接起来，形成新的多样性，从而让它消费新的强度，跨越新的门槛，具有新的感受，这就是生成。换句话说，生成是看到另一个多样性中潜在的力量，并将该力据为己用，让它与自身之中的其他力形成新的整体，从而让它在自身内部发挥作用，改变自身的感受。（Deleuze，1997：312）因此，生成不是有性生殖，不是有机体与有机体相互结合而生出新的有机体，而是欲望机器在无器官身体进行的块茎式连接，它也许并不会改变有机体的实际形体，而只是改变它具有的感受。因此，生成的运动是块茎式的，而非树状的；欲望机器会在任何东西之间建立连接，从而进行生成，这是一种"非自然的参与"，是反自然的结合，是横向的交流。（Deleuze and Guattari：240）

怎样在两个多样性之间建立区块和邻近区域呢？每个多样性中都有一个特殊个体，一个异常体（anomalous），它与反常体（abnormal）不同，因为后者只能由种或属的特征来界定。异常体是"此"性，是由具有动静、快慢关系的微粒和感受构成；它不是中心，而是标志着多样性的边界。每个多样性都有一个"边界"或界限，即"最远的维度"，最大的强度感受，超越了这个边界，多样性的性质就会发生改变。（Deleuze and Guattari：242）这个异常体趋向于无器官身体，它拒斥为适应社会需要而对身体进行三大超验组织："有机体"、"主体化"和"意义"。（Deleuze and Guattari：159）因为异常体拒绝被标准化，所以人无法按照标准对它进行衡量，无法理解它，因此它令人厌恶、令人害怕，被权力划为另类，就像失去理性的疯子、变态者等。布朗斯（Gerald L. Bruns）指出，这样的异常体其实正是"生命的分子形式"，它拒斥被标准化、同质化为克分子形式。（709）

生成是要找到这样的异常体并与之联合，即看到穿越该异常体的力，让这些力在自身内部发挥作用，从而形成异常体具有的感受。德勒兹（和瓜塔里）指出，白鲸之于埃哈伯（Ahab）船长就是这样的异常体：它不是个体，也不是类属，而是鲸群这个多样性的边界。埃哈伯船长正是通过与白鲸的联合才生成鲸：他认为白鲸是"一堵逼近我的墙壁。有时我也想，墙外什么也没有。不过这就够啦"，对它穷追不舍。（梅尔维尔：180—181）生成是让进行生成之物和与被生成之物相关的任何东西形成一个新的组装，从而让进行生成之物和被生成之物都发射出微粒流，在这些微粒之间建立接近的或相同的动静、快慢关系，从而进入它们之间的临近区域；也可以说是微粒流因为进入了那个临近区域而具有了这样的关系，从而让穿越被生成之物的力穿越进行生成之物，让后者具有前者的感受。（Deleuze and Guattari：272—273）生成之物和被生成之物都被解域化了，因为它们都不再由形式、器官及其功能界定，而是由"此"性界定，即具有动静、快慢关系的微粒和它们所具有的各种感受；而且最重要的是，在它们形成的新的组装中，二者都具有了新的感受。如德勒兹所举的蜜蜂和兰花的例子：蜜蜂在兰花上采蜜时，帮兰花授了粉；在这个过程中，蜜蜂和兰花都发射出微粒流，它们建立了同样的动静快慢关系，从而建立了邻近区域，形成了一个生成区块，形成了新的组装；蜜蜂生成了兰花，成为兰花生殖机器的一部分，同时兰花生成了蜜蜂，成为蜜蜂的一个性器官，但它生出的不是蜜蜂，而是兰花。这是同一个生成，同一个生成区块，是非对称的双重解域化，是"两个毫无关系"的东西进行的"非并行的演化"。(Deleuze and Parnet：7) 因此，生成不是克分子身份之间的转变，而是在无器官身体上形成相同的分子身份：前者"具有固定的本质，能够被作为一个整体来理解，是在当前的社会构型中获得认可的"，是克分子组装；而后者则是"总是处于流动之中"的分子组装，"由潜能和趋向构成"，即由感受强度构成，因为它们拒绝自身的欲望被疏导，"不强迫欲望进入克分子通道中，因此它们提供了改变身份和社会的可能性"。(Vint：287)

生成是各种各样、千变万化的。人可以生成女人、生成儿童、生成动物、生成植物、生成无机物、生成元素，等等。德勒兹（和瓜塔里）认为这一连串的生成并不遵循什么逻辑顺序，因为我们可以与任何多样性进行欲望连接，建立临近区域，跨越任何界限和门槛，从而进行任何生成。

生成女人

"生成女人"（Becoming-Woman）中的"女人"不是与男人对立的克分子实体，不是西方哲学所规定的"女人"这一范畴。克分子女人具有特定的女人形体、器官和功能，在社会生活和家庭生活中服从男人的统治。克分子的女人不是描述性词语，而是个命令词，它强制规定了女人的穿衣打扮、说话做事、行为举止等。生成女人中的女人指的不是现实的、经验的女人。没有生成的女人，虽然从生理上说是女人，但不是真正的女人，因为她是对男性"原型"的模仿。因此，生成女人不是获得克分子女人的形体，如通过变性手术变成女人；不是模仿克分子女人，虽然生成女人有时需要模仿，但这并不是最重要的因素。

在德勒兹（和瓜塔里）之前，关于"生成女人"有下面几种解释：在传统文化中，女孩在第一次月经来潮之后，或者是失去处女身之后就成了女人；在精神分析学中，当女孩不再以母亲而是以父亲为其欲望对象时，她就成了女人；在精神分析学更新的、更抽象的解释中，任何人都可以成为女人，以便与极乐具有特权关系；法国当代的文学理论家一致认为，为了写作，男性作家必须生成女人。(Jardine：51—52) 只有最后一种解释与德勒兹（和瓜塔里）的理解有相似之处。他们认为人要生成女人需要发射出微粒流，并让这些微粒形成分子女人的微粒流所具有的动静、快慢关系，从而进入微观女性的临近区域，让自身体验微观女性的感受，从而变成一个分子女人。"生成女人"要让女人摆脱"女人"这一命令词的规定，它是让一切都生成女人，让这个世界、让所有存在都生成女人，这当然也包括文学和艺术，而且正是在文学和艺术中我们才能最清楚地看到生成女人。

在德勒兹（和瓜塔里）的思想中，生成女人占据了非常重要的位置。他们认为"一切生成都是从生成女人开始，都会经过生成女人。它是所有其他生成的关键"。（275）生成女人具有"开端力量"，它为其他的一切生成作准备，使其他的一切成为可能。为什么生成女人占有如此重要的位置呢？首先，没有生成男人，因为生成是对克分子实体和关系的解域化，而男人是社会中最纯正的克分子实体。在西方社会，"人"之形象总是根据男性形象来建构，如封建时代具有侠义精神的基督教骑士，资本主义社会中有意识的、有理性的、讲标准语言的、异性恋的、西方资产阶级白人成年男性。男人就是"（大写的）人"（Man），也就是西方人本主义所提倡的"普遍的人"。西方近代哲学中的主体是建立在男人的意识和理性之上的。男人代表着普遍的人性，代表着"生活的目的"，我们要以男人为标准来规范我们的思想、行为、情感等。男人是"大民族"（majority），这并不是因为男人比女人、孩子、动物或其他存在物多，而是因为男人是衡量一切的尺度，是"主体性的专用所指，是规范／法律／逻各斯的标准-载体，也就是：体系之静止的中心"。（Braidotti：49）

西方资产阶级为了让这一世俗的男性形象成为规范所有人的绝对标准，将一系列的经验他者，如现实中存在的女人、孩子、非白人、非西方人、疯子、同性恋者等，变成隐形人，去除他们本身具有的各种属性、特点，以便被他们按照自己需要的方式看见、表述和对待，从而在西方资产阶级世俗秩序中作为"现实的／经验的模式"、作为对绝对标准的"表面否定"发挥作用。这些经验他者都是小民族的，与男人构成了二元对立。（Wynter：220）我们对世界的感知和认识是从男人的角度展开的，他眼中的世界是真实的世界，与表象的世界相对；我们的思想是从男人的角度展开的，他的思想是真理；我们对历史和文化也是从男人的角度理解的。"男人"这个概念阻碍了所有其他的感知、认识、理解和思想。是男人将内在性平面组织为克分子形式；将本来是流动的、非有机的、非个人的生命组织为不同的有机体，把生命限制在个体之内；将非个人的、自由流动的欲望限制在个体和家庭之内。因此，要对世界进行不同的感知、认识和思考，我们就得超越男人的超验逻辑，不是思考作为存在的世界，而是思考生成的世界，并且不会赋予任何感知、认识和思考以特权。（Colebrook，2002：139—140）这就需要我们与作为存在的男人不同，成为与男人不同的他者，而女人一直是首先与男人对立的他者，是他者的特权形象。如福柯在《规训与惩罚》和《性史》中表明的，"性"是构成"人"之形象的主要权力话语。性别二元对立划分了男人和女人，并且规定男人是不变的本质和身份，是衡量所有其他生命形式的基础，"女人"就成了首先与男人二元对立的他者，她"削弱了男人具有的显而易见的身份"，（Colebrook，2000：12）是"离开男人这一封闭形象的通道"。(Colebrook，2002：140)"生成女人"就是开始解域"性"话语形成的菲勒斯逻各斯中心(phallogocentric)主义的身份。

生成女人之所以重要，还有第二个原因，这与欲望相关。在西方，欲望都是从"人"(也就是"男人")的角度来理解的。西方文明是建立在乱伦禁忌之上的，人是通过谴责和贬斥对母亲的欲望而成为"人"的：几乎每个社会进入文明时代的标志都是禁止男人将欲望投向母亲；在资本主义时期有道德、有理性、有意识的男性主体必须谴责自己对母亲的欲望。因此，欲望就被狭隘地界定为男女之间的性欲，被辖域化在性欲关系之中。(Colebrook，2002：142—143)弗洛伊德就明确指出，作为性欲的"力比多在本质上注定为男性的"。(《性学》：572)"男人"和"女人"就是通过对性欲的组织而形成的。在弗洛伊德这里，女人的性欲同样是首先被组织的：在童年时期，小男孩和小女孩的性活动是相似的；但是在青春期，女孩受到新的"压抑"，尤其影响到其阴蒂的性活动，如果女孩的主导快感区能成功地从阴蒂转移到阴道，她就变成了女人；(《性学》：571—573)男孩则因为害怕被阉割而被迫将欲望转向其他女人，从而认同父亲，成为男人。(《力比多》：376)男人和女人就这样进入了社会的象征体系。由此可见，西方思想通过压制和排除女人(母亲)重新组织了女人(母亲)的欲望，因而女人从具有自由流动的、创造性的、生产性的欲望沦为了男女性欲。

因此，我们要正确地理解欲望，让欲望摆脱"性欲"的控制，摆脱俄狄浦斯式的解释，就要首先让女人生成女人，将她本来具有的欲望揭示出来。欲望不再是两性之间的性欲，而是自由流动的、创造性的、生产性的力量，它穿越了各种身体。欲望是自由流动的力比多，它并不限于特定的客体，或特定的实现方式；它是非个人的、集体的，而非像在弗洛伊德那里局限于个体和家庭。欲望不是从个人、从有机体开始，而是集体产生的，是从对部分物体进行的各种各样的投注开始的。这样的欲望是创造性的差异和生成，因此它会在无器官身体的内在性平面上进行各种各样的投注，而各种身体、个人都是通过对欲望投注的组织形成的。(Colebrook，2002：140—142)女人如何生成女人，这就要先找到女人的无器官身体，看构成它的"此"性是什么，看它上面分布着哪些不同的感受。德勒兹(和瓜塔里)认为生成女人就是女孩。在这里，女孩不是指具有童贞的女人，而是指其欲望尚未被得到超验组织的女人，她打开、解放了非个人的、集体的、自由流动的、革命性的欲望。(276)

女孩是个游牧主体，她不停地"在无器官身体上游荡"，是一条逃逸线，在这个过程中，她会生产出千千万万的分子性别，而不是被规定为克分子的女人。她是分子女人，不被年龄、性别等分子范畴界定，而是介于它们之间；它没有任何固定的外在形式，没有特定的行为和性征，只由"此"性界定。(Deleuze and Guattari：276—277)男人 / 女人、同性恋 / 异性恋、男子气 / 女人气这样的二元对立形成了严格的性征区分，组织了我们的身体、经验、制度和历史，要瓦解它们，要把它们解域化，不是要颠倒这种二元对立，也不是将二元机器内化，提倡双性同体，因为这样只会加强它们，而是通过生成女人超越这些二元对立。生成女人即是在传统的男人和女人范畴之间创造出一条逃逸路线，将性别编码解域化，从而让人逃离男人占统治地位的父权制权力结构，逃离以男人为标准的主导价值。（Bogue：109）生成女人形成的是游牧主体，是强度的、多样性的、块茎的，没有固定的身份和性别，永远处于流动之中；她总是在进行新的欲望连接，从而不断地增强生命的力量。

佩拉吉亚（Goulimari Pelagia）认为，德勒兹（和瓜塔里）说生成女人具有"开端力量"，不仅表明他们认识到女性主义成功地"打开了通向生成他者的欲望"，而且提醒我们要记住女性主义的历史责任，即女性主义要生成小民族，要持续进行它自己的和其他的小民族运动，要解放它自己的和从属于它的那些范畴的欲望，这样"女人"就不再是"一个普遍的所指，而成为多种多样的集体指称机器和表达机器"。（103）

生成动物

"生成动物"（Becoming-Animal）中的"动物"不是指人们通常所说的动物，那是克分子动物。德勒兹（和瓜塔里）曾区分过三种动物，或者更确切地说是看待动物的三种方式：第一种是家庭宠物，比如"我的猫"、"我的狗"，它们都是俄狄浦斯式的、多情的小动物，都具有自己微不足道的历史；第二种是"国家动物"，它们具有按照类属划分的特征和属性，是伟大神话的表现对象，承载着西方文化所赋予的象征意义，从中可以得到"系列或结构、原型"；第三种是更具魔力的动物，它们是成群结队的，是感受动物，形成一个"多样性、一种生成、一个种群"。它们的繁衍不是通过有性生殖，而是通过联合，通过非自然的参与，通过各种完全不同的因素之间的传染病、流行病等来繁衍，就像吸血鬼那样通过吸血传染。德勒兹（和瓜塔里）认为"群"并不是低等的社会形式，而是"感受和权力"，它们让每个动物进行强大的生成，就像人生成动物一样强大。（241）家庭动物和国家动物不是动物原本的形式，而是被人构建出来，用来形容我们不愿意纳入"人"这个范畴之内的一切。如德里达指出的，"动物"这一单数名词指的是"人不认为是自己的同胞、邻居或兄弟的所有生物"，而不顾这些生物之间的千差万别；人在人类诞生之际创造出了这个词，是为了识别自身，为了成为他们设想自己所是的"人"，即能够以人的名义进行应答。（402）"动物"这一范畴在"人"的形成中至关重要，是"人"极力排除、否定的"他者"；同时人／动物的分界被用来加强社会内部的层级体系和他者化。种群动物被困在"动物"的克分子形式之中，但它们不断地从内部和外部扰乱、改变这一克分子形式。

在"人"的形成过程中，动物起了至关重要的作用。"人"不是个描述词，而是个命令词，它意味着"做一个人"，这需要将肉体组织为有意志力的身体，即否定自然，排除或压制肉体的真切体验，如欲望、饥渴、痛苦、恐惧等，禁止、拒斥动物性功能。科耶夫（Alexandre Kojève）对黑格尔的解读表明了这一点："否定性正是人的自由——也就是说，（大写的）人凭此与动物区别开来……（人）能够像动物一样自由地生活在特定的自然世界中。但是只有当他否定这一自然的或动物的给定事实时，他才以人的方式活着。"（Kojève：222）巴塔耶（Georges Bataille）赞同科耶夫的解读：

> 人是否定自然的动物：他努力否定自然，他的努力毁灭了本性，将其变为一个人工世界；他在创造生命的行为中否定它；他在死亡中否定它。乱伦禁忌就是变成人的动物对自己的状态深恶痛绝而造成的后果之一。动物性形式要被一个意味着人性的光明世界排除在外。（61—62）

动物和肉体一样被"人性"排除在外，成为或者更确切地说是被构建为人必须要克服的"他者"，从而构建出"人"的形象。感受到各种自然体验的肉体被组织成人的"崇高身体"，它"不受任何非自身之物的影响，尤其是不受一切痛苦和死亡的影响"，不受一切自然体验的影响，不受人或动物的注视的影响。（Bruns：707）

而与人相对的"他者"，被人所极力否定、排斥的"动物"是什么呢？德里达在考察了整个欧洲哲学史之后，指出"动物"这个词是"人创造出来的一个称呼，是他们给予自己权利和权力赋予其他生物的名称"；所有的哲学家都把人/动物的分界看作是单一的、不可分，将千差万别的动物归于"动物"这个单数名词之下，成为一个同质的单一群体，与人区分开来。（392）人将其他生物命名为"动物"，同时赋予自身语言的权利，并剥夺了"动物"的语言权利。在整个欧洲哲学传统（除蒙田、休谟、穆勒、边沁和布贝尔外）中，"动物"是被排除在思考范围之外的，因为欧洲哲学家们认为"动物"没有逻各斯，它不能思考，不能说话，不能进行逻辑思维，不能作出回应，不会哭，不会笑；它被看作被动的、没有自动力的生物，没有语言，没有道德准则，没有善恶意识，没有羞耻感，行动只受本能冲动驱使。总而言之，它不像人一样具有灵魂，是"不具有伦理重要性或者充其量是具有较小伦理重要性的生物"。（Singer：xi）德里达指出对动物的"无限否定"的逻辑贯穿了"整个人类历史"。（383）

在《创世记》中，耶和华将用土创造出来的各种飞禽走兽带到亚当面前，让他命名。（《圣经》：2）神这样做是为了将它们置于人的权威之下，让人驯服、控制、支配它们。人不仅通过命名使动物处于从属地位，而且剥夺了动物的语言权利，迫使动物处于海德格尔所说的无声的迷醉状态，不能像人那样向着世界、存在、存在本身及物体"本身"开放。本雅明（Walter Benjamin）认为动物和自然处于"深切的悲伤"之中，因为人用自己堕落的语言为它们命名，不仅没有传达出人自身的精神实质，也没有传达出它们的精神实质。它们从人那里接受了专有名词，因而失去了自身的语言，失去了自己进行命名的权利，失去了答应自己名字的权利，变成无声的生命，处于失语状态。（72—73）如德里达所说，"命名"总是预示着悲哀，因为它预示着被命名之物的死亡，预示着名字将会比"承载着它的任何东西都要存在得长久"。（389）"动物"便是一个这样的名字：当人将各种各样的生物命名为"动物"之时，动物作为活生生的生命存在便濒临死亡了。

西方哲学和文化建构了人/动物的分界，以表明"对亲属关系的认可或否定"，这不仅将某些生物排除在"人"的范畴之外，而且还通过将各种各样的他者——女人、黑人、疯子等——与动物性联系起来，将他们排除在"（大写的）人"即"男人"的范畴之外，认为他们不具备与男人同样的"人"性，因而剥夺了他们应该享有的"人"权，将他们置于从属地位，不负责任地任意处置和对待他们，就像对待动物一样，从而强化社会内部进行的其他等级划分和他者化行为。（Vint：287）伍尔夫（Carey Wolfe）指出，只要有关物种的人文主义话语存在，它"就永远会被某些反对另一些人的人利用，支持对不管是何种类型的社会他者——或是性别，或是种族，或是阶级，或是性征差异——实施暴力"。（8）就像生成女人一样，人要生成动物。"动物"要首先生成动物，不再是西方哲学传统所构建起来的那—否定性的"动物"范畴，不再是家庭宠物，也不再是国家动物，而是成为德勒兹所说的感受动物，纯粹由主动和被动感受构成的动物。比如在生成马的小汉斯的眼中，"马"变成了一连串的感受："运输沉重的货物，戴着眼罩，咬人，摔倒，被鞭打，脚会发出很大的声响。"（1997：64）这样的动物是分子动物，不是由克分子的形式、器官和功能界定，而是由不同的强度点和界限构成，比如耕地的马更接近驴子而不是赛马，因此可以说耕地的马就是分子的驴子，而不是分子的马。

人生成动物是让人的有机体与和动物相关的某种东西形成一个整体，让这个新的组装发射出新的质料-能量流，并让它们形成构成某种动物的微粒具有的动静、快慢关系，从而具有该动物的感受。换句话说，人生成动物首先要丢掉人自身和要生成的动物具有的克分子形式、器官及其功能，将他们都变成无器官身体，然后看清构成该动物的"此"性，并且改变自身的组装，让自身形成类似的"此"性，即形成一个分子动物。人生成动物是想象自己只是动物，想象它会怎样看这个世界，会有怎样的知觉，会怎样行动，会如何影响别的身体或被别的身体影响，从而让自己具有"动物的运动、知觉和生成"。（Colebrook，2002：136，133）生成动物是一种思考知觉和生成的新方式；是通过进入与动物的"临近区域"获得新的力量，以此增强或减弱自身的力量；是一种在遭遇差异、认识差异的过程中改变自身的力量。生命是通过生成、创造和变化得到增强的，通过尽可能多的遭遇，进行尽可能多的生成，便会增强生命力量。因此，和生成女人一样，生成动物也是一种增强生命的方式。

结　语

生成是纯粹的、无限的，永不停息的运动，它不以任何本质存在为基础和目的。生成是一种绝对内在性的生命的力量，它是永远地生成他者、生成差异的力量，存在则是生成在各个不同时刻生产出来的暂时稳定的产物。生成是欲望机器不断地在无器官身体上进行各种不同的欲望连接，从而造成的感受变化。生成并不一定改变物质实体的克分子形式，而是让物质实体变成游牧主体或分子实体，让它经历从一个强度点到另一个强度点的变化。在"生成"的世界中，差异是第一位的，而同一则是差异运动造成的结果。生成无始无终，始终处于中间，不区分过去和未来，同时在两个方向运动，它生产的是事件。生成要不断地看到优于自身的力，这样才能将其为己所用，不断地通过生成增强自身生命的力量。若说生成有什么目的，那就是追求"伟大健康"，追求充盈的、创造性的生命力或"创造性的暴力"，即不断地毁灭主体、自我，生成游牧主体。生成是要增强生命的力量，将生命的所能最大化。因此，生成是差异的永恒回归，它不是再现和模仿，而是创造，即不断地联合各种完全不同的要素，从而创造出新的东西。生成不是发生在线性的、空间化的顺序时间中，生成本身就是时间，是更新性，是"永存"（aeon）。这是差异的永恒回归的时间，是由诸事件形成的时间。

生成女人是要摆脱传统上占统治地位的男人的视角、认知、思想、价值体系和道德规范。生成女人是解域"性"话语对男人、女人进行的性别编码，解域它形成的菲勒斯逻各斯中心主义的身份。生成女人是将女人本来具有的欲望解放出来，让它自由流动，进行各种各样的连接、生产和创造，形成各种各样的性别、年龄等。生成女人是在传统的男人和女人范畴之间创造出一条逃逸路线，将性别编码解域化，从而让人逃离男人占统治地位的父权制权力结构，逃离以男人为标准的主导价值。生成动物首先要让动物摆脱西方哲学构建出来的否定性的"动物"范畴，让动物成为感受动物，由构成它的微粒的动静、快慢关系和各种能动与被动感受界定。生成动物不是模仿克分子动物，而是生成分子动物，让动物具有的或假定动物具有的生命力穿越自身，从而具有动物的诸种感受。生成动物在传统的"人"和"动物"的二元对立之间创造出一条逃逸路线，从而将人类的文化编码解域化，让人逃离"（大写的）人"所规定的恰当的人类行为、感情。

参考文献

1. Bataille, Georges. *The Accursed Share: An Essay on General Economy*. Trans. Robert Hurley. New York: Zone Book, 1993.

2. Benjamin, Walter. "The Task of the Translator." *Illuminations: Essays and Reflections*. Trans. Harry Zohn. Ed. Hannah Arendt. New York: Schocken, 1985.

3. Bogue, Ronald. "Minor Writing and Minor Literature." *Symploke* 5.1-2 (1997): 99-118.

4. Bonta, Mark, and John Protevi, eds. *Deleuze and Geophilosophy: A Guide and Glossary*. Edinburgh: Edinburgh UP, 2004.

5. Braidotti, Rosi. "Becoming Woman: Or Sexual Difference Revisited." *Theory, Culture & Society* 20.3 (2003): 43-64.

6. Bruns, Gerald L. "Becoming-Animal (Some Simple Ways)." *New Literary History* 38.4 (2007): 703-720.

7. Colebrook, Claire. *Gilles Deleuze*. London: Routledge, 2002.

8. —. "Introduction." *Deleuze and Feminist Theory*. Ed. Ian Buchanan and Claire Colebrook. Edinburgh: Edinburgh UP, 2000.

9. Deleuze, Gilles, and Claire Parnet. *Dialogues*. Trans. Hugh Tomlinson and Barbara Habberjam. New York: Columbia UP, 1987.

10. Deleuze, Gilles. *Essays Critical and Clinical*. Trans. Daniel W. Smith and Michael A. Greco. Minneapolis: U of Minnesota P, 1997.

11. —. *The Logic of Sense*. Trans. Mark Lester and Charles Stivale. Ed. Constantin V. Boundas. New York: Columbia UP, 1990.

12. —, and Félix Guattari. *A Thousand Plateaus: Capitalism and Schizophrenia*. Trans. Brian Massumi. Minneapolis: U of Minnesota P, 2005.

13. —. "What Is Becoming?" *The Deleuze Reader*. Ed. Constantin V. Boundas. New York: Columbia UP, 1993.

14. Derrida, Jacques. "The Animal That Therefore I Am (More to Follow)." Trans. David Willis. *Critical Inquiry* 28. 2 (2002): 369-418.

15. Jardine, Alice. "Women in Limbo: Deleuze and His Br(others)." *Substance* 13. 3/4 (1984): 46-60.

16. Kojève, Alexandre. *Introduction to the Reading of Hegel*. Ed. Allan Bloom. New York: Cornell UP, 1969.

17. Parr, Adrian, ed. *The Deleuze Dictionary*. Edinburgh: Edinburgh UP, 2005.

18. Pelagia, Goulimari. "A Minoritarian Feminism? Things to Do with Deleuze & Guattari." *Hypatia* 14.2 (1999): 97-120.

19. Singer, Peter. "Preface." *Animal Philosophy: Ethics and Identity*. Ed. Peter Atterton and Matthew Calarco. London: Bloomsbury Academic, 2004.

20. Smith, Daniel. "A Life of Pure Immanence." *Essays Critical and Clinical*. By Gilles Deleuze, Trans. Daniel W. Smith and Michael A. Greco. Minneapolis: U of Minnesota P, 1997.

21. Vint, Sherry. "Becoming Other: Animals, Kinship, and Butler's 'Clay's Ark.'" *Science Fiction Studies* 32.2 (2005): 281-300.

22. Wolfe, Carey. *Animal Rites: American Culture, the Discourse of Species, and Posthumanist Theory*. Chicago: U of Chicago P, 2003.

23. Wynter, Sylvia. "On Disenchanting Discourse: 'Minority' Literary Criticism and Beyond." *Cultural Critique* 7 (1987): 207-244.

24. Žižek, Slavoj. *Organs Without Bodies: Deleuze and Consequences*. New York: Routledge, 2004.

25. 《圣经》, 中国基督教协会, 1996。

26. 弗洛伊德:《力比多的发展和性的组织》, 载车文博主编《弗洛伊德文集》(4), 长春出版社, 2004。

27. 弗洛伊德:《性学三论》, 载车文博主编《弗洛伊德文集》(3), 长春出版社, 2004。

28. 加乐尔：《阿丽思漫游奇境记》，赵元任译，商务印书馆，2002。

29. 梅尔维尔：《白鲸》，成时译，人民文学出版社，2001。

30. 苗力田等主编：《西方哲学史新编》，人民出版社，1990。

① 德勒兹（和瓜塔里）"克分子的"（molar）和"分子的"（molecular）的化学本义被扩大，用前者指物质和生物世界中宏观的或整体化的组织过程，这是人的意识可以把握的；用后者指在性平面上进行的各种欲望生产和生成，因为这属于人的前意识领域，所以是人意识不到的。

② 德勒兹（和瓜塔里）借用中世纪哲学家司各特（Duns Scotus）使用的拉丁文术语 haecceity 表达哲学概念"此"性，即英文的 thisness。"此"性是指"身体或环境组装的非个人的个性"，它不再用界定类、属的形式、器官和功能来界定事物，而是用经线（"在特定的动静快慢关系中属于身体的全部物质元素"）和纬线（"具有特定权力或潜能的身体所允许的全部强度感受"）来界定事物。（Bonta and Protevi：94；Deleuze and Guattari：260）

生命政治 张 凯

略 说

"生命政治"（Biopolitics）是福柯（Michel Foucault）20世纪70年代中期的一个研究课题。此概念首见于1976年出版的《性史》（*The History of Sexuality*）第一卷《求知之志》（*The Will to Knowledge*）及当年的法兰西学院讲座《必须保卫社会》（*Society Must be Defended*），并在随后两年的法兰西学院讲座——《安全、领土、人口》（*Security, Territory, Population*）、《生命政治的诞生》（*The Birth of Biopolitics*）中得到了进一步阐述。虽然福柯对这一领域的关注就此为止，以后转向了中世纪与古希腊"自我技术"（technologies of the self）的研究，但是受到福柯短暂关注过的这个领域，却在今天成为学术界无法回避的理论遗产。

其实，福柯并非该词的始创者。意大利哲学家埃斯波西托（Roberto Esposito）研究发现，瑞典政治学家克吉伦（Johan Rudolph Kjellén）最早开始使用该术语，借以描述其国家理论。他认为，国家是由一群独立、自由的个体创造的事物，在某种程度上它和人一样有着同样的"生命形式"。（Esposito：16）对于克吉伦而言，人本质上是一种相互依存、合作的社会动物，国家在此也是这种合作关系中的一员，它扮演仲裁者或调解者的角色。（17）而在后来的德国生物学家、哲学家尤科斯库尔（Jakob von Uexküll）以及英国作家罗伯茨（Morley Roberts）那里，生命政治则体现了一种使政治向生物学还原的态度，将国家管理与保持身体健康、抵御疾病侵害联系在一起。而在另外一些学者看来，这种态度还意味着完全将人的生物学本质作为政治思考的出发点："政治被完全带回到其原初的深层地带，陷在生物学的桎梏中，无力反驳。人类历史无非就是其人性的重复演出，偶尔会有些变形，但没有真正的不同。"（24）

福柯的"生命政治"则完全不同，它指的是一种现代的政治技术，出现于18世纪中后期，是一系列旨在对作为生物体的人口进行调节、干预、整合、提高的政治形式。用福柯自己的术语来说，它是一种现代的治理术（governmentality），一种利用现代生命权力（biopower）来培育和保护生命的拯救力量。它不是简单地颁布和实施法律，而是要借助医学、生物学、精神病学、心理学、优生学、教育学等多种学科的知识来改造环境、保障国民健康、消除国内外威胁生命安全的因素。此种致力于生命维护和提高的政治形式，早已成为现代国家的常见配置。

综　述

国家理性与人口问题

生命政治的开端可追溯到 16、17 世纪。从这个时期开始，人们试图从治理的角度思考国家问题。与君权的运用相比，治理在此有三个完全不同的内容。首先，治理意味着对国家的布置，而非统治。16 世纪许多学者将国家治理与家政管理相类比，"对国家的居民，对每个人和所有人的财产和行为实施一种像家长对他的家务和财产一样专注的监视和控制"。（汪民安等：388）相应地，君主治理国家，不是为了让君权统治更加稳固，而是要让国家本身富裕起来。其次，治理的对象为国家之内的各种客观要素，如居民数量、土地、森林、资源、矿产等。治理即意味着对这些客观事物加以干预，以期为国家增加收益。最后，由于治理不是主权的行使，不是对空间的统治，所以治理也不是法律的制定和运行，而是要根据治理对象特有的客观属性施加有效的技术。或者说，它是一种立足于对象知识、真理而制定的客观、合理的技术。统计学即是应这种需要而诞生的，是为了调查、呈现国家自身的真相而发明的科学。由此，作为国家权力的拥有者，无论是君主，还是 17 世纪以来逐渐壮大的政府，都需要成为一个勤勉、睿智的治理者，兢兢业业地、合理地照料国家。这就是当时所谓的"国家理性"（或"国家理由"，raison d'État），即"国家存在的理性（理由）"。

在福柯看来，现代国家政治即起源于此。从此以后，政治的主要任务就是要努力地探索合理有效的治理技术，使国家不断获得一种更好的状态。那么，这种状态具体指什么呢？它指向国家内部，如更多的财富、货物、军队、国民等。总之，这就是国家在现实中呈现出来的综合实力，即现代社会所谓的"国家力量"。整个国家中，力量的不断增长才是政治应当关注的内容，君权抑或法律在此均处于次要地位，甚至在某些时刻，为了国家的持存、国家未来的强大，它们也是可以牺牲的要素。从此，致使君权更替、法律失效的政变（coup d'État）不再意味着国家的灭亡，而是国家漫长历史中盛衰更替、自我更新的非常手段，"是国家本身彰显自我（self-manifestation）的手段。这是国家理性的要求，要求拯救国家，不管采用何种形式，只要有人可以拯救这个国家"。（Foucault，2007：262）由此，国家仅仅是一个特定空间内综合了各种人和事物的客体，它不是某个君主的财产，也不是神意的象征，而是在悠久的时间长河中依靠治理而不断增强的实体。

因此，在对外关系上，17 世纪之后的欧洲国家已经不再痴迷于无限的领土扩张，而是专注于本国内部的布置。所以，福柯认为，几个世纪以来倡导的欧洲平衡观念，正是在这种国家治理的要求下诞生的。《威斯特伐利亚和约》（*Peace of Westphalia*）的缔结从法律意义上确定了欧洲众多国家并存的现实，也开启了一种新的外交模式。这就是福柯所谓的军事–外交机制（diplomatic-military system）：

国内建立常备军，通过长期的操练和财政支持保证国家安全；国家之间建立长久且稳定的外交沟通机制，降低战争的威胁，维持和平关系。（2007：305）以此为安全保障，对内，政治所专注的就是国家力量的提升。在当时，各种以此为目的的政治技术统称为治安（police），主要包括拓宽道路、治理河流、工业生产、保证国民的健康与安全、维护道德水平、稳定物价、保证货物供给和公平贸易，等等。（福柯，2010：222）这一庞大而又杂乱无章的内容几乎涵盖了除法律之外的所有事务，是对国民及其生活的布置。

国家治理就是对国民生活的治理。那么，治安更加应当在国民与国家之间形成一种良好的效应，使国民及其生活能够对国家力量的提升有所贡献。这一与国家力量密切相关的国民形象，18世纪开始有了一种新的名称，即德国政治思想家尤斯蒂（Johann Heinrich Gottlob von Justi）所谓的"人口"（population）。实际上，"人口"这一概念古已有之，但据福柯考证，直到18世纪，人口才开始被视为一种拥有力量或活力的生物体，"被理解为一群活着的个体。他们的特性也是所有属于同一种族、一起生活的个体的特性（因此，他们也会呈现出死亡率和出生率，他们也会患传染病，人口会过剩；也表现出某种地域分布类型。）"。（2010：222）他们的健康、优秀、有活力是国家力量提升的动力。国家治理所要面对的不再是被动的、客观的事物，而是一群生物学意义上的生命体。相应地，从18世纪开始，"人"开始作为一个独立的知识对象出现在各种学科中。福柯在《词与物——人文科学考古学》（ *Les mots et les choses: Une archéologie des sciences humaines* ）中早已展示了这一趋势："人，无论是孤立的还是集体的，都应成为科学的对象，——这决不能被视作或当成一种舆论现象，它是知识之序中的一个事件。"（450—451）只不过在当时，此"事件"还是知识型演变中的偶然，而现在，它更是应治理需要而诞生的必然参考：治理必须依照对象的真理制定策略。医学、卫生学、优生学等学科由于能够真正发掘和干预人口的生物特性，逐渐获取了国家权力的青睐，成为国家治理的重要知识参考，共同致力于人口生命健康的维护。从18世纪开始，国家政治已经开始联合医学筹划人口的健康：普鲁士进行了全国健康调查，设立国家标准化的医生培育机制；法国开始了城市环境改造，大规模改善居住条件；英国则在19世纪开始了针对城市贫民健康的管理，为所有人设立医学健康档案。（Foucault，2003：336）一种旨在覆盖全社会（富人、穷人）的医疗保健机制逐渐完善起来。健康的人口、健康的城市成为政治的重要内容，成为国家力量增长的必要准备。

然而，健康的人口何以能够为国家带来效益？答案就在我们通常所谓的"经济"（economy）之中。实际上，当16世纪初出现的治理观念将国家治理与家政联系在一起时，这种对国家经济问题的关注就已经开始了。从某种意义上说，16世纪以来的国家治理，其最主要的内容就是如何在国家之中塑造一个良好的经济空间，使国家像管理良好的家庭一样富足。17世纪的重商主义（mercantilism）便是致力于此目的的一种实践：它打击囤积居奇行为、限制价格、阻止货币外流，力图通过建设一个价格稳定、公正的市场而攫取以金银为代表的货币。这一时期对国家富裕（财富）的认知，还仅停留在货币这一表象上：财富就是货币数量简单直接的内涵。（福柯，2001：231）那么，国家对市场的干预越多，货币就越多，国家因此也就更加富裕。我们可以看到，在这一过程中，"人口"是不需要关注的，他们处在这个货币-财富世界的外部。18世纪，随着人口观念的形成，经济学也开始重视人的作用，这主要体现在重农主义者（physiocrats）的观点中，他们认为，人是市场主体，他们有欲望，有逐利的天性，会为了财富、利益而主动参与市场。在此，人拥有了一种新的形象——人是一种经济动物，一种主动追求利益的"经济人"（homo œconomicus）。那么，国家对市场的治理，实际上就是对经济人的治理。正是在这个地方，重农主义者为国家治理赋予了一种新的维度，即"自由放任"（laissez-faire）。在福柯看来，这就是现代自由主义的一大来源。①

自由主义与安全

重农主义者以谷物市场为例解释了"自由放任"治理的原因：人均有逐利本性，当城市中的谷物数量较少，价格升高时，由于利润的升高，农民自然会努力多种粮食，国外的谷物也会大量进入，而随着市场中谷物数量的增加，价格会慢慢降下来，当这个价格无利可图甚至低于国外谷物价格时，农民又会减少种植，谷物同时又会大量出口到国外……这是一个自然的循环反复的过程。长远来看，价格会在一个正常范围内上下浮动，根本不需要国家政治的介入。（Foucault，2007：343）所以，重农主义完全是与重商主义背向而驰的，它否认重商主义对国家权力的邀请，也否认治理的无限膨胀。重商主义期待的是通过国家权力布置一个市场，而重农主义则认为，市场是自然的，有着自身的规律，国家权力无权也无能力干预。重农主义者的问题是：治理是否有必要？治理是否过多？面对市场这一经济领域，政治不是盲目地横加干涉，而是应当认清其真理，尊重其规律，按照市场和经济的要求来组织实践。可以说，政治经济学作为一门试图按照经济规律组织政治技术的科学，正是从这里起步的。

那么，作为一种需要自我限制的力量，国家存在的意义是什么？这就是20世纪德国秩序自由主义者提出的问题。他们的逻辑是，因为市场是优先的、第一位的，国家治理的目的就是为了维持市场的正常运转，那么与其说市场是国家放任自由的领域，不如说是市场赋予了国家存在的理由。（福柯，2011：72）国家之所以存在，仅仅是因为它可以为市场塑造"秩序"，一种德国经济学家欧肯（Walter Eucken）所谓的"有运作能力的和合乎人类尊严的经济秩序"。（转引自何梦笔：26）在这里，我们所触及的是20世纪新自由主义与18世纪古典自由主义最大的区别，后者崇尚的那个没有干预便顺利运转的市场消失了，取而代之的是需要外界塑造和"秩序"维持的市场。相关的措施包括："财产私有制、可兑换和稳定的货币、公开市场上自由的价格形成、契约和定居自由……一种与市场一致的和从属性的社会政策以及一种旨在保护环境的市场经济规则体系，这些均属于国家的责任范围。"（2）国家的任务也就仅止于此，它不能作为一个经济过程的参与者或规划者进入市场。无论是20世纪30年代美国的罗斯福新政，还是当时甚嚣尘上的凯恩斯主义，这些旨在通过国家干预来稳定市场的措施，都被秩序自由主义者视为市场的天敌。那么，如果市场需要国家或其行政力量的存在来维持秩序，那么这种"力量"又该以何种形式存在呢？这就是"法治"（rule of law）。它"是对任何政府的权力，包括对立法机构的权力的一种限制"。（哈耶克：324）或者，它"是一个'元法律'（metalegal）的学说，或是一个政治理想。唯有立法者感到自己受到它的约束，它才能是有效的"。（325）立法不是政府、主权意志的体现，而是经济秩序的反映，是由经济召唤出的行为。在这个基础上，美国新自由主义的"国家观"比秩序自由主义者更进一步，不仅要求立法以经济为根基，同时还要求政府按照经济规律来行事。具体说来，政府应该透过一个经济视角反思自己的行为，在政策的制定和执行过程中应考虑"利害"、考虑行政成本和实际效益。以打击犯罪为例，政府不应该盲目地投入大量财力"消灭犯罪"，而是应该在综合考虑政府投入与实际效果的基础上，将犯罪率控制在一定数目上。在美国新自由主义者眼里，"经济"不仅是财富创造和流转的领域，同时还是现实中一切个人、组织、政府行为的参照系。（Foucault，2008：240）

从18世纪古典自由主义到20世纪的美国新自由主义，福柯看到的是一种围绕着经济学"真理"组织治理技术的努力。曾经，"经济"只是一个事关财富调配和管理的领域，对人的治理与对经济的管理是两个截然不同的领域。只有在进入18世纪之后，当经济成为一个涉及人的生产、交易、消费的领域，一个由只关心利害、有欲望的经济人组成的问题域后，治理才不可避免要参考经济学知识，正如干预人口健康需要参照医学知识那样。然而，与医学知识中的人不同，经济学中的人是拒绝外界权力干预的。自由主义治理中的国家权力，本质上不是对经济人的干扰和控制，只有在一方损害了另一方利益，或者个体损害了全体利益时，国家权力才会作为一种强制力量出场。自由是每个人的自由，国家的作用既是维护所有人的自由，同时也防范所有人的自由受到侵害。这是一种"安全"（security）的布置，"就是为了确保利益的机制在运转过程中，不会产生个体的或集体的危险……自由与安全性的游戏，就位居新治理理性的核心地位，而这种新治理理性的一般特征，正是我试图向大家描述的"。（福柯，2010：198）所以，自由主义治理绝不是对国家权力的拒绝，相反，它邀请国家权力的干预，邀请国家权力参与到人口的治理中。只不过，这种"治理"要求其关注点转向个体的外部、环境，转向对未来风险的预测、评估、防范。或者，自由主义治理的治理者更是一个"守夜人"，一个守候所有人安全的"看门人"。

保护的责任，这难道不正是古典君主国家主权者对臣民的许诺吗？所以，在自由主义治理中，被治理者有着两种形象：一方面是自由的经济人，不容任何权力干预；另一方面是受控的法律客体，深陷在国家的主权游戏中。概而言之，这是一群生活在国家之中，由法律提供保护（限制）的经济人，他们有一个现代名称，即"市民社会"（civil society）。这一概念综合了现代所有关于人的知识，也为国家政治技术的制定和实践提供了参照系。当然，福柯使用这一概念，并非意指市民社会诞生于这一时期，而是认为此种观念，此种将人群视为一个包含着健康、洁净、文明、正常、利益、权利、安全等多种现代元素的共同体的知识，成为了现代政治的原动力和基本内容。也因为如此，国家的形象被弱化了，取而代之的是永恒且生机勃勃的市民社会。国家存在的意义，就是为市民社会提供安全保障。

然而，自由主义认为与过去的国家安全不同，威胁市民安全的因素通常不是来自国家外部的敌人，而是国家之中或市民社会之中的某些个体，比如欺诈的商人、屡教不改的罪犯、传染病携带者，等等。只有把这些人剔除，社会才能得以安宁。所以，自由主义实际上也是在不断地衡量生命的价值，无用之人、有害之人不仅应当被驱逐出社会，有时甚至应该一劳永逸地杀死。我们可以看到，作为生命政治的治理技术，自由主义对利害的思考深深地铭刻在生命政治之中。政治的任务不是无条件地保护生命，而是彻底地将生命"经济化"，按照生命价值的高低提供相应的技术：有些生命需要保护，有些生命需要改造，有些生命可以忽略，有些生命需要扼杀。这也就解释了为何在一个标榜理性和文明的时代，会出现对种族纯洁、优生优育的热衷，会出现一群人试图灭绝另一群人的狂热。这是生命政治内在逻辑的另一面，也是现代社会无法治愈的痼疾。

死亡政治的逻辑

生命政治意味着生命需要被政治估算。人们在拥有各种力图培育、巩固、改善、保护生命的技术的同时，也有各种旨在监禁、隔离、驱逐、杀戮生命的实践。王权时代，生命的"价值"在于为王权增加荣耀，它在被君主处死的一刹那彰显了自己对于君权的重要性（当然，君主也可以选择不杀死这个生命），处死的过程因此变成了一个彰显君权不可侵犯的盛大仪式。而在现代社会，生命的"价值"在于现世的持存，在于活得富足、幸福，生命的衰败与死亡在某种程度上是政治的无能，也是国家主权羸弱的表现。现代政治对死亡有一种天然的恐惧，死刑只是一种逼不得已的手段，"确切地说，人们更多的是以罪犯的残暴与屡教不改及保卫社会安全为理由，而不仅仅是以罪行的严重程度为理由，保留了死刑。人们以合法的手段处死那些对于其他所有人构成生存威胁的人"。（福柯，2003：373—374）所以，死刑不再是彰显君权的宏大仪式，而是政治无奈的选择，表达了对不可挽救的生命的遗憾。

处死是政治在面对没有价值或对社会有威胁的生命时采用的必要手段，它并不仅仅是法律正义的体现，同时还意味着对生命威胁因素的警惕。由此，生命政治引申出另外一条线索：如果有一种人，他们在法律上并没有任何过错，但他们的生命本身就是"不洁的、低贱的、退化的"，那么政治完全可以"合法、正当"地将他们除去。这就是现代种族主义的逻辑，也是生命政治珍爱、保护生命的另一种体现。在保护生命的名义下，为了生命的健康、纯粹，死亡成为生命政治的必要补充——一部分人的生命政治恰恰成为另一部分人的死亡政治。纳粹主义就是在这样的土壤中成长起来的，"没有比纳粹更有纪律的国家，也没有哪个国家进行的生物学调节更紧密更坚决"。（福柯，1999:243）因此，也没有哪个国家对犹太人等所谓的"劣等种族"、"不洁生命"的恐惧更甚，对他们的排斥更加彻底。当对种族安全的担忧发展到极致之时，彻底从根本上杀死生命、实施种族大屠杀也就"在所难免"了。

死亡政治、种族大屠杀是生命政治的另一个维度，现代社会对生命的敏感以另一种极端的形式得到了表达。不过，这里所展现的只是种族屠杀的"合理性"，从法律的角度看，杀戮的合法性从何而来？福柯并没有明确的答案，但却成为意大利哲学家阿甘本（Giorgio Agamben）生命政治研究的起点。阿甘本捡起了福柯放弃的主权概念，试图从主权起源的地带对生命的控制和杀戮作出解释。"甚至可以说，生命政治化身体的生产是主权权力的开端。就此而言，生命政治至少与主权例外同样古老。"（Agamben：6）在此，阿甘本借用了德国政治哲学家施密特（Carl Schmitt）的主权定义，即决断例外状态（state of exception）的权力。在例外状态中，法律悬置，所有人的政治权利均被停滞，充斥整个空间的仅剩赤裸裸的暴力。那么，被剥夺政治权利的人的生存状态会怎样？在阿甘本看来，这种直面纯粹暴力的人就是古罗马法中"牲人"（homo sacer）的状态：他不能被献祭给神，任何人杀死他也不会被判有罪。总之，他是一个没有任何保护、可随时死去的"赤裸生命"（naked life）。（72）

由此，我们就可以理解，二战期间犹太人何以能被"合理合法"地杀死。在《纽伦堡法案》（*Nuremberg Code*）中，犹太人的公民身份被彻底剥夺，成为可被任意处置的赤裸生命——"水晶之夜"（Crystal Night）确认了这一事实，接下来的大屠杀便顺理成章了。阿甘本认为，在现代社会，这种针对赤裸生命的种族大屠杀并非偶然，而是现代主权权力建构中的必然结果。1679年的"人身保护令"（habeas corpus）以及1789年的《人权宣言》（*Déclaration des Droits de l'Homme et du Citoyen*）中，人的动物性身体（生命）开始被视为主权之基、政治权利之源。理论上，所有人根据其出生地就能自然地获得主权权利（即成为公民），（汪民安：224）而在现实中，主权却必须通过对人的动物性生命的评估来确认权利的边界，因此19世纪以来总会有一些人旁落在政治权利之外，他们可能是妇女、黑人，也可能仅仅因为他们属于某个种族或民族。

现代生命政治（它在20世纪得到继续发展）的本质特征之一，是它不断需要重新界定生命中区别和分离内在和外在的东西的阈限。一旦它跨越家庭（oikos）的围墙并越来越深地渗入城邦，那么主权的基础——非政治性的生命——就即刻变成一个必须不断重划的界线。（228）

从这个角度看，所谓的现代民主国家、人权国家，永远都是在不断界定赤裸生命的基础上建构起来的：一部分人的民主、生命权利总是意味着另一部分人的被排斥和死亡命运。

现代民主无法解决赤裸生命被杀戮的宿命，当主权者宣布共同体的界线时，赤裸生命不可避免地涌现在各个国家之中。福柯眼中以生命幸福为主要筹划的生命政治在此变成了以制造赤裸生命为根基的主权游戏。因此在阿甘本看来，生命政治在力图塑造健康生命和安全社会的同时，也在大量生产赤裸生命，大量制造一部分人的无国籍状态以及死亡可能。由此，专注于容纳和处置赤裸生命的"集中营"，成了阿甘本眼中现代政治的"隐秘范例"。（220）于是，阿甘本的生命政治研究与福柯有了完全相异的形象：福柯的生命政治是生产性的，它的产品是健康的人口；阿甘本的生命政治是压制性的，它制造的是赤裸生命。正是由于现代生命政治在面对人的动物性身体（生命）时拥有这两副面孔，现代国家才会在议会民主国家和极权国家之间迅速地切换，而两种政体之间最根本的区别，也仅仅在于对赤裸生命的划分和利用方式上的不同。

结　语

在《主体与权力》（"Subject and Power"）一文中，福柯回顾自己的研究生涯，明确指出自己"研究的总的主题，不是权力，而是主体"。（2010：281）福柯关注国家治理，关注现代国家中的政治权力，其目的就是对现代政治主体进行解析。在此，健康、安全、种族、优生、自由等概念，都成为个体政治认知的重要内容。然而，也正是在这一过程中，对疾病、危险、退化等因素的担忧深深地植入了现代人的内心。相应地，现代社会在宣扬文明与民主的同时，也在极力排斥和消除各种生命的"危险"。从生命政治到死亡政治，两者在逻辑上成为互补的两面：生存是为了排斥死亡，死亡是为了更好地维持生存。生命抑或死亡，世俗层面两个完全相悖的现象在此变成了相互刺激、共同增殖的政治手段。"危险地活着"，（2010：199）这句话真实地反映了现代政治主体的生存状态。社会对活着、活得更好充满了渴望，同时也对死亡、未来风险有着无尽的担忧。19世纪大量出现的悬疑、侦探小说、20世纪流行的科幻文学，以及各种事关病毒、核战等题材的后启示录（post-apocalyptic）小说及电影，都是这一心理的体现。更重要的是，恰恰是这种状态，使恐怖主义成为现代社会最致命的"疾病"：仅仅借助恐惧，它就能让社会失序，让国家陷入例外状态。而也正是这种"疾病"，揭开了现代政治中生命与死亡技术的真相。

参考文献

1. Agamben, Giorgio. *Homo Sacer: Sovereign Power and Bare Life*. Trans. Daniel Heller-Roazen. California: Stanford UP, 1998.
2. Esposito, Roberto. *Bíos: Biopolitics and Philosophy*. Trans. Timothy Campbell. Minneapolis: U of Minnesota P, 2008.
3. Foucault, Michel. *The Birth of Biopolitics: Lectures at the Collège de France, 1978—1979*. Ed. Arnold I. Davidson. Trans. Graham Burchell. New York: Macmillan, 2008.
4. —. *The Essential Foucault: Selections from Essential Works of Foucault, 1954—1984*. Ed. Paul Rabinow and Nikolas Rose. New York: New, 2003.
5. —. *Security, Territory, Population: Lectures at the Collège de France, 1977—1978*. Ed. Arnold I. Davidson. Trans. Graham Burchell. New York: Macmillan, 2007.
6. 福柯：《必须保卫社会》，钱翰译，上海人民出版社，1999。
7. 福柯：《词与物——人文科学考古学》，莫伟民译，上海三联书店，2001。
8. 福柯：《福柯读本》，汪民安主编，北京大学出版社，2010。
9. 福柯：《福柯集》，杜小真编选，上海远东出版社，2003。
10. 福柯：《生命政治的诞生》，莫伟民等译，上海人民出版社，2011。
11. 哈耶克：《自由宪章》，杨玉生等译，中国社会科学出版社，2012。
12. 何梦笔编：《秩序自由主义——德国秩序政策论集》，董靖等译，中国社会科学出版社，2002。
13. 汪民安主编：《生产》（2），广西师范大学出版社，2005。
14. 汪民安等主编：《现代性基本读本》（下），河南大学出版社，2005。

① 福柯明确指出，此处的自由主义是从治理对象的独立性角度展开的。实际上，欧洲历史中还存在另一条自由主义的脉络，其来源为众所周知的人的"自然权利"，即基于霍布斯、洛克等人契约理论而延伸的权利自由。两条脉络，两种自由主义，共同构成了现代社会自由主义的问题域。详见汪民安主编《福柯读本》，北京大学出版社，2010年，第182页。

诗性功能 赵晓彬

略 说

"诗性功能"（The Poetic Function）是世界著名的形式主义和结构主义文艺理论家罗曼·雅各布森（Roman Jakobson）提出的一个重要的诗学概念。雅各布森在《论俄国新诗》（1921）、《主导论》（1935）、《语言学与诗学》（1960）、《诗学问题》（1973）等许多诗学论著中都涉及过诸如"诗性功能"、"自我指涉性"、"功能性"、"主导性"等相关概念，从而引发了学界对语言的功能、多功能乃至超功能的深入思考和认识。早期作为一名形式主义者，他将日常语言和诗歌语言严格地对立起来，宣称文学的研究对象应为"文学性"，"诗乃是语言在行使诗性功能"。（Якобсон，1987：275）走上结构主义道路之后，他又确信诗性功能并非诗歌语言所独有，在其他诸如日常、科学等语言现象中也同样存在这一功能，只是居于次要地位而已；但诗性功能在诗歌语言中具有决定性意义，居于主导地位。雅各布森明确提出，语言除诗性功能以外，还具有其他功能，即情感功能、意动功能、线路功能、指涉功能、元语言功能，并且这 6 个功能之间是相互包容的。（Якобсон，1975：198）这样一来，雅各布森对语言的认识就不是单纯地介于诗歌语言和日常语言两种系统之间的对立，而是确立于言语交际信息的诸功能层级之间的主次地位的转换。由这种态度来看诗性功能，不仅使我们可以清楚地把握艺术之内的诗性功能与艺术之外的诗性功能的相互关系，而且还可以考察它们之间的相互转换及其他关联。

综 述

何谓"诗性功能"？

关于语言的形态，有学者将语言分成日常语言、逻辑语言和诗性语言。日常语言是语言的原初形态；逻辑语言则是对于工具语言的系统发展，但具有理性、权威性和普遍性；而诗性语言既不同于日常语言又有异于逻辑语言。（Waugh：48）而雅各布森则把语言分成日常语言和诗性语言，并专攻诗性语言的本质和功能，他认为文学是一种语言艺术，因此文学语言乃是一种诗性语言。至于语言的功能，在语言学中一般是指话语的目的以及实现此目的的话语环境。与此相关的"结构"一词，则是指话语中所运用的特定技巧及其显著特征，这些技巧和特征能够帮助我们对不同性质的言语或文本进行辨识和归类。而雅各布森论著中的"功能"概念所涉及的"不仅是话语外部的社会语境属性，还包含其内在的结构属性"。（Bradford：23）依据雅各布森的观点，诗性语言与非诗性语言在语言内在结构上具有本质的差异。诗性语言尤为突出的是话语的特异技巧及其突显特性，所执行的是诗性功能。

关于语言的诗性功能，雅各布森曾先后推出以下两种理论界定。

一个是指向说。雅各布森曾指出："**指向信息本身，为其自身而聚焦于信息——这就是语言的诗性功能。**"（Якобсон，1975：202）这里的"指向"和"聚焦"既不是指信息的发出者，也不是指信息的接收者，而是指信息的自我指涉，即信息对待自我的关系。从这一角度看，诗性语言是以信息自身构成自己的倾向或焦点的，而诗性功能就是语言内部所具有的一种自我指涉性的符号范畴现象。（Якобсон，1985：325）为了有效地诠释诗性功能的实质，雅各布森在自己不同时期的著述中反复推敲该词的内涵和外延，将理性思考与先验感知相结合，理论诉求与实践分析相结合。譬如，立足于形式主义背景撰写的《论俄国新诗》（1921）对诗性功能的界定和结构主义视野下撰写的《语言学与诗学》（1960）一文对诗性功能的定义，虽然跨越了近 40 个年头，但所表达的理念却几乎同出一辙。

另一个是透射说。该理论界定涉及三个重要概念：选择轴、组合轴和对等（又称等值）原则。雅各布森基于索绪尔功能语言学中的二项对立原则，对语言的诗性功能概念进行了拓展性的阐释。索绪尔认为，言语行为中存在着两种主要程序：一是借助"相似"基础实现的选择，二是以"相邻"为基础实现的组合。受索绪尔语言学启发，雅各布森对语言的诗性功能解释为："**诗性功能——这是对等原则从选择轴向组合轴的投射。**"类似的表述在他的著述中屡见不鲜，如："诗歌中为了构建组合而常常运用平等关系"，（Якобсон，1975：204）"重复是为组合而运用的对等原则"，（221），"对等是构建组合的原则"，（Якобсон，1983：467）等等。语言借助选择轴和组合轴来构建自身，而诗性语言则是对等原则在组合轴上起作用而产生的。因此，甚至有学者认为诗性功能是运用对等原则"有意识地'破坏'这两个轴的惯常运作来达成的"。（田星：89）

以上对语言的诗性功能的两种理论界定，几乎构成了雅各布森语言学诗学的核心内容。不仅如此，雅各布森还不断地对语言的诗性功能的理论阐释进行实践检验。他早在《论俄国新诗》中就曾指出："诗不是别的，而是依据内在规则实现的具有表达指向的话语"，（Якобсон，1987：275）并有效地分析了俄国未来派诗人赫列勃尼科夫诗作中的内在的语言学规则；后来在《语言学与诗学》中他再次对"诗歌文本内在固有的语言学规则"进行验证；（Якобсон，1975：203—204）而在《诗学问题》（1973）等论著中他又通过大量诗歌文本分析进一步指出"诗歌强调语言所有层面的结构因素，即诗歌是以各种区分性特征为始端，以文本的整体结构为终结"。（Якобсон，1987：81）总之，雅各布森早年和后来发表的论著，在关于诗歌有其"内在规则"的看法上始终保持高度的一致性。无独有偶，德国学者史坦伯（Willianm D. Stempel）也有过异曲同工的表述："诗的言语单纯地指向表达，受其内在规则的支配……而不关心言语的指称对象。"（30）

总而言之，以上是雅各布森从理论和实践两个方面对语言的诗性功能的界定，既前后呼应又互为补充。与理论阐释相比，对诗性语言的实践分析更进一步明证了在语言艺术研究中语言学与诗学的密不可分。诗学理论研究力争确定语言的诗性功能的逻辑性本质，而诗性语言的实践分析则是为了对诗性功能在语言艺术中所体现的各种内在结构机制（如各种重复、对等、对应、平行）进行有效验证。雅各布森对诗性功能的理论阐释和实践分析可谓相得益彰。

诗性功能与自我指涉性

从雅各布森关于诗性功能的第一个定义上看，诗学研究具有一个基本主题：语言内部并行发展着两个向度，一个是信息（客体、指涉物、所指）的对象，即信息发出者或接收者，它们都处在信息之外，是信息的外部因素；另一个是信息自身（符号或符号系统），即信息自我指涉的状态。信息客体和所指向客体是两种对立的层面，所以信息有着双重的指向。诗性语言本质上是一种具有审美功能的信息，它在方式上不是指称性的，而是自我指称性的，所以它是指向自我的一种信息。"指向性"具有目的意义，它既是语言学概念，也是诗学研究中目的论思想的有效体现。雅各布森的语言学诗学就是以目的论为出发点来阐明自己对诗性语言审美功能的独特理解，这种诗学观"旨在使形式和内容再度统一起来"，"成为联结形式主义和结构主义的桥梁"。（霍克斯：87）

从雅各布森关于诗性功能的第二个定义中则可看出，他在最初的带有"指向"（或"聚焦"）概念的表述中补充进了"投射"一词。雅各布森认为，语言的诗性功能既吸取选择的方式也吸取组合的方式，以此来发展对等原则。选择轴上的词语具有联想关系，一旦对等原则将这些词语并置于组合轴上，便会削弱依靠语法逻辑关系形成的语义组合链，从而产生词语间的联想空间。对等原则将潜在的联想关系投射到句段关系，这种"投射"就会打破句段关系的逻辑性。而符号的指向性，正是借助对等原则，"通过将词语作为词语来感知，而不是作为被指称的客体的纯粹的再现物或作为情感的宣泄，是通过诸个词语的组合、意义及其外在和内在的形式，这些具有自身的分量和独立的价值，而不是对现实的一种冷漠的指涉"。（Jakobson，1987：378）只有这样，语言的诗性功能才可能是为了信息本身而聚焦于信息，它决定信息的绝对自足的符号地位。语言中由于构成信息的不是所有对等关系，而只是对等因素之一，所以选择轴就处于信息之外。而按照雅各布森对诗性语言的自我指涉原则，选择轴是处于信息之内的。选择轴及其系列对等因素产生于话语对象的指示意义及其形式特征。"诗性功能必须以作为能指和所指统一体的口头符号的内在关系为前提，同时成为诗性语言的主导成分……"（Якобсон，1987：80；1985：327）诗歌文本或诗性语言是自我生成的，它是一种"自我调节并最终自我观照的整体，不需要参照在自己疆界之外的东西以证明自己的本质"。（霍克斯：87）"在诗歌中被凸现的并非是客观世界，而是语言符号本身。"（田星：90）概言之，语言作为符号系统的主导性就在于它能够说出某种能指的自身所指。雅各布森将信息的这种自我指涉性称为"诗性功能"，显然是对语言符号和对象之间关系的传统认知提出了质疑。

"自我指涉性"，作为从语言学引入文学研究的一个重要概念，可以说"贯穿于从俄国形式主义到法国结构主义乃至后结构主义的历史过程"。（步朝霞：73）关于语言的自我指涉性，尽管西方哲学界有人持怀疑态度，如英国哲学家维特根斯坦在《逻辑哲学论》中就说过"没有一个命题能够作出关于自身的陈述，因为一个命题记号不能包含于它自身之中"，（维特根斯坦：45）但我们以为，维特根斯坦所说的自我指涉性是指语言的逻辑而非语言的艺术。自我指涉性既涉及语言的逻辑也关系到语言的艺术，而雅各布森强调的自我指涉性主要针对的是语言的艺术。雅各布森在阐释语言的艺术（即诗性语言）时，有意识地将诗性语言的多义性（或"文学性"）与自我指涉性联系起来，认为"多义性是信息指向自我时所固有的特性"，确切地说，"是诗的自然的和本质的特性，（Якобсон，1975：221）这就使"自我指涉性"与"诗性功能"这两个概念处于同等重要的地位。而雅各布森区分语言的"诗性功能"和"指涉功能"也正是出于界定"文学性"的需要。他早年提出的诗性语言是对日常语言的有组织的变形这一形式主义见解已是"自我指涉性"思想的雏形。此后，从布拉格到欧美，从对语言艺术的形式探讨到功能阐述，"自我指涉性"问题一直贯穿于雅各布森对"诗性功能"的探索。诗性功能，作为一种被理解为深入文本空间的整体概念，它的表达层与内容层及其诸要素的总和，恰好明证了一个以整体为框架的自我理解与自我确定的整体机制的存在。

多功能性与主导性

雅各布森的"语言和信息"这一对应概念是与索绪尔的"语言和言语"一脉相承的。"信息"即是"话语"、"文本"，是语言的六大功能之一，是雅各布森从功能角度提出的核心概念。他认为，言语行为一般具备信息、发出者、接收者、语境、接触、语码这六个因素，而与这六个因素相对应的就是语言的六个功能：信息发出者执行情感功能，信息接收者执行意动功能，信息接触涉及线路功能，信息接触的语境涉及指涉功能，而信息的语码执行元语言功能，信息指向其自身则会获得诗性功能。（Якобсон，1975：198）六功能理论表明，诗性语言和日常语言在交际过程中都是多功能而非单功能的。如果说信息是指语言（文本），那么执行功能的就是整体上的语言，而不是某一个语言要素。信息不同于其他五个因素之处就在于其自身是这一客体指示物。在言语交际的诸多要素中，每一个要素都决定着语言的某种功能。但是，很难说所有的言语讯息只表达一种语言功能：某种功能不能处于一种垄断地位，不同的功能处于不同的层级顺序中。一个讯息的言辞结构主要依赖于起主导作用的功能。

从符号学理论来看，语言功能论涉及语义功能和语用功能这两个方面。其中，语义功能（指涉功能）在雅各布森的功能论中占据重要的地位，而语用功能（包括意动功能、线路功能、元语言功能、情感功能）与语义功能相比则居于次要的从属地位；而诗性功能是建立在这些功能的相互关系之上的具有结构意义的功能。进一步说，语用功能依赖于语义功能，而语义功能又依赖于诗性功能。雅各布森在《主导论》一文中指出，在指涉功能中是符号支撑着与所指的客体之间的"最起码的内在联系"，因此符号自身就起着最小的作用；相反，表现功能在符号和客体之间则充当着更坚固、更直接的联系，因此它要求更多地关注符号的内在结构。与指涉语言相比，情感语言更接近有意识地指向符号自身的诗的语言。（Якобсон，1996：122）但诗性功能并非诗性语言所独有，或诗性语言也并非只有诗性功能，诗性功能只是诗性语言的主导功能。诗性功能在其他诸如日常、科学等语言现象中也同样存在，只是居于次要地位而已。

语言的多功能主要体现在语言的诸多层级上。在语言的诸功能之间存在着特定的层级性对应，层级性区分信息的各种功能。这是雅各布森从早期二元论发展到功能论的重要思想。语言艺术并非是对语言规范的"破坏"，相反，它是借助语言规则构筑起循序渐进的有高度组织的言语交际结构。如前所说，诗是语言行使诗性功能所成。诗是语言的游戏。语言艺术能表达一般语言所无法实现的高层次思想。用洛特曼的话说就是"诗作为一种完整的语言在很大程度上类似于自然语言的总和而不是其中的某些部分"。（Лотман：42，86）由此看来，语言的功能，既是整体、动态、多元的，也是具有主次之分的，每一个信息原则上都是多功能的，但其中必然有一种是主导的。于是每一个信息的特殊性就取决于每一个功能在该信息中所占的比重，即它们的层级之分。语言信息的所有功能都从属于一个主导功能，（Якобсон，1996：119）主导功能"控制着其他的成分，确定并使它们得以转化"。（120）诗性语言的主导功能自然就是诗性功能。

诗性功能与超功能性

诗性功能是语言六功能之一，它与其他功能既构成整体，又相互对应。雅各布森强调诗性功能是在语义功能和语用功能的作用下起着建构整体语言的作用，具有结构性意义。但我们也不难看出，雅各布森对诗性功能的阐述似乎有些先验化，事实上，诗性功能只是诗性语言的主导功能，但它却似乎在消解着信息的其他功能而成为其他信息的主导功能的替代物，所有的其他功能似乎都依赖于它，而它却不依赖于其中的任何一个。换言之，从雅各布森的字里行间我们不难捕捉出这样一层既此又彼的意思：一方面，诗性功能不排斥其他功能的存在，另一方面它又是超越于其他功能的特殊的诗学范畴。

在雅各布森看来，其他功能（语码、接触、接收等）一般都容易识别，而诗性功能却难以辨识。所以，他一方面提出"对等原则"是诗性功能的主要体现方式，但同时也认为这一原则只是辨识诗性功能的方法之一，还存有其他辨识诗性功能的方法。对等系统是否具有诗性，首先要看其所指的是诗还是非诗。换句话说，重要的是如何明悉这种对等系统在什么时候以什么样的方式成为主导并以此使信息成为艺术作品。在这种情况下，雅各布森对艺术品（诗）的整体接受就具有了某种神秘性或不确定性。所以有学者又称，雅各布森关于信息是否属于艺术（诗）范畴的认识在某种程度上具有"先验的"、"超语言学的"、"超语言的"性质。（Якобсон，1999：619）不仅形式的对等系统，而且语义的对等因素也成为雅各布森理解信息艺术性的必要前提。按照雅各布森的功能说来推理，诗性功能优先将指涉功能和其他功能都置于自己的主导之下，所以任何信息都有可能是诗性的，而其他功能则不具备实质性地改造其他功能这一潜能。这样一来，能够重构其他功能的诗性功能的这种"极权化"，就使诗性功能提升至超越功能的层面，这就使雅各布森的功能说具有了一种超功能性质。

不仅如此，雅各布森对诗性功能的阐释还有其他一些自相矛盾或曰变异之处，譬如在《语言学与诗学》一文开头乃至大部分的论述中，作者始终确信诗性功能是语言的最重要的功能之一："任何试图把诗性功能仅限于诗的领域或把诗只归入诗性功能都是一种危险的简单化行为。""诗性功能不是语言艺术的唯一功能，而是其中心的决定性的功能，而在其他一些言语活动中它则充当着次要的补充性的成分。这一功能通过增强符号的可感性，加深了符号与对象之间的根本对立。"（Якобсон，1975：202—203）如果说存在着这样的具有诗性功能但占主导地位的却是非诗性功能的信息，那么是否还存在着非诗性的信息，其主导功能却是诗性的呢？雅各布森自己也承认：诗歌中的确还"行使着言语的其他功能，但各种不同体裁的诗性又决定着在不同程度上对这些功能的运用"，（Якобсон，1975：203；Jakobson，1960：357）如叙事诗在很大程度上就行使指涉功能，抒情诗执行更多的则是情感功能。但雅各布森在探讨语言功能时却一直在暗示，诗性功能在语言信息中始终占据主导地位。这显然是其诗性功能主导论使然。

雅各布森关于诗性功能还表现出前后表述上的变异。如在早期的《论俄国新诗》一文中，为了区分诗语和日常语，他提出诗性功能非诗语莫属，后来又否定了这种绝对的说法，这或许是后来为了完善早期论断而为；而在《语言学与诗学》一文中也有类似情况：在文章开头他提出了语言的诸功能，而后论述的只是诗性功能的理论机制，再后来又详细分析了诗性功能机制的实现。（Якобсон，1975：202—205）

也就是说，他虽然注意到语言具有多功能，但最终诗性功能主导论思想占了上风，而越接近文尾作者对诗性功能的理解就越发显得具有先验性。雅各布森甚至还援引诗人马雅可夫斯基的一段话"诗中所使用的任何一个形容词都会成为具有诗性的修饰语"，（Якобсон，1975：227）强调"诗性——不是对话语所作的修辞性补充，而是对话语及其所有成分作整体上的重新评价"，（Якобсон，1975：228；Jakobson，1960：373）他还补充说："正因为如此，诗中任何一种话语成分都会转变成诗性话语的修辞格。"（Якобсон，1975：228）在该文的结尾处，作者甚至干脆得出：诗乃是对功能的一种超越。

结　语

　　透过雅各布森对诗性功能这一概念的独特阐释，我们或许可以得出：在每一个语言信息尤其是语言艺术中都能体现诗性功能这一范畴，而每一种言语交际的文本又都是一种整体性的语言符号系统，都是对整体而不是某一要素、层面或某一功能的自然语言或本民族的语言的模拟。语言具有指涉功能，也具有自我指涉功能，即诗性功能。文学语言首先具有文学性，即诗性，诗性语言具有内在的、能够自我指涉的审美符号系统，它仿佛走出自我而观望着自身。正像巴赫金所说："诗仿佛是从语言中汲取所有的养分，而语言则由此超越着自己。"（Бахтин：278）诗永远不会终止语言的自足的身份，而自我指涉关系意味的正是语言这种物质存在对自我的克服和超越。雅各布森的"诗性功能"概念也是以这样的方式在不断地克服和超越着自我。"诗性功能"的概念不仅得到雅各布森本人的不断解释和完善，也引发后人去不断地诠释和进化。雅各布森关于诗性功能的阐述具有特别的意义，它"在文学领域里，为形式主义和结构主义的最终结合提供了理论基础"。（霍克斯：83）

参考文献

1. Бахтин, Михаил Михайлович. К эстетике слова. Контекст. Москва: Лит.теорет. исслед, 1974.
2. Лотман, Юрий Михайлович. Анализ поэтического текста. Ленинград: Просвещение, 1972.
3. Ужаревич, Йосип. "Проблема поэтической функции." Тексты, документы, исследования. Под ред. Х. Барана и др. Москва: Российский государственный гуманитарный университет, 1999.
4. Якобсон, Роман Осипович. "Лингвистика и поэтика." Структурализм: 《за》и 《против》. Сборник статей. Сокр. перев. И. А. Мельчука. Москва: Прогресс, 1975.
5. —. "Поэзия грамматики и грамматика поэзии." Семиотика. Москва:Радуга, 1983.
6. —. Избранные труды. Перев. Н. Н. Перцовой. Москва: Прогресс, 1985.
7. —. Работы по поэтике: Переводы. Сост.и общ. ред. М. Л. Гаспарова. Москва: Прогресс, 1987.
8. —. Язык и бессознательное. Перев. К. Чухрукизе. Москва: Гнозис, 1996.
9. —. Тексты,документы,исследования[M].Отв.ред. Х.Баран, С.И.Гидин.Редколлегия.М.:Российск. гос.гуманит.ун-т,1999

10. Bradford, Richard. *Roman Jakobson: Life, Language, Art*. London: Routledge, 1994.

11. Jakobson, Roman. "Linguistics and Poetics." *Style in Language*. Ed. T. A. Sebeok. Cambridge: MIT P, 1960.

12. —. "What Is Poetry?" *Language in Literature*. Ed. Krystyna Pomorska and Stephen Rudy. Cambridge: Belknap, 1987.

13. Stempel, Willianm D. *Texte der Russischen Formalisten*. Munich: Fink, 1972.

14. Waugh, Linda R. "The Function and the Nature of Language." *Roman Jakobson: Verbal Art, Verbal Sign, Verbal Time*. Ed. K. Pomorska and S. Ruddy. London: Blackwell, 1985.

15. 步朝霞:《自我指涉性:从雅各布森到罗兰·巴特》,载《外国文学》2006 年第 5 期。

16. 霍克斯:《结构主义和符号学》,瞿铁鹏译,上海译文出版社,1987。

17. 田星:《雅各布森的"诗性功能"理论与中国古典诗歌》,载《俄罗斯文艺》2009 年第 3 期。

18. 维特根斯坦:《逻辑哲学论》,王平复译,中国社会科学出版社,2009。

十四行诗 赵 元

略 说

十四行诗（Sonnet）起源于意大利中世纪的宫廷，是一种显得很不自然的诗体形式，其最直观的特点是不对称。在文艺复兴时期，十四行诗凭借彼特拉克的影响传遍西欧各国，极大地推动了各国俗语诗歌的繁荣。在英国，十四行诗蔚然成风，出现了许多以彼特拉克的《歌集》为原型的十四行组诗。在形式上，英国十四行诗的韵式更为宽松，较适合英语语言的特质，其中最著名的变体是英国式（或称莎士比亚式）和斯宾塞式十四行诗。莎士比亚的十四行诗集是诗歌史上的一座高峰。弥尔顿的十四行诗数量不多，但其影响却远及浪漫主义时期。19世纪和20世纪的诗人或拓宽题材，或变革形式，使十四行诗呈现出丰富多彩的面貌。十四行诗也是后现代主义诗歌的重要组成部分。十四行诗在中国的接受情况见证了它与中国传统诗歌的特殊亲缘关系。

综 述

起源

现存最早的十四行诗是西西里王国腓特烈二世（1194—1250）的宫廷诗人在1220至1250年间创作的，共计31首，其中25首的作者是贾科莫·达伦蒂诺（Giacomo da Lentino，1188—1240），他是腓特烈二世朝中负责法律公文和事务的重臣，同时也是宫廷诗人的领袖，但丁在《神曲·炼狱篇》的第二十四章中把他列为整个西西里宫廷诗派的代表人物。通常认为，贾科莫即是十四行诗的创制者。

最早的十四行诗由每行十一音节、共十四行的诗行组成，分成前八行（octave）和后六行（sestet）。前八行的韵式为ABABABAB，这是从西西里民间一种叫作strambotto的传统诗体移植过来的，韵式相同，通常为八行，每行十一音节。后六行的韵式为CDECDE，可进一步分为两个三行诗节（tercet）。后六行的来源不明。威尔金斯（Ernest H. Wilkins）曾澄清了关于十四行诗起源的诸多问题，据他猜测，这后六行也许是借鉴了在阿拉伯语中被称为zagal的一种诗体，它的一种变体流行于当时在西西里岛生活的阿拉伯人中间，韵式为ABCABC。（1915：490—492）由于当时的西西里岛受阿拉伯文化影响很深，威尔金斯的推测并非没有可能。无独有偶，中国学者杨宪益认为，十四行诗这种体裁可能就是从阿拉伯传到西西里岛的。

他甚至大胆假设: "不但欧洲最早的十四行诗是从阿拉伯人方面传到西西里岛的,而且其来源还可远溯到中国。"(杨宪益: 24)杨宪益列举了李白的《月下独酌》等几首 "古风" 体诗歌, 指出它们与意大利十四行诗在形式上的一致性。但是杨文中列举的那几首诗除了行数是十四行以外, 韵式与十四行诗毫无相像之处。在缺乏内部证据和外部证据的情况下, 杨宪益提出的这一可能性只能视为有趣的假设。此外, 杨文中把最早的十四行诗归到维奈(Pier delle Vigne)的名下, 这一结论已被威尔金斯否定。回到威尔金斯: 他在四十几年后修正了自己早年的观点, 认为十四行诗的后六行完全是贾科莫灵光乍现的产物, 至于是否受了阿拉伯诗体的影响其实 "无关紧要"。(Oppenheimer: 171)在威尔金斯之后, 还没有人对十四行诗的后六行作出过更为合理的解释。

至此, 关于十四行诗起源的问题只讨论了一半。学者还需要说明, 十四行诗为什么是十四行, 以及十四行诗前八行加后六行这一格局的魅力究竟来自何处。意大利的诗歌理论家试图作出符合逻辑的解释: 如说第一个四行诗节提出命题, 第二个四行诗节给出证明, 后六行中的前三行进一步确定, 最后三行得出结论; 还有学者从三段论、古希腊合唱颂歌的诗节分布或者音乐的全音阶中寻找十四行诗的理论基础。英国诗人、学者富勒(John Fuller)从作诗法的角度解释十四行诗前八后六这一格局的魅力: "前八行的闭合韵产生某种音乐节奏, 要求重复。然而对继续这样的诗节的期待被后六行的交韵打破: 后六行的组织比前八行更紧凑、更简短, 因而促使十四行诗果断地收尾。"(3)富勒讨论的是所谓的意大利式十四行诗, 其前八行的韵式为 ABBAABBA, 故有 "闭合韵"(closed rhyme)之说。这一解释显然不适用于贾科莫创制的十四行诗, 因为最早的十四行诗的前八行无一例外都是交韵, 即 ABABABAB。也许正是富勒所说的原因, 使得意大利式发展成为十四行诗的正统形式, 但从作诗法角度仍无法解释十四行诗之所以是十四行的原因, 也无法解释前八后六格局的必然性。

第一位从数字关系的角度研究十四行诗起源问题的学者是奥本海默(Paul Oppenheimer)。在他看来, 8 和 6 的比例关系在贾科莫所处的时代具有重大意义。此外他认为 12 也是个关键数字, 因为十四行诗, 包括贾科莫等人的早期十四行诗和后来彼特拉克甚至莎士比亚的十四行诗, 都有一种倾向, 即诗的最后两行往往构成一个独立的单位——尽管并不总能在韵式上得到印证, 于是前十二行也就成为一个自成一体的修辞单位。接下来, 奥本海默试图揭示 6:8:12 这一比例的重要意义。他发现, 不仅贾科莫的时代, 文艺复兴时期也一样, 都特别强调和谐的比例关系, 这在文艺复兴时期的建筑当中体现得尤为突出。这种理念可以追溯到毕达哥拉斯-柏拉图一派的数字理论。柏拉图在《蒂迈欧篇》中阐述了宇宙秩序和宇宙和谐建立在某些数字之上的理论, 用数学公式可以表达为: $(b-a)/a = (c-b)/c$。6:8:12 正好符合这一数字关系: $(8-6)/6 = (12-8)/12$。而柏拉图的这篇对话在中世纪欧洲流传甚广，像贾科莫这样的学者对这一数字理论绝不至于感到陌生。奥本海默相信，贾科莫极有可能"根据灵魂和天国的建筑原理构造出了它，并给它配上了天体的音乐"。（190）然而，我们无法确知贾科莫是否确然严格按照毕达哥拉斯–柏拉图的数字理论创造出十四行诗。此外，奥本海默并未给出充分的理由证明12是重要的数字而2不是，既然他认为两者在十四行诗中都构成了独立的单位。显然，2、6、8无法构成和谐比例。何况奥本海默也承认，12+2的格局是从诗的内容得出的，并未在最早的十四行诗的形式上得到体现，不过奥本海默毕竟为研究十四行诗的起源开拓了新的视角。后来的学者继续研究十四行诗中数字的比例关系和象征意义，试图说明十四行诗具有和谐的形式特征，是和谐宇宙的一个微观反映。然而所有这类研究都没有确实和直接的史料证据予以佐证，十四行诗的起源仍是未解的谜团。

十四行诗在意大利文里叫 sonetto，但贾科莫和其他早期的十四行诗人并未用过这个名称。最早用 sonetto 来指称这一新诗体的是但丁。他在《新生》（*La Vita Nuova*）里提到过这个名字，但没有给出定义或作任何描述。在他用拉丁文写成的《论俗语》（*De vulgari eloquentia*）中，用来指称十四行诗的拉丁词是 sonitus。根据《牛津拉丁语词典》，sonitus 在古典拉丁文中的意思是"任何种类的声音，尤指响声、噪音"；而这个名词又源自动词 sonō（sonāre），意为"发出噪音、声音"。在中世纪拉丁文中，sonitus 最早出现于公元817年的法律和教宗的公文中，意思是"低语"、"柔声"或"轻柔的噪音"。（Oppenheimer：180）在《论俗语》中，但丁认为坎佐尼（canzone）是最崇高的诗体，巴拉塔（ballata）次之，十四行诗（sonitus）尤次之。可见但丁在使用 sonitus 一词时略带贬义，尽管他本人也写过出色的十四行诗。拉伯雷在《巨人传》第四部第四十三章的末尾提到，有位修女羞于说放屁，而用 sonnet 一词替代。拉伯雷也许有意讽刺当时开始在法国盛行的十四行诗，喻指那些十四行诗直如放屁，但这一委婉语恰好吻合该词本来具有的"噪音"或"轻柔的噪音"的意思，可谓谈言微中。

在西欧主要国家的传播

十四行诗是伴随着彼特拉克的影响传遍西欧各国乃至整个欧洲的。此处所说的彼特拉克的影响，主要是指他用意大利文写的抒情诗集《歌集》（*Canzoniere*，有时称为 *Le rime sparse*，或简称为 *Le rime*）的影响。诗集中的大部分都是十四行诗，即彼特拉克式或意大利式的十四行诗；前八行的韵式为 ABBAABBA，后六行的韵式有 CDECDE、CDCDCD、CDEDCE 等多种变体；内容以爱情为主，偶尔涉及政治和宗教的主题。

15世纪中叶，十四行诗首先由桑蒂利亚纳侯爵（Marquis of Santillana）传到西班牙，但未能形成风气。直到16世纪上半叶才由博斯坎（Juan Boscán）和加西拉索·德·拉·维加（Garcilaso de la Vega）发扬光大。洛佩·德·维加（Lope de

Vega）以及其他"黄金时代"的剧作家的十四行诗也颇有可观之处。

葡萄牙人文主义者米兰达（Sá de Miranda）是博斯坎和加西拉索的崇拜者，他将意大利的十四行诗带回了葡萄牙。米兰达的追随者中较突出的是费雷拉（Antonio Ferreira）。16世纪下半叶写十四行诗较著名的是大诗人卡蒙伊斯（Camões），他也有一群追随者。

马罗（Clément Marot）与圣-热莱（Mellin de Saint-Gelais）在16世纪上半叶把十四行诗引进了法国。活跃于16世纪中叶的"七星诗社"为十四行诗在法国的盛行和本土化作出了重要的贡献：杜贝莱（Joachim du Bellay）的《橄榄》（L'Olive）是第一部非意大利文的十四行组诗；龙萨的十四行诗实验性地使用了亚历山大诗行（alexandrine），后来成为法国十四行诗的正格；德波特（Philippe Desportes）写有许多十四行诗，是当时英国诗人肆意借取的对象之一。经过了18世纪的沉寂之后，法国的十四行诗在戈蒂埃、波德莱尔等诗人的手中得以复兴，魏尔伦、马拉美、兰波、瓦莱里等人又将这一诗体发展到了新的高度。

在德国，十四行诗直到17世纪才在韦克赫林（Georg Rudolf Weckherlin）和格吕菲乌斯（Andreas Gryphius）的作品中出现。和在其他欧洲国家的情况一样，十四行诗在18世纪的德国受到冷落，直到浪漫主义兴起后才得以复兴。现代诗人当中写十四行诗较为出色的是里尔克和施罗德（Rudolf Alexander Schröder）。（Wilkins，1950：332—339；Preminger and Brogan：1169）

在英语中的发展

怀亚特爵士（Sir Thomas Wyatt）1527年访问意大利，回国时把十四行诗这种形式带了回来。前此大约140年前，乔叟在《特罗伊勒斯与克丽西达》（第一卷400—420行）中移译了彼特拉克的一首十四行诗（《歌集》第132首），不过他用的是君王诗体（rhyme royal，韵式为ABABBCC）。怀亚特共写有32首十四行诗，它们是英国最早的十四行诗。尽管在主题、比喻、修辞等方面，这些诗几乎是彼特拉克诗的翻版，但它们的韵式，尤其是后六行的韵式，却不太一样。前八行的韵式绝大多数（29首）与彼特拉克的十四行诗一致（ABBAABBA），有两首为ABBACDDC，一首为ABABABAB。后六行的韵式最显著的特点是，最后两行无一例外地构成一组押韵的对句。有学者指出，这极有可能不是怀亚特自己的发明，而是在他访意期间从当时出版的一册早期意大利诗人的抒情诗集以及当时的一位著名诗人那里找到原型并移植过来的。（Bullock：739—743）

韵式为ABABCDCDEFEFGG、节奏式为五音步轻重格的英国式十四行诗，是在萨里伯爵（Earl of Surrey）手中定型的。这个十四行诗的新体因为更接近英语诗歌中原有的形式，而且押韵比意大利式十四行诗容易得多，所以成为英国十四行诗的正格，后来在莎士比亚手中臻于妙境。有论者指出，这一形式很可能是萨里伯爵

在怀亚特用过的韵式的基础上所作的"简化"和"放宽"。（Bullock：743）

怀亚特与萨里伯爵的十四行诗最早出现在《托特尔杂集》（*Tottel's Miscellany*，1557）中。这部由托特尔编辑出版的都铎王朝抒情诗选集在文艺复兴时期很有名，莎士比亚在一部戏里也曾提到过它。这部集子的全称叫《歌与十四行诗集，已故的萨里伯爵亨利·霍华德阁下及其他人作》（*Songes and Sonettes, written by the right honorable Lorde Henry Haward late Earle of Surrey, and other*）。此处我们有必要对英国文艺复兴时期使用 sonnet 一词的情况作一点说明。从怀亚特的年代到 1575 年，sonnet 一词，尤其当它与 song 成对出现（如托特尔的集名那样）时，往往指任何篇幅较短、没有明显可入乐特征的抒情诗。1575 年，加斯科因（George Gascoigne）首度给 sonnet 下了明确的定义："真正能称为 Sonnet 的是那些具有十四行、每行十个音节的诗。前十二行每四行为一节，押交韵；末二行押韵，结束全诗。"（55）从 1575 年到 17 世纪中期，sonnet 一词基本上指的就是十四行诗了。不过 songs and sonnets 中的 sonnet 仍指任何短诗，例如在约翰·多恩的诗中。另外，quatorzain 一词，尽管不太常用，但指的是真正的十四行诗。

加斯科因等伊丽莎白朝早期的诗人写过一些零散的十四行诗，其中不少是从法国诗人那里翻译过来的。16 世纪的最后 20 年是十四行组诗盛行的年代。锡德尼的《爱星者与星星》（*Astrophel and Stella*，1591，集中的大部分作于 1582 年左右）给后来者树立了典型。1592 年至 1597 年间有近 20 部十四行组诗出版，其中较著名的有丹尼尔的《迪莉娅》（*Delia*，1592）、洛奇的《菲莉丝》（*Phillis*，1593）、康斯特布尔的《戴安娜》（*Diana*，1594）和斯宾塞的《爱情小唱》（*Amoretti*，1595）。

在斯宾塞以前，十四行诗中描述的爱情都是一种被称为"典雅爱情"（courtly love 或 amour courtois）的特殊爱情。这种爱情不以婚姻为目的，因为被爱者是地位高于爱者的有夫之妇。在爱者眼中，这样一位夫人是美与德的化身；凭借不求回报的单相思，爱者可将自己提升到更高的境界。有意思的是，爱者／诗人从不提及他的爱慕对象的丈夫，他的情敌是别的和他一样的爱慕者。"典雅爱情"是理想化的精神之爱与通奸的古怪结合体。斯宾塞的情况有所不同，他在《爱情小唱》中赞美和追求的对象是他后来的妻子，正如刘易斯（C.S. Lewis）所说，斯宾塞代表了"典雅爱情的历史的最后阶段"。（1936：338）

莎士比亚的十四行诗集更是打破了爱情十四行诗的传统。首先，集中的大部分诗是写给一个男性朋友的，而所用的语言却往往是十四行诗中常见的那种表达男子对贵妇人爱慕之情的语言。其次，第 127 至 152 首是写给一位既无貌又无德的"黑夫人"（Dark Lady）的。写一个远非完美的爱慕对象，这在整个十四行诗的历史上是头一遭。把这位"黑夫人"与但丁的贝亚特丽斯、彼特拉克的劳拉或其他十四行诗人的冷美人们放在一起，就可看出她们的差别有多大了。最显而易见也是大多数论者认同的解释是，莎士比亚在诗中描写的情景和感情来自他自己的生活，他的十四行诗是现实主义的，而非理想主义的。

十四行诗的盛行始终伴随着对它的批评之声。锡德尼有感于当时的十四行诗里虚情假意过多，所以在他的《爱星者与星星》的第一首里就号召十四行诗人要"视你的内心而写"，但他本人的作品仍不免陈词滥调，缺乏独创性。莎士比亚在十四行诗里戏仿和讽刺了十四行诗中常见的所谓彼特拉克式比喻（Petrarchan conceit），如第21首和第130首。多恩的情诗，例如题为《歌与十四行诗集》的一组诗，描写的爱情与一般十四行诗中理想化的爱情针锋相对。刘易斯精辟地指出，多恩的诗具有"寄生性"，因为"假如此前没有一种更温和的情诗存在，他的情诗就不可能存在"。（1980：123）多恩的《敬神十四行诗》（Holy Sonnets）用写情诗的语言表达宗教的虔诚，可谓颠覆了彼特拉克的传统。

在弥尔顿之前，没有一位英国诗人写过严格的意大利式十四行诗。弥尔顿早年用意大利文写过5首传统意义上的爱情十四行诗，但他后来用英语写的十四行诗大多是题献给友人的，此外还有写政治和个人主题的。弥尔顿大大拓宽了英国十四行诗的题材，尽管这些主题都能在意大利的十四行诗中找到原型。在韵式上，弥尔顿严格遵守意大利式十四行诗的规范，但由于使用了大量的跨行，前八行与后六行之间的停顿常常被打破，加上拉丁化句法的运用，他的十四行诗给人凝滞、沉重的感觉。华兹华斯十分欣赏由这些跨行造成的强烈"统一"感，不过这是后话。

尽管弥尔顿对十四行诗作了不少创新，但在18世纪早期的读者眼中，十四行诗是陈腐老套的诗体，代表性爱、感情和矫揉造作，而他们喜欢的则是讽刺、理性和清晰。当汉娜·莫尔对《失乐园》的作者竟然写出那么差劲的十四行诗表示惊叹时，约翰逊（Samuel Johnson）博士说道："夫人，弥尔顿是个能够用岩石凿出巨像的天才，却无法在樱桃核上雕出头像。"（qtd. in Havens：521）约翰逊博士在他著名的大词典里说十四行诗"不太适合英语；在弥尔顿之后未被任何显赫人士使用过"。（1107）蒲柏也有过类此贬低十四行诗的言论。

十四行诗的复兴始于18世纪下半叶。托马斯·爱德华兹发表于1748年的十四行诗使他成为"18世纪十四行诗的真正先驱"。（Havens：492）同时期重要的十四行诗人还包括托马斯·沃顿、夏洛特·史密斯、苏厄德（Anna Seward）和鲍尔斯（William Lisle Bowles），鲍尔斯受到了华兹华斯与柯勒律治的推崇。这些诗人，其中包括不少女诗人，之所以选择一个过时的诗体，与当时崇尚感伤主义、强调感情和情绪的诗歌与哲学氛围有很大的关系。从这时起，美国也开始有人写十四行诗。

浪漫主义诗人都写过十四行诗，且留下了不少隽永之作。华兹华斯写了500多首十四行诗，他声称追随的是弥尔顿的脚步，但18世纪下半叶的那些十四行诗人的作品对他的影响十分明显。济慈在他的十四行诗中注入了强烈的抒情性和一丝幽默感。在浪漫主义时期，十四行诗的题材进一步得到拓展；这一时期也是十四行诗理论的发展时期，最具代表性的是亨特（Leigh Hunt）论十四行诗的历史和变体的长篇论文，他把意大利式十四行诗称为"合法的十四行诗"（legitimate sonnet），把英国式称为"不合法的十四行诗"（illegitimate sonnet）。这一观点在当时很典型，浪漫主义时期的诗人通常更喜欢写意大利式的十四行诗。19世纪下半叶是十四行组诗再度繁荣的时期，伊丽莎白·布朗宁的《葡萄牙十四行诗》、乔治·梅瑞狄斯的《现代爱情》、丹·加·罗塞蒂的《生命之屋》、克·罗塞蒂的《无名夫人》等是这一时期十四行组诗的代表作。霍普金斯在十四行诗形式上所作的各种实验为这一诗体在20世纪的发展埋下了伏笔。

20世纪的英语十四行诗在结构、韵式、诗行长度等方面的革新层出不穷，在以下诗人的作品中表现得较为突出：罗伯特·弗罗斯特、罗宾逊·杰弗斯、爱·埃·卡明斯、迪伦·托马斯、卡鲁思（Hayden Carruth）、赫克特（Anthony Hecht）、杜根（Alan Dugan）、阿德里安娜·里奇、约翰·厄普代克等。

与16世纪十四行诗盛行时的情况颇有些类似，在20世纪也能找到一些对十四行诗不屑一顾的言论。艾略特（T. S. Eliot）在1917年的《关于自由诗的思考》一文中预言："我们需要的只是一个讽刺诗人的来临……以证明英雄偶句体尚未丧失其一丝一毫的锋芒……至于十四行诗，我就不那么肯定了。"（36）庞德（Ezra Pourd）指责十四行诗造成了"格律创造的衰落"。（170）罗特克（Theodore Roethke）称十四行诗为"一个供你挖鼻孔的伟大形式"。（Bender and Squier：xxxiii）然而奥登、米莱（Edna St. Vincent Millay）等人的十四行组诗，叶芝的《丽达与天鹅》等一批以十四行诗写成的隽永作品，证明了这一传统诗体的强大生命力。20世纪60年代兴起的女权主义运动使得女性诗人创作的爱情十四行诗受到前所未有的关注，这一传统可追溯到罗斯夫人（Lady Mary Wroth）的《潘菲丽亚致安菲兰休斯》（*Pamphilia to Amphilanthus*，1621）。20世纪的黑人诗歌（例如哈莱姆文艺复兴运动中好几位诗人的作品）中也有不少十四行诗，大多是写抗议和赞颂的主题，可以看作是弥尔顿传统的余绪。同性恋诗人在20世纪后期为爱情十四行诗传统注入了新的活力。

在中国的接受

十四行诗被引入中国是在20世纪20年代初。到了20年代末，中国的新诗人开始自觉地按照西方十四行诗的形式要求来进行汉语十四行诗的创作。十四行诗这一外来诗体之所以能被闻一多、孙大雨、朱湘、徐志摩、卞之琳、冯至、"九叶派"诗人、屠岸等诸多中国新诗的代表人物自觉运用，继而形成中国十四行诗的传统，除了"五四"以来的诗人广泛借鉴外国诗歌形式的大背景之外，还有一个重要原因，那就是中国自古的诗歌传统本就具备吸收十四行诗的潜质。

闻一多既是中国最早创作十四行诗的诗人之一，也是最早的十四行诗理论家，他认为十四行诗（他译为"商籁体"）的行数与韵式并不是最重要的：

> 最严格的商籁体，应以前八行为一段，后六行为一段；八行中又以每四行为一小段，六行中或以每三行为一小段，或以前四行为一小段，末二行为一小段。总计全篇的四小段……第一段起，第二承，第三转，第四合……大概"起""承"容易办，"转""合"最难，一篇精神往往得靠一转一合。总之，一首理想的商籁体，应该是个三百六十度的圆形，最忌的是一条直线。（钱光培：359）

闻一多发现，意大利式和英国式十四行诗形异而实同，其结构的实质与中国古代写诗作文的章法不谋而合。屠岸进一步指出，十四行诗与中国近体诗中的律诗颇为相似，二者在形式上都短而紧凑，对格律的要求都很严格。"从思想结构来看，十四行诗的四个诗节和律诗的四联都讲究'起承转合'的艺术规律，这是二者最根本的相似点。"（钱光培：370）此外，文艺复兴时期的十四行诗和唐朝的律诗在流行程度和社会地位上大致也是相当的。郭沫若和陈明远曾有意识地把律诗译成白话文的十四行诗。（许霆：361—362；376—377）郑敏写于 20 世纪 90 年代的十四行组诗《诗人与死》，副标题叫作"组诗十九首"，名称与东汉的《古诗十九首》只有一字之差（准确地说，只相差一个声母）。有学者研究后发现，《诗人与死》与《古诗十九首》在形式和内容方面有颇多相似之处。（Haft：6）

中国的十四行诗是新与旧的融合体。十四行诗是西方的旧诗体，但对中国的新诗人而言它是新的，而这外来的新诗体又与本国的旧诗有共通之处。与西方现当代写十四行诗的诗人一样，中国的新诗人也热衷于十四行诗形式的创新和内容的拓宽，但他们同时也在以一种独特的方式延续着中国古典诗歌的传统。

结　语

多恩在一首诗里把十四行诗比喻为一个"精致的瓮"，适合"最伟大的骨灰"。（"Canonization"）西方大诗人中没写过十四行诗的屈指可数，它的魅力可见一斑。要把思想情感在不多不少的十四行内表达清楚，而且必须遵循一定的格律要求，这并非易事。毋庸置疑，十四行诗难写是其魅力经久不衰的原因之一。十四行诗受到喜爱的另一个原因恐怕是，诗人不仅可以"跟着写"，还可以"对着干"。十四行诗并非一成不变的死板格式或"普罗克汝斯忒斯之床"，诗人可以发挥其创造性和想象力，改造十四行诗的形式，使其呈现新的面貌。换言之，一首诗是不是十四行诗并不能仅从行数和韵式判断。十四行诗早已是陈旧的形式，然而不论过去还是现在，不论诗人的思想是保守还是激进，它似乎总是受到偏爱。总而言之，十四行诗是一种小中见大、传统性与当代性并存的独特诗体。

参考文献

1. Bender, Robert M., and Charles L. Squier, eds. *The Sonnet: An Anthology*. New York: Washington Square, 1987.

2. Bullock, Walter L. "The Genesis of the English Sonnet Form." *PMLA*. 38.4 (1923): 729-744.

3. Eliot, T. S. *Selected Prose of T. S. Eliot*. Ed. Frank Kermode. New York: Harcourt, 1975.

4. Fuller, John. *The Sonnet*. London: Methuen, 1972.

5. Gascoigne, George. *Certayne Notes of Instruction*. *Elizabethan Critical Essays*. Vol. 1. Ed. Gregory G. Smith. Oxford: Clarendon, 1904.

6. Haft, Lloyd. *The Chinese Sonnet: Meanings of a Form*. Leiden: Research School CNWS, Leiden U, 2000.

7. Havens, Raymond Dexter. *The Influence of Milton on English Poetry*. New York: Russell, 1961.

8. Hunt, Leigh. "An Essay on the Cultivation, History, and Varieties of the Species of Poem Called the Sonnet." *The Book of the Sonnet*. Vol. 1. Ed. Leigh Hunt and S. Adams. London: Sampson Low, 1867.

9. Johnson, Samuel. *A Dictionary of the English Language*. London, 1838.

10. Lewis, C. S. *The Allegory of Love: A Study in Medieval Tradition*. Oxford: Clarendon, 1936.

11. —. "Donne and Love Poetry in the Seventeenth Century." *Selected Literary Essays*. Ed. Walter Hooper. Cambridge: Cambridge UP, 1980.

12. Oppenheimer, Paul. *The Birth of the Modern Mind: Self, Consciousness, and the Invention of the Sonnet*. New York: Oxford UP, 1989.

13. Pound, Ezra. *Literary Essays of Ezra Pound*. Ed. T. S. Eliot. New York: New Directions, 1968.

14. Preminger, Alex, and T. V. F. Brogan, eds. *The New Princeton Encyclopedia of Poetry and Poetics*. Princeton: Princeton UP, 1993.

15. Souter, A., et al., eds. *Oxford Latin Dictionary*. Oxford: Oxford UP, 1968.

16. Wilkins, Ernest H. "A General Survey of Renaissance Petrarchism." *Comparative Literature*. 2.4 (1950): 327-342.

17. —. "The Invention of the Sonnet." *Modern Philology*. 13.8 (1915): 463-494.

18. 钱光培选编评说：《中国十四行诗选》，中国文联出版公司，1990。

19. 许霆、鲁德俊：《十四行体在中国》，苏州大学出版社，1995。

20. 杨宪益：《试论欧洲十四行诗及波斯诗人莪默凯延的鲁拜体与我国唐代诗歌的可能联系》，载《文艺研究》1983 年第 4 期。

视差 赵 淳

略 说

  视差（Parallax）包含视角（perspective）及其位移。视角不但与方法论、认识论和本体论有关，亦构成文学的陌生化概念的认知前提。巴赫金、尼采、海德格尔和形式主义者们侧重于对静态下的观察视角作出界定与研究，而拉康（Jacques Lacan）则在欲望阐释的基础上将视角与凝视（gaze）紧密相连。在拉康那里，当我们凝视某物时，某物便将凝视反射回我们，亦将欲望投射给我们，而欲望来自他人。这就意味着，凝视是主客彼此调停的产物，它既非完全客观，亦非完全主观。

  齐泽克（Slavoj Žižek）强调的是视角在不同背景上的动态变化，即视差转换（parallax shift）的原因及其意义。视差本指人们在视觉上的误差，亦即通常所说的视错觉。造成所谓视差的不仅是人们肉眼所存在的局限和障碍，同时也缘自深层文化所带来的想象与预设。在齐泽克看来，不同视角之间的差异，就是视差鸿沟（parallax gap）。驱使我们的视角在同一个客体上位移或在同一现象的不同侧面之间作视差转换的是"对象 a"（objet petit a）。作为欲望的对象-原因的对象 a 没有固定的、物质的、客观的形态，它诱使我们不断地转换视角，以便去窥见它的真身，猜测它的含义，但我们却总是不得要领。由于视差之见的前提是被视为核心的不可能性的对象 a，我们与客观世界的关系便总是处于错位的状态之中。

综 述

问题的提出：从视角开始

  在 2006 年出版的英文专著《视差之见》（*The Parallax View*）中，齐泽克致力于研究视差转换的原因及其意义。他说，"视差的标准定义是：一个客体的明显位移，亦即相对于背景的位置转换。这个位移是由能够提供新的观察视角的位置变化引起的。"（17）因此，齐泽克的视差概念包含了"位移"和"新的观察视角"两层含义，视差将视角的动态位移纳入了自己的视野中，这意味着我们对视差的研究有必要从更为基础的、相对静态的视角开始。

  在康德那里，人是万物的尺度，是人在影响事物和构造现实世界，因此事物的特性总是与观察者所取的观察角度有关。在这样的认识论前提下，从不同的角度去观照事物会带来不同的认识这一观念早已成为共识。巴赫金曾专门论述过此点："新的描绘方法使我们看到可见现实的新的方面，而可见事物的新的方面如不借助于把它们固定下来的新的方法，就不能看清和真正进入我们的视野"；（181）"新的不是所看到的东西，而是看的形式本身"。（55）在此可以捕捉到巴赫金的两层意思：首先，被观察的那个"东西"一直在那里存在着，这便如生活在数千米深的海底的那些生物，无论我们看见还是看不见，它们就在那里。我们无法知道它们的状况，只是因为我们没有一个能够深入海底的视角而已。其次，我们之所以后来能够观察到深海生物，那是因为借助了新的方法，譬如某种深海潜水器，它提供了一个新的视角，使得我们能够看到以前不能看到的东西，达成以前不能达成的任务。因此，鉴于对"看的形式"的选择和运作是一种明显的主观行为，我们可以判断，在巴赫金那里，新方法所带来的新东西，其"新"更多地是来自观看者自身，而非被观看的客体。同时，由于被观看的客体本身不会因为观察方法的变化而变化，变的只是"看的形式"——在这个意义上，对巴赫金来说，视角的选择实际上意味着一种方法论的革新。

关于视角，尼采（F. Nietzsche）从认识论角度作过颇具影响的论述，并且还将一个专门的术语贡献给了学界："世界的背后不存在意义，然而又具有无数的意义——这就是'视角主义'（perspectivism）原则"。（267）视角主义意味着，出于我们独特的经验惯性、心理预期、文化语境和无意识欲望，在符号中呈现出来的社会现实和文学艺术，都只不过是一种建构，不同的人完全可能有着不同的意义建构。此处有必要澄清的是，在尼采看来，不同的视角给予我们的只是知识而已——知识不过是我们对这个世界所知的符号总和，它可能是正确的，也可能是错误的。由符号构成的知识，仅仅意味着我们对这个世界的所知，即是说无论什么视角都不可能确保将真理呈现给我们。在这一点上，后来的福柯亦一针见血地指出，知识的"话语是由符号构成的，但是，话语所做的，不止是使用这些符号以确指事物"。（53）在福柯看来，知识话语不仅是使用符号来指涉事物，更重要的是创造话语对象本身，这也就是福柯所说的话语实践，亦即话语主体在特定的话语场所使用话语单位建构话语对象。从这个意义上来看，不同的话语场所只不过为我们提供了不同的视角，以便我们能够建构知识而已。对此，尼采继续论述道："就'知识'一词的含义而言，世界是可知的；但从另一方面说，世界是可阐释的。"（267）这表明，知识是观照者和阐释者在欲望支撑下所采取的不同视角的产物，因此便没有什么凝固不变的绝对知识，有的只是欲望的选择。原本没有意义的世界之所以有了意义，完全是因为不同的人采取了不同的视角，在欲望的支持下对世界作出了不同的阐释而已。但是，在此必须立刻指出的是，在欲望这一点上，尼采与精神分析学领域中的拉康和齐泽克具有完全不同的指涉，他们使用的欲望概念不可作等量齐观。在尼采那里，所谓欲望，"即赞成和反对"的愿望，而"每种欲望都是对支配的渴求"，

（267）因此尼采的欲望与支配权力相关，某种程度上也可以将其理解为权欲。

在视角问题上，如果说巴赫金的侧重点在方法论，而尼采更具认识论色彩，那么海德格尔则将视角上升到了本体论的层面。在《存在与时间》中，海德格尔在论述他那把反复提到的锤子之时说，一把断掉的锤子更像一把锤子。什么意思呢？他阐释道："上手事物的日常存在曾是那样不言而喻，乃至我们丝毫未加注意。"（88）当我们每天都以同样的视角去观看同一个事物的时候，出于惯性，我们天然地就把日常所见当成了某种不言而喻、不证自明的东西。然而，如若我们换一个视角去审视事物，又当如何？结论是，我们会遭遇到缺失。对此海德格尔论述道："唯当缺失之际，寻视一头撞进空无，这才看到所缺的东西曾为何上手，何以上手。周围世界重又呈报出来。"（88）这便如那把锤子，只有在它手柄断掉以致我们再也无法使用它之时，我们才会获得一种新的视角，才会意识到对我们的劳作来说它是多么的不可或缺。唯当我们换一个视角去观看这个世界时，世界才会以其陌生的一面"呈报"自身，并与我们照面，由此我们才得以了解和把握这个世界。言及此点，便不能不谈到海德格尔的另一个重要观点"向死生存"。他认为，"死"为此在的生存本质，而常人的沉沦却是非本真状态的生存。"死"作为一个现象，肯定会并且也确实曾经出现在我们的现实中，但那都是别人的"死"。按他的说法，人一生下来就在死着，但对我们自身而言，"死"却是唯一的、不可重复的，因而也就永远只能是陌生的。海德格尔的"死"和常人的亡故并不表征同一本质，亡故是生命现象的自然完结，具有医学和生物学的特征；而"死或死亡则作为此在借以向其死亡存在的存在方式的名称"。（284）从这个意义上说，此在从不完结，因为死本身就是此在的一部分。然而海德格尔认为，"向死存在的意思并不是指'实现'死亡"，（300）而是"为自己的死而先行着成为自由的"，（303）只有当我们与自身陌生的"死"照面，我们才能向死生存，获得"向死的自由"。（306）只有清醒地意识到陌生的"死"，才能真正明了"生"之本体意义，才能拥有向死的自由，才能真正领悟存在的真谛并自由地筹划存在。在此意义上，在海德格尔那里，视角已然上升到与存在直接相关的本体论层面上了。

在新的视角下，会获得某种新的认识和体验，这样的观念在文学理论中亦不鲜见。我们知道，文学形式的"陌生化"概念最早是由俄国形式主义者什克洛夫斯基（V. Shklovsky）提出的："艺术的手法是将事物'奇异化'的手法，是把形式艰深化，从而增加感受的难度和实践的手法，因为在艺术中感受过程本身就是目的，应该使之延长。"（11）时光飞逝，大浪淘沙，形式主义那种对"诗性"的所谓科学化的诉求不可避免地灰飞烟灭，但通过转换视角从而达成"陌生化"的目的这一观点，因其认识论上的积极性，仍作为一个重要概念留在人文学科研究中，因为它消解了日常形式和语言运作方式上的自动化和心理上的惯性化，重构了人们对世界的感觉，把一种奇异的与实际生活完全不同的现实展现了出来。正是在这一点上，海德格尔与什克洛夫斯基达成共谋。对此，伊格尔顿（Terry Eagleton）归纳道："海德格尔和形式主义者一样，相信艺术是……一种陌生化"。（56）只不过在海德格尔的体系中，陌生化并非仅仅是一种艺术上的策略，而是一种通达本体的知性活动。

凝视与斜目而视

西方学界对视角的研究，大致立足于方法论、认识论和本体论等基点上，而视差由于包含了视角和位移，其范围显然要大一些。在拉康看来，视角与凝视密不可分，当观看某一客体时，我们实际上就是在凝视它。某种意义上，采取特定视角的目的便是为了达成凝视。

在第 11 期研讨班上，拉康举荷尔拜因（H. Holbein）的绘画《大使》（*The Ambassadors*）为例来对视角和凝视进行阐释。在那幅画中，两个衣着浮夸、面目僵硬的男人中间有一大堆艳俗的东西；在画布底端，还有一个扭曲的、不引人注意的景象，如果直接观看它，几乎什么都看不到；但当我们欲转身离去之时，扭头一瞥，顷刻间观看那幅画的视角发生了变化。拉康说，此时我们不由得会发出一声惊呼："什么？一个头颅！"（88）是的，那个隐隐约约萦绕着两位富有的大使的魅影般的存在，在特定的视角下变成了一个头颅。对此拉康评述道："就跟其他任何一幅画一样，这幅画就是一个吸引凝视的陷阱。"（89）在《大使》的画面上，头颅最初看起来只是一个不被人注意的污点或盲点，如果直接观看，它会逃避我们凝视的视线；要想看到它，我们必须移动身体，然后扭头一瞥。正是通过这样的方式，那个污点或盲点最终消解了观者与图画的距离，牵引着观者进入了画中的场景。而进入这个场景的通道，就是那特定的视角，这个视角是由那貌似客观的被凝视对象《大使》给我们的。而这个牵引观者视线的污点或盲点，"用拉康的话来说，通过伪装成'在客体之中而又溢出客体'的'盲点'，亦即客体自身返回凝视的那个点，主体的'凝视'总是一已经被铭刻在被观照的客体之中了"（*Parallax View* 17）。因此，由于画面在暗中为我们的视线设定了一个通道，视角的选择就不再是一种纯然主观的行为了。

在拉康那里，凝视从一开始便被设想为某种主体在客体中遭遇到的东西。拉康在他的第 11 期研讨班上还讲述了这样一个故事：拉康年轻时曾跟着渔夫出海捕鱼，途中看到了一个漂浮在海面上的沙丁鱼罐头。这时渔夫讥讽地对拉康说，你虽然看到了那只罐头盒，但它却不看你。拉康凝视罐头盒，而罐头盒却并不理会拉康——这个令渔夫感到十分幽默、可笑的场景，却无法引发拉康的同感。为什么呢？拉康解释道："在这幅图景中，我完全处于一个外在的位置。正是因为感受到了这一点，所以在听到渔夫以这种幽默、讽刺的方式对我说的那一席话时，我并不觉得有什么好笑。"（96）拉康凝视着外在世界的某点——沙丁鱼罐头，这看起来似乎毫无疑问地就是一个主观的过程。而当渔夫觉得这个场景很有意思，并以揶揄的口吻将自己的这一感受告知拉康之时，拉康就开始意识到了从外部折返回到自身的凝视——茫茫大海，一叶孤舟，渔夫为了谋生而艰难地劳作，在极端的天气下，甚至还会以命相搏；而年轻的拉康跟着出海，却仅仅是为了满足自己出于小资情调的猎奇感。如此，通过渔夫的提醒，从沙丁鱼罐头折返回来的凝视将羞愧和焦虑加在了拉康的身上，并引发了拉康的反思，让拉康感觉到自己在这样的劳动场景中完全是一个外在的、多余的存在。由此，凝视便达成了主客之间的互动——我凝视某物，某物也在凝视我。这并非是说某物真的也在实证的意义上凝视"我"，而是它引发了"我"对大他者的要求的揣测，并令我试图去回答"你到底想要什么？"（"Che vuoi?"）[①]这样一个问题。拉康的说法是："我所遭遇到的凝视……不是被看到的凝视，而是我在大他者的领域中想象出来的凝视。"（84）如是观之，凝视的本质是"被凝视"，即被凝视的对象所凝视，这一过程中主体的所谓虚幻的主体性被凝视的客体反噬。所以齐泽克说，"主体的'凝视'总是-已经被铭刻在被观照的客体之中了"。（Parallax View 17）当我们凝视某物时，被凝视的客体反过来也规定着我们凝视的视角；一旦启动凝视，客体便会激发我们的反思，这意味着我们同时也被凝视着。这是拉康对视角与凝视的基本看法，它构成了学界研究凝视的一个重要起点。

最早是在《斜目而视》（Looking Awry）中，齐泽克便开始了对视角的系统研究。他举出了莎士比亚历史剧《查理二世》中的一个例子：国王因战争而远行，王后心中充满了忧虑，对此仆人布希劝慰道：王后的凝视被悲哀和焦虑所扭曲，如若依照事实进行切合实际的观看，就没有什么东西值得她惊恐不安；就像透视某物，正眼望去一片模糊，斜目而视，却可以看到形体；而恰恰就是通过"斜目而视"，王后看到了事物的清晰而具体的形态。齐泽克指出，如果对事物进行没有利害关系的、客观的观看，只能看到形体模糊的斑点，但透过特定角度进行"有利害关系"的斜目而视，"进行被欲望支撑、渗透和'扭曲'的观看，事物才会呈现清晰可辨的形态"。（12）可是，不同视角下的两种现实是如何得到调停的呢？正眼相看，似乎只要能摆脱欲望和焦虑的纠缠，我们便可直达事物的"本来面目"。追根溯源，这其实是一种典型的前现代思路。在莎士比亚时代的认识论中，现实与符号再现之间呈现出一种透明的状态，似乎只要我们撇开偏见，就能直面现实。而在齐泽克看来，"现实从来都不直接是'它自身'，只有凭借其非完整、不成功的符号化，它才能显现出来"。（1996：113）如是观之，在我们眼中的社会现实也好，文学艺术也罢，都仅仅是一种符号呈现，这种呈现从未真正成功。这意味着，无论如何，我们都无法真正通达现实。

齐泽克认为，通过斜目而视，我们反倒能够看清现实事物的状态。那么他理解的现实是什么呢？"是符号性地结构起来的再现领域，是实在界符号性'提升'的结果。"（2010：239）在论及日本电影《罗生门》时，他多次指出，现实之中"不存在客观的真理，只有大量不可简化的、主观扭曲了的、带着偏见的叙事"。

（*Parallax View* 173）这意味着，对王后来说，无论如何她都不可能得到所谓的客观真实。通过斜目而视，亦即转换视角，她看到的只能是欲望的暂时的栖身之所。为什么说是暂时的呢？因为欲望是一种为匮乏所发动的换喻式滑移，它努力要抓住闪避的诱饵却又总是不成功，即是说主体总是受到诱惑去获取某物，却并不真正知道为什么需要这个获取。在每一次的获取之后，主体唯一能明白的就是，这个获取并没有满足他的欲望。因此，主体旋即又将欲望的对象滑到另一个物件之上，直至无穷，这就是齐泽克所说的欲望"仅仅就是解释的运动，是从一个能指到另一个能指的转移过程，永远生产出新的能指以回过头来为前面的能指链赋予意义"。（2010：228）在此，欲望最根本的问题不是我想要什么，而是他者想从我身上得到什么。齐泽克说，幻象为这个问题提供了答案：从根本上说，幻象告诉我我对其他人而言是什么。这就像主体欲望着一块草莓蛋糕，而现实中又无法得到时，问题并不是怎样才能获得并吃到那块欲望中的蛋糕，而是这样的："我怎么知道我首先会欲望着一块草莓蛋糕？这就是幻象告诉我的。"（*How to Read Lacan* 47）至此，我们就知道了"在幻象中展示的欲望不是主体自身的欲望，而是他者的欲望，是那些在我周围、与我互动的人的欲望"。（48）在此意义上，王后斜目而视之所见，与青年拉康从那只沙丁鱼罐头身上所感受到的东西一样，都不是客观、中立的现实，而是"在大他者的领域中想象出来的凝视"。（Lacan 84）

　　凝视也好，斜目而视也罢，它们捕捉到的都只是欲望的能指，而欲望来自他人，其背后是对象 a。在对对象 a 这个极其抽象的概念进行理论阐述之前，我们不妨将其当成电一样来理解。诚然，我们无法看到电本身，但借助于仪器、仪表对电"斜目而视"，就能测量出电压、电量、电阻等数据。这些数据虽然表述了电某方面的性质，却并非电本身。电无色无味、无声无息，它却是令我们身边所有电器产品能够动起来的原因——这不正是齐泽克所说的对象 a 吗？它不是欲望的对象，"而是令我们的欲望动起来的因素"，（2008：53）它为欲望的展开提供了一个形式框架，以便欲望在这个框架中去展开、去寻找自己的对象。就像电一样，只有当它点亮了灯或驱动了机器，我们才能对它的存在有所感知。因此，对于所谓纯粹"客观的"凝视来说，对象 a 是不存在的；只有借助于被欲望扭曲的凝视，亦即斜目而视，我们才能觉察到它。一旦我们为对象 a 的空无赋予实证的形态，齐泽克充满诗意地描述道，"欲望就'振翅高飞'（take off）了"。（1991：12）

视差鸿沟与视差转移

　　齐泽克对视差的研究，主要以两个概念为中心展开：视差鸿沟和视差转换。

　　视差鸿沟　视差之见产生于观察视角的位移之中，不同视点之间存在着的差异便是视差鸿沟。齐泽克认为，这种"差异并非来自两个确定存在的客体之间，而是一个客体和从这个客体中分裂出来的相同的客体之间的最小差异"。即是说，面对同一客体，由于视角不同而产生的不同观点，并非是客体本身有了变化，而是我们的主观认识形成了差异。那么，是什么在为视差鸿沟的产生提供土壤呢？"对象 a 正是视差鸿沟的原因。"只有当我们从特定的视角去观看时，"也仅当从某个特定视角去观看时，它［对象 a］才会存在，它的出现才能被辨识"。基于此，视差鸿沟便顺理成章地成为了"一个无法建立在确定的物质特性的基础之上的'纯粹的'差异"。(*Parallax View* 18)

在齐泽克看来，菲茨杰拉德的小说《夜色温柔》是一个能够很好地诠释视差鸿沟的案例。《夜色温柔》描写的是一个出身寒微但才华出众的青年追求富有梦幻色彩的理想，最终遭到失败，变得颓废消沉的故事。小说有两个版本，第一个版本的叙事从 1929 年开始，再倒叙回 1919 年，然后又回到 1929 年。在第二版里，菲茨杰拉德却将故事的发展改为按时间顺序平铺直述的方式。齐泽克认为《夜色温柔》的两个版本都存在瑕疵，但他真正关注的问题并不是哪个版本更合理："这两个版本是不连贯的，它们应该被结构性地（同步地）解读，就像解读列维-斯特劳斯的那同一个村庄的两张不同的地图的案例一样。"(*Parallax View* 19)

列维-斯特劳斯曾经在《结构人类学》中分析了北美五大湖部落之一的温贝尼戈人的建筑空间布局。该部落被划分成"来自上层的"和"来自底层的"两个子群，当来自不同子群的村民被要求画出他所在村庄的地图时，他们给出了两种完全不同的平面图：一张图上是圆圈之中套着另一个圆圈，即两个同心圆，另一张图的圆圈却被一条清晰的分界线一分为二。这意味着什么呢？齐泽克点评道："对平面图的两种不同感知，只是两种相互排斥的努力而已——他们都在竭尽全力地应付创伤性对抗，通过强迫自己接受平衡的符号性结构来医治伤口。"(1996：114) 引领着村民从不同的视角出发绘制村庄平面图的并非是真实而客观的布局，而是他们的创伤性内核，是他们那无法符号化也无法解释的基础性对抗。他们并不追求真实，而是力图表达出自己内在的创伤，亦即对象 a。由此回到《夜色温柔》，齐泽克概括道："两个版本之间的鸿沟是不可简化的，鸿沟成为两个版本的'真实'，两个版本正是围绕着这个创伤性内核在言说。"(*Parallax View* 19) 所谓"创伤性内核"意指什么？我们知道，实在界在被符号阉割之后剩下的创伤性空缺和匮乏，其内核是抵抗符号化的——我们的世界就是围绕着这个永远逃避符号化的核心的不可能性建构起来的。这个拒绝符号化的坚硬的创伤性内核，拉康从其第 6 期研讨班"欲望及其阐释"开始，用对象 a 来指涉之。因此，对菲茨杰拉德来说，并不存在一个"正确"的模式在等待着他去选择，造成同一故事的两个版本之间差异——视差鸿沟——的是创伤性内核对象 a。在拉康那里，"在可见物的领域里，对象 a 就是凝视"。(115) 因此，在视差鸿沟的题旨上，菲兹杰拉德试图追寻的是他想象中的对象 a 可能会赋予他的那个版本。但这个版本到底应该是什么呢？无人知道，唯有揣度。在此我们就理解了为什么齐泽克会说对象 a 是视差客体，且构成了视差鸿沟的原因——视差因视角的转换而形成，转换视角并不是因为我们希望找到另一个存在的客体，而是因为主体时刻沐浴在外在的凝视之下，"我只是从一个点看出去，而在我的存在中，我却从各个方向被看"。（Lacan 72）主体根据他者的欲望在不停地调整着自己的观看角度，如此而已。

视差转换 视差鸿沟主要是针对相对于同一个客体的视角位移。如若视角在同一个现象的不同侧面之间移动，齐泽克称之为视差转换："视差转换意指在两个不存在任何可能的综合或中介的点之间不断地转换视角。"（*Parallax View* 4）

我们知道，当代英语中的 pig 是曾经地位低下的撒克逊农民所使用的一个古老词语，指的是猪这个牲畜；而来自法语 porque 的 pork 指的是猪肉，它是享有特权的诺曼征服者的用语——两者之间没有任何相通的可能。pig 和 pork 这两个单词的产生显而易见来自撒克逊农民与诺曼征服者之间的视差转换，对此齐泽克没有异议，只是进一步指出"这个例子里的阶级维度十分明显"。（*Parallax View* 393）作为消费者的诺曼统治者吃的猪肉（pork）来自生产者撒克逊农民所喂养的猪（pig），于是 pig 和 pork 便在生产和消费之间划下了不可跨越的鸿沟，如果非要通过视差转换把它们并列在一起，我们只会看到不可调和的阶级矛盾和阶级对抗。

同一个现象中的不同侧面，很多时候是不可能被并列在一起的。譬如一枚硬币的两面，只有通过位置移动，只能通过视差转换，才能消解视差，将其并置。十月革命前后的列宁与现代主义艺术的关系可以较好地阐明这个问题。由于都具有某种先锋性，人们通常会倾向于认为十月革命与现代主义艺术之间存在着某种天然的联系，似乎前者为后者提供了生长的土壤，但实情并非如此。革命政治与革命艺术只不过是同一个现象的两个侧面而已，它们在线性逻辑上并不契合，我们绝不可以在它们之间画下等号。齐泽克指出，实际上列宁曾不止一次地表达了他对古典艺术的敬仰，而许多现代主义艺术家反倒是政治上的保守派，他们中间的一些人后来甚至成为了法西斯主义者。因此，在十月革命这个大的社会现象中，社会政治和历史文化的各个领域都遵循着特定的规则，在各自的系统中运行。如果非要把两个不同现象拧到一起，就意味着我们必须设法去抵消那实际上不可能消解的视差，如此便会如齐泽克所说："如果我们试图将它们全都放入视野之中，其结果就是我们什么都看不到，其轮廓消失了。"（*Parallax View* 56）轮廓消失，意味着意义也随之消失，在此基础上得出的任何结论都将是荒谬的。因此，将并不以革命作为自己意识形态基础的现代主义艺术与革命意识形态想当然地联系在一起，就是将两个本不相容的侧面放到了同一个现象之中，这是一种典型的幻觉，"在这种幻觉下，同一种语言能够被应用于相互无法转换的不同现象之上，这些现象只能通过视差转换方可获取。"（*Parallax View* 4）我们知道，人类是地球上唯一掌握复杂语言系统的生物。由于语言系统和客观世界处于两个截然不同的领域，两者之间互不交叉，存在着不可逾越的鸿沟，语言与客观世界之间的那种貌似合理的联系都产生于视角的位置移动。如果我们硬要试图通过语言系统去理解那无法通达的客观世界，唯一的途径就是依靠视差转换将客观世界概念化。可是，我们何以确知语言是否真实地反映了客观世界呢？实际上这种判断并不容易作出。

从康德和尼采那里，我们早已知道视角的选择并非一个客观、中立的行为，齐泽克也告诉我们，从选择视角开始现实就被扭曲了，因为"每一个'现实'的领域都总是-已经配上了框架，并通过一个看不见的框架被观照"。(*Parallax View* 29)这就意味着视差转换的真正目的并不是为了保证我们能够通达一个客观而中立的现实。既然如此，我们不停地实施着视差转换并获得不同的视差之见却又所为何事？这就回到了前面所论述的对象 a。

拉康认为，主体是对大他者所提问题的回答，是对实在界所作出的应答。齐泽克则进一步强调主体既不是实体，也不是一个特别的中心，而是基本的结构空白，是主体性形成中的一个剩余——对象 a。一切的想象界和象征界都是围绕着这个先验的空缺——被精神分析学称为"核心的不可能性"的对象 a——来建构的。但问题是，对象 a 是一个不可能性的诱饵，诱使主体去欲望某物，但又从不让主体得到满足。对象 a 从不直言它到底想要什么，故而主体永远不知道对象 a 到底要他做什么，于是主体便自以为是地去想象与猜测，以便迎合对象 a 的要求，从而为自己的行为获得根据。如是观之，视差鸿沟的产生与视差转换的实施，均来自主体对对象 a 的追寻，来自主体对他者欲望的猜测。不幸的是，主体永远也得不到正确答案，故而只能不停地猜下去。在此意义上，视差鸿沟会永远存在，视差转换也会永不停息。我们对客观世界的理解支配着我们的行动，这些理解也许是正确的，但更有可能是荒谬的：这意味着我们与客观世界总是处于一种相互错位的关系之中。

结　语

视差包含视角及其位移，我们已在开篇强调过。在不同的视角下可获得不同的观念和认识，这是常识。在拉康那里，特定视角下的凝视在主客体之间互动。而极为关注视角的动态移动的齐泽克认为，对象 a 在视差转换中占据着决定性的位置。在齐泽克看来，我们与客观世界的方方面面分属于不同的领域，彼此之间"不存在任何可能的综合或中介"，(*Parallax View* 4)并无相通的可能性。如果我们一定要让各个相互隔断的领域彼此相通，那就只能通过视差转换来达成。然而，视差转换的结果往往是不可靠的，这是因为无论是通过特定视角下的"斜目而视"，或是面对同一客体或同一现象的不同侧面转换视角，背后的驱动力都是对象 a。对象 a 拒绝符号化，任何符号都不能准确说明其意义：它是欲望之源，是欲望的对象-原因，是一种在人的思维和语言之外的存在，因此它是不可言说的。它也许会在视差转换中惊鸿一现，但却不真正向我们敞开自身。于是，在这个追寻对象 a 的过程中，我们便只好不停地转换视角，以便能够不停地去揣摩对象 a 可能会以什么方式、在什么时候现身。然而我们总是不得要领，因此关于视差的讨论也将持续下去。

参考文献

1. Eagleton, Terry. *Literary Theory: An Introduction*. Massachusetts: Blackwell, 1996.

2. Lacan, Jacques. *The Four Fundamental Concepts of Psycho-Analysis*. New York: Norton, 1998.

3. Nietzsche, Friedrich. *The Will to Power*. Trans. Walter Kaufmann and R. J. Hollingdale. New York: Vintage, 1968.

4. Žižek, Slavoj. *Everything You Always Wanted to Know About Lacan (But Were Afraid to Ask Hitchcock)*. London: Verso, 2010.

5. —. *How to Read Lacan*. London: Granta, 2006.

6. —. "'I Hear You with My Eyes'; or, The Invisible Master." *Gaze and Voice as Love Objects*. Ed. Renata Salecl and Slavoj Žižek. Durham: Duke UP, 1996.

7. —. *Looking Awry: An Introduction to Jacques Lacan through Popular Culture*. Cambridge: MIT P, 1991.

8. —. *The Parallax View*. Cambridge: MIT P, 2006.

9. —. *The Plague of Fantasies*. London: Verso, 2008.

10. 巴赫金：《文艺学中的形式主义方法》，李辉凡等译，漓江出版社，1989。

11. 福柯：《词与物——人文科学考古学》，莫伟民译，上海三联书店，2002。

12. 海德格尔：《存在与时间》，陈嘉映等译，生活·读书·新知三联书店，2000。

13. 什克洛夫斯基：《散文理论》，刘宗次译，百花洲文艺出版社，1994。

① Che vuoi? 为意大利语，最先出自拉康的《欲望及对〈哈姆雷特〉中欲望的阐释》（"Desire and the Interpretation of Desire in *Hamlet*"）一文，后来齐泽克在其代表作《意识形态的崇高客体》（*The Sublime Object of Ideology*）中将其用作一个章节的标题展开阐释和论述。在齐泽克看来，这个问题来自对意义的回溯性固定，来自符号性认同和想象性认同之间的缺口。

事件　刘　欣

略　说

"事件"（Event，événement），源自拉丁词 ex（在外）和 venire（来），作为一个一般哲学术语指一种产生或发生（happening or occurring），这种产生或发生并不固守与某物的关联性，而只发生于某一特定的时间间隙中的某处。事件虽是一个被广泛使用的概念，却从未达成共识，一事件是否应归类于一客体、一事实、一事态或仅仅是一变化，它是普遍的还是特殊的，以及关于辨识单个事件的标准等问题，把学者们分成了不同的派别。他们对于是否应将事件或对象视为本体论的基础也没有定论。事件是本体的必然存在或外在的偶然现象，是独一的还是普遍的，是主体还是客体，是真理或意见，等等，在哲学史、神学史和文论史上是历久弥新的"老问题"。"事件"之所以带来如此之多的歧义，一方面固然在于哲学家的"借题发挥"，即赋予事件存在论或价值论上的倾向性，使之成为体系内的重要概念；另一方面则是因为在事件这一核心概念周围，出现了一个具有"家族相似性"的概念群，如生成（becoming）、故事（story）、情节（plot）、行动（act）、实践（praxis）、策略（strategy），等等，这些概念渗透进了现代哲学地图的全境。

综　述

事件的哲学与文学问题

德勒兹（Gilles Deleuze）借用柏格森（Henri Bergson）对事物表象及对应词类的划分，较好地解释了作为哲学概念的"事件"。柏格森将我们对事物的"表象"（representation）分为性质、形式或本质、行动三种，这三种观察方式分别对应三个最原始的词类：形容词、名词、动词。西方传统形而上学惯于从变化的存在中抽取不变的理念、形式，形容词和实体性名词构成了对世界的先在的解释模式，用柏格森的话说，"我们睁眼看世界，在未看清实体之前就已对各种性质作出了区分"，（326）却察觉不出性质和实体都处在永恒的变化之中，并用我们静止的视野从非静止的事物中"发现"某种抽象形式。所以我们依赖名词、形容词组成的主谓结构逻辑能把握的只是关于事物某种静止状态的知识，根本无力构成关于变化、运动和生成的知识。在德勒兹看来，动词能揭示事物变化的发生，但此时变化的"主体"不是固定的实体或性质，而是事件，即处于不断变化中的非实体性的存在，它永恒地在不同状态之间发生、运动，是事物生成、变化的"本质"所在。（15）这样看来，事件的存在本身就是一种悖论，它无法被传统形而上学的存在论所把握，因为它不具备固定的形式和边界，溢出了形而上学体系的控制；事件又是与存在本身息息相关的"非存在"，它变化、生成的"本质"在现代世界中切实地具有实践后果：两次世界大战、世界性的文化革命等大事件不仅彻底改变了世界的政治-文化格局，更对现代人的心理结构、认知模式产生了深刻而持续的影响。霍布斯鲍姆（Eric Hobsbawm）称"短 20 世纪"（1914—1991）为"极端的年代"（age of extremes），针对的正是这些极端事件对这个世纪的笼罩。这些事件虽然可以在政治、军事、历史、文学、心理学、经济学等叙述话语中得到定位，被解释为某种确定的"事实"，但事件本身却仍在现代世界和人的日常生活中持续"发生"。"事件哲学"或一种"事件本体论"的出场可以视为对传统形而上学体系的反动，却深刻地标示出现代世界与现代人的生存状态，这种现代情境让哲学不得不直面事件本身，可见事件是我们难以用知识固定却又无法逃避的存在。

事件的悖论性无疑具有现象学的色彩，回到事物本身的训示可以视为对事物事件性的追寻，不断生成变化的现象的"本质"就是事件。传统西方哲学割裂个别与普遍、现象与本质后发现的"本质"在现象学看来只是抽象的概念（如理念、理型等）及其体系，事物的"本质"却是活在现象之中，在不同情境中当场发生的。让事物以事件发生的方式当场自身构成、自身呈现，而不是用特定的意识去把握现成的对象，这就是现象学的还原（Reduktion）。巴赫金（M. M. Bakhtin）正是以现象学的观念确立了存在与事件的统一性。在早期著作《论行为哲学》（*Toward a Philosophy of The Act*）中，他直接将存在定义为事件——"存在即事件"，（2）以此术语将现实中的自然界和社会生活构成的存在视为人的行为世界、事件世界。结构-解构主义的主潮渐渐退去之后，事件逐渐在人文学术中成为常见的"关键词"，这一现象本身已被宣称为"一个重要的当代思想事件"。（杨慧林 186）

"事件"概念在重新形塑现代哲学观念的同时，势必深刻影响文学哲学，成为"文学理论"中无法绕开的概念。在"事件本体论"的视阈中，文学将重新遭遇有关自身存在方式的一系列问题：作为一种特殊的话语方式，文学言说、书写本身是否构成一种行为事件？事件在文学中得到表现，被赋予"物"的形式，那么文学模仿和创造事件能否被视为对存在事件的一种把握方式？就无法穷尽的存在事件而言，文学的方式能达到何种程度？它对事件的编织能否克服意识形态的歪曲？主体在文学意义的发生过程中处于什么位置？在意义衰微、真理晦暗的现代情境中，文学还能否作为真理事件出场？这些问题触及了文学"基本理论"的核心。具体而言，事件对文学的发生、构成、主体性、真理（意义）等核心问题的"入侵"构成了关于文学"本质"和存在方式的新观念，使一种"文学-事件"思想竟在去政治、去革命、去历史的意义微弱时代不合时宜地出场了。这是西方哲人立足当下相对主义、犬儒主义大盛的"民主"时代，试图重新确定文学的"事件本体论"，激活文学潜能的方式，文学被视为人类更新认识、走向行动和实践即美化生活的"事件"。巴赫金在20世纪20年代就已在"存在即事件"的"事件哲学"基础上展开了诗歌批评以及关于作者与主人公关系的讨论。他认为文学的审美创造虽然不能完全把握作为存在的事件整体，却是最能切近事件本身的行动，因为审美创造在认识和伦理把握之外克服了对意义的预设，把存在与具体实存的个体的人结合起来，作为他的生活事件及其命运。巴赫金以普希金的抒情诗《离别》为例，指出该诗的全部要素（指涉物、形象、内在空间、内在时间及节奏、主人公和作者的情感意志、主题等）都是围绕主人公的价值中心而统一在这个艺术事件之中的："存在在这里、在这唯一的事件中完全变成了人的存在，因为这里现存的一切，具有价值的一切，无不是此人生活事件的因素、他的命运的因素。"（1990：227）伊格尔顿（Terry Eagleton）在近作《文学事件》中甚至认为现代文论已普遍将文学作为事件来理解。（167）厘清"事件"概念及其与文学问题的关联性构成了我们的研究动力。事件作为文学的存在方式如何成为可能？我们试着通过对文学作为话语事件及真理事件的考察来回应这个问题。

文学作为话语事件

利科（Paul Ricoeur）在1961年的耶鲁"特里讲座"中曾指出，语言（la langue）、言语（la parole）、语词（le mot）、话语（le discours）对于理解存在及与我们自身切身相关的意义而言，已经超越了知识论的维度，成为一种"信心"："相信语言，蕴含象征的语言，被我们言说的远不如向我们言说的多。我们生而在语言中，在'照亮每个在世之人'的逻各斯的光中。正是这种期许、信心、信仰，赋予了关于象征研究极端的严肃性。诚实地讲，我必须说这一点鼓舞了我所有的研究。"（1970：29—30）在神学的维度上，利科和海德格尔都承认语言是"原初事件"，即先于主体存在的意义充沛的领域。太初有道，道即言（Logos），《创世记》中上帝说出的一句"光"标志了创世的开始，而人祖亚当尚未从泥中站立起来，上帝给亚当的第一件任务也与语言相关：为一切动物命名。正如奥古斯丁对上帝创世的描述："你一言而万物资始，你是用你的'道'——言语——创造万有。"（236）语言的启示只能通过聆听语言本身所言，而非我所能言，这也是利科与列维纳斯（Emmanuel Levinas）的共同信念。但这并不意味着人的绝对沉默，言语作为人自身的有限性构成，并不是外在于人的命运的纯粹沉思，而是人的存在的一个方面："言语产生和创造世界上的某种东西；更确切地说，会说话的人创造某种东西和自我创造，但只能在劳动中进行创造。"（Ricoeur, *Histoire* 188）

"话语"作为语言系统或语言代码的对立面，是语言事件或语言的使用，它以句子为基本单位。本维尼斯特（Émile Benveniste）开启了对语言意谓现实的功能的思考："语言再生产现实。这需要从最直接的意义上去理解——通过语言，现实被重新生产出来。说话的人通过他的话语使事件以及他对事件的体验重生，听他说的人首先把握到话语，并且通过话语，把握到被重新生产的事件。"（25）话语对事件的重塑和理解事件在话语交流中的中心地位，使本维尼斯特将话语视为事件性存在。作为事件的话语的存在转瞬即逝，但它在重复中被识别和再识别，这种可识别的重复代表着"意义"的出现。于是"所有话语都是作为事件出现的，但被理解为意义（sens）。"（Ricoeur, *métaphore vive* 92）。正如语言通过在话语中的实现超越了自身的体系成为事件一样，话语在利科看来是通过进入到理解的过程，超越了自身的事件，变得有意义。通过意义超越事件于是成为话语的特征。"意义"是解释学的主要论题。伽达默尔受海德格尔启发，从"存在"的解读看待"意义"，"意义"的真理性就是"意义"的"存在"。从"存在"看"意义"，"意义"就不是虚悬的理念，"意义"体现于"事件"之中。这是伽达默尔、利科解释学的共通之处，但伽达默尔强调事件的直接性，从活生生的事件本身看意义，利科却在事件与意义中加入了一个中间项：语言，事件通过语言获得意义。结构主义者正是以"结构"使我们对意义的理解成为可能，但利科指出，结构主义虽然讲"意义"，但局限于语言本身，是经验科学，并非真正的语义学或哲学。事件与意义的关系应该是交互的：事件使意义有一个现实的、存在的基础，意义使事件拥有结构，具有可理解性，于是"文本"成为可理解的、开放的，为不同的解释留下空间。语言的意向性也在意义对话语事件本身的超越中得到了证明。

作品和文本是话语事件在更大程度上的意向外化方式。那么作品、文本，特别是文学这种完备的话语序列，是如何成为连接事件和意义的中介的？话语事件作为一个命题出现，它总能在弗雷格（Gottlob Frege）的意义上区分出意义（Sinn）、意谓（Bedeutung）和表象（Vorstellung）。意义是该命题中蕴含的一种共有的、客观的、独立的思想内容，意谓是该命题具体指向的对象，表象则是命题在主体那里产生的一种主观的、心理的、个别的内心图像。亚里士多德的《解释篇》指出口语是内心经验的符号，文字则是口语的符号："正如所有民族并没有共同的文字，所有的民族也没有相同的口语。但是语言只是内心经验的符号，内心经验自身，对整个人类来说都是相同的，而且由这种内心经验所表现的类似的对象也是相同的。"（49）可见特定话语的声音、符号、表象等形式是各异的，也无法达到一致，但同一话语行为所涉及的内心经验是类似的，内心经验所意指的对象也是同一的、客观的、稳定的。在这个意义上，弗雷格在意谓与表象之间确定了意义，它不像表象那么主观，但也非对象本身。弗雷格自己举出了一个经典例子来对这三者加以区分：人用望远镜看月亮，月亮是这一行为的意谓，望远镜中物镜呈现的真实图像为意义，而人视网膜所见的是表象。真实图像是客观的、同一的，每个人视网膜所见之象则各不相同，弗雷格强调的正是意义的客观性与独立性，他的意义理论就是句子理论，句子的思想即意义，句子的真值为意谓。科学的求真活动就是从意义推进至意谓，文学的语言表述在他看来则没有求真的需要，可以有意义、有表象却无意谓，有无意谓是科学与美学艺术的根本差别。在这个意义上，弗雷格作出了如下判断："聆听一首史诗，除了语言本身的优美声调外，句子的意义和由此唤起的想象和感情也深深吸引和打动了我们。若是讯问真这一问题，我们就会离开这艺术享受，而转向科学的思考。这里只要我们把这首诗当作艺术品而加以接受，'奥德赛'这个名字是否有一个意谓，对我们来说是不重要的。"（97）也就是说，文学并非是一种求真活动，它本身无所谓意谓问题。这一判断无疑构成了对利科话语事件理论的极大挑战，以至于利科宣称"我的全部工作意在消除这种将意谓（dénotation）局限于科学陈述的做法"。（278）讲话（parler）在他看来就是向某人依据某件事说某件事，话语本身就是作为事件存在的，话语的出场即意义的凸显，话语事件的目的地在于意义的开放空间，而所有真实的意义的获得必须以意谓为基础。当话语成为文本、作品和文学时却失去了其意谓，这在利科看来是不可思议的。

在口语中，对话最终指向对话者共享的场景（Umwelt）、一种直接的意谓，而在书面语言中意谓确实不再明确，诗歌、论文、小说都在谈论某物、某事、某人，但这些都是被重新唤起的不在场之物。那么文学在日常语言的描述性、陈述性、教导性意谓功能（第一层的意谓）之外，究竟指向何处？利科"断言"，文学指向的是"世界"（Welt），即第二层的意谓："文本将其意义从精神意向的监护下解放出来，同样，它也将其意谓从明确所指的限定中解放出来。世界就是由文本打开的意谓总体性。"（1998：177）这样，文学话语在现实的意谓之外指向了另一个层次，具有了一种独特的意谓维度，即在胡塞尔的"生活世界"（Lebenswelt）和海德格尔的"在世存在"（in-der-welt-sein）的意义上走进了世界。文学的非直接意谓就是这一可能世界，其中小说和诗歌以潜在的模式意指存在本身，在日常现实之中打开了一个新的在世存在的可能性。所以文学成为我们的存在方式，一种我们以想象和象征方式改变日常现实形态以便更好地居于其中的存在方式，这就是利科所谓文学的意谓事件。利科对文学意谓本质的规定和开拓意味着其对解释（如文学批评）任务的界定。文学作为具备二层意谓的总体，其意义是在文本之前就存在的，意义不是隐藏的而是揭示出来的。引发理解的东西是通过文本的非直接性意谓指向可能世界的东西，所以解释就成为由文本的非直接性意谓所打开的可能世界的理解。作为话语事件的文学所意谓的世界不是某种主题化的世界，文学以其事件性发生回溯到语言与世界的原初经验，使共同生活在世界中的人可以相互经验到自己世界之外的世界，于是打破诸世界的地平线、转向生活世界本身成为可能。

这一切与结构主义语言学和诗学的去历史、去主体化倾向针锋相对。20世纪70年代中期以降，结构主义逐渐式微，主体、历史、事件重回理论研究的中心，形而上学、伦理学等"过气"问题再度成为人文学科的旨归。语言学与诗学领域，克里斯蒂娃（Julia Kristeva）在 1966 年之后提出"文本间性"（intertextualité）；托多罗夫（Tzvetan Todorov）70 年代末重新发现巴赫金，申明了研究对象与研究主体之间的互动，对话理论使得读者与作者之间的对话成为意义的制造者，"内容"压倒了"形式"；热奈特（Gérard Genette）则以"跨文本型"（transtextualité）概念考察了文本的历史之维。社会科学领域也认可了历史性，重新发现了事件的重要性。当下文学理论界奢谈事件作为文学的存在方式，却缺乏从话语问题出发，通过描述诗学话语的特殊运作机制达到对文学事件性发生的合理解释。如阿特里奇（Derek Attridge）的《文学的独一性》从语言作为对声音记号的发明（invention）说明话语事件的意义，（58）立论仅限于语音、语词层面。从话语事件的维度切入文学的事件性发生问题，其命意在于从根本上确证文学话语的意义更新和意谓世界的功能。

文学作为真理事件

文学与真理的关系自浪漫主义诗论起受到集中关注，以至于出现了"诗人为世界立法"式的宣言。但直到尼采以降，文学才开始进入存在事件与真理事件的维度，被视为人接近本质真性存在的"道"，诗人的"人言"被看作"圣言"降临的事件。在技术统治的时代、无神的时代、历史"终结"的时代，文学还能否保存这种真理事件的潜能？文学艺术作为人工制品，人的言说虽然不能与圣言并论，但在海德格尔看来却是人唯一可以切近不可言说的上帝及事物本源的途径。在"无神"和"贫困"的时代，诗人的创作却被视为一种真理事件，这条从存在事件、真理事件的意义上思考诗之本质的路径由尼采与海德格尔开启，当代法国思想在此基础上探讨了现代社会中文学作为真理事件的可能性问题。

在 1885—1889 年的遗稿中，尼采反复提及事件的非认识性和非逻辑性，认为在对原因与结果的信仰中，我们忘记了发生事件本身。在 1888 年春的手稿中，尼采反观 26 岁时写就的《悲剧的诞生》，它开启了对戏剧与事件间关系的思考："悲剧与喜剧的起源乃是对处于总体狂喜状态中的神性类型的当下观看，是对地方传奇、访问、奇迹、捐赠行为、'戏剧性事件'的共同体验。"（2013：942）这里戏剧源于对事件进行直接体验和观看的需要，而非满足人类模仿天性的需要。戏剧不是在编织情节，以达到对严肃或诙谐的、具备一定长度的事件（行动）的模仿，这类古典定义在尼采看来只是"半通不通的学者"的理解。作为杰出的古典学者，尼采从"戏剧"（Drama）一词的多立亚语（希腊南部的古希腊语方言）语源出发，指出必须对戏剧作出多立亚僧侣式的理解："它是事情、'事件'、神圣故事、奠基传说、对僧侣使命的'沉思'和回忆。"（954）与之相对，被尼采视为现代戏剧及艺术之终结的是瓦格纳，"瓦格纳艺术的爆发：它始终是我们艺术中最后的伟大事件"。（1146）瓦格纳的浪漫主义的、"太过人性"的卖弄在尼采看来是一种堕落。悲剧性如果只是对恐惧和同情的净化或陶冶，只是对这两种病态情绪的发泄，那么悲剧就会是一种危害生命的艺术，而尼采的主张恰恰相反：艺术通常是生命的伟大兴奋剂，是一种对生命的陶醉，是一种求生命的意志。艺术是上升的路，但在瓦格纳式的现代形式中沦为下降的运动和"泻药"，没有思想，只有姿态。尼采在《瓦格纳事件》（1888）中针对 Actio（行动）一词解释道：

> 人们总是用"情节"（Handlung）来翻译"戏剧"（Drama）一词，这对于美学来说是一个真正的不幸……"戏剧"（Drama）一词源于多利亚语：而且根据多利亚人的语言用法，此词意味着"事件"（Ereignis）和"历史、故事"（Geschichte），两词均在僧侣语言的意义上。最古老的戏剧描绘地方传说，作为祭祀之根据的"神圣故事"（——所以并不是一种行为，而是一种发生事件：在多利亚语中，spâv［行动、事务、表演、戏剧］根本不是指"行为"）。（37）

尼采在这里确立了古代悲剧艺术与事件的同一性。

海德格尔对 Ereignis 一词的使用更为复杂。《存在与时间》设想永恒轮回中每一个独特性显现出来的"事件"如同决定的瞬间，同时它通过预见未来的可能性来理解世俗化时间中的此在。这种可能性是在有关死的问题上提出的：作为终有一死者，此在通过预见死亡将自己设计为朝向自身可能性发展的过程，可见 Ereignis 的发生总是内在于时间的。1957 年的《同一律》明确将 Ereignis 确定为"主导词"，认为 Ereignis 不是一般意义上的事情、事件，它只在单数中独一无二地发生。可以确定的是，真理及其在诗与思中的发生是作为事件存在的，诗之语言不是可以支配的工具，"而是那种拥有人之存在的最高可能性的居有事件（Ereignis）"。（41）亚当只能为动物和女人命名，作为神人之间的诗人则是在为神圣的事物命名，让神圣的事物本身在词语中显现出来，这样隐秘的东西在诗之语言中就被接近了。诗人以人类破碎的语言书写"持存的东西"，用诗的"程式"、"纪念碑"和"踪迹"使真理发生。艺术作品作为"大地"的制作，镌刻着作为肯定性事件的出生、成熟、衰老，这一事件确定了新的意义的可能性，于是艺术作品成为"真理设置入作品"。这些并非人类的狡智，而是人类趋向理解神圣事物的意志，真正的诗人至死不渝地追随更高者，跟着"太初有道"道出诗之言："如若没有那种由缺失规定的、因而隐匿着的切近，则发现物就不可能以其如何临近的方式临近。因此，对诗人的忧心来说，要紧的只有一点："对无神状态这个表面现象毫无畏惧，而总是临近于神之缺失，并且在准备好的与这种缺失的切近中耐心期待，直到那命名高空之物的原初词语从这种与缺失之神的切近中被允诺出来。"（30）诗之语言就是被允许、被赐予的语言，人通过它见证真理事件的降临。诗的领域之所以可能构成对技术模棱两可的本质的沉思，仅在于诗的沉思本身没有对真理锁闭自身。

在尼采和海德格尔那里，存在与真理通过文学艺术把自身呈现给历史的人，真理的存在方式就是"事件"，真理的显现是一种发生事件，即一种可以被不断解释、重写、重述的东西，再也不是永恒、高贵、稳定的客体——尼采与海德格尔以此来反对康德的先验理性式的形而上学真理。文学艺术中真理事件的发生先于受形而上学原理统治的科学，它呈现为海德格尔所说的"澄明"（Lichtung），在其发生的光中隐约地照亮存在。尼采与海德格尔以对形而上学真理观的否定否定了现代中存在本身的稳定性，存在作为事件这种言说存在的方式意味着本体论无非是对我们的现时处境的解释；正如意大利当代哲学家瓦蒂莫（Gianni Vattimo）表明的，"存在不能与存在的'事件'相分离，只有当存在历史化自身和我们历史化我们自身之时，存在的事件才会发生。"（55—56）而文学艺术作为真理事件无非就是现代人言说这种微弱的存在与真理的尝试。

在法国现代思想从"结构"向"事件"的转向中，文学艺术及其存在方式问题被纳入一种"事件哲学"的思考之中。如列维纳斯在 1947 年出版的《从存在到存在者》（*De l'existence à l'existant*）中将艺术这种感觉（sensation）的审美事件视为存在者（existant）从存在（être）中涌现而出的运动，从外部揭示事物自身无法内化于我们的世界之中的"异质性"（altérité）的事件。（86）就文学作为真理事件的可能性问题而论，当下法语界思想最活跃的哲学家巴迪欧（Alain Badiou）的思考值得重视，其《存在与事件》（*L'Être et l'événement*）在数学本体论之上论及文学的"事件性"。巴迪欧将"真理"（vérité）视为人类活动能达至的最高认识，与阿尔都塞的意识形态的询唤相对，他认为真理在它所召集和维持的主体中出现。在他看来，所谓"事件"（event）是真理的根源所在，某个（偶然的、未经深思熟虑的、无法预见的、难以控制的）事件的发生促使人与之相遇，对这一事件的宣称和忠诚使人成为真理的主体，主体向真理的靠近就是纯粹朴素的、自由的实践。巴迪欧按照阿尔都塞"独断哲学"的逻辑，将诗歌看作宣言、行动和事件，"诗歌不存在于交流之中。诗歌没有什么可交流的。它只是一个言说，是一项仅从自身获得权威性的声明"。（2004：234）这样的诗歌并不会向乌合之众妥协，它需要某个准主体将其当作"事件"来经历，生产出真理，而且是仅在文学艺术中出现的真理。《非美学手册》（*Handbook of Inaesthetic*）将西方思想中关于"诗与哲学之争"的解决策略归纳为三种模式，即教谕模式（didactic schema）、浪漫模式（romantic schema）和古典模式（classical schema）。教谕模式认为艺术无法掌握真理，真理外在于艺术，如柏拉图所言；浪漫模式下艺术本身即可把握真理，施行教育；古典模式中艺术被限定为"逼真"，沦为想象性的模仿，与真理无关，如亚里士多德所言。巴迪欧将这三种模式的现代版本分别归于马克思主义、海德格尔的解释学、精神分析，并认为在这三种传统模式中艺术与真理始终无法在内在性和独一性上达成共识，所以需要第四种模式来确立艺术与真理的共存。

> 艺术本身即真理程序，或对艺术的哲学性确认就是真理的范畴。艺术
> 是一种思想，作品本身（而非其效果）即真（Real）。这种思想，即由作
> 品催生的真理，不可化约为其他形式的真理——如科学的、政治的或爱的
> 真理。这也意味着艺术作为思想的独一维度，不能化约为哲学。内在性：
> 艺术在严格意义上与其生产的真理共存。独一性：这真理仅在艺术中显现。
> （9）

巴迪欧在这里确认的是独一的"艺术真理"，与之类似的有科学的、爱的、政治的真理，哲学只以真理程序的中介形式登场。文学艺术不是在构造某种知识体系，而是在开启一个真理程序的主体，它在思想的高度上完全公正地评价事件，试图重建事件的力量。文学艺术生产真理，并作为思想的一种独特形式成为哲学的条件之一，是一种自觉的实践；如果现代世界仍然需要真理的话，生产真理就应成为文学艺术的责任；哲学在思考思想，提供概念空间中确立自身，但传统的三大模式中哲学与诗的对立只是哲学家维护哲学权利的策略；为了理解存在的复杂性，单纯的推理论证是明显不足的，哲学家应去思考诗歌无法被估算、无法被思考的事件性，让"艺术真理"显现出来。

哲学在丧失为所有"学科"提供真理基础的能力时，文学在真理事件的维度上被赋予了朴素地讲述关于我们生活世界的真理的能力，对我们的存在本身作出解释和判断。文学的真理虽然会与哲学一样，遭遇现代性而"终结"，但它作为真理事件的潜力犹在。跨过世纪和帝国，跨过绝对的沉默，文学的真理终将被恢复。

结　语

从《理论之后》（*After Theory*）开始，到近作《文学事件》，伊格尔顿已经在反思早期《文学理论导论》（*Literary Theory: An Introduction*）中所持的反本质主义的文学（理论）观，他试图重新赋予"本质"一词新的意义，即文学本身的不断更新所显现的自我意识，这一点被视为文学变动不居的"本质"。批评和理论就是发现文学作为事件显现的结构化策略，如此"本质"重新成为有价值的范畴，对"本质"的发现也成为有意义的活动，事件性就成为文学在变化中不变的"本质"。看来伊格尔顿已经越过参与其中的本质主义／反本质主义争论，清扫文学有无本质的喧嚣战场而重新回到了文学本身，建构性地转向文学"本质"的运作机制。文学-事件问题自身不断地浮出水面，文学与事件的本质关联已经成为最具建设性和学理性的论题，我们可以在从斯宾诺莎到阿甘本（Giorgio Agamben）、齐泽克、巴迪欧的文本中发现相关的理论资源。这些与文学本质、存在方式等基本问题直接相关的思想亟待汉语学界的考量。

确信文学作为事件存在意味着主体对自身能动性的承认和过更好的共同生活的

希望，意味着不可预见的生活事件被触发的可能性，而这正是一切变革和革命的契机。面对现时代占统治地位的意识形态，即西方"自由民主主义"思想所鼓吹的终结论及其背后耸立的全球市场，事件思想不合时宜的出场可谓意义微弱时代的一次微弱抵抗。但承认这种思想的意义在于：只要过去时代和现时代中一切有意义的写作仍然存在、发生并被视为事件，那么这种抵抗就会持续下去，在社会存在和社会意识的辩证法中作为一种客观存在被不断地思考、实践，自身和所属共同体的真实状况会在基于文学的反思中清晰起来，文学-事件、个体生命-事件和政治生活-事件将汇入创造未来的历史事件中。这是我们借助事件概念可能得到的思想馈赠，其深刻性已经跃出"文学理论"或"美学"的逼仄空间，成为我们势必会经历的思想事件。

参考文献

1. Attridge, Derek. *The Singularity of Literature*. London: Routledge, 2004.

2. Badiou, Alain. *Handbook of Inaesthetic*. Trans. Alberto Toscano. Stanford: Stanford UP, 2005.

3. —. *Theoretical Writings*. Ed. and trans. Ray Brassier and Alberto Toscano. London: Continuum, 2004.

4. Bakhtin, M. M. *Art and Answerability: Early Philosophical Essays*. Trans. Vadim Liapunov. Austin: U of Texas P, 1990.

5. —. *Toward a Philosophy of the Act*. Trans. Vadim Liapunov. Austin: U of Texas P, 1999.

6. Benveniste, Émile. *Problèmes de linguistique générale* I. Paris: Gallimard, 1966.

7. Bergson, Henri. *Creative Evolution*. Trans. Arthur Mitchell. New York: Random, 1944.

8. Deleuze, Gilles. *Logique du sens*. Paris: Minuit, 1969.

9. Eagleton, Terry. *The Event of Literature*. New Haven: Yale UP, 2012.

10. Levinas, Emmanuel. *De l'existence à l'existant*. Paris: Vrin, 1986.

11. Ricoeur, Paul. *Freud and Philosophy: An Essay on Interpretation*. Trans. Denis Savage. New Haven: Yale UP, 1970.

12. —. *Hermeneutics and the Human Sciences: Essays on Language, Action and Interpretation*. Trans. John Thompson. New York: Cambridge UP, 1998.

13. —. *Histoire Et Vérité*. Paris: Seuil, 1975.

14. —. *La métaphore vive*. Paris: Seuil, 1975.

15. 奥古斯丁：《忏悔录》，周士良译，商务印书馆，2008。

16. 弗雷格：《弗雷格哲学论著选辑》，王路译，商务印书馆，1994。

17. 海德格尔：《荷尔德林诗的阐释》，孙周兴译，商务印书馆，2000。

18. 尼采：《权力意志》（下），孙周兴译，商务印书馆，2013。

19. 尼采：《瓦格纳事件/尼采反对瓦格纳》，孙周兴译，商务印书馆，2011。

20. 瓦蒂莫：《现代性的终结——虚无主义与后现代文化诠释学》，李建盛译，商务印书馆，2013。

21. 亚里士多德：《亚里士多德全集》（1），苗力田主编，中国人民大学出版社，2011。

22. 杨慧林：《在文学与神学的边界》，复旦大学出版社，2012。

世界主义 王 宁

略 说

世界主义（Cosmopolitanism）是目前国际人文社会科学诸学科共同关注的一个前沿理论课题，尤其是在当今的西方学界，随着全球化进程的加快，世界各国越来越被视为一个整体，人们思考问题的角度也随之超越民族-国家而迅速进入全球的视角。来自各学科的学者们越来越感到有必要建构一种全球化的学术理论话语，于是曾在历史上被人们讨论过的"世界主义"话题便再度浮出历史的地表，逐渐成了全球化时代的又一个热门话题。早在上世纪 90 年代后期，它就开始出现在政治哲学家和社会学家们的著述中，（Nussbaum, et al.）同时它也不断地被专事文化研究和文学理论研究的学者们当作一种分析文化现象或文学作品的理论视角。（Brennan；Cheah and Robbins）进入新世纪以来，一些欧美学者（Beck and Grande）开始从伦理学和国际关系的角度试图对世界主义这一概念进行新的建构，并在这方面出版了大量的著述。（Appiah, 2006）最近，专门研究后殖民和第三世界英语文学的加拿大学术期刊《国际英语文学评论》（*ARIEL*）也推出了一个讨论世界主义小说的专辑，并有意识地将这个话题与世界文学相关联。可见，世界主义确实已经成了当代人文社会科学界的又一个前沿理论话题。本文拟追溯世界主义的起源及其在历史上的发展演变，着重描述它自 20 世纪以来的最新发展以及之于全球化时代的文学和文化研究的意义。

综 述

术语的诞生：前历史

世界主义作为一个理论话题虽然主要是在上世纪 90 年代才进入西方人文学术话语的，但实际上，它已经有了相当长的历史。世界主义的起源最早可以追溯到古希腊时期的犬儒派哲学思想。我们今天在英语中所使用的"世界主义"（cosmopolitanism）这个术语由两部分组成：前半部分 cosmos 出自希腊语 KKόσμοs（the Universe），意指宇宙和世界，后半部分 polis 来自希腊语 Πόλιs（city），意指城市和城邦，二者合在一起就意味着世界城市或世界城邦，而持有这种信念和伦理道德信条的人也就被称为"世界主义者"（cosmopolite），他们所持有的这种主张和信念也就自然而然地被称为"世界主义"。

　　世界主义有着较浓厚的跨学科色彩和特征，它最早是一个政治哲学概念，同时又有着十分鲜明的伦理道德色彩。世界主义的基本意思为：所有的人类种族群体，不管其政治隶属关系如何，都属于某个大的单一社群，他们彼此之间分享一种基本的跨越了民族和国家界限的共同伦理道德和权利义务，这种单一的社群应该得到培育以便被推广为全人类所认可的具有普遍意义的伦理道德和价值观念。这对于世界主义在当代的意义有着一定的影响，但远未涵盖其在当今时代的意义和内容。美国社会学家卡尔霍恩（Craig Calhoun）对之作了最新的多元解释，在他看来，世界主义并非单一的意思，它意为专门关注作为整体的世界，而非专注于某个特定的地方或社群，它也意味着持有这种信念的人在一个多样化的社群中感到十分自在，如同在家中一样，总之，它主要是指在这个意义上个人的某种取向或承受力。（428）这种打破民族-国别界限的世界主义显然与另一些有着强烈民族主义概念的术语，诸如爱国主义（patriotism）和民族主义（nationalism）等，是截然相对的，但也并非全然对立。一个人可以同时热爱自己的祖国和整个世界，同样，他也可以在热爱自己同胞的同时热爱地球上的所有人群。因此他完全可以做一个"世界主义的爱国者"（cosmopolitan patriot）。（Appiah：1998）推而广之，人类在热爱自己同类的同时也可以热爱地球上的其他物种。由于世界主义的这种跨学科特征，我们今天常常在三个层面讨论世界主义：哲学层面的世界主义，政治学和社会学层面的世界主义，以及文化艺术层面的世界主义。前两个层面经常交叠重合，常常与伦理道德公民社会的价值密切相关，而后一个层面则常常被人们用来指涉全球文化和世界文学现象。

　　实际上，在古希腊先哲柏拉图和亚里士多德的著作里，并未出现过关于世界主义的描述，因为他们并不信奉世界主义的教义。在他们看来，人们一般都生活在自己特定的城邦，信守特定的政治教义，因此不大容易与超越自己城邦的外邦人相认同。一旦自己的城邦遭到外敌入侵，毫无疑问，生活在城邦里的公民便自发地参与保卫自己城邦（祖国）的战斗。人们一般认为，一个被认为是"好的公民"的人是不会与外邦人共同分享利益或为他们服务的。这种思想就是早期的"民族主义"和"爱国主义"的雏形。但是我们也不能因此而断定，这些先哲们是反对世界主义的。另一些常常到异国他邦去旅行的知识分子则有着较为开阔的视野和胸襟，他们信奉一种更带有普遍意义的价值观念和伦理道德。一般认为，西方第一位对世界主义给出较为清晰的描述和界定的哲学家是生活在公元前4世纪的犬儒派哲人第欧根尼（Diogenēs o Sinopeus，约前404—约前323），他因为四处周游而见多识广，从不把自己的归属局限于某个特定的城邦。因此当别人问他从哪里来时，他毫不迟疑地回答道："我是一个世界公民。"（kosmopolitês）这种说法被后来的人传承下来，于是，做一个世界公民就成了持有世界主义信念的人们所共同追求的理想目标。对于这些持有世界主义信念的人来说，对人类的忠诚并不一定非把自己局限于某一个特定的民族-国家，他们可以忠于自己的城邦（祖国），但这并不妨碍他们对外邦（外国）的人也持友好和同情的态度，因为他们所要追求的并非是某一个特定民族-国家的利益，而是更注重整个人类和世界的具有普遍意义的价值和利益。这种普遍的价值和意义并非某个民族-国家所特有，而是所有民族和国家的人民都共有的东西。后来的斯多亚学派和犬儒学派传人们发展了这一思想，将其推广为跨越国界的和对整个人类族群的博爱。应该说，早期的世界主义者所遵循的往往是一种理想化的伦理道德，并崇尚一种超越了特定的城邦（民族）之上的普遍的价值理念。这种思想一直延续到当代，形成了世界主义的伦理道德维度。

启蒙时期以及其后的发展演变

作为一位有着划时代意义并作出了奠基性贡献的哲学大师，康德（Immanuel Kant）在整个哲学和社会科学界都作出了不可替代的贡献，他对世界主义概念的形成也有着独特的思考和卓越的贡献，因此启蒙时代的欧洲为世界主义的理论建构提供了必要的思想和文化土壤。1795 年，康德在一部题为《永久和平论》的论著中提出了一种世界主义的法律/权利的构想，并以此作为指导原则，用以保护人们不受战争的侵害。他在书中提出了在普遍友好的原则基础上遵守一种世界主义的道德和权益的主张。康德认为，只有当国家按照"共和的"原则从内部组织起来时，也即只有当这些国家为了持久的和平而从外部组织成联盟时，同时只有在它们不仅尊重自己公民的人权而且也尊重外国人的人权时，真正的世界和平才有可能实现。（343，345）应该指出，在当时的条件下，康德提出上述主张是有相当的远见卓识的，他的这一思想对马克思主义创始人以及当代欧洲哲学家德里达、哈贝马斯等人的世界主义思想也有着很大的影响和启发。当然，康德的这种观点也受到另一些人的反对，他们认为康德的观点有着矛盾性和不一致性，这显然也表明了世界主义概念本身所具有的矛盾性和张力。既然讨论世界主义可以在不同的层面进行，那么反对世界主义的人也可以抓住世界主义所强调的某一方面来攻击它的另一些方面。我们从今天的角度来看，康德的另一大贡献在于提出了一种"世界法律"（cosmopolitan law）的概念，这种所谓的"世界法律"在某种程度上实际上指的是除了宪法和国际法之外的第三种公共法领域。根据这样一种"世界法律"，国家和个人都具有一定的权利。作为个人，他们具有的是作为"地球公民"（citizens of the earth）所享有的权利，而非某个特定国家的权利。在这里，"地球公民"就是从早先的"世界公民"概念发展而来的。应该承认，康德的这些思想为当代世界主义者的不少主张奠定了哲学基础，至今还不断地被世界主义理论家和研究者所引证和讨论，（Wood：62）但是正如当代学者伍德（Allen W. Wood）所坦言，尽管《永久和平论》是"康德所有著作中最受欢迎的一部"，（62）但在 20 世纪，这部著作却一度"受到学界的忽视"。（65）当世界主义于 20 世纪末再度高涨成为一个热门话题时，人们才发现，这部著作中所讨论的话题与"整个星球的存亡都有着生死攸关"的意义。（62）

19 世纪以来是世界主义真正被付诸实践和逐步成为现实的时代。在这方面，马克思主义创始人作出了较大的贡献。虽然在此之前，世界主义的哲学假想已经被政治上有抱负的人们初步付诸了实践，但直到 19 世纪，这种实践才有了自觉的世界主义意识。1492 年，哥伦布发现美洲新大陆，开启了资本的海外扩张，弱小国家的民族工业在这一"全球化"的过程中纷纷崩溃或被强国吞并，跨国资本和新的国际劳动分工逐渐形成，这些都为经济全球化在 19 世纪后半叶的开启作好了准备。马克思、恩格斯在《共产党宣言》中描述了市场资本主义打破民族-国家的疆界并且大大扩展自己势力的行为，认为这样做带来的一个后果就是生产和消费已经不仅仅限于本国，而是达至遥远的外国，甚至海外的大陆。在他们眼里，世界主义是对资本主义的一种意识形态意义的反映。从今天的研究视角来看，我们不妨得出这样的结论，马克思、恩格斯的贡献不仅仅在于发现了资本主义社会剩余价值的规律，同时也发现了全球化的经济和文化的运作规律，他们虽然没有直接使用全球化或世界主义这样的术语，但他们的论述却成了 20 世纪政治哲学学者们讨论现代性和全球化问题的重要理论资源。此外，在《共产党宣言》中，马克思和恩格斯还把歌德于 1827 年提出的关于"世界文学"的假想与经济和文化知识生产的全球化实践相结合，认为这是资本主义社会知识生产的一种世界性特征所使然。（30）因此我们可以说，马克思、恩格斯的贡献为我们今天的学者从文化和文学的角度讨论世界主义提供了可能性。

另一方面，马克思主义创始人又以自己的革命实践对世界主义的推广作出了重要的贡献。作为有着宽阔的世界主义胸襟的思想家和革命者，马克思、恩格斯不仅探讨了资本主义生产的"世界性"特征，同时也认为，各国的无产阶级也分享一些基本的特征，并且有着共同的利益，因此他们在《共产党宣言》的结束部分呼吁"全世界无产阶级联合起来"。此外，他们还认为，"无产阶级只有解放全人类才能最后解放自己"，等等，这些都是带有鲜明的世界主义倾向的论述。此外，从个人的家庭背景和革命实践来看，马克思本人就是一个世界主义者，他的犹太血统和后来的共产主义信念决定了他必定要作为一个世界公民，四海为家，为全人类谋利益。可以说，在马克思思想的影响下建立的"第一国际"和"第二国际"就是带有这种世界主义倾向的政治和组织实践。当然，由列宁帮助创立的"第三国际"或"共产国际"在 20 世纪上半叶的解体与民族主义的高涨和各国社会主义事业的独立发展不无关系。因此在民族主义高涨的年代，世界主义意识逐渐淡出了人们的视野。一度世界主义的意识以某种"国际主义"（internationalism）的形式出现，但总而言之，这二者还是有所区别的。

全球化时代的世界主义

世界主义之所以能在 20 世纪末和本世纪初迅速地成为学界广为谈论的一个理论话题，与全球化时代特征的彰显不无关系。进入 20 世纪以来，经济全球化的特征变得日益明显，从而也加速了政治上和文化上全球化的步伐。这一切均为世界主义的再度兴起提供了丰厚的土壤。按照劳特利奇出版公司出版的《全球化百科全书》一书的主编之一肖尔特（Jan Aart Scholte）的概括，与全球化概念相关的术语最早可以追溯到拉丁语的 globus。但是，"全球化"（globalization）这一术语本身则是20世纪80年代才开始被人们广为使用的。它暗含着一种发展、一个过程、一种趋势和一种变化，它覆盖了当代政治、经济、文化和社会的各个方面。我们完全可以从这四个方面来界定全球化：国际化、自由化、普遍化和星球化。此外，这四个观念相互重叠并互补，因为它们都在广义上指超越民族-国家界限的社会关系的增长。但是这四个观念又有不同的侧重点和含义，有时这些含义彼此之间甚至差别很大。（305）

在全球化的上述四个界面中，国际化（internationalization）作为世界主义的基本特征，主要指跨越国界，常用于描述不同的民族和国家之间在政治、经济和贸易上的往来，带有"跨国的"和"国别间的"意思。自由化（liberalization）则常常为经济学家所使用，意为摆脱了政府的行政干预、完全按照市场经济规律运作的"自由主义的"经济模式，这样全球化就指"开放的"、"自由的"国际市场的产生。普遍化（universalization）常常为文化研究学者所使用，主要涉及特定的价值观念，因而全球化被解释为普遍化的观念经常基于这一假设：一个更加全球性的世界在本质上是文化上倾向于同质的世界，这种论述经常将全球化描述为"西方化"、"美国化"和"麦当劳化"，但这种论述却忽视了文化全球化的另一极，亦即文化的差异和多样性。实际上，在全球化的进程中，文化多样性越来越明显。星球化（planetarialization）涉及信息的传播，例如，电话和因特网使横穿星球的通信成为可能；大陆间弹道导弹锻造了贯穿星球的军事联系；气候变化包含横穿星球的生态联系。它也指涉另一些现象：美元和欧元等货币成为全球性的货币；"人权"和"宇宙飞船、地球"的话语深化了横跨星球的意识等。这样看来，全球化现象在当代社会的凸显客观上为世界主义的再度兴起提供了必要的生存土壤，而世界主义则为全球化的实践提供了理论话语。

德国社会学家贝克（Ulrich Beck）等人在研究全球化与世界主义的关系时建议，应该考虑将这两个术语联结为一体，亦即"世界主义化"（cosmopolitanization）。在这里，他用"世界主义"来指称将这些现象当作每个人的伦理责任之源头的情感和态度。（5—6）在他看来，一些跨国的国际组织的成立就是这样一种实践。例如20世纪上半叶的国际联盟以及战后成立的联合国就是这样一些带有"全球管理"性质的国际组织。当然，这些国际组织的职能与国家的功能依然相去甚远，更不能充当所谓的"世界政府"之职能，因此它们在很大程度上只是一种虚拟的管理机构。这也是哲学和政治社会学层面的世界主义常常遭到人们批评的一个重要原因。

如前所述，世界主义术语从诞生之日起，就有着一定的矛盾性，同时也具有较大的阐释张力和空间，这也是这一术语得以在理论界和学术界有着持久生命力的一个原因。实际上，对于世界主义的这种多元取向和矛盾性，已有学者洞悉并作了分析，正如卡尔霍恩所概括的，人们在使用"世界主义"这一概念时常常显得前后矛盾：

> 有时，"世界主义"被当作一种政治计划的主张：建立一个适于当代全球一体化的参与性机构，尤其是外在于民族-国家的框架之外。有时它则被当作个人的伦理道德取向：即每个人都应该抱着对整个人类的关怀来思考和行动。有时它又被当作一种能够包含各种影响的文体能力，有时则是一种能够在差异中感到自在并赞赏多样性的心理承受力。有时它用来指所有超越地方（其依附的地方可以从村庄扩展至民族-国家）的计划。在另一场合，它又被用来指全球整体性的强有力的总体愿景，如同潜在的核能和环境灾难强加给它的风险社会概念那样。在另一些场合，它又被用来描述城市而非个人，例如纽约或伦敦，当代的德里或历史上的亚历山大，这些城市所获得的生机和特征并非来自其居住者的相同性，而是来自它们学会与不同的种族、宗教、民族、语言和其他身份互动的具体方式。
> （431）

当然，这种前后矛盾性和不一致性使世界主义概念经常受到人们的质疑和反对。（van Hooft and Vandekerckhove）反对世界主义的人首先从政治角度入手，他们认为，就民族主义和爱国主义所赖以建基的民族和国家而言，世界主义者并没有这样一个作为实体的世界民族或世界政府，因此提出世界主义的主张实际上无甚意义。但为之辩护的人也完全可以拿有着不同背景和民族来源的美国、加拿大和欧盟来作为世界主义治理有效的明证，但是这种辩护显然是没有力量的。

其次，经济上的世界主义也受到质疑。人们从各种方面来说明，经济上的世界主义并非一种可行的选择。马克思和后来的东西方马克思主义者都曾论证道，从长远的观点来看，资本主义在大力发展自身的同时，却有着自我毁灭的因素，它对贫困国家和人民的剥削与掠夺最终将激起无产阶级和人民大众的反抗和革命，而资本主义的一个自我毁灭的作用就是为自己培育了一大批掘墓人。另外，资本主义的无节制发展给人类的自然环境带来了巨大的灾难，过度的发展和消费也将穷尽世界的自然资源。因此对经济上的世界主义持异议的人认为，经济上的世界主义者或全球主义者忽视了全球自由市场带给人们的副作用，以及全球化所加剧的本来就已经存在的贫富差别和区域间的差别等。而为其辩护者在承认这些现象和问题的同时也指出，既然这些现象产生于资本的全球运作过程，那么运用全球治理的手段同样可以对之进行约束和治理。

再者，伦理道德上的世界主义也受到人们的批评。一般人往往对自己国家或民族的成员有着更为强烈的热爱和依恋，若以全人类的名义来褒奖某个道德社群而淡化对本国同胞的依恋无疑会损害本国同胞的感情。因此人们主张，需要一种特殊意义上的民族认同来发挥作用，这种民族认同所需要的就是对另一些有着与之相同的认同的人也给予必要的依恋。一些伦理道德上的世界主义者采取一种发展心理学的态度来平衡世界主义和爱国主义之间的关系。他们认为，爱国主义可以通向世界主义，因为一个人若要对其他国家和民族的人也有爱心，他首先应当热爱自己的同胞。一个连自己的同胞也不热爱的人很难达到世界主义的境界。随着人们思想的逐步发展成熟，他们便发展了更为广泛的忠诚，从对自己亲人的忠诚发展为对整个人类的忠诚，进而是对地球上其他物种的忠诚。但这些不同形式的忠诚依然是程度不同的，并不存在彼此间的竞争，因此适度地强调伦理道德世界主义还是可行的。

世界主义的文学和文化建构

实际上，从事文化和文学研究的学者早就开始关注世界主义这个话题，并结合其在文学作品中的表现，从世界主义的视角对之进行新的阐释。反过来，世界主义也可以作为一种理论视角，供文学和文化研究者对文学和文化艺术品进行评价和讨论。19世纪的德国作家和思想家歌德之所以提出一种"世界文学"（Weltliteratur）的构想，在很大程度上就得益于他所怀有的宽阔的世界主义胸襟与广博的多民族和多语言的文学知识。美国作家和思想家爱默生的著作中也蕴含对世界主义普遍伦理价值的追求。（龙云：30—59）在当今时代，已故欧洲文学理论家和比较文学学者佛克马在比较文学界较早地同时讨论世界主义和世界文学这两个相互关联的话题，并突破了欧洲中心和西方中心主义的藩篱。他在从文化的维度对全球化进行回应时，主张建构一种新的世界主义，他更为关注全球化所导致的文化趋同性走向的另一极致：文化上的多元化或多样性。由于佛克马本人受过中国文化的熏陶，他不仅超越了过去的欧洲中心主义和西方中心主义之局限，甚至在提醒人们注意，西方世界以外的中国人的传统观念也与这种世界主义不无关系，（Fokkema：1—17）例如儒家学说中的"四海之内皆兄弟"和追求人类大同的理想等都有着世界主义的因子。此外，在海外的中国哲学界，一些有着中国血统的儒学研究者，如杜维明和成中英等，也为儒学的"普遍化"推波助澜：杜维明试图以复兴当代新儒学来实现其与西方现代性话语的平等对话，（Wang：48—62）成中英则提出了一个"世界哲学"的假想。应该说这些尝试都受到世界主义的启发。也即他们从世界主义的立场出发，并不把儒学仅仅当作是中国文化语境下产生出来的只能在中国发挥作用的"民族的"或"区域的"理论，而是看作一种可以与西方的现代性理论及其话语进行平等对话的具有普遍意义的理论话语。

佛克马在阐述多元文化主义的不同含义和在不同语境下的表现时指出："在一个受到经济全球化和信息技术日益同一化所产生的后果威胁的世界上，为多元文化主义辩护可得到广泛的响应。"他认为"强调差异倒是有必要的"。（247，260）他主张建构一种新的世界主义：

> 应当对一种新的世界主义的概念加以界定，它应当拥有全人类都生来具有的学习能力的基础。这种新世界主义也许将受制于一系列有限的与全球责任相关并尊重差异的成规。既然政治家的动机一般说来是被他们所代表的族群或民族的有限的自我利益而激发起来的，那么设计一种新的世界主义的创意就首先应当出于对政治圈子以外的人们的考虑，也即应考虑所谓的知识分子。（261）

就这种新的世界主义的文化内涵，他进一步指出："所有文化本身都是可以修正的，它们设计了东方主义的概念和西方主义的概念，如果恰当的话，我们也可以尝试着建构新世界主义的概念。"（263）佛克马的上述论述为世界主义走出西方中心主义的藩篱奠定了基础，同时也为西方世界以外的人参与世界主义和世界文学问题的讨论铺平了道路。

笔者本人近几年来也在不同的国内和国际场合参与了世界主义问题的讨论，并且基于西方学者的先期研究成果，提出了世界主义的不同形式和新的理论建构。笔者认为，世界主义可以从以下 10 个方面进行建构：

1. 作为一种超越民族主义形式的世界主义。
2. 作为一种追求道德正义的世界主义。
3. 作为一种普遍人文关怀的世界主义。
4. 作为一种以四海为家，甚至处于流散状态的世界主义。
5. 作为一种消解中心意识、主张多元文化认同的世界主义。
6. 作为一种追求全人类幸福和世界大同境界的世界主义。
7. 作为一种政治和宗教信仰的世界主义。
8. 作为一种实现全球治理的世界主义。
9. 作为一种艺术和审美追求的世界主义。
10. 作为一种可据以评价文学和文化产品的批评视角。（王宁：12）

当然，人们还可以就此继续推演下去并建构更多的世界主义形式，但作为人文学者，我们常常将世界主义当作一种伦理道德理念、一种针对现象的观察视角和指向批评论辩的理论学术话语，据此我们可以讨论一些超越特定的民族/国别界限并具有某种普遍意义的文学现象。例如，歌德等一大批西方思想家、文学家和学者在东西方文学的启迪下，提出了关于世界文学的种种构想，当代社会学家玛莎·努斯鲍姆则在"全球正义"这个具有广泛伦理意义的话题上作出了自己的具有普遍人文关怀的理论阐释，等等。这充分说明，世界主义作为一种理论学术话语有着很强的增殖性和普遍的应用性。若从文学创作和理论批评的维度来阐释世界主义，我们则可以得出下列结论：

首先，世界主义之于文学的意义在于，它为作家的文学创作提供了一些带有永恒的普遍意义的主题，例如爱情、死亡、嫉妒等。这些主题都在伟大的作家那里得到最为形象的体现，例如，莎士比亚、歌德、托尔斯泰、易卜生、卡夫卡等伟大作家的作品都表现了上述具有永恒意义的主题，因此他们的意义就远远超出了特定的民族／国别文学，而成了世界文学。而和他们同时代的许多作家则由于其自身生活经历和文学视野的局限再加之历史的筛选而很快被人们遗忘。

其次，世界主义之于文学的意义还体现在它为文学创作提供了一些超越了特定的民族／国别文学的美学形式，这些形式是每一个民族／国别文学的作家在创作中都须依循的原则。如果上面提到的这些文学主题主要是基于文学的内容，那么同样，就其美学形式而言，文学除去其鲜明的民族特征外，更具有一些普遍的特征，都追求一种共同的美学。例如小说、诗歌、戏剧几乎是各民族文学都使用的创作形式，虽然这些文体在不同的民族／国别文学中的表现形式不尽相同。而辞、赋、骚则是汉语文学中所特有的文体，它们只能产生于古代中国。史诗则是古希腊文学的特有形式和最高成就，因而在马克思、恩格斯看来，荷马史诗便成为世界文学史上一种不可企及的范本。

再者，世界主义还为文学批评提供了一种广阔的视野，使批评家得以在一个广阔的世界文学背景下来评价特定的文学现象以及作家和作品。我们经常说，这部作品在何种意义上具有独创性，另一部作品又在何种程度上抄袭了先前产生的作品或与之相雷同而失去其独创性，显然我们是基于一种世界性的视角，因此文学世界主义便赋予我们一个宽广的视野，它使我们不仅仅局限于本民族的文化和文学传统，而是要在批评实践中，把目光指向世界上所有民族、国别的优秀文学，在这个意义上，任何具有独创性的伟大作品都必须有绝对意义上的独创性，而并非仅限于特定的时间和空间。

当然，就具体的文学批评而言，不同的批评家往往侧重某一个方面，而忽视另一个方面。例如，我们在对一部文学作品进行评价时，往往涉及评价的相对性和普遍性。基于民族／国别文学立场的人往往强调该作品在特定的民族文化中的相对意义和价值，而基于世界主义立场的人则更注重其在世界文学史上所具有的普遍意义和普遍价值。所谓"越是民族的就越是世界的"说法并不全面，正确的说法应该是，越是具有民族特征的作品越容易为世界所接受，但是必须找到翻译的中介，否则一个人即使再博学，也不可能学遍世界上所有的语言，他在很多场合必须借助于翻译才能阅读世界文学作品。当然，所有这些都不可避免地涉及了另一个话题——"世界文学"，那应该是另一篇文章所讨论的主题。

结 语

如上所述，世界主义作为一个热门话题，正在不断地为人们讨论，甚至争论。但是任何一种具有广泛影响力的理论话语一经出现都会得到理论界的阐释和学术界的讨论，因而它本身也须经历不同的建构和重构。尽管在广泛的哲学领域中，从自由主义到共产主义，世界主义都有其共鸣，但是它仍然伴随着民族主义的高涨而一度陷入停滞状态，直到 20 世纪末才又得以复兴。由于全球化理论在 20 世纪 80 年代的活跃，导致了人们对康德哲学思想中的世界主义因素的新的兴趣。然而，经过当代学者们的讨论和不断的建构，世界主义又被赋予了新的意义。它超越了基于古代伦理道德层面的世界主义和由康德创建的法律世界主义之界限，首次成为政治上和文化上的世界主义。在世界主义的讨论中，来自不同学科的学者提出了一些引发讨论的问题：世界主义与爱国主义可否共存？我们需要什么样的世界主义，植根于特定民族之中的（rooted）还是无根的（rootless）？等等。一些新兴的学科和理论话语也应运而生：一些学者根据现代主义疆界的不断扩大和发展，提出了"全球现代主义"（global modernisms）的观点，（Wollaeger and Eatough）还有一些参与后现代主义讨论的学者提出了"世界现代主义"（cosmodernism）和"全球后现代主义"（cos-postmodernism）的观点，（Moraru）一些致力于生态环境研究的学者提出了"生态世界主义"（ecocosmopolitanism）的观点，（Weik）等等。这些观点目前仅仅停留在学者们的构想和术语制造的层面，缺乏深入的理论思考和严密的建构，但至少说明世界主义在当代理论讨论中的活力和增殖性。

参考文献

1. Appiah, Kwame A. "Cosmopolitan Patiiots." *Cosmopolitics: Thinking and Feeling Beyond the Nation*. Ed. Pheng Cheah and Bruce Robbins. Minneapolis: U of Minnesota P, 1998.

2. —. *Cosmopolitanism: Ethics in a World of Strangers*. New York: Norton, 2006.

3. Beck, Ulrich, and Edgar Grande. *Cosmopolitan Europe*. Cambridge: Polity, 2007.

4. Brennan, Timothy. *At Home in the World: Cosmopolitanism Now*. Cambridge: Harvard UP, 1997.

5. Calhoun, Craig. "Cosmopolitanism and Nationalism." *Nations and Nationalism* 14.3 (2008): 427-448.

6. Cheah, Pheng, and Bruce Robbins, eds. *Cosmopolitics: Thinking and Feeling Beyond the Nation*. Minneapolis: U of Minnesota P, 1998.

7. Fokkema, Douwe. "Towards a New Cosmopolitanism." *CUHK Journal of Humanities* 3 (1999): 1-17.

8. Johansen, Emily, and Soon Yeon Kim, eds. *The Cosmopolitan Novel* (a special issue). *ARIEL* 42.1 (2011).

9. Kant, Immanuel. "Zum ewigen Frieden. Ein philosophischer Entwurf." *Kants Gesammelte Schriften*. Berlin: Ausgabe der königlich preussischen Akademie der Wissenschaften, 1931, 8: 341-386.

10. Moraru, Christian. *Cosmodernism: American Narrative, Late Globalization, and the New Cultural Imaginary*. Ann Arbor: U of Michigan P, 2010.

11. Nussbaum, Martha, et al. *For Love of Country: Debating the Limits of Patriotism*. Boston: Beacon

Press, 1996.

12. Scholte, Jan Aart. "Globalization." *Encyclopedia of Globalization*. Ed. Roland Robertson and Jan Aart Scholte. New York: Routledge, 2007.

13. van Hooft, Stan and Wim Vandekerckhove, eds. *Questioning Cosmopolitanism*. Dordrecht Heidelberg: Springer, 2010.

14. Wang, Ning. "Reconstructing (Neo)Confucianism in a 'Glocal' Postmodern Culture Context." *Journal of Chinese Philosophy*, 37. 1(2010):48-61.

15. Weik, Alexa. "Eco-Cosmopolitan Futures? Scales of Sustainable Citizenship in American Climate Change Documentaries." Paper presented at the annual meeting of the American Studies Association Annual Meeting, Washington D.C., Nov. 5, 2009.

16. Wollaeger, Mark and Matt Eatough, eds. *The Oxford Handbook of Global Modernisms*. Oxford and New York: Oxford UP, 2012.

17. Wood, Allen W. "Kant's Project for Perpetual Peace." *Cosmopolitics: Thinking and Feeling Beyond the Nation*. Ed. Pheng Cheah and Bruce Robbins. Minneapolis: U of Minnesota P, 1998.

18. 成中英:《中国哲学与世界哲学的发展——后现代化与后全球化》,载《上海交通大学学报(哲学社会科学版)》,2010年第2期。

19. 佛克马:《走向新世界主义》,载王宁、薛晓源主编《全球化与后殖民批评》,中央编译出版社,1998。

20. 龙云:《爱默生与世界文学》,载《文学理论前沿》(9),北京大学出版社,2012。

21. 罗伯逊、肖尔特主编:《全球化百科全书》,中文版(王宁主编),译林出版社,2011。

22. 马克思、恩格斯:《共产党宣言》,人民出版社,1966。

23. 王宁:《世界主义与世界文学》,载《文学理论前沿》(9),北京大学出版社,2012。

他者 张 剑

略 说

"他者"（The Other）是相对于"自我"而形成的概念，指自我以外的一切人与事物。凡是外在于自我的存在，不管它以什么形式出现，可看见还是不可看见，可感知还是不可感知，都可以被称为他者。

他者对于自我的定义、建构和完善必不可少，自我的形成依赖于自我与他者的差异，依赖于自我成功地将自己与他者区分开来。善之所为善，是因为有恶，好之所以为好，是因为有坏。自我的建构依赖于对他者的否定。他者的概念在西方哲学中有深厚的渊源，在后现代西方文学批评中被广泛使用。由于它暗示了边缘、属下、低级、被压迫、被排挤的状况，因此对于那些追求正义、平等、自由和解放的西方文论派别来说具有重要的意义，成为它们进行理论建构和具体批评的重要工具。

综 述

哲学渊源

在西方哲学的源头，柏拉图在《对话录》中曾经谈到了同者与他者（the same and the other）的关系，认为同者的定位取决于他者的存在，而他者的差异性同样也昭示了同者的存在。柏拉图在此提及的"同者"，就相当于我们所说的"自我"。在17世纪，笛卡尔提出"我思故我在"的重要命题，将自我与外部世界分离开来，形成了主体与客体的二元对立关系。在笛卡尔以后，客体逐渐沦为被认识、把握、征服的对象。人们普遍相信，他们可以运用理性来掌握自然界的规律，从而达到驾驭世界甚至宇宙的目标。也就是说，客体逐渐成了外在于自我的"他者"。

真正将"他者"概念主题化的哲学家是黑格尔。在《精神现象学》中，他通过奴隶主和奴隶的辩证关系，论证了自我与他者之间既相互矛盾又相互依存的关系。他认为，奴隶主似乎很强大，但是他的地位与奴隶的承认密切相关。奴隶主看上去能够强迫奴隶去干活，迫使他服从自己的意愿；奴隶也必须放弃他的自我，以满足奴隶主的要求；但奴隶可以通过他的劳动改变世界，同时也改变他自己，而奴隶主却陷入了完全依赖于奴隶的境地。由于不能通过工作改变世界，奴隶主无法实现他的真正自我。因此可以说，奴隶与奴隶主之间谁主谁奴是一个辩证的问题。通过这个常常被称为"主奴辩证法"（dialectics of master and slave）的寓言，黑格尔暗示他者的存在是人类自我意识的先决条件。奴隶主获得奴隶主的身份，取决于奴隶对他的承认。没有他者，人类无法认识自己。

20世纪初现象学创始人胡塞尔不满西方意识哲学中的主客体二分法，认为意识本身已经包含了意识的对象（客体）。试想如果没有客体，何以形成意识？也就是说意识永远是"关于某物的意识"。但现象学也反对唯我论，即反对将外部存在归结为意识。现象学的外部存在"显象"，不是意识的结果，而是意识过程的参与者，与主体不可区分、互为依存。意识的两端，主体和客体，去掉任何一端，意识将不复存在。胡塞尔在后期特别关注主体与主体的相互联系、相互作用。个人对世界的认识总是会与他人对世界的认识产生互动，因此个人的意识总是依存于由不同意识构成的共同体，它总是在互动的过程中不断地生成和修正。这种主体之间的互动或共同体被称为"主体间性"或"交互主体性"（intersubjectivity），这个概念拷问人们：我是如何感知到他者的意识的？我的意识如何区别于这些意识？"主体间性"的概念，对西方当代哲学中"自我与他者"主题的形成起到了重要的作用。

存在主义哲学家萨特在分析他者对主体建构产生作用方面也有非常独到的观点。他认为，人的存在先于他的本质，人的本质是他自由选择的结果。人生下来没有善与恶的区分，也没有预设的人生轨迹，只有他进入的这个存在。而人的本质是后天形成的，人通过自由选择和自由行动，塑造了他的人生，成为他最终成为的人。在《存在与虚无》中萨特还认为，在主体建构自我的过程中，他者的"凝视"（gaze）是一个重要因素。从某种意义上讲，他者的"凝视"促进了个人的自我形象的塑造。

具体地说，人通过视觉器官凝视周围的一切，将可视的环境尽收眼底，通过认识和把握四周的一切，产生对环境的统辖感，成为它们的主宰。但同时人也会意识到他人对自己的凝视，以及他人在凝视中同样产生的居高临下的感觉：他者对我们的凝视、评价和判断，迫使自我追问"我是谁"、"我从哪里来"，从而使主体产生一种自我意识。如果换一个角度来看，我们可以说萨特对他者的分析表现出一种悖论性质：一方面，我们作为凝视主体获得一种自我的完善感和对环境的控制感；另一方面，只有当我们成为凝视的对象时，我们的自我才得以诞生，因为他人的承认昭示了我们的存在。存在主义认为，他者可以迫使主体对世界产生一种认识，并为自己在这个世界中定位。

正如所有二元对立体系总是暗示着对立双方的不平等关系，凝视也同样暗示了观察者和被观察者的不平等关系。可以说，凝视是一个物化过程，是对他者进行归纳、定义、评判的过程。被凝视往往意味着被客体化、对象化，在这个过程中，主体"我"沦为了对象"我"，被他人的意识所支配和控制。自我对他人的凝视，与他人对自我的凝视，总是一个控制与被控制、支配与被支配的关系。生活中自我与他者相互凝视、相互竞争的情况不可避免，从而形成一场为争夺支配权而产生的权力斗争。

20世纪60年代的法国哲学家、现象学传承者列维纳斯（Emmanuel Levinas）对他者概念进行了系统化的深入思考。他认为，对于自我来说他者是不可知的，我们无法断定他者是否具有意识、他者的意识是否与我们完全相同。我们同样无法断定，他者的行为和语言是否可靠地反映了他者的意识，因此他者具有完全外在于自我的陌生性，对于自我和自我的思想具有不可化约性。在《总体与无限》中列维纳斯指出，他者同上帝一样具有一种绝对的他异性（alterity），这使得他者绝对地、无限地存在于自我的意识之外。

正是这种他异性和不可知性使他者具有一种神秘感，同时在面对他者时，自我也会感到某种威胁，产生对他者进行收编、控制的冲动。他者的存在对自我的总体性和自发性构成了一种质疑，因此列维纳斯认为，整个西方哲学传统就是自我不断消化他者、吸收他者，不断将他者纳入自我意识对其进行感知和认识的过程。西方哲学为了给他者定位和下定义，从一开始就竭力对他者进行压制。由于他者的绝对他异性和外在性，任何对其进行定位和定义的企图都是在对他者的内在他异性进行驯化或"殖民化"。如果他人的言行对于我们来说不可理解，那么最容易解决的办法，就是将其视为庸俗和低级的并加以归纳和抛弃。这样一个过程，也是一个不断使用压迫性策略对他者进行收编、同化、驯化的过程，是一个自我对他者实施主观暴力的过程。

现当代他者话语：主体退隐与他者凸显

西方哲学从一开始就是关于主体的哲学，"他者"被排斥到了学术的边缘。从笛卡尔到康德，哲学的主要目标是探讨主体性，意识的形成、意识与存在的关系等成为哲学的核心议题，主体被赋予了自主性、自发性和居高临下的地位，它通过理性掌控外部存在。然而从19世纪后期开始，西方哲学界对这种主体自主、自发和优先的观点产生了质疑。在西方主要语言英语、法语、德语中，主体（subject / subjet / Subjekt）一词都有双重含义：一方面它表示自主、主动、主语，另一方面它表示臣服、屈从、臣民。主体具有主动性、自发性和行使判断的权威，而臣民则是听命、服从于权威的属下。应该说，从一开始"主体"就在词源上被注入了一种悖论性的含义，而西方古典哲学重视了第一层含义，忘却了第二层含义。因此，现当代西方哲学越来越关注主体的限制性因素，而不是主体的能动性；越来越关注主体以外的力量对它的制约，而不是主体的掌控能力。

马克思就认为，社会存在决定社会意识，经济基础决定上层建筑。他在《关于费尔巴哈的提纲》中说："人的本质不是单个人所固有的抽象物，在其现实性上，它是一切社会关系的总和。"（56）。也就是说主体不是自主和自立的，主体性是由各种各样的社会关系决定的。个人想什么，怎么想，决定于他在生产活动中的地位。个人如何看待这个世界，如何看待自己在这个世界中的位置，取决于他在生产活动中形成的经济关系，如分工关系、雇佣关系、劳资关系、分配关系，以及人在生产活动中的作用和功能，等等。在马克思的理论中，经济因素对于主体性的形成起到了决定性的作用，以至于有人认为，马克思关于人的本质的论断有经济决定论的色彩。

如果说马克思凸显了经济关系对于主体性的决定作用，那么弗洛伊德则凸显了"性"对于主体形成的决定作用。在《梦的解析》一书中，弗洛伊德认为人的主体性由三个部分构成，即本我、自我、超我。本我（id）是意识不到的那一部分本能冲动和心理欲望，即无意识；自我（ego）是能够意识到的自我的本质，即意识；超我（superego）是理想的但目前又不能实现的自我。弗洛伊德认为，意识仅是心理的极小部分，犹如冰山一角。无意识占据心理的绝大部分，犹如冰山淹没在水下的那部分。无意识由本能冲动和性欲望构成，人们不仅无法意识到它的存在，而且无法控制它的活动。也就是说，人的主体性绝大部分由人无法控制的能量构成。

无论是在马克思那里还是在弗洛伊德那里，主体的自主、自立和能动性都受到了质疑。主体仿佛只是庞大的经济秩序中的一颗螺丝钉，受到经济关系的制约和规定；或者它只是不可控制的心理冲动的承受者，受后者的左右和支配。马克思和弗洛伊德所关心的，都是来自主体以外的、对主体的压迫性力量。无论是经济秩序还是意识形态、无意识冲动，还是法律宗教，都对人的自由意志和能动性形成一种限制。对主体来说，它们代表了一个对立面、一种威胁。这些观点对于后现代主体观和他者观都有深刻的启示意义。

阿尔都塞（Louis Althusser）发展了马克思关于经济基础和上层建筑的思想，将它演变为意识形态理论。在《意识形态与意识形态国家机器》中，阿尔都塞认为意识形态（ideology）是进行阶级控制的强大工具，它保证了资本主义生产力和生产关系的再生产。"劳动力的再生产不仅要求再生产劳动力的技能，同时还要求再生产出对现存秩序的各种规范的服从。"（325）意识形态是国家对个体进行控制的基本手段，它通过学校、教堂、家庭、媒体、监狱、劳教所等对个体的思想进行塑造，目标就是要使统治阶级的价值观念、思维方式内化到个体的意识中，从而形成一种不自觉的思维方式和价值取向。不难看出，对阿尔都塞来说，个人作为意识形态运作的对象，失去了自由和自主的能动性，成为无形的社会历史性力量支配和控制的"他者"。

福柯（Michel Foucault）的话语理论和权力理论与他者概念密切相关。他认为主体性的形成某种程度上决定于特定历史时期的话语（discourse），即那个时期不断被重复的，与信仰、价值和范畴有关的言语或书写。话语决定什么能说、什么不能说以及应该怎么说，它构成了看待世界的一种方式，构成了对经验的组织和再现，以及再现经验及其交际语境的语码。话语实际上是意识形态的另一种说法，它能把信仰、价值和范畴或看待世界的特定方式强加给话语的参与者，从而对其思想起到一种强制作用。也就是说，话语不仅致力于使现状合法化，而且对人们的意识实施控制。福柯认为，每一个时代都有它的一套话语，所谓的"真理"其实就是由特定历史时期的话语构成，话语之外没有真实的存在。

福柯还认为，权力无所不在，控制着个体的行为。权力的实施不是靠国家的强制性武力，而是靠微观的控制性力量：规训（discipline）。他在《规训与惩罚》中说，人类发展史显示，社会对于个人的控制逐渐有了一整套技术、方法、知识、描述、方案和数据，从而形成了一种权力的"微观物理学"。（157）权力的目标在于"驯服"，一方面使人变得更有用，另一方面使人变得更顺从。社会将精神疾病患者关进疯人院，将罪犯关进监狱，都是实施规训的例子；同样的规训机制也存在于工厂、医院、军队和学校。这些机构的运行都依靠严格的等级划分、标准化的价值判断、任务的重复、严格的时间表和空间管理，使个体明白自己所处的位置，使其行为受到控制。在福柯看来，个人就是权力的他者，疯癫就是文明的他者，他们/它们是实施控制的对象。福柯将这些社会结构的惩戒性特征形象地比喻为英国实用主义哲学家边沁所描述的"圆形监狱"（panopticon）：每个人都在自己的牢房里，每时每刻都被一双无处不在的眼睛监视着，以至于在每个人心中都形成了一种永恒的"全景敞视"的意识状态，从而使每个人变成自己的狱卒。（224—228）

拉康（Jacques Lacan）将语言学引入弗洛伊德的理论，发展了一种后结构主义的心理分析。拉康的他者有不同的意思，但主要是指无意识。婴儿刚出生时没有独立的自我，处于一种与外界浑然一体的状态，母与子、内与外、我与他都没有区分。拉康把这一整体性的、令人眷恋的幸福状态称为"想象界"（the Imaginary）。通过观察同类，婴儿感觉到自己的存在。像照镜子一样，他者的形象反映出自我，从而产生一定的自我统一感，这就是所谓的"镜像阶段"。然而，婴儿的主体性主要是进入语言的结果。语言世界以法律、宗教、道德等建制为特征，是父亲权威的缩影，拉康称之为"象征界"（the Symbolic）。父亲的介入使婴儿与母亲所代表的外界完全分离，原初的浑然一体状态被打破，形成独立的自我，但同时也产生回到"前象征界"状态的欲望。应该指出，这里的"母亲"和"父亲"都不是字面概念，而是具有象征意义的状态：母亲指婴儿早期发展的身体和心理依靠，父亲指幼儿主体形成过程中必须适应的社会与文化力量。而那些处于"想象界"和"象征界"以外、语言无法表现和命名的领域则被称为"真实界"（the Real）。

在拉康的理论中，主体发生断裂是一个重要事件，它意味着主体与母亲代表的外界永远分离，以及主体的形成。父亲代表的语言在此次事件中起到了一个分割的作用，强行将欲望和欲望对象分开。也就是说，语言将"言说"的我与"所说"的我分离，后者成为抽象的能指系统的一部分，无法表达"言说"的我的欲望对象。

虽然"我"认为自己是说话的主体，但实际上"我"只是在被语言言说，因为我只能说语言允许说、能够说的内容。脱离了语言规约和习俗，世界就无法呈现。在拉康的体系中，被压制的他者是"言说"的欲望对象，即无意识。拉康一方面把无意识称为"大写的他者"或"他者的话语"，另一方面又称"无意识具有语言的结构"。总之，主体是被动的，受语言制约，它是外在于它的语言体系的产物，也无法从语言的结构中逃脱。进入语言体系，对于主体来说一方面意味着获得社会性交流的能力，另一方面却意味着它永远处于一种断裂状态。

德里达（Jacques Derrida）在《解构与他者》一文中，将他者概念纳入了解构主义思想体系，他认为语言的指涉性就是语言的他者。语言的意义，像爱伦·坡在小说《失窃的信》中描写的那封信一样，从一个读者传到另一个读者，似乎不会有终点，永恒地游弋在不确定性之中。但是，他否认解构主义是对语言指涉性的悬置，所谓"语言的牢笼"是对他的误解。相反，他认为他对逻各斯中心主义的批判恰恰是对"语言的他者"（所指）的追求，同时也证明指涉性问题要比传统理论所认识到的要复杂得多。（qtd. in Miller：7—8）受列维纳斯的影响，德里达后期对"他异性"和伦理学越来越感兴趣，陆续出版了《心理：他的发明》和《死亡的礼物》等著作。在这最后一部著作中，他宣称"所有他者都是完全他异的"，但是他同时又强调我们对他者的伦理责任。两者之间的张力，可以说是列维纳斯与传统的他异性理论的分歧。不过德里达从没有完全放弃传统的他异性概念，即认为同者的霸权使得他者总是在同者的视阈中被部分地同化。从德里达和列维纳斯的著作中、从他们共同的"善待他者"的理念中，一种"文学伦理学"逐渐形成。

1986 年，法国理论家塞托（Michel de Certeau）出版了《他异学：关于他者的话语》一书，专门研究了法国文学和西方哲学中的他者话语，探讨了他者在当代西方心理学和哲学中的重要作用，可以说是一种将"他者研究"树立为一门专门学问的尝试。作者在书中特别同福柯进行了对话，对后者的权力理论进行了回应。如果福柯描述了一个强大的无处不在的权力体系及其对他者实施的霸权性压迫，那么塞托描述的则是个人和团体对这个权力体系的反抗，以及反抗的策略和技巧。第一章《压抑者的归来》（"The Return of the Repressed"）暗示被放逐的他者重新回到了人们的视野之中。1994 年，米勒（J. Hillis Miller）在著名的《表面》（Surfaces）杂志上发表了《人文话语与他者》，讨论了他者的定义及其对美国大学英语系课程设置的巨大影响。同年美国宾夕法尼亚大学召开了一次圆桌会议，专门讨论米勒这篇论文。参加这次圆桌会议的有德里达、伊瑟尔、克里格（Murray Krieger）、亚当斯（Hazard Adams）等著名学者。"他者"作为一个概念越来越受到当代批评与理论的重视，成为不可回避的话题。

可以看出，在后结构主义理论中，主体的能动性和自由意志遭到了各种限制性力量的制约。主体不能自主，甚至书写的主体"作者"对自己的作品也失去了控制权和所有权，他成了语言的助产士，在语言生成话语后就消失了。用巴特（Roland Barthes）的话来说，就是"作者死了"。正是这样的逻辑，使拉康逆转了笛卡尔的名言，宣称不是"我思故我在"，而是"我在我不在之处思维，故我在我不思之处存在"。正是在这样一个主体被消解、他者被发明的大背景下，他者的作用被凸显出来，受到了后结构主义思想的追捧，成为西方哲学和文化批评的一个重要命题。

他者诗学：女权主义、后殖民主义、生态批评

他者概念首先被女性主义运用到对父权社会的批判中，即批判父权制将女性建构为他者。我们都知道，在英语中，男人（man）就是全人类，女人（woman）只是男人的附庸。根据《圣经》记载，男人（亚当）直接由上帝创造，而女人（夏娃）则是从亚当的肋骨变来。亚当说："这是我骨中的骨，肉中的肉，可以称她为女人"。《圣经·旧约》如此，《新约》也一样。《哥多林前书》说："女人在教会中要闭口不言，因为她们没有获准说话。正如法律所说，她们总要服从。她们若要问什么，应该在家里问她们的丈夫，因为女人在教会说话是可耻的。"（14：34—35）上帝把人类确定为世界主宰的同时，也把男人确定为女人的主宰。弥尔顿（John Milton）在《失乐园》中把亚当和夏娃的关系视为主导与从属的关系，认为古代社会应该建立在某种等级秩序的基础上："两人不平等，正如他们的性别不平等，/ 他为思考和勇敢而生，/ 她为温柔和优雅而生，/ 他对上帝负责，她对他心中的上帝负责。"（VI：296—299）

传统社会对女性的歧视很大程度上建立在男女身体的差异上。亚里士多德说，"女人之所以是女人，是因为她们的身体缺少某些性质。"圣托马斯·阿奎纳认为，女人是一个"构造不完整的男人"。法国作家奔达（Julian Benda）认为"男人和女人身体构造不同是有意义的，女人的构造缺少重要性"，因此"没有女人男人能独立思想，没有男人女人就无所适从"。波伏娃（Simone de Beauvoir）在《第二性》中认为，这些都是因为"男人不就女人的本身来解释女人，而是以他自己为主相对而论女人的"。（10—11）弗洛伊德将象征权力和终极意义赋予了阳具，因此女性由于缺少阳具而有一种阉割情结，同时也有一种阳具崇拜情结。女性性具不可见，因此女性是一片"黑暗的大陆"，等待着理性之光去把它照亮。庞德（Ezra Pound）甚至把女性描述为"一个元素"、"一团混乱"和"一个生物过程"。（144）正如伊里加蕾（Luce Irigaray）指出的那样，"女性性征的理论化一直是基于男性参数进行的"，"男性的性得以运作，女性是必要的补充，女性常常以负面形象示人，总是为男性的性提供具有阳具意义的自我再现。"（23，70）

这些传统的本质主义女性观遭到了女性主义者的坚决拒绝。波伏娃认为，所谓的"女性特质"与女性的生物学构造无关，而是一种文化建构："女人并非生来就是女人，而是变成女人的。"男性的自我意识总是"以他自己为主而论女人"，视女

性为他者。"他者性是人类思维的基本范畴","他者这个范畴与意识一样原始。在最原始的社会，在最古老的神话中，都可以发现二元性的表达方式。"二元对立法则曾经帮助人类区分阴阳、日夜、太阳和月亮。以同样方法看待两性，男人认为男人是的，女人肯定不是；相反男人不是的，女人肯定是。如果男人是太阳，女人肯定是月亮；男人是日，女人肯定是夜。波伏娃认为，"任何一组概念若不同时树立相对照的他者，就根本不可能成为此者。"（12）因此，两性关系逐渐被定位为充实与亏空、力量与温柔、主动与被动、理性与感性、光明与黑暗、逻辑与混乱等二元对立关系，而性别之间的不平等也逐渐被理论化、制度化。女性主义就是要揭露这种不平等关系，改变女性的"他者"地位，从而在女性中树立解放意识。

在女性主义发展的第二阶段（1960—1980年），用他者概念来分析女性地位和两性关系的做法已经成为女性主义批评的常规，见于主要女性主义批评家的著作中。米利特（Kate Millett）在《性别政治》中认为，性别关系是一种政治关系，是霸权和支配等因素组合成的权力结构关系。但由于女性内化了男权社会的价值体系，她们以为这一切都是应该的和自然的，以至于不能认清压迫的实质和根源。格里耶尔（Germaine Greer）在《女宦官》中认为，女性在心理上有一种宦官意识，觉得缺少某种东西。这种自卑感其实是一种社会建构，女性的解放必须首先彻底揭露导致心理自卑的社会原因。到女性主义发展的第三阶段（1980年以后），即所谓的"后女性主义"时期，女性的"他者性"又有了新的内涵。由于种族、地域、阶级等因素的介入，女性主义变得更加复杂，争取平等权利的斗争回归到了个体。没有整体性的、普遍的妇女权利，只有个体的差异性的妇女权利。西方白人女性被视为特权阶层，批评实践更加关注黑人女性和下层女性的双重压迫状况。

克里斯蒂娃（Julia Kristeva）在《我们自己的陌生人》中认为，他者不是外在的人或物，而是我们心理的一部分。当一个社会将某一个群体定义为他者而进行排斥时，它想要拒绝和排斥的不是别人，而是自身内部的一部分，即那些它无法理解、无法接受的能量和冲动。任何社会，正如任何人，都不可能是完全统一的，其内部充满了矛盾和冲突。它们会给社会和心理造成一种不安、焦虑和危机感，因此社会往往会区分自己想要保留和尊重的部分以及想要排斥和压制的部分，这后一部分就构成了他者。当人们歧视、侮辱他人的时候，人们实际上是在拒绝自己的一个侧面。人们认为他者构成了威胁，并对他者实施暴力，是因为人们无法面对内心的"陌生人"。因为这个陌生人像无意识一样，无法被我们理解和控制，无法预测，无法确定，威胁着我们的主体意识。"面对这个我拒绝但又认同的陌生人，……我失去了安宁，我感到迷茫、模糊、朦胧。"（187）

这样的思考实际上已经超出了女性主义的范畴，其内涵构成了对社会和人类关系的普遍性思考。在很大程度上，它适用于对东西方关系的描述。的确，他者概念被后殖民批评广泛运用于分析帝国主义以及帝国与殖民地的压迫关系。正如萨义德

（Edward Said）在《东方学》中所说，帝国主义不仅仅是武力的侵略和征服，同时也是一种西方优越论的话语建构。西方殖民主义至少从文艺复兴时期开始就将它的武力逐渐伸向东方，从远征到战争，这些遥远的甚至是血腥的碰撞使西方获得了广阔的海外殖民地，并对殖民地实施残酷的掠夺。同时，这些行动也为西方提供了一大堆关于东方的想象性、刻板性和不真实的知识：东方代表沉默、淫荡、女性化、暴虐、独裁、落后，而西方则代表文明、开放、男性化、民主、理性、道德、进步。由这些知识的积累所逐渐形成的"东方学"（Orientalism），在西方学术界主宰着关于东方的知识。但正如萨义德指出的那样，在东方主义话语中，"东方并不是自然的存在"，它是被西方人为建构起来的概念。东方是一套关于东方的知识，与实际的东方无关。

东方的他异性与西方的欧洲中心主义观念密不可分。欧洲中心主义是一种不停地将"我们"欧洲人与"他们"非欧洲人区分开来的"集体观念"。欧洲文化的核心，萨义德说，"正是使这一文化在欧洲内和欧洲外都获得霸权地位的东西——认为欧洲民族和文化优越于所有非欧洲民族和文化。"（10）在这种观念的支配下，东方不仅与西方相对峙而存在，而且为西方而存在："东方过去不是（现在也不是）一个思想和行动的自由主体。"（5）东方是西方殖民者评判、观察、认识的对象，而认识这样一个对象意味着"去统治它，对它施加权威……否认它具有自主的能力"。西方人了解它，就意味着"它正是按照我们［西方人］所认识的方式而存在的"。（40）这就是说，东方学所暗示的是一种霸权和支配关系，以及对东方的物化过程。吉尔伯特（Bart Moore-Gilbert）指出，"东方主义帮助西方建立对东方的霸权，采用的主要方法就是推论东方是低于西方的'他者'，并主动强化——当然甚至部分是建构——西方作为一种优越民族的自身形象。"（44）

后殖民批评往往采用异质性、沉默性和边缘性等概念来分析东方的他者性，而采用主权主体性、话语权和优越感等概念来批判西方的霸权。这样的分析模式和批判模式为众多的后殖民批评学者所运用，存在于大多数经典的后殖民批评著作中。法农（Franz Fanon）的《黑皮肤、白面具》就运用了黑／白、主／奴的二元对立分析模式，对西方的霸权、黑人的自卑感，以及殖民主义在文化和语言上给非洲人造成的严重心理后果（"从属情结"）进行了分析。斯皮瓦克（G. C. Spivak）在《属下能说话吗？》一文中，通过对福柯和德勒兹的主体理论的批判，揭露了西方将殖民主体建构成他者的计划，分析了作为属下阶层的殖民地穷人和妇女的沉默、声音被剥夺、主体性和话语权遭到搁置的问题。阿什克洛夫特（Bill Ashcroft）等人在《逆写帝国》一书中，同样表达了一种让无声者发声的意图。帝国主义通过强化英语文学的优越地位来维护其霸权，而殖民地的作家要达到去殖民化的目的，必须用他们自己的文学来挑战英语文学的权威。书中多次使用了中心与边缘、帝国与殖民地、都市与外省的概念，来分析英语文学与殖民文学的权力关系。正如萨义德在

《文化与帝国主义》中所说，帝国的文化与帝国主义存在着某种共谋关系，因此挑战英语文学的霸权地位也就是挑战帝国主义和殖民主义。

这里特别值得一提的，是斯皮瓦克的《三个女性文本与一种帝国主义批评》（1985）一文。文章从后殖民和女权主义视角分析了《简·爱》、《藻海无边》和《弗兰肯斯坦》三部女性小说，把《简·爱》视为对"帝国主义公理"的复制和"帝国主义一般知识暴力的寓言"。（158—172）具体说来，就是将《藻海无边》视为它的续篇，将《弗兰肯斯坦》视为对它的解构。显然，前两部小说与大英帝国在加勒比海的殖民活动密切相关，然而后者与帝国的关系似乎有点模棱两可。弗兰肯斯坦用科学手段创造的怪物反过来对人类进行报复的故事，似乎更多地暗示着人与自然的关系。的确，玛丽·雪莱的小说对 20 世纪 90 年代兴起的生态批评有着重要的启示作用。在贝特（Jonathan Bate）的《大地之歌》（2000）中，怪物既像是"一个未被发现的小岛的野人"，也像是"一种原始状态、一种自然状态"。（50）换句话说，他既像是后殖民文学中的凯利班，也像是一种原生的自然状态。其实在人类社会中，帝国主义与科学主义有诸多相似之处，正如贝特指出的："生态剥削总是与社会剥削相互配合。"（48）在生态批评层面小说的寓意是，人类的智慧可以绕过自然规律，对自然进行改变和控制，然而自然也可能以某种形式对人类实施报复。

人类与自然的关系是一种最古老的关系。在《圣经》中，上帝赋予人以主宰自然的权利，使他成为万物的灵长，以至于人类很自然地将自然界视为工具、资源和索取的对象。在《我们生态危机的历史根源》一文中，美国历史学家怀特（Lyn White）认为，《圣经·创世记》"不仅建立了人与自然的二元对立关系，而且认为人为了自己的目的而开发自然是上帝的意志"。（qtd. in Hutchings：10）在文艺复兴和启蒙时期，西方对《圣经》的理解更强化了人们对自然的工具性认识，使人类对自然界的科学探索、技术管理、经济开发得以合法化。被尊为现代科学之父的培根就曾经以《圣经》为依据，将人类对自然的征服视为上帝的合法授权。笛卡尔的主/客体的二元区分，更是将人类与自然的对立提升到哲学的高度，使自然界成为人类认识、探索、控制的对象。这种认识，在西方历史长河中进一步上升为广泛流传并逐渐获得真理性地位的科学主义（scientism）和人类中心主义（anthropocentrism）思想体系，即认为自然为人类的利益而存在，它的价值在于对人类有用，人成为衡量自然价值的最终标尺。

生态批评的目标就是要揭露人类与自然的关系中的压迫性实质：处于"他者"地位的自然一直被人类视为无声的、被动的接受者，人类有权探索它的秘密，征服它的野性，索取它的资源。不仅如此，在西方传统中，自然还常被想象为女性：它的作用与女性的养育功能类似，"大地"常常被称为"母亲"。科学主义和工具理性更是将自然妖魔化为一个女巫，在男性科学家拷问下，被迫袒露其隐秘。培根将科学探索描述为"穿透"自然的"子宫"；伊·达尔文（Erasmus Darwin）赞扬科学和工程技术推进了人类社会的进步，"机械的精灵"刺穿了大地母亲的"深井"，运河工程师的"锋利铁锹刺进了骚乱的泥土"；汉弗莱·戴维爵士告诫自然哲学家要用"强力"来"拷问"自然："不能仅仅像一个学者，被动地寻求对她的运作方式的理解。要像一个主人，拿起工具主动出击。"西方科学传统对待自然的态度充满了类似性别主义的暴力语言。正如哈钦斯（Kevin Hutchings）指出的，对于生态女权主义来说，"自然的社会建构与女性的社会建构有着深刻的联系。"（185—186）

人类文明的历史就是对大自然进行巧取豪夺的历史。本雅明（Walter Benjamin）说："没有一份关于文明的文件不同时也是一份关于野蛮行径的文件。"自然环境的退化与人类文明的发展有着不可分割的关系，人类的文化产品无不以大自然为代价。近现代西方科学的发展，赋予人类更加强大的开发工具，傲慢和贪婪加速了人类对自然界的索取，以至于违背自然规律和可持续性法则，造成包括空气污染、全球变暖、物种灭绝等在内的日益严重的生态危机，卡森（Rachel Carson）在《寂静的春天》中为人们描绘的可怕未来似乎正在向我们逼近。生态批评正是一种为无声的他者——自然——争取公平正义和对人类中心主义的自然观进行批判的话语。通过批判人类沙文主义和提高生态意识，它希望改变人们将自然他者化、客体化的做法，建立人类与自然的和谐关系，以解决当前人类共同面临的生态危机。

结　语

他者的形成必须发生在二元对立的关系之中，而且对立的双方存在着某种不平等或压迫关系。同者利用武力、语言、意识形态对他者行使霸权，对其进行排挤、支配和控制。他者往往由于各种历史和现实的原因被边缘化、属下化，失去话语权，产生自卑感。在文学批评中，各种后现代的"他者诗学"都旨在分析和揭露他者化过程中形成的霸权和压迫，揭露同者在身体、性别、语言、文化、意识形态方面对他者实施的暴力，分析他者的属下地位，分析他者对霸权的反抗，以及这种反抗所采用的各种各样的策略。通过揭露和分析，"他者诗学"旨在对压迫性的二元对立关系进行颠覆，实现他者的解放。

参考文献

1. Bate, Jonathan. *The Song of the Earth*. Cambridge: Harvard UP, 2000.
2. Cavallaro, Dani. *Critical and Cultural Theory: Thematic Variations*. London: Athlone , 2001.
3. de Certeau, Michel. *Heterologies: Discourse on the Other*. Trans. Brian Massumi. Manchester: Manchester UP, 1986.
4. Derrida, Jacques. "Deconstruction and the Other." *Dialogues with contemporary continental thinkers: the phenomenological heritage*. Ed. Richard Kearney. Manchester: Manchester UP, 1984.
5. Hutchings, Kevin. "Ecocriticism in British Romantic Studies." *Literature Compass* 4.1 (2007): 172-202.

6. Irigaray, Luce. *This Sex Which Is Not One*. Trans. Catherine Porter. New York: Cornell UP, 1985.

7. Kristeva, Julia. *Strangers to Ourselves*. Trans. L. Roudiez. New York: Columbia UP, 1990.

8. Lacan, Jacques. *Écrits: The First Complete Edition in English*. Trans. Bruce Fink. New York: Norton, 2006.

9. Miller, J. H. "Humanistic Discourse and the Others." *Surfaces*. IV(1994).

10. Milton, John. *Paradise Lost and Other Poems*. Annotated Edward Le Comte. New York: New American Library, 1961.

11. Pound, Ezra. *The Cantos*. New York: New Directions, 1986.

12. Sexton, Melanie. "Self/Other." *Encyclopedia of Contemporary Literary Theory: Approaches, Scholars, Terms*. Ed. Irene Rima Makaryk. Toronto: U of Toronto P, 1993.

13. 阿尔都塞：《哲学与政治：阿尔都塞读本》，陈越编，吉林人民出版社，2003。

14. 毕尔格：《主体的退隐》，陈良梅等译，南京大学出版社，2004。

15. 波伏娃：《第二性》，陶铁柱译，中国书籍出版社，1998。

16. 福柯：《规训与惩罚》，刘北成、杨远婴译，生活·读书·新知三联书店，1999。

17. 吉尔伯特：《后殖民理论——语境、实践、政治》，陈仲丹译，南京大学出版社，2004。

18. 马克思：《关于费尔巴哈的提纲》，载《马克思恩格斯选集》（1），人民出版社，1995。

19. 萨义德：《东方学》，王宇根译，生活·读书·新知三联书店，2000。

20. 斯皮瓦克：《三个女性文本与一种帝国主义批评》，载罗钢、刘象愚主编《后殖民主义文化理论》，中国社会科学出版社，1999。

替身 于 雷

略 说

"替身"（Double）是世界文学发展长河中与人类心理、认知关系最为密切的概念之一。根据《牛津英语词典》（*OED*）的解释，"替身"一词大致相当于德文的 doppelgänger 或荷兰语中的 dubbleganger（double-goer）；顾名思义，即是如影随形的幽灵式人物。"替身"作为一个正式的文学概念最初由德国浪漫主义作家保罗（Jean Paul）在其 1796 年发表的小说《塞宾卡斯》[①]（*Siebenkäs*）中创造并使用。（Vardoulakis: 13）作为一种独特的文学现象，"替身"始终吸引着自浪漫主义、现实主义乃至现代主义时期以来的众多文人骚客：从德国的 E. T. A. 霍夫曼到奥地利的雷蒙德（Ferdinand Raimund），从爱尔兰的勒·法努（Le Fanu）到苏格兰的霍格（James Hogg），从英国的王尔德到美国的爱伦·坡，从法国的缪塞（Alfred de Musset）到俄国的陀思妥耶夫斯基，从土耳其的帕慕克（Orhan Pamuk）到葡萄牙的萨拉马戈（José Saramago）等，不胜枚举。"替身"现象曾一度是 20 世纪初期欧洲心理分析学派关注的对象。弗洛伊德虽在《暗恐》（"The Uncanny"）等著述中有所涉猎，但却不像其学术阵营中的兰克（Otto Rank）那样专门以欧洲文学作品为案例，对其中的"替身"现象展开人类学尤其是心理学意义上的专业探讨。进入 21 世纪以来，"替身"现象更是进一步突破了文学自身的发展界域，成为文学与认知神经科学之间的跨学科研究对象；在此基础上，"替身"这一文学理论概念获得了其科学意义上的认知理据。

综 述

"替身"的理论内涵及嬗变

如果说西方文学中的"替身"可以追溯至柏拉图在《会饮篇》中所提及的远古神话——宙斯为削弱人类的力量而将人体劈成两半，从而导致"这一半想念那一半"，（柏拉图：311）那么更为现实的理论缘起则可以从民俗学和人类学当中找到答案。就这方面来说，20 世纪初奥地利心理分析学家兰克在其专著《替身：一种心理分析学研究》中进行了卓有成效的探讨。他在充分利用前人研究成果的基础上指出，"替身"可以回溯至原始社会中盛行的"影子迷信"；在那里，一个人的影子充当着主体的"守护神"，但是随着历史文化的更迭，"影子"的功能也在逐渐发生变化，原先的"守护神"最终蜕变为"可怕的、迫害性的幽灵"，（51）用弗洛伊德的话说，即是那曾经用以确保"不朽"的替身之物如今变成了"死亡的暗恐先兆"——这似乎能够解释替身文学中主体对"影子"或"映像"的恐惧。（Freud，2003：142）关于"影子"和"映像"在原始人群心目中的重要地位，英国人类学家弗雷泽在其《金枝精要——巫术与宗教之研究》中亦曾专门辟有章节加以探讨。他发现"未开化者常常把自己的影子或映像当作自己的灵魂，或者不管怎样也是自己生命的重要部分，因而它也必然是对自己产生危险的一个根源，如果踩着了它，打着了它，或刺伤了它，就会像是真的发生在他身上一样使他感觉受了伤害，如果它完全脱离了他的身体（他相信这是可能的），他的生命就得死亡"。（弗雷泽：173—174）兰克依据弗雷泽的相关发现进一步指出，许多民族文化中几乎无一例外地存在着主体对自身肖像、照片或是镜中映像所表现出的恐惧，因为他们相信一旦自己的"影像"（image）为他人占据即有可能引发杀身之祸。（Rank：65）不过，尽管兰克十分重视弗雷泽的研究成果，但他显然并不满足于后者仅仅从人类学的视角对各种迷信观念加以追根溯源。在论及古代神话中的纳齐苏斯（Narcissus）之际，兰克指出这一经典故事所包含的意义"就其本质而言无异于替身母题"；与此同时，心理学家绝不能将"替身"现象当中的"自恋"意义与"死亡"意义之间的紧密关联仅视为某种人类学意义上的"偶然事件"。（69—70）为此，兰克主要从"自恋"、"手足之争"（fraternal rivalry）以及"死亡恐惧"（thanatophobia）等几个方面进行了探讨。

在兰克看来，"替身母题"当中有关"迫害情结"（persecution complex）的文学表征不仅印证了弗洛伊德围绕"妄想症之自恋倾向"所作出的论断，而且还将那个以"追逐者"（pursuer）形象出现的"替身"化约为"自我本身"——"一位曾经最为所爱的人物，而如今却成了必须防御的目标"。（74）事实上，这种看似矛盾的心理演变恰恰再次折射出弗洛伊德的观念："自恋"并不只是暗示主体欲望表达的"病态"乃至"变态"，它在一定程度上也是主体从"自淫"（auto-erotism）到"客体恋"（object-love）发展过程中的"必要中介期"。（Freud，1957：69）事实上，神话中的纳齐苏斯在顾影自怜之际即对"自我"表现出了某种矛盾心态，在他身上"似乎有某种东西在抵制绝对的自恋"。兰克认为替身文学中有两种方法可以充当这样的防御机制：一是像王尔德笔下的道林·格雷那样对自己的影像表现出"恐惧和反感"，二是如大多数情形下所发生的那样——使自己的影像或镜像从眼前消失，而这在兰克看来恰恰是一种极端自恋的复归。（Rank：73）

接下来，兰克将研究视角转向文学替身现象当中常涉及的男性"手足之争"。在他看来，兄弟间的此类敌对之态尽管可以表现于日常生活中的诸多情境，但主要是围绕争夺"女性之爱"而展开的；当这样的争夺将矛头指向"母爱"之际，主体便会"合乎情理地"产生一种置其替身于死地的"意愿和冲动"。当然，"手足之争"并非替身现象产生的根源，而只是一种"阐释"。（76）兰克的真正目的乃是希望将替身的"形式意义"与先前围绕"自恋"所展开的心理分析结合起来，进而在"替身"、"自恋"和"死亡"这几个概念之间建立起联系。兰克首先指出，替身形象的"最突出症候"通常是一种强烈的"负罪意识"，主体人物正是由于这样的意识而不得不放弃对"自我"的某些行为承担责任，转而将其转嫁给"另一个自我"，也即"替身"。不仅如此，兰克还指出"死亡恐惧"与"自恋"之间之所以存在关联，乃是因为主体拥有一种所谓的"永葆青春之意愿"。这一意愿自然表明了主体针对"自我"的独特发展阶段所投射的"力比多固着"（libidinal fixation），但另一方面也表达了主体对于"变老"的恐惧——其实质等同于"死亡恐惧"。（77）于是，替身文学中时常会出现这样一种奇怪的自杀逻辑悖论："[主体]为了使自己摆脱那令人无法忍受的死亡恐惧而主动寻死。"（78）对此，兰克解释说，主体的自杀欲望从来都不是指向其自身的，相反，它"以一种无痛的方式去杀死另一个自我"，一个在无意识中分裂出来的"可憎的、罪孽的自我"。在此意义上，当主体将其自杀欲望替代性地移置到那一影子人物身上时，替身文学作品中便会出现这样一种屡见不鲜的情形：主人公为了"永远躲避替身的追逐"而选择将其杀死。（79）

关于兰克的"替身"研究，弗洛伊德在《暗恐》一文中亦有所提及，不过他似乎更希望在兰克研究的基础上进一步揭示出替身现象所包含的"暗恐"特质。如果说霍夫曼笔下那个难以从儿时记忆中祛除的"沙魔"（Sand-Man）代表了所谓反复闯入现实的"被压抑的恐惧的象征"，（童明：110）那么这种"反复"在一定程度上恰恰映射了原始神祗在人类意识当中的魔性回归，它构成了"暗恐"的"可怖因子"——某种"业已遭受压抑而如今又得以重返的事物"。（Freud，2003：147）有意思的是，为了进一步说明"暗恐"与"替身"之间的关联，弗洛伊德还在《暗恐》一文的脚注中讲述了发生在自己身上的一则故事：列车行进中，"我"正坐在自己的卧铺车厢内，突然隔壁厕所的门由于车厢剧烈晃动而被打开；接着，一位年长的绅士穿着晨衣闯入"我"的房间，显然他从厕所出来后认错了道，于是"我"立即起身予以纠正，走近却发现那绅士竟然与"我"长得一模一样！稍作辨别，"我"方才意识到眼前这位神秘的"替身"不过是门上的镜子反射所致。弗洛伊德不禁自问："当我们因看见这些意外出现的自我影像而感到不快时，那当中或许也包含着一种针对'替身'所作出的原始反应，将其视为某种暗恐之物？"（162）

作为暗恐形象的"替身"对于文学而言往往是一种天然的优势。如美国学者皮策尔所说，它的独特功效往往使之能够超越主体自我"在认识论和生理层面上的屏障"。（Pizer：177）。在此意义上，替身关系演绎的乃是"自我力比多"与"客体力比多"之间的对立、穿越和交换："其中的一方被利用得越多，那么另一方便越会遭受损抑。"（Freud，1957：76）这在一定程度上映射了拉康的观念：欲望客体乃是主体在象征意义上被剥夺的部分；（Lacan：15）无论那种想象性欲望多么荒诞不经，主体总是会以某种方式牵连其中。施虐欲望的主体之所以对受虐对象表现出兴趣，其原因正在于主体自身也同样倾向于顺从那样的虐待。（16）也就是说，在替身关系当中，主客体之间的施虐与受虐行为在某种意义上乃是双向展开的。道林·格雷即是如此，当他将匕首刺向自己的肖像时，受到致命伤害的却正是自己。这一现象在拉康看来同样（当然是作为一种变体）存在于《哈姆雷特》当中：当雷欧提斯（奥菲莉娅的哥哥）与哈姆雷特进行决斗之际，前者实际上成了后者的替身；难怪哈姆雷特不禁感喟对手的高贵品德可谓"举世罕见……若有人欲与他比较，那他只配当他影子而已"（第五幕第二场）。在拉康看来，"他者形象的呈现在此处显然意味着对［主体/观者］的全面吸收"；……在这样一种独特的"镜像关系"中，"你所抗争的对象恰恰是你最为崇敬的人；理想自我（ego ideal）……也因而成了你不得不杀戮的对象"。（31）如果我们将萨特围绕"他者"理论所展开的研究纳入考察视野，便可更加清晰地意识到替身现象中的独特运动机制："他者不仅是我看到的他，也是看到我的他"。（Schuetz：182）如此一来，替身关系当中的"主体"同时也会呈现为"自我客体"（me-object）。换句话说，"我之'基于自我而存在'从一开始便也是'基于他者而存在'"。（189）与此同时，我们还应该注意到，自我与他者在萨特那里实际上还会围绕各自的主体性展开交替性的争夺，"他者通过审视我而将我变成客体……［不过］在接下来的行动中，我还可以再次对'他者-主体'加以客体化，并因此而重新获得我自己的主体性"。（195）在此意义上，爱伦·坡的小说《泄密的心》（"The Tell-Tale Heart"）所展现的不仅仅是凶手（"我"）如何对被害者的身体实施控制，更在于表现被害者如何用他那令人憎恶的"秃鹫之眼"将施害者（"我"）的身体变成客体化进程中的工具。这似乎印证了萨特的观念——"我开始接受用'他者'的眼睛来审视自己"。（192）

在现代文学中，"替身"的出现固然预示着人格分裂成为"两股对峙的力量"及其所引发的"身份缺失"，（Rosenfield：327）但是主体与替身之间并不总是泾渭分明地代表着善与恶的二元对立。在不少场合，两者常常会在表面对抗的语义层面之下展开一定程度的"合谋"——这直接关系到替身文学作品本身的隐含道德取向。如果说，"在一个对自由不羁之物持消极评价的社会语境中，'替身'小说便会演绎成为'魔鬼'小说，"（334）那么这种观念所反映出来的实质意义乃是指：作品本身潜在的反讽结构有可能彻底颠覆"天使-魔鬼"这一传统的"二元对立"模式。于是，替身关系有可能变得复杂起来，就像夏洛蒂·勃朗特笔下的简·爱与伯莎·梅森那样。当然，替身关系的复杂性还不止表现为人物（边界）的模糊性和阈限性，它在现代文学结构中还可能表现为美国学者珀尔特所揭示的"内部复制原则";（Porter：331）换言之，替身现象作为"叙述的生成原则"还可能指涉文本完形结构中的"内部映射"。（316）这种观念一方面回应着《陀思妥耶夫斯基诗学问题》中围绕复调小说所作出的思考，"[替身现象]……不仅在思想方面和心理方面，而且还在[小说的]布局结构方面，都起着重要的作用"；（巴赫金：80）另一方面也回应着《小说与重复》之开篇处亮出的精辟见解，"任何一部小说都是重复现象的复合组织，都是重复中的重复"。（米勒：3）如此说来，苏格兰作家霍格的小说《罪人忏悔录》（*The Private Memoirs and Confessions of a Justified Sinner*）堪称是极佳的例证：它不仅将人物关系演绎为一种双重替身母题（罗伯特成为其哥哥乔治的"对立式替身"；而吉尔-马丁则作为影子人物又成为罗伯特的"协作式替身"），更凸出的是，它还分别借助"编者"与"罪者"的叙述声音先后两次对情节事件加以聚焦，从而使得小说获得了一种基于重复基础之上的"叙述替身"关系。由是观之，"替身"虽缘起于人类的精神世界，但却能够如神话中的普罗蒂厄斯那样随机变化着自己的形态。它在理论内涵方面的强大可塑性使得自己不仅仅停留在简单的文学性想象层面之上，更可能凭借其独特的现代性姿态成为文学思维的元语言。正如瓦都拉吉斯（Dimitris Vardoulakis）在其 2010 年出版的《替身：文学的哲学》（*The Doppelgänger: Literature's Philosophy*）一书中所提出的告诫，我们既不要将替身文学狭隘地"收缩"为某种"心理分析的门类"（否则便会如托多罗夫所担心的那样使"替身"失去其文学意义），也不要将其加以无限"扩张"，使之沦为某种普适性的"复制现象"（duplicity），以为"人人均互为替身；万物均相互拷贝"。（Vardoulakis：8）瓦都拉吉斯之所以与过去的替身研究者存在差异，乃是因为他将文学替身抽象成了一种"功能性的在场"（operative presence），一种既抵制"在场"又抵制"缺席"的哲学式隐喻——这是他全部理论的精髓和出发点。在瓦都拉吉斯那颇具解构主义风范的全新阐释中，"替身"成了一种"阈限性的主体"（liminal subject），而文学也在此意义上成为了哲学的"替身"。（247）

"替身"的文学想象与批评

如果说西方替身文学的滥觞出现在中世纪的欧洲——或表现为喜剧作品中的娱乐元素，或表现为寓言作品中的说教方式，（Rosenfield：326）那么，它的"黄金岁月"则主要集中在 19 世纪的欧洲浪漫主义运动时期，尤以德国为甚。（Pizer：177）替身文学之所以在 19 世纪大行其道，总体而言乃是因为那一时代的风尚热衷于展示人的"精神生活"（inner life）；这源于当时欧洲社会、文化与宗教所经历的巨大变迁，尤其是正统基督教信仰在 19 世纪的削弱以及法国大革命带来的社会动荡。它们一方面引发了神学领域的争议，使得撒旦这样的魔鬼形象在想象性文学中获得了空前的"礼遇"，另一方面也使得人的个体价值以及内省意识重新获得了重视。(Porter：319；Rosenfield：328）在霍夫曼的小说《魔鬼的万灵药水》（*The Devil's Elixirs*）中，身为修士的梅达杜斯与维克托林伯爵不仅容貌酷似彼此，而且还能产生精神信息的交换。在霍桑的小说《豪威廉的化装舞会》（"Howe's Masquerade"）中，那位曾经叱咤风云的英军总司令在舞会进行当中竟然遇到一个容貌与之完全相同的不速之客。沙米索（Adelbert von Chamisso）在《彼得·施莱米尔的神奇故事》（*Peter Schlemihl wundersame Geschichte*）中讲述了主人公彼得因为将影子卖给魔鬼而从此失去了自己的社会身份。缪塞在诗歌《十二月之夜》（"La Nuit de Décembre"）中如是写道："一个身着黑衫的孤儿 / 与我如兄弟一般相似 /……/ 是虚幻之梦 / 抑或是镜中的自己 /……/ 你到底是谁？又为何如我那青春的幽灵 / 不知疲倦地将我追随？"毫无疑问，作为文学想象的"替身"案例将会构成一条漫长的文本链。限于篇幅及讨论之可行性，本文将主要围绕世界文学范围内的部分代表性作家及其相关作品略作梳理与分析，并在此基础上大致勾勒出替身文学的演绎轮廓。

如上文所说，"替身"作为一个真正意义上的文学概念首先出现于 1796 年由德国浪漫主义作家让·保罗发表的小说《塞宾卡斯》当中。这部作品主要讲述的是主人公塞宾卡斯追求幸福婚姻的喜剧故事，但情节当中出现了塞宾卡斯与其挚友莱布吉伯（Leibgeber）之间的替身关系：他们不仅拥有相同的秉性和体征，而且穿着相同的服饰，仿佛是"一个灵魂被分配到两个躯体之上"。当然，同样引人耳目的是两者在为人处世方面的差异："塞宾卡斯为人宽容，而莱布吉伯则喜好惩罚"。(Richter：86）这在一定程度上确立了替身文学最初的创作范式——相似的生理特征，相悖的精神世界。爱伦·坡的小说《威廉·威尔逊》即是一个经典的例证：恣肆放纵的"我"与作为道德监控机制的"影子人物"从姓氏到外貌均完全一致，但在心理层面上却分别表征着弗洛伊德所谓的"力比多本能"和主体所必须对抗的"文化及伦理观念"。(Freud，1957：93）与此同时，"良心"所代表的"理想自我"（作为一种"独特的心理力量"）旨在对"现实自我"加以"监视和导控"。弗洛伊德认为这种"被监视的幻觉"在所有的正常人身上都会存在，并会引起当事人的"反叛"，当然，在某些妄想症患者那里还会时常伴随一种批判性的"语音媒介"，(95—96）就像《威廉·威尔逊》中的主人公每每在寻欢作乐之际便会遭遇到"影子人物"在其耳畔发出的那"令人毛骨悚然的呢喃"。这种以人物对称关系为创作范式的替身小说在 19 世纪文学当中十分普遍。罗森菲尔德认为作家出于可然性之考虑往往会采用两种做法：一是"并置"，也即将代表社会道德规范的人格与放荡不羁的罪恶自我分别展现于两个不同的人物身上；二是"互补"，也即为同一个人物创造出两个身份互补的"投射对象"。(Rosenfield：328）值得注意的是，不少替身小说中的二元对立关系并非清晰可辨，相反它们会借助"影子人物"从人格化向非人格化的渐变模式逐步实现自行消解。换句话说，替身关系中的主宾双方在某些场合可能并非简单的"并置"或"互补",而是既"并置"又"互补"。这不仅在很大程度上展示出主人公的精神分裂症候,同时也为替身文学的现代性逻辑埋下了伏笔。

在勒·法努1872年发表的短篇小说集《镜中幻象》(*In a Glass Darkly*)中,几乎每一部作品均涉及替身母题,而最为著名的当属西方吸血鬼文学传统中的经典之作《卡米拉》("Carmilla")。替身关系在《卡米拉》中首先表征为一种以善恶划界的模式:一方面是作为主人公的少女劳拉(代表纯洁),另一方面是由吸血鬼化身而来的"美丽姑娘"卡米拉(代表欲望);但是随着故事的推进,两位女性人物之间的边界变得模糊起来。卡米拉自身的变幻莫测——"卡米拉"(Carmilla)、"米卡拉"(Mircalla)和"米拉卡"(Millarca)——使得这一魔鬼形象(不妨称之为青春期的"力比多固着")在逐渐失去其原先的人格表征之际转而蜕变为主人公精神世界中的"暗恐":"即便到了今天,卡米拉依然以她那捉摸不定的形象回到我的记忆之中——有时是一个活泼而又文静的美丽姑娘,有时又会成为我在教堂废墟里所目睹的那个面目狰狞的魔鬼。"(Le Fanu:270)这就如同陀思妥耶夫斯基在《卡拉马佐夫兄弟》中所描绘的伊万,他在精神错乱之际冲着自己的替身说道:"你是我的疾病,你是幽灵。……你是我的幻觉。你是我自己的化身,不过你体现的只是我的一面……但只是最见不得人和最愚蠢的那部分。"(700)与《卡拉马佐夫兄弟》相比,陀思妥耶夫斯基1846年发表的小说《替身》(或译《双重人格》)更是直接将替身母题中的精神分裂症候发挥到了极致。故事中的"大戈利亚德金"与"小戈利亚德金"所构成的替身关系使我们想起了安徒生的童话故事《影子》:作为心理投射物的幻象实体最终战胜并取代了现实世界中的意识主体。与陀思妥耶夫斯基一样,德国19世纪"诗意现实主义"的代表人物施笃姆(Theodor Storm)也创作过一部题为《替身》("Ein Doppelgänger")的小说(国内有译者将其标题译为《双影人》)。区别在于施笃姆笔下的替身关系主要表现为一个拥有矛盾性格的人物(既有暴虐倾向却又不乏温情的父亲约翰·汉森)如何存在于他人(汉森之女克里斯蒂娜)的记忆碎片之中;正如叙述者所感叹的那样,"驱走你脑子里的幽灵吧!那个幻影与你亲爱的父亲,他们本是一个人啊!他失足过,受过苦,但却是一个人"。(施笃姆:229)

随着替身文学逐渐摆脱传统的善恶之二元对立模式,它更多地乃是旨在揭示独特历史语境下人物所面临的伦理焦虑与混沌。在此意义上,某些替身小说开始将传统的精神分裂症候转化成了社会学意义上的价值反思。就这方面而言,史蒂文森(Robert L. Stevenson)的《杰基尔博士和海德先生》是一个杰出的代表。它折射出维多利亚时代英国人的精神风尚——人们的头脑中"总是萦绕着一种无法逃避的分裂意识":"理性"与"放纵"、"公众"与"隐私"、"文明"与"野蛮";在这些彼此对峙的价值取向之间,他们不得不"成为一个演员","仅仅扮演具体场合所规定的那一部分自我"。(Saposnik:716)换句话说,维多利亚时代的英国人堪称"化妆舞者",他们如"杰基尔博士"那样幻化出一个替身,那替身并非"邪恶的对手",而是"影子自我"。(717)与那种基于精神分裂症候的替身小说相比,史蒂文森的《杰基尔博士和海德先生》主要是力图表明善恶双方的聚合性;正如萨珀斯尼科所说的那样:"人不得不与其本身的多重自我建立起一种尴尬但却必要的和谐关系"。(724)于是,替身关系中的对立双方总是处于逻辑悖论之中:一方对另一方的逃避恰恰构建了一种无法逃避的怪圈。对此,英国作家切斯特顿(G. K. Chesterton)不乏精辟地说道:"《杰基尔博士和海德先生》的真正意图并不在于表明一个人成了两个人,而在于揭示两个人成了一个人⋯⋯"(Saposnik:729—730)

如果说 19 世纪替身文学中的心理投射对象往往由一个看似有血有肉的人物(或真实或虚幻)来充当——不妨称之为"心理实体",那么 20 世纪的替身文学则大致因循两条发展轨迹。第一条轨迹是愈加淡化影子人物的实体性,比如在奥康纳(Flannery O'Connor)的小说《暴力救赎》(*The Violent Bear It Away*)当中,主人公塔沃特(Tarwater)的撒旦式替身几乎幻化成了其头脑中时常出现的"声音"。或许正是在此意义上,罗森菲尔德的观点是存在合理性的:传统替身文学中的"机械降魔"(diabolus ex machina)程式对于现代读者而言不免显得"过于幼稚";在20 世纪,更易博得受众认同的是所谓的"想象之魔"(diabolus ex capite),抑或是赋予"现实主义人物"某些"魔鬼属性",并借此使之象征"无意识进程中的反叛式自由"。(Rosenfield:336)不过,20 世纪的替身文学显然不能为罗森菲尔德的归纳法所完全涵盖;当他指出纳博科夫的小说《微暗的火》(*Pale Fire*)汇聚了现代"替身小说"的"全部特征"之际,(341)他可能忘记了自己先前关于"想象之魔"的理论概括根本无法观照小说中由约翰·谢德与查尔斯·金波特所构筑的实体化替身关系。事实上,现代替身文学中的不少精品依然对"心理实体"模式保持着某种经过"扬弃"的怀旧情结,不妨称之为"第二条轨迹"。其特点是将以往那种简单的"心理投射"转化为相对复杂的"身份换位",而由此所产生的伦理困境恰恰在一定程度上折射出了文学的现代性。康拉德的小说《秘密的分享者》("The Secret Sharer")即是如此。当年轻的船长费尽周折帮助莱格特(一位因意外杀人而前来寻求庇护的大副)逃亡之际,那最终跳入大海奔向自由的人究竟是前者还是后者呢?土耳其诺贝尔文学奖得主帕慕克在其小说《白色城堡》(*Beyaz Kale*)中更为明确地展示了现代替身文学中的身份换位现象:作为叙述者,主人公意大利学者与奥斯曼帝国的占星师霍加不仅拥有相同的容貌,更在故事的最后交换了身份而滞留在对方的世界中。无独有偶,葡萄牙诺贝尔文学奖得主萨拉马戈在其 2002 年发表的小说《替身》(*O Homem Duplicado*)中同样表现了类似的主题。故事中的主人公特图里亚诺与自己的影子人物安东尼奥拥有完全相同的外貌和音质,进而出于报复而在无意间交换了身份并由此引发了现实生活中的身份危机。当小说中的替身形象在车祸中丧生之后，主人公取代了他的现实身份，从而使得自己事实上沦为了替身的替身。更有意思的是，小说的开放式结局（主人公即将如约会见一个新的影子人物）有意将这种循环的替身关系无限延伸下去。安徒生的童话《影子》虽然也讲述了获得肉身的影子与影子的主人展开身份的争夺，但结局却与萨拉马戈的版本大相径庭：前者的"影子"以极具反讽的姿态彻底取代了影子的主人，而后者的"影子"则成了一种拉康式的"纯粹的能指"，它在不断交替的身份换位中使得人的生存意义展示出隐含的现代性。

替身文学的现代性不仅仅取决于创作者的现代身份，亦有可能包藏于作品本身的潜在政治意识（尤其是性别政治意识）当中。换言之，不仅仅是20世纪以来的替身小说，甚至许多19世纪的经典之作同样可能表现出前所未有的批评潜力。关于前者，我们不妨以加拿大作家阿特伍德（Margaret Atwood）的《强盗新娘》（*The Robber Bride*）为例。在这部小说当中，三位女主人公（托尼、查丽丝和洛兹）在面对那令人捉摸不定的"影子人物"泽尼娅（Zenia）时，非但没有将其"恶行"视为实质上的伤害，相反倒是将她看成了自我实现的必由之径。在此意义上，美国学者怀厄特（Jean Wyatt）指出，泽尼娅作为拉康意义上的"真实"恰恰是托尼等女主人公们在"象征域"中业已"丧失"或加以"压制"的部分；也就是说，她成了拉康视阈中的暗恐意象——"一个能够无拘无束进行自我表达、未遭阉割的自我"。（42）小说中主人公与泽尼娅之间的替身关系正如泽尼娅的名字所暗示的那样，乃是刻意影射并批判古希腊文化当中的"齐尼亚现象"（Xenia）——也即一种基于自我牺牲的"宾-主关系"（guest-host relationship）。怀厄特指出，阿特伍德之所以将"齐尼亚"转化为"泽尼娅"，其用意正在于表达对传统女权主义的修正：女性之间的团结互助只有以"承认女性之间的妒忌和矛盾"为基础才能具有真正的现实意义。（59）

关于19世纪文学经典如何成为现代替身批评的一个有趣话题，最佳的案例莫过于夏洛蒂·勃朗特的《简·爱》。简·爱与伯莎·梅森之间的替身关系在西方学者那里经历了三个阶段的阐释。首先是以吉尔伯特与古巴尔为代表的女性主义批评家将伯莎视为简·爱抵御男性权力社会的"黑暗替身"；（Gilbert and Gubar：360）如此一来便不可避免地使得前者仅仅沦为后者的心理学"映射"，并因此抹除了伯莎的主体性。这种解读在斯皮瓦克看来乃是将属下身份降格为白人帝国主义霸权体系操控下的"他者"，（Spivak：247）换言之即是将伯莎视为白人作家笔下缔造的、用以拯救白人女性个体主义价值的牺牲品。鉴于此，斯皮瓦克等人主张借助后殖民理论的政治棱镜将伯莎从其作为"他者"的"物化情境"中解放出来。但问题在于，这种表面上的批评"解放"本身即预设了伯莎的"他者"身份，造成了解读过程中的"二次物化"。（Pollock：262）针对上述两种阐释，珀洛克提出了第三种阐释，认为简·爱与伯莎之间发生着某种"同谋关系"。（249）在珀洛克看来，吉尔伯特和古巴尔等女性主义批评者们不仅忽略了伯莎在文本中"造就其自身主体性的能力"，同时也没有注意到小说作者试图借助这一从边缘地带突围的"身份"对文本机体造成的"阻隔"。换言之，传统女性主义批评只是注意到了文本中以白人女主人公为核心的性别权力话语，而没有意识到叙事进程中以克里奥尔人伯莎为核心的种族话语颠覆机制。（253）其次，珀洛克敏锐地指出伯莎并不只是简·爱的消极"镜像"，相反，这两位女性人物之间发生着某种"相互依存"；（255）她们虽然看似对帝国主义文化规范表现出截然相反的姿态，但却在身份换位的过程中使得"简-伯莎"通过拒斥"文明化使命"而得以从帝国主义霸权及其教育实践中解放出来。（261）再者，珀洛克还指出小说中人物的兽性表征不只是作用于"疯女人"伯莎身上，也同样体现在女主人公简·爱身上。从某种意义上说，我们甚至可以颠倒人物之间的替身关系，"将简·爱视为伯莎的映射"，并因此而"解构了欧洲的自我／种族化他者之二元对立"。（266）

值得一提的是，《简·爱》本身也拥有一个文本性的"替身"——多米尼加裔作家里斯（Jean Rhys）围绕"疯女人"（伯莎·梅森）所撰写的"前传"《藻海无边》（*Wide Sargasso Sea*）。斯皮瓦克在研究这部作品时特别强调女主人公安托瓦内特（亦即伯莎）与黑人女仆蒂亚之间的替身关系：她们俩同吃同住同行，"就像看见镜子里的自己一样"。不过，斯皮瓦克从后殖民理论视角出发进一步将此替身关系视为对古典神话模式的颠覆。如果说奥维德在《变形记》中让纳齐苏斯将水中的"他者"看作了"自我"，或曰"被自我化的他者"（selfed other），那么里斯则旨在让安托瓦内特将其"自我"视为"他者"，也即"被他者化的自我"（othered self）。这种从"自我"向"他者"的转化在斯皮瓦克看来，成了揭示"帝国主义认识论之总体暴力"的"寓言"。（Spivak：250—251）珀尔特在对文学替身的批评路径进行总结时曾指出替身现象通常被阐释为：（1）"自我意识"为维护"理想化的自我形象"而力图压制的那些"让人恐惧的、卑劣的自我属性"；（2）"力比多"的自恋式回归；（3）基于人格塑造之要求而显现的不同潜在势力之间的和谐发展；（4）人类针对"不朽"所表达的普遍欲望。（Porter：318）不过，鉴于上文的讨论，我们无妨再补充一条路径：基于性别、种族等政治问题而进行的寓言式解构。

文学"替身"的认知科学理据

在1824年发表的小说《罪人忏悔录》中，霍格描述了主人公罗伯特的一番心理感受："我总是觉得自己变成了两个人。当我躺在床上的时候，就会认为那床上躺着我们俩；当我坐起来的时候，总会发现在我的左侧三步开外的地方……存在着另外一个人。"（Rosenfield：335）自然，这样一种奇诡的文学想象在替身小说中并不鲜见，但有意思的是，对认知科学一无所知的霍格竟然在无意间讲述了一则现代实验室里的故事。2006年9月21日出版的《自然》杂志（第443卷）上刊载了认知神经科学家阿尔希（Shahar Arzy）等人的实验报告，题为《幻象影子人物的诱发》。根据这个报告，科学家们对一位精神正常的 22 岁年轻女性进行癫痫手术治疗前的会诊评估。结果发现，每当这位患者左脑的颞顶交界区（temporoparietal junction）受到脑电刺激时便会产生一种幻觉，以为"其体外空间存在着另外一个人"。在这个报告中，被试在接受脑电刺激之际采取了三种不同的姿态：当她仰卧时，一个"年轻"、"性别不明"的"影子人物"（shadow person）便会紧挨着其身体下方保持同样的卧姿；当她坐立时，那个"人"也会坐起身，从背后紧紧地拥抱她——"一种令人不适的感觉"；最后，研究人员又让被试在保持坐姿之际用右手拿起卡片执行语言测试任务，此时，其身后的那个"影子人物"竟然试图干扰被试的测试进程——"他想要夺走卡片"，"他不让我阅读卡片"。由于认知神经科学家在此之前业已发现人脑的颞顶交界区负责掌控人类的自我意识、自我与他者的甄别以及其他幻象性的"自体知觉"（own-body perceptions）等信息加工程序，因此阿尔希等人的实验结论是："借助脑电刺激在颞顶交界区造成多感官（multisensory）及（或）感官运动（sensorimotor）分裂，将会导致被试产生一种自体幻觉，也即在近体外空间（near extrapersonal space）出现了另外一个人。"（Arzy, et al.：287）

2010 年，瑞士认知神经科学实验室的海德里希（Lukas Heydrich）等人在《意识与认知》杂志上发表了《幻象中的自我身体感知》一文，试图通过实验中的临床案例进一步证明"多感官生理信号的整合"对于"生理自我意识"的关键作用。有意思的是，尽管这原本只是一篇认知神经科学领域的学术论文，但文章却从霍夫曼的小说《魔鬼的万灵药水》当中摘取一段文字作为题头语："我成了看似存在的自我，但似乎并非真实的自我；即便于我本人而言，我也是一个难解之谜，因为我的人格已被撕裂。"（Heydrich, et al.：702）早在 1951 年，法国巴黎医学院教授莱尔米特（Jean Lhermitte）便在著名的《英国医学杂志》（*BMJ*）上发表了《视觉自我幻象》一文，指出历来就存在着这样一种令哲学家们颇感困扰的异常现象——人能够看见自己的"替身"，仿佛是"镜中反射的身体影像"；"……伴随这种奇怪的现象，不仅产生过许多方法各异的阐释，而且还出现了诸多文学作品，尤其是在 18、19 世纪浪漫主义时期的德国"。（431）

莱尔米特指出歌德在离开他的未婚妻之后旋即出现了这样的幻觉，"我看到了我自己，不是用生理的眼睛，而是用心灵的眼睛。……当我冲着这个幻象摆动脑袋之际，它便消失了"。影像（替身）与主体之间似乎存在着"精神与肉体上的联结"：那影像似乎是主体自身的一部分，而主体则会产生一种幻觉，即"他存在于这个与他拥有相同思维和感知的影像之中"。（432）替身现象在莱尔米特看来尽管更多地与睡眠或困倦的生理状态存在紧密关联，但也会大量地出现于"头脑完全清醒的主体"身上。（431）此外，莱尔米特还特别提及"焦虑"对于自体幻象的激发作用。他举例说，一位不久前痛失孩子的年轻母亲在某个晚上竟然发现隔壁房间里有另一个"自我"站在孩子的床边，脸上写满了酸楚。莱尔米特于是强调，"替身问题必须同时在文学与医学病理学两个层面上加以研究"。（432）最值得一提的是，莱尔米特还专门腾出一段篇幅讨论了"文学中的'替身'"，并特意论及陀思妥耶夫斯基的小说《替身》，认为主人公戈利亚德金所遭遇的替身幻象正是现实生活中可能发生的。这一基于典型妄想症的替身幻象同样存在于卡夫卡的小说《审判》当中，甚至也同样发生在疯癫之际的莫泊桑身上。（433）替身幻象虽然是文学作品中的常客，但莱尔米特指出，这种看似浪漫的想象性创作实际上有其"病理性现实"，通常均源自于"中央神经系统的病变"。（433）在此意义上，他还不乏依据地指出，绝大多数善于描写替身幻象的"文学天才"——从霍夫曼到爱伦·坡，从陀思妥耶夫斯基到缪塞——均表现出"显著的精神异常"：他们不是好酒便是嗜毒，抑或饱受癫痫病痛的折磨。

　　同样与替身文学有着紧密关联的是认知神经科学研究当中的所谓"出体经验"（out-of-body experience/OBE）。其传统意义通常包括三点：（1）感觉从身体中分离出来；（2）从体外看见自己的身体；（3）自体感知过程中的视点升高。（Cheyne and Girard：202）在这里，除了第三点特征主要适用于人文想象中的"灵魂出窍"模式（如爱伦·坡的短篇小说《凹凸山的传说》当中有关灵魂从高处审视肉身躯体的描述），前两个特征则与替身文学的表达程式存在着直接关联。在康拉德的小说《秘密的分享者》当中，年轻的船长看着自己床铺上正在睡觉的"替身"，不由地产生了一种"同时身处两地的感知困扰"。瑞士认知神经学家布兰克（Olaf Blanke）教授认为，"出体经验"作为一种跨越不同文化的恒定现象，完全能够成为科学调查的对象。（1414）瑞典卡罗林斯卡医学院（Karolinska Institutet）神经科学实验室的工作人员在这方面进行了颇具启发的研究。他们于2012年发表了有关"出体幻觉"的最新实验报告。研究者借助实时视频传送与虚拟现实技术使被试的自我意识产生"出体幻觉"（其最突出的表现之一便是人物视点的虚拟性位移）。当实验者采用"刀具威胁"（knife-threat）手段（即做出"缓缓用刀刺向被试后背"的动作）之际，被试的生理恐惧反应便会通过"皮肤电导反应"被客观地记录下来。科学家发现，与通常状态下对"刀具威胁"作出的"皮肤电导反应"数值相比，被试在"出体幻觉"实验中所显现的"皮肤电导反应"数值发生了明显的减弱；这就证实了科研人员的假说：被试在实验中会趋向于"脱离其真实的身体"。（Guterstam and Ehrsson：1040）

　　作为文学批评家的珀尔特曾试图说明文学上的替身现象与临床医学上的"自窥症"（autoscopy）存在"相当大的差异"，认为前者属于心理层面，而后者属于生理层面。（Porter：317）显然，这样的甄别不仅在科学上经不起推敲（因为认知神经科学的独特价值恰恰在于它弥合了"身"与"心"的内在关联），而且在文学上也显得毫无必要——艺术的想象从来不排斥甚至还会崇尚人类的某些生理病症，就像《卡拉马佐夫兄弟》中伊万的替身所说的那样："由于胃部不适或者其他原因，人往

往会做一些精美绝伦的梦，看到极其复杂而又真实的生活，……即使列夫·托尔斯泰也写不出来。"（陀思妥耶夫斯基：702）

结　语

　　替身现象是人类精神世界的独特表征。它的影响不止在文学，更遍及政治、宗教、哲学、心理学、人类学以及认知神经科学等诸多学科领域。博尔赫斯（Jorge L. Borges）将替身视为奇幻文学创作的四大技法之一；（Rogers：161）法农在《黑皮肤，白面具》中将"美-丑、白-黑"这种世俗的善恶替身关系称为"摩尼论谵妄"（manicheism delirium）；（Fanon：183）G. R. 泰勒将基督教中的魔鬼看作是上帝的"镜像"；（Rogers：6）罗杰斯将替身现象联系到中国哲学的阴和阳、柏拉图哲学的灵与肉、笛卡尔哲学的身与心以及洛克哲学观当中的认识主体与客体；（10）兰克将替身现象根植于人类的自恋情结，弗洛伊德则将其当成一种"暗恐"的复归；弗雷泽从不同民族所共有的"影子迷信"中为替身现象提供了一则人类学脚注；而新近的认知神经科学家们则在实验室里发现了替身现象的理性内涵。

　　替身文学缘何能够在世界范围内引起作者与读者的广泛共鸣呢？奥秘大抵在于其独特的修辞功效所引发的超文本性的情感发生机制。对于此，罗森菲尔德给出了表层解答："作家对生活的想象乃是其本人的公开忏悔，他既是罪者亦为判官，而我们［读者］则充当了第二自我，在无意识中分担了他的愧疚。"（Rosenfield：343）换言之，替身关系不仅存在于文本内部的人物之间，同样也存在于作者与读者之间。弗洛伊德给出了深层解答：文学作品中的黑暗替身（罪犯）之所以让读者感兴趣，乃得益于那些人物身上所体现出来的"一贯的自恋"；而这令人"嫉羡"的"幸福的精神状态"（作为一种"坚不可摧的力比多立场"）正是读者所业已舍弃的。弗洛伊德认为儿童乃至某些动物的"魅力"恰恰在于他（它）们的"自恋、自我满足和不可理解"——他们似乎对周围的一切毫不在乎；"很明显，对于那些业已放弃部分自恋并着手寻找'客体之爱'的人而言，另一个人身上的自恋似乎会变得充满吸引力"。（Freud，1957：89）

　　"替身"是脚踵下相伴的影子，丢弃它定会像詹姆斯·巴里笔下的彼得·潘那般惶惶不可终日；"替身"更是心头挥之不去的"暗恐"，它将美杜莎的真实面目映射在珀尔修斯的盾牌之上。这样一位陌生的密友将始终如幽灵一般萦绕于世界文学殿堂的各个角落。

参考文献

1. Arzy, Shahar, et al. "Induction of an Illusory Shadow Person." *Nature* 443 (2006): 287-288.
2. Blanke, Olaf. "Out of Body Experiences and Their Neural Basis." *British Medical Journal* 329

(2004):1414-1415.

3. Cheyne, J. Allan, and Todd A. Girard. "The Body Unbound: Vestibular-Motor Hallucinations and Out-of-body Experiences." *Cortex* 45 (2009): 201-215.

4. Fanon, Frantz. *Black Skin, White Masks*. New York: Grove, 1967.

5. Freud, Sigmund. "On Narcissism: An Introduction." *The Standard Edition of the Complete Psychological Works of Sigmund Freud*. Vol. 14. London: Hogarth, 1957.

6. —. *The Uncanny*. Trans. David McLintock. London: Penguin, 2003.

7. Gilbert, Sandra, and Susan Gubar. *The Madwoman in the Attic: The Woman Writer and the Nineteenth-Century Literary Imagination*. New Haven: Yale UP, 2000.

8. Guterstam, Arvid, and H. Henrik Ehrsson. "Disowning One's Seen Real Body During an Out-of-body Illusion." *Consciousness and Cognition* 21 (2012): 1037-1042.

9. Heydrich, Lukas, et al. "Illusory Own Body Perceptions: Case Reports and Relevance for Bodily Self-Consciousness." *Consciousness and Cognition* 19 (2010): 702-710.

10. Lacan, Jacques. "Desire and the Interpretation of Desire in Hamlet." *Yale French Studies* 55/56 (1977):11-52.

11. Le Fanu, Sheridan. "Carmilla." *In a Glass Darkly*. Vol. 3. London: R. Bentley, 1872.

12. Lhermitte, Jean. "Visual Hallucination of the Self." *British Medical Journal* 1.4704 (1951): 431-434.

13. Pizer, John. "Guilt, Memory, and the Motif of the Double in Storm's Aquis Submersus and Ein Doppelgänger." *German Quarterly* 65.2 (1992): 177-191.

14. Pollock, Lori. "(An)Other Politics of Reading 'Jane Eyre'." *Journal of Narrative Technique* 26. 3 (1996): 249-273.

15. Porter, Laurence M. "The Devil as Double in Nineteenth-Century Literature: Goethe, Dostoevsky, and Flaubert." *Comparative Literature Studies* 15.3 (1978): 316-335.

16. Rank, Otto. *The Double: A Psychoanalytic Study*. Ed. Harry Tucker Jr. Chapel Hill: U of North Carolina P, 1971.

17. Richter, Jean Paul Friedrich. *Flower, Fruit and Thorn Pieces , or the Married Life, Death and Wedding of the Advocate of the Poor, Firmian Stanislaus Siebenkäs*. Boston: Ticknor, 1863.

18. Rogers, Robert. *A Psychoanalytic Study of the Double in Literature*. Detroit: Wayne State UP, 1970.

19. Rosenfield, Claire. "The Shadow within: The Conscious and Unconscious Use of the Double." *Daedalus* 92.2 (1963): 326-344.

20. Saposnik, Irving S. "The Anatomy of Dr. Jekyll and Mr. Hyde." *Studies in English Literature* 11.4 (1971): 715-731.

21. Schuetz, Alfred. "Sartre's Theory of the Alter Ego." *Philosophy and Phenomenological Research* 9.2 (1948):181-199.

22. Spivak, Gayatri. "Three Women's Texts and a Critique of Imperialism." *Critical Inquiry* 12.1 (1985): 243-261.

23. Vardoulakis, Dimitris. *The Doppelgänger: Literature's Philosophy*. New York: Fordham UP, 2011.

24. Wyatt, Jean. "I Want to Be You: Envy, the Lacanian Double, and Feminist Community in Margaret Atwood's *The Robber Bride*." *Tulsa Studies in Women's Literature* 17.1 (1998): 37-64.

25. 巴赫金：《陀思妥耶夫斯基诗学问题：复调小说理论》，白春仁、顾亚铃译，生活·读书·新知三联书店，1988。

26. 柏拉图：《柏拉图对话集》，王太庆译，商务印书馆，2011。

27. 弗雷泽:《金枝精要——巫术与宗教之研究》,刘魁立编,上海文艺出版社,2001。

28. 米勒:《小说与重复——七部英国小说》,王宏图译,天津人民出版社,2008。

29. 施笃姆:《茵梦湖》,杨武能译,译林出版社,1997。

30. 童明:《暗恐/非家幻觉》,载《外国文学》2011年第4期。

31. 陀思妥耶夫斯基:《卡拉马佐夫兄弟》,荣如德译,上海译文出版社,2004。

① 最初的德文版文本中首次出现"替身"一词时,其拼写方式为 doppeltgänger,但是到了小说的第532页时,这个合成词当中所包含的字母"t"消失了,并由此产生了其现今通行的拼写——doppelgänger。(Vardoulakis:249)

图像转向 杨向荣

略　说

在人类文明史上，图像化的视觉阅读一直都受到学者的关注与重视，如亚里士多德（Aristotle）指出："无论我们将有所作为，或竟是无所作为，较之其他感觉，我们都特爱观看。理由是：能使我们识知事物，并显明事物之间的许多差别，此于五官之中，以得于视觉者为多。"（1）20世纪视觉文化时代的到来，催生了西方思想史上语言学转向往图像转向（Pictorial Turn）的生成，并使当代文化的重心从语言转向了图像。今天，我们生活在一个由图像、拟像和类像所构成的景观社会中，伴随社会文化转型而来的图像转向已是一个不争的事实。人们一边惊叹于图像、影像带来的视觉盛宴和感官刺激，一边又不禁为传统文学的地位及其生存发展状况感到不安；一方面为技术带来的新视觉体验所陶醉，一方面又感叹传统文字叙事模式的渐行渐远。可以说，一场关于图像时代的图文战争的争论在西方学界率先涌现，并迅速成为全球性的学术焦点和热点。

综　述

图像志与图像研究

图像志（Iconography）最早可追溯到古希腊，用来描述和阐释图像等视觉艺术，这一术语由希腊语的 eikon（图像）和 graphein（书写）两个词衍生而来，从字面意义来理解，图像志就是图像书写、图像描述和图像阐释。潘诺夫斯基（Erwin Panofsky）发现：

"图像志"的后缀 graphy，源于希腊文 graphein，暗示着一种纯描述性的，而且常常是资料统计式的方法。因此，图像志是对图像的描述和分类，就像人种志（ethnography）是对人类种族的描述和分类一样。……在这些研究中，图像志对我们确定作品的日期、出处，偶尔还对我们确定作品的真伪具有无可估量的帮助；它为进一步解释提供了必要的基础，不过，图像志本身并不试图作出这种解释。

由于"图像志"这个词的普遍用法有这些严格的限制，……所以我建议重新使用一个相当古老的术语"图像学"。凡是在不孤立地使用图像志，而是把它和某种别的方法，如历史学的、心理学的或批评论的方法结合起来以解释艺术中的难解之谜的地方，就应该复兴"图像学"这个词。"graphy"这个后缀表示某种描述性的东西，而"logy"源于 logos（思想或理性）——则表示某种解释性的东西。（转引自贡布里希：附录）

图像学最早源于 16 世纪里帕（Cesare Ripa）的附有插图、论及文艺复兴的《图像学》一书。图像研究在艺术研究领域出现，主要指 19 世纪在欧洲美术史研究领域里发展起来的圣像学研究（Iconology，谱像学）。[①]对图像学这个术语最早的阐释是在潘诺夫斯基的《图像学研究：文艺复兴时期艺术的人文主题》中，在书的序言中，潘诺夫斯基写道：

> 图像学区别于分辨"惯例主题"的图像志之处在于，图像学研究艺术品的"内在含义或内容"，……这种含义是通过弄清那些能够反映一个民族、一个时期、一个阶级、一种宗教或哲学信仰之基本态度的根本原则而领悟的。（36）

在潘诺夫斯基看来，艺术是文化的体现，而通过图像这一视觉艺术，我们可以解读图像主题背后的文化意义。霍格韦尔夫（G. J. Hoogewerff）则认为："表述得好的图像学与实践得好的图像志有着密切的关系，……图像学关心艺术品的延伸甚于艺术品的素材，它旨在理解表现在（或隐藏于）造型形式中的象征意义、教义意义和神秘意义。"（转引自贡布里希：附录）贡布里希（Ernst Hans Josef Gombrich）认为，潘诺夫斯基 1939 年出版《图像学研究：文艺复兴时期艺术的人文主题》一书，是在人文学科领域将图像理论学科化的一次重要尝试，潘诺夫斯基把古典主题的各种演化凝结成哲学观念变异的征象，虽然其分析显然还没有完全脱离黑格尔主义的影响，但潘诺夫斯基以此为基础发展了一种跨学科式的图像解释的规范或方法论，即图像学。（413）

到了 20 世纪后半期，图像学的研究方向开始发生变化，不再单纯关注图像本身，而是转向对图文关系的研究。对图像的关注从艺术领域扩展到文学、哲学和文化领域，图像逐渐成为沟通艺术、文学、哲学等诸多学科的符号，图像研究也逐渐成为了一种跨学科的研究方法和研究范式。虽然图像学和图像志研究很早就出现了，但真正意义上的图像研究源于 19 世纪末和 20 世纪初，最初在艺术学领域出现。到 20 世纪后期，随着视觉文化时代的来临，这个术语开始慢慢进入文学、哲学、文化等领域，成为一个跨学科的范畴。

而关于读图时代来临的说法，最早可追溯至海德格尔（Martin Heidegger）在《世界图像的时代》中的论断：

> 从本质上看，世界图像并非意指一幅关于世界的图像，而是指世界被把握为图像，……世界图像并非从一个以前的中世纪的世界图像演变为一个现

代的世界图像；而不如说，根本上世界成为图像，这样一回事情标志着现代的本质。（91）

20 世纪末，米歇尔（W. J. T. Mitchell）又提出"图像转向"理论。1992 年，米歇尔在《艺术论坛》中说："人们似乎可以明白看出哲学家们的论述中正在发生的另一种转变，其他学科以及公共文化领域也正在又一次发生一种纷繁纠结的转型。我想把这一次转变称为'图像转向'。"（2002：14）随后，他在出版的《图像理论》一书中，讨论了图像的表征问题，并区分了图像文本与文本图像，从而构建起较为成熟的图像理论体系。《图像理论》、《图像学：形象、文本、意识形态》和《图画想要什么：形象的生命和爱》是米歇尔图像研究的三部曲。其中，《图像理论》提出了"图像转向"命题，并对形象与词语的关系，图像与文本的关系，图像理论在文化、意识形态和再现理论中的位置展开了探讨。而《图像学：形象、文本、意识形态》则从图像学角度对形象、文本以及意识形态三者之间的复杂关系展开了探讨。在他的理论阐释中，他通常使用 image 一词对图像进行本体性的哲学分析，而使用 picture 一词来阐述图像的意识形态特征。

视觉文化与图像转向

在罗蒂（Richard Rorty）对哲学思想史的描述中，哲学思想史的最新转向是语言学转向。在语言学转向的引导下，词与词的关系取代了词与物的关系，成为现代文艺美学研究的重心。语言学转向突出了语言在哲学、文学领域中的主导作用，体现出世界被建构成为语言，并按照语言学的研究方法被把握的倾向。米歇尔基于罗蒂的观点，认为语言学转向之后还有一个明显的转向：图像转向。而这种在哲学、社会以及文化等学科领域正在发生的以视觉文化为背景的图像转向，表明当代文化正由话语意识形态向着图像意识形态转变。今天，人们已逐渐放弃文本理解的语言思维方式，而采用图像观看的视觉思维模式，传统的语言文字由于受到图像转向的影响而受到很大冲击。米歇尔发现，从语言理解到图像观看的体验在维特根斯坦（Ludwig Wittgenstein）和罗蒂等哲学家们对于图像的恐惧与焦虑中更加明确地表露出来，而"这种想维护'我们的言语'而反对'视物'的需要，正是图像转向正在发生的可靠标志"。（15）

讨论图像转向，我们必须将之置于视觉文化的语境中。不少理论家发现，20 世纪以来，一种新型的文化形态——视觉文化——开始逐渐出现。贝尔（Daniel Bell）认为："目前居'统治'地位的是视觉观念。声音和景象，尤其是后者，组织了美学，统率了观众。在一个大众社会里，这几乎是不可避免的。"（156）弗莱伯格（Anne Friedberg）的描述则更为清晰和具体：

> 19 世纪，各种各样的器械拓展了"视觉的领域"，并将视觉经验变成

商品。由于印刷物的广泛传播，新的报刊形式出现了；由于平版印刷术的引进，道密尔和戈兰德维尔等人的漫画开始萌芽；由于摄影术的推广，公共和家庭的证明记录方式都被改变。电报、电话和电力加速了交流和沟通，铁路和蒸汽机车改变了距离的概念，而新的视觉文化——摄影术、广告和橱窗——重塑着人们的记忆与经验。不管是"视觉的狂热"还是"景象的堆积"，日常生活已经被"社会的影像增殖"改变了。（327—328）

可见，随着对视觉性的强调，当代文化日益偏离以语言为中心的理性主义模式而转向以视觉为中心的感性主义模式。正是视觉文化时代的到来，催生了语言学转向到图像转向的生成，并使当代文化的重心从语言转向图像，图像成为读图时代大众生活的重要符号表征。莱斯特（Paul M. Lester）认为，在当今时代，"关注图像是人类的本能。眼睛被喻为'心灵之窗'，人类获取信息的80%来自眼睛"。（18）而视觉心理学的研究成果也表明，人类的阅读习惯往往是先图像后文字，这是人们视觉心理上的一种本能反应。人们的眼球容易被生动的图像吸引过去，人们在心理上也更倾向于接受图像信息。

正是在视觉文化的语境下，米歇尔提出图像转向，认为"文化脱离了以语言为中心的理性主义形态，日益转向以形象为中心，特别是以影像为中心的感性主义形态。视觉文化，不但标志着一种文化形态的转变和形成，而且意味着人类思维范式的一种转变"。（1987: 76）在米歇尔看来，虽然图像作为表征传达的工具自古就有，但它现在明显以一种前所未有的力度影响着文化的每一个层面，从最为高深精微的哲学思考到大众媒介，甚至连最为粗俗的生产制作领域也无法避免。因此，图像成为时代的主角不仅仅是一个文化现象，同时也是全球范围内的一个媒介事件，更是公共空间中的一个美学事件。这也正如艾尔雅维茨（Aleš Erjavec）所言：

> 无论是在约克郡或纽约市，甚至希腊、俄罗斯或马来群岛，只要当下的晚期资本主义得到发展的地方，这一"图像社会"（society of the image）就都会如影随形地得到发展。其存在的前提条件是大众媒体与晚期资本主义的出现，以及它们二者之间建立的联系。（5—6）

艾尔雅维茨在研究中还发现：

> 图像的显著优势，或曰"图画转向"，有助于解释近年来在哲学与一般理论上的"语言学转向"。……现代主义本身基本上说还是依赖于意识形态的、政治的和文学的话语。在后现代主义中，文学迅速地游移至后台，而中心舞台则被视觉文化的靓丽辉光所普照。（34）

图像转向在德波（Guy Debord）和鲍德里亚（Jean Baudrillard）的表述中则是景观社会和拟像社会的生成。德波认为当代社会是一个景观社会，生活被展示为许多景象的高度聚积，所有存在都被转化为景观或表象。"世界之影像的专门化，发展成一个自主自足的影像世界，……景观不能被理解为一种由大众传播技术制造的视觉欺骗，事实上，它是已经物化了的世界观。"（1）在德波看来，在当代社会，景观不仅努力使自己成为商品，同时也以注意力吸引人们对它的关注、欲望和需求。景观已成为人们主导性的生活模式，一种深入当今人们生活内部的生存模式。与德波一样，鲍德里亚也表述了对拟像社会取代现实社会的忧虑。鲍德里亚描述了符号与现实的历史关系：符号首先是对某种基本现实的反映；其次，符号遮蔽和篡改基本现实；再次，符号遮蔽某种基本真实的缺失；最后，符号发展为与任何真实都没有关系，而纯粹仅仅成为自身的拟像。（Baudrillard：6）鲍德里亚认为，在数字技术时代，"仿真"在高科技技术的支持下已越来越与现实无涉，符号、象征或影像代替现实成为了真实的幻象。鲍德里亚的"拟像"命题可谓是极其精辟地阐释了图像转向的后现代意义：在超现实的后现代世界里，各种各样的图像符号拒绝再现和反映现实，而是直接取代现实，形成一个自足的拟像社会。从某种意义上说，后现代社会就是一个图像符号化社会。

从语言学转向到图像转向，不仅意味着以语言文字为中心的文化向以图像为中心的文化的转变，同时也意味着以"语言/话语"为中心的思维模式向以"视觉/图像"为中心的思维模式的转变。语言文本已不再是研究和关注的焦点，图像艺术则充斥着社会和文化的领域。一方面，文化大众越来越倾向于通过视觉直观来体验事物和思想，读图、观影取代了阅读和讲故事；另一方面，研究者也相应地将研究的重点放在图像在当下文化和意识形态领域的位置和作用，以及图像与文学等其他学科领域的关系等问题上。

图像转向与图文战争

贡布里希写道：

> 我们的时代是一个视觉时代，我们从早到晚都受到图片的侵袭。在早餐读报时，看到新闻中有男人和女人的照片，从报纸上移开视线，我们又看到食物盒上的图片。邮件到了，我们开启一封封信，光滑的折叠信纸上要么是迷人的风景和日光浴中的姑娘，使我们很想去做一次假日旅游，要么是优美的男礼服，使我们禁不住想去定做一件。走出房间后，一路上的广告牌又在竭力吸引我们的眼睛，试图挑动我们去抽上一支烟、喝上一口饮料或吃上点什么的愿望。上班之后更得去对付某种图片信息，如照片、草图、插图目录、蓝图、地图或者图表。晚上在家休息时，我们坐在电视机这一新型的世界之窗前，看着赏心悦目的或毛骨悚然的画面一幅幅闪过。（转引自范景中：106）

基于贡布里希的描述，笔者以为，图像转向也表明日常文化已越来越围绕图像来建构其自身意义。这一方面是视觉文化的转型使然，另一方面也是因为图像在视觉文化时代相对于语言文字而言的优势。可以说，当下的图文战争或者说图文博弈主要体现在图像文化对传统文学所控制领域的争夺，文学逐渐出现了图像化趋势。

文学图像化首先体现为传统文学著作和期刊的图像化。传统文学著作的图像化主要是指在作品中插入了大量的图像，并借助图像来叙事，以达到图文并茂的效果。如生活·读书·新知三联书店和现代出版社在上个世纪90年代开始出版蔡志忠图说中国古典名著的漫画作品和朱德庸的都市漫画系列著作。除了文学著作图像化外，"图说"历史也成了出版社关注的重点。如人民文学出版社出版了"名著名译插图本"丛书，广西师范大学出版社推出了"插图本学术著作"丛书，等等。这些图文化的书籍采用图像化的叙事方式，一时成为大众喜爱追捧的热门读物。其实，在书籍出版历史中，文学的图像化形式早已有之，如古代"绣像本"小说。在这些作品中，文为主，图为辅，图像起着补充说明文字的作用。但在当代的图像化书籍中，图文关系颠倒过来了。图像不再是文字的辅助、补充或点缀，而成为书籍的主体，文字反过来成为图像的配角、辅助、补充或点缀。新奇、精美和富于视觉冲击力的图像已成为"眼球经济"时代的主要支撑，图像化成为了文学出版界的视觉奇观。此外，图像化也体现为期刊杂志的图像化。首先，期刊纷纷追求审美风格的视觉化和图像化。在期刊的出版发行中，插图比重的增加已成为当下不言而喻的事实，如《人民文学》、《文学界》、《小说界》、《十月》等传统文学类刊物都增加了彩色插图。其次，杂志在栏目内容上的处理也显示出图像化趋势，如《小说界》的"纪实文学"栏目，《上海文学》的"日常生活中的历史"、"记忆·时间"和"记忆·空间"栏目等。在这些栏目中，文字与图片形成一种互文的共性关系，图文共同完成叙事表达。

文学图像化的另一突出表征是文学作品被改编成图像化的影视剧。国外的名著接二连三地被搬上荧幕，而中国古典长篇小说四大名著也都先后被拍成电视剧或电影，此外，不少现当代文学经典，如钱钟书的《围城》、曹禺的《日出》、老舍的《四世同堂》、张爱玲的《倾城之恋》和《红玫瑰与白玫瑰》等，也先后被拍成了影视剧。今天，文学正借助高速发展的电子媒介技术，进行着景观化的表达，文学文本和形象通过影视图像的阐释，以更通俗直观的形式被展现出来。如莫言的《红高粱》和余华的《活着》，这两部作品因为张艺谋的影视技术而为更多人熟知。可以说，在视觉文化时代，人们越来越渴求通过读图来了解世界和进行交流，对图像的阅读欲望变得越来越强烈。图像能在一瞬间以其精美、新奇、富有视觉冲击力的特点牢牢抓住人的眼球，这也就是如今所称的"眼球经济"。随着视觉文化和读图需求的日益深进，图像化的表征只会是越来越普遍，甚至还有可能出现图像"膜拜"趋势。

在这场看不见硝烟的图文战争中，文字正在慢慢地沦为图像的注脚，图像成了主角，图像符号压倒了文字符号，甚至演变成图像霸权。其实，在文明史进程中，人类在很早的时期就通过图像符号或图像化的象形文字符号来交流和记事。从原始时期洞穴壁画和岩画到附有图像的陶器，再到体现神灵和等级观念的陵墓图像，图像作为符号的社会意义已经凸显出来。但随着文字的发明和使用，文字由于记录信息和表情达意方面的精确性、明晰性和统一性，逐渐取代了早先的图像符号或图像化的象形文字，并占据了主导性。今天，随着现代数字技术的发展，图像再一次与语言文字展开了话语权的争夺。在当下的图文战争中，视觉景观逐渐成为当代文化的中心，图像冲击压倒文学，形成图像霸权。

图像转向与图像意识形态

文字和图像就像是操着不同语言的两个国家，它们有着各自所掌握的话语权，可以说，在图像转向中，图像观看有着隐在的意识形态表征。伯克（Peter Burke）认为，图像观看是一种意识形态的呈现：

> 如果认为这些艺术家—记者有着一双"纯真的眼睛"，也就是以为他们的眼光完全是客观的，不带任何期待，也不受任何偏见的影响，那也是不明智的。无论从字面上还是从隐喻的意义上说，这些素描和绘画都记录了某个"观点"。（16）

米歇尔发现：

> 语言和形象不再是启蒙批评家和哲学家所承诺的那样：语言和形象是完美的和透明的媒体，可以让人们去理解现实。……形象现在被认为是带着自然和透明虚伪面纱的标志，形象掩盖了费解的、歪曲的和随意的表征机制，也被认为是一个神秘的意识形态化过程。（1987：8）

米歇尔希望重建语言和形象的透明性和表现性，并使其成为对世界的理解方式，正如他所言："我们能做的就是重新反思形象作为透明的图像或特权表现这个观念，它掌控了有关心理和语言的问题。"（1987：71）对米歇尔而言，图像与形象有着明确的区分：图像是一个建构起来的具体的客体或整体（框架、支柱、材料、颜料、制作），形象是图像为观者提供的虚拟和现象的外表；图像是一个故意的再现行为，形象则是非完全自愿的，甚至或是被动的或自动的行为；图像是一种特定的视觉再现，形象则关涉到整个形象领域，如词语的、声音的、精神的形象。

其实，在图像的意识形态表征中，图像所构造的并不是实物本身，而是关于事物的符号传达。萨考夫斯基（John Szarkowski）认为："一幅画的产生可能是为了表现一个特定的人、一个特定的建筑物或一件特殊的历史事件。但是，从严格的逻辑角度讲，在一幅画表现任何特定的事物、人物或状态之前，它是一种图像。"（9）因此，无论呈现在绘画中的事物是什么，它都不是事实本身。外在世界的物体与绘画中的图像不是一回事，尽管它们看上去相同。伯格（John Berger）认为，在图像的意识形态表征中，图像的观看带有某种不言自明的直观性：

> 在被记录的瞬间与眼下观看的瞬间之间，存在着一个深渊。我们是如此地熟悉照片，以至于不能有意识地记住这两个孪生瞬间中的第二个，除非是在特殊的场合，例如照片上的人是我们的熟人而目前却远在他乡或者已经去世。在这样的场合，照片比大多数回忆或纪念品更加令人难忘。……照片所呈现的东西，取决于人们喜欢发生的任何故事。（伯格、摩尔：76）

桑塔格（Susan Sontag）也认为："由于每张照片只是一块碎片，因此它的道德和情感重量要视乎它放在哪里而定。一张照片会随着它在什么环境下被观看而改变。"（107）在不同的场合，照片有着不同的使用意义。也就是说，在图像叙事中，图像叙事者的意图与图像观看者的接受在感性层面上会对图片有不同的认知，即使面对图像中相同的认知点，不同的认知者也会有不同的认识。可见，话语权在图像的认识过程中起着至关重要的作用，这也使观者对图像的阐释带有很强的意识形态性。

图像的意识形态表征还涉及图像及其表征主题的逻辑关联。所谓图像的真实性，即指图像与所表征的对象具有一致性。从视觉的角度出发来把握这个世界，外在的感性世界将首先呈现成为一个视觉图像，这在柏拉图（Plato）的"床喻"、"太阳喻"、"线喻"和"洞穴喻"中得到最为直接的表现。维特根斯坦认为，每一个图像就是一个逻辑图像，它表明了事实的存在与非存在。

> 我们之所以说到那种图画式的东西，倒是因为我们能够感觉到一个词是恰当的；因为我们在几个词中作选择，那情形往往就像我们在相似但不尽相同的图画间作选择；因为图画常常用来代替词语，或用来图解词语。（82—83）

可见，图像与所表征之事存在着一种必然的关联。图像会将我们自然地导向对所表征的实物的认知。这种识别图像的能力与知识及语言无关，它是存在于所有人身上的与生俱来的视觉能力。

在意识形态表征上，图像转向也展现了现代人的碎片化生活。所谓现代生活的碎片化，就是指现代社会的诸多方面，包括个体、世界、知识等，都成为了碎片。碎片表征的是现代生活本身，用弗里斯比（David Frisby）的话说，现代性碎片是一种动态的表述，在其中，支离破碎、四分五裂的存在的总体性和个体要素的偶然性得到了相当明确的显露。（330）由于现代生活的碎片化，个体的感知也出现了印象主义风格，现代个体不再关注社会现实的深刻内涵，而是注重以主观的内在心理感悟社会生活的表面现象或现实碎片。在当下社会，个体所表达的往往只是社会生活和个人经验的一角，因此，文字是思绪的一刹，而图像也只是景观的一瞬。图文都以碎片化的方式存在，注重表达的审美注意力效果。

图像化的世界还体现了现代人的困境化生存。桑塔格援引了柏拉图的"洞穴"隐喻，认为现代人同样"无可救赎地留在柏拉图的洞穴里，老习惯未改，依然在并非真实本身而仅是真实的摄影中陶醉"。（3）在桑塔格看来，现代影像技术下的现实存在就是当下的"洞穴"，只不过"洞穴"的条件发生变化罢了。图像为我们创造了拟像化的世界，这种拟像化的生存让我们深陷其中而无法自拔。与桑塔格相类似，拉什（Scott Lash）认为，随着后现代社会的到来，出现了文字向图像的转变，这种转变的最大特点是从理性主导的现实原则向感性主导的快乐原则的转变。（170）图像主要基于观看而存在，观看者从感性直观去欣赏图像，并通过感官来获得快乐；图像化的世界是一个感官体验空前膨胀的王国，图像的感性直观性将个体的审美化生存引向直观，并导致接受者理性思考的缺席，以及理解的表面化与感性化。

图像时代的来临使语言中心被图像中心所替代，语言主因向图像主因的转变实际上就是理性思维向感性思维的转变。社会对形象大量生产，电视、电影、广告、网络等电子媒介以源源不断的影像刺激人的视觉，冲击人的感官。正如费瑟斯通（Mike Featherstone）所说："观众们如此紧紧的跟随着变换迅速的电视图像，以致于难以把那些形象的所指，连结成为一个有意义的叙述，他（或她）仅仅陶醉于那些由众多画面跌连闪现的屏幕图像所造成的紧张与感官刺激。"（8）面对强烈的视觉冲击，主体与客体间很难再保持沉思的审美体验，韵味也被震惊所取代。

结　语

今天，我们进入了一个图像无处不在的图像时代，海德格尔所言的"世界变成图像"并不是说图像在我们的世界中无处不在，而是指我们的世界正以一种图像化的方式被我们所理解和把握。艾尔雅维茨认为："图像就是符号，但它假称不是符号，装扮成（或者对于那迷信者来说，它的确能够取得）自然的直接在场。而词语则是它的'他者'，是人为的产品。"（26）图像被当作直接的现实，在图像技术不断丰富的视觉文化时代，图像的感性特征更是被发挥到极致。可以说，在视觉文化时代的图像转向中，图像霸权的倾向是非常明显的。需要注意的是，对图像的崇拜和对文字的冷落，很容易使大众养成一种用图像表达而不用文字表达的惰性习惯。

而当大众沉溺于图像的轻松阅读和图像的娱乐性时，当感官上的沉迷多于对审美意义的思考时，人们对图像的热衷将远远胜过语言，崇高性也将日益消退，我们将不得不面对一个世俗性上位的时代。而这，不能不引起我们的反思。

参考文献

1. Baudrillard, J. "The Precession of Simulacra." *Simulacra and Simulation*. Michigan: U of Michigan P, 1994.

2. Frisby, D. *Georg Simmel: Critical Assessments*. Vol.1. London: Routledge, 1994.

3. Lash, S. *Sociology of Postmodernism*. London: Routledge, 1990.

4. Mitchell, W. J. T. *Iconology: Image, Text, Ideology*. Chicago: U of Chicago P, 1987.

5. 艾尔雅维茨：《图像时代》，胡菊兰等译，吉林人民出版社，2003。

6. 贝尔：《资本主义文化矛盾》，赵一凡等译，生活·读书·新知三联书店，1989。

7. 伯格：《观看之道》，戴行钺译，广西师范大学出版社，2005。

8. 伯格、摩尔：《另一种讲述的方式》，沈语冰译，广西师范大学出版社，2007。

9. 伯克：《图像证史》，杨豫译，北京大学出版社，2008。

10. 德波：《景观社会》，王昭凤译，南京大学出版社，2006。

11. 范景中选编：《贡布里希论设计》，湖南科学技术出版社，2001。

12. 费瑟斯通：《消费文化与后现代主义》，刘精明译，译林出版社，2000。

13. 弗莱伯格：《移动和虚拟的现代性凝视：流浪汉／流浪女》，载罗岗、顾铮主编《视觉文化读本》，广西师范大学出版社，2003。

14. 贡布里希：《象征的图像：贡布里希图像学文集》，杨思梁等编选，上海书画出版社，1990。

15. 海德格尔：《林中路》，孙周兴译，上海译文出版社，2004。

16. 莱斯特：《视觉传播：形象载动信息》，霍文利等译，北京广播学院出版社，2003。

17. 米歇尔：《图像转向》，载陶东风等主编《文化研究》（3），天津社会科学院出版社，2002。

18. 潘诺夫斯基：《视觉艺术的含义》，傅志强译，辽宁人民出版社，1987。

19. 萨考夫斯基：《摄影师的眼睛》，载顾铮编译《西方摄影文论选》，浙江摄影出版社，2003。

20. 桑塔格：《论摄影》，黄灿然译，上海译文出版社，2008。

21. 维特根斯坦：《哲学研究》，陈嘉映译，上海人民出版社，2001。

22. 亚里士多德：《形而上学》，吴寿彭译，商务印书馆，1997。

① Iconology 后缀 logy 源于希腊文 logos（逻各斯），指思想和理智，带有理性化色彩。与圣像学（Iconology）相关的另一个概念是肖像学（Iconography）。Iconography 的后缀 graphy 源于希腊文 graphein（写作），强调动作性，有描述一个过程或叙述一个事件的意思。

唯美主义 胡永华

略 说

广义上而言，唯美主义（Aestheticism）指 19 世纪出现在欧洲的一种文艺思潮，"为艺术而艺术"，即艺术自主性，或艺术自律，是其主要主张。它根源于德国古典美学，尤其是康德美学中的"审美非功利性"观念为它提供了理论基础。这种文艺观念在 19 世纪 30 年代的法国文艺界颇为流行，作家戈蒂耶（Pierre Jules Théophile Gautier）、波德莱尔和福楼拜是这一主张的著名支持者。此后，这一观念由英国诗人斯温伯恩（Algernon Charles Swinburne）和画家惠斯勒（James McNeill Whistler）引介到英国，开启了英国唯美主义运动。唯美主义的艺术自律论、对艺术技巧与艺术内在价值的强调对后来的现代主义、形式主义和新批评理论有重要影响。

狭义上而言，唯美主义常常特指在 19 世纪后半叶英国兴起的一种文艺思潮和社会文化运动。作为拉斐尔前派与现代主义之间的艺术先锋派，它的主要代表人物包括罗塞蒂（Dante Rossetti）、伯恩−琼斯（Edward Burne-Jones）、莫里斯（William Morris）、佩特（Walter Pater）和王尔德等。当代艺术研究学者普雷特约翰（Elizabeth Prettejohn）以小写的唯美主义（aestheticism）指称上述广义上的唯美主义，大写的唯美主义（Aestheticism）专指英国唯美主义。（1999：4）该词之所以成为英国唯美主义的特指是因为，虽然"唯美"一词源自德国美学家鲍姆加登（Alexander Gottlieb Baumgarten）的奠基之作《美学》（*Aesthetica*，1750/1758），艺术自主性观念源自德国美学，英文的 Art for Art's Sake 译自法文的 L'art pour L'art，但是唯美主义一词却是由英国批评家所创造。该词首次出现于 19 世纪 60 年代末，用来特指在当时英国出现的文艺运动。（Prettejohn，2007：3—4）其次，只有在英国，唯美主义才发展成为一种声势浩大的社会文化运动。唯美主义文艺思潮对英国艺术界影响重大，在文学、绘画、雕塑和装饰艺术等领域都结出了硕果。在 19 世纪六七十年代，唯美主义文艺观影响到生活领域，形成一种唯美人生观，即以追求美和艺术为人生至上目标，以艺术的精神对待生活。70 年代末到 90 年代中期，唯美生活方式与唯美装饰艺术在社会上蔚然成风，成为一种流行社会文化运动。1895 年，唯美主义者典范王尔德因"有伤风化"的同性恋行为获罪入狱，这个事件标志着唯美主义运动的终结。

"崇美至上"（the cult of beauty）是英国唯美主义运动的主题，它为先锋派艺术观念"为艺术而艺术"在英国的传播和接受提供了前提条件。对美和艺术的崇拜源生于 19 世纪英国社会的种种危机与挑战中，传统宗教的衰落使得艺术成为心灵的寄托；设计危机的出现凸现了艺术的重要性；机器大生产与劳动分工造成劳动者的异化，艺术成为疗治异化的良方。它与消费社会、中产阶级和专业社会的兴起关联密切。

综　述

唯美主义的特征：崇美至上

从其词源上唯美主义获得了它的两个主要特征：对美和艺术的崇拜。"美学"于 19 世纪初出现在英文词汇里，首次出现时是作为鲍姆加登的著述《美学》的书名。鲍姆加登以希腊文"感知"（aisthesis）为基础创造了美学这个新词，意指关于美，尤其是艺术中的美的科学。（威廉斯：1）唯美主义视美为最高价值。2011 年，伦敦维多利亚和阿尔伯特博物馆举办关于唯美主义运动的展览，其标题为"崇美至上：唯美主义运动 1860—1900"，凸显其特征为"崇美至上"，这个归纳恰如其分。值得注意的是，唯美主义所推崇的美强调感官愉悦，与传统美学所推崇的精神和道德之美有所不同，极端者如王尔德甚至否认美与道德有任何关联。唯美派对感性美的追求体现在两个方面：一是在主题上，唯美派艺术的一大特色是描绘和颂扬感性美，比如罗塞蒂画笔下的美女以肉感美见长，斯温伯恩的诗歌颂扬感官声色之美。二是在形式上，唯美派艺术追求形式上的美感，信奉形式至上。比如王尔德在文艺理论文章《作为艺术家的批评家》中指出："形式是一切！"（1986：1052）其次，唯美主义崇尚艺术，无论在艺术领域还是生活领域，艺术都被赋予了宗教一般的神圣地位。唯美主义的口号"为艺术而艺术"正是建立在艺术至高无上的地位之上。1868 年，斯温伯恩在其散文《威廉·布莱克》中引介了法国"为艺术而艺术"的文艺观，热情地宣告艺术的独立："艺术在任何情况下都不可能成为宗教的婢女、责任的导师、事实的奴仆、道德的先驱……首先是为艺术而艺术，然后我们才可以为它添加其他任务。"（90—91）在佩特那里，"为艺术而艺术"成为一种以艺术鉴赏为人生至乐的生活方式。他在《论威廉·莫里斯的诗歌》（1868）一文中首次使用"为艺术而艺术"一语，但是与斯温伯恩从艺术家的角度强调艺术的独立性不同，他强调以非功利之心追求艺术，并从中获得美感享乐："诗的激情、美的渴望、为艺术而热爱艺术，乃是智慧的极致。因为艺术来到你的面前，除了为你带来最高质量的瞬间之外，别无其他；而且仅仅是为了这些瞬间。"（1995：92）

唯美主义文艺观与人生观

唯美主义既是一种文艺观也是一种人生观，两者密切相关。在文艺观念上，

"为艺术而艺术"口号归纳了它的主张。它有三层含义：其一，美是艺术的最高价值和最终目的。它意味着艺术的独立和自治，艺术服从于自身规则，追求自身目的。其二，艺术家享有自主权。艺术家可以自由选材、自由创作。艺术作品的价值由同行决定。其三，纯艺术，即艺术非功利性。艺术家潜心艺术创作，远离俗世的纷扰，不理会任何名利的诱惑。它所反对的是艺术工具论，尤其是道德主义艺术观和艺术的商业化。

唯美主义人生观可归纳为"人生艺术化"，如韦勒克（Rene Wellek）所述"艺术拥抱生活，艺术是生活的标准，为艺术而生活"。（409—410）它包含有如下几层含义：其一，浅表的日常生活审美化，即以艺术品和美丽的事物装饰自己与居所，建造美的环境。这个主张基于这样的信念，美丽的事物可以潜移默化地对人施加好的影响，培养高尚纯洁的心灵、优雅美丽的举止，引导人们热爱美善之物，其思想源泉是柏拉图在《理想国》中对美的环境塑造美的心灵的论述。其二，强调存在与体验自身的价值，视发展自我为人生的首要目的。佩特在《论华兹华斯》一文中对人生艺术化作过经典的论述："用艺术的精神来对待生活，就是要把生活变成目的和手段合二为一的东西，也就是说，提倡用艺术和诗歌的真正道德意义来对待生活。"（1974：139）中国作家以"刹那主义"指称佩特和王尔德"只关注当前并追求感官上的极致"这个思想。（周小仪：176）其三，艺术中形式与内容的完美统一象征着人的灵魂与肉体的和谐统一。最后，它意味着个人主义与自由。王尔德之所以热切地推崇艺术为人生之楷模，一个重要的原因是他认为"艺术是迄今为止世界上所存在的最强烈的个人主义形式"。（1986：992）他希望将艺术创作中的自由引入生活领域，像创造艺术作品一样自由地创造生活。

关于唯美主义的评价与研究

传统唯美主义研究仅关注唯美主义的精英文化层面，尤其侧重文学艺术，忽视绘画艺术以及流行文化层面的日常生活审美化运动。学界在过去对英国唯美主义评价较低，认为在文艺理论和艺术实践上，英国唯美主义都成就甚微。文艺理论上，英国唯美主义理论家只是把法国的 L'art pour L'art 引介进来变成 Art for Art's Sake，自身无甚新见。艺术史专家冈特认为"为艺术而艺术"思想"纯粹是外国的货色"，（16）受其影响创作的文学和绘画作品由于是"混血儿"，"无法跟它的来源——法国艺术相提并论"。（284）虽然唯美主义被视为现代主义和形式主义批评的前驱，新批评家和形式主义批评家却不大认可唯美主义的理论贡献，韦勒克称唯美主义批判观念为"随意性的印象主义批评"（capricious impressionism）和"虚假的形式主义"（false formalism）。（413—415）文学创作上，唯美主义作品可以名列文学史"经典"的屈指可数，王尔德的《道林·格雷的画像》和《莎乐美》算是知名度较高的唯美主义代表作，但也难以挤进英国文学的"伟大传统"行列。作为先锋派艺术运动，它的成就被认为远低于同时期法国的印象主义和象征主义。在讨论唯美主义与社会的关系上，传统唯美主义研究秉承纯艺术"象牙塔"神话，认为唯美主义是艺术家疏离社会的产物。

20世纪后半叶，尤其是80年代以来，随着文化研究的兴起以及"日常生活审美化"的流行，唯美主义的视觉艺术和流行文化层面受到越来越多的关注，它的成就、影响与意义也得到重新评价。它在人生艺术化理论与实践方面的贡献受到肯定，并被确认为是英国唯美主义运动的真正特点。它在社会生活中的重要性得到重新认识，它不再被视为一个派生于法国的、次要的、少数派文艺运动，而是一个本土原生的、重要的大众文化运动。此外，对它流行文化层面的研究，揭示了纯艺术"象牙塔"神话所遮蔽的它与社会之间隐蔽和复杂的关联。

唯美主义运动兴起之社会语境

美和艺术如何在19世纪英国社会成为最高价值，并被广泛接受，催生出这样一种流行文化运动？唯美主义艺术观与人生观如何形成，并发挥了怎样的功能？让我们将这种运动置于其具体的社会背景中来讨论它的兴起之因与意义。

一、艺术繁荣

在英国维多利亚时期，艺术，尤其是绘画艺术达到空前繁荣。公众热衷于艺术，艺术机构林立，艺术教育兴盛，艺术行业备受尊崇且经济收益可观。

公众热切地追逐艺术——无论是纯艺术还是实用艺术。他们踊跃参观画展，积极购买和收藏画作。当时最重要的绘画交易展览皇家美术院年展，每年吸引25万多人前来参观。（Ford：181）除了精美的画作，美丽的家具与日用品也装点着维多利亚人的生活，"美丽之家"成为维多利亚人的理想。许多艺术家积极投身于实用艺术设计和制作，最著名的包括莫里斯和伯恩-琼斯。1862年伦敦世界博览会上中世纪厅展出的哥特式建筑与家具，还有莫里斯公司生产的绘图精美的家具引发了装饰革命，掀起家居装修的热潮，富有的商人和企业家努力将他们的家变成"艺术宫殿"，船运商莱兰（Frederick Leyland）的"孔雀屋"是其中最为著名的一个。艺术家们的居所成为美丽之家的典范：比如罗塞蒂的"都铎公寓"、莫里斯的"红房子"、惠斯勒的"白屋"，还有王尔德的"美丽之家"。普通的中产阶级也在众多装饰指南的指导和家具店铺的鼓励下，将居室变成"艺术的庇护所"。（Lambourne：20—23）

各大城市纷纷创立艺术机构，包括艺术协会、博物馆和美术馆等。比如伦敦在1852年建立了南肯辛顿博物馆（后来更名为维多利亚和阿尔伯特博物馆），1877年建立了格罗夫诺美术馆（Grosvenor Gallery）。伯明翰、利物浦、曼彻斯特三个城市也分别于1867、1877和1883年建立了城市博物馆，力争成为英国第二大文化中心。在艺术教育方面，自1837年政府设立南肯辛顿设计学院之后，其他城市相继建立艺术设计学院130多所。1857年，英国学校正式开设一门全国性的图画课程。1868年，英国的牛津、剑桥和伦敦三所大学各自设立了一个美术讲座教授席位，这标志着视觉艺术教育进入大学教育。此外，流行期刊和指导手册承担了普及设计、装饰知识与技巧的工作。

艺术家，尤其是画家不仅声名显赫，而且经济收益丰厚。《剑桥英国文化史：维多利亚时代的英国》对维多利亚时代艺术界有这样的评论："在维多利亚时代晚期，艺术家的物质回报前所未有的丰厚，社会地位也前所未有的高。最成功的艺术家生活方式极其阔绰，此前此后都再没有出现过。"（Ford：182）

二、设计改革运动

唯美主义运动的前驱是设计改革运动。设计改革运动源生于设计危机，艺术和美的重要性正是在设计危机中凸显出来，并由设计改革运动普及。

设计改革运动的直接动因是设计危机。由于工厂取代了传统的手工业作坊，只会操作机械的工人取代了过去由行会所培训的技艺娴熟的工匠，这使得英国制造业出现了设计人员匮乏的问题。这个问题在19世纪二三十年代日益严重，引起了英国政府、艺术界以及公众的广泛关注。1835年政府特别成立"艺术与制造委员会"来调查设计危机的情况。1836年该委员会向议会提交报告，指出英国制造的商品质量下滑，在贸易出口竞争方面地位岌岌可危。亨利·科尔联合一些艺术家发起设计改革运动，推崇装饰艺术，鼓励艺术家与手工艺人合作，教导制造商遵循正确的设计原则，培养公众形成正确的品味。（Gere and Hoskins：35—42）

不过，提高英国产品的竞争力并非是促使艺术家们投身设计改革运动和实用艺术的主要动因。他们秉承的信念是产品质量反映道德品格，美好的环境塑造美好的心灵。他们对产品质量下降的担忧不是源于出口额的减少，而是社会道德的败坏。通过倡导以艺术来指导设计，提升装饰艺术的地位，他们意在改善社会道德风尚。（Cohen：14—20）同时，在精英知识分子那里，艺术也是疗治工业化所造成的异化劳动的良方。在《共产党宣言》中，马克思和恩格斯批判资产阶级社会制度和生产模式使得人们失去独立性和个性，机器的推广和劳动分工使得工人"变成了机器的单纯的附属品"。（马克思等：34）艺术为失去独立性和个性的人们提供一种替代性的满足，成为异化劳动者心灵的乌托邦。比如工艺美术运动领袖莫里斯的理想是"我的每个工人都成为艺术家，我所说的艺术家其实就是指人"。（qtd. in Wilde，1991：26）

三、消费社会

虽然唯美主义所倡导的"纯艺术"是以反商业主义的面目出现，然而唯美主义却深陷消费社会的泥沼，与之有着千丝万缕的密切联系。正是消费社会的来临使得物品的审美属性凸显出来，成为商品竞争的核心要素。"美的宗教"为消费活动赋予神圣的荣光，帮助维多利亚人协调精神与物质之间的矛盾。唯美主义通过教授消费艺术，为资本主义市场生产合格的消费者。

英国是消费社会发展得最早的国家之一。早在 17 世纪，英国就已出现了消费社会的特征。18 世纪，物品的商品化体系逐渐具备现代形态，促销技巧、广告以及商店里的货物展示技术逐渐成熟，消费成为公共话语中的一个重要主题。19 世纪后半叶是消费社会形成的主要时期。（Sassatelli：5）英国国民财富的增长，机器大生产带来的丰盛产品以及商业技术的发展，使得英国社会在 19 世纪七八十年代迎来了第一次大众消费革命的浪潮。（Cohen：33）

物品审美属性的重要性通过商店橱窗和博览会展示凸显出来，成为商业竞争的核心要素。自 1851 年伦敦的世界博览会开始，欧洲资本主义世界定期举办世界博览会，如 1853 年在纽约、1855 年在巴黎、1862 年在伦敦、1867 年在巴黎等。世界博览会不仅促进了贸易交流和竞争，而且令商品审美外观的重要性突现出来。社会学家西美尔指出，展览会强调了"事物的橱窗品质"，并将其归因于生产力的提高与自由竞争："当竞争不再基于有用性与内在质地展开时，买者的兴趣必须由物品的外部刺激物甚至是其包装的风格来激发。"（西美尔：141）商店橱窗发挥了与展览会类似的作用，在 19 世纪末，百货公司这一"消费文化的集中表现"纷纷出现在伦敦和其他中心城市，成为"消费的城市景观"的一部分。（娜娃：181—182）

唯美主义所倡导的日常生活审美化既是消费时代的产物，也是维多利亚人应对消费浪潮带来的挑战的一种方案。科恩（Deborah Cohen）在《家神：英国人及其财产》（2006）中指出，日常生活审美化发挥的一个重大作用是帮助日益富足的中产阶级处置自己的财富，以及财富与精神之间的矛盾。（13）在消费时代，"美的宗教"为日常生活提供意义。当沉浸在鉴赏艺术品的感官享乐、对商品进行审美观照的时候，中产阶级觉得自己是在体验智识的进步和精神的愉悦。同时，唯美主义运动还发挥了为资本主义市场生产合格消费者的作用。当代社会学家鲍曼指出，合格的消费者是消费增长的一个必要条件："消费增长是一个新任务，身体必须为此作好准备，就像它过去为完成生产任务作准备一样。它必须被训练得适合吸收商品所提供或许诺的日益增长的感官刺激。"（Bauman：60）唯美主义运动通过培养公众的审美能力、丰富的好奇心、享乐的欲望以及个人主义，为资本主义市场生产出"完美的"消费者。在一定意义上，唯美主义者的特征正是消费者的特征，品味和鉴赏力，即消费能力，是他之所长。

四、中产阶级与艺术

唯美主义的纯艺术"象牙塔"神话建构了鄙俗的、轻视艺术的中产阶级"非利士人"形象，但事实上，维多利亚时期的中产阶级积极购买艺术品，尤其对唯美派画作青睐有加，并热切地投身于唯美主义所倡导的日常生活审美化运动。无论在精英文化层面还是流行文化层面，中产阶级都是唯美主义运动的主要参与者。

是什么驱使这些"非利士人"热切地投身于这场艺术运动？当代社会学家布迪厄对品味区分阶层的社会功能的分析揭示了其中的秘密。在布迪厄看来，品味承担着阶层区分的重要功能，也是阶层斗争的主要工具："品味分类，它分类分类者。社会主体，通过他们的分类而被分类，通过他们作出的区分——美丑、卓越与粗俗——来区分彼此，其间他们在客观分类中的位置得以表达或是揭示。"作为"阶层的标识"，品味是"统治领域和文化生产领域斗争中最重要的筹码"。（Bourdieu：2—11）唯美主义运动的核心是"品味"，唯美主义运动研究第一人汉密尔顿（Walter Hamilton）对此有敏锐的认识："唯美主义运动的核心在于一群有高雅品味的人士定义和决定什么事物值得欣赏，他们的追随者必须在他们的作品和生活中努力达到那个标准。"（vii）品味帮助中产阶级建构身份、区分阶层并确立文化上的统治。中产阶级群体在 19 世纪急剧扩大，并逐步获得政治、经济上的统治权。这个新生群体由于数目庞大，组成复杂，以及社会流动性增强和都市化迅速发展而造成的身份焦虑感，对阶层区分和身份认同有着迫切的渴望。（Thompson：173—174；Wahrman：3—4）

从品味作为"统治领域和文化生产领域斗争中最重要的筹码"的角度来看，唯美品味发挥了帮助中产阶级争夺文化统治权，并分隔和压迫劳工阶层的功能，唯美品味的胜利意味着中产阶级的胜利。在文化领域，中产阶级战胜了上层贵族，征服了下层劳工阶层，让自己的品味成为主导。史学家托普森（F. M. L. Thompson）曾指出："到维多利亚时代晚期，角色转换已经完成：贵族成了非利士人，只对他们艺术产品的金钱价值感兴趣；中产阶级中的知识分子和专业阶层成为高雅文化的卫士，后盾是商人的金钱和鉴赏力。"（266）另一方面，通过将美等同于美德与能力（审美能力），中产阶级将自己在经济上的优越地位转化为道德和能力上的优越感，以此排斥贫穷的劳工阶层。源于经济基础和教育背景差异的审美方式成为中产阶级与劳工阶层区分的标识。

五、专业社会

唯美主义的"为艺术而艺术"口号、纯艺术"象牙塔"神话、"天才艺术家"与"非利士人"的对立以及唯美品味的胜利，可以从专业主义的角度、置于专业社会的大背景中进行理解。

唯美主义是艺术行业专业化的一种努力："为艺术而艺术"将美从真和善中分离出来，确立为艺术的独特属性，将美的创造和鉴赏视为艺术家专门具有的才能，将无功利性赋予艺术和艺术家，满足了成为专业的条件。因为专业主义的核心正是"非功利的智识"（disinterested intelligence），"非功利"与"自治"是专业身份（professional）的属性。（Perkin，1969：260）就其功效而言，非功利性艺术观念发挥了提升文化生产者地位，使文化产品摆脱市场和消费者控制的作用。（Woodmansee：32—33）

起源于浪漫主义时代的"天才艺术家"与"非利士人"对立的神话，是由艺术家所建构的。浪漫主义推崇想象力和直觉，尊崇艺术为至高无上的学科，艺术家为超越凡俗社会之上的天才。不过可惜的是，艺术家的卓越地位并未得到社会的普遍认可，他们只是"不被承认的世界立法者"。（Shelley：705）凡俗之辈无法理解他们崇高的追求，不认可他们的非凡才能，于是孤独和疏离成为艺术家的宿命。浪漫派诗人从早逝的青年诗人查特顿（Thomas Chatterton）的命运中看到了自己的宿命，将他视为受庸俗社会迫害而死的天才艺术家的典范。柯勒律治和华兹华斯的诗句让查特顿获得了永生，同时也建构出一个关于艺术家受庸俗社会迫害的浪漫派神话。（Sturgis：84）以"非利士人"指称作为"诗歌和艺术敌人"的资产者源自 17 世纪末的德国，于 19 世纪 30 年代在巴黎文艺界得到广泛使用和普及，随后经由卡莱尔介绍到英国，在 19 世纪 60 年代因为阿诺德的使用而流行开来。（Morgan：69—72）虽然阿诺德以"非利士人"为英国中产阶级的代称，并承认自己是"非利士之子"，（74）但"非利士人"主要指的还是那些不追求"美好和光明"的工商业阶层，即资产者。

　　这个神话一方面表达了艺术家对资产者主顾的憎恶，因为市场将他们置于生产者与消费者的对立关系中；另一方面，建构中产阶级"非利士人"形象有助于文化生产者提升自己的地位，建构超越性的身份和专业身份。海克（T. W. Heyck）在《维多利亚时代英国智识生活的转型》中指出："英国智识生活在很大程度上是由反资产阶级的态度转变的。"驱动自然科学、文化批判和大学三大文化领域的变革的一个主要动因，是科学家、学者和文艺人士渴望超越中产阶级的地位和身份，尤其是超越工商业人士，成为"新的绅士阶层"（new gentry），因为专业身份意味着拒斥中产阶级（主要是工商业阶层）以牟利和实用主义为主导的价值观和依附于市场的地位。（223—227）

　　当然，艺术行业的专业化属于中产阶级社会专业化的一部分。在 19 世纪后半叶，英国中产阶级中的各大专业群体迅猛发展，并推动社会向专业社会转型。史学家珀金（Harold Perkin）在《专业社会的兴起：1880 年以来的英国》（1989）一书中指出，专业群体的扩张使得英国自 19 世纪 80 年代以来逐步进入专业社会，即由各行各业的专业人士所主导的社会，不同于此前大地主与资本家的财阀统治。专业社会的理想建立在专业训练和择优选择的基础之上，强调人力资本。（1989：2—4）

　　唯美主义运动的兴起正是伴随着专业社会的出现。唯美主义是一种专业主义的意识形态，唯美品味的风行代表以艺术家和知识分子为代表的专业阶层的胜利。

结　语

　　当"为艺术而艺术"的口号在 19 世纪 30 年代的法国刚刚被艺术家们接受的时候，其中还有很多无奈、辛酸和悲愤。"非利士人"成为统治者，漠视艺术，艺术家只能自筑象牙塔，于其中孤芳自赏。然而，在 19 世纪后半叶的英国，它却成为勇猛的"战斗号角"。以艺术家和知识分子为代表的新中产阶级聚集在它旗下，向功利主义、道德主义、商业主义和物质主义开战。消费社会的兴起、中产阶级的崛起、专业社会的初现，正将艺术和美推至神坛。由于美和艺术承担着重要的功能——提高英国产品竞争力，提高英国国民道德品质，指导合理消费，促进消费社会发展，建构中产阶级身份，确立中产阶级的统治……它们当之无愧成为最高价值。所以，这时候的"为艺术而艺术"听起来是那样的顺理成章又理直气壮，一场生活方式的运动也随之诞生了。

参考文献

1. Bauman, Zygmunt. "Industrialism, Consumerism and Power." *The Consumption Reader*. Ed. David B. Clarke, et al. London: Routledge, 2003.

2. Bourdieu, Pierre. *Distinction: A Social Critique of the Judgment of Taste*. Trans. Richard Nice. Cambridge: Harvard UP, 1984.

3. Codell, Julie F. *The Victorian Artist: Artists' Lifewritings in Britain, ca. 1870—1910*. Cambridge: Cambridge UP, 2003.

4. Cohen, Deborah. *Household Gods: The British and Their Possessions*. New Haven: Yale UP, 2006.

5. Ford, Boris, ed. *The Cambridge Cultural History of Britain: Victorian Britain*. Cambridge: Cambridge UP, 1992.

6. Gere, Charlotte, and Lesley Hoskins. *The House Beautiful: Oscar Wilde and the Aesthetic Interior*. London: Lund Humphries, 2000.

7. Hamilton, Walter. *The Aesthetic Movement in England*. London: Reeves, 1882.

8. Heyck, T. W. *The Transformation of Intellectual Life in Victorian England*. London: Croom Helm, 1982.

9. Lambourne, Lionel. *The Aesthetic Movement*. London: Phaidon, 1996.

10. Macleod, Dianne Sachko. *Art and the Victorian Middle Class: Money and the Making of Cultural Identity*. New York: Cambridge UP, 1996.

11. Morgan, Estelle. "Bourgeois and Philistine." *Modern Language Review* 57.1 (1962): 69-72.

12. Pater, Walter. *Selected Writings of Walter Pater*. Ed. Harold Bloom. New York: Columbia UP, 1974.

13. —. "Unsigned Review, Westminster Review, 1868." *William Morris: The Critical Heritage*. Ed. Peter Faulkner. London: Routledge, 1995.

14. Perkin, Harold. *The Origins of Modern English Society: 1780—1880*. London: Routledge, 1969.

15. —. *The Rise of Professional Society: England Since 1880*. London: Routledge, 1989.

16. Prettejohn, Elizabeth, ed. *After the Pre-Raphaelites: Art and Aestheticism in Victorian England*. Manchester: Manchester UP, 1999.

17. —. *Art for Art's Sake: Aestheticism in Victorian Painting*. New Haven: Yale UP, 2007.

18. Sassatelli, Roberta. *Consumer Culture: History, Theory and Politics*. London: Sage, 2007.

19. Shelley, Percy Bysshe. "A Defence of Poetry." *The Longman Anthology of British Literature*. Vol. 2. Ed. David Damrosch, et al. New York: Longman, 1999.

20. Sturgis, Alexander, et al. *Rebels and Martyrs: The Image of the Artist in the Nineteenth Century*. New Haven: Yale UP, 2006.

21. Swinburne, Algernon Charles. *William Blake: A Critical Essay*. London: John Camden Hotten, 1868.

22. Thompson, F. M. L. *The Rise of Respectable Society: A Social History of Victorian Britain, 1830—1900*. Cambridge: Harvard UP, 1988.

23. Wahrman, Dror. *Imagining the Middle Class: The Political Representation of Class in Britain, c. 1780-1840*. Cambridge: Cambridge UP, 1995.

24. Wellek, Rene. *A History of Modern Criticism: 1750—1950*. New Haven: Yale UP, 1977.

25. Wilde, Oscar. *Aristotle at Afternoon Tea: The Rare Oscar Wilde*. Ed. John Wyse Jackson. London: Fourth Estate, 1991.

26. —. *Complete Works of Oscar Wilde*. Ed. J. B. Foreman. London: Collins, 1986.

27. Woodmansee, Martha. *The Author, Art, and the Market: Rereading the History of Aesthetics*. New York: Columbia UP, 1994.

28. 阿诺德:《文化与无政府状态:政治与社会批评》,韩敏中译,生活·读书·新知三联书店,2008。

29. 布迪厄:《艺术的法则:文学场的生成和结构》,刘晖译,中央编译出版社,2001。

30. 冈特:《美的历险》,肖聿译,江苏教育出版社,2005。

31. 马克思、恩格斯:《共产党宣言》,人民出版社,2005。

32. 娜娃:《现代性所拒不承认的:女性、城市和百货公司》,载罗钢等主编《消费文化读本》,中国社会科学出版社,2003。

33. 威廉斯:《关键词:文化与社会的词汇》,刘建基译,生活·读书·新知三联书店,2005。

34. 西美尔:《时尚的哲学》,费勇等译,文化艺术出版社,2001。

35. 周小仪:《唯美主义与消费文化》,北京大学出版社,2002。

文化 殷企平

略 说

"文化"（Culture）这一概念既复杂又简单。说它复杂，是由于几乎不存在比它含义更丰富的词语了。说它简单，是因为它在近 300 年以来的人类社会历史中，最重要的内涵演变根植于"现代性焦虑"，即农业文明向工业文明转型而引起的焦虑。一旦我们从这一焦虑入手，把握文化的反机械主义特性，就能顺藤摸瓜，理清脉络。

综 述

当今世界，"文化"已成为无人不知、无人不用的术语。然而，一说起它的定义，仍然令人生畏。恰如弗伊利（Patrick Fuery）和曼斯菲尔德（Nick Mansfield）所说，"很少有比'文化'更成问题的词语了"。（xviii）迄今为止，不成问题的文化定义还未出世。泰勒（Edward Tylor）给过一个十分出名的定义，但是它也难逃被质疑的阴影。这个定义是："（文化）是一个复杂的综合体，它包括知识、信仰、艺术、道德、法律、风俗，以及人作为社会成员所养成的其他任何能力和习惯。"（1）这样的定义显然大而无当。格林布拉特（Stephen Greenblatt）就曾批评道，泰勒的定义"几乎含糊得不能再含糊了"。（225）还有比这更含糊的，如在《文化：概念和定义批判分析》①一书中，上百个文化定义被逐一解析归类，"结果得出九种基本文化概念：它们分别是哲学的、艺术的、教育的、心理学的、历史的、人类学的、社会学的、生态学的和生物学的"。（陆扬等：3）这样的分门别类看似全面，可是一个圈子兜下来，读者仍然找不到中心。文化的"桀骜不驯"自有其原因，威廉斯（Raymond Williams）说得好：文化之所以是整个英语语言中两三个最复杂的单词之一，"部分原因在于它经历了好几种欧洲语言的历史演变，盘根错节，而主要原因是它目前已被好几个截然不同的学科用作重要的概念，而且被用在好几个互不兼容的思想体系中"。（1983：87）由此看来，文化定义因历史时期不同而不同，因学科不同而不同。

威廉斯在《关键词》一书中从词源学的角度对文化一词的拼写及其含义的嬗变作过梳理。英语 culture 一词最早可以追溯到拉丁语 colere，后者几经变体，如 coulter 和 cultura，慢慢发展为中古英语 culter、colter 和 coulter 等词，最终于 17 世纪初叶定格为 culture，其含义也由最早的"动植物的培育"渐渐发展为"心灵的培育"等。如今常见的用法有三：一、用来形容思想、精神和审美演变的总体过程；二、表示一个群体、一个时期、一个民族乃至全人类的某种特定生活方式；三、指涉思想艺术领域的实践和成果。（1983：87—90）这样的梳理虽然提供了几条比较清晰的线索，但是未能说明这样一个关键问题：对西方文学和文艺理论来说，文化概念在现代的最重要内涵是什么？

要说明上述问题，我们还得从威廉斯说起。在《文化与社会》一书中，威廉斯首次指出，19世纪思想史的一个重要产物是关于文化概念演变的假说，即"一个时期的艺术必然跟该时期普遍流行的'生活方式'紧密相连，其结果是审美判断、道德判断和社会判断都互相紧密地联系在了一起"（1958：130）。威廉斯的贡献在于：他率先勾勒了上述假说的形成轨迹，并对其背后的原因进行了鞭辟入里的分析。用他自己的话说，文化

> 一词的演变记录了人们对历史性变化的反应，即对我们的社会、经济和政治生活中的重大历史性变化作出的重要而持续的反应。该词的演变本身好比一种特殊的地图，从中我们可以探索那些变化的性质。（1958：xvi—xvii）

威廉斯此处所说的重大历史性变化是什么呢？从《文化与社会》全书的内容来看，最大的变化莫过于社会的转型，即农业文明向工业文明的转型。唯其转型，所以有社会、经济和政治乃至总体生活方式的空前变化。

确实，在过去的300多年中，人类社会的头号变化，非工业文明的崛起莫属。由它引起的社会转型，以及随之而来的一系列现代性[②]问题，自然激发了文人学者们的回应，其内容和性质恰恰在文化概念的演变轨迹中得到了生动的体现。从这一意义上说，文化概念的最重要内涵是对社会转型的回应；虽然它还有许多其他内涵，但是上述内涵跟人类社会最重大的变化密切相关，因而我们的文化之旅从社会转型开始，应该是顺理成章的。

文化是焦虑

上文提到，威廉斯对文化概念演变的追踪紧扣社会转型这一线索，但是他在文字表述上没有直接使用"转型焦虑"这样的字眼。倒是哈特曼（Geoffrey H. Hartman）的有关论述更为简明扼要："到了穆勒、阿诺德和罗斯金的时代，出自对于文明的肤浅及其悖逆自然的效应的焦虑，开始赋予'文化'一词新的价值含义。"（207）此处的关键词是"文明"和"焦虑"，也就是对于工业文明的焦虑。另一组关键词是相关的人名，其中又以阿诺德（Matthew Arnold）最为关键。当今西方世界，凡是探讨文化定义的论著，几乎言必谈阿诺德，以及他的名著《文化与无政府状态》。该书序言中有一段引用率很高的概述，涉及文化的性质和功能：

全文的意图是大力推荐文化，以帮助我们走出目前的困境。在与我们密切相关的所有问题上，世界上有过什么最优秀的思想和言论，文化都要了解，并通过学习最优秀知识的手段去追求全面的完美。我们现在不屈不挠地、却也是机械教条地遵循着陈旧的固有观念和习惯；我们虚幻地认为，不屈不挠地走下去就是德行，可以弥补过于机械刻板而造成的负面影响。但文化了解了世界上最优秀的思想和言论，就会调动起鲜活的思想之流，来冲击我们坚定而刻板地尊奉的固有观念和习惯。这就是下面的文章所要达到的惟一目的。我们所推荐的文化，首先是一种内向的行动。（208）

在这段文字中，引用率最高的又要数提及"世界上最优秀的思想和言论"的这一句，而且常常被单独用作阿诺德关于文化的定义。事实上，这一句名言一旦成为"孤家寡人"，就毫无意义。换言之，对它的理解必须结合上下文，尤其是对机械主义的批判——光是上面这短短的引文中，"机械"一词就出现了两次："我们……机械教条地遵循着陈旧的固有观念和习惯"和"机械刻板而造成的负面影响"。对机械主义的批判实际上遍布《文化与无政府状态》全书。例如，该书第一章《美好与光明》中这样强调："整个现代文明在很大的程度上是机器文明，是外部文明……"，而且"在我国，机械性已到了无与伦比的地步……关于完美是心智和精神的内在状况的理念与我们尊崇的机械和物质文明相抵牾，而世上没有哪个国家比我们更推崇机械和物质文明。"在紧接着的一页，阿诺德再次强调："对机械工具的信仰乃是纠缠我们的一大危险。"（11—12）"机械"和"机器"等词语的出现频率如此之高，自然有其深意。阿诺德是要告诉我们：他之所以推崇文化，是因为他看到社会转型带来了问题，即新兴的工业文明仰仗的是机械力量和物质力量，缺失了精神的力量。正因为如此，他要用文化来"调动起鲜活的思想之流，来冲击我们坚定而刻板地尊奉的固有观念和习惯"——这里要冲击的，正是前文所说的"对机械工具的信仰"。也就是说，文化诞生于焦虑：社会转型引起的焦虑，或者说机械文明引起的焦虑。机械文明带有盲目性，其后果之一是社会、经济和科技的发展速度过快，导致新旧世界之间的断裂，即旧体制和旧学说遭到了废弃，而新体制和新学说还来不及诞生。这一情形在阿诺德的著名诗句中得到了生动的再现：

> 徘徊于两个世界之间，
> 一个已经死去，
> 另一个还无力诞生。
> 我的头脑无处依靠……（Arnold：288）

透过这些诗行，我们看到的是深深的文化焦虑：新旧世界的断裂意味着社会的畸形发展，也就是前文中哈特曼所说的"悖逆自然的效应"；而造成社会畸形发展的原因，又跟上文讨论的"对机械工具的信仰"密切相关。

在世界文化史上，阿诺德是一位继往开来的人物，但他并非用文化冲击机械主义的第一人，称得上第一人的是卡莱尔（Thomas Carlyle）。虽然如前文所示，哈特曼没有提到卡莱尔，但是后者表达的对于机械文明的焦虑，更早地赋予了文化一词以新的价值含义。事实上，卡莱尔最早明确地把工业化时代称作"机械时代"，这一命名首次见于他的名篇《时代的特征》："假如我们需要用单个形容词来概括我们这一时代的话，我们没法把它称为'英雄的时代'或'虔诚的时代'，也没法把它称为'哲思的时代'或'道德的时代'，而只能首先称它为'机械的时代'。"（1967：169）至于"机械"的含义，卡莱尔作了迄今为止最精辟的解释：

> 目前受机器主宰的不光有人类外部世界和物质世界，而且有人类内部世界和精神世界……不光我们的行动方式，而且连我们的思维方式和情感方式都受同一种习惯的调控。不光人的手变得机械了，而且连人的脑袋和心灵都变得机械了。（1967：170—173）

在他的另一部名著《拼凑的裁缝》中，卡莱尔干脆把工业化浪潮冲击下的世界比喻成"一个巨大的、毫无生气的、深不可测的蒸汽机"。（1987：127）这些批评和文化之间的关系，其实已经被威廉斯点破：

> 在卡莱尔那里，把文化看作一个民族的总体生活方式的观念明显地得到了新的增强。这种文化观是他抨击工业主义的基础：一个社会若要名副其实，维系它各个组成部分的就应该远远不止是经济纽带，应该远远超越那种以现金支付为唯一联结的经济关系。（1958：83）

这段话中有两点需要特别注意：1."现金联结"（cash-nexus）；2."把文化看作一个民族的总体生活方式的观念"。熟悉卡莱尔的人都知道，"现金联结"也是他的名言之一，被用于描述19世纪工业社会里的人际关系。这种依靠现金来联结的社会，所奉行的正是单向度发展的机械主义原则，而一个民族的理想的生活方式应该是多向度的，是讲究整体性与和谐性的。换言之，对于这种机械式文明的焦虑，从卡莱尔起就已经渗入了文化概念内涵的演变过程中。

当然，卡莱尔并非凭空就具备了回应工业主义／机械主义的能力。就思想源流而言，卡莱尔直接受到了英国浪漫主义诗人尤其是柯勒律治的影响。关于浪漫主义诗人对工业化的回应，以及柯勒律治对卡莱尔的影响，威廉斯在《文化与社会》中都作了详尽的阐述。他特别指出，虽然柯勒律治没有直接使用culture一词，但是他笔下的cultivation就是文化的意思，而且"就是从柯勒律治时代开始，文化概念决定性地进入了英国的社会思想"。（1958：59—62）需要补充的是，卡莱尔还深受哈曼、赫尔德和雅各比等德国浪漫派思想家的影响，后者曾经掀起一场"反启蒙运动"，其宗旨跟机械主义思想正好相悖。③ 还需指出的是，在卡莱尔之前，歌德、席勒和诺瓦利斯等德国文学家已经在不同程度上直接表述过对以"机械的崛起"为标志的"现代文明"的焦虑。譬如，席勒在《审美教育书简》中曾经指出，现代文明的特点是"无限众多但都没有生命的部分拼凑在一起，从而构成了一个机械生活的整体……人永远被束缚在整体的一个孤零零的小碎片上……永远不能发展他本质的和谐"。（29—30）不过，卡莱尔是明确地把工业化时代称为"机械时代"并对其全面解剖的第一人。从这一意义上说，他居功至伟。

更确切地说，作为批判机械主义的基础的文化观在卡莱尔那里已经成熟。如前文所述，这一文化观经阿诺德之手得到了充实。这种充实在阿诺德之后并没有停顿，而是一直延续至今，途中参与充实的文人学者可谓群星灿烂，其中必须一提的有英国的罗斯金（John Ruskin）、莫里斯（William Morris）、利维斯、艾略特、考德威尔、威廉斯、霍加特、汤普森、安德森，以及意大利的葛兰西，法国的布迪厄，美国的格林布拉特，德国的本雅明、马尔库塞和阿多诺，等等。经他们之手，"文化"不断改头换面，并派生出诸如"文化霸权"、"文化唯物主义"、"文化马克思主义"、"文化工业批判"、"文化诗学"、"文化无意识"和"文化资本"等新术语，还引起了层出不穷的纷争。④ 以笔者愚见，"文化"万变不离其宗。就其"转型焦虑"这一主要内涵而言，文化概念形成的基础性工作在 19 世纪已经完成。对这项基础性工作付出巨大努力的，不光有前文介绍的卡莱尔和阿诺德，还有罗斯金和莫里斯。

虽然罗、莫二人没有像阿诺德那样，直接以"文化"为标题发表过专论，但是他们的文化观几乎渗透了各自的每一部作品。跟阿诺德一样，他们几乎在自己的所有作品中都提出了与社会转型有关的问题，而且在具体表述上也跟阿诺德有耐人寻味的相似之处。例如，罗斯金在《给这后来者》一书中有一个论断："治理与合作在所有事情中都是生命法则，而无政府状态与竞争则是死亡法则。"（1997：202）这里说的其实就是文化问题，其实质曾经被威廉斯一语道破："（罗斯金的这个论断）再次把文化与无政府状态进行了对照，只不过这一次的措辞直接对 19 世纪工业经济的基本原则形成了挑战。"（1958：143）威廉斯这里指的是罗斯金和阿诺德之间的巧合，后者的代表作题目本身就是《文化与无政府状态》。类似的巧合还出现在莫里斯和阿诺德之间。跟阿诺德的诗句"徘徊于两个世界之间……"一样，莫里斯也在文字上直指社会转型："我们觉得自己身处新旧世界之间……期待着变化的来临。"（Vol. 23：122）这些巧合表明，跟阿诺德与卡莱尔一样，罗斯金与莫里斯的文化情结中也带有浓浓的转型焦虑。

必须指出的是，上述焦虑不但导向了对现代文明的批评实践，而且最终化成了有关理想社会的愿景。这也构成了本文下一小节的主要内容。

批评与愿景

上一小节主要回答了一个问题，即文化是什么？任何有关文化概念内涵的探讨都还需回答另一个问题：文化能做什么？实际上，这两个问题是无法截然分开的。当我们强调文化是对于社会转型的焦虑时，同时也暗示了文化的功能，即化解这种焦虑的功能。

文化怎样化解焦虑呢？其主要手段有二：一是从事批评，二是提供愿景。约翰逊（Lesley Johnson）的一段话可以作为凭证：

> 在 19 世纪，文化概念大体属于文学知识分子的研究领域。当时对英国社会的不满、抗议和批判主要来自他们，并形成了一种社会思想传统，而文化是他们用来表示这一重要传统的术语。社会潮流的走向，让这些作家痛心疾首，而文化概念则表达了他们的痛苦，同时彰显了他们的社会关切，以及他们提供的建设性愿景。（1）

在约翰逊所说的文学知识分子中，最杰出的代表当属卡莱尔、阿诺德、罗斯金和莫里斯。他们都在社会批评和描绘愿景两方面作出了巨大贡献。鉴于上一小节已经涉及卡莱尔和阿诺德所从事的社会批评，此处只就罗斯金和莫里斯的有关工作略作补充。

先说罗斯金。跟卡莱尔和阿诺德一样，罗斯金也把批评的矛头对准了由工业革命所牵引的、以机械式进步为内涵的文化现象——更确切地说，是"反文化"现象。这种现象的最大特征是国家以及个人身上的某一种禀性或能力特别发达，而其他禀性和能力却急剧萎缩。在《芝麻与百合花》一书中，他哀叹英国大众已经失去了许多应有的能力，尤其是阅读和思维的能力，而祸根又恰恰是对钱财的贪欲："眼下英国公众完完全全地不可能读懂任何思想深邃的作品——他们的贪婪是如此疯狂，以致他们变得不会思考……凡事都得有'回报'的观念已经深深地影响了我们的每一项目标……"（1921：93）这种"反文化"现象意味着国家和个人都失去了完整性以及和谐状态，而文化则意味着对整体与和谐的追求。我们在上一小节中提到，席勒曾经哀叹现代文明把人变成了机械生活中的碎片，这也正是罗斯金焦虑的原因。比席勒更进一步的是，罗斯金把整体性的丧失明确地归咎于现代化进程中大规模生产的分工方式：

> 分工劳动可真是伟大文明的一大发明。近来我们把它又研究并完善了一番，只不过我们给它取了一个虚假的名字。说实话，我们并不是在分工，而是在分人——人被分成了一个个片段——分解成了生命的碎片和细屑。结果，一个人的智力所剩无几，甚至不足以制造一枚别针或一颗钉子。仅仅制造针尖或钉子头就耗尽了一个人的智力。（qtd. in Matteson：299）

罗斯金关注的还不仅仅是因分工引起的异化。如戴维·希克瑞所说，罗斯金的批评理论分别"由以下几组分离而生成：思想与感受分离；时间与空间分离；肉体与灵魂分离；行动与意图分离；计划与实施分离"。（47）换言之，罗斯金是站在整个文化层面上关注人类社会的整体性或和谐性遭受侵蚀这一问题的。以形形色色的"分离"为特征的异化在现代化进程中愈演愈烈，这是让罗斯金深感焦虑的根本原因，也是他批判的对象。

再说莫里斯。跟卡莱尔、阿诺德和罗斯金相比，莫里斯对现代文明的批判有过之而无不及。用他自己的话说："我一生的主要激情过去和现在都表现为对现代文明的仇恨。"（1993：380）这种仇恨和批判精神在他的诗歌、小说和政论文中随处可见。限于篇幅，我们仅以他的早期诗歌为例。在《地上乐园》和《吉尼维亚的自辩及其他》等诗歌中，我们只看到蒸汽机、活塞（这两种意象明显指涉工业革命）、城堡、塔楼和布匹等劳动产品，却看不到生产这些产品的劳动者。后者的缺席意味着创造物和创造者被无情地分割，这也正是马克思所批判的劳动异化现象，即主体与客体的分离和错位。莫里斯表现劳动异化的手法极为生动，其中给人印象最深刻的是频频出现的"手"的意象。阿姆斯特朗（Isobel Armstrong）曾经对此作过十分精彩的评论：

> ……手也是工具符号和代理符号，因为诗中的手总是操纵着物品，经常摆弄杯子和衣服之类的消费品，或者握有盾牌和利剑，而且总是跟身体分离，让人有一种不安的感觉。这里的"手"当然是指称19世纪的工人。城堡、塔楼和花园的建造都要依靠工人，但是在莫里斯笔下，作为建造者符号的工人全都被不祥地清空了……清空得如此彻底，以至于构成了一种揭示工人遭受压制这一状况的怪诞技巧。现代怪诞艺术无法再现工人，因为工人除了缺席以外，再也没有再现自己的手段了。（241）

虽然阿姆斯特朗未能指明工人的缺席是一种异化劳动，但是我们不难察觉这种缺席意味着劳动主体和劳动客体之间的分离。这种异化还由手跟身体分离的情景得到了强化：劳动者不仅远离自己的劳动果实，而且连自己的手都处于游离状态，这分明是一种双重隔离和双重异化。需要特别关注的是，莫里斯与异化的抗衡是在批判机械文明的大语境中进行的：他曾经在许多场合反对机器统治人的生活方式和思维方式，强调机器"可以做任何事情，但是做不出艺术品"，而且机器"奴役人的身心"，以智慧式劳动为敌。（Vol. 22：149）这些论述与卡莱尔、阿诺德和罗斯金等人的相关论述不无互动，形成了强有力的文化批评语境。

不过，批评至多只化解了焦虑的一半，另一半焦虑要靠描绘愿景来化解。上述几位批评家都描绘了理想社会的蓝图。虽然这些蓝图不尽相同，但是它们共同拥有一个基本特征：它们呈现的是一个和谐发展的有机社会。还需强调的是，从卡莱尔到阿诺德，再从罗斯金到莫里斯，这些理想蓝图的艺术元素呈现出依次递增的倾向。

相对而言，卡莱尔提出的社会蓝图是遭受诟病最多的。有关他"拥护独裁、反对民主"的指责，我们已经耳熟能详。然而，尽管他的社会主张有时带有精英主义的色彩，但是他并非一味地反对民主。即便他那最遭攻讦的"英雄崇拜论"，也含有合理的内核——他笔下的"英雄"绝不是一个简单的身份概念，而可以是一个平民，甚至是一个黑奴；他不但在文艺作品中刻画和歌颂过普通人，而且在书评中主张"人永远是人的兄弟"。⑤"人人是兄弟"的原则跟卡莱尔批判的"机械时代"和"现金联结"从一破一立两个方面互相呼应，是他理想中和谐社会的鲜明特征，也是实现和谐社会的途径。除了人人是兄弟以外，理想的社会还需要人人热爱劳动，所以卡莱尔提出了与"旧福音"针锋相对的"工作福音"："在这个世界上，最新的'福音'是：了解你所要做的工作，并认真去做你所要做的工作。"（61）不过，他的"工作福音"带有苦行僧的味道，缺乏罗斯金、莫里斯所提倡的"艺术成分"，即艺术化劳动和创造性愉悦。需要说明的是，卡莱尔在其他地方肯定过生活中的艺术元素，他的不少论述或多或少地肯定了艺术想象力对建设和谐社会的作用。例如，他在《论英雄、英雄崇拜和历史上的英雄业绩》一书中把英雄分成了六类，其中的一类就是具有艺术想象力的诗人。还需指出的是，"工作福音"若强调过头，就会不利于工人阶级争取良好劳动环境的斗争，或者会被用来作为要求被剥削阶级安分守己的借口。卡莱尔文化观的瑕疵由此可见一斑。然而，瑕不掩瑜，他的远景规划闪烁着真知灼见。

在表达愿景方面，阿诺德比卡莱尔走得更远。不仅仅是在《文化与无政府状态》中，而且在《当今批评的功能》、《平等》和《民主》等许多作品中，阿诺德殚精竭虑地规划文化策略，阐述文化理论，以图这些"文化理论能够跨越旧世界和新世界之间的鸿沟，并把两者连接起来，也就是保存过去的精神遗产，并用以统一振兴现代世界"。（Carroll：xvii）经由"文化"与过去连接并得以振兴的世界，就是阿诺德的理想世界。在这一理想境界中，人们不必因社会转型而焦虑，因为过去的优秀精神遗产都得到了保存，而且如前一小节引文中所说，人人都能"通过学习最优秀知识的手段去追求全面的完美"。关于此处"完美"的意思，约翰逊有过恰如其分的解说："完美有三个层面——一是和谐，二是普遍，三是付诸行动。"（28）也就是说，阿诺德向往的是一个和谐社会，不仅个人与社会、个人与个人之间的关系和谐发展，而且个人的全部禀赋或潜力都能和谐发展。尤其值得注意的是上述第三个层面，即"付诸行动"。阿诺德常常被贴上"抱残守缺"的标签，或干脆被贬为改革的敌人，然而他并非反对改革，而是主张"在**成为**文化人之后，才能采取行动"。阿诺德还常常被扣上"精英主义"的帽子，但是他的最终目的是让人人都享受美好与光明的生活，这一点在《文化与无政府状态》中已经说得非常明白："文化寻求消除阶级，使世界上最优秀的思想和知识传遍四海，使普天下的人都生活在美好与光明的气氛之中，使他们像文化一样，能够自由地运用思想，得到思想的滋润，却又不受之束缚。"（31）需要强调的是，较之卡莱尔的社会图景，阿诺德的理想蓝图中多了些艺术元素，他在许多场合都流露出这样一种观念：依靠文艺想象力产生的社会图景，比依靠其他想象力构建的远景更具有优越性。限于篇幅，我们只举一例：在长诗《吉卜赛学者》中，主人公有一个远大的抱负，而且是唯一的抱负，即"在学成之后，向世人传授艺术的奥秘"。（335）通过艺术传播文化，进而建设和谐社会，这既是阿诺德的宗旨，也成了他的实践，他的创作本身就是有力的见证。

在提供理想社会的蓝图方面，罗斯金丝毫不亚于阿诺德。威廉斯曾经高度评价罗斯金对 19 世纪英国人总体生活方式的关注，并认为他"对文化概念的丰富内涵的发展作出了主要贡献"。（1958：134）约翰逊也曾强调："罗斯金的工作为文化意义的迁移提供了证据——作为个人精神状态的'文化'转变成了作为'总体生活方式'的'文化'。"（59）对"总体生活方式"的关注，当然首先表现为前文所说的"现代性焦虑"，但是焦虑的背后是他对人类社会的整体性与和谐性的向往。前文提到，罗斯金对各种以"分离"为特征的异化深恶痛绝，此处再举一例：他强烈反对体力劳动和脑力劳动分家，并一针见血地指出了这种分离的后果，即"大众社会成员的一分为二，一类变成了病态的思想者，另一类变成了悲惨的劳动者"。（2004：24）为改变这一状况，罗斯金提出要建设一个理想的社会；在这样的社会中，"劳动者应该经常思考，思想者应该经常劳动"。不难看出，在这一理想图景的背后，晃动着卡莱尔"工作福音"的影子。不过，罗斯金明显要比卡莱尔棋高一着：他不但像后者一样注重劳动，而且明确地提出要消灭体力劳动和脑力劳动的差别，这显然朝社会民主的方向又迈进了一大步。另一个超过前人的特点是，他有关劳动的愿景里有着更浓厚的艺术元素。他描述的理想社会不但要求人人劳动，而且讲究劳动的艺术性——劳动者应该有自由想象和创造的空间，并从中得到愉悦。他在《威尼斯之石》一书中提出了一个重要观点，即中世纪的哥特式建筑比近现代建筑更为可取，其原因是前者虽然粗糙，但是代表了人类早期的纯朴和自然状态，体现了普通劳动者的活力和想象力（此时的社会组织、劳动制度和价值取向还允许普通工匠在劳动的同时有一定的空间进行自由的想象和思考），而后者虽然精致，但是因机械的分工方式而压抑了普通工匠的想象力和创造性——现代资本主义的生产方式和劳动组织形式只允许工匠机械地服从设计师的规划，致使工匠失去了自由发挥想象力和创造性的余地，同时也就失去了劳动的愉悦。需要指出的是，罗斯金并非主张回到中世纪去，而是主张在未来社会里，劳动本身更多地带有艺术性，劳动者能获得更多的创造性愉悦。

继罗斯金之后，莫里斯再次向世人提供了愿景。更确切地说，文化焦虑经莫里斯的点化，演变成了更合理、更绚烂、更完美的社会图景，在他的诗篇、文章和小说中都能找到这样的图景。比较起来，他的乌托邦小说《来自乌有乡的消息》所呈现的愿景最为全面，也最为生动。在乌有乡里，人不再是机械主义桎梏下的碎片，而是与社会乃至自然和谐相处的、全面发展的、有艺术品味的劳动者。乌有乡的居民们往往一个人从事多种职业，同时还能兼顾脑力劳动和体力劳动之间的平衡。例如，故事人物罗伯特既是织工，又是排字工，还是数学家兼史学家，甚至兼任摆渡的船夫。书中最引人入胜的是劳动场面：在这些场面里，人、服饰和大自然总是完美地融为一体。⑥概括地说，乌有乡的居民们把生活变成了艺术，或者说总能艺术地生活着，劳动时如此，休闲时也是如此。事实上，莫里斯有一个至今未得到足够重视的观点，即劳动和休闲之间其实没有严格的界限；在一个健康的社会中，休闲是劳动的延伸，反之亦然；而艺术则贯穿二者的始终。他在名篇《我们的生活方式与可取的生活方式》中写道："许多最出色的工作是在人们休闲时完成的，此时人们衣食无忧，乐于表现他们的特殊才能……"（1962：173）在另一篇文章中，他说得更为明白："让所有的普通人都爱艺术，都坚持把艺术变成他们生活的一部分。"（Vol. 22：134）可以说，莫里斯的艺术观、道德观、政治观和自然观在他描绘的社会图景中实现了高度的结合。季娜（Ruth Kinna）说得好：莫里斯"把艺术的道德目的与对美的追求联系在了一起，又把它的社会目的与实现他所说的智慧型劳动联系在一起"。（44）这样一种联系其实已经给"文化"概念注入了新的含义，即社会主义的含义。换言之，莫里斯的文化之旅最后通向了社会主义。让我们再引用季娜的一句评论："莫里斯对社会主义思想的最大贡献——用威廉斯的话来说——在于他对文化的欣赏，以及他对文化变革的欣赏。"（17）我们不妨反过来说：莫里斯的文化焦虑把他引向了社会主义，使他在社会主义理想中找到了归宿。

在莫里斯之后，对资本主义工业文明的批判、对机械主义的批判，以及对美好社会的憧憬，一直延续着，至今未断。后人的批判和憧憬虽然方法各异，侧重面各有不同，意识形态各自为阵，但是本质上都出于同一种文化焦虑。从这一角度看，到了莫里斯时代，以转型焦虑为主要内涵的文化概念已经确立。

结　语

文化概念在现代社会的演变史，就是对社会转型的回应史。

在以往 300 年中，人类面临的最大问题，就是社会转型问题。因此，针对转型问题而形成的文化概念的内涵，理应作为我们最关注的内容，在这一方面，卡莱尔、阿诺德、罗斯金和莫里斯的功劳最大。说他们功劳最大，不是因为他们已经登峰造极，而是因为他们作了基础性工作。没有他们夯实的基础，就没有 20 世纪红红火火的文化批评与文化研究。自莫里斯以降，文化战场烽烟四起，从"文化"而衍生的新概念五花八门。然而，凡是卷入重要"文化之争"的学者，都怀有类似的文化焦虑，都向往和谐发展的社会，尽管他们在其他方面会立场各异，甚至彼此间激烈冲突。例如，安德森和汤普森曾在 20 世纪 60 年代唇枪舌剑，前者认为"英国文化的特点是中心缺席"，其原因是缺乏"总体社会理论"指导下的工人阶级运动，而后者坚持认为，反抗资本主义工业文明的传统在英国一直很活跃。（Johnson：12—14）然而他们讨论的都是社会转型期的问题，都关注人类生活的总体方式。又如，哈贝马斯在跟福柯的论战中，强调"当今社会整合力量，只能来自文化"。（赵一凡：739）文化有整合社会的力量，这一观点显然与 19 世纪形成的文化概念十分吻合。

文化概念的内涵极为丰富，本文展现的只是冰山一角。然而，我们若能紧紧抓住"转型"和"焦虑"这两个关键词，就应该可以窥豹一斑，知其要略。

参考文献

1. Armstrong, Isobel. *Victorian Poetry: Poetry, Poetics and Politics*. London: Routledge, 1993.

2. Arnold, Matthew. *The Poems of Matthew Arnold*. Ed. Kenneth Allott. London: Longmans, 1965.

3. Carlyle, Thomas. *Sartor Resartus*. Ed. Kerry McSweeney and Peter Sabor. Oxford: Oxford UP, 1987.

4. —. "Signs of the Times." *Socialism and Unsocialism*. Vol. 1. Ed. W. D. P. Bliss. New York: Humboldt, 1967.

5. Carroll, Joseph. *The Cultural Theory of Matthew Arnold*. Berkeley: U of California P, 1982.

6. Fuery, Patrick, and Nick Mansfield. *Cultural Studies and the New Humanities: Concepts and Controversies*. Melbourne: Oxford UP, 1997.

7. Greenblatt, Stephen. "Culture." *Critical Terms for Literature Study*. Ed. Frank Lentricchia and Thomas McLaughlin. Chicago: U of Chicago P, 1995.

8. Hartman, Geoffrey H. *The Fateful Question of Culture*. New York: Columbia UP, 1997.

9. Johnson, Lesley. *The Cultural Critics: From Matthew Arnold to Raymond Williams*. London: Routledge, 1979.

10. Kinna, Ruth. *William Morris: The Art of Socialism*. Cardiff: U of Wales P, 2000.

11. Matteson, John. "Constructing Ethics and the Ethics of Construction: John Ruskin and the Humanity of the Builder." *Cross Currents*. 52. 3 (2002): 294-305.

12. Morris, William. *The Collected Works of William Morris*. Vol. 22. London: Routledge / Thoemmes Press, 1992.

13. —. *The Collected Works of William Morris*. Vol. 23. London: Routledge / Thoemmes, 1992.

14. —. "How I Became a Socialist." *News from Nowhere and Other Writings*. Ed. Clive Wilmer. London: Penguin, 1993.

15. —. "How We Live and How We Might Live." *News from Nowhere and Selected Writings and Designs*. Ed. Asa Briggs. London: Penguin, 1962.

16. Ruskin, John. *On Art and Life*. London: Penguin, 2004.

17. —. *Sesame and Lilies*. New York: Metropolitan, 1921.

18. —. *Unto this Last and Other Writings*. London: Penguin Books, 1997.

19. Tylor, Edward Burnett. *The Origins of Culture*. New York: Harper, 1958.

20. Williams, Raymond. *Culture and Society*. London: Hogarth, 1993.

21. —. *Keywords: A Vocabulary of Culture and Society*. London: Fontana, 1983.

22. 阿诺德：《文化与无政府状态：政治与社会批评》，韩敏中译，生活·读书·新知三联书店，2002。

23. 卡莱尔：《文明的忧思》，宁小银译，中国档案出版社，1999。

24. 陆扬等：《文化研究导论》，复旦大学出版社，2006。

25. 希克瑞：《拜读罗斯金》，李临艾、郑英锋译，载《世界美术》2001 年第 2 期。

26. 席勒：《审美教育书简》，冯至、范大灿译，北京大学出版社，1985。

27. 赵一凡：《从卢卡奇到萨义德：西方文论讲稿续编》，生活·读书·新知三联书店，2009。

① 该书被不少国内外学者奉为经典，原书名为 *Culture: A Critical Review of Concepts and Definitions*（1963），作者为克洛依伯（A. Kroeber）和克拉克洪（C. Kluckhohn）。

② 关于"现代性"话题，可参见赵一凡等主编《西方文论关键词》（外语教学与研究出版社，2006）和童明《现代性赋格》（广西师范大学出版社，2008）。

③ 详见拙文《〈拼凑的裁缝〉为何迂回曲折？》，载《外国文学评论》2009 年第 2 期。

④ 参见赵一凡等主编《西方文论关键词》及赵一凡《西方文论讲稿续编》。

⑤ 详见拙文《卡莱尔"英雄"观的积极意义》，载《杭州师范大学学报（社会科学版）》2009 年第 6 期。

⑥ 详见拙文《乌有乡的客人——解读〈来自乌有乡的消息〉》，载《外国文学》2009 年第 3 期。

文化批评 王晓路

略 说

文化批评（Cultural Criticism）是以文化学角度观察、分析和阐释文学文本的批评方式，以此拓展固有的文学批评（Literary Criticism）模式。文化批评的历史发生学与理论的社会性条件有关。由于全球化格局下的区域社会文化跨界蔓延，文本的形态和内涵均发生了显著的变化，因而学界依据时代的社会文化状况和文本特质进行了学理思考和理论调整。在研究范式上，文化批评在持续关注纸质、文字符号为主的文本的同时，亦将分析的对象扩延到社会文本范围，即关注对象化的社会事件和文化现象为表征的文本。与传统文学研究范式所不同的是，文化批评将文本作为当代商品化的文化产品之一，在分析其构成性要素的同时，着重考察其外部要素，包括文本环境、生产与再生产体制以及传播和接受，其重点是针对文本背后的观念系统。由于文化批评的对象是静态与动态相结合的文本，因此，对这样一个分支领域，目前还没有清晰、严格的界定。但是，文化批评并非是对传统文学批评的彻底颠覆或背离，而是对其恪守文本中心的立场与静态分析模式的质疑和补充，是传统文学研究在当代的自我延伸和生成方式。文化批评发生较早，且与人文社科其他分支领域相似，一直处于变化之中。在理论和方法论的层面，其特征是跨学科，主要借鉴政治哲学、政治经济学、社会学、史学、文化理论和文学理论等理论与方法论资源。在这一点上，文化批评与文化研究有重叠之处，但关注点不尽一致。文化批评已成为当代文学研究的复数形式之一。

综 述

自 17 世纪以来，资本主义生产关系和生产方式在逐渐确定和推进的同时，也极大地改变了区域群体的生活样态和交往方式，这一社会文化形态持续地波及全球范围。阶段性市场形式和经济生活给传统的社会文化格局带来了深度冲击，人类学意义上的文化群体身份（identity）和动态的社会分层（social stratification）重叠在一起，构成了新的社会文化图景。支配性观念由此更为重要，并引发了文化领导权（cultural hegemony）及文化认同的持续思考。因此，文化批评兴起与现代性兴起的历史时段和社会文化症候密切相关：

哈贝马斯将"文化批评"界定为 18 世纪新闻与公共舆论场所（咖啡厅、

茶馆、沙龙或文艺辩论场所）的产物。不过，不太普遍流行但举足轻重的"文化批评"早在人类有书写与读者（或听众）时便已形成……一般而言，文化评论是 18 世纪资本主义、都市生活的产物，也是印刷文化（print culture）兴盛时期的产物。（廖炳惠：49）

而文化批评的延续以及在当代的发展亦与时代风貌相关。现代资本主义生产的特征是社会化与最低成本化，二者构成利润最大化前提。市场靠消费带动，而多样化产品状态下的消费，必须实施观念引领。在新媒体的作用下，当代消费观念和生活方式呈现同步化，并形成全球范围内的消费同质化趋势。由于观念使消费与身份直接挂钩，商品符号的价值由此获得极大提升。于是，资本支配者持续将消费置换为时尚，由此不断地扩大再生产，形成观念、产品、身份、利益的循环。符号价值的消费形式持续地进入群体观念中，使消费等级象征性决定群体身份划分。其次，资本跨界引发了地方文化资源被挪用和转化的现象，文化资源重要性更为凸现。随着全球化的加速和文化产品的共享，社会文化现状使得一些传统命题的清晰界限开始模糊。加之技术普及带来的通信及交往方式的持续改进，信息共享的渠道得以快速扩容，大量的社会文本极大地冲击了固有文本形态，传统的精英式文化表征形式在新的社会文化现象的影响下与流行文化形成社会符号的混合体。

> 这正是一个消费社会蓬勃发展，传媒、大众文化、亚文化、青年崇拜作为社会力量出现，必须认真对待的时代，而且还是一个社会各等级制度、传统的道德观念正受到嘲讽攻击的时代。社会的整个感受力已经经历了一次周期性的改变。……这个发展非同寻常。（伊格尔顿，2009：25）

对这样一种历史背景下的社会文化状态，传统的人文社会科学的阐释模式显得相对乏力，学术界开始借用"文化"这一最为基本的通识性术语，赋予其新的内涵，并透过社会文化表象分析观念引导的方式、认知模式以及知识与权力之间的关系等相关命题。人文社科领域中的社会学与文化学角度日趋明显，并由此带来社会学方法论的滥觞和各分支领域的文化转向。

文化批评与文学理论

文化批评的当代发展也与理论条件有关，尤其与 20 世纪后期的文学理论发展相关。理论发展与理论困境总是互为结构的。"理论兴起的另一个重要历史原因是由文学批评在 20 世纪 40 年代和 50 年代所陷入的困境而引发的。"（伊瑟尔：4）文学理论是一种重要的认识方式和思想陈述方式，它通过文学文本对人与世界、社会和人本身的关系进行多角度的探求。迄今为止，文学理论试图在四个相关的领域梳理文学的功能，即模仿（imitation）、语言（language）、认识论（epistemology）及文学性（literariness），对此，亚当斯（Hazard Adams）《西方文学理论四讲》的论述最为集中。简言之，文学语言符号对于探索人类的精神活动有别于其他符号的认知功能，这一思想方式对纯客观的科学认知方式而言，是不可或缺的弥补，其认识论作用不言而喻。文学性由此构成了文学研究的合法性。对这一复杂的认知活动，人们始终在追求相对简明的分析和阐释方式，以直接洞悉文学和思想的对应关系。

艾布拉姆斯（M. H. Abrams）的名著《镜与灯：浪漫主义文论及批评传统》(*The Mirror and the Lamp: Romantic Theory and the Critical Tradition*）之所以影响巨大，在于他在文论的发展线索中提出了"艺术家-作品-世界-欣赏者"四要素分析框架。（5）但是，由于文学创作和研究本身的复杂性，加之文学理论的发展有其时代特征，因此对艾氏分析框架的批评也是自然的，其中利奇（Vincent B. Leitch）的观点颇具代表性：

> 这一框架为基本的理论发展、反映广泛的历史潮流，提供了一个异常方便的结构图形。然而这一著名的框架也正如任何一种理论一样也有缺陷。其最严重的问题也许是，它仅仅到现代主义就停止了：而后面接踵而至的结构主义、后结构主义、女性主义、后殖民主义以及文化研究等均未得到反映。艾氏勾勒了从模仿、伦理、表现至形式主义发展，而近期的文学理论和批评是向文化批评发展的。（Leitch, et al.: 5）

由于新老问题的交织，所以，如何揭示与如何阐释这些问题使得"理论变得不可或缺，这一情况出现在文学研究的关键性时刻，由于这一发展无法加以简单解释，因此有必要对历史进行回顾来寻找可能的原因"。（伊瑟尔：1）文化批评的历史性与此密切相关。我们如果考察上世纪后半期以来西方出版的重要的文学理论选集或工具书，就会看到文学理论在当代发展的主要方式之一就是嵌入了文化批评或文化研究的视角，如《当代文学批评选集：文学与文化研究》(*Contemporary Literary Criticism: Literary and Cultural Studies*）。此选集分别在 1989 年、1994 年和 1998 年的新版中抽换并增加了大量的文化批评的篇幅。（王晓路，2000：146—149）一些重要的文学理论选集或工具书，如《1965 年以来的批评理论》(*Critical Theory Since 1965*）、《文学理论选集》(*Literary Theory: An Anthology*）、《诺顿文学理论与批评选集》(*The Norton Anthology of Theory and Criticism*）以及《霍普金斯文学理论和批评指南》(*The Johns Hopkins Guide to Literary Theory and Criticism*）等，都增加了文化批评和研究的专门栏目或章节。（斯托里等：348—366）自上世纪末，文化批评已经悄然融入到文学理论的书写方式之中，文学理论出现了空前的外部视角的扩容，因而人们看到了当代"'理论'的种类包括人类学、艺术史、电影研究、性研究、语言学、哲学、政治理论、心理分析、科学研究、社会和思想史，以及社会学等各方面的著作"。（卡勒：4）

值得提及的是，当代外部研究与传统方式相比，其重点并不一致。传统的外部研究以作家为中心，主要围绕其时代背景、思潮和创作等要素展开；而当代外部研究则集中在文本的生产与消费、体制、政策、技术与传播方式等，并不主要针对作家个体。关注对象的变化其实是历史中的常态，如文学典律的经典化和新文类的交替就是文学史中一直存在的现象。然而对生存状况的思考带来了文学研究中的社会学视角，进而形成文学文化意义上的变迁。1948 年，艾略特因其《荒原》揭示了人类文化状况和历史境遇而获得诺贝尔奖。他在《关于文化的定义的札记》中的"文化是一种生活方式"以及"文化的最重要的观点，在于文化对政治的影响"等观点具有开创性意义。（沃森：525）一些学人的文化批评实践也令人瞩目。利维斯（F. R. Leavis）"在 20 世纪 30 年代就把英语课程表扩展至包括广告评论、新闻学以及商业案例，以便帮助人们抵制我们现在称之为'媒体'的影响"。（沃森：526）而上世纪"美国知识分子中最为重要的批评家"特里林（Lionel Trilling）的研究主题"就是文化与人格之间的关系，其文化批评的主旨是确定自我界定的风格"。（Krupnick：13）而后，理论的发展又将艾略特、利维斯和特里林等人的传统颠覆了，"到 60 年代末，……文化研究通过建立激进学术领域以理解当代文化的方式，颠覆了利维斯和《详细审查》以及艾略特的传统"。（Dworkin：123）所以，批评实践和观念本身均不是静态持续的。

文化要素的介入方式也与人们认知图式的不断扩大有关。人们在结构主义之后所关心的并不完全是知识本身，而是知识之所以成为知识的建构方式，即真理的生产与传播方式。这一点在文学研究中的反映就是对文学观念本身的追问。所以，打破二元对立的实质是对知识谱系背后权力的追问，亦是学界对于社会文化现状的学理考量。这一时期的性别研究、种族研究以及后殖民文化研究等均与此相关。文本界限的蔓延和文学解释的扩充使得文学理论本身出现了裂变。所以，利奇在论证文学理论的新变化时特别指出：

> 理论本身超越了早期新批评对"文学性"的探索，而形成了一种质疑和分析模式（mode of questioning and analysis）。由于后结构主义、文化研究以及新的社会思潮，特别是妇女及民权运动的影响，文学理论日益对体系、体制和规范等进行质疑，对其采取某种批判或反抗的立场，对理论盲点矛盾和由一些根深蒂固的观念掩盖的曲解感兴趣，日益将个人或地方性实践与更为广阔的经济、政治、历史以及文化的伦理力量结合起来。这种带有"文化批评"的理论不再关心可能性的论述条件，而对文化文本和体制中所内涵的价值、实践、范畴和表征的调查和批判更加感兴趣。（Leitch, et al.：xxxiii）

对于文学理论中的文化政治寓意，杰克逊（Leonard Jackson）的观点更为直接：

> 当代文学理论具备其政治动议，这一点是人们达成的共识。它旨在摧

毁阶级制度、父权制、帝制以及支撑这三者的西方形而上基础。……事实上，文学理论的雄心并不限于此：它也意欲改变人类主体性本质，或至少改变我们对人类主体性的观念。它旨在建立或至少辨别出一个"去中心的主体"，这个主体实际上是一组"文本性效果"。（12—13）

不难看到，文学研究中所内含的文化政治学指向达到了二战以来的高峰，对此，还不能简单认定为只是全球知识左派的推动所致。

文化批评的方法论资源

文化批评关注的重点是文本背后的观念支撑方式，这一点亦是其试图综合考察人类历史境遇并提供思考方式的逻辑使然。在这一理论指向的路径中，文化批评与文化研究在理论与方法论资源的借鉴上有重叠之处，对于二者的区分，伯格（Arthur Berger）曾专门指出：

> 文化批评是一项多学科（multidisciplinary）、跨学科（interdisciplinary）、泛学科（pandisciplinary）或元学科（metadisciplinary）的研究方式。文化批评家来自不同领域，也采纳不同领域的理念。文化批评涉及文学和美学理论与批评、哲学思想、媒介分析、流行文化批评、阐释学理论以及符号学、精神分析、马克思主义、社会学和人类学等领域，传播研究、大众媒介研究以及其他使当代文化与社会成其为当代（又不那么当代）的种种方式。……而文化研究着力于媒介、流行文化、亚文化、意识形态、文学、符号学、性别问题、社会运动、日常生活以及其他命题。（2—3）

传统的研究范式主要依据纸质文本并对以文字符号为主要载体所呈现、所表征的文本进行分析，其重点是针对特定文化中的生活（life within a given culture）；而文化视角切入的方式则集中于当下文化（lived culture），将鲜活的生活样态，尤其是历史时段中不同群体的日常生活，置于该社会文化的结构中加以对象化，而后进行多角度的分析。这一研究范式试图将研究方式从单一提升至综合，且主要集中在三个方面："a）基于生产的研究；b）基于文本的研究；c）对活生生的文化的研究"。（鲍尔德温等：43）这一与传统方式有机结合的努力涉及几个相关的问题：对文化本身的再界定、确定新的探索领域可能包含的范围、对此探索必须采用或借鉴的方法论，以及在文化批评和文化研究逐步形成的过程中，它本身可能的缺陷以及难以回避的问题等。（Hartley：8）人们对"文化"本身的不断界定和采纳实际上是力图说明并揭示出研究对象和范围不断扩延的学理性。因而，作为最具通识性的关键词"文化"，拥有了元理论的意义。这一时期以文化作为中心词的概念，如大众文化、文化产业、文化地理学等相互关联的术语和范畴，形成了学术生产的重镇，这不仅使原有学科之间产生了真正意义上的跨学科互动方式，而且使得学术界的关注点发生了重大变化。(Rojek：30—36)其中，日常生活成为重要的关注领域，因为人们日常生活的各个方面，已经弥漫着观念形态的引导，显现着物化产品、权力和文化领导权的交叉。至此，长期被忽略的日常生活现象受到学界的重视。"文化理论的另一历史性进展就是确立大众文化值得研究。除去一些有名的例子外，传统学术界几个世纪以来一直对芸芸众生的日常生活视而不见。"(伊格尔顿，2009：6)而文化批评的侧重点是日常生活中的文化消费形式：

> 60年代初期，"文化批评"从侧重大传统与经典研读的层面，转移到日常生活的研究上……70年代以降，新兴的"文化批评"，挟着女性主义、少数话语、后结构或后现代主义的方法及社会关怀，对好莱坞的电影、新闻广播、电视连续剧、各种娱乐节目的观众、机构历史、生产技术、消费行为及其效果等，均加以仔细研究，在许多方面确实远超过阿多诺与霍克海默这些法兰克福学派早期代表的成果，同时不再与大众保持批判距离。
>
> (廖炳惠：52—53)

特别需要提及的是，文化批评并非是一种泛化研究，而必须是一种具体研究。有趣的是，带有强烈主观色彩的文化批评和文化研究的发展与上世纪"客观"的新批评样式的盛行几乎同步。这两者似乎完全背离的方式在时间跨度上却产生了重叠，这不能不说是一种巧合，同时也说明研究范式的多重性值得重视。但是，若对更早发生的俄国形式主义进行考察，这种"客观"批评实则是一种意识形态策略。文化批评在质疑文学、美学、文化等固有的考察方式的同时，将批判的锋芒直接指向了背后的观念系统，即依据何种观念看待文本和分析文本，较之观照和分析方式本身更为重要，这就使其涵括了直接或间接的政治意图。因为"从文化研究的观点来看，关键之处是能指与所指之间的关系是人为的，是惯例，或者依据文化研究所突出的，是政治问题。……对于符号，不同的群体可以在不同的语境中加以解释"。(Saukko：100—101)就文化政治学指向这一点，文化研究走得更远。杜林(Simon During)在其《文化研究：批评导论》(*Cultural Studies: A Critical Introduction*)中归纳性地指出：

> 文化研究运用于三个不同的层面。其一，是在其所观察到的蓄意的排外、非正义和存在偏见的层面。它倾向于将自身定位在弱势群体的一边，即获取社会结构所提供的资源最少的群体。由此，这种"运用"是政治性和批判性的。其二，它旨在以分析某些繁多文化形式的娱乐性交际以及背后的社会支撑点的方式，来强化和赞美不同的文化经验。其三，作为与其他学术真正不同的标志，它旨在以非客观化方式将文化视为日常生活的一部分。事实上，文化研究本身渴求加入，并参与到世界之中。(1)

由于当代人文社科领域依然面对资本主义当代社会形态，因此，马克思主义针对资本主义分析的诸多元命题重新获得了学界重视。伊格尔顿在其新著《马克思为什么是对的》(*Why Marx Was Right*)中着重指出："作为有史以来对资本主义制度最彻底、最严厉、最全面的批判，马克思主义大大改变了我们的世界。由此可以断定，只要资本主义制度还存在一天，马克思主义就不会消亡。"(8)因而不难理解马克思主义的当代影响，"文化研究的大多数经典之作都受到新马克思主义和西方马克思主义的影响，后者对传统马克思主义的文化分析进行了创新"。(Agger：14)而就方法论而言，"文化研究依然凭借西方马克思主义，无论西方马克思主义多么具有异质性"。(Dworkin：142)对于马克思主义的影响，学界有着类似的观点，"文化研究或文化批评的出现和发展很难完全同马克思主义思想分离开来。在某种程度上，马克思主义是大多数文化批评背景之背景，一些当代文化批评家也认为自己就是马克思主义批评家"。(Smith：350)实际上，人文社科各分支领域在今天都在不同程度上借鉴了马克思主义。战后欧美的马克思主义理论家面对新的社会发展期，将经典马克思主义的诸多元命题进行了发挥、修正和改写，以寻求新的解释方式。这一方式对于中国学界而言，显然有着借鉴意义。

如前所述，文化批评在学界并没有形成公认的界定，这或许是学界为了保持该领域的开放性而有意为之的。但是，不确定并非是无重点。笔者认为，文化批评以学理方式关注由技术、法律、道德和艺术四类要素之间发展不平衡所构成的社会文化关系，针对性地分析四组要素之间所形成的政治文化功能，其主要的兴奋点是历史中和当下的社会文化状况。单就文化批评而言，它试图通过文本的生产至接受的历史性过程透视出当代文化的生成性问题。在这个意义上，文化批评就不可能采用单一的方法，而主要是从其他人文社科领域中借鉴而来的理论话语，这一点恰好给传统的文学批评补充了新的视角。

文化批评在中国大陆的旅行

各文化区域在历史进程中一般会出现类似的社会文化问题，文化批评与文化研究也蔓延到亚洲、非洲和拉美地区。(Gibson：vii)传统人文社科各个分支领域都在不同程度上注入了文化视角。而这个貌似"新"的观察、思考和解释的方式得以进入中国大陆，也与中国大陆在新时期的发展密切相关，"从国内方面看，首先值得指出的是：1990年代市场化、世俗化进程的加速发展，大众文化与消费主义的兴盛，成为文化研究与文化批评出现的最重要的文化背景"。(陶东风等，2006：27)文化批评和文化研究在中国大陆的历史性出场也和本土的社会文化现状有关。"中国的文化研究在90年代的兴起的确具有本土文化语境与西方理论影响两个方面的原因，但是其中本土现实的挑战是更为根本的。"(陶东风，2002：2)中国大陆学界在20世纪90年代先后出版了一些有关文化批评的教材、论著和译著，为文化批评和文化研究在中国大陆的旅行和发展起到了某种奠基作用。笔者曾在 20 世纪 90 年代末对杜林《文化研究读本》进行了评述。（王晓路，1999）其他著述有陶东风等《当代中国的文化批评》（2006），王晓路等《当代西方文化批评读本》（2004）、《文化批评关键词研究》（2007），王晓路《西方马克思主义文化批评研究》（2012）以及曾军《文化批评教程》（2008）等，还有大量的论文、译文和译著。若以文化研究为题成果就更多了。（王晓路，2007：2—9）一些院校还新增了学位授予点或研究方向。文化批评在中国大陆的旅行无疑给学界带来了新的资源和致思方式。

在新的历史时期，以"文化批评"为名进行观察和分析主要是出于理论话语的简洁性，因为这种观察和分析需要结合多种理论话语的形态和分析方式。由于以文化为名的分析和研究方式必然关注社会、政治、经济、文化等相互关联的系统，所以其研究的范式一般为筛选一个时段的事实，确定为具体的研究对象，通过对该对象或个案的分析，透视背后的问题，进而对一个阶段中的事实之间的相关性进行有效的解释，即在具体的研究中需要对社会文化诸种现象作整体的把握。简言之，文化批评集中针对文化表征的"合法性"，由此形成对传统阐释方式的挑战：

> 因为那种阐释忽视了文化的其他可能性……这些少数派的文化研究途径解构了传统文学研究话语的文化合法性，将其向不同的声音和阐释开放，这些声音和阐释来自白人文学经典体系之外，但却完全有其自身的合法性和重要性。（Agger：11）

然而一段时期内，人们对文学研究和文化研究之间的关系存在着困惑，因此，卡勒专门指出文学研究其实就是某种文化实践：

> 文学研究和文化研究到底是什么关系呢？从最广泛的概念上说，文化研究的课题就是搞清楚文化的作用，特别是在现代社会里，在这样一个对于个人和群体来说充满形形色色的，又相互结合、相互依赖的社团、国家权力、传播行业和跨国公司的时代里，文化产品怎样发挥作用，文化特色又是怎样形成、如何建构的。所以总的说，文化研究包括，并涵盖了文学研究，它把文学作为一种独特的文化实践去考察。（46）

需要注意的是，文化批评依然是一种理论话语形态，而非是社会行动指南。这与欧美知识界在其体制下的生存合法性有关。中国知识界需要在借鉴理论话语的同时，注意整合中国本土资源，对问题的差异以及揭示问题的方式有清醒的认识，以此加强文化批评的学理性。

结　语

人类群体在不同的历史发展阶段中亦会遭遇某些类似的问题，并能提供不同的答案。因此，在考察一个文化区域的话语形态时，也必须与其社会文化问题以及其他区域联系起来考虑。"人类之动作，有共同之轨辙，亦有特殊之蜕变。欲知其共同之轨辙，当合世界各国家、各种族之历史，以观其通；欲知其特殊之蜕变，当专求一国家、一民族或多数民族组成一国之历史，以觇其异。"（柳诒徵：1）在新的历史时期，思想和方法论资源的借鉴不仅是一种常态，而且也是一种必然。文化批评犹如其他西学资源一样，为中国学界提供了新的视角，但我们不能停留在译介和转述阶段。因此，在具体的理论实践中应该避免对象的泛化和分析的空疏。这正如文学研究必须基于对文本的分析而非概念的分析一样。亚当斯针对文学研究和文化研究的问题，指出未来研究的趋势：

> 它要能匡正文化研究对于批评传统在建立文学文本属性以及结合形式与内容所作的努力、所采取的一贯忽视或诋毁的倾向，它也要能匡正美学分析造成诗从人类活动并思虑于其间的世界中脱离的倾向。……大体而言，文学批评历史是经由否定的过程推展的。（171）

对于中国大陆的知识界而言，在这一场西学复制与借鉴的过程中，需要对文化批评的理论形态、批评主旨进行学理性的甄别和深入系统的研究，在此基础上，才能针对中国本土的问题形成知识学层面的认知方式、实践方式以及理论生产的可能方式。

参考文献

1. Adams, Hazard, et al., eds. *Critical Theory Since 1965*. Tallahassee: UP of Florida, 1986.
2. Agger, Ben. *Cultural Studies as Critical Theory*. London: Falmer, 1992.
3. Berger, Arthur Asa. *Cultural Criticism: A Primer of Key Concepts*. London: Sage, 1995.
4. Davis, Robert Con, et al., eds. *Contemporary Literary Criticism: Literary and Cultural Studies*. London: Longman, 1986.
5. During, Simon. *Cultural Studies: A Critical Introduction*. London: Routledge, 2005.
6. —. *The Cultural Studies Reader*. London: Routledge, 1993.
7. Dworkin, Dennis. *Cultural Marxism in Postwar Britain: History, The New Left, and the Origins of Cultural Studies*. Durham: Duke UP, 1997.
8. Gibson, Mark. *Culture and Power: A History of Cultural Studies*. Oxford: Berg, 2007.
9. Groden, Michael, et al., eds. *The Johns Hopkins Guide to Literary Theory and Criticism*. Baltimore: Johns Hopkins UP, 2005.
10. Hartley, John. *A Short History of Cultural Studies*. London: Sage, 2003.
11. Jackson, Leonard. *The Dematerialisation of Karl Marx: Literature and Marxist Theory*. London: Longman, 1994.
12. Krupnick, Mark. *Lionel Trilling and the Fate of Cultural Criticism*. Evanston: Northwestern UP, 1986.
13. Leitch, Vincent B., et al., eds. *The Norton Anthology of Theory and Criticism*. New York: Norton, 2001.

14. Rivkin, Julie, et al., eds. *Literary Theory: An Anthology*. Malden: Blackwell, 2004.

15. Rojek, Chris. *Cultural Studies*. Cambridge: Polity, 2007.

16. Saukko, Paula. *Doing Research in Cultural Studies: An Introduction to Classical and New Methodological Approaches*. London: Sage, 2003.

17. Smith, Johanna M., and Ross C. Murfin. "What Is Cultural Criticism?" 载王晓路等著《文化批评关键词研究》附录 1，王晓路译，北京大学出版社，2007。

18. 艾布拉姆斯：《镜与灯：浪漫主义文论及批评传统》，郦稚牛等译，北京大学出版社，1989。

19. 鲍尔德温等：《文化研究导论》，陶东风等译，高等教育出版社，2007。

20. 卡勒：《当代学术入门：文学理论》，李平译，辽宁教育出版社，1998。

21. 廖炳惠编著：《关键词 200：文学与批评研究的通用词汇编》，江苏教育出版社，2006。

22. 柳诒徵：《中国文化史》，中国大百科全书出版社，1988。

23. 斯托里等：《文化研究：英国、美国、澳大利亚》，载王逢振等译《霍普金斯文学理论和批评指南》，外语教学与研究出版社，2011。

24. 陶东风等：《当代中国的文化批评》，北京大学出版社，2006。

25. 陶东风：《文化研究：西方与中国》，北京师范大学出版社，2002。

26. 王晓路等编著：《当代西方文化批评读本》，四川大学出版社，2004。

27. 王晓路：《范式的迁移与文学意义的扩延——评〈当代文学批评〉的改编》，载《外国文学评论》2000 年第 1 期。

28. 王晓路等：《文化批评关键词研究》，北京大学出版社，2007。

29. 王晓路：《文学研究与文化语境——兼评〈文化研究读本〉》，载《外国文学评论》1999 年第 1 期。

30. 沃森：《20 世纪思想史》，朱进东等译，上海译文出版社，2006。

31. 亚当斯：《西方文学理论四讲》，傅士珍译，洪范书店，2000。

32. 伊格尔顿：《理论之后》，商正译，商务印书馆，2009。

33. 伊格尔顿：《马克思为什么是对的》，李杨等译，新星出版社，2011。

34. 伊瑟尔：《怎样做理论》，朱刚等译，南京大学出版社，2008。

35. 曾军主编：《文化批评教程》，上海大学出版社，2008。

文化生产 周才庶

略　说

　　文化生产（Cultural Production）是以文化学的视野来审视和阐述文化商品的生产机制，以此扩展纯粹的文学作品的创作模式，实现文化领域与生产领域的沟通合作。文化生产在当代的文化艺术活动中占据着不同寻常的地位，它所包括的种类有文学作品、影视艺术、音乐文本、体育事件，等等，而涉及的过程包括不同类型文本的生产、运作与消费。文化生产并非对传统文学创作的背离或忤逆，而是在现代市场化的社会生态中对文学、艺术、文化的延伸与重建。在全球化的世界格局中，文化生产是社会机构、民族国家获取生产利润、创造文化认同乃至提升文化软实力的重要途径。当代社会文化生产的现象层出不穷，而对于文化生产的学理问题尚未形成规范化的认知。文化生产的理论基点在于马克思关于生产的论述，又在法兰克福学派（Frankfurt School）、伊格尔顿（Terry Eagleton）、布迪厄（Pierre Bourdieu）等学派和理论家的论述中沿袭扩展。市场化作为文化生产的突出特点，一方面是市场运作中经济资本和文化资本的积累；另一方面是资本的不平衡分布激发的生产的长久竞争。文化与市场的联姻，使得文化生产的研究中产生了一种典型的焦虑，即审美建构问题。文化生产的审美建构是在生产机制中化解商业逻辑和艺术逻辑的冲突。在研究范式上，文化生产除了关注产品作为文本的表意内涵外，还将分析的范畴扩展到产品的生产、产品价值的建构以及产品的传播等方面。

综　述

　　现代社会中文化生产往往指文学、电影、电视、艺术的生产、传播和消费，其组织结构呈现为产业形态，最为突出的方式便是文化产业。自20世纪以来，资本主义的生产关系和生产方式全面扩展，而这种生产形态也更为突出地渗透进文化领域，给传统的文化格局带来冲击。正如伊格尔顿所说："随着20世纪文化产业的到来，平民的梦想与渴望才在权力的庇护下得以整体呈现，即便从来不缺乏抵抗。某些早期哲学家所梦想的大众神话最终以电影、电视、广告和通俗读物的形式实现。"（1978：120）随着大众的崛起，文化生产有了广泛的市场，而传统人文科学的阐释方式尚显乏力。文化生产的概念呈现了诸多复杂性，比如文化如何与生产关联起来，文化生产与市场化存在何种关系，文化生产的审美建构遭遇了怎样的现实困境并产生了何种变迁，等等。这些都是亟需厘清的理论问题。

文化生产的理论内涵与历史沿革

文化生产的理论起点是马克思（Karl Marx）关于生产的论述。从《1844年经济学哲学手稿》到《资本论》，马克思开创了文化生产理论的研究空间。马克思将生产划分为物质生产和精神生产，思想、观念和意识是精神生产。"思想、观念、意识的生产最初是直接与人们的物质活动，与人们的物质交往，与现实生活的语言交织在一起的。人们的想象、思维、精神交往在这里还是人们物质行动的直接产物。"（马克思、恩格斯 72）精神生产是一定社会阶段的产物，是物质生产的产物。马克思和恩格斯认为艺术是人类一种特殊的精神生产，社会发展到一定阶段，物质劳动与精神劳动相分离，于是产生一批相对脱离物质生产劳动的艺术家，艺术正是劳动分工的产物。从这个意义上看，艺术、文化本身是一种"剩余价值"。马克思著作中关于文化生产的观点是马克思文艺理论的生长点之一，诸多学者对生产或文化生产这个理论原点进行了阐释与创新。国内有学者将"文化生产"界定为马克思所说的"精神生产"，如今看来，文化生产并不能简单地等同于精神生产。文化是与经济基础关系最为间接的社会生产，但它也是经济方面的一种实践。文化生产不等于精神的生产，它具备物质性的生产，文化生产与实体资本相结合，也产生物质性的效果。

法兰克福学派对资本主义市场的标准化生产进行了批判，该学派代表人物霍克海默（Max Horkheimer）和阿多诺（Theodor Adorno）提出的"文化工业"（culture industry）概念一定程度上揭示了文化生产的具体内涵。他们在1947年关于文化工业的论文中就指出了资本主义生产的固有特征：来自利润积累的持续压力，驱动产业去开拓新的市场与生产领域，而开拓的文化工业则是作为大众欺骗的启蒙。"文化工业取得了双重胜利：它从外部祛除了真理，同时又在内部用谎言把真理重建起来。"（122）文化工业是资本主义社会艺术生产的一般形态，它把艺术提升为一种商品类型，而资本掠夺了个人的感性经验，观众丧失了独立思考的能力，因此文化工业操纵了大众的意识形态，是一种欺骗大众的启蒙精神。这些从欧洲大陆来到美国的哲学家，看到了资本主义制度下文化客体的变迁，标准化的生产及其市场逻辑改变了艺术客体的意义和功能。"这些文化产品，不再有任何形式的冲突，它们被毫无真实的本质意义的震惊和直觉所取代，使观众迂回地进入碎片式的行动中。"（Adorno 69）他们对文化差异性的降低、文化同质化的增长保持着警惕与反思。法兰克福学派关于文化工业的理论太过精英主义，将文化工业同质化而没有对文化工业内部诸多的复杂情况作出区分。然而法兰克福学派对文化工业决绝的批判立场警醒了世人，他们将文化生产问题真正作为批判理论的核心命题。

面对资本的全面渗透，法兰克福学派对资本主义现实进行了否定性的批判，他们内心深处潜藏着复归自然、抵制现代工业文明的冲动，这种冲动在资本主义一往无前的磅礴阵势中不断被压抑，而压抑则升华为深刻的批判立场。总体上说，法兰克福学派对文化生产持一种保守的否定立场与书斋式的精英态度。相对而言，英国伯明翰学派（Birmingham School）更为积极，他们相信文化生产中的抵抗力量。法兰克福学派关注文化生产中资本生产的结果，伯明翰学派则厘清了文化生产中"文化"的变迁及合法性，生产与消费是伯明翰学派理解文化的两个主要方面。伯明翰学派代表人物威廉斯（Raymond Williams）对"文化"一词的词义演变过程作了归纳。在现代社会科学里，文化的意义包括三个方面：第一，用来描述 18 世纪以来思想、精神与美学发展的一般过程；第二，表示一个民族、一个时期的一种特殊的生活方式；第三用来描述关于知性的作品与活动。文化最普遍的用法就是指音乐、文学、绘画与雕刻、戏剧与电影等。关于"文化是一种特殊的生活方式"的界定充分扩大了文化的内涵，（106）而文化生产也不是狭义的艺术作品的生产，它渗透到日常生活的方方面面。文化生产最终被看作生产方式之一，文化不再是区分于经济基础的上层建筑，而是与经济生产和社会结构相联系。

美国学者费斯克（John Fiske）将文化定义为："感觉、意义与意识的社会化生产与再生产。将生产领域（经济）与社会关系领域（政治）联系起来的意义领域"。（62）文化一词是多重话语。文化渗透到日常生活中，将经济领域与政治领域以一种温文尔雅的方式联系起来。文化生产则是文化商品的工业化生产，它强调文化的制度化特征与社会化特征，以区别于个体灵感与想象。至此，文化生产有了更为明确的意指，它强调文学、绘画、音乐、电影、电视等文化产品的制度化和社会化特征，所指向的是大众的群体，而非孤独的个人。

伊格尔顿综合了威廉斯的文化唯物主义与阿尔都塞（Louis Pierre Althusser）的意识形态理论，提出文学是一种审美意识形态的生产。他在《批评与意识形态》一书中阐述了"文学生产方式"（literary mode of production）：文学生产方式是文学生产力和社会关系在特定社会组合形态中的统一，其内在结构包括生产、传播、交换与消费。文学文本是多种因素在多元决定的状况下进行生产的产品，是一种意识形态生产，文本与生产之间的关系是劳动关系。（44—46）他指出，文学不仅是文本，更是一种社会活动，一种与其他形式并存和有关的社会、经济生产的形式。"文学可以是一件人工产品，一种社会意识的产物，一种世界观；但同时也是一种制造业。"（1986：65）在伊格尔顿看来，书籍不只是有意义的结构，也是出版商为了利润销售到市场上的商品；戏剧不只是文学剧本，它还是资本主义制度下被观众所消费并产生利润的商品；作家不只是精神结构的生产者，而且是出版公司雇佣的工人，是能生产能赚钱的商品。因此，文学不是学院式赏析的对象，而是一种社会实践。我们需要认识作为产品的文学文本、作为生产者的作家、作为生产的文学，在他这里，文学作为一种社会生产的形式得到了明确的解释。

马歇雷（Pierre Macherey）将文学创作视为一种生产劳动，用"生产"

（production）来代替"创造"（creation），提出了文学生产理论。他认为文学并非不朽名作的集合体，其性质并不是展示纯粹经验事实的作品目录，也不是已完结的事情。文学"是一个复杂的动态过程，表明作者写作的劳动和再生产的劳动，这种独立的规范化理想正在取代那种不断幻想追求认同、稳定或永恒的运动"。（Montag 50）他指出，"各种关于创作的理论都忽视了其产生的过程，它们没有对生产作出任何解释。"（Macherey 68）创作是针对不存在的事物，而生产则是针对日常生活中已经存在的事物进行加工和改造。他关注文学生产的实际过程，而摒弃关于创作、灵感、灵魂等玄妙的论述。他通过对文化生产规律的探索，意欲建立一种严格的文学批评科学。他的文学生产理论虽非阐述文学的社会实践或其产业化运作，但"文学生产理论"的提出已经脱离了创作论的原初意义。精神生产是思想、观念和意识的生产，文学生产使文学作为一种社会实践和生产得以确认，而文化生产则强调包括文学作品在内的多种文化产品的社会化特征。

法国社会学家布迪厄基于社会学视角对文化生产有了更为明确的探讨，他从惯习、资本和场域的理论视点出发讨论文化生产。根据经典社会学的传统，布迪厄对"文化"采取广义的理解，其中包括科学、法律、宗教，以及文学、艺术、音乐等审美活动的表现，但其"文化生产"理论主要关注文学和艺术这两种审美表现的场域。《文化生产的场域》与《艺术的规则》（*The Rules of Art*）集中反映了他对文化生产的论述。在《文化生产的场域》中，布迪厄着重分析了福楼拜和法国文学场域之间的关系。布迪厄认为，文化生产的场域由经济资本和文化资本组成，这个场域不断变化，其中的行动者为争取主导性位置而展开竞争。他关于文化生产的理论关注文化产品的经济价值、符号价值、文化生产场的动态变迁过程等，真正深入到了现代产业运作的层面中。

从马克思对物质生产和精神生产的区分，法兰克福学派对文化工业的批判，威廉斯和费斯克对文化的广义界定，伊格尔顿和马歇雷对文学生产的阐述，到布迪厄对文化生产场域的论述，都未曾明确指认"文化生产"的特定意义，然而其学理依据又在他们关于"生产"、"文化"、"文学生产"、"文化生产场域"的意义探讨中逐步得到确立。文化生产在当代英文语境中往往和媒体文化、阶级文化联系起来，与都市艺术的发展息息相关。文化生产在当代社会中涉及类别广泛，主要包括文学作品、影视作品、音乐文本、体育事件的创作、传播与消费，以及在这个过程中涉及的产业化操作。这些不同类别的作品或事件在一定程度上已成为文化商品，文化生产则对这些文化商品进行运作，创造文化符号的价值。文化生产的现实已经成为存在性的事件，而关于文化生产的概念、理论还需进一步的体认与梳理。

文化生产与市场化

文化不但是一种生产，而且文化生产更联系着各种关系的生产。"政治、文化、道德、意识形态以及经济形成了一个'经济结构'，这并不是因为某些本质上的经济特性，而是因为它们以某种方式成了生产。"（Barrett 20）文化的概念由于生产的出现而发生了转折。我们看待文化产品和文化实践，是通过其存在的物质条件和再现意义的作品之间的关系来实现的。换句话说，我们关注的是生产的模式和产生意义的模式，通过这种途径，文化研究可以对传统学术机制和学术话语体系提出质疑，故而文化研究本质上是跨学科的。事实上，诸多以"文化研究"为题的工作都凸显出生产的关系，并深刻地颠覆了学术工作中关于作者的个人主义观念。文化作为一种特殊的生活方式，已经深入到日常生活的方方面面。文化与生产的联姻，使得文化从形而上的高贵哲思走向形而下的普通生活，使文化从自律的审美主义走向他律的商业市场。

文化之所以成为一种生产，最本质的原因在于市场化的推动。文化进入生产、流通与消费的模式，其中的行为主体则包括资助者、生产者与消费者。消费者作为文化产品的购买者，其审美喜好、消费习惯逐步受到重视。文化生产面向大众的市场，其消费者不只是精英的阅读者，更多的是大众化的消遣者。我们知道霍克海默和阿多诺关于"文化工业"的论述非常著名，而他们在最初的手稿中是使用"大众文化"（mass culture）这个词来描述一种伴随大众而兴起的文化、一种流行艺术的当代形式的，（Adorno 98）之后他们才用"文化工业"来取代"大众文化"的用法。正如本雅明所说："大众是一个发源地，所有指向当今以新形式出现的艺术作品的传统行为莫不由此孕育而来。"（阿伦特 260）。阿多诺、本雅明均基于大众这个扩张的群体来看待文化生产的兴起，大众群体的崛起使得文化生产有了生长与发展的基础，有了明确的目标对象。文化生产最突出的特点便是市场化的利益驱动与操作模式。现代社会中关于文化生产的运作，涉及电影、电视、视觉艺术和音乐等广泛领域。文化生产的市场化并不是说文化生产转换为一个经济问题，而是文化生产作为一种强势现象同时在政治、文化、社会中全面渗透。文化生产的市场化倾向意味着，这种文化不是纯粹的文学、哲学或艺术，而是在政治、经济、日常生活的广泛领域中创造出新的符号与认同，同时也意味着这种生产不是市场中赤裸裸的金钱交换，而是以资本运作为中心的价值交换。

文化生产作为一种生产类型，必须有经济资本的积累；同时它又是文化类型的生产，更需要文化资本的积累。因而，在市场介入下的文化生产机制，便会有经济资本的博弈和文化资本的博弈。经济资本是那种能够直接转换成金钱的资本，而文化资本关乎家庭出身、教育经历、文化能力等，它们在某些条件下能转换成经济资本。"文化资本"在布迪厄的社会学研究中得到了专门论述，主要用来说明资本主义社会中语言特征、文化实践、社会价值的不平等分布，特别是教育体系促使各种文化资本得以分布和确定，再生产了潜在的阶级关系，文化资本正是以教育资格的形式而被制度化的。文化资本以不同的形式存在，在文化生产的市场化竞争中，文化资本首先在行为者身上沉淀与积累，特别指向他们在文化生产中的实践能力；其次在文化产品中得以体现，比如文化产品在文本内涵上所体现出的深度和广度、所能满足消费者欣赏需求的程度；最后通过评价体系得以拓展，比如教育体制的认可、评奖机制的表彰、消费者的口碑等。文化资本的形成是一个漫长的过程，资本是需要时间去积累的劳动。因此，相较于市场中的经济资本，文化资本是一种相对虚拟与隐蔽的存在。

文化资本最初是布迪厄用来解释家庭出身、教育体制在构建社会体制和社会再生产方面所起的作用的，以及解释不同阶级与它们所获得利益是如何相对应的。正如布迪厄所说："文化资本参与了控制的过程，它将某种实践合法化，认为它自然而然优于他者；通过使这些实践看起来比那些没有参与进来的实践更优越，通过一种否定性的传授过程，它就使得另外一些人将自己的实践看作是差人一等的，并将自己排除出合法化的实践。"（24）。正如不同的社会群体拥有不同的经济资本，并利用它们所占据的经济资本而分享不同的社会权力一样，文化资本的拥有也是不平等的。文化生产中文化资本的积累是一个竞争的过程，是在生产实践中争取特定位置的过程。文化生产并不是单纯地指生产这一阶段，而是包括生产、流通与消费整个过程。在这个市场机制中，需要金钱的投入才能运作，因此文化生产一旦确立起来，它比以往文化作为独立、抽象的活动阶段更需要经济资本的投入。而市场中经济资本的分布显然是不均衡的，比如不同导演或制片人在电影生产中能筹集到的资金是不等同的，这种不均衡是显在的，可以用数值来衡量。另外，文化资本是凭借个体的文化能力、代表作品、体制认可等多种方式逐步确立起来的，依靠文化生产场域的竞争中所获取的合法性地位而得以巩固，其不均衡分布是隐蔽的，是难以直接用数值衡量的。但是文化资本可以转换为经济资本，获得显在的效果，比如承载更多文化资本的生产者容易在市场中获取更多的投资金额，产生更多的利润，等等。因此，从表面上来看，文化生产对经济资本有着强烈的诉求，而从深层来看，文化资本却起着重要的作用。

市场化的特征导致文化生产中经济拥有某种决定性力量。詹姆逊（Fredric Jameson）说："事实上大众文化生产和消费本身——在全球化和新信息技术条件下——已经如晚期资本主义的其他生产领域一样深入地商业化了，与整个商业体系紧密地结合起来。"（143）对于这种结果，法兰克福学派的悲观和质疑持续地影响了许多人。比如他们指出，文化生产中投资于每部电影的资金数目可观，因而要求迅速回收资金，这种经济要求阻止了对每件艺术品的内在逻辑的追求，即对艺术品本身的自律的追求。对于这种市场环境导致的结果，他们有着强烈的批判立场："人们今天所称的流行娱乐实际上是为文化工业所刺激、所操纵、所悄悄腐蚀的要求。它与艺术无关，尤其是在它装着与艺术相关的地方更是如此。"（曹卫东 226）法兰克福学派纠缠在商业逻辑与艺术逻辑的冲突中，而现实的更新已经超越了理论的控诉，面对文化生产现象日新月异的发展，此时需要将金融资本主义新的理论扩展到文化生产的领域中来，关注当代文化生产是如何被组织起来的、产业是如何适应新的商业模式的。市场化是文化生产的中心问题，文化生产的过程中起到关键作用的是市场与资本。市场化的扩张以大众群体的崛起为基础，而其中经济资本和文化资本则塑造了文化生产的相关面貌。资本的不均衡分布，使得市场化的竞争永远不会终结。

文化生产的审美建构

文化生产的市场化特征非常突出，而诸多现代理论面对文化生产的现状所表现出的最典型焦虑则是审美建构问题，这体现在如何面对商业与艺术的矛盾问题上。商业逻辑明显地以市场为导向，其核心的理念就是：在任何种类的市场中，比如产品市场、资本市场或劳动力市场中，个体利益是从物质和服务的交换中得来的。"遵从商业逻辑的生产实践，总是以产品输出的数量和质量为衡量指数，其目的是培育市场交换的行为并获得成本效益，也就是在生产实践中对金融资源进行最有效率的利用。"（Eikhof and Haunschild 526）根据商业逻辑，特定生产实践的内在合理性就是市场价值，市场中的交换意图十分明显，而生产实践的艺术逻辑就是为艺术而艺术的渴求。艺术本身被视为一种抽象的品质，比如在特定的美学行为中它不需要外在的合法化，而向内寻求独立的审美精神。虽然某个作品的市场价值可能会出现，但是根据艺术逻辑，生产实践的合法化规则是围绕艺术本身而产生的。在文化生产的初步兴起时期，商业逻辑和艺术逻辑被置放于对立的两极。比如，在音乐方面有精深造诣的阿多诺就认为，在资本主义市场下音乐剧场商业化规则的扩张，会毁坏高雅艺术的自治和创造性。"阿多诺相信听众降低为被动的消费者，而不再是鉴赏家。"（Bjorn 378）阿多诺宣称流行音乐是"文化生产"的一种产品，且丧失了艺术作品特定的批判潜力。长期以来，关于文化生产的认知大多是高度自治的，但它们与生产所具有的目的性和利益性相违背，高贵的精英思维不能获得市场化的和解尺度。随着文化生产在实践层面的逐步兴盛，其商业逻辑和艺术逻辑越来越需要合谋，以共同获取生产的收益。

文化生产的审美建构必须从传统美学的思路中走出来，进入到当代经济、政治、生活的整体领域中去。自康德以来，审美就承担着连接纯粹理性批判和实践理性批判的重任，寄托着融合现代性分化的愿望，然而这种审美一直是在自足的纯粹领地中以思辨的方式寻找出路，并没有进入到整体生活纷纷扰扰的状况中来。因此，这种探索并没有让审美成为日常生活中的一种解放力量，而是与其他领域日益分化、对峙。于是，面对风生水起的现代文化产业，这种审美的诉求演化为一种典型的焦虑，背负着沉重的枷锁。文化的生产促使文学作品、影视作品、音乐作品等文本成为一种文化商品，这种文化商品进入流通的渠道，从令人瞻仰的神坛走向竞争残酷的市场，其审美建构必定是在一个世俗功利的环境中进行，此时的审美需要使艺术与商业和解。文化生产的审美建构异于传统的范式，可以说是一种后现代的审美建构。

"当下许多文化商品完全由符号构成，通过其表意实践来产生意义。"（Bolin 11）文化生产的符号价值的提升，在于新型的审美建构。文化生产的要素主要由三个方面构成：文化产品、文化产品评价和文化产品传播，文化生产的审美建构也着力于此。首先是文化产品的创作或生产：文化生产的对象是文化产品，产品是文化生产得以进行的基石；文化产品不仅包括文学文本，而且囊括影视作品、音乐作品、体育事件等形态。诸如20世纪俄国形式主义、英美新批评关于文学文本形式和结构的诗学探索依然值得借鉴，而同时，影视文本主要以视觉表现材料的形式显现，音乐文本以音响表现材料的形式显现，体育事件以动作表现材料的形式显现，这些不同类型的文本在指称外部世界、形成产品的过程中各自具有特殊的表达目的和效果。因此，文化生产的产品不是单一形态的，它是复合性的多元形态。不同类型的文化产品形态具有各自的特殊性，以不同方式所呈现的文本内涵需要契合市场中艺术逻辑和商业逻辑的需求。文化产品的生产是文化生产的第一阶段，它从文学作品的创作论跨越到文化产品的生产论，不再限定于文学文本自足的迷幻编织，而是扩展到跟踪市场效果的世俗生产。

其次是对文化产品的评价，包括文化理论和文化批评，这构成了文化价值的生产。文化生产不仅是物质性的产品生产，而且包含作品的象征性生产，即作品符号价值的确立。这种符号价值能建立作品的审美地位、市场价格，培养接受者对于作品价值的信仰。正如布迪厄所指出的，文化生产的动态过程不仅包括狭义上的文化生产者，如作家、艺术家、电影导演、作曲家等；而且也包括作品意义与价值的生产者，比如批评家、出版商、赞助商、图书馆馆长、文化机构（如博物馆、电影节、书展）、评奖机构等。布迪厄在文化生产理论中强调文化产品的价值生产，认为它是文化生产得以全部实现过程中的一部分。文化价值的生产并不停滞于作品本身的因素，而是关注到产品生产与接受的社会关系。文化生产机制从内在的审美凝视扩散到外在的社会关联。在文化市场中，诸如文化评论等文化价值的生产能起到一定的消费引导作用，其目的并不如广告那般昭然若揭，然而有效的文化评论能起到比广告更为切实的效果。因此，文化产品价值的生产与文化产品的生产一样，都是文化生产不可或缺的部分。

再次是文化产品的传播。文化生产并非特指生产这一阶段，而是围绕文化商品开展的一系列运作，包括产品的传播，传播的结构、组织和效果实则维系着文化生产的最终影响力。不同类型的文化产品的传播方式不尽相同，以电影产品的传播为例，其宣传发行方式、上映时间和场次，实则都构成了影片的生产因素，极大地影响影片的消费效果。文化产品的传播与消费是文化生产的产业链中获取产业回报的重要一环，其对象是受众，消费的主体也是受众。"媒介受众起源于公共剧院、歌舞表演以及早期的竞赛和大规模表演的观众。我们对于受众最早的概念是'特定地点的实体人群'。"（麦奎尔 324）受众在 2000 年前就以公共事件的观众形式存在了，比如古希腊或古罗马的城市都有剧院和竞技场，它们的受众和今日的受众有类似的特点。现代文化生产的兴起，使受众群体被再次重视。传播学者麦奎尔指出，从现代媒介产业及媒介经济的角度来看，受众被视为一种"市场"，即受众在生产与消费中确立金钱关系。以这种视角来看，受众往往被看作是被动的、受操控的，且从属于市场。文化生产是一个有利可图的场域，在受众的消费中获利，因此长期以来受众往往被当作一些拥有中等资质的、毫无个性差异的群体，传播的目的便是极大地刺激他们的消费欲望，使生产获得商业效益。如此，艺术逻辑似乎再次被挤压。实际上，当代社会的文化产品的传播，其宗旨不仅是扩大产品的市场反响，更是以产品为依托传播特定的民族文化，以更丰富的渠道、更多样的方式，将一定的社会群体形象、地域文明特征、传统历史文化以及政治意识形态传递到更遥远的地方。因此，在文化生产的传播因素中，在表面的市场逻辑下，实则隐藏着根深蒂固的文化逻辑，可以说两者必然是交融的。

文化生产在 20 世纪逐步兴盛，它不仅是现实事件，而且呈现为一个重要的理论命题。当代社会是一个极力制造平等表象的社会，宫廷观念、贵族意识、市民趣味等由阶层所阻隔的审美旨趣早已相互消解，大众文化以崛起之势破除精英文化的魔咒，大众群体以强大的购买力助长市场的气焰。在这种情形下，新型的审美建构便不再是以阶级区隔为手段的意识形态再生产，而是在文化生产的要素中极力达成商业逻辑和艺术逻辑的和解，获取更多的市场收益与文化认同。在这个背景下文化生产的产品不是无功利的审美对象，文化生产的审美建构产生了变迁，它不仅关注作品本身的审美特性和文化逻辑，而且也注重市场中产品的交换价值。

结　语

今日蓬勃发展的文化产业，实质上是市场环境下文化商品的生产，即文化向日常生活的渗透过程，而不再是正统马克思主义理论中独立于经济基础的上层建筑。从马克思对生产的定义与分类，法兰克福学派对文化工业的批判，威廉斯对文化的界定，到伊格尔顿、马歇雷对文学生产的阐述，布迪厄对文化生产场域的探索，他们为文化生产提供了相应的理论基础，但文化生产在现代的学科建制中尚未确立明确的逻辑重心和清晰的研究思路。文化生产从根本上说是一门实践性的学问，只有深入到每一种文化生产门类的历史、现状、具体案例的现象学分析、生产与消费数值的统计学检验，并扩展到社会效果的社会学分析，才能全面掌握文化生产的具体形式和意义。理论上的梳理目的是为文化生产提供学科知识的逻辑支持，否则文化生产的清晰概念无从确立，更遑论思想价值。理解文化生产的关键概念，把握其历史沿革、主要特征、典型焦虑，才能继续探讨有待研究的问题，比如其构成机制、内在张力，及其作为生产的特殊性、作为文化的感染力，等等，如此才能持久地发挥文化生产的现实效益。

参考文献

1. Adorno, Theodor W. *The Culture Industry: Selected Essays on Mass Culture*. London: Routledge, 1991.

2. Barrett, Michèle, et al. *Ideology and Cultural Production*. London: Croom Helm, 1979.

3. Bjorn, Lars. "The Mass Society and Group Action Theories of Cultural Production: The Case of Stylistic Innovation in Jazz." *Social Forces* 60.2 (1981): 377-394.

4. Bolin, Goran. *Value and the Media: Cultural Production and Consumption in Digital Markets*. Farnham: Burlington, 2011.

5. Bourdieu, Pierre. *The Field of Cultural Production: Essays on Art and Literture*. Ed. Randal Johnson. New York: Columbia UP, 1993.

6. Eagleton, Terry. *Criticism and Ideology: A Study in Marxist Literary Theory*. London: Verso, 1978.

7. —. *Culture and the Death of God*. New Haven: Yale UP, 2014.

8. Eikhof, Doris Ruth, and Axel Haunschild. "For Art's Sake! Artistic and Economic Logics in Creative Production." *Journal of Organizational Behavior* 28.5 (2007): 523-538.

9. Jameson, Fredric. *The Cultural Turn: Selected Writings on the Postmodern 1983—1998*. London: Verso, 1998.

10. Macherey, Pierre. *A Theory of Literary Production*. Trans. Geoffrey Wall. London: Routledge, 1978.

11. Montag, Warren. *In a Materialist Way: Selected Essays*. Trans. Ted Stolze. London: Verso, 1998.

12. 阿伦特编：《启迪：本雅明文选》，张旭东等译，生活·读书·新知三联书店，2012。

13. 曹卫东编选：《霍克海默集》，渠东等译，上海远东出版社，1997。

14. 费斯克等编撰：《关键概念：传播与文化研究辞典》，李彬译注，新华出版社，2004。

15. 霍克海默、阿道尔诺：《启蒙辩证法——哲学断片》，渠敬东等译，上海人民出版社，2006。

16. 马克思、恩格斯：《马克思恩格斯选集》（1），人民出版社，1995。

17. 麦奎尔：《麦奎尔大众传播理论》，崔保国等译，清华大学出版社，2010。

18. 威廉斯：《关键词：文化与社会的词汇》，刘建基译，生活·读书·新知三联书店，2005。

19. 伊格尔顿：《马克思主义与文学批评》，文宝译，人民文学出版社，1986。

文学达尔文主义 胡怡君

略　说

　　21 世纪文学理论似乎遭遇了瓶颈，评论家们仍旧津津乐道于上世纪留下的遗产，在后现代、后殖民、女性、权力、身体政治这一类术语中流连，或者重新回到将历史和事实诉诸解构式的新历史主义；他们积极寻找贴切的新老文本，用他们熟知的理论给其安家。终于，2005 年文学达尔文主义（Literary Darwinism）正式登台，凭借不同以往的思路在西方文学理论界掀起不小的波澜。

　　这个新流派主要遵循进化论物竞天择理论进行文学批评，包括基因-文化的交互进化批评。文学达尔文主义者研究人性与各种文化形式（包括文学）之间的交互作用，他们认定有一种普遍的人性存在，因为基因不同而表现出不同的倾向，于是人们在行为动机、情绪、性格特征、认知形式等方面可以区分彼此，支撑起丰富多彩的文学世界。文学与自然的结合并不新鲜，比如 20 世纪 90 年代初在美国兴起的生态文学批评就将自然生态引入伦理系统和文本，旨在唤起人们关于人类社会与自然息息相关的意识。而文学达尔文主义则完全是另外的路数，它的研究对象不是自然而是人，只不过它借用了自然科学的研究方法。

综　述

契合概念

　　故事要从自然科学领域的动向说起。1998 年，哈佛生物学教授威尔逊（Edward Wilson）在他的著作《论契合：知识的统合》（*Consilience: The Unity of Knowledge*）中提到契合（consilience）① 这个概念："从字面上理解，指通过学科之间事实及基于事实之理论的联结而对整个知识体系的'整合'。"（7）威尔逊称之为跨越所有知识分支的共有阐释架构，其中包含了他对今后学科发展的大胆预测：文化领域，或者说人文学科与自然科学将在科学解释一切的基础上产生紧密关联。这样的提法似乎将人们的思路又带回到莱布尼茨、斯宾诺莎甚至更早的中世纪神学时代。上帝，或者是预定和谐者，或者是自然秩序的创造者，作为全知全能的阐释体系成为一切知识的源头。只不过在威尔逊的假设中，科学替代了神的预设。

　　20 世纪末正是原子化（atomization）如火如荼的时刻，人类在对自身及外界的探索道路上越走越远，建立起的学科也越来越多，可学科之间却各起炉灶、不相往来。不同的研究领域带着相同的目的出发，最终因为无限细分而不再与其他领域有关联和对话，自身也因为分门别类的多杂化而无法统合。这种情形类似于福柯对19世纪以来人文科学②的研究和批判：

> 发明人文科学，这显然是使人成为可能知识的对象。这是把人构建为认识的对象……但人们从未发现这个著名的人，这个人性，或人的本质，或这个人的特性……就人们从根本上对人进行围捕而言，人消失了。人们走得愈远，就愈看不见人。（2002：65）

有趣的是，另一种相反的趋势同时存在：学科间开始出现融合，自然科学的规则与发现，越来越多地被应用于社会科学尤其是生物科学；因为研究生命发展遗传规律与人类行为模式具有莫大的关联，于是社会生物学、进化心理学等新兴学科不断冒出，并引起越来越多的关注。威尔逊的"契合说"正是在这样的背景下提出的，不过他把可以融合的范围拓展得更宽，科学、人文学、艺术在各自追求理解世界的道路上又回过头反思它们探索的前提：世界是否有序统一并且遵循一定规则而运作？

值得注意的是，"契合说"远没有成为理论。在接受《时代周刊》采访时威尔逊强调："我所做的不过是指出学科交融不断出现的大势所趋。""契合的概念不过是对当下形势的描述，对未来这种状况仍将持续发生的预期。"2010年6月，在牛津大学出版社主持下《牛津跨学科手册》（*The Oxford Handbook of Interdisciplinarity*）新鲜出炉，也预示着学科交叠重合的趋势。

文学达尔文主义的产生及内容

传统进化论生物学进入20世纪以来，又"进化"出了进化心理学、进化人类学、行为生态学、认知心理学等新达尔文主义新兴学科。作为学科契合成果之一的进化心理学，便是进化生物学和心理学在进化论基础上合二为一的结果。进化心理学有浓厚的适应论味道，适应成为自然选择或性选择过程中产生的行为功能，而在处理人类环境中不断出现的问题时，各种心理适应就会产生不同的人类行为。随着新达尔文主义进一步抬头，一方面是进化心理学逐渐走向成熟，另一方面进化论在研究人类行为模式上的应用也越来越广泛。2004年，卡罗尔（Joseph Carroll）的著作《文学达尔文主义》付梓，他将从进化心理学那里得到的学科契合灵感运用到了文学批评上面。这里需要注意的是，生物学与心理学的"契合"不是一个均等行为，因为进化心理学宣布心理学不过是生物学的分支，心理结构被还原为进化机制下产生的类神经组织结构，这样心理学和进化论一样采用了过去式的研究方法：收集历史数据、归类分析并得出结论。卡罗尔把进化心理学进一步引入文学研究，于是以自然科学为基准的进化心理学反过来又将文学纳入科学研究的范畴。

卡罗尔关于达尔文的知识基本上来自进化心理学家："我自己读的达尔文不多，

但我明白他的基本理论，即这样一条公理——所有生物都是它们内在生物特性与周遭环境相互作用的产物。"（148）适应论社会学家们"把人性看作一组受生物学约束的认知及诱发特质，他们主张人性既是文学的来源又是文学的主题"。（vii）显然卡罗尔接受了这样的研究前提，但问题接踵而至：在普遍人性与文学人物之间如何处理二者整体与个体的关系？在卡罗尔的阐释体系中，个体并非是孤立的，而是整体的一部分，且等同于整体。这个结论乍听起来不合逻辑，但那个"等同于"不是质或量上的相等，而是一种有机联系。"一沙一世界，一花一天堂。"布莱克的诗句我们都很熟悉，也是同样道理，只不过卡罗尔完全是从生物学角度接受这一前提："布朗认为自我或个体的概念等同于人类全体，品克将它纳入了认知'模块'或认知范围。"③（110）于是研究个体心理就等同于对普遍人性的研究，目的导向的个体行为带着人类整体的信息在组织中进行，并同时与其他个体产生联系。适应进化是整体的行为，似乎这样才是文学达尔文主义成立的条件。

还有另一个卡罗尔视为当然的前提，即社会组织与文学之间的类比。这个前提又预设了另一个进化心理学的前提：自然与社会的高度一致，这也是进化论在自然与人类之间建立纽带的关键。在提出文学达尔文主义的同时，卡罗尔十分坦然地把文学归类为社会科学的一种：文本提供了一个鲜活的社会范本，所以文学的实际功用被突出了。早在19世纪末，在关于文艺功用的话题上唯美主义者就提出了"为艺术而艺术"的口号，以此将文艺区分于有社会功用的其他学科，文艺作品于是成为完全自洽的领域，这样的思潮也直接影响了后来声名鹊起的新批评。卡罗尔完全从相反的方向考虑问题，而文艺固守自身的态度也让他不满。文学达尔文主义最先要解决的问题，是为"文学"这个术语作新的解释，或者更"负责"地给文学以新的定义，卡罗尔的野心也在于此。"文学作为指导，有一种适应论功能，因为它给我们在实际生活中也许会遭遇的处境提供了范本。而作为一种乐趣，文学并无功用，仅仅是更高级的认知过程的副产品罢了。"（115）说到兴起时，卡罗尔甚至宣称文学是"储存关于人性信息的唯一宝库"。

至此威尔逊的预测似乎完全实现了，自然科学、社会科学、人文科学在科学的基础上史无前例地统一起来。他还喜闻乐见地替另一部文学达尔文主义的重要著作《文学动物：进化与叙事的本质》作序。《文学动物》2005年出版，算是文学达尔文主义杰出的传接者。威尔逊在序言里重申了"契合"的概念，这一次它是作为科学的特征之一登场的："对于不同现象的纷杂解释，最能站稳脚跟的是那些能相互联系并且一直保持一致的说法。"威尔逊强调了科学的包容性和民主性，言下之意是科学可以容纳社会科学和人文科学，而在"人性"概念中三者结合显得尤其重要。这位生物教授既否认了基因决定论，又对文化影响论提出质疑：人性"唯有在结合了认知心理学、社会科学、人文科学和生物学的相关数据基础上才能得出"。（Gottschall and Wilson：X）这种综合考察方式决定了文学——以描绘人性为目的的文本——必定和科学是紧密相关的。

有意思的是，《文学动物》的编者又另请一位文学界的专家作序，似乎要从序言开始就摆明科学与文学并行的立场。克鲁斯（Frederick Crews）在对文学达尔文主义者结合科学与文学的先锋之举表示赞赏之余，也传达了他的忧虑："当然，'人性'批评家需谨记学科契合并不意味着一个领域向另一个更基础领域的目标与方法论习惯低头，这一点至关重要。文学研究的对象并非脑功能规律，而是众多不同的文本。"（qtd. in Gottschall and Wilson：XIV）与克鲁斯相反，卡罗尔一开始就遵循威尔逊的理论，把对人的理解（虽然没有夸张到研究脑功能）作为文学研究的目的；文学成为科学把握人类自身经验的途径之一，并且建立在更普遍有效的生物学、心理学基础上。进化论将人类历史重新以生物学规律排序，然而它是否也能够给文学史排出新的秩序？卡罗尔没有回答这个问题，但他明确指出，正因进化论拓展到众多关于人类的科学领域，有关人性和人类社会的诸多假说才有了相互验证阐明的可能。由此，文学作为研究人类社会经验的学科，也参与到了这样一个相互作用的网络中来。（15）

简单说来，文学达尔文主义这种进化论式的文学批评，研究的同样是最基本的普遍人类需求，比如存活、交配等；进而它将进化心理学中重笔书写的需求类别应用于文本中的人物行为分析，进化论行为中的因果关系也一一在文学批评中出现。文学达尔文主义者通常将一个文本置于特定的文化语境中，通过对文化语境以及文本诸多要素包括主题、文体、写作方式等的双重交互比较，得出文学文本中人物性格如何根据所处文化语境适应变化的结论。同时，文学达尔文主义也关注作者-作品-读者的相互适应关系，旨在揭示由文本体现的社会-文化关系。由此可以看出，研究人类普遍行为的进化心理学无疑是它的先行者，只不过它把社会这个研究对象换作了文本。事实上，文学达尔文主义正是采用进化心理学的诸多结论作为它的理论基础的。

卡罗尔在书中第一次直接引用进化心理学的研究成果，是在讨论到人格因素时："这五组因素——外向/内向、友好/敌对、神经过敏/防备心理、谨慎/马虎、好奇/无趣——可用于对小说人物、作者以及读者反应的比较分析。"（111）这些人格因素都是根据动机与环境分析得来。值得注意的是，卡罗尔再次把文本中的人与现实的人（作者/读者）统合起来考虑，也即是白纸黑字呈现的世界等同于可见可触摸的现实。在这个有些暴力无理的前提下，他的三大文学研究对象：情感、认知范围和人格因素，完全可以照搬进化心理学的结论。事实也大抵如此，卡罗尔文学批评体系中的人物行为动机分为7类：1. 存活；2. 技能；3. 交配；4. 养育子女；5. 亲缘关系；6. 社交关系；7. 认知，包括讲故事、画画、形成信仰、获取知识等。一方面，带有浓郁进化心理学味道的方法论被引入文学批评；另一方面，文学本身也成为进化的产物。从第7条可以看出，他有意把文艺上升到人类基本需求方面，而这正是他对文学的定位。在每一个动机下面，他又列举了人的各种具体行为；在行为中又牵扯进 7 种情感，分别是恐惧、欢乐、悲伤、愤怒、厌恶、鄙夷和惊讶。《文学达尔文主义》一书中文本阐释的章节，都是遵循了这样的分类。卡罗尔也不忘强调文学存在的必要性，对于文学的功用他列举了 6 条：

1. 文学作为规训思想的工具
2. 阅读文学指导实际生活
3. 写作为展现本性魅力
4. 文学将人们融入同一文化
5. 作为宗教或者愿望实现的文学
6. 写作的无用性反倒成为吸引异性的特征

除去具体的文本分析，文学达尔文主义的理论框架也就是上述一条条实验结果了。卡罗尔重新定义文学的工作日趋圆满，终于文学不再是人们眼中的消遣品，而是与人类自身息息相关、源于自我需求的精神产物；一种深刻的目的论隐含其中，夹杂着对存活、技能、交配、认知等的渴求，文学回归到了最广泛意义上的文化读本的身份中。

对文学达尔文主义的反思

《文学达尔文主义》出版后不久，麦克斯（D. T. Max）就在《时代周刊》上发表评论。他的本职并非文学评论，反倒更多偏向科学。文学达尔文主义特殊的性质，让这位《纽约时报》和《纽约客》的常客似乎从文学那里嗅到了他熟悉的科学味道，而他那篇评论最大的贡献，莫过于指引读者对这两个貌似互不相干的学科领域能否交叉或交叉时孰优孰劣的问题进行思考。

回到克鲁斯在序言里表达的忧虑，文学达尔文主义是否是文学对科学的屈服？学科之争也如同一场战争，谁都想征服对方。卡罗尔其实并非完全赞同进化心理学家们：他们是心理学领域的专家，可他们对文学的了解又有几分？他指出进化心理学的最大败笔是没有解决观念范围问题，或者说进化心理学缺乏对人性的观念结构研究。（105）而只有通过阅读文学，才能获取更多的人类行为模式信息，也由此才能归纳出人类心理的进化结构。接着适应论就介入了："整体适应度"（universal adaptability）成为人类行为动机的基础，人种进化成为文学存在的终极理由；同时文学也是进化成果的一部分，所以文本必须描写最基本普遍的人性，文学与心理学是平行的。但在文学批评实践中，文学达尔文主义者却常常把文本阐释建立在自然科学（生物学）基础上，即对人类（并不仅仅是社会人）普遍行为的研究，并且把进化心理学的结论作为自己的研究方法。如此一来，前提和目的就反置了，也就是说，文学达尔文主义把自然科学的结论作为它的前提或标准，然后诉诸文本；一方面要给文本阐释开出一条自然科学的路子，同时又有野心用文本来验证自然科学结论的正确性，甚至想要通过文本阐释而归纳出新的人类普遍行为准则；这个时候，文学批评就完全像是它原本要克服的自然科学了，或者说文学成了一门更"科学"的科学。这种本末倒置的研究方法，倒符合卡罗尔最初要实现的目标：将文学与科学并置。

《文学动物》的编者之一高兹夏尔（Jonathan Gottschall）曾毫不讳言，文学的好处之一就是能提供源源不断的廉价数据，似乎文学文本也能进实验室，被分割、归类、分析和总结。这种说法充满了以实验为基础的自然科学的味道，文学传统中包含的一切理念都被数据化了。然而，简单的数据化会修剪掉一些重要的东西吗？文学是否能够成为研究人类行为的既有数据库？数据、实验都意味着精准性，而虚构的文本有没有它的缺陷？难道不正是因为有了这种缺陷，才使得文学文本不同于现实？

模仿说确实是文学批评最初的传统，文学也曾在很长一段时间里是现实的映照。但在纷繁复杂的发展过程中，尽管文学总是关于人的文本，它独特的表现方式却并不一定把事件数据化；也就是说，文学事件的陈述中缺少一种直接性，这是和实验科学完全不同的。文学往往在补充现实逻辑、扩大人们对世界的经验时才获得它的魅力，现实是基础，却不一定是对象。文学达尔文主义者有他们偏爱的作家，首选当然是现实主义/自然主义流派，比如奥斯汀、左拉、巴尔扎克、狄更斯等。"自然主义是迄今为止理论家积极发展文学普遍论[④]的唯一取向。"（Carroll：117）当代也有一群号称要成为文学达尔文主义者的作家，最杰出的莫过于麦克尤恩（Ian MacEwan）。但这些流派和作家只是文学中的九牛一毛，而且自然主义也并非是把社会生活完全照搬到文学舞台上。如果我们列出一些意识流小说或先验作品等，文学达尔文主义恐怕要束手无策了。

遵循进化论，首要的危险是狭隘主义，目的论是学界对进化论式文学解读的批评之一。卡罗尔归纳的七条人类行为系统和七种人类情感，很难涵盖生活的全部。生活是个琐碎而丰富的过程，若都依照繁衍那一套目的论来解释，似乎与拿弗洛伊德的力比多论来阐释一切一样可笑。卡罗尔在书中特意辟出三章来实践他的理论，人类共性、适者生存论和人性是三个切入点。他给几个文本分别列队，给每个话题提供充分的批评数据，而奥斯汀、夏洛蒂·勃朗特、薇拉·凯瑟等人成为他的共谋。在一种近乎机械的批评中，文学达尔文主义走向了自己的反面。它研究文学的初衷是寻找关于人类的普遍真理，而在对自己归纳出的有限行为模式的强调中，认知反倒只是在一个有限的范围内进行，真理的普遍程度反而缩小了。如果再拿进化论的观点来反观文学与科学的关系，它们之间是否也存在着优胜劣汰呢？然而无论淘汰谁都不是我们所喜闻乐见的。对于文学来说，联系进化论更有实用主义的危险。卡罗尔眼中的文学是先知式的，文学存在的主要原因在于它的直接有用性，在于模拟可能发生的状况，阅读者由此可以为不可预见的将来作好准备。这个听上去有些可笑，暂且不提文学是否有用，只说文学指导生活，也是完全本末倒置了。不从日常生活中汲取营养，不积累从生活中获得的情感与思辨体验，奥斯汀、勃朗特等人也无法写出如此栩栩如生的经典作品。退一步说，把文学阅读当作一种间接经验未尝不可，不过鲜活的东西永远不在纸面上。

卡罗尔把自己的理论建立在对后结构主义批判的基础上。他对后结构主义的理解有两个关键词：文本主义和不确定性。"后结构主义这个术语指从德里达语言学统治的 20 世纪 70 年代持续到福柯政治学笼罩的 80 年代。"他认为，"文本主义和不确定性消除了真理的两条标准：假设与物之间的关联，以及假设之间的内部连贯。"（15—16）首先，把后结构主义简化为两个词语的行为过于疏忽大意。人们常把后结构主义称为解构主义，意为它是对结构的解体运作，这样的称谓更符合卡罗尔的观点；后结构中破坏的成分被强调了，同时人们认定后结构主义者破而不立，圣殿中的真理在一片废墟中消失。后结构确实对之前带有结构和整体性的观念进行了猛烈抨击，不过这不是目的。德里达破除书写的权威，福柯借助权力概念对权威组织发难，都不过是引发人们对现有结构构成因素进行反思，解构的原因在于原有结构充斥着不平等和遮掩，而解构正是为寻找解构者眼中的真理提供可能。

其次，卡罗尔对后结构的归纳也是比较轻率的。文本主义，究其含义，似乎更贴近新批评而非后结构式的文本阅读方式。文学批评中文本与物的脱离，只是把现实的物排斥于文本之外，而物本身已经化为语词加入到了文本之中，所以文本主义是反对过多地将历史现实拉入批评的做法的。在新历史主义、后殖民主义如火如荼的今天，诟病文本主义自然易如反掌，也不消多一个卡罗尔。而德里达的工作是破除文本的单一意义，把它当作各种意义冲突下的产物，于是被逻各斯中心主义压制的其他阅读的可能性才有可能。至于不确定性，前面也提到，卡罗尔对德里达、福柯的理解过于偏激：不确定性导致多样性共存的局面，这对以普遍人性为中心、单线程发展的文学达尔文主义自然不利。

卡罗尔读来像一个结构主义者，试图用一种结构来解释文学中的一切。与科学家一样，他一直试图给文学批评提供公理式的范本，在人们误读解构为消灭一切权威和结构的今天，倒是显出一种救赎的味道。但我们在经历了中心主义之后，似乎并不需要另一种高高在上的结构，我们期待的是更加松散灵活的相互指称关系。

结　语

"科学"一词，从古希腊文词根来分析，是知识的意思。亚里士多德时代哲学、科学尚未分家，对知识的渴求是一切。之后学科分类，再细分，尤其在 19 世纪之后，科技发展的巨大进步把知识分类推进到了无以复加的地步。威尔逊无疑是具备人文关怀的学者，不过"契合"是否真是一朝一夕就可以实现的却不容乐观，至少在它的实践者之一，即文学达尔文主义身上，就存在不少问题。打一个比方，关于白天与黑夜，我们有相当明晰的概念，但要找出白天黑夜的相交点却不那么容易。人文科学与自然科学关于世界的理解与观念，其相交点又在哪里呢？如果能够找到，那么在相交处世界所表现出的样态是否可以把握呢？

自然科学之所以比较自信，是因为它直接接触物、接触可见的实在，以自己的逻辑描绘、阐释甚至创造世界。尤其在创造这一点上，自然科学家最为自得。相形之下，人文科学是概念的、相对抽象的，从来不妄想走在世界之前。分裂之后，各部分的性质已经改变，量的组合并不能结成原初的统一，所以学科融合的革命远非那么简单。从萌芽期算起，文学达尔文主义已经存在了 10 多年，国内也有学者从 2008 年开始接触这个课题，至于它能走多远我们只能拭目以待。

参考文献

1. Carroll, Joseph. *Literary Darwinism: Evolution, Human Nature, and Literature*. New York: Routledge, 2004.
2. Gottschall, Jonathan, and D. S. Wilson, eds. *The Literary Animal: Evolution and the Nature of Narrative*. Evanston: Northwestern UP, 2005.
3. Max, D. T. "The Literary Darwinism." *New York Times*. 6 (2005). Web. 28 Mar. 2011.
4. Wilson, Edward. *Consilience: The Unity of Knowledge*. New York: Knopf, 1998.
5. 福柯：《词与物：人文科学考古学》，莫伟民译，上海三联书店，2002。
6. 福柯：《福柯答复萨特》，莫伟民译，载《世界哲学》2002 年第 5 期。
7. 威尔逊：《论契合：知识的统合》，田洺译，生活·读书·新知三联书店，2002。
8. 朱立元主编：《当代西方文艺理论》，华东师范大学出版社，2005。

① "契合"一词借用三联版译法，见参考文献。需注意这里的"合"，除了整合还暗含了这样的前提：科学是"契合"的基础。

② 人文科学诞生于 19 世纪是福柯的断言，显然这里的"人文科学"主要指人对自我的对象化及知识化。

③ 布朗（William M. Brown）和品克（Steven Pinker）为进化心理学派的干将。前者于 2006 年在布鲁奈尔大学创立了文化与进化心理学中心，后者执教于哈佛大学心理学系，以倡导进化心理学与心灵计算学的学科融合而著称。

④ 原文为 literary universals，指描述普遍人性的文学，无疑在卡罗尔看来这样的文学才是有意义的。

文学地图 <small>郭方云</small>

略　说

　　欧美文学地图的创作实践源远流长，最早也许可以回溯至《荷马史诗》，其中《伊利亚特》建构了小亚细亚沿岸的优卑亚岛、克里特岛和罗德斯岛等古希腊区域空间模型，不仅为文艺复兴时期的欧洲地图提供了词源学支撑，也为后来的欧美文学经典图示提供了空间范本，比如但丁《神曲》的灵魂路线图、莫尔《乌托邦》的海岛图、塞万提斯《堂吉诃德》的游侠图和史蒂文森《金银岛》的藏宝图等。但直到 1899 年，英国著名的 "托马斯·库克父子旅游公司"（Thomas Cook & Son Co.）制作了一幅《伦敦的文学和历史地图》，"文学地图"（Literary Map）一词才真正进入英语语言流通领域。（Romm：5）

　　迈入 20 世纪后，文学地图创作进一步向前发展。1910 年巴索洛穆（John G. Bartholomew）编辑的《欧洲文学和历史地图集》非常全面和具体，涵盖欧、亚、非、美和大洋洲等五大洲，涉及旅行、诗歌、戏剧、哲学和历史等题材，蔚为壮观。（vii）20 世纪 30 年代，布里斯科（J. D. Briscoe）等人合编的《英国文学导图》介绍了 19 世纪英国的伦敦、大湖泊、哈代的威塞克斯地区（Thomas Hardy's Wessex），爱尔兰和其他欧洲国家的地理信息，同时收录了 9 幅英国不同时期的文学地图，对读者更直观地了解英国文学的空间分布特征大有裨益。（Bulson：6）1998 年出版的莫雷蒂（Franco Moretti）的专著《欧洲小说地图册：1800—1900》则是较为重要的当代文学地图成果。该书附有几十幅文学地图，有的以单个作家为单位进行区域构图，比如简·奥斯汀时期的英国和左拉时期的巴黎等；有的则根据欧洲恶棍形象和哥特式场景等主题绘制，从而极佳地体现了文学地图得天独厚的视觉空间优势。（Moretti：16—19）

　　相对而言，欧美文学地图方面的研究显得非常滞后，但大有后来居上之势。事实上，从 20 世纪 60 年代开始，文学地图创作就开始受到地图专业领域的文化转型的影响——在现代化的分析哲学和地图文化并存的研究中，当时一些开明的地图学者不仅摈弃了实证主义的数值描述策略，发现其科学主义表象下隐藏着浓重的艺术逻辑，而且认为地图已经 "成为关注自我的含糊不清的客体，并因此失去了 '纯洁性'，所以必须关注地图史的人类学和文化维度"，（Bonnemaison：1）从而为后来的文学地图研究奠定了逻辑基石。而在人文科学领域，"持续已久的现代时间批评传统开始衰变，空间再一次成为备受关注的研究话语"，出现了弗兰克（J. Frank）

的"叙事空间"（narrative space）、巴赫金的"时空体"（xponoton）、巴什拉（Gaston Bachelard）的"现象主义空间诗学"（phenomenal poetics of space）、福柯的"异度空间"（heterotopia）、列斐伏尔（Henri Lefebvre）的"社会空间三元辩证法"（triad of social space）、苏贾（Edward Soja）的"第三空间认识论"（epistemology of the third space）等相关理论变体，文学的空间研究逐渐盛行，（郭方云：110）并在20世纪90年代初与地图的文化阐释进行实质性的融合，共同催生了一种新的批评模式——文学地图研究。1994年，英国学者吉利斯（John Gillies）的专著《莎士比亚与差异地理学》开启了英美文学地图研究大幕，他认为莎士比亚的地理想象融入了奥特柳斯（Abraham Ortelius）等地图学家的"新地理学"思想，并由此发现了文艺复兴戏剧与"被教化"的人文地理学之间的内在联系。

空间批评的文本对象主要着眼于近代欧洲，特别是文艺复兴时期莎士比亚和斯宾塞等英国作家的作品，文学与地理的差异、文学地图的意识形态属性是学者们关注的焦点，但其批评理念仍未摆脱地理学常规的束缚。进入21世纪后，文学地图的研究对象扩展至现当代英美文学作品，研究视角也随之拓宽至"后殖民主义、女性主义和解构主义"，形成了文学空间的身体欲望化、女性客体化、环境异己化、空间矛盾体、超国家体系、方向迷失等典型主题，呈现出相对繁荣的研究盛景。（郭方云：115—116）

总体而言，目前英美国家的文学地图研究呈现出两个极端：新兴的批评话语营造了非常活跃的研究气氛，但基础性的学理建构却相对散乱。两者相互交织，既为宏观的基础研究提供了丰富的素材，同时也加剧了本体研究的紧迫性，其中文学地图的定义、类型和研究名称是三个最为基本的批评话语，下面分别予以考证和梳理。

综 述

文学地图的定义

从词典学的维度看，"定义"（definition）是"事物基本属性的精确陈述"。（Simpson and Weiner：IV，384—385）而从哲学上讲，则是"在限制语言符号的有效性方面必须具备的一种语言逻辑活动本质"。（Rey：1）尽管两者的表述各不相同，但都表明定义与事物的属性相关。而问题在于，事物的本质内涵和语言形式容易受到历史语境、哲学旨归、认知水平和语言习惯等综合因素的制约，所以准确定义绝非易事。文学地图也遇到同样棘手的问题，资料显示，直到1993年美国国会图书馆文学地图展览会的组织者才尝试着将其定义如下：

文学地图是与作家作品相关的地理位置的记录或作家想象世界中的

向导，描绘对象既可以是文学传统，也可以是某个作家或作品——一些地图凸显了整个国家的文学遗产，另一些则把某个具体的城市、州或地区与作家联系起来。地图既可以表征与某个作者、角色或作品相关的现实空间，比如简·奥斯汀的英国、福尔摩斯的伦敦以及《白鲸》的背景，也可以展示虚构地域，比如奥兹国（Oz）、中土世界（Middle Earth）或永无乡（Neverland）等。①

这是文学地图历史上首次较为完整的定义，凸显了文学地图的文学性和地理特征，但与定义的三大原则仍有一定距离。第一，恰当性：定义项的目标应该是事物的属性，但以上定义中"作家想象世界中的向导"规约的是文学地图的作用而非属性，而且文学地图除充当空间向导以外还应具有更深层次的叙事和隐喻特征。第二，完整性：定义项的属性应该完整，但以上定义并没有显示文学地图特殊的图示特征，因为并非所有"地理位置的记录"都具有地图特性。第三，适用性：定义的外延应该包括被定义项，但"地理位置"的说法太过狭隘，无法涵盖整个文学世界的空间描绘。②

鉴于此，本文采用"属＋种差"的定义方法，即把外延较窄的种概念包含在外延较宽的属概念中，同时揭示与同一个属概念下其他种概念之间的差别。③但由于文学地图的属概念至少呈现出图形表征和文字描绘两种形态，所以其定义应有广义和狭义之分。从广义上看，文学地图是文学世界中空间信息的图形表征或文字描绘。在这一宏观的地图规约中，种概念为"文学地图"，属概念为"图形表征或文字描绘"，因此具有以下两个显著特征：第一，属差详尽。该定义明确标识出了文学地图的特殊性——空间关系既可以通过真实图像或虚拟图形（比如心理图示）来表征，也能够假借文字来实现。第二，种概念和属概念的外延相称。文学世界是一个相对宽泛的概念，既包括作家作品，也涵盖文学流派等相关领域，所以广义上的文学地图不仅仅是文本空间的图示表达，也包括相关的空间条目，比如作家的出生地、学习和工作空间、文学流派的分布特征等。

从狭义上讲，文学地图指代的则是文学作品中空间信息的图示化表征。与广义的文学地图相比，此时文学地图的属性有两个重要变化：第一，狭义上的文学地图是图形描绘而非文字表征；第二，像关注文本主体的新批评一样，此时的文学地图仅仅局限于文本世界，而将作品的外部世界（比如作家的生活空间）排除在外。尽管这种定义的外延不够宽泛，但能够将注意力集中于作品本身，用以深入挖掘文学地图的隐含寓意，从而顺应了回归文学地图本源的诉求——在注重空间形式和社会语境的当今文学地图界，这种本体回归显得尤其重要。而从另一方面看，狭义上的文学地图并不一定等同于某部作品的狭隘空间，恰恰相反，多部文本构成的"宏观"文学地图也属于该范畴，比如福克纳（William Faulkner）作品的集中地约克纳帕塔法郡、哈代的威塞克斯地区等，当然前提是涉及文学作品的空间场域或叙事进程等。需要指出的是，英美学界的地图定义拥有近 400 年的历史，有 300 多个定义变体，而各个时期的呈现方式和具体语义常常存在差异。（Tyner：7）比如在欧洲文艺复兴时期，地图不仅仅是地理关系的简单复制，也可引申为"关于某种秩序的构思"，与范例、象征、典范、类别关系紧密，常常让人联系到一幅饱含情感状态、抽象属性或玄学思想的视觉图像。（Gillies and Vaughan：12）

相对于复杂的"地图"规约，"地图学"（cartography）的定义则更为单纯，没有引起很大争议。20 卷的《牛津英语大词典》认为，"地图学"等同于"绘图法"（chartography），指代的是"地图或航海图的制作"，涉及表征、排版、色彩等地图技法。（Simpson and Weiner：III，38）"文学地图学"（literary cartography）则特指文学地图批评图示的建构——一种利用地图学特殊的认知模型和操作范式进行文本分析和寓意阐释的文学批评视角。如上所示，这种定义能更好地规约文学地图的本质，同时也为探讨文学地图的类属特征开辟了道路。

文学地图的种类

在已有的分类研究中，主要存在分类学（taxonomy）和类型学（typology）两大类，前者主要与生物学的类群辨识相关，后逐渐扩展至（自然科学）学科分类的系统学领域；而类型学指代的是"共性的类别研究或者依据类别［差异］对人类的产品、行为和特征进行的分类研究"。（Simpson and Weiner：XVIII，793）在史密斯（Kevin B. Smith）那里，分类学常常通过观察和测量的经验特征来区分不同的类属关系，但类型学的主要特征在于分类的标准代表的是某种理想类型的概念而非经验事实。（379—395）而文学地图的分类是一种人文社科研究中的类属细分行为，所以应归为类型学范畴。无论如何，广义上的文学地图是一种特用地图，至少可分为"图形地图"（graphic map）和"文字地图"（text map）两大类。

一、图形地图

顾名思义，图形地图指代的是文学作品中出现的图形地图意象，主要有作者绘制和编辑添加两种情形。1516 年拉丁语版的《乌托邦》中的海岛图是较早由作家自己绘制的地图例证。尽管该图意欲颠覆中世纪宗教地图的神圣秩序，极力向描绘现实关系的区域地图靠近，但依然保留了隐喻地图的一般属性。它不但为文学虚构增添了形象可靠的路标和现实砝码，也为后来的作家树立了范本——笛福为第四版《鲁滨逊漂流记》附上了一幅绘有鲁滨逊航行路线和沉船地点的世界地图，左拉为其长篇小说《萌芽》草拟了情节草图，史蒂文森为《金银岛》和插图版的《诱拐》（Kidnapped）绘制了方位图，福克纳则在密西西比河地图上添加了虚构的约克纳帕塔法郡的地理位置。这些地图既增加了文学想象的现实成分，也有利于作者更好地安排和掌控情节移动的空间范围和路线，所以意义非同寻常。

但丁《地狱篇》中的地狱意象图则是较早由编辑收录的文学地图，1506 年由意大利诗人兼评论家本尼维尼（Girolamo Benivieni）添加而成。1780 年西班牙皇家学院出版的第三版《堂吉诃德》则收录了一幅西班牙地图，上面绘有堂吉诃德和桑丘从拉曼恰（La Mancha）到巴塞罗那之间弯弯曲曲的"游侠"路线。1923 年霍普金斯（Albert Hopkins）和里德（Newbury Frost Read）首次系统绘制了 12 张活页组成的狄更斯小说地图，俗称"狄更斯世界"（Dickens Land）。霍普金斯和里德认为："一幅［文学］地图文字极少，由地图来讲授故事。……其目的是为了建立一种地形学基石，以便于向前迈进一步，在法则的规约下为解决争议建立一个［特别的］申述法庭。"（Woodward：33）毫无疑问，此时的地图已转化为必不可少的文学导向工具，指引读者流连忘返于虚构的文学空间，同时激发他们的视觉想象力，"观看"整个故事的进程。与此同时，地图也可以观照现实与理想之间的距离——虚构的图式可以同时指向两个动态的客体，一个具有地理学的现实意义，另一个则是虚幻世界的隐喻表达，用以沉思文学地图复杂的审美属性。换言之，图形地图给文学符号提供了新的关联意义，同时呈现出一个更为广阔和透明的视角，使得地图学知识在另一个领域获得了新生，其重要性不言而喻。

二、文字地图

和图形地图不同的是，文学作品中的文字地图由语言建构而成。广义的语言分为口语和书面语早已不是什么秘密，但文本中的文字地图非常特殊。尽管所有的语言地图都是用文字书写而成的，但这些文字地图中一部分由文本中的言语行为体现出来，属于"言语地图"（verbal map）的范畴，而另一部分则表征为纯粹的语言描绘，应该归为"语言地图"（written map）一类，所以文字地图可以再细分为言语地图和语言地图两类。

文献显示，言语地图始于古希腊，当时一个专门的古希腊用语 ekphrasis 或 ecphrasis 非常适合文学的言语地图刻画：该词中的 ek 意为"出去、出来"，phrasis 意指"说"，所以这一合成词本意是"讲出来"，即用话语来描绘雕像、绘画等空间艺术——用哈格斯达勒姆（Jean Hagstrum）的话说，就是将语言的声音特性赋予沉默的艺术品，比如绘制有声的地图意象等。（Woodward：471）比如公元前 5 世纪古希腊米利都僭主阿里斯塔戈拉斯（Aristagoras）就曾指着地图对斯巴达王说："这是吕底亚人（Lydian），在爱奥尼亚人（Lonian）右方，他们的土地肥沃，银两成堆。"（Buisseret：10）在此，言语的诱惑和地图背后的巨大财富有机地融为一体，连久经沙场的斯巴达王也颇为心动，由此可见言语地图的威力。

值得一提的是，这种古希腊式的言语地图在西方戏剧中得到了完美诠释。在阿里斯托芬的喜剧《云》中，苏格拉底的弟子门徒甲告诉农夫斯瑞西阿得斯："这是世界地图。你看见了吗？这是雅典。"（167）显然门徒甲呈现的不仅仅是一幅图形地图，同时也借助言语和动作来强化已经非常直观的空间关系，从而以独特的方式再现了古希腊的地图传奇。而帖木儿大帝的名言"把那地图给我；让我看看世上还有多少土地等着我去征服"同样经典。（Fuller and Esche：66）从某种意义上说，帖木儿大帝就是用语言去重新绘制世界版图的独裁制图师，并趁机将殖民简化成自我语言册封的地图模式。这些戏剧地图都属于言语地图的范畴，因为对白是戏剧空间信息的主要载体。但此时的言语地图非常特殊：一方面，地图由于声音和戏剧动作的介入而产生了新的关联意义；另一方面，这种声音又以文字的形式记录在案，从而在声音、文字、动作和图形意象之间架起了一座映射的桥梁，有效保证了空间信息交流渠道的畅通。

相较于言语地图，语言地图更加多样化。1612 年德雷顿的长诗《多福之国》（*Poly-Olbion*）出版，这本由亚历山大双韵体写成的诗集详细描绘了不列颠的区域地图及其历史和神话传说，很多的诗歌场景都配制了由霍尔（William Hall）绘制的郡县地图，形成了一种影响深远的独特诗歌形式——"地志诗"（topographical poem），并逐渐演变为风景诗，丹汉（John Denham）的《库珀山》（"Cooper's Hill"）、华兹华斯的《丁登寺》、阿诺德（Matthew Arnold）的《吉卜赛学者》（"The Scholar Gypsy"）以及奥登（W. H. Auden）的《石灰岩颂》（"In Praise of Limestone"）都是其中的典型代表。（Klein：154—158）地志诗将时间与空间、人文地理和主观情感融为一体，绘制出了一幅幅寓意深刻的语言地图，堪称地图和诗歌结合的典范。

事实上，在文学与地图的交汇中还产生出了一种新的文学门类——"岛屿文学"（isolario），该术语由 15 世纪初佛罗伦萨的布隆戴蒙提（Cristoforo Buondelmonti）首创，是地图、旅行叙事和地理描绘的混合体。比如意大利诗人赞贝蒂（Bartolomeo Zamberti）的岛屿诗就曾将关于爱琴海岛屿的描绘融入到十四行诗的诗句之中，绘制了每一座岛屿的地理、历史、考古以及"传奇故事"（egeol），内容可谓丰富多彩。（Woodward：459）但随着时间的推移，岛屿文学逐渐成为小说文体的一部分，《乌托邦》、《鲁滨逊漂流记》和《金银岛》等都是其中的佼佼者。可以这么说，岛屿既是文学地图中一个与众不同的空间场域，同时也是一种特殊的地标，文学地图则通过岛屿、海洋和陆地的辩证关系来确定自我身份，同时显示整个人类在茫茫宇宙中的生存状况，而地图则假借文学获得了更加丰富和隐喻的艺术生命，可谓相得益彰。

总之，文学作品中的图形地图兼具直观和隐喻的典型特征，文字地图看似更为抽象，但话语和文字在头脑中产生出的"空间深度"和"地域感"却是前者很难企及的。（Noy：4—13）而在隐喻的逻辑表征中，只有当文字与图形并行、现实与虚拟共处时，空间符号才有意义，叙事才有价值，所以理想的文学地图应该是图形和文字的结合体。这种双重文学地图模型很好地诠释了文学地图存在的类型特征，与概念一起，成为文学地图学本体论不可分割的组成部分。

文学地图的研究名称

从命名学的角度看，名称不仅仅是事物特有的称谓，也规约着事物的属性，而命名既是名称的来源，同时也是认识世界的必要步骤。以罗素和维特根斯坦等为代表的"摹状词理论"学派（descriptivist theory of names）认为，名字的表达式对应的是对象的内部属性，但克里普克（Saul Kripke）等人主张的"历史因果指称论"（causal theory of reference）把指称和含义隔离开来，引入了初始命名和社会交往历史等外部因素，两者存在较大分歧。（Lycan：43）而在文学地图研究的称谓上，学者们也是各执一词，主要有以下几种观点。

1994 年波西托-桑德瓦（Sandra Boschetto-Sandoval）和麦克高安（Marcia McGowan）首创了"诗性地图学"（poetic cartography）一词，认为中美洲著名诗人阿里戈里亚（Claribel Alegría）的作品"展示了第三世界人民历史和政治处境的诗性地图学"。（127）但是该术语特指当代拉美诗歌的殖民主义空间背景建构，而非一般意义上的种族、阶级和性别文学研究。而在古尔德（Janice Gould）看来，"诗性地图学为已知或记忆中的景观提供了想象和观照方式，以便彰显人类的身份与本我之间的关系"。（24—25）同时诗性地图学不仅为诗歌与空间的融合提供了认知证据，而且图示化的诗歌也为灵与肉的结合提供了特殊的表征方式，借此人类得以进入想象之邦，去感知和探索大千世界。但遗憾的是，此时诗性地图学只是狭义上的文学地图研究，仅与诗歌息息相关。

与此同时，吉利斯借用了维柯《新科学》"诗性地理学"（poetic geography）的研究术语，认为"莎士比亚复制了文艺复兴时期边缘地域的异化程式，将凯列班、夏洛克等人物刻画成种族主义视角下的'他者'，而客体化的艺术手法源自异己化的地理意识，'距离和差异因此不可避免'"，从而有力地解构了希腊人发明地理只是为了理解世界而非投射自我的启蒙主义思想。（Gillies：5—7；郭方云：111）需要注意的是，尽管吉利斯的"诗性地理学"强调地图意识对文艺复兴时期英国文学、文化和认识论的启示作用，却或多或少忽略了地图本身的属性研究。

特纳（Henry S. Turner）独创了"地形诗学"（topographesis）一词，并将其定义为"用写作、绘画或素描等任意一种［传统］符号来表征地域的方法"。但特纳的地形诗学概念相当广泛，不仅涵盖文学作品在内的任何形式的文本、意象、图表，甚至还包括建筑和纪念碑的结构等，而且需要从以下两种维度才能理解。第一，语义、符号或象征维度：地图关注的是本身的艺术性文本空间的形成动机和表征方式，涉及语义场的搭建、符号表征的文体形式和语义族群之间的差异。第二，意识形态维度：在更大的历史和政治语境中，地图对权力和知识的有效利用是近二十年来新历史主义和文化唯物主义文学批评关注的焦点，由此形成了地形诗学的

宏观批评图示。（Woodward：424—428）

相较而言，"文学地图学"是哈根（Graham Huggan）、莱顿（Kent Ryden）和亨特（A. J. Hunt）等研究者喜欢的术语。哈根指出，文学地图学主要关注文学景观的体验、感知和象征过程，同时兼及文学和地图的相互作用。它不仅需要审视地图在文学文本中的隐喻作用或地图自身的叙事功能，而且应该探究文学如何成为控制、描绘或规约地图手段的方式：地图能够"促进现实和表征世界之间的联系，但也可以强化两者之间的鸿沟，从而凸显了与文化空间观念紧密相连的意识形态议题和与艺术模仿相关的认识论谬误"。（Huggan：1—31）但对于莱顿而言，"'文学地图学'必须同时描绘数学和测绘意义上的外在景观以及更为重要的隐形心理图示——对于身在其中的人们而言，它是一个具有深刻而敏感意义的世界、一个只能通过语言描述来建构的世界"；要真正理解文学地图的本质，我们需要利用想象和沉思，有时甚至需要暂时离开图形，去倾听文字承载的内在声音。（52）相较而言，亨特更注重创建人类、动物和土地的共存关系，认为文学地图的焦点是文学的生态纬度而非地图的空间关系，从而契合了当代文学生态批评的大潮："它［生态地图学］聚焦两者之间的内在关系、本质关联和同构关系，利用地图符号将人类世界的中心位置'去疆域化'（deterritorialization），从而模糊了人类和环境的界限。"（Ryden：4—6）从这个意义上说，文学生态地图学是一种超越普通知识的连续动态图示，以文学的方式获得了新生。

总体而言，以上文学地图研究术语主要采用了限定词（比如诗性、文学等）＋专名（地理学等）的命名原则，同时意义指向批评对象的内涵，所以大致遵从了"摹状词理论"的命名标准。但在罗素那里，摹状词本身是一个没有意义或意义不完全的符号，被当成专名使用就可能导致无真值的命名，而"一个名字乃是一个简单的符号，直接指向个体，这个个体就是它的意义，并且凭它自身而有意义，与所有其他名字的意义无关"。（163）尤其在名称形成的初期，各种命名既相互独立又互有交叉，而文学地图研究并不完全等同于专名或描绘事物属性的摹状词，但以上绝大多数文学地图研究的命名还拘泥单一的摹状词理论，因而需要改进的地方还很多。

不仅如此，作为一种特殊的学术研究视角，文学地图的命名还需要遵循以下标准。第一，指称的准确性：学术研究的表达式应该准确无误，避免引起歧义，而波西托-桑德瓦等人的"诗性地图学"的视野非常狭隘，吉利斯的"诗性地理学"和特纳的"地形诗学"的外延过于广阔。相较而言，"文学地图学"的指意非常明确——将研究对象限定于文学地图范畴，既不过于宽泛，也不狭窄。第二，指称的学术性：不容置疑的是，学术性是研究命名的重要指标，"诗性地图学"虽然承载了研究的专业性，但"诗性"一词太过笼统，而"诗性地理学"的专业性和前瞻性都不够。相较而言，"文学地图学"是非常精确的批评术语，既能体现文学地图研究的学术性，也能承载该研究的专业性，是以如此命名。

结 语

作为一种新兴的文学空间批评视角，文学地图学恰似一艘正扬帆远航的学术之舟，蕴藏着引人入胜的集成性文化记忆和气象万千的学术意蕴。但文学地图的定义、分类和研究名称只是相关研究的冰山一角。由于篇幅的关系，本文并未深入探寻文学地图学的批评实证。事实上，文学地图研究拥有"直击法"、"制图法"和"认知法"等多种行之有效的批评模型。其中"直击法"是一种以文字地图为检索项、以意识形态等为语义共现目标的文学地图语用策略。"制图法"则将复杂文本空间映射为可视地图模型，可以对任何文学作品进行全新的视觉描绘。而"认知法"是一种利用认知地图原理对文本进行分析和解读的研究方法，但关注的对象并非"直击法"中的文字地图，也非"构图法"中的实体地图制作，而是经过意识串联起来的虚拟空间图式，旨在凸显鲜为人知的文学空间认知隐喻及其深刻寓意。这些都是值得另文深究的重要学术议题，具有广阔的发展前景。

参考文献

1. Bartholomew, John G. *A Literary and Historical Atlas of Europe*. London: Dent, 1910.
2. Bonnemaison, Joel. *Culture and Space: Conceiving a New Cultural Geography*. London: I. B. Tauris, 2005.
3. Boschetto-Sandoval, Sandra, and Marcia Phillips McGowan, eds. *Claribel Alegría and Central American Literature: Critical Essays*. Athens: Ohio UP, 1994.
4. Buisseret, David. *The Mapmakers' Quest: Depicting New Worlds in the Renaissance Europe*. Oxford: Oxford UP, 2003.
5. Bulson, Eric. *Novels, Maps, Modernity: The Spatial Imagination, 1850—2000*. New York: Routledge, 2007.
6. Fuller, David, and Edward J. Esche, eds. *The Complete Works of Christopher Marlowe*. Vol. 5. New York: Oxford UP, 1998.
7. Gillies, John, and Virginia Mason Vaughan, eds. *Playing the Globe: Genre and Geography in English Renaissance Drama*. London: Associated UP, 1998.
8. Gillies, John. *Shakespeare and the Geography of Difference*. Cambridge: Cambridge UP, 1994.
9. Gordon, Andrew, and Bernhard Klein, eds. *Literature, Mapping, and the Politics of Space in Early Modern Britain*. Cambridge: Cambridge UP, 2001.
10. Gould, Janice. "Poems as Maps in American Indian Women's Writing." *Speak to Me Words: Essays on Contemporary American Indian Poetry*. Ed. Dean Rader and Janice Gould. Tucson: U of Arizona P, 2003.
11. Huggan, Graham. *Territorial Disputes: Maps and Mapping Strategies in Contemporary Canadian and Australian Fiction*. Toronto: U of Toronto P, 1994.
12. Johnson, Mark. *The Body in the Mind: The Bodily Basis of Meaning, Imagination, and Reason*. Chicago: U of Chicago P, 1987.
13. Klein, Bernhard. *Maps and the Writing of Space in Early Modern England and Ireland*. Basingstoke:

Palgrave, 2001.

14. Lacey, A. R. *A Dictionary of Philosophy*. London: Routledge, 1996.

15. Lycan, William G. *Philosophy of Language: A Contemporary Introduction*. New York: Routledge, 2000.

16. Moretti, Franco. *Atlas of the European Novel: 1800-1900*. London: Verso, 1998.

17. Noy, R. V. *Surveying the Interior: Literary Cartographers and the Sense of Place*. Reno: U of Nevada P, 2003.

18. Rey, Alain. "Defining Definition." *Essays on Definition*. Ed. Juan C. Sager. Amsterdam: Benjamins, 2000.

19. Romm, James S. *The Edges of the Earth in Ancient Thought: Geography, Exploration, and Fiction*. Princeton: Princeton UP, 1992.

20. Ryden, Kent. *Mapping the Invisible Landscape: Folklore, Writing, and the Sense of Place*. Iowa City: U of Iowa P, 1993.

21. Simpson, J., and E. Weiner, eds. *The Oxford English Dictionary*. Oxford: Oxford UP, 1989.

22. Smith, D. K. *The Cartographic Imagination in Early Modern England: Re-writing the World in Marlowe, Spenser, Raleigh and Marvell*. Aldershot: Ashgate, 2008.

23. Smith, Kevin B. "Typologies, Taxonomies, and the Benefits of Policy Classification." *Policy Studies Journal* 30.3 (2002): 379-395.

24. Tyner, Judith A. *Principles of Map Design*. New York: Guilford, 2010.

25. Woodward, David, ed. *The History of Cartography, Vol. 3: Cartography in the European Renaissance*. Chicago: U of Chicago P, 2007.

26. Worz, Adele Lorraine. *The Visualization of Perspective Systems and Iconology in Durer's Cartographic Works: An In-Depth Analysis Using Multiple Methodological Approaches*. Ann Arbor: ProQuest, 2007.

27. 阿里斯托芬:《罗念生全集第四卷: 阿里斯托芬喜剧六种》, 罗念生译, 上海人民出版社, 2007。

28. 布鲁姆主编:《布鲁姆文学地图译丛》, 郭尚兴等译, 上海交通大学出版社, 2011。

29. 郭方云:《英美文学空间诗学的亮丽图景: 文学地图研究》, 载《外国文学》2013 年第 6 期。

30. 罗素:《数理哲学导论》, 晏成书译, 商务印书馆, 1982。

① Oz 一词源于美国作家鲍姆(L. Frank Baum)1900 年创作的童话《奥兹国历险记》(*The Wonderful Wizard of OZ*), 后被改编成电影《绿野仙踪》(*The Wizard of OZ*), 也可转指美国当代电视剧《监狱风云》(*Oz*)中一座戒备森严的虚构监狱。"中土世界"是英国现代作家托尔金(J. R. R. Tolkien)在第二次世界大战期间创作的魔幻小说《指环王》的发生地。"永无乡"则代表 1911 年英国作家巴里(J. M. Barrie)的童话故事《彼得·潘》里一个远离英国本土的梦幻之岛。需要指出的是, 该文学地图的定义部分由本书作者加粗, 以示强调。(Bulson: 21)

② 莱锡(A. R. Lacey)认为定义需遵循"恰当性"、"完整性"和"适用性"的原则, 同时应该为被定义项提供足够的适用语境。(79)

③ "属 + 种差"是一种具有逻辑学色彩的定义方法, 与亚里士多德关系密切, 他经常采取"限制性的话语"来定义事物。(Rey: 1)

文学地域主义 刘 英

略 说

文学地域主义（Literary Regionalism）是在 19 世纪后期到 20 世纪初期在美国风行一时的文类。文学地域主义的定义在美国文学界没有达成共识，另一种说法是"地域文学"（regional literature）。广义上来讲，此概念泛指体现某一地域特色的文学，比如描绘某一地区的自然风貌、人文环境、民风民俗、语言特色等。狭义的解释各有不同。有的辞书将文学地域主义等同于地方色彩小说（local color fiction），也称"乡土文学"，指"风行于美国 19 世纪 60 年代到 20 世纪初，描绘某地区的特有的当地语言、风土人情、民间传说等的文学"。（常耀信：491）的确，文学地域主义与地方色彩小说有很多共同之处，例如二者都受浪漫主义和现实主义的双重影响，都描写某一特定地区的风土人情、地理风貌、性格特点和方言等。因此，一部分评论家认为二者可以通用，但很多评论家认为二者之间存在差别，主要体现在题材和时间方面。首先题材方面，文学地域主义范围广于地方色彩小说，后者主要是以乡村和乡镇为题材的乡土文学，但文学地域主义还包括以城市为题材的城市文学。诚然，在体现地域特色上，乡土文学可能具有优势，因为乡村或乡镇所保留的地形地貌、民俗民风更浓郁更原始。但不可否认的是，城市自有其人文特色和标志性的景观。特别是在 20 世纪初，随着城市化的发展，纽约和芝加哥迅速崛起，成为美国的经济和文化中心，城市文学成为文学地域主义的一支重要力量。从这个角度上说，地方色彩小说是文学地域主义的亚文类（subgenre）。其次时间方面，文学地域主义的时间跨度大于地方色彩小说，后者专指从美国内战后到 19 世纪末的地域文学，而前者指从殖民地时期至今的一种地域差异意识。20 世纪二三十年代左右，地域主义成为一种自觉的知识分子运动，文学地域主义是其中的重要部分。（McDowell：105—118）

文学地域主义是个复杂的文类，其在美国文学史上的沉浮与历史、政治、文化背景有关，同时也受文学批评理论变迁的影响。全球化背景下，地域主义作为承继传统保护多元的堡垒重新被坚守，为文学地域主义研究的复出提供了契机。同时生态批评对环境的重视，使得"地方"成为文学批评的要素之一。

综 述

"文学地域主义"，这个曾经在 19 世纪后期和 20 世纪 20 年代在美国风行一时的文类，在消失于研究视野几十年后，以"王者归来"的态势重新成为美国文学研究界关注的焦点。浏览一下近期美国文学研究热点不难发现，一个高频出现的关键词是"文学地域主义研究"。以文学核心刊物《现代小说研究》（*Modern Fiction Studies*）为例，2009 年第一期以专刊形式围绕"地域主义与现代主义的交融"主题展开了讨论，撰文者从多种角度探讨了地域主义研究的重要性。事实上，该刊物的做法既非个例，也非先例。美国地域主义研究学术成果的大量涌现始于 20 世纪 90 年代，不仅相关论文多达数百篇，出版的文选和研究专著也相当丰富。在"全球化"和后殖民的语境下，文学地域主义研究逆流而上，其背后必然有深层次的原因。回顾文学地域主义在历史上所发挥的文化和政治功能，能够看出其对全球化和后工业化的今天依然有着重要的启示。

文学地域主义的兴起

回首美国文学发展的历史，文学地域主义出现的必然性一目了然。早在殖民地时期，北美拓荒者就开始寻求一条独立的美国文学之路。两个世纪以来，众多文学志士与华盛顿·欧文、库珀、爱默生、霍桑、梭罗和惠特曼一道在这条路上摸索、奋斗，他们终于向世界展示了"美国精神"，让世界听到了"美国在歌唱"。200 多年的酝酿和积累，适逢 19 世纪后期社会、政治、经济、文化等综合因素的催化，文学地域主义应运而生。

首先，从文化方面看，一切俱备，又恰遇东风。一方面，西部边疆的幽默故事早已为地域文学的崛起准备了充分的条件，马克·吐温就是受到西南部幽默文学的影响和熏陶成长起来的地域文学代表作家之一；另一方面，新英格兰作家急于确立和表现新英格兰品质，并从该地区的自然和历史中挖掘构成英格兰品质的源泉。当地出版社对表现地域主题的作品求之若渴，新英格兰读者对表现当地风貌的作品爱不释手，于是作家、出版商和读者三方一拍即合，地域主义小说在当地迅速风行。同时，随着印刷市场扩大，市场开始分化，全国性的期刊投入大量篇幅登载地域小说，为其提供了稳定的市场。（常耀信：493）例如在波士顿出版的《大西洋月刊》，虽仍与新英格兰密切相关，但旨在面向全国读者并展示美国文学的精华，因此吸引了大批优秀作家为其撰稿，也培养了众多精英读者群。著名的地域文学家哈特（Bret Harte）本身就是《大陆月刊》（*The Overland Monthly*）的主编，对推动地域文学的发展功不可没。

其次，内战后到 19 世纪末的美国经历了从孤立主义到帝国主义、从农业化到城市工业化的转变。这期间，美国积极投入到两大政治活动中：一是收拾内战后四分五裂的残局，统一国家；二是扩大西部疆域，开启海外帝国之旅。然而，中央政府的成立、国家的建构、移民的涌入和帝国主义的扩张，使得国家与地方、原始与文明、自然与文化、集体与个体之间的种种矛盾日益激化，因此缓解上述矛盾成为当务之急。文学地域主义正好顺应了这一时代要求，这类作品通过描述某一区域内本地人与外来人的文化冲突以及冲突的消解，增进了不同地域间人们的相互理解，消除了地域隔膜，增强了国家的凝聚力。另外，某些地域文学常常以虚构或纪实的形式对新地域进行探索，这与内战后上层阶级读者的愿望密切相关。上层阶级希望尝试一种新的生活，体验一种不同的文化，许多表现西进理想的地域文学作品能够满足他们的这种扩张想象，因此无形中竟成为领土扩张的助手，与帝国主义共谋。

再次，19世纪末是工业化和城市化开始加速发展的时期。工业化造成了大规模的移民、城市化和阶级分化，随之而来的是人们的焦虑感和碎片感，于是地域文学成为抒发怀旧情绪的重要途径。地域文学将乡村生活理想化，弘扬传统道德，怀念乡村生活的稳定和谐。乡土的美好意象对于舒缓城乡之间的矛盾，排解强烈的焦虑感起到了重要作用。怀旧的主题在地域文学中表现得多种多样：女性主义乌托邦小说通过想象构建了远离城市喧嚣和父权统治的理想社会，如朱厄特（Sarah Orne Jewett）的《尖枞树之乡》（*The Country of the Pointed Firs*，1896）等；西部小说通过憧憬神秘的西部排解东部工业化引起的社会政治矛盾造成的焦虑，如哈特的《咆哮营的幸运儿》（*The Luck of Roaring Camp and Other Short Stories*，1868）等；南方小说则以其浪漫情怀诉说对南方逝去的生活方式的思念。

文学地域主义的第二次高峰期是20世纪二三十年代，这一时期，英格兰地区已经失去了昔日的中心地位，中西部在崛起，地域间差异开始增大。这一时期的许多作家来自中西部，例如刘易斯（Sinclair Lewis）来自明尼苏达州，安德森（Sherwood Anderson）来自俄亥俄州，凯瑟（Willa Cather）来自内布拉斯加州。（虞建华：14；Weber：2—3）这些来自中西部的作家大多在东部找到了发展机会，但对家乡仍怀着深深的眷恋，在他们的笔下，中西部既是田园理想的寄托，又是落后保守的代表。凯瑟创作的一部部拓荒者小说体现了她对西部质朴民风的留恋，而美国第一个诺贝尔文学奖获得者辛克莱·刘易斯的《大街》（*Main Street*，1920）则表现了他对令人窒息的中西部乡镇文化的厌倦。

与19世纪的地方色彩运动不同，文学地域主义在20世纪二三十年代的复兴是一种自觉的知识分子运动，作家将美国的各个地域看成是独特的地理、文化和经济实体。南方文学，特别是"南方文艺复兴"在这场运动中发挥了重要作用。对于一个曾经以农为本的地区，"土地情结"构成了南方文学经典主题。1930年出版的《我要坚守我的立场：南方及其农业传统》（*I'll Take My Stand: The South and the Agrarian Tradition*）堪称地域主义的宣言，12位联手作者中包括文学巨匠兰色姆（John Crowe Ransom）、泰特（Allan Tate）和沃伦（Robert Penn Warren）。他们欲以南方传统中温馨的社群关系、浓郁的乡土情怀抵御工业化和城市化所带来的人际关系疏离、土地意识淡化和文化同一化的威胁。与这一号召相呼应的作家还有福克纳和沃尔夫（Thomas Wolfe）等。之后，美国南方又涌现出了许多优秀作家，彰显了南方独特的文化身份。

文学地域主义·现实主义·现代主义

文学地域主义，或地方色彩文学，在美国的第一次高峰（1865—1900）与现实主义文学运动同期，今天的评论家高度肯定了文学地域主义在现实主义运动中的重要作用。（常耀信：491）《牛津美国文学指南》指出，地方色彩文学受浪漫主义与现实主义的双重影响，"作品虽常常游离于现实生活之外而徜徉在世外桃源，但也能通过精细入微的描写保留其叙事的真实感与准确性。"（Leninger：439）然而，在文学地域主义兴起之时，它却被评论家排斥于现实主义之外。森德奎斯特（Eric Sundquist）在界定现实主义与地方色彩主义的差异时曾评论道：经济和政治因素在判定作品是否属于现实主义时具有决定性。比如，城市白人男性这些处于"权力"中心的作者通常被认定为"现实主义者"，而那些远离权力中心的人，包括中西部人、黑人、移民和女性作者，则常被界定为地域主义者。美国文学史上耳熟能详的现实主义大师基本都是白人男性，如豪威尔斯（William Dean Howells）、吐温（Mark Twain）、詹姆斯（Henry James）等。而且，现实主义被认为是 19 世纪后期美国的主流文学，地域主义一直处于边缘。近些年来，女性主义批评、后殖民批评、生态批评等分别从政治、环境和审美角度重新考察了文学地域主义，确立了地域主义对现实主义的特别贡献。

首先，19 世纪末文学市场对地域主义文学的大量需求，让肖邦（Kate Chopin）等女作家从中看到了施展抱负的机会，因为文学地域主义以描绘生活细节见长，包括方言、人物、地理、服饰和习俗等，不要求史诗般的英雄伟绩和宏大叙事，女作家写起来更得心应手。肖邦本人就在当时美国发行量最大的杂志《青年伴侣》（Youth's Companion）上发表了 11 篇短篇小说，为其经典小说《觉醒》奠定了基础。另外，斯托夫人、朱厄特、弗里曼（Mary Freeman）和奥斯汀（Mary Austin）等以细腻的笔触使那些看似琐碎的生活、看似平凡的人物跃然纸上，她们以女性对世界的独特感知方式，表现出对社区、自然、家庭、合作、对话的崇尚，开创了一种有别于男性的价值取向和叙事传统，显示出独特的审美风格和政治内涵。

其次，文学地域主义虽受现实主义影响，但它有力地抵制了现实主义文学中的国家主义、殖民主义和种族主义。美国西部扩张时期的主导思想是把西部当成一个不断被盎格鲁-撒克逊血统的美国人殖民教化的荒野，这种思想已经成为一种美国神话。哈特在他的西部故事集中，通过着墨于女性和印第安人，抵制国家主义将加州塑造成充满男性气质和个人主义的形象。另一位积极支持印第安民权运动的地域作家杰克森（Helen Hunt Jackson），在其小说《拉蒙娜》（Ramona，1884）中对征服边境的意识形态进行了抗议。作品一方面反映出印第安文化逐渐被美国主流文化所吸收和同化的过程，但另一方面意在强调，印第安人只有守住自己独特的地域文化才能继续生存。这些地域文学作家成为日后多元文化主义的先驱。

　　文学地域主义在美国的第二次高峰是 20 世纪二三十年代，这个时期也是现代主义在美国走向鼎盛的时期，值得思考的是：以"怀旧"为特色的地域文学与以背离传统、崇尚实验、强调人的危机及异化感为核心的现代主义文学为何能够共存于这一特定的历史时代之中？两者之间是否存在关联？如果存在，是怎样的一种关联？

　　传统研究忽略了这种细致的探讨，其普遍所持的观点是：地域文学是怀旧的、乡村的、保守的，而现代主义则是都市的、反叛的、创新的，两者形成二元对立的关系。然而，当我们浏览现代主义经典作家名单时，会发现其中不乏地域文学家，如福克纳、克莱恩（Hart Crane）、安德森等。事实上这一问题已经引起学界的关注，例如，现代主义研究学会（Modernist Studies Association）2002 年在威斯康星麦迪逊大学召开的第四次年会中，一个重要的议题就是"地域主义与现代"。2006 年该学会在塔尔萨（Tulsa）召开的年会以"地域现代主义的再构想"为议题再次展开讨论。越来越多的学者认识到文学地域主义与现代主义的关系是个值得深入思考、认真研究的问题。

　　在中国学界，现代主义和地域主义（南方文学、西部文学等）一直是研究热点，但研究基本在两个领域分别独立进行。对于二者之间的交叉关系，有学者在从事福克纳研究时曾略有提及：

> 　　现代主义从本质上是反现代的，现代主义文学家大多是使用革命性技巧的保守主义者。因此在对待传统观念、社会现实和文学艺术的基本态度和看法上，南方文艺复兴的代表作家和现代主义文学家是一致的。南方文艺复兴是欧美现代主义文学的重要组成部分。其最完美的结合体现在福克纳的创作中。（曾艳兵：61）[①]

这就明确指出了以福克纳为代表的地域文学小说家对于现代主义所作出的不可磨灭的贡献，为进一步研究地域文学与现代主义之间的关系奠定了基础。

　　地域文学对美国现代主义的贡献主要集中于两方面：一是建立了具有美国特色的现代主义，区别于其他国家的现代主义；二是建立了具有地域特色的现代主义，区别于其他形式的美国现代主义，如旅居欧洲的"迷惘的一代"作家所代表的现代主义及哈雷姆文艺复兴现代主义等。多曼（Robert Dorman）指出，20 世纪 20 年代的地域主义与现代主义一样，认为美国是"一个非人的、动荡的、颓废的、自私的、分裂的、物化的、空虚的、堕落的国家"。为防止这个国家继续"堕落"下去，美国地域作家试图找到救赎的途径，正如"自我流放到巴黎的'迷惘的一代'作家在欧洲现代主义中找到救国的答案，哈雷姆文艺复兴的作家在黑人文化中发现了传统的力量，而地域作家在地方文化和群体中找到了精神支点"。（Reagan：2—3）随着现代社会科技与交通的飞速发展，现代人的"家园"日渐失落，那种由"居家"带来的稳定感、确定感和温暖感日益消失，因此现代人的心理有着回归家园的渴求。家园不仅仅是物理家园，更是一种文化归属感，而这种归属感正可以由地域文化提供，地域文化成为抵制现代化力量对个体威胁的有力武器。以薇拉·凯瑟为代表的20世纪初期的重要作家用现代主义的理念对地域主义进行了重新包装，满足了读者的不同需求，通过艺术向读者提供了心理补偿，为后期福克纳和海明威的创作提供了示范，从而铸就了具有美国特色的地域现代主义。

文学地域主义与现代主义在时间上具有共时性，在空间上具有历时性。地域文学的怀旧不是时间意义上的倾向，而是空间意义上的怀旧，其对象常常是宁静、稳定质朴的乡村世界，与躁动、变化、喧嚣的现代世界形成鲜明对比，这是其空间上的历时性；而地域文学所描写的人物又处在现代社会，所经历的对现代生活的感悟只有使用现代叙事才能表达，构成与现代主义的共时性。现代主义不是抽象的概念，必须通过具体事物和环境体现；而地域主义也不是一成不变，必须和时代精神撞击才能保持其永久的生命力。

文学地域主义研究

美国文学地域主义研究基本分为两大阵营：一者探讨地域对于文学创作的影响，一者考察地域文学的政治和文化功能。换言之，一是强调地域对文学的作用，一是强调文学对地域和社会的反作用。

早期的美国地域文学研究有地域决定论的倾向，最有名的例子当属特纳（Frederick Jackson Turner）的边疆论文依据荒原意识来勾勒美国文化的发展。（Nash：145—147）20世纪30年代的自然文学之母奥斯汀在《美国小说中的地域主义》一文中指出，地域影响着人的情感，是艺术创作的源泉。（97）这种研究传统延续到20世纪80年代，例如密西尔（Kenneth Mitchell）就认为，美国与加拿大文学的区别主要源于其地理差异。（3）还有的学者分析地域作为文学元素所起的作用，例如卢特瓦克（Leonard Lutwack）列举了英美文学中地域作为场景、地域作为象征的种种情形。在该书第五章，他讨论了美国文学中的三个"风景原型"（landscape archetype）——花园、荒原和游乐园，并指出："人与地方的关系是三种因素互动的结果。这三个因素是：环境的基本物理特质、居民对其环境的概念预设、人对环境所作的改变。"（142）他坚持认为文学仅仅通过意象和象征反映人对环境的概念预设，而没有认识到文学其实可以发挥更主动的作用。

20世纪90年代以后，随着生态批评、女性主义批评和后殖民批评的蓬勃发展，越来越多的评论家致力于探讨文学地域主义研究的政治、经济和文化功能。大量地方性文选的出版就是试图证明美国的各个州、各个城市都有自己的文学传统，从而加强地方感和身份认同，并起到对外宣传本土特色、提高本地知名度的作用。文学地域主义在文学市场中获得越来越多的大众及传媒关注，书店内热卖的游记及地域文学作品风靡全美，推动了旅游经济的发展。例如薇拉·凯瑟所描写的红云镇等吸引了成千上万的游客，带动了地方旅游业的发展。由此可见，地方色彩文学作品通常有将某一特定地区点石成金化为游览胜地的可能，也可以将地方性消费打造成全国甚至国际性消费，成为作家名利双收的触媒。

当然，文学地域主义不仅仅给文学名人的故居等带去了众多游客，同时在高度提倡生态与环保的语境下，也对地方环境和生态平衡发展起到了促进作用。在这方面，生态批评与文学地域主义研究的联姻有着天然的基础，生态批评关注人与环境的关系，与地域主义不谋而合。作为美国地域文学和自然文学共同起点的新英格兰文学，就是文学地域主义研究与生态批评结合的极好个案。地域与生态的结合，会生成一种以地域为基础的生态研究，可以形成地方环境意识，以促进各个地区的社会和生态平衡发展。因此，对环境的重视加强了地方意识，而地方意识又反过来提高了环境意识，两者形成良好互动。

以生态批评角度检视文学地域主义，文学中的"地方"就不仅是人类活动的背景，其本身就是具有感知的主体，动物、河流和岩石等都可以进入"历史"。在这方面，奥斯汀的创作理念和作品具有典型性。奥斯汀认为，地域塑造着美国文学，必须建构性地进入故事，成为一个角色。对于奥斯汀来说，是作家对一片土地的适应过程造就了一部地域小说。在其代表作《少雨的土地》中，小说的主角是土地，更确切地说，是它的水路地形展现了人与自然环境所组成的不可分离的社区。（程虹：907）在奥斯汀的笔下，沙漠充满了生命与活力，作品中除了对自然的描述和赞美之外，又多出了几许为自然辩护的激情和保护自然的理智。该书传递的信息是：现代人应当提高自身的生态意识，以平等的身份去接近自然、经历自然、融入自然。

生态批评唤起文学中的自然意识，而女性主义批评更是从根本上修改了文学的判断标准。传统的研究认为地域文学过于微观、具体、地方化，缺少宏大的阳刚之气。而女性主义学者对此进行了挑战，使得以凯特·肖邦为代表的优秀地域主义作家得到重新肯定，被列入经典作家行列。20 世纪 90 年代菲特里（Judith Fetterley）与普拉斯（Marjorie Pryse）合编了《美国女性地域作家：1850—1910 诺顿文选》，充分论证了美国女性地域文学传统的存在。该书定义了女性地域现实主义传统，勾勒了从斯托夫人到朱厄特、奥斯汀、凯瑟等的文学创作发展脉络，梳理出这些作家共有的兴趣、主题和艺术成就。尽管该书在某种程度上忽略了这些作家各自不同的写作特点，但其为地域文学研究的复兴所作出的贡献不可否认。此后 10 多年她们一直致力于女性地域文学研究，终于推出《地域写作：地域主义、女性、美国文学文化》这一力作。该书着重分析了女性与文学地域主义的密切联系，展示了文学地域主义对民族主义、殖民主义、性别主义和种族主义的挑战，显示出文学地域主义研究多层面的意义追求。（Fetterley and Pryse：2003）

全球化与文学地域主义

文学地域主义研究的真正勃发是伴随着全球化的加速而开始的。全球化之于文学地域主义，扮演了"终结者"和"激励者"的双重角色。一方面，全球化销蚀地域差异，使文学地域主义面临失去存在土壤的威胁；另一方面，全球化所导致的文化同质化又重新引起人们对地域文化差异和多样性的重视。全球化增加人们的流动性，弱化了地域意识；然而同时，人际资本的丧失又引发了对传统地域文化和共同体的怀念。全球化让人与人之间的关系变得随意、短暂和易变，使现代人丧失了深沉的友谊和坚实的纽带等传统社会资本。如此松散、离散的社会关系从长久来看不利于社会和经济的可持续发展。因此，建设富有凝聚力的文化共同体、建构温情的公民社会、发挥地域主义的积极作用，便构成全球化背景下文学地域主义研究的根本目标之一。

19世纪末到20世纪初的地域小说作家努力通过文学建立理想公民社会模式，即在国家与家庭之间建立一个纽带——"地方共同体"。在共同体内人们休戚与共，同时，地方共同体与外部世界保持对话，与国家保持互动。这些小说不仅在发生和接受之初就产生了重要影响，而且在全球化时代同样具有重大的借鉴意义。

文学地域主义所表现的经济发展不平衡所造成的地域之间的矛盾，以及不同群体之间的思想冲突，依然是全球化时代的基本矛盾，地域主义文学作品对这些问题的探讨完全可以在全球化的背景下进行新的解读。地域小说的叙事结构中往往设置一个外来人的全景叙事视角，他所代表的异域文化与当地文化形成冲突，经过一系列的对抗、同化和融合，形成新的文化视角。地域小说所描写的这种地域文化与异域文化对话的过程，对在全球化时代消除偏见、增进理解、建立和谐社会有重要启示。

全球化造成的劳动力迁徙不仅使人们远离现实的家园，而且在精神层面也有一种"生活在别处"的疏离感，从而更形强化了人们对"家园"的渴望、对归宿感的追求。有学者指出："从飞散新视角来看，'家园'既是实际的地缘所在，也可以是想象的空间。"（童明：113）在全球化时代重读经典地域文学，会对乡土和田园意象产生全新的体认：乡土承载了当下现实所匮乏的一切，成了一个思念的美学对象、一种回忆、一个灵魂归属的符号。于是，"我的安东尼娅"这一声轻轻的呼唤，不仅代表凯瑟对家乡、对自然的深深思念，也同样表达了全球化时代的人们对宁静、安全、简单、质朴生活的无限怀念。

全球化使人类文明陷入一元化的危机，因此文学地域主义研究在全球化时代的意义不仅仅是强调地域文学的成就，更重要的是文学的多样性的展开。文学地域主义研究思潮在全球化背景下的复出，显示出美国学者欲以文学地域研究制约文化一体化的努力。全球化导致的文化相互渗透和整合使文化变得单调和贫乏，此时文学地域主义研究可以起到维护文化多样性、在"和而不同"的原则上建设文化生态的作用。

文学地域主义研究在中国既是一个新课题，也是一个旧传统，这种研究最早多从水土和风俗立论。《左传·襄公二十九年》记载吴公子季札评论各地民歌，认为王风"思而不惧"，魏风"大而婉，险而易行"，便是一种出自地理方位和民间风俗的考察。自六朝到近代的刘师培、梁启超，多从南北地域差异谈论文学，如唐代的《隋书·文学传序》中写道："江左宫商发越，贵于清绮；河朔词义贞刚，重乎气质。"刘师培的《南北文学不同论》探讨了南北自然环境差异与人文气质的关系："大抵北方之地，土厚水深，民生其间，多尚实际；南方之地，水势浩洋，民生其际，多尚虚无。民崇实际，故所著之文，不外记事、析理二端；民尚虚无，故所作之文，或为言志、抒情之体。"（舒芜等：570）梁启超在《中国地理大势论》中描写了南北自然风貌对文学创作的影响："自唐以前，于诗于文于赋，皆南北为家数，长城饮马，河梁携手，北人之气概也；江南草长，洞庭始波，南人之情怀也。散文之长江大河一泻千里者，北人为优；骈文之镂云刻膳移我情者，南人为优。"在现代文学史上，文学地域性批评尽管仍然活跃，却为大量的意识形态批评话语所遮掩。文学地域研究的重新萌芽始于20世纪80年代的新时期文学研究。除大量的地域文学史得以出版外，且有学者开始从理论的高度建构中国的地域主义文学传统，从宏观上勾勒出中国文学地域性的发展规律，为20世纪90年代中期以后的文学地域主义研究的蓬勃发展奠定了基础。袁行霈教授著《中国文学概论》设有专章讨论中国文学的地域性等问题，详见该书第三章《中国文学的地域性与文学家的地理分布》。

随着全球化进程的加速，地域研究已成为中国学术研究的焦点之一。全球化背景下的文学地域研究担负了新的使命，旨在发现地域文学如何在全球化的语境下捍卫民族文化和文化的多样性。全球化给中国文学批评界带来了一丝焦虑，中国学者普遍感到了全球化对民族文化的威胁，认为全球化就是西方化，甚至就是美国化，是美国霸权话语对中国民族和地域文化的侵蚀。（张颐武：87）因此，中国学界拉开了一场轰轰烈烈的地域文化及民族文学保卫战。如此看来，这场文化自卫战也是全球性的。

结　语

文学地域主义有过辉煌，也遭遇过冷落，如今又东山再起。文学地域主义的沉浮折射着社会的变迁和时代思潮的流变，然而不论时光如何流转，不变的是人们对乡土的眷恋。因此从这个角度来看，地域决定着人的存在，地域给人们一种身份认同感、集体归属感、时空确定感以及内心宁静感。文学地域主义从地域出发，但又超越了地域。它从地域中获得素材和启示，将其沉淀成思想，传达的是终极的人文关怀。它虽然是时代的产物，但它超越时代，它在全球化时代的复兴见证了其永久的意义。

参考文献

1. Austin, Mary. "Regionalism in American Fiction." *English Journal*. 21 (1932): 97.

2. Eric, Sundquist. "Regionalism." http://en.wikipedia.org/wiki/Regionalism. Web. 12 Dec. 2016.

3. Fetterley, Judith, and Marjorie Pryse. *American Women Regionalists: 1850—1910*. New York: Norton, 1992.

4. —. *Writing out of Place: Regionalism, Women and American Literary Culture*. Urbana: U of Illinois P, 2003.

5. Leininger, Philip. *The Oxford Companion to American Literature*. Oxford UP, 1995.

6. Lutwack, Leonard. *The Role of Place in Literature*. Syracuse: Syracuse UP, 1984.

7. McDowell, Termaine. "Regionalism in American Literature." *Minnesota History*. 20.2 (1939): 105-118.

8. Mitchell, Kenneth. "'A Grim and Original Beauty': Arnold Bennett and the Landscape of the Five Towns." *Geography and Literature: A Meeting of the Disciplines*. Ed. William E. Mallory and Paul Simpson-Housley. Syracuse: Syracuse UP, 1987.

9. Nash, Roderick. *Wilderness and the American Mind*. New Haven: Yale UP, 1982.

10. Reagan, Charles, and Wilson Jackson. "Revolt of the Provinces: The Regionalist Movement in America, 1920—1945." Ed. Wilson, C. R. *The New Regionalism:Essays and Commentaries*. MS: UP of Mississippi, 1998.

11. Weber, Ronald. *The Midwestern Ascendancy in American Writing*. Bloomington: Indiana UP, 1992.

12. 常耀信：《美国文学史》（上），南开大学出版社，1998。

13. 程虹：《自然文学》，载赵一凡等主编《西方文论关键词》，外语教学与研究出版社，2006。

14. 蓝爱国：《游牧与栖居——当代文学批评的文化身份》，中国社会科学出版社，2005。

15. 舒芜等编选：《中国近代文论选》（下），人民文学出版社，1981。

16. 童明：《飞散》，载赵一凡等主编《西方文论关键词》，外语教学与研究出版社，2006。

17. 王宁：《全球化时代的文学及传媒的功能》，载《四川外语学院学报》2001年第1期。

18. 虞建华等：《美国文学的第二次繁荣：20世纪二三十年代的美国文化思潮和文学表达》，上海外语教育出版社，2004。

19. 袁行霈：《中国文学概论》，高等教育出版社，1990。

20. 曾艳兵：《西方现代主义文学概论》，北京大学出版社，2006。

21. 张颐武：《全球化：亚洲危机中的反思》，载王宁、薛晓源主编《全球化与后殖民批评》，中央编译出版社，1998。

① 此处转引文字出自肖明翰教授。

文学公共领域 霍盛亚

略　说

　　作为法兰克福学派第二代的旗手，哈贝马斯（Jürgen Habermas）因其著名的交往理性理论（communicative rationality theory）而蜚声学界。早在其 1962 年出版的《公共领域的结构转型》（*Strukturwandel der Öffentlichkeit*）一书中，他就对交往理性这一议题有所涉及，"对公共领域的这一早先关注突显了民主和交往理性观念在其著作中所占据的基础性地位"。（埃德加：143）因此，从某种程度上讲，《公共领域的结构转型》是哈贝马斯建构其理论大厦的奠基之作。

　　哈贝马斯在此书的初版序言中明确指出，其研究目的在于"从 18 和 19 世纪初英法德三国的历史语境，来阐明'资产阶级公共领域'（bürgerliche Öffenlichkeit）的理想类型"。（2）他认为资本主义社会自形成后经历了两次巨大的社会结构的转型：一是由封建君主专制转向资产阶级的自由公共空间，二是由资产阶级的自由公共空间转向现代大众社会下的福利国家。第一次转型始于 17 世纪末的英国，随后蔓延至法国、德国和美国，共经历了约 150 年的时间，直至 19 世纪初最终完成。在这次转型中，最重要的成果是资产阶级公共领域的形成。然而这一领域的产生并非一蹴而就，而是经过了一个巧妙伪装的"中间过程"，哈贝马斯称之为"文学公共领域"（literarische Öffentlichkeit）。

综　述

公共领域与文学公共领域

　　理解"文学公共领域"这一概念，首先要对"公共领域"理论进行简要梳理。阿伦特（Hannah Arendt）在 20 世纪 50 年代首先提出了这一概念，并对其进行了系统研究。通过颠覆近代哲学确立的"国家"与"社会"的二分理论范式，她提出了著名的"劳动-工作-行动"以及与之相对应的"私人领域-社会领域-公共领域"的三分范式。

　　从阿伦特"公共领域"论那里获得灵感的哈贝马斯，从古希腊开始研究公私领域。他认为基于古希腊高度发达的城邦体系，"公共领域"（koine）和"私人领域"（idia）之间存在着明显的界限，生老病死都存在于"私人领域"中，而"公共领域是自由王国和永恒世界，因而和必然王国、瞬间世界形成鲜明对比"。（3）到了罗马时期，"公私关系"则由罗马法来规定，这样的公共领域被称作 res publica。这个古典公共领域的作用到文艺复兴时期被逐渐强化，并且具备了"真正的规范力量"，也保证了西方世界"意识形态本身就有着能够跨越数个世纪而保持稳定的延续性"。（4）

到了欧洲的中世纪，由于封建制度的特殊性，"从社会学来看，也就是说，作为制度范畴，公共领域作为一个和私人领域相分离的特殊领域，在中世纪中期的封建社会中是不存在的"，（6）哈贝马斯将这一时期的公共领域命名为"代表型公共领域"（representative public sphere），以和资产阶级公共领域相区别。中世纪后期，随着商品经济的发展、民族和主权国家的形成、城市化程度的加深，以及市民阶层力量的壮大，传统的贵族政治衰落了，代表型公共领域赖以生存的基础分化，新的"公"、"私"对立形成，于是代表型公共领域开始瓦解，"从这个时候开始，才有现代意义上的公共领域与私人领域之分"。（10）

伴随着商品和信息交换的发展，国家和社会最终在 18 世纪欧洲各国分离，公共权力领域和私人领域也旋即分离。前者以宫廷为代表，后者则由游离于统治阶层的第三等级组成，这个等级中的个人与个人集合形成了一个与国家权力领域谋求"对话"的领域。这种对话模式是从宫廷中游离出来的边缘贵族将宫廷中的社交方式带到了新兴资产阶级知识分子中间而形成的，"在与资产阶级知识分子相遇过程中，那充满人文色彩的贵族社交遗产通过很快就会发展成为公开批判的愉快交谈而成为没落的宫廷公共领域向新兴的资产阶级公共领域过渡的桥梁"。（34）这种交谈方式训练了资产阶级的辩论技巧和公共舆论技巧，也促成了公共交往模式的形成，而这种交谈方式首先在文学领域中得以反复演练，哈贝马斯也因此称之为"文学公共领域"——一个"不仅是'私人领域'与'公共领域'之间的中间地带，也是'政治公共领域'的前身，更是'代表型公共领域'向'市民公共领域'过渡的一个中介"。（曹卫东，2001：118—119）相对于整本书的分量，哈贝马斯在《公共领域的结构转型》一书中并未展开阐述文学公共领域这一概念，而是将论述的重点放在成熟后的资产阶级公共领域及其第二次社会转型上。

1990 年《公共领域的结构转型》一书的英文译本在美国出版后，更多英语国家学者开始关注哈贝马斯的文学公共领域，并开展了一些相关研究。伊莱（Geoff Eley）注意到，虽然学界普遍认为哈贝马斯的"公共领域"理论源自阿伦特，但事实上哈贝马斯对这一领域的前驱阶段文学公共领域的研究却得益于威廉斯（Raymond Williams），尤其是受其《文化与社会：1780—1950》一书的启发。（294—295）这位学者指出，哈贝马斯对文学公共领域的论述与威廉斯对"文学界"在社会结构变迁过程中的变化的研究有异曲同工之处。瑞典学者弗斯里德（Torbjorn Forslid）与奥尔森（Anders Ohlsson）在《文学公共领域导论》一文中针对文学公共领域的理论意义和价值进行了论述，认为这种文学研究的"文化转型"有效地改变了自俄国形式主义以来对文学文本研究的迷恋，从文化角度入手拓宽了对文学的研究。（431—434）兰道尔（David Randall）的《精神特质、诗学与文学公共领域》一文从古典修辞学中的 ethos 一词着手，"建立了哈贝马斯公共领域转型与修辞诗学的历史性叙述变化之间的联系，旨在为文学公共领域的历史性修辞建构提供学理基础"。（222）福克斯（Nicholas Hengen Fox）则提出了"哈贝马斯文学批评理论"的说法，认为"'哈贝马斯文学批评理论'为解释文学与政治之间的关系奠定了理论性基础：文学如何转化为行动，如何形成观念，这样的观念如何通过改变读者而改变具体的政治实践"，（235）从而"建立了文学与文化之间的关系，也建立了文学与特定政治事件所产生的后果之间的关系"。（250）

中国学者陶东风和曹卫东也曾对文学公共领域展开过相关研究。在 2008 年发表的《文学公共领域的理想类型与应然品格》一文中，陶东风梳理了哈贝马斯"公共领域"的历史生成过程，在此基础上他提炼出一个作为一般理论范畴使用的"文学公共领域"概念。他认为文学公共领域是"一定数量的文学公众参与的、集体性的文学——文化活动领域，参与者本着理性平等、自主独立之精神，就文学以及其他相关的政治文化问题进行积极的商谈、对话和沟通"。（2010：31）基于这个定义，陶东风总结了 5 条文学公共领域发挥功能和作用的规范，涵盖了文学公共领域的参与者、物质空间、文学公共领域发生和存在的前提、文学公共领域的多元性和差异性等要素。2009 年他又发表了《论文学公共领域与文学的公共性》一文，在这篇文章中陶教授进一步阐发了文学公共性的规范特征，并深入地分析了文学的公共性与自主性、私人性、政治性之间的关系。在《交往理性与诗学话语》一书中，曹卫东则用一章的内容探讨了哈贝马斯的文学概念，主要研究了以下 3 个方面的内容："（1）文学，作为一种审美话语，在公共领域中的地位和功能，即对哈贝马斯的文学公共领域概念的阐明；（2）文学，作为生活世界中的话语体系，与系统中的哲学和科学之间的互动关系；（3）文学作为一种意识形态批判话语，即作为一种文化意识形态批判话语，在文化现代性中的中介作用。"（114）

文学公共领域的译、异与意

翻译《公共领域的结构转型》一书的中国学者曹卫东曾指出，学术界在翻译"公共领域"一词时，主要参照的是英语 public sphere 一词或者是德语中的 Öffenlichkeit 一词，而这两个词在翻译成汉语的过程中，除了被译为"公共领域"外，还被译为"公共话语"、"公共空间"和"公共性"等多个杂乱的术语。每一译法都出自不同的历史和文化语境，各自指涉的内容又大相径庭，例如很多学者认为从社会层面理解这个词应译作"公共领域"，而从思想层面又该译为"公共性"等，（曹卫东，2004：44）这就加大了对文学公共领域译介和阐述的难度。而哈贝马斯在《公共领域的结构转型》一书中既没有明确界定"公共领域"，也没有清楚地规定"文学"（literarische）一词的内涵与外延，也因此引起学界对这一概念的普遍争论：例如陶东风认为，这里的文学要比一般意义上的文学更宽泛，指出"哈贝马斯的'文学'也包括其他艺术形式"。（2010：30）在另一篇文章中他更具体地指出，"哈贝马斯的'文学'概念含义很广，不但包括了其他艺术，也包括了各类评论文体，甚至包括咖啡馆、酒吧、沙龙等谈论文学的场所"等。（2008：28）

在德语版《公共领域的结构转型》中，哈贝马斯使用了德语的 literarische 一词，这个词的形容词原形为 literarisch，上海译文出版社的《新德汉词典》及外语教学与研究出版社的《朗氏德汉双解大词典》都将这个词简单解释为"文学的"；而北京大学出版社的《杜登德汉大词典》将其解释为：1、文学的，文学性质的；2、[知识分子用语]富于文学气质的，富于文学修养的。因此，这一形容词对应的应是英语中的 literary 一词，汉译为"文学的"。另外，在论述文学公共领域的过程中，哈贝马斯也并没有将这个词的意义扩大用来指涉文学以外的其他艺术领域，在其研究过程中总是围绕"作家"、"作品"、"文学评论"、"报刊写作"展开，而从未涉及绘画、舞蹈、音乐等艺术形式，故而对 literarische 的理解不应被泛化。文学公共领域应该被理解为发生在诸如咖啡馆、俱乐部和沙龙等具体公共文化场所中围绕文学话题开展讨论和辩论的抽象交流机制，它与政治公共领域前后相继，有相似之处又存在明显差异。

如上所述，首先政治公共领域脱胎于文学公共领域，它们共同构成了资产阶级公共领域。它们干预公共事务的方式类似，都将公众关注的问题引入其中，通过理性沟通、积极商谈和平等对话等方式解决公共问题。其次，它们都依托一定具体的文化性机构而存在，如咖啡馆、俱乐部等，为不同的参与主体提供平台展开理性交流。第三，它们也都介于权力领域与私人领域之间，发挥沟通和调和两种作用。二者的主要区别在于：（1）参与的主体：作为政治公共领域的前身，文学公共领域的参与主体有限，主要由文学家（包括作家和批评家）、书商、读者等构成；而政治公共领域的参与主体要更多元和复杂，随着"第四等级"（fourth estate）的出现，政治公共领域的主体主要由政治家和新闻媒体构成。（2）讨论的话题：在文学公共领域中讨论的话题起初集中在文学作品的创作和批评上，但随着越来越多的政客加入到文学公共领域中来，这些话题不可避免地转向政治，但在文学公共领域中形成的交流和沟通模式却被继承下来，文学公共领域由"母体"变身为与政治公共领域一起构成资产阶级公共领域的"共同体"。

文学公共领域的英国范式

按照哈贝马斯的研究，文学公共领域发轫于 17 世纪后半叶的英国，直到"柏林布鲁克文人圈"（Bolingbroke Literary Circle）发表 3 部讽刺作品以及 1726 年《匠人》（*Craftsman*）杂志的出版，才开始向政治公共领域过渡，并随后在法国和德国出现。欧洲文学公共领域能够首先在英国出现，取决于英国独特的历史发展规律、文化特质和政治氛围等诸多因素。

首先，17 世纪以来借助重商主义政策的刺激，英国经济取得了较快的发展，从而加速了英国城市体系的迅速形成，这个城市体系也构成了英国民族经济的框架。经济结构的变化随之带来了社会流动的加剧和社会结构的调整，也导致了英国近代市民社会的形成。在哈贝马斯看来，市民社会的形成是公共领域形成的必要条件。因此，为了保护市民阶层的权利以抗衡政治国家，一个从市民社会中产生、处于国家和社会之间对二者进行调节的社会交往空间，即公共领域，就必然会出现。市民社会的形成对文学公共领域最大的影响是，一个有闲和有钱的阅读公众出现了。

其次，英国内战的爆发终止了当时所有的印刷审查制度，加之战时英国民众非常渴望通过阅读掌握时局变化，这便促进了英国印刷业的发展。印刷业的发展又进一步推动了阅读群体的发展，为文学生产准备了稳定的消费群体，使文学从宫闱之中一步步走向世俗，并渐渐成为普通大众生活的一部分。作为"印刷文化"的另一个"副产品"，印刷还在文学家、文学作品与读者之间创造了一种独特的体验。文学作品仿佛一面镜子，为阅读大众在文学作品中认识"自我"提供了机会，用哈贝马斯的话来说：

> 一方面，满腔热情的读者重温文学作品中所表现出来的私人关系；他们根据实际经验来充实虚构的私人空间，并且用虚构的私人空间来检验实际经验。另一方面，最初靠文学传达的私人空间，亦即具有文学表现能力的主体性事实上已经变成了拥有广泛读者的文学；同时，组成公众的私人就所读内容一同展开讨论，把它带进共同推动向前的启蒙过程当中。(54)

阅读让文学变成了"主体"与"主体"之间交流与沟通的媒介。

第三，英国在 17 世纪经历了由牛顿、波义耳（Robert Boyle）、哈维（William Harvey）等一大批科学家发起的影响深远的科学革命，这一革命不仅推动了英国自然科学的长足发展，还有力地推动了英国理性主义的发展。理性主义是英国文学公共领域得以形成的总体文化语境，这个大语境为发生在文学公共领域内的公开辩论、自由讨论的理性交往作好了充分的思想准备。

第四，17 世纪，一颗引发了欧洲人"饮食革命"的种子——咖啡——早已在英国悄然生根发芽。咖啡以其独特的味道改变了欧洲人延续了一千多年的生活方式：他们不再清晨起床便开始饮酒，而改喝咖啡来保持清醒。"在英国，甚至在整个基督教国家的第一家咖啡屋，是在剑桥而非伦敦开始营业"，（Ellis：xiv）这家咖啡馆于 1650 年由一名叫雅克布（Jacob）的犹太人经营。咖啡馆对英国人而言，是市民交流政治观点，讨论文学、科学等话题的重要场所，英国人也因此戏称咖啡馆为"便士大学"（penny university），因为在这里任何人只需要花费几个便士便能获得一杯咖啡，更重要的是能获得与众人交流的机会。可以说不论是"英国皇家学会"

的产生，还是英国散文的发展，以及现代意义的报纸的出现，都和咖啡馆脱不了干系。英国罗素大街上星罗棋布的咖啡馆无疑对英国文学产生了非常大的影响，弥尔顿、马维尔、佩皮斯（Samuel Pepys）和哈林顿（James Harrington）在洛塔（Rota）咖啡俱乐部经常聚会，启发了哈林顿《大洋国》（*The Commonwealth of Oceana*）的创作；艾迪生（Joseph Addison）和斯蒂尔（Richard Steele）在布顿（Button）咖啡馆开始了他们的报纸写作与发行，推动了英国报刊业的飞速发展，而以德莱顿（John Dryden）为首的文学"才子们"（wits）则喜欢在这条大街上最早开张也最负盛名的维尔咖啡馆聚会讨论文学话题。

在咖啡馆这个文化机制中，文学公共领域的一套隐形的"规章"通过文学辩论和讨论形成。首先，形成了一种并非建立在"级差"基础上的社会交往模式，也就是哈贝马斯所说的"这种社会交往的前提不是社会地位平等，或者说，它根本就不考虑社会地位问题"。（34）但咖啡馆并非是公众讨论产生的充要条件，因为"虽说不是有了咖啡馆、沙龙和社交聚会，公众观念就一定会产生，但有了它们，公众观念才能称其为观念，进而成为客观要求，虽然尚未真正出现，但已在酝酿之中"。其次，公众在文学公共领域中讨论的议题不受限制，因为"［哲学作品和文学作品］不再继续是教会或宫廷公共领域代表功能的组成部分。这就是说，它们失去了其神圣性，它们曾经拥有的神圣特征变得世俗化了。私人把作品当作商品来理解，这样就使作品世俗化了"。再次，这个文学公共领域具有普遍开放性，也就是说，"公众根本不会处于封闭状态"。（41）"因为，他们一直清楚地知道他们是处于一个由所有私人组成的更大的群体之中"，而且在这个空间中讨论的话题可以使"所有人必须都能加入到讨论行列"中来。（42）

第五，正如桑德斯（J. W. Saunders）所说："在英国内战前，从事文学只是'副业'，文学的产出形式无非是口传文学和手稿，文类也以诗歌和戏剧居多。内战结束后，随着印刷技术的发展，散文变成了主要的文学类别，一个真正意义上专门从事文学的队伍也就产生了。"（93）英国资产阶级革命之后，随着国内经济迅速发展，食物等基础消费的价格趋于稳定，英国市民的非物质消费开始有所增加，其中最突出的消费就是图书和印刷品，越来越多的人开始识字、读书。另外，私人图书馆也受到有钱人的重视，他们开始把拥有图书馆和藏书作为自己有文化的象征，这一切都加速了一个职业作家群体的诞生，"一个以取悦宫廷而创作的作家文化开始让位于为更广泛'阅读公众'而创作的文化"。（Dustin：42）

具备了上述先决条件后，作为资产阶级政治公共领域前身的文学公共领域开始在英国共和时期的咖啡馆中孕育，经过哈林顿等文学家的努力，在洛塔咖啡俱乐部中形成了公共领域中的"辩论机制"。而随着资产阶级交往模式的确立、私人"主体性"的觉醒，以及文学公共领域的"公共舆论"功能的形成，英国文学公共领域很快成熟起来。在英国特定历史、文化的合力下，获得"公共性"的英国文学家推动了文学公共领域的完善。这些文学家通过文学创作和文学话题的讨论，将公众意见通过文学公共领域传达给国家权力机关，从而影响它们对公共事务的决策，这在马维尔、德莱顿等作家的文学公共活动中都有所体现。同时，他们的公共活动又有别于欧洲其他国家作家的公共活动，因为作为欧洲文学公共领域的策源地，英国文学公共领域本身就呈现出与众不同的特征。

第一，文学公共领域需要有文学家、批评家以及读者的普遍参与，通过围绕文学话题展开的讨论、辩论和批评等文学实践。他们逐渐转向对重大历史、社会、文化、政治等话题展开公开和理性的讨论，这也就是陶东风所说的"文学公共领域不是文学作品，不是孤独的作家的创作活动，也不是单个读者的阅读行为，而是围绕文学展开的，由包括作家、评论家和一般公众参与的交往对话活动与主体间的互动-呈现空间。这样一个呈现空间只有在对话交往活动实际发生的时候才是真实存在的"。（2010：33）在这样的对话交往活动中，文学活动参与者推动了英国文学公共领域的全面发展，而设定了文学交往准则的文学公共领域又激励了更多文学参与者加入其中，这在维尔咖啡馆中德莱顿等人的文学公共实践中尤为典型，具有英国文学公共领域的"互动性建构"（interactively-constructed）的特征。

第二，英国文学公共领域是英国独特历史发展规律的产物，它的产生、发展都和英国从革命到独裁再到复辟这种"斗争融合式"历史发展规律密不可分。"冲突与融合缺一不可，斗争与妥协共同发挥建设性作用"——正是英国历史的这种独特性使理性交往、辩论、公开讨论成为可能，（钱乘旦、陈晓律，"作者的话"：2）也因此首先造就了文学公共领域，并为欧洲各国文学公共领域的发展设立了标准，所以该领域也呈现出"历史性锚定"（historically-anchored）的特征。

第三，英国文学公共领域的产生是英国诸文化要素的"合力"使然。这种文化力量在英国通过版权法的出现、咖啡馆的盛行、期刊报纸中的"都市文化政治"教育等一系列文化事件不断加强，所以英国文学公共领域又呈现出"文化性生成"（culturally-generated）的特征。

第四，文学公共领域内部存在多元和差异。英国 17 世纪女性作家对文学公共领域的建构同样发挥着不可替代的作用，本（Aphra Behn）与蓝袜社（The Bluestockings）中的几位主要女性作家不仅促进了英国文学公共领域的全面发展，还推动了小说在英国的兴起。欧洲各国俱乐部中文学活动的开展也都以蓝袜社为模版，因而这一领域还呈现出"构成上的多声部性"（constitutively polyphonic）的特征。

结　语

在《市民社会和公共领域问题的争论——西方人对当代中国政治文化的思

考》（"The Civil Society and Public Sphere Debate: Western Reflections on Chinese Political Culture"）一文中，魏斐德（Frederic Wakeman）曾作过一个非常贴切的比喻："'公共领域'之于哈贝马斯就如同'新教伦理'之于韦伯：它是一个社会哲学家的理想类型，而不是一个社会史家对现实的描述。"（转引自李惠芬：38）这个认识可谓一针见血，也提醒我们对哈贝马斯文学公共领域论进行必要的补充和修正。

　　文学的公共性与作为公众一分子的文学家密不可分。文学家首先是公共人物，他们能够有效地借助他们的公众影响力来干预公共决策。文学家选择文学一方面是出于审美或艺术的需要，但更重要的是他们可以通过文学与他人进行公共交往。与其他知识分子的不同之处在于，文学家具有更强的"可见性"，通过这种可见性他们能够在更大范围内对公众施加影响。斯托夫人的《汤姆叔叔的小屋》间接地改变了美国历史的发展轨迹；辛克莱的《屠场》引起了罗斯福总统对食品安全问题的关注，并促进了相关立法；卡森的《寂静的春天》直接促成了美国环保署的成立——文学公共领域的作用随处可见。但是，文学家的这种公共影响力正在受到新的威胁。"整整一部人类史，知识分子同负载知识的媒体的形式是休戚与共的"，这一点对文学家的影响尤为明显。英国印刷技术的改变，促进了作家的职业化发展，因为"有限的纸张资源、难以普及的印刷技术和被垄断的发行渠道保证了写作的特权地位，也保证了知识分子的特权地位"。（严锋：19）而一种新媒介——因特网——的广泛应用对传统文学和文学家的地位造成了新的冲击。网络的出现动摇了文学家的固有地位，因为在网络上任何人都可以进行文学创作，而文学作品的质量却无法得到保障，就如同本雅明所担忧的那样——"在机械复制时代萎谢的东西是艺术作品的韵味"，而"在数码复制时代萎谢的是什么呢？是价值。人从来都追求价值和无限，但是至少有一种无限会摧毁价值，那就是无限的复制"。（转引自严锋：25）面对赛博空间带来的新的社交空间，文学家与读者、文学家与文学公共领域之间的关系都已被或将被改变。面对新的社会转型，文学家不应该也不能只是"诗意的栖居"在黄金邦土中，而忘记其公共职能。

参考文献

1. Dustin, Griffin. "The Social World of Authorship 1660—1714." *The Cambridge History of English Literature, 1660—1780.* Ed. John Richetti. Cambridge: Cambridge UP, 2005.

2. Eley, Geoff. "Nations, Publics, and Political Cultures: Placing Habermas in the Nineteenth Century." *Habermas and the Public Sphere.* Ed. Craig Calhoun. Massachusetts: MIT P, 1992.

3. Ellis, Aytoun. *The Penny Universities: A History of the Coffee Houses.* London: Secker, 1956.

4. Forslid, Torbjorn, and Anders Ohlsson. "Introduction: Literary Public Spheres." *Cultural Unbound* 2 (2010): 431-434.

5. Fox, Nicholas Hengen. "A Habermasian Literary Criticism." *New Literary History* 2 (2012): 235-254.

6. Randall, David. "Ethos, Poetics, and the Literary Public Sphere." *Modern Language Quarterly* 69.2

(2008): 221-243.

7. Saunders, J. W. *The Profession of English Letters*. London: Routledge, 1964.

8. 埃德加：《哈贝马斯：关键概念》，杨礼银等译，江苏人民出版社，2009。

9. 曹卫东：《交往理性与诗学话语》，天津社会科学院出版社，2001。

10. 曹卫东：《权力的他者》，上海教育出版社，2004。

11. 哈贝马斯：《公共领域的结构转型》，曹卫东等译，学林出版社，1999。

12. 李惠芬：《哈贝马斯〈公共领域的结构转型〉的理论局限性》，载《重庆广播电视大学学报》2011 年第 1 期。

13. 钱乘旦、陈晓律：《在传统与变革之间：英国文化模式溯源》，江苏人民出版社，2010。

14. 陶东风：《阿伦特式的公共领域概念及其对文学研究的启示》，载《四川大学学报》2010 年第 1 期。

15. 陶东风：《文学公共领域的理想类型与应然品格》，载《东方丛刊》2008 年第 4 期。

16. 严锋：《数码复制时代的知识分子命运》，载《读书杂志》1997 年第 1 期。

文学印象主义 孙晓青

略 说

印象主义（Impressionism）最初指 19 世纪后半期始于法国的绘画流派，以后逐渐被用来描述美学观点相近的艺术流派。印象主义画家们以一种感性印象代替古典主义学院派艺术对形象的精雕细琢，摆脱了自文艺复兴以来形成的理性、科学、严谨的艺术语言，把对客观对象的感觉和印象作为主观感受的主体，呈现对象在光线下的色彩，感受真相，"直观自然"，追求色彩的自主性和主体性，这种创新的观察方法更新了整个艺术感觉。印象主义思潮没有局限在视觉艺术中，在其他艺术领域中也留下了印迹，其影响在文学领域中也备受瞩目。然而，文学印象主义（Literary Impressionism）一直是一个被忽略的术语，它在《中国大百科全书》中的解释为："能够确定的只是 19 世纪末 20 世纪初西欧一些文学家的确有类似印象派绘画和音乐的那种创作方法，即致力于捕捉模糊不清的转瞬即逝的感觉印象。由于文学创作的特殊性质，文学中的印象主义者更注意这种瞬间感觉经验如何转化成情感状态。"（中国大百科全书出版社编辑部：1206）此说法未免过于含混。

国内关于文学印象主义的论文大多讨论作品中色彩的运用或印象片段的展开，尚未见到针对文学印象主义的系统性研究成果。国外学界的相关研究虽开始较早，但大多集中在某一作家单方面的研究，对文学印象主义的综合性讨论仍然欠缺，因此在追溯印象主义起源的基础上探讨文学印象主义美学就具有重要的理论意义。

综 述

印象主义绘画

文学印象主义概念的出现是通过大量的印象派绘画先例演绎而来的，（Benamou：56）因此尽管我们很难去定义文学印象主义，但是如果我们一定要从某个地方开始着手，也只能先去了解 19 世纪下半叶源自法国印象派绘画的美学宗旨。

印象主义这个术语最早指的是 19 世纪末法国的一种绘画艺术形式。1874 年，一批被法国学院派剥夺了在官方沙龙展览权利的年轻画家举办了自己的画展，这些画家不满学院派的教条和浪漫主义思想，试图摆脱学院派的偏见，按照一种革新的方式创作出自己的作品。他们努力去重新定义人类的感知和艺术的象征，反对千篇一律的复制再现。他们提倡废弃固有色[①]的思想并重新审视这个世界，尝试着去勾勒眼睛真正看到的世界，描述稍纵即逝的感觉印象，这种印象即画家在特定时间和特定地点的个人体验。这次画展中莫奈的油画《印象·日出》被一位保守的记者在文章中借用，嘲讽这次画展是"印象主义画家的展览会"，印象主义由此而得名。随后出现的后印象主义喜欢更夸张的表达手法和立体设计感，强调视觉世界的主观视角。

尽管印象派和后印象派各自都有自己的特点，但他们的绘画技巧和审美标准是一致的。"它［印象主义］是绘画史上的一场革命，它是这样一种绘画方法，包括重塑一种恰如画家体会到的印象，印象派艺术家旨在按照他们自己的个人印象，而并不按照约定俗成的规则去展现所描绘的对象。"（Bernard：26）可以说印象主义最突出的特点，就是坚持一种感性现实而不是一种概念上的现实。"印象派画家不是要画一棵树，而是要画出这棵树所产生的效果。"（Holman：268）为了能够准确无误、毫无偏颇地记录关键的印象，印象派画家注重视觉和反应的自发性和即时性，强调对大自然的独特感觉。但在这个美好愿望中有一个重大的分歧：一方面是忠实真实自然的概念，或者叫作"写实主义"；另一方面是坚定地认为画家视角核心主观性的重要性。因此在二者只能选其一的情况下，印象派画家优先考虑他们的主观态度。

尽管印象派画家在他们的意识中保留着写实主义的特征，如实地描绘感动他们的客体，但他们的客体把在特定、短暂经历的影响下个人独特的感动或者情感置入了个人主观感受，外部事物的客观性不再像以前那样重要了，因为艺术家更关心个人的独立表达："用印象主义的方法绘画意味着描绘一幅可以看得到的真实，就好像画中的情景就在你眼前出现一般。"（Walther：94）现实成为个体看到的场景，主观意识通过印象主义出现在现代艺术中。"现代主义画家最早探索现代主义的革命可能性，因此绘画成了领先的艺术形式。"（Levenson：195）现代主义作家只是在现代主义画家出现之后才进行现代主义文学实验的，这也就不足为奇了。

文学印象主义

印象派绘画这种新艺术形式从产生开始，便迅速发展成为"自文艺复兴以来欧洲最重要的一种艺术形式"，（Brit：11）成为当时文化思潮的重要组成部分，并且在其他艺术领域留下了深刻的印迹，尤其是对写作产生了深刻的影响。

到了19世纪晚期，小说家开始认识到传统文学思想过于陈旧，不足以传达作者对个人生活的理解，他们致力于开创一种新的文学思想，继而提出一些新的文学理论主张。这些作家有福楼拜（Gustave Flaubert）、詹姆斯（Henry James）、康拉德（Joseph Conrad）和福特（F. Madox Ford）等，他们努力寻求小说创作的新形式。1884年，詹姆斯在其创作随笔《小说的艺术》中提到："小说，在其最宽泛的定义上就是个人生活印象的直接反映。"（1948：8）他认为小说是个人化的产物，因此文学创作依赖的是作家个人充满想象的洞察力，小说创作应该用直截了当的而不是固定的规则去表现现实。詹姆斯的理论使小说创作思想发生了革命性转变，即从以思考为写作基础发展到以感悟为写作基础。因为这种新的写作技巧跟印象派绘画有着相似的美学追求，福特把这种新的写作技巧命名为"印象主义"。福特提出，正是康拉德和他一起推动了西方文学朝着文学印象主义方向发展，并且把"文学印象主义"定义为正式术语。康拉德更是被誉为"英美文学印象主义的先驱"。（Kronegger：30）

印象派作家注重用主观和直觉的方式来描绘现实，而不是用客观和分析的方式来进行创作，他们更关心的是"情绪或者感觉，而不是细节的观察"。（Hart：531）"因此，印象派作家呈现的现实世界是个人在稍纵即逝的瞬间所看到或者所感受到的印象。他运用精益求精的语言进行细节描写，这种细节的描写意味着把印象印刻到作者身上，或者深化到他的性格之中。"（Ford，1924：192）正是在康拉德和福特的作品中，印象主义完成了从绘画到散文的完美过渡。他们认为生活不是用来记述的，而是给大脑传递印象的，小说应该复制这种过程，然后把这种印象呈现出来用以描述真正的生活。他们认为从历史的角度来看，小说，即使现实主义小说，也是不自然的、不真实的，这种小说是一种"修正的记述"，它把经历从直接经验转变成为一种结构清晰的叙述过程，并把这一过程的时间、地点和没有条理的事件转变为有序的、按时间先后顺序的描述。印象派作家不认为人类是以这种有序的方式来体验生活的，因此他们呈现的是充满困惑的、支离破碎的，然而却是自然的经历。他们更多关注的是回忆的心理过程，认为写作要用中心意识的视角来叙述故事，用精心选取的细节来呈现出感知经历的精确印象。场景和事件的并置也是重要的写作手法，其目的是在不用解释和评论的情况下栩栩如生地刻画印象，对人物性格见微知著地展开叙述。对他们来说，现实世界并非现实主义描述的连贯的世界，因此文学作品要讲述生活中大量最初的感触。福特认为生活不是用来"描述的，而是用来使你的大脑中产生印象。如果我们希望对你的生活产生影响，我们就必须舍弃一些描述，并给予想象"。（190）福特还强调，在语言中要呈现出视觉上的冲击："就像通过耀眼的玻璃看到很多景色一样，印象主义是为了传达一种没有规律的跌宕起伏，这种起伏是真实生活中的场景。"（1914：221）他认为个人态度和情绪是创作中的合理要素，通过稍纵即逝的印象来表达这些要素是非常重要的，至少在艺术效果上比冷冰冰的再现更有意义。

在早期阶段，和其他文学运动相比，文学印象主义的定义比较模糊。它被认为是自然主义的产物，或者被认为是一种反对客观现实主义的运动，抑或被认为是一种反浪漫主义的文学形式。（Kronegger：25）自20世纪60年代以来，越来越多的英美文学批评家开始关注文学印象主义。克罗尼格（Maria Elisabeth Kronegger）的《文学印象主义》是第一部研究文学印象主义的综合性著作，此书在印象主义绘画和文学印象主义之间建立了明确的联系，认为在印象派文学中现实可以被视为主体和客体的和谐产物。斯多威尔（H. Peter Stowell）的《印象主义：詹姆斯和契诃夫》一书阐释了印象主义中主客体之间的关系，但对印象主义所下的定义过于偏重视觉感知方面。科什卡（James Kirschke）的《亨利·詹姆斯和印象主义》和尼格尔（James Nagel）的《斯蒂芬·克莱恩和文学印象主义》两书把印象主义绘画和文学印象主义这两个概念视为完全平行的。甘斯特纳（Julia van Gunsternen）的《凯瑟琳·曼斯菲尔德和文学印象主义》一书为文学印象主义与印象派绘画确定了明确的关系，强调视觉感知的重要性。本德（Todd K. Bender）的《简·里斯、福特·马多克斯·福特、约瑟夫·康拉德和夏洛蒂·勃朗特作品中的文学印象主义》一书明确了文学印象主义的重要性，及其在这几位作家作品中的运用方法。皮特斯（John G. Peters）的《康拉德和印象主义》研究了印象主义在康拉德作品中所产生的深刻影响。麦兹（Jesse Matz）的《文学印象主义和现代主义美学》一书指出印象不是感官的，也不是思想的，而是对两者的调解。

以上讨论表明，文学印象主义这个概念一直以来是一个令人困惑的问题，也是一直被忽略的问题。由于印象主义起源于视觉艺术，同时由于历史上印象主义视觉艺术在文化运动中的重要性，因此大多数评论根据印象主义视觉艺术的表现手法来审视文学印象主义，如《牛津美国文学指南》（第五版）的解释，指出印象主义是：

> 一种美学运动，在这个运动中艺术家尝试赋予客观实体以印象……而不是再现客观实体。因此印象派作家更关心情绪和感触，并不关注细节的观察。印象主义起源于19世纪末期法国的一个绘画流派，印象派绘画的理论被引进到作家写作当中，尤其是被引进到了波德莱尔和其他的一些追随者如爱伦·坡及象征主义作家如马拉美等的作品中。（351）

事实上，文学印象主义概念模糊的原因是由于研究者没有抓住印象派绘画和文学印象主义两者的共同内核。印象派绘画所使用的手法和印象主义文学所使用的手法具有一些相似性，如印象的表达、色彩的运用等，但难点在于突破表面现象认知二者的内在关联的本质，如果不去尝试理解其共同拥有的美学特征，不同艺术媒体之间的对比便失去了意义。简言之，印象主义，无论是在文学艺术领域，还是在视觉艺术领域，都在谋求唤醒主观感官上的印象，用来描绘一个最初的核心客体，客体呈现即是真实地呈现——通过特定的主体意识过滤出某个空间和时间中的一个特殊点。正是在这一方面，文学印象主义和印象派绘画具有共同的美学特征。

文学印象主义作品中的主体意识

印象主义作家作品中的印象表达、色彩运用、内视角的选择及并置手法的运用，都体现出鲜明的主体意识。康拉德认为，小说并"不是对一系列完整事件注解式的记录。小说是印象，不是修正过的编年史"。（Peters：22）他认为人类经历的体验并不是有序的，小说应该向读者呈现强烈的印象，作家的任务就是将与外界有机互动的人类意识精确地呈现出来，将读者置于生活中某一真实瞬间的场景之中，这样做才会更加贴近真实的生活。福特也曾说："我所谈到的精确指的是我所呈现出的印象的精确，而并不是指事实的精确。我尽我所能将我所看到的一个时代、一个地域或是一个行动的精神呈现给你。"（1924：xviii）他认为作家应准确地传达转瞬即逝的光色印象带给人们的感知，从而呈现出"某种意境或某种世间少有却温婉的情愫"。（1907：165）

这些作家像印象派画家那样把主观态度放到第一位，认为一些看似细微的、概略的印象聚合在一起构成的整体，比那些正式且具有代表性细节集合的再现更能触及人心。这些印象不再采用直线脉络叙事，而是以间断的、不规则的发展表达一个主题。这种表现方式与人类本能获取知识的方式相一致："它一方面以一种实用的方式把叙事进行下去，同时也以一种哲学的方式完成了认识论的过程，并产生和引起社会学、政治学和伦理学方面的关注。"（Peters：2）这些作家认为现实是接受者的意识中记录的印象，是观察者对观察客体的主观反映，作品是基于主观经验和印象的传达而得以形成的。詹姆斯称印象为小说的基础，普鲁斯特（Marcel Proust）甚至说：

> 不管素材可能看起来多么的微不足道，它的踪迹是多么异常且微弱模糊，只有印象，是事实的标准和准则，值得我们用心去理解，深入进去，如果他想要成功地获取真理，只有通过这种印象而不是任何其他事物，能够带给我们一种更加完美的境界和一种纯粹的喜悦。（275）

对这些作家来说，印象之所以重要，是因为它是"真实的而不是实际的，理想的而不是抽象的"。（Proust：264）他们遵循忠实感觉的原则，所呈现的是主观，同时也是真实的感受。他们像印象派画家那样，并没有按规律从画布的一端绘到另一端，而是随意地在认为合适的地方绘上几笔，游离在各种各样的印象中，偶尔回想到某个早期的观察点就重复加强。这种印象主义式的场景叙述手法将不同的场景片段穿插叙述，给人的感觉是缺少主题，事件相互间似乎缺少关联，是"瞬间的印象、丰富的色彩和零碎的片段，如同画布上的即刻性笔触，相互叠加，共同表现主体的印象"。（Murphy：234）当詹姆斯说小说是一种印象时，他想表达的是"这种印象绝不仅仅是感官上的、表面的或者虚幻的感性意识……它联结感觉和理性，它把文学作品的思想和生活融为一体"。（Matz：13）这种印象使表层显示出深度，以片段暗示出整体，通过一种有意味的形式达到一种超越印象之外的有机结构和主题核心。这种印象片段的描写是要在主体流动的意识中展现作者自身的审美标准，通过透彻的洞察力与充沛的情感赋予作品以个人的价值信仰。

色彩的感觉常被定义为"一种个人意识和周围世界相互作用的产物"。（Kronegger：48）印象主义作家们不仅对生理上眼睛如何记录这个世界感兴趣，并且对"心灵"如何处理信息、意识如何强调色彩的情感意义倍加关注。"光色是印象主义绘画的灵魂，也是印象主义文学的灵魂。这是一种文体的风格元素。"（Kronegger：42）印象主义作家把色彩的运用当作展示心灵的媒介，把情感传达给风景，把自由的灵魂赋予到耀眼的色彩中。康拉德曾说："所有的艺术……主要是依赖于景色，艺术的目标在于当使用文字表达的时候，也必须通过景色描写来传达感染力，如果它的目标是要触及情感反馈秘泉的话。"（Stouck：13）"那样的话——不再有无法描述的事物，作家的工作就无所不能了。"（Conrad：34）这些作家从情感上来唤醒色彩的力量，眼神瞥见之处成为一系列主观反应和个性，综合了感觉、回忆、语言的节奏和色彩，带给读者一个直接的、感官上的体验，同时唤醒更多抽象的情感反映。此时"现实就是客体和感觉印象的融合物"，（Kronegger：14）色彩中的主观意识得以淋漓尽致地展现出来，因此一些批评家甚至把印象主义文学定义为"潜入到意识当中的写作"。（Kronegger：125）

印象主义作家追求的是"比以往更加贴近他们对事物外表的第一印象"，（Rewald：338）注重氛围与视角。他们饱含情感的构思只有一个目的：以自由尽情表现的构思，表达任意驰骋的主体思想，强调个性化的主体。"从亨利·詹姆斯时期开始，故事自身描述成为一种显著的描写特征——通过故事角色的视角及内视角进行描述。"（Stevick：108）印象主义作家常采用内化的视角自然流露主体感情，重视外部世界作为客体引起主体的感觉和体验，凸显作者的主体立场。

康拉德和福特，两位由于具有共同美学追求而走到一起的小说家，试图表达出能够描绘主观真实性在艺术当中占重要地位的美学观点。他们意识到经历有着断续的特性，因此在创作中重新安排了线性时间，以便更接近记忆的心路历程，表达碎片式的体验。在他们的笔下，内视角的运用成为一个聚焦的叙述现象，对他们来说最重要的不是创造客体本身，而是展示主体观察客体过程的感觉。在《论印象主义》一文中，福特对比了现实主义和印象主义这两种不同的认识体系。针对丁尼生的诗作——"蝙蝠盘旋在芬芳的空中，/飞舞着点亮了这朦胧的天际，/漫天的绒毛和碎屑萦绕着黄昏，/酥软的胸腔和珠子般明亮的眼睛……"——福特是这样评论的："毋庸置疑丁尼生的描写是精彩的，但这并非印象主义，因为不会有人在黄昏观看蝙蝠的时候能够看见蝙蝠的绒毛、酥软的胸腔和明亮如珠子般的眼睛。"（1914：173）事实上，丁尼生诗歌中采用的并不是真正的现实主义手法，而是与认识论过程不相符且不需要通过上下文感知的写作手法：这种方法需要通过广泛的观察，排除空间、时间和其他所有限制的因素，才能一看到蝙蝠这个字眼就会联想到它酥软的胸腔和明亮如珠子般的眼睛。具体到现实生活中，人们不可能觉察到这样的细枝末节，而且人们观察到的往往是一个不同的蝙蝠形象、一个受制于它所处环境的蝙蝠。当印象派作家展现他们所经历的亲身体验时，他们所展现的客体是观察意识到的客体而不是一种概念存在，他们把"所有的现象都视作在一个特定的地点和时间内通过人类意识过滤得来的，因此要以一种个人的意识来展现知识，而不是通过普遍的经历来展现对象"。（Peters：3）

印象主义作家为了创造空间化的时间瞬间来展示印象，通过场景片段的来回穿插把过去和现在融合在了一起。"本质上来说，印象主义的风格就是用作者的感情将逻辑结构变形而产生的一种直接效果。"（Read：154）为了描述不同事件留下的印象，通过模仿印象主义画家经常使用的并置手段，他们或将不同的画面穿插放置在一起，或将它们放置在不同的章节分别处理，叙述在作品中变成了众多的即时性笔触，在一系列流动的印象中表达小说的深层意蕴。这种并置手法使作品充满了空间感，过去和现在并列，各种事件相互关联、相互映衬，营造了一种共时性的空间效果。把两种看起来毫不相干的情节、场景、事件或细节并置在一起的写作技巧可以使读者领悟和理解二者的张力，而这种效果是单一因素无法达成的，它存在于二者的并置关系之中。这就如印象派画家喜欢使用的点彩法，他们经常将各种原色笔触并置在一起，而不是在画布上调色或混色，近看时绘画好似布满散置的笔画，从一定距离看过去却能看到对客体生动、活泼的描绘。"这种打乱时序的写作，终究是有意而为之的，具有特殊的效果，某种道德上的发现应该是每个故事的目标。"（Conrad：60）此处"道德上的发现"并不仅仅是对先入为主的道德真理的说明，它还是在艺术品的创作过程中实现的，这种对故事情节的空间化处理，融进了作家的审美观，体现了作家对主体意识的建构。

并置不仅具有叙事结构的客观特点，同时也包含审美认知的主观过程。并置打破了读者想要建筑一个稳定的线性叙述的阅读习惯，使他们被冲突和对比包围，无法直接达到一个传统意义上的理解点，这时就需要他们努力去适应孤立的事件，在整体意义中抓住瞬间，与作者积极地合作，以寻求那些几乎没有提到过的发展和联系。在搜索、匹配和整理内部顺序的过程中，读者在碎片中建造了一个新的体验，从这个意义上讲，读者成了小说之"房"的建筑师。由此读者不再被束缚于时间上的连续状态，而是面对在主题上互相影响的各种因素的开放式的组合过程，他必须将这些因素在他想象中组合成一幅画、一个空间、一个结构，在比较中评估它们不同的叙事技巧和功能，并为此努力寻找一条有意义的路线。因此，并置为读者开辟了解读的可能性，也增加了文本自我指涉的层次。面对并置结构，读者必须构建一个共时性的阅读习惯，从而和作者产生心理共鸣，体验到作者的道德指向和哲学判断，而这正是处于19世纪末20世纪初日益物化的社会中的印象主义作家们所找寻和追求的目标，他们对那些正在逝去的传统价值的尊崇、对理想道德的不懈求索，成为充满想象和精神价值的创造力量。

现实主义、印象主义、现代主义

在一篇题为《小说中的印象主义：棱镜与平面镜》的文章中，穆勒（Herbert Muller）将棱镜的类比运用到印象主义中。穆勒没有直接解释"棱镜"在文中的用法，该词仅出现在文章标题中。然而我们可以从文章中得出如下观点：印象派创作是棱镜式的，因为他们的作品"折射"出了事实，即他们不仅展示出实际的事物与事件，更展现出人物的反应，即由这些事物与事件产生的"关爱状态"。（Muller：358）

印象主义与现实主义和自然主义的相同之处在哪些方面？区别又是什么？现实主义旨在通过观察所能获取的现实，寻求任何观察者都能辨认出的日常事件代表，以再现的方式描写生活。自然主义重客观、科学的处理，从而尽可能精确地再现事物。也就是说，现实主义与自然主义都将确切地、非情感地再现事物作为追求目标。印象主义也处理客观现实，在这方面，印象主义与现实主义、自然主义的追求是一样的。然而在处理手法上，它们之间的差异非常之大，从而导致印象主义呈现出独异的特质。在现实主义中，整个事物从各个细节被认真观察，如果艺术家创作成功，作品将会是原物的复制品。印象主义重视对事物突出特征的瞬间感知，以及由瞬时感知而获取的感觉，因此它指向了一个不同于现实主义的现实。与现实主义不同，印象主义中存在一个主观因素，这个因素便是感觉本身。感觉中总存在某个艺术家潜意识中的内在品质，主观性在印象主义作品中显而易见。理论上来讲，在给定的可控情形下，如果几个现实主义作家观察同一现象或事物，他们会以相同方式将之再现出来，因为他们都有模仿的需要。然而，如果是一群印象派作家的话，结果则会截然不同，其创作成果可能会与作家数目一般千差万别，每个成果都是独特的。在此可以看出植根于现实主义的印象主义是如何生成一朵成熟之花，形成一种新的文学风格的。

不论及现代主义，讨论印象主义就是不完整的。印象主义不完全是从人类意识活动中产生的事物——尤其是外在事物。对于印象主义者来说，尽管主观性可能改变一个事物，事物又被其物理环境所改变，但主观性可以影响却不能单方面产生事物，否则关于某一事物的本质就不能达成一致共识。在印象主义中，比如一艘船，对不同人来讲看起来是不同的，但大家都会承认这是一艘船。但印象主义者在表现这一艘船——客观事物——时摒弃了很多旧传统，对于他们而言，真实存在于主观感受之中，艺术家感受之外的客观性不再像以往那样重要，对事物再现的关注变弱了，主观体验本身受到了前所未有的重视。换句话说，现实即是个体眼中的现实，现代主义的主体性由此应运而生。

以平面镜、棱镜和窗子为例。平面镜准确反映出面前的场景，因而对严格的现实主义（如果这种概念存在的话）来讲将是理想的类比，然而它否认了感官知觉的主观本质。棱镜暗示了客体的变形，意味着主体意识的扩展。如果现实主义可以比作平面镜，那么现代主义就可以比作棱镜，至于印象主义，不妨以窗子做比。客体通过窗子的视角由主体呈现出来，而非全景呈现，在呈现过程中主体意识得以形成。印象主义场景就像是透过窗子看风景，窗框本身就具有艺术化风格，或是经过了艺术处理。从平面镜、棱镜到窗子的变化，表现出艺术感知者的角色是如何提高的，这三种类比与加塞特（José Ortega y Gasset）对绘画发展的简述相平行："首先要画出物体；其次画出感觉；最后画出思想。"（117）在某种程度上可以说，平面镜、棱镜、窗子三个类比基本上与抽象的术语现实主义、现代主义、印象主义相一致。

现象学视阈下的文学印象主义

一、看：本质直观　　印象主义作家的观看方式是对传统观看方式经验化、模式化的突破，真实不再是人们约定俗成、共同接受的先验性的认识，而是带有主观色彩的个人印象和感受。这种观看方式和现象学（phenomenology）的"悬搁"直观相一致，亦即摆脱过去的经验与知识的束缚，以纯真之眼直观自然，从而把握其本质与灵魂，达到"本质的还原"。这种本质直观是一种"直接的看，不只是感性的、经验的看，而是作为任何一种原初给与的意识的一般看，是一切合理论断的最终合法根源"。（胡塞尔，1992：77）它重视感性体验活动，重视人的感觉的丰富性和现实的感性活动。这种"本质直观"是无中介的、直接的看；它并非肉眼之看，而是一种"精神之看"；它不是物理的、生理的目光，而是一种深邃的精神目光。印象主义作家展现"小说是作家个人对生活的直接印象"，描绘作家"看"到事物的本来样子，在主客交融、现象本质合一的状态中，传达生命的本真意义。在这种看的方式中，主客对立思维得到克服，使物呈现自身。

在现象学视阈中，印象主义"看"的活力恰恰在于它的直接性，它排斥中介的因素，把直接的把握或这种意义上的直观看作是知识的来源和检验知识的最终标准。这种直接性意味着对实证主义的超越，从理性主义的客观主义形式中解放出来，回到理性主义的本源故土："通过对直观的最原初的源泉以及由此建立的本质的洞悉的追求，通过这种方法对概念进行直观的解释，在直觉的基础上重新提出问题，并在同样的基础上对其加以解决。"（胡塞尔，1988：74）这种"看"正是在直接性的基础上达到现象学提出的无偏见、无前提的要求，以及纯粹直观方法和纯粹描述原则，即放弃一切偏见成见，回到事物本身，去直观在认识活动中直接亲身体验到的事物，并对事物按照其直接呈现出的样子进行描述。因为"每一种原初给与的直观都是认识的合法源泉，在直观中原初地（可以说在其机体的现实中）给与我们的东西，只应按如其被给与的那样，而且也只在它在此被给与的限度之内被理解"。（胡塞尔，1992：84）这种直观的自明性指的是明晰、透彻的直观本身，它摆脱了一切形式的实体化，是绝对的、原初的给予物，是"真的体验"（experience of truth）。这种自明性是某物的自我给予性的体验，而在自我给予性的活动之中，客体在直观的充实的样态中构造它自身。这样，"在经验的事实的基础上要求通过直观来获取本质洞察，即获得对本质因素以及在它们之间的本质关系的把握"。（倪梁康，2000：7）这种对真的理解，"实际上回到了一种对真的本源性理解"。（Christensen：120）本质直观的"看"直接把握事物的本质，力图把感性与理性、现象与本质有机地统一起来，在直观和体验中把握真理，从而消除现象与本质、直观和理性二元区分的弊端，将感觉回归自然、本真状态，排除知识、经验对人类精神活动的干扰。印象主义作家们把握转瞬即逝的印象片断，直接描述物本身和关于物的直观印象，从庸常琐事中体味生活况味和哲理诗意，以此逼近生活的本相，表达生活的本质，这体现了现象学哲学的美学思想：面对"生活世界"，"回到事物本身"。由此，印象主义作品中蕴涵的本质由于现象而生动，现象由于本质而深刻。

二、瞬间印象：意向性活动　印象主义的"印象既不是感官的也不是思想的，而是介于感官与思想之间的一种感觉"。（Matz：1）而现象学对现象的研究方法，正是滤去了现象中经验事实的客观成分，集中探讨物体与意识相互映衬的交接点。从这一角度看，二者有异曲同工之处。现象学"把研究的重点既不放在经验的客体上，也不放在经验内主体上，而是放在存在与意识相遇的接点上"。（Thévenaz：19）印象主义作家们以独特的方式感受和介入生活，他们直观自然，以敏锐的感觉去观察生活的真实面貌，在现实生活环境中去寻找有真情实感的"典型瞬间"。他们关注的不是客体本身，而是客体在主体主观感受中形成的印象，把生动、本真、原初的体验呈现出来，确保客体自身的丰富性与多样性，使事物本身如其所是地呈现出来。他们的作品中的视觉印象获得了前所未有的纯粹性，把世界还原为视觉印象中的色彩，并专注于表现这种印象本身，从而使视觉印象更趋本质。的确，"某事物之所以具有价值，是因为它对于一个主体（或者对于一些主体）来说具有意味；某个事物是一种价值，是因为它已经完全获得了这种意味"。（盖格尔：78）这些印象的价值在它与体验它的主体的关系之中。

印象主义的这种思维方式和现象学的意向性结构殊途同归。意向性结构指作为意向作用、意向对象统一体的意识活动。一切事物都可被分解为该事物出现于其中的意向性活动与该事物借以自我呈现或自我构造的意向性对象两个方面，意识对某物的指向是组成意识活动的一个根本的方面，因为离开了对某物的指向、趋向、朝向，意识也就无所谓意识了。意识的本质就是意识的意向性，意识总是对某物的意识。显然，意识的意向性结构包含着紧密联系而且不可分割的两个方面，即意识活动的意向作用侧和意识活动的指向物侧，后者在得到充实、意向得到实现的情况下，就成为意向性的对象。印象主义作家们的突出点正是在氛围后面找到对象，他们笔下的瞬间印象既表现出即时光源及环境对物体色彩的影响，又表现出色彩来源、特点及相互关系，因而其表达更加真实和生动。他们这种"面向事物本身"的思维方式，让事物回到了与世界的关联之中，并非局限于对具体物的孤立描写，而是把物体间相互的缘构关系揭示出来，从而呈现其自身的物性。对于印象主义作家们来说，"现实是纯粹感觉的综合体，被直觉所调节而演变为印象"，（Kronegger：36）因此气氛和意境在他们创作中是极其重要的，这使得他们的创作不仅是暗示现实的方式，也是达成某种艺术效果的方式，意味着作者的最高价值取向，呈现出的情感充沛的现实也昭示着一种新的生活态度。

现象学视阈下的印象主义充溢着与客观事实紧密关联的主观意向性，这"意向性既不存在于内部主体之中，也不存在于外部客体之中，而是整个具体的主客体关系本身"。（倪梁康，1999：251）这种意向性活动属于存在论和价值论范畴，传达的是既感性又富有哲理内涵的意蕴。这样作品通过表面展现深度，借助零碎提示整体，并将两者合而为一，将个人印象与人生的关注结合起来。

三、体验与意义：价值世界　正如康拉德所言："艺术的职能就是一心一意地要在可视的世界里倡导一种最高公正，为此它将照亮真实，使人看到它隐含的多面性和统一性。"（qtd. in Abrams：1758）印象主义作家所追求的已不是具象的真实，而是一种整体印象上的真实，他们的创作思维是主客的审美统一，其作品魅力源于他们用生命激情照亮现实，从有限的事物中体验无限的生存境界，这是主体的心灵与眼前客体表象的内在统一与融化的结果。

在现象学视阈下，印象主义文学的印象是一种"意义赋予"（sense-giving）的活动，在这个过程中，对象在意识中被能动地构造出来。实际上印象表达不仅说出了某物，而且还说出了关于某物的东西；印象不仅有意义，而且还总是通过意义与对象发生关系；这种意义本质上是构造性的，它使对象向我们呈现出来；因此，印象主义作品中对象的存在方式也就是意义的存在方式，其意义不是主体凭空想象出来的、由外部附加的，而是内在于对象的形式与感性经由主体感知出来的；主体的"直觉意识如同一道光把审美对象意义的自主性、情感世界的自足性照亮，使它们呈现出来"。（张永清：85）因此，印象主义中的印象表达的是一个意义对象，体现的是主客体之间的意义与价值关系，这种意义与价值具有认识性的因素，情感性则构成了它的核心。

"如果某个东西不仅被经历过，而且它的经历存在还获得一种使自身具有继续存在意义的特征，那么这种东西就属于体验。以这种方式成为体验的东西，在艺术表现里就获得了一种新的存在状况。"（加达默尔：78）凝结在印象主义作家作品中的体验是诗性的生命体验，是一种"新的存在状况"，因为体验的对象"不是可见物、可触物或可听物，而是情感物"。（杜夫海纳：26）

　　　　每一种意向性的体验——正是它构成了意向关系的基本部分——具有
　　其"意向性客体"，即其对象的意义。或者换个说法：有意义或"在意义中有"某种东西，是一切意识的基本特性，因此意识不只是一般体验，还不如说是有意义的"体验"，"意向作用的"体验。（胡塞尔，1992：227）

体验，是主体身心契合地在对象世界中寻求意义、创造价值的历程，是对生命存在的体认，它阐明了存在的基本方式和本真意义。可以看出，印象主义的意义表达和现象学的追求——返回到知识的最终的和基础性的根据上去——是一致的，即必须从"判断"回到"体验"。（德布尔：165）正是这体验之流，以赋义的方式向人们敞开了一个无穷可能的世界。因此，从判断回到体验，也就是真正回到事物本身。

人们不是老在寻找绝对的永恒的"本源"吗？……人们这种探索精神常为物质世界的变动不居、无穷分割和感觉之幻灭而受到挫折，殊不知人们要追求的这个"本源"，既不"在"物，也不"在"心，而就"是""意义"，是一种"思想"，或"思想性的对象"。（叶秀山：78）

结　语

印象主义和现象学都发端于 19 世纪下半叶，有着相同的历史背景，这在一定程度上促成了二者的内在联系。

在十九世纪后半叶，现代人让自己的整个世界观受实证科学支配，并迷惑于实证科学所造就的"繁荣"。这种独特现象意味着，现代人漫不经心地抹去了那些对于真正的人来说至关重要的问题。只见事实的科学造成了只见事实的人。（胡塞尔，1988：5-6）

这种理性主义抽象掉了作为过着人的生活的人的主体，抽象掉了精神的东西，理性主义走向了理性决定论，它导致的实证主义使人的精神面临着被宰制的危机，精神的物化随处可见。如果说定格为实体主义的思维方式在漫长的历史时期推动了科学的繁荣和昌盛的话，那么理性在更高层次的自身建设则必须超越实体主义的思维方式，正是在这里，现象学和印象主义有着相同的美学追求。印象主义把主客体在意识活动中统一起来，把感性知觉与知性意义统一起来，主张在"看"、在"直观"中把握事实本身，在"看"中回归"本质"生活。这种直观不仅是感觉性的直觉，更是在回归本质的途中旨在以诗意的方式重返真实世界。这种以纯真之眼直观自然的思维方式，实质指向一个诗意世界，旨在建构精神彼岸，凸显个体本真诗意的生命意识，为人类追寻精神家园。就此而言，对文学印象主义的重申在当下具有重要的现实意义。

参考文献

1. Abrams, M. H. *The Norton Anthology of English Literature*. Vol. 2. London: Norton, 1986.

2. Benamou, Michel, et al. "Symposium on Literary Impressionism." *Yearbook of Comparative and General Literature* 17 (1968): 40-68.

3. Bender, Todd K. *Literary Impressionism in Jean Rhys, Ford Madox Ford, Joseph Conrad, and Charlotte Brontë*. New York: Garland, 1997.

4. Bernard, Bruce, ed. *The Impressionist Revolution*. London: Little, Brown, 1986.

5. Britt, David, ed. *Modern Art: Impressionism to Post-Modernism*. London: Thames, 1999.

6. Christensen, D. E, et al, eds. *Contemporary German Philosophy*. Vol. 1. University Park: Pennsylvania State UP, 1982.

7. Conrad, Joseph. "Preface". *The Nigger of the' Narcissus"*. London: Dent, 1897.

8. Denvir, Bernard. *Impressionism: The Painters and the Paintings*. London: Studio, 1991.

9. Dowling, David. *Bloomsbury Aesthetics and the Novels of Forster and Woolf*. London: MacMillan, 1985.

10. Ford, Ford Madox. *Joseph Conrad: A Personal Remembrance*. Boston: Little Brown, 1924.

11. ─. "On Impressionism." *Poetry and Drama* 2 (1914): 173.

12. ─. *The Pre-Raphaelite Brotherhood: A Critical Monograph*. London: Duckworth, 1907.

13. Hart, James D. *The Oxford Companion to American Literature*. New York: Oxford UP, 1956.

14. Holman, C. Hugh. *A Handbook to Literature*. New York: Odyssey, 1972.

15. James, Henry. *The Art of Fiction and Other Essays*. New York: Oxford UP, 1948.

16. ─. "The Impressionists." *The Painter's Eye: Notes and Essays on the Pictorial Arts*. Ed. John L. Sweeney. Cambridge: Harvard UP, 1956.

17. Kirschke, James J. *Henry James and Impressionism*. New York: Whitston, 1981.

18. Kronegger, Maria Elisabeth. *Literary Impressionism*. Lanham: Rowman, 1973.

19. Levenson, Michael, ed. *The Cambridge Companion to Modernism*. Shanghai: SFLE, 2000.

20. Matz, Jesse. *Literary Impressionism and Modernist Aesthetics*. Cambridge: Cambridge UP, 2001.

21. Muller, Herbert. "Impressionism in Fiction: Prism vs. Mirror." *American Scholar* 7.3 (1938): 355-367.

22. Murphy, John J., ed. *Critical Essays on Willa Cather*. Boston: G. K. Hall, 1984.

23. Nagel, James. *Stephen Crane and Literary Impressionism*. University Park: Pennsylvania State UP, 1980.

24. Ortega y Gasset, José. *The Dehumanization of Art*. New York: Doubleday Anchor, 1956.

25. Peters, John G. *Conrad and Impressionism*. Cambridge: Cambridge UP, 2001.

26. Proust, Marcel. *In Search of Lost Time*. Trans. Andreas Mayor and Terence Kilmartin. New York: Modern Library, 1993.

27. Read, Herbert. *The True Voice of Feeling: Studies in English Romantic Poetry*. New York: Pantheon, 1953.

28. Rewald, John. *The History of Impressionism*. New York: Museum of Modern Art, 1973.

29. Rubin, James H. *Impressionism*. London: Phaidon, 1999.

30. Stevick, Philip, ed. *The Theory of the Novel*. New York: Free, 1967.

31. Stouck, David. "Willa Cather and Impressionist Novel." *Critical Essays on Willa Cather*. Ed. John J.

Murphy. Boston: G. K. Hall, 1984.

32. Stowell, H. Peter. *Literary Impressionism: James and Chekhov*. Athens: U of Georgia P, 1980.

33. Thévenaz, Pierre. *What Is Phenomenology? And Other Essays*. Chicago: Quadrangle, 1962.

34. Walther, Ingo F., ed. *Impressionist Art*. Cologne: Benedikt Taschen, 1993.

35. 德布尔：《胡塞尔思想的发展》，李河译，生活·读书·新知三联书店，1995。

36. 杜夫海纳：《美学与哲学》，孙非译，中国社会科学出版社，1985。

37. 盖格尔：《艺术的意味》，艾彦译，华夏出版社，1999。

38. 湖北大学哲学研究所《德国哲学》编委会编：《德国哲学》（7），北京大学出版社，1989。

39. 胡塞尔：《纯粹现象学通论》，李幼蒸译，商务印书馆，1992。

40. 胡塞尔：《欧洲科学危机和超验现象学》，张庆熊译，上海译文出版社，1988。

41. 加达默尔：《真理与方法：哲学诠释学的基本特征》（上），洪汉鼎译，上海译文出版社，1999。

42. 倪梁康：《胡塞尔现象学概念通释》，生活·读书·新知三联书店，1999。

43. 倪梁康主编：《面对实事本身——现象学经典文选》，东方出版社，2000。

44. 叶秀山：《思·史·诗——现象学和存在哲学研究》，人民出版社，1988。

45. 张永清：《意向性理论与审美对象的存在方式》，载《江苏社会科学》2001年第3期。

46. 中国大百科全书出版社编辑部编：《中国大百科全书》，中国大百科全书出版社，1982。

① 固有色是指物体固有的属性在常态光源下呈现出来的色彩，但它并不是一个非常准确的概念，因为物体本身并不存在恒定的色彩。因此它只是作为一种习以为常的称谓，便于人们对物体的色彩进行比较、观察、分析和研究。

文学终结论 王轻鸿

略　说

　　自 20 世纪 60 年代以来，文学消亡的丧钟不时敲响，"文学死了"、"文学的时代将不复存在"等说法不绝如缕，形成了众声喧哗之势，其中最有影响力的是美国著名批评家米勒（J. Hillis Miller）提出的"文学终结论"（End of Literature）。所谓文学终结论，即在信息时代作为一种艺术形式的文学和文学研究将不复存在，并不是宣布文学的死亡，而是指人类的精神文化形态发生了转型。文学终结论衍生了"文学性的蔓延"、"审美的日常生活化"、"文学经典的消亡"、"文学边界的移动"等话语，它们成为理解当代文艺学转型的关键词。

综　述

"终结"的双重含义

　　"生存还是毁灭？这是个问题。"莎士比亚《哈姆雷特》第三幕中的这句名言，道出了人类面临的永恒困境。作为人类精神文化瑰宝的文学艺术，也在不断接受"生存还是毁灭"的拷问。最具影响力的是黑格尔在 1828 年，即在结束他的美学演讲的前一年，提出的"艺术终结论"。"终结"这个词历久弥新，在当前仍炙手可热，除了文学的终结，还有"历史的终结"、"意识形态的终结"等许多说法。终结的本体意义如何？这是理解文学终结论的前提。

　　黑格尔是将艺术终结论纳入到他的唯心辩证法体系中来阐述的，他所说的绝对精神包括艺术、宗教和哲学，其中艺术分为象征型、古典型和浪漫型。黑格尔认为，艺术在向前发展的过程中，物质因素在下降，精神因素则在上升；到了浪漫型艺术则是精神压倒物质，将要造成作为主体精神的内容和作为客体的物质形式之间的决裂；这种决裂将要导致浪漫艺术的解体，导致艺术本身的终结。终结的含义是双重的：一方面，黑格尔的确道出了艺术的危机。早在古希腊时期，柏拉图从理性主义本体论出发，就提出过将立足感性经验的艺术逐出理想国的观点。到了近代，黑格尔将西方传统的理性主义推向了极致，服从于绝对精神发展的现实需要，艺术也就难逃厄运了："艺术却已实在不再能达到过去时代和过去民族在艺术中寻找的而且只有在艺术中才能寻找到的那种精神需要的满足……我们现时代的一般情况是不利于艺术的。"（14）黑格尔所说的"现时代"指的是 19 世纪的市民社会，是以"偏重理智"为特征的，艺术不再能满足民族时代精神的需要，将遭受扼杀。但另一方面，黑格尔也指出了艺术的生机。在黑格尔看来，"现时代"的艺术要不断扬弃，融入更高的宗教阶段，最后将被哲学所"凝结与合并"，"转移到我们的观念世界里去"。在绝对精神发展和完善的过程中，需要采用一种新的方式去发现和认识艺术，"所以艺术的科学在今日比往日更加需要，往日单是艺术本身就完全使人满足。今日艺术却邀请我们对它进行思考，目的不在把它再现出来，而在用科学的方式去认识它究竟是什么。"（15）

黑格尔关于艺术终结的说法，曾经被理解为签发了艺术死亡的通知书，这其实是一种误解。美国当代著名美学家卡特（Curtis C. Cutter）通过考证后指出，将终结误解为"死亡"、"消亡"，是由黑格尔《美学讲演录》英译本的几个关键性误译所引起的。黑格尔所用的德文 der Ausgang 的意义，不仅包含了被翻译为英文的 end 的基本含义，而且还同时具有"入口"、"出口"的意义，意即到达终点之后又有了新的起点。也就是说，终结既有"取消"、"结束"之义，又有"开始"、"再生"之义，与新生命的诞生的意义相关联。（112—116）终结一词意义上的悖论所呈现出来的张力，与黑格尔阐述艺术终结论的辩证法思维十分吻合。当代力主艺术终结论的美国哲学家丹托（Arthur C. Danto），就是这样理解黑格尔所使用的终结一词的："并不是说艺术已经停止或死亡，而是说艺术通过转向它物——哲学，而已经趋向终结。"（342）他受黑格尔关于美学的系列讲演的影响，于 1984 年发表文章开始讨论艺术的终结问题，在 1987 年出版的《艺术的状态》（The State of Art）、1997年出版的《艺术终结之后》（After the End of Art）等著作中进行了详细的论述，否定了将艺术的终结与艺术的死亡等同起来的说法。

米勒说过，他在写作过程中认真阅读了黑格尔的《美学讲演录》，沃敏斯基（Andrzej Warminski）为他提供了有关资料，并且还推荐他使用有关黑格尔的解释性译文；他特别感谢对方通过电子邮件将黑格尔这些句子的英文含义告诉了他，认为他阐述的文学终结论"赋予了黑格尔的箴言另外的涵义（或者也可能是同样的涵义）"。（《全球化时代》：138）米勒关于终结的理解与黑格尔如出一辙，并针对人们的误解反复作了辨析，他明确指出，所谓终结并不是指文学已经消亡或者死亡：

> 我在其他文章中已经讨论过关于文学的终结问题，然而文学还将和我们人类相伴很长的一段时间。……在我小的时候，我们就没有电视和因特网这样的媒介，这些新东西肯定会对文学的社会功能产生很大的影响，而且确实已经发生了影响，但这并不意味着文学很快就会死亡。（《选择文学》：6）

同样，文学研究也是不会消亡的："文学研究的时代已经过去，但是，它会继续存在，就像它一如既往的那样，作为理性盛宴上一个使人难堪、或者令人警醒的游荡的魂灵。"（《全球化时代》：138）米勒在接受《文艺报》编辑采访的时候，表达了对于未来的文学和文学研究的信心，他说："文学是安全的。""我的一生都在研究文学……我对文学的未来还是有安全感的。在我的有生之年，它是不会消亡的。"（《"安全感"》：2）米勒的说法并不自相矛盾，而是抓住了终结一词的复义特征。

其实，关于文学终结的声音，巴特（Roland Barthes）在 1967 年发表的《作者之死》一文中就已经发出。此后柯南（Alvin Kernan）的《文学之死》（*The Death of Literature*）、伊索普（Anthony Essop）的《从文学研究到文化研究》、费瑟斯通（Mike Featherstone）的《消费文化和后现代主义》（*Consumer Culture and Postmodernism*）等一系列著作，从不同层面对文学存在的合法性提出了质疑。尽管观点、角度等存在一定的差异，然而他们都一致认为，文学的存在方式发生了变化，人类精神文化发生了转型，人们应该转换视角去考察问题。针对终结一词含义复杂的特点，海德格尔特别提醒人们注意："我们太容易在消极意义上把某物的终结了解为单纯的终止，理解为没有继续发展，甚或理解为颓败和无能。"（1243）国内较早译介这一观点的学者是这样描述的：虽然当今时代文学边缘化了，可是文学的基本特征却渗透到了社会生活的各个层面，并且支配着社会生活运转的话语机制；因此将这种情形概括为"文学的终结与文学性蔓延"，可谓深得终结一词的精髓。（余虹：15—24）

米勒在《全球化时代文学研究还会继续存在吗？》一文的结尾，就这种疑问作了肯定的回答。他同时认为，文学从来都是生不逢时的，时时会遭受质疑："文学研究从来就没有正当时的时候，无论是在过去、现在，还是将来。"（138）关于文学存在的质疑是有意义的，它激发了人们从文化语境的时代变迁角度关注文学艺术的转型；相反，如果缺乏了这种质疑，倒是容易导致文学艺术的毁灭，"因为艺术就是建立在对它的批判之上，是从批判中成长起来的；在对艺术无可置疑价值的自鸣得意的满足中那种旺盛的批评的终结，将更可能招致艺术的终结，招致对艺术演进的抑制。"（舒斯特曼：184—185）从这个角度来看，终结的价值和意义不是宣布文学的死亡，而是昭示人们在揭示文学面临的困境的同时，发掘人类精神文化发展的新的增长点。

终结的"文学"

宇文所安（Stephen Owen）在《中国文论：英译与评论》一书中指出了西方文论的一个显著特点："寻求定义始终是西方文学思想的一个最深层、最持久的工程"；"西方文学思想传统也汇入到整个西方文化对'定义'的热望之中，它们希望把词语的意义固定下来，以便控制词语。"（3）文学终结论中的"文学"，不是一般意义上的泛指，而是有特殊含义的。解开这个核心密码，有助于理解文学终结论的奥妙。

在米勒看来，并不是自古就有文学这个概念的："我所说的'文学'，指的是我们在西方各种语言中使用的这个词：literature。""牛津英语词典说，这个定义'在英国和法国都是很晚近才出现的'。它的出现，可以方便地定位在18世纪中叶。"（2007：7—8）米勒将文学概念的出现定格在18世纪的西欧，将其看作是西方现代文化语境生成的产物。具体来说，米勒把文学概念的出现与西方现代兴起的印刷技术联系了起来。在他看来，西方现代意义上的文学概念，指的是一种相对而言属于近期的并且受历史条件限制的行为方式，"我们往往以为《贝奥武甫》就是文学，但它更接近于一个神话或者是一种帮助建立起民族观念的东西，或者是一种对于一个特定的宗教的支持，而文学是和印刷出的文字有关联的"。（《选择文学》：6）印刷技术不仅为文学传播提供了便利，更重要的是，也提供了文学概念诞生的文化基因。印刷文化的特色依赖于"相对严格的壁垒、边界和高墙"，使事物之间的距离得以呈现出来。这种文化观念带来的距离感，使得人与人相互隔离，形成了"自我"和"作者"概念；使得民族国家与民族国家相互隔离，形成了民族国家意识；使得各个知识领域相互隔离，形成了哲学、心理学、政治学等学科。所以说，印刷技术使文学、情书、哲学、精神分析，以及民族独立国家的概念成为可能。（《全球化时代》：135）这样，文学才能自立门户，具有独立的意义。

米勒反复强调，文学概念只能在现代欧洲出现，体现的正是西方现代文化逻辑：现代意义上的文学艺术，不再像奴婢一样依附哲学了。那么，它是如何获得独立存在的合法依据的呢？康德将人的心理结构划分为知、情、意，并且与科学、美学、伦理学等相应的学科对应；鲍姆加登就是根据感性、情感创立了"感性学"，即美学。"除非我们能理解'无利害性'这个概念，否则我们无法理解现代美学理论。"（斯托尔尼兹：17）"无利害性"就是指审美与实践、道德、认识等所有功利性活动拉开了距离，现代美学的诞生就是以"距离"为特征的，显示了与古典美学的差异。人们普遍认为，巴托神父（Charles Batteux）是最早赋予"美的艺术"概念以现代意义的人。1746年，他在《同一原则下的美的艺术》（*Les Beaux arts réduits à un même principe*）一书中将艺术分为音乐、诗歌、绘画、雕塑和舞蹈。文学最早的经典定义，出自法国女作家斯达尔夫人（Madame de Staël）1800年出版的《从文学与社会制度的关系论文学》（*De la littérature considérée dans ses rapports avec les institutions sociales*）一书，该书第一次将文学与宗教、社会风俗和法律区别开来，使得literature这个2500年来泛指一切著作的术语，专门特指"想象的作品"，构筑的是与现实完全不同的精神世界，从而具有了现代意义上的文学的含义。可见，审美-艺术-文学作为学科的知识体系逐层建立起来，就是以距离的产生为标志的。

米勒认为文学的权威性就是"虚拟"，就在于虚拟世界拉开了和日常生活世界的距离：

> 文学作品被看作神奇的处方，它可以提供给人们一个虚拟的现实……当作者把他们放到一边的时候，我们便永远无法知道小说中的人物到底在说什么、想什么。正像德里达所说的，每一部文学作品都会隐藏一些事实。隐藏起一些永远不被人知晓的秘密，这也是文学作品权威性的一个基本体现。（《权威性》：2）

寻求文学语言的异质性，将"陌生化"作为区别于日常生活语言的鉴定法则，始于20世纪初期的俄国形式主义文论学派；后来的英美新批评、法国结构主义都沿着文学语言的异质性这条路径来探索，米勒也是这样来看待文学和文学研究的：

> 我渴望用一种类似科学的方式，去解释和理解文学。在我看来，文学在不同的情形下，似乎始终以这样或那样的方式，偏离语言运用的正常规则，或说显得很是奇怪。所以，文学最使我感兴趣的因素是作品中的语言特性。（《选择文学》：6）

文学终结于何处

伴随着现代文化语境的变迁，脱胎于西方现代性文化基因的文学，正面临着新的变异。米勒引用德里达《明信片》中的话说："在特定的电信技术王国中（从这个意义上说，政治的影响倒在其次），整个的所谓文学的时代（即使不是全部）将不复存在。哲学、精神分析学都在劫难逃，甚至情书也不能幸免……"（《全球化时代》：131）既然如此，电信时代的文学又走向何处呢？

文学日益显现出衰微的态势。小说、诗歌和戏剧等文学作品在普通百姓的现实生活中已经被边缘化，让位给了电影、电视、电脑游戏等以电子媒介为核心技术的文化产品。米勒通过调查发现，到了2004年，美国人每天看电视的时间已经达到了5个小时，挤占了阅读文学文本的时间；同时，美国50%的家庭拥有个人电脑，电脑游戏也在某种程度上取代了文学阅读。信息时代"幽灵"一样的现代化设备，刺激着人们的眼膜和耳鼓，将会造成全新的网络人类，他们远离甚至拒绝文学、精神分析、哲学、情书，等等。

文学研究也无法幸免。米勒以他所在的美国加州为例，说明政府对教育文化的支持远不如20世纪80年代，仅加州大学人文学科的教师和项目就遭到大幅度裁减，经费被压缩了20%。在美国学界越来越多的人发现，近百年来一直受人尊敬的文学正经历着一场空前的危机，从事文学研究的学者甚至成为被人冷落、嘲笑的对象。米勒深感，"在新的全球化的文化中，文学在旧式意义上的作用越来越小。这个事实尤其使我不安，因为我研究文学已五十年了，而且计划继续下去。一生从事的职业日益失去其重要性无疑令人痛苦。但必须面对事实"。（1998：294）

"日暮乡关何处是？"接下来的问题将是，人类的精神归宿在哪里呢？米勒在演讲和论文的开头往往发出"文学的时代不复存在"、"文学终结在即"这些惊人之语，但从《文学死了吗》、《全球化时代文学研究还会继续存在吗？》这些论著的书名、论文的标题就可以看出，他实则在进行更为深刻的思考。在展现"山重水复疑无路"的困境的同时，试图求索"柳暗花明又一村"的出路，所以他说"它可能会走向终结，但这绝对不会是文明的终结"。(《全球化时代》：132) 这就是说，在电子信息时代作为一种艺术形式的文学已不复存在，但人类的精神文化出现了新的转机，文学出现了新的转型。

这的确是沧海桑田的变化，其表现是，一方面，文学的特质在非文学领域中得到了充分的体现。米勒指出："新形态的文学越来越成为混合体。这个混合体是由一系列的媒介发挥作用的，我说的这些媒介除了语言之外，还包括电视、电影、网络、电脑游戏……诸如此类的东西。"(《"安全感"》：2) 电信时代通过数字化互动形成的混合体，具有生动、丰富的感性力量，体现了文学的特质，米勒将这种新形态命名为"文学性"，以示与文学文本的区别。信息技术的影像化、符码化，在当今商业社会中已经泛化开来，人们用虚拟、仿真的方式打造了新的现实，文学泛化、渗透到社会生活的每一个细节，日常生活被审美的光环所笼罩，"审美性"、"文学性"似乎又回到了边界消融的状态。用鲍德里亚 (Jean Baudrillard) 的话来说就是，"艺术在日常生活审美化的过程中解体，成为形象的无休止循环，并最后沦为一种陈腐的泛美学"。(11) 既然文学的特质在文学以外的领域能够破门而入，与此紧密相关的文学批评和研究自然也要超越文学经典的边界。米勒说："文学系的课程应该成为主要是对阅读和写作的训练，当然是阅读伟大的作品，但经典的概念需要大大拓宽，而且还应该训练阅读所有的符号：绘画、电影、电视、报纸、历史资料、物质文化资料。"(1991：392) 文学和文学研究关注文学性的基本策略，将其引入到了其他各个学科的研究之中，于是哲学和哲学研究中的文学性、历史和历史研究中的文学性大放异彩。文学性无所不在，它不再是文学的特有属性，而是成为人文社会科学共同研究关注的普遍属性了。

另一方面，非文学的特质在文学领域中得到了体现。在米勒看来，包括文学在内的人文学科越来越接近于与社会科学合并，尤其是与人类学和社会学合并；文学要与电影、电视、广告等一起研究，与日常生活习惯一起研究。米勒说：

> 事实上，自 1979 年以来，文学研究的兴趣中心已发生大规模的转移：从对文学作修辞式的"内部"研究，转为研究文学的"外部"联系，确定它在心理学、历史或社会学背景中的位置。换言之，文学研究的兴趣已由解读（即集中注意研究语言本身及其性质的能力）转移到各种形式的阐释学解释上（即注意语言同上帝、自然、社会、历史等被看作是语言之外的事物的关系）。(1993：121)

这种"外部"研究也被称为文化研究，其基本主张就是：文学不再是文化的特殊表现形式，而只是文化象征和产品的一种；文学与其他的文化形式相互阐释和印证，形成的是互文性文本，因此固守文学边界进行纯粹的"审美性"的探究，即"内部"研究就成为不可能，或失去了意义。只有立足跨学科、多维度的立场，运用社会学、历史学等其他学科的方法，才能对文学进行更为有效的阐释，于是，社会、阶级、种族、语境、性别、历史、生态等话语进入到文学研究的领域。

文学为什么终结

米勒认为："新的电信时代正在通过改变文学存在的前提和共生因素（concomitants）而把它引向终结。"(《全球化时代：132）20 世纪中叶兴起的信息革命具有划时代意义，被称为人类文明史上继农业革命、工业革命之后的第三次革命，带来的是深刻的社会转型，米勒就是从这个角度阐述文学终结的原因的。文学存在的前提就是审美距离的产生，那么，电信时代形成的文化语境是怎样造成距离的消失的呢？

首先是语言媒介层面上距离的消失。文学是一种语言艺术，从文学形式层面来说，文学语言的象征、隐喻、反讽等，作为陌生化的手段产生了审美距离；细读这样的语言文本，可以激发人们的想象，构筑与日常生活不同的文学世界。然而 20 世纪中期以后，在电子媒介带动的文化工业的挤压下，文学的领地迅速缩小，文学的创作不再依赖于语言文字和纸质媒介，进入想象世界的方式被各种新的媒介、图像所取代。麦克卢汉（Marshall McLuhan）说："新媒介不仅是机械性的小玩意，为我们创造了幻觉世界；它们还是新的语言，具有崭新而独特的表现力量。"(408)麦克卢汉提出了"媒介就是信息"的说法，强调媒介的传输方式产生了巨大的社会影响力，被德里达引申为"媒介的变化会改变信息"。米勒赞同性地引用了麦克卢汉、德里达的观点，特别强调了电信时代的媒介对于语言观念的冲击："创造和加强意识形态的并不仅仅是语言，而且还有由一种或另一种技术添加物所生产、储存、检索、传播和接收的语言或其他符号。"(2000：142)他认为媒介形式本身体现了意识形态，而语言符号则受制于传播技术和媒介，归根结底，语言的变革是由信息时代的到来引发的。

按照米勒的梳理，在西方，媒介总共发生了两次重大的变革。第一次变革发生在文艺复兴时期，印刷术和随之产生的书面语，替代了手抄本和口语。第二次发生在 20 世纪中后期，也就是信息科学技术兴起的时代，广播、电视、电脑等电子媒介替代了书本和报刊等纸质媒介。本雅明曾经指出，照相术的发明，使得艺术可以不断被临摹、复制，于是同质化取代了艺术传达的无限可能性，形象化代替了文学语言的陌生化，并改变了人们的感知方式。这就已经造成了艺术的危机。米勒不同意这种判断，认为本雅明把在工业革命时期这种感觉经验的变异夸大了。在米勒看来，只有电子信息时代多媒体的出现，才具有颠覆文学语言陌生化的意义，人们借助电子媒介创造出的一个个仿真的虚拟世界剥夺了艺术世界的话语权。米勒将信息时代出现的图像化趋势看作是"非现在的现在"，是一种"仿像"；它不再依附语言文字而存在，文字的隐秘、暗示功能被彻底瓦解；文学世界变得昭然若揭，不再需要想象和阐释，审美距离消失殆尽。因此说，这种转变是革命性的。这种认识在学术界获得了广泛的认同，诚如巴特所说：

> 这是一个历史性的转变，形象不再用来阐述词语，如今是词语成为结构上依附于图像的信息。这一转变是有代价的，在传统的阐释模式中，图像的作用只是附属性的，所以它需依据基本信息（文本）来立意。文本的基本信息是作为文本暗示的东西加以理解的，因为确切地说，它需要一种阐释。……过去是从文本到图像递减，今天却是从文本到图像递增。（204—205）

其次是精神文化层面上距离的消失。文学是人学，从深层次来说，文学体现的是人的存在方式。所谓"距离"，关涉的是人的心灵；"距离"体现为人的内在精神对于外在现实的超越，从而建立起人类的精神文化家园。精神文化层面上距离的消失，意味着人的主体精神与日常生活之间的距离被消解。

信息科学技术缩短了空间距离，使得整个地球连成了一体，距离被压缩为"趋零距离"。德里达把文学写作比作书信写作，并常常以电话为例作说明：电话摧毁了时空距离，摧毁了情书所赖以生存的物理前提，文学就是因为这种距离的丧失而"终结"的。电信时代除了物理距离被消除之外，还造成了心理距离的丧失，带来了哲学思维的变革。在米勒看来，在电信技术整合性、融会性的思维方式的作用下，所有那些曾经比较稳固的界限日渐模糊起来，过去片面机械的现代文化形态已自行消亡，自我裂变为多元的自我，民族独立国家之间的界限也正在被因特网这样的产业所打破。（2001：133）这正是德里达作为一个哲学家给予米勒的深刻影响，为其揭示文学终结的更为深层的动因提供了依据。

文学的审美距离是在主体精神对于现实的超越中产生的，然而在电信时代，这种距离已不复存在。米勒说，"德里达在《明信片》这本书中表述的一个主要观点就是：新的电信时代的重要特点就是要打破过去在印刷文化时代占据统治地位的内心与外部世界之间的二分法。"（《全球化时代》：132）内心与外部世界的分离，也就是人的精神世界与日常生活世界的分离。信息科学技术以计算机为主，利用多媒体技术、仿真技术等构筑虚拟现实系统；而虚拟现实系统反过来又把现实世界数字化、形式化，使其介于实在与非实在之间，虚拟世界和现实世界的界线被涂抹掉了。虚拟世界不再是与现实对立的世界，而是成为与现实统一的世界。

信息时代的这些"幽灵"也抹掉了文学虚拟世界和现实世界的距离，"所有那些蜂拥而至的电视、电影和因特网上的影像，由机器所唤起或魔术般地使之出现的众多鬼魂，打破了虚幻与现实之间的区别，正如机器打破了现在、过去和未来之间的区别一样。"（2000：143—144）在以消费为主导的当今时代，运用电子媒介手段制作的广告、影像等，其目的只是为了激发人们的消费欲望，背离了对于日常生活的批判与反思价值，因而失去了救赎现实的功能，使得自启蒙现代性以来形成的文化价值范式遭到了解构。也就是说，在电子信息时代，对于审美趣味的追求和对彼岸世界的向往，滑向了娱乐和世俗的深渊，实现了与日常生活的合流。从这个意义上来说，精神层面的"距离"已经不存在了。

关于20世纪中叶以来的时代特征，费德勒（Leslie Fiedler）总结为"跨越边界，填平鸿沟"；桑塔格（Susan Sontag）认为是"新的整体感"；贝尔（Daniel Bell）认为是"距离的消蚀"；鲍德里亚则称之为"内爆"，如此等等。归纳起来，大体都可以用"距离的消失"来概括。其实，关于当今的时代变革还有许多不同的命名，比如"后现代社会"、"后工业社会"、"消费时代"、"全球化时代"、"生态时代"等，人们从不同的层面来理解时代的特点，相互联系但又各有侧重，从而也拓展了文学终结论的阐释空间。不过在米勒看来：

> 新传媒技术不仅决定性地改变了日常生活，而且改变了政治生活、社区生活和社会生活。对于现代性和后现代性、民族主义和国际主义、抵制全球金融资本主义霸权的各种手段、意识形态、大学、性别、种族和阶级等所有问题的回答都由于我的这样一个信念而曲折地表达出来，即新传媒技术是所有这些领域的决定性因素。（2000：137）

可见米勒将电子信息看作时代变革最为根本的因素，也是以此为立足点来解析文学终结的原因。

结　语

在中外文化的源头，"文学"一词的原初意义都是泛指一切文章、文献，只是西方现代文化语境催生了现代意义上的文学观念。然而伴随着西方现代文化的急剧变革，现代意义上的文学观念也遭遇了解构的命运。米勒提出的文学终结论，就是立足于电子信息时代的文化语境，对文学的现实境遇进行考察后得出的观点。所以说，这只是在一个特定的文化语境中形成的对于文学存在状态的深刻洞见，只能看作是西方文论史上对这一问题进行探索和认识的一个阶段。

米勒多次来中国发表演讲，和中国学者就文学终结论进行对话。中国学者并没有把文本语言的独特性、叙述技巧的新异性等感性形式特征当作文学的本体规定，而大多是从感性与理性结合的层面来阐述文学的本质，文学以其独立的品性成为审美研究坚守的阵地。从这个角度来说，中国学者倾向于认为文学不会终结。中国学者对于文学终结论的质疑，源于中国特殊的文化语境，以及这一语境下知识分子所持的不同的价值立场。

参考文献

1. Barthes, Roland. "The Photographic Message." *A Barthes Reader*. Ed. Susan Sontag. New York: Hill, 1982.

2. Baudrillard, Jean. *The Transparency of Evil: Essays on Extreme Phenomena*. Trans. James Benedict. London: Verso, 1993.

3. Danto, Arthur C. *Encounters & Reflections: Art in the Historical Present*. New York：Farrar, 1990.

4. Miller, J. Hillis. *Theory Now and Then*. Durham: Duke UP, 1991.

5. 本雅明：《经验与贫乏》，王炳钧等译，百花文艺出版社，1999。

6. 海德格尔：《哲学的终结和思的任务》，载孙周兴编《海德格尔选集》（下），生活·读书·新知三联书店，1996。

7. 黑格尔：《美学》（1），朱光潜译，商务印书馆，1979。

8. 卡特：《黑格尔和丹托论艺术的终结》，载《文学评论》2008 年第 5 期。

9. 麦克卢汉：《麦克卢汉精粹》，何道宽译，南京大学出版社，2000。

10. 米勒：《重申解构主义》，郭英剑等译，中国社会科学出版社，1998。

11. 米勒：《论文学的权威性》，国荣译，载《文艺报》2001-8-28。

12. 米勒：《全球化时代文学研究还会继续存在吗？》，国荣译，载《文学评论》2001 年第 1 期。

13. 米勒：《为什么我要选择文学》，邱国红译，载《社会科学报》2004-7-1。

14. 米勒：《文学理论在今天的功能》，载科恩编《文学理论的未来》，程锡麟等译，中国社会科学出版社，1993。

15. 米勒：《文学死了吗》，秦立彦译，广西师范大学出版社，2007。

16. 米勒：《"我对文学的未来是有安全感的"》，周玉宁、刘蓓译，载《文艺报》2004-6-24。

17. 米勒：《现代性、后现代性与新技术制度》，陈永国译，载《文艺研究》2000 年第 5 期。

18. 舒斯特曼：《实用主义美学——生活之美，艺术之思》，彭锋译，商务印书馆，2002。

19. 斯托尔尼兹：《"审美无利害性"的起源》，载中国社会科学院哲学研究所美学研究室编《美学译文》（3），中国社会科学出版社，1985。

20. 王轻鸿：《关于文艺学研究转型论的解析》，载《天津社会科学》2007 年第 4 期。

21. 余虹：《文学的终结与文学性的蔓延》，载《文艺研究》2002 年第 6 期。

22. 宇文所安：《中国文论：英译与评论》，王柏华等译，上海社会科学院出版社，2003。

西方马克思主义 王晓路

略 说

文学文化是社会文化的表征形态。每一个时期与文学相关的要素与环节，如作者、文本环境、书写工具、传播与接受等，均与其历史语境和时代风貌息息相关。一般而言，对某一区域的文学文化进行研究，除了抽象出文本的构成性要素进行分析之外，还需要将其置于政治、经济、社会、文化的互为结构中加以透视以凸显该文本的特质。20世纪后半期以来的社会状况、思想观念以及学术范式都发生了极大的变化，学界在此历史语境中更为重视知识的生产与传播，而非对知识结论的单一认定。在文学研究领域，相对于静态分析文学文本的惯例而言，人们更关注文本环境与文化政策对文本生产和接受的制约，更为看重话语与实践方式背后的知识建构和文化寓意。"我们的前提是，所有有关文学作品的陈述都必须有一个潜在的历史维度来支撑它们。"（詹姆逊：166）

这一关注知识方式的外部研究与战后社会化特征密切相关：石油成为最重要的战略资源并以美元为国际货币结算单位，制度化的国际体系将中小国家变成大国利益的关联方，世界市场日益规约在系列贸易以及行业国际标准之中。与此同时，经济全球化也给发展中国家带来了价值附加，即在履行商业和金融规则的同时，还必须实施诸如以节能减排为标识的道德准则，这不仅掩盖了发展过程环境成本递次转嫁的历史事实，而且还意味着新标准设备的产业链开始形成。加之资本跨界引发了空前的文化资源的挪用，于是，各个文化区域在这一格局中均被重新定位。历史的不平衡性、人口压力与繁荣、全球采购与血汗工厂、区域战乱与难民等现象，不仅使区域社会问题更为凸显，而且使全球矛盾更为突出和棘手。至此，在人文学术的解说方式上形成了经济哲学与历史哲学之间的有机关联。人们以不同的方式，包括文学与艺术，去反映和剖析这一新的社会文化现状。一般而言，有效阐释的基础工作之一是对现存的理论资源进行整理和筛选。然而，这一时期现存的理论，如结构主义和后结构主义等，并不能使人们直接面对并揭示这些问题。斯皮瓦克就指出了结构主义和后结构主义等理论方式的弊端：

> 它没有能力处理全球资本主义的问题：如位于其核心的民族-国家意识形态内部的工人和失业者的主体生产，位于周边的工人阶级从剩余价值的实现因而也从消费主义的"人道主义"教育中逐渐减少；以及超资本主义劳动（paracapitalist labor）和农业在周边异质结构地位的大规模出现。

忽视国际劳动分工；淋漓尽致地（如果主体表面上不是"第三世界"的话）表现"亚洲"（偶尔还有"非洲"）；重新确立社会化资本的合法主体——这些是后结构主义和结构主义理论所共存的问题。（2007：91）

由于经典马克思主义奠定了从总体角度观察和解释资本主义社会的坚实基础，并在透视该社会特有的资本运行方式的基础上，提供了关键性的分析模式和理论再生产的可能性，因此，这一跨越政治学、经济学、社会学与史学的理论范畴和实践方式蕴含了极其丰富的论域。马克思主义在诸种人文社科思潮的递进和交叉融合中，形成了战后的高潮。一些通行的理论陈述都在不同程度上发生了马克思主义转向，正如詹姆逊以法国后结构主义为例进行的说明，"它（后结构主义）是一个历史概念，而作为一个历史概念，它又是从马克思主义的问题性中生发出来的。我说的不是马克思主义本身，而是马克思主义所致力探讨和解决的问题。以法国的情形为例，第二次世界大战后主导法国思想界的当然是存在主义。但它很快变成了马克思主义的存在主义"。（127）这一场对马克思主义的理论追溯让相当一批西方学者在各自领域中展开了极为广泛的文化政治学探讨，将马克思主义有关人类全面解放的理念细化到文化现状和人文社科各个分支领域的探讨上。"学界、智囊团和公共研究机构等，依然在广泛的领域中支持马克思以及其他左翼思想。"（Therborn：33）经典马克思主义由此获得了大量的补充、修正或改写，成为不断被挖掘的理论资源。当代西方人文社科各分支领域，包括文学研究，都以不同的方式汲取了马克思主义。"这些牵涉知识方法和政治策略改变的辩论，非常广阔，最终根据特殊文化的历史，而在各自与马克思主义的特定关系上，拥有各种不同形式。"（布鲁克：234）

学界一般将上世纪出现的围绕经典马克思主义发展而来的种种思潮以西方马克思主义（Western Marxism）、后马克思主义（post-Marxism）、新马克思主义（new Marxism）或当代马克思主义（contemporary Marxism）等加以命名，（Parker：197）虽然这些命名方式有着不同的理论来源，如法兰克福学派等，并拥有理论指向的差异，但大多没有明晰的界限或严格的定义。本文出于行文简洁的目的，集中在西方马克思主义这一术语之上，以探讨这一思想性资源介入文学文化研究的方式，把握其观念的发生学和理论主旨并为学界提供思考的入口。

综　述

时代叙事与话语修正

人类的生命意义在物质和精神两个层面展开，其生存和精神困境亦源于两个确定性条件：自然环境与社会环境，因为这直接导致自然贫困与非自然贫困的生存状况，也影响到自由与正义等关键性理念。其中，决定人与人之间、群体与群体之间差异性存在的社会条件至关重要，它的延续有赖于观念或"常识"的再生产。许多

思想先行者都从不同角度揭示了这一条件的生成与运行方式，并由此推动着历史的
进步理念。马克思的学说结合了自然生活和文化生活两个层面，将劳动价值论和生
产关系作为社会经济结构中的关键性要素加以剖析，并以物质生活的生产方式制约
整个社会、政治和精神生活的一般过程等著名论述构成了严密的理论框架。因而，
马克思主义是针对资本主义制度所作出的系统阐述和理论建构。这一理论体系虽然
紧紧围绕以资本为标识的经济问题展开，但总是将经济现象同体制性的社会运作联
系起来，因为"每一种'经济的'现象同时也就是一种社会的现象，特定类型的'经
济'同时预设了特定类型社会的存在"。（吉登斯：14）不难看出，马克思主义的理
论指向集中在以生产为中心的资本主义阶段，在他看来，"历史的发展就是生产活
动本身的变化"，是"与物质利益有一定关系的"意识形态的作用。（劳思光：19）
因此，其分析的着力点是资本主义积累的规律、劳动力成为商品之后社会发展与资
本之间的关系，即社会结构和工业组织导致了多数人非自然贫困的异化现象或人为
结果。在此基础上，马克思进而指出这一社会化内在矛盾最终朝向人类解放的可能
性。马克思将政治、经济、社会三者相联系的原创性理论不仅对资本主义各个历史
形态作出了说明，如"商业资本主义，农业资本主义，工业资本主义，垄断资本主
义，金融资本主义，帝国资本主义等等"，（伊格尔顿：9）而且也奠定了对当代以
流通为中心的资本主义社会进行分析的基础，这一点得到学界的认同：

> 对马克思而言，社会总体性并不依赖于任何超验基点，而是特定社会
> 历史的具体述行性主体产生出抽象量化的社会总体性，这是主体自身再生
> 产的一个必要环节。……尽管马克思没有明确讨论当今位于全球化前沿的
> 金融资本的形式，但他的论述阐明了他所描述的以生产为中心的流通和支
> 撑当代金融资本全球化的以流通为基础的资本主义之间的区别。（李湛忞：
> 17）

简言之，对于资本主义在不同的历史阶段所呈现出来的社会特征，马克思主义
不失为最为有力的理论模式。"资本主义的发展经历了现实主义阶段，民族主义阶
段，帝国主义阶段，资本的全球扩张（尽管这还不是我们目前意义上的'全球化'），
最终达到目前形式的全球化的资本主义动态。我认为这是资本进化的不同阶段，对
这些阶段的思考带有深刻的马克思主义的印记。"（詹姆逊：139）

20 世纪后半期以来所出现的政治多极、经济一体、技术普及、文化多元等表
象的背后，实际上是由于当代西方社会经济主导模式的变迁，即工业化逐渐转向后
工业化和以信息技术为主的模式。这一模式不再是 17 世纪至 19 世纪晚期的开发型
和生产型，而主要是以消费、流通和风险型为主要特征。一方面，发达国家和区域
推行自身经济规则和社会管理模式，当以全球化方式进行复制时，在资源配置、流
通环节和区域冲突等方面的成本核算则需要持续地调整和应对。另一方面，知识经

济、消费社会以及局部动荡所导致的社会分层的快速更迭，则使个体的社会身份和群体的民族身份认同成为一个难以忽略的现象，固有的社会矛盾和问题在新的框架中呈现出了复杂的社会形态和社会心理。而对社会成员个体而言，特定的生产关系依然制约着个体间的关系，这一确定性条件并没有改变。伊格尔顿特别指出："其原因在于它所对抗的资本主义社会秩序不仅没有丝毫软化，反而变本加厉地愈发无情和极端。马克思对资本主义制度的批判也因此而愈加中肯。"（15）马克思的诸多元命题使人们看到了马克思主义在新的历史时期依然是深刻而有效的，"每一种生产体系都存在着一套特定的社会生产关系，它是一种生产过程中存在于个体之间的关系。一般来说，这是马克思对国民经济学和功利主义所作的最重要的批判之一"。（吉登斯：41）后来的理论基本上是对这一原创性理论的再阐释，也因此使具有综合分析模式和跨学科视角的马克思主义再一次获得了空前重视。西方学界为了应对这一发展和变化的社会，从经典马克思主义中借鉴了许多理论主张，在此基础上进行了系统的解读、补充和改写，并依据自己的研究对象加以具体的实践。其中重要的是，当代西方马克思主义文化学者大多不再将社会文化现象归结为单一的经济决定，而是认为其形成有更为复杂的因素，这一修正除了受到卢卡奇和葛兰西的影响之外，还受到阿尔都塞等人有关意识形态界定的影响，即"个体与其真实存在之间的想象性关系"。（Parker：198）因此，阿格尔（Ben Agger）直接指出："西方马克思主义内部的各种发展只能看作是对马克思主义关于资本主义的原本理论的修正和改造。"（7）

综上所述，无论是作为观念体系还是实践方式，西方马克思主义的出场均与战后经济结构与社会管理的变迁、冷战、东欧局势、工人阶级现状、保守主义与左翼思潮的博弈等一系列复杂的历史背景有关，而且"从二十世纪七十年代中期开始，西方的制度经历了至关重要的变革。传统的工业制造业逐渐淡出人们的视野，取而代之的是消费主义的'后工业时代'——文化、通信、信息技术和服务业。……传统的阶级忠诚日益淡化，区域、性别和民族的身份问题日趋突出。对政治的管理和操纵也都渐渐得到加强"。（伊格尔顿：10—11）

当代欧美界研究马克思主义的学者大致可以分为两类，一类是持续研究经典马克思主义的学说，尤其是马克思后期论著，并结合新的时代特点进行阐释。这一类并不在多数，其原因是马克思主义是一种针对资本主义制度最为基础性的研究，涉及的领域多，思想深邃，难度较大，但同时也值得深入其中，所以阿尔都塞就认为，不是人人都能够研究马克思的，"只有极少数知识分子具有足够的哲学修养，能够认识到马克思主义不仅是一门政治学说、一种分析和行动的'方法'，而且作为科学，它是发展社会科学、人文科学、自然科学和哲学所不可缺少的基础研究的理论领域"。（7）另一类学者虽然并不专门研究马克思主义，但他们在各自的领域中却回避不了这一重要的思想资源，因而在他们的研究中大量涉及或借鉴马克思主义的奠基性论述。这些广泛采用马克思主义的领域尤以上世纪后半期以来的社会学、文化研究、性别研究、种族研究、后殖民文化研究以及生态学最为突出。概言之，这一时期的理论书写和批评范式都在不同程度上与马克思主义产生了联系。如福柯的知识-权力界说是学界引用率很高的观点，其实，他的理论来源之一正是马克思主义。"在这种理论危机中，福柯再次转向了马克思。他在《资本论》的第二卷中找到了'一些东西，后来用在自己对权力的客观机制的分析当中'。"（莱姆克等：5）获得学界公认的解构主义思想家德里达也是在自己的论著中"反复强调马克思主义"的独特性。（詹姆逊：140）萨义德著名的《知识分子论》（*Representations of the Intellectual*）从第一章起就以西方马克思主义代表性人物葛兰西开始，论述知识分子与权力和社会的问题。（11）齐泽克也专门论证了弗洛伊德与马克思的联系，"马克思的阐释程序和弗洛伊德的阐释程序，更确切些说，马克思对商品的分析和弗洛伊德对梦的解析，二者之间存在着基本的同宗同源关系"。（15）这些例子很多，不一而足。

原创性理论不仅具有解释的有效性，而且其意义在于扩散性，即激发人们运用该理论对新的经验形成持续的有效言说。西方马克思主义者在经典马克思主义的基础上，以不同的观察视角将人文学科各个分支进行了重新界定、整合、定位和分析。在他们看来，社会问题不仅仅是由经济问题引发的，还和信仰、种族、性别等非经济问题密切相关。马克思主义的当代有效性正是在于它面对复杂的社会状况，已经发展出了一种复数的理论形态，这样可以保证其解释的针对性：

> 单一或同质的马克思主义是过去的马克思主义。马克思主义呈现出了色彩，有时附带了其背景条件。马克思主义发展成为复数的马克思主义（Marxisms）。…… 这种复数的马克思主义内在的巨大差异导致了一种理论的差异。不同马克思主义的种种形式被作为各种截然不同的范例或个案。每一种马克思主义均是独特的，有其自身的历史、文本、领衔人物、造诣和问题。（Jacoby：1—2）

应当指出，西方马克思主义理论家并不是行动主义者，而主要是学术体制内的理论生产者和话语的实践者，其目的是以解读和阐释的方式突出话语的时代性要素。概言之，作为整体的西方马克思主义是一种时代叙事和话语建构系统。"传统的马克思主义思想家主要关注社会的历史、政治和经济维度，而西方马克思主义者则注重哲学、文化和美学——不仅仅是从上层建筑/基础视角转移，而是重视对上层建筑本身的界定。"（Dworkin：137）通过对马克思主义关键范畴的重新解读，西方马克思主义不仅获取了理论的生成方式，而且也以新的学术实践方式使其本身跻身于当代人文学术的领域中。

批评实践与理论生产

变化中的社会条件与马克思主义的时代性发展有着对应关系，这一关系使西方马克思主义的微观政治学趋向与人文社会科学文化转向产生了同步。若考察 20 世纪人文社科相关领域发展的动态，就可以看到各个分支理论均在不同程度上带有了文化政治学的内涵。具体在文学研究领域，马克思、恩格斯在《共产党宣言》中对"世界文学"的著名论述有着持续的影响：

> 资产阶级，由于开拓了世界市场，使一切国家的生产和消费都成为世界性的了。……过去那种地方的和民族的自给自足和闭关自守状态，被各民族的各方面的互相往来和各方面的互相依赖所代替了。物质的生产是如此，精神的生产也是如此。各民族的精神产品成了公共的财产。民族的片面性和局限性日益成为不可能，于是由许多种民族的和地方的文学形成了一种世界的文学。（404）

这一论述也使西方马克思主义者看到，在社会进程中，文学对于揭示人性和社会制约性要素的功能不仅是不可或缺的，而且文学本身亦形成了全球化。因为"从那时起，全球化的迅速发展为世界文学研究注入了全新的动力。当代作家可以面向全球市场写作，早期作家也可以出现在新的、有时甚至难以置信的全球语境；世界文本涌入本土市场的时候，作家在本国也会发现自己加入了意想不到的行列"。（达姆罗什等，"导言"：6）梅劳-庞蒂（Maurice Merleau-Ponty）的名言"在资本主义飞跃时期，文学仍然是人的整体足够的表现"可谓言近旨远。（转引自陈学明：353）这一时期学界在文学和文化理论建构和批评主旨上大量借鉴马克思主义并不是偶然的现象。我们可以看到，陆续出版的权威文学理论工具书和选集，也都将马克思主义文学理论与批评作为重要的章节和专论，如《当代文学理论百科全书：方法、学者和术语》（Encyclopedia of Contemporary Literary Theory: Approaches, Scholars, Terms，1993）、《霍普金斯文学理论和批评指南》（The Johns Hopkins Guide to Literary Theory and Criticism，1994）、《诺顿文学理论与批评选集》（The Norton Anthology of Theory and Criticism，2001）、《文学理论选集》（Literary Theory: An Anthology，1998）、《当代批评理论实用指南》（Critical Theory Today: A User-Friendly Guide，2006）、《布莱克维尔文学理论指南》（The Blackwell Guide to Literary Theory，2007）等，其中的选篇尤其注重马克思后期重要论述以及当代马克思主义理论家的论述。哈斯内特（Moyra Haslett）的《马克思主义文学和文化理论》一书，比较集中地论述了马克思主义对当代文学文化研究的影响，明确指出当代理论广泛涉及的后工业社会、意识形态、现代性等问题都在不同程度上借鉴了马克思主义。马克思主义聚焦于社会性的基本原理对当代文学研究和文化研究的影响是全面而深刻的。

> 马克思主义批评意味着对人们习惯于视"艺术"与"文学"属于不同的或特定的人类文化领域或活动范围的做法发起冲击，因为要在肯定包括经济或政治的自我内在改变的社会关系网络之内来理解艺术与文学。因此，马克思主义文化理论能够解释文学以及意识、形式、趣味、文学史与传统的社会特征。（格洛登等：971—972）

随着西方文学研究本身的发展，尤其是西方马克思主义的有效介入以及种族、性别和后殖民等文化理论研究的深入，文学的研究重心开始从以文本为中心走向对文本生产与传播的关注，对与文本有关的主体性问题有了新的理解，这使文学的边界与批评的关注点两者均发生了很大的变化。新千年伊始，文学理论家利奇（Vincent Leitch）在其《诺顿文学理论与批评选集》的著名导论中重新提出了"何谓文学、何谓解释"的命题，将这一似乎是最为基本的问题提到了时代的认知高度。（1—7）

其实，每一历史阶段，均会出现与现存美学体系不能完全对应文本形态和特质的情况，都有一个需要对原有的解释系统进行重新界定和扩延的需求。最具传统意义的文学理论领域在上世纪下半期的巨大变化也颇能说明这一范式的转型。这一情况可以分为几种类型。其一是美学意义上的文学文本与现存批评体系之间的张力；二是身份文本，包括种族文本和性别书写，与主流批评观念及批评体系之间的张力；其三是西方理论和批评实践方式与区域和本土性文化传统及美学方式之间的张力。因此，我们可以看到，包括美国非裔文学理论的建构和复数的女性主义文学批评理论等观念与实践，都是在不同程度上对现存主流观念形态和理论体系的批判和背离的结果，相对于文本美学，这些理论的旨趣对文化政治、对文学的社会性场域及文本环境与传播更为关注。在这一历史语境中，人们看到马克思主义的理论动力依然可以有效地介入到具体的文学研究中，"各种不同的新马克思主义理论对 20 世纪 70 年代中期以来的文化研究的形成产生了重大影响，在此关注这种影响是非常重要的"。（麦克罗比：3）这一点也是值得学界注意的。

概言之，当代西方人文社会科学界的一批重要学者都不同程度地将马克思主义作为重要的思想资源，采纳或利用该理论框架和基本范畴作为分析工具，去审视文本的生产与传播的过程以及文化政治境遇。他们多通过对社会、政治和经济系统的分析和学理性探讨，在一种新的关系结构中关注原有观念系统的合法性以及所包含的政治文化取向。这些学者大多从更广阔的层面与民族-国家、历史、社会、政治联系起来，对文本、理论的生成及发展进行重新描述和定位，在特定文化环境中对理论和文本的演变、旅行和影响进行透视和研究，边缘与中心的关系在学术生产中已经发生了变化。正如斯皮瓦克分析当代美国文学研究总体状况时所指出的："在恰当讨论美国当今的文学批评时需要注意，这一趋向是对边缘的表达及其自我表达的关注。而且这种情况也反映在现代语言协会（MLA）年度会议的主席论坛上，有关论题几乎一直在探讨边缘性问题。而美国比较文学协会（ACLA）在最近充满自省的文献里，也注意到多元文化主义。"（Spivak：169）在这一场理论定位和再生产的进程中，对许多学者的批评实践和理论建构产生了极大的影响并形成一些学术发展的制高点。仅自 20 世纪 90 年代以来最新的西方论著中，就有相当一部分正是以此角度获得了学界的重视，并由此推动了该领域的深入研究，如《文学理论的政治：马克思主义批评导论》（*The Politics of Literary Theory: An Introduction to Marxist Criticism*，1990）、《后文化理论：马克思主义范式之后的批判理论》（*Postcultural Theory: Critical Theory after the Marxist Paradigm*，1993）、《卡尔·马克思的解物质化：文学与马克思主义理论》（*The Dematerialisation of Karl Marx: Literature and Marxist Theory*，1994）、《新历史主义与文化唯物主义》（*New Historicism and Cultural Materialism*，1998）、《意识形态与乌托邦的终结？20 世纪伦理想象与文化批评》（*The End of Ideology & Utopia?: Moral Imagination and Cultural Criticism in the Twentieth Century*，2000）、《从批判理论到后马克思主义的主要思想家》（*Key Thinkers from Critical Theory to Post-Marxism*，2006）等。但仅从题目就可以管窥到，马克思主义作为当今文学文化理论生产的重要资源，十分有利于从社会文化角度剖析当代文学文本和社会文本的实质问题和理论建构。如邓宁（Michael Denning）在其三个世界的论述中，坚持认为文化研究在当今国际政治的语境中是对马克思主义的发展和贡献："文化研究在这一意义上，（对文化产业和国家意识形态机器的批判、对于这些产业和机器对属下阶层和大众的文化构成中的关联点的反映）则是一种 21 世纪马克思主义最为重要的永久性贡献。"（150）

具体而言，马克思主义的文学研究方式比较多，其中，英国学者巴瑞（Peter Barry）对此进行了有意义的归纳，并提出如下具体的步骤：其一，对文学作品中所呈现和隐含的内容作出区分，将呈现的题材和马克思主义进行关联，如不同历史阶段中的阶层、阶级和社会进步等相关问题与文本之间的有机联系；其二，将一部作品的背景与作者的社会阶层加以具体的联系，考察特定的历史语境在文本生产中的隐性作用；其三，将某种文学类型与其社会阶段加以并置，通过历史性要素解释该类型的本质，如将小说对应社会阶层、悲剧对应君主政体和贵族品质、歌谣对应郊区和城市边缘的工人阶级等；其四，将文学作品与消费该作品的时代性假设联系起来；最后，是"文学形式的政治化"（politicization of literary form）的实践方式，即文学形式本身由政治环境所决定。（161）具体到马克思主义的文学实践，其他学者也有类似的意见并指出了值得注意的地方："马克思主义的文学解读总是在诸如文学和非文学之间建立起联系。……马克思主义文学解读的难点亦在于部分（文学文本）与整体（社会）这一关系上，因为倘若将文本视为社会的缩影会将文本'简化'为社会，而'按照自身的主张'阐释文本，又会将社会简化为文本。"（Haslett：166）总而言之，在具体的文学批评实践中，可以针对文本特质进行不同视角的解读和剖析，但在方法论的层面上不必采纳统一的规定，同时应当避免牵强附会式的阐释，这样做本身也符合马克思主义的实践观。约翰生在论述文化研究的理论框架和批评实践时就这一点作了特别的说明："在我看来，条条大路回归马克思，只不过对马克思的种种占有需要更宽阔的路面而已。"（5）

但是需要特别指出的是，文学毕竟是一种通过语言符号的艺术编码对人类境遇所作出的思考，其手法主要是艺术性编码的虚构和想象，所以文学作品并不能完全同其时代画等号。所以，在社会文化视角下关注文本背后的文化政治指向时，尤其需要依据学理性，将假设建立在牢固的文本分析之上，重视文本相关要素所拥有的特殊属性，而不能进行空泛的外部批评、主观预设或口号套用。概言之，马克思主义文学研究的有效性依然需要依据文本环境和构成性要素两者的确定性条件，而不能加以臆断式简化。

结 语

马克思主义是近代文明进程中的一个显要的坐标，是一种人文精神的持续努力。这一理论系统不仅前瞻性地洞悉了资本主义社会的结构，而且在理论范围和批评实践上也提供了多样的可能性。正如伊格尔顿特别指出的："作为有史以来对资本主义制度最彻底、最严厉、最全面的批判，马克思主义大大改变了我们的世界。由此可以断定，只要资本主义制度还存在一天，马克思主义就不会消亡。"（8）即便在学术层面上，马克思主义所提供的视角和理论基础也是不可或缺的思想资源："马克思的思想已经对社会科学产生了影响，对这一影响的意义无论如何估计都不会过高。马克思的著作不仅在各种不同的程度上鼓舞了无数的作者，而且，即使是那些反对马克思的人也逐渐发现，他们要表明自己的思想就必须和马克思的学说联系起来。"（库珀等：461）

而对于西方马克思主义而言，其政治内涵的复杂性并不能简单地用汉语经验中的"政治"、"意识形态"以及"左派"和"右派"等概念加以等同性认知，也不能从单向的政治伦理进行评判，而是需要对具体的学者和观点作深入的分析和关联性研究。西方马克思主义在本质上亦是一种现当代的人文精神的探索方式，通过社会与人的关系透视人类生存的意义和悖论。中国是马克思主义理论重要的再生产基地之一，学界应重视对马克思主义经典论述的研读，重视当代西方学界对经典马克思主义再解读的方式、揭示问题的方式以及具体的实践方式，其中，依据原文的研读尤为重要，因为这是理解其理论指向的唯一途径，在此基础上才能根据自身的社会现状、问题和文本特质进行思考，并从学理上参照西方和非西方不同的历史经验，提供观察、思考以及理论再生产的可能方式。用斯皮瓦克的话来说："当世界继续前行之时，对于马克思主义者而言，马克思亦保持着与时俱进。"（Spivak：67）

参考文献

1. Barry, Peter. *Beginning Theory: An Introduction to Literary and Cultural Theory*. Manchester: Manchester UP, 2009.

2. Berger, Arthur Asa. *Cultural Criticism: A Primer of Key Concepts*. London: Sage, 1995.

3. Denning, Michael. *Culture in the Age of Three Worlds*. London: Verso, 2004.

4. Dworkin, Dennis. *Cultural Marxism in Postwar Britain: History, the New Left, and the Origins of Cultural Studies*. Durham: Duke UP, 1997.

5. Haslett, Moyra. *Marxist Literary and Cultural Theories*. New York: St. Martin's, 2000.

6. Jacoby, Russell. *Dialectic of Defeat: Contours of Western Marxism*. Cambridge: Cambridge UP, 1981.

7. Leitch, Vincent B., et al., eds. *The Norton Anthology of Theory and Criticism*. New York: Norton, 2001.

8. Makaryk, Irenar, ed. *Encyclopedia of Contemporary Literary Theory: Approaches, Scholars, Terms*. Toronto: U of Toronto P, 1993.

9. Parker, Robert Dale. *How to Interpret Literature: Critical Theory for Literary and Cultural Studies*. New York: Oxford UP, 2008.

10. Rivkin, Julie, and Michael Ryan, eds. *Literary Theory: An Anthology*. Oxford: Blackwell, 2004.

11. Spivak, Gayatri Chakravorty. *A Critique of Postcolonial Reason: Toward a History of the Vanishing Present*. Cambridge: Harvard UP, 1999.

12. Therborn, Göran. *From Marxism to Post-Marxism?* London: Verso, 2008.

13. Tyson, Lois. *Critical Theory Today: A User-Friendly Guide*. New York: Routledge, 2006.

14. 阿尔都塞：《保卫马克思》，顾良译，商务印书馆，2006。

15. 阿格尔：《西方马克思主义概论》，慎之等译，中国人民大学出版社，1991。

16. 布鲁克：《文化理论词汇》，王志弘等译，巨流图书公司，2003。

17. 陈学明：《"西方马克思主义"命题辞典》，东方出版社，2004。

18. 达姆罗什等主编：《世界文学理论读本》，北京大学出版社，2013。

19. 格洛登等主编：《霍普金斯文学理论和批评指南》，王逢振等译，外语教学与研究出版社，2011。

20. 吉登斯：《资本主义与现代社会理论——对马克思、涂尔干和韦伯著作的分析》，郭忠华等译，上海译文出版社，2007。

21. 库珀等主编：《社会科学百科全书》，上海译文出版社，1989。

22. 莱姆克等：《马克思与福柯》，陈元等译，华东师范大学出版社，2007。

23. 劳思光：《文化哲学讲演录》，刘国英注，中文大学出版社，2002。

24. 李湛忞：《全球化时代的文化分析》，杨彩霞译，译林出版社，2008。

25. 廖炳惠编著：《关键词200：文学与批评研究的通用词汇编》，江苏教育出版社，2006。

26. 马克思、恩格斯：《马克思恩格斯选集》（1），人民出版社，2012。

27. 麦克罗比：《文化研究的用途》，李庆本译，北京大学出版社，2007。

28. 齐泽克：《意识形态的崇高客体》，季广茂译，中央编译出版社，2002。

29. 萨义德：《知识分子论》，单德兴译，生活·读书·新知三联书店，2002。

30. 斯皮瓦克：《从解构到全球化批判：斯皮瓦克读本》，陈永国等主编，北京大学出版社，2007。

31. 伊格尔顿：《马克思为什么是对的》，李杨等译，新星出版社，2011。

32. 约翰生：《究竟什么是文化研究》，陈永国译，载罗钢等主编《文化研究读本》，中国社会科学出版社，2000。

33. 詹姆逊：《詹姆逊文集》，王逢振主编，中国人民大学出版社，2004。

先锋派　周　韵

略　说

　　"先锋派"（The Avant-Garde）概念在 20 世纪的文化艺术批评话语中占据着不同寻常的地位，常常被理所当然地用来指称各种激进创新的文化艺术实践活动，但它也因此不断遭到质疑，不得不面对被宣布无用和死亡的同时又被重新加以界定和使用的尴尬局面。进一步说，何谓先锋派的问题并没有随着这个术语的广泛使用而消失，反而变得更加棘手和恼人，原因在于它几乎变成了一个无形的幽灵，频繁地闪现在现代、现代主义和后现代主义等各种术语之间。苏莱曼（Susan Rubin Suleiman）就曾经发出如下感慨和疑问："如今，使用'先锋派'一词大有陷入概念和术语之泥潭的危险。'先锋派'和实验主义、波希米亚、现代、现代主义、后现代主义等术语是同义词呢，还是与它们存在着微妙差别的词？"（11）弗莱伯格（Anne Friedberg）则干脆把先锋派称作现代主义和后现代主义之间的"一个恼人的第三术语"。（162）无论两位批评家对其他术语作出了何种假设，她们的立场表明，先锋派是一个难解的概念，它所包含的不确定性和含混性是显而易见的。为此，有必要对先锋派概念的由来以及这个概念在 20 世纪的理论化过程作一番历史考察，阐明作为现代性产物的先锋派有着不可避免的复杂矛盾特征。

综　述

先锋派概念的由来

　　从词源学的角度看，先锋派是法文中的一个军事术语，指行进在主力部队前面的小队人马。据考证，这个术语在 18 世纪末开始被用于政治话语领域，主要指涉法国大革命后出现的政治激进主义，包括左翼或右翼的政治倾向。这一历史转变促使它的军事术语特质——冒险和牺牲精神——延伸进了政治话语领域。

　　较为普遍的看法是，先锋派与艺术的最初联系出现在 19 世纪初的空想社会主义者圣西门（Henri de Saint-Simon）及其门徒的著述中。尽管卡林内斯库（Matei Călinescu）发现这个术语在 16 世纪就被法国人文主义律师兼史学家帕基埃（Étienne Pasquier）用于描述当时法国诗歌的风格变化，但是他指出先锋派在帕基埃那里只有先驱者的意思，并不包含这个术语后来所暗示的艺术家自觉的精英意识和审美立场。卡林内斯库同意埃尔伯特（Donald Egbert）的考证，进一步确认圣西门及其门徒罗德里格斯（Olinde Rodrigues）对先锋派概念的浪漫主义重塑过程。在《文学、哲学和工业观念》（"Opinions Littéraires, Philosophiques et Industrielles"，1825）的一段经常被引用的对话中，罗德里格斯让艺术家向工程师宣称：

> 　　将充任你们先锋的是我们，艺术家；艺术的力量是最直接、最迅捷的。我们有各种武器：当我们想要在人民中间传播新的观念时，我们用大理石雕出它们或用画布绘出它们；我们通过诗歌和音乐使它们通俗化；同样，我们求助于里拉或长笛，颂诗或歌谣，历史或小说；戏剧舞台向我们敞开，正是从那里我们的影响热力四射、无往不胜。我们诉诸人民的想象力与情感：因而我们被认为可以实现最生机蓬勃、最具决定性的行动；如果今天我们看起来没有发挥作用或充其量只发挥了次要作用，那是艺术家缺乏一种共同驱力和一种普遍观念的结果，这种共同驱力和普遍观念对于他们的力量与成功不可或缺。（转引自卡林内斯库：111—112）

　　显然，和激进的浪漫主义者一样，罗德里格斯强调审美想象的预言力量，赋予艺术家一种先知地位。但所不同的是，在他看来，艺术家只有服从"一种共驱力和一种普遍观念"，审美想象才能真正发挥作用。当然，他所谓的"共驱力和普遍观念"，指的是圣西门的空想社会主义，一个以工业文明为基础的未来理想社会规划。较之原有的军事隐喻，罗德里格斯的先锋派概念表达了如下三层新含义：首先，和未来理想社会规划的联系给先锋派概念增加了一种时间维度，使之与未来、乌托邦、进步等概念结下了不解之缘。其次，通过对未来美好社会的想象，先锋派艺术家不仅具有引领作用，而且与现存社会处于对立之中，表现出一种"精英主义-反精英主义态度"。（卡林内斯库：112）最后，由于服从统一的政治理想规划，先锋派艺术是一种政治介入艺术，更进一步地说，只要能服务于社会革命，无论何种媒介和形式都可以是先锋派的。

　　与此同时，先锋派概念也为圣西门主义者的对手傅立叶主义者所使用。这可从波吉奥利（Renato Poggioli）所发现的傅立叶主义者拉夫当（Gabriel-Désiré Laverdant）写于1845年的小册子《论艺术的使命与艺术家的角色》那里得到证实。拉夫当写道："艺术作为社会的表现，在其最高层次上揭示了最进步的社会趋势，艺术是预言家和天启者。因此，要弄清艺术是否值得完成它作为先驱者的特殊使命，艺术家是否确实是先锋派，就必须弄清人性是否在发展，人类的命运如何。"（qtd. in Poggioli：9）显然，拉夫当也相信艺术是一种革命工具，但这里艺术服从的是一种傅立叶主义的理想社会规划。在这一意义上，拉夫当的先锋派概念更具浪漫主义色彩。这是因为，与圣西门构想的中心化社会不同，傅立叶（Charles Fourier）设计了一个去中心化的社会，推崇他称之为"法伦斯泰尔"（phalanstery）的社区式生活，强调个体在未来社会中的自我发展和自我实现。这一思想与艺术家们对个体自由解放的浪漫追求极为一致，因此傅立叶主义思想对于先锋派艺术家来说具有较大的吸引力。根据胡伊森（Andreas Huyssen）的看法，这一点很重要，因为正是傅立叶主义的介入，先锋派概念才进入了艺术领域，并为后来的无政府主义者所使用。（5）

19 世纪后半叶，先锋派概念开始用于政治和艺术两个不同话语领域，出现了波吉奥利所说的政治和艺术两种先锋派。换言之，圣西门等人的艺术观念开始发生根本的裂变，朝着两个完全不同的方向发展。在政治话语领域，先锋派概念为各种社会激进主义，特别是左翼革命政治所使用，但后者强调艺术必须服务于社会革命的观念，抛弃了圣西门及其门徒所规划的艺术家在未来社会的先锋角色。这一观点在后来的马克思主义、列宁主义的文化理论中得到进一步的发挥。尽管马克思没有使用先锋派一词，但他在《共产党宣言》中暗示了无产阶级政党的先锋作用以及艺术为社会革命服务的观点。真正把党界定为无产阶级先锋队的人是列宁，他在《怎么办》和《党的组织和党的出版物》等文章中确定了党的先锋地位，随后宣布艺术只是先锋队所领导的革命制度的螺丝帽。（转引自胡伊森：7）这也就是我们所熟知的政治先锋派的形成。在艺术方面，政治先锋派倾向于推崇现实主义的艺术风格，强调艺术的"先锋性"在于其内容的革命性，在于它在大众中的宣传作用，与艺术的形式革新没有直接的关系。例如，从巴黎公社革命到俄国十月革命，画家库尔贝（Gustave Courbet）就一直被看作是一位"先锋"艺术家，他的画作《打石工》（1849）则被视为是现实主义或社会主义现实主义艺术的典范作品。

在艺术批评话语中，先锋派概念逐渐被用来指称那些具有激进美学立场的波希米亚艺术家，但后者对艺术服务于社会革命的观念没有什么兴趣，而对艺术家在未来社会的先锋地位非常着迷。不过，诚如格拉夫（David Graver）所言，当自然主义出现时，先锋派概念的使用与罗德里格斯的概念模型依然存在某些一致性，如坚持艺术与左翼革命政治规划的联系以及艺术的教育功能等，但同时也表现出显著的差异。由于自然主义提出只有某些再现世界的方式可以服务于进步政治理想，因而把审美形式问题引入了先锋派概念，由此开启了先锋派概念在美学领域的重塑之途。（4）但是，先锋派概念的彻底变形与广义的唯美主义运动密切相关。不同于自然主义，唯美主义主张艺术与政治的彻底分离，强调艺术的绝对自主性。在唯美主义艺术家看来，形式创新是艺术的唯一准则，也是艺术家区别于资产阶级大众的唯一路径。简言之，在唯美主义那里，艺术不再服从任何政治规划，而是艺术家个体独创性的表达。因此，先锋派常被用来指称专注于形式创新的个体艺术家，最终几乎发展成为新奇形式的同义词。这也就是我们所熟知的艺术先锋派的雏形。

对于政治和艺术的关系，波吉奥利提出了两种先锋派从联合到彻底分离的观点。（11—12）但是，卡林内斯库对这种彻底分离的观点进行了批评，认为两种先锋派因为不同的艺术观念和实践活动而相互冲突，但是它们都有对生活的革新要求和对未来乌托邦的想象，且二者相互吸引。（113）尽管理论家们在这一点上意见不一，但是他们都同意艺术先锋派在政治上倾向于自由主义和无政府主义。戈蒂耶（Théophile Gautier）在《莫班小姐》（*Mademoiselle de Maupin*，1835）的序言里对傅立叶倍加赞美。王尔德在《社会主义制度下人的灵魂》中公开宣称无政府主义的统治形式最适合创新艺术家。根据胡伊森的解释，先锋派艺术家和无政府主义之所以相互吸引，在于两者对资产阶级社会及其文化持有一致的否定态度，同时它们都反对第二国际的经济决定论，把后者作为资产阶级的镜像加以拒绝。他写道：

> 当资产阶级完全确立它对国家及其工业、科学和文化的支配地位时，先锋派完全没有处在圣西门所预想的斗争前沿。相反，他发现自己处于工业文明的边缘，而工业文明是他所反对的，根据圣西门的说法，也是他所要预言和引领的。……早在19世纪90年代先锋派对文化反叛的坚持与资产阶级对文化合法化的要求处于冲突之中，同时与第二国际偏爱古典资产阶级遗产的文化政治处于冲突之中。（5）

20世纪初，随着欧洲先锋派运动的全面展开，先锋派概念在艺术批评话语领域得到日益频繁的使用，同时也进入了一个复杂的理论化过程。但一个有趣的现象是，当时不少对先锋派艺术作出深刻而精彩描述和说明的哲学家和美学家并没有使用这个概念。例如，西班牙哲学家加塞特（José Ortega y Gasset）就没有使用先锋派一词，而是把世纪初的激进艺术称为"非人化的艺术"（dehumanized art）、"抽象艺术"（abstract art）或"新艺术"（new art）等。早期法兰克福学派的美学家们也极少使用先锋派一词，阿多诺（Theodor W. Adorno）和本雅明（Walter Benjamin）常常称之为"现代艺术"（modern art）或"新艺术"。这样看来，我们似乎必须同意波吉奥利的观点："在法国和意大利，先锋派这个概念比在其他任何国家都更加适应，也更深地扎了根，这意味着在某些文化传统中对先锋派内涵的理解更加敏锐，例如，在意大利，一向热衷于对美学理论问题的探讨，而在法国，则特别喜欢从艺术的社会倾向或社会性的角度来看待艺术和文化。"（6）但耐人寻味的是，最早反对使用先锋派概念指称现代艺术家的人正是法国诗人波德莱尔。他在19世纪中叶便发现这个概念存在一种悖论性质，它在反从众主义的同时具有不可抹杀的新从众主义倾向。波德莱尔的反对之声不断在文学艺术批评领域得到回应，至今仍有学者对先锋派这个术语持一种怀疑和否定态度。美国学者斯特罗姆（Kirsten Strom）认为，它"不仅使可能很不相同的规划同质化，而且严重影响并限制了我们对这些规划的看法"。（38）

无论艺术家和美学家们同意与否，到30年代，先锋派一词已然成为文艺批评领域的一个重要批评概念，完成了它在现代性的两种主要话语政治和美学间的历史性转变。在这一转变中，先锋派变成了一个矛盾复杂的悖论性概念，这主要表现在以下几个方面。首先是先锋派的未来主义冲动。先锋派试图推动文化或精神的复兴规划，不仅宣布与传统决裂，而且与现在决裂，甚至呈现出自我否定的倾向，兼具毁灭和重构的悖论特征。这意味着，先锋派与现代性的进步意识相联系的同时，包含了现代性和进步的悖论：断裂和危机。其次是先锋派的形式冲动。先锋派艺术家们相信艺术具有革新生活的潜能，因此常常在宣布新的艺术规划的同时呈现新的生活图景，期待新型人的出现。问题是，较之媒介形式的实验，先锋派更关注都市日常生活的改变。但是，艺术家们对日常生活的选择导致两个结果：反艺术的趋势和日常生活的审美化。最后是先锋派的政治冲动。先锋派艺术家反对资产阶级及其文化霸权，以自由解放的名义发动种种叛逆行动，但是由于反叛策略各不相同，艺术家们常常转向关注与其他艺术运动的冲突和竞争，从而加速了运动的更迭变化和艺术家的跨界流动。先锋派推行的是"微观政治"，极易为其他激进政治所吸引，为主流政治所排斥，因此总是和各种政治处于矛盾冲突之中。

先锋派的诸种观念

有关先锋派的理论探讨，在欧洲先锋派运动的鼎盛时期就已经开始。何谓先锋派？先锋派有何特征？先锋派和现代社会文化究竟有何关系？这些问题几乎吸引了20 世纪所有重要的文化艺术批评家和理论家。然而百年来，这些批评家和理论家似乎在先锋派问题上从未获得过完全一致的意见，相反，他们总是处于激烈的争议之中。事实上，20 世纪30 和70 年代出现过两次论争的高峰，形成了种种不同的先锋派观念。有鉴于此，诚如比格尔（Peter Bürger）所言，去寻找所谓正确的先锋派概念必定是徒劳无益的，所以不如认真考察这些理论探讨所取得的成果，揭示种种不同的先锋派观念产生的原因，指出这些理论成果对于人们理解先锋派究竟有何裨益。（2010：696）由于先锋派及其理论纷繁复杂，难以一一解读分析，因此本节将遵循韦伯提出的"理想类型"的研究方法，根据理论家们对先锋派的选择和判断，把它们分成三种理想类型进行分析探讨，依次为自由的精英的先锋派、革命的大众的先锋派、反动的颓废的先锋派。

首先是自由的精英的先锋派。持有这种观念的理论家们认为艺术和政治领域是相互分离的，因而他们把先锋派界定为自主艺术，同时把它与现代、现代主义等同起来。这一观念在很长时间内都占据主导地位，尤其在二战期间经历了世界艺术中心从巴黎到纽约的转变，对人们有关先锋派的理解和使用都具有过度的形塑作用。自加塞特的《艺术的非人化》（"The Dehumanization of Art"，1925）到波吉奥利的《先锋派理论》，先锋派都被看作是少数人的艺术，和大众及其文化处于对立之中，具有显著的反现代文明的倾向。所不同的是，波吉奥利是在先锋派的终结之声中进行理论探讨的，但他坚持"先锋派艺术和现代艺术之间早已假定的认同与一致"，以及先锋派精神永不停息的观念。（15；108）阿多诺和格林伯格（Clement Greenberg）则持有更为极端的立场。尽管他们把先锋派推至19 世纪中叶现代主义开始之时，但是他们所青睐的先锋派实践是有选择的。阿多诺的理想艺术家是勋伯格（Arnold Schönberg）、贝克特、波德莱尔等，而格林伯格的理想艺术家是美国抽象表现主义画家，如波洛克（Jackson Pollock）、戈尔基（Arshile Gorky）、德库宁（Willem de Kooning）等。另一方面，虽然他们坚持艺术的自主性，并且把先锋派等同于现代主义，但是他们赋予先锋派的抽象形式的解释并不相同。阿多诺从否定辩证法的角度出发，认为艺术的政治力量来自形式的绝对自主性，只有通过形式的不断抽象化，艺术才能站到资产阶级社会的对立面，才能排除资产阶级大众文化的影响。（323）格林伯格则坚持认为，媒介的自我批判不仅是艺术自我合法化的唯一路径，也是艺术拒绝大众文化吸收的有效手段。（1961：5）但是，阿多诺和格林伯格也都认识到，否定的辩证法并不能阻止艺术转向其反面——大众文化，而艺术媒介的自我批判也未能逃脱新奇之重复。和波吉奥利一样，格林伯格把先锋派区分为"不通俗的"和"通俗的"两种类型，前一类与现代主义相等同，而后一类则是大众文化的共谋。（1993：302）

有意味的是，这样的观点还存在于现代主义和后现代主义的论争中。哈贝马斯（Jürgen Habermas）在《现代性——一个未完成的规划》中首先勾画出了审美现代性的原则，把先锋派看作现代性的顶峰。他写道："现代性的精神和原则在波德莱尔的作品中呈现出清晰的轮廓。现代性展现在各种先锋派运动中，最终在达达派的伏尔泰咖啡馆（Cabaret Voltaire）和超现实主义中达到高潮。"（261）问题是，在勾画"现代性的未完成规划"的宏大前景中，哈贝马斯引入了韦伯的文化现代性范畴，强调各领域的自主化过程。他批评先锋派夷平艺术与生活的尝试是"一种胡闹实验"，认为这种对艺术自主性的破坏并没有带来解放效果，而是导致"一种领域过度延伸进其他领域"，并可能形成诸如"政治的审美化"那样的恐怖主义倾向。（263）和哈贝马斯一样，利奥塔（Jean-Francois Lyotard）也把先锋派与现代性密切联系起来。但不同的是，利奥塔不仅赞美它的历史功绩，而且给予先锋派遗产在当代文化中重要功能。他在《什么是后现代主义？》中首先攻击了那些试图"消解先锋派遗产"的作家和艺术批评家，而且把这一批评扩展到了哈贝马斯，反对他关于先锋派失败的诊断。在利奥塔看来，先锋派的特征是"用可见的呈现暗示不可呈现之物"，或者说"通过考察各种图画技巧贬抑和取消现实"，因此先锋派与现代性相一致，但与大众文化处于对立之中，后者可能包括现实主义在内的各种倾向。（78—79）因此，在利奥塔看来，先锋派在抵制极权主义的恐怖中具有重要作用。简言之，无论两位理论家如何争论，实际他们在先锋派问题上存在一致意见，即是说，只有坚持自主立场的艺术才能拒绝极权主义，才是先锋派的。

其次是革命的大众的先锋派。持有这类观念的理论家们认为，先锋派试图打破艺术的自主地位，重构艺术和生活的联系，与现代主义有着显著的区别。尽管存在很多争议，但是这种观念随着比格尔的《先锋派理论》（*Theory of the Avant-Garde*,

1984）的广泛接受而日益占据主导地位。由于比格尔是在"后-68"（post-1968）的语境中讨论先锋派问题的，因此他的理论也回响着先锋派终结的声音，这可从他提出的"早期先锋派"（historical avant-garde）概念中得到证明。比格尔的早期先锋派主要指的是达达派、超现实主义和十月革命后的俄国先锋派，它不同于以象征主义和唯美主义为代表的现代主义。在比格尔看来，早期先锋派的共同特征是"对整个艺术的拒绝，以及由此引发的与传统的彻底决裂。在最极端的挑衅中，它们的首要目标是资产阶级社会发展起来的艺术体制"。（1984：109）与此同时，他把早期先锋派的反体制冲动限制在艺术与生活的融合规划中，以区别于艺术与生活分离的现代主义规划。但在比格尔看来，早期先锋派的融合规划是失败的，艺术并没有扬弃在生活中，同时先锋派也没有避免被体制所收编的命运，导致反艺术变成了艺术，艺术由此进入了后先锋状况。比格尔还区分了"早期先锋派"和"新先锋派"（neo-avant-garde）两个概念，把后者看作仅仅是对前者的无意义重复。他说："如果今天有艺术家选择炉管参展，他再也不可能获得杜尚（Marcel Duchamp）的现存品所具有的抗议效果。相反，如果说杜尚的《喷泉》意图摧毁艺术体制，那么炉管的发现者要求博物馆接受他的'作品'，这意味着先锋派抗议转向了它的反面。"（1984：52）无疑，比格尔对新先锋派和艺术的未来持悲观态度。

值得一提的是，本雅明早在第一次先锋派论争中就提出了革命的大众的先锋派观念，尽管他并没有使用先锋派一词，但他关注的激进艺术运动范围是达达派、超现实主义和俄国十月革命后的未来主义和构成主义。在诸如《超现实主义——欧洲知识界之最后一景》（"Surrealism: The Last Snapshot of the European Intelligentsia"，1929）、《作为生产者的作者》（"The Author as Producer"，1934）、《机械复制时代的艺术品》（"The Work of Art in the Age of Mechanical Reproduction"，1936）一系列重要文章中，本雅明对先锋派艺术实践作出了深刻的理论探讨和分析，提出先锋派对大都市，尤其是现代技术和大众运动的出现作出了不同于唯美主义艺术的反应，它们试图在日常生活中寻找艺术的灵感，经由"世俗的启迪"而构建出"辩证的形象"，生产出改变大众感知的震惊体验，艺术最终变成以政治实践为基础的活动。与此同时，本雅明把20世纪的新客观派和意大利未来主义都划入了自主美学领域，认为它们对现代技术和大众运动作出的反应是反动的，倾向于制造美的幻觉和景观，使得麻木大众的感知成为可能。虽然本雅明也注意到达达派和超现实主义等先锋派并没有完全脱离艺术自主性，艺术家们没有能够与大众建立密切联系，因而认为这些先锋派持有一种"诗学政治"，未能从反叛转向革命，（1979：237）但是本雅明对先锋派的未来充满信心，认为这些先锋派生产了后来的艺术如电影才能满足大众的要求。换言之，先锋派电影真正实现了"艺术的政治化"，"把对毕加索绘画的反动态度转变成对卓别林电影的进步反应"。（1969：232）

可以说，比格尔的理论激活了业已停滞的先锋派探讨，也激发了批评家们重读本雅明的热情。比较两者的先锋派理论，有几个方面值得人们注意。首先，他们的先锋派概念范围很相似，选择了具有革命政治倾向的先锋派运动，而排斥了倾向于反动政治的先锋派艺术家和艺术运动，但是两者的解释视角有所不同，比格尔较少触及政治问题，而本雅明对美学作直接的政治解释。其次，他们都倾向于视觉艺术媒介，但所不同的是，比格尔的先锋派概念涉及的艺术媒介非常有限，远不及本雅明，除了绘画外，他几乎没有提及戏剧和电影等媒介中的先锋派实践。这是因为，不同于本雅明，比格尔完全忽视了现代技术给艺术及其体制带来的重要影响，尤其是媒介形式的创新方面。（Scheunemann：19—20）最后，他们把先锋派的特征定位在艺术和生活的融合规划上，但是比格尔对这一规划持有疑虑，担心完全的融合可能导致商品美学，因此最终和早期先锋派一样退回到了自主美学的立场；而本雅明则因先锋派无法完成这一规划而对它们的革命性产生质疑，由此转向在大众化的文化媒介中寻找艺术解放的潜能。简言之，尽管存在各种问题和矛盾，但是他们的理论对后来的先锋派研究产生了重要的影响。

比格尔之后，理论家们日益扩大研究范围以及研究视角。如果说威廉斯（Raymond Williams）等人从大都市的角度重估先锋派的形成和变化，那么胡伊森等人则提出从全球化的视角重新绘制先锋派的地图。为此，那些曾经遭到压制的先锋派实践和理论开始进入理论家们的研究视野，其中包括来自墨西哥城、上海、东京等大都市的先锋派实践和理论。

最后是反动的颓废的先锋派。持有这种观念的理论家把先锋派作为资产阶级颓废艺术加以拒绝，认为先锋派是法西斯主义意识形态产生的文化根源。这种反先锋派的观念最初主要存在于左翼革命政治阵营中。事实上，正是这一观念引发了20世纪30年代首次重要的先锋派论争，卢卡奇（Georg Lukács）是论争的始作俑者。他所批评的先锋派范围包括从自然主义到超现实主义的诸多现代文学流派。在他看来，先锋派倾向于把客观现实等同于主观经验，用直接经验的自发表达取代客观现实的本质揭示，呈现出"日益远离和不断消解现实主义的趋势"。（29）根据他的看法，先锋派对直接性的热衷必然导致艺术的日益抽象化，而抽象化正是资本主义商品生产的特征，后者导致脱离现实的拜物教化的世界的形成。卢卡奇写道："先锋派艺术对现实的敌意不可避免地导致如下日益显著的结果：内容的日益贫乏，以至于内容的缺席或对内容的敌意变成了原则。"（41）因此，卢卡奇对其他先锋派理论家赞美的蒙太奇原则给予了严厉批评，认为蒙太奇虽然可能带来瞬间意外的震惊效果，但当这样的形式用于呈现现实和总体性时，只能导致意义的丧失，表现出颓废的症候。卢卡奇由此得出结论：先锋派虽然是历史的必然产物，但是它们不是未来艺术的必然构成，原因在于它们对新奇形式的追求并没有任何预言未来的作用；同时，脱离了现实的先锋派在政治意识形态上变得停滞不前，而且极易为各种反动的意识形态所影响，因此当革命大众成熟起来时，先锋派艺术必然失败，取而代之的是新的现实主义。（52）诚如詹姆逊（Fredric Jameson）所言，卢卡奇对先锋派的全盘否定态度在当时是错误的，但是他指出了先锋派与资本主义商品生产的一致方面，同时他对新的现实主义的推崇在今天看来也有某种预言性质。（211—212）

值得注意的是，反先锋派的观念也出现在 20 世纪后期的先锋派研究语境中。一些批评家把先锋派的融合规划和法西斯主义联系起来，而且他们的解释总是建立在他们对本雅明的"政治的审美化"命题的片面理解上。他们试图说明审美化是一种意识形态立场，而政治的审美化意味着把审美价值判断移植进政治领域，把政治构建成自主艺术品，并生产出主体再生的神话。问题是，这种观点往往转向在文学艺术中寻找法西斯主义的产生根源——审美意识形态，并且把法西斯主义归结为先锋派融合规划的继续，甚至是西方形而上学的最终实现，例如拉古-拉巴特（Philippe Lacoue-Labarthe）等人都持有类似观点。他们在《文学的绝对》（*The Literary Absolute*，1978）中研究了 19 世纪初德国吉纳浪漫派（Jena romanticism）之后，认为这是欧洲第一个自觉的知识先锋派运动，原因在于它把艺术与政治的合成提上了议事日程。在他们看来，吉纳浪漫派把柏拉图的本质形式概念移植进美学领域，形成了他们称之为"本质形式的美学"。（37）这种美学导致了一种文学绝对观念的产生：有机统一的作品和本真的主体性形式。他们认为，吉纳浪漫派对文学绝对的追求包含一种政治规划，"一种理想政治——根据形而上政治的最恒久的传统，一种支持碎片化模型的有机政治"。（44—45）可以说，这些对先锋派的全盘否定观念无疑是错误的，但它们在某种意义上暗示了一种"反动的先锋派"的存在。进步的美学实践和反动的政治观念究竟是如何建立联系的成为一些批评家探讨的热门话题。

结 语

先锋派是一个悖论性概念。它的使用和界定总是伴随着激烈的争议和挑战。虽然这些争议和挑战使得先锋派陷入了概念危机，但是它们也提出了一些重要的问题。首先是理论和实践的关系问题。一方面理论总是表现出普遍主义的姿态，倾向于把先锋派所指称的艺术现象看作是永恒不变的事实，或者把有选择的、排斥性的先锋派作为普遍接受的观念。另一方面，先锋派实践和运动更迭变化，纷繁复杂，不断向理论提出挑战。为此，先锋派的理论和实践之间充满了矛盾和张力。其次是美学和政治的关系问题。先锋派的审美规划是以某种政治想象为动力的，倾向于表达激进的文化政治，极易受到各种政治激进主义的吸引，但是先锋派为主流政治所拒绝或收编的命运似乎证实了奥登（W. H. Auden）的观点："诗歌不能让任何事情发生。"（435）最后是艺术和社会的关系问题。先锋派是以叛逆姿态展现自身的，在对其赖以产生的大都市作出批评回应的同时，受到大都市的特殊状况的限制，尤其是资本、技术、文化、政治等因素的影响，因此表现出多样性和矛盾性特征。

参考文献

1. Adorno, Theodore W. *Aesthetic Theory*. Trans. C. Lenhardt. Ed. Gretel Adorno and Rolf Tiedemannn. London: Routledge, 1984.

2. Auden, W. H. "In Memory of W. B. Yeats." *W. B. Yeats: The Critical Heritage*. Ed. A. Norman Jeffares. London: Routledge, 1997.

3. Benjamin, Walter. *Illuminations: Essays and Reflections*. Trans. Harry Zohn. Ed. Hannah Arendt. New York: Schochen, 1969.

4. —. *One-Way Street and Other Writings*. London: NLB, 1979.

5. Bürger, Peter, et al. "Avant-Garde and Neo-Avant-Garde: An Attempt to Answer Certain Critics of Theory of the Avant-Garde." *New Literary History* 41 (2010): 695-715.

6. —. *Theory of the Avant-Garde*. Minneapolis: U of Minnesota P, 1984.

7. Friedberg, Anne. *Window Shopping: Cinema and the Postmodern*. California: U of California P, 1994.

8. Graver, David. *The Aesthetics of Disturbance:Anti-Art in Avant-Garde Drama*. Ann Arbor: U of Michigan P, 1995.

9. Greenberg, Clement. "Avant-garde and Kitsch." *Art and Culture: Critical Essays*. Boston: Beacon, 1961.

10. —. "Avant-garde Attitudes." *The Collected Essays and Criticism*. Ed. John O'Brian. Chicago: U of Chicago P, 1993.

11. Habermas, Jürgen. "Modernity—An Incomplete Project." *Postmodernism: An International Anthology*. Ed. W. D. Kim. Seoul: Hanshin, 1991.

12. Huyssen, Andreas. "Geographies of Modernism in a Globalizing World." *Geographies of Modernism: Literatures, Cultures, Spaces*. Ed. Peter Brooker and Andrew Thacker. London: Routledge, 2005.

13. Jameson, Fredric. "Reflections in Conclusion." *Aesthetics and Politics*. Ed. Ronald Taylor. London: Verso, 1986.

14. Lacoue-Labarthe, Philippe, and Jean-Luc Nancy. *The Literary Absolute: The Theory of Literature in German Romanticism*. Trans. Philip Barnard and Cheryl Lester. New York: State U of New York P, 1988.

15. Lukács, Georg. "Realism in the Balance." *Aesthetics and Politics*. Ed. Ronald Taylor. London: Verso, 1986.

16. Lyotard, Jean-Francois. "What Is Postmodernism?" *The Postmodern Condition: A Report on Knowledge*. Minneaplis: U of Minnesota P, 1984.

17. Poggioli, Renato. *The Theory of the Avant-Garde*. Trans. Gerald Fitzgerald. Cambridge: Harvard UP, 1968.

18. Scheunemann, Dietrich, ed. *Avant-Garde / Neo-Avant-Garde*. New York: Rodopi, 2005.

19. Strom, Kirsten. "'Avant-Garde of What?': Surrealism Reconceived as Political Culture." *Journal of Aesthetics and Art Criticism* 62 (2004): 37-49.

20. Suleiman, Susan Rubin. *Subversive Intent: Gender, Politics and the Avant-Garde*. Cambridge: Harvard UP, 1990.

21. Williams, Raymond. *The Politics of Modernism*. London: Verso, 1989.

22. 胡伊森：《大分野之后：现代主义、大众文化、后现代主义》，周韵译，南京大学出版社，2010。

23. 卡林内斯库：《现代性的五副面孔：现代主义、先锋派、颓废、媚俗艺术、后现代主义》，顾爱彬等译，商务印书馆，2002。

象征 康 澄

略 说

象征（Symbol）是西方文论中运用特别广泛、涵义极其丰富驳杂的一个重要概念。简单说来，象征就是用具体的事物表现某种特殊的意义。但这个貌似简单的概念却有十分复杂的内涵：象征是具象的、形式化的，但其归属却是抽象的、形而上的；象征是在场的，宣示着意义，又是不在场的，隐匿着所指；有的象征能指与所指的关系不容撼动，有的象征能指却永远也找不到明确的所指。象征不仅内涵复杂，而且是一个动态的历史性概念，人们对其本质的认识不断拓展、深化。原始时代，象征是物体与观念之间在人的心理上形成的某种神秘而特殊的等同结构；古希腊时期，象征获得了形而上的维度；中世纪时期，象征是宗教社会的生活方式；18—19世纪，象征的理论形态逐步走向系统和完整，成为浪漫主义文学的新语言，更被起源于法国的象征主义文学作为诗歌乃至一切艺术的基本原则，登上了诗学领域的神坛；进入20世纪，象征不再囿于表现手段、思维方式和创作原则，而被界定为人类的生存方式，广泛渗透于文化学、语言学、人类学、心理学和符号学等多种学科。

综 述

象征与符号、隐喻、寓言和神话

伽达默尔（Hans-Georg Gadamer）提出 symbol（象征）一词最初源于希腊语 symbolon，是专表"纪念用的碎陶片"的术语，主客各留一半碎片，日后双方把两半拼成一个整块而相认。他认为，一方面象征是一种在场，其意义通过自身的存在而显现；另一方面象征又是一种不在场，其背后有一个不可表现的意义。象征性的东西最初便带有"与它的对应物相契合而补全为整体的希望，或者说，为了补全整体而被寻找的始终是作为它的生命片断的另一部分"。（1991：52）符号（sign）单纯地表征预定的对象，而象征则是整体意义的另一半，可以说任何象征都是符号，但并非任何符号都是象征。利科（Paul Ricoeur）提出，象征具有双重意向性，一目了然的专门符号只表明它们所要表明的预设的东西，而象征则是不透明的，其中蕴含大量我们无法从理智上去明晰认知的潜在意义，象征的这种不透明性构成其不可穷尽的深度。（15—16）符号的能指与所指的联系是任意的、约定俗成的，而"象征的特点是：它永远不是完全任意的；它不是空洞的；它在能指和所指之间有一种自然联系的根基。象征法律的天平就不能随便用什么东西，例如一辆车，来代替"。（索绪尔：104）也就是说，象征的能指与所指具有相似性，属类比关系，但恰如布隆代尔（Maurice Blondel）所说，象征的"类比更多地不是基于概念的相似性，而是基于一种内在的刺激作用，基于一种同化的诱发（intentio ad assimilationem）"。（转引自里克尔：14）象征以此诱使我们进入潜在意义的网络，去探寻和破解深藏其中的内涵。

隐喻（metaphor）同样以喻体和喻义的相似性为基础，是与象征最为接近和难以分辨的概念，在黑格尔、雅各布森（Roman Jakobson）、谢林（Joseph Schelling）、维柯（Giambattista Vico）等学者看来它们几乎就是同义词，其实两者仍不乏差异。隐喻着重意义的"转移"和"替代"，力求实现性质不同的两类意向和意义之间的嫁接和转换，大多数情况下本体与喻体间的关系相对明确。隐喻可即兴而为，稍纵即逝，而象征却是在不透明的透明中显示难以定义的意义，并不是通过转译生成。"象征具有重复与持续的意义。一个意象可以被一次转换成一个隐喻，但如果它作为呈现与再现不断重复，那就变成了一个象征。"（韦勒克等：215）

修辞学认为寓言（allegory）是一个长的隐喻，隐喻是一个短的寓言，两者本质相似，只不过寓言属于一种讲述故事的文体概念。隐喻、寓言和象征的共同点恰如伽达默尔所言："该东西的涵义并不存在于它的显现、它的外观或它的词文中，而是存在于某个出于它之外的所指中。"（1999：92）沃尔夫斯蒂格（August Wolfstieg）、利科、歌德、施莱格尔（August Wilhelm Schlegel）等人都对寓言和象征之别有过论述，"歌德是第一个用现代方式区别象征和寓言的人"，他指出："寓言变现象为概念，变概念为形象，但这种方式的结果是，概念依然囿于形象，并且完全存在于形象上，并为形象所表现。"而象征"把现象变为观念，再由观念变为意象，由此产生的结果是，在意象中，理念始终是不断地处于活动状态而且不可企及，即使用所有语言来表现，它也永远是无法表现的"。（韦勒克：278）寓言通过形象的故事来表达预先设定好的观念，它为读者铺好了既定的思考之路：概念——寓言——概念，寓言始于概念又终于概念，它便完成了代言者的使命；而象征则无预定的概念，或即使有也混沌不清，总含有某种未知和无法言尽的东西。象征的方式，

> 是不断回到一个业已存在的，作为这一概念或感觉的载体的意象；观者在现在或将来看到这一意象，便回忆起诉诸意识的一个具体论点、一个普遍真理或一次忠告。如此，象征物留给观者的是思考各种观念和读解的空间。（比德曼：94）

象征之路循环往复，从意象到意象，如同探索无限潜在意义的"手杖"，每一

次都带来新的思想。

神话（myth）某种程度上也以类比的方式理解世界，它关涉人类一种重要的思维类型，即神话思维。远古时期，原始人尚未将自身同自然截然分开，总是将自身属性移于自然客体。神话意识中人与物，人与其他生命形式，与各种生命体、非生命体及自然现象之间均无本质差异，只有实体间的等同与变形。神话充斥着大量的隐喻和象征，但它们与现代文化中的隐喻和象征有质的不同。卡西尔（Ernst Cassirer）认为，现代语言思维中的隐喻和象征是以一种观念迂回地表述另一种观念，是真正的"移译"；而神话意识"所牵涉的就不只是位移了，而是一种真正的'进入到另一个起源之中'；实际上，这不只是向另一个范畴的转化，而是这个范畴本身的创造"。（105）他因此将神话中的象征称为"不自觉象征"，不自觉象征发展为自觉象征的过程正是神话丧失的过程，现代文化对神话的解读往往是"自觉象征"式的。在以逻辑思维来解读和阐释原始语言、神话、巫术、仪式和各种原始艺术的种种企图中，最为普遍的是赋予它们以道德的、真理的、象征的及其他各种形式的隐喻内涵。诚如弗莱登贝格（О. М. Фрейденберг）所说：

> 神话形象在失去了自己的直接意义后，不转移到概念中已不能被理解。它保持着自己的形式，但却改变了功能。形式变成了概念。这个过程以双重的方式进入叙述：一方面，叙事由双成分来建构，即一个形象成分和一个概念成分；另一方面，在描述的时候，形象成分本身受到概念的改造。（285）

象征理论体系的初步形成：从柏拉图到黑格尔

有关象征的形而上思考可以追溯到古希腊时期，柏拉图的"理念论"可谓象征理论最初的哲学基础。柏拉图认为，可感事物背后隐藏着不可感但可知的理念。可感事物的存在是虚幻的，其背后的理念才是永恒和真实的。世间万物都是理念的影子，可感事物之所以存在是因为它"分有"了理念。本质而言，柏拉图的"理念论"就是追寻众多可感事物背后的理性和无限，而象征的精神亦在超越个体和具象，走向本质和超验，两者有着内在的契合。

与柏拉图不同，古希腊的另一位大思想家亚里士多德认为具象是理念的基础，艺术模仿的对象本身是真实的存在，且能反映出个别事件背后蕴藏的普遍性。亚里士多德还首次将语词与象征联系起来。他提出：

> 嗓子发出的声音象征着心灵状态，书写的语词象征着嗓子发出的语词。正如所有的人并不使用相同的文字，同样，所有的人说出的语词也不相同；但以这些表达方式作为直接符号的心灵状态则对于一切人都是相同的，就如以这些心灵状态作为意象的事物对于一切人也是相同的一样。（转引自托多罗夫：8）

亚里士多德开创性地将语词作为一种特殊的象征符号，认为其由声音、心灵状态和事物三种要素组成，其中心灵状态是声音和事物的中介，尽管不同民族的语词发音不同，但人类认知事物的心灵状态却是相通的，这是人们可以借助语词象征沟通的基础。亚里士多德对象征理论的贡献还来自他的隐喻研究，他给隐喻下了明确的定义并将之分为四类："用一个表示某物的词借喻它物，这个词变成了隐喻，其应用范围包括以属喻种、以种喻属、以种喻种和彼此类推。"（149）他认为隐喻是词义的一种转移，是正常语言规则的一种偏离，具有不明晰性，善用隐喻是无法习得的天才标志。

康德不仅深入探讨了象征的本质，还第一次将美与象征直接联系起来。散见其著作中的有关象征的主要观点可归纳为：第一，概念的可感方式分为图式或象征，前者是演示的，后者是类比的。象征的基本路径为：感性直观给予对象——运用概念于该对象——直观反思另一对象——前后对象构成象征。在这个过程中，反思判断力起着重要的作用，康德将之定义为"为特殊寻找一般"的能力。第二，康德把美分为自由美和依存美，前者是纯粹的美，后者依赖理性的判断。以道德判断为基础的美是一种更高层次的、智性的愉悦，美与善和道德相关才能真正得以彰显。人只有至善，才能在自由美的基础上通过目的概念系统，以类比的方式，达成崇高的美的理念，这便是康德所说的"美是道德的象征"的基本内涵。第三，象征的概念是依靠符号来保管的，符号和概念之间靠表征来关联。高级表征的桥梁是联想，这是人依靠符号衍生一切意义的基本方式。

黑格尔是西方哲学史和美学史上比较系统和完整地论述象征的第一人，他给象征下了明确的定义，并区分出象征的两个要素：

> 象征一般是直接呈现于感性观照的一种现成的外在事物，对这种外在事物并不直接就它本身来看，而是就它所暗示的一种较广泛较普遍的意义来看。因此，我们在象征里应该分出两个因素，第一是意义，其次是这意义的表现。意义就是一种观念或对象，不管它的内容是什么，表现是一种感性存在或一种形象。（10）

黑格尔指出象征的"形"与"义"有三种关系：1. 作为符号的象征的"形"与"义"有内在的契合；2. 形象和意义之间部分地协调，如狮子象征刚强；3. 形象和意义之间部分地不协调，如狮子除刚强外还具备其他的性质。象征的本质是双关的和模棱两可的，黑格尔认为，关注象征的目的"并不在于发现艺术形象在多大程度上可以用这种广义的象征或寓意去解释，而是要探究象征本身在多大程度上可以算作一种艺术类型"。（20）他提出："一旦到了构成艺术内容和表现形式的不再是未受定性的抽象的普遍概念而是自由个性时，我们所理解的象征也就不再存在。"（20）黑格尔以之为标准将艺术划分为三种类型：象征的、古典的和浪漫的。人类最早的艺术始自象征型，历经"不自觉的象征"、"崇高的象征方式"直到"自觉的象征"，最后一阶段形象与意义之间的内在联系不是固有的，而是主体外加上去的。黑格尔象征论的贡献不言而喻，但他关于象征型是艺术发展的初级阶段的论断值得商榷。作为美的本质特征，象征属于艺术发展的各个阶段，并不存在完全离开象征的艺术。至此，历经柏拉图、亚里士多德、康德和黑格尔，象征以哲学和美学为基本框架，初步形成了较为完整、系统的理论体系。

中世纪的宗教象征

象征与宗教自古密不可分，古希腊时期，智者派就用象征表达神意以增加神的威信和神秘。中世纪则是象征概念发展的一个极为重要的时期。公元 1 世纪前后，基督教从兴起到兴盛，最终几乎逐渐统摄了中世纪生活的所有领域，上帝成为唯一的真实和本质，神性的永恒和美无法直接描绘，人与神之间的联系只能借助集聚丰富意义的各种象征来展现：教堂、唱诗、壁画、圣像、雕塑、十字等，可以说，世间万物万象无不成为了象征——"上帝的代言者"。文学亦丧失了独立和个性的表达，以传播教义、赞美上帝、宣扬殉道为主旨。整体而言，诗学理论走向卑微和衰败，但作为诗学理论核心概念之一的象征则经斐洛（Philo Judaeus）、伪狄奥尼修斯（Pseudo-Dionysius）、奥利金（Origen Adamantinus）、圣奥古斯丁（Saint Aurelius Augustinus）、埃里金纳（John Eriugena）、阿奎那（Thomas Aquinas）等神学家和美学家的阐释得以深化和发展。

归纳起来，中世纪有关象征的重要认识大致如下：首先，象征被当作神造世界唯一的自我言说方式和基督教教义的外在显现物指向超验和神圣，唯它才能显现上帝，融无限于有限，显无形于有形，执行神旨表述者的职能。其次，象征意象的宗教内涵得到普遍发展，"光"的意象成为中世纪运用最为广泛的象征之一。伪狄奥尼修斯将光分为物质性的和非物质性的两种，物质性的光是非物质性光源的影子，神性之光肉眼不可见，只有通过理智的象征才能感知。此外，奥古斯丁赋予数字以神学的和形而上学的意义；作为中世纪思想集大成者的阿奎那则强调比例和色彩的意象，认为神性之美和物质之美一样都由适当的比例和色彩构成，比例和色彩饱含象征性的精神内涵。第三，伪狄奥尼修斯提出，神无法真正地被模仿，为了表现出神的原型美和神性美，只有通过"不似之似"才能实现。不相似的象征有助于人超越物质，抵达精神；超越短暂，趋向原型。第四，正确理解象征"形"与"义"的关系不只靠一般的世俗知识，更重要的是依托信仰。一般世俗意义上的对《圣经》的理解不是象征，象征只出现在真正的信仰中，唯有信仰才能导引人们理解、辨别何为象征并发现其背后隐秘的精神含义。

象征的形态与内涵的关系在宗教中固化为约定俗成、人所皆知的公共性象征，意在宣教与信奉，并不导引思考与阐释，象征概念在世俗意义上丧失了理解的多维度。但中世纪并不缺乏象征阐释，事实上，中世纪象征理论的发展源于象征（或曰隐喻）释经活动。《圣经》被认为蕴含着耶稣基督的全部寓意，其深刻的神意无法直接地加以理解，唯有通过象征释义才可领悟。究其本质，象征释经是一种文本阐释活动，它与宗教象征理论相辅相成，极大地影响了后世西方文论的发展方向。伽达默尔说过，古代诠释学的核心是寓意解释问题。在神学方面，诠释学表示一种正确解释《圣经》的技术，但这种探寻文字背后隐义的方法并非起源于中世纪，早在古希腊的智者时代已开始习用。公元 1 世纪，犹太哲学家斐洛将这种方法较为系统地运用到《圣经》的阐释中，并经奥利金、奥古斯丁，在神学家卡西安（John Cassian）那里确立了著名的"四重寓意解经法"，即对《圣经》进行字面的、伦理的、寓意的和神秘的四个方面的解释。直至宗教改革，路德大力倡导字意释经，强调《圣经》文本本身的意义，象征（隐喻／寓意）释经法才逐渐式微。

宗教与象征具有一种天然的紧密联系，从某种意义上说，一切宗教的都是象征的，一切象征的也都是宗教的。中世纪的宗教象征主义更是将作为宗教世界自我言说媒介的象征的深度和广度发挥到了极致，这对西方后来的文学、人类学、文化学等都产生了深远的影响。然而象征所指向的不仅是神祇，它建立起人及其他一切存在的联系，并赋予这些联系以历史的、世俗的、神性的、伦理的、经验的等无穷的意义链接。当象征之物这种具有无数表征意义的可能性被归一、固定和程式化的时候，象征的生命力便被消解在泛滥的宗教寓意性解释中了。利科确信，这种寓意性解释是象征的死路。象征的生命力在于对意义作出创造性解释。

诗学领域里的象征

但丁的划时代巨著《神曲》对基督教义进行了大胆的想象和改写，人重新在《神曲》的象征体系中占据显要位置，象征开始走向多元的个性化阐释。《神曲》宣告了象征在诗学领域的复兴，但其真正勃发则主要体现在 18 世纪末至 19 世纪的浪漫主义文学中，并在起源于法国的 20 世纪象征主义文学运动中达到前所未有的高峰。

18 至 19 世纪的浪漫主义文学从本质上说是个人意识的自觉，力求传达个人的感受和主观体验。浪漫主义作家认为自然万物、神话、民谣、宗教、一切世间现象都与人类的情感息息相通，同属一个不可分割的整体，象征因此成为浪漫主义作家新语言中最重要的一个元素。这一时期，德国的施莱格尔兄弟、歌德、席勒、谢林、诺瓦利斯等，及英国的柯勒律治、卡莱尔、布莱克等都论述过象征的本质。歌德等大多数浪漫派学者较为重视象征，相对贬抑寓言。他们认为，象征是拥有无限可能性的心灵契合，具有难以诠释的神秘性和丰富性；而寓言则是对既有观念的表达，是知性的产物。正是从这个意义上说，象征更适合浪漫主义诗人的审美意趣和表达范式。这一时期谢林的神话象征理论对象征研究产生了深远的影响，他提出，神话是人类生存的一种方式，也是艺术把握世界的一种形式。艺术要表现普遍观念，呈无限和绝对的东西于直观，唯有借助于神话象征，这是因为象征是模式和比喻之综合。他解释说，模式是通过普遍直观特殊，比喻是通过特殊直观普遍，而象征则兼具二者的特点：普遍和特殊浑成于特殊，普遍通过直观抵达，但又难以穷尽，无法预知和彻悟。

19世纪中叶至20世纪，象征在起源于法国的象征主义文学中得到空前的发展，成为诗歌乃至一切艺术的基本原则。象征之于象征主义文学不仅是一种抒发个人情感的手法，还是一种世界观，是诗歌和其他文学形式存在的本质方式。象征主义文学的创作过程即是作家将意象与理念相关联的过程，也就是寻求象征的过程。威尔逊（Edmund Wilson）将象征主义定义为"利用刻意钻研的手段传递个人独特感受的尝试，而这手段就是由多种混杂的隐喻所表达的概念的复杂联想"。（16）也就是说，个体的感受和体验独一无二、稍纵即逝，这种感受无法通过传统的文学语言来表达，只有依靠诗人通过想象寻找象征来暗示朦胧、复杂、交织的理念。爱伦·坡为象征主义文学提供了最早的理论支持，他认为世间可感可知的万物、人的各种感官、自然、心灵、理念等都彼此呼应，相互契合、交叉和混淆，这些不同世界之间沟通的桥梁正是象征，法国诗人波德莱尔的《感应》（"Correspondances"）一诗体现的正是这种文学思想。波德莱尔受瑞典哲学家斯威登堡（Emanuel Swedenborg）影响，认为"一切，形式，运动，数，颜色，芳香，在精神上如同在自然上，都是有意味的，相互的，交流的，应和的"，（黄晋凯等：19）并依据自己的亲身体验形成了新的创作方法"通感法"。象征主义诗人要像"通灵者"那样依靠直觉去应和不同世界间的神秘感应，这种应和高度个性化，常常是作家冥想和幻觉的产物。因此，正如威尔逊所说："象征主义的象征则通常是随意选取的，由诗人决定象征物要象征的概念是什么——也可以说是这些概念的一种掩饰。"（15）它传递的常常是属于诗人自己的晦涩、含蓄而隐秘的感受，以至于无法和读者达成沟通。与宗教中的公共象征相反，约定俗成、一目了然的象征恰恰是象征主义作家竭力避免的。马拉美说："把一件事物指名道出，就会夺去诗歌的四分之三的享受。"（转引自威尔逊：15）T. S. 艾略特进一步在理论和实践上发展了象征暗示论，提出诗人应通过一系列的"客观对应物"来暗示某种情绪、某种观念，以达到一种"非个人化"的境界，其诗作因此内涵更加含蓄丰富，也晦涩难解。他指出，直截了当的"直言"会毁掉诗歌的超验、朦胧和神秘，唯有暗示才能激发和召唤出诗的灵魂。正因为如此，象征主义诗歌十分重视音乐性，因为音乐具有象征主义者所追求的暗示和朦胧的效果。象征主义文学极大地拓展了象征概念的诗学内涵，其中蕴含的许多创新元素为后来象征理论的发展提供了丰富的养料。

多维世界里的象征

20世纪，象征突破了既有的理论维度，超越了以往仅限于哲学、美学、宗教、文学、艺术等领域的现象，走向了多维世界，同时成为文化学、精神分析学、人类学、语言学、符号学等多种学科关注的对象。诚如吉尔伯特（K. Gilbert）和库恩（H. Kuhn）在《美学史》中所言："在一九二五年左右，象征这个概念开始成为人们注意的中心。……它时而同人类学和人文科学联系在一起，时而同数理逻辑和逻辑实证主义联系在一起，亦有时与心理学联系在一起，或者重新与宗教联系在一起。"（735）

1900 年，弗洛伊德《梦的解析》一书出版，象征走进了一个全新的学科——精神分析学。弗洛伊德开创性地提出了一个重要的人类精神领域，即无意识世界，他认为梦与人的行为和动机之间存在着暗示和潜在的关系，而象征是梦最主要的表现形式。梦的象征的特点是幼年被遗忘经验的唤回，主要来自个体被压抑的力比多，心理分析的实质就是梦的象征意义的分析，弗洛伊德试图通过诠释梦的象征来进行精神分析和治疗。荣格批判地继承了弗洛伊德的无意识理论，同样重视梦的象征的诠释，认为梦的象征包含着大量非理性可以阐释的潜意识内容。但他同时指出，梦的象征不仅源于个体经验，还是集体无意识的投射，延续千年的某些潜意识会沉淀为稳定的、具象化的民族文化原型，构成基本的象征形式。荣格强调，尽管力比多对象征的产生有重要作用，但并不局限于性本能，而是源自更普遍和更宽泛的生命能量。

如果说 18—19 世纪象征的最大舞台是文学，那么到了 20 世纪这个舞台就扩展成为文化学。吉尔伯特和库恩将卡西尔称为 20 世纪象征概念拓展的"先驱者"，认为其著作《象征形式的哲学》为多方面讨论象征问题奠定了广泛的基础。卡西尔将人定义为"象征的动物"，提出人与其他动物的根本区别在于人能够构成象征。人类的一切文化形式都是象征形式，文学、宗教、神话、仪式、戏剧、游戏、艺术等莫非如此，而研究不同类型的文化就是研究不同类型的象征。卡西尔以象征为基础建立了新的文化哲学，这在很大程度上指引了 20 世纪的文化学研究。格尔兹（Clifford Geertz）在《文化的解释》中是这样定义文化的："从历史上沿袭下来的、体现于象征符号中的意义模式，是由象征符号表达的传承概念体系，人们以此达到沟通、延续和发展他的对生活的知识和态度。"（103）文化象征符号包括物体、现象、行为、仪式、事件、关系等，它们都是观念的载体，共同构成一个族群的生活形态。20 世纪的文化学着重于对人类社会的象征进行分类和探究，阐明文化象征符号所承载的意义及其在社会行为中的作用，力求揭示出不同文化中表层象征符号背后的深层含义，探究这些象征如何形成体系，并研究这个体系如何影响人的行为方式及理解世界的方式。

20 世纪，象征成为符号学的关键词。symbol 一词在西文语境中既可译为"象征"，也可译为"符号"，如此，symbol 似乎理所当然是符号学研究的一个主旨。但事实上，符号学的创始人索绪尔最初将 symbol 排斥在这门学科之外，认为符号

（sign）以任意性为基础，而 symbol 则具有理据性，而符号学的主要对象"是以符号任意性为基础的全体系统"。皮尔士（Charles Peirce）则把符号划分为三类：肖似符号（icon），具有相似性，如图画；指示符号（index），具有邻近性，如烟与火；象征符号（symbol），具有任意性或规约性，如语言符号。不难看出，皮尔士的 symbol 与索绪尔的 sign 其实说的是一回事。在卡西尔的《人论》中，sign 与 symbol 则达到了一种意义上的融合，symbol 不仅有 sign 的特质，且 symbol 能直观、直接地指涉对象的意义。事实上，将象征单纯限定为理据的或是规约的，都不无片面。象征的理据中包含着规约，规约中透视着理据。符号化的世界中不仅存在着大量的象征性符号，而且不少语言符号都带有象征性。象征的地位和性质决定了它不会永远站在符号学的大门外。象征，作为一种特殊的符号，为解决符号学的核心问题——意义的生成、传递和创新——提供了重要的启迪。围绕着"意义"问题，学界有关象征的认知发生了两次重要的飞跃。

第一次飞跃大致发生在 20 世纪初，象征不再仅仅被当作意义的载体和媒介，人们普遍认为象征背后并无一个相对确定的意义客体，象征的意义由人、时间和空间等多种因素合力而成，这种意义是个性化的、多元和不确定的，且能随着主体、时间和空间的改变而不断变化与更新。第二次飞跃大致发生在 20 世纪中后期，象征本身成为"意义的生成器"，即象征如同一个活的肌体，具有人脑般的功能，拥有能生成意义的机制。秉持类似观点的有法国符号学家巴特和德里达，苏联文化符号学家洛特曼（Yuri Lotman）等。概括而言，相比于一般符号，象征在意义的保存、传递和记忆上具有独特性。首先，象征具有高度的凝结能力，能以压缩的方式保存大量的文化信息。其次，象征具有独立的意义迁移能力，能在新的语境中对各种贮存的信息进行重构、认定与评价。第三，象征具有突出的意义创造能力，能依靠人类的想象力、创造力和预测力不断更新自己的记忆库，生成新的文化意义。这两次关于象征符号意义认知上的飞跃深刻地改变了整个人文科学的面貌，探寻意义的本质和规律，诠释各类文本的意义生成、记忆和变化，已经成为新世纪人文学科发展的潮流和方向。

结　语

随着人的理性世界的觉醒，象征从最初具象与观念含混的自发融合最终走向自觉分离。象征被视为"理念的感性显现"，人的主体意识活动旨在揭示其表象背后隐藏的客观、普遍、恒久的观念，象征因此成为检验人的理性认知力的尺度。象征理论在很长的历史时期内是一种认识论和方法论，只是到了 20 世纪象征才不再仅仅被当作一种认知手段或思维方法，而是作为人类存在的方式显现，即象征之外不存在物质世界和精神世界，象征理论也从认识论走向本体论。象征从客观意义的载体成为能够生成新意义的"活的机制",（Лотман：242）象征、人、时间、空间、意义在新的层面上重新走向一种高度自觉的融合。利科说"象征导致思想",可以相信有关象征的思想还将不断延续下去。

参考文献

1. Лотман, Ю.М. Семиосфера, Санкт-Петербург: Искусство-СПБ, 2001.
2. Фрейденберг, О. М. Миф и литература древности, Москва: Восточная литература РАН, 1998.
3. 比德曼:《世界文化象征辞典》,刘玉红等译,漓江出版社,2000。
4. 柏拉图:《文艺对话集》,朱光潜译,人民文学出版社,1963。
5. 格尔兹:《文化的解释》,纳日碧力戈等译,上海人民出版社,1999。
6. 黑格尔:《美学》,朱光潜译,商务印书馆,1997。
7. 黄晋凯等主编:《象征主义·意象派》,中国人民大学出版社,1989。
8. 吉尔伯特、库恩:《美学史》,夏乾丰译,上海译文出版社,1989。
9. 伽达默尔:《美的现实性:作为游戏、象征、节日的艺术》,张志扬等译,生活·读书·新知三联书店,1991。
10. 加达默尔:《真理与方法:哲学诠释学的基本特征》,洪汉鼎译,上海译文出版社,1999。
11. 卡西尔:《语言与神话》,于晓等译,生活·读书·新知三联书店,1988。
12. 康德:《判断力批判》,邓晓芒译,人民出版社,2002。
13. 康德:《实用人类学》,邓晓芒译,上海人民出版社,2005。
14. 里克尔:《恶的象征》,公车译,上海人民出版社,2005。
15. 荣格等:《人类及其象征》,张举文等译,辽宁教育出版社,1988。
16. 索绪尔:《普通语言学教程》,高名凯译,商务印书馆,1985。
17. 托多罗夫:《象征理论》,王国卿译,商务印书馆,2004。
18. 威尔逊:《阿克瑟尔的城堡:1870 年至 1930 年的想象文学研究》,黄念欣译,江苏教育出版社,2006。
19. 维克雷:《神话与文学》,潘国庆等译,上海文艺出版社,1995。
20. 韦勒克:《近代文学批评史》(1),杨岂深等译,上海译文出版社,1997。
21. 韦勒克等:《文学理论》,刘象愚等译,江苏教育出版社,2005。
22. 谢林:《艺术哲学:德国古典美学的经典》,魏庆征译,中国社会出版社,1997。
23. 亚里士多德:《诗学》,陈中梅译注,商务印书馆,1996。

象征权力 赵一凡

略　说

语言是什么？索绪尔说是"符号系统"，哈贝马斯称作"普遍交往"。可在法国社会学家布迪厄目中，语言中隐含了福柯所说的"话语权力"，符号系统则是一套象征性统治工具。凭借这一"象征权力"（Symbolic Power），西方文化获得了隐秘政治功能。

综　述

布迪厄的超越意识

1970 年福柯入选法兰西学院，隆重讲演《话语的秩序》。此文宗旨，是要以一种新式冲突论，"就西方知识的历史命运，作出政治性解答"。然而冲突论的关键，并非马克思的阶级斗争，而是尼采喋喋不休的权力意志。何谓权力意志？它首先是一种力（macht）。如何让力量获胜呢？尼采说："赋予它一种内在意志，我称为权力意志。"

对于福柯，尼采是个"权力哲学家"。他不但描述权力争斗，张扬强悍意志，而且率先将权力关系"指定为哲学话语的核心"。福柯拓展尼采的权力观，使之广泛牵扯到：一、西方人孜孜求知的浮士德精神；二、西方人对于他人和世界的征服力；三、西方现代机构及其先进统治技术。

尼采权力说，暗藏了他对西洋真理的一大尖刻讽喻：古希腊人原本善良天真，他们相信话语的力量在于谁说话、怎样说。那时节，长老在庄严仪式中发号施令，巫师神秘兮兮念动咒语。大群听众诚惶诚恐，心悦诚服。阴险小人柏拉图，竟从中窥见了真理秘方：原来权力来自神秘言说！于是他发明辩证法，组建专家群，独揽天下真理。在尼采看来，柏拉图的成功，在于他将陈述仪式化、制度化，使之变得可说，可写，可以重复使用并且强加于人。

福柯补充尼采：柏拉图之后，知识日趋强悍——它排斥日常言谈，强迫人们陈述。这说明"知识意志每天都在增强，加深，而且日益变得不可理解"。在福柯笔下，权力与知识不但并置，而且同构："权力制造知识，它们密不可分。若不建立一个知识场，就不可能出现与之相应的权力关系。若不预设权力关系，也不会产生任何知识。"

《话语的秩序》强调：话语生产总是依照一定程序，受到控制、挑选和分配。由于权力的操纵，话语名为表意系统，实为强加于人的"暴力"。具体说，它体现为三种控制形式。一、言语禁忌：这好比中国的非礼勿言；二、理性原则：它排斥荒谬，讲究逻辑，杜绝一切杂乱柔弱的感性经验；三、真理意志或一种上帝般的全知全能。

1984 年福柯病逝前后，欧美学界爆发了一场"后现代大战"。参加论战的法国人福柯、德里达、利奥塔，竞相谴责现代性的弊端，批判发达资本主义。与之相对，德国哲学家哈贝马斯却坚持启蒙立场，鼓吹一种针对资本主义的修补方案。双方攻防要害，落实到语言学层面，即如何看待福柯所说的"话语权力"。

1985 年哈贝马斯发表《现代性的哲学话语》，批驳福柯的"反现代立场"。在他看来，由于迷恋尼采，福柯错把"保护自由的法律手段"看成了威胁自由的隐秘机制。他质问福柯："社会化为何一面养成个人性格，一面代表主体的屈服？资产阶级宪政国家，为何反倒不如那些个极权政府？"

同年，德国教授霍奈特发表《权力的批判》，作者发现：法兰克福学派首领阿多诺生前一直局限于启蒙理性的总体化。以他为代表的西马理论，因此走向了衰败。阿多诺去世后，福柯与哈贝马斯重审旧案，可这两人由于立场不同，竟得出了相反结论：福柯认定"斗争行为范式"，哈贝马斯却主张"普遍理解范式"。霍奈特感慨：二者各执一端，都无力沟通理论与实践。读完霍氏评语，欧美学者都把充满希冀的眼神，投向了法兰西学院院士彼埃尔·布迪厄（Pierre Bourdieu）。

布迪厄 1930 年生于法国南方小镇，父亲是乡村邮递员。1951 年他考入巴黎高师，与德里达同届，比福柯低四班。美国专家斯沃茨评点说：由于来自法国最偏远的西南山区，布迪厄在高师学生中属于少数贫寒子弟，即"没有任何文化与社会优势可言"。

战后高师堪称左翼大本营。阿尔都塞长年主持马列研讨班，对学生影响巨大。布迪厄回忆说："我很早就阅读萨特、胡塞尔。但我对青年马克思更感兴趣。《路德维希·费尔巴哈和德国古典哲学的终结》令我心醉神迷。"1955 年布迪厄毕业，去外省教中学。时逢阿尔及利亚爆发战争，他便应征入伍，去殖民地寻求机遇。1963 年，布迪厄回巴黎谋生，并出任高研院的第六部主任。1968 年新左派学生运动中，他带领一批青年学者创办社会学中心；1975 年又打造《社会科学行为研究》。1981 年，继福柯之后，布迪厄作为新一代左派学术领袖，当选法兰西学院院士。

至 90 年代中期，布迪厄的学术影响遍及欧美。什么原因？有专家说：布氏锐意创新，改进方法，令法国社会学摆脱了学科局限，进而激活了教育、政治、文化研究。具体说，自 1977 年起，布氏费时 20 年，打造一门"实践理论"，其目的是要超越"两种对立的知识范式"。

这两种对立范式的代表，分别是萨特与列维-斯特劳斯。美国专家斯沃茨说：

萨特强调自由选择、主体创造；列氏则深信系统能在意识之外，塑造并支配主体。这两种范式水火不容，将现代知识一分为二。布迪厄的野心，恰恰是超越二元对立、兼容两种范式。他回忆说：为了抵消索绪尔的影响，

> 我重读马克思的阶级理论。马克思《德意志意识形态》奠定了社会语言学的语用学基础，阿尔都塞对此进行了出色的修辞学分析。而我的理论创新，主要来自我对总体野心的排斥。从表面看，我同法兰克福学派亲密往来。可他们那种贵族式的总体批判，时常让我感到恼怒。

在《论象征权力》中，他又以含蓄方式，扬言要超越他所敬重的阿尔都塞老师。我们知道，20世纪上半叶，西方马克思主义遭受庸俗化的危害，战后"阶级还原论"更是把革命衰退原因简单归咎于工人生活的改善。卢卡奇著名的"阶级意识说"从此陷入理论困境。为此，阿尔都塞毅然打破经济决定论，大力凸现意萨司机制，将矛头指向资产阶级意识形态的强大主宰。

阿尔都塞过分强调系统支配、文化自律，这便激起布迪厄新一轮的破局冲动：他力图超越物质与精神二分法，深入说明经济生产、文化生产的内在微循环。1977年布氏发表《实践理论大纲》，推广马克思的政治经济学逻辑，使之囊括"所有商品"。他的理由是：第一，无论物质产品、象征产品，都"把自己再现为稀缺商品或值得追求之物"。第二，西马理论家，除了本雅明，大多习惯把"利益"局限于经济领域，因此低估了社会系统中的象征权力。所以左派学者亟需扩展马克思的"利益"概念，令其包容各种文化象征行为。

1989年布迪厄赴美国讲演时宣称：现代知识分裂为两种范式。以萨特为首的主观论者，一向高估人的信念和欲望。而在列维-斯特劳斯看来，唯有社会系统、语言模式，才是调节人类行为的关键机制。结论：上述两派都不能理解社会。唯有公平对待物质与精神、个人与社会，方可打造一门反思性社会学。

为此，布迪厄一连采用三个新概念：习性、象征权力、文化生产场。提醒大家：这三个概念合在一起，便可置换传统范式，克服三个连环悖论——主体中心、经济决定、系统支配。

语言与象征权力

1991年，布迪厄《语言与象征权力》由哈佛大学出版社推出英译本。作者在导论中设问："语言是什么？"索绪尔说是"符号系统"，哈贝马斯称为"普遍交往"。可在布氏目中，语言竟是一门政治经济学！它涉及生产关系，关乎社会行为。布氏又说：要想走出语言迷宫，我们只有转向权力场、文化生产场，从中探讨语言潜在的权力因素、象征价值。

再看首篇论文《合法语言之生产与再生产》。此文引述法国社会学家孔德："语

言构成某种财富，人人均可参与这一普遍游戏。"由此可见，西方语言学自孔德以降，一直迷信"语言财富论"，即把语言看成是集体财富：它不分贵贱，童叟无欺。侃侃说古至此，布迪厄突兀棒喝道：西方语言学实为一匹特洛伊木马（Trojan Horse），其用心险恶，骗人无数，至今仍然大行其道！

假如说孔德打造了第一匹特洛伊木马，索绪尔、乔姆斯基、哈贝马斯诸公，便是当下西方最成功的木马复制者。这三人都把语言视为天赐瑰宝、抽象系统、普遍伦理，以至于"完全无视其社会构成法则"。他们的共同错误是：首先，为把握语言的内在法则、生成语法，他们竟相删除历史，弃绝行为，终令语言"独立于使用者、使用方式之外"。其次，索绪尔把法语默认为规范语言，岂不知它自古法语辗转而来，经历了多少血腥征服、民间抗争！结论：话语意义既不在于索绪尔的音素、义素，也不在于乔姆斯基的语法、句法。相反，它存在于社会实践中，与权力密不可分。以法语为例：早年的法语统一，服从于君主国的营造需要，即利用标准法语，打压方言土语。大革命后，语言净化成为历届政府的一贯政策。由于大批官吏、神父的持续查禁，也由于无数语法学家、中学教师的不断教化，法兰西共和国方能在政治、经济与文化上，逐步统一于拉鲁斯（Larousse）字典。

书中第三篇论文《授权语言》，直接挑战英美流行的言语行为（speech acts）论。根据牛津大学语言学教授奥斯汀与希尔的观点，日常生活中人们说的每一句话，都是为了完成某种行为。这些行为可分为：一、"言中行为"，它表达意愿，叙述某个事件；二、"言外行为"，它下达命令，表示承诺；三、"言后行为"，它在听话人身上引起感动、回忆或反思。

哈贝马斯从中发现："言外行为"的说话者，非但不追求平等交往，反而居高临下，发号施令，即"借助命令，追求以言行事的目的"。受此刺激，哈贝马斯告别政治，追求一种"全面体现人类交往关系"的交往理性。同样受奥斯汀影响，福柯深入探讨真理叙事，进而发现了语言中的"暴力系统"。

事隔多年后，布迪厄来到十字路口，重新考察二人分歧。他承认，任何民族语言都需要规范统一。唯此，它才能保障一个现代国家的经济、政治、文化生产并行不悖。原因是：语言的系统规范，建立了同一语言在不同社会系统内的差异使用方式。请留意：此乃索绪尔语言系统（langue）赖以确立的基础，即任意性差异（arbitrary difference）。但索绪尔忽略了一项要旨，即不同语言集团的差异实践，都必须服从"统一合法性"。合法性何来？很简单，它来自法国大革命之后资产阶级作为统治阶级的权力授予。

奥斯汀讨论过一个案例。假设我在码头看见一条船，我走上前去，将挂在船头的酒瓶敲碎，并且宣告："我命名此船为'斯大林号'。"这里出现一个麻烦："我并非那个被挑选来命名这条船的人。"布迪厄由此入手，尖锐揭示言外行为（illocutionary act）与授权语言（authorized language）的差异如下：

字词有无一种力量？一旦接受索绪尔，我们就只能在字里行间中寻找"字词力量"，结果是枉费心机。字词中没有"言外力量"。这是因为力量是被授予、被代表的。事实上，人类言谈只能在偶然情况下（如在教学中人为地制造语境），可以归结为纯粹交往。字词力量与此无关，它只来自说话人及其言辞的授予权。奥斯汀、哈贝马斯自以为发现了言语行为的本质。然而我要指出，这恰是他们完美分析中的错误根源。语言力量自古来源于社会关系。精确说，它来自人们置身其中的权力场以及他们在场中占据的机构位置。

第二编《社会机构与象征权力》，痛斥"哈贝马斯一路新康德主义者"忽略了命名行为。何谓命名？它就是奥斯汀敲酒瓶那一幕。原来老哈只关注"斯大林号"这个符号，却无视它如何经由一个说话人进入机构背景，并在庄严仪式下加以完成。关键在于：

> 命名行为帮助说话人确立了现代社会的复杂结构——他们无一例外，都渴望在其创建世界的语言应用中添加自己的力量，不管这种力量是诽谤、谣言，还是褒奖证书、学术批评：它们日夜不停，交织进行，构成一种庄重而琐碎的集体行为——命名。

布氏又说："表演仪式的秘密在于机构。此乃一种再现炼金术。其中的统治阶级代表，以集团发言人身份，说出神奇口号，这令他以一人形象代表全体。反之，他从中获得集团授予的言说与行动力量。"例如路易十四说：I'Etat, c'est moi（朕即国家）。反过来讲，"这国家也是我的再现"。假设奥斯汀在大街上骂别人是白痴，那也是命名吗？不是。根据布迪厄，命名特征如下：

第一，无论褒贬，命名都在权威指导下进行，并受到共识的支配。譬如一个学生获得博士学位，这代表学术机构的官方认可。第二，命名把语言层面的象征权威转换为社会认可的力量，同时强加一种不可违抗的社会共识。第三，命名是一场永不停歇的争斗，其目的是以象征符号巩固合法性。即便是学者和科学家，也难免利用象征资本，竞相卷入争斗，可他们对此浑然不知。

文化象征与社会系统

福柯生前针对"话语权力"的研究，多有重大突破，要点如下。

首先，福柯发明知识考古学，并非要印证一系列"伟大我思"说过的至理名言，而是要查清：围绕真理陈述，人们说过哪些话，为何这么说，为何说着说着又变了，到底怎么说才算真理？结果他发现：西方一应知识系统，尽是些杂乱陈述——它们围绕各种对象喋喋不休。然而在话语规则的秘密调控下，它们经由不断区分、剔除与混淆，一一积淀成专业知识。福柯因此宣称：专业知识不神秘，也不具备真理优先权，因为它们掺杂主观意志，离不开权力运作。

其次，奥斯汀和希尔区分日常言语（everyday speech）、严肃言语（serious speech）。前者宽松不拘，人人可说；后者则涉及真理论说、知识限定。举例说明，假设一老农在地里说："天要下雨。"此话平庸，为日常言语。其特征是：说者脱口而出，听者若无其事。顷刻间，收音机里又传来声音："本市气象台预报，今晚有大雷雨，各县区要立即行动，作好防灾准备。"此即严肃言语。与地里老农的话相比，二者差别是：一、前者随口而出，后者郑重其事；二、前者对听众无约束，后者却代表权威制度，听者必须有所反应；三、前者老少咸宜，后者训练有素——一如黛玉和宝钗侃侃论诗，丫环老妈子鸦雀无声。福柯由此考察真理陈述（Enoncé）。他首先确认：陈述之属性，即知识属性。一个人学会陈述，就能像有知识的人那样说话、思考、发挥权威。正因为如此，世人无不敬畏它、争夺它。福柯又发现：陈述是一种公共资产，它"外在于我思"。就是说，人类知识来自社会实践，它积淀在文化传统中。人人都想陈述，这就产生了我说、你说、他说。但"我说"微不足道，因为它来自"父母说"、"老师说"，并受到"圣人说"、"法律说"的制约。

再次，福柯最后提示：生活中人们无话不说，可这些话一无约束性，二不产生效应，所以无关紧要。但在相关制度中，在特定专业环境下，日常生活中的随意之说，却能变成真理陈述或升级为一套森严规则。一句话，有关真理的陈述，通常是在特定范围内运作："它跻身于网络，局限于使用范围。"

法国哲学家德勒兹评点说：福柯重视话语系统中的陈述，并将一切陈述统统归咎于社会制度及其言语环境。举例说明：某大学女老师在系里一言九鼎。到了生孩子时，她却要住进妇产医院，事事听主治医生的。后者对病人生死在握，然而一旦治死了人，这位大夫就要面临调查起诉，被纳入另一专业制度，即法庭。在那里，医生只能听法官的。

福柯透过一双黑白转换的猫眼，去折射语言与制度之间那些常人看不见的秘密，进而教会我们去判明：陈述是如何在暗中组合成知识并赋予它话语权力的。可惜他早早离世，未及说明"话语权力"在社会系统中的象征功能。布迪厄的勃勃雄心，则是要打通"文化象征与社会系统"的二元对立，揭示其间的结构对应（structural correspondence）关系。何谓结构对应？简单说，它就是社会权力（外在结构）赖以合法化实施的个人习性（内在结构）。

关于这一隐秘对应，我曾在《西方文论讲稿》上卷第五讲中评点说：

> 自启蒙运动起，西方哲学家就不断编织、完善理性体系。这体系，虽说遭受马克思革命批判、尼采蛮力冲撞、老海兜底刨挖，仍不断扩展为一张覆盖全球的强权知识网。福柯等人的抱负，即要借助语言结构之法，重新揭示这一西方文明赖以统治的隐秘系统，无论它是黑格尔的狡黠理性，还是西马的霸权意萨司。

阿尔都塞、福柯这两位前辈相继倒下，就轮到布迪厄呐喊向前了。面对久攻不下的隐秘系统，他调整进攻方向，更换主战兵器。具体说，他是以法国社会学大师狄尔凯姆为向导，重新阐释社会权力、文化象征的对应关系。狄氏《原始分类》发现：人类自古形成分类习惯，以便区分男女、长幼、尊卑、敌我。例如图腾象征，就暗示社会组织与心智结构之间存在某种对应。

布迪厄确认：狄尔凯姆的原始分类，同样存在于现代社会，只不过这种对应是以一种复杂象征形式，体现于系统分化、等级制度中。对应后果是：一、现代人的个人习性、阶级意识，对应于他置身其中的社会系统。二、各系统内部的等级秩序，又将他相应规定为支配者、被支配者。三、除了对应，文化象征体系还具有一种隐秘生产力量，它复制系统，重建等级，维持社会运转。

上述循环过程，即从符号差异、象征再现直到文化传承、社会再生产，凸现一种象征暴力。我们已知，"暴力说"出自尼采名言："历史即一连串强词夺理。"福柯按：历史作为游戏，自身无意义。可它隐含强制规则，其目的是"让人服从新意志，投入新游戏"。布迪厄接着说：由语言符号组成的象征系统，乃是一种统治合法性之再现（representations of legitimacy）。理由是：第一，人类制度无论新旧，都需要合法象征，例如原始社会里的图腾祭祀、发达社会中的高等法院等。第二，资本主义尤其擅长操纵符号系统与象征形式，以便遮蔽阶级关系，隐匿压迫剥削。马克思称之为"虚假意识形态"，布迪厄则把它视为"具有合法化功能的象征暴力"，或一种"高度发达的资本种类"。从象征暴力到合法权力，这中间的"蒙骗性再现过程"如下：

一、象征符号并非镜子般地反映现实，而是通过折射变形，再现为合法权力。何谓合法权力？说白了，就是将象征符号"委婉转换"成社会等级、法律制度、管理规定，使它们变得像自然秩序那样天经地义，或者像启蒙理性那样，处处散发着自由平等博爱的光辉。

二、经过伪装的权力，变成了象征权力。后者的实施，"只有通过那些不知道自己从属于它并主动实施象征权力的人的合谋。"

三、象征权力作为"创造世界、整合社会的力量"，同时获得统治者、被统治者的赞同认可。"任何一种实施象征暴力的权力，都会掩盖其权力关系，进而把意义合法地强加于人，即把象征权力附加于权力关系。"

象征资本 vs 经济决定

1986 年布迪厄发表《资本的形式》，开始区分四种资本，即经济资本、文化资本、社会资本、象征资本。他又表示，"经济资本处于所有其他资本的最根本处"，其他资本都是"经济资本的转换与伪装形式"。有人担心布迪厄大幅修正马克思，是否会导致"资本"概念贬值。

其实布氏创新，是希望超越阿尔都塞。阿氏发明多元决定论，是要打破上层建筑与经济基础二分法。为此，他将上下二元重新切割为三：经济、政治、意识形态。三领域在其自治范围内以不同节奏运转，并在总体上彼此决定。经济作为基础，只起到最终决定作用。可在布迪厄看来，阿老师打破上下之分，努力沟通政治与经济，可他仍未进入那个由象征符号编织的文化系统。

布迪厄挑剔说："马克思主义传统是如此重视象征系统的政治功能，以至于伤害到其中的逻辑结构、密教功能。"美国教授斯沃茨评点说：布迪厄同阿尔都塞展开"批评性对话"，从中发展出一门关于象征权力（le pouvoir symbolique）的政治经济学，其要旨在于象征资本、象征暴力，它们彼此交叉，不但打破索绪尔结构，也超越了阿尔都塞的多元决定论。《资本论》第一卷称商品"充满了神学的怪诞"。马克思的意思是说：资本主义生产关系，令商品"在人面前采取一种虚幻形式"。马翁就此写下一则令本雅明猛醒的警句："劳动产品一旦表现为商品，就带上拜物教性质。拜物教同资本主义生产方式密不可分。"

布迪厄口中的"逻辑结构"，是指索绪尔的语言结构法则。他所谓的密教功能（gnoseological fuction），则涉及商品拜物教。二者叠加，构成布迪厄的破解对象，即"资本与符号"如何编造出资本幻象。为了拆穿这一超级骗术，他大胆设问：文化系统是否存在象征利益？可否推广马翁价值论，使之进入"非物质生产"系统？这方面阿老师语焉不详，倒是韦伯提供了示范。

韦伯称："宗教行为基本指向今世，其目的最终也是经济的。"受其启发，布迪厄在《宗教场的起源》中确认："宗教信仰与行为系统，均由专家群体（主教、僧侣、神学家）构建而成。他们为了争夺宗教商品及其服务，不断争夺控制权。"韦伯之高明，在于他一面"释放唯物主义分析潜力，一面保留下宗教现象的符号特征"。赞赏之余，布迪厄欲将韦伯嫁接于马克思，理由是："人类所有行为，本质上都追逐自我利益，包括象征利益。"

参照韦伯的"宗教劳动"，他发明一套新概念，诸如象征劳动、象征产品、象征暴力、象征资本。请留意：它们都以"象征"为前缀，力图打通文化与政治、经济的隐秘关联。由于是组合概念，它们至少涉及三重交叉关系：一、物质利益与象征利益；二、权力与资本；三、符号与权力。现分别解说如下。

交叉一：物质利益与象征利益 在布迪厄看来，人类自古依赖劳动生产，并通过交换物质产品保障生活、延续文明，这证实我们是经济人。与此同时，人类不断地说话、思考，欣赏象征产品（书籍、报刊、戏剧、绘画、电视），以便与人交往，融入社会。这说明我们是象征人。

根据韦伯，人类除了功利行为，还有价值行为、情感行为。后者启发布迪厄如下：第一，物质利益与象征利益，都是人类生存必需。第二，经济系统并非社会组织的唯一形式，它与象征互动，同文化勾连，并受到各种权力的支撑。象征利益是否很抽象？布迪厄说，它们是具体利益的交织，也是特定条件下的权力变形。准确说，它们是一些"只能通过经验分析才能理解的历史构成"。

如何分析象征利益？布迪厄说，需将《资本论》的经济术语，诸如投资、流通、增值、再生产，一一用于文化研究。譬如原始人的礼品交换，引起列维-斯特劳斯的结构兴趣。布迪厄却道：两部落互换礼品，并不看重金钱价值。相反，他们通过交换，肯定部落间的诚信与友谊，此即象征利益。

交叉二：权力与资本 《资本论》称劳动时间是衡量资本的等价物，据此，布迪厄指"资本代表了控制劳动产品及其利润的权力"。只不过，他念念不忘资本的象征形式或作为资本的权力。这里我们再次面对福柯，福柯把权力看作一种主宰欲望。布迪厄受福柯影响，却不想当跟屁虫。《实践的逻辑》称：作为"社会物理能量"，资本具有扩张吞并的天性。作为马翁的"虚幻形式"，它又变化多端，充满欺骗性，因而有必要拓展"资本"概念，使之与现代社会所有权力形式相勾连，不管它们是物质财富、社会关系还是语言符号、文化象征。

布迪厄在讨论资本时，不像马翁那样注重剩余价值、经济剥削。他更关注资本主义合法性或权力关系中的象征因素。根据福柯，发达社会已从肉刑体罚转向心灵规训。根据阿尔都塞，意萨司的缜密柔软，遮掩利萨司的强力镇压。布迪厄确认：象征权力维护统治阶级，造成社会不平等。索绪尔语言系统与现代社会对应：它既代表经济权力，也具备政治功能。

众所周知，结构主义关注符号，却忽略其社会来源。西马重视文化的政治功能，却无视"其中逻辑结构"。如何纠正双方偏颇？首先针对结构派，布迪厄强调符号的具体功能是：认知、交往、社会区分。他承认，语言是集体共识或一套"众人分享的基本知觉框架"。其次，他针对西马软肋，从头考察符号差异，直至由此形成的劳动分工、社会等级。

交叉三：符号与权力 根据索绪尔，语言乃一差异系统，它按照"异同"原则分类，即根据数学正负概念，对目标进行接纳或排除。在布迪厄看来，人脑如电脑，它区分芜杂符号，并经由对立生成意义。根据狄尔凯姆的社会分工论，布迪厄断定，个人认知结构乃一"内在化的社会结构"。日常生活中，诸如上下、贵贱、雅俗等老生常谈"之所以被我们想当然地接受，那是因为它们背后耸立着整个社会秩序"。

上述二元对立，看似符号差异，根源却在社会。而它们作为分类工具，指向某种更基本的对立：统治与被统治。据此，布迪厄指出符号系统一身二用：第一，作为"具有结构功能的结构"，它赋予社会以秩序和理解，并发挥整合功能；第二，作为"被结构的结构"，它通过认知过程，被个人内在化。上述二者的互动在于：第一，社会结构被投射于个人心理；第二，我赖以区别于他人的概念，恰好吻合那些划分阶级与等级的范畴；第三，不知不觉中，个人和群体又反过来，再生产了社会秩序。

结　语

布迪厄《实践理论大纲》称：伴随资本主义发展，出现合法化需求，即以象征权力改善管理，收拢民心，并利用它扩展权力，增加财富。二者相加，代表一种"合法积累的资本与权力关系"。从中，统治阶级不但获得信任资本（capital of trust），而且将它强加于人，令其成为被统治阶级的社会信仰。

从表面看，象征资本与剥削无关，因为它是一种被否认或变形的资本：它能把利益关系"伪装成为超功利追求"。例如在中世纪，神父利用繁文缛节，宣扬福音，劝人向善。其私下目的，却是维护政教合一的封建统治。又如在西方发达国家，大老板竞相创办慈善医院、艺术基金，还向大学捐赠图书馆。这其中好处，除了规避税收，还可将金钱转化为子孙的教育投资。

布迪厄确认：象征资本是转化的经济资本。"转化"掩盖一个秘密，即象征植根于资本的物质形态，该形态又构成象征（宗教仪式、慈善捐助）的有效性来源。而当行为与经济脱钩并被误认是超功利行为时，它就获得了合法性。故此，"象征资本是一种权力形式：它不被看作是权力，而被当成一种有关承认、服从、忠诚的合法性要求"。至此，布迪厄已将文化了纳入"利益与资本"研究，又将它置于权力显微镜下，这就有了四种资本：经济资本（货币与财产）、象征资本（头衔与名望）、文化资本（文凭与知识）、社会资本（亲属与人缘）。

布迪厄承认：原始社会中的家族遗产，主要是物质的，例如土地、房舍、牲口与农具。同时也有无形资产，诸如血缘亲情、家族名誉。这些"经由几代人积累起来的权力与责任"，构成最早的社会资本、象征资本。"当家族发生意外时，便可求助这种附加力量。"到了现代社会，人们为了寻找工作，只能在市场上待价而沽。每个人的工资收入，取决于他的教育文凭、人际关系。前者构成文化资本，后者则是社会资本。

在布迪厄目中，经济资本塑造文化系统。其历史功绩在于：它投资文化生产，发展文化市场。资本主义梦想将一切都变成商品，可它单凭金钱，却很难买下文化。同理，经济资本也不能独力统治社会。唯有利用象征权力，将其统治合法化。眼下文化资本大行其道，布迪厄却说它是"被支配的资本形式"？这是为何？

先看经济资本，它以货币为标志，方便计算管理，也容易转换成文化资本、社会资本。再看文化资本，它不是稳定货币，因而无法量化。例如文凭内含的制度化价值，便与股票不同。而文凭与知识能力的获得，只能经由家庭教育，缓慢传给后代，其间投资风险，要比经济资本更大。最后，文化资本、社会资本都依赖网络关系，与其他资本交织。作为特殊资本形式，它们不像金钱那样独立，只能按不同比例进行兑换或折算。

美国专家斯沃茨说：布迪厄在超出经济的宽大领域中，发现了众多形式的资本与权力资源。而他关注的要点，在于人们利用何种策略进行投资、分配、转换与积累。若要区分这些混杂、流动的资本与权力，我们别无他法，只有深入到它们各自运作的场域中去。

参考文献

1. Bourdieu, Pierre. *Language and Symbolic Power*. Ed. John Thompson. Cambridge: Harvard UP, 1991.

2. —. *The Logic of Practice*. Trans. Richard Nice. Stanford: Stanford UP, 1992.

3. —. *Outline of a Theory of Practice*. Trans. Richard Nice. Cambridge: Cambridge UP, 1977.

4. —. *Practical Reason: On the Theory of Action*. Trans. R. Johnson. Stanford: Stanford UP, 1998.

5. —. et al. *Reproduction in Education, Society and Culture*. Trans. Richard Nice. London: Sage, 1990.

6. Durkheim, Émile. *Primitive Classification*. Chicago: U of Chicago P, 1963.

7. Foucault, Michael. *Language, Counter-memory, Practice: Selected Essays and Interviews*. Ed. D. F. Bouchard. Ithaca: Cornell UP, 1977.

8. Habermas, Jürgen. *The Philosophical Discourse of Modernity: Twelve Lectures*. Trans. F. Lawrence. Cambridge: MIT P, 1987.

9. Honneth, Axel. *The Critique of Power: Reflective Stages in a Critical Social Theory*. Trans. K. Baynes. Cambridge: MIT P, 1991.

10. Weber, Max. *Economy and Society*. Ed. G. Roth, et al. Berkeley: U of California P, 1978.

11. 包亚明译：《文化资本与社会炼金术——布迪厄访谈录》，上海人民出版社，1997。

12. 福柯：《知识考古学》，谢强、马月译，生活·读书·新知三联书店，1998。

13. 尼采：《论道德的谱系》，周红译，生活·读书·新知三联书店，1992。

14. 斯沃茨：《文化与权力：布迪厄的社会学》，陶东风译，上海译文出版社，2006。

新人文主义 郑 佳

略 说

"新人文主义"（New Humanism）始于 1910 年至 1920 年间的美国学界。在很大程度上，这一文学和文化批评流派是对 19 世纪以来不断兴起的现代思潮的一种反拨。新人文主义者大多从古希腊古典主义传统中汲取理论资源，在认可人性二元对立的前提下，强调意志力对本能冲动的约制与调控，试图通过重树古典主义的理性原则和节制精神来拯救现代社会中严重衰败的人文主义价值传统。在批评原则上，新人文主义者注重文艺作品的道德功能，把道德伦理视为批评的最高标准。白璧德（Irving Babbitt）和莫尔（Paul Elmer More）为新人文主义奠定了理论和实践基石，他们的学生在吸收和推广其学说的基础上，于上世纪 20 年代发起了"新人文主义运动"，大力提倡文艺批评的道德责任。新人文主义作为一场批评运动在 30 年代大萧条的背景下开始分崩瓦解，但对此后的美国社会生活，尤其是当代保守主义思想，产生了较为长远的影响。

综 述

20 世纪前二三十年可谓美国反叛思想盛行的时代。在面对世纪之交的道德危机以及第一次世界大战所带来的精神创伤时，一大批进步人士以激进的方式向传统旧俗发起猛烈攻击，强烈要求推翻以清教主义为核心的正统文化，建立自由、民主的美国现代文化。（布莱克：575—577）然而，在反传统浪潮日益高涨的氛围下，却有许多知识分子把目光投向过去，希望从 19 世纪以前的文明体系中寻求一种支撑性力量，用以应对现代思潮对传统秩序的冲击。他们恪守传统道德观和价值观，对哲学和社会思想中的科学主义、日常生活中的物质主义，以及文学艺术中的浪漫主义和自然主义采取坚决抵制的态度，形成一股与激进派针锋相对的保守势力。

在这些保守势力中，新人文主义者可谓是"旧秩序最坚定的维护者"。（Sutton：26）新人文主义主要源自白璧德和莫尔的人文主义思想，二者自 19 世纪末即开始倡导人文主义，要求恢复古典主义艺术思想和过去的社会秩序，重树现代社会对人之特性和尊严的重视。他们的主张得到当时一批大学文人的积极响应，并于 20 世纪 20 年代在其学生的推动下演变成一场文学与文化批评运动，史称"新人文主义运动"。新人文主义之"新"在一定程度上是为了区别于文艺复兴时期的人文主义，其宗旨虽然是以人为本，弘扬人文精神，但与文艺复兴时期反抗神权、解放人性的人文主义不同。它力图拯救在自然科学观大行其道的现代社会中趋于沦落的人性，可谓"源于特定的历史境遇，属于流变之物"。（格洛登等：1091）不过，白璧德和莫尔对"新"这个修饰语并不认可，且"从未自称其学说为'新人文主义'"。（张源：38—39）尽管如此，由于他们为新人文主义提供了理论和实践根基，仍被视为该运动的先驱。

从本质上讲，新人文主义是"美国温雅文化传统的分支"。（Lora：70）新人文主义者大多秉承基督教伦理精神，把永恒的道德视为人的独特性的体现，强调道德在人性完善和社会发展中的决定性作用。他们认为，情感和行为的肆意放纵将导致人在"各种极端之间激烈摇摆"，（Babbitt，1919：97）因此需要一种"内在制约"（inner check），即一套道德伦理法则，对各种欲望进行适当节制。新人文主义者把人文精神在现代社会的沦丧归咎于浪漫主义和自然主义两大思想运动，批判浪漫主义者过于崇尚情感宣泄和个性解放，造成现代社会对传统的蔑视和对物质的沉迷；而自然主义者则夸大了人对环境的依赖，把人降格为受环境和本能驱使的动物。在他们看来，这两种思想都淡化了人"掌控和克制本能冲动的人性面"。（Hoeveler：4）

在文艺批评方面，新人文主义者强调文艺作品在传播道德和完善人性方面的重要作用，认为文学作品的功能在于提高人的道德意识，"应当维护传统……表现'心理良知'和'自我克制'"。（黄晖：146）在具体的批评实践中，新人文主义重释了古典主义的理性原则和节制精神，主张文学作品的规范和典雅，极力反对浪漫主义文学对情感和想象的放纵以及自然主义文学对遗传环境决定论的过分依赖。作为一种批评流派，新人文主义在发展后期表现出较为活跃的态势，但其活动范围始终局限在文学领域和美国高校的学者圈内，"对公众事物的影响微乎其微"，（Lora：71）这一点与它本身就带有一种保守主义倾向和贵族式的做作之风不无关系。随着30年代左翼批评和新批评的崛起，新人文主义很快便失去人心，逐渐退出美国文学舞台。

理论体系的创立

新人文主义理论主要建立在白璧德的人文主义学说的基础之上。白璧德自1893年就一直在哈佛大学任教，他的思想往往先通过讲堂传授给学生，又在一批优秀学生的传播和发扬下得到认可，成为美国20年代反浪漫主义和现代思潮的中坚力量。他在第一部专著《文学与美国的大学》（*Literature and the American College:Essays in Defense of the Humanities*，1908）中首次系统探讨了"人文主义"（humanism）话题，其中有关"人文主义"的诠释构成了新人文主义的纲领性内容之一。在随后出版的《新拉奥孔》（*The New Laokoon*，1910）、《法国现代批评大师》（*The Masters of Modern French Criticism*，1912）、《卢梭与浪漫主义》（*Rousseau and Romanticism*，1919）几部作品中，他一方面对浪漫主义、自然主义、功利主义、科技论等思潮展开猛烈抨击，另一方面又不断补充和完善人文主义学说的基本原则，形成一套较完备的人文主义批评体系。

《文学与美国的大学》是白璧德首次系统阐述"人文主义"概念之作，其核心论点，是指出现代哲学的兴起导致了大学人文精神和传统教育职能的沦丧。在前三个章节中，白璧德首先就人文主义的概念作了厘清。他追溯了 humanism 一词的拉丁词源，指出该词并非代指宽泛的善行或博爱，而是意味着信条与纪律，"含有贵族而非平民的意蕴"。（1908：6）随后，他将"人文主义"和"人道主义"（humanitarianism）进行了区分，纠正了当前人们对这对术语的误解与混淆：人道主义者"对全人类富有同情心，对全人类未来的进步充满信心，并欲为这一伟大进步事业贡献力量"；而人文主义者所关注的对象"更具选择性"。（7）实际上，白璧德通过这种比较批判了人道主义情感泛滥和缺乏克制，从而凸显出人文主义的节制性。尽管如此，他并不赞同在放纵和节制之间去此适彼，因为任何极端均会导致个体心智的不健全。所以，他借鉴了古希腊的中庸思想，提出一种"适度原则"，即在同情与选择，或者说在统一性与多样性之间保持适当的平衡。他把这种"适度原则"比作"融合自身对立品质的能力"，它不仅是衡量个体"人文"程度的标准，也是彰显人之特殊性及美德的标志。（22）

在白璧德看来，现代人文精神的沦丧即是由于人们对适度原则的漠视。他在书中指出，自文艺复兴以来，自然主义的不断扩张使人们过分强调"物之法则"，从而忽视了"人之法则"，即人的内在本质。他把自然主义的产生归咎于两大思想根源：一是由文艺复兴时期英国哲学家培根开创的实证主义和功利主义，即所谓的"科学自然主义"；二是以 18 世纪法国思想家卢梭为代表的浪漫主义，即所谓的"情感自然主义"。（33）他认为，在培根的"科技进步观"的影响下，现代社会在追求科技带来的物质利益的同时忽略了精神方面的提升，而卢梭推崇的"个体特性"又导致了艺术准则的混乱。换句话讲，这两大思潮均否定了节制和平衡原则，使人们走向了危险的极端。

最后，白璧德把拯救人文精神的希望寄托于恢复在当今时代备受冷落的传统大学人文教育，欲使大学重新成为"维系人文准则"的场所。（87）但是，作为一个自视为"少数有思想，并献身于一种高尚、非个人理性"的知识分子，他期望大学能培养出"有共同道德准则的领导阶级"，（Brennan and Yarbrough：70，23）所以就本质而言，他的复古主张带有清高的贵族气息和不切实际的理想主义色彩。事实上，他自已也意识到现代潮流的不可逆转，所以强调人文主义者的目标只是"完善他的时代，而不是否定他的时代"。（259）

整体而言，白璧德的首部论著《文学与美国的大学》对人文主义的原则与辩证法作了较详细的概述，蕴含了新人文主义的核心观点，而他的第二部专著《新拉奥孔》即是在此基础上将人文主义思想引入艺术领域的一次尝试。这部作品借德国启蒙运动代表莱辛在《拉奥孔》一书中对诗歌与绘画两种表现媒介的区分，探讨了艺术体裁之间的界限，重点批判了19世纪浪漫主义所导致的现代艺术形式的混乱。在表述其美学观点时，白璧德继续强调"调和"思想，指出艺术处于"形式"和"表达"之间，如果艺术家"片面倚重形式或表达，那么他将不再具有人文品质"。（232）同样，1912年出版的《法国现代批评大师》亦是在人文主义观念下对19世纪法国文学批评展开的批判性总结，"十分准确地阐述了新人文主义的艺术哲学"。（Brennan and Yarbrough：13）白璧德在书中表达了一种建立标准的主张，指出现代文艺批评的症结在于缺乏选择和判断准则，而解决这一问题的关键就是要建立一种理性的评判标准，使批评家在"关注不同程度的优点和缺点之间作出明确的、清晰的区分"。（1912：380）但是，对于这一评判准则的具体内容，他并没有给出明确的界说。

从某种意义上讲，《法国现代批评大师》为接下来的《卢梭与浪漫主义》作好了铺垫。在这部被认为是他最重要的著作中，白璧德回溯了过去三个多世纪以来的西方思想史，试图从中寻找造成现代社会混乱状态的根源。作品的开篇围绕着"古典主义"和"浪漫主义"这对术语展开，从历史的角度概述了古典主义与中世纪的浪漫主义、18世纪新古典主义（Neoclassicism）以及19世纪浪漫主义的区别。他再次以古希腊古典主义为依托，声称亚里士多德的《诗学》蕴含了"最优秀的古典主义理论"。（1919：15—16）不仅如此，他还划清了古典主义与新古典主义之间的界限，声称前者依赖于"对普遍性的直接感悟"，（18）而后者则刻板地遵循规则与范式。

在《卢梭与浪漫主义》这部作品中，白璧德对浪漫主义的批判力度是前所未有的，几乎否定了浪漫主义所有的显著特征。他斥责浪漫主义者的人性观，声称他们所谓的"人性本善"（natural goodness）完全忽视了人之法则，"永远鼓励着人们逃避道德责任"。（155）值得注意的是，在论及想象问题时，白璧德在某种程度上表达了对浪漫主义创造式想象的认可："想象必须讲求自由而自发。幻觉和见识与无限意识的融合至关重要，在真正的想象之中才可以发现"。（101）但他同时指出，浪漫主义者并没有达到"对想象的最高级运用"。（69）按照他的说法，想象可分为两类：一种是阿卡狄亚（Arcadian）或田园抒情式，体现了个体欲望与冲动；另一种是道德式的，表现出"高度严肃"的自我。（182）在他看来，浪漫主义者的想象是典型的阿卡狄亚式，总是"徘徊在沉思和希望之间"，（82）而人文主义者的想象则具有规范性和严肃性，是一种更高的等级。公允地说，这种分类很难令人信服，他既没有提供两种想象的划分标准，也没有说明后者高于前者的依据，然而正是在这种武断分类的前提下，他对19世纪众多浪漫主义艺术家展开了毫不留情的谴责。他抨击雪莱和拜伦始终未能超越阿卡狄亚式想象，嘲讽华兹华斯"身上产生的与其说是一种真正智慧的觉醒，不如说是一种田园梦想的转变"，（83）甚至把雨果贬低为"暴发户式"的情节剧作家，缺乏道德认识和真正的戏剧动机。（139）这些评价和他对"想象"的分类一样，显然是有失偏颇的，不仅淡化了19世纪浪漫主义在文学发展史上的革新作用，而且以一种对立的眼光审视浪漫主义作家和作品。不仅如此，他的偏颇进而又指向现实主义文学。在他看来，19世纪的现实主义与浪漫主义没有什么不同，都是"自然主义的不同方面……都将法则看作是外在的、非自然的东西而加以抛弃"。（105—106）

不难看出，作为"文化传统和文化延续的坚定护卫者"，（艾略特：209）白璧德很难接受艺术作品在形式和道德准则上的革新。进入20年代后，他又开始对现代主义文学发起攻击，批判刘易斯、奥尼尔、桑德堡、帕索斯等新兴作家和诗人。和以往一样，他仍然站在人文主义立场上，企图将文学批评带回到古典主义的理性观念上。他这种复古的执着一方面为新人文主义运动在20年代的蓬勃开展铺垫了理论基石，但另一方面，他对道德因素的过分强调使其思想愈加抽象和僵化，把文学批评几乎变成了一种道德说教。

批评实践的形成

如果说白璧德是新人文主义理论的奠基人，那么莫尔就是该团体的"首席文学批评家"。（格洛登等：1088）与白璧德致力于理论的建构有所不同，莫尔的兴趣主要在于18和19世纪的英美文学研究，他对文学作品的评鉴表现出一种与前者极为相似的人文主义观点。

在莫尔的批评理念中，艺术与生活，或者说美学与道德之间，总是存在着息息相关的联系。从这个意义上讲，他继承了过去的经典批评传统，即把艺术看作对生活的自觉批判。在他看来，艺术就是要描绘人性，并努力探寻人们赖以生存的价值观。尤其对文学而言，反映现实生活，特别是生活中的道德准则，才是其根本功能所在。他认为，真正的艺术家必须把生活与艺术完美结合，按照生活的原貌将其呈现在艺术作品中。然而，他关注的并不是生活中的典型人物或环境，而是一系列需要人们遵循的伦理道德。他在《新舍尔本文集》（*New Shelburne Essays*，1928—1936）第一卷中明确指出，道德判断是艺术作品不可回避的问题，而一部作品的深度如何则主要取决于作者在多大程度上呈现出艺术审美与道德法则之间的内在联系。（1928：102）尽管如此，莫尔并没有将道德因素作为衡量艺术价值的唯一标准，他也认可从美学角度审视艺术作品"是完全可行，而且可能是很有价值的"，（Tanner：26）只不过相对道德准则而言，美学准则远远不够稳定和持久。正因如此，他很难接受"纯艺术"或"为艺术而艺术"的理念，声称"把艺术当作脱离生活责任的抽象概念，这种做法将一无所获"。（1936：80）

尽管莫尔从传统中找到了文学批评的源泉，但他却认为以往的批评家通常"缺乏一种能够把道德意识和美学意识结合起来的哲学理念"。（1910：233—234）为了弥补这一缺陷，他把目光转向一种在他看来既能够阐释生活和人性本质，又能够使美学与道德相互结合的哲学二元主义（Dualism）。早在1913年，他就在《二元主义的释义》（"Definitions of Dualism"）一文中阐述了对人性二元对立等问题的看法。在他看来，人性本身受到本能冲动和精神力量两个对立面的支配。他认为本能冲动是"漫无目的且持续不断的强烈能量波动"，但是人的内部还存在一种与之相对的指令性力量，能够"时时压制本能欲望，阻止它们在行为活动中的拓延"。（1913：247—248）他把这种对本能欲望的抑制称为"内在制约"，强调它所起到的不是简单的"阻碍"作用，而是一种"调节"作用。（248）正因为有了"内在制约"，人才能在行为、伦理、宗教等问题上作出选择和判断，才得以摆脱低等动物的属性。他把二元对立视为人类生存现状的事实，"一个越辩越清、越辩越明的真理"。（248—249）实际上，莫尔的二元主义在很大程度上沿袭了古希腊哲学中的二元论，特别是在人性本质问题上，他几乎完全继承了亚里士多德和柏拉图的观点，从自然层面和精神层面看待人性的善恶对立。正如他在文中引述柏拉图的观点时所说：精神克制和自然欲望分别是善与恶的根源，后者最终会导致人的贪求与绝望，而"真正的解放只有在……意识到人内里存在一种区别于永恒欲望的因素时才能实现"。（263）

　　二元论在莫尔的批评实践中起到了极为关键的作用，"决定了他批评的趣味、方法和判断"。（Tanner：3）他感兴趣的作品往往都触及人性或道德伦理；在处理具体文本时，他主要关注的也是作者的人性观和道德意识。正如莫希尔（Louis Mercier）所说，莫尔把二元主义"运用在艺术作品的形式和内容上"，对他来说，"最优美的形式要能够将最复杂的材料非常合理地组织起来。至于内容，一部文学作品如果让［读者］看到基本冲动和制约力量在人内部的斗争和冲突，它就能相应地打动［读者］"。（205）从这一点出发，我们便不难理解为何莫尔对19世纪中期的美国新英格兰文学始终保持着浓厚的兴趣。

　　莫尔在《舍尔本文集》（*Shelburne Essays*，1904—1928）中即多次以专门的章节介绍和评价爱默生、梭罗、霍桑等新英格兰代表作家，甚至对肯尼迪（John Pendleton Kennedy）、莱内尔（Sidney Lanier）、奥德里奇（Thomas Aldrich）等一批名不见经传的新英格兰小说家和诗人也予以高度赞誉。对他而言，美国文学始于新英格兰时代的清教徒，在爱默生和霍桑时代达到顶峰，随后则走向衰落。他把爱默生那一代的新英格兰文学称为"这个国家有史以来创造的最高层和最纯一的文化"，是"极为珍贵且值得回味的东西"，是"文学史上的独创"，是"世界历史的珍宝之一"。（Tanner：174）甚至凡是自己喜欢的美国作家，他都要把他们与新英格兰联系在一起，试图发掘新英格兰传统对他们思想和创作的影响。

　　至于莫尔为何如此钟情于新英格兰文学，达根（Francis Duggan）指出了两点主要原因："一是他始终对新英格兰和清教先辈怀有强烈的敬畏之情。更重要的是，他在新英格兰文学中发现了体现自己某种基本哲学和宗教态度的内容。"（544）应该说，达根总结的这两点是比较准确的。众所周知，在宗教环境下产生的新英格兰文学从一开始便带有强烈的神权和道德色彩。虽然到了19世纪，"清教主义作为一种教义逐步衰落，但其中包涵的伦理道德力量却受到越来越广泛的重视"。（李安斌：201）无论是以爱默生为代表的超验主义者还是以霍桑为代表的清教主义小说家，大都秉承严谨的道德精神传统，试图在创作中探索和解答人性的本质问题，同时又强调"道德训诫"在人的精神和心灵升华过程中的关键作用。所以，莫尔对新英格兰作家的关注和赞赏主要还是因为他们的作品对人性、道德和宗教问题的思索，以及对生与死、善与恶的诠释上表现出与他的二元主义哲学十分契合的理念。正如达根所总结，他从爱德华兹（Jonathan Edwards）那里看到了神圣与邪恶的人格化表现，从霍桑那里发觉了艺术中二元主义的象征性呈现，从朗费罗和惠蒂埃那里寻找到对生命幻象的理解，从爱默生和梭罗那里感受到最纯洁的信仰和品质。（550）

莫尔对新英格兰文学的发掘清晰地勾勒出一个统一且成就卓著的新英格兰文学传统，他进而试图论证这一传统在整个美国文学中的连续性和统一性。他认为，美国清教文化的先天不足和宗教狂热使人们十分注重原罪与道义，养成了一种极不正常的孤立感，导致美国作家在创作中总会表现出一种"阴暗力量"，即一种"习惯性地徘徊于超自然意义层面上的沉郁"。（1904：64）为了证明这一点，他列举了殖民时期作家对人性堕落的描写：霍桑表现的"原罪意识"，爱默生、梭罗、朗费罗、惠蒂埃等人的"道德训诫"，以及爱伦·坡所展现的邪恶与恐怖，他甚至认为19世纪末自然主义文学中的"宿命论"也是那种"阴暗力量"的表现之一。（Wellek：66）这一论证看似合理，实则存在明显的片面性与个人偏见。首先，他所论及的作家中少有来自新英格兰以外的，甚至未曾提及库珀、麦尔维尔、吐温等经典作家。其次，在处理具体作品时，他有时为了确保传统的连贯性而刻意凸显其中的人性和道德因素，（Brown：496）从而掩盖了其他有价值的内容。不仅如此，对于那些有悖于新英格兰精神的作家，尤其是德莱塞、刘易斯、帕索斯等自然主义和现实主义小说家，他也一改惯有的温和笔锋，斥责他们缺乏教育和文化背景、迷恋肮脏污秽的内容，并带有个人成见地指责他们的失败就在于无视"支配生活的道德法则"。（1928：72）因此，在很大程度上，莫尔是按照传统伦理标准去诠释艺术作品的，忽略了作品的艺术价值和社会价值，自然难免偏颇之见。换言之，单就新英格兰文学而言，他所提出的传统无可厚非，但绝对无法囊括整个美国文学。

实际上，莫尔也清楚地看到新英格兰传统在20世纪初的没落，然而在新旧思潮的交替和斗争中，他始终站在传统一方，呼吁人们"以古典人文主义原则培养对伟大传统的忠实想象"。（Tanner：76）尽管这种回归传统的努力在当时属于逆历史潮流而行，但他不遗余力的批评、著述在一定程度上唤起了人们对传统价值的反思与重视，同时也给新人文主义提供了批评实践的模式。

新人文主义运动

毫无疑问，白璧德和莫尔为新人文主义批评奠定了坚实的理论和实践基础，然而真正将新人文主义变成一场运动，并使之成为 20 年代美国主要批评流派之一的，还是二者的学生与门徒。这些年轻的学者文人通过著书立说大力推广白璧德和莫尔的思想，把二者的人文主义原则广泛运用到批评实践中，其中最主要的人物当属舍曼（Stuart Sherman）和福尔斯特（Norman Foerster）。

舍曼在哈佛大学开始接触白璧德的人文主义，而后成为其学生中推广其学说的第一人，"作为新人文主义运动的第一位年轻成员，他的出现结束了这一运动远离大众的局面"。（Hoeveler：14）与白璧德和莫尔专注于古典文学的研究不同，舍曼把目光集中在当代文学的批判上，并直接参与到当时新旧文学流派的纷争之中。他的首部论著《论当代文学》公开指责美国文学中的自然主义倾向，攻击德莱塞等人"粗野的自然主义"有悖于艺术家的道德职责。（1917：88）他认为：艺术家不仅要记录生活，更要抓住人类经验中的道德核心，而德莱塞等自然主义作家却漠视生活中的道德力量，因为他们对高品质的生活根本没有任何感触。（89）20 年代初，舍曼作为新人文主义阵营的主要声音之一，与门肯（H. L. Mencken）、布鲁克斯（V. W. Brooks）等激进派展开了激烈论战。在《美国人》和《美国天才》两部作品中，他嘲讽门肯把德莱塞评价为一个现实主义者和准确诠释美国生活的伟大作家，甚至几近诽谤地说门肯不仅"玷污"了整个美国文学传统，而且正以严重的日耳曼民族主义制造毒害美国的危险。（1922：5—9）他声称"能够最好地表达自我和展现社会的艺术家必然会表现出深刻的道德理想主义"，而那些"不通过某种方式关注真理、道德和民主的艺术家是微不足道的和可悲的"。（1923：25，28）不过舍曼所谓的道德责任是以过去的道德价值观为准则，没有切实考虑到现代社会中普通大众的生存状况和精神体验。

可以说，舍曼通过积极投身于文化论战，使新人文主义学说有了更为广泛的读者群，在新人文主义运动早期的宣传中起到了不可忽视的作用。然而，他的新人文主义批评生涯并没有一直持续下去。1924 年以后，他越来越厌恶新人文主义者的保守思想，开始转向民主自由主义。他在生前最后一部作品《批评的木雕》中谈及自己思想的转型时说："严谨的老师对我的青年时代产生了深刻影响，教给我一些空泛的言论，让我看待事物时要一如既往且完整全面。但经验却告诉我，一如既往、完整全面地看待事物是极其困难的，因为任何事物都是富有生机且始终处于快速的变化中。"（1926：10）舍曼的退出对新人文主义运动不能不算是一个巨大的损失，但和他同时代的另一位白璧德的学生福尔斯特在 20 年代中后期接过了新人文主义大旗，继续推动这场运动蓬勃前行，并于 20 年代末将之推向高潮。和舍曼一样，福尔斯特亦是在哈佛深受白璧德的影响："他是白璧德思想最坚定、最持久的支持者，也是 30 年代中期白璧德和莫尔逝世后新人文主义的主要代言人。"（Hoeveler：19）

福尔斯特对新人文主义的首要贡献，在于他清晰且全面地总结了新人文主义的宗旨与信条。在 1928 年出版的《美国批评》（*American Criticism*）中，他提出了新人文主义的基本原则：一、自然主义所谓的生活没有意义的说法毫无根据可言；二、人在自然环境中不可能获得"公正、自制、适度、温雅的标准"，或"任何能够予以人理性和精神指导的原则"；三、"人文主义的核心信念在于人与自然的二元对立"；四、人能通过内在制约抵制自然欲望，因此意志自由是存在的。（qdt. in Goldsmith：44）以上四点原则基本是对白璧德和莫尔思想的提炼，与此同时，他又在哲学理念、美学原则和批评方法上作了一定的补充，其中最重要的一点就是有力反驳了反对者对新人文主义无视美学原则的指责。他指出，新人文主义者不仅追求艺术的形式，更注重其道德和思想特质，而以艺术形式服务于高尚道德的作品才能代表真正的、更高层次的美。（qtd. in Goldsmith：44—45）福尔斯特对新人文主义原则的总结和补充使新人文主义有了明确的纲领，具备了更完备的理论形态，标志着新人文主义作为一种批评流派和运动的正式确立。两年后，他又主编了反映人文主义思想的文集《人文主义与美国：关于现代文明的展望》（*Humanism and America: Essays on the Outlook of Modern Civilization*）。该书出版后立刻招致考利（Malcolm Cowley）等批评家的反对，他们共同创作了反新人文主义文集《人文主义的批判》（*The Critique of Humanism*，1930），以此作为回击，使双方之间的论战达到了高潮。

福尔斯特的另一个重要贡献是在高校教育中大力推行人文主义思想。1930 年，他担任爱荷华大学文学部主任，在任职的 15 年间，他把人文主义教育改革当作首要任务，试图以大学作为壁垒，抵抗物质主义和自然主义对美国社会文化的侵蚀。这一时期他出版的三部主要作品《美国学者》（*American Scholar*，1930）、《美国国家大学》（*The American State University*，1937）和《人文学院的未来》（*The Future of Liberal Arts College*，1938）都是在批判美国高等教育忽视人文原则、崇尚功利风气的同时，积极探索如何重树人文精神在高等教育中的核心地位。

结　语

在一定程度上，福尔斯特所倡导的人文主义教育改革对当时甚至日后的美国大学教育产生了积极影响。但是，30 年代美国经济和社会的大萧条不仅使普通民众无暇关注这些与现实生活没有多少实质关联的内容，而且也促使美国文学的重心发生了转移。具有强烈社会意识的左翼批评和注重作品本体的新批评开始崛起，成为更契合当时社会需求和艺术审美的大势，结果新人文主义作为一种批评流派或一场文学文化运动开始式微。虽然一批后继者，如埃利奥特（George Elliott）、芒森（Gorham Munson）和赛弗（Robert Shafer）等人仍然继续推崇新人文主义的道德批评，但在许多人眼中他们不过是一群"古旧学派的遗老圣徒"而已。（Kazin：78）尽管新人文主义运动在 30 年代末即已烟消云散，却在美国思想生活中影响长远，留下了一种所谓的"阿诺德式的信念"，即相信"阅读思想和言论的精华可将个人团结在永恒的人类社群中"。（格洛登等：1091）这种信念随着 50 年代保守主义的复苏和后来新保守主义的抬头再次受到热捧，而当时一批固守旧意识形态的知识分子也纷纷转向白璧德的学说，从其所谓的"道德想象"中寻求保卫和延续西方思想传统的支撑。

参考文献

1. Babbitt, Irving. *Literature and the American College: Essays in Defense of the Humanities*. Boston: Houghton Mifflin, 1908.

2. —. *The Masters of Modern French Criticism*. Boston: Houghton Mifflin, 1912.

3. —. *The New Laokoon: An Essay on the Confusion of the Arts*. Boston: Houghton Mifflin, 1910.

4. —. *Rousseau and Romanticism*. Boston: Houghton Mifflin, 1919.

5. Brennan, Stephen, and Stephen R. Yarbrough. *Irving Babbitt*. Boston: Twayne, 1987.

6. Brown, Stuart. "Toward an American Tradition: Paul Elmer More as Critic." *Sewanee Review* 47 (1939): 476-497.

7. Duggan, Francis. "Paul Elmer More and the New England Tradition." *American Literature* 4 (1963): 542-561.

8. Goldsmith, Arnold L. *American Literary Criticism: 1905—1965*. Boston: Twayne, 1979.

9. Hoeveler, David. *The New Humanism: A Critique of Modern America, 1900—1940*. Charlottesville: UP of Virginia, 1977.

10. Kazin, Alfred. *On Native Grounds: An Interpretation of Modern American Prose Literature*. New York: Doubleday, 1956.

11. Lora, Ronald. *Conservative Minds in America*. Chicago: Rand McNally, 1971.

12. Mercier, Louis. *The Challenge of Humanism*. New York: Oxford UP, 1933.

13. More, Paul Elmer. "Definitions of Dualism." *The Drift of Romanticism: Shelburne Essays,* Eighth Series. Boston: Houghton Mifflin, 1913.

14. —. "The Demon of the Absolute." *New Shelburne Essays*. Vol. 1. Princeton: Princeton UP, 1928.

15. —. "On Being Human." *New Shelburne Essays*. Vol. 3. Princeton: Princeton UP, 1936.

16. —. *Shelburne Essays*, First Series. Boston: Houghton Mifflin, 1904.

17. —. *Shelburne Essays*, Seventh Series. Boston: Houghton Mifflin, 1910.

18. Sherman, Stuart. *Americans*. New York: Scribner's Sons, 1922.

19. —. *Critical Woodcuts*. New York: Scribner's Sons, 1926.

20. —. *The Genius of America: Studies in Behalf of the Younger Generation*. New York: Scribner's Sons, 1923.

21. —. *On Contemporary Literature*. New York: Holt, 1917.

22. Sutton, Walter. *Modern American Criticism*. Englewood Cliffs: Prentice Hall, 1963.

23. Tanner, Stephen L. *Paul Elmer More: Literary Criticism as the History of Ideas*. Provo: State U of New York P, 1987.

24. Wellek, Rene. *A History of Modern Criticism, 1750—1950*. Vol. 6. New Haven: Yale UP, 1986.

25. 艾略特:《欧文·白璧德的人文主义》,载段怀清编《新人文主义思潮——白璧德在中国》,江西高校出版社,2009。

26. 布莱克:《美国社会生活与思想史》(下),许季鸿等译,商务印书馆,1997。

27. 格洛登等主编:《霍普金斯文学理论和批评指南》,王逢振等译,外语教学与研究出版社,2011。

28. 黄晖:《西方现代主义诗学在中国》,中国社会科学出版社,2008。

29. 李安斌:《清教主义对美国文学的影响》,载《求索》2006 年第 6 期。

30. 张源:《论白璧德"人文主义"思想的三个核心概念》,载《国外文学》2007 年第 4 期。

行动 于 琦

略 说

　　“行动”（The Act）是齐泽克理论中的核心概念之一，被广泛用于伦理学与政治学的讨论。在齐氏激进的政治哲学视野中，无论是微观的个体行为还是宏观的政治变革，都与行动彻底或绝对的自由维度密切关联。因为依据拉康式精神分析学理论，事物能否发生或实现实际上取决于大他者（the Other），“不仅能够做什么是由大他者决定的，而且那些致力于动摇支配性符号的所谓‘颠覆性’的实践，实际上也要受大他者决定”。（Grigg：121）如此一来对目标的颠覆必定陷入失败。在齐泽克看来，这一理解未免过于悲观，他努力要做的是推出一种更彻底、更基础性，甚至是绝对性的理论方式，目的即在于真正打破上述循环。行动与内在于象征秩序的各种否定行为不同，行动旨在颠覆严格意义上的象征秩序本身。其重要作用表现在，它具有一种自由的主体性维度，能够使个体或群体的介入成为可能，并最终导致政治性和社会性的彻底变革。

　　在齐泽克的理论中，行动不仅是一个内涵丰富的理论概念，借助它主体能终止与符号世界的关系，而且在现实政治层面，行动还“使针砭意识形态与政治变革成为可能的对现状的猛烈破坏”。（Grigg：6）总体来看，行动所突出的是一种实现不可能或带来彻底变革的能力。它既可视为一种彻底激进的姿态，又可理解为一个能够建立全新秩序的事件（event），或一种极致的否定力量。“行动是这样一种事件，借助它人们能够中止（suspend）象征支撑或维持主体性的网络，并且在既定领域中打开一个‘不可决定的’空间。”（Žižek，1991：29）行动可把不可能变为可能，这种能力对于未来的个人和社会变革具有关键意义，可以说“希望就蕴含在自由的可能和革命行动之中”。（Kay：127）

　　行动从出现至今内涵多有变化，齐泽克不断赋予它新的解释。根据剑桥大学教授凯伊（Sarah Kay）的梳理，行动最初源于齐泽克对拉康 passage à l'acte（付诸行动）的改写，基本含义是一种精神病行为，表示疾病发作时一种彻底拒斥整个符号性社会联结的反应。“借助该行为，主体使自身具体化并且中止与象征（the symbolic）的关系。”（158）可见反抗象征是行动的题中应有之义。在齐泽克理论中，精神分析学总是与道德和政治哲学密不可分，在推动人类变革方面，精神分析提供了很好的理解框架并引导这一进程，政治哲学则关涉如何使改变最终成为可能，而行动正可视为二者之间的联结。之后他又对行动作了进一步发挥，愈发接近拉康 l'acte（行动）一词的含义，但与之相较似乎更加彻底，它"表示一种投入到真实（the real）中的行为，同时又保留使主体承担责任的符号性的意义"。（158）行动成了使不可能成为可能的一种介入，它旨在改变符号-社会关系。这样一来，主体就无需再隐藏在本我、象征、驱力和力比多经济等方面的无能为力状态，而是积极大胆地展开行动。"行动恰好位于象征与真实两者的分界线上。"（Pluth：2）在更晚近的著作，尤其是代表作《视差之见》中，齐泽克保留行动之否定性同时，又开始强调此概念形式上的品质（formal quality），"创造性的行动不是对一系列预先决定的结果的确认，而是开创一个无声状态，为彻底不同的时刻出现清出一个空间"。（2006：154—155）总之，随着政治哲学与政治学成为齐泽克思考与写作的主要领域，行动的地位愈发重要。自 1992 年《享受你的症状——好莱坞内外的拉康》问世以来，它不仅成了齐氏著作中反复出现的主题，而且"可视为齐泽克的理论实现方式，即如何通过'行动'在全球资本主义语境中实现最彻底、最根本的革命或变革"。（Pound：36）

综　述

按照戈雷格（Russell Grigg）的观点，"精神分析是一种激进又深具颠覆性的学说，其实践质疑占支配地位的自治话语和主体的自我决定论"。（119）齐泽克深厚的精神分析理论素养使他洞察到一个事实：主体总是分裂的，并且无法摆脱无意识的掌控。他明确指出："人们总在受骗，尤其当你自以为没受骗时受骗最严重，原因是我们永远无法主体化，无法把无意识转换成可认识的内容，正是无意识把我们与关于意义的既定符号秩序绑定在一起。"（qtd. in Vighi and Feldner：31—32）由此可见，人们面对的似乎就只有两种可能的选择，要么接受意识形态持续性的愚弄，要么误以为个体拥有自主性而被愚弄两次。

精神分析学还使齐泽克形成另一个发人深省的认识：欲望永远都不是自己的，而总是属于他者，因为我们的欲望早就被大他者清晰地传达出来。依据拉康的经典理论，人的欲望永远是"大他者的欲望"，包括对他者的渴望、渴望被他者所渴望，以及最关键的渴望他者所渴望的东西。所谓大他者，指的是符号秩序（象征）的权威性所栖身的一个场域。"制约社会交往的显在的符号规则与不成文的隐性规则，即由拉康意义上的大他者标示出来。"（Žižek，2000：657）显性规则的例子自不必说，隐性规则对社会交往同样至关重要，比如，一对好友在职位晋升竞争中一人落败，胜利者"正确的"处理方式应当是友善地指出落败者更应该得到晋升，自己无非是比较幸运而已。而落败者"恰当的"回应是，对方取胜与运气无关，而是实力更强的必然结果，对结果表示心服口服。上述过程虽然完全是程式化的，并无任何真实信息表达，但它完美地体现了规制我们言行的大他者（隐性规则）的重要性，只要有一人违反此规则，双方友谊就会受到动摇。拉康式名言"被假定相信的主体"，其字面义亦即表明我们是通过大他者而相信的。因此，当某人说"我宣布会议到此结束，这一言说行为的要点即在于把会议结束的信息注册到大他者之中"。（Žižek，1992：98）

上述认识无疑将引出严峻的问题：若内心深处的欲望、最隐秘的幻想都不属于自己，那针对大他者的抵抗性实践如何能起根本作用？人们如何思考真正的自由并最终实现自主？只能在宿命的世界听天由命，永远无法理解我们的行为根据吗？既然一切都受大他者掌控，那一般意义上的抵抗或颠覆实践自然也就难以实现其目标，如齐泽克本人所说："如果条件与我们主体性的存在正好相反，那'希望'和'行为人'也就不可能有太大发展空间。"（1992：32）更有甚者，"此类实践最终会支持其欲颠覆的对象，因为大他者的霸权形式早就考虑到，甚至制造出了'违反'的场域——依据拉康的定义，大他者既包括符号规范，也包括针对它的符码化的违反"。（*Ticklish Subject*：314）以法律为例，对法律的违反早已被建构在法律内核之中，大他者预留了抵抗的空间，作好了对付扰乱的准备，提前预备好把各种形式的颠覆化于无形，在此空间内进行抵抗自然不可能实现其目标。齐泽克强烈质疑抵抗政治（politics of resistance）反击全球资本主义的能力，就是因为资本主义已经提前对这些斗争形式作出了反应，预先化解了其锐利的锋芒。在此情况下，要真正实现对目标的颠覆，就必须发展出一种更激进、更彻底的抵抗方式，必须完全断绝与大他者之间的联系，此乃齐泽克力图通过行动来完成的任务，在他的理论中，"颠覆一词对行动而言就不再适合，后者需要一种更强大的方式"。（Pluth：18）

行动概念体现出齐泽克政治理论中的一个奇特现象：悲观主义和乐观主义的奇妙组合。如凯伊所指出的："对现时状况无比悲观，同时又乐观地相信它可以改变。"（154）身为左翼思想家，齐泽克对资本主义大行其道忧心忡忡，坦陈"我们不可能提出全球变革的清晰的理论计划"。（"Ethical Socialism"：189）不过，一谈起行动又变得格外积极乐观，坚信行动变不可能为可能的开创性力量，似乎改变全球资本主义已是指日可待之事。

行动的原型人物：安提戈涅

齐泽克对行动的阐发，很大程度上是围绕着索福克勒斯笔下的悲剧人物安提戈涅进行的。安提戈涅执意埋葬政治上不正确、背叛了城邦的兄长波吕尼刻斯，公然反抗以克瑞翁为代表的社会-象征权力。从城邦的律法体系来看，这一行为无疑是扰乱性的，是彻底疯狂的，因此她被剥夺生存资格并被逐出社会象征网络。但在齐泽克看来，安提戈涅的重要意义正表现在令人恐怖的异质性（strangeness）方面：不屈服、完全担当、对真实的欲望决不妥协。为挑战既定秩序以一种极端姿态迎接死亡，决绝地投身于生命的黑暗深渊。安提戈涅完美地展现出"对善的某种理想状态的彻底拒绝",（Lacan，1992：230）这对道德-政治性的行动而言是必不可少的，她以决绝姿态打开了颠覆象征秩序的一种可能性。"就在对'死亡驱力'的坚持，在向死而生、令人恐惧的无情中，她摆脱了日常感情、思考、激情和恐惧的循环。"（Žižek，2009：131）齐泽克指出，安提戈涅所展现的正是严格意义上的道德行动，不遵循任何既存的社会共识，不接受既有的关于"善"的定义，而是重新界定什么是善。与通常的反抗相比，"安提戈涅非暴力反抗的姿态在述行方面要远为激进：通过坚持给死去的兄长举办一个体面的葬礼，她挑战了占支配地位的善的观念"。（2000：672）之后他又说："道德行动不仅仅'超越现实原则'［在'与现状背道而驰'、完全不顾现实、坚持其原因-物（cause-thing）的意义上］，而且更重要的是，它标示出一种能改变'现实原则'坐标本身的介入方式。"（*Did Somebody*：167）她的行动疯狂得令人震惊，常人难以理解，是因为它并非在既定的符号秩序（象征）中发生，不能加以合理化，与此相反，它自身产生符号秩序，产生证明自我合法性的前提。"安提戈涅远非平庸守成之人，在对抗克瑞翁的傲慢自大时，她不会恪守在适当的尺度之内，恰好相反，真正的暴力就是她展现出的那一种。"（*Violence*：70）她对兄长葬礼的坚持有力地撼动了既有符号秩序的根基。

在齐泽克看来，"唯有一种在现存/坐标中显现为'不可能'的激进姿态才能实际地解决问题"。（*Violence*：123）安提戈涅的行动展现出的激进性，使她得以大胆作出埋葬兄长的决定，她最终以决绝的暴力姿态，彻底超越城邦伦理的束缚，不受任何道德规则的制约。行动使她建立一种新的伦理形态和社会存在形态成为可能。齐泽克援引了海德格尔的相关阐发并加以说明："当根本性的决断被作出，当它反抗日常生活与习俗中持续而紧迫的陷阱时，它不得不使用暴力。这一暴力行动，这一开辟通向在者之在的决断，就把人性从最切身而惯常的安逸状态中强拖出来。"（Heidegger：128；*Violence*：69）

伊格尔顿（Terry Eagleton）在为巴迪欧（Alain Badiou）的《伦理学》撰写的书评中提出："在转换（transformation）这个观念中存在一个悖论：如果转换足够深刻，它就可能会把转换的标准本身一并转换掉，使转换看起来不可理解（unintelligible），然而，一旦它能被心智理解的话，又是转换不够彻底引起的。"（246）对于这一两难境地，齐泽克提供了一种解决方案，"恰当的黑格尔式的解决方式是自我指涉的：它用我们度量变革的方式改变其坐标。换言之，真正的变革确立自己的标准：它只能用自身带来的结果作为标准来衡量"。（"No Man Is an Island"）安提戈涅正是如此，她遭到各方的强烈反对，就是因为其行为在既有的符号秩序内无法被真正理解。从根本上说，安提戈涅不仅质疑并挑战了既定秩序的合法性，更重要的是她确立了关于善的新标准，用这一新标准再反向回溯其行为，为其赋予了一种正当性与合理性。也就是说，只有以她本人确立的新尺度来衡量她的行为，才能够真正理解其行为逻辑。安提戈涅打破了旧观念，自我确立了一个认可其行为逻辑的新秩序，这是她的一大亮点。视之为真正的行动的代表，原因也在此。行动是反身性地（reflectively）确立自身存在之正当性的一种行为。如美国学者约翰逊（Alan Johnson）所指出的，行动"必须在法律之外行动，投入到某种帕斯卡式的孤注一掷中，行动本身将会创造出它回溯性的民主的合法化条件"。（122）尽管安提戈涅的非人性特征已预先排除了我们认同她的可能性，但能促使我们思考一个根本问题：人究竟该怎样？何谓终极使命？在此已接近齐泽克近年来思考的一个重要主题：理论界尤其是激进左翼在当今全球资本主义语境中该如何作为？如何对这一全球秩序展开真正有效的抵抗？如何从根本上削弱并颠覆既存社会秩序？行动正是以解决上述问题为理论目标。

行动的内涵

在齐泽克理论中，行动始终被当作"一个关键原则"，（Goldingay：10）它显得格外复杂而又高度抽象。理解行动特点的关键在于它能彻底中断与大他者之间的联结，因为无论哪一种实践，只要与大他者之间不断绝关系，都只会陷入无意义的自我重复或演变成由大他者掌控的另一种实践。行动可视为以特殊方式与自我相关的一个决定，立基于象征秩序中的零度否定姿态，它承认自身最终是无基础的，这意味着行动必然冒偶然性决定之险，甚至"有必要采取某种暴力来反对自身"或进行自残，（Žižek and Daly：121）《易碎的绝对——基督教遗产为何值得奋斗？》一书对此作了精彩的阐发。行动不可能在文化和意识形态的象征体系内被合法化并得到支持，而总是与真实密切相关，如拉康所下的定义所示，行动表示投身于真实中的一种行为。真实是对立于象征的一个领域，它"是社会无法吸收的特别之物"，（Rickert：69）并指明符号秩序存在裂缝或缺失的事实，这暗示出主体通过行动即可明确大他者的局限性，以此为与大他者划清界限提供了一种可能。

以具体例证来说，行动是"用放弃放弃自身的方式退却［并且开始］清楚意识到我们在丧失之中无物会丧失的事实"。（Žižek，1992：43）齐泽克借助罗西里尼（Roberto Rossellini）导演的电影《荒岛怨侣》（*Stromboli*）来说明。在影片结尾部分，主人公凯琳成功逃离丈夫掌控，摆脱了长期蛰居荒村令人窒息的生活。她跑到斯特隆博里岛上的火山口，差点儿被火山喷发出的浓烟吞没。在陷入昏迷之际，她开始大声诅咒自己困苦、单调又充满世俗偏见的荒岛生活！但就在随后的一瞬间，她产生了顿悟式的体验，生活的严酷顷刻间转化成了令人赞赏的奇异之美。齐泽克指出，这一结局标示出凯琳下一步行动的非确定性：可能会返回小村庄，也可能就此远离。

> 影片结局的**行为**（action）发生。凯琳完成的（或更准确地说她所遭受的）行动正是她**象征性的自杀**："丧失"一切的行动，从符号现实中退

却，使我们得以从"零点"（zero point）、从黑格尔称之为"抽象否定"的绝对自由中重新开始。（1992：43）

凯琳所体验的正是"对丧失自身的丧失"或者"对放弃自身的放弃"。前一刻她还害怕失去，但此刻进入价值和意义的缺失状态，她意识到已经无物可失去，也无物能伤害自己。此时她是彻底自由的。

在齐泽克的理论视野中，"对放弃自身的放弃"正是凯琳的"象征性自杀"真正有别于"实际自杀"的地方。"'实际自杀'行为仍处在符号交换的网络之中：主体试图通过自杀向大他者传递一个信息，即，正是该行为具有承认有罪、严厉警告以及悲怜诉求等功能。"（1992：44）在此情况下，主体即便在肉体上消失仍逃脱不了象征体系的掌控，他/她至死也无法终止与大他者的联系。与之形成鲜明对比的是，象征性自杀则"以把主体从主体交往圈（inter subjective circuit）中排除出去为目标"。一旦实现，其主体就不再受象征秩序的束缚和制约，将彻底摆脱大他者控制而享受极大的自由。"行动是对某人所属的象征社群之限度的一次超越。"行动者冒险倾其所有去完成它。因此，与实际自杀相比，象征性自杀激进得多，如安提戈涅那样，以一种象征性死亡方式中止了由克瑞翁所代表的社会象征秩序。齐泽克认为，1956年赫鲁晓夫在苏共二十大揭露斯大林罪行的"秘密报告"也属于象征性自杀。尽管它带有明显的机会主义动机，但确实包含谋略和算计之外的东西，最终"苏维埃政权再也未能充分恢复元气，赫鲁晓夫本人也是如此"。（Taubman：493）事物永远不再是原样，领袖永不犯错的基本信念被彻底颠覆，整个干部阶层都陷入暂时瘫痪。"秘密报告"出笼使得既存秩序土崩瓦解，造成苏联政权名存实亡。

行动是彻底自由的和不可预测的，同时还具有无端性、不可解释性等特征，它无法在符号秩序内被理解，并带有一种"不可能"性质。"在行动中，主体把自身假定为自身的原因，并且不再受去中心化的对象-原因所制约。"（*Ticklish Subject*：461）主体变成了自身的原因，它是完全自由的，不再受任何能指和欲望的制约。齐泽克进而指出："拉康意义上的行动，准确地说中止了不可能的禁令和肯定性干预之间的空隙——它们并非在'不可能会发生'意义上的'不可能'，而是在不可能曾经发生过意义上的不可能。"（*Iraq*：80）行动并非为了维持不可能的空白而采取策略性干预，毋宁说它旨在绝对地表现这一不可能性。换言之，行动倾向于维持超越策略性干预的疯狂瞬间。因此，行动不仅与"大他者不存在"这一论断不相冲突，还预设了其可能性。换句话说，"只有通过一个行动，我才会有效地推定大他者是不存在的，即是说，我表现了那一不可能，亦即表现了在既存社会-象征秩序的坐标中的不可能之事"。齐泽克意在强调，通过行动可获得与大他者之间的一个根本性断裂，主体从此彻底摆脱与符号秩序的全部联系，而这是一般的颠覆性实践无法做到的。

行动是挑战不可能的孤注一掷的大胆姿态。真正的行动处在时间（time）和永恒（eternity）之间。一方面，如康德与谢林等所明确的，"行动是'永恒干预时间'的一个点，在此，时间因果的连续性被打断、'某物显示–介入到空无当中'"。（qtd. in Žižek, *Fragile Absolute*：86）某个事件发生，并不能被看成此前因果链的结果，而是说行动标示出对实体进行本体性的直接干预，行动不处在因果链中，不能被预测也不能被推断出来。或者借用谢林式的说法，行动标示出一个时刻，此刻反时间的同一性原则，暂时中止了理由充分原则的支配权。简单地说，一件事做了就是做了，没有而且也不需要什么特别的理由。

> 行动与此同时又是处在属于 / 来自永恒的时间当中的，行动是原初的决定，它将永恒的过去压制成纯粹共时性的僵局；它通过扰乱平衡，以及"单方面地"赋予无差异整体（Whole）的某些方面超出其他方面的特权而"打破那一僵局"。简言之，恰当的行动是一个悖论、一个克服永恒性的永久姿态以及打开时间性 / 历史性维度的悖论。（86）

这是一个重要的洞见。行动可将时间维度的具体视野浓缩成共时性的、抽象的整体事物，然后通过打破这一整体的平衡，来重新获得具体的时间或历史的维度。换言之，并不存在严格意义上的时间，只有被原初的行动所闭合的具体历史视阈。

当然，要理解清楚行动内涵，还需置之于与主体的关系中来认识，毕竟对齐泽克而言，重建批判性主体，投身于左翼反资本主义的政治规划是极其重要的理论目标。一方面，行动与通常意义上的"行为"（action）明显不同，它不能被计划也无法预期，总是在突然间爆发出来。行动是完全外在于主体的，这意味着主体不能主观性地去行动，不能把行动视为属于自己的，或者说不能把自身当成行动的主体，只有在行动发生后，主体才可意识到这是一次行动，才能反过来把自身主体化。

> （关于行动的）决定是纯粹形式上的，是可作出的终极决定，主体根本不清楚要为**什么**而决定；它不是心理学意义上的行动，不带感情，也没有任何动机、欲望或恐惧。它并非可预料的，更不是缜密论证的结果，它是一个完全自由的行动，尽管一个人不能做这件事。只有在"纯粹的行动"之后，才能用心理经验的方式把它主体化（subjectivized）。（"The Act"）

行动并非做出来的，它反倒像一个入侵者，可自由出入主体的世界。这就与完全由主体掌握的行为有了质的差别，后者带来的只是齐泽克所称的"无政治的政治"结果。行动则要激进得多。以安提戈涅为例，其行动是"内在于她的他者"在她的位置上所作出的决定，她本人只是工具性的，充当了不可见的"他者"的傀儡，这一他者具有完全的自主能力，能作出任何决定，正是他隐含在安提戈涅内部，对行动进行了独立的操控。似乎并不存在激发行动的可能，只能在它发生之后辨别出其踪迹。"行动是否出现只能被回溯式决定。只有在一系列具体行为已经发生，并且已产生足够程度的影响时，人们方能够明确行动是否已经发生。总是在事后才能把行动辨别出来。"（Johnston：278）如果主体做出行动，就事先落入了主体化的圈套，使行动彻底变质，从根本上说，行动是完全自由的。也因此，主体必须承担行动可能带来的一切后果，哪怕不能确定将变得更好还是更糟。

另一方面，行动具有"重塑"（rebirth）主体的作用。"唯有恰当的行动才能重构其行为人所处的符号性坐标：在该行动的干预过程中行为人身份被彻底改变。"（Žižek, *On Belief*：85）行动的主体被对象征自身的否定功效所转换。在另一个文本中，齐泽克更加明确地指出：

> 行动与一种积极的干涉（行为）不同，它激进性地转换其行为者：行动并非我简单地"完成"某件事情，在行动之后，严格说来，我已经"不再是原来的我"。在这种意义上，我们可以说主体"遭受"（undergoes）行动而不是完成它。主体被彻底消灭并随之再生（或再生失败）。也就是说，行动涉及主体的某种短暂消失和性机能丧失恐惧（aphanisis）。（1992：44）

之所以如此，是因为象征秩序被打开了一个缺口，而此前主体的所有身份体认都是通过寄托在象征中实现的。在象征被打破后，"一个新象征网络蕴含着旧主体的'死亡'和新主体的'诞生'"。（Grigg：122）从中可见，行动远比行为激进得多，它不仅能够转换行动的目标（社会现实或拉康-齐泽克意义上的象征秩序），而且还可转换行动的主体，使之消失并进而浴火重生。行动后得以再生的主体正是齐泽克理想中的革命主体，具有极大的解放潜能，能突破种种被迫的选择，给社会现实带来巨变。至此，齐泽克扬弃了后现代主义的"空无"的主体，以能动的革命性主体取而代之。

行动的自由维度还表现在可打碎主体臣服的锁链方面，这对完成颠覆象征的逻辑转换至关重要。依据精神分析理论，主体（subject）实际上带有悖反性的特征，既自主、独立，同时又总对大他者表示臣服与屈从，从表示"受制于、屈从"含义的动词短语 subject to 即可看出这一点。主体的自主性与臣服性是相反相成、互为因果的，可视之为同一枚硬币的两面。主体在反抗象征秩序时软弱无力，难以实现其目标，原因即在于对象征霸权的内在依恋和臣服，当然，这是主体不愿坦然面对也始终得不到承认的。一旦行动出现，这一内心隐秘便彰显出来，主体得以重新定义其身份的内核。

> 行动不仅改变了分裂我们身份的界限——这一界限把我们的身份分割成承认的和否认的两个部分，且更倾向于后者；它不仅使我们把自己最内在的不被承认的"不可能"的幻想接受为"可能"：它转换了我们存在的

被否认的幻想基础的坐标本身。行动不仅重新画出了我们公开的象征身份轮廓，而且它也改变了支撑这一身份的幽灵维度、困扰现存主体的那个未死的幽灵、传播于"言外之间"的创伤性幻想的秘密历史，这些都是通过关于她/他身份的清晰的象征肌质的缺失和扭曲而实现的。(Butler, et al.: 124)

行动之后，主体发生了根本改变，其内在不被承认的幻想得到了认可和接受，维持其符号身份的创伤内核也被转化，从而为主体穿透意识形态幻象提供了可能，这在打破全球资本的霸权统治方面具有关键意义。如齐泽克所明确的，"打破臣服的锁链的重要的先决条件就是'穿透幻象'，因为正是幻象在某种程度上建构了我们的快感，使我们依附于主人，并接受支配性的社会关系框架"。(Plague：59)

行动与不可能性密切相关容易造成一个错觉，即付诸行动也是不可能的。这绝非齐泽克的意图，为了避免这一误解，他指出行动的另一个特点："行动（也）的确是存在的，因为政治不能被削减为策略性-实用性干预的层面。"(Iraq：80)在一个彻底的政治行动中，疯狂的破坏姿态与策略性的政治决定之间的对立将会在瞬间瓦解。要点是，不能简单地认为，一旦全力投入一种政治规划，就准备为它付出包括生命在内的一切，在更准确的意义上，"唯有这一纯粹付出的'不可能'的姿态，才可能改变一个历史星丛中策略性的可能性的坐标本身"。(81)问题的关键在于，行动既非一个在既存象征秩序中的策略性介入，也不是关于它的单纯疯狂的破坏性否定；它是一种重新界定既存秩序之规则与轮廓的溢出性的、转换策略的介入。行动与一般意义上的抵抗不同，后者虽也以破坏和颠覆为目标，但仍局限在象征领域之中，既立基于大他者又反对大他者本身。行动则更加根本，它致力于对整体秩序进行彻底改变，重置社会得以存在的前提条件。从安提戈涅来看，其行动姿态并非迈向象征性死亡的纯粹表达，而是对于特定象征仪式的无条件执着，正是由于这一执着，她进入一个特别的、处于两种死亡之间的非生非死的永恒领域，在其中，象征序列的因果关系被中止，评判既存社会秩序的坐标被彻底转换。

行动的革命性或实践维度

由于行动具有在社会现实领域的巨大能动性，"齐泽克把绝对自由的行动置于其政治学分析的核心位置"。(Grigg：131)尽管他承认真正意义上的社会改变绝非易事，但还是对开出新可能性作出了有力的论证。首先他指出："行动不仅仅是'做不可能之事'的姿态，而且是对社会现实的介入，它改变被视为'可能的'的坐标本身；行动不仅超越善，而且重新定义善。"(Did Somebody：167)"恰当的政治行动是可改变决定事物运行的基础性框架的东西……于是，本真的政治就成为一种关于不可能的艺术——它改变的是既定星丛中把某物视为可能的这一参量本身。"（*Ticklish Subject*：237）表达得更直接一些，就是"在一个行动中，准确地说，我重新定义了决定哪些不能做和哪些必须做的那一坐标本身"。（*Iraq*：121）其次，行动可突破全球资本主义社会中被迫的虚假选择，它充分表明，主体所面临的并非选择的全部，从而有力地开辟出真正意义上的全新选择，使那些一度被排斥和回避的选项重新向主体敞开。第三，行动意味着与过去的彻底决裂，标志着旧事物的死亡和新开端的出现，行动以无中生有的姿态进行介入，创造出某种崭新的事物，能完成对象征秩序进行彻底重构的使命。行动是朝向"虚无的一次介入"，（*Did Somebody*：178）这一性质使之成为对事件的确认，从某种意义上说，行动的主体变成了"事件"本身。如安提戈涅那样动摇社会体系的坐标，打开了颠覆社会象征秩序的可能性。正是通过行动与真实相遇，以与象征世界的联系被打断的方式，使另一种结构变成了可能，"行动是一个断裂，在它之后'一切都大不同'"。（*Ticklish Subject*：313）它彻底中止了与大他者的联系，从此不再受其庇佑，然后借助一个"对霸权性的象征秩序进行整体的、彻底的结构性重组"，（314）现实便可在真实的意义上获得彻底转换。

马克思主义的运动发展观同样告诉我们，不存在一成不变的事物。道德、政治和文化等一切秩序都是有限的，并且是始终发展变化的。齐泽克对此加以发挥，认为象征并非固定不变，也并非整一性的，而是由真实标明存在着裂口和缝隙。人们是自由的，并没有深陷决定主义的牢笼，原因是主体追求自由的斗争与其遭遇的抵抗"是内在于现实自身之中的一种冲突"，（*In Defense*：447）以此为打破象征霸权、实现全球解放预留了可能的空间。齐泽克写道："象征秩序的存在自身就暗示出对它彻底清除的可能性和'象征死亡'的可能性，这不是所谓的'真实对象'在象征中的死亡，而是对意义网络自身的清除。"（2009：147）秩序从来都不是确定性的，它不断出现，但每次出现都会有某些差异。于是历史不应被看作连续性的进程，而是非连续的一系列事件。在这些事件中，进化的逻辑被打断，事物以无中生有的形式出现。在真正的行动中，主体打断了发展进程，并确立了新生的、作为激进他者的事件。齐泽克由此改写了福山（Francis Fukuyama）的"历史的终结"说，在他看来，"历史的终结"并非指它到了终点，而是说历史到达一个突破点（breaking point），在此节点上历史是向激进的、他者性的"事件"开放的。

因此，行动若要在发生学意义上出现，就不仅不得不利用象征秩序中的非连续性。人们必须通过行动来展示对所存身的世界的信仰：世界总是历史的和有限的，是可改变而且必须加以改变的。"为了确认世界的历史性与可改变性，人们不得不以行动来表现。因为若要保持与世界的一致性，人们必须积极地去改变它。"（Kesel：319）每时每刻都有变化发生，必须动态地去追随这些变化才能保证与世界的同一性。"如果不时刻冒险对'大他者进行中止'，对支撑我们主体性的社会-符号网络加以中止，就不可能有正确的道德行动：只有当主体冒险采取一种'不再受大他者荫庇'的姿态时真正的行动才会出现。"(*Ticklish Subject*：313）在齐泽克看来，冒险是必不可少的，希望、自由和行动代理者都只有通过疯狂才能产生出来，疯狂为主体再生打开了广阔的空间。行动意味着新旧更替，意味着社会领域的巨大变革，这就解释了行动何以从根本上说总是革命性的。"在这一层面，革命不能被削减为'实用政治'（realpolitik），也不单纯是民主规则和形式程序的问题：行动对所有规则和程序进行中止，包括对民主的中止。"（Kesel：319—320）行动不仅意味着在全球资本主义体系内部以不可能的姿态开出新的可能，还对这一全球秩序进行根本的质疑、凌厉的批判和强有力的反击。概言之，它要对现实世界进行最根本的撼动。

行动的内在张力

通过安提戈涅这个人物，我们还可以认识到行动内在的巨大张力。行动是一把双刃剑，它能创造出自由的革命主体，开出无限新的可能，但在冲决象征秩序霸权的同时它又确立了一种新霸权，这关涉安提戈涅极权主义的另一面。她代表对动摇整个社会大厦的大写物的他性（the Otherness of the Thing）的无条件信仰，"从习俗道德和调整城邦主体间的集体道德的角度看，其坚持确实是'疯狂的'、极有破坏力而且是邪恶的。换言之，从弥赛亚式的承诺永远'即将到来'这一解构主义观点看，安提戈涅难道不是第一个极权主义者吗？"（*Did Somebody*：157）作为大写物的他者和作为第三方的他者间存在着紧张关系，前者是向我们传达无条件的命令的深不可测的他性，后者则是调整我们与他人（别的"正常"人）关系的代理人。安提戈涅顽固地拒绝理性辩论的方式，充当了排他性的、作为大写物的他者，并遮蔽了作为第三方的他者象征性调节的重要性，在某种意义上可视之为反哈贝马斯主义者。齐泽克进而指出："从这一视角看，克瑞翁和安提戈涅之间的对立，其实是不合人道的实用主义和极权主义之间的对立：克瑞翁并非极权主义者，而是务实的政治家，任何扰乱国家正常运行和民众和平的行为都会被无情地粉碎。"（158）与之相比，安提戈涅把普通现实中的对象加以理想化，视之为比生命自身更有价值的无条件事物，她才是真正的极权主义者。对此，齐泽克发出一连串的反问：

> 只要理想化（sublimation）的基本姿态本身是将一个对象提升为大写物，那不就是"极权主义的"吗？……决定性的对象和大写物之间的短路，不就是"本体的极权主义"的最低条件吗？与这种短路相反，解构主义的终极道德教训，即把大写物和任何决定性对象区分开来的空隙不就是不可削减了吗？（158—159）

安提戈涅无疑是悖论性的，她以一种不在场的行动姿态，暗示出以克瑞翁为代表的法律体系当中的空隙／主体，同时她的行动又迅速填补了那一空隙，以一种无条件的方式占据其位置。明确这一点尤为重要，因为行动的绝对自主性与其绝对必然性相一致，符合极权主义的逻辑，后者主要特征即在于对绝对法则的认同，设定一个人间天国的终极目标，并自我确认为人民或社会公意的化身。这使人容易联想到纳粹党卫军头目希姆莱和斯大林，他们要求人们不是为自己，而是为"我们当中的他者"而行动。希姆莱向民众鼓吹为了种族的纯洁而展开反犹主义计划；斯大林则要求人们为了历史的客观逻辑而行动。齐泽克提出，安提戈涅看起来如此无情，如此非人性，正是绝对自我认同的表现。她彻底识别出既存律法体系中的空洞或缺失，但与此同时她也填补了那一缺口。在此，齐泽克陷入了一个理论僵局：反极权主义的承认与极权主义的否认不知不觉中竟又达成了一致。

为了厘清行动与极权主义之间的隐秘联系，我们有必要了解列宁式革命是如何转化为斯大林主义的。齐泽克认为十月革命是一个真正的行动，因为它承认永不可能建立完全的整体性，而必须把这一过程无限重复下去。它以持续革命的观念为基础，否认任何整体性或一致性的象征结构，并质疑给定的、自然的社会框架，它是反极权主义的，符合齐泽克所定义的乌托邦：

> 乌托邦就其本质而言，与想象一个不可能的理想社会毫无关系，它的特征其实在于字面含义，即构建一个乌有空间（u-topic space）、一个位于既存参量之外的社会空间，正是这一参量使既存社会的世界显得"可能"。乌托邦姿态是改变可能性坐标的姿态。（Iraq：123）

革命能够转换客观的社会政治坐标。列宁彻底清算了第二国际的正统教义，承担起革命的历史使命，把无产阶级政党推上世界舞台，其目的在于粉碎国家本身，创造一个没有常备军、警察和官僚机构的全新的公有制社会形式，一个人人都能参与管理的理想社会。对列宁而言，这一图景并非遥远的理论规划，要迫切地加以实现。齐泽克认为，列宁在《国家与革命》中的爆发式潜能是无论怎么评价都不过分的，因为它表征的是一种前无古人的社会治理理念，如学者哈丁（Neil Harding）所指出的，在它面前，"西方政治学传统的词汇和语法一下子变得累赘多余"。（152）与之相比，斯大林主义则是一个"伪行动"（pseudo-act），它"回到了这一客观性发展的必然阶段的逻辑"，（Žižek，2002：114）企图重新建立一个肯定的"完满的"（full）整体性，代表向现实"常识"的回归。斯大林主义不是革命性的，原因是行为人位置本身并非作为革命的主体，而是充当历史性革命法则的工具。

"极权主义"绝非是单纯以对社会生活的完全控制、使之彻底透明为目标的政治势力，而是弥赛亚式的他性与决断性的政治代理人之间的短路。因此，"即将到来"（to come）就不是民主的一种附加资格，而是它最深处的内核，是使民主成为民主的东西：一旦民主不再即将到来，而是被假装完全实现了，我们就进入了极权主义。（Žižek，Did Somebody：155）

民主始终是过程性的，一旦自认为目标已彻底实现，就不再是革命性的。齐泽克对极权主义的认识其实非常清楚，但如何避免革命向极权统治的转化，目前尚未给出另人信服的解释。

至此我们发现，行动的自由维度是无条件的和绝对化的，它在标明既存秩序不完满的同时必然要肯定自身的完满性，前者是革命性的，对自身完满性的认可则是极权主义的，对不完满性从承认到否认正是革命向极权主义转化的过程。从行动的内在逻辑看这一过程似乎不可避免。斯大林主义在把党表述成代表历史法则的拜物教化了的对象时，背离（pervert）了革命话语，把列宁开创的社会与政治转换的新空间重新固化，这种"直接由知识的科学性地位加以合法化的政治形式"并不是革命性的。（Žižek，*Ticklish Subject*：227）立基于绝对性和历史必然性不仅使极权主义的暴力成为可能，还为对革命加以颠倒打开了通道，最终导致 20 世纪社会大悲剧的出现。

结　语

如大多数齐泽克式概念一样，行动也源自拉康。但与拉康重视临床实践不同，齐泽克致力于发掘精神分析与政治哲学之间的内在联系，把这一原本属于精神分析学的术语加以发挥拓展，出色地运用至政治学领域，试图用行动的彻底性来颠覆全球资本主义霸权统治，并作出了有力的论证。首先，它旨在完全断绝与大他者之间的联结，行动不单单清除对象自身，还清除对象所在的符号网络，"它具有改写既定现实中使事物能否实现的规则自身的功效"。（Johnston：275）所以与针对大他者的一般性抵抗相比较，它远为激进和彻底。其次，行动意味着绝对的自由，甚至超出主体掌握，它具备重塑主体的功能，新的主体与自身的原因合二为一，不再受任何能指和欲望的制约，并且可打破臣服的锁链，这一自由的主体投身于社会政治实践，即以挑战不可能的姿态打破全球资本主义霸权，开出新的社会可能性。

然而，行动在齐泽克那里被推到绝对性的高度，又隐含着巨大的理论风险。因为这意味着它一方面激进性地标明现存事物（包括它本身）的不完美性，同时又必然否认自身的局限性。行动被赋予一种双重性，既识别律法体系中的空隙，又填补这一空隙。其社会政治结果将是不确定的，可能带来真正意义上的革命，也可能导致极权主义。难怪美国政治学者黑尔（Julia Hell）如此质疑："齐泽克把赌注全押在了一个不可能实现的未来上面，从而把斯大林主义的屠杀历史一笔勾销。他认为斯大林主义的核心存在一个救赎的维度，但无法实现。"（97—98）在她看来，齐泽克一厢情愿地试图重新安排政治的前条件，并不具备可操作性。行动是激进和彻底的反抗，是使不可能成为现实的力量，它表征着绝对的自由，在实践方面可带来根本性的社会政治变革。但它有没有限度？革命成功后如何阻断向极权主义转化的进程？或者说，用什么方式既能有效打破当前全球资本主义的霸权，又能避免重蹈20世纪极权主义的覆辙？齐泽克显然并没有答案，他仍在进行理论思考。行动以其彻底性打开了反霸权的空间，但与此同时又填补了这一空间，在打开它的同时又使之闭合。行动既意味着成功，又暗含着一个新的失败。或许这正是齐泽克式政治哲学面临的僵局所在。

参考文献

1. Butler, Judith, et al. *Contingency, Hegemony, Universality: Contemporary Dialogues on the Left*. London: Verso, 2000.

2. De Kesel, Marc. "Act Without Denial: Slavoj Žižek On Totalitarianism, Revolution and Political Act." *Studies in East European Thought* 56.4 (2004): 299-334.

3. Eagleton, Terry. *Figures of Dissent: Critical Essays on Fish, Spivak, Žižek and Others*. London: Verso, 2003.

4. Goldingay, Sarah. "Plagiarising Theory: Performance and Religion?" *Studies in Theatre and Performance* 29.1 (2009): 5-14.

5. Grigg, Russell. *Lacan, Language, and Philosophy*. Albany: State U of New York P, 2008.

6. Harding, Neil. *Leninism*. Durham: Duke UP, 1996.

7. Heidegger, Martin. *Introduction to Metaphysics*. New Haven: Yale UP, 2000.

8. Hell, Julia. "Remnants of Totalitarianism: Hannah Arandt, Heiner Muller, Slavoj Žižek, and the Re-Invention of Politics." *Telos: A Quarterly Journal of Critical Thought* 136 (2006): 76-103.

9. Johnson, Alan. "The Reckless Mind of Slavoj Žižek." *Dissent* 56.4 (2009): 122-127.

10. Johnston, Adrian. "The Cynic's Fetish: Slavoj Žižek and the Dynamics of Belief." *Psychoanalysis, Culture and Society* 9.3 (2004): 259-283.

11. Kay, Sarah. *Žižek: A Critical Introduction*. Cambridge: Polity, 2003.

12. Lacan, Jacques. *Ecrits: The First Complete Edition in English*. Trans. Bruce Fink. London: Norton, 2006.

13. —. *The Ethics of Psychoanalysis, 1950-1960:The Seminar of Jacques Lacan, Book VII*. Ed. Jacques-Alain Miller. Trans. Dennis Porter. New York: Norton, 1992.

14. Pluth, Ed. "Against Spontaneity: The Act as Over-censorship in Badiou, Lacan and Žižek." *International Journal of Žižek Studies* 1.2 (2007): 1-28.

15. Pound, Marcus. *Žižek: A (Very) Critical Introduction*. Cambridge: Eerdmans, 2008.

16. Rickert, Thomas. *Acts of Enjoyment: Rhetoric, Žižek, and the Return of the Subject*. Pittsburgh: U of Pittsburgh P, 2007.

17. Taubman, William. *Khrushchev: The Man and His Era*. London: Free, 2003.

18. Vighi, Fabio, and Heiko Feldner, "From Subject to Politics: The Žižekian Field Today." *Subjectivity* 3.1 (2010): 31-52.

19. Žižek, Slavoj. "The Act and Its Vicissitudes." Web. 2 Aug. 2013.

20. —, and Glyn Daly. *Conversations with Žižek*. Cambridge: Polity, 2004.

21. —. *Did Somebody Say Totalitarianism? Five Interventions in the (Mis)Use of a Notion*. London: Verso, 2001.

22.　—. *Enjoy Your Symptom!: Jacques Lacan in Hollywood and Out*. London: Routledge, 1992.

23.　—. "Ethical Socialism? No, Thanks! A Reply to Boucher." *Telos: Critical Theotry of the Contemporary* 129 (2004): 173-189.

24.　—. *The Fragile Absolute, or, Why Is the Christian Legacy Worth Fighting for?* London: Verso, 2008.

25.　—. *In Defense of Lost Causes*. New York: Verso, 2008.

26.　—. *Iraq: The Borrowed Kettle*. London: Verso, 2004.

27.　—. *Looking Awry: An Introduction to Jacques Lacan through Popular Culture*. Cambridge: MIT P, 1991.

28.　—. "Melancholy and the Act." *Critical Inquiry* 26.4 (2000): 657-681.

29.　—. "No Man Is an Island. " Web. 10 Aug. 2013.

30.　—. *On Belief*. London: Routledge, 2001.

31.　—. *The Parallax View*. Cambridge: MIT P, 2006.

32.　—. *The Plague of Fantasies*. London: Verso, 2008.

33.　—, ed. *Revolution at the Gates: A Selection of Writings from February to October 1917*. London: Verso, 2002.

34.　—. *The Sublime Object of Ideology*. London: Verso, 2009.

35.　—. *The Ticklish Subject: The Absent Centre of Political Ontology*. London: Verso, 2008.

36.　—.*Violence: Six Sideways Reflections*. New York: Picador, 2008.

形式 梁 工

略 说

在西方哲学、神学、美学、文学理论和艺术理论发展嬗变的漫长历史上，"形式"是纵贯始终且内涵复杂、歧义丛生的基本概念之一。日内瓦学派批评家让·鲁塞曾言，有关文艺现象的许多重大问题都存在针锋相对的见解，"但若说有一个概念挑起了矛盾或分歧，便正是形式这个中心概念"。（222）在不同时期的不同理论家那里，形式概念往往以不同面目出现，担负着各种各样的职能，其中一些的含义彼此接近，另一些则相去甚远。它们相互间的因袭递嬗并非线性的单向传承，而呈现出多元组合、交相混融的势态。中国自古就有形式观念，亦有对形式问题的诸多探讨，只是表现出迥异于西方形式理论的特色。客观全面地了解古今中外的形式思想，是推动中国形式美学健全发展的必要前提。

综 述

据考证"形式"一词源于罗马时代的拉丁文 forma，至后世某些语言中其拼写略有改变，如法文中的 forme、英文中的 form、德文中的 form 等。（塔拉基维奇：296）

古希腊罗马形式概念

西方文化的精神策源地是古希腊，其形式概念的源头也能追溯到古希腊。早在公元前 6 世纪，毕达哥拉斯学派就提出带有自然哲学意义的"数理形式"，其后柏拉图提出指称精神性模型的"理式"，亚里士多德提出相对于"质料"而言的"形式"。古罗马时代，贺拉斯倡导诗歌创作的"合式"，事实上阐述了与"内容"相对而言的"形式"概念。这些理论对后世形式观念的发展和嬗变产生了极其深远的影响。

希腊早期自然哲学的显著特征是探求万物的本原，寻索"多中之一"，思考世界的统一性问题。在这方面，毕达哥拉斯（Pythagoras）及其门人认为数是万物形成的"元素"和"范型"，亦即万物的本原。该派把数与数之间的关系和比例定型化，发现了一些公理，如"直角三角形斜边的平方等于其他两边平方之和"的"勾股定理"，"三角形的内角和等于 180°"的几何定理，以及极具审美意义的"黄金分割法"，即"将一条线分成两部分，其中长段与原线段之比，等于短段与长段之比"。他们还注意到自然事物中存在着量的规定性，它服从一定的数学比例关系，如音乐中的音度关系涉及琴弦长短的比例关系，天体中不同星球之间的关系服从既定的数学规律。此类见解体现出西方最早的形式概念——一种有关自然存在物的"数理形式"概念。"数理形式"指世间万物作为自然存在物的自然属性和状态，表现为一种数理关系，其最高审美理想是"和谐"。（赵宪章：9—10）

柏拉图哲学的基本范畴是"理式"。其宇宙景观中存在着两个世界——精神性的"理式世界"和可以感知的实物世界，前者是永恒、静止、真实的，后者是多变、易逝、虚幻的；前者是后者的原因和范型，后者是前者的模本或影子。理式世界由无数"理式"构成，实物世界中的所有个别事物都有与其对应的理式；个别事物由于分有了理式而形成，所以是有生有灭的、虚假的，理式则是永恒的、真实的。这种理论发现了世间万物都按照特定模式生成、发展和运行，彼此之间有着必然的内在联系。"理式"主要指一种能派生万物的"共相范型"，朱光潜称它近似于佛教的"共相"，似概念而非概念，因为"概念"是理性分析综合的结果，"理式"则是纯粹的精神性存在。（柏拉图：124①）至于艺术，柏拉图认为它是对个别事物之"外形"的模仿，个别事物又是对理式的模仿，故其与真理隔着三层，是不真实的，须将从事艺术活动的艺术家逐出"理想国"。

亚里士多德探索物体的生成原因时得出与柏拉图相去甚远的结论，即著名的"四因说"：质料因，说明事物由何种材料构成；形式因，说明事物依据何种结构或比例构成；动力因，说明事物由于何种动力的推动形成；目的因，说明事物出于何种意图形成。亚里士多德进而认为，由于形式因、动力因和目的因具有同一性，四因可以归纳为形式和质料二因，个别物体便是形式与质料的统一。但他赋予形式以精神性品格，主张形式是能动的而质料是惰性的，因而形式就是实体，个别物体的形成其实是质料追求形式，达到质料与形式的统一。他还认为形式与质料皆有相对性，如砖相对于土是形式，相对于房屋便是质料。在这种形式概念的架构中，美的事物之所以美，是由于它们乃是作为"形式"存在的，形式本身的能动性决定了审美主体的能动性，它本身的合目的性决定了审美活动必然追求一定的功能和价值。

古罗马诗人贺拉斯（Horace）在《诗艺》中述及诗歌创作的"合式"品质，所谓"合式"，是指形式应当完美无缺地表现其内容。对此，朱光潜写道："根据古典主义者的看法，诗必不可少的品质是什么呢？贺拉斯的回答是'合式'（decorum）或'妥帖得体'。'合式'这个概念是贯串在《诗艺》里的一条红线。根据这个概念，一切都要做到恰如其分，叫人感到它完美，没有什么不妥当处。"（104—105）其实，与"合式"类似的说法早已出现在古希腊哲人笔下，如赫西俄德（Hesiod）之言："你要把握好尺度，在诸事中适当是最佳原则。"（21）又如亚里士多德两次提到修辞风格须得体："至于用语的优美……应得体。""用语若是能表达情感和性情，并且与事实载体或题材相比之下显得协调，就称得上得体。"（Aristotle：1404b，1—4；1408a，10—11）鉴于诗歌创作做到"合式"或"得体"非常困难，贺拉斯进而探讨了如何做到这一步，如人物性格须合乎其所属的类型；情节的表现应有节制，"不必让美狄亚当着观众屠杀自己的孩子"。（142；147）可见在贺拉斯那里，要想写出好诗，必须运用适当的方式、方法和手段，掌握各种形式技巧的规律性，只不过他未用"形式"一词罢了。

神学视阈中的形式概念

在古典文化中，各种知识尚未分科，哲学、美学与神学之间尚缺乏明晰的界限，作为哲学和美学概念的"形式"其实亦有着不容忽略的神学维度。在中世纪神学和当代独放异彩的神学美学视阈中，神学更成为观察和思考形式问题的必经视角。

柏拉图的理式世界里存在着层次分明的等级，位于最底层的是各种具体事物的理式，位于较高层的是关于数学、几何的理式，地位更高些的是艺术、道德、政治的理式；雄踞最高层的则是"善"的理式，那乃是上帝或造物主本身。依据亚里士多德对形式与质料关系的理解，世界就是一条质料不断追求形式的漫长系列，它的一头是绝对被动的纯质料，追求一切形式而不为一切形式所追求；另一头是绝对能动的纯形式，为一切质料所追求而不追求一切质料；纯形式乃是作为世界第一推动力亦即绝对实体的上帝。可见无论柏拉图还是亚里士多德，对形式（理式）问题的终极思考均须诉诸神学。

新柏拉图主义的代表人物普罗提诺（Plotinus）认为，世间万物都是从"太一"或上帝中流溢出来的，人的灵魂须摆脱肉体的束缚，寻求与上帝相交且与之合一，而人类的艺术活动本是一种渴望超凡脱俗、回归故乡的"朝圣"之旅。在他看来，此岸世界确有"可感事物之美"，那是因为它"分有"了彼岸世界之美的理式；至于美的理式如何将美赋予被"分有"之物，他回答时又改造了亚里士多德的理论，将"形式"解释成"形成的力量"，兼具形式因、动力因和目的因："物体美是由于分有了一种来自上帝的形成力量而产生的"。

中世纪经院哲学的集大成者阿奎那（Thomas Aquinas）在《神学大全》第1编第16题中指出，举凡涉及人为的形式，都能在两个方面称之为真：一是充分适应于理性智慧，这是逻辑上的真理；二是充分适应于它们先存于上帝心中的理式，这是本体论上的真理，也是存在、善和美。从中可见，阿奎那对形式之真的论述其实是为了印证上帝造物之美。阿奎那在《神学大全》第1编第39题第8文中称美的三要素为整一、比例、明晰，理应进而具体详论，但细查其上下文，却能发现美不过是一种旁证，他其实是要阐释圣子、圣父和圣灵。如紧随其后的论述称："三者（整一、比例、明晰）中的第一个条件……是说他作为人子，在他自身之中，真实完美地拥有圣父的性质；第二个条件……表明了圣父的形象；第三个条件……是就圣言而言，它是理性智慧的光辉……"这些文字足以证明，阿奎那乃是"以美的形

式要素在旁证基督耶稣的神圣"。（陆扬：230—231）

17、18 世纪之交的英国新柏拉图主义美学家夏夫兹博里（Shaftesbury）也在神学视野中辨析形式。他强调美不在于物质而在于形式，在于赋予物质以形式的心灵；进而将形式分成三类：一是"死形式"，二是"赋予形式的形式"，三是"最高序列的形式"即上帝本身。因为上帝是"一切美的本原和泉源"，"建筑、音乐以及人所创造的一切都要溯源到这类美"。（朱光潜：217）

细究之，从罗马帝国时代到 20 世纪，基督教神学家论美的基本准则始终是"美在上帝"：美是上帝的本性，美的依据在于上帝，世间的所有美物都分享了上帝之美，上帝是美之所以美的终极根源。基于这种见解，当代新托斯主义的代表人物马利坦（Maritain）提出，美的形式包含整全、圆满、和谐、统一等要素，它们非由特定的内容决定，而是出自上帝的意志；上帝创造世间万物，乃是一个依据其意志为各种质料赋予形式（包括"本性形式"和"外在形式"）的过程。（司有仑：360—361）

西方近代形式概念

在西方近代美学史上，康德提出并精心论证了"先验直观形式"概念，黑格尔将"形式"与"内容"建构成一组严格对应的审美范畴；马克思主义以内容与形式相互依存又彼此推动的辩证关系解释生产力与生产关系之间的矛盾运动，并对"形式"进行历史化改造，倡导一种"历史-美学"文艺观；唯美主义的鼓吹者则在无视历史内容的前提下奢谈形式，打着"为艺术而艺术"的旗帜走向形式主义。

纵贯德国古典美学的主线是启蒙思想家弘扬的人本主义精神。在康德的理念中，一切都服务于伸张人类的理性，确立"人"在自然界和人类社会中的主宰地位。康德断言人心有三种先天的认识能力——感性、知性和理性，其中"感性"指一种借助于经验而形成直观知识的"先验直观形式"。在他看来，某个具有普遍性和必然性的感性直观知识（如"1 ＋ 2 ＝ 3"）是由后天的感觉质料和"先验直观形式"结合而成的。"物自体"作用于感官而产生的感觉只是一团混乱的心理状态，那种状态只有历经"先验直观形式"的整理，才能形成一定的感觉对象，构成感性直观知识。康德断定人心中本来就有两种先天的直观形式，即时间和空间，因为二者均无需从经验中得来，丝毫不含经验成分；它们为人脑所先天固有，是经验得以形成的前提条件。既然如此，审美判断的生成就可能不取决于审美客体，而仅仅取决于审美主体头脑中的"先验直观形式"。这种形式不是外在的、客观的，而是内在的、主观的，是一种先天存于人脑中的范型；它含有主体创造活动的主动性和目的性，却区别于客观事物的现实存在性，仅仅是认识之所以可能的先天条件。追本溯源，就形式的先验性和先天性而言，它来自柏拉图；就其主动性和创造性而言，又来自亚里士多德。所以康德的"先验直观形式"概念既"实现了西方形式美学传统的交

汇"，又开启了"历史与形式相冲突的新时代"。（赵宪章：138—139）

在黑格尔的哲学和美学体系中，"形式"与"内容"是一对相互依存的概念。黑格尔认为"艺术的内容就是理念，艺术的形式就是诉诸感官的形象，艺术要把这两方面调和成为一种自由的统一的整体"。（1996：87）就内容与形式的统一体而言，形式是由内容决定的，如称"文艺中不但有一种古典的形式，更有一种古典的内容，……形式只能在内容是古典的限度内，才能成为古典的"。（2006：111）形式之美得力于内容之美，反过来，"形式的缺陷总是起源于内容的缺陷"；形式的完美程度与内容的真实程度有一种相辅相成的关系，"艺术作品的表现愈优美，它的内容和思想也就具有愈深刻的内在真实"。（1996：93）内容是作品生命力的源泉，它"灌注生气于外在形状"或形式，使之成为艺术美的有机组成部分。（24）在主张"内容决定形式"的同时，黑格尔也承认形式的相对独立性及其对内容的反作用，声称荷马史诗《伊利亚特》"之所以成为有名的史诗，乃是因为它的诗歌形式，而它的内容是遵照那形式塑造或陶铸出来的"。总之"只有内容与形式都表明为彻底统一的，才是真正的艺术品"。（2002：279—280）黑格尔的"内容"指客观存在于宇宙中的精神、理念和意蕴，"形式"是内容的感性显现，这种形式观念承袭和发展了贺拉斯的"合式"概念。

区别于康德和黑格尔都刻意回避社会历史问题，仅仅在纯粹精神领域奢谈形式，马克思、恩格斯旗帜鲜明地将文艺与社会的物质生产和经济基础联系起来。马克思发现了生产力与生产关系这一人类社会的基本矛盾，依据二者所体现的内容与形式的冲突揭示出历史运行的基本规律。在他看来，文艺及审美作为上层建筑的"意识形态形式"，最终无法从其自身求得解释，而必须从社会的物质生产和经济基础中得到说明。（82—83）马克思、恩格斯主张遵循美学观点与历史观点相结合的原则论述古往今来的文学作品，（恩格斯：585）所谓美学观点，指对作品的表现形式、方法、手段及其如何与历史内容有机融合进行审美分析；所谓历史观点，则指运用唯物史观透视、理解、剖析作品对历史事件、人物和生活的描绘，以及艺术家对社会、历史、生活的态度和思想倾向等。在他们看来，文艺批评必须坚持这二者的辩证统一，离开美学观点的所谓纯粹社会历史批评，抑或离开历史观点的所谓纯粹美学形式批评，都是片面的，也是错误的。

然而，19世纪下半叶流行于欧洲的唯美主义思潮却宣扬艺术至上，主张"为艺术而艺术"，一味强调艺术形式具有压倒一切的重要性。在该派代表人物王尔德（O. Wilde）那里，"美在形式"，形式就是一切；艺术家要想洞察美的奥秘，必须拜倒在形式脚下，因为艺术美说到底是一种形式美。从"美在形式"的基本点出发，王尔德声称艺术创作不是从现实的思想感情到形式，而是从形式到思想感情；并非现实生活为艺术提供形式，而是艺术为现实生活提供美的形式；就连自然美的秘密也在于模仿艺术形式，大自然显示给欣赏者的其实是他们在艺术品中领略到的形式美。这种见解对 20 世纪的形式理论，包括闻一多、徐志摩等中国诗人的创作产生了显著影响。

自 19 世纪末至 20 世纪初，一些美学家既不满于将形式当成内容的附庸，又不愿丢弃唯美主义对形式的崇尚，而尝试调和二者的对立，提出种种有关形式的新概念，其中最著名的首推英国人贝尔（Clive Bell）的艺术是"有意味的形式"之说。贝尔主张，艺术的"共同性质"乃在于"有意味的形式"，那是一种能体现艺术家心中"深刻而普遍的感情"的"构图"，是艺术家在灵感状态中对"终极实在"的"翻译"，因而是一种"审美的感人的形式"。（4）

西方现当代形式概念

进入 20 世纪，西方美学家的形式概念呈现出纷繁复杂、多元共生的局面。这种多元化特征不仅表现为"形式"本身在不同艺术品中有着丰富多样的展示，也不仅来自艺术批评家相继借鉴多种参照系而赋予形式概念以多种含义，而且基于一个事实——美学本身终于意识到，"形式"这样一个单一化乃至过于笼统的表述，已经无法完整而全面地承载形式美学的复杂意蕴。这意味着，对形式的理解必须建立在多层次、多角度、全方位观照的基础上，其潜在要求是，形式本身须在诸多不同系统和坐标中经由对比得以揭示；对作为美学范畴的形式须予以科学的分解和剖析，以便借助于建构一套亚范畴或次范畴，来体现其丰富的层次和多样的侧面；对它的研究不仅涉及外部问题，意在辨析形式与非形式的联系和区别，而且首先关涉到内部性质，意在展示其庞杂繁复的寓涵。

从这种多棱镜中观察，能看到 20 世纪的四类形式理论：其一，将形式当作客体范畴，以俄国形式主义、英美新批评、结构主义及其叙述学为代表；其二，将形式当作主体范畴，以原型批评为代表；其三，将形式当作非心非物、非主非客的范畴，以格式塔批评为代表；其四，将形式当作主客交融或亦主亦客的范畴，以卡西尔（Ernst Cassirer）和朗格（Susanne Langer）的符号美学为代表。（赵宪章：278—283）此外，还能看到一批"西方马克思主义"美学家的形式理论，他们的见解虽然互有差异，却无不奉行"文化批判"策略，试图将美学建构成艺术政治学，使"形式"成为服务于人类心灵解放的艺术负载者。

在俄国形式主义、英美新批评、结构主义及其叙述学那里，"形式"是一种具有"本体价值"和独立存在意义的客体范畴。那派学者认为，"在日常生活中，词语通常是传递消息的手段，即具有交际功能。说话的目的是向对方表达我们的思想。……文学作品则不然，它们全然由固定的表达方式来构成……表达是交流的外壳，同时又是交流不可分割的部分……表达在一定程度上具有本体价值"；艾亨鲍姆（Б. М. Эйхенбаум）称，形式"不再是外壳，而是有活力的具体的整体，它本身便是内容，无须任何变化"；俄国形式主义的核心概念之一是"陌生化"，那是一种"使形式变得复杂，增加知觉的困难及时间的手法，因为艺术中的知觉过程就是目的本身，它应该延长，艺术是一种体验事物之制作的方式，而艺术中被制作成的东西并不重要"。（什克洛夫斯基等：83）可见陌生化其实是形式化的一种称谓，能使读者进入一个既陌生又熟悉的文学世界。其后，英美新批评理论家艾略特（T. S. Eliot）提出"非个人化"理论，否定作家个性与诗歌创作的关联性；兰色姆（J. C. Ransom）主张"文本中心论"，以"构架-肌质"理论诠释其本体论的批评意念；（Ransom：142—165）维姆萨特（W. K. Wimsatt）以"意图谬见"（intentional fallacy）和"感受谬见"（affective fallacy）切断文本与作家及读者的双向联系，倡导进行孤立的文本研究；韦勒克（R. Wellek）系统论述了文学内部的形式特征，力倡以内部研究取代外部研究。（Wellek：36—89）继之，结构主义及其叙事学将俄国形式主义和英美新批评注重文本分析的传统发挥到极致，主张追踪表层文本内部的深层结构，用恒定的叙述形式剖析文学的内部构成。

与上述种种视形式为客体范畴的流派判然有别，在荣格（C. G. Jung）和弗莱（N. Frye）的心理学派那里，原型批评中的形式概念是作为一种无意识的主体范畴存在的。荣格明确指出"原型这个词就是柏拉图哲学中的形式"，它"提供了集体无意识的内容，并关系到古代的或者可以说从原始时代就存在的形式"，那种形式作为"种族记忆"流传下来，成为后人与生俱来的共同心理反应形式。（53）荣格通过考察原型与神话和艺术的关系将其理论运用于艺术和审美领域，据其见解，当原型体现在艺术作品中时，那作品既是原型的载体，也是原型的表现形式。相对于荣格，弗莱主要探讨了文学原型。在他看来，英美新批评只关注具体作品的形式而忽略了整个文学的形式，是必须予以纠正的；批评家应当找到更大的范式，对文学进行宏观研究，去发现和解释文学艺术的总体形式和普遍规律。那种范式便是"原型"。弗莱在《批评的剖析》中评述了数百部作品，但其兴趣并非"细读"或"近观"它们，而是与之保持一定距离，以便从整体上分析其"原型"和"谱系"，进而寻索潜藏于其间的人类文学经验，以及主体对自然的内化和改造机制。

当代西方美学中还有"非心非物"、"非主非客"的形式范畴，见于心理学派的另一代表格式塔美学中。"格式塔"（gestalt）的德文本义是"形象"、"形状"、"外表"等，汉语译成"完形"。"完形"是一种特定的"整体"观念，既由"局部"叠加而成，又不是局部的简单叠加，而是"整体大于各部分之和"。该派理论家阿恩海姆（Rudolf Arnheim）分析"形状"、"形式"、"完形"三个概念后提出，视觉本身具有"思维能力"，形状是一种与完形形式并生且有其自身完整结构的"格式塔"。在艺术发展的高级阶段，完全的形状会向不完全形状过渡，当那种不完全形状呈现在观赏者面前时，会引起强烈追求完整、对称、和谐及简化的视觉倾向，并激起"补充"或"恢复"其"完形状态"的心理冲动。其中涉及的完形形式既非具体形状的组合，亦非全然出自人的内心体验或经验，而具有"非心非物"性质，是一种

"心理力"与"物理力"之间的动态平衡。

相应地,当代西方美学中也有"亦主亦客"的形式范畴,较典范地表现在卡西尔的符号美学理论中,卡西尔认为,艺术符号存在于艺术的直观形式中,是感性或具体的,而非概念或抽象的;形式是"纯粹形象化的形态和结构",有一些显著特征:其一,形式有无限丰富性,因为艺术的对象千差万别,艺术家的审美经验也因人而异。其二,形式有审美普遍性,即康德所谓的"普遍可传性",指艺术家不能任意捏造形式,而须以事物的事实形态展示形式,这使读者进入他的透镜时"不得不以他的眼光看待世界",亦使形式本身获得审美的普遍性。其三,形式有符号性和象征性,符号性指它"不是以思想而是以感性直观为媒介",象征性指它既显示实在意义,又对其意义进行"能动的再解释"。其四,形式是表现情感的,它所显示的是富于激情的形象。其五,形式是"活生生的",能使人看到"灵魂最深沉和最多样化的运动"。其六,形式还带有理性的品格,不仅依赖于某些情感,还依赖于理性的鉴别力。(183—215)不难发现,卡西尔的形式论将客体和主体两个维度凝聚于一身,既是象征性的符号系统,又负载着意义,蕴含着理性和情感,还显示出动态符号的生命力。以此为基础,卡西尔的学生朗格提出她的符号美学命题"艺术是人类情感符号的创造"、"艺术形式是生命的形式"等,进一步丰富了当代形式理论。

除了上述诸家,致力于"文化批判"和"意识形态批评"的"西方马克思主义"也对形式美学建设作出了贡献。德国法兰克福学派理论家马尔库塞(H. Marcuse)认为,艺术的本质不在于内容,也不在于纯粹形式,而在于由内容转化成的"美学形式";所谓美学形式,乃是"一个既定内容(现有的或历史的、个人或社会的事实)转化为一个独立自足的整体(如一首诗、一部剧作、一篇小说等等)的结果"。(8)在马尔库塞看来,艺术固然隶属于社会意识形态,由于其美学形式的中介,也可能成为超越虚假意识的"反意识"。美学形式规定了艺术的本质,艺术须臾不可离弃其美学形式,否则它与一般意识形态的差异就会被消解,它会因此丧失其本性而沦陷于既定现实中。马尔库塞坚称,评判艺术须依据其学科本身的准绳即美学形式,那种形式使艺术独立于现实之外,而作为"美"的唯一载体,又制约着艺术的真伪优劣,成为艺术自律性的评判准则。马尔库塞相信"完美的文学形式超越了正确的政治倾向",(35)真正的革命倾向不表现在作者的出身和思想水平上,亦不表现在作品的阶级性上,而是表现在美学形式的诸要素上:形式越完美,它距离现实就越遥远,对现实的否定和超越就越有力,其革命性就越彻底。艺术的审美功能与社会改造功能息息相关,美学形式则是调和二者之间矛盾的中介,它借助于改变人们的体验和认知方式,实现人的心灵解放及其对社会的揭露和批判。

最后还应提到后现代主义的反形式倾向。后现代理论家大都主张消解既定的审美观念和艺术理想,消解艺术与非艺术、美与非美之间的差异,致使不确定性、零散性、非原则性、无深度性、繁复多样性成为时尚。这为寓意复杂的形式概念又增添新的复义性。

中国古代形式思想

虽然"形式"概念来自西方，对形式问题的探讨和研究亦常见于中国古籍中。如《论语·雍也》载，孔子曰："质胜文则野，文胜质则史，文质彬彬，然后君子。"意即朴实多于文采未免粗野，文采多于朴实又显得虚浮，唯内容与形式配合恰当，不偏不倚，才是君子之道。《论语·八佾》载，子谓《韶》："尽美矣，又尽善也。"谓《武》："尽美矣，未尽善也。"孔子称《韶》的音律、内容俱佳；《武》的音律上乘，内容却不尽完善，因为周武王以征伐得国，行为不够完善。《后汉书·班彪列传》载，班彪称司马迁"辩而不华，质而不俚，文质相称，盖良史之材"，乃是将文质相称之说用以评价史籍。

魏晋以来，释家传译佛典，转梵言为汉语，要求译文忠实而雅顺，又将文质关系理念引入译论。如《出三藏记集》卷十载，慧远曰："则知圣人依方设训，文质殊体。若以文应质，则疑者众；以质应文，则悦者寡。是以化行天竺，辞朴而义微，言近而旨远。义微则隐昧无象，旨远则幽绪莫寻，故令玩常训者牵于近习，束名教者惑于未闻。若开易进之路，则阶籍有由；晓渐悟之方，则始涉有津。远于是简繁理秽，以详其中，令文质有体，义无所越。"

基于这种文论传统，刘勰在《文心雕龙》中多角度阐述了质先于文、质文并重的主张，较全面地论证了内容和形式的关系。其《情采篇》称："夫铅黛所以饰容，而盼倩生于淑姿；文采所以饰言，而辩丽本于情性。故情者，文之经；辞者，理之纬；经正而后纬成，理定而后辞畅，此立文之本源也。"其《风骨篇》主张文章需要风骨："怊怅述情，必始乎风；沈吟铺辞，莫先于骨。""若丰藻克赡，风骨不飞，则振采失鲜，负声无力。"其《定势篇》倡导"因情立体，即体成势"，意谓据内容的要求选择文体样式，从文体特征出发确定文章风格。他还认为，文体应与文章追求实现的社会效果相匹配，如其《檄移篇》称，撰写声讨昏君的檄文时，为达到"振此威风，暴彼昏乱"的目的，应写得"事昭而理辨，气盛而辞断"。

刘勰之所以力倡形式受制于内容，是因为魏晋时代盛行无视内容而仅以形式取胜之风，如萧绎的《金楼子》称："至如文者，惟须绮縠纷披，宫徵靡曼，唇吻遒会，情灵摇荡。"意即文学的首要条件无涉思想内容，只在于形式的绮丽。稍后，钟嵘在《诗品》中也主张内容制约形式，诗歌必须"干之以风力，润之以丹彩"，即兼备充实的内容和华美的文采。钟嵘在古代诗人中最推崇曹植，因为其诗"骨气奇高，词采华茂"，"体被文质"。萧统编纂《文选》时也贯彻了与刘勰、钟嵘大致相同的文学理念，在内容与形式的关系方面提倡文质并重，认为"夫文典则累野，丽亦伤浮；能丽而不浮，典而不野，文质彬彬，有君子之致"。此外，陆机在《文赋》中对语言风格的分析，王世贞在《艺苑卮言》中对诗文篇章结构的评论，王骥德在《曲律》中对戏曲章法的诠释，以及不计其数的书法和绘画技巧议论，都体现出摇曳多姿的形式美学思想。

中国古代的形式美学依托于对各种文艺现象的经验认识，保留了审美对象的大量美感信息。它注重直接感悟和心灵体验，且通过一种极富魅力的诗文呈现出来，本身就是一种鲜活的艺术生命体，堪称沟通作家、作品与读者的亲切伙伴。然而，这种美学作为对审美体验的直观描述，尚未升华成思辨型的抽象理论，难以对文艺的特征、本质和规律作出明确而严谨的论断。如刘勰的《文心雕龙》通篇用骈文写成，常因韵律、对仗等体例要求而陷于咬文嚼字，说理时缺乏足够的明晰性，不时令人难解其意。

总体而论，中国古代形式美学探讨的是"文"与"质"的关系，或作品本身"形式"与"内容"的关系，所论"形式"大致相当于从贺拉斯、黑格尔到俄国形式主义和英美新批评所瞩目的客体形式范畴，除此之外，对于作为主体范畴、非主非客范畴和亦主亦客范畴的其他形式观念则未涉及。这一现象从反面表明，西方形式美学有着浓厚的哲学基础，并非就事论事地谈论语言技巧，而是将技巧问题上升到了哲学和世界观层面。易言之，其种种具体结论大都是在某一哲学系统的制约下得出的，往往能窥斑见豹地折射出某种世界观。相对而言，中国古代形式思想基本上是对艺术创作经验的总结，而未上升到语言哲学和世界观层面。

结　语

梳理形式概念的意义在于思考如何推动形式美学在中国的发展。世界性文化市场的形成、全球化时代的到来为各族人民共享古往今来的人类文化精华提供了绝佳的契机。中国学者不但要善于古为今用，积极发掘整理本民族的形式美学遗产，而且要学会洋为中用，大力借鉴海外的形式美学理论，使二者融会贯通，携手服务于中国当前和未来的新文艺建设。中国有着源远流长的文以载道传统，且长期盛行社会历史批评，欲建构具有本土特色的形式美学，其成长之路难免艰辛而漫长。然而就立足于汉语学术资源，勇于探索西方形式美学成果，积极面对各种理论难题和实际问题，中国学者已经取得可喜的成绩，并将不断取得新的成绩。

参考文献

1. Aristotle. *The Art of Rhetoric*. Trans. John Henry Freese. Cambridge: Harvard UP, 1926.
2. Ransom, J. C. *The New Criticism*. Norfolk: New Directions, 1941.
3. Wellek, R. *Concepts of Criticism*. New York: Yale UP, 1963.
4. 贝尔：《艺术》，周金环等译，中国文艺联合出版公司，1984。
5. 柏拉图：《文艺对话集》，朱光潜译，人民文学出版社，1963。

6. 恩格斯：《恩格斯致斐迪南·拉萨尔》，载《马克思恩格斯选集》（29），人民出版社，1972。

7. 赫西俄德：《工作与时日 神谱》，张竹明等译，商务印书馆，1991。

8. 黑格尔：《历史哲学》，王造时译，上海书店出版社，2006。

9. 黑格尔：《美学》（2），朱光潜译，商务印书馆，1996。

10. 黑格尔：《小逻辑》，梁志学译，人民出版社，2002。

11. 卡西尔：《人论》，甘阳译，上海译文出版社，1985。

12. 鲁赛：《为了形式的解读》，载《波佩的面纱》，博尔赫斯等著，朱景冬等译，社会科学文献出版社，1999。

13. 陆扬：《西方美学通史·第二卷·中世纪文艺复兴美学》，上海文艺出版社，1999。

14. 马尔库塞：《现代美学析疑》，绿原译，文化艺术出版社，1987。

15. 马克思：《〈政治经济学批判〉导言》，载《马克思恩格斯选集》（2），人民出版社，1972。

16. 荣格：《心理学与文学》，冯川等译，生活·读书·新知三联书店，1987。

17. 什克洛夫斯基等：《俄国形式主义文论选》，方珊等译，生活·读书·新知三联书店，1989。

18. 司有仑主编：《当代西方美学新范畴辞典》，中国人民大学出版社，1996。

19. 塔达基维奇：《西方美学概念史》，褚朔维奇译，学苑出版社，1990。

20. 亚里士多德、贺拉斯：《诗学·诗艺》，罗念生、杨周翰译，人民文学出版社，1982。

21. 赵宪章主编：《西方形式美学：关于形式的美学研究》，上海人民出版社，1996。

22. 朱光潜：《西方美学史》（上），人民文学出版社，1981。

① 一般说来，在汉语译文中亚里士多德的"形式"和柏拉图的"理式"来自同一个希腊语词 eidos。

性别操演理论 都岚岚

略 说

朱迪斯·巴特勒（Judith Butler），现任美国加州大学伯克利分校修辞与比较文学系马克欣·爱丽亚特（Maxine Elliott）讲座教授，是美国当代享有盛名的女性主义理论家。她的学术思想融合了哲学、女性主义理论、同性恋研究、怪异理论、精神分析等众多领域，对哲学、政治学、法学、社会学、伦理学、心理学、电影研究、文学研究等多种学科产生了深远的影响。作为西方后结构主义女性主义最前沿的代表人物，巴特勒已出版专著 10 部，合著与编著 5 部，其中影响最大的《性别麻烦：女性主义与身份的颠覆》（*Gender Trouble: Feminism and the Subversion of Identity*，1990）已被译成 20 多种语言，成为理解西方后女性主义理论的经典文本。这部著作提出的"性别操演"（Gender Performativity）[①] 概念，不仅是巴特勒性别理论的核心概念，也是理解其主体构成理论的重要概念。

意识哲学的主体观认为，存在一个先在、自足的主体。这个主体具有理性思维的能力，可以进行道德深思，发挥自由意志，并作出自我决定。也就是说，存在一个自足的"我"使用语言，表达真理。这种主体观认为本源具有优先性、决定性和控制性，而表象则只能派生和从属于本源。在这种主体观念下，起源、理念、意识、本真等概念成为霸权性词语，为臣属和层级关系设立了哲学基础。

巴特勒反对这种意识哲学的主体假设，认为主体并不是先在的，它是受规则统治的话语网络作用的结果。正是语言塑造了"我"，或者说"我"是语言的效果，只能在特定文化的社会和话语关系中形成。为了说明这种不同于传统意识哲学的主体观，巴特勒提出了性别操演理论。巴特勒认为，在性别化过程以前不存在一个本源的主体，主体恰恰产生于这个性别化的过程之中。性别没有所谓的"内在"本质，我们所理解的性别的"内在"本质，其实是服从于性别规范的一系列行为的重复。这些重复规范的行为受制于话语规则和实践，正是这些持续的话语规范对身体进行性别的风格化，而使性别获得暂时的稳固。因此，在性别表达的背后没有性别的本体身份，性别身份形成于持续的操演行为中。

简而言之，巴特勒的性别操演理论强调三点：一、性别不是一种存有，而是一种行为，这是性别操演的戏剧维度。二、性别身份的形成不是人们可以自由控制、有意为之的行为，而是在不断重复性别规范的过程中逐渐形成的，因而一定需要时间的演进。这是性别操演的仪式维度。三、规范和话语生成性别化的主体，生产关于性别的现实，这是性别操演的语言维度。对巴特勒而言，操演性是一种引用性实践，通过这种实践，话语产生它所命名的效果。而对规范的重复以仪式性的方式进行，随着时间的推移构成主体。这就是巴特勒提出的性别操演理论。

综　述

作为女性主义理论家，巴特勒思想的核心是对主体构成问题进行深入的剖析，因为从根本上讲，女性主义理论是要重新建构女性的主体性。人的主体性由社会的主流话语界定，被主流意识形态所建构。在父权制文化的统治下，女性从未真正拥有主体性，其地位是按照男性中心主义的思维逻辑进行建构的。为了强化女性的附属地位，加深在政治、经济及文化等方面对她们的压迫，女性及其经验被误解和歪曲。因此女性主义理论若要改变女性受压迫的地位，就必须对男性中心主义的意识形态、话语体制进行解构，批判父权制文化对女性特质的设定和歪曲，从而重建女性的主体性。女性主义的这种尝试，势必背离西方传统意识哲学的主体假设。

西方传统哲学自柏拉图以来，一直将主体性建立在意识和理性之上。柏拉图在《斐多篇》中解释苏格拉底面对死亡的态度时认为，苏格拉底面对死亡无所畏惧，乃是因为他相信死亡只是肉体的死亡，而灵魂却能抛弃肉体永恒存在。（汪民安、陈永国：2）对柏拉图而言，身体是灵魂通向真理的障碍，因此他轻视身体、贬低身体，建立了灵魂与身体的二元对立：灵魂不朽，身体短暂；灵魂纯洁，身体贪欲；灵魂可以通达真善美，身体的欲望却导致尘世的苦难及罪恶。这种灵魂高高在上而身体低人一等的思想得到中世纪神学的大力吹捧，而后又高度浓缩在笛卡尔的名言"我思故我在"之中。文艺复兴虽然让身体短暂地走出了神学的禁锢，但身体对通往真理、知识之路仍然无关紧要。笛卡尔理性的主体延续了身体恐惧症，继续将身体视作灵魂、心灵和理性的对立面，认为主体的实质性标志是理性思考的能力，也就是说，存在一个本源的存有（being）利用理性思维认知世界。这种主体的实在认识论与关于意识和身体的二元论产生了一系列相关联的概念组合，如男性/女性、理性/感性、文化/自然、自我/他者，等等。通过父权制话语的建构，男性与心灵、理性、文化、自我产生关联，而女性则与身体、感性、自然、他者等概念联系在一起。这样男性被堂而皇之地赋予了理性的主体地位，而女性则与理性的主体无缘，被贬斥到了客体的地位。意识哲学的这种本源、先验的主体观正是性别层级秩序的基础，因此，要想改变女性的客体地位，就必须从根本上拒绝意识哲学的主体假设。由此女性主义必须思考的一个问题是：主体到底是如何构成的？

作为秉承后结构主义思想的理论家，巴特勒沿袭了尼采、福柯等人对意识哲学主体假设的拒绝，考察身体与权力、话语的复杂关系，并诘问是否存在这样一个先在的理性的主体。她对主体构成的谱系学探讨始于对性别身份的思考，她认为这不仅因为我们通常用性别来区分身体，还因为在性别化过程以前或之后并没有一个本源的主体，主体恰恰产生于这个性别化的过程之中。为了说明这一观点，她提出了性别的操演理论。

在1999年《性别麻烦》再版的序言中，巴特勒谈到她的操演理论首先是从德里达对卡夫卡《在法的门前》这一寓言的解读中获取了灵感。《在法的门前》是卡夫卡未完成的小说《审判》中的一部分，主要讲述了一个乡下人想求见法而不得的故事。作为法律守护者的看门人，只是特权阶层中最卑微的一员，但就是这样一位最低等级的执法者，却可以无限期地延宕像乡下人这样的弱势群体晋见法律的机会，因为一旦让被统治阶级知道法的真实面目，即法律为特权阶层服务，那么统治阶级就会遭到毁灭性的打击。坐在法律大门之前等待的乡下人到死也没能见到法的真面目，而法律的权威正是通过乡下人对揭示法律意义的惧怕和渴望才得以建立的。巴特勒从中获得了启示，认为期待某种权威性意义的揭示，正是那个权威得以建立的方法。同样我们对性别也怀有这样的期待：认为性别以一种内在的本质运作，等待我们去揭示其意义，结果这种期待生产了它所期待的现象本身。我们所以为是性别自身的某种"内在"特质，其实是我们期待并通过某些身体行为生产出来的。也就是说，并不存在一个先在的性别本体，我们所以为的性别自身的"内在"特质，其实是社会规范不断作用于我们的身体而形成的，它是社会规范在我们身体上不断重复和操演的结果。先有重复性别规范的行为，然后才逐渐形成稳定的性别身份。巴特勒强调，持续的操演行为（doing）造就了稳定的存有（being），这就从根本上否定了意识哲学认为存在一个先在的理性主体的假设，摧毁了性别本体论的基础——本质的身份和实在的主体认识论。本文认为，巴特勒在早期的几部著作中提出和不断完善的性别操演理论具有三个维度，它们体现了操演理论的主要含义和特点。

性别操演理论的戏剧维度

巴特勒的性别操演具有戏剧性的维度，因为它强调性别是一种近似于表演的行为。在《性别麻烦》中，巴特勒试图论证性别是一种行为（doing）、一种过程，而不是一种存在。社会性别在霸权语言里是一种始终如一的存有，这种表象通过对语言或话语的操纵而达成。"你是什么性别？"这个问句本身，就说明性别是人的一个本质属性。正是性别、阶级、族裔等稳定化概念的确立，使得人的身份随着时间的推移保持其内在的统一性。为了说明主体的社会性别身份不是既定的和固定不变的，而是不稳定的、表演性的，巴特勒将关注点放在对社会性别的去自然化上。她指出："作为一种不断改变、受语境限定的现象，社会性别不指向一个实体的存有，而是指向一些具有文化与历史特定关系整体中的某个相关的交集点。"（1999：15）社会性别是"非自然的"，一个人的身体和其社会性别之间也没有必然的联系。一个被指定为"女性"的身体，不展现具有女性特质的气质是有可能的。一个人可以是具有男性特质的女性，或具有女性特质的男性。对此，巴特勒首先从阐释波伏娃入手来论证社会性别的流动性和过程性。在《性别麻烦》的第一章，巴特勒写道：

> 如果波伏娃是对的，她声称女人不是天生的，而是成为女人的，那么我们可以这样理解：女性自身是一个过程中的术语、一种生成、一个无法正确说出起源和结局的构成。作为一个进展中的话语实践，它对介入和重新意指是开放的。即使当社会性别看似浓缩成为最具体化的形式时，这种"浓缩"本身也是一种持续不断的、潜伏的实践，它由各种社会手段支持和规约。对波伏娃来说，永远不可能最终生成一个女人，就好像有一种目的掌控着文化灌输和建构的过程一样。（43）

如果性别身份是一种没有起源、没有终结的过程，那么它就是我们所做、所操演的东西，而不是我们所是的东西。这就意味着性别是一个复杂的联合体，它最终的整体形式被无限地延宕，任何一个时间点上的它都不是它的真实全貌。这样，对巴特勒而言，主体的形成是一个无尽的过程，永远无法达到完全的独立和自足。

如果社会性别是一种过程、一种生成，那么是什么决定我们生成什么，是什么决定我们生成的方式呢？巴特勒认为，我们在选择时，并不意味着我们是可以自由选择的能动主体，因为我们不可能站在社会规范之外进行选择。一个人所选择的"社会性别风格"从一开始就受到了限制，巴特勒说：

> 选择一种社会性别，就是用重新组织的方式解释所接受的规范。不能算作是一种激进的创造行为，社会性别是以自己的方式更新一个人的文化历史的一个心照不宣的工程。它不是一个我们必须做的规范性的事情，而是我们已经而且一直在做的事情。（qtd. in Salih：47）

巴特勒否认在性别身份背后有一个自由选择的意志主体，决定着性别是什么。在她看来，并不存在先于性别操演的"我"，因为那个"我"是不断重复的产物。换句话说，与人道主义的主体概念不同，巴特勒认为主体不是一个事先预设的、本质化的实体，而是流动的、过程中的范畴。社会性别是"一个自由漂浮的诡计"（free floating artifice），它的实在效果是通过操演而生产出来的。在这个意义上，性别一直是一种行动。

性别操演的戏剧性维度还体现在《性别麻烦》对扮装的讨论方面。扮装是一种古老的文化现象，世界各国的戏剧大都有男女互换服装、反串角色的历史。在巴特勒的语境中，扮装主要指同性恋以不同性别的服装风格来区分主动及被动角色。例如，在同性恋的扮装中，一个内心与女性角色认同的生理男性会用唇膏、丝袜、裹裙等将自己装扮成女性，从而体现其身体与内心的差异。巴特勒认为，虽然扮装者挪用了异性恋实践中女性角色的刻板化形象，但生理男性在模仿社会性别的时候，其扮装表演暴露了社会性别本身的模仿性结构。社会性别本身就是一种模仿，它所模仿的恰恰是"真品"这一概念，而事实上没有所谓的"本真"的性别和"虚假"的性别之分。至于解剖学上的身体与被操演的性别之间的差别，则说明生理性别与社会性别的一致性关系是建构的。巴特勒使用扮装这个例子来对抗性别规范所实行的暴力。她认为扮装是对社会性别的戏仿，它揭示了异性恋规范的不稳定性，同时打开了新的意指空间；它所产生的增衍效应使霸权文化无法再主张自然化或本质主义的性别身份，因为在扮装这样的戏仿实践中，身体不是一种存有，而是一个可变的疆界。

性别操演理论的仪式维度

巴特勒认为，性别操演具有仪式性的维度，正是持续的表演行为逐渐形成了性别相对稳定的存有。事实上，自我们降生之日起，我们的一生都在参照性别规范这一剧本演绎着我们性别化的人生。但巴特勒并不认为我们每一个人都像是一名先行存在的演员，可以随意让我们的身体受到文化事件的铭刻。在其 1993 年出版的《身体之重：论"性别"的话语界限》(*Bodies That Matter: On the Discursive Limits of "Sex"*) 中，巴特勒指出：

> 操演性不是一种单一的"行为"，因为它总是重复一种或一套规范，从它目前得到的一种类似于行为的地位来看，它隐藏或掩盖了它实际上是一种重复的惯例。而且，这种行为并不主要是戏剧性的；实际上，它的戏剧性是否明显，要看其历史性被掩盖的程度（反过来说，其历史性越不能被完整地揭露，它就越具有戏剧性）。(12)

当我们不断地重复关于性别的社会规范时，我们正以持续的表演行为逐渐形成稳定的性别身份。这说明性别的操演不是一种单一的行为，也不是人们可以自由控制、任意为之的行为，而是在强制性地重复性别规范的过程中逐渐形成的。因此，性别的形成一定要经历时间的演进，这也就是巴特勒所说的历史性。也因此，如果认为性别操演只是一种戏剧舞台意义上的表演，可以根据自己的意志随意改变，那将是对操演理论的误解。

在一次访谈中巴特勒谈到了这种误解或误读："有一种对《性别麻烦》的糟糕阅读，即我早上起来以后打开衣柜，开始决定今天我将扮演哪一种性别。很不幸的是，这种糟糕的阅读却成了流行的解读。"(Digeser：659) 这种解读恰恰是因为忽视了操演行为的历史性，而只看重当时的操演行为，因而给人的感觉是操演只具有戏剧性的维度。针对这种误读，巴特勒在《批判性地怪异》("Critically Queer") 一文中指出：

> 我们不能得出结论说，所操演的性别的一部分就是关于性别的全部真相。表演（performance）作为有界限的行动，应与操演性（performativity）相区分。操演性重述人们赖以形成的规范：它不是社会性别化的自我的一个激进组装，而是规范的强制性重复，我们无法自由地摆脱这些先于我们的规范，它们建构、激活和控制性别化的主体……而表演则意味着先行存在一个表演者。（1993：225）

表演以一个事先存在的主体为前提，总是预设一个行动者的主体，而操演性则没有预设主体。在操演性的概念里，操演先于表演者，表演者只是操演产生的效果。巴特勒对这种唯意志论的看法作出了更正，指出并不存在先于操演行为的本体论的身份，正是一系列的操演行为形成了我们所以为的性别的本质和身份。对性别操演的唯意志论解读，从根本上误读了巴特勒的观点，应予以纠正。

为了进一步说明性别的操演不是一个单一的行为，而是一种重复、一种仪式，是通过身体这个语境的自然化来获得它的结果的，巴特勒在《身体之重》一书中借用阿尔都塞的"询唤"（interpellation）②理论以及德里达的"引用性"概念，提出性别化的主体不仅重复引用性别规范，而且这种引用的过程充满了变化的可能性。巴特勒吸收了阿尔都塞的观点，提出话语对性别的建构是通过"询唤"达成的：

> 考虑一下医学询唤的情况，这种询唤把一个婴儿从"它"转变为"她"或"他"。在此命名中，通过对性别的询唤，女孩被"女孩化"（girled），被带入语言和亲属关系的领域。但这种对女孩的"女孩化"却不会就此完结；相反，这一基本的询唤被不同的权威反复重复，并不时地强化或质疑这种自然化的结果。命名既是设立界限，也是对规范的反复灌输。（232）

巴特勒认为，就像牧师主持婚礼时宣布"我现在宣布你们为合法夫妻"时一样，当医生宣布刚出生的婴儿为男孩儿或女孩儿的那一刻起，对性别的询唤就发生了：婴儿成了一个性别化的主体，他／她就处于该文化对男性特质和女性特质的界定之中。女孩儿被抚养成女孩的样子：穿粉红色的衣服，玩洋娃娃，长大后化妆，刮腋毛，学做家务，为进入成年妇女侍候丈夫和孩子的角色作准备。可以说，文化对社会性别的建构是在不断地被个人引用的过程中维持和进行的，男性和女性在日常生活中都在不断地"引用"社会性别规范。社会性别是一种总在发生而且是不可避免地发生的行为，它的产生是由于异性恋模式中对男性特质和女性特质的习惯性的、日积月累的不断重复。

如果操演行为是构建性别的关键，那么如何引用社会规范就至关重要。巴特勒的引用概念不是机械、被动、原封不动地重复文化习俗和规范，而是借用德里达"引用性"的概念，扩展了操演性的语意张力。因为在德里达那里，引用性瓦解一切权威的起源；它总是处于一条引用链中，没有起源，没有终结；它既重复引用既有的规范，又不断延缓、阻碍和消解形成既有规范的权力话语。巴特勒的引用性概念首先说明，性别身份的建立是对性别规范进行引用的循环反复过程，但这种引用不是被动地接受既定话语下的文化规范，而是将其看作开放和延异的序列。只有这样理解操演行为，才能产生不断变更和增生裂变的性别身份。

由于意义的不确定性，对规范的引用并不总是一成不变的。巴特勒说：

> 关键是，建构不是一种单一的行为，或由主体发起的一个因果过程。建构是一种重复规范的时间过程；在这种重复过程中，性别得以产生。作为重复或仪式性实践日积月累的结果，生理性别得到了自然化的效果，然而也正是在这种重复的过程中有偏离规范的可能性，从而产生不稳定性和能动性。（1993：10）

成为主体，就意味着既被规范所塑造，同时也可能改变规范。社会规范对塑造主体至关重要，但这并不意味着主体完全被规范所决定，换句话说，规范和对规范的引用是两码事。人不是规范的牵线木偶，必须按照规范的设定表演。引用过程中产生的偏离和缝隙，便是产生变化之处。也就是说，能动性产生于改变规范的再赋义过程。引用规范时产生的空白、失败、偏离和拒绝便是能动性的源泉。

但是，如果依巴特勒所言，能动性产生于再赋义的过程，那么导致再赋义的因素到底是什么？巴特勒在《性别麻烦》中并没有详细论证。她仅指出，能动性的源泉在于"能动的束缚"（enabling constraints），这些束缚就像工具，"在放工具的地方拿起工具，拿起工具的动作只是由于有工具放在那里。"（145）这似乎是说，只要有引用，就会有偏离，就会有能动的可能性。这种解释对传统的女性主义者而言，并不具备说服力。笔者认为，这也正是巴特勒所思考的能动性问题引发争议之处。

性别操演理论的语言维度

作为后结构主义理论家，巴特勒更感兴趣的是语言和话语对主体身份的建构。巴特勒受福柯的影响至深。福柯认为，知识、话语、权力三者密不可分。话语作为语言实践，是权力关系汇聚的中心，它有自身的社会和历史语境，是具体生存条件的产物。权力结构不仅是遏制性的，而且是弥散性、生成性的，它分散在无数的话语实践中，而正是各种话语实践产生知识、表达秩序。由于涉及权力，知识不再具有所谓的"客观性"和"中立"的价值，话语也并不试图表达真理，而只是为了维护主导社会的秩序。我们关于性别的知识，也正是主导社会为维护其权力地位而通过哲学、宗教、心理学、医学、文学等学科，以及学校、家庭等场所的各种话语实践而产生的。巴特勒显然深刻意识到了权力、话语和知识之间密不可分的关系。她认为，身体的物质性不是纯粹的，它受到话语的控制。作为主体性基础的身体也可具有文化性，因为"身体总是和语言有关"。（1993：68）当我们认为物质先于话语，将其作为我们讨论性别差异的基础时，我们却发现，实际上物质充满了关于性别话语的积淀。这种"不可简约的"物质性，正是通过问题重重的性别话语网络得以建构的。这也是为什么巴特勒在《性别麻烦》中要对性别话语作谱系学的探讨。

在《身体之重》中，巴特勒借鉴英国著名语言分析哲学家奥斯汀（John L. Austin）的言语行为理论，进一步丰富了操演理论。奥斯汀 1961 年在其著作《如何以言行事》（*How to Do Things with Words*）中认为，证实性言语（constative utterance）和述行性言语（performative utterance）是两类最基本的言语行为。证实性语言可以对既成事实作出正误判断，如《皇帝的新装》中小男孩儿诚实地叫喊"皇帝其实什么也没穿"是正确的，撒谎的少年说"狼来了"是错误的。述行性言语则不涉及对错之分，但它"言出什么也就做了什么"，具有"以言施事"的力量（illocutionary force）。这种施事话语要有以言取效的结果（perlocutionary effect），发话人必须有适当的身份、地位和权力，而且他的话语要符合一定的惯例。例如，当牧师在教堂主持新人婚礼时，从说出"我宣布你们为夫妻"那一刻起，这对新人就成了夫妻。再比如，当上帝说"要有光"，于是便产生了光。由于主体的力量或其意志，一种现象得以产生。当然，只有拥有绝对权力的上帝才能达到这种以言取效的结果。因此在言语行为理论中，述行性是产生它所命名的东西的语言实践。巴特勒正是借鉴了奥斯汀关于述行性言语的生成力量而宣布性别的操演行为生成性别身份，并不存在独立于这些操演行为之外的"本体论的"身份，人的性别身份不是既定的、先在的，而是流动性的、过程性的。（Cooklin：138）身份范畴不是基于身体物质性的个人特性，而是语言和意指的操演效果。

就像巴特勒自己在《性别麻烦》再版序言中所说的那样，她有时把操演理解为语言性的，有时又把它设定为戏剧性的。在提出操演理论 9 年后，巴特勒认为这两者互相关联，而且彼此错落出现。如果将言语行为看作是权力的例示，我们就会注意到操演的戏剧性和语言性的维度。在 1997 年出版的《失控的语言：操演的政治》（*Excitable Speech: A Politics of the Performative*）中，巴特勒进一步将言语行为理论与阿尔都塞的询唤理论相结合，特别关注仇恨语言、反淫秽语言和同性恋论争等文化事件中的言语行为，指出言语行为是表演出来的（因此是戏剧的），同时也是语言的，通过它与语言的惯例隐含的关系，促成一套结果。

《失控的语言》让我们知道，种族主义者、同性恋憎恨者以及性别主义者所使用的伤害性语言是一种命名实践，这种使用命名的权力生成了规范话语中的少数族裔、同性恋及女性等身份。命名（如"黑鬼"、"酷儿"、"婊子"等）可以伤害被命名者，其原因在于这些名称的历史含义。虽然语言和权力产生主体，但巴特勒认为，主体的能动性恰恰产生于如何改变意指结构。只有从语言上颠覆主导权力的命名实践，才能从根本上改变被命名的地位。

结 语

在《身体之重》一书的介绍部分，巴特勒对操演性理论进行了总结。她说：

> 以下是对操演性的再表述：一、对性别操演的理论化不能脱离管控性性别体制的强制性及重述性实践；二、受话语／权力机制影响的能动性表述不能与唯意志论或个人主义相混淆，更不能与消费主义相混淆，绝不能事先假定一个可以随意选择的主体；三、异性恋体制限制并概括性别的"物质性"，这种"物质性"是通过对作为异性恋霸权组成部分的管控规范进行物质化而得以形成和维护的；四、规范的物质化依赖于那些规范得以使用的认同过程，这些认同过程先于并促成主体的形成，因此严格来讲，这些认同并不由主体所操演；五、建构主义的界限暴露卑贱身体生活的界限，这些卑贱的身体无法被称之为"身体"。如果性别的物质性在话语中被划分了界限，那么这种界限会产生一个被排除的非法的"生理性别"领域。（15）

我们通常认为，建构的东西是人为的、可有可无的，但我们身体的物质性是活生生的事实，建构和物质性因而是相对的概念。但巴特勒建议我们必须重新思考建构本身的含义，因为对身体的建构是构成性的，没有这种建构，就没有"我们"。建构因此被理解为一种构成性的约束，这些约束不但产生可理解的身体，也产生不可理解的、卑贱的、不可活的身体，后者被完全排除在可理解的范围之外，如幽灵般困扰着前者。这样，关于身体的事实，或者说组成我们身体的质料，就是物质化过程的结果。随着时间的推移，物质化过程产生了我们叫作质料的表面结果，因而身体的自主权成了一个"真切的悖论"：虽说身体是"自己的"，但它从一开始就被交给了他人的世界，打上了他们的印记，在社会生活的熔炉里得到历练。因此，我们无法理直气壮地说，身体就是我们自己的。

笔者认为，巴特勒并不是说身体的物质性完全是语言的产物，而是说物质性的概念不可避免地与意指联系在一起。物质与意指无法分离，或者说意指之外并无纯粹的物质性，我们只能通过再现系统了解身体的物质性。性别化的身体不只是生物学意义上的物质单位，更是权力、知识和话语的汇聚点，因而身体不可能具有纯粹的物质性，它与主导社会的话语实践密不可分。

巴特勒所提出的性别操演理论，对女性主义理论作出了重要贡献。首先，巴特勒的性别操演理论对我们重新审视性别的范畴具有重要意义。她认为，生理性别并不是先于社会话语存在的事实，它和社会性别一样，都是话语建构的结果。我们无法对生理性别和社会性别作出区分，而只能说性别形成于某些持续的行为生产中。这种生理性别的文化建构论，对于改变人们关于性别的深层思维方式和认知模式具有重要的战略意义。其次，巴特勒的性别操演理论也对传统女性主义以身份政治为基础进行政治建构的尝试和努力构成了有力挑战。巴特勒为女性主义的政治实践提供了激进的可能性：冲破性别的本体认识论，而将可变、流动的身份作为政治策略的先决条件，如此就能使女性主义理论从单一的基础中挣脱出来，避免遭到被它排除在外的那些身份位置的挑战。再次，巴特勒的主体观沿袭了尼采对"实在形而上学"的批判，认为实体的"我"是一种幻灭，它不是语言再现的一个统一、稳定的存有，而是语言语法结构的产物，即主体是一个语言范畴和一个形成中的结构。（Jagger：18）由于主体是语言和意指的产物，这就提醒我们意义重组和主体重建的必要性和紧迫性。而最为重要的是，巴特勒的性别操演理论揭露了男性中心主义意识形态的遮蔽功能，摧毁了性别层级秩序的哲学基础，为女性主义理论重新建构主体性提供了新的哲学话语。

参考文献

1. Butler, Judith. *Bodies That Matter: On the Discursive Limits of "Sex"*. New York: Routledge, 1993.
2. —. *Excitable Speech: A Politics of the Performative*. New York: Routledge, 1997.
3. —. *Gender Trouble: Feminism and the Subversion of Identity*. New York: Routledge, 1999.
4. —. and Sara Salih, eds. *The Judith Butler Reader*. Malden: Blackwell, 2004.
5. —. *Undoing Gender*. New York: Routledge, 2004.
6. Cooklin, Katherine Lowery. *Poststructural Subjects and Feminist Concerns: An Examination of Identity, Agency and Politics in the Works of Foucault, Butler and Kristeva*. Dissertation. U of Texas at Austin, 2004.
7. Digeser, Peter. "Performativity Trouble: Postmodern Feminism and Essential Subjects." *Political Research Quarterly* 47.3 (1994): 655-673.
8. Jagger, Gill. *Judith Butler: Sexual Politics, Social Change and the Power of the Performative*. London: Routledge, 2008.
9. Meijer, Irene Costera and Baukje Prins. "How Bodies Come to Matter: An Interview with Judith Butler." *Signs: Journal of Women in Culture and Society* 23.2 (1998): 275-286.
10. Salih, Sara. *Judith Butler*. London: Routledge, 2002.
11. Vasterling, Veronica. "Butler's Sophisticated Constructivism: A Critical Assessment." *Hypatia* 14.3 (1999): 17-38.
12. Webster, Fiona, "The Politics of Sex and Gender: Benhabib and Butler Debate Subjectivity." *Hypatia* 15.1 (2000): 1-22.
13. 宋素凤：《〈性别麻烦：女性主义与身份的颠覆〉——后结构主义思潮下的激进性别政治思考》，载《妇女研究论丛》2010 年第 1 期。
14. 陶家俊：《后解放时代的"欲望"景观——论朱迪丝·巴特勒的思想发展》，载《文景》2008 年第 4 期。
15. 汪民安、陈永国编：《后身体：文化、权力和生命政治学》，吉林人民出版社，2003。

① 对于 Gender Performativity 的翻译，国内学界有"性别表演"、"性别施为"、"性别述行"、"性别操演"等不同译法，本文沿用《性别麻烦》一书的译者宋素凤的译法。采用"性

别操演"这一译法是因为，"操演"一词在汉语中的意思是依照一定的样式和姿势演练，它很容易让人联想到受严格规定和监控下进行的军事操练，恰好符合巴特勒认为性别是在强制性地重复性别规范的过程中逐渐形成的这一观点。

②　"询唤"是阿尔都塞的重要概念，它是意识形态起作用的方式，即通过某个权威人物，把个体"召唤进"其社会或意识形态的位置。

虚构 　王轻鸿

略　说

　　"虚构"（Fiction）在西方现代文论中被看作是与现实相对立的概念，是区分文学与非文学的显著标志。然而20世纪中期以来，格拉夫（Gerald Graff）、卡勒（Jonathan Culler）、伊瑟尔（Wolfgang Iser）、德里达（Jacques Derrida）、米勒（J. Hillis Miller）等学者从现实和虚构融合的层面，重新探讨了人类虚构活动和对象的特点，"现实即虚构"这一新论，充分体现了虚构在当下文化语境中的命意转换。纵观虚构这一术语的意义，可谓复杂，甚至互有抵牾之处，而一旦从话语转型入手来理解其意义，就能理清脉络、切中肯綮。

综　述

虚构的理论内涵

　　将虚构与现实对立起来的思想，可以追溯到古希腊时期的模仿说。柏拉图认为，只有客观实在的东西才能拥有理念，艺术的模仿是实体世界的"影子"，和客观现实有本质区别。他从服从理念的思想出发，认为应该将诗人当作说谎者逐出理想国。亚里士多德在强调模仿与现实、历史的异质性这点上与柏拉图是非常一致的，只是对于模仿的价值有不同看法。古希腊时期的模仿说成了虚构理论的源头活水，亚里士多德《诗学》研究专家汉伯格（Käte Hamburger）和结构主义叙述学专家热奈特（Gérard Genette）一致主张将模仿直接翻译为虚构。模仿在现代西方文论中被置换成虚构以后，与现实对立的特征被推到了极致，成为阐述文学本质的关键词。1800年法国女作家斯达尔夫人从虚构、想象的角度来定义文学，标志着现代意义上的文学概念的诞生，"自18世纪以来"，我们所说的文学"与法语中的美文学（belles letters）等义，指那些基于虚构和想象的写作——诗、散文体小说和戏剧"。（Abrams and Harpham：177—178）福斯特（E. M. Forster）在被西方誉为"20世纪分析小说艺术的经典之作"的《小说面面观》（*Aspects of the Novel*）中关于小说的解释，以及英美新批评代表人物韦勒克（Rene Wellek）、沃伦（Austin Warren）在《文学理论》（*Theory of Literature*）中关于"文学核心性质"的辨析等，都沿袭了这种思维模式。

　　然而，对上述虚构论的质疑，在20世纪中期悄然兴起，半个多世纪以来形成了摧枯拉朽之势，与此同时也催生出了虚构的新的理论内涵。就文学创作而言，20 世纪 50 年代以来出现了自觉弥合虚构与现实之间裂痕的倾向，最为典型的是福尔斯、加斯（William H. Gass）、博尔赫斯、卡尔维诺等创作的"元小说"（metafiction），而马原、洪峰、苏童、格非、孙甘露等中国作家也在新时期进行了大量的尝试，被称为"马原式的叙述"。表示虚构的 fiction 一词在英文中也指小说，所谓元小说，就是在小说中用大量篇幅直接议论虚构，交代说明小说创作中虚构的过程、方式等。元小说既揭示小说文本和现实的虚构性，又揭示虚构的真实性，展示了现实和虚构融合的状况。这类小说从形式和内容方面可分成两种：一种是"晚期现代主义激进元小说"，通过分析语言形式、表达技巧来说明叙事的虚构性；另一种是"历史编撰元小说"，通过展现历史编撰的过程来说明历史的虚构性。这股创作潮流彻底颠覆了现代以来的虚构理论，美国后现代小说理论家甚至认为，这是西方现代文化向后现代文化转向的一个重要方面，它"导致一项新的发现——一切关于我们的经验的表述，一切关于'现实'的谈论，其本质都是虚构的"。（格拉夫，2004：171）

就文学理论界而言，较早注意到虚构内涵发生变化的是美国学者格拉夫。他在 20 世纪 70 年代写了《自我作对的文学》（*Literature Against Itself*），在第六章《如何才能不谈虚构》中道出了对虚构的新看法：

> 人们已不仅仅把文学中的事件当做虚构，而且在表述这些事件时所传达出的"意旨"或"对世界的看法"，也被当做虚构。但是，事情并不就此为止。现在，批评家们又更进一步，他们有时以一种同义反复的形式提出，文学意义也是虚构，因为一切意义都是虚构，甚至非文学性语言，包括批评语言表达的意义也不例外。这一批评的观点发展到极致，则断言"生活"与"现实"本身都是虚构。（2004：181）

20 世纪以来的文学理论变革大都在语言学领域开展，传统的语言观念一致认为语言和事实是一种对应的关系，语词的含义来自它所指称的对象，实指意义是语言产生的基本路径。格拉夫就是从这个角度对传统的虚构理论发起挑战的，他关于虚构的论述不仅限于文学中的题材，还包括处理这些题材的表达方式。他特别关注表达意义的语言，将语言的言说、指谓、表述以及指涉行为本身都看作是虚构的行为，只要运用语言来表达意义，就无法离开虚构，由此推导出生活、现实本身都是虚构的结论。在虚构理论转型的过程中，解构主义理论家起到了强有力的推动作用。解构主义的代表人物德里达为反对结构主义的语言观念，标举"延异"、"间隔"、"空隙"等为包括日常语言在内的一切语言的一般特点，而虚构、想象、叙事、修辞的运用则使这些特征突显出来。也就是说，虚构不仅仅是文学语言的专利，同时也是语言的一般法则，正因如此，运用语言来叙写历史、现实，就无法与虚构分离开来。他说：

> 我刚刚说到"未能发生"或"几乎如此"，以此表明这样的事实：即发生的事——换言之，人们想要活生生地保留下其痕迹的独特事件——也正是不发生的事也应发生的愿望，一个如此这般的"故事"，其中事件本身已经使"真实"的档案与"虚构"的档案发生了交叉。(35)

美国批评家米勒以将解构主义应用于小说批评而著名，在《小说与重复——七部英国小说》(*Fiction and Repetition: Seven English Novels*)的第一章中，他对重复(repetition)所作的解释不乏反思意味，认为新批评仅关注重复与现实事物的同一性而忽略差异性是错误的，因为现实事物必须通过人的大脑记忆才能重复出现，虚构在大脑记忆中的活动帮助人们实现了对现实事物的重复，所以重复不是现实事物的翻版，而是现实和虚构结合的产物。(1—24)德里达从解构主义立场出发指出，电子时代造成了现实与虚构的交融，将会带来"文学即将终结"的后果。美国学者在此基础上进而指出，一方面文学似乎在远离人们的生活的中心，另一方面虚构、隐喻、叙事等文学性因素却已经蔓延到日常生活中，"文学的终结与文学性的蔓延"这个命题的提出，(王轻鸿：111)进一步打破了虚构与现实之间的森严壁垒。

对虚构进行系统而深入研究的是伊瑟尔。这位20世纪七八十年代接受美学的代表人物，不满足于新批评局限于文本的细读方式，力图纠偏文学远离现实的做法，而将小说创造的世界看作是与现实交织在一起的"可能性世界"。他在1976年出版的《阅读活动——审美反应理论》中就明确提出，小说与现实并不是对立的，而是交流的，小说是表述现实的一种方式。20世纪90年代以来，他又从人类学的角度来研究虚构，1991年完成的《虚构与想象——文学人类学疆界》(*Das Fiktive und das Imaginäre*)一书开篇就这样写道："这一现实与虚构之间的对立，是社会学知识系统中的一个术语。它被看做是一种不言而喻的知识。"他紧接着发出这样的疑问："这个所谓的'不言而喻的知识'是否能真正地解决我们所面临的问题呢？"(1)开宗明义，把批判的矛头直接指向了关于虚构的基本理论。他将虚构不仅仅看作是文学行为，更看作是人类的行为，提出了以现实、虚构与想象"三元合一"代替虚构与现实二元对立的观点，将虚构化行为的功能概括为"选择"、"融合"和"自解"，以此来说明现实与虚构交融、互渗的越界行为，他说：

> 三要素在文本中各司其职，各尽其妙，共同担负着文本的意义功能，但是，相比之下，虚构化行为是最为重要的。因为，它是超越现实（对现实的越界）和把握想象（转化为格式塔）的关键所在。正是虚构化行为的引领，现实才得以升腾为想象，而想象也因之而走近现实。(4)

至此，虚构意义的变化已充分彰显出来。在现代文论中，虚构只能紧缩在文学王国中，在对现实的批判中确立了文学独特的审美价值，虚构和现实之间始终有一道分水岭。而在当代文论中，虚构的越界行为创造出一个虚构成分与现实经验因素交相掩映、不可分离的世界，任何对现实的叙写都无法离开虚构，虚构与现实之间不再泾渭分明。虚构一词在不同历史阶段的含义大相径庭，呈现出的是两种完全不同的理论格局。

虚构的泛化现象

与虚构理论内涵转型对应的是，其外延也会发生相应变化。当年斯达尔夫人提出的文学概念中，虚构是区别文学文本与宗教、社会风俗、法律等非文学文本的徽标，特指的是文学文本。20世纪以来盛行的俄国形式主义、英美新批评、法国结构主义，将诗性语言和实用语言、可能世界和现实世界的差异作为文学研究关注的焦点，虚构更是只能在对文学文本的解读中得到具体体现。然而，在虚构和现实走向融合的当今时代，人们看到的却是另外一番景象：虚构已经泛化开来，在历史、人类学、哲学、伦理学以及日常生活中的应用文等非文学文本中获得了合法的席位。

历史文本历来强调以事实为依据，坚守纯客观原则，与文学记写可能发生的事不同，历史记写的是已经发生的事情，所以将虚构拒之门外，这种说法可以追溯到亚里士多德的《诗学》。然而，20世纪中期以来这种观念受到了颠覆。汤因比（Arnold Joseph Toynbee）的12册巨著《历史研究》（*A Study of History*）之所以被誉为"现代学者最伟大的成就"，一个非常重要的原因就是将历史事实与虚构结合起来，实现了观念上的突破。考古学家根据《荷马史诗》所提供的线索发现了特洛伊和迈锡尼遗址，还挖掘出了史诗中描述的一些器具，这足以表明文学虚构和历史上曾经真实存在的事情并不是水火不容。汤因比以《伊利亚特》为例作了这样的解释：

> 如果你拿它当历史来读，你会发现其中充满了虚构，如果你拿它当虚构的故事来读，你又会发现其中充满了历史。所有的历史都同《伊利亚特》相似到这种程度，它们不能完全没有虚构的成分。仅仅把事实加以选择、安排和表现，就是属于虚构范围所采用的一种方法。（55）

新历史主义诞生以后，直接将历史和文学置于同一个语言符号系统之中，虚构与历史文本的关系变得更是水乳交融，语言没有指涉世界、现实和过去的功能，因此历史书写只能求助于从虚构中发展起来的叙事，历史叙事于是就无法从虚构中剥离开来。怀特（Hayden White）据此认为，将已经发生的事件叙写成为历史文本，需要作者精心选择材料和一定的情节，进行重新组合，这便意味着虚构出现了，它是"一种特定的情节结构，它有一套历史事件，历史学家赋予这些事件一种特殊的意义；……这样的解释在本质上是一种文学操作亦即虚构杜撰"。（85）

　　民族志写作向来反对主体意识的放纵，否定文学创作那样的从 fact（事实）到 fiction（虚构）的做法，倡导从 fact 到 fact 的写作套路，马林诺夫斯基（Bronislaw Malinowski）将之推向了极致，要求人类学家熟悉所研究部落的语言，甚至需要与该部落的人一起生活一段时间，目的就是通过扎实的田野调查摒弃主观臆想来完成民族志写作。作为人类学鼻祖之一的弗雷泽（James George Frazer）在《金枝》（*The Golden Bough*）的写作中运用了虚构和想象，在现代以来强调实证研究的学术语境中受尽了批评，被讥讽为"摇椅上的人类学家"。然而，随着马林诺夫斯基的日记被披露，人们才得知他的民族志写作并没有真正做到他自己所标榜的那种客观真实，他的一些重要著述，比如《西太平洋上的探险队》《野蛮社会的犯罪与风俗》，并没有将虚构拒之门外。人类学家也不得不承认，人类学写作无法摆脱虚构的幽灵。20 世纪 50 年代中期，加拿大学者弗莱（Northrop Frye）的人类学研究把文本、世界、批评家联系起来进行整体性考察，尽管还没有完全挣脱形式主义、结构主义拘泥于文本的套路，然而人的主体意识在人类学写作中得到了一定释放，为虚构进入人类学文本打开了一条通道。美国人类学家汉德勒（Richard Handler）和西格尔（Daniel Segal）则通过阅读奥斯汀的小说，发现了在文本中处理社会生活事实的虚构性原则，并且认为根除掉事实与虚构二元对立的观念后，民族志文本可以揭示现实生活的多种可能的意义，更具洞察力。伊瑟尔的《虚构与想象》一书的副标题是"文学人类学疆界"，研究的就是虚构和想象的越界问题，从人类学的角度探讨了虚构与现实的关联，认为虚构活动不只局限于文学，还关涉人类的日常生活，因此虚构并不只等同于文学写作，同样还应该将人类学写作囊括进去。（2—6）

　　哲学向来是以客观、真实来维护其真理的地位的，哲学文本一直将虚构拒之门外，直到 20 世纪中期这种境况才得以改变。著名哲学家罗蒂（Richard Rorty）在所著的《哲学和自然之镜》（*Philosophy and the Mirror of Nature*）中超越了主客二分、身心二元的认知模式，将重要的、革命的物理学和形而上学都看作是"文学的"，虚构作为文学最为重要的特点得以参与其中，成为真理的呈现方式。（470）哲学问题不再仅仅滞留于形而上的层面，而是要将事物问题化、情景化、事件化。真理并不具有某种客观存在的本质，虚构和真理是相互影响、相互促进的：一方面虚构中蕴藏潜在的话语，呈现出真实的维度，可能产生真理的效果；另一方面真实可以提供产生潜在话语的契机，期待着进行虚构。近年来关于哲学的研究，进一步论述了在虚拟情景和"假装的游戏"中来谈论真理的可能性，认为人们可以运用如同虚构作品话语一样的真理话语来表达关于存在哲学的严肃思考。后现代主义哲学家劳森（Hilary Lawson）等则直接将真理看作是一种故事，这就从叙事的角度承认了虚构表述真理的权利。他还认为虚构的介入使真理的光芒更加耀眼："在某种意义上，我们所有的真理都是虚构，它们是我们为信念而选择的故事。""虽然真理可能是一种虚构，但它是我们所具有的最有力的虚构。"（Lawson and Appignanesi：130）

伦理学文本的虚构性是近年来的热门话题，要义就在于道德不是对客观事实的一种陈述。道德虚构主义理论认为，因为一切道德判断都是情感上的判断，所以道德对象都不是客观存在的，而人们又要传达出对于道德的观点、看法，于是便主张把道德当作虚构作品中的话语。有了这个基础，道德才能言说下去，也就是说道德书写从根本上来看就是虚构。卡尔德隆（Mark Eli Kalderon）的著作《道德虚构主义》（*Moral Fictionalism*），通过案例分析指出，虚构的道德言谈能够成为一种"预约承诺"，对现实的人生会产生作用，可以帮助人们应付"意志薄弱"的问题。也就是说，道德虚构主义发现了文学中的虚构在现实中的权威性，这些虚构的作品决定了人们的情感状态，进而影响人们的思想和行动。比如，歌德的《少年维特的烦恼》引起了世界范围内不少青年人情感上的共鸣，很多人都认为为了情感而轻生体现了真正的爱情，有些青年读者甚至仿效维特，以致歌德在作品再版时还专门作了劝诫，文学虚构对道德的建构的作用由此可见一斑。正因为此，有的西方学者说，大多数人是从书中理解了爱情后才坠入爱河的。这话虽然是戏言，但不是毫无根据的，虚构作品对道德建构的影响是不能忽略的。

在日常生活中，诸多实用性很强的文本也无不和虚构发生着联系。比如广告布置虚拟场景，讲述一段神奇的故事，激发起人们消费的欲望，而人们并没有斥之为欺诈。新闻报道带有悬念的叙事，不乏虚构的渗入，不仅吊足了人们的胃口，而且让人们觉得报道更加具有穿透力。虚构在政治文本写作中同样不可缺少。文学想象，尤其是小说的虚构是在创造性的境况下进行的，可以剔除现实生活中的利益羁绊，去除偏见，也被看作是探索正义的合理路径，是公正话语和民主社会的必要组成部分。甚至连最强调以事实为根据的法律文书，一旦和虚构结合起来，文本也变得炙手可热，卡波特（Truman Capote）的《冷血》（*In Cold Blood*）就是一个典型的例子。该作品记写的是 1959 年 11 月发生在美国堪萨斯州的一起案件，作者花了6 年时间，调查记录和法庭记录多达 3000 多页，文本以证词、供词为佐证，但是不限于虚构和写实的二元对立，一下成了美国的畅销书。鲍德里亚将这种虚构的泛化现象看作是时代的写照，认为自文艺复兴以来，人类社会经历了"仿造"、"生产"、"仿真"的不同的仿像过程，今天处在仿真的时代：

> 今天则是政治、社会、历史、经济等全部日常现实都吸收了超级现实主义的仿真维度：我们到处都已经生活在现实的"美学"幻觉中了。"现实胜于虚构"这个符合生活美学化的超现实主义阶段的古老口号现在已经被超越了：不再有生活可以与之对照的虚构……（96）

在仿真原则代替了现实原则之后，日常生活中的政治、社会、历史、经济等领域不再超越虚构，虚构在非文学领域安营扎寨，诸多非文学文本都成了虚构的对象，构成了当代一种奇特的文化景观。

虚构的确认方式

关于虚构意义转型的讨论，涉及这样一个基本的前提：虚构与非虚构的界限何在？或者说，如何确认虚构？这个问题似乎在西方现代文论中已经解决：虚构的程度与文学体裁是一致的，根据文本的体裁就可以判定是否虚构以及与现实的距离的远近，历史著作、现实主义作品、浪漫主义作品、幻想作品对应着由低到高的虚构程度。弗莱在《批评的解剖》(*Anatomy of Criticism*)中，根据文本中的主人公的特点以及与自然环境的关系，将文本划分为神话、传奇、史诗(悲剧)、喜剧、反讽等文体，代表了虚构世界与现实世界远近不同的距离。除此之外，根据语言肌质、情感形式等特征，也可以将虚构的属性分离出来。总之，从文本中来探求虚构的特征，成为辨别虚构的基本方式。然而，问题并不如此简单。同一个文本，在不同读者看来，对是否存在虚构的判断是不尽相同的。比如在拉美地区，暴雨持续时间很长，《百年孤独》中描写的下了 4 年 11 个月 02 天的暴雨本来是纪实性的，可英国人觉得这不可思议，认定这些描写为虚构。有鉴于此，拉美魔幻现实主义作家特别提醒人们，不要按照自己的世界模式来想象拉美的自然景色和社会现实。莎士比亚的作品一致被奉为文学虚构的经典，不过我们也可以从当代西方学者中听到这样的惊人语：莎士比亚的作品有一天也会被从文学中排除！此观点虽然过激，然而也不无道理，如果要通过莎翁的作品来了解英国社会当时的风俗、社会状况的话，就应该将其看作最真实的写照而非虚构之作。由此可见，对虚构的判定是和主体的认知状态密切相关的。

语言观念的转折为虚构的重新确认奠定了理论基础。20 世纪中期的语言学转向表明，语言的实指性在逐步瓦解，语言与事实、实体对应的关系在逐渐淡化。罗蒂对"指称"(reference)和"谈论"(talking about)进行了严格区分：指称指的是一个词语表达和现实某部分之间存在的一种事实性的关系，谈论指的是在一个词语表达和一种非存在的对象之间能够成立的一种纯意向的关系，人们不能指称福尔摩斯或者燃素，但是可以谈论。(252)按照谈论的语言逻辑，就要承认虚构本身没有外在的客观特征，没有指称性。当代虚构话语正是将虚构和主体的意向性联系了起来，拓展了辨识虚构的新视野。从奥斯汀(J. L. Austin)首倡到塞尔(John Searle)完善起来的言语行为理论之中，将意向性纳入言语行为理论，将谈话看作是一种有意图的行为，重构了语言和现实的关系。在塞尔看来，作者在假装施行语言行为即"佯装"时，就构成了虚构，因此作者意图决定言语虚构与否，意图是唯一的标准。"判定一个文本是不是虚构作品的确定性标准必然在于作者的言外意图。没有任何文本特征，无论是句法上的还是语义上的，能够确定一个文本为虚构作品。"(325)他以《红与绿》开头的一个段落为例作了说明，认为小说作者默多克在这里并不是实施真正的断言，而是假装实施断言，应被归入虚构，其根据就是这一段写到了陆军上尉的内心想法。一个人知道另一个人的内心想法，是小说作者在有意虚构时才能实现的。他还认为自然主义小说、童话、科幻虚构作品、超现实主义小说之间的区别，就在于作者对客观现实的再现的承诺程度不同而已。塞尔将虚构仅仅看作文学活动的观点已被超越，但将虚构的确认和是否存在文学活动的意图联系起来的思维方式却是很有启发性的。虚构尽管已被认为泛化到了现实中，但人们自觉意识到文本是文学文本时，虚构才会引人注目。也就是说，想象和虚构是生产审美维度的原因，它们既存在于艺术作品生产的活动中，也存在于人类其他的基本活动中，但追根溯源还是从文学艺术这个波心荡漾开来的。对此格拉夫明确指出："文学必须虚构，因为所有的语言都是虚构的——尽管只有文学才让人注意到其虚构性本质。"（1988：201）

当然，塞尔关于意向性的论述局限在作者这一端，这是远远不够的。比如，苏共总书记勃列日涅夫在 20 世纪 80 年代初期出版的一部著作中，描述了自己在第二次世界大战期间参加过的一次战斗，后来被证明是没有发生过的事情。人们不把它当作文学作品来看待，而认为勃列日涅夫在撒谎，因此这部作品饱受诟病。与此相反，司汤达在《红与黑》的副标题中称其为"1830 年纪事"，可是人们还是将之看作虚构之作，认可这是一部小说，看重的就是虚构的价值。不难看出，对虚构的判定，还要取决于读者的意向性。

"一部作品的反响才是它的存在！"接受美学的这种宣言，将对虚构的判定看作是读者的创造性行为。伊瑟尔在《阅读活动——审美反应理论》中开始反思从认识论视角辨识文学虚构的局限性，认为虚构的文本是作家创造性想象的产物，文学阅读也是对读者既有经验的扩张，和读者的意图是分不开的。"对读者来说，只有在文学中寻找启示才是正常的，因为虚构能够准确地向他们提供他们认为需要的、关于当时各种各样的体系留下的问题的倾向性。"（7）伊瑟尔从人类学角度出发，又将虚构看作是一种人类有意识地对现实世界进行干预的行为模式，他在《虚构与想象——文学人类学疆界》中主要对田园诗的虚构方式进行了分析。他认为，诗人扮成牧羊人进行游戏，仪式化的表演激发了人们的想象和虚构，这种有意识的行为使人们更加关注这个可能性的世界，如此才能把人们从平庸的生活中解救出来。从"作者已死"到"读者的诞生"，过分夸大了接受主体的意向性的作用，无疑也走向了另一个极端。斯蒂尔勒（K. Stierle）与伊瑟尔不同，认为文本的建构是理解虚构文本的主导程式，接受主体的意图是判定是否虚构的关键。他在《虚构文本的阅读》一文中提出了"准实用式（quasi-practical）接受"的概念，也就是将文本的词句等同于现实世界，意识不到虚构的存在。比如认为堂吉诃德大战风车是可笑的，这就是将现实世界的风车与骑士传奇那个虚构世界中的巨人等同了起来，被称为"叙述蛊惑症"，或被直接命名为"堂吉诃德症"。（89）与此类似的还有一种说法，即"孟买水手症"。在 18 世纪的英国上演过一部名为《孟买水手》的戏剧，结果就有人在现实中像剧中的演员一样，将虚构世界当作现实世界而无法自拔，造成了精神分裂。这足以说明，如果接受者停留在准实用式接受的层面，没有意识到这是虚构，就无法判定这是虚构的文本。柯里（Gregory Currie）指出，作者要有意引导，让读者感受到虚构的存在，"他是在诱使我们去伪装，或者更确切地说，假装相信（make believe）什么"。（387）奥尔森（Stein Haugom Olsen）也认为意向性的确立，是受作者和读者双重力量牵引的："作者和读者拥有一种共同的机制性的框架，它使作者可以有意图地把文本作为文学作品，使读者可以按照这种意图把它接受为文学作品，对它们进行解释。"（138）作者与读者的共谋，内在规定性与外部规定性的交织，形成了虚构的确认方式。

人的意向性是多维的，如果将文本看作文学，就会加深接受主体对虚构世界的体验，建构虚构的审美世界。对此，略萨（Mario Vargas Llosa）说得非常清楚："在博尔赫斯的短篇小说中，神学、哲学、语言学和一切作为专业知识出现在作品中的东西，都变成了文学，都失去了原来的本质，但得到了虚构的精髓，因而成为文学想象力的组成部分和内容。"（159）如果将文本看作是非文学文本，就要挖掘出虚构中的社会内涵，最后获得理性上的认知。罗蒂引用乔卡勒的话说："指出下面一点是极其重要的，即对某一哲学作品的最真实的哲学读解，就是把该作品当作文学，当作一种虚构的修辞学构造物，其成分和秩序是由种种本文的强制要求所决定的。"（376）在意识到眼前是一个哲学文本的前提下，承认虚构的存在并将虚构融进哲学的认知之中，这种极具张力的阅读可以丰富、深化哲学文本的意义。

虚构的哲学基础

对虚构的解释，触及的是关于现实、存在的问题，从根本上说是哲学思想的反映。将虚构与现实严格区别开来，源于西方人把世界视为实体的传统认知模式。在西方哲学的源头，实体既包括赫拉克利特说的土、水、气、火等物质实体，也包括柏拉图说的理念等精神实体。哥白尼、伽利略、开普勒、笛卡尔、牛顿、达尔文等一大批科学家在天文学、光学、数学、力学、生物学等领域的科学思想，作为最为权威的知识体系，进一步夯实了这种哲学思想的根基。然而进入现代以来，科学发生了重大转型。按照牛顿力学的观点，一张桌子的形状、长宽、质量是桌子的固有属性，不会因为观察者的位置、状态而改变，虚构与之是格格不入的。19 世纪以来，虚构在科学活动中的创造意义被承认了。相对论、量子力学将不确定性、模糊性、主观性等概念引入到科学理论中，承认了虚构是建立假说的方式，是科学探索的重要手段。爱因斯坦明确指出"科学理论基础具有纯粹虚构的特征"。（314）胡塞尔的现象学将外在实体悬置起来，认为事物的所谓客观实在性并不存在，主张对象在人的认识中重新构造自身。他在 1935 年开始写的《欧洲科学的危机与超越论的现象学》中认为，科学的危机在于仅仅将理念还原为纯粹事实，丧失了对于生活的意义，旗帜鲜明地批判了实在论。

而从根本上动摇实在论的霸主地位的，是 20 世纪中期以来兴起的信息科学。随着信息技术的发展，计算机系统可以模仿图像、声音、气味等多种信息，给人一种身临其境的真实感受。通过虚拟、仿真，新的现实即超现实被打造出来，赛博空间技术，比如虚拟现实、电子媒体、电脑智能等，都可以虚构故事，在电子信息媒介全面操控的今天，整个社会被精心策划为虚构的空间。虚拟在技术的支持下达到了与现实无关的地步，符号、象征、影像都是它自己的仿像。仿像好像统治了现实生活，阿米特（Mary L. Armitt）说：

> 后现代主义只是科学虚构过程中的一种点缀，因为技术进步已经保证人类必将处在历史中的这样一个时刻：此时，各种文化层面上的稀奇古怪的幻想都将包围着我们；使得现在的空间既不是"在那儿之外"，也没有"最终的边界"；致使许多大惑不解的人被迫生活在一个超现实的虚拟世界中，成为一个巨型计算机游戏的公民。（9）

科学技术带来了物质生活的变化，对人类精神文化的影响也是巨大的。在信息科学诞生初期，其创始人就已经意识到了其中蕴含的哲学变革，认为信息不是物质，也不是能量，还告诫人们如果不理解这一点，就无法理解唯物主义，这一说法实际上就是对传统的实在论的反驳。这种哲学转型具有划时代的意义，信息革命被称为继工业革命之后的又一次革命，信息哲学也被称为20世纪中期以来哲学领域中发生的最重要的事情。对实在论的否定更为彻底的是虚构主义哲学思潮。虚构主义哲学认为，科学中的理论所讨论的对象在本体论上是不存在的，这些理论都不是真的，然而我们却可以把这些作为虚构作品中的话语一直使用下去。纽约大学教授菲尔德（Hartry Field）的数学哲学著作《没有数的科学》（1980）的出版标志着虚构主义的诞生，他认为数学研究的对象不过是一种虚构，比如数、函数并不存在于现实世界，却又广泛应用于现实世界，因此提出了"数学的虚构主义"（fictionalism of mathematics），以反对柏拉图主义所宣扬的实体论。同年，普林斯顿大学教授弗拉森（Bas C. van Fraassen）出版了《科学的形象》，提出了科学哲学中的虚构主义，认为科学揭示的不是真理，而是经验的适当性，但是科学活动在真实对象的推演中有作用，因此我们不能没有数学。到了1990年，罗森（Gideon Rosen）又提出了模态虚构主义的学说。毋庸置疑，学术界对虚构主义的过激言论还存在激烈争论，但可以肯定的是，这已经引发了哲学上的重新思考。正如罗森所说："在广泛的形而上学争论领域中，虚构主义策略一般被看作是一种值得注意的选择，即使不值得敬重，也至少值得严肃地考量。"（17—18）

结　语

综上所述，虚构的意义在当代发生了根本性变化。虚构的这种越界行为，看似游离于文学范围之外，实际上拓展了考察文学观念的新视阈，就如同伊瑟尔在《虚构与想象——文学人类学疆界》一书的开篇所标榜的那样，这是在试图对"文学到底是什么"这个古老的问题作出创造性的阐释。对虚构的确认固然离不开文本自身的特点，但更与主体的意向性有关。这里隐含着非常复杂的意识形态的因素，文学研究不再是与现实无关的一个学术类别，而是与现实、社会发生着广泛的联系。文学研究呼唤从更为广阔的文化背景中来考察对象，与当前的文化研究的理路是合辙的。

事实上，关于虚构的论述是浩瀚无垠的，在众多的辞书中关于文学的定义都是和虚构捆绑在一起的，文学和虚构在当代文论中更是保持着或显或隐的联系。本文关于虚构所作的阐释和界定只是一个初步尝试，通过追踪虚构的意义在当今时代的变化，可以发现新的文学和文化的话语逻辑已经浮出水面，昭示了文学观念和文学研究新的学术增长点。

参考文献

1. Abrams, M. H., and G. G. Harpham. *A Glossary of Literary Terms*. Stamford: Wadsworth Cengage Learning, 2009.
2. Armitt, L. *Theotising the Fantistic*. London: Arnold, 1996.
3. Currie, Gregory. "What Is Fiction." *Journal of Aesthetics and Art Criticism* 43.4 (1985): 385-392.
4. Derrida, Jacques. *Acts of literature*. London: Routledge, 1992.
5. Iser, Wolfgang. *The Act of Reading: A Theory of Aesthetic Response*. Baitimore: Johns Hopkins UP, 1980.
6. Lawson, H., and L. Appignanesi, eds. *Dismantling Truth: Reality in the Post-Modern World*. New York: St. Martin's, 1989.
7. Olsen, Stein Haugom. "Defining a Literary Work." *Journal of Aesthetics and Art Criticism* 35.2 (1976): 133-142.
8. Rosen, G. "Problems in the History of Fictionalism." *Fictionalism in Metaphysics*. Ed. M. E. Kalderon. Oxford: Oxford UP, 2005.
9. Searle, John. "The Logical Status of Fictional Discourse." *New Literary History* 6.2 (1975): 319-332.
10. White, Hayden. *Tropics of Discourse: Essays in Cultural Criticism*. Baltimore: Johns Hopkins UP, 1978.
11. 爱因斯坦：《爱因斯坦文集》(1)，许良英等编译，商务印书馆，1976。
12. 波德里亚：《象征交换与死亡》，车槿山译，译林出版社，2009。
13. 格拉夫：《文化，批评与非现实》，载《当代西方艺术文化学》，周宪等编，北京大学出版社，1988。
14. 格拉夫：《自我作对的文学》，陈慧等译，河北人民出版社，2004。
15. 卡勒：《当代学术入门：文学理论》，李平译，辽宁教育出版社，1998。
16. 略萨：《博尔赫斯的虚构》，赵德明译，载《世界文学》1997年第6期。
17. 罗蒂：《哲学和自然之镜》，李幼蒸译，生活·读书·新知三联书店，1987。
18. 米勒：《小说与重复——七部英国小说》，王宏图译，天津人民出版社，2008。
19. 斯蒂尔勒：《虚构文本的阅读》，程介未译，载《文艺理论研究》1989年第1期。
20. 汤因比：《历史研究》(上)，曹末风等译，上海人民出版社，1966。
21. 王轻鸿：《文学终结论》，载《外国文学》2011年第5期。
22. 伊瑟尔：《虚构与想象——文学人类学疆界》，陈定家等译，吉林人民出版社，2011。

叙事性 尚必武

略 说

"叙事性"（Narrativity），顾名思义，是指"叙事的特性"（the quality of being narrative），它主要包括两个方面的含义。首先，叙事性指涉一种"属性"，即叙事之所以成为叙事的品质，或"一系列刻画叙事以及把叙事从非叙事中区别出来的特性"。（Prince：387）换言之，凡具有叙事性的就是"叙事"（narrative），否则就是"非叙事"（non-narrative）。其次，叙事性指涉一种"程度"，即不同的叙事具有程度不等的"特性"。这个含义回答了"为什么有的叙事比其他的叙事更像叙事"的问题。（Prince：387）如果说叙事性第一个方面的含义存在于"叙事"与"非叙事"之间，那么叙事性第二个方面的含义则存在于"叙事"与"叙事"之间。作为"叙事"的衍生概念，叙事性之于理解叙事的本质与表现、之于叙事研究的方法与目标都有着十分重要的意义。不过，"直到 20 世纪末，后经典叙事学出现的时候，'叙事性'才有了概念角色的活动范围。"（Abbott，2009：311）

综 述

"叙事性"是当下"叙事学研究的一个中心概念"，（Herman and Vervaeck：172）但同时也是"一个争论不休的话题"。（Abbott，2008：25）斯滕伯格（Meir Sternberg）曾这样解释叙事性的重要地位："只有通过叙事性来界定叙事的时候，我们才不会过于限定叙事的主题，也不会错过叙事的文类特征，叙事学家也才有可能不受约束地研究叙事学。"（2001：115）有鉴于此，彼尔（John Pier）等强调说："叙事性成为叙事学研究中一个越来越重要的话题"，"正如早期的文学理论或诗学对'文学性'的探讨一样，当代叙事学研究的一些重要论题都是围绕叙事性展开的。"（Pier, et al.：7，8）

早在 20 世纪 80 年代，叙事性就已经引起了西方叙事学家的关注。普林斯在《叙事学：叙事的形式与功能》（1982）、《叙述学词典》（1987）中，曾围绕叙事性的话题有过论述。20 世纪 90 年代，西方叙事学界又有数部关于叙事性的论著问世，譬如弗莱施曼的《时态与叙事性：从中世纪的表演到现代小说》（1990）、斯特基斯的《叙事性：理论与事件》（1992）等。遗憾的是，弗莱施曼主要借用了语言学模式来分析叙事结构，非但没有论及什么是叙事性，甚至都未曾提及"叙事性"这个概念。相比之下，斯特基斯对叙事性的研究则较为深入，他不仅明确界定了什么是叙事性，而且还阐述了叙事性的逻辑与运作方式；但他没有回答叙事性程度的高低及其度量等问题，略显美中不足。迄今为止，西方学界关于叙事性研究最为全面的论著，当属彼尔等主编的文集《叙事性的理论化》（*Theorizing Narrativity*，2008）。该文集汇聚了包括普林斯、斯滕伯格、图伦、弗鲁德尼克（Monika Fludernik）、瑞安（Marie-Laure：Ryan）、纽宁等众多国际知名叙事学家，涉及叙事性的概念及其本质、文学叙事的叙事性、跨媒介叙事的叙事性等多个重要命题。

进入后经典阶段以来，西方叙事学界对叙事性的研究越发呈现出如火如荼的态势。在《叙事虚构作品：当代诗学》第二版的后记中，雷蒙-凯南（Rimmon-Kenan）坦言：现在，同'文学叙事学'相比，我更加关注'叙事性'。"（151）后经典叙事学对经典叙事学的超越主要体现在两个方面：方法与媒介。基于这样的前提，本文从方法和媒介两个层面来透视后经典语境下的叙事性研究。就方法而言，主要探讨认知叙事学、修辞叙事学以及女性主义叙事学的叙事性研究；就媒介而言，主要探讨跨媒介叙事学的叙事性研究。

后经典语境下的"泛叙事观"与"普遍叙事性"

在后经典阶段，叙事的范畴被明显扩大了。柯里（Mark Currie）指出："如果说当今叙事学还有什么陈词滥调的话，那就是叙事无处不在这一说法。"（1）对此赫尔曼（David Herman）表示认同说："'叙事'概念涵盖了一个很大的范畴，包括符号现象、行为现象以及广义的文化现象；例如我们现在所说的性别叙事、历史叙事、民族叙事，更引人注目的是，甚至出现了地球引力叙事。"（1999：20）毋庸置疑，"叙事无处不在"的"泛叙事观"成为后经典语境下叙事学研究的一个显著特点。

在经典叙事学阶段，出于建构"普遍叙事语法"的需要，几乎所有关于叙事的定义都基于"二元对立"的立场，希图由此划清"叙事"与"非叙事"之间的界限。在这种情况下，"叙事性"被看作是叙事特有的"属性"或"区别性特征"，凡具有叙事性的就是叙事，否则就是非叙事。这种叙事观往往把叙事性看作是一个不变的"常量"，其缺陷不仅在于把叙事性主要限定在文学叙事（尤其是小说）的范畴之内，还在于忽视了叙事与非叙事之间松动模糊的广阔地带。在后经典阶段，伴随着"叙事无处不在"的"泛叙事观"的出现，叙事性不再被看作是用来划分叙事与非叙事的"区别性特征"，而是一切媒介都具有的特性。换言之，后经典语境下的"泛叙事观"导致了"普遍叙事性"的产生，即叙事存在于一切媒介之中。与此相对应，所有媒介又都具有一定的叙事性。

"泛叙事观"与"普遍叙事性"的存在无疑向当代叙事学家提出了新的课题：叙事性究竟是叙事的过程，还是叙事的产品？是叙事的属性，还是叙事的表现？不同文类、不同媒介之间的叙事性有何不同？既然叙事性是普遍存在的，那么该如何判断其程度的高低？不同的叙事学流派在叙事性的立场上是否存有差异？法国叙事

学家彼尔曾对这些问题作了总结:

> 什么构成了叙事性? 叙事性可否用一些形式特征来界定? 叙事性是否是诸多叙事种类的一个? 是否存在不同类型的叙事性、不同程度的叙事性? 叙事是拥有叙事性还是表现叙事性? 是叙事生产了叙事性,还是叙事性生产了叙事? 长篇小说的叙事性与短篇小说的叙事性,以及电影的叙事性是否不同? 能否以不同的方式感知叙事性? (109)

心理叙事学家博尔托卢西(Marisa Bortolussi)和狄克逊(Peter Dixon)说:"实际上,叙事以非此即彼的形式充斥着我们的社会及社会经验的所有方面。叙事形式普遍地存在于文学语境、对生活事件的回忆、历史文献和教材、对数据的科学解释、政治演讲、日常对话之中。"在他们看来,不仅叙事的存在形式多种多样,而且研究叙事的方法和学科也是多种多样的,叙事研究"现在已经跨越了多重学科,如文学研究、文化研究、语言学、话语分析、认知心理学、社会心理学、心理语言学、认知语言学、人工智能等"。(1—2)博尔托卢西与狄克逊的潜台词是:与叙事学的经典阶段相比较,在后经典阶段,叙事的存在形式和研究方法都出现了质与量的变化。这正与赫尔曼的观点不谋而合,他说:"叙事理论借鉴了女性主义、巴赫金对话理论、解构主义、读者反应批评、精神分析学、历史主义、修辞学、电影理论、计算机科学、语篇分析以及(心理)语言学等众多方法论和视角。"(1999:1)为了兼顾叙事的多重形式与研究方法,再现后经典语境下叙事性研究的概貌,本文接下来主要讨论叙事性研究的后经典方法与跨媒介视阈。

修辞·认知·女性主义:"叙事性"研究的主流后经典方法

众所周知,经典叙事学主要以结构主义语言学为"领先科学"和基本方法。与此相对照,后经典叙事学以多重研究方法为理据,强调从跨学科角度分析多种媒介、多种文类的叙事现象。笔者试图以后经典叙事学的三大派别即修辞叙事学、认知叙事学、女性主义叙事学为例,来考察叙事性研究的主流后经典方法。

修辞叙事学以考察叙事文本中的多重交流为旨趣,注重叙事的交流语境和交流目的,是后经典叙事学中一个颇为重要的分支。如果说后经典叙事学体系庞杂,那么修辞叙事学也不例外,它主要包括:以芝加哥学派为基础的修辞叙事学,代表人物有费伦(James Phelan);以言语行为理论为基础的修辞叙事学,代表人物有卡恩斯(Michael Kearns);以关联理论为基础的修辞叙事学,代表人物有沃尔什(Richard Walsh)等。

在当今西方叙事学界,费伦无疑是最著名的后经典叙事学家之一,其修辞叙事学被誉为"西方后经典叙事理论的一个亮点"。(申丹等:256)费伦深受芝加哥学派的影响,[①]把修辞诗学与叙事形式相结合,建构了实践性强的修辞叙事理论。在费伦看来，叙事性既与叙事的修辞性定义（某人为了某种目的在某种场合下向某人讲述某事）相关，也与叙事进程的概念（叙事进程是文本动力与读者动力共同作用的结果，前者涉及人物与人物或人物与环境之间的不稳定关系，后者则涉及读者与叙述者、隐含作者之间的张力）相关。费伦认为，叙事性是一个"双重层面的现象"：既涉及人物、事件、讲述行为的动力，也涉及读者反应的动力。就第一重层面而言，从叙事定义中的"某人讲述……发生的事情"可以发现，叙事涉及对一系列事件的报道，在此过程中，人物及其情境经历了一些变化。这些变化主要涉及人物与人物之间"不稳定性因素"的引入、复杂化、部分或完全的解决等。伴随这些"不稳定性因素"的动力的是讲述行为中"张力"的动力，即作者、叙述者、读者之间的不稳定关系。这两种动力之间的互动，对于我们理解"所发生了的事件"有着至关重要的影响。

就第二重层面即读者反应的动力而言，叙事性激发读者作出两种反应：观察和判断。当"作者的读者"在观察到叙事中的人物不等同于隐含作者之后，会对人物的所处情境等作出阐释判断和伦理判断。读者作为观察者的角色使他们作为判断者的角色成为可能，具体的判断同我们的情感反应和对未来事件的期待是不可分割的。正如事件存在进程一样，读者对事件的反应也有一定的进程，进程存在于观察和判断的相互关系之中。从这种意义上说，叙事性涉及两种相互交织的变化：人物所经历的变化，以及读者对人物的变化所作出反应的变化。

论及叙事性的程度，费伦认为"文本动力"和"读者动力"是两个重要的变量。如果文本同时具备文本动力和读者动力，那么它就有很强的叙事性；如果文本缺少两种动力中的一种或者同时缺少两种动力，那么它就具有较弱的叙事性。一方面，即便某个作品沿着"不稳定性-复杂化-结局"（instability—complication—resolution）的模式，但如果只邀请了读者对作品的参与而缺少对文本的判断，那么该作品依然只具有较弱的叙事性；另一方面，虽然某个作品聚焦于人物，在读者方面也邀请了读者参与叙事判断，但如果不是沿着"不稳定性-复杂化-结局"的模式，那么该作品也只有较弱的叙事性。（215）很明显，费伦是从叙事的修辞性定义出发，以其叙事理论的两个核心论点，即叙事进程和叙事判断的双重层面，来考察叙事性的。在费伦看来，叙事性的存在与否以及叙事性程度的高低，都与文本自身的不稳定性以及读者的参与、判断有很大的关系。换言之，凡是不稳定性强、读者参与程度高的作品，其叙事性程度就高，否则其叙事性程度就低。

与费伦从叙事的定义、叙事进程、叙事判断出发来考察叙事性的方法有所不同，另一位修辞叙事学家卡恩斯主要从语境主义视角来探究叙事性。他认为，"叙事性就如同虚构性，是语境的一个功能"。（35）在卡恩斯看来，数十年来的叙事性研究始终没有彻底回答一个修辞性问题，即"形式特征如何影响读者对叙事的体验"。（39）他认为，既然叙事性存在于文本与"作者的读者"之间的交流之中，那么叙事性就是读者潜在体验的一部分，也是读者解读故事的一个"脚本"（script）。卡恩斯明确表示赞同自然叙事学家弗鲁德尼克的观点，即文本中不存在叙事性的因子，只存在读者解读文本的语境，但实际上，如下文所述，弗鲁德尼克只是强调了读者体验之于叙事性的重要作用，并没有完全抛弃文本。因此需要指出的是，卡恩斯对语境的强调固然是后经典叙事学的一个鲜明特征，但是如果撇开文本形式，完全采用语境主义的立场则是不可取的做法。②

无论是费伦还是卡恩斯，都从叙述交际的角度对叙事性作了不同程度的探讨，其中自然也涉及读者的重要作用。关于读者角色与叙事性之间的关系，认知叙事学的研究最为透辟。在这方面，瑞安、弗鲁德尼克、赫尔曼的观点颇有代表性。

瑞安对德国汉堡学派的叙事学家把"叙事性"与事件或"事件性"（eventfulness）挂钩的做法颇有微词。在她看来，叙事性不是事件的内在属性，而是围绕事件反映意识的语义网络。与其他叙事理论家相左，瑞安主要聚焦于"叙事性的模式"（the modes of narrativity）。她认为，"叙事性的模式"是叙事学研究中时常会遇到却没有被正面探讨的一个问题。她首先提出了满足叙事性的三个基本条件：一、文本必须创作出一个有人物和客体的世界；二、叙事世界必须经历由物理事件引起的某种状态变化；三、文本必须允许围绕被叙述事件的目标、计划、因果关系以及心理动机等重构阐释网络。（1992：371）

在参照这三个基本条件的基础上，瑞安借助视觉艺术的类比列出了一组叙事性模式。一、简单型叙事性（simple narrativity）。这一模式的文本一般只围绕一个情节，并且每个情节只围绕一个问题。二、多重型叙事性（multiple narrativity）。以这一模式为基础的文本一般包含多个自足的叙事，如《十日谈》《一千零一夜》等。三、复杂型叙事性（complex narrativity）。这一模式的文本在叙事结构上一般具有两个层面：宏观层面（macro level）和微观层面（micro level）。宏观层面包含主要情节，微观层面包含次要情节。虽然次要情节可以给主要情节的发展提供背景知识，但它不能创造出自己的语义世界，而是依附于主要情节的语义世界。四、增殖型叙事性（proliferating narrativity）。与复杂型叙事性模式不同，在增殖型叙事性的文本中，微观层面打破了其与宏观层面的平衡，次要情节和次要人物逐渐占据叙事文本的中心，如加西亚·马尔克斯的作品。五、编织型叙事性（braided narrativity）。这一模式的文本没有宏观结构与主要情节，只有微观结构与一系列或平行或交错的情节与人物，如很多肥皂剧以及家族传奇等。六、冲淡型叙事性（diluted narrativity）。在这一模式的叙事作品中，情节一般受到非叙事因子的影响，例如过长的描写、元叙事的评论、叙述者或作者的介入、哲学思考等。七、胚胎型叙事性（embryonic narrativity）。这类模式的文本一般只满足了叙事性的第一个条件，而没有满足叙事性的其他两个条件，例如编年史、日记等即是。八、意识型叙事性（underlying narrativity）。在这一模式的叙事作品中，意识的叙事行为不是发生在叙述层面，而是发生在接受者的思想中。九、比喻型叙事性（figural narrativity）。这一模式的文本类型一般有抒情诗、历史和哲学等，虽然文本自身没有讲述一定的故事，但是读者往往在这类文本中通过时间和"个性化"（individuation）过程，自己创作出人物与事件。十、反叙事性（antinarrativity）。这一模式的文本通常以后现代主义作品居多，对这类文本的理解可以借助一系列的隐喻，如拼贴、未完成的图画等。十一、工具型叙事性（instrumental narrativity）。在这一模式的文本中，微观层面的叙事因子被整合进宏观层面的非叙事因素，如布道词等。十二、延宕型叙事性（deferred narrativity）。这类文本一般只讲述事件的部分内容，如新闻报道。

瑞安承认，她所提出的叙事性模式是开放的。因此，在重访"叙事"这个概念的时候，她对叙事作了模糊子集式的定义。③借助"叙事"的模糊子集，读者不仅可以对叙事作出自己的界定，而且也可以根据满足叙事的条件来判断叙事性程度的高低。满足的条件越多，叙事性程度越高，否则叙事性程度就越低。

除瑞安外，弗鲁德尼克也从认知叙事学的角度来考察叙事性。与经典叙事学家不同，弗鲁德尼克认为"叙事性"是由"体验性"（experientiality）建构的。她在新著《叙事学导论》一书中说："叙事性应该摆脱对情节的依赖，重新界定为对体验性的再现。"（2009：109）所谓的"体验性"是指对真实生活的虚拟模仿，与叙事的其他成分一样，"体验性"反映了与人类生存相关的认知图式。通过对口头叙事的分析她得出结论：虽然有可能存在没有情节的叙事，但是不可能存在不以人类作为叙事体验者的叙事。从"自然叙事学"的视角看来，"叙事性以拟人本质的体验性为中心，是叙事文本的一个功能"。（1996：26）由此，她把被其他传统叙事学排除在外的文类和媒介也纳入叙事性的范畴，如电影和戏剧，但同时她又把传统叙事学所包含的叙事类型排除在叙事性的范畴之外，如"历史书写"（historical writing）和"行动报道"（action report）等。

弗鲁德尼克结合人类的思维意识，进一步论述了"叙事性"与"体验性"之间的关系。她认为，在叙事性中得到反映的"体验性"结合了一系列认知因素，在这些认知因素中，最重要的就是作为人类的主要人物及其对所处环境和活动中事件的体验。主要人物对人物、对所处环境和活动的情感反应和身体反应，会使叙事结构产生基本的动力特征。此外，人类作为具有思维能力的动物，促使叙事"体验性"总是暗示或强调主要人物的意识。（1996：30）换言之，叙事既依赖于意识的再现，也是意识再现的手段。

在《自然叙事学与认知参数》一文中，弗鲁德尼克更是鲜明地强调了其认知立场，突出读者及其阅读过程对于判断叙事性的重要作用。她说："阅读过程对于叙事性的构成具有根本性的作用，即什么使得叙事成为叙事。根据我的模型，叙事性不是依附于文本的质量，而是在读者把文本阐释为叙事，对叙事加以自然化的时候，赋予文本的一个属性。"（2003：245）如果说弗鲁德尼克强调阅读过程之于叙事性的重要作用，那么另一位认知叙事学家赫尔曼则更为关注读者的认知草案之于叙事性的判断与理解。

赫尔曼认为，与描述、议论、问候以及菜单等文本类型不同，讲述和理解叙事是与前期知识达成妥协的某种方式，对叙事的理解与分析主要聚焦于语言形式（linguistic form）、世界知识（world knowledge）以及叙事结构（narrative structure）三者之间的相互关系。在讨论叙事的框架下，赫尔曼考察了影响叙事的两个重要因素："叙事域"（narrativehood）和"叙事性"。所谓"叙事域"指的是那些"使故事成为故事的东西"，而"叙事性"则是指"叙事如何能被处理为叙事"。（2002：86）"叙事域"主要涉及对叙事的判断标准，即什么样的行动序列、事件和状态可以被看成是叙事；"叙事域"的本质是二元对立的：某事要么是故事，要么就不是故事。而"叙事性"则主要涉及"什么样的形式和语境特征使得叙事更像叙事"，"叙事性"的本质是程度性质的：某事如何更具有故事原型。"叙事域"是"叙事性"的基础，但无论是"叙事域"还是"叙事性"，都是读者判断的结果。"叙事域"与"叙事性"之间的差异在于，"叙事域"是关于满足叙事序列的最少条件，而"叙事性"则涉及叙事序列如何能被作为叙事来处理。如果叙事序列可以较为容易地从时间关系和因果关系方面被理解成一个连贯的整体，那么其叙事性就高，否则其叙事性就低。换言之，叙事性主要受到事件序列中认知草案的影响。通过一个关于事件序列的思维实验，赫尔曼得出结论：叙事性程度的高低不仅是认知草案的功能，同时还受到形式和语境因素的影响，如语言的词法、句法特征，以及对故事信息的语法编码等。（2002：104）赫尔曼不仅考虑了叙事文本的自身因素，同时也考虑了读者对叙事判断的认知处理，努力寻找两者之间的结合点。但赫尔曼对读者的考察只是一般意义上的"文类读者"，（申丹等：309—310）忽略了具体读者之间认知能力的差异对判断叙事性的影响：有些事件序列在某些读者看来，可能具有较高的叙事性，而在另外一些读者看来则相反。

不难发现，无论是修辞叙事学家还是认知叙事学家，在探讨叙事性这一概念时，几乎都忽略了性别与叙事性之间的关系，而这恰恰是女性主义叙事学家所关心的。自苏珊·兰瑟在20世纪80年代发表《建构女性主义叙事学》一文算起，女性主义叙事学迄今已经走过了20多年的历史。但在佩奇（Ruth E. Page）看来，当下女性主义叙事学研究的两大主要任务依然保持不变："第一，为澄清对叙事文本的阐释，尤其是为阐释与性别相关的问题提供方法；第二，为反思叙事理论自身，有时也为重新建构叙事理论提供路径。"（2007：191）笔者认为，就叙事性而言，女性主义叙事学最明显的特征在于把性别与叙事话语（尤其是情节）相联系，力图从叙事阐释和叙事诗学的双重层面颠覆传统小说理论家及经典叙事学家的片面论点。

早在10多年前，以鲁特兰（Barry Rutland）为首的数名加拿大女性主义批评家就试图探究叙事性与性别之间的关系。在题为《性别与叙事性》（1997）的文集中，她们以女性视角对从精神分析、社会学、人类学到解构主义等各种理论，以及从欧洲到北美的多种文学作品加以分析，旨在探讨性别与文学、文化之间的关系。因此，从严格意义上来说，该书至多只能算是女性主义批评的文集，而不是研究叙事性的论著。

真正意义上研究叙事性的女性主义叙事学家应该从佩奇算起。在《女性主义叙事学的文学与语言学视角》一书的第二章，佩奇从语言学的角度，结合五部叙事作品，试图考察性别与叙事性之间究竟是否存在关联。在佩奇看来，叙事性"在关于所谓地位的问题中处于中心地位"。（2006：25）佩奇对经典叙事学家的"性别化的叙事性"论调颇为不满，他们认为性别化的情节与叙事性有着密切的关系：男性化的情节有着较高的叙事性，而女性化的情节有着较低的叙事性。佩奇认为，对叙事性的感知可以理解为文本内的语言特征与文本外的超语言特征之间的复杂关系，如读者的世界知识会受到具体文化语境的不同影响。

佩奇以布鲁克斯的论点为批判对象。在《阅读情节》一书中布鲁克斯认为，"男性的欲望情节"（male plot of ambition）的叙事性一般具有如下几个特征：第一，时间顺序清晰明了，不会打断对真实世界时间顺序的感知，从而使主人公和读者都可以把握事件的过去、现在与未来；第二，人物刻画始终聚焦于表达出自己欲望的男性主要人物；第三，情节按照发展、高潮、结局的模式有目的地向前发展。佩奇通过分析罗伯茨（Michèle Roberts）的《血与肉》和《词汇表》、莫里森的《宠儿》、纳博科夫的《微暗的火》以及卡尔维诺的《隐形的城市》等作品得出结论："叙事性的高低程度与性别毫无关系。"（2006：40）

无论是修辞叙事学、认知叙事学还是女性主义叙事学，在叙事性这一论题上大都聚焦于文学叙事的叙事性，而后经典叙事学的一大突出特征在于叙事研究的跨媒介趋势。作为后经典叙事学的一个重要方阵，跨媒介叙事学视阈下的叙事性研究不容忽视。

超越文学叙事：跨媒介视阈下的"叙事性"研究

跨媒介叙事是后经典语境下西方叙事理论的发展趋势之一。借用德国叙事学家迈斯特等人的话来说，"叙述是跨媒介的现象。没有哪个叙事学家对于这一事实持有异议。"（Meiser, et al.：xiii）瑞安在《跨媒介叙事》一书的引言中指出："叙事学作为对叙事的形式研究，在其早期阶段就被看作是跨学科、跨媒介的课题。"（2004：1）实际上，早在叙事学诞生之初，巴特（Roland Barthes）就已经指出了叙事的跨媒介性质。在《叙事作品结构分析导论》一文中巴特说：

　　世界上叙事作品之多，不可胜数。种类繁多，题材各异。对人来说，

似乎什么手段都可以用来进行叙事：叙事可用口头或书面的有声语言，用
固定的或活动的画面，用手势，以及有条不紊地交替使用所有这些手段。
叙事存在于神话、寓言、童话、小说、史诗、历史、悲剧、正剧、喜剧、
哑剧、绘画（例如卡帕奇奥的《圣于絮尔》）、玻璃彩绘窗、电影、连环画、
新闻、对话之中。（79）

在经典叙事学阶段，大部分叙事学家都只聚焦于"文学叙事"，尤其是小说。
与此相反，后经典叙事学家则明确发出了"超越文学叙事"的呼声，例如《复数
的后经典叙事学：叙事分析新视野》的第三部分以及《当代叙事理论指南》的第
四部分都直接以"超越文学叙事"冠名。（Herman, 1999：195—273；Phelan and
Rabinowitz：413—512）

梅斯特等论者以为："各种不同的媒介都存在叙事性的现象。"在《抒情诗歌的
叙事学分析》一书中，作者把"媒介性"（mediacy）看作是构成叙事性的一个重要
方面，即"叙事性主要是两个维度的结合：序列性或时间组织，以及把个体事件链
接起来构成一个连贯的序列；媒介性，媒介是从具体的视角对这一序列事件的选择、
呈现和富有意义的阐释。"（Hühn and Kiefer：1—2）由此不难理解，探讨文学叙事
（小说）之外的其他叙事媒介的叙事性，就成为后经典语境下叙事性研究的又一重
要维度。我们不妨以图像叙事为例，来管窥跨媒介叙事的叙事性。

作为跨媒介叙事研究的一个典型范例，图像叙事越来越受到叙事学家的关注。
2000 年，西方学界还创办了研究视觉叙事学的电子期刊《图像与叙事》（*Image and
Narrative*）。实际上，自 20 世纪 90 年代起，西方文学研究就出现了醒目的"图像转
折"（the pictorial turn）或"视觉转折"（the visualistic turn）。《批判探索》的主编
W. J. T. 米歇尔是其中翘楚，其关于图像艺术的系列论文，尤其是《图像理论》（1994）
一书，大大地促进了图像研究的兴起与繁荣。在"叙事转折"与"图像转折"的背景
下，《今日诗学》杂志还于 2008 年第 1 期推出了以《小说中的图像》为题的专刊。

然而在西方文化史上，文字与图像之间长期存在着相互对立、相互竞争的关
系。自 18 世纪起，西方一直就把文字与图像这两种不同的表达形式看成是一组相
互对立的艺术。在以莱辛（Gotthold Ephraim Lessing）为代表的论者看来，文字是
时间的艺术，而图像是空间的艺术。文字媒介描述情节在时间上的发展，而图像则
呈现给观众一种空间上的描绘。莱辛由此把图像与叙事之间的对立，转移至空间艺
术与时间艺术之间的对立。而以格林伯格（Clement Greenberg）为代表的论者则
把图像与叙事之间的对立看成是形式与内容的冲突，即文字再现的是内容，而图像
再现的是物质形式的对象，其再现的内容被边缘化甚至被排除在外了。（269—310）
还有论者直接把图像与文字之间的对立看成是"展示"与"讲述"之间的对立。
2008 年 11 月 10 日，库伊科恩（Karin Kukkonen）博士访问美国俄亥俄州立大学叙

事学研究所。她在题为《漫画的修辞学》的演讲中指出："文字是讲述的，图像是展示的。"（Words tell, while images show.）无论哪种论点，都把叙事性看成是文学或文字的增补物，是异质于图像、外在于图像的东西。对图像、文学、叙事性的类比与切分，其结果直接导致了把叙事性看作是不同媒介（尤其是文字与图像）之间无可逾越的界限。

那么图像与叙事性之间究竟存在怎样的关系？图像是否可以具有叙事性？对此比贝尔曼（Efrat Biberman）在《视觉世界的叙事性》一文中给出了解答：很多作家一般都用叙事的术语来解读图像。对有些作家而言，叙事性是阐释图像的核心，而对另一些作家而言，叙事性则没有那么重要。但是，即便是那些认为叙事性是处于阐释边缘的批评家，也把它看作是理解图像不可或缺的一个重要部分。（237）为了把叙事性引入到视觉的讨论之中，使其成为内在于视觉的东西，比贝尔曼援引了弗洛伊德、拉康等人的精神分析框架，尤其是引入了"叙事"、"时间维度"、"凝视"等三个术语。通过运用精神分析理论，她重点考察了"狼人梦"和西班牙画家委拉斯开兹的名画《宫廷侍女图》中的图像与叙事、叙事性之间的关系。她认为："视觉领域中的叙事性不是对文学叙事性的增补或延伸，而是一种独特的叙事性的形式，在这种叙事性的形式中，观察客体处于中心位置。"（251）

斯坦纳（Wendy Steiner）认为："视觉艺术的叙事潜势是一个极具启发性的论题。"在《图像叙事性》一文中，斯坦纳借用了文学叙事的成果来研究图像叙事的前提条件，并且由此探究了图像叙事的"知识潜势"（knowledge potential）。他还以拉波夫（William Labov）对自然语言的叙事分析为参照框架，考察了图像叙事的叙事性程度。他认为，描述参与某个单一行为的具体人物的图像具有较高的叙事性，但是就时间顺序而言，视觉艺术又变成了"反叙事"（antinarrative）。（146—150）与斯坦纳颇为相似，瑞安也认为："跨媒介叙事学需要认识多种叙事模态的一个主要原因，就是出于承认视觉媒介的叙事潜势的需要。"（2004：139）不止于此，瑞安还挑战了经典叙事学家主要把叙事学与语言挂钩的做法，认为叙事学研究在包括语言成分的同时，还应该包括视觉成分。她结合了认知科学和人工智能的理论方法，明确提出了"建构视觉叙事学"的设想。

西方学者研究跨媒介叙事的叙事性的主要目的在于给文学叙事之外的其他媒介的叙事性正名，以扩大叙事研究的范畴。但若要真正实现这样的目的，该课题的未来研究还需要回答如下几个问题：第一，文学叙事的叙事性与其他媒介的叙事性有何异同？第二，在利用文学叙事的叙事性研究方法考察跨媒介叙事的叙事性的同时，如何利用后者为研究前者的叙事性服务？第三，如何实现后经典方法（修辞、认知、女性主义等）与跨媒介的叙事性研究之间的互动与交流？第四，如何研究"混合型媒介"（mixed-media）的叙事性？因为，正如论者所指出的那样，"当代叙事理论还不能充分解释混合型媒介作品中受到媒介限制的叙事性。"（Mikkonen：316—317）

结 语

在后经典语境下，"叙事性"受到了修辞叙事学家、认知叙事学家、女性主义叙事学家以及跨媒介叙事学家等不同程度的重视。就分析结果来看：一方面，后经典语境下的叙事性研究固然受到了叙事概念扩大化的影响；另一方面，叙事性研究的成果又反过来巩固和加速了叙事概念的扩大化进程。

笔者认为，未来的"叙事性"研究需要紧密结合叙事的其他构成要素，如人物、时间、空间等，避免孤立地研究叙事性的倾向，因为正是这些"多维的、巨大的关系网络构成了整个叙事系统"。（Sternberg，1992：483）当下正值后经典叙事学发展的旺盛时期，相信随着叙事范畴的进一步扩张，研究方法的进一步拓展，后经典语境下的叙事性研究也会取得更为丰厚的成果。

参考文献

1. Abbott, H. Porter. *The Cambridge Introduction to Narrative*. Cambridge: Cambridge UP, 2008.
2. —. *Handbook of Narratology*. Ed. Peter Hühn, et al. Berlin: Walter de Gruyter, 2009.
3. Barthes, Roland. *Image-Music-Text*. Trans. Stephen Heath. London: Fontana, 1977.
4. Biberman, Efrat. "On Narrativity in the Visual Field: A Psychoanalytic View of Velázquez's *Las Meninas*." *Narrative* 14 (2006): 237-253.
5. Bortolussi, Marisa, and Peter Dixon. *Psychonarratology: Foundations for the Empirical Study of Literary Response*. Cambridge: Cambridge UP, 2003.
6. Brooks, Peter. *Reading for the Plot: Design and Intention in Narrative*. Cambridge: Harvard UP, 1984.
7. Currie, Mark. *Postmodern Narrative Theory*. New York: St. Martin's, 1998.
8. Fludernik, Monika. *An Introduction to Narratology*. London: Routledge, 2009.
9. —. "Natural Narratology and Cognitive Parameters." *Narrative Theory and the Cognitive Sciences*. Ed. David Herman. Stanford: CSLI, 2003.
10. —. *Towards a 'Natural' Narratology*. London: Routledge, 1996.
11. Greenberg, Clement. "Towards a Newer Laocoon." *Partisan Review*. 7 (1940): 296-310.
12. Herman, David. "Introduction." *Narratologies: New Perspectives on Narrative Analysis*. Columbus: Ohio State UP, 1999.
13. —. *Story Logic: Problems and Possibilities of Narrative*. Lincoln: U of Nebraska P, 2002.
14. Herman, Luc, and Bart Vervaeck. *Handbook of Narrative Analysis*. Lincoln: U of Nebraska P, 2005.
15. Hühn, Peter, and Jens Kiefer. *The Narratological Analysis of Lyric Poetry:Studies in English Poetry from the 16th to 20th Century*. Trans. Alastair Matthews. Berlin: Walter de Gruyter, 2005.
16. Kearns, Michael. *Rhetorical Narratology*. Lincoln: U of Nebraska P, 1999.
17. Lessing, Gotthold Ephraim. *Laocoon: An Essay upon the Limits of Painting and Poetry*. Trans. Ellen Frothingham. New York: Dover, 2005.
18. Meister, Jan Christoph, et al. "Introduction." *Narratology beyond Literary Criticism: Mediality, Disciplinarity*. Ed. Jan Christoph Meister. Berlin: Walter de Gruyter, 2005.
19. Mikkonen, Kai. "Presenting Minds in Graphic Narratives." *Partial Answers*. 6.2 (2008): 301-321.
20. Page, Ruth E. "Gender." *The Cambridge Companion to Narrative*. Ed. David Herman, Cambridge:

Cambridge UP, 2007.

21. ——. *Literary and Linguistic Approaches to Feminist Narratology*. Basingstoke: Palgrave Macmillan, 2006.

22. Phelan, James, and Peter J. Rabinowitz, eds. *A Companion to Narrative Theory*. Malden: Blackwell, 2005.

23. Phelan, James. *Experiencing Fiction: Judgments, Progression and the Rhetorical Theory of Narrative*. Columbus: Ohio State UP, 2007.

24. Pier, John. "After This, Therefore Because of This." *Theorizing Narrativity*. Ed. John Pier, et al. Berlin: Walter de Gruyter, 2008.

25. Pier, John, et al. "Introduction." *Theorizing Narrativity*. Ed. John Pier, et al. Berlin: Walter de Gruyter, 2008.

26. Prince, Gerald. "Narrativity." *Routledge Encyclopedia of Narrative Theory*. Ed. David Herman, et al. London: Routledge, 2005.

27. Rimmon-Kenan, Shlomith. *Narrative Fiction: Contemporary Poetics*. London: Routledge, 2002.

28. Ryan, Marie-Laure. "Introduction." *Narrative across Media: The Languages of Storytelling*. Ed. Marie-Laure Ryan. Lincoln: U of Nebraska P, 2004.

29. ——. "The Modes of Narrativity and Their Visual Metaphors." *Style*. 26 (1992): 368-387.

30. ——. "Narrative Cartography: Towards a Visual Narratology." *What Is Narratology?* Ed. Tom Kindt, et al. Berlin: Walter de Gruyter, 2003.

31. Steiner, Wendy. "Pictorial Narrativity." *Narrative across Media: The Languages of Storytelling*. Ed. Marie-Laure Ryan. Lincoln: U of Nebraska P, 2004.

32. Sternberg, Meir. "How Narrativity Makes a Difference." *Narrative*. 9. 2 (2001):115-122.

33. ——. "Telling in Time (II): Chronology, Teleology, Narrativity." *Poetics Today*. 13 (1992): 463-541.

34. 申丹等：《英美小说叙事理论研究》，北京大学出版社，2005。

① 关于费伦的修辞叙事学与芝加哥学派之间的渊源关系，详见拙文《修辞诗学及当代叙事理论》，载《当代外国文学》2010 年第 2 期。

② 申丹对卡恩斯的语境观有过非常精辟的分析，详见参考文献（申丹等：256—261）。

③ 关于瑞安对叙事的模糊子集式定义，详见拙文《后经典语境下西方叙事理论的发展趋势与特征》，载《外国文学》2009 年第 1 期。

学院派小说 宋艳芳

略　说

　　学院派小说（Academic Novel/Fiction）始于 20 世纪 50 年代初的欧美文学界，相对来讲是一种新兴的小说文类。它与以各类校园为背景、描述校园生活的"校园小说"（campus novel）有一定渊源关系，但较之又有很大的发展。学院派小说主要以校园、研究所等高等教育和科研机构为背景，描述教职工的悲欢喜乐，探讨体制弊端、学术腐败、职业道德等学术界话题及其与社会风潮的关系，风格上以幽默讽刺见长，勾勒出一幅幅"学界风俗画"。学院派小说的代表作家包括英国的斯诺（C. P. Snow）、艾米斯（Kingsley Amis）、布雷德伯里（Malcolm Bradbury）、洛奇（David Lodge）、拜厄特（A. S. Byatt）和美国的麦卡锡（Mary McCarthy）、卢里（Alison Lurie）、贝娄（Saul Bellow）、罗斯（Philip Roth）、海因斯（James Hynes）、亚当斯（Hazard Adams）等。其中贝娄和罗斯作为犹太裔作家声名显赫，并不以学院派小说见长，但他们都有不止一部小说可归入学院派小说之列。学院派小说多数雅俗共赏，趣味盎然。美国学者肖沃尔特（Elaine Showalter）对该类小说表现出强烈的兴趣，建议每个研究生都应该读一读洛奇的《小世界》（*Small World*，1984），她撰写并出版了专事研究此类小说的《教工塔：学院派小说及其不满》（*Faculty Towers: The Academic Novel and Its Discontents*，2005）。近年来高等教育的发展更加推动了该类小说的发展和传播，使其成为欧美文学界不容忽视的一个分支。

综　述

学院派小说的界定

　　学院派小说的前身是"校园小说"，特别是欧美 19 世纪以来有关大学校园生活的小说。从"校园小说"到学院派小说，该小说文类的称谓和界定从模糊到稳定经历了一个长期的发展过程。早期的"校园小说"大多重在描述中学生或大学生的成长过程，有"成长小说"的影子。当代学院派小说将侧重点转移到教职工身上，亦庄亦谐地对待高等教育和学界话题，更注重思想观点的碰撞，成为学术话语实践和传播的阵地，或者用布雷德伯里在《历史人》（*The History Man*，1975）中的一个词来说，成为"时代的隐喻"。（Bradbury：16）

　　20 世纪中期以来，最早将描述大学校园生活的小说作为一个文类来研究的两部专著分别是普罗克托（Mortimer R. Proctor）的《英国大学校园小说》(*The English University Novel*, 1957）和里昂（John O. Lyons）的《美国学院小说》(*The College Novel in America*，1962）。前者侧重研究英国 19 世纪，特别是维多利亚时期，以牛津、剑桥大学为背景，描述大学生学习、生活和情感经历，这类小说在当代被称为"大学小说"（varsity novel）；后者重点分析了美国 19 世纪末至 20 世纪上半叶以高等院校、大学校园为背景的小说。虽然出版时间仅相隔 5 年，里昂的讨论因关注该小说对于教职工生活的描述而更接近当代的学院派小说。

20 世纪中期以来，有关大学校园生活的小说不断出现，严肃的研究却不多，一直到 20 世纪 80 年代末至 90 年代，才掀起了一个研究高潮。2000 年以后，亦出现了几部重要的研究专著。期间，对于该文类的称呼并不统一，除了里昂的 college novel 和布雷德伯里的 campus fiction，最常见的称谓是 university novel 或 university fiction，如贝文（David Bevan）的《大学校园小说》(*University Fiction*，1990）和卡特（Ian Carter）的《奇想的古老文化：战后英国大学校园小说》(*Ancient Cultures of Conceit: British University Fiction in the Post-War Years*，1990）。到了 21 世纪，学者们则多数采用了 academic novel/fiction，如沃麦克（Kenneth Womack）的《战后学院派小说：讽刺、伦理学、社团》(*Postwar Academic Fiction: Satire, Ethics, Community*，2002）、肖沃尔特的《教工塔：学院派小说及其不满》、博斯克（Mark Bosco）和康纳（Kimberly Rae Connor）合编的《作为讽刺的学院派小说：一种正在兴起的样式的批评研究》(*Academic Novels as Satire: Critical Studies of an Emerging Genre*，2007）、莫斯利（Merritt Moseley）主编的《学院派小说：新文章和经典文章》(*The Academic Novel: New and Classic Essays*，2007）。如同莫斯利所说，该称谓涵盖面更为广泛，且突出了此类小说学术性、学院化的特点，即"自我指涉、炫耀理论知识、引经据典以及后现代主义的游戏性"。（iii—ix）

最早明确使用 academic novel 这一概念的是美国南伊利诺伊大学的穆尔（Harry T. Moore）教授。1968 年，里昂的《美国学院小说》再版之际，穆尔在为其所写的前言中提到，1961 年希尔斯教授（Donald Sears）作为大学英语协会的一位行政官员，曾受时任《大学英语协会评论者》(*CEA Critic*）的编辑之邀写过一篇关于 academic novel 的文章，题为《奇境中的大学校园》("Campus in Wonderland"），发表在该杂志的 5 月号上，引发了有关哪些小说属于 academic novel 的热烈争论。academic novel 作为一种小说样式开始受到广泛关注。

在中国学界，无论是 university novel/fiction 还是 academic novel/fiction，在翻译时都较多地沿用了传统的"校园小说"的译法，但该译法易与早期的那种描述各类校园生活的青少年成长小说相混淆，也没有突出相关小说的独特背景、人物和主题等。2012 年新星出版社引进了以布雷德伯里的《历史人》和卢里的《爱情和友情》(*Love and Friendship*，1962）为代表的"学界小说"丛书。"学界小说"这种译法强调了该类小说的学术界背景，却忽略了一个事实，即有些 academic novel 并不完全以学术界为背景，而是将相关学者、知识分子的活动范围扩展到学术界之外的广阔世界，有些甚至特意强化了学术界内外的对比。较为典型的如洛奇的《好工作》（*Nice Work*，1988）。因此，相较而言，将 academic novel 译为"学院派小说"更为贴切，涵盖面也更广。国内学者的研究如《后现代主义中的学院派小说家》（2004）和《当代英国学院派小说研究》（2006）均采用了该译法。前者主要讨论了20世纪欧美的6位代表性学院派作家：俄裔美国作家纳博科夫、犹太裔美国作家贝娄、意大利作家艾柯、英国作家洛奇、阿根廷作家博尔赫斯和捷裔法籍小说家昆德拉。但其重点在于作家研究，并未关注学院派小说这一文类，所讨论的有些小说也难以划归该文类。后者重点探讨了英国3位代表性学院派作家布雷德伯里、洛奇和拜厄特及其代表作，通过具体的文本案例分析，突出了学院派小说这一文类的兴衰和特点。

那么，学院派小说究竟该如何界定呢？普罗克托在《英国大学校园小说》中指出："要说哪些小说是而哪些小说不是大学校园小说，一直以来都非易事。"（2）对于学院派小说来说亦如此。里昂在其《美国学院小说》中将他所谓的"学界生活小说"（the novel of academic life）定义为"一部严肃对待高等教育的小说，它的主人公是学生或教授"。（xvii）这一定义看似简单，实际上包含了当代学院派小说的基本要素。结合里昂的文本选择和相关解释，"学界生活小说"指由受过大学教育的作家写的以大学校园为背景、以大学生和教职工为主要人物，严肃讨论高等教育话题的小说。在具体的讨论中，他排除了以校园为背景的青少年小说、侦探小说和有关学术生活的喜剧小说，认为这些不属于严肃小说的范畴，强调了他所讨论的"学者生活小说"基调上的严肃性；此外，他也挑选了一些部分涉及学院生活的小说以及一些故事情节主要发生于校园内的小说。

普罗克托和里昂之后，沃麦克、肖沃尔特等多位学者在研究学院派小说的过程中均通过他们的分析和文本选择对该类小说进行了进一步的框定和补充。结合他们的讨论和相关小说文本的特点，可以归纳出学院派小说的以下特点：一、作家有高等教育背景，有些是大学教授，熟悉大学生活、学界风潮和创作技巧，写作中具有强烈的自觉意识；二、小说的背景为大学校园或类似的教育、科研机构；三、小说讨论的往往是高等教育、学术研究、知识分子境遇等严肃话题但又不限于此；四、小说主人公为大学生、教职工、教授、研究员等知识分子；五、小说的笔调以幽默讽刺见长，但往往让人笑里藏泪，揭示了学院生活悲剧性的一面。用博斯克等的话说，"它既严肃亦滑稽，既崇高亦实际，既远离又关注现实生活"。（1—2）根据学院派小说的这些特点，有必要进一步廓清和补充《当代英国学院派小说研究》中的定义，（宋艳芳：24）对其作出如下界定：学院派小说是由受过高等教育、熟悉学界生活和小说创作技巧、具有较强自我意识的学院派作家创作的，以大学校园或高等教育、科研机构为背景，以大学生、教职工、教授、研究员等为主要人物，以讽刺的笔调讨论高等教育、学术研究、知识分子境遇等话题，在滑稽幽默的表象下揭示学院生活百态的一类小说。

学院派小说的历史溯源与发展语境

按照赫尔顿（Samuel F. Hulton）和康纳等的说法，"大学校园小说"的前身最早可追溯至 14 至 15 世纪的乔叟，因为他在《坎特伯雷故事集》中刻画了一位剑桥学者的形象。（Proctor: 204；Bosco and Connor: 2）这种说法遭到普罗克托的质疑。他认为："如果说有一条连续的世袭线索来自乔叟，那么它也源自于他的其他学者人物。这些人物的处世方式暗示了自他们以来大学生的处世方式。"（Proctor: 13）实际上，正如穆尔在里昂的《美国学院小说》再版前言中所说，再往回回溯一点，这类小说甚至可以回到柏拉图时代，"《柏拉图对话集》的高潮处，苏格拉底认为学术自由终结了。这难道不是真正的学院小说吗？"（viii）穆尔还提到了法国 12 世纪著名的哀绿绮思和亚伯拉德的凄美爱情故事，[①] 认为这是最早的关于师生恋的校园小说。此后，18 世纪菲尔丁的小说《约瑟夫·安德鲁斯》（*Joseph Andrews*，1742）和《汤姆·琼斯》（*The History of Tom Jones, A Foundling*，1749），19 世纪霍桑的《范肖》（*Fanshawe*，1828）、艾略特的《米德尔马契》（*Middlemarch*，1872）中都刻画了一些学者型人物。不过普罗克托认为，英国第一部真正的大学校园小说是洛克哈特（Gibson Lockhart）的《雷金纳德·道尔顿：一个关于英国大学校园的故事》（*Reginald Dalton: A Story of English University Life*，1823），克莱默则认为是霍桑的《范肖》。（ix）但多数研究者如贝文和肖沃尔特认为，真正的学院派小说始于 20 世纪 50 年代。（Bevan: 3；Showalter: i）公认的学院派小说开山之作有两部，一部是英国作家斯诺的"陌生人与兄弟们系列"（*Strangers and Brothers*），特别是其中的《院长》（*The Masters*，1951）；另一部是美国作家麦卡锡的《学界丛林》（*The Groves of Academe*，1952）。

学院派小说开始于 20 世纪 50 年代并非偶然，而是多方面合力的结果，这包括人们教育程度的提高、英语系的出现、科技的发展和作家地位的变化以及文学本身的发展。第二次世界大战以后，欧美各国政府对教育予以了高度重视。比如在英国，教育大臣巴特勒（R. A. Butler）于 1944 年提出了教育改革的理念，通过了《巴特勒法案》，将义务教育年限从原来的 9 年延长至 10 年，到 15 岁，进而形成了初等教育、中等教育和继续教育相衔接的教育制度。（Carnevali: 354）在这样的情况下，更多的人有机会进入大学。牛津、剑桥大学等已不能满足高等教育的需要，一批现代大学陆续出现，如利物浦大学、伯明翰大学、莱斯特大学、利兹大学、曼彻斯特大学等"红砖大学"（red brick universities）；到 20 世纪六七十年代，则又出现了更多的"新型大学"，如萨塞克斯大学、约克大学、东安格利亚大学、埃塞克斯大学等，这些大学

也被称为"白瓦大学"（white tile universities）。（Moseley：xi）

学院派小说多数都是学院派作家创作的，这些作家多数都是英语系出身的教授。这一方面归功于更多大学的兴起，另一方面仰赖于英语系的发展。实际上，英语系作为一门独立的学科发展历史并不长。在英国，整个19世纪一直到20世纪初，最好的大学里学生们学习的都是拉丁文学和希腊文学。牛津大学直到1893年才建立了一个荣誉英语系，相应的英语系在剑桥大学则一直到1917年才建立。此后，伴随着理查兹、燕卜荪、利维斯、艾略特等一批学者的努力，英语系逐渐壮大，并扩展到牛津、剑桥之外的其他高校。但两所传统高校的影响力仍然十分巨大。其中，在剑桥大学唐宁学院度过其几乎全部教学生涯的利维斯受到19世纪学者马修·阿诺德的影响，认为文学具有社会文化道德方面的教诲作用，大力推崇英语文学研究，对后来的学者产生了很大影响，很多学院派作家都是在利维斯的剑桥大学传统中成长起来的。比如，拜厄特曾公开表示："我认为，尽管我所有的书都在不同程度上公开挑战利维斯博士和剑桥英语的道德严谨性和社会责任，但我也深深受到了它的影响。"（Franken：2）她甚至把这种影响融入了自己的小说，在《占有》中叙述者说："利维斯对待布拉凯德的方式，就像他对待所有认真的学生那样：他让他见识了英国文学那无可比拟、宏伟高尚的重要性以及学习、研究的紧迫性；同时又剥夺了他所有的自信，使他认为自己没有能力为英国文学的发展作出贡献，或改变其现状。"（32）利维斯所代表的是剑桥的传统，是精英主义，这一点后来不断遭到学者们，特别是一些中产阶级出身的学者们的质疑。谈到利维斯对于诗歌、文学寄予的厚望，莫斯利说："很容易发现，这种崇高志向在典型的现代英语系，至少在典型的现代学院派小说中——这些学院派小说几乎总是英语教授写的——看起来似乎遭到了诋毁。"（x）换言之，多数学院派小说并没有宣扬英语系或任何其他学院的光辉业绩或崇高理想，相反，突出了利维斯式的崇高理想的幻灭。

除了得益于英语系的发展，学院派作家的出现跟作家地位的变化也有关系。随着广播、电视等现代媒体进入普通人家，小说的地位日渐衰微，甚至出现了"小说的死亡"、"文学的死亡"等传言。越来越多的自由撰稿人靠创作难以为继，选择进入大学教书，以便获得稳定收入、维持生计，于是小说家与教授的职业重叠，学院生活也成为小说一个重要的题材，促进了学院派小说的诞生。大多数学院派作家都身兼数职——教授、小说家、文学或文化评论家，因此，他们对于"小说的死亡"、"文学的死亡"等话题具有敏感的意识，甚至将这些融入他们的小说中，构成了学院派小说强烈的自觉意识。

学院派小说的典型文本

学院派小说主要出现在英国和美国。在当代英美文坛，20世纪中期以来出现了大批学院派小说。肖沃尔特在其《教工塔》（2005）的附录中列举了63部学院派小说。莫斯利在他主编的《学院派小说：新文章和经典文章》（2007）中收集了17篇专门研究学院派小说的论文，对象涉及欧美大批学院派作家和学院派小说。此外，克莱默（John E. Kramer）在《美国校园小说：注解书目》（*The American College Novel: An Annotated Bibliography*）1981年第1版中列举了425部美国校园小说；在2004年第1版中增加到648部，其中以教职工为主体的有329部。

在英国，继斯诺的《院长》和艾米斯的《幸运的吉姆》（*Lucky Jim*，1954）之后，布雷德伯里发表了《吃人是错误的》（*Eating People Is Wrong*，1959）。此后，他大约每10年出版一部小说，而且都属于学院派小说，包括《向西行》（*Stepping Westward*，1968）、《历史人》、《兑换率》（*Rates of Exchange*，1983）、《克里米纳博士》（*Doctor Criminale*，1992）、《到修道院去》（*To the Hermitage*，2000）。在此期间，洛奇也几乎跟他竞赛一样出版了《大英博物馆在倒塌》（*The British Museum Is Falling Down*，1965）、《换位》（*Changing Places*，1975）、《小世界》、《好工作》等学院派小说。此外，拜厄特的一些小说，如《游戏》（*The Game*，1967）、《占有》（*Possession: A Romance*，1990）、《传记家的故事》（*The Biographer's Tale*，2000），亦符合学院派小说的特点。在美国，继麦卡锡的《学界丛林》之后，卢里出版了《爱情与友情》（1962），此后又陆续出版了几部学院派小说。海因斯也主要以写学院派小说闻名，曾出版《出版与出局：有关终身教授与恐慌的三个故事》（*Publish and Perish: Three Tales of Tenure and Terror*，1997）和《讲师的故事》（*The Lecturer's Tale*，2001）。一些知名作家在创作其他作品之余也出版了几部学院派小说，如马拉默德（Bernard Malamud）的《新生活》（*A New Life*，1961），罗斯的《情欲教授》（*The Professor of Desire*，1977）、《鬼作家》（*The Ghost Writer*，1979）和《人性的污秽》（*The Human Stain*，2000），贝娄的《赫索格》（*Herzog*，1964）、《院长的十二月》（*The Dean's December*，1982）等。

在英美如此大批量的学院派小说中，最典型的莫过于洛奇的"学院三部曲"，即《换位》、《小世界》和《好工作》。其中，《小世界》在中国学界被誉为"西方的围城"。它于嬉笑怒骂中融入了大量的学术讨论，雅俗共赏，独具一格。作者洛奇本身属于典型的学院派作家，身兼大学教授、小说家、批评家三重身份，在创作中有强烈的自觉意识。比如《换位》中的斯沃洛在小说的结尾处说："小说正在死亡，我们也将随它而去。"（217）《小世界》中，小说家弗罗比舍对"小说死了吗？"这一提问的回答是："和我们所有的人一样，它从诞生之日起就一直在迈向死亡。"（408）这些都表明洛奇了解学术界有关"小说之死"的讨论，但他本人对小说创作的热情又证明他绝不相信小说已经死亡或正在死亡。这种策略近似于弗洛伊德所说的"反应形成"的自我防御机制，即通过把本来危及小说的"题材枯竭"论当作其小说题材中的一个方面反驳了"题材枯竭"论。另外，洛奇还通过其学者型人物之口将批评话语频繁植入他的小说。比如在《换位》中，扎普由电梯而想到的"那些基于永恒的循环规律的秩序与宇宙论，如植物枯荣神话，死亡和再生的原型理论，历史循环理论，灵魂转世论以及诺斯罗普·弗莱有关文学模式的理论"。（184）《小世界》除了与大量的经典文本如《亚瑟王传奇》、《仙后》等形成互文之外，更刻画了一批批评理论家：自由人文主义者斯沃洛、结构主义者塔迪厄、接受美学理论家托皮兹、后结构主义马克思主义理论家莫加纳以及从结构主义转向后结构主义的扎普。其中，洛奇对扎普这个人物的刻画如此成功，以至于在学术界长期流传着这样一种说法，认为扎普是以美国学者斯坦利·费什为原型的。当一次访谈中被问到这个问题时，洛奇并未正面回答："哦，斯坦利可以在一场电影中扮演'扎普'。"（Mclemee：A14）由于这些学者型人物的刻画，"学院三部曲"中充满了学术气息就不足为奇了。

除了强烈的自觉意识、学者型人物和学术话题，"学院三部曲"的典型之处还在于其讽刺与幽默的笔调所制造的一种笑里藏泪的效果。在谈到学院派小说的讽刺技巧时，雷诺兹（Katherine Reynolds）和施瓦兹（Robert Schwartz）指出，学院派小说的幽默定位在于抱怨、娱乐和宣泄。"然而，在决意宣泄和娱乐的同时，这种文学通常并不上升为单纯的讽刺这样的工具层面。相反，它更是一记警钟，提醒人们防备学术生活中的怪癖和时而出现的荒谬。"（29）洛奇以夸张的方式描述了学者们勾心斗角、争名夺利的丑态，对现实中的学者提出警示，但同时也以圈内人的视角揭示了这些人物所面临的体制压力，表达了对他们的同情。比如《换位》中，斯沃洛因坚持传统的研究方法，落后于时代，在所任教的学校受到排挤，窘态百出；《小世界》中的温赖特陷入了精神上的极度疲惫和紧张中，进入了学术研究的死胡同，连一篇会议论文也无法完成；扎普为了获得职位对联合国教科文组织主席金费舍尔②大献殷勤；托皮兹在压力之下剽窃他人手稿，结果被发现，落荒而逃等。因此，沃（Harriet Waugh）在谈到《小世界》中的讽刺时说："就像戴维·洛奇所有的小说一样，在他的讽刺中没有野蛮粗鲁的迹象，在他的智慧中也没有真正的恶意。相反，他的小说造成的是一股流畅的滑稽感觉。读者获得了愉悦，却没有任何人受到伤害。"（29—30）正是由于这一点，洛奇成为20世纪中期以来学院派小说创作最成功的实践者之一，但凡提到学院派小说，没有人会忽略他的存在。

学院派小说的发展误区和走向

当代学院派小说在20世纪中期以来呈现出蓬勃发展的景象，可除了少数例外，这类小说在认可度和读者群上始终受到限制。这主要有两个原因：一是这类小说常局限于高校、研究所和学者型人物，背景、题材范围有限；二是这类小说常融合大量的专业知识和学术话语，偏向于精英化，对读者的专业水平和欣赏品味提出了过高的要求，从而限制了读者的范围。因此，学院派小说吸引的多数是学者型读者，他们阅读这类小说是出于一种肖沃尔特所谓的"自恋的愉悦"，希望在故事中看到自己所熟知的世界，（i）或者克莱默所谓的"反常的快感"。（x）这种愉悦和快感是普通读者不易得到的。

卡特在《奇想的古老文化》中谈到宽泛意义上的校园小说时，指出了这类小说的精英主义特点。罗克韦尔（Joan Rockwell）对此表示赞同，认为那些校园小说"虽然成果显著，评价良好，而且在一定范围内颇受欢迎"，但它毕竟只符合"少数人的品味"。（780）它是由学校里悠闲的人为他们的同类写的，因而是小众的、自恋的，探讨的话题也超出了普通大众能够接受的范围。以布雷德伯里的小说为例，《历史人》中探讨了社会学，《兑换率》运用并戏仿了语言学以及后结构主义理论，《克里米纳博士》对解构主义进行了阐释和应用。这些专业知识很容易使普通读者望而却步。

也有一些学院派作家，比如洛奇，试图在创作中打破高雅文化和通俗文化之间的界限，乐于为最广大的读者创作小说，但是整体来看，他的大多数学院派小说仍然对读者提出了很高的要求，普通的读者难以全面理解和欣赏其中的奥妙。他的《小世界》一直以来被看成是雅俗共赏的范本，然而就是在这部小说中，文人们实际上在玩一个复杂的文学游戏。一般的读者，在享受其中浪漫的爱情、离奇的侦探故事的同时，恐怕难以理解也不会在乎其中的元叙述技巧、互文性以及对结构主义、马克思主义等的指涉。洛奇本人对这一点也直言不讳，甚至为此而自豪。在《大英博物馆在倒塌》的再版序言中，他表示完全清楚小说中"戏仿和拼贴式模仿的大量使用是一种冒险的技巧"，因为这会"迷惑并疏远那些不能识别这些典故的读者"。但他认为冒这个险是值得的，因为他的目的是同时满足普通的读者和文学读者。他要"让小说的叙述及其频繁的风格变换"对普通读者来说完全可以辨认；他还要"为更有文学造诣的读者提供从发现这些戏仿中额外获得的愉悦"。（1989：xix）因此，尽管洛奇表示要打破文化之间、学者与大众之间的界限，他却为自己的读者标明了等级，有居高临下之嫌。

进入 21 世纪之后，学院派小说亦不断出现。典型的学院派作家写作的学院派小说仍倾向于学术化、精英化，执迷于在小说中讨论学术问题。比如，布雷德伯里的《到修道院去》涉及俄国政治、解构主义、新历史主义等文学理论以及"历史的终结"等话题，"完全是一部百科全书式的作品。……它不仅显示了深厚的学术造诣，而且它的风格也更适合一本参考书而不是小说"。（Amidon：84）洛奇 2001 年发表的《想……》（*Thinks...*）则探索了认知科学和人工智能等话题，从而探讨人类意识的问题。但也有一些知名度颇高的当代作家开始尝试此类小说样式。比如，英国当红女作家史密斯（Zadie Smith）2005 年出版了《关于美》（*On Beauty*）。这部小说借鉴了福斯特小说《霍华德庄园》的结构，描述了两位教授之间的学术分歧以及其家庭成员之间的互动和联系，融合了关于"什么是美？""如何欣赏美？"的话题，探讨了学术训练是否损害了学者们欣赏美的能力等主题。另外一位炙手可热的英国作家麦克尤恩（Ian McEwan）也于 2010 年出版了《追日》（*Solar*），以幽默讽刺的笔调刻画了一位曾获诺贝尔奖的物理学教授在盛年之后家庭遭遇危机、事业日益滑坡的窘态，其中穿插了科学与人文学科的对比和冲突，以及主人公的婚姻危机和风流韵事，可谓作者向其老师布雷德伯里致敬的一部小说。这些小说的出现为学院派小说注入了新鲜血液，可以想见，随着高校的发展和作家、读者教育程度的提高，会有更多此类小说出现，也会有更多的读者发现并喜欢上此类小说。

结　语

　　从 1951 年斯诺的《院长》出版以来，学院派小说在继承古已有之的校园小说传统之余，开创了自己独特的创作道路，丰富了人们的文学体验，为文学的发展作出了自己的贡献。学院派小说凸显了作家的自觉意识，而自觉意识恰是人类文明发展的突出标志。它沿袭了文学传统中的精华，以元叙事和互文的形式使古今文本融为一体，不仅使古老的文本得以维持活力，也使当代文本富于时代感又不失历史的厚度。它记录了当代高等院校、科研机构的发展，并揭露了其体制弊端。它刻画了一批鲜活的学者型人物，使这些人物剥离人们想象中那种高高在上的形象，彰显出人之为人的弱点和不足。另外，它以学院派作家特有的自嘲将幽默、讽刺的创作技巧推进到一个新的高度。21 世纪以来的学院派小说内容上还呈现出多学科交叉的现象，融入了艺术评论和多学科的科学话语，使学院派小说勃发出新的生机。尽管存在种种不足和缺憾，学院派小说以六十多年的发展为基础，以人们教育程度和欣赏水平的提高以及自觉意识的继续增强为前景，有希望取得更加辉煌的成就。

参考文献

1. Amidon, Stephen. "Review of The Biographer's Tale, by A. S. Byatt." *Atlantic Monthly* 1 (2001): 84-85.

2. Bevan, David. *University Fiction*. Atlanta: Rodopi, 1990.

3. Bosco, Mark, and Kimberly Rae Connor, eds. *Academic Novels as Satire: Critical Studies of an Emerging Genre*. Lampeter: Edwin Mellen, 2007.

4. Bradbury, Malcolm. *The History Man*. New York: Penguin, 1985.

5. Byatt, A. S. *Possession: A Romance*. New York: Random, 1990.

6. Carnevali, Franesca, and Julie-Marie Strange, eds. *20th Century Britain: Economic, Cultural and Social Change*. Hong Kong: Pearson Longman, 2007.

7. Carter, Ian. *Ancient Cultures of Conceit: British University Fiction in the Post-War Years*. London: Routledge, 1990.

8. Franken, Christien. *A. S. Byatt: Art, Authorship, Creativity*. Houndmill: Palgrave Macmillan, 2001.

9. Kramer, John E. *The American College Novel: An Annotated Bibliography*. New York: Garland, 1981.

10. Lodge, David. *The British Museum Is Falling Down*. New York: Penguin, 1989.

11. —. *A David Lodge Trilogy: Changing Places, Small World, Nice Work*. London: Penguin, 1993.

12. Lyons, John O. *The College Novel in America*. Carbondale: Southern Illinois UP, 1962.

13. Mclemee, Scott. "David Lodge Thinks... " *Chronicle of Higher Education* 49.10 (2002): A14-17.

14. Moseley, Merritt. *The Academic Novel: New and Classic Essays*. Chester: Chester Academic, 2007.

15. Proctor, Mortimer R. *The English University Novel*. Berkeley: U of California P, 1957.

16. Reynolds, Katherine, et al. "Fear and Laughing in Campus Literature: Contemporary Messages from a Comedic Tradition." *Journal of Educational Thought* 34.1 (1999): 29-41.

17. Rockwell, Joan. "Ancient Cultures of Conceit (Rev.)." *Sociological Review* 38.4 (1990): 780-783.

18. Showalter, Elaine. *Faculty Towers: The Academic Novel and Its Discontents*. Philadelphia: U of Pennsylvania P, 2005.

19. Waugh, Harriet. "Grand Lodge." *The Spectator* 7 (1984): 29-30.

20. Womack, Kenneth. *Postwar Academic Fiction: Satire, Ethics, Community*. New York: Palgrave Macmillan, 2002.

21. 宋艳芳:《当代英国学院派小说研究》,苏州:苏州大学出版社,2006。

① 英国 18 世纪大诗人蒲柏(Alexander Pope, 1688—1744)有一首三百多行的长诗《艾洛伊斯致亚伯拉德》("Eloisa to Abelard", 1717);爱尔兰作家穆尔(George Moore)根据该故事写过一部小说《哀绿绮思和亚伯拉德》(*Heloise and Abelard*, 1921)。

② 英文名 Arthur Kingfisher,暗示其与神话中渔王(Fisher King)的联系。

仪式   王轻鸿

略　说

  "仪式"（Ritual）作为体现一个民族共同理念的具体行为方式，既涵盖从现实的实践行为和生活的细枝末节出发的形而下考察，也包括从世界观和人生观思辨出发的形而上论述。关于这一术语的解释，有影响的说法达一百多种，形成了一个巨大的话语场，是了解文化内蕴极其重要的窗口之一。早期的剑桥学派试图回到原始文化语境中来阐述仪式的含义；功能主义学派则延伸了仪式的社会意义；象征主义文化学派又主张从主体的想象中重新建构仪式的意义。各个历史时期对于这一术语阐释的不同视角和立场，折射出西方精神文化变迁的时代特征。

综　述

仪式诞生的原始文化语境

  仪式作为一种社会活动在远古时代就已经产生，指的是与宗教相关的具体行为，行为方式的程式化促成了社会约定和规范的形成，1771 年第一版《不列颠百科全书》将其定义为"一本指导秩序和方式的书，见于正在特定的教会、教区或相似地点举行的庆典和礼拜"。但是，仪式作为专门性的术语受到文化学界关注则始于19 世纪，与人类学的兴起有密切的关联。如果说哥伦布当初到达闭塞、荒蛮之地，完成的是地理意义上的大发现的话，那么人类学家则在这片未开化的地盘上完成了文化意义上的大发现，仪式作为文化遗传最为原始的基因，受到了特别关注。

  在西方，宗教是对人的心灵影响最为深远和广泛的原始文化形态，作为精神性本体，它必须通过一定的行为方式才能表现出来，于是与信仰水乳交融的表现形式就具有了仪式的意味。比如基督教中的圣餐起源于耶稣与门徒的最后的晚餐，耶稣将面饼和酒分给门徒的时候说"这是我的身体"、"这是我的血"；后来基督教教徒就认为，面饼和酒就是耶稣的身体和血液，具有了宗教般的神圣意义。在人类学家看来，圣餐形式演绎了人神关系，强化了信徒和神的联系，这种作为宗教信仰的载体就是仪式。当然，宗教信仰与仪式的出现孰先孰后，在学术界还存在不同的意见，有人将之比作是先有鸡还是先有蛋的问题，这充分反映了信仰与仪式相互转换的特点。一方面，仪式作为反复的、经常的实践方式，在操演中可以促进共同信仰的稳固；另一方面，存在于人的意识深处的信仰，也会为具体的行为方式增添神圣色彩，影响人们的价值判断和行为选择。正是因为看到了仪式与宗教信仰存在紧密的联系，不少学者将仪式与信仰当作原生性的共存体来看待，仪式阐释的基本指向由此确立。

英国人类学家泰勒（Edward Burnett Tylor）多次奔赴美洲大陆，搜集了大量民族学、考古学的第一手资料，是较早从原始文化的角度对仪式作出界定的学者。他发表的《阿瓦纳克人——古代和现代的墨西哥和墨西哥人》、《人类古代史和文明发展的研究》、《蒙昧人的宗教》、《史前种族的生活方式》等著作和论文，力图回归到原始语境中去建立文化的基本框架。他在1871年出版的《原始文化》（*Primitive Culture*）一书中给文化下了这样一个颇具经典意味的定义："文化，或文明，就其广泛的民族学意义来说，是包括全部的知识、信仰、艺术、道德、法律、风俗以及作为社会成员的人所掌握和接受的任何其他的才能和习惯的复合体。"（1992：1）这个定义曾被认为过于宽泛而饱受诟病，但其新意并未磨灭，与当时流行的"理性"、"文明"、"启蒙"等现代意义浓厚的文化定位截然不同的是，它开始关注古朴的原始文化的独特内涵，这一学术视野为仪式进入文化领域打开了一条通道。

泰勒从原始宗教的角度来阐释仪式的思想遗泽深远。弗雷泽（James George Frazer）一生都是遵循泰勒的研究方法从事文化研究，唯一不同的是他没有去实地调查，而是坐在书斋的摇椅上探究古籍中的文化奥秘。他最初为了撰写《大英百科全书》中的"禁忌"（taboo）词条而收集了大量的宗教方面的文字材料，这些材料又激发了他对于宗教仪式的深入研究，其代表作《金枝——巫术与宗教之研究》（*The Golden Bough: A Study in Magic and Religion*）对内密湖畔的狄安娜（Diana）宗教崇拜说中祭司继任古俗"杀王"的仪式进行了诠释。美国人类学家摩尔根（Lewis Henry Morgan）在研究印第安人部族易洛魁人的原始宗教习俗过程中不仅探究其宗教中的仪式，并且在生活中还效仿其行为方式。作为一名白人律师，摩尔根为印第安人争取社会的合法权益进行了激烈的辩护，最后还被印第安人收为养子，可见他是全身心地沉浸在宗教文化的情境中来研究仪式的。

仪式研究对原始宗教情有独钟，是希望立足源头来探寻文化的基本规律，总体来看遵循的是进化论的思维方式。泰勒、摩尔根被称为"古典进化论"和"单线进化论"的代表，他们主要运用比较法和统计法，试图证明人类的需求、愿望不管在何时何地都是大体相似的，具有跨越时空的特点，只有阶段的差别或程度的不同而已。如今这些进化论观念已经被后人超越，但他们对于原始文化景观的高度关注是具有开拓性的工作，20世纪以来关于仪式特征的阐述仍然汲取了其中的合理成分。

20世纪关于仪式最著名的定义是特纳（Victor Turner）提出来的，他将仪式看作用于特定场合的一套规定好了的正式行为，这种正式行为虽然没有放弃技术惯例，却是对神秘存在或力量的信仰，这些存在或力量被看作所有结果的第一位和终级的原因。特纳的这一思想师承涂尔干（Émile Durkheim）。出身于犹太家庭的涂尔干将仪式看作宗教生活的基本形式，把信仰看作由各种表现构成的舆论的状态，信仰与仪式的不同就如同思想与行为的不同，虽有区别但不可分离。（1965：51）他反复阐述了原始宗教信仰与仪式的相互联系，认为"宗教是一种既与众不同又不可冒犯的统一体系，由与神圣事物有关的信仰与仪轨组成，这些信仰与仪轨将所有信奉它们的人结合在一个被称为'教会'的道德共同体之内"。（1996：193）

除了宗教之外，巫术作为更为原始的文化形态，自然而然成为仪式研究的学术资源。所谓巫术，就是相信人可以利用外在力量为自己带来利益的活动，其发生的年代要早于宗教。弗雷泽认为人类文化是按照巫术——宗教——科学这种顺序演进的，他从巫术中找到了信仰和仪式的存在方式，其《金枝》的副标题即为"巫术与宗教之研究"。他通过研究发现，远古时期人们相信人类的婚媾行为方式可以促进动物的繁衍、植物的生长，人与物之间存在神秘的感应即体现了互渗律思维，而人类的行为方式不断重现，就具有了仪式的基本特点。

随着人类认识能力的增长，巫术思维逐渐淡化，人类的想象主要靠神来操纵，于是从巫术向宗教过渡的阶段产生了神话，神话在仪式阐释中备受青睐。卡西尔（Ernst Cassirer）对于宗教与神话的关系有过精彩的论述，他在《人论》（*An Essay on Man*）中说：

> 宗教在它的整个历史过程中始终不可分解地与神话的成分相联系并且渗透了神话的内容。另一方面，神话甚至在其最原始最粗糙的形式中，也包含了一些在某种意义上已经预示了较高较晚的宗教理想的主旨。神话从一开始起就是潜在的宗教。（112）

与此相应的是，泰勒把神话当作"遗留物"（survivals），认为文化仪式分布在进化的不同阶段，而弗雷泽把仪式与神话则看作相互依赖不可分割的共同体。总体来看，他们的考察和论证还不够系统和缜密，过分强调仪式与神话的一一对应关系更显得武断，出现了与事实并不相符的例证，比如在爱斯基摩人那里，狩猎仪式、禁忌仪式的确与神话对应，而在印第安人的部落里创世神话无法在仪式中找到影子，但他们的著述具有十分重要的开拓意义，为寻求神话与仪式之间的关联奠定了厚实的基础。19世纪末至20世纪初，人类学研究特别关注神话与仪式之间的渊源关系，取得了令人瞩目的成就，形成了从神话和仪式的相互关联中探求人类早期文化特征的"剑桥学派"（Cambridge School），在全球范围内产生了广泛的影响。

回归到原始的文化语境，为遥望文学艺术的源头打开了一扇天窗。远古时期的诗乐舞是三位一体的形式，舞蹈、音乐中表现出来的程式化行为具有宗教仪式的基本特征，在西方学者看来，它们主要服从于宗教信仰的目的。泰勒指出："跳舞对我们新时代的人来说可能是一种轻率的娱乐。但是，在文化的童年时期，舞蹈却饱含着热情和庄严的意义。蒙昧人和野蛮人用舞蹈作为自己的愉快和悲伤、热爱和暴怒的表现，甚至作为魔法和宗教的手段。"（1993：269）在"蒙昧人和野蛮人"的意念中，伴随着说和唱的舞蹈实现了人与图腾神或鬼神的沟通，从而具有了奇特的魔力，可以帮助人们消除危险和灾难，甚至可以解除死亡的威胁。哈里森（Jane Ellen Harrison）、尼采等也一致认为，古希腊戏剧即起源于表现狄奥尼索斯的受难与死亡的祭祷仪式。

仪式内涵的世俗化演化

1910年《不列颠百科全书》第11版问世时，仪式这个条目被解释为规范化的社会行为的一个类型，而且由此与社会组织形成了千丝万缕的联系。仪式被置于更广阔的现实社会文化背景下重新诠释，标志着现代意义上的定义问世。

以马林诺夫斯基、布朗（Alfred Radcliffe Brown）、涂尔干为代表的功能主义学派，对机械、静态地看待原始文化和仪式的关系的做法提出质疑，他们不赞同仪式与原始文化的渊源关系一旦形成就亘古不变，力图矫正对仪式在当代社会中的功能和意义缺乏关注的缺憾。他们主要考察仪式在整个社会结构中的作用和地位，认为仪式实现了个人与社会、族群的认同，增强了人们的集体意识。具体来说，仪式就是将人生的重要活动形式公开化、标准化，赋予与人生相关的各个环节包括怀孕、新生、青春期、成年、死亡等神圣、庄严的意义，唤起人们对于当下现实处境的敬畏感。也可以说，正是因为人们面临的处境不同，有不同的需求，才产生了各种各样的仪式以满足人们各种不同的需要。对于后世影响深远的涂尔干学说分析了仪式中成员"集体欢腾"的心理状态，强调仪式的意义就在于维系、延续社会，使特定集体成为一个道德共同体，能够"激发、维持和重塑"群体生活，能够使"每个集体成员都能感受到，他们有着共同的信念，他们可以借这个信念团结起来"。（1996：8）

在仪式研究中追随功能主义研究思路的不乏其人。特纳在对恩丹布部族（Ndembu）的仪式进行考察后认为，对仪式的研究的确为解释文化的社会功能提供了一把钥匙。他明确指出：

> 仪式能够在最深的层次揭示价值之所在……人们在仪式中所表达出来的，是他们最为感动的东西，而正因为表达是囿于传统和形式的，所以仪式所揭示的实际上是一个群体的价值。我发现了理解人类社会基本构成的关键所在：对仪式的研究。（1995：15）

此外盖内普（Arnold van Gennep）、格尔兹（Clifford Geertz）、斯特劳斯（Claude Lévi Strauss）等人也用仪式分析、解释社会现象，在仪式与社会结构之间架起了一座桥梁。虽然他们的理论有许多不同之处，但从社会结构及其功能的角度解释仪式的社会学方法大体是一致的。

仪式阐释从关注宗教、神话、巫术等仪式起源问题，到跨越传统的神圣与世俗、宗教与非宗教的边界，对现代以来兴起的工业社会予以高度的关注，将之纳入到仪式阐释的视野，显示了仪式意义指向的重大变迁。将仪式作为具体的社会行为来分析，赋予了现实生活仪式意义。换句话说，在现实生活中，仪式无时无处不在。

政治是现实生活中权力的分配、维持、斗争的集中体现，合法性、权威性等是政治学研究和关注的核心内容，诚如沃尔夫（Eric R. Wolf）说的那样："当我们看待历史的不同阶段时，我们必须首先立足于更为广泛的社会政治领域以及其中的权力分配。这些领域不仅生产民族和国家、政治程序和政策，也生产差异性的世界观和统治性的社会关系。"（64）而政治是可以通过仪式来体现和捍卫的，比如希尔斯（Edward Shils）从涂尔干的社会学理论出发，曾经对 1953 年 6 月 2 日英国伊丽莎白女王二世的加冕仪式作过研究，认为加冕仪式中的宣誓、接受《圣经》等行为方式强化了英国公民的集体观念和道德意识，也增进了民族团结的意识。也许的确如此——当年有的人现场见证了加冕仪式，更多的人则是通过媒体报道了解了这一盛况，英国民众对此反响强烈，而在这一天矛盾冲突和寻衅滋事等不良行为大为减少，仪式的社会功能由此可见一斑。在政治活动中，对于仪式的理解除了要进行内在结构分析来追溯其原始意义，更需要将视野延伸到当代的文化语境中挖掘更深层次的现实意义，格尔兹据此提出，仪式的功能"具有宗教与政治双重意义，被同时赋予宗教与世俗的双重重要性"。（119）

传播媒介在仪式中是不可或缺的。按照功能主义的逻辑，仪式要激发和体验共同的信仰，必须通过模式化的、有秩序的话语等媒介来完成。在神圣仪式中，祭师本身就是媒介，以特殊的身份充当人与神沟通的中介，其行为方式起到的是传播媒介作用，是仪式的体现。将传播媒介视作一种仪式是与时俱进的观点：黑格尔将读报行为当作现代人晨间祈祷的代用品，这种媒介传播具有仪式作用；安德森（Benedict Anderson）认为大众传播及现代传媒是"重现民族"这个"想象共同体"的"群众仪式"；而到了当代，罗森布尔（Eric W. Rothenbuhler）将仪式与传播结合起来考察，进行了更加系统的阐释，他所提出的"作为传播现象的仪式"（ritual as a communicative phenomenon）指具有传播特性的仪式活动，包括社会生活中的正式仪式（如宗教仪式、婚礼等）和日常生活中的非正式仪式（如握手、道别等）。在他看来，一方面仪式传播普遍存在，宗教的、世俗的仪式活动都具有传播特性，甚至是一种强而有效的传播机制；另一方面传播活动也可以仪式化，比如大众媒介报道的重要事件。他主要从社会和谐的角度来探讨仪式传播，认为仪式是维护社会秩序最文雅、最适用的方式，仪式传播是人类和谐的、合理的、必要的手段。美国著名新闻学家凯瑞（James Carey）在 1975 年第 2 期《传播》杂志上发表《传播的文化研究取向》一文，首次提出"传播的仪式观"（a ritual view of communication），以区分于传统传播学研究中占主导地位的"传播的传递观"（a transmission view of communication），认为"传播的传递观"是一种单纯的信息传递，意味着一种权力的控制，而"传播的仪式观"则与分享、参与、共同信仰等相关，通过传播形成共同的文化仪式。他认为只有上升到仪式的层面才能发挥传播的社会功能，这里既包含大众传播，也包含人际关系，既指涉宗教仪式，也指涉现实生活。（9—10）他特别指出：

> 传播的"仪式观"并非直指讯息在空中的扩散，而是指在时间上对一个社会的维系；不是指分享信息的行为，而是共享信仰的表征……传播的起源及最高境界，并不是指智力信息的传递，而是建构并维系一个有秩序、有意义、能够用来支配和容纳人类行为的文化世界。（7）

体育作为一种仪式，最早被看作宗教活动的一种方式。在古代幼发拉底河和底格里斯河一带，人们经常举行宗教性活动来祭奠诸神，活动包括赛跑、投掷、打斗等运动形式，成为接近神的一种仪式。奥林匹克运动相传是为了祭祀万神之祖宙斯而兴起的体育活动，在供奉有敬神祭品的场所进行，圣火和橄榄枝编制的桂冠都有神话传说为依托，体育运动直接成为宗教信仰的一种体现方式。而在现代，奥运会则被当作展现文化内涵、凝练文化精神的一种仪式，圣火传递、运动员和裁判员宣誓、颁奖等仪式彰显了符合现代文明的道德精神，倡导和平、环保等现代社会关注的主题渗透其间。特别是隆重而热烈的开幕式具有最为鲜明的仪式功能，有人甚至说开幕式成功了，奥运会就会成功了一半。从开幕式的社会影响力来看，这话有一定的道理。

将旅游作为一种仪式看待，凸显了仪式的世俗特征。格雷本（Nelson H. H. Graburn）认为："旅游甚至于追逐阳光、大海与体育的休闲旅游，是一种来自个人或社会的仪式性表达，它被深深地植入与健康、自由、自然、自我完善相关的价值观念，成为一种再创造的仪式，堪与朝圣及更具传统意味、更弥漫着宗教气氛之社会的那些仪式相提并论。"（1983：12—15）显然这是从广义上来理解仪式，即把所有与传统习俗相关的、按照一定的程序进行的，并且被当下大众所普遍接受的活动方式，都当作了表达信仰、情感和价值观念的符号行动，因此都可以统称为仪式。正是立足于这一视角，格雷本提出了著名的"旅游仪式论"："最好将旅游理解为一种仪式，一种与日常家居生活、工作形成强烈反差的，集休闲、旅游于一体的特殊仪式。"（2001：47）

强调仪式与现实的关联，并不是对传统的完全摈弃，而是主张二者一脉相承。仪式由原始的宗教范畴演化进入世俗社会的领域，成为一种包容性极强的概念。受其影响，在文学研究领域则开始重新考察艺术诞生的问题，认为宗教仪式从全员参与到分化出演员和观众，从敬神的祭坛过渡到舞台等，才具有了真正的艺术品格，同时要求文学批评在回眸悠远的文化景观的同时也要对当下现实加以关注。

加拿大文学批评家弗莱（Northrop Frye）受哈里森的影响，认为一切艺术来源于仪式，二者同源。他在《批评的解剖》（*Anatomy of Criticism*）中反复阐述的，就是"戏剧与仪式相似"、"文学中的戏剧像宗教中的仪式"等观点。另一方面，在具体的批评实践中，他力图发现在反映现实生活的文学作品中反复出现的各种意象、叙事结构和人物类型等仪式因素，深化了主人公命运主题的意蕴，开辟了文学研究新的空间，将剑桥学派开创的神话-仪式批评推上了一个新的阶段。

<h3 style="text-align:center">仪式阐释的主体性转向</h3>

20 世纪中期之后，受后现代主义的影响，在对于传统的知识体系和人类行为规范进行反思和批判的语境中，仪式这一术语的边界得到了进一步的拓展。不管是早期的神话-仪式学派，还是后起的功能主义学派，都将仪式看作一种客体来加以认识，从而忽略了仪式主体的创造性和能动性。仪式研究中主体性得到不断强化，是对传统的超越和颠覆。

20 世纪 60 年代，一些师承功能主义的仪式研究者发现了其内在的不可调和的矛盾，主张将着眼点转向对仪式动态过程的考察。列维-斯特劳斯的结构主义试图建立起"关于人的普遍科学"，呈现出明显的普遍化的特点，受到道格拉斯（Mary Douglas）等人的批判和修正。道格拉斯在 1966 年出版的《纯净与危险：对污染与禁忌等观念的分析》（*Purity and Danger: An Analysis of Concepts of Pollution and Taboo*）中，对田野中莱勒人（Lehrer）的祭礼、卫生观进行了系统分析，认为所有仪式的功能都不能孤立地看待，需要将其置于主客体相互关联的整体性框架中考察。这一观念最初来源于作者与丈夫相处时的顿悟：作者在与丈夫共同生活时发现，每个人的卫生观，即对于肮脏的认定和可接受阈限，是存在差异的，不同的民族、文化对于洁净与肮脏的看法也是不同的，也就是说所谓洁净和肮脏是因人而异的。曾经使很多人类学家困惑的是，在一些情况下被认为是肮脏的或者说属于禁忌的东西，为什么在某些仪式中却能够成为洁净的、神圣的象征。在他们看来，神圣的物品和场所是受到保护的，不能被弄脏、不能被亵渎，洁净与肮脏是完全对立的两级。道格拉斯结合个人体验，通过进一步考察和研究解答了这一问题，认为肮脏与洁净不是绝对而是相对的，其认定与主体有关，她指出"对符号的结构分析要与它和角色结构的联系为前提"，因为"趋向和关联发生于个性的象征系统和社会系统之间"。（12）

70 年代以后，学术界直接把仪式看作一种象征（symbol），通过探讨仪式的功能性、符号性等，对仪式的象征意义进行深入挖掘。遵循象征主义的阐释策略，就是要唤起主体意识，发挥心灵作用，突出社会情境的影响。对仪式的想象性的解读，成为理解社会内部结构的重要途径。贝尔（Daniel Bell）将仪式看作文化的一种形式，文化通过仪式"以想象的表现方法诠释世界的意义"。（30）也就是说，仪式不只是通过不断重复来传达简单的固定的信息，更重要的是要激起仪式参与者的热情，只有观念与情绪相互激荡，才能使仪式的意义不断衍生和嬗变。

在对仪式的具体阐释的过程中，人们用"实践"、"表演"取代了"结构"，更加突出了象征主义的主体性特征。布迪厄（Pierre Bourdieu）倡导"实践理论"（theory of practice），认为"历史"和"结构"根本就不存在，只有将它们纳入人的再生产和实践中去研究行为本身才有价值意义。他根据这一思路提出的"制度化仪式"这一概念，其核心就是将教育体系中一些具有权力塑造功能的特殊行为视为制度化的仪式，将教育看作是一种仪式操演，认为人的行为创造性地赋予了仪式以新的含义。在仪式中使用的物品、参与者身体的姿势、说唱词等都具有丰富的象征意义，创设的是一个特定的情境和时空，深化了这些具体事物和行为本身的意义，参与者从中体验到了独特的意义，仪式的"表演"过程帮助人们改变了价值评判方式和标准。同时，对于象征的理解、阐释和修订是一种交流的过程，研究者在对仪式的理解不断加深、拓宽的过程中也成了表演者，"研究者作为观众成为仪式研究的一个部分，和表演者的文化表演、表演者对自身文化的理解存在于一个整体之中"。（Bell：38—40）格尔兹引用韦伯的说法，认为任何一个文化事件不单只是存在、发生，它们还具有意义并因这意义而衍生。他就仪式的意义生成作了进一步的拓展，认为仪式世界是现实的，也是想象的，二者交融在一起，说到底其实就是同一个世界。基于这样的理解，他把仪式称作一种"文化表演"（cultural performances），即"一个完整公开的群体仪式总是在特定的时间、特定的环境和场景中，是一系列行为的综合展现，是形象化的实现"。（113）

将"戏剧"概念引入到仪式的论述中，进一步凸显了仪式的主体性特征。特纳将那些重大的纪念和祭祀性仪式都称为"社会戏剧"（social drama），（2007：11）认为戏剧源于仪式，是社会的隐喻，并且由于戏剧与仪式之间的共性，使得社会具有了仪式的结构特征。社会关系不易分辨，然而当人们通过仪式聚集在一起，并通过戏剧这一形式表现出来的时候，其间不免会融入个人的体验和感受，从而达到了对社会关系的独特的个性化的理解，与人们所耳熟能详的社会结构大相径庭。比如，在恩登布人就职仪式的表演中，许多地方出现了反社会结构的意味，由此特纳概括出了仪式的个性化特征：

> ……阈限的实质是被法律、习俗、集会和庆典所安排和配置的。所以它们的不确定的、含糊的属性，在许多社会中由那些将社会和文化过度仪式化的极其丰富多样的象征表现出来。因此，阈限常常被比喻为死亡、生命的孕育、看不见的事物、黑暗、双性、荒野、日蚀或者月蚀。（2007：95）

戈夫曼（E. Goffman）说"人生如戏"（life as theatre），这一命题在突出仪式的表演色彩时，反映为主体意识得到高扬。戈夫曼认为：人类的生存和生活免不了各种各样的社会交往，在交往过程中人们表现出一系列行为、一整套言语的和非言语的行动模式；通过这些行为和行动模式，个人可以表达出他们对于情境的看法以及他们对情境的参与者，尤其是对他们自己的评价；仪式仿佛成了一个舞台，不同的社会角色都会参与到表演中去；表演者通过表演的行为穿梭往来于"前台"和"后台"，而表演本身就建立在三个不同角色即演员、观众、局外者的关系功能之上。（144—145）承认仪式是一种社会戏剧，就是在召唤对于仪式进行多元的、去中心化的结构阐释，就是承认在仪式场景中各种角色都遵循着一定的原则在进行表演的同时也在注入新意。通俗一点说，如果把仪式比作"旧瓶"的话，戏剧化则是给它"装新酒"，从而使瓶和酒同时发生了新的变化。

结 语

仪式理论一经诞生就与文学研究结下了不解之缘。20世纪初期人类学家宣称社会进入了人类学的时代，他们将仪式理论引入到文学研究中，由此形成的批评模式拓展了文学研究的视阈，并与马克思主义文艺批评、心理批评一起在西方文艺批评中形成"三足鼎立"之势。然而问题在于，这种立足仪式的研究视角把文学还原为原型仪式，遮蔽了文学作品的文学性，因此在20世纪中期之后渐渐丧失了在文学研究中的重要地位。但20世纪中期以后，主体性被纳入仪式研究中，人的想象的作用和情感力量得到了强化，文学性重新回到研究视阈之中，随着仪式的神圣光环的消退，仪式本身也遭遇到了解构。仪式研究与文学研究在一个世纪以来可谓相克相生，这种张力呈现出巨大的理论空间，期待着被赋予新的意义。

参考文献

1. Bell, Catherine. *Ritual Theory, Ritual Practice*. New York: Oxford UP, 1992.
2. Douglas, Mary. *Purity and Danger: An Analysis of Concepts of Pollution and Taboo*. London: Routledge, 1966 .
3. Durkheim, Émile. *The Elementary Forms of the Religious Life*. Trans. J. W. Swain. New York: Free, 1965.
4. —. "Ritual, Magic, and the Sacred." *Readings in Ritual Studies*. Ed. Ronald L. Grimes. New Jersey: Prentice Hall, 1996.
5. Geertz, Clifford. *The Interpretation of Culture*. New York: Basic, 1973.
6. Goffman, E. *The Presentation of Self in Everyday Life*. New York: Anchor, 1959.
7. Graburn, Nelson H. H. "The Anthropology of Tourism." *Annals of Tourism Research* 1 (1983): 9-33.
8. —. *Secular Ritual: A General Theory of Tourism*. London: Cognizant Communications, 2001.
9. Rothenbuhler, E. W. *Ritual Communication: From Everyday Conversation to Mediated Ceremony*. London: Sage, 1998.

10. Turner, Victor. *The Ritual Process: Structure and Anti-Structure*. New York: Walter de Gruyter, 1995.

11. Wolf, Eric R. *Pathways of Power: Building an Anthropology of the Modern World*. California: U of California P, 2001.

12. 贝尔:《资本主义文化矛盾》，赵一凡等译，生活·读书·新知三联书店，1989。

13. 卡西尔:《人论》，甘阳译，上海:上海译文出版社，1985。

14. 凯瑞:《作为文化的传播:"媒介与社会"论文集》，丁未译，华夏出版社，2005。

15. 泰勒:《人类学:人及其文化研究》，连树声译，上海:上海文艺出版社，1993。

16. 泰勒:《原始文化》，连树声译，上海文艺出版社，1992。

17. 特纳:《戏剧、场景及隐喻:人类社会的象征性行为》，刘珩等译，民族出版社，2007。

18. 涂尔干:《宗教生活的基本形式》，渠东等译，上海人民出版社，1999。

艺术自主性 杨向荣

略 说

现代艺术史上一个普遍的看法是，现代艺术不同于传统艺术的特征在于，现代艺术作为一个独立的价值领域，与其他社会价值领域被区分开来，成为一个相对独立、自给自足的世界。也就是说，"艺术自主性"（Autonomy of Art，又译"艺术自律"）是现代艺术的显著特征。在现代美学与艺术理论中，艺术自主性可以从审美艺术学与艺术社会学两个维度上进行阐释。从审美艺术学的角度来说，艺术自主性意味着艺术获得了通过自身言说自我的合法性，而康德美学的"审美非功利性"命题、鲍姆加登（A. G. Baumgarten）关于美学学科的命名以及巴托"美的艺术"命题的提出，为艺术自主性提供了理论资源。从艺术社会学的角度来说，艺术自主性力图摆脱资产阶级对艺术的操纵与控制，摆脱艺术商品化和市场化的趋势，使现代艺术成为"反艺术"，进而实现对资产阶级物化现实和中产阶级平庸趣味的审美救赎。

综 述

艺术自主性的考察路径

在《美学百科全书》中，哈斯金（Casey Haskins）从美学的角度对艺术自主性进行了如下定义：

> 在美学中，"自律"这种概念的内涵意味着这样一种思想，即审美经验或艺术，或两者都具有一种摆脱了其他人类事务而属于它们自己的生命，而其他人类事务则包括一些道德、社会、政治、心理学和生物学上所要求的目标和过程。这个命题反映了自主性的一般意义，亦即"自治"或"自身合法化"。就其依赖于自身来说，或宽泛地就其独立于多种语境相关方式中其他分析对象而言，自主性标志着属于某个对象的条件。（1998：217）

哈斯金主要从美学的视角来界定艺术自主性，强调了艺术通过自身而获得其合法性的特点。在他看来，作为一个美学概念，艺术自主性这个概念往往被追溯到康德美学及其《判断力批判》中的"审美非功利性"命题，并通常被引用为一个强调艺术品没有任何实际功利指向的审美口号。基于此，哈斯金将康德视为一个审美的"自律主义者"。（1989：43）与哈斯金的见解相似，卡林内斯库（Matei Călinescu）指出，虽然艺术自主性观念在19世纪30年代曾一度流行于法国青年波希米亚诗人和画家圈子中，但康德在一个世纪前就维护了艺术作为一种自主性活动的观点。康德在《判断力批判》中提出了艺术"无目的的目的"这个二律背反的概念，并由此肯定了艺术的非功利性，这就成为后来艺术自主性观念的重要源泉。（51—52）哈斯金和卡林内斯库的观点，在比厄斯利（M. C. Beardsley）的研究中再一次得到了确认。比厄斯利认为，康德在其美学体系中致力于建构一个艺术自主性的领域："审美对象由于其没有目的的合目的性而成为某种与所有的功利主义的对象完全不同的东西；它的创造动机也是独特的，独立于其他事物之外（即在理解力所具有的合规律性一般条件之上的想象力的自由游戏）"。（259）在他看来，虽然康德的规划在后来的席勒那里得到了扩展，但艺术自主性的源泉绝大部分已经存在于康德体系之中。因此比格尔（Peter Bürger）认为，康德的思考是席勒思考的出发点。席勒试图揭示，正是由于艺术自主性、由于康德意义上的审美判断的无利害性，艺术才能够不与直接的社会目的相关联，才得以完成一个其他任何方式都不能完成的任务：增强人性。（113—114）

康德美学为艺术自主性概念提供了必要的理论资源，对后来的西方美学与艺术的发展产生了重要影响。如奥地利音乐批评家汉斯里克（Eduard Hanslick）在康德美学思想的影响下，努力捍卫音乐艺术的独立性和自足性。他指出音乐的美不依赖于它的生理或心理的效果，不依赖于它所预期的内容或意义，也不依赖于外在的环境，而只在于它具有专属于音乐的本性。音乐的美是一种独特的、只为音乐所特有的美，只存在于音乐的艺术组合之中。（47—48）应当说，汉斯里克的"形式自律论"音乐美学，与康德的"审美无功利性"思想有着极为显著的渊源关系。汉斯里克发挥了康德美学思想中对形式美的推崇，倡导对艺术形式因素的分析和研究。除了汉斯里克，20世纪初艺术理论中所倡导的"纯艺术"观念，以及广为人知的"为艺术而艺术"的口号，也都具有浓厚的康德主义色彩。"后来被称为'为艺术而艺术'的思想源泉绝大部分已经存在于康德体系之中，尽管它们无疑有点夸大和过分简单化了。"（比厄斯利：259）

在康德美学思想的影响下，艺术自主性成了现代西方美学的核心命题。但如若我们对西方美学和艺术史稍加考察，就会发现艺术自主性概念的提出，与18世纪所出现的两个事件偶合。一个事件是法国哲学家巴托（Abbe C. Batteux）于1746年在《简化为单一原则的美之艺术》中首次为现代艺术命名，提出了"美的艺术"（fine art）的概念，从而成为美学史上第一个明确区分出美的艺术系统的人。另一个事件就是德国哲学家鲍姆加登于1750年出版了一部使其获得"美学之父"美誉的著作《美学》，并选择Aesthetica来为这门科学命名，首次在美学史上提出了专门研究艺术和美的思维的哲学学科——"美学",从而促进了美学独特研究对象的确立。巴托和鲍姆加登的命名之举促成了艺术与美学研究的专门化,使现代艺术自主性的出现成为可能。

> 巴托确证了一种独立的给人以审美愉悦的感性形态的艺术的存在,而
> 鲍姆加通则是确证了有一种从理性的抽象形态来研究感性认识的理论学科
> 的存在及其必要性。两者殊途同归,都隐含了一个共同的结论:美的艺术
> 是独特的,它有自己的价值和原则。(周宪:219)

与哈斯金等人的审美艺术学视角不同,比格尔和哈贝马斯(Jürgen Habermas)对艺术自主性的分析则呈现出一种艺术社会学的视角。比格尔认为,作为自主性的现代艺术是在 18 世纪资产阶级兴起之后才开始出现的。由于 18 世纪末所流行的现代艺术概念的出现,艺术活动获得了对自我进行确证的合法性,各种艺术于是纷纷从日常生活的语境中分离出来,这样一来,自主性的现代艺术也就形成了。在比格尔看来,从 18 世纪艺术自主性出现,到 19 世纪后期与 20 世纪早期唯美主义的发展,都是艺术与资产阶级社会分道扬镳的表现。

> 艺术自律是一个资产阶级社会的范畴。它使得将艺术从实际生活的语
> 境中脱离描述成一个历史的发展,即在那些至少是有时摆脱了生存需要压
> 力的阶级的成员中,一种感受会逐步形成,而这不是任何手段-目的关系
> 的一部分。……艺术作品与资产阶级社会的生活实际相对脱离的事实,因
> 此形成了艺术作品完全独立于社会的(错误的)思想。从这个术语的严格
> 的意义上说,"自律"因此是一种意识形态范畴,它将真理的因素(艺术
> 从社会实践中分离)与非真理因素(使这一事实实体化,成为艺术"本质"
> 历史发展的结果)结合在一起。(117)

除了比格尔,还有不少学者也看到了现代文化的分化现象。西美尔(George Simmel)认为,现代社会的发展,使美学的或思想的、实践的或宗教的活动的内容和结果形成了彼此分离、自律自治的王国,它们分别以自己的方式和语言制造出世界或其自身的世界。(2006:95)维尔默(Albrecht Wellmer)认为,随着艺术从宗教和文化的目的关联中解脱出来,其自身也获得了自主性。在自主性艺术中,审美功能摆脱一切外在目的,美从一切外在目的中抽身而出;其结果是艺术作品将宗教符号中顶礼膜拜的灵韵吸收进来,于是艺术作品变成了在内部自我循环的含义关联,由其自身的组合,这些关联只能在内部超越自身。(126)贝尔(Daniel Bell)认为,在现代性的展开过程中,在绘画、电影等艺术界内,艺术家逐渐占据了文化的统治地位。而促成这一转变的根本原因,则是社会地位与文化风貌的相互分离,即文化从这个社会中抽离出来,自行其事。(86)哈贝马斯认为,在现代艺术史上

对艺术进行界定的过程中,有一个越来越趋向于自主性的趋势。美的范畴和美的对象范围最初是在文艺复兴时期确立的,在18世纪的发展过程中,文学和艺术作为独立于宗教生活和宫廷生活的活动而被制度化了。而到了19世纪中期,艺术上的唯美主义观念出现了,这个观念激励着艺术家按照"为艺术而艺术"的理念去创造自己的艺术品,审美领域的艺术自主性自此转变为一个深思熟虑的规划:天才的艺术家把本真的艺术表现诉诸自身所遭遇到的非中心化的主体性时所具有的体验,在这种体验中,艺术家们逐渐摆脱了刻板化的认知和日常行为的种种强制。哈贝马斯认为,在艺术获得自主性过程中,文化的分化也起到了推波助澜的作用:

> 文化合理性包括认知、审美表现以及宗教传统的道德评价三个部分。有了科学和技术、自主性的艺术和自我表现的价值以及普遍主义的法律观念和道德观念,三种价值领域就出现了分化,而且各自遵守的是自己特有的逻辑。(2004:159)

文化分化为三个价值领域,艺术获得了自我确证的合法逻辑,也就意味着获得了自主性。而根据文化社会学家布迪厄(Pierre Bourdieu)的观点,这个过程就是社会文化中各个"场"的分离及其自身合法化的过程。布迪厄认为,文化艺术作为一个"场",最初是与政治、宗教、道德、经济等其他"场"融为一体的。但随着文化艺术与资产阶级的对抗过程,文化生产由于分离和孤立逐渐发展出一种动态的自主性,这意味着一切外在的决定因素都被转变成了符合"场"的自我规定的功能原则。(115)很明显,上述学者们所遵循的是一种艺术社会学的思路。文化现代化的进程使世界得以祛魅,不同的知识领域产生分化,由此艺术逐渐从宗教和文化的目的关联中解脱出来,获得了自主性,进而实现其对资本主义物化文明的批判目的。

基于以上讨论可以认为,在对艺术自主性的分析上至少存在着两种考察思路:审美艺术学的考察维度和艺术社会学的考察维度。下文主要基于后一种考察路径展开讨论。审视艺术自主性概念在审美现代性语境中的诸种命意,也许可以帮助我们理解艺术是如何体现并表征着当下的社会文化形态及其审美逻辑的。

艺术自主性的批判之维

哈贝马斯认为,文学公共领域形成的场所是文学咖啡馆或文学沙龙。在这些场所中,参与者通过商讨实现对社会的批判和自我的反思,"通过对哲学、文学和艺术的批评领悟,公众也达到了自我启蒙的目的,甚至将自身理解为充满活力的启蒙过程。"(1999:46)而这种具有批判功能的公共领域之所以会产生历史进步意义,关键不在于其组织形式,而在于其社会批判的功能。哈贝马斯所说的具有独立空间的公共领域,就是一个自主性的世界,它是实践社会批判的场所。现代艺术不断把

　　自己建构成为一个具有独立价值的、与社会保持距离的自主性世界，也正是由于有了这种距离，艺术才能对社会进行深入观察、反思与批判。

　　哈贝马斯的观点并不新鲜，西美尔早在19世纪末20世纪初就曾表达过类似的观点：艺术与生活不一样。艺术是生活的解脱，它有一套独特的逻辑和一种特殊的规则。依靠这种规则，艺术在现实世界之外建构出一个能够与之媲美的全新世界。艺术作品也与日常事物不同，它服从自我"法则"，可以摆脱外界束缚而得以自主，并且作为一个独立系统独立于外在世界。因此，艺术是自足自主的，它具有自我指涉性，它不会去满足外加的规范、评价与要求。坚信艺术与现实的分界，这是西美尔艺术自主性的审美内涵和现代性要义之所在，同时也是现代主义美学和现代艺术的一个重要信念。通过这样一种审美维度来审视生活，可以使个体超越现实生活的陈旧，发现生活的诗意和实现个体的自我救赎。

　　西美尔的艺术自主性思想，与他关于现代文化的诊断有着内在的一致性。现代性规划高扬了外在的客观文化，使工具理性超越价值理性获得了统治性地位，这就使现代个体由对价值的追求转向对手段的追求；而对手段的过分追求，又使现代社会人与人之间的感情联系变得越来越薄弱，使现代个体之间变得愈来愈难以沟通。在这种紧张关系中，现代个体不得不远离日益发展壮大的客观文化以求自保："每一天，在任何方面，物质文化（Sachkultur）的财富正日益增长，而个体思想只能通过进一步疏远此种文化，以缓慢得多的步伐才能丰富自身受教育的形式和内容。"（2002：363—364）要保持心灵或精神的丰富性和多样性，最有效的策略就是进一步疏远外在的物化（客观）文化。只有通过这样一种策略，主体才能最终保持自身精神的丰富性和充实性，才能不被那日益增长的物化世界所征服。弗里斯比（David Frisby）曾指出，在西美尔眼中，"'现代人对碎片、单一印象、警句、象征和粗糙的艺术风格的生动体验和欣赏'，所有这些都是与客体保持一定距离的结果。"（1992：138）在《社会学的印象主义》中他又说，距离成了现代生活的审美维度，

　　　　这意味着我们可以通过与客体保持距离来欣赏它们。在其中，我们所欣赏的客体"变成了一种沉思的客体，通过保留的或远离的——而不是接触的——姿态面对客体，我们从中获得了愉悦"。……它创造了对真实存在的客体及其实用性的"审美冷漠"，我们对客体的欣赏"仅仅作为一种距离、抽象和纯化的不断增加的结果，才得以实现"。（1981：88）

　　从弗里斯比的分析中可以看出，个体与客体保持距离，不仅是个体面对客观文化的压制所采取的应对姿态，同时也是个体面对现代生活所持的一种审美立场。

　　西美尔的艺术自主性思想在法兰克福学派学者那里得到了发展和延续。阿多诺认为，现代艺术最根本的特点就是对自主性的强调与诉求，这在其"艺术否定社会"

这一命题中表现得相当明显。

> 确切地说，艺术的社会性主要因为它站在社会的对立面。但是，这种具有对立性的艺术只有在它成为自律性东西时才会出现。通过凝结成一个自为的实体，而不是服从现存的社会规范并由此显示其"社会效用"，艺术凭藉其存在本身对社会展开批判。（386）

在阿多诺看来，如果艺术想要再现社会，它所得到的肯定只会是"仿佛如此"的东西。正如沃林（Richard Wolin）所言，艺术"只有在撤回自身的过程中，只有迂回地展示自身，资产阶级文化才能从渗透到所有存在领域的极权主义病症之正在衰败的踪迹中想到某个纯粹之物"。（15）可见，只有当文化不再进行机械复制，不再为统治阶级服务的时候，文化才能实现自我拯救，才能赢得受众的信任。对此哈贝马斯分析说，现代文化的发展倾向使得艺术自主性变得日益极端化。现代性的发展生产出一种反文化，它从资产阶级社会的核心产生出来，并对占有性的、由利益所支配的资产阶级生活方式持敌对态度。在艺术中，资产阶级曾经体验到它自身的理想，并履行在日常生活中被悬置的一种尽管是想象出来的对幸福的承诺。而极端化的艺术则很快就不得不承认，自己对社会实践起着否定而不是补充的作用。（Habermas：85）因此，艺术的社会性在于艺术与社会的对立，在于艺术对社会进行否定时所蕴含的批判性力量。

对阿多诺来说，现代艺术对自主性的诉求是艺术抵抗资本主义物化世界的策略。资本主义社会发展到现代已成为一个控制个体的无所不在的铁笼，而艺术想要对铁笼般的现实展开批判，就不能服从于现实生活的逻辑："艺术只有具备抵抗社会的力量时才会得以生存。如果艺术拒绝将自己对象化，那么它就成了一种商品。"（387）艺术为了避免使自己成为商品，为了避免受到物化意识形态的侵蚀，就只有通过否定现行意识形态，才能保持自身的丰富性和对现行意识形态的审视和批判。在资本主义社会里，一切都以商品的面目呈现，而商品的基本逻辑就是可交换性和可替代性，是"他为的"或"为他的"。在这种情形下，要使艺术成为社会的，要使它成为一种批判性力量，就必须使艺术站在社会的对立面，把艺术从商品的可交换、可替代的逻辑中解放出来，使它成为"自在的"和"自为的"。为了拒绝日常生活的物化与庸俗，艺术必须远离日常生活，从现代生活中抽身出来，站在日常生活的对立面来保持自身的纯洁与自由，并在这种内心的纯粹与自由中远距离地对社会进行反思与批判，进而实现对物化生活的审美救赎。正如扎塞（Jochen-Schulte Sasse）所言，

> 阿多诺（卢卡奇也是如此）坚持黑格尔的原理，认为艺术与社会整体联系在一起。但是，对阿多诺来说，艺术并不反思社会，也不与社会交流，而是反抗社会。他不再将艺术与现实的关系看成是一种富有洞察力的

批评，而是看成绝对的否定。"纯"艺术是一种清除所有实用目的的媒介，在其中个体可以（除了实现其他目的外）否定由于工具理性的原因而僵化了的语言和精神上的陈规陋习。（转引自比格尔：15）

很明显，在阿多诺的语境中，艺术的本质体现于两个方面：一方面是艺术的自主性存在，另一方面是艺术与社会的联系。艺术的自主性存在即艺术日益独立于社会的特性，而艺术与社会的联系主要指艺术站在社会的对立面，即艺术持一种远距离的批判立场去否定现行社会的不合理性。只有当艺术成为一个自在自为的自足体而不是服务于现行社会的工具理性时，艺术才能保持社会性偏离，并借助这种偏离实现对物化现实的批判和个体的审美救赎。现代社会是一个人格丧失的社会，个体分裂为无数不同的"角色"与片断，完整的个体已不复存在。面对这样一种境况，个体需要一种精神性的补偿来消除绝望和拯救心灵，而具有否定性和批判性的现代艺术正好满足了这种需要。

艺术自主性的内在悖论

现代艺术一方面坚持对现代世界持激进的否定态度，强调艺术自主性对启蒙现代性的反思，使艺术从生活实践中独立出来，另一方面又企图将现代性的碎片重新组织成有机的整体，构建出一个与现实社会不同的理想空间。由此，艺术自主性便呈现出内在的分裂状态，隐含着深刻的悖论。

比格尔从艺术与社会关系的视角出发，认为现代艺术的发展过程实际上是艺术在资产阶级社会不断体制化的过程，即不断获得自主性的过程。现代主义与先锋派有着根本的不同：现代主义坚持艺术的自主性，而先锋派则基本上是对艺术自主性的反动。因此，艺术的自主性是一个悖论性存在：一方面是艺术对资产阶级的批判，另一方面却是艺术日益变得体制化而缺乏批判的锋芒。先锋派艺术的目的就在于将艺术重新结合进日常生活实践之中，揭示出艺术自主性的非合理性。

> 当艺术摆脱了所有外在于它的东西之时，其自身就必然出现了问题。当体制与内容一致时，社会无效性的立场成为资产阶级社会的艺术的本质，因此激起了艺术的自我批判。历史上的先锋派运动值得赞扬之处就在于它提供了这种自我批判。（比格尔：93—94）

比格尔无非想说明，现代主义最初的批判锋芒已随着自身被体制化而逐渐式微。

也许在比格尔看来，艺术的自主化并不是一个线性的解放过程，而是一个矛盾的发展过程。这个过程的特征不但体现为艺术新潜能的产生，而且也体现为艺术批判性的丧失，即批判力量最终消融于艺术的体制化之中。如果我们将比格尔语境中的先锋派看成是后期现代主义，或者说是早期后现代主义的话，那么可以作这样的分析：早期现代主义强调艺术自身的合法化，主张艺术与生活保持一种距离。然而这种现代主义在发展过程中，其最初的批判功能逐渐被现存社会体制所同化和遮蔽，从而使其原初的批判和反思功能式微。现代主义强调艺术与生活的距离，原本是要实现对现存制度的反叛，但随着日常生活意识形态向艺术的渗透，艺术已逐渐沦为现存制度的默认者和拥护者。而后期现代主义，也可以说是早期的后现代主义（先锋派艺术即为其中的一种），则力图否定艺术自主性，主张艺术与生活的融合，并希冀在这种融合中实现对现代性自身的反思与批判。

对此，阿多诺的观点提供了进一步的理论支撑。阿多诺强调艺术要站在生活的对立面来实现"艺术否定世界"的目的，然而这种否定是否取消了艺术与生活的联系？阿多诺也曾有过困惑，在他看来，在与社会的关联中，

> 艺术发觉自个处于两难困境。如果艺术抛弃自律性，它就会屈从于既定的秩序；但如果艺术想要固守在其自律性的范围之内，它同样会被同化过去，在其被指定的位置上无所事事，无所作为。这种两难困境反映出更为广泛的、能够吸收或摄取所遇到的一切的社会总体现象。（406）

可以看到，阿多诺的态度也同样是模棱两可。在他看来，艺术对社会的否定其实并不是要取消艺术与社会的联系，毕竟艺术也不能完全脱离社会。这正如布洛克（H. G. Blocker）所言，如果艺术与生活之间的差异完全消失，艺术也就消亡了。因此，完全的艺术自治，即艺术与社会的完全脱节，只是一个相当诱人却永远不可能实现的梦。（206）因此救赎也很容易沦为一种精神层面上的自我慰藉，因为艺术的批判性与拯救功能都只是在意识和精神领域内进行的，而不具有实践性。阿多诺也看到，在工业文明高度发达的资本主义社会，已不可能再产生像 19 世纪下半叶无产阶级革命运动时那样的革命实践主体，当前的革命在某种意义上只能采取理论批判或精神批判的形式。正因为如此，艺术对社会的批判就仅仅是一种认识论批判，艺术的拯救也仅限于精神领域，而并非实践上的变革，也根本无法带来现实的革命性变化。可见阿多诺是从与"他律性"的社会相联系的角度来确认艺术自主性的，在这个意义上，自主性原则本身只是一种慰藉，艺术通过摒弃现实而为现实进行隐性辩护。无论是艺术自主性，还是艺术对社会的否定，其实都是在与社会相联系的基础上展开的。从这个角度来看，我们就很容易发现阿多诺思想中的悖论：艺术一方面要通过否定社会实现审美救赎；另一方面，艺术实际上又极容易被同化为现代社会的拥护者。

根据比格尔和阿多诺的分析，艺术自主性存在着一个内在悖论：艺术通过否定社会实现了对个体的审美救赎，然而艺术远离社会最终只是对现实的一种审美逃避，或者说只是一种审美的乌托邦幻象。因此在艺术自主性问题上，现代艺术明显表现出暧昧性和矛盾性：一方面诉求自主性，另一方面又否定自主性。贡巴尼翁（Antoine Compagnon）忧虑地写道："艺术家虽然反对资产者，却依赖于同一的

生产方式，因此，无论是对艺术家而言，还是对艺术而言，人们都看不出有多大希望可以摆脱资本主义的异化。"（67）诺维茨（David Novitz）也指出，这样绝对化的艺术自主性概念实际上是一种意识形态假设，表达的是唯美主义对生活现实的激进的否定态度。（758）唯美主义所谓的艺术与生活现实彻底分离的意图，不过是假设了一个乌托邦的审美世界，它实际导致了主体体验的萎缩和艺术家社会功能的丧失。沃林在批判阿多诺时指出：

> 由于没有能力把进步的解放趋势置于历史现实中，批判理论家们被迫到审美领域去查找否定力量的替代性源泉。但是，总而言之，艺术无力承受在他们的体制中必须承受的沉重负担。结果，留下来的只是某个"全面受到主导的世界"的观念窘境和历史上无法实现的乌托邦计划。（113）

艺术被迫进入到一个自主性的审美领域以实践其批判目的，然而艺术要做到完全自主又是不可能的。当前艺术的日益体制化使艺术变得越发无所作为，在沃林看来，也许只有重建艺术与社会的关联，艺术才可能反映或揭露被统治阶级偏见或习俗所蒙蔽的现实，否则艺术的审美救赎永远只会是一个乌托邦。

结 语

综上所言，艺术自主性在于营造与现实世界的距离，进而实现批判现实和拯救人性的功能。然而，艺术自主性所建构的审美救赎之途存在着一个内在悖论：一方面，艺术要做到与生活完全绝缘是不可能的，它极有可能沦为意识形态的表征；另一方面，艺术否定社会的对抗行为在某种程度上又确实实现了对个体的审美救赎。在资本主义异化文明的笼罩下，艺术通过直面现实来承担个体救赎之大任显然不可能，但通过自主性实践，艺术从远距离实现了对资本主义异化文明的抵制与批判。艺术自主性是现代艺术为个体所开出的一条审美救赎之路，诉求自主并非是想使艺术成为与现实无涉的真空之物，它同时也内蕴着对现实的批判与拯救精神。借助于艺术自主性，艺术在一定程度上拒绝了物化现实对人性的侵蚀，使现代人感受到了日常生活的中断和实现对物化文明的拒弃与批判。在现代艺术中，有许多先锋派艺术就激进地否定生活，强调艺术的自足性，呼吁拉开艺术与生活的距离。毕竟，艺术自主性引发了艺术与生活之间的距离，而这种距离给我们留下了一个审美与思考的广阔而自由的空间，在这个空间里，也许我们可以设想并践行与现实物化生存不同的另一种生存选择。

参考文献

1. Bourdieu, Pierre. *The Field of Cultural Production*. Cambridge: Polity, 1992.
2. Frisby, David. *Simmel and Since: Essays on Georg Simmel's Social Theory*. London: Routledge, 1992.

3. ——. *Sociological Impressionism: A Reassessment of Georg Simmel's Social Theory*. London: Biddles, 1981.

4. Habermas, Jürgen. *Legitimation Crisis*. Boston: Beacon, 1975.

5. Hanslick, Eduard. *The Beautiful in Music*. New York: Bobbs-Merrill, 1957.

6. Haskins, Casey. "Autonomy: Historical Overview." *Encyclopedia of Aesthetics*. Oxford: Oxford UP, 1998.

7. ——. "Kant and the Autonomy of Art." *Journal of Aesthetics and Art Criticism* 47 (1989): 43-54.

8. Novitz, David. "Aesthetics of Popular Art." *Oxford Handbook of Aesthetics*. Ed. Jerrold Levinson. Oxford: Oxford UP, 2003.

9. 阿多诺:《美学理论》,王柯平译,四川人民出版社,1998。

10. 贝尔:《资本主义文化矛盾》,赵一凡等译,生活·读书·新知三联书店,1989。

11. 比厄斯利:《西方美学简史》,高建平译,北京大学出版社,2006。

12. 比格尔:《先锋派理论》,高建平译,商务印书馆,2002。

13. 布洛克:《现代艺术哲学》,滕守尧译,四川人民出版社,1998。

14. 贡巴尼翁:《现代性的五个悖论》,许钧译,商务印书馆,2005。

15. 哈贝马斯:《公共领域的结构转型》,曹卫东等译,学林出版社,1999。

16. 哈贝马斯:《交往行为理论:行为合理性与社会合理化》(1),曹卫东译,上海人民出版社,2004。

17. 卡林内斯库:《现代性的五副面孔:现代主义、先锋派、颓废、媚俗艺术、后现代主义》,顾爱彬等译,商务印书馆,2002。

18. 维尔默:《论现代和后现代的辩证性——遵循阿多诺的理性批判》,钦文译,商务印书馆,2003。

19. 沃林:《文化批评的观念:法兰克福学派、存在主义和后结构主义》,张国清译,商务印书馆,2000。

20. 西美尔:《货币哲学》,陈戎女等译,华夏出版社,2002。

21. 西美尔:《叔本华与尼采——一组演讲》,莫光华译,上海译文出版社,2006。

22. 周宪:《审美现代性批判》,商务印书馆,2005。

语象叙事 王安 程锡麟

略 说

语象叙事（Ekphrasis / Ecphrasis）是一个古老而又历久弥新的术语。它被视为一种修辞手段，艺术表现的一种方式、体裁、隐喻，或文艺理论中一个重要的概念与阐释工具。从广义上讲，它是美学、文学、艺术史、文艺理论等多个领域的共同术语。自古希腊以来，该词的含义不断发展演变，至今仍未有定论。在古希腊-罗马时期，语象叙事指任何对视觉现象的语言描述，它使"所描绘的内容生动地呈现在人们的眼前"。当代批评理论把语象叙事定义为"对真实的或者想象的视觉艺术作品的文学性描写"或者"对视觉再现的文字再现"。（Clarer：133）20 世纪后半期以来，在视觉文化蓬勃发展、文化转向和图像转向的背景中，它越来越受到学术界的关注。[①]语象叙事涉及文学、修辞学、图像学、符号学、叙事学、艺术史、音乐，以及绘画、雕塑、摄影、电影、电视、广告等各种视觉文化形式，具有跨艺术、跨媒介和跨学科研究的特征，其最核心的问题是词语与意象的关系。

综 述

语象叙事的历史

语象叙事的英文术语 Ekphrasis 来自希腊语的 ek 和 phrasizein，分别意为 out 和 tell 或 declare，合起来意为"充分讲述"（telling in full）。（Heffernan，1993：191）在古希腊，语象叙事是一个修辞术语，指运用栩栩如生的语言对事物进行描述，以使听众如在场般亲历其意象，从而产生心理共鸣。此后随时间推移，它逐渐专指文学作品（尤其是诗歌）中以艺术作品（尤其是绘画）为素材进行的文字描写，即用文字描写艺术作品的特殊体裁。《牛津古典词典》（*The Oxford Classical Dictionary*）指出，ekphrasis 一词的使用最早是在公元 3 世纪前，而《牛津英语词典》（*OED*）则认为，到 1715 年，ekphrasis 一词便已成为英语词汇。到 1983 年，美国现代语言学会国际文献目录将该词收入。（Heffernan，1991：297）

古希腊时期，语象叙事是演讲术中一种重要的修辞技巧，强调运用生动的语言描述人物、战场、绘画与雕塑作品等。公元 2 世纪前后流行 4 种版本的希腊文《修辞初阶》（*Progymnasmata*），作者分别是演说家西昂（Theon）、赫莫杰尼斯（Hermogenes）、阿福索尼乌斯（Aphthonius）和尼古劳斯（Nicolaus），他们专门针对学生进行演说中的修辞训练。在上述各版本的《修辞初阶》中，语象叙事的定义均指演讲中对人、事、物进行的详尽而具体的描述，其对象包罗万象，并未专指艺术作品。与日常语言不同的是，语象叙事强调描述的生动性，要求要打动读者。（葛加锋：143—144）正如西昂所说，语象叙事要"使所描绘的内容生动地呈现在人们的眼前"，它的优点在于"明晰和生动，这样人们几乎能够看到所叙述的东西"。（Clarer：133）换言之，它是一种全面而生动的叙述（enargeia）。在古代修辞学里，enargeia 是与语象叙事关系密切的一个术语，意指"生动性"（vividness），它是语象叙事的一种重要功用。另一个与之相关的术语是 phantasia，意为"心象"（mental image）或者"意象的再现"（there-presentation of image）。（Webb，2009：87—130）昆体良（Quintilianus）在其《雄辩家的培训》（Institutio Oratorio）中指出："希腊人所称的 phantasiai（我们可称之为 visiones）是一种手段，通过它不在场的事物的意象再现在心灵中，我们仿佛亲眼看到了它们，处在它们的面前。无论是谁掌握了这种手段都会对情感产生强大的影响。有人说这种人能够依靠自己很好地想象出与真理一致的事物、词语和行为，他们是'善于想象的人'。"（qtd. in Webb，2009：95）

在前述几种《修辞初阶》的基础上，经昆体良、普卢塔克（Plutarchus）等的发展，语象叙事逐渐成为一门独立的修辞学。

卢奇安（Lucian）、阿普列乌斯（Apuleius）与大菲洛斯特托斯（Philostratos）等人逐渐将语象叙事研究的范围局限于艺术作品。大菲洛斯特托斯的《图像》（Imagines）以绘画作品为描写对象，是早期语象叙事研究中的重要作品。（Webb，1999：7—18）用文字书写艺术作品最著名的例子是《伊利亚特》中对阿喀琉斯之盾的描述：荷马以生动具体的文字详细描写了盾牌上金属浮雕的星座、城市、牧场与跳舞的人群。荷马笔下的阿喀琉斯之盾无疑在现实中找不到对应物，它只是诗人艺术的虚构。语象叙事的另一个著名例子是维吉尔的《埃涅伊特》（Aeneid），诗中描写了埃涅阿斯初到迦太基时看到的神庙墙上的雕刻，这些雕刻主要展现了特洛伊战争中的场景。语象叙事的其他著名例子还有但丁在《神曲》中对如螺旋形高山的七层炼狱的描写，涉及许多《圣经》中的场景；以及斯宾塞《仙后》（The Faerie Queene）第三卷"贞节篇"中描述的比希拉尼（Busyrane）城堡挂毯上所绘的朱庇特（Jove）的风流韵事。诗歌中对艺术作品的描写数不胜数，广为人知的还有济慈的《希腊古瓮颂》、雪莱的《咏佛罗伦萨美术馆达·芬奇的美杜莎》（"On the Medusa of Leonardo da Vinci in the Florentine Gallery"）等。

除了诗歌，在西方戏剧和小说中也有许多采用了语象叙事手法的作品，如莎士比亚的《辛白林》、塞万提斯的《堂吉诃德》、梅尔维尔的《白鲸》、陀思妥耶夫斯基的《白痴》、王尔德的《道林·格雷的画像》、普鲁斯特的《追忆似水年华》，等等。

古代语象叙事研究的另一个重要线索围绕贺拉斯（Horace）的"诗如画"（ut

picture poesis）的观点展开。自达·芬奇的《达·芬奇论绘画》以及莱辛的《拉奥孔》引发的关于艺术形式之间的竞争以来，关于书写与其他艺术之间的关系便一直争论不休。费希尔（Barbara Fischer）认为，语象叙事之争延续着两条线索：一条延续达·芬奇、莱辛等人的观点，认为艺术之间是不可调和的竞争关系，如达·芬奇、米开朗基罗等人认为绘画优于文本，画家的创造性工作具有神圣原初的特点，而诗人的模仿则低人一等。（qtd. in Barbetti：3）这一观点直到今天仍大有市场，如古德曼（Nelson Goodman）便指出，文字的描写（description）无论如何也不可能达到视觉描绘（depiction）的效果；（231）而莱辛等人则认为文字书写优于绘画。另一条线索延续了贺拉斯"诗如画"的传统，认为诗歌与绘画是一体的，二者之间不可分割。在其《书札》（Epistles）第二卷的第三封诗体信里，贺拉斯首次使用了"诗如画"这一隐喻，在书写与视觉艺术之间建立了紧密的联系。对于诗与画的关系，古希腊诗人西摩尼得斯（Simonides）有句名言："画是无声的诗，诗是有声的画。"（qtd. in Goldhill：5）这句话与中国诗画传统里"诗中有画，画中有诗"（苏轼）、"诗是无形画，画是有形诗"（郭熙）的观点是相通的。

在对古希腊罗马时期的语象叙事进行研究的众多论著中，特别值得关注的是韦伯（Ruth Webb）的《语象叙事、古代修辞理论与实践中的想象与劝导》。韦伯在此书中指出：在古代，"语象叙事可以是任何长度、任何题材、在诗歌或者散文中采用的任何词语技巧，只要它'使其主题呈现在眼前'；或者，如同一位古代作家所说，'使听众变为观众'。单纯的词语被赋予了使不在场的事物仿佛呈现在着迷的听众面前的能力，控制了听众的……想象"。（8）这段话表明语象叙事在古代的定义和运用是相当宽泛的，它能够影响和控制听众的心理感受。韦伯总结了古今语象叙事定义之间的联系与差异：

> 在语象叙事的古今定义之间存在着一种系谱的联系，这种联系反映在两者都把视觉问题放在首要地位。两类定义之间的深刻差异的关键在于视觉问题的不同作用。对于现代定义，视觉问题是所指对象的一种品质，在一些定义中它是现实的再现。对于古代的修辞学家，语象叙事的冲击力在于视觉形象；它是模仿观察结果的一种感知力的转换，它使听众仿佛看见。……它是一种心理作用，并且……语象叙事模仿的不是现实，而是对现实的感知。（37—38）

今天的定义与研究

1965 年 10 月在爱荷华大学现代文学研究中心召开的学术会议上，克里格（Murray Krieger）提交了一篇题为《语象叙事与诗歌的静止运动，或〈拉奥孔〉新论》的文章，后收入文集《作为批评家的诗人》（The Poet as Critic）中。该文是早期研究语象叙事的权威论文，其对语象叙事的定义是："文学中对造型艺术的模仿。"作者进一步解释："当诗歌具有雕塑那样的静止元素时，也就显示出其文学的视觉特征；这些元素我们通常只赋予视觉艺术。"（Hedling and Lagerroth：204）现代主义将语言艺术上升为普遍模式，使其居于介乎造型艺术与音乐之间的各艺术之核心，并将其他艺术融入自己的范畴。克里格从语言与造型艺术之间的关系开始探讨，强调了文学体裁的跨艺术与空间化倾向，认为语象叙事是诗歌与其他文学体裁中的普遍现象，从而将语象叙事从一种独特的文学表现形式升华为一种文学的基本准则。赫弗南（James A. W. Heffernan）评价其为"约瑟夫·弗兰克之新生"与"米切尔之先驱"。（1991：299）克里格在1992年发表的专著《语象叙事：自然符号的幻象》中重申了该论文关于语象叙事的观点，并把此论文作为附录收在书中。赫弗南指出："克里格把这个术语用于所有关于视觉客体的描写、所有'词语-绘画'（word-painting），而不仅仅是视觉艺术的再现。现在语象叙事成了一种幻象的操演。"（1993：191）他认为克里格的理论"过于宽泛了"。（3）

克里格开拓性的论文引发了对语象叙事更多的关注。赫弗南1991年的文章《语象叙事与再现》是这方面的另一篇力作。赫弗南认为克里格的定义存在的主要问题在于，文学中对造型艺术的模仿无处不在，如果不加限制，它将失去实际的分析价值。基于这一原因，赫弗南将语象叙事重新定义为"视觉再现的文字再现（Ekphrasis is the verbal representation of visual representation）"。（299）赫弗南明确地将语象叙事的定义范围从文学中对造型艺术的模仿缩小为作为再现艺术的视觉艺术的文学文本再现，即文学再现中的视觉艺术本身也必须是被再现的，文字所描绘的不是静止而真实的自然实物，而是作为再现的视觉艺术。将文字再现的内容界定为被再现的视觉艺术，即核心为"再现的再现"，是此后多数学者的共识。按这一思路，赫弗南认为济慈的《希腊古瓮颂》与雪莱的《奥西曼提斯》（"Ozymandias"）可以归入语象叙事的研究范畴，而布鲁克林桥则因属于建筑或雕塑实体而被排除在外。对他而言，某个艺术展览会上对陈列品的技术性描写与小说中对某些绘画作品的文本再现是不同的，前者不属于语象叙事的研究内容。赫弗南的定义影响甚广，几乎已成为学界共识，然而这一严格的界定在具体的文本分析中也会带来不少问题：某部小说中出现的绘画作品，它到底是再现的还是对绘画本身的描写，其判断的标准将因人而异。同时，赫弗南出于文学分析的立场，将语象叙事的研究局限于艺术作品的文字再现，排斥了叙事文学中对非艺术作品的文本再现。克卢弗（Claus Clüver）在其基础上加以修正，提出语象叙事是"对某个以非文字符号系统构成的或真实或虚构的文本的文字再现"。（26）克卢弗认为，界定语象叙事的关键是对"文本"一词的认定。从通用的语言学术语来讲，文本不仅包括被主流艺术所排斥的广告画、照片等作品，也包括一般评论等非文学的文字表达。文本也不应局限于绘画作品，它应涵盖建筑、音乐、影视、表演等众多艺术形式。这些多样化的文本客观地存在着，而人们却难以找到一个恰当的切入点对其展开分析。如果将语象叙事的研究范围扩展至上述文本，将克服这些缺点。当然，克卢弗定义的核心仍未摆脱赫弗南的基调：对某幢建筑、某段音乐或舞蹈的文字描写是否纳入语象叙事研究的范畴，前提仍是判断该建筑、音乐或舞蹈到底属于实体的事物还是文本表现。换言之，语象叙事的核心仍是"再现之再现"，它不关涉具体的实物描写，而强调文本的特性。赫弗南以自己的论文为基础，于1993年发表了专著《词语的博物馆：从荷马到阿什伯里的语象叙事诗学》。这部论著讨论了以荷马、维吉尔、但丁、斯宾塞、莎士比亚一直到当代美国诗人阿什伯里（John Ashbery）等人的作品为代表的西方语象叙事诗歌传统，对两千多年以来语象叙事的发展和古今语象叙事的定义作了界定，再次阐述了他在前述论文中提出的定义："语象叙事是视觉再现的文字再现。"

　　米歇尔（W. J. T. Mitchell）著有多部专著与大量文章探讨文字与意象之间的关系，其中《语象叙事与他者》一文影响颇大。与赫弗南一样，他将语象叙事定义为"视觉再现的文字再现"。（696）米歇尔更多地从心理认知的角度，阐述了对语象叙事的三个认识层次。第一阶段的认识称为"语象叙事的冷漠"（ekphrastic indifference），即从常识看，语象叙事是不可能实现的。由于不同的艺术形式具有迥异于其他艺术的独特特征，文字的描写虽可讲述（cite），但却永远无法如欣赏绘画般看见（sight）其讲述之物。第二阶段的认知称为"语象叙事的希望"（ekphrastic hope）。虽然不同艺术间的鸿沟无法跨越，然而借助想象，我们有望克服这一障碍。我们可通过文字的描写，在脑海中看见具体的意象。这一文字再现图景的过程，使其狭义的修辞学定义"对视觉艺术作品进行文字的描述"极大地扩展了。换言之，语象叙事不仅是修辞手段，它更是所有语言固有的范式特征。由于人类需借助意识与想象，实现语言及其姊妹艺术之间的转换，在克服了语象叙事的冷漠之后，视觉再现的文本再现便具有了无穷多的可能与普遍适用性，修辞学与诗学理论中的诗如画传统只是其中的一部分。第三阶段的认知是"语象叙事的恐慌"（ekphrastic fear）。"语象叙事的希望"使文字再现意象失去了限定，有将文字与意象同一化的危险，因此需时刻保持警惕，使文字与意象之间保持竞争与沟通的张力关系。语象叙事认知的三个阶段——冷漠、希望、恐慌——之间的相互作用产生了模棱两可的定义。对某幅绘画作品的文字描写导致如下效果：作者知道你看不到它，他们希望并乐见你能在脑海中再现它，然而他们又不想真的让文字具有等同于绘画的效果。语象叙事的希望与恐慌，建立在语象叙事不可实现的基础之上，换言之，语象叙事的文学作品是一种文字与其意义的他者相遇的体裁，其核心目标是"克服他者性"，这些他者是语言的竞争对手，是外来的图像、造型等视觉空间艺术。与插图版图书、形体诗等不同的是，语象叙事是完全隐喻的表达：它通过文字再现的视觉意象是不可能真实亲见的他者的艺术。米歇尔的《语象叙事与他者》一文后来成为其影响甚广的专著《图像理论》中的一章。

除了上述语象叙事的定义之外，还有一些学者提出了不同表述方式的定义，诸如斯皮泽（Leo Spitzer）的"对绘画或者雕塑艺术作品的诗性描写"，巴茨（Shadi Bartsch）和埃尔斯纳（Jaś Elsner）更宽泛的表述："关于意象的词语。"（qtd. in Webb，2009：1）虽然当代学界对于语象叙事的定义多种多样，但是它们都关注图像（意象）与文字（词语）的关系。根据《芝加哥大学媒介理论关键词词典》（*The University of Chicago: Theories of Media: Keywords Glossary*），现在多数学者都接受赫弗南提出的定义。

值得注意的是，西方学界也存在与赫弗南等人不尽相同的观点。如卡宁汉姆（Valentine Cunningham）在《为何语象叙事？》一文中明确提出：

> 赫弗南颂扬语象叙事的完美的活力（书写与绘画相对），他说，这种活力使那种传统延续了下来。我倒要说，是现实主义的、在场的、逻各斯中心主义的欲望与不在场的相反压力之间的张力——默里·克里格所说的奇迹与幻境之间的张力（我深信那种张力存在于所有书写作品中）——展现在语象叙事的重复时刻里，而那才使传统延续了下来。(71)

卡宁汉姆这里所说的那种传统即是包括诗歌和小说在内的西方语象叙事的文学传统。这种传统一直延续到现在，包括了"最具后现代性的作家"（the most postmodern ones）。

米克（Richard Meek）在《〈卢克丽斯受辱记〉和〈冬天的故事〉中的语象叙事》一文中指出，语象叙事的诗人希望"读者会把这种模仿的理想状态转移到诗歌本身，而我们——作为读者——会误把诗歌的词语表象当作所描绘的视觉客体（或许，不仅是艺术品，而且包括注视艺术品的人）……"。（391）肯尼迪（David Kennedy）认为，米克的"这种模仿的理想状态的观念似乎比再现的再现或者完美的竞争有着更大的启发性"。（9）这即是说，米克的观念比赫弗南的观点更具启发性。

戈尔德希尔（Simon Goldhill）在《语象叙事为何？》中则认为：克里格、赫弗南和米歇尔等人的语象叙事研究"在古典研究之外"，他们的论著"很少充分地理解古典材料"。（1）当然这一批评是否完全适当还有待商榷。不过，这些不同看法和批评也正说明了当代语象叙事研究存在着各种思想观念的交锋，充满了活力，还处在发展的进程之中。

语象叙事研究在过去二十多年来有了迅速的发展，在文学、修辞学、图像学、符号学、叙事学、艺术史、音乐、造型艺术、电影、电视等各个领域都有不少成果。文学上的语象叙事研究过去长期局限于诗歌，现在除了诗歌研究之外，还有不少论著涉及小说的语象叙事研究，从奥斯汀、艾略特（George Eliot）、狄更斯到当代作家巴塞尔姆、拉什迪等都有学者从语象叙事的角度进行研究。

在语象叙事与艺术史的关系上，埃尔斯纳在《作为语象叙事的艺术史》一文中指出："没有阐述性描述就没有艺术史。……更确切地说，意象与客体——只要它们在任何程度上意在与我们有关系——就要求语象叙事，确实它们需要它。……在观看艺术品时，（对于艺术史）语象叙事的产生不仅是需要的，而且是不可避免的。"（13）

在批评理论或方法上，有不少语象叙事研究论著把语象叙事与伦理批评、女性主义、性属批评、后殖民理论、文化研究等结合在一起。卡宁汉姆指出："语象叙事的声音常常……承载着道德、警示和教益；语象叙事经常为了有益于虚构的人物，在道德上具有启发性。……语象叙事通常都会呈现被凝视客体的预期的力量；它发出的声音是可推断的、与心灵相通的；它产生的意义是预言性的。"（65）

术语的译名与界定

对于 ekphrasis 的中译名，在学术界已有多种，诸如：艺格敷词、艺格符换、图说、仿型、读画诗、绘画诗、视觉书写、书画文、写画文、造型描述、语图叙事、图像叙事、语像叙事等。从语象叙事一词的历史演变中，不难发现要对其作一清晰的表述会有多么困难。然而它在文艺理论中出现的频率之高，使得在继续讨论这一话题之前，必须尝试着为其划定某个较为明晰的理论边框，否则建立在这一概念基础上的其他分析便成为无水之源、无根之木。此乃学界面对此词时纠结不已的悖论之一，从前文对其翻译的混乱不堪亦可窥之一二。另一方面，当我们尝试将其纳入某个艺术形态、某个理论边框的同时，却发现又忽略了许多它本应包括在内的题中之义。此乃使用该词时的悖论之二。一言以蔽之，对语象叙事一词所包含内容的扩大化与限制性使用交替出现，可谓近两千年来该词意义演变的一条粗重脉络。在古希腊修辞学中，语象叙事作为演说的辞格，所涵盖的对象几乎无所不包。后来，随着使用的增多，人们逐渐将其局限于一种文学体裁，特指对艺术作品的文字描写。这一貌似内容简化的定义，此后被贺拉斯以来的"诗如画"传统取代，到了克里格那里被放大为文学对视觉艺术的模仿，成为文学的一种基本准则。赫弗南与米歇尔则在克里格定义的基础上，试图将语象叙事的问题域再次缩小，提出了"视觉再现的文字再现"这一目前最具影响力的定义。伴随空间诗学与文学的跨艺术、跨媒体研究的发展，赫弗南与米歇尔等人的界定似乎再次面临被无穷放大的境地。可以这么说，语象叙事这一术语词义的演变，就是一场文学与艺术的圈地运动，有时疆域狭小，有时又被极度放大。总体上看，除了其核心是关于词语（word）与意象（image）之间的关系这一点，关于语象叙事的概念的理解完全是各取所需、各书其意，很难达成某种共识。它的无限制使用，使它面临着沦为一种万金油式的概念的危险，因为从广义上讲，它是美学、文学、艺术、文艺理论的共同术语，因此需追溯上述学科自古至今的历史，要对其进行概略陈述或具体的定义当然是不可能为之了。在此背景下，笔者认为米歇尔等人的做法完全是正当而必要的，语象叙事的概念范围必须加以约束，否则对它的使用会变得更为混乱，直至沦为虚无。

用今天的时髦话语来讲，语象叙事就是一个跨界的词语，其核心内容是词语与意象的关系，因此又被称为跨媒体研究（intermedia studies）、跨艺术研究（interarts studies）、图像理论（picture theory）等，其同义词或者相关的词语还有"诗如画"、图像主义（pictorialism）、图像学（iconography, iconology）、空间形式（spatial form）等。在英语中它自然已涵盖了文学、艺术、美学等诸多跨学科、跨媒介的内容，使用起来固然意义繁丰，尚不至于产生歧误。转译为汉语之后，前述所列各种译法均难以涵盖全面，笔者以为倒不如采用目前较为常见的做法，当其出现在美术等艺术媒介中时将其译为"艺格敷词"，这一翻译如今在美术界已得到广泛认同；它音义兼顾，译文简短精炼，意义贴切，发音也与原文大致对应。（范景中、曹意强：54；李宏：34）当其被用于文学批评理论时，笔者建议不妨译作"语象叙事"。虽然曾有学者将其译为"语像叙事"，然而"像"似太直白，对应的当是 picture，而非 image，故"象"似更为贴切。对于"像"、"象"之分，西方的当代图像理论已作过一些较为深入的研究。美国学者多从叙事学的角度、欧洲学者多从符号学的角度，对 icon、picture、image 等词汇进行了区分，其中尤以芝加哥大学教授米歇尔的系列著述影响最广。第一个术语借自潘诺夫斯基（E. Panofsky），多指语言学意义上的符号，一般译为"语象"或"象似"。第二个术语即普通人理解意义上的"图片"，强调图像的通俗化和大众化。第三个术语译为"形象"或"意象"，或可理解为各种图片的底本。图片可以进行加工、修改、扭曲，甚至撕毁，而无法被改变的原初图像就是"意象"，如可视图、非可视图或心象图等。尽管"语象"一词也被用于指称英语中的 icon，但后者更多被理解为"象似"。因此，"语象叙事"中的"语"这里所指为语汇（word），"象"所指的为"意象"（image），"叙事"一词表示其为文学理论术语，可以全面地涵盖英文中该词的意义。即便"语象叙事"一译能为学界所接受，难以解决的困难仍在于目前国内学术界艺术门类之间依然壁垒森严，缺乏西方广泛存在的跨艺术与跨学科融合。美术界早已习惯于"艺格敷词"一说，而要将其移植入文学理论界，显然持异议者众多，认为其不中不西、不伦不类。倘若要让美术界接受"语象叙事"一词，显然也非易事。由此看来，当 ekphrasis 进入中文之后，在能找到一个大家都认同的好译名前，美术界和文学界可能要在很长时间里采取"一语各表"的做法了。

如果"语象叙事"这个译法能得到普遍认同，笔者认为其概念的界定当以赫弗南和米歇尔等人的表述为妥，即它的核心内容是"视觉再现的文字再现"。更确切地说，是文字表述出来的视觉艺术效果，是文学与作为他者的视觉艺术之间的交融和博弈。文学不仅可以描述艺术作品，展示其视觉效果，还能在更深刻的层面上借鉴视觉艺术（如绘画、摄影、电影等）的创作技法，实现文学的技巧创新。例如，美国学者弗兰克（Joseph Frank）早在上世纪 40 年代就明确指出，现代小说区别于此前小说的一大重要特点，是其刻意打破时间流逝幻觉的空间形式。（16）他从叙事的三个侧面——语言的空间形式、故事的物理空间和读者的心理空间——出发分析了现代小说中的空间形式，强调对时间性因素如线性序列、因果关系的舍弃并转而采用共时性的空间叙述方式，其常见形式有：并置、碎片化、蒙太奇、多情节、省略时间标志、心理描写、百科全书式的摘录，以及弱化事件与情节以给人一种同在性的印象等。读者在欣赏具有空间形式的小说时，往往需要通过反复阅读，从上下文的语义参照网络中重构故事情节。这样的创作方式，已经与绘画等视觉艺术的表达方式十分接近了。以此观照现代主义之后的文学，不难发现在东西方经典作家如鲁迅、乔伊斯、庞德、海明威、福克纳、纳博科夫，以及其后的大多数作家那里，刻意使用图像化的创作方式似已成为常态，意象与场景的并置、文本互涉、意识流、文字的空间组合游戏、时间的凝滞、蒙太奇手法等因素在这些作家的作品里随处可见。至于中国文学传统中屡见不鲜的题画诗、诗意画、文中插图等，更是直接将图文相结合的典范。

结　语

由上文可知，在试图厘清语象叙事一词的含义时，我们面临着诸多困难：这一术语的理论边界该有多大？文学研究中的语象叙事与绘画艺术等所使用的该词是否应有区别？叙事理论的空间转向与语象叙事有无关联？语图之间是什么关系？等等。这些话题牵涉了文学、美学、历史、艺术等众多领域，无一能轻松获得答案。显然，语象叙事热的出现与 20 世纪末勃兴的西方图像学有莫大的关系，与 20 世纪的语言学转向和文化转向之后出现的图像转向有莫大的关系，与文学领域中出现的空间叙事转向有莫大的关系。这些大的时代背景，在一些权威学者看来，已然对我们的生产和生活方式、艺术欣赏与阅读习惯等构成了巨大的挑战。换言之，语象叙事一词实际上触及的是当下最热门的话题：语图或图文关系。一涉及图文关系，事情显然变得异常复杂了，在文学研究的框架下相应又提出了以下一些挑战。

首当其冲的自然是文学未来的界定问题，以及由此导致的经典与通俗的重新定义问题。在久远的历史长河中，文学作为"语言的艺术"从未受到过质疑。然而在今天，人们的生活已被时间的加速、空间的压缩、技术的进步、图像的泛滥撕裂为碎片，要觅得一方文学的净土似乎越来越困难了。曾经所谓的纯文学，如诗歌、小说、散文等，在脸书、微信、微博等电子媒体的冲击下，在手机、电脑、移动通信设备等日行千里的巨大技术进步面前，已经越来越多地被以图文形式存在的消遣方式所取代，快餐文学、即时文学、短信段子、影视作品、微信与微博日志等，取代了人们的传统阅读，曾经的经典也更多地借助图像与技术传播，进入人们的艺术欣赏视野。图像时代的艺术审美越来越大众化、个性化、通俗化了。那么，既然传统意义上作为语言艺术的文学渐渐式微，在图像时代所产生的这些新兴创作，未来有无可能成为文学作品呢？文学是否还要坚持"语言的艺术"这一被视为金科玉律的定义？它是否应被重新界定为"图文"的艺术？如果是，那么彼时的经典文学与通俗文学又该如何界定？数字时代的技术进步对文学的冲击来势汹汹，类似上述这些问题又有多少学界人士真正从内心里感到了震惊、警醒，甚或恐惧？

与此同时，讨论图文关系，必然牵涉语言学、符号学、心理学、叙事学、绘画与影视艺术等众多学科，只能在跨学科、跨艺术的语境下来进行，由此可以解释当今欧美不少大学缘何都开设跨艺术研究（interarts studies）的课程或专业。当代图像学或图像叙事学面临的一大困境恰在于此，研究图文关系需要了解的知识如此之多，让不少学者望而生畏、退避三舍，这一情况在中国尤为突出。从近年发表在期刊上的文章来看，学绘画或影视艺术的人与学文学的人都在写关于图文关系的论文，但两类人所写的文章基本上都在各自的领域里讨论问题，并未打破学科与艺术间的壁垒。未来需要的恰恰是既懂艺术又通文学的全面型人才，还需要有更多的有志于此的学者投身其中。西方的图像理论已发展为一门显学，其合理之处自然值得借鉴，在此基础上，我们还应从中国悠久的文学文化传统中汲取养分，建构起自己的语象叙事理论。

当代语象叙事研究在跨艺术、跨媒介、跨学科的方向上不断发展，除了诗歌、小说、戏剧等与图像之关系的研究之外，还出现了涉及音乐与图像之关系研究、电视和电影等视觉文化形式与叙事之关系研究的大量论著。在批评理论或方法上，有一些论著把语象叙事与伦理批评、性属批评、后殖民理论、文化研究等结合在一起。正因为语象叙事是跨艺术、跨媒介、跨学科的，而从事语象叙事研究的学者多数都只是专长于某一学科、某一领域，在语象叙事问题的研究上往往侧重于某一方向或者某一领域，所以不同学科、不同方向上的学者对于语象叙事的观念出现分歧和争议是难免的。即使是同一领域的学者，对于相同的问题也可能有不一致的看法。不过，这些争议也使得语象叙事这个古老问题的当代研究充满了生机和活力。在文化转向和图像转向的今天，这一切都表明语象叙事研究正在向空前的广度和深度发展，值得我们对它予以持续关注。

参考文献

1. Barbetti, Claire. *Ekphrastic Medieval Visions: A New Discussion in Ekphrasis and Interarts Theory*. Diss. Duquesne U, 2009.

2. Clarer, Mario. "Ekphrasis." *Routledge Encyclopedia of Narrative Theory*. Ed. David Herman, et al.

Abington: Routledge, 2005.

3. Clüver, Claus. "Ekphrasis Reconsidered: On Verbal Representations of Non-verbal Texts." *Interarts Poetics: Essays on the Interrelations of the Arts and Media*. Ed. Ulla-Britta Lagerroth, et al. Amsterdam: Rodopi, 1997.

4. Cunningham, Valentine. "Why Ekphrasis?" *Classical Philology* 102.1 (2007): 57-71.

5. Elsner, Jaś. "Art History as Ekphrasis." *Art History* 33.1 (2010): 10-27.

6. Frank, Joseph. *The Idea of Spatial Form*. New Brunswick: Rutgers UP, 1991.

7. Goldhill, Simon. "What Is Ekphrasis for?" *Classical Philology* 102.1 (2007): 1-19.

8. Goodman, Nelson. *Languages of Art*. Indianapolis: Hackett, 1976.

9. Hedling, Erik, and Ulla-Britta Lagerroth, eds. *Cultural Functions of Intermedial Exploration*. Amsterdam: Rodopi, 2002.

10. Heffernan, James A. W. "Ekphrasis and Representation." *New Literary History* 22.2 (1991): 297-316.

11. —. *Museum of Words: The Poetics of Ekphrasis from Homer to Ashbery*. Chicago: U of Chicago P, 1993.

12. Kennedy, David. *The Ekphrastic Encounter in Contemporary British Poetry and Elsewhere*. Surrey: Ashgate, 2012.

13. Krieger, Murray. "Ekphrasis and the Still Movement of Poetry; or *Laokoön* Revisited." *The Poet as Critic*. Ed. F. P. W. McDowell. Evanston: Northwestern UP, 1967.

14. —. *Ekphrasis: The Illusion of the Natural Sign*. Baltimore: Johns Hopkins UP, 1992.

15. Meek, Richard. "Ekphrasis in *The Rape of Lucrece* and *The Winter's Tale*." *SEL* 46.2 (2006): 389-414.

16. Mitchell, W. J. T. "Ekphrasis and the Other." *South Atlantic Quarterly* 91.3 (1992): 695-719.

17. —. *Picture Theory: Essays on Verbal and Visual Representation*. Chicago: U of Chicago P, 1994.

18. Scott, Grant F. *The Sculpted Word: Keats, Ekphrasis, and the Visual Arts*. Hanover: UP of New England, 1994.

19. Stewart, Jack. "Ekphrasis and Lamination in Byatt's Babel Tower." *Style* 43.4 (2009): 494-516.

20. Webb, Ruth. "Ekphrasis Ancient and Modern: The Invention of a Genre." *Word and Image* 15.1 (1999): 7-18.

21. —. *Ekphrasis, Imagination and Persuasion in Ancient Rhetorical Theory and Practice*. Surrey: Ashgate, 2009.

22. Welsh, Ryan. "Ekphrasis." *The University of Chicago: Theories of Media: Keywords Glossary*. Web.1 June 2012.

23. 范景中、曹意强主编:《美术史与观念史》(6),南京师范大学出版社,2007。

24. 范景中:《图像与观念:范景中学术论文选》,岭南美术出版社,1993。

25. 葛加锋:《双重视野与美术史学史的写作模式——评邵宏〈美术史的观念〉》,载《文艺研究》2006年第9期。

26. 胡易容:《图像符号学:传媒景观世界的图式把握》,四川大学出版社,2014。

27. 李宏:《瓦萨里〈名人传〉中的艺格敷词及其传统渊源》,载《新美术》2003年第3期。

28. 沈亚丹:《"造型描述"(Ekphrasis)的复兴之路及其当代启示》,载《江海学刊》2013年第1期。

29. 谭琼琳:《西方绘画诗学:一门新兴的人文学科》,载《英美文学研究论丛》2010年第1期。

30. 赵宪章:《语图叙事的在场与不在场》,载《中国社会科学》2013年第8期。

① 笔者在谷歌学术上搜索关键词 Ekphrasis，得到相关条目 17,300 条（2015 年 4 月 25 日）。除了 *Poetics Today*，*Art History*，*Journal of Aesthetics and Art Criticism*，*Helios*，*The Journal of Roman Studies*，*Comparative Literature*，*New Literary History* 等刊物发表了大量有关语象叙事的文章外，*Word & Image*（No.15，1999），*Ramus*（No.31，2002），*Classical Philology*（No.102，2007）等刊物都出了语象叙事的专辑。由此可见当前学界对语象叙事研究的热衷与重视程度。

真实 于 琦

略 说

真实（Real）①是齐泽克（Slavoj Žižek）哲学思想的核心概念，也是其理论整体中的基本概念之一。它由拉康（Jacques Lacan）首创，被齐泽克充分发挥，用以广泛探讨哲学、文学、文化批评以及社会政治问题。英国学者怀特（Edmond Wright）指出："正是来自拉康的'真实'概念，使齐泽克运用精神分析理论把传统上分割的领域联系了起来。"（5）普林斯顿大学教授凯伊（Sarah Kay）在《齐泽克：批评性导论》中也特别提到："在齐泽克的著作中，把各种哲学、政治学线索结合在一起的，正是他对拉康的真实概念所作的肯定性探寻。"（3）凯伊认为"齐泽克著作中核心的问题就是：我们与真实的关系"，并称他为"真实的哲学家"。（11）这个称号带有文字游戏的意味。称其为真实的哲学家，部分原因在于他经常讨论一些"真实"话题，如"9·11"恐怖袭击事件、波斯尼亚战争、美军入侵伊拉克、欧洲各国不同的马桶设计，等等。当然，凯伊主要还是强调真实在齐泽克理论中的重要性，因此对这一概念的集中梳理能提供一个理解齐泽克思想的有效入口。

综 述

真实（real、Real）属于拉康的一个三元组：象征（symbolic）、想象（imaginary）、真实。这个三元组可视为拉康20世纪50年代在"回到弗洛伊德"的过程中，对弗氏超我（superego）、自我（ego）、本我（id）三元结构的创造性改写。拉康曾明确指出其术语有类似数学符号的功能，因此这个三元组具有多层含义，以"真实"为例，它可视为一种秩序、一个阶段／领域，也可以指理论上的真实，当然还包括社会现实中的真实存在等含义。也就是说，这一概念既可在拉康特定的意义上使用，有时又仅仅具有一般意义，齐泽克在运用中更是如此，对首字母的大小写以及意义方面都没有作明晰的区分。

在下文中，我们将按照事物从产生到发展的逻辑顺序，先阐述拉康原初语境中的真实；接着详细讨论齐泽克所作的重要发展和推进；最后再反溯至弗洛伊德，在精神分析学的发展脉络中，对真实及其原型本我之间的关系略加分析。这样做有助于我们对这一概念形成整体性认识。

拉康理论语境中的真实

在拉康的理论视野中，象征、想象与真实，是一个用来表征人的身体关系及一般自然界关系的三元图式，可被理解为三种秩序（orders）或三个界域（registers）。总体来看，三者之间既非时间上的先后关系，也非简单的线形发展，而是呈现出极其复杂的互动关系，但可用以描述人从出生到完全社会化的过程。简单地说，想象是个体脱离母亲身体来到世界时所形成的最初的整一感，或者说它"代表着与母亲形象的整一性相关的前意识领域"。（Scott：59）象征则是由语言等符号体系组成的规则系统，而且是一个专横的意义系统，又被称为大他者（the Other）。它把人的身体塑造成社会化的存在，并在人们进入语言后发挥其影响，世界也被切割为前存在的实体与人们生活的世界这两个部分。真实则是原初性的，是先于存在的前符号化的现实，象征就是以它为基础建构而成的，但这一建构又总是不完全的，其未完成性正是由真实所标示出来的。真实刺破象征的整体性，对它形成破坏，因为总是有某物逃逸出来，在此意义上拉康称"真实总是拒绝被符号化的"。（Meyers：25）真实表明象征中总有一些剩余物，它代表着符号化难以克服的硬核，是大他者中存在的缺失和现实中不能被符号化的剩余。

拉康认为，当人们脱离母亲身体进入社会符号体系时，总是有一部分被快感（jouissance）所阻止，有一个"溢出"（excess）或"被咒部分"被体验为"错过的遭遇"。（1998：55）在此他讨论的就是真实。真实缠绕着人们的心理世界，形成了与象征对立的一极，它不可到达，是生命中神秘不可知又令人恐怖的领域。另一方面，在结构主义语言学视阈中，人们对世界的全部认知都是以语言为中介的，语言充当了沟通人与世界不可或缺的桥梁。因为人们并不具有直接认识世界和把握现实的能力，而必须借助语言的方式，通过语言与世界建立联系。在这种意义上，可认为语言刻入之前的、前符号化的世界就是真实。以一棵树为例，我们无法直接准确表述什么是这棵树，而只能用迂回的方法，通过描述"它的根扎在土里"，"它枝头上有几只松鼠"，或者"它背后是一片蓝天"来使我们对"树"产生一种认识和理解。在此，真实是存在论意义上的"树"，它自身没有意义，也不能被感知。正如拉康所描述的："基本的对象已不再是那个对象，而是面临所有语言停滞、所有范畴都失败的境地，一个焦虑到极限了的对象。"（1991：164）

真实是一种不可能，因此，与真实遭遇就意味着面对创伤（trauma）。它超出了主体能承受的范围，是主体无法面对的一个领域。"遭遇真实意味着到达这样的临界点：个体的一致性被打断，并且对其同一性的象征性支撑开始瓦解。"（Lacan，1998：55）它显而易见是否定性的，总是与死亡及死亡驱力联系在一起。此外，真实又是与母亲相联系的，因为在出生时我们被迫从母亲身体中分离出来，母亲的身体就有了律法实体的功能，也就是象征。（1999：67）由于真实的创伤性，我们只能通过它与别的事物的关系来认识它。在某物被符号化的过程中出了差错时就意味着与真实遭遇，那个差错部分即可被视为真实。

在拉康那里，世界被分为前存在的、未被符号化的原初世界与人们所生活其中的现实（reality）世界。现实是经由符号化（象征）和形象的特定形式（想象）而传达出来的，它经过了系统的符号编码，可借用语言等媒介来体验和理解。真实则是在符号开始总体化工程之前的原初状态，也是人们进入象征秩序后所失去的部分，真实是原始的、整体的和完全的，每一种象征-想象都是关于真实的某种历史性的回答。由于真实既充当了象征的基础，又意味着对符号化的彻底否定，因此它标示出了符号化过程中结构性的、不可避免的不彻底或不足。或者反过来说，象征永远倾向于保持连续和整体性，但真实标示出了象征的结构性缺失和永存的空缺和裂缝，导致象征始终无法彻底完成这一总体编码的过程。真实所蕴含的激进的否定性正肇因于此。

齐泽克对真实的解释

齐泽克重点关注的是拉康后期的理论。在这一时期，拉康宣称"没有比精神分析更明确的关于真实内核的实践了"。（1998：53）他强调对真实的体验，强调"原始的意识被某种失败和必死的体验所推动，被一种生理构造上的障碍所推动"，（Žižek and Daly，2004：59）力图从象征的无能为力和现实的失败中去发现和理解事物的真实面貌。在拉康早期理论中，语言居于核心地位，象征与想象的关系受到较多讨论，但后期则更关注真实与象征的关系，如齐泽克所明确指出的："拉康的理论，至少在最后阶段，远非对语言学进行简化论式的认可，而是要努力明确阐述真实内核的不同方式，这一内核造成了符号化不可克服的障碍。"（Butler and Stephens：121）

那么齐泽克是如何理解真实的呢？他又如何解释真实与象征的关系？同拉康一样，齐泽克也认为真实是创伤性的，他用舒马赫（Joel Schumacher）的电影《别闯阴阳界》（*Flatliners*，1990）来阐发。影片中医学院的一群学生尝试用一种类似浮士德的方式，探寻死亡的神秘和真实的本性。他们互相停止对方的心跳，过一段时间再使之苏醒过来。在濒临死亡的状态，每个人都会开始一段幻想性的旅行，来到象征-想象世界的边缘。但在到达那一临界点时，并没有发现终极的真理，只有绝对否定性的特殊记号。他们与最不能忍受的事物遭遇，于是竭力逃离绝境，迫切希望恢复现实的知觉。他们原本致力于寻找某种肯定性的秘密或明确的突破，但事与愿违，得到的是一个无法理解也不能被克服的彻底的否定性结果。他们所遭遇的正是真实。

在齐泽克看来，真实是超越和克服象征的另一种存在，是对抗符号化的硬核（hard core），只存在于象征之前或者未被象征化的剩余物中。它难以捉摸，也无法被直接感知，"真实总是在某种程度上被偶然遇见同时又不可避免"。（Böhm and De Cock：288）为了便于理解，他用一个粗俗的例子来加以解释：某人对情人阴道的迷恋总是不能彻底满足，因为对他来说，阴道既是完整呈现的，同时又总是另外的某种东西。真实就基本而言是一个裂缝（gap）、一个在主体性和社会核心中的空缺（void），它是一个不可能性的瞬间，抢先阻止了主体的同一和社会的凝聚。

真实因此是坚硬的也是不可穿透的内核，是拒绝象征化和纯粹的不真实的实体，自身没有本体的连续性；它是阻止任何象征化企图的巨石，是在全部可能世界（象征化的世界）中保持不变的坚硬的内核；不过与此同时，它的地位是彻底不稳固的，它是某种总意味着失败的或在阴影中错过的东西，在我们即将牢牢掌握其特性的时刻，它就自我消散了。（1989：169）

反过来说，象征的作用是不断阻止创伤的恐怖条件的产生，真实的出现则意味着缺失或创伤得以发生或实现。戴里（Glyn Daly）对此作了相当准确的总结：

> 真实在象征之前建构了一个实体性的（substantial）坚硬的内核，它拒斥符号化，同时还标示出符号化的残余物，这是由象征自身安排或由它产生的。说真实在象征之前，是在这一意义上，即任何象征秩序都必须令人困惑地开辟一系列的可能性，这些可能性将颠覆那一象征秩序本身。（75）

这就明确了真实的否定性质，因为它是"前象征"的，完全拒斥符号化。反过来说，属于象征秩序的现实则是为抵抗他者性的无限威胁建构而成的。

齐泽克阐发的真实很像是意义过程中的一种抵抗的先验维度，从而受到了巴特勒（Judith Butler）的批评。她指出，把真实视为不能被象征综合的事物在逻辑上是自相矛盾的：

> 宣称真实抵抗符号化，仍然是把它当成一种抵抗来加以符号化。第一种说法（真实抵抗符号化）只有在认可第二种（"真实拒绝被符号化"是一种符号化）的前提下才能成立。但假如第二种说法成立，那第一种就必定是虚假的。（207）

换言之，如果假定某物是外在于象征的，能证明它的唯一方式只能通过象征本身。因为讨论某种事物是否有意义，必须在意义范畴内来进行，不可能在意义之外言说其意义。但齐泽克巧妙地反驳了这一观点，他沿着巴特勒的逻辑化解了其攻势，还进一步指出了她洞见之外的盲点："真实不能被视为外在的某种实体（entity），毋宁说，它严格说来是关于失败的内在点，是某种固有的局限。"[2] 这并非逻辑上的矛盾，而是一个悖论："真实外在于象征，并被它排除在外，这实际上是一个象征的决定——逃避了象征的正是作为象征失败的内在点的真实。"（Butler, et al.：121）巴特勒在某种意义上是正确的，真实确实内在于象征，或者说是它固有的一个局限；不过也基于同一个理由，真实不可能被符号化。

真实与象征彼此排斥又密不可分的复杂关系，可借助里恩（David Lean）导演的《相见恨晚》（*Brief Encounter*，1945）来解释。电影中一对越轨的情人在偏僻的车站见面，独处的瞬间被一个多话而仅有一面之交的朋友打断。她唠叨起一些荒唐琐碎的小事，压根没注意到两人之间的紧张气氛。他们不能继续交流，就只好用眼睛盯着对方。"此时的日常闲聊在纯粹的意义上就是大他者：它就像一个意想不到的闯入者，但其结构性作用是必须的。"在电影结尾处类似的一幕重现，希莉亚说刚才没有听朋友说话，一个字都没有听到。但正出于这一原因，"闲聊提供了一个必须的背景，为这对情人最后一面提供了类似安全缓冲器的东西，成功阻止了自我破坏力的爆炸，或者更糟，变成某种陈词滥调。"③ 必须要有一场闲聊介入以阻止悲剧的发生，所以说她的朋友是在最恰当的时候闯入，使他俩能够维持对局面的掌握，因为在"凝视"下面必须维持"得体的表现"。当一个人处在创伤性的震撼中时，莽撞的闯入者就成了他和自我摧毁的深渊之间唯一的存在，闯入就成了救命的手段。闲聊的出现使困境得以维持在悲剧的崇高状态，若没有第三方介入，两人就不得不对困境作出庸俗的妥协。不难想象一旦唠叨停止，她要么会立即崩溃，要么会拼命恳求千万别停下来，不管说什么只要别停下来就好。对此齐泽克用了一个辩证的方式来表达："从不可能的条件来到可能的条件中，不可能的情形出现了什么？是一个阻碍、一个有效化解威胁的位置。"④ 现实总试图以一种基本的连续性对抗真实的瓦解效果，但现实又总是趋向真实的现实（reality-towards-the-Real），现实中有创伤、缺失与焦虑等真实之物，这类否定性事物无不表明，现实的每种形式都表征着摆脱真实之威胁的意图。

可以这么理解，真实与现实是一种悖论性的关系：对现实而言，真实既是使之不可能的首要条件，与它根本对立，同时也是使其可能产生的首要条件，是"一个终极的所指，围绕它建构全部意义（signification），同时也发现自身的限度和不可避免的失败"。⑤ 真实的建构性，表现在它提供了一种不可能、一个障碍或创伤，使得现实得以因之展开。正如在路中央有一个大坑，行人都竭力避开它，这样坑就对路人的表现和行为模式成功加以塑形。可以说象征秩序正是围绕着缺失或空白建立起来的，用齐泽克更学理化的表述就是："真实以如下方式实现其功能，它运用否定的限度对意义秩序施加影响，而且通过这类限度的影响，它同时也建构了这一秩序。"（2004：7）真实既是否定意义的不可超越的终极地平线，又是使意义系统成为可能的条件本身，因为影响象征秩序的恰恰就是真实与象征之间的裂缝，"这一裂缝作为这一秩序的内在限度发挥作用。象征被'阻隔'，意指链是内在非连续的、'非全部的'，围绕着一个空洞而被建构"。（2005：30）这一内在的、不能被符号化的礁石维持着真实与象征之间的裂缝，阻止了象征向真实下坠的进程。在这种意义上，真实就成了"在某物之中又超出此物本身"之物。它既严格地内在于象征，又标示出象征的剩余。

肯定的，或者可到达的真实

齐泽克继承了拉康强调真实之否定性和不可能性的做法，但他同时也意识到，如果过度强调真实的创伤性和不可到达，把这一否定维度推到极限，就会导致主体陷入无能为力的境地，最终无法把真实的激进性应用于社会批判实践。因此，他并没有拘泥于对这一术语的标准理解，而是大胆突破了拉康的理论视阈，在《论信仰》及《因为他们并不知道他们所做的》第二版"前言"中作了进一步的发挥，把真实概念推进到了一个新阶段，发展为真实的真实、想象的真实、象征的真实。

齐泽克第一本英文著作《意识形态的崇高对象》曾讨论过"真实"概念，但所突出的只是其否定性的一面，对真实在政治学领域中的能动性没能充分展开，这被他本人视为哲学上的缺陷："对拉康进行准先验的解读，认为真实是不可能实现的物自体（thing-in-itself），就意味着歌颂失败，即认为每一种行动都会以失败告终；勇于接受失败是值得赞颂的正确道德姿态。"（2002：2）齐泽克坦然承认未处理好真实-想象-象征之间相互交织的复杂关系，而这三者当中每一个都具有三位一体的特征。于是接下来他作了更详细的划分，指出真实具有三种样态：其一是"真实的真实"（the real Real），如令人望而生畏的大写物、原始对象、异形等；第二种是"象征的真实"（the symbolic Real），指具有连贯性的真实体（the real）蜕变成无意义的能指，如量子物理学公式那样，永远无法再解释生活世界的日常体验，也不能与之产生联系；第三种则是"想象的真实"（the imaginary Real），如"我什么都不知道"（je ne sais quoi）之类的神秘话语，或者超凡特性借以通过普通对象表现出来的高深莫测的"某物"等。根据这种新解释，真实就成了实际并存的三个向度，是破坏每个连贯结构的深渊性旋涡（abyssal vortex），是现实被简化成数学公式的纯粹现象。

这一新认识有助于我们理解真实否定性之外的另一维度。齐泽克没有把真实提升到不可能性的绝对高度，因为一旦这样就意味着主体在行动中将陷入消极状态，无法有效地介入文化和社会政治。为了采取行动，必须打开通向真实的一条窄缝。于是他在保留了真实之不可能的同时，又把它视为可以到达的领域，这体现出一种在不可能的基础之上开拓出新的可能的努力。戴里指出："认为齐泽克在社会存在和/或试图解决现实中的激进的非连续性时，仅仅局限于分析真实的'不可解读的内核'，是必须避免的一种看法。"[⑥]原因在于，真实的彻底否定性使它不能被直接表征，但能够以象征功能失效的方式被感知。在符号化失败时，真实即可通过创伤、打扰、非确定或令人恶心之物等被暗示出来，通过符号化失败的那些点达到真实是可能的。"齐泽克的中心观点是，通过激进假定与真实的创伤性遭遇，根本的改变能够也确实正在实现。"[⑦]象征化的失败正标志着真实是无法被表征的实践，它超出语言等一切符号限制，不受社会关系的制约，在"能指的律法"之外享有极大的自由。这传达出一个信息：真实绝非单纯否定性的，它同时也蕴含着无限可能，这使它可被应用于社会文化和政治领域，促成全新的社会样态。也正是在这一意义上，戴里指出"真实这一问题不仅是精神分析学的，而且是马克思主义的"。（75）他认为齐泽克的真实的伦理姿态是真正激进的开创姿态，是足以冲破意识形态牢笼的越界性的姿态。通过大胆地与真实遭遇，在实践中与真实的创伤-症候遭遇，以挑战不可能的彻底激进性，从而不断展开批判，努力冲破现实世界的罗网，持续不断地推出新的开端，最终实现新事物对旧事物的置换。正是在理论改造世界的意义上，齐泽克的思想与马克思主义紧密联系起来。

真实概念不仅被用于狭义的文化研究，而且也被齐泽克扩展到社会政治批判领域。他把真实与全球资本主义的潜在逻辑联系起来，并坚持不懈地予以批判。他在反思近年来的生态危机时指出："这一悲剧给了我们的时代的真实一个实体：资本主义的要点是无情地漠视并摧毁个人的/特殊的生命-世界，威胁人性的幸存部分。"（The Ticklish Subject: xxvii）之后他又批判了漫无边际的相对主义和历史主义："今天建立了再意指限度（a limit to resignification）的真实的正是资本：资本的平稳的功能在于，它在不受限制的争取霸权的斗争中总是保持同一种状态，'总是回到自身的位置'。"（Butler, et al.: 223）"显而易见的是，资本的动力是关键因素，它正过度决定我们的整个社会生活，还支配着人类和自然之间的交换。"（Žižek，2007："Cover Story"）在他看来，资本主义已形成了一个强大的象征秩序、一个严密的意识形态矩阵，要打破和穿透这一整体，就必须借助真实彻底的否定维度，发展出一种真正激进的批判力量。

如果说弗洛伊德的无意识理论肯定了能指的自治化，那齐泽克的重点则在于行动的自治化，借助真实阐明一种能打破既存结构或意义循环的基本能力。"如果现实是一种结构性扭曲，那么精神分析的终极教训就是我们要为社会再生产负责。奇迹能够出现也终会出现，我们有能力通过付诸真正的行动，给予现实一个新的肌理和方向。"⑧齐泽克的看法由于对本体论的潜在追求而充满活力，他要通过真正的介入而获得"不可能"的本体潜能来得到支撑和力量。

在这一意义上，可以认为齐泽克的真实同时包含了一个内在限度和一个开放空间，既阐明了政治的彻底否定维度，又论证了一种从无到有的条件。或者说，他阐发的是一种正面的、肯定的否定性和不可能，并以此开拓出无限新的可能。这也是齐泽克的真实观念最富张力之处。他提出了一个新视角：应该追求一种真实的政治，因为所有政治的次生形态都离不开真实的维度；目前此类政治次生形态都不是政治性的，需要加以再政治化（re-politicize）。他近年来提出的激进政治方案，就是立足于真实的彻底的否定性，以最彻底的激进姿态整体挑战资本主义，用真实所具有的刺破或洞穿社会现实的力量来开创新的政治可能性。由此可见，齐泽克倡导的激进性，并不是一种中立性的冷眼旁观，要点是如何使批判性主体介入，通过完成激进性的批判与实践，最终达成社会新秩序。

从"真实"到"视差真实"

如果说齐泽克在较早的文本中，对"真实"还只是进行补充和再解释，那么在近年出版的巨著《视差之见》中则运用"视差空隙"（parallax gap）观念彻底改写了真实概念，将"真实"置换成为"视差真实"。在齐泽克看来，视差标示出了两种不同视阈间的不可化约的空隙，可用下面这一简单的日常动作来说明：伸出食指，先闭上一只眼睛，睁开时再闭上另一只眼睛。你会感到手指似乎发生了位移，从一个点转移到了另一个点。哪一个点是手指的真实位置？其实两者都不是，真正的答案是两个点之间的空隙。齐泽克对这一观念进行了发挥，把这一视差空隙加以本体化，视之为无法被削减也不能被克服的空隙，而且这一空隙正是推动形成（becoming）成为进程（process）的那一僵局本身。他论证说，由于一个"视差的真实"，对拉康式的真实的标准解读就必须改写。必须反对那种标准的解读，即真实"总是回到其自身的位置"，同时也是在那里掩盖着它全部的符号表象。在此，与拉康的真实形成鲜明对比的是，齐泽克的视差真实既不是始终在变化的象征背后的一成不变的东西，也不是总是回到自身位置的东西，而是"一个阻止我们到达真理的空隙……存在着一个真理，一切事物都不是相对的——不过这一真理是严格意义上的颠倒的视角的真理，而不是从单一视角的、被片面的观察所颠倒的真理"。（2006：218）这样，视差空隙就被提升到了本体高度。在齐泽克看来，视差真实并非表象背后不可到达的真理；相反它是视角中的缝隙，是不同视角之间的转换，是不能到达的、扭曲我们的视觉的被否认的 X，或者说是一个回溯性地重构出表象的多元性的并不存在的 X。

从视差的角度出发来考察对象 a（objet petit a），也就有了与拉康不同的全新理解。从它最初的含义，即在主体中又超出主体本身、欲望的对象-原因、剩余快感，或者说作为纯粹的形式的污点的一个溢出，如今更进一步，变成了一种"纯粹的视差的对象"，或者"作为对象的自身的差异"，一种特殊的、无法描述的、以构造超出对象的对象的方式而构造出对象本身的"某物"。从欲望到驱力的转换也应该被理解为视差性的：作为个体欲望的、无法实现的快感，变成了总是伴随着不断重复的失败而出现的一种快感。举例来说，有些人为了抵制性诱惑，就千方百计忽略性，或压根不去想关于性的一切。这种方式在齐泽克看来是注定无效的。因为根据纯粹视差的对象观念，正是使自身免于性诱惑的意图制造出了性欲的感觉，你越是竭力不去想关于性这个话题，就越是有更多的性的内容被激发出来。原因是存在这样一个超我的悖论（superego paradox）："你越是为了遵照法律而压抑你的违法欲望，该欲望就会越发强烈地返回你的脑海并实施更大的困扰，结果也就导致你更有罪恶

感。"（*The Fragile Absolute*：132）

对同一事件的不同视角的观察，可被视为另一个典型例证。齐泽克的重点是，我们既不可能通过思考一个事件，甚至全部事件来获得关于事件的真理，也不可能通过接受一种几乎不可能的上帝之眼来关注事件的完整的一切，并最终达到事件的真理。与此相反，不同视角之间的扭曲与上帝之全能视角的不可能性，则分别暗示出事件的真实性（the Realness of the event）。事件的真实性，是启动其构成要素之多元和不可能性的东西，因此它既是否定性的，又是构成性的。也因此，被称为事件的这个例子，在齐泽克那里其实就是真实的不可能性的硬核，是一个我们无法直接遭遇，而只能通过"象征虚构的集合"来理解的东西。而真实的事件则显现为"纯粹虚构的、实际上不存在的、一个只能被逆向重构的 X，它从象征形构（symbolic formations）的多元性中出现，这些象征形构就是实际存在的全部"。（Žižek，2006：26）经过这种解释，真实就不再单纯是否定性的，同时也是建构性的。

齐泽克指出了拉康的真实观念的局限，并明确了自己的不同观点。他对拉康讨论真实与象征关系时前后思想的变化作了梳理：拉康最初运用"外密"（ex-timacy）概念，把真实看成象征的"内部的外在"（internal externality）。真实是永不可达的创伤性内核，象征正是围绕着它进行循环流通的。但正如夜蛾围绕灯火飞转不能太近一样，如果象征与真实靠得太近，就会自我毁灭。此后拉康又转变了认识，把真实视为象征的绝对内在，但真实自身不具有任何物质属性，除了作为裂缝和象征内在的非连续性之外，它一无所是。在齐泽克看来，拉康的这一理论转换仍未能真正解决真实与象征的关系问题，对真实的肯定性和建构性的阐发远远不够，所以既解释不了象征的起源，更无法对如何能最终打破象征秩序作出说明。齐泽克认为，拉康似乎缺少一种唯物主义的立场。他追问道：

> 如果真实自身不具备实体性，如果它只是内在于象征的，那么我们将如何思考这一问题？象征是如何从前-象征的 X 当中爆发出来的？与幼稚的唯物主义唯一不同的选择真的就是那种方法论的唯心主义？根据这种观念，"语言的局限就是世界的局限"，那严格说来，如何超越象征真就成了不可想象的内容吗？（2006：390）

因此齐泽克比拉康走得更远，他把真实提升到了本体的高度，使之从因果关系和自然法则中超脱出来，还以反拉康的唯物主义姿态，赋予了真实某种物质特征。这就既有力地摆脱了象征的限制，又具有启动新空间的能动性，于是真实就意味着一种彻底的自由：它既是世界的一部分（内在于象征秩序），同时也是它的原因，从而使它具有了打断因果序列并能从自身启动一个新系列的能力。也就是说，拉康哲学的激进性主要还是姿态上的，齐泽克则不仅具备激进的姿态，还要以真实为基础，进行激进的政治哲学实践。为此他努力从唯物主义角度解决象征的起源问题，赋予真实某种"实体"特征，并借助视差真实打开了象征秩序之外的新的空间。

结　语

齐泽克激进的政治哲学正是以真实为基础展开的，真实的原型可追溯至弗洛伊德的本我。从弗洛伊德到拉康再到齐泽克，这一概念经历了从临床性实践到广义的文化批评再到社会政治批判的过程。本我及弗洛伊德的精神分析理论本身是知识性的，主要被应用于临床治疗。到了拉康阶段，随着结构主义语言学的引入，精神分析就不再局限于纯知识范畴，而被扩展到了一般思想文化领域。但弗洛伊德的生物学实验方法，在拉康那里仍得到了充分的继承。他本人曾提到："我的病人对我讲述他们所做的梦，并且以此来教导我。"（Felman：91）可见拉康的精神分析实践，很大程度上还是临床诊断性的。⑨只有到了齐泽克阶段，才基本放弃了临床实践，把精神分析学概念广泛应用到文化批判，尤其是社会政治领域。也因此，他被视为拉康理论的文化研究学派的代表人物，"称其为把拉康思想运用到文化领域的主要发言人，我认为是无可置疑的"。（Malone：85）

对真实（包括其原型）的三个不同阶段的阐发也是一个逐步激进化的过程。拉康之所以提出要"回到弗洛伊德"，并把弗氏的核心概念超我、自我、本我改写为象征、想象、真实，主要是针对当时如日中天的自我心理学派，他认为该学派并没有理解弗洛伊德的真正创见，尤其是忽视了他在探寻自然、性别和无意识欲望时的颠覆性，背离了精神分析学的基本精神和理论方向。于是拉康要矫枉纠偏，最终把精神分析学发展到了一个新的阶段。"真实"相较于"本我"，激进性被推进了一大步。然而拉康的阐发格外艰深晦涩，又由于过分注重学理性而忽视实践等原因，真实的激进性仍未被彰显到最彻底的程度。齐泽克显然走得更远：他不满足于使真实停留在纯粹理论内部，而是把这一基本概念应用于复杂的社会现实；他将拉康理论潜在的激进性与马克思主义改造或变革社会现实的基本主张结合起来，极大地发挥了真实对象征秩序的彻底否定性力量；他将这种结合应用于批判当代全球资本主义的理论实践中，用真实洞穿资本主义的意识形态矩阵，彻底粉碎其整一性，力图达到真正改变世界的目的。至此，真实的激进性被齐泽克推到了极致。

因此可以认为，齐泽克的真实最终超出了拉康的视阈。他吸收了更多的理论资源，在更为深广的理论背景中发挥了拉康的精神分析理论。"尽管他全部著作都借用了拉康主义的观念，但他绝非只是把战后法国的思想进行拜物教化。"（Böhm and De Cock：279）他驾轻就熟地借用了真实这一概念，从精神分析游弋到当代政治，然后再返回。他既看重真实的否定性和不可能性，充分发掘其中蕴含的激进的批判力量，同时又深刻地意识到拉康式精神分析学在重建政治主体性方面的限度；为此他借助其他思想资源，如视差理论和唯物主义哲学等，来探究和发掘真实的建构性维度，并试图弥合否定性和建构性之间的鸿沟。他致力于为政治性本体的重建奠定一个学理基础，以此展开对当代全球资本主义的凌厉批判。他阐发的真实概念，其否定性和建构性二者并重。换言之，齐泽克所发挥的是一种正面的否定性和不可能性，而且真实在他那里不仅是理论性的，也是实践性的，其终极目的是要为打破全球资本主义霸权而发掘出新的可能。

参考文献

1. Böhm, Steffen, and Christian De Cock. "Everything You Wanted to Know About Organization Theory ... But Were Afraid to Ask Slavoj Žižek." *Sociological Review* 53.S1 (2005): 279-291.

2. Butler, Judith. *Bodies That Matter: On the Discursive Limits of "Sex"*. New York: Routledge, 1993.

3. —, et al. *Contingency, Hegemony, Universality: Contemporary Dialogues on the Left*. London: Verso, 2000.

4. Butler, Rex, and Scott Stephens, eds. *Interrogating the Real: Selected Writings*. New York: Continuum, 2005.

5. Daly, Glyn. "Politics and the Impossible." *Theory, Culture & Society* 16.4 (1999): 75-98.

6. Felman, Shoshana. *Jacques Lacan and the Adventure of Insight: Psychoanalysis in Contemporary Culture*. Cambridge: Harvard UP, 1987.

7. Kay, Sarah. *Žižek: A Critical Introduction*. Cambridge: Polity, 2003.

8. Lacan, Jacques. *The Seminar of Jacques Lacan, II: The Ego in Freud's Theory and in the Technique of Psychoanalysis, 1954—1955*. Ed. Jacques-Alain Miller. Trans. Sylvana Tomaselli. London: Norton, 1991.

9. —. *The Seminar of Jacques Lacan, VII: The Ethics of Psychoanalysis, 1959—1960*. Ed. Jacques-Alain Miller. Trans. Dennis Porter. London: Routledge, 1999.

10. —. *The Seminar of Jacques Lacan, XI: The Four Fundamental Concepts of Psychoanalysis*. Ed. Jacques-Alain Miller. Trans. Alan Sheridan. London: Vintage, 1998.

11. Malone, Kareen Ror. "Review of Slavoj Žižek, 1992, Enjoy Your Symptom: Jacques Lacan in Hollywood and Out." *Journal of Theoretical and Philosophical Psychology* 15.1 (1995): 84-89.

12. Meyers, Tony. *Slavoj Žižek*. London: Routledge, 2003.

13. Scott, Jill. "Fantasies of Repressed Empire in Schnitzler's Traumnovelle." *Modern Austrian Literature* 39.1 (2006): 45-63.

14. Wright, Edmond. "Introduction: Faith and the Real." *Paragraph* 24.2 (2001): 5-22.

15. Žižek, Slavoj, and Glyn Daly. *Conversations with Žižek*. Cambridge: Polity, 2004.

16. —. "Cover Story: Who Rules the World?" *The Observer*. September 30, 2007.

17. —. *For They Know Not What They Do: Enjoyment as a Political Factor*. London: Verso, 2002.

18. —. *The Fragile Absolute: Or Why Is the Christian Legacy Worth Fighting for?*. London: Verso, 2008.

19. —. *The Metastases of Enjoyment: Six Essays on Women and Causality*. London: Verso, 2005.

20. —. *The Parallax View*. Cambridge: MIT Press, 2006.

21. —. *The Sublime Object of Ideology*. London: Verso, 1989.

22. —. *The Ticklish Subject: The Absent Centre of Political Ontology*. London: Verso, 2008.

① 在国内理论界，拉康的"真实"（real）经常被译为"实在界"、"真实界"或"真实域"，所突出的是拉康"三界"（象征、想象、真实）间的差异。但译为"……界"在强调其术语功能的同时，难以涵盖该词语的一般意义，削减了概念本身的丰富性。译为"实在"也有类似弊端。因此，笔者赞同吕彤邻、吴冠军等学者的意见，译之为"真实"，并把 symbolic 和 imaginary 分别译为"象征"和"想象"。

② "Slavoj Žižek: A Primer." Web. 15 August 2009.

③ "To Read Too Many Books Is Harmful." Web. 9 July 2011.

④ Ibid.

⑤ "Slavoj Žižek: A Primer." Web. 15 August 2009.

⑥ Ibid.

⑦ Ibid.

⑧ Ibid.

⑨ 拉康理论界流派众多，有以治疗诊断为主者，有文化研究学派，有在美国极富盛名的文学批评学派，还有拉康主义女性主义流派等，但拉康生前"钦定"的理论传人米勒（Jacques-Alain Miller）正是主张临床诊疗的代表人物，这也从反面印证了拉康本人精神分析实践的治疗诊断性质。

自由诗 傅　浩

略　说

今天在我国，现代诗或曰新诗的作者可能多半都是在写自由诗（Free Verse），因为除了传统诗或古体诗之外，就是现代诗。现代诗基本上就等于自由诗。有这么多人在写，可是不知道有多少人清楚，什么是自由诗。本文不论汉语的自由诗，只讲英语的自由诗，因为汉语的自由诗是从英语及其他语种的自由诗学来的。自由诗起源在英语里面，最明显的发展也是在英语里面。英语自由诗可以说是在世界上出现最早、影响最大的自由诗。所以我们只要弄清楚了英语自由诗的源起和发展，自由诗的情况基本上就都清楚了。其他语种的基本上都是在它的影响之下形成的。在英语里面，自由诗已经存在了一个多世纪了。据有人估计，在美国，自从自由诗出现以来，所谓现代诗，有一半都是用自由诗体写成的。估计这个数字不会比我国现在用自由诗体写新诗的人数比例大，但是也相当可观了。有这么多人在生产自由诗，可是迄今为止，关于自由诗的定义，什么是自由诗，还是没有一个共识，没有一个定论。

综　述

定义

自从自由诗问世以来就有两派意见针锋相对：一个是反对的，一个是赞成的。到现在为止仍旧是水火不相容，大家还是谁也没法说服谁。事情往往都是这样的：在你找到一个确切定义之前，那个东西早已经存在了，而且不论你给它定义与否或如何，它都将继续存在。自由诗就是这样一个东西。甚至公认的自由诗大师，像艾略特（T. S. Eliot），他就从来不承认有自由诗的存在。他说："对于任何一个想要做一件漂亮活儿的诗人来说，没有诗是自由的。"（1957：31）。他还说，他没法给自由诗下一个肯定的定义，而只能用三个否定式来定义：没有体式，没有节奏式，没有韵式，这就叫自由诗。（1975：32—36）另外一位大师威廉斯（William Carlos Williams），他跟艾略特在诗学上的观点是迥异的，但是在对自由诗的看法上面，他们可以说是相近的。他说，"自由诗"这个名称本身就是个矛盾。诗意味着有格律，没有格律就不叫诗，格律是不自由的，如果是自由的就不叫诗，所以这个名称是不成立的。他还说，自由诗里面最典型的例子是惠特曼的诗，但是惠特曼从来也没有把自己的作品称为自由诗，（38）这是因为"自由诗"这个名词出现得比惠特曼发表他的《草叶集》要晚得多。所以，什么是自由诗，这是一个问题。有很多自由诗的辩护者给了这样那样的定义；现在的辞书，各种手册、术语词典，也给自由诗作了这样那样的定义，但都不太令人满意。例如，《牛津英语词典》的定义是："不遵守传统的尤其是有关步格和韵式的格律，节奏和诗行长度不定可变的诗歌写作。"1902 年《大英百科全书》的定义是："自由诗除了在排印方式上面，跟散文没有区别。"（OED "vers libre"）甚至到了 20 世纪 80 年代，美国的《写作者百科全书》（1983）对自由诗的定义也只是"诗行长度不固定的诗"。然后它举了一个例子，一首打油诗，用自由诗的形式来描述自由诗的定义：

> Thus any piece
> of writing that is broken in
> to lines of irregular length, may be
> called free verse, whether
> it advertises nylons, records Sam
> son's celebrations of light,
> or explains prosody as drily
> as this　（Beyers：15）

> 如是任何被
> 分成长度不一的
> 行的文字作品，都可以被
> 叫做自由诗，无论
> 它是尼龙袜广告，还是参
> 孙礼赞光明的史记，
> 或是对枯燥如此的诗律的
> 阐释。①

如果把这些话连起来排，不分行的话，跟散文的确是没有区别的。但是为什么要这样排，这是值得我们关注的。

起源

考察自由诗的发展历史，就可以发现自由诗是怎么来的。在某种意义上讲，自由诗是在翻译过程中产生的。因为翻译意味着从一种语言到另一种语言、一种形式到另一种形式的转换。一种语言里的诗体，到另一种语言里就往往会有一个稀释或移植的过程。因为要完全把诗体翻译成诗体是非常困难的，所以很多翻译是从诗体变成了散文。所以，散文诗先于自由诗出现。例如荷马史诗、犹太《圣经》的部分书卷、古罗马史诗如维吉尔的《埃涅阿斯纪》，在原来的语言里面都是诗体（verse），但是翻译成其他语言就往往变成了散文，对译入语中的创作产生了影响。有时候有些翻译家不满意散文体的翻译，想恢复一点诗的意味，又创造出无韵体，即把韵式省略了，只保留了节奏式。或者有的原诗就没有韵，无韵体还算是一种模仿。自由诗则进一步省略了节奏式，而只保留了分行的形式。简而言之，这就是自由诗的发生机制。

据说，惠特曼的诗体即主要是模仿英语《圣经》里的散文体译诗。有人认为，比惠特曼稍微早一些的时候，有两位诗人已经在写散文诗了。那可能是纯粹的散文诗。惠特曼的诗则有所不同，因为它还是分行的，虽然他的行比较长。不管怎么说，现在一般认为，自由诗始于惠特曼。他的《草叶集》于1855年出版，可以说是现代诗的开端，也可以说是自由诗的开端。后来他的影响经爱伦·坡传到了法国。波德莱尔在《恶之花》之后还有两部作品，一部叫《巴黎的忧郁》，是1869年出版的。这个诗集就是一个散文诗集，据说是受了惠特曼的影响。波氏自称他写的是一种诗意的散文，是没有节奏和韵脚的音乐性的散文，所以这个诗集又叫《小散文诗》。可见他的意思是把它当成了一种散文；他似乎误以为惠特曼的诗是散文诗了。波德莱尔以后的象征主义诗人，尤其是兰波，受了波德莱尔的影响，也开始写这种诗性散文，他在1886年发表的《灵感集》就是散文诗。不久以后，发表这些诗的《时尚》杂志主编康（Gustave Kahn）受了兰波的启发，自己创作了另外一组诗，并把它命名为"自由诗"，这就是"自由诗"这个名称的来源。法语原先叫作 *vers libéré*，意思是"被解放了的诗体"，即摆脱了传统诗体束缚的诗，后来不知为什么变成了 *vers libre*，"自由的诗"。康说兰波的诗还不能叫自由诗，因为兰波的诗其实是散文，可以说是散文诗。而他自己的诗可能更有规则性，略同于后来于勒·拉福格和马拉美所发展的，其实就是掺用律句的半自由诗，比散文的节奏更紧凑一些。

而在英语里面，是在1912年的时候，漂在伦敦的美国诗人庞德（Ezra Pound）给美国新创办的《诗刊》推荐了一个叫阿尔丁顿（Richard Aldington）的青年诗人所作的三首诗。他说这些诗是一种自由诗的实验，是受了法国自由诗的影响，其实就是受了马拉美的影响。第二年他又推荐发表了阿尔丁顿的女朋友杜利特尔（Hilda Doolittle）的三首诗。一般认为这就是英语现代诗或曰新诗或曰自由诗的正式起点，是真正有意识提倡的一个新诗运动，或者说自由诗运动的开始。刚开始庞德他们从法语里面借用了"自由诗"（*vers libre*）这个名称，来命名他们的实验诗，后来才把它翻译成英文的 free verse。自由诗等于说出口转内销，又回传到英语里来了，只不过贴上了新的标签。据杜利特尔本人讲，她在被庞德"发现"之前从来就没听说过什么叫自由诗，她也不知道她自己写的东西就是自由诗。所以在某种意义上，庞德才是英语自由诗的真正发明者。从此以后，写自由诗蔚然成风，成了一时风尚，很多人竞相仿效，但同时也有很多人大加攻击。正因为这样的争议，所以才更造成了自由诗的流行。1915年，有一个叫洛厄尔（Amy Lowell）的诗人，接管了庞德发起的这场新诗运动。这个运动也叫意象主义运动，是英语诗界的一次技术革命，标志着英语诗歌里面现代主义的开端。洛厄尔的鼓吹和她周围的一些二三流诗人的紧跟造成了自由诗的泛滥，就像现在我国的情形一样，有些人认为诗很容易写，人人都能写了。这样一来，就又引起一种反拨。真正的大诗人，像艾略特、威廉斯、庞德等人，他们又反过来要加以平衡，加以节制，并不同意那么自由的都叫诗，所以他们就有了向古典、向形式回归的倾向。尤其是威廉斯，他的态度很耐人寻味。他本来可以说是最具有实验性的一个诗人，开始时极力要创新。因为美国的语言跟英语已经发生了分歧，不一样了；它的节奏、措辞、表达法都会跟着发生变化，所以他认为英语传统的诗歌格律已经不再适合美国人了。如果用英语的格律写美国诗，写美国人的生活、经验、日常口语，就会显得很奇怪，所以他要创造新的诗、新的节奏。而庞德和艾略特，尤其是艾略特，又回到英语的传统格律和欧洲的文学传统里面去寻找灵感了，这是威廉斯所不能同意的。他说，我们本来是向一片未知领域勇敢地突围，但是艾略特的《荒原》就像一枚原子弹，把我们所有的努力都化为了灰烬。（Lioyd：33）《荒原》其实是松散的口语和传统律句的混合体，不是完全的自由诗，所以威廉斯认为这是自由诗革命的一种倒退。可是威廉斯自己呢，就像我们前面说到的，他也并不承认完全的自由是诗，他在寻找一种新的节奏。他的新节奏可以说跟英国的传统格律是没有关系的，他要创造一种全新的节奏或者全新的格律。

发展

这代表了自由诗的两个发展方向。以艾略特为代表的主要是用律句和非律句混合的形式。艾略特之后有奥登，还有美国的一些学院派诗人，兰色姆（John Crowe Ransom）、沃伦（Robert Penn Warren）、洛厄尔（Robert Lowell）这些人都属这一类。另外一类就是以威廉斯为代表的，他们要创造全新的、每一首都不一样的形式。金斯堡（Allen Ginsberg）也是。他们承袭了惠特曼的写法，这是最原初的一种写法，就是说，完全是用自己的呼吸来厘定诗行，而没有其他的讲究。属于这一类的还有著名的小说家劳伦斯（D. H. Lawrence），他被认为是写这种自由诗写得最好的一个诗人。他也是承袭了惠特曼的传统。劳伦斯主张，写诗是一种自发的激情的喷发，激情怎么喷发，形式就是怎么样的。他的诗句可以说是不加修饰的，但奥登认为他有非常好的节奏感。他写出来的东西可以说是天然去雕饰，但又合乎自然节奏的，所以他被推崇为自由诗大家。马斯特斯（Edgar Lee Masters）是在讨论自由诗的时候被引用得最多的一个诗人。他的诗，节奏基本上是散文的节奏，虽然也分行。所以反对的人爱拿他来说事儿，他们称他的诗是"切成丝儿的散文"，也就是我们所谓的"分行的散文"。他每一行的节奏是不讲究的，跟散文是没有区别的。所以自由诗和散文的区别就成了一个问题，就成了反对自由诗的人瞄准的一个破绽：你如何把自由诗区别于散文？唯一的区别似乎就是分行，所以分行是非常重要的。威廉斯一辈子都致力于诗的分行，他最后创造出"楼梯诗"这么一种东西。当然分行里面还有种种的讲究。

1950年，美国的黑山学院院长奥尔森（Charles Olson）发表了一篇宣言式的文章叫作《投射诗》，这是将自由诗理论化的一次重要尝试。直到此前，自由诗的理论还没有形成。什么是自由诗、自由诗该怎么写，没有一致的说法。奥尔森的这篇文章就是试图要赋予自由诗一种理论。他回避了"自由诗"这个名称，另创了一个名称叫"投射诗"，另外又创造了一对名词叫作"开放诗"和"封闭诗"。他认为传统的格律诗是一种封闭的体系，不再发展了，而且是人为的、外来的、强加的；而自由诗是开放的，没有终结的，没有完成的时候，所以叫开放诗，这是从诗的构成上讲。从诗的创作方面讲就是，一个是投射诗，一个是非投射诗。投射诗其实也不新鲜，就像劳伦斯所说的，诗是直接喷发出来或投射出来的，而诗的形式是自然形成的。奥尔森这篇文章的核心其实就是，他的同事、另外一个诗人克里利（Robert Creeley）在闲谈的时候说的一句话："形式是内容的延展。"他的这篇文章主要就是对这句话的阐释。其实他这种思想、这种讲法在19世纪浪漫主义诗人柯勒律治那儿就有了，就是诗的有机形式。柯勒律治认为，诗是自内向外生长的，像植物一样；而格律是外来的，是人为强加给它的。浪漫主义诗人济慈也说，诗要像树上的树叶一样，自然生长出来。但是柯勒律治主张要用格律去节制激情，因为激情的喷发是没有形式的，需要用外来的形式去把它平衡一下。这种理念其实奥尔森他们并没有多大突破，威廉斯也没有多大突破。所不同的只是：柯勒律治所用的制衡手段是传统格律（艾略特与此类似，只不过更松弛些）；威廉斯和奥尔森们则主张另铸新体而已。

威廉斯读了奥尔森这篇文章以后很兴奋，说我们终于好像找到了点什么东西。投射出来的东西原本是没有形状的，但最后的产品还是应有形状的，就像水一样，流到地上是漫开的，流到杯子里面就成了杯子的形状。所以每一首诗都有一个独特的形式，这就是所谓的开放形式，而不是人为的、外加的、固定的形式。一般认为这种理论是更接近诗的本质的。可能原始的诗也是这样形成的：从任意的形式逐渐到固定化了的形式，到大家公认的一种形式。所以说，自由诗，与其说它是创新，不如说它是向诗的本质的一种回归。奥尔森在这篇文章里面另外还提到一些具体的分行法。传统格律的诗行都是事先切好的，五言、五音步，都是固定的，大家都按照这个来按谱填词。开放诗则是从内向外，自然生发的，但是它也要有一定的律法。奥尔森在这篇文章里面提出了诗行的"律法"，是以呼吸来厘定诗行。就是说，朗诵的时候一口气，不换气，就是一行；换气的时候又换另一行。另外，他应用了现代科技——打字机。他说，打字机在纸面上排印的字是很精确的，就像作曲家用五线谱来谱曲一样。纸面上的排印形式就指示读者该怎样朗读诗作。（Olson：15—26）例如，像庞德这首诗《在地铁站》（"In a Station of the Metro"），它最初发表在杂志上的排印形式是以空格来表示节奏的。

> The apparition of these faces in the crowd;
> Petals on a wet, black bough.（Pound：50）

在一地铁站里

> 人群中　这些面孔的　闪现；
> 湿黑的　枝上，花瓣　点点。

诗行被分成一个个节奏组，中间的空格表示暂时的停顿。这个节奏是不同于格律的。格律的节奏是死的，是一种抽象的规则，它的节拍就相当于节拍器，或像钟表的节奏一样，是不变的。实际的诗的节奏，跟格律的节拍点是时分时合的，这样才形成了活的音乐似的节奏。自由诗就是要强调、要恢复这种较自然的节奏。当然，如果漫无规律，就没有节奏了，那也不行。所以，如何做到恰如其分，这是自由诗倡导者们在一直探究的东西。

再看金斯堡在 1977 年写的一篇文章。金斯堡跟奥尔森一样，都是威廉斯的门徒。这篇文章是 1980 年才发表的，叫作《开放诗形式在纸上的悉心安排中的一些不同考虑》。他没有像奥尔森那样试图作理论化概括，而只是列举了十种不同的自由诗写法，或者说是分行法。第一种是数音节，用音节数来厘定诗行。第二种是数重音，以重音为标准。其实传统的格律就是数重音。第三种是元音的长度，就是用音长来厘定诗行。这个在英语里边早就有诗人实验过，但是一般认为是不成功的，因为英语的诗歌格律其实不是从英语本身的节奏总结出来的，而是从拉丁语和希腊语借用来的，不完全适用，所以以音长为节奏单位的这个写法也只是一种实验。第四种是用呼吸停顿来厘定诗行，就是说一口气一行，惠特曼就开始这么做了。第五种就是以句子为单位，一句话就是一行，第二句话就换一行。第六种是以思绪、念头为单位，想到一句是一行，念头转换了，又另起一行，就是根据思绪变化来划分诗行。第七种是在纸面上的视觉效果，就是要追求一种视觉上的对称或者不对称这种在纸面上观看的效果。第八种是用心跳、脉搏来衡量，用写作的时候脉搏的跳动来衡量。第九种是受写作材料的限制。比方说，有些诗人就像我们的李贺一样，出门的时候口袋里备着一些纸，想到了就随手写一句。他们也是，随手写到餐巾纸上，写到火柴盒上，写到墙上。比方说他随手写在火柴盒上，火柴盒很小，他写了一行，还没有写完，到头了，那这就算一行了。写的时候是即兴的，当时写的是什么样子，发表时就怎么排印。最后一种，第十种就完全是偶然的，或者说完全是随意的。突然高兴了，唰唰唰一气就写了十行；突然又一不高兴，情绪断了，就不写了，或者勉强再写几个字。就是完全随意，受情绪冲动的控制，有行为艺术的倾向。这是他总结出的十种所谓开放诗的形式，其实就是分行的方法。（260—261）

本质

究竟什么是自由诗？其实还是要相对于格律诗、相对于已有的格律来讲。有的人认为自由诗是一种诗体，有的人认为它不是。英语里面有数百种格律诗体，自由诗当然不是一种诗体，只能说是一种类型。它是相对于全部格律诗的，也就是说，不同于格律诗的都可以叫自由诗。据美国的一位学者研究，他把自由诗分成四种：一种是长诗行的，像惠特曼和金斯堡的那种；一种是短诗行的，如威廉斯、克里利的那种；一种是运用律句的，像艾略特、奥登所写的；还有一种是非律句的。（Beyers：10）我觉得，这四种互有交叉，而且也没有必要那样分。什么叫长行的？什么叫短行的？有多长算长行的？这个并没有本质上的区别。长行和短行里面又分别可以分成律句和非律句，互有交叉，是没有本质上的差异的。如果非要在分行上加以区分，应该一种是跨行的，一种是不跨行的，如此而已。

自由诗与格律诗的关系如图示，其中所用的一套术语部分是我自创的：

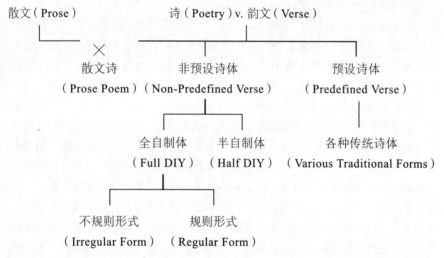

诗与散文，两者是交叉的。所产生的散文诗单是一类。右边这一类我取名叫预设诗体，或叫pre-existing（预先存在的）或external（外在的）或imposed（强加的），无论名称如何，其实都一样。左边这一类则是非预设的，或internal（内在的）或inborn（天生的）诗体。原先的那些定义基本上是对一种死的东西、对已经存在于纸面上的东西的定义，就像一个外科医生对一具死尸所作的解剖一样。而我是从创作过程、创作机制上来定义的。"预设的"就是传统诗体，各种传统诗体都属于预设的。就是说在我们创作之先就预先有一个形式、体式存在，我们只是照谱填词，就像写歌一样，有时是先有一个曲谱，然后填词进去。另外这一类就没有。诗作的形式是直到写完以后才固定下来的，而不是预先就有的，不是先有一个外在的形式。这等于说，诗有三个范畴：散文诗、非预设体诗、预设体诗。非预设体下面还可以细分。我给它分成两大类，分别叫半自制体（half DIY）和全自制体（full DIY）。DIY 的意思是"自己动手做"。大家知道，现在有些家具只是些现成的零件，你可以自己组装，那叫 half DIY，因为那些零件不是你做的。full DIY 就是你自己拉锯推刨子，从零件做起。艾略特、奥登，还有一些学院派的诗人都属于 half DIY 这一系列。惠特曼、威廉斯、金斯堡等人则属于 full DIY 这一系列。这一系列下面还可以继续分成规则的形式和不规则的形式两小类。惠特曼的诗体是完全的不规则形式，威廉斯的就有些是规则形式的。它虽然体式也是整齐的，但是它是诗人自己创造的，而且是一次性使用的。我们现在一般不用"自由诗"这个词组，但有时也不妨借用、沿用，只要我们知道它指的是什么。分类清楚了，我们就可以进而重新定义自由诗了。我们对自由诗的定义有三点：第一点是不同于传统诗；第二点是非预设的；第三点是不可重复，就是说完全是一次性的，这点比较重要。比方说，我国有位叫林庚的已故诗人，他创造了一种九言体。他创造了这个诗体以后就老用这个体来写，那它就变质了。虽然它是 full DIY，但是因为重复使用就变质了，就变成预设的或封闭的诗体，而不能算作开放的、自由的诗体了。什么叫自由诗（我们借用原先的这个术语）？非预设的、不可重复的、不同于传统诗体的诗歌体式就叫自由诗体，用自由诗体（准确地说，是方法）写作的诗歌类型就是自由诗。

由于 verse 这个词在英语里面有"诗体"的意思，也有"韵文"的意思，所以一般研究者都强调形式，只是从形式上谈什么叫自由诗。他们基本上忽略了内容，忽略了其他的方面。我觉得自由诗有几个特点，可以总结如下：一、它在内容上，或者包括形式上，都追求一种陌生化。格律诗是人们有所期待的，是熟悉的，可以预见的；自由诗是不可预知的，它的节奏、它的内容都是不可预知的，它给人一种惊奇感，所以它是陌生化的。二、在节奏上，它是散文化的，它追求的节奏不是人为事先规定的，而是自然的。三、语言上可以说是接近自然口语，而不是人为加工的文言。四、它的表现方法、表现内容可以说是现代化的、当代化的。它因为要陌生化，要出新，虽然是从形式上入手，相应地，它的内容也要出新，虽然内容的出新有点滞后。所以它要求当代化，写过去没有写过的题材，就是出新。五、个性化。自由诗是个性化的，每个人写的可以说都不一样，没有一个固定的模式。六、开放化，就是没有固定形式，可以任意地写。七、最根本的，就是美国化。美国在政治上和经济上取得了独立之后，它要在文化上和文学上也取得独立。自由诗为美国的语言、美国的文学找到了一种形式，这是美国化。在某种意义上说，自由诗就是美国的新诗。直到现在，英国人对自由诗的接受还不像美国人那样痛快，多数的英国诗人还是对自由诗有抵触的。而美国可以说并没有传统诗，它的传统诗就是英国诗。所以说自由诗就等于美国诗，是美国的一个发明。它的创始人是美国人，它的提倡者也是美国人，它在美国的产量可能也是世界上最大的。现在，它的影响已遍及全球，包括我国，在各种语言里出现了各种民族化的自由诗。

结　语

艾略特认为，自由诗比传统格律诗更难写：照谱填词的传统诗即使没有诗意，形式上看起来也像诗；自由诗则无可凭借，要写得像诗可真不容易。（1975：32—36）自由诗的特性决定了它的难度：它要求无论在形式还是内容上都更富于独创性。自由诗的民族化其实等于国际化：只有自由诗是可以在各种语言里普遍共有的，而各种语言里的传统诗体则是长期随语言一同进化发展而来的，故而一般是其特有的。

自从"五四"西风东渐，在西方诗歌的影响下我们创造了自己的新诗以来，自由诗在我国也大行其道，到现在还一直有人在写。但是呢，我们有些写自由诗的人，其实不大懂自由诗的规矩、讲究，也不知道自由诗到底是怎么一回事儿。他们写的等于说是一种自发诗，而不能叫自由诗。而有些极端保守而无知的人，甚至说自由诗根本不是诗。我们了解了英语自由诗的发展、起源、历史和它的本质，或许对我们的创作会有些借鉴或启发作用。

参考文献

1. Beyers, Chris. *A History of Free Verse*. U of Arkansas P, 2001.
2. Eliot, T. S. *On Poets and Poetry*. London: Faber, 1957.
3. —. *Selected Prose of T. S. Eliot*. Ed. Frank Kermode. New York: Harcourt, 1975.
4. Ginsberg, Allen. *Deliberate Prose: Selected Essays 1952—1995*. Ed. Bill Morgan. London: Penguin, 2000.
5. Lioyd, Margaret Glynne. *William Carlos Williams's Paterson: A Critical Reappraisal*. Granbury: Associated UP, 1980.
6. Olson, Charles. *Selected Writings*. Ed. Robert Creeley. New York: New Directions, 1966.
7. Pound, Ezra. *Lustra*. New York: Alfred A. Knopf, 1917.
8. "vers libre." *OED* (CD-Rom), Oxford up, 2009.
9. Williams, William Carlos. *Interviews with William Carlos Williams*. Ed. Linda Welshimer Wagner. New York: New Directions, 1976.

① 除非特别注明，本文引诗皆为作者自译。

自传式批评 杨晓霖

略 说

近年来，"自传式批评"（Autocritography）成为文学领域内的中心话题。上世纪七八十年代以德曼（Paul de Man）或詹姆逊（Fredric Jameson）为典范的高深理论模式（high theory）倡导的"为理论而理论"（theory for theory's sake）的纯学术口号以及"去人性化"的话语基调已逐渐被"后理论一代"所摒弃。一方面"后理论"学者宣称"宏大理论"已死，另一方面，他们更乐于采用个人化自传叙事模式来阐释自己的学术观点，积极倡导"为审美而批评"（theory for aesthetics or belletrism's sake）。如果说詹姆逊这一代批评家的座右铭是"总要理论化"（"Always theorize!"）的话，那么后理论一代批评家信奉的则是"总要个人化"（"Always personalize!"）。 在这一背景下，作为对传统学院式学术批评模式的反叛，自传式批评概念应运而生。在某种意义上，自传式批评在各种理论话语中的全面渗透是对高深理论规范压迫的颠覆。

2010 年，有西方文论学者发表《学术批评的新模式？——个人化批评带来的启示》一文，主要对自传式批评的雏形阶段——女性主义个人化批评进行梳理和评介，关注流行于少数群体的批评话语中的个人化批评趋势，但对这一模式的第二阶段发展和第三阶段推进没有后续阐述。有鉴于此，本文将全面评介自传式批评的三个阶段：以颠覆殖民者和男性作为权力主体、被殖民者和女性作为客体这一权力关系为目的的女性主义倡导阶段，以解构自传叙事与理论话语、主体与客体等二元对立为目的的自传式批评在其他文学理论中的辐射阶段，以及以消解公共 / 私人领域、主 / 客观性以及自我 / 他者等二元对立为特征的学术研究自传式叙事全面深化阶段。

综 述

"自传式批评"一词最早被盖茨（Henry L. Gates Jr.）使用，为一种将自传写作与社会批评合并一体的跨体裁话语实践（interdiscursivity）。1999 年，阿克沃德（Michael Awkward）在《教导之景》一书的引言中将该书界定为"自传式批评"。他把这种体裁定义为"一个自我反思、自我意识的学术行为"，通过阐释个人、社会和体制的现状将自己塑造成一位学者。（7）对于非裔文学批评家本斯顿（Kimberly W. Benston）来说，这是一种将个人经历融入对非裔美国文学和文化公共表现行为的阐释中的体裁。此外，加拿大文学批评家巴斯（Helen Buss）将"自传式批评"这一术语用于描述一种自我意识的写作形式，批评家在理论阐释中适时地融入关于自我如何形成学术兴趣的自传信息；翁达杰（Michael Ondaatje）、崔维新（Wayson Choy）、马拉特（Daphne Marlatt）、克拉克（Austin Clarke）等的写作都可归于她定义的自传式批评模式之下。（Buss：1）许多文学理论家或学术批评家都将自己的著作称作"自传式批评"。这些改用自传作为批评修辞手段的作家大多从高深理论阵营中脱离出来，托戈夫尼克（Marianna Torgovnick）所在的杜克大学代表了这一趋势的机构转向，该校学术团队已成为自传式批评的主要据点。

贝鲁贝（Michael Bérubé）认为自传式批评与自传批评（autobiographical criticism）、告白批评（confessional criticism）等说法基本同义。（185）实际上，与这一概念相关的术语远不下10个，其中包括美国女性主义学者米勒（Nancy K. Miller）的"个人化批评"（personal criticism）或"自我文档"（ego-document），哈桑（Ihab Hassan）的"超批评"（paracriticism），辛普顿（Ashlee Simpton）的"元批评自传"（metacritic autobiography），杨（Vershawn Young）的"表现式写作"（performative writing），海伦娜（Helena Miguélez-Carballeira）的"内省式元批评"（introspective meta-criticism），以及海丝（Douglas Hesse）等人的"新纯文学批评"（the new belletrism）和托戈夫尼克等人的"创作式批评"或"作者式批评"（creative criticism or writerly criticism）等。（Williams：47）由于这一策略或模式同时打破了文学与理论、虚构和真实之间的界限，也有理论家，尤其是加拿大学者使用"生命文本"（biotext）、"虚构分析"（fictionalysis）、"戏剧转型"（theatrical transformation）以及"隐秘虚构"（cripto-fiction）等术语来描述这一越界话语。（Egan and Helms：14—15）本文认为以上加拿大文学理论中的多样化表述可用自传式虚构批评（autobiografiction criticism 或 autocriografiction）来概括。虽然针对这一趋势的术语令人眼花缭乱，但本文采用自传式批评（autocritography）这一概念，而非"个人化批评"或其他术语，原因在于这一自传话语批评模式既包括"个人化"话语形式（auto-autographic criticism），又涵盖群体自传话语形式（auto-phylographic criticism）；既表现在文学批评中，又显见于历史文化哲学和自然科学当中；既具有叙事性，又具有表现性，并且模糊了虚构与现实、诗化语言和科学语言之间的界限。相比而言，自传式批评这一说法似乎更具包容性，更能概括这一模式的诸多特点。

布朗（Gillian Brown）在《批评的拟人化》一文中对忏悔或自我剖析式批评冲动的根源作出了最好的诊断。他认为对人文学科中的立场性的迷狂状态激发了个人忏悔批评模式的冲动。（103）后理论一代将个人经历和体验加入理论著作的观点建构之中，并试图用个人性与群体性来区分新旧个人主义写作形式。拉普珀特（Herman Rapaport）就曾以威瑟（H. Aram Veeser）的《批评家们的忏悔》

（*Confessions of the Critics: North American Critics' Autobiographical Moves*） 为文本，讨论了新旧形式的个人主义的异同：旧式的个人写作强调个人面对独特的情境所展现出的独特人格，而新的个人写作形式则关注作为典型或群体化主体的自我。（36—49）本文认为传统的个人批评主要展示理论写作者异自传层面的（idio-autobiographical）事件，而新个人主义批评主要通过元自传层面（meta-autobiographical）对读者或理论阐释者产生影响，（Maldonado：91）修辞意图主要在于学术理论的接受，而非凸显个人化生活事件，这是自传式批评与传统形式的个人化批评迥异的地方。理论或批评写作通过借助叙事策略，创造出具有说服力的故事，可以弥合读者的现实经验和作者试图表达的经验之间的距离。传统观念中，理论批评家、叙事批评家与自传作家这三个身份概念总是被严格区分，但自传式批评叙事却揭示了三者之间相互交织的互语境性关系，开创了一个自传作家、批评家和理论家合而为一的多面空间。

雏形：女性自传批评

这一阶段的自传式批评可以更准确地被称作女性自传批评（autogynographical criticism 或者 autogynocritography）。

汤普金斯（Jane Tompkins）1987 年发表的《我和我的影子》（"Me and My Shadow"）一文被公认为标志着个评（Per. Crit.）或忏评模式（Con. Crit.）的诞生。文章对受哲学律法机制束缚的理论驱动式批评进行谴责。汤普金斯的另一篇标杆性文章《让我们迷失》（"Let's Get Lost"）作为压轴之作收录在威瑟的《批评家们的忏悔》一书中，确立了她作为这一体裁的开山鼻祖的地位。但明确提出"个人化批评"这一概念的是米勒。米勒引用瓦莱里（Paul Valery）的"所有理论都是某个小心保存的自传片段"这一论断，提出"在批评行为中公开加入自传性表演"这一新的模式。（1）该模式具有"告解式、在地性、学术性、政治性、叙事性、趣轶性和生命主体性等"特征，（2—3）透过个人叙述，作者向读者打开了一扇得以透视其"原生态"生活的窗口。与传统的自传批评不同的是，这一模式并非把自传作为批评的研究资料，而是要在学术批评中直接放入个人的声音、经历、思考，甚至情感。（戴从容：110）这一模式很大程度上根植于七八十年代的女性主义批评实践中，如批评家迪普莱西（Rachel Blau DuPlessis）在《为了伊特鲁里亚人》（"For the Etruscans"）中蒙太奇式地插入包括自传在内的各种话语形式，又如强调"要把自己写进文本"的西克苏（Hélène Cixous）在《美杜莎的笑声》（"The Laugh of the Medusa"）中回肠荡气的"个人化乐调"等都预示着女性自传批评时代的到来。这一趋势在 20 世纪 90 年代和 21 世纪的女性主义理论著作中得以延续。

女性批评式自传已成为在女性主义、后殖民主义和后现代批评理论的十字交叉路口思考写作这个议题的特定和优先的地点。（Smith and Watson：5）女性主义批评家反对启蒙认识论传统提倡的普遍主义"宏大叙述",主张只有让女性同时在小说和理论中都成为叙事主体和叙事中心,让女性发声,挣脱被叙述的境地,摧毁男性写作的霸权,才能颠覆殖民者和男性作为权力主体、被殖民者和女性作为客体这一权力关系。历经后现代洗礼、解构论辩之后,女性主义论述和运动打破了单一、白人中心的取向,发展出黑人、移民和第三世界等弱势群体的女性运动,激荡出第三波后殖民女性主义。少数族裔的个人化叙事批评,如林玉玲的《月白的脸》(*Among the White Moon Faces*)和莱蒙斯(Gary L. Lemons)的《黑人男性局外人:一本回忆录》(*Black Male Outsider: Teaching as a Pro-Feminist Man, A Memoir*),在这一过程中起到了推波助澜的作用。

渗透:文学和艺术理论的自传转向

王尔德曾强调"批评的最高形式和最低形式是自传式批评"。(qtd. in Finkelstein:xi)文学评论者事实上也是"躲在衣柜里不愿现身的自传撰写人"。(Olney:5)当代文学批评图景中最具代表性的批评家当属侯兰德(Norman Holland),他的著作《批评的"我"》强调"'我'这个主体在读者与作者之间的交流中所起的作用",阐明文学批评是"当前批评、批评实践和理论的一个关于'我'的批判进行时"。(xi)在《岩石城》的序言里,克罗斯特曼(Chuck Klosterman)写道:"我的理论总是认为批评本身就是蒙着面纱的自传;遮遮掩掩的自传;无论什么时候只要有人在创造艺术作品,他们都在写自己。"(i)克罗斯特曼之言很容易让人联想到王尔德的说辞:文学批评家就是将他印象中的美丽事物用另一种方式进行翻译和转化的人。无论是王尔德的个人经历还是克罗斯特曼的"自传",都贯通在批评家或者作家的写作之中。也许克罗斯特曼想告诉我们的是每个批评家或作家实际上在一部接着一部地写自传。

我们将各种以自传形式暗含作者自传理论阐释的作品称为元自传或者虚构性元自传,(Thomsen:297)如巴特的《罗兰·巴特论罗兰·巴特》(*Roland Barthes by Roland Barthes*),罗斯(Philip Roth)的《事实:一个小说家的自传》(*The Facts: A Novelist's Autobiography*),埃尔诺(Annie Ernaux)的《悠悠岁月》(*Les Années*)以及奥斯特(Paul Auster)的《玻璃之城》(*City of Glass*)等。埃尔诺的《悠悠岁月》可谓一部"个人经历的20世纪法国文化编年史",而奥斯特借此自传阐明连续统一的自我形象只是一个自传幻觉(autobiographical illusion),自传是活着的自我以不断分裂增生的面具回应生命各种分身的策略。在米勒的女性自传批评模式的带动下,自传式批评模式在一系列著名学者的论文集中得到了迅速呼应,如《亲密批评:自传式文学评论》(*The Intimate Critique: Autobiographical Literary Criticism*)、《托洛茨基与野兰花》(*Trotsky and the Wild Orchids*)以及《批评家们的忏悔》等。此外,一系列学术元批评自传的出版,如费伦(James Phelan)的《终身教职之外》(*Beyond the Tenure Track: Fifteen Months in the Life of an English*

Professor）和胡克斯（bell hooks）的《热情之伤：写作的一生》（*Wounds of Passion: A Writing Life*）等都让理论的自传化或个人化叙事更加昭然若揭。洛佩特（Phillip Lopate）已成为当代个人散文的代名词，他于 2004 年出版的与米勒同名的文集《个人化》，就是一部典型的自传式批评著作。

谢林汉姆（Michael Sheringham）认为自传是后殖民写作中一种硕果累累的文类，自传作家在写作中不仅必然谈及自我，并且必然谈及不同形式的他者，所以提出自传形式的异质性和混杂性的问题。（Kelly：11）自传论及自我和他者的观点提升了这一文类的革命性特点。"在殖民与后殖民的语境下，自传也被称作一种'思维去殖民化'（de-colonizing the mind）的工具。"（12）哈桑的批评著作虽然兼具理论深度和学术高度，却倾向于以融入自传元素的个人口吻来陈述观点，充满自我指涉、逾越边界、打破体裁之间的壁垒的意味。《格格不入——萨义德回忆录》（*Out of Place: A Memoir*）和《等待哈瓦那的雪》（*Waiting for Snow in Havana*）这两部流浪他乡者的学术自传经典都出自美国著名大学的知名教授：哈佛大学的萨义德（Edward W. Said）和耶鲁大学的爱拉（Carlos Eire）。上述三位作者就是不断地把对故土的记忆和乡愁翻译成新的内容，作为个人身份的组成部分，构成自传写作的叙事策略以及价值观与责任感的象征。朗兹曼（Claude Lanzmann）的《巴塔哥尼亚的野兔》（*The Patagonian Hare: A Memoir*）不仅叙述自我在半个世纪中所经历的种种故事，还展示了自我与他人，如与德勒兹、萨特、波伏娃等人的关系以及对犹太人后裔身份的思考。实际上，第一人称语态近年在批评话语中的爆棚既不局限于女性主义理论，也不局限于文学批评。（Bernstein：120）世界文学，乃至整个思想界的大潮批判和拒绝"宏大叙事"，流行对启蒙思想的怀疑和解构，文学将目光转向精英之外，寻求普通人、下层人、非主流人群的眼光，展现他们眼中的世界，发出他们的声音，亦即约翰逊所谓的"平民自传"（plebeian autobiography）声音，这一现象在近 20 年来流行的艺术家生命虚构叙事当中尤为突出。通过艺术家身边的边缘人物的自传叙事，作家传达的是自我对艺术历史和理论的批评式阐释。（杨晓霖，2014）

渗透：科学理论话语的自传叙事转向

尼采（Friedrich Nietzsche）在《超越善与恶》一书中提到所有哲学都是"某一哲学思想创立者的忏悔，也是一种不自觉和无意识的自传"。（10）而自传理论家奥尔尼（James Olney）将自传之网撒得更宽广，在他看来，康德主义者（而所有人或多或少是一个康德主义者）都坚称所有神学、哲学、物理学和艺术都是自传，正如瓦莱里所断言："没有一种理论不是某种精心准备的自传的某个片断。"自传是一套关于自我的隐喻，是关于自我的科学话语与诗意化的文学话语的完美结合："在自传里生命科学家与诗人、自然科学家与神学家，关注科学的西方甚至与注重精神的

东方和谐共存。"（21）

　　上个世纪 90 年代被称为身份构建的 10 年（identitarian decade），而人类都有讲述自己的经历、把它演变成故事的渴望，书写自己的人生、寻求身份的建构是一种强有力的人性需求。就像女性自传式批评挑战第三人称叙事权威是为了建立性别身份理论，而自传式族裔批评（auto-ethnocritography）若是为了追寻种族身份的话，那么自然哲社理论的自传叙事批评转向则是为了构建各个学科的理论学者的学术身份（professional identities）。如果说历史叙事主义哲学始于上个世纪 70 年代的话，那么西方理论中到目前为止最主要的理论形态仍然是以个人文学化叙事为主要特征的自传式批评模式，它已成为多元且内涵丰富的学术范畴。对个人化叙事过程的学术兴趣和热情近年在除文学理论之外的不同学科，如哲学、心理学、人类学、生态学和语言学等领域已经明显高涨。（Lamarque：406）

　　用诗意的科学连接艺术与科学，不仅符合日益增长的人类理解的认识论需要，而且符合构建读者与理论者之间的同情和同理的伦理需要。（Freeman：389）自传式批评正是这样一种诗意的科学模式，它以理论的故事讲述取代理论的真理诉求（truth-claim），这种文本应该被更科学地界定为一种自我表达的文学策略，而非体裁范畴。哈拉威（Donna Haraway）试图引导我们抛弃关于科学、真理、客观性的主流话语和成见，将科学的神圣性解构成为一种"叙述策略"和意识形态斗争。另外，哈拉威认为科学是负载故事的（story-laden），就是说科学是通过复杂的、历史上特定的故事叙述实践构成的。"事实负载着理论，理论负载着价值，价值负载着故事。因此事实在故事中才有意义。"（吴小英：131）而摩丝（Pamela Moss）则更进一步提出地理学、人类学和其他科学领域的理论都负载着理论家个人的生活叙事，理论只在有意义的生命故事中才能得到最本质的阐发。（7—8）鉴于此，科学是现有社会和文化图式所决定的故事叙述，不同图式所建构的故事并非同样好，科学论述之间的竞争就是建构好的故事的竞争关系。个人的生命故事拥有本体论的地位，自传式批评是作为自传作家的理论家自我的展演性行为。数学家哈尔莫斯（Paul R. Halmos）的《我要作数学家》（*I Want to Be a Mathematician: An Automathography*）以及文化和符号阐释人类学家格尔兹（Clifford Geertz）的《追寻事实：两个国家、四个十年、一位人类学家》（*After the Fact: Two Countries, Four Decades, One Anthropologist*）就是很好的例子。

　　科学知识话语的自传叙事转向与历史学、社会学和人类学理论、哲学等学术领域对主体性和叙事性的重视密切相关。对于个人化批评或自传式批评概念是否适合于自然科学知识话语这一问题，传统学者一直心存疑虑，因为客观性、内在逻辑性、普遍理性等长期以来被看作是考察科学和科学知识的最基本的信条，但随着历史学、人类学、社会哲学话语的个人化叙事转向，人们认识到所谓日常语言与科学语言之间的冲突并没有假设的那么清晰和明显，恰恰相反，它们之间存在着某种内在的相似性和关联，也就是说隐喻在科学描述和理解中起重要作用，科学的语言描述和观念叙述都根植于隐喻。这些隐喻提供了观察自然的不同框架，并导致研究领域的观念更新。因此，科学并非价值中立的"自然之镜"。（Keller：234）在社会学领域，弗里德曼（Norman L. Friedman）的"自传社会学"（autobiographical sociology）是社会学自传式批评的雏形，他认为社会学家至少必须意识到这样一个趋势，就是社会学家必然将自己的个人经历讲述与理论阐释融合在一起，这一趋势体现在伯托克斯（Daniel Bertaux）和邓金（Norman K. Denzin）的社会学著作里。弗里德曼之后，肖斯塔克（Arthur B. Shostak）使用私人社会学（private sociology）理论表达了类似观点。在伦理批评领域开展研究的人，如布斯（Wayne Booth）、牛顿（Adam Zachary Newton）、费伦、格雷戈里（Marshall Gregory）等的理论都已阐明个人叙事产生的效果。（Charon：48；杨晓霖，2012：13）阿弗拉米（Einat Avrahami）在《入侵的身体：阅读疾病自传》（*The Invading Body: Reading Illness Autobiographies*）中提出疾病自传是对个人与疾病关系的反思，不仅发现意义，更建构更深层次上的意义。此外，利科（Paul Ricoeur）的叙事主体性和叙事认同也消解了个人和公共领域的边界，对学术著作的范式转移作出了贡献："如果'我们是谁'的意识产生于叙事交互中的想象空间，形成于我与他人之间的叙事空间，那么主体意识与集体意识都对诗意的再想象开放。"（Venn：99）

人文地理学创始人段义孚的自传《我是谁？一部情绪、思维和精神的自传》（*Who Am I? An Autobiography of Emotion, Mind, and Spirit*）横跨少年到老年的整个人生经历，并引出他的 10 部地理学著作，从审美、情感和精神等角度切入，把空间和地方等关键地理要素纳入这一过程，变佶屈聱牙的学术语言为引人入胜的文学语言，形成了本质意义的理论话语。索尔特玛希（Rachel Saltmarsh）的《自传之旅》（"A Journey Into Autobiography"）和巴茨（David Butz）的《自传、族裔自传和主体间性》（"Autobiography, Autoethnography, and Intersubjectivity"）也探讨了地理学家自传与人文地理学理论结合的众多例子，女性主义地理学领军人物芒珂（Janice Monk）的《许多路：女性地理学家的个人和职业生涯》（"Many Roads: The Personal And Professional Lives of Women Geographers"）也为自传渗透理论作出了阐释。

生态学方面，戈尔（Al Gore）的《难以忽视的真相》（*An Inconvenient Truth*）和巴斯（Rick Bass）的《我为什么西行》（*Why I Came West: A Memoir*）堪称自传式生态批评（autoecography）之典范。巴斯 2013 年出版的《托承我们的大地》（*All the Land to Hold Us: A Novel*）更是将他对生态写作和理论的阐释融进了第三人称自传式叙事里，将生态学术话语个人叙事化策略推向极致。通过元自传虚构叙事和隐喻策略，该作品在揭示自然与人类之间的共生互动关系等生态哲学思想的同时，也表达了巴斯对生态话语元策略的深切反思。

自传式批评的后现代性阐释

自传式批评在 20 世纪八九十年代受到女性主义、后殖民主义和其他文学理论家的追捧，并在新世纪保持强劲势头，在很大程度上为西方自传理论"从边缘进入主流"，成为富有开放性、前沿性和持久生命力的学术领域作出了贡献。但自传式批评并非后现代新现象，19 世纪中叶前并不乏自传逸事风格的传世之作，如《房龙地理》（*Van Loon's Geography*）等延续了这种纪元前风格，只是在理论的大地图上覆盖全局的仍然是纯理论式的学术著作。以女性主义的个人批评为契机，这一自传理论模式才蔓延式地朝更大范围的文学理论和其他学科理论辐射渗透。因而，自传式批评的发展不是直线型和绝对阶段式的过程，自传式批评是后现代性范式转移的大地图中的一个组成部分，是个人精神和学术叙事话语转向的自然结果，是对绝对和高深的科学话语矫枉过正的复位革命（科学话语长期以来背离 19 世纪上半叶之前的叙事传统，脱离了本该关注的现实生活经验和原貌）。可以说个人化叙事取向的理论话语是一种回归原始的冲动，是原始与先锋的复合体。

理论话语中的自传批评与一般的自传和回忆录叙事的分水岭在于前者以讲述学术故事或理论问题为目的，它们是学者撰写的关于个人的学术经历和理论成长的著作，既是自我职业化修炼过程的展演，也是传播理论或科学知识，与读者互动的空间。自传式批评包括三个方面特征：一是个人叙事化，二是文学审美化，三是对话性。

自传式批评话语中充满利奥塔所推崇的后现代质疑权威的小叙述，充分演绎"微小"（minor）的形式与概念，表现语言中的细微与断裂，将理论置于当下情境，具有很强的感染力。自传理论家依金认为"自我"不仅不是一种本质存在，而且只能通过个人化叙事才能体验。理论家的自我也是一样，自传叙事批评既具有"叙事性"，又具有"表演性"（performativity）。叙事化既是一种认知/表达模式，也是一种生活/行为模式，普遍存在于生活原貌之中。从这点出发，能够"变成叙事"的，其本身必是一些尚未被察觉和表达出来的东西，所以叙事化需要一种对认知世界的重新认识和发掘。叙事化的另一含义是"去琐碎化"。在诠释过程中，被弃之不提的往往被认为是琐碎而理所当然的事物，它们被视为过于琐碎，无助于表达，故被摒除于理论之外。然而，自传式批评有意识地把这些原被视为琐碎的东西表达出来，使其成为理论的一部分。自传式批评巧妙运用"叙事化"手法，从叙事层面否定主客体的二元对立关系，并突出叙事权力主客体之间的辩证性，揭示权力关系中权力主体内部的复杂纠葛。这种透过主客体融合进而颠覆的书写策略，有助于破除各种学术藩篱，包括专业领域的隔膜、学者间的疏离和怀疑，甚至利于剔除学术研究中的偏误。

个人化批评的一个重要修辞意图就是邀请读者，甚至潜在读者参与正在进行的对话。（Caws：2）自传式批评试图重建理论与读者的交流，传达出种种后现代思想。后理论一代借助文学形式充实理论话语可以消除"前人理论难以超越"的焦虑，同时也是对千篇一律的规范和抽象的理论的反叛，借由文学的特殊性可以超越理论的单一性。当詹姆逊等学者声称理论正远离文学成分时，当今理论界实际上却出现了"后现代文学性统治"趋势，文学模式已经获得胜利：在人文学术和社会科学中，文学性已经无处不在。（Culler：289）在学术大众化的语境下，这种诉诸个体和审美感性的东西已经逐渐在学术当中泛化开来，这就是学术后现代。（王岳川：11）自传式批评模式传递给读者的真实的精神感召力所产生的审美体验是枯燥晦涩的学术话语难以企及的。在创作或论述理论以寻求"真理"的过程中，自传式批评所具有的文学话语的精神指向性、超越性和审美的当下性特征凸显了它的建构性，强调了真理的相对和暂时性（provisionality）。自传空间是一种对现有的公共和私人空间领地进行解构后的新型科学话语空间，因而科学话语中的自传式批评是一种跨界的修辞空间。它能让科学重新找回生命感觉，重塑科学话语的想象空间，甚至重拾被学究的科学话语无偿抹去的自我。

自传式批评从读者理解和参与的角度来说，更接近诗性，而非其自传性或虚构性。自传式批评通过个人叙事化元素，给予理论家和批评家的生活细节最大化的关注，并寻求一种方式将这些生活细节跃然纸上，这种模式更迎合和贴近读者对人类内心深处共鸣的探究兴趣。

结　语

后现代理论倡导多元混杂，肯定读者的参与与主动性；而自传论述与后现代理论结合，打破了封闭的文类界限，从边缘突围，让弱势和少数群体发声。自传式批评在这种理论环境中活力十足。作为将个人故事公共化的文类，自传式理论批评的繁荣是公共和私人领域的划分理论导致文化范式从公共领域向私人领域转移和个人化批评话语趋势的结果。（Miller：1）

学术研究的个人叙事化转向激起了强烈反响。一些学者不认同这一模式。批评家帕蒂（Daphne Patai）将其贬为"新唯我主义"（Nouveau Solipsism）。（A52）针对负面评论，汤普金斯认为在理论中融入个人鲜活经验与以个人为中心是两种截然不同的理念，自传式批评并不倡导"以个人为中心"的自恋式写作。威廉斯（Jeffrey Williams）则进一步阐释了自传式批评模式并非畸形或自我迷恋的理论形式，而是一种创造性、实验性、交叉学科式以及公共化的理论形式。这一转变标志着理论的读者不再局限于少数专家和学者，而是扩展到不同学科之间的学者，甚至扩展到普通民众。在这一模式影响下，不同学科的学者可以实现多元文化和多学科交流，理论不再是让普通人望而生畏的曲高和寡的学问。这不仅是对学术基本原理的修复式反拨，而且引起了教学领域的全面革新。（415—423）亚裔作家张岚出版的《一切皆已淡忘，什么也不曾遗失》（*All Is Forgotten, Nothing Is Lost: A Novel*）和莱蒙斯的《黑人男性局外人：一本回忆录》将日常教学感悟和经历融入学术著作之中，就是最好的例证。

  总之，自传式批评模式转向抛弃了以高深理论对个人情感进行无情压制的"紧箍咒"，使批评摆脱了条条框框的束缚，从它的陈窠昔臼中解放出来，就像理论在自由修辞中曾经超越标准和规范的限制一样，自传式批评声称解放了批评家并跨越了理论的制约。21世纪也是学术和教育博客飞速发展的时代，学术网络化不仅以学者更快捷地发声为目的，而且以阅读者的普泛化以及学者与读者的即时交流为追求，在这一新形势下，自传式理论模式的魅力和优势更加得以凸显。

参考文献

1. Awkward, Michael. *Scenes of Instruction: A Memoir*. Durham: Duke UP, 1999.

2. Bernstein, Susan. "Confessing Feminist Theory: What's 'I' Got to Do With It?" *Hypatia* 7.2 (1992): 120-147.

3. Bérubé, Michael. *Life As We Know It: A Father, a Family, and an Exceptional Child*. New York: Pantheon, 1996.

4. Brown, Gillian. "Critical Personifications." *Confessions of the Critics: North American Critics' Autobiographical Moves*. Ed. H. Aram Veeser. New York: Routledge, 1996.

5. Buss, Helen. *Repossessing the World: Reading Memoirs by Contemporary Women*. Toronto: Laurier UP, 2002.

6. Caws, Mary A. *Women of Bloomsbury: Virginia, Vanessa and Carrington*. London: Routledge, 1990.

7. Charon, Rita. "The Novelization of the Body, or, How Medicine and Stories Need One Another." *Narrative* 19.1 (2011): 33-50.

8. Culler, Jonathan. "The Literary of Theory." *What's Left of Theory?: New Work on the Politics of Literary Theory*. Ed. Judith Butler, et al. London: Routledge, 2000.

9. Egan, Susanna, and Gabriele Helms. "Auto/biography? Yes. But Canadian?" *Canadian Literature* 172 (2002): 5-16.

10. Finkelstein, Norman. *Not One of Them in Place: Modern Poetry and Jewish American Identity*. Albany: State U of New York P, 2001.

11. Freeman, Mark. "Toward Poetic Science." *Integrative Physiological and Behavioral Science* 45 (2011): 389-396.

12. Gates, Henry Louis Jr. *Colored People: A Memoir*. New York: Knopf, 1994.

13. Holland, Norman. *The Critical I*. New York: Columbia UP, 1994.

14. Keller, Evelyn F. "The Gender/Science System." *The Science Studies Reader*. Ed. Mario Biagioli. New York: Routledge, 1999.

15. Kelly, Debra. *Autobiography and Independence: Selfhood and Creativity in North African Postcolonial Writing in French*. Liverpool: Liverpool UP, 2005.

16. Klosterman, Chuck. *Fargo Rock City: A Heavy Metal Odyssey in Rural North Dakota*. New York: Scribner, 2001.

17. Lamarque, Peter. "On Not Expecting Too Much from Narrative." *Mind & Language* 19 (2004): 393-408.

18. Maldonado, Robert. "Reading Malinche Reading Ruth: Toward a Hermeneutics of Betrayal." *Semeia* 72 (1995): 91-109.

19. Miller, Nancy K. *Getting Personal: Feminist Occasions and Other Autobiographical Acts*. New York: Routledge, 1991.

20. Moss, Pamela, ed. *Placing Autobiography in Geography*. Syracuse: Syracuse UP, 2001.

21. Nietzsche, Friedrich. *Beyond Good and Evil*. Trans. Helen Zimmern. London: T. N. Foulis, 1914.

22. Olney, James. *Metaphors of Self: The Meaning of Autobiography*. Princeton: Princeton UP, 1972.

23. Patai, Daphne. "Sick and Tired of Scholars' Nouveau Solipsism." *Chronicle of Higher Education* 25 (1994): A52.

24. Rapaport, Herman. "The New Personalism." *Biography* 21.1 (1998): 36-49.

25. Smith, Sidonie, and Julia Watson, eds. *Women, Autobiography, Theory*. Madison: U of Wisconsin P, 1998.

26. Thomsen, Mads Rosenthal. *Reinventions of the Novel*. New York: Rodopi, 2004.

27. Venn, Couze. *Occidentalism: Modernity and Subjectivity*. London: Sage, 2000.

28. Williams, Jeffrey. *Critics at Work: Interviews 1993-2003*. New York: New York UP, 2004.

29. 戴从容:《学术批评的新模式?——个人化批评带来的启示》, 载《文艺理论研究》2010 年第 1 期。

30. 王岳川:《质疑 "后现代文学性统治"》, 载《文学自由谈》2004 年第 2 期。

31. 吴小英:《专题研究: 社会变迁与中国女性　前言(英文)》, 载 *Social Science in China* 2010 年第 2 期。

32. 杨晓霖:《2013: 菲茨杰拉尔德年——评四部作家生命虚构小说》, 载《外国文学动态》2014 年第 3 期。

33. 杨晓霖:《医学与叙事的互补: 完善当代医学的重要课题》, 载《医学与哲学》2012 年第 6 期。

作为文学的《圣经》 梁　工

略　说

　　"作为文学的《圣经》"（the Bible as Literature）与 "作为宗教的《圣经》"（the Bible as Religion）是相对而言的。论及《圣经》的性质，它无疑首先是犹太-基督教的宗教经典，对于定位犹太人及基督徒的信仰，规范其文化身份能发挥"独特的、最重要的作用"。（谢大卫，前言：4）与此同时，《圣经》也是一部文学典籍，与世界文学名著荷马史诗、《罗摩衍那》、《源氏物语》、《西游记》、莎士比亚戏剧、托尔斯泰小说等有着充分的可比性。作为人类心灵和社会生活的产物，包括《圣经》在内的这些名著都出自特定民族之特定时期的真实作者，用某种民族语言和当时可资表达思想感情的文学形式写成。它们符合普遍适用的文学准则，因而能被其流传之地的各类读者阅读和鉴赏。

综　述

《圣经》的文学性质

　　"作为文学的《圣经》"这个短语固然由近代学者发明，它的内涵——强调《圣经》是一部文学著作——却源于《圣经》内部。称《圣经》为文学著作，并未否认它也是而且首先是宗教著作，只是主张犹太-基督教的宗教经典其实兼具深厚的文学品质。

　　研究表明，《新旧约全书》的大部分文本，包括律法书、历史书、故事书、诗歌书、启示书、福音书等，本是用叙事性散文和抒情性诗歌写成的，另一些篇章如先知书、使徒书信等属于论说性散文，其文体类型均在文学范畴之列。就单篇作品而言，《圣经》作者擅长写作箴言、谚语、史记、怨言、哀歌、神谕、启示、比喻、寓言、颂歌、书信等，这些文类均有独到而稳定的文学规范。《圣经》中远离文学定义的是一批星散于史书和传记中的族谱、家谱、人名录、典章、律例、条款等，但它们皆未独立成篇，而是穿插于特定的故事情节中，成为某个文学篇章的有机单元。例如福音书中的耶稣家谱本身算不上文学，但若将其置于耶稣降生的故事情节中，它便转换为对耶稣身世的宏观概述，以至于被赋予某种文学意味。弗莱称《新旧约全书》是一部从起初上帝创世到未来新天新地降临的"神圣喜剧"。（220）在一部如此宏大的叙事中，间或出现某些非文学要素，显然无伤其总体上的文学性质。

当代学者强调语言分析为文学研究的切入点，因为"文学是一切口头或书面语言行为和作品的统称"。（童庆炳：70）海德格尔谓语言是所有存在者的栖居之所，甚至是上帝栖居的家园。其实，《圣经》作者对语言的本体论性质及其非凡功能早就别有一番体验，他们断言宇宙万物都是上帝用话语"说"出来的，上帝的意志和计划也透过语言向世人彰显。福音书宣布"太初有道"，"道"就是圣言，亦即上帝的本体；"道"以肉身进入世间，便是圣子耶稣基督。这种观念致使《圣经》作者敬畏语言，慎待语言，小心翼翼地运作语言，以求借助于行之有效的文学策略，把亘古不变的真理揭示出来。加百尔和威勒在其《作为文学的〈圣经〉导论》中表明，《圣经》作者拥有自觉的修辞意识，擅长运用夸张、隐喻、象征、寓言、拟人、反讽、双关等语言技巧，实现最佳的言说效果；由于那群古代作者是"从迄今依然适用的武库中取出其武器"的，后世读者才得以"充满信心地步入《圣经》文学的殿堂"。（21—43）《圣经》作者著书立说时精心推敲语词的情景可见于《传道书》："他既揣摩，又考察，也编撰了许多箴言，……要搜寻那可喜悦的言词。"（12：9—10）——语中就呈现出一个富于自我意识的作家和文类学家肖像。

《圣经》的文学特质既得自其作者们的文学天赋和创作实践，也受惠于西亚、北非、南欧古代文化发达诸族的文学传统。《圣经》中的某些文体与希伯来周边民族的文类遥相呼应，如"十诫"的格式与赫梯王国强迫其附庸国遵守的条款模式大同小异；使徒书信总体上采纳了罗马帝国通行的书信文体；《约翰福音》卷首对耶稣基督的赞美回应了希腊的"宙斯赞美诗"，这种诗歌在古希腊曾广为传诵。

《圣经》存在于文学中的方式

有别于"作为文学的《圣经》"瞩目于《圣经》本身的文学特质，"《圣经》存在于文学中"（the Bible in Literature）的方式关注的是《圣经》以何种方式对文学创作产生影响。由于《圣经》具备多种文学品格，它可能对文学创作产生多方面的影响，即如弗莱（Northrop Frye）所论："倘若本身不具备文学品格，任何书籍都不可能对文学产生（《圣经》那样的）影响。"（1957：135）研究者指出，《圣经》是西方文学"最伟大的源头"，（Henn：258）"对文学的象征意义产生了重大影响"。（Frye, 1957:316）这类见解所针对的不仅是隐现于文学中的多种《圣经》文化元素，还是一种文学直接受惠于《圣经》的事实。刘易斯（C. S. Lewis）将这种事实分成文学从《圣经》中觅得"源泉"和获得"影响力"两种方式，认为"源泉为人们提供了可供书写的事物，而影响力则激励人们以某种既定方式书写"。（1967：15）

西方诗人作家以多种方式将《圣经》用作创作源泉，其中不少人用《圣经》术语为作品命名，如叶芝的《基督重临》、斯坦贝克的《伊甸之东》、戈尔丁的《蝇王》、福克纳的《去吧，摩西》、梅特林克的《耶稣与淫妇》、奥尼尔的《拉撒路笑了》、显克微支的《你往何处去》，等等。常有作家借助于改写《圣经》故事表达自己的美学、哲学及神学思考，如王尔德在《莎乐美》中描写女主人公不顾一切地亲吻约翰被砍掉的头颅，借以渲染一种超现实的变态激情，张扬唯美主义的审美理想。托马斯·曼的长篇四部曲《约瑟和他的兄弟们》再现了犹太人的颠沛流离、深重苦难、诚实正直和聪明睿智，对法西斯惨绝人寰的反犹大迫害提出严正控诉。

除了多部作品中俯拾即是的《圣经》典故，还应提到常见于小说诗歌中的《圣经》原型，即一些植根于《圣经》而在文学中重复出现的情节、母题、人物类型或意象。弗莱称《圣经》为"原型的语法书"，指其乃是人们能以最系统最完备的形式发现原型之处。（1957：135）莱肯（Leland Ryken）的研究表明，在《圣经》与文学文本之间有可能存在一条硕果累累的双行道：一方面，对《圣经》原型的洞悉能提供一种语境，丰富我们对所读文学中原型模式的经验（例如，当读者意识到匹普的道德之旅追随了"浪子回头"的《圣经》母题模式时，狄更斯《远大前程》中的不少描写就有了归属之地）；另一方面，读者不断增长的对于文学原型的经验，也能越来越多地打开通向《圣经》本身的门户和视窗。（14）文学家固然习惯于从相同方向引申《圣经》原型，但有时也会"反其意而用之"，以"逆向移置"手法求取某种新颖的喻义。霍桑在《拉帕其尼的女儿》中别出心裁地改写了伊甸园故事，为其古老的人物、情节、结构和意象赋予负面含义，以一个毒花遍布的现世园林对应温馨、平和、其乐融融的伊甸乐园，将拉帕其尼的花园隐喻为现代人因追求知识而再度堕落之地，使一个现代命题在古典神话的逆向映衬中给人以深刻启迪。

在成为诗人作家创作的源泉之际，对于西方文学而言，《圣经》还展现了重要的影响力。《詹姆士王英文〈圣经〉译本》从整体上影响到数百年间英语散文和诗歌的风格，涉及作家对语词、句法、意象、韵律、节拍等的选择和使用。研究表明，不仅海明威的故事植根于《圣经》原型中，他的文章风格也深受《圣经》文风濡染。通常认为，《圣经》叙事惯常采用一种质朴无华、不事雕琢的散文文体，这种文体也能概括出海明威小说的特色。此即贝克（Carlos Baker）所论：在海明威那里，"一种纯粹的现代英文口语和一种本质上属于'詹姆士王译本'的英语合而为一，相得益彰"。（249）

西方诗人作家与《圣经》

西方诗人作家与《圣经》有着千丝万缕的关联。

先言但丁。《神曲》的博大精深得益于多种缘由，其一是但丁匠心独运地借鉴了《圣经》，借以扩充和丰富了《神曲》的内涵。他惯以《圣经》作者常用的"传讲圣言"的方式写作，擅长以多种手段把《圣经》资源纳入自己的艺术世界。他娴熟运用了《圣经》作者精通的隐喻性言说方式，并通过《炼狱篇》第29歌描绘的神秘仪仗队，表达出对《圣经》的极度崇敬之心和客观开明态度。一支庄重肃穆的队伍缓缓前行，《旧约》和《新约》的全部经卷以"可视性艺术和仪式化程序"展示在《神曲》的读者面前，以富于诗意的场景证明，在但丁心中《圣经》不但是一部圣书，也是一个上帝之言自我呈现的审美事件。（Freccento：122—123）

再看莎士比亚。海伦·加德纳认为，莎士比亚"对《圣经》了如指掌，……似乎比他同时代的大多数剧作家对《圣经》都精通得多。……他是《圣经》的讲读者，而不仅仅是旁听者"。（73）莎士比亚超越了人世悲欢的寻常层面而进入人类心灵的最深层，在那里捕捉到人的终极关注，其核心意象乃是《圣经》中的上帝。莎剧人物忠实诠释了上帝的绝对属性（如全知、全能、遍在、永恒）及其道德属性（如仁慈、至善、正义、信实等）。对于上帝与人、上帝与自然、上帝与历史的关系，莎士比亚的理解与《圣经》教义如出一辙。由此可见，深刻揭示出人类的终极关注，是莎剧取得不朽成就的基本原因之一。

歌德的《浮士德》也多处受惠于《圣经》。就诗剧的总体架构而言，上帝与魔鬼靡菲斯特打赌的《天上序幕》用了《约伯记》卷首的类似场景；魔鬼引诱浮士德的情节源于撒旦在旷野上引诱禁食中的耶稣；浮士德灵魂升天的结局透露出耶稣升天的意象。诗剧的情节安排显然借鉴了《圣经》的二元对立思维：上帝与魔鬼的冲突、浮士德与魔鬼的冲突，以及分别发生于男女主人公内心的两种精神的冲突，都呈现出纵贯《圣经》始终的善恶两种势力既对立又统一的特征。

拜伦取材于《创世记》的诗剧《该隐》把该隐重塑成一个精神领域的"拜伦式英雄"，他鄙视亚伯式逆来顺受的奴性，勇于反抗上帝的权威，充满理性主义的豪情。拜伦还写出24首配乐诗《希伯来歌曲》，娴熟运用《圣经》题材，或颂扬英雄傲立天地、无所畏惧的慷慨之气，或抒发主人公的孤独与悒郁之情，或表达对社会、历史和现世人生的深切关怀。雪莱的名篇《西风颂》借鉴《圣经》赞美诗体裁，用"流血"、"荆棘"、"重轭"等《圣经》术语影射耶稣头戴荆冠、自我牺牲的形象，用"冬天已经来了，西风啊，春日怎会遥远"的预言暗示出死而复生的《圣经》原型。

狄更斯小说中也弥漫着《圣经》文化元素。狄更斯擅长以希伯来先知精神冷眼旁观英国社会，在《荒凉山庄》中刻意渲染伦敦法庭地区的大雾，在《我们的共同朋友》中反复描写散发着臭气的泰晤士河和垃圾山，以示当年政治阴暗，司法腐败，整个国家俨然一座大监狱。一如丹纳所论："狄更斯小说实际上可以归结为一句话：行善和爱。"（41）狄更斯的"圣诞故事"系列作品中充满仁慈、博爱、友好、宽恕的氛围，那种氛围溯源于福音书所载圣婴耶稣降生的喜乐。狄更斯在《双城记》中塑造了为救他人而牺牲自我的耶稣式人物卡尔登，他黯然单恋着路茜，把路茜的幸福——与其丈夫代尔那的美满婚姻——当成自己最大的幸福，当代尔那行将受戮时，他竟然冒名顶替，以己之身替代尔那受死！

俄国现实主义作家列夫·托尔斯泰在《复活》中精心记叙了聂赫留朵夫从"兽

性的人"复活为"精神的人"的过程，这一过程的发生全赖福音书真理的光照。《复活》以引述《马太福音》的大段经文结束，表明作者将《圣经》当成了笔下人物立身行事的终极尺度。俄国 20 世纪革命文学的代表作家高尔基对《圣经》也很熟悉，他的《母亲》时常引用《圣经》语词，尤其常用"弥赛亚"或"救主"（指耶稣基督）观念。巴威尔投身于革命犹如使徒们追随耶稣，都是为了伟大事业而献身。耶稣生平的一系列关键元素，如肉身与神性的统一、追随者、怀疑者、告密者，及其受难与复活，皆以某种形式在巴威尔的故事中重现。

上述作家的作品足以表明，一部既"作为宗教"也"作为文学"的《圣经》，乃是根深叶茂地成长繁育于西方文学的肥田沃土之中。

但若换一个角度，却能发现不同诗人作家接受《圣经》的侧重点往往有所不同。大致说来，在古代和中世纪，《圣经》仅仅被奉为宗教信仰的依据，而未被接纳为文学著作。中世纪末期以降，在但丁、莎士比亚、弥尔顿、多恩、班扬、雨果、霍桑、狄更斯、托尔斯泰、陀思妥耶夫斯基、艾略特等诗人作家那里，《圣经》的文学性质得到充分认可，但它依然首先是体现神圣权威的宗教经典。然而启蒙运动以降，尤其是 19 世纪上半叶以后，人们对《圣经》的理解出现了一些新动向，一批浪漫主义作家大体上只将《圣经》视为文学著作，而回避其内容所传达的宗教信仰。布莱克（William Blake）称《圣经》为"伟大的艺术代码"（the great code of art），是一部想象性著作，从中能发现文学艺术的本质原理；它作为西方人想象中的核心文学文本，是诗人作家创作过程中的灵感和模式之源。（Tannenbaum：3—17）其后，随着西方文明的世俗化程度日益加深，《圣经》日渐丧失其作为主导性文化势力的支配地位，越来越多的文学家和批评家把它仅仅接纳为文学巨著而非宗教权威的象征。荒诞派戏剧家贝克特（Samuel Beckett）的如下言论折射出现代人对《圣经》的实用主义态度："我了解基督教《圣经》的神话，……如同了解所有文学方法一样，只要能为我所用，我就使用它。"（Bair：18—19）"如同所有文学方法"表明对于多数现代作家而言，《圣经》已失去其神圣光环，而被置于与其他文学著作等同的层面上。

《圣经》的文学性质之辨析

鉴于"作为文学的《圣经》"运动是由世俗学术界发起并推动的，这场运动只有 100 多年历史，在此之前的 1500 多年间，辨析《圣经》的文学性质大体上是由基督徒学者和诗人进行的。

古代教父对《圣经》的文学水准评价不一。在奥利金看来，《新约》的论辩艺术逊色于古希腊罗马的辩证法和修辞学。但哲罗姆权衡了古罗马文学与《圣经》文本中彼此对应的类型后提出，无论抒情诗、叙事文学还是书信体散文，后者都优越于前者，《圣经》都无愧为胜过西方古典文学的神圣文学实体。奥古斯丁一度贬抑

《圣经》的文学素质，后来他受训为一个修辞学家，得以透过行家里手的目光审视《圣经》，发现阿摩司和保罗的论述都合乎古典修辞学者推崇的"雄辩修辞法"，《圣经》的文学价值尤其表现为语言的雄辩性："没有什么比我们从《圣经》中看到的更富于智慧，也没有什么比它们更加雄辩有力。"古典文学的精华是由语言雄辩性所体现的力量和美构成的，那种力量和美也蕴藏于上帝启示的神圣作品中："它们是上帝在他的善中赋予的，意在造就我们的人格，引导我们从这个罪恶世界进入天上那个有福的世界。"（Augustine：18.678）这种见解为后人辨析《圣经》的文学性质定下基调，即神学意义与美学形式在《圣经》文本中是相互依存的。

在欧洲文艺复兴和宗教改革时代，路德、加尔文等《圣经》学者，以及弥尔顿（John Milton）、锡德尼等文学家都认可《圣经》为富于文学性质的经典。莱瓦尔斯基对此传统作出结论性述评，认为释经家参考文学性质诠释《圣经》，诗人则将《圣经》作为创作范型，从中汲取语言、文类和象征性意义。（莱肯：11）弥尔顿说过，《圣经》中的诗歌无可比拟，"胜过所有类型的抒情诗"，不仅因其含有"神圣的思辨"，还由于它具备"非常完美的写作艺术"。（xxix）英国诗人兼评论家锡德尼留下文论名著《为诗一辩》，盛赞大卫的《诗篇》是"神圣的诗"，"完全有格律"，对预言的运用是纯粹"诗性的"；它用乐器伴奏，经常自由地更换人物，能使读者似乎看到上帝在其全部威仪中降临，还叙述百兽的欢乐，山岳的雀跃……锡德尼反问道："这一切若非一种只是天上才有的诗歌，又是什么呢？"他还举出所罗门的《雅歌》、《传道书》、《箴言》，摩西和底波拉的《颂歌》，以及《约伯记》，说它们"在远古和美的方面都是居于首位的"。（229—231）

在启蒙运动深入发展的18世纪，《圣经》文学研究者倾向于回避宗教神学而专注于纯属诗歌形式的思考，其中牛津大学教授、英格兰教会主教洛斯（Robert Lowth）的成就值得大书一笔。他相继发表一系列具有原创性的演说，日后汇编成一部里程碑式的著作《希伯来圣诗讲演录》，1753年用拉丁文出版，1787年译成英文发行。书中最为人称道的内容是对希伯来诗歌基本样式平行体的研讨，他持之有据地辨析了平行体的三种类型，即同义平行、反义平行和综合平行，使读者面对那些全然陌生的古诗时能发现"可靠的文学模式"。（Kugel：287）洛斯对希伯来诗歌和希腊罗马诗歌加以比较后指出，希伯来诗歌的显著特征是行文简洁、富于情感，表现出预言性的视界和崇高的风格，以平行体为结构范式，植根于东方文化中，极具地域性特色。《圣经》在文学史上本应居有不亚于希腊罗马古典名著的地位，而世人对此却缺乏起码的意识。他说："不错，荷马的作品、品达的作品、贺拉斯的作品皆应引起关注，赢得我们的赞美。然而摩西的作品、大卫和以赛亚的作品却被全然忽略了。"（55）洛斯的成果使《圣经》以文学和诗歌著作的新颖面貌呈现在读者面前。

这种《圣经》观念为随后的浪漫主义学者所继承，他们从《圣经》中也发现了原属于文学的种种品质。作为一部古代著作，《圣经》拥有为人称道的原创性；它描绘了美丽壮观的自然界，与浪漫主义者倾心的大自然美景如出一辙；它拥有激发情感和想象力的无穷潜质，浪漫主义者也极度推崇情感和想象力；它具备崇高风格，而浪漫主义者盛赞崇高。正因为《圣经》富于这些文学品质，柯勒律治自称："较之所有其他著作，《圣经》的语词将我带入更高远的生存境界。"在另一处，他以反诘式修辞提出："你曾遇到过任何其他著作，能如此频繁而深邃地进入人的心灵吗？"（Norton：163）

"作为文学的《圣经》"运动：兴起和运行

"作为文学的《圣经》"这个短语是由洛斯的继承者之一阿诺德（Matthew Arnold）首次使用的，他是牛津大学诗歌教授，著名的文学、社会、教育和宗教评论家。他在《文化与无政府状态》（1869）、《文学与教条》（1873）中详论了文化的重要性，尤其是诗歌和文学的重要性，认为《圣经》的语言作为一种诗性和情感语言，是文学而非科学的。继而他在《上帝与〈圣经〉》（1875）中又指出："那种不懂得如何鉴赏《圣经》的人，是不可能了解《圣经》真理的。"（7：148）他坚称，如此断言并非基于某种孤芳自赏的美学，而是出于一种深刻的见解，涉及感觉、想象和理解力的功能。阿诺德主张以辩证目光看待《圣经》，认为《圣经》涉及历史和文学问题，对这类问题的探讨应诉诸大学学术；至于《圣经》的作用及其教育，则隶属于宗教和教会事务的范畴。所以，有人提出《圣经》完全归属于教会而非大学，乃是一种错误认识。至于另一些人主张《圣经》既属于教会也属于大学，对它的使用、教育与对它的学术研究不可分割，这也是一种错误观点，因为它们原本是可以分割的。（7：510）《圣经》的内在元素过于宏富，从中能析出"作为宗教的《圣经》"、"作为文学的《圣经》"，乃至作为历史、法律、民俗、艺术……的《圣经》；对《圣经》即便并未作为宗教来读，也能作为其他学科的古代文献来读。阿诺德深情地说，诗歌和文学对于陶冶人心具有极高的价值，一旦离开它们，就像离开莎士比亚和弥尔顿一样，人们从荷马和以赛亚那里就会失去多种快乐和激励。（10：102）

阿诺德发明了"作为文学的《圣经》"这个短语，却未专门论述它的具体内涵。它作为书名首次出现于1899年，那是一部以《圣经》文学为考察对象的论文集，作者是美国教授摩尔顿（Richard G. Moulton）及其同事们。摩尔顿于1892年受聘为芝加哥大学英语文学教授，在钻研莎士比亚及古典戏剧的同时写出题为《〈圣经〉之文学研究》的课程纲要，1895年为之增入副标题"对神圣作品之主导文学形态的论述"出版发行。这个副标题凸显出摩尔顿的专门研讨，即辨析《圣经》的各种文学形态。他将《圣经》文本分为纪事文学、训谕文学、思辨文学、口述文学、谏诫文学、抒情文学、戏剧文学等类型，从抒情文学中又细分出颂歌、乐歌、哀歌、冥想诗、仪礼诗、牧歌、史诗等诗体，逐一予以分析考辨。从1895年开始，摩尔顿还陆续出版 21 卷《现代〈圣经〉读本:呈现于现代文学形态中的……〈圣经〉卷籍》,这套书完全依据文学类型编纂,带有导言和注释,有效地彰显了《圣经》的文学特征。作为成就最高的现代早期《圣经》文学批评家,摩尔顿赢得了"现代《圣经》文学研究之父"的美誉。(Norton:277)

20 世纪中期《圣经》文学研究结出硕果,犹太裔学者奥尔巴赫在《摹仿论:西方文学中所描绘的现实》(1953)中将荷马史诗《奥德赛》的选篇与《创世记》对亚伯拉罕燔祭献子的描写进行了比较,揭示出《圣经》叙事简约、含蓄的语言风格。这项研究表明,"以往人们对犹太主义与希腊主义的简单比附是错误的,由《圣经》作者开创的现实主义对于欧洲未来的重要性至少与古希腊文学同等。"(Alter and Kermode,Introduction:4)稍后,弗莱在《批评的剖析》中驳斥历史考据学对《圣经》文本的任意肢解,提出《圣经》是一部具有完整构思的文学巨著,从《创世记》一直延伸到《启示录》。他主张强化《圣经》在高校文学课程中的地位,称"《圣经》……应当是文学训练的基础,……它构成文学教学的最低层次;这种教育应当早而彻底,以便能直接沉淀在人心的底层,使后来发生的一切都以它为根基"。(1964:110—111)

20 世纪中期前后,围绕着《圣经》文学教学涌现出一批《圣经》选编本,包括《用作鲜活文学的〈圣经〉》(1936)、《为文艺学者编纂的〈圣经〉》(1964)等,以及数量繁多的教科书、学术专著和论文集,如《作为文学的〈圣经〉研究文集》(1959)、《〈圣经〉叙事的文学解释》(1974)、《〈圣经〉文学指南》(1987)、《〈圣经〉文学指南大全》(1993)等。这些著作所体现的共同见解是,《圣经》拥有一般文学的诸多特征,其中的故事就是文学故事,诗歌就是真正的诗歌。正是欧美大学的文学教授们将适当的文学理论和方法引进《圣经》研究界,为"作为文学的《圣经》"运动注入勃勃生机。至于支撑着这场运动的信念,刘易斯说过一句名言:"由于《圣经》归根结底是文学,除非把它当成文学,否则就不能正确地解读它;除非把它的不同部分当成不同类型的文学,否则就不能正确地解读它们。"(1958:3)布鲁姆甚至提出,在西方文学经典的目录中,《圣经》占据了仅次于莎士比亚戏剧的显赫位置:"如果我能有一种书,它定会是莎士比亚全集;如果还能有第二种,那就是《圣经》。"(415)

这场学术运动中最具影响力的人物是奥特(Robert Alter)和莱肯。前者的标志性著作包括《〈圣经〉叙事的艺术》(1981)、《〈圣经〉诗歌的艺术》(1985)、《〈圣经〉的文学世界》(1992);后者的重要著述可举出《〈圣经〉文学》(1974)、《如何阅读作为文学的〈圣经〉》(1984)和《可喜悦的言词:〈圣经〉文学导论》(1987,1992)。

这场运动的成就还被一系列针对普通读者的出版物所证明,如《基于〈圣经〉文学的 20 世纪诗歌选》(1995)、《从〈创世记〉到〈启示录〉中获得灵感的古今诗歌选》（2001）等，书中精选出各种文学范本，它们皆以某个《圣经》段落为资料来源；书籍在印出某个《圣经》段落之际，也印出取材于那个段落的诗歌或故事。

"作为文学的《圣经》"在中国

20 世纪上半叶，不少中国现代名家介绍、评述或引证过《圣经》文学。早在 1907 年，鲁迅就在《摩罗诗力说》中论及《圣经》文学的特质和影响："希伯来，虽多涉信仰教诫，而文章以幽邃庄严胜，教宗文术，此其源泉，灌溉人心，迄今兹未艾……"（28—29）周作人在《圣书与中国文学》（1921）中精辟论述了《圣经》文学的性质、风格及其与中国新文学的关系。除了探讨与《圣经》相关的各种文学问题，也有人致力于对《圣经》文本进行文学分析，对《圣经》诗歌与中国古诗作出比较考察，以朱维之为突出代表。朱维之在《基督教与文学》（1940）中系统评述了《圣经》各类作品的文学特征和成就，分别追溯了它们对后世文学的深远影响。他的论文《圣咏文学鉴赏》述及《诗篇》的特色、后世的评价，以及若干翻译问题；《雅歌与九歌》对希伯来与中国古典爱情诗在体裁、风格和技巧上的异同作出揭示。值得指出的是，上述摩尔顿的《〈圣经〉之文学研究》由贾立言、冯雪冰、朱德周合作译成汉语，1936 年由上海广学会印行，使中国读者有可能较早了解到西方《圣经》文学研究的动向和成就。

20 世纪 80 年代初期以来，在改革开放的历史新时期，国内的《圣经》文学研究呈现出日新月异的景观。朱维之发表于 1980 年的长文《希伯来文学简介——向〈旧约全书〉文学探险》昭示出该领域研究的新阶段，嗣后他相继出版《圣经文学十二讲》（1989）、《古希伯来文学史》（2001）等著作，带动一批中青年学者推出自己的《圣经》文学著述。这次学术复兴的显著特色之一是关注国际前沿动态，注意译介海外名著，并重视与海外名家的学术交流。奥特的《〈圣经〉叙事的艺术》，莱肯的《〈圣经〉文学》、《如何阅读作为文学的〈圣经〉》、《可喜悦的言词：〈圣经〉文学导论》，弗莱的《批评的剖析》、《伟大的代码——圣经与文学》，加百尔等的《作为文学的〈圣经〉导论》，以及巴埃弗拉特的《圣经的叙事艺术》等重要论著均已出版中译本。北京大学刘意青教授的《〈圣经〉文学阐释教程》及其专著《〈圣经〉的文学阐释——理论与实践》（2004）深得师生和学界好评，秘密就在于它们寓有当代学术的精华。刘意青教授于 80 年代后期在芝加哥大学攻读博士学位时选修了余国藩教授的《圣经》文学阐释课程，大开眼界，回国后便"尝试着把余教授这门课程部分地移植到中国的大学里来"，相继为本科高年级学生和研究生讲授，继而又对课堂讲稿增补扩充，编著成书。（刘意青，自序：3—7）

"作为文学的《圣经》"运动在当代中国经历了多方面的发展，其中最值得一提的，也许是《圣经》文学已经进入中国高校的文学教程，被认同为堪与荷马史诗、莎士比亚戏剧、泰戈尔诗歌相提并论的世界文学名著。它的《旧约》（或希伯来《圣经》)文学率先进入亚非文学教程,《新约》文学亦作为古罗马文学的一部分进入欧美文学教程。它们不仅为本科生所必读,而且登上研究生招生目录,成为硕士生和博士生展开科学研究的选题对象。近 10 年来,若干种以《圣经》文学为重要议题的学术会议在北京、天津、长春、开封等地的高校召开,不断推动了本领域研究的深入发展。由河南大学创办的学术辑刊《圣经文学研究》在人民文学出版社陆续印行,得到奥特、莱肯等国际名流的支持,他们担任学术顾问并不时寄来稿件。

以往 30 多年,国内学者发表多篇论文,考察《圣经》文本的文学特征,辨析《圣经》与世界文学和中国文学的关系,探讨相关的理论问题,取得显著成绩,使该领域呈现出欣欣向荣的景象。然而,这种判断只是相对于以往中国的薄弱基础而言的,换一个角度,与世界学术相比较,我们还存在着巨大差距,需要未来许多代学者以持续不断的努力去缩小。可喜的是,一批年轻人正在成长起来,他们注重研读《圣经》希伯来文和希腊文,立足于中国及亚洲文化传统,谋求在跨民族跨文化的学术视野中扬长避短,提出新课题,形成新思路,走出新途径。可以预见,只要坚持走一条富于民族特色的学术创新之路,中国的《圣经》文学研究必能较快与国际前沿接轨,汇入世界学术的主流。

结 语

《圣经》成书以后,尤其是最近一个多世纪,《圣经》文学研究的历史和成就可以雄辩地证明:在兼为宗教著作的同时,《圣经》也是一部文学著作;"作为文学的《圣经》"与"作为宗教的《圣经》"并行不悖地共存于一部古代典籍之中,对这部典籍的全方位透视有益于多侧面地观测它那"横看成岭侧成峰"的万千气象。

着眼于《圣经》学术史的历时性演进,我们能发现两次重大变革:第一次,以18 世纪的启蒙运动为界,《圣经》研究从推崇上帝转向尊重人本身,从张扬宗教信仰回归于人本主义、理性主义、经验主义和科学精神;第二次出现于 20 世纪中期,随着后现代主义异军突起,多元化、多样性、开放性、对话性成为时代风尚,此前一度雄踞于霸主地位的《圣经》历史考据学黯然失色,多种类型的当代文学理论——形式主义、结构主义、叙事学、符号学、现象学、阐释学、读者反应批评、解构主义、神话原型批评、精神分析理论、女性主义及性别批评、后殖民主义及种族批评、生态批评、新历史主义,以及比较文学的影响研究、平行研究、跨学科研究、等等——相继粉墨登场,表演出令人眼花缭乱的《圣经》文学研究新场景。只是在这样的语境中,《圣经》已不仅仅"作为文学"而存在,也同时作为一种政治、法律、意识形态、伦理道德等的综合性文化实体而存在,为当代各种理论展示其锋芒默然奉献出"磨刀石"和"演兵场"。

参考文献

1. Alter, Robert, and Frank Kermode, eds. *The Literary Guide to the Bible*. Cambridge: Belknap, 1987.

2. Arnold, Matthew. *The Complete Prose Works of Matthew Arnold*. Ed. R. H. Super. Ann Arbor: U of Michigan P, 1960.

3. Augustine. *On Christian Doctrine*. Ed. Robert M. Hutchins. Chicago: Encyclopedia Britannica, 1952.

4. Bair, Deirdre. *Samuel Beckett: A Biography*. New York: Harcourt, 1978.

5. Baker, Carlos. *Hemingway: The Writer as Artist*. Princeton: Princeton UP, 1952.

6. Freccento, John. *Dante: The Poetics of Conversion*. Ed. Rachel Jacoff. Cambridge: Harvard UP, 1986.

7. Frye, Northrop. *Anatomy of Criticism*. Princeton: Princeton UP, 1957.

8. —. *The Educated Imagination*. Bloomington: Indiana UP, 1964.

9. Gabel, John B., and Charles B. Wheeler. *The Bible as Literature: An Introduction.* New York: Oxford UP, 1986.

10. Henn, T. R. *The Bible as Literature*. New York: Oxford UP, 1970.

11. Kugel, James. *The Idea of Biblical Poetry: Parallelism and Its History*. New Haven: Yale UP, 1981.

12. Lewis, C. S. *The Literary Influence of the Authorized Version*. Philadelphia: Fortress, 1967.

13. —. *Reflections on the Psalms*. New York: Harcourt, 1958.

14. Lowth, Robert. *Lectures on the Sacred Poetry of the Hebrews*. Ed. Calvin E. Stowe. Boston: Crocker, 1829.

15. Milton, John. *The Reason of Church Government. The Complete Poetical Works of John Milton*. Ed. Douglas Bush. Boston: Houghton Mifflin, 1965.

16. Norton, David. *A History of the Bible as Literature*. Vo1. 2. Cambridge: Cambridge UP, 1993.

17. Tannenbaum, Leslie. *Biblical Tradition in Blake's Early Prophecies: The Great Code of Art*. Princeton: Princeton UP, 1982.

18. 布鲁姆:《西方正典:伟大作家和不朽作品》,江宁康译,译林出版社,2005。

19. 丹纳:《狄更斯》,罗经国译,载《狄更斯评论集》,上海译文出版社,1981。

20. 弗莱:《伟大的代码——圣经与文学》,郝振益等译,北京大学出版社,1998。

21. 加百尔、威勒:《圣经中的犹太行迹——圣经文学概论》,梁工等译,上海三联书店,1991。

22. 加德纳:《宗教与文学》,江先春等译,四川人民出版社,1998。

23. 莱肯:《圣经与文学研究》,梁工译,载《圣经文学研究》(1),人民文学出版社,2007。

24. 刘意青:《〈圣经〉的文学阐释——理论与实践》,北京大学出版社,2004。

25. 鲁迅:《摩罗诗力说》,载《鲁迅全集》(1),人民文学出版社,1980。

26. 童庆炳:《文学理论教程》,高等教育出版社,1984。

27. 锡德尼:《为诗一辩》,钱学熙译,载伍蠡甫主编《西方文论选》(上),上海译文出版社,1979。

28. 谢大卫:《圣书的子民:基督教的特质和文本传统》,李毅译,中国人民大学出版社,2005。

作者 刁克利

略 说

作者（Author）作为文学活动的最初环节，是文学的最基本概念，也是西方文论中最基本的关键词。一切文学理论的展开和文学观念的演进，都始于对文学作者的不同理解。关于文学的作者，通常使用的称谓有诗人、作家和作者。诗人、作家和作者是同一个概念的不同表述和言说，这既是因为他们所创作的文学种类的区别，又是不同时期的称谓的沿革，因此产生的对作者的不同定位更反映了文学观念的演变。现代文论中，尤其《作者之死》及《作者是什么?》发表以来，带来了西方文论的转向，也引起了文学观念最根本的歧义和分界。

如果想把"作者之死"说清楚，一方面应该分析巴特（Roland Barthes）的方法，即把作者定位在作者与文本的联系上，考察作者的文本属性；另一方面，还应该把作者定位在更大的背景中，考察作者与神性、与人性、与社会历史、与作品创作过程、与读者的更广泛联系上。因为作者从来都不是只有一种属性，从来都不只是活在文本中。

如果要把"作者是什么"说清楚，一方面，可以按照福柯（Michel Foucault）的方法进行知识考古，追溯这个词语出现的历史年代和背景；另一方面，鉴于福柯对这个词出现的时间段的追溯太过有限，鉴于他追溯的缘由和他的结构主义背景太过密切，我们对作者一词的出现和演变有必要追溯得更为久远，即从文学的产生说起，才会不失之偏颇。对于西方文论，至少应该从古希腊说起。

综 述

作者是什么

作者是什么？一个简单的、公认的定义是作者即是一篇文章、一本书的写作者。文学作品的作者则视文学作品的体裁而定，有时被称为诗人，有时被称为小说家，有时被称为作家。一个人即使不专指他的某一个作品，也可以被称为诗人、作家。可见，作者与具体作品相联系，诗人和作家则不一定和具体的作品相联系，而是指代一种从事写作的人。也就是说，作者、作家和诗人虽然可以指同一个人，但这三个概念是有区别的。

因为诗歌是人类最早的文学形式，最早的文学创作者都被称为诗人。因为诗人不仅是是诗歌的作者，而且是文学创作者的统称。西方的文学理论也称为诗学，这既是一个时间范畴，也是一种文学观念，即诗可以代表文学的最高成就和特殊品质。

作家这个词在写作这个动词后面加了表示人的名词后缀，表示从事文学创作有成就的人，它出现在文学市场繁荣、写作能够让一个人不依靠资助就能独立生活的年代。作家与写作有关，和诗人一样，可以指人的职业、身份和生存方式。

按照《现代汉语词典》的解释，作者指"文章或著作的写作者；艺术作品的创作者"，作者和作品有关。从这个词的英语构成来讲，"作者"（author）意味着"权威"（authority）。在《柏拉图对话录》中，这个词意味着"原因"、"缘起"、"源头"（cause），以及创造者（creator）、负责任（be responsible for）等。柏拉图（Plato）在《理想国》卷二中说：Let this then be one of our rules and principles concerning the gods, to which our poets and reciters will be expected to conform—that God is not the author of all things, but of good only.（1892：18）同样的意思，英语在另一个地方用的是 cause。中文《柏拉图全集》对这一句话的翻译是："神不是一切事物的原因，而只是好事物的原因，讲故事要遵循这个标准，诗人的创作也要遵循这个标准。"（柏拉图，2003：342）这里的 author 译成"原因"。《诺顿文学理论与批评选集》中的英文是 God is not responsible for everything, but only for good，这说明，authority（权威）、cause（原因、源头）、responsible（负责）一样，都是 author（作者）的应有之意。

本文在行文过程中，依照所援引文论的时代和原文论家的用法，分别采用诗人、作家和作者来指代文学的作者。

无论中西方，诗人这个词从一开始都是和神灵、创造者联系在一起的。汉语"诗"这个字由两部分组成：语言、言辞或言说的"言"和寺庙的"寺"。"诗"即寺庙中的语言或与寺庙有关的语言，显而易见，这个词和神灵、神谕有关。英文的"诗"（poetry）来源于古希腊词 poiēsis，即"神性支配的艺术"。与之相对，凭借人力心智从事的艺术被称为 tekhnē（"技艺"）。一切与文相关的都是神圣的。《文心雕龙·原道》说："文之为德也大矣，与天地并生者何哉？……言之文也，天地之心哉！……道沿圣以垂文，圣因文而明道"。（刘勰：6）文为天地之心，为圣人之言，为道之文。"虽中国古代的道不同于西方的神，但在有关作者的看法上，有一点是类似的，那就是他们都将写作的人看作另一个隐秘作者道或神的代言人。"（余虹：53）诗人只有神灵附体而获得神力，才能创作出伟大的作品，这种观念在西方文论中源远流长。荷马在《奥德赛》中说："缪斯女神引动乐师，让他歌唱英雄的光荣事迹。"另一位大诗人赫西奥德（Hesiod）在《神谱》的《序曲》中说他在赫里岗山上牧羊时，诗神教他歌唱。

柏拉图发挥了希腊文化中的灵感说，用"灵感神授"说明诗人创作的源泉，用"迷狂说"解释诗人的创作状态，提出了"诗人是神的代言人"的著名论断。"这类优美的诗歌本质上不是人的而是神的，不是人的制作而是神的诏语；诗人只是神的代言人，由神凭附着。"（柏拉图，1963：8）这个观点在新柏拉图主义和中世纪神学中得到了不间断的发展。新柏拉图主义创始人普罗提诺（Plotinos）用"太一流溢说"阐述了神性、心灵与现实的关系，他确切地表示：诗人是人而不是神明；他宛若神明，分有神性。这种神性论经由后世文论家的论证逐渐注入诗人的心灵，融入诗人的情感，成为诗人之为诗人的特殊标志。

到了浪漫主义时期，由普罗提诺开始对柏拉图神性的阐释演变成了诗人心灵与情感的崇高及诗人天才的特质。雪莱（Percy Bysshe Shelley）说：

> 诗人是不可领会的灵感之祭司；是反映出"未来"投射到"现在"上的巨影之明镜；是表现了连他们自己也不解是什么之文字；是唱着战歌而又不感到何所激发之号角；是能动而非被动之力量。诗人是世间未经公认的立法者。（雪莱：177）

在雪莱看来，一个诗人本质上包含并且综合了立法者和先知的特性，因为他不仅明察客观的现在，发现现在的事物所应当遵从的规律，他还能从现在看到未来。

几乎和诗人神性说同样久远的是诗人模仿说。柏拉图用理式世界、现实世界和艺术世界的三个世界说提出了诗人是模仿者的基本观念，把文艺定位为理式世界的模仿，形象地称诗人为持镜人，镜子从此成了西方文学中模仿说的一个最基本比喻。文学是生活的一面镜子，成为阐述现实主义文学思想最直观的表达。亚里士多德认为，模仿是文学的特性，艺术模仿的世界同样真实，且比现实本身更具有典型性和哲理性。他用诗的普遍性原则和典型性创作方法补充了柏拉图简单的镜子说，奠定了现实主义传统的理论基础。

此后，作者是现实生活的模仿者的观念深入人心。到了现实主义时期，巴尔扎克将小说家的使命表述为历史的书记官，他要求作家严格摹写现实生活：

> 只要严格摹写现实，一个作家可以成为或多或少忠实的、或多或少成功的、耐心的或勇敢的描绘人类典型的画家、讲述私生活戏剧的人、社会设备的考古学家、职业名册的编纂者、善恶的登记员。

他将作家定义为人类的导师："一个作家在道德上和在政治上应该持有固定的见解，他应该把自己看作人类的导师……"（巴尔扎克：214）巴尔扎克所言作家是人类的导师的论断，和雪莱诗人是世间立法者的断言出现的时间相差无几。他们都毫不怀疑地相信，作者是这个世界的描写者、意义的赋予者，为世间万物立法，为人类指引前进的方向。

与作者神性论和模仿说并行的、几乎自诗人诞生之日起就面对的问题是：诗人的作用，即诗人的实用性或者功用说。在《理想国》中，柏拉图根据从培养城邦保卫者的政治需要和道德要求出发，提出对诗人进行审查，把诗人驱逐出理想国。诗人有自身的目的，还是要为外在于诗的社会人生服务？从此，对诗人的责难和为诗人的辩护构成了旷日持久的论战，诗人的放逐成了一种宿命。

对诗歌服务对象的不同解释和辩护，是一部长长的作者功用史。锡德尼（Sir Philip Sidney）面对过诗与学问、与道德关系的质疑，雪莱与之交锋的是日益兴盛的科学的挑战。对诗人独特禀赋和特殊作用的认识经过了漫长的历程和不同观念的变迁。到了近代，由于对理性主义的怀疑，叔本华将艺术的欣赏和创造看作有效的解脱之途。他认为，真正大诗人的创作也必定能够反映出全人类的内心生活：

> 过去、现在和未来，亿万人中同样的不断重现的情景中曾经感受的一切，都在诗中得到正确的表现。因为这些情境，由于不断重复，如同人类本身一样永久存在，而且将不断唤起同样的感触；所以真正的诗人的抒情诗千载之后还是一样真实、有力、新鲜。

正是在这个意义上，"诗人是人类的一面明镜，他使人类意识到自己的情感和憧憬。"（叔本华：399）在现代，与精神分析相对应，荣格提出作为艺术家的个人是具有极为特殊命运的人，是人类集体无意识的代言人：

> 作为一个艺术家，他便是一个更高意义上的人——他是集体的人（collective man）——这种人负荷着和体现着人类的下意识（无意识）的心灵生活。为了完成这个艰巨任务，他有时候必须牺牲自己的幸福，牺牲一切使得人生对于寻常的人值得生活下去的东西。（368）

为了摆脱语言的技术化和信息工具化的现代魔力，海德格尔（Martin Heidegger）提出了诗意的栖居的观念。"人生存的基础在根本上看是'诗意的'。现在我们将诗理解为诸神的命名和万物本质的命名。'诗意的栖居'意味着与诸神共在，接近万物的本质。"（282）在人类精神陷入黑暗的夜半时，诗人守在意义的本源处，唤醒人们的神性。诗人是诗意的栖居的守护者。

千百年来，人们把作者当作神的代言人、人性的代表、知识的源泉、照亮人类道路的明镜、人类无意识的代言人，甚至是拯救人精神生活的希望。由于文学的特殊性，由于文学对于人类的重要性，作者也被赋予了深重的希望和不寻常的使命。作者角色的演变和不同定位，反映了人与世界的关系和人对世界的认识，反映了人与人的关系和人对自身的认识，反映了文学对于世界的作用、意义和人们对文学的深切期盼。

作者（作家）与作品的联系

作者是因为作品而存在的，所以，对作者的理解总是和他的作品联系在一起。

作者与他的作品天经地义地存在着必然的联系，而且，作者的人格心智决定作品的品质，是古典文论的共识。

亚里士多德认为，诗歌的品质和诗人的个性有关。"诗，按照诗人的个性，分为两种：较庄重的诗人往往模仿高尚的行为，较轻浮的诗人则模仿卑劣人物的行为。"（亚里士多德：6）朗吉努斯在《论崇高》中所阐述的中心观点就是：崇高的风格是伟大心灵的回声。他主张诗人要想写出风格崇高的作品，就必须培养伟大的人格和心灵。

浪漫主义诗人极大地强化诗人与作品的联系，特别强调了诗人情感和想象力对创作的重要性。华兹华斯（William Wordsworth）对诗的定义是，"一切好诗都是强烈感情的自然流露"；（484）雪莱宣称，"一切意义上的诗都可以界定为想象的表现"；（Shelley：121）拜伦（George Gordon Byron）认为，"诗是汹涌的激情的表现"。（318）浪漫主义诗人的一致看法是：诗发乎情，诗是诗人的情感和思想的体现。柯勒律治（Samuel Taylor Coleridge）直截了当地指出了诗人与诗的关系，"诗是什么？这无异于问：诗人是什么？回答了其中一个问题，另一个也就有了答案了。因为诗的特点就是天才诗人的特点……"（12）诗是诗人天才的特产，是对诗人心中的形象、思想和感情加以强化、加以改变而形成的。浪漫主义是诗人作为创作主体的自觉。华兹华斯、柯勒律治和雪莱等明确提出了以诗人为中心的文艺观，诗人成为文学世界的中心，标志着根据诗人和作品关系研究文学的诗人中心论的确立。

除了对作家心灵情感的探讨，作者、作品与社会时代和环境的联系也受到了广泛的关注。法国文论家斯达尔夫人在她的著作《从社会制度与文学的关系论文学》中提出了自然环境、时代精神和民族精神影响文学产生的文学地域论；法国艺术理论家丹纳在《论巴尔扎克》、《〈英国文学史〉序言》及《艺术哲学》中论证了决定文学艺术创作和发展的三种要素：种族、环境和时代。并且他认为，种族、环境和时代都是通过个体的人作为中介起作用的。所以，他的研究重点是艺术家创作的内心机制，而不是外在因素。

作者与作品的联系在圣伯夫的实证主义批评中达到极致，产生了传记批评的作家研究范式。圣伯夫认为，文学是某种特定人的产物，即作家的性格、气质、心理和习惯等因素的构成物，作品的解读和对作者的理解密不可分。因此，批评家应该像科学家研究生物一样，搜集有关文学家、文学史所确定的种种事实。

> 倘若不考察作家的为人，便很难评价他的作品……他对宗教的看法如何？他对妇女的事情怎样处理？他在金钱问题上又是怎样？他是富有还是贫穷？他有什么样的生活规则？总之，他的主要缺点和弱点是什么？每一答案都和评价一本书和它的作者分不开。（333）

他将作者和作品等同起来，文学是作家的心灵传记，文学批评就是作家的心灵评传。这是实证主义的批评观。

以作家为中心的文学批评方法和观念，也是构成 20 世纪精神分析文学批评的思想基础之一。弗洛伊德认为，文学艺术的动因是人欲望的升华，白日梦和艺术作品都是被压抑的欲望的被满足形式。作者是白日梦者，艺术家和白日梦者的不同在于，艺术家能够赋予其本能欲望以一种社会可以接受的形式，以所谓艺术美之形式掩饰其不合道德伦理之内容。作家不肯轻易吐露的无意识中被压抑的欲望，正是精神分析批评者在进行文学传记批评时所追踪和揭示的目标。在精神分析批评中，文学作品中人物的行为动机和幻象，成了探索作者和人物内心隐秘处的路标。

20 世纪之前，作者与作品的关系一直是文学批评的重点，作者中心论的文学观念深入人心。无论作者的人格构成，他的个性、心灵、情感、想象力，还是他所属的种族、地域、环境等，甚至无意识、白日梦、内心欲望，等等，都会影响到作品的创作。所以，一般的文学批评都是从作者的生平事迹和成长经历入手，结合考察作者生活的时代背景和社会文化特征。作者的社会历史批评、传记批评、作者的创作心理研究形成了文学批评的主流，作者、作品和社会之间形成了互文性，相互启发。作者中心论反映了作者与作品、作者与世界的密切联系，对作者不同品质的强调反映了文学的品质和内容。从作者中心论得出的文学观是：文学反映人性，反映社会现实，反映人的意识活动；作者和作品的联系反映人和他的创造物之间的相互依附和信任，以及人对自身理性和外在世界的信任。

作者与文本无关

20 世纪形式主义和新批评以来所提出的作品中心论，一定程度上是对作家传记批评的反拨和矫枉过正。

对作者中心论的非议最早来自俄国形式主义者，他们把作者还原为语言的工匠。雅各布森（Roman Jakobson）认为，作者的生平经历、思想观点和社会风尚都是文学的外在因素，这种研究不能阐明文学作品的内在特性和规律。形式主义者主张专注于文学作品何以成为审美形式的研究，将作者排除在作品的意义之外。

新批评使文学作品独立于历史与传记之外，成为自足的有机体。艾略特把文学当作一个有机整体，认为文学批评应该从作品与这个有机整体的关系中评价作品。作品并不是艺术家个性的表现，相反："一个艺术家的前进就是不断地牺牲自己，不断消灭自己的个性。"（艾略特：261）他提出的非个人的艺术，强调的是诗人作为一种媒介构成作品各部分之间关系的作用，而不是诗人本身或诗人个性的重要性。新批评派维姆萨特（W. K. Wimsatt）和比尔兹里（Monroe C. Beardsley）合写的论文《意图的谬误》，也试图论证作者意图与文学批评无关，对作者意图的认识既不可能也无必要。

对作者和作品关系的最决绝的割裂来自巴特和福柯。巴特的《作者之死》和福柯的《作者是什么?》是 20 世纪后半期关于作者的最著名的文论。

巴特从根本上否定了关于作者的传统看法,作者在文本阐释中完全失去了意义,它成为一个场,供语言出席,供无限的引语、重复、模仿和参照反复交集穿梭。读者可以从任何一个方面进入文本,任意设想文本与意义的联系,进行自由的肆意的重构游戏,而不受任何所谓的作者意图的束缚。作者死了,是因为他对文本的意义阐释不产生任何作用了。福柯在《作者是什么?》中提出了作者这个词产生的历史语境,即在我们的文化话语中作者功能的出现和演变。他特别研究了比如"作者如何被个人化"、"他被赋予了何种地位"、作者演化的制度、作者与作品批评模式开始的基本种类,等等。福柯认为,作者在 18 世纪末和 19 世纪初才逐渐被看成是他们创作的文本的所有者,那时所有权制度和版权观念才刚建立起来。作者作为个人被赋予他所创作的文学作品的知识产权的现代角色和功能,是资本主义经济所倡导的意识形态造成的结果。

福柯和巴特否认的不是作者创作文本这一事实,而是反对将作者看作历史人物的批评方法。他们反对试图精心重构作者的历史角色,理由是这种角色是压抑性的,带有权威的意味,会限制读者的自由。为了读者的自由和阅读狂欢,作者必须死掉。

从作者论的传统上看,这种观点是对浪漫主义把作品等同于作者观点的反拨。自形式主义引起文学批评的语言学转向开始,经由新批评和结构主义,这种观点是一次突破甚至飞跃,也是一个经久的话题。从其影响上看,巴特和福柯所表达的是一种哲学的观念,他们所改变的是文学批评的方向。随着 20 世纪初文学研究的语言学转向和作品中心论的确立,作者被搁置在文学研究的边缘;随着再后来的文学研究的文化转向和读者中心论的确立,作者的消解和死亡成为必要的前提和必然的结果。

福柯的工作推动了一系列历史研究。文化历史学者将作者版权看作是一个文化建构,随着经济条件、社会发展和制度运行的变化而出现并逐步完善。文化历史学家特别强调 18 世纪作者版权运作机制的重要性。当时中产阶级读者的人口大量增加,随之兴起的文学刊物数量激增,这就要求大量的作者供应这个市场。先在英国,后遍及欧洲其他国家,由作者对文学资助人的依赖转向了由出版商和书商支付报酬。文学市场的繁荣的结果,是作者要求并获得了作品的版权,促成了作者声称拥有原创性、创造性和天才,建立起了他们合法的权利。作为作者,除了对作品的印刷文本拥有"物质财产"的产权以外,他们还拥有"知识财产"的产权。(Abrams: 17)版权历史学家的研究也扩大了作者的属性,即作者的版权属性——作者对文本的符号属性和物质所有权。

20 世纪作者论道出了作者这一概念所反映的最大区别和分歧:文本中的、被阐释的作者与现实中的、作为人存在的作者是两个概念。作者是文本阐释的产物，是一种阅读和批评的角度，是虚构的、阐释中的，因而是多变的；他产生和出现在文学作品完成、出版并被阅读、批评之后。作家是具体的、现实的、活生生的；他早于文学作品的产生，与文学作品的产生和影响相伴相随。一个是人的文本属性，一个是人的现实存在。

考察现代作者观念的演变至少可以得出如下结论：作者之死与文本独立反映了作者与文本的剥离，反映了人与其创造物的剥离，人的创造成为异化于人的力量。人创造了物，物异化它的创造者。

文本中心论的前提是批评家的独立，其后果是读者中心论的确立。当批评家和读者的作用被过分夸大，得到了和当初作者一样的中心地位的时候，则面临和作者被解构的同样的危险。如果只是强调作品的自足性和阐释无限性，则会失却文学的传统和意义。

结　语

作者具有多重属性：神性、人性、社会历史性、文本性。作者的多重属性在不同的时代被赋予了很多不同的期望。作为以写作为生命的一个人，在神祇时代，他是神的代言人和知识的来源；在人以理性能够理解和把握世界的时代，他自信是世间的立法者和人类的导师；对于探索灵魂的现代人，他是集体无意识的承传者；在充满了算计和无思状态的精神困境中，他是人类诗意的栖居的看护者。

作者也是多重的存在。他在与世界、读者、文本的关系中存在。作为具体作品的作者，传统的观念认为，他在作品中倾注了自己的情感、心灵、想象力，甚至欲望和白日梦，等等；他的作品也必然反映社会、历史和人生。作者是一个立体的、全面的人，他足具文学的各种特质。在"作者之死"这个前提下，他被简化为一种提供文本自由敞开和闭合的功能。从文化历史学的角度，他被缩略为一个对作为物品的文本具有所有权的符号。

作者的多重属性和多重存在反映或者决定了不同的文学观念。对作者的多重属性和多重存在的阐释，与人们对文学品质的不同理解有关。作者的不同定位和角色的演变，一定程度上就是文学理论观念的演变。

参考文献

1. Abrams, M. H. *A Glossary of Literary Terms*. Beijing: FLTRP, 2004.
2. Barthes, Roland. "The Death of the Author." *Image-Music-Text*. Trans. Stephen Heath. New York: Hill, 1977.
3. Byron, George Gordon. *Works of Lord Byron*. Ed. E. H. Coleridge and R. E. Prothero. London: J. Murray, 1898—1905.

4. Cascardi, Anthony J., ed. *Literature and the Question of Philosophy*. Baltimore: Johns Hopkins UP, 1989.

5. Coleridge, Samuel Taylor. *Biographia*. 2. *The Complete Works of Samuel Taylor Coleridge*. Ed. W. G. T. Shedd. New York: Harper, 1858.

6. Foucault, Michel. "What Is an Author?" *Textual Strategies: Perspectives in Post Structuralist Criticism*. Ed. J. V. Harari. Ithaca: Cornell UP, 1979.

7. Heidegger, Martin. *Existence and Being*. Chicago: Quadrangle, 1968.

8. Irwin, William, ed. *The Death and Resurrection of the Author*. London: Greenwood, 2002.

9. Lamarque, Peter. "The Death of the Author: An Analytical Autopsy." *British Journal of Aesthetics*. 30. 4 (1990): 319-331.

10. Longinus. *Longinus on the Sublime*. Trans. W. R. Roberts. Cambridge: Cambridge UP, 1899.

11. Pappas, Nickolas. "Authorship and Authority." *Journal of Aesthetics and Art Criticism*. 47.4 (1989): 325-332.

12. Plato. *The Dialogues of Plato*. Trans. Benjamin Jowett. Oxford: Clarendon, 1892.

13. —. *Republic*. Book 2. Trans. Robin Waterfield. *The Norton Anthology of Theory and Criticism*. Ed. Vincent B. Leitch. New York: Norton, 2001.

14. Shelley, Percy Bysshe. "A Defence of Poetry." *Shelley's Literary and Philosophical Criticism*. Ed. John Shawcross. London: Henry Frowde, 1909.

15. Wordsworth, William. "Preface to the Second Edition of Lyrical Ballads." *The Norton Anthology of Theory and Criticism*. Ed. Vincent B. Leitch. New York: Norton, 2001.

16. 艾略特:《传统与个人才能》,卞之琳译,载朱立元、李钧主编《二十世纪西方文论选》(上),高等教育出版社,2002。

17. 巴尔扎克:《巴尔扎克全集》(24),人民文学出版社,1991。

18. 柏拉图:《柏拉图文艺对话集》,朱光潜译,人民文学出版社,1963。

19. 柏拉图:《理想国》卷二,载王晓朝译《柏拉图全集》(2),人民出版社,2003。

20. 刘勰:《文心雕龙·原道》,载龙必锟译注《文心雕龙全译》,贵州人民出版社,1992。

21. 荣格:《心理学与文学》,载章安祺编订《缪灵珠美学译文集》(4),中国人民大学出版社,1991。

22. 圣伯夫:《新星期一丛谈》(3),载伍蠡甫、翁义钦著《欧洲文论简史》,人民文学出版社,2004。

23. 叔本华:《意志和表象的世界》,载《缪灵珠美学译文集》(2),中国人民大学出版社,1987。

24. 雪莱:《诗之辩护》,载《缪灵珠美学译文集》(3),中国人民大学出版社,1990。

25. 亚里士多德:《诗学》,载《缪灵珠美学译文集》(1),中国人民大学出版社,1998。

26. 余虹:《文学知识学》,北京大学出版社,2009。

关键词英文索引